# 44

# 巴金研究资料（上）

BAJIN YANJIUZILIAO

李存光 编

中国社会科学院文学研究所 总纂

中国文学史资料全编

现代卷

知识产权出版社

**内容提要：**

巴金，原名李尧棠，中国现代著名作家。本书分生平及文学活动事略，巴金自述，著作译作编目，评介和研究文章选辑，介绍、评论、研究资料目录索引等几个部分，全面收集了关于巴金的研究资料。

**责任编辑：**马　岳　　　　**责任校对：**董志英
**装帧设计：**段维东　　　　**责任出版：**卢运霞

**图书在版编目（CIP）数据**

巴金研究资料 / 李存光编. —北京：知识产权出版社，2010.1
（中国文学史资料全编·现代卷）
ISBN 978-7-80247-615-8
Ⅰ. ① 巴…　Ⅱ. ① 李…　Ⅲ. ① 巴金（1904～2005）—人物研究　② 巴金（1904～2005）—文学研究　Ⅳ. ① K825.6　② I206.7

中国版本图书馆 CIP 数据核字（2010）第 012938 号

中国文学史资料全编·现代卷
**巴金研究资料（上）**
李存光　编

出版发行：知识产权出版社

社　址：北京市海淀区马甸南村 1 号　　邮　编：100088
网　址：http://www.ipph.cn　　邮　箱：bjb@cnipr.com
发行电话：010-82000860 转 8101/8102　　传　真：010-82005070/82000893
责编电话：010-82000860 转 8171　　责编邮箱：mayue@cnipr.com
印　刷：北京市凯鑫印刷有限公司　　经　销：新华书店及相关销售网点
开　本：720mm × 960mm　1/16　　印　张：97.75
版　次：2010 年 2 月第一版　　印　次：2010 年 2 月第一次印刷
字　数：1491 千字　　定　价：215.00 元（上、中、下）

ISBN 978-7-80247-615-8 / K · 061（2739）

# 汇纂工作小组

# 名单

（按姓氏笔画排列）

王润贵　刘跃进　刘福春　严　平

张大明　杨　义　欧　剑　段红梅

# 编辑说明

中国社会科学院文学研究所向来重视文学史料的系统整理与深入研究，建所50多年来，组织编纂了很多资料丛书，包括《古本戏曲丛刊》、《古本小说丛刊》、《中国现代文学史资料汇编》、《近代文学史料汇编》、《当代文学史料汇编》以及《文艺理论译丛》、《现代文艺理论译丛》、《古典文艺理论译丛》等。其中，介绍国外文艺理论的3套丛书，已经汇编为《文学研究所学术汇刊》9种30册，交由知识产权出版社出版。该书出版后，国内一些重要媒体刊发评介文章，给予充分肯定。为满足学术研究的需要，2007年初，中国社会科学院文学研究所与知识产权出版社商定继续合作，编辑出版《中国文学史资料全编》，将以往出版的史料著作汇为一编，统一装帧，集中出版。

这里推出的《中国文学史资料全编·现代卷》就是其中的一种。本卷主要以《中国现代文学史资料汇编》为基础而又有所扩展。《中国现代文学史资料汇编》的编纂工作启动于1979年，稍后列入国家第六个五年计划社科重点项目。该编分为《中国现代文学运动、论争、社团资料丛书》、《中国现代作家作品研究资料丛书》、《中国现代文学书刊资料丛书》即甲乙丙3种，总主编陈荒煤，副主编许觉民、马良春，编委有丁景唐、马良春、王景山、王瑶、方铭、许觉民、刘增杰、孙中田、孙玉石、沈承宽、芮和师、张大明、张晓翠、杨占陞、陈荒煤、唐弢、贾植芳、徐迺翔、常君实、鄂基瑞、薛绥之、魏绍昌，具体组织主要由徐迺翔、张大明负责。此项目计划出书约200种。至 20世纪末，前后20多年间，这套书由数家出版社陆陆续续出版了80余种，还有数十种虽然已经编就，由于种种原因，迄今尚未出版。“现代卷”包括上述已经出版的图书和若干种当时已经编好而尚未出版的图书。

这项工作得到了中国社会科学院文学研究所和知识产权出版社的高度重视，为此成立了汇纂工作小组。杨义、刘跃进、严平、张大明、刘福春等具体负责学术协调工作，于2007年11月，向著作权人发出《征求〈中国文学史资料全编·现代卷〉版权的一封信》，很快得到了绝大多数编者的授权，使这项工作得以如期顺利开展。为此，我们向原书的编者表示由衷的谢意。为尽快将这套书推向社会，满足学界和社会的急需，除原版少量排印错误外，此次重印一律不作任何修改，保留原书原貌，待全部出齐，视市场情况出版修订本。为此，我们也诚挚地希望广大读者能给予充分谅解。

《中国文学史资料全编·现代卷》出版后，我们将尽快启动“古代卷”、“近代卷”和“当代卷”的编纂工作，希望能继续得到专家学者的大力支持和热心参与。

现代卷汇纂工作组

# 目 录

## 巴金研究资料（上）

### 生平及文学活动事略



### 生平与创作自述

#### （一）综述：生平、思想和文学创作

**（二）分述一：中篇小说、长篇小说**

## 巴金研究资料(中)

### (三)分述二:短篇小说

**（四）分述三：散文**

**著作译作编目**

**（一）著译系年目录（一九二一年—一九八二年）**

**（二）著译书目（一九二六年—一九八二年）**



**评介和研究文章选辑**

**（一）综述·综论：生平、思想和文学创作**

## 巴金研究资料（下）

## （二）分论一：中篇小说、长篇小说

## （三）分论二：短篇小说

## （四）分论三：散文



## 介绍、评论、研究资料目录索引

# 生平及文学活动事略

# 巴金生平及文学活动事略

（1904—1982）

李 辉 陈思和 李存光

**1904 年** **诞 生**

〔成都〕

11 月 25 日（农历甲辰年十月十九日）生于四川成都北门正通顺街一个封建官僚地主家庭。本名李尧棠、字芾甘，取自《诗经》中《召南·甘棠》首句“蔽芾甘棠”。从 1928 年写完《灭亡》时起，开始使用笔名“巴金”，沿用至今。

原籍浙江嘉兴。高祖李介庵作为“幕友”从浙江到四川定居。曾祖李璠，著有《醉墨山房仅存稿》。祖父李镛（号皖云），也做过官，后闲居在家，为大家庭的家长，有五子一女（子：李道河、李道溥、李道洋、李道沛、李道鸿；女：李道沆）。他印过一册《秋棠山馆诗钞》送人。父亲李道河，曾任四川广元县知县；母亲陈淑芳。

巴金有同胞两兄、两姊、两弟、三妹：大哥李尧枚（1897—1931），三哥李尧林（1903—1945）；二姐李尧桢（1898—1915），三姐李尧彩（1899—1924）；十四弟李尧椽（1913—），十七弟李尧集（继母生，1917—）；九妹李琼如（1909—），十妹（1910—1917），十二妹李瑞珏（继母生，1916—）。（以上兄弟姊妹均按大排行）。

整个大家庭有长辈近二十人，兄弟姐妹三十余人，男女仆人四、五十人。

1905 年 5 岁

〔成都—广元〕

父亲出任四川北部广元县知县，随父母前往。在广元县衙门内和两个哥哥、两个姐姐一道在家塾就读，先生姓刘。读《三字经》、《百家姓》、《千字文》等，背诵《古文观止》，并在晚间从母亲学读《白香词谱》中的词。在书房由六十岁的老书僮贾福服侍，生活起居由杨嫂照料，十二三岁的姑娘香儿陪伴玩耍。

大妹（九妹）琼如生。

1910 年 6 岁

〔广元〕

夏，二妹（十妹）生。从母亲房里搬出，由女佣杨嫂照护。

12 月，26 日（农历庚戌年十一月二十五日）为庆祝祖父生日敬神，因讨厌礼节不肯磕头，第一次挨母亲的鞭子。

约本年，对父亲坐堂用刑、犯人受刑后叩头谢恩不解，对母亲命人用皮鞭抽打在十妹出痘期间偷吃“发物”黄瓜的奶妈一事，亦产生不快。这期间，初步感觉到世上许多事情的不合理。

约本年，留学日本的二叔李道溥、三叔李道洋回四川。二叔在家开办“律师事务所”，三叔曾任南充县知县。

1911 年 7 岁

〔广元—成都〕

上半年，女佣杨嫂久病而死，留下很深的印象，后以她为原型创作了短篇小说《杨嫂》。

父亲辞官，随父母回成都。继续在家塾就读，先生姓龙（或姓邓），具有“新党”思想。

6 月，中旬，川汉铁路“保路同志会”成立，四川掀起保路斗争高潮。至 7 月初，成都保路会开会 10 余次，群众爱国保路情绪高涨。8 月 25 日起成都罢市，9 月 7 日、8 日四川总督赵尔丰制造成都血案，此后，四川各地纷纷发生武装起义。

10 月，10 日武昌起义，辛亥革命爆发。

11 月，22 日重庆独立，建立蜀军政府。27 日，成都独立，成立大汉四川军政府。家中制做大汉旗。

12 月，8 日（农历十月十八日）成都发生军队哗变，城中秩序大乱。父亲和大哥留家，母亲带其他儿女到外祖母家避难，翌日回家。22 日赵尔丰被军政府捕杀，这消息使龙（邓？）先生高兴，在家里成为大人们许多天的话题。全家的男人都剪掉了辫子。29 日，孙中山在南京当选临时大总统。

### 1912 年　　8 岁

〔成都〕

1 月，1 日孙中山就任中华民国大总统。家中做五色旗。

2 月，12 日清帝溥仪宣告退位。祖父因革命而感悲哀，父亲没有表示什么意见，二叔、三叔颇感幻灭。

本年，大哥进中学。

约本年起，常参加大哥和姐姐、堂姐、表姐们的聚会和游戏，踢毽子、拍皮球、掷大观园图、行各种酒令。还和三哥尧林及其他兄弟组织新剧团，充任配角；他们自己编剧，复写戏票赠人，在家中竹林里演出。他还常到剧场或在家中看川剧、京剧。这一时期，受家庭熏陶，熟知《红楼梦》中的人物和情节。

约本年，二姐患病，母亲曾请四圣祠医院的外国女医生来家治疗。第一次见到外国人，印象颇深。

### 1913 年　　9 岁

大弟（十四弟）尧椽生。

### 1914 年　　10 岁

〔成都〕

7 月（农历），母亲病故，安葬于成都市郊磨盘山。此后，深深感到没有母亲的孩子的悲哀。母亲“爱一切人”的教诲，对巴金有很大影响，后来称母亲为自己的“第一个先生”。

在母亲的允许下，返成都后，常与“下人”在一起，同他们的友谊一直持续到离开成都。在这些人中，得到了近于原始的正义的信仰和直爽的性格。轿夫老周教他真诚地做人，给他留下的印象最深，后来称他为自己的“第二个先生”。

**1915 年** **11 岁**

〔成都〕

1 月 15 日（农历甲寅年十二月一日），二姐尧桢死于肺病。

本年，父亲娶继母（邓景遂）。

**1916 年** **12 岁**

〔成都〕

大哥尧枚中学毕业，由家庭包办完婚，并到成都商业场股份有限公司当职员。

继母生三妹（十二妹）瑞珏。

约本年，六叔李道鸿、二哥李尧林、香表哥濮季云合办复写的小说杂志《十日》，三个月共出几期，巴金是第一个订户。他对其中千篇一律的哀情小说感不到兴趣，但佩服他们经营杂志的苦心。

**1917 年** **13 岁**

〔成都〕

1 月 4 日，陈蕴珍（肖珊）生于浙江鄞县（宁波）迎凤桥。

春，成都发生巷战，川军、滇军混战七天。这期间，二叔的两个儿子病死。巴金和三哥也患喉症。战事刚停止，父亲李道河病逝。父亲死后，更感空虚，向书本寻找慰藉，读了《说岳全传》、《施公案》、《彭公案》、《水浒》等许多古典小说。

父亲死后，大哥挑起了长房的生活担子，以忍受和让步来应付其他各房的仇视、攻击，大家庭内的矛盾加剧。

继母生二弟（十七弟）尧集（遗腹子）。

三哥尧林进中学读书。二妹（十妹）病死。

从本年起，利用晚间跟在成都外国语专门学校读书的香表哥学习英文。香表哥是对巴金的智力的最初发展有帮助的人。

1918 年　　14 岁

〔成都〕

秋，进成都青年会英文补习学校，1月后因病辍止，继续在家跟香表哥学习，持续两年。这期间，第一次直接通过英文阅读狄更斯的《大卫·科波菲尔》和史蒂文森的《宝岛》。这两本书的第一人称叙述方式使他受到教益。

1919 年　　15 岁

〔成都〕

“五四”运动爆发后，新思潮涌入四川。大哥从成都市内唯一的一家代售新书报的书铺——“华阳书报流通处”买来《新青年》、《每周评论》等，后来在该处存放一百元专购新书报。巴金得以读到《新青年》、《每周评论》、《星期评论》、《少年中国》、《少年世界》、《北京大学学生周刊》等北京、上海出版的许多新刊物，和成都出版的刊物《星期日》、《学生潮》、《威克烈》等，他如饥似渴地接受各种新的思想，并常和兄姊们聚在一起讨论其中论及的各种问题。

本年，曾向留学日本的两个叔叔学过日语，并颇有兴趣地听他们讲日本的一些情况。

1920 年　　16 岁

〔成都〕

2 月 19 日（农历己未年十二月三十日），祖父病故。因祖父逝世，大嫂搬至城外生产。祖父死后，大家庭内部的争斗和倾轧更加剧了，造成的悲剧更多了。

下半年起，读到克鲁泡特金《告少年》中译本，异常激动，给翻印此书的新青年社的陈独秀写信，寻求指导，未接到回信。后又读到廖亢夫的剧本《夜未央》中译本，深受感动。北京大学实社出版的《实社自由录》第 1 集中刊登的流亡美国的俄国无政府主义者爱玛·高德曼富于煽动性的文章，使他第一次了解到无政府主义的要义，开始有了献身社会革命的明确信仰；后来，称高德曼为“精神上的母亲”。

9 月，同三哥尧林一道考入成都外国语专门学校，从补习班到预科、本科，在该校读书两年半。

冬，成都学界为反对军阀刘存厚开展请愿活动和集体罢课，巴金亦参与，这是他第一次参与社会斗争。

冬，大哥尧枚因在家庭中受刺激患神经病，时有发作。

本年起，开始向成都师范学校学生、朝鲜人高自性学习世界语，不久辍止。

1921 年　　17 岁

〔成都〕

2 月 20 日，成都《半月》刊第 14 号出版，读到该刊登载的《适社的旨趣和大纲》后，很感兴趣，写信给《半月》编辑部要求加入。三天后，编辑来访，说明适社在重庆；此后便参与《半月》刊的工作。编辑部的青年朋友吴先忧以实行"自食其力"的行动，教给巴金"自我牺牲"精神，后来巴金称他为自己的"第三个先生"。

4 月 1 日，出版的《半月》刊第 17 号刊载《怎样建设真正自由平等的社会》，这是目前所见公开发表的第 1 篇文章。《半月》刊 17 号《本社社员录》中列出他的名字：芾甘。

5 月，参加纪念"五一"活动，第一次上街散发鼓吹"社会革命"的传单。

参加组织带有无政府主义倾向的秘密团体"均社"，并发表《均社宣言》。他们办刊物、通讯、散传单、印书、开秘密会议。自此，开始自称为"安那其主义者"。

7 月，《半月》第 24 号于 15 日出版，因发表文章反对军阀政府禁止女子剪发，被禁止发行。

秋，参加《警群》月刊编辑工作，第 1 期出版后，因与《警群》原筹办者发生争执，原《半月》刊同人联名发表声明，集体脱离该刊，《警群》亦停刊。

1922 年　　18 岁

〔成都〕

上半年，参加创办成都无政府主义者联盟主办的《平民之声》周刊，主持编辑事务，通讯处设在自己家中，印一千份。第 1 期出版后即被警察厅禁止发售，但仍半公开地发行；此后用各种办法对付警察厅检查员的干涉和限制。该刊共出 10 期。在此期间，结识《学生潮》主编之一袁诗荛。袁当时也信仰无政府主义，后来成为共产党员，1928 年被四川军阀杀害。

7 月 21 日，在上海《时事新报》副刊《文学旬刊》（郑振铎编）第 44 期上发表新诗《被虐〔待〕者底哭声》（共 12 首），这是目前所见到的他最早发表的文学作品。本年及次年，先后在《文学旬刊》、《妇女杂志》发表新诗九题 20 首、散文 1 篇，这是他最早创作的一批文学作品。

8 月 23 日，给《文学旬刊》编者写信，对鸳鸯蝴蝶派文学表示不满。该信署名李芾甘，载 9 月 11 日《文学旬刊》第 49 期“通信”栏，同栏还刊出编者的答复，表示赞同他的意见。

## 1923 年　　19 岁

〔成都—上海—南京〕

4 月，三姐尧彩出嫁作继室，参加婚礼。

5 月，和三哥尧林一起，离开成都乘木船去重庆，由重庆沿长江至上海。此行得到大哥的帮助和继母的允许。离开四川的原因，是渴望冲破封建家庭的牢笼，投身到新的广阔的天地中去；另一方面，也因无中学毕业文凭，被外专改为旁听生，失去了获得该校毕业文凭的资格。

秋，进上海南洋中学。

年底，去南京，住北门桥鱼市街 21 号。进东南大学附属高级中学补习班学习。

## 1924 年　　20 岁

〔南京〕

5 月，在广州真社的刊物《春雷》第 3 期上发表诗作《悼橘宗一》和《伟大的殉者——呈同志大杉荣君之灵》。

秋，结束东南大学附属高级中学补习班的半年补习，进入该校高中三年级。

接大哥信，获知三姐尧彩因难产而死。

本年至1925年在课余认真学习世界语，向上海世界语书店函购书籍自修，并开始据世界语翻译文章。

本年，两次回原籍浙江嘉兴，住在一位年过80仍在家中作私塾老师的伯祖父家中。

本年，发表译文等近10篇。

### 1925年　21岁

〔南京—北京—上海〕

年初，经友人秦抱朴介绍，开始给爱玛·高德曼写信，并收到复信。

6月，五卅惨案在上海发生后，南京学生开展声援活动，巴金亦参加。这段生活后来写进了中篇小说《死去的太阳》。

8月，毕业于东南大学附属高级中学，随即前往北京，准备投考北京大学。在北京结识曾通信联系的朝鲜流亡青年沈茹秋等，经沈介绍住北河沿同兴公寓。在北京住半月左右，因患肺结核未进考场，在寓中读鲁迅的《呐喊》，得到慰藉。下旬返回上海养病。

三哥尧林进苏州私立东吴大学念书。

9月，参与发起创办无政府主义刊物《民众》半月刊。发起人共16人，为：真恒、健民、仲九、三木、培心、惠林、芾甘、禅林、吕千、索非、一波、茹秋、种因、剑波、抱朴、不如。

本年，发表各种译文、论文约20篇。

### 1926年　22岁

〔上海〕

在上海住康悌路康益里，后迁法租界马浪路和友人同住，直至次年1月离沪赴法。

1月，为纪念被军阀政府杀害的工人领袖黄爱、庞人铨，撰写《黄、庞死后的第四年》。

1月至3月，在《时事新报·学灯》、《洪水》等报刊上撰文，就“国家消亡”等问题批评郭沫若。

4 月，《五一运动史》出版，这本小册子是目前所见的第一本单行出版的书。

上半年，曾和法国巴黎《新世纪》发行人、无政府主义者格拉佛通信。

11 月，译完克鲁泡特金的《面包略取》。

本年，向友人卫惠林学习日语。读斯捷普尼雅克的《地下的俄罗斯》日译本。

本年，发表各种政论文 20 余篇。

## 1927 年　　23 岁

〔上海—巴黎—沙多—吉里〕

1 月，15 日乘法国邮船“昂热号”离沪赴法，卫惠林同行，先后同船的中国学生计九人。去法国是为了学习经济学，进一步研究无政府主义理论，考察欧洲的社会运动。法国既是无政府主义的发源地，也是当时欧洲的政治流放者的庇护所。

赴巴黎沿途写《海行杂记》38 则。

2 月，18 日抵达马赛。19 日抵巴黎，住 Blanville 街五号旅馆，后又搬至 Tournefrt 街的旅馆。

上午常到卢森堡公园散步，晚上去法国文化协会附设的夜校学习法文，不久，家里破产的消息传来，便停止了正式学习。

3 月，为排遣寂寞心情，写下《灭亡》第 1 至第 4 章。

4 月，与君毅、惠林合写的《无政府主义与实际问题》一书，由上海民钟社出版。该书在法国写成寄回上海印行，主要讨论中国第一次国内革命战争与无政府主义的关系。1930 年 2 月被国民党政府以“煽惑军队”的罪名查禁。

5 月，用文言补译李石曾译《狱中与逃狱》（克鲁泡特金著）由广州革新书局出版。该书共 52 页，后 12 页原译稿遗失，书局请巴金补译。

本月，参加救援凡宰地、萨珂的活动，给狱中的凡宰地写信。凡、萨是流亡美国的意大利无政府主义者，被美国当局诬陷犯抢劫、杀人罪判死刑。这件事当时成为轰动欧美的大事件，法朗士、罗曼·罗兰、爱因斯坦等都参加救援，形成国际性援救活动。

7月，上旬收到凡宰地的回信和一包书，11 日给凡写第 2 封信，并在此后几天内，激动地写下《灭亡》第 11 章“立誓献身的一瞬间”。

夏初，因健康恶化迁至巴黎以东约一百公里马伦河畔的小城沙多—吉里（又译作蒂埃里堡）休养，住在拉封丹中学，并学法文，同时根据英文本（参照内山贤次的日译本）翻译克鲁泡特金的《伦理学的起源和发展》。在翻译过程中，阅读了亚里士多德、柏拉图、斯宾诺莎、叔本华等人的著作和《圣经》等。这时，还系统地研究法国大革命，阅读了大量史料和著作，如《吉隆特的党史》（拉马丁著）、《法国革命》（L.马德楞著）、《四个法国妇人》（道布生著）、《大革命史》（J.米席勒著）、《1789—1804 年的法国革命》（W.布洛斯著）等。对民众在法国大革命中的作用十分重视，对马拉等资产阶级革命家亦极推崇。

开始撰写俄国民粹派女革命者苏菲亚、妃格念尔等的传记，后来编成《俄罗斯十女杰》一书。



这期间获悉一些关于国内“四·一二”反革命政变的消息，就国内政局在《平等》月刊（美国旧金山华侨工人钟时主编的无政府主义刊物）上发表一些短论，批评国民党和其他反动政客，并宣布同赞成“清党”的无政府主义刊物《革命周报》（系李石曾出资创办）断绝关系。

8 月，上旬在沙多—吉里收到凡宰地 7 月 23 日写的回信。24 日，下午从报纸上得知凡宰地、萨珂两人已于 22 日午夜在美国马萨诸塞州波士顿查理斯顿监狱中被电椅烧死，整天激动地写信寄往各处，控诉美国政府。此后几天内，连续写下《灭亡》中的若干片断。

11月，8 日，译完凡宰地的自传。

译作《面包略取》（克鲁泡特金著）由上海自由书店出版，这是他单行出版的第一本译著。

本年，还发表各种政论文章 20 余篇。

**1928 年　　24 岁**

〔沙多—吉里—巴黎—马赛—上海〕

1 月，翻译高德曼的《易卜生的四大社会剧》和《斯特林堡的三本妇女问题剧》。

2月，5日收到美国伦敦《自由》杂志主编T·H·Keel寄来的赫尔岑《往事与随想》英译本（康·嘉尔纳特夫人译）。

参与编译的《克鲁泡特金学说概要》（柏克曼等著）由上海自由书店出版。

3月，参与翻译的《苏俄革命惨史》（柏克曼著）由上海自由书店出版。

4月，参与翻译的《革命之路》由上海自由书店出版。

译完克鲁泡特金《伦理学的起源和发展》上册，同年九月以《人生哲学：其起源及其发展》为题出版。

5月，由于《无政府主义与实际问题》中涉及与国民党合作问题，“四一二”政变后受到一部分无政府主义者的误解和攻击，因而写《答诬我者书》作自我辩护。

夏，收到大哥来信，更深切地意识到自己与大哥在思想上的严重分歧，决定完成《灭亡》，使大哥更了解自己要走的路。

8月，经过半个月时间，于月初整理和补写完《灭亡》全书21章，并抄写在五大本硬纸面练习簿上。将书稿寄给在上海开明书店工作的周索非，打算自费印刷。在该书稿上第一次署笔名巴金。寄出书稿后从沙多—吉里回到巴黎。

9月，翻译托洛茨基的论文《托尔斯泰论》，亦署名巴金，寄回上海，载于10月18日《东方杂志》第25卷第19号。由于该文发表较《灭亡》早将近3个月，因而，是以巴金的署名最早披露于报刊的一篇文章。

10月，17日办理回国手续。18日到马赛，因海员工人罢工，滞留12天，住马赛海滨的美景旅馆，此期间读左拉的《卢贡—马加尔家族》。30日乘船离马赛回国。在船上产生创作描写自己家庭生活的小说的想法，并拟题《春梦》。

本年，在巴黎翻译廖亢夫的剧本《前夜》（即《夜未央》），译稿在寄回上海的邮途中丢失。

在法国期间，常用世界语与朋友通信。

在法国期间，曾与高德曼和柏克曼见面。柏克曼是流亡西欧后加入美国籍的俄国无政府主义者。

12月，月初回到上海。应友人索非之邀，在鸿兴坊七十五号上海世界语学会住半个月。

本月，译作《一个卖鱼者的生涯》(凡宰地自传)出版。

本年，写研究俄国社会运动及革命人物的一些文章，1935年整理后收入《俄国社会运动史话》一书。

本年，还发表论文、译文20余篇。

**1929年　　25岁**

〔上海〕

1月，从鸿兴坊搬至闸北宝山路宝光里十四号，与索非同住一楼。直至1932年1月下旬离开，共住3年。在这里创作了《家》、《雾》、《新生》(第一稿)，翻译了《秋天里的春天》等作品。



本月，中篇小说《灭亡》开始在《小说月报》连载，至4月载完，在文坛引起反响。决定发表《灭亡》的是当时《小说月报》的编者叶圣陶。《灭亡》的发表使巴金走上文学创作的道路。

本月，加入上海世界语学会(号数为317)，并任上海世界语函授学校教员，后当选为上海世界语学会执行委员(理事)，直至1932年初才离开世界语运动。先后据世界语翻译过许多文章和作品，比较重要的有剧本《过客之花》(意大利亚米契斯著)、《丹东之死》(苏联阿·托尔斯泰著)、《骷髅的跳舞》(日本秋田雨雀著)，中篇小说《秋天里的春天》(匈牙利尤利·巴基著)等。

本月，译著《断头台上》出版。

本月，开始参加无政府主义者创办的自由书店的编辑工作，以“马拉”之名编辑5期《自由月刊》。自由书店主要出版克鲁泡特金的著作。因书店负责人朱永邦与巴金等意见不合，加之朱赌博造成经济亏空，书店于次年停办。

4月，在本月出版的《自由月刊》1卷4期发表文章，就托尔斯泰的评价问题批评钱杏邨。

5月，译著《蒲鲁东底人生哲学》(克鲁泡特金著)出版。本月译完克鲁泡特金的《伦理学的起源和发展》下册。

春夏之际，在宝光里索非家结识翻译家马宗融，9月下旬见到其未婚妻罗世弥（罗淑）。

6月14日，写《克氏〈人生哲学〉之解说》，系统论述克鲁泡特金的道德观。

7月，大哥尧枚从成都来上海，住1个月左右，闲谈中，巴金提到写《春梦》的想法，得到大哥支持。三哥尧林是时在北平燕京大学念书。

本月，译作《人生哲学：其起源及其发展》（下篇）出版。

8月，译作《地底下的俄罗斯》（斯捷普尼雅克著）出版。

10月，第一部中篇小说《灭亡》单行本由微明学社编、开明书店出版。此书1934年被国民党当局禁止发卖。

年底，创作第一个短篇小说《房东太太》。

本年，译完克鲁泡特金的《我的自传》，托索非请丰子恺题写书名。

本年，还发表各种译作、文章40余篇。其中《〈工女马德兰〉之考察》、《〈党人魂〉及〈火榴〉之考察》、《〈黑暗之势力〉之考察》等文，是他最早的文艺评论文章。

## 1930年　　26岁

〔上海—杭州—泉州—上海〕

1月，根据世界语翻译意大利作家亚米契斯的话剧《过客之花》。重译《夜未央》（廖亢夫著）。

2月，参考《世界语史》及其它材料写成的《世界语创作文坛概况》，连载于《绿光》第7卷1月号至3月号。

3月29日，代表上海世界语学会接待来访的日本世界语者长崎。

30日，出席上海世界语学会第五次会员大会，当选为执行委员。

译作《骷髅的跳舞》（秋田雨雀著）出版。

春，写作《死去的太阳》（原名《新生》），寄《小说月报》，被退回。

4月2日（农历三月四日），大哥尧枚从成都来信，十分赞成他写“以我家人物为主人翁”的小说《春梦》。

本月，《俄罗斯十女杰》出版。译作《一个革命者的回忆》（即《克鲁泡特金自传》）出版。重译本《前夜》（即《夜未央》）出版。

7月，据柏克曼的《安那其主义 ABC》编写的理论著作《从资本主义到安那其主义》托名美国三藩市平社出版。译作《丹东之死》出版。同月修改《死去的太阳》。本月的一天，突然半夜中醒来，写成短篇小说《洛伯尔先生》。

本月，据有关材料写成的《世界语文学论》连载于《绿光》第 7 卷 7 月号至 10 月号。

夏，友人到杭州游西湖，并商量无政府主义宣传工作。参加者有卫惠林、卢剑波、郑佩刚等十余人。会后决定由巴金、卫惠林编辑《时代前》杂志（共出 6 期 5 册）。

8 月—9 月，乘船由上海到福建泉州。途中在鼓浪屿厦门酒店住三天，与作家、世界语学者王鲁彦结识。在泉州（晋江）住黎明高级中学。黎明高级中学是当时福建的无政府主义者的一个重要的活动据点，创办于 1928 年秋，共办了 5 年左右。巴金的一些朋友如吴克刚、卫惠林、陈范予等均在这所学校里教过书。这次旅行，和林憾庐、丽尼（郭安仁）等结识。在学校住学生宿舍，有时到办公室帮忙处理校务。还在陈范予的指点下学习生物知识。在泉州还为上海世界语学会编辑了爱罗先珂的童话集《幸福的船》。

本年，大哥李尧枚到上海，住一个月，兄弟之间的友爱仍如旧，但思想差异却更为显著。

本年，为上海世界语学会编辑世界语杂志《绿光》。

本年，创作短篇小说 12 篇。

**1931 年** **27 岁**

〔上海—杭州—上海—苏州—上海—无锡—上海—浙江长兴—上海〕

1 月，中篇小说《死去的太阳》出版，此书 1935 年 3 月被国民党当局以“鼓吹革命”的罪名查禁。

年初，到杭州，曾和友人一起游西湖。

春，开始为《时报》写连载小说。初拟名《春梦》，写好“小引”（即“总序”）后决定改名为《激流》（后易名为《家》），写三四章送报馆一次。同时还写作《新生》（第一稿）、《雾》。

4月13日，下午出席上海世界语学会第六次会员大会，当选为执行委员。

18日，《时报》开始连载长篇小说《激流》，同一天大哥尧枚在成都服毒自杀，19日接到电报。

本月，译作《草原故事》（高尔基著）由上海马来亚书店出版。

5月，中旬与毛一波等友人游苏州。

6月，大哥遗书寄到。本月到杭州一次。

8月，中篇小说《新生》（第一稿）结稿。第一个短篇小说集《复仇》由上海新中国书局出版。

9月，游无锡。

10月，中篇小说《雾》开始在《东方杂志》上发表，12月登完。

初冬，应在浙江长兴煤矿任科长的朋友李少陵邀请，乘车到煤矿作客，住一周左右，并冒险下井观看，体验生活，为后来创作中篇小说《雪》积累了素材。

年底，《激流》结稿。译完世界语的中篇小说《秋天里的春天》（匈牙利巴基著）。开始创作中篇小说《雨》，至翌年5月完成。

本年，与复旦大学学生章靳以结识，日后成为编辑工作的最好合作者和关系密切的朋友。

**1932年　　28岁**

〔上海—南京—上海—泉州—上海—青岛—北平—天津—上海〕

1月，和缪崇群相识，结下友谊。中篇小说《雨》开始在南京《文艺月刊》上连载，至6月载完。

约24、25日，应在南京的友人陈范予的邀请，由上海去南京。是时，友人吴克刚已从河南到南京，卫惠林在南京研究院工作。此次去宁，主要是友人相聚。

赴南京之前，开始构思中篇小说《海的梦》，并写3页。

28日，乘车由南京回上海，行至丹阳，因“一·二八”事变再返南京。日军炮轰闸北，商务印书馆焚于战火，《新生》原稿连同刊载该稿的《小说月报》均化为灰烬。

2月3日，乘“武昌号”轮离南京回上海，4日出南京港，5日到达上海外滩。住陕西南路步高里五十二号友人家约一个月。

本月，上旬在《中国著作者为日军进攻上海屠杀民众宣言》上签名，在该宣言上签名的还有丁玲、戈公振、陈望道等一百二十九人。

3月2日，闸北落入日本侵略军手中。几天后，执通行证到闸北家中取书籍、用具，愤慨地目睹日军暴行。住法租界环龙路花园别墅舅父家的二楼，直至次年春天。

月底，《海底梦》结稿，同年5月至7月在《现代》杂志上连载。

4月，和友人第二次到福建旅行。在船上写《雨》第五章前半部分。途中游鼓浪屿。到泉州住平民中学友人家中，写《雨》第五章后半部分。在泉州住三周，曾访问盛产荔枝和龙眼的延陵乡和青濛乡，还在友人沈一叶陪同下，访问一位被封建婚姻制度逼迫发疯的姑娘。

5月，回上海，一周内创作中篇小说《春天里的秋天》。23日起在《时报》连载。《雾》出版。第二个短篇小说集《光明》出版。



6月，中篇小说《砂丁》结稿。

7月，以“我要来试验我底精力究竟是否会被那帝国主义的爆炸弹所克服”的决心，两个星期内把在“一·二八”中被烧掉的《新生》重新写出，增加约一万字。《砂丁》开始在《申报月刊》上发表。

8月，《海的梦》出版。

夏，到青岛。在山东大学国文系任教的沈从文家住一个星期，在这里创作了短篇小说《爱》。

9月，到北平，曾住缪崇群家。回上海途中，去天津看望在南开中学任教的三哥尧林。

10月，中篇小说《春天里的秋天》和译作《秋天里的春天》出版。

本月，开始整理1927年赴法途中写的日记，结集为第六本散文集《海行》，12月出版。

12月9日，应《读书》杂志约，写《我的写作生活》一文，回顾自己1927年以来的生活、思想和写作状况。1935年10月改作，题为《写作生活的回顾》。

本年，和何其芳初识。

1933年 29岁

〔上海—台州—上海—杭州—南京—上海—广州—泉州—上海—普陀—上海—天津—北平〕

1月，年初随生物学家朱洗去台州，住朱洗家四、五天。本月初，开始创作中篇小说《萌芽》，随即在《大中国周报》上连载。

本月，《砂丁》、《雨》出版。

2月，短篇小说集《电椅》出版。《新生》（第二稿）开始在《东方杂志》发表，至6月登完。

春，三哥尧林从天津来沪看望。兄弟俩同去杭州。然后送尧林到南京浦口乘车回津。

4月，短篇小说集《抹布》出版。

5月，《家》由开明书店出版。中篇小说《萌芽》结稿。本月，和友人一同乘“济南”号轮南下旅行，到厦门后曾去泉州住一周左右，在黎明高中和陆蠡相识。这是第三次到泉州。再乘“太原号”轮经香港至广州。

6月—7月，在广州。这期间曾到广东一个乡村学校住了五天。开始写《旅途随笔》中的一些散文，10日到18日陆续写出《机器的诗》、《朋友》、《捐税的故事》、《鸟的天堂》等。

7月，离开广州回上海。返沪后又与朱洗偕游普陀一周，经舟山回上海。

8月，月初，出席傅东华举办的庆祝《文学》创刊的宴会。在席上，第一次同鲁迅、茅盾见面。

16日，与鲁迅、胡愈之、茅盾等一百零五人联合发表《中国著作家欢迎巴比塞代表团启事》，控诉日本帝国主义侵占我国东北四省，拥护9月初即将在上海召开的世界反战会议。

本月，《萌芽》由现代书局出版。随即被国民党当局查禁。改名为《雪》载于1934年1月出版的《文学》月刊，旋被检查机关抽去；同年8月将书中人物姓名改换，易书名为《煤》，但仍不准印行。1935年9月又改题为《雪》，自费印刷，托名为美国旧金山平社出版，秘密发行，直至1936年11月方由文化生活出版社公开出版。

9月，去天津、北平，在北平住沈从文家。《新生》出版。

初冬，应燕京大学心理学讲师夏斧心邀请，到燕京大学住了一个时期。

12 月 4 日，在北平图书馆和日本无政府主义者石川三四郎相遇。本月，曾在燕京大学教授郑振铎家住三周时间。

本月，中篇小说《电》结稿。

本月，和靳以、郑振铎创办《文学季刊》，任编委。

本月，经靳以介绍，和曹禺相识。不久看到《雷雨》原稿，推荐在《文学季刊》1 卷 3 期（1934 年 7 月 1 日）上发表。

本年，与黎烈文相识，1936 年后半年相熟到无话不谈。

### 1934 年　　30 岁

〔北平—上海—日本横滨〕

1 月，年初回上海。

本月，国民党正式实行图书检查，《文学》二卷一号早在 1933 年底即被检查，抽去巴金的《电》，以及欧阳山、夏征农等的短篇小说，同期《新年试笔》中巴金的名字被勒令改署为比金。

约 3 月，到北平，先住沈从文家，后应章靳以之邀，搬至《文学季刊》编辑部（三座门大街十四号），在编辑部和李健吾、曹葆华、蹇先艾、卞之琳、曹禺、萧乾等常常见面。

4 月，《电》改名为《龙眼花开的时候——1925 年南国的春天》，署名欧阳镜蓉，在《文学季刊》上开始连载。

7 月，从北京回上海。

8 月，散文集《旅途随笔》和短篇小说集《将军》出版。

这期间经友人吴朗西、伍禅等相劝，决定前往日本，想进一步学好日语。

10 月 6 日晚上，《文学》社友人在南京饭店设宴为巴金饯行，鲁迅亦参加。

本月，《水星》在北平创刊，和卞之琳任主编，具体编务由卞之琳负责。该刊只发表创作，不发表论文和译作。

本月，短篇小说集《沉默》出版。

11 月，《巴金自传》由第一出版社出版。中篇小说《利娜》始连载于《水星》。

21日，乘“浅间丸”轮前往日本，24日到横滨，经友人吴朗西、张晓天介绍，住横滨牧町小山上一个高等商业学校教汉语的副教授武田博家，化名黎德瑞。武田博是个信佛教的人，巴金据此创作了短篇小说《神》、《鬼》。

本年，鲁迅、茅盾应伊罗生之托，编选现代中国作家的短篇小说集《草鞋脚》，选入巴金的《将军》，在鲁迅、茅盾商定，由茅盾执笔写的作者简介中说：“《将军》作者巴金是一个安那其主义者，可是近来他的作品渐少安那其主义的色彩，而走向 rea-lism 了。”

### 1935年　　31岁

〔横滨—东京—叶山—横滨—上海—北平—天津—上海〕

2月，由横滨到东京，住神田路中华青年会宿舍，白天学日语。这期间观看留日学生排练曹禺的话剧《雷雨》。

3月，中篇小说《电》、散文集《点滴》出版。

春，赴叶山看望作家梁宗岱、沉樱夫妇。

4月5日夜，日方警察突然搜查巴金住房，被带往警察所关押至翌日。事后写散文《东京狱中一日记》，未能发表，后据此改为短篇小说《人》。

月底，在东京神田一桥讲堂观看中国旅日青年正式演出的话剧《雷雨》，观后写了谈该剧及其演出的书信和文章。到东京郊外千寿村看望石川三四郎。

5月，吴朗西、伍禅、丽尼等人在上海创办“文化生活出版社”，以巴金的名义编辑出版“文化生活丛刊”。

8月，由东京到横滨，乘“加拿大皇后”轮归国。回上海后任文化生活出版社总编辑。

9月9日，和吴朗西一起同黄源商量出版《译文丛书》事务。15日出席黄源在南京饭店举办的宴会，同席有鲁迅、许广平、茅盾、胡风、黎烈文、吴朗西、傅东华等人。席上向鲁迅约稿。

下旬，将《俄国社会运动史话》、《狱中记》托黄源转赠给鲁迅。

10月，收到鲁迅的《故事新编》稿，编入《文学丛刊》第一集。

11月，去北平住三周，帮靳以办理《文学季刊》停刊工作。30日离北平，在天津下车看望三哥尧林，住两天。

本月，短篇小说集《神·鬼·人》出版。

12月4日，回上海，住狄思威路麦加里友人索非家中。

本月，重新修改《海的梦》，增加副题《给一个女孩的童话》，次年1月出版。

1936年　　32岁

〔上海〕

2月，《巴金短篇小说集》（第一集）出版。

3月，短篇小说集《沉落》、散文集《生之忏悔》出版。

春，萧乾自天津赴上海，筹办《大公报》沪版。初抵上海时，由巴金介绍，与鲁迅会晤。



4月，《巴金短篇小说集》（第二集）、《爱情三部曲》（《雾·雨·电》）出版。

26日，赠鲁迅《巴金短篇小说集》第一集、第二集两册。

5月，译作《门槛》（屠格涅夫等著）出版。

6月，与靳以一起创办《文季月刊》。是时上海福州路436号三楼为文化生活出版社社址，北四川路良友图书公司为《文季月刊》编辑室，每日往返两地，主持编辑事务。

15日，和鲁迅、曹禺、靳以、黎烈文等七十七人联名发表《中国文艺工作者宣言》（在《作家》、《译文》、《文季月刊》、《文学丛报》、《现实文学》等刊同时发表）。该宣言由巴金和黎烈文分头起草，由黎烈文在鲁迅家中合并成一份。

本月，开始创作《春》。

7月1日，蔡元培、孙科、柳亚子、鲁迅、郭沫若、茅盾、叶圣陶等一百四十人联名发表《我们对于推行新文字的意见》，巴金也签了名。

8月，散文集《忆》、译作《俄国虚无主义运动史话》（斯捷普尼雅克著，即为《地底下的俄罗斯》改版本）出版。

9月，《大公报》举行全国性征文，巴金和杨振声、朱自清、朱光潜、叶圣陶、靳以、李健吾、林徽音、沈从文、凌淑华等十位作家应邀为裁判委员。

15 日，发表《答徐懋庸并谈西班牙的联合战线》。

10 月 1 日，和鲁迅、郭沫若、茅盾等二十一人签名发表《文艺界同人为团结御侮与言论自由宣言》，主张全国文学界联合起来，共同抗日救国。

19 日，鲁迅逝世。20 日到鲁迅家参加治丧事务。21 日守灵，22 日参加葬礼，为抬棺者之一。

12 月，20 日由赵家璧编辑的《二十人所选短篇佳作集》出版，内收巴金所选短篇小说三篇：肖红的《手》、芦焚的《迷茫》、丁玲的《团聚》。

12 月，《文季月刊》被国民党当局查禁。

短篇小说集《发的故事》出版。

冬，搬至拉都路敦和里 21 号，为去广西的马宗融、罗世弥夫妇看家。继续写《春》。

收到杭州一位姓王的陌生姑娘请求援助的长信，约王鲁彦、靳以同往杭州。这位姑娘是巴金作品的读者，因失恋带发修行，陷入虎口，巴金冒充“舅父”，帮助她脱离了危难。

年底，在王鲁彦家初识冯雪峰，留下鲠直、真诚、善良的印象。

本年，与上海爱国女学校学生陈蕴珍（肖珊）结识。陈是巴金作品的喜爱者，由通信讨论作品开始认识。

本年，增订《支加哥的惨剧》并易名《自由血》出版。

是年下半年或次年上半年，日本横滨的武田博来上海，在文化生活出版社以“黎德瑞”之名相见。

## 1937 年　　33 岁

〔上海—杭州—上海〕

1 月，重新校改廖亢夫的《夜未央》，次月出版。

3 月，和靳以编辑《文丛》月刊（自二卷起改为半月刊），共出 2 卷 12 期。

童话集《长生塔》出版。

4月，在《中流》、《大公报》等报刊上撰文就“眼泪文学”和翻译等问题与朱光潜论争。

7月7日，抗日战争全面爆发。

8月3日，参加上海文艺界欢迎回国的郭沫若等人大会。8日，发表《只有抗战这一条路》。13日淞沪抗战爆发，文化生活出版社业务停止，工作人员陆续撤走。

22日，由《文学》、《译文》、《中流》、《作家》四家刊物联合出版的《呐喊》周刊（第三期改名为《烽火》）在上海出版。茅盾、靳以为编辑，巴金为发行人，不久因茅盾离开上海由巴金编辑。

24日，《救亡日报》创刊，编委名单中列入巴金。

10月19日，《鲁迅先生纪念集》出版，携10册赶送到当天举行的上海文艺界“鲁迅先生周年纪念座谈会”。出席座谈会的有郭沫若、胡愈之、王统照、汪馥泉等，大会决定组织“文艺界救亡协会”，巴金和郭沫若、陈望道、汪馥泉、欧阳予倩等十一人被选入临时执行委员会。



21日，《烽火》出至12期，被上海租界当局禁止，被迫停刊（后迁广州继续出版）。

23日，文艺界救亡协会举行第一次临时执委会，决定由巴金起草对前方将士慰劳书。

译作《西班牙的斗争》（洛克尔著），托名美国旧金山平社出版。

11月，杂文集《控诉》出版。

1938年　　34岁

〔上海—广州—上海—香港—广州—汉口—广州—梧州—柳州—桂林〕

年初，住霞飞路霞飞坊59号3楼一个朋友家里，写《春》后半部。

1月，译作《告青年》（克鲁泡特金著）出版。

2月，译作《叛逆者之歌》（普希金等著）出版。

3月，长篇小说《春》由开明书店出版。同月与靳以一起经香港到广州。

27日，“中华全国文艺界抗敌协会”在汉口成立。选出理事四十五人。巴金不在汉口，但仍被选为理事，并被推为桂林分会筹备员之一。

本月，月初在广州得知友人罗淑于 2 月底在成都去世的消息，4 月写纪念文章，6 月编成罗淑的短篇小说集《生人妻》，并作《后记》。

5 月 1 日，经全力筹措，《烽火》改为旬刊在广州复刊，编辑者巴金，发行人茅盾。

本月，开始创作长篇小说《火》第一部。

6 月 23 日，夜离开广州回上海。

7 月，月初到沪，住约两个星期，修改《爱情三部曲》。16 日乘“太古号”轮赴广州。

月末，肖珊高中毕业后也来到广州。

8 月，住广州惠新东街的文化生活出版社广州分社，负责出版事务。

这期间茅盾常从香港来广州，住爱群旅社，巴金前往看望多次，商量《烽火》等事宜。

自本月起，至次年春，先后编选、编译多种关于西班牙反法西斯斗争的画册、书籍，如《西班牙的血》、《西班牙的黎明》和《战士杜鲁底》、《一个国际志愿兵的日记》等。

本月，在香港为田涛编小说集《荒》并作《后记》。

9 月，月初到汉口。10 日左右出席《自由中国》社同人举行的招待会，月底返广州。

本月，散文集《梦与醉》出版。

10 月 11 日，《烽火》出至 20 期，在日军炮火轰炸下，难以保证正常出版，被迫停刊。

20 日，日军飞机轰炸广州，在广州陷落前夕，与肖珊一起乘木船离广州，26 日到达梧州，和林憾庐等《宇宙风》杂志社同人相遇，是时林为《宇宙风》主编。在梧州住五日，即和林憾庐、肖珊等十人乘船到不龙转往柳州，住三日，改乘汽车前往桂林。

11 月 10 日，左右到桂林，寄住漓江东岸福隆街林憾庐处。在桂林与艾芜、丽尼等人相遇。应邀到广西大学讲演。

28 日，广西临时参议会议长李任仁等招待来桂文化界著名人士，巴金和鹿地亘夫妇、胡愈之、陶行知等出席。

30日，从广州、汉口等地撤退到桂林的几十名文艺工作者，汇聚于倚虹楼开座谈会，决定成立中华全国文艺界抗敌协会桂林分会，巴金、夏衍等人被推选为分会理事。

12月29日，桂林受到日寇第四次大轰炸，市区大火延至深夜。轰炸时，到月牙山七星岩避难。

## 1939年　　35岁

〔桂林—金华、温州—上海〕

3月，散文集《旅途通讯》由桂林文化生活出版社出版。

3月—4月，同肖珊离开桂林返上海，经金华、温州返沪后，住霞飞路霞飞坊，在巨籁达路文化生活出版社编辑部工作。

编艾芜的短篇小说集《逃荒》，并作《后记》。

5月，编毕奂午的短篇小说集《雨夕》，并作《后记》。修改校订克鲁泡特金的《我的自传》。

6月，编选罗淑短篇小说集《地上的一角》，并作《后记》。

夏，肖珊赴昆明上西南联合大学外文系学习。

7月，有关抗战的杂文集《感想》由烽火社出版。

8月，编屈曲夫的短篇小说集《三月天》，并作《后记》。

本月，三哥尧林由天津来上海养病。

10月，开始创作长篇小说《秋》。并翻译赫尔岑回忆录片断。

本月，散文集《黑土》出版。

## 1940年　　36岁

〔上海—昆明—重庆—江安—重庆〕

3月，改译克鲁泡特金的《面包略取》，易名为《面包与自由》，8月出版。

5月，《秋》结稿，未在报刊发表，边写边发排，7月由开明书店出书。

6月，修改克鲁泡特金的《人生哲学：其起源及其发展》，易名为《伦理学的起源和发展》，1941年6月出版。

7月，月初，乘“怡生”轮离开上海去海防，三哥、陆蠡到码头送行。中途因风在福州湾停留一天半。到海防后往河内，乘滇越路火车经老街、河口抵昆明，与肖珊见面。由开明书店昆明分社负责人卢芷芬安排，寄住在武成路开明书店的一所栈房里。

8月，译作《一个家庭的戏剧》（赫尔岑著）、短篇小说集《利娜》出版。

9月，凡宰地自传《我的生活的故事》（即《一个卖鱼者的生涯》重译本）出版。

本月，《火》第一部结稿。

9月—11月，吴天将《家》改编为五幕话剧。该剧于次年2月由上海剧艺社在上海辣斐剧场首次演出。

10月，开始译屠格涅夫的《处女地》。

下旬乘飞机前往重庆，在重庆住沙坪坝友人吴朗西夫妇办的互生书店里。

12月7日，出席中华全国文艺界抗敌协会举行的欢迎来渝作家茶会，出席的还有茅盾、冰心、老舍、郭沫若、田汉、艾青等七十余人，周恩来同志代表中国共产党出席茶会，这是巴金首次见到周恩来。

中旬，由重庆至江安和曹禺见面，是时曹禺在戏剧专科学校任教。在江安住一周左右。16日为曹禺的剧本《蜕变》写后记。

本月，《火》第一部出版。

月底回重庆。

### 1941年　37岁

［重庆—成都—重庆—昆明—桂林］

1月，月初回成都住五十天，扫罗淑墓。

本月，五叔死。重回故乡的感触促使巴金后来创作了《憩园》，书中杨老三即以五叔为原型而创造的。

2月，下旬回到重庆，仍住沙坪坝互生书店内，同友人田一文等住一起。从田一文那儿了解前线情况，特别是战地文工团的工作，据此构思《火》第二部。

3月，编罗淑小说、散文集《鱼儿坳》，并作《后记》。

29日，开始创作长篇小说《火》第二部。

春，出席中华全国文艺界抗敌协会举办的欢迎周恩来大会，听周讲话，并握手致意。

5月23日，《火》第二部结稿。

6月，友人陈範予死，17日撰文悼念。

本月，杂文集《无题》出版。

7月，从重庆到昆明，与肖珊见面，住先生坡肖珊和同学所租房子的三楼。

8月，编《龙·虎·狗》集，寄给留在上海文化生活出版社的负责人陆蠡。

9月8日，和肖珊、友人王文涛一起由昆明到桂林，建立文化生活出版社桂林办事处。住桂林东江路福隆街，与王鲁彦相邻。

月底，肖珊返回昆明上课。

12月7日，中华全国文艺界抗敌协会桂林分会举行第二届年会，出席者五十余人，巴金等十五人当选为分会理事。

12日，参加中华全国文艺界抗敌协会桂林分会三届一次理事会。

15日，桂林汉民中学在本校图书馆举办“文艺写作展览”，有巴金手书的文稿展出。

1942年　　38岁

〔桂林—贵阳—重庆—成都—重庆—桂林〕

1月，散文集《龙·虎·狗》由文化生活出版社在重庆、上海同时出版。《火》第二部出版。

本月，王西彦主编的大型文艺刊物《文艺杂志》在桂林创刊，巴金在此刊上发表不少作品。

1月—2月，写《还魂草》和《废园外》。

3月，从桂林途经河地到贵阳。开始翻译王尔德的童话。

在贵阳逗留6天，月底返渝。

4月，由重庆至成都。

本月，短篇小说集《还魂草》出版。

本月，“五四”时期在成都一起办刊物的朋友施居甫病死，撰文纪念。

6月，散文集《废园外》和《巴金短篇小说集》(第三集)出版。

7月，由成都至重庆，住民国路3号3楼。

夏，曹禺将改编剧本《家》送来过目。

10月14日，由重庆至桂林，仍住东江路福隆街与林憾庐相邻。

12月3日，在中华全国文艺界抗敌协会桂林分会召开第四届会员大会上再次当选为理事。

1943年 39岁

〔桂林〕

2月，林憾庐因肺炎在桂林去世，参加葬礼。

3月，译完屠格涅夫《父与子》，同年7月出版。

4月，月初，始创作长篇小说《火》第三部，至九月结稿。

本月，散文、小说集《小人小事》出版。

9月，译完德国作家史托姆的短篇小说集《迟开的蔷薇》，11月出版。

10月20日，《广西日报》副刊《漓水》读书俱乐部联合“自学杂志社”召开座谈会，座谈茅盾《霜叶红于二月花》，巴金出席。

11月，译完屠格涅夫的《处女地》。

年底至翌年初在《广西日报》副刊《漓水》上与赖诒恩神甫就中国人的道德和生活问题展开论争。写《一个中国人的疑问》、《什么是较好的世界——质赖诒恩神甫》、《谈谈两个标准》等文。参加论争的还有其他人。

1944年 40岁

〔桂林—贵阳—重庆〕

春，在桂林遇美国归来的林语堂。靳以由福建回重庆途经桂林时在巴金处住数天。

4月，《火》第三部第三章以《田惠世》为题发表。

5月月初，与肖珊从桂林出发至贵阳。8日在贵阳郊外的“花溪小憩”结婚。

中旬，送肖珊到四川旅行。开始创作中篇小说《憩园》。

下旬，住进贵阳中央医院三等病室，作矫正鼻中隔等手术，共住院十几天。据这段时间对医院生活的观察和感受，后来创作了中篇小说《第六病室》。

6月上旬，出院。住中国旅行社招待所，10多天后住郊外花溪对外营业招待所。

离开贵阳到达重庆，住民国路文化生活出版社编辑部，与冯雪峰邻近，经常来往。

本月，译作《处女地》（屠格涅夫著）出版。

7月，《憩园》结稿。

8月，获知王鲁彦去世，作《写给彦兄》。

夏，何其芳自延安来渝，偕巴金至曾家岩“周公馆”拜访周恩来同志。



10月，《憩园》由重庆文化生活出版社出版。

初冬，开始创作《寒夜》，不久辍止。

12月底，出席重庆文艺界座谈会，周恩来参加并讲话。

## 1945年　　41岁

〔重庆—上海—重庆〕

1月18日，获知友人缪崇群于14日去世，急至北培墓前吊唁，4月作《纪念一个善良的友人》。

2月，和老舍、茅盾等三百人在重庆《新华日报》联名发表《文化界时局进言》。

5月4日，出席中华全国文艺界抗敌协会在曹家巷文化会堂举行的抗协成立七周年暨第一届文艺节纪念会，郭沫若、胡风、老舍、邵力子、王平陵等百余人到会。

本月，开始创作《第四病室》。译作《散文诗》（屠格涅夫著）出版。

6月24日，郭沫若、老舍、叶圣陶、洪深、陈白尘、巴金等24人发起的沈雁冰50寿辰庆祝会在重庆西南实业大厦举行。

29 日，柳州克复。

7 月 27 日，桂林克复。

本月，《火》第三部出版。

8 月 15 日，日本宣布投降。

打电报到上海与三哥尧林联系。

28 日，毛泽东到重庆，初次见到毛泽东。

抗战胜利初期，中华全国文艺界抗敌协会组织“附逆文化人调查委员会”，委员会由老舍、夏衍、巴金等 18 人组成，任务是负责调查背叛祖国，投靠日伪的汉奸文人的罪行。

10 月 10 日，中华全国文艺界抗敌协会改名为中华全国文艺界协会（简称“文协”）。

21 日，文协在重庆张家花园会所举行会员联欢晚会，和郭沫若、胡风、叶圣陶、冯雪峰等人出席。周恩来应邀参加，宣讲毛泽东关于文艺为工农兵服务的方针，介绍延安的文艺活动情况。

初冬，重新开始创作《寒夜》，写一部分。

11 月 1 日，由重庆到上海，开始筹备恢复文化生活出版社。肖珊因怀孕留在重庆。

在上海和生病的三哥尧林与索非同住霞飞路霞飞坊 59 号 3 楼。

12 月 8 日，和郭沫若、茅盾等 18 人联名致电昆明各校师生，悼念因国民党特务和军队袭击捣毁学校而遇害的师生。

三哥尧林病故，亲自安排入殓、安葬。3 天后回重庆。

16 日，长女李小林（小名国烦）生于重庆。

17 日，上海文艺界聚会，成立文协上海分会，巴金虽未出席，仍被选为分会理事。

本月，建国前的最后一个短篇小说集《小人小事》由文化生活出版社出版。

## 1946 年　　42 岁

〔重庆—上海〕

1 月 20 日，和茅盾等 21 人联名发表“陪都文艺界致政治协商会议各委员书”，信中呼吁废止文化统治政策，确立民主的文化建设政策。

本月，中篇小说《第四病室》由良友复兴图书公司出版。

4月10日，散文集《旅途杂记》出版。

月底，肖珊和女儿返上海。

本月，和张澜、沈钧儒、郭沫若等联名发表《致美国国会争取和平委员会书》。

5月5日，出席全国文协在张家花园召开的庆祝文艺节大会。11日，出席文联社发起的文艺座谈会。21日，离开重庆到上海。

6月，和马叙伦等上海各界人士上书蒋介石、马歇尔及各党派，呼吁永久和平。

这期间负责文化生活出版社全部社务，并开始编辑《文学丛刊》第八、九、十集。

7月16日，与茅盾、叶圣陶等二百六十人联名发表《中国文化界反内战、争自由宣言》。

8月，《寒夜》开始在"文协"上海分会的刊物《文艺复兴》上连载，在这之前曾在《环球》画报上刊载一些章节。

12月31日，长篇小说《寒夜》结稿。这是建国前创作的最后一部小说。

## 1947年　　43岁

〔上海—台湾—上海〕

3月，《寒夜》由上海晨光出版公司出版。

6月，为亡友鲁彦编辑《鲁彦短篇小说集》，并作《后记》。

7月19日，和郭沫若、茅盾、叶圣陶、胡风等十三人致电联合国人权委员会，控诉国民党特务暗杀李公朴、闻一多的罪行。

下旬，到台湾旅行，住台北黎烈文家。

8月，从台北到基隆，乘船回上海。

本月，散文集《怀念》出版。

9月，编辑自选集《巴金文集》，次年由春风书店出版。

11月，参加编辑"文协"主办的《中国作家》杂志。

**1948 年** **44 岁**

〔上海〕

3 月，译作《快乐王子集》(英国王尔德著)出版。

4 月，开始翻译妃格念尔的回忆录。

5 月 31 日，写信给法国学者明兴礼，谈及自己所接受的西欧政治思想和文学的影响。

6 月，译作《笑》(奈米洛夫等著)出版。

7 月，为亡友缪崇群编辑出版散文集《碑下随笔》，并作《后记》。

8 月，改订 1938 年出版的《西班牙的黎明》，易名为《西班牙的曙光》，于次年 1 月出版。

9 月，译完妃格念尔的回忆录中的第二卷《狱中二十年》，次年 2 月出版。继续翻译第一卷，但未能出版。

本月，散文集《静夜的悲剧》出版。

**1949 年** **45 岁**

〔上海—北京—上海—北京—上海〕

3 月，开始译鲁多夫·洛克尔的《六人》，10 月出版。

4 月，上旬参加马宗融公葬仪式。

5 月 25 日，上海解放。下午与黄裳到文化生活出版社察看，然后走到南京路上看解放军入城。

夏，文化生活出版社协商增加董监事人数，提名巴金、朱洸、吴朗西、毕修勺、章靳以为常务董事，朱洸为董事长，康嗣群为总经理，巴金为总编辑。

6 月，从上海到北平。

7 月 2 日，参加在北平举行的第一次全国文学艺术工作者代表大会。写《我是来学习的》。19 日大会闭幕，当选为中华全国文学艺术界联合会全国委员会委员。

23 日中华全国文学工作者协会成立，当选为该会全国委员会委员。

8 月初，回上海。

9 月 1 日，起将文化生活出版社社务交康嗣群。

本月，当选为中国人民政治协商会议代表，中旬前往北京参加第一届全体会议。

10月1日，在天安门参加开国大典。

11月，译完屠格涅夫的中篇小讲《蒲宁与巴布林》，12月出版。

12月，译完高尔基的《回忆契诃夫》，次年1月出版。

## 1950年　　46岁

〔上海—北京—苏联、波兰—北京—上海〕

1月4日，出席在上海锦江饭店召开的讨论柳青《种谷记》的座谈会。

2月，译完高尔基的《回忆托尔斯泰》，4月出版。

3月，辞去文化生活出版社常务董事职。

4月24日，辞去文化生活出版社董事职。

5月，译完高尔基的《回忆布罗克》，7月出版。

7月24日，在上海解放剧场参加上海首届文学艺术工作者代表大会。大会历时六天，29日闭幕，当选为上海文联副主席。

28日，儿子小棠生。

8月25日，辞去文化生活出版社总编辑职务。

本月，译完巴甫罗夫斯基的《回忆屠格涅夫》，同月出版。

9月，译高尔基短篇小说四篇，连同旧译稿一篇，新编为《草原集》，11月出版。

10月30日，参加以郭沫若为团长的第二届保卫世界和平大会代表团，前往波兰、苏联访问。临行前，代表团受到周恩来总理接见。

本月，译完迦尔洵的短篇小说集《红花》。11月出版。

11月9日，到达莫斯科，13日到达华沙，16日第二届保卫世界和平大会开幕，22日闭幕。这期间访问了奥斯威辛和克拉科城。29日参加中国劳动人民代表团，从华沙到莫斯科，先后访问了莫斯科、列宁格勒和西伯利亚等地。

12月18日，离开苏联的奥特波尔回国，21日返抵北京。

24日，出席北京各界庆祝中朝人民抗美援朝胜利，欢迎和大代表团返国大会，朱德、宋庆龄、李济琛、沈钧儒等出席。

本月，返回上海。

1951 年　　　　47 岁

〔上海—山东、江苏—上海〕

2 月，编选散文集《华沙城的节日——波兰杂记》，3 月出版。

编译《纳粹杀人工厂——奥斯威辛》。将 1938 年出版的《西班牙的血》和《西班牙的苦难》二书合编改名为《西班牙的血》。均于 3 月出版。

3 月，中华全国世界语协会成立，当选为理事。

本月，译完迦尔洵的《一件意外的事》，6 月出版。

6 月，散文集《慰问信及其他》结集，7 月出版。

7 月，《巴金选集》由开明书店出版。

25 日参加北方老根据地访问团华东分团，任副团长。同行的还有靳以、方令孺等。在一个多月里，访问了济南、沂南、镇江、扬州、盐城、兴化等城镇，8 月底结束。

11 月，译完迦尔洵的《癞虾蟆和玫瑰花》，次年 1 月出版。

1952 年　　　　48 岁

〔上海—北京—朝鲜—北京—上海〕

1 月，译完屠格涅夫的《木木》，5 月出版。

2 月，在北京筹备全国文联组织的“朝鲜战地访问团”，任团长。

该团有文学、艺术工作者十八人。自 10 日起开始进行入朝前学习。

3 月 7 日，启程离京，15 日到达安东，16 日过鸭绿江，20 日到达朝鲜前线，22 日会见彭德怀司令员。25 日写完《我们会见了彭德怀司令员》。28 日彭德怀看过文章后复信巴金，提出修改意见。31 日到达平壤。

4 月 1 日，和其他 20 位作家联名发表控诉书，向全世界人民揭露美帝使用细菌武器的罪行。4 日受到金日成接见，并参加朝鲜文学艺术总同盟举行的座谈会，然后去开城前线。

10 月 1 日，在开城附近和志愿军一同过国庆节。

本月，从朝鲜回国。

1953 年　　　　49 岁

〔上海—北京—朝鲜—北京—上海〕

1月1日，参加华东话剧工作者新年联欢。

2月，关于朝鲜的第一本散文集《生活在英雄们中间》出版。

3月24日，中华全国文学工作者协会常务委员会在北京召开第六次扩大会议，通过茅盾、周扬、柯仲平、老舍、巴金等21人为全国文协代表大会筹备委员会委员。

3月—7月，《新生》、《海的梦》、《雾·雨·电》、《家》、《憩园》、《旅途随笔》、《还魂草》以及《父与子》（新译本）陆续重新修订出版。

上半年，在上海写《英雄的故事》集中的短篇小说，9月出版。

8月，再度入朝访问。

15日，在沙里院市参加黄海道五万四千人的群众大会，纪念朝鲜解放八周年。

9月，2日，在开城。

23日到10月6日中国文学艺术工作者第二次代表大会在北京召开。因在朝鲜未能出席，写了《衷心的祝贺》一文。



10月1日，在开城前线前沿阵地和志愿军一起庆祝国庆。

9日，中华全国文学艺术界联合会第二届全国委员会召开第一次会议，被选为全国文联委员。同月，中华全国文学工作者协会改组为中国作家协会，被选为中国作家协会第二届理事会理事、副主席。

这期间，在朝鲜写成《保卫和平的人们》集中的散文、特写。

11月6日—8日，华东作家协会在上海成立，巴金未能出席大会，当选为理事。

12月，离开朝鲜回国。26日，由巴金等十五人组成华东作协创作委员会，组织委员学习过渡时期的总路线，总任务等。

1954年　　50岁

〔上海—北京—莫斯科—北京—华沙—北京—上海〕

1月14日，在北京参加中国文联第二届全国委员会主席团第二次扩大会议，讨论1954年工作计划。

6月，译著《家庭的戏剧》（赫尔岑著）修改本出版。

7月13日，到达莫斯科，应邀参加契诃夫逝世五十周年纪念活动。

14日，参加契诃夫纪念馆的开幕典礼，法国小说家勃赖德尔、罗马尼亚诗人别纽克同车前去。与苏联作家费定第一次见面。15日上午到“新圣母修道院”公墓为契诃夫扫墓；晚，在工会大厦出席“契诃夫逝世五十周年纪念大会”，作《向安东·契诃夫学习》的发言。16日晚在莫斯科文化艺术剧院看《万尼亚舅舅》。17日下午，在高尔基公园露天剧院参加“纪念契诃夫逝世五十周年”晚会。18日在瓦赫坦坷夫剧院看《海鸥》。21日起前往雅尔达、罗士托夫城、大冈罗格、斯大林格勒等地访问参观。

8月4日，离开莫斯科回国。

9月4日，当选为第一届人大代表（四川代表）。15日至29日，第一届全国人民代表大会在北京召开，参加大会。

本月，编选《巴金短篇小说选集》并写《自序》，次年3月出版。

编选《巴金散文选》并写《前记》，次年5月出版。散文集《保卫和平的人们》出版。



## 1955年　　51岁

〔上海—北京—新德里—北京—上海—南京—上海〕

2月，《春》、《秋》由人民文学出版社重版。

3月11日，在全国各人民团体负责人的联席会议上被推选为出席亚洲作家会议的中国代表团副团长，郭沫若任团长。

4月，前往印度新德里参加亚洲作家会议。5日，出席印度文化界举行的欢迎会，在会上致词。6日大会开幕，10日闭幕。

本月，经昆明回国。

5月，随笔集《谈契诃夫》出版。

25日，在北京参加中国文联主席团、作协主席团召开的联席扩大会议，讨论反胡风问题。同月写书评《谈别有用心的〈洼地上的战役〉》。

6—7月，在北京参加第一届全国人民代表大会第二次会议。会议期间和李劼人交谈创作问题多次。

8月1日，参加全国文联、作协主席团举行的联席会议，在会上介绍上海文艺界反胡风的情况。

10月9日，与孔罗荪、唐弢等欢迎法国作家萨特和德·波伏瓦来上海访问，并在寓所接待。

11月6日，参加上海市庆祝苏联十月社会主义革命三十八周年大会，为主席团成员。

参加在南京举行的授军衔、授勋章的典礼。

12月2日出席上海纪念《草叶集》出版一百周年和《堂·吉诃德》出版三百五十周年座谈会，并在会上作了《永远属于人民的两部巨著》的报告。

18日—24日，出席上海市人民代表大会第三次会议。

### 1956年 52岁

〔上海—北京—柏林—上海—成都—上海—新德里—北京〕

1月5日，偕周立波从北京启程前往柏林参加第四届德意志民主共和国作家大会。9日抵达柏林，10日—14日开会，16日闭幕，当晚参加文化部部长贝歇尔举行的宴会。本月回国。



2月7日至3月6日，在北京参加中国作协二次理事会（扩大）会议。会议期间与茅盾、老舍、曹禺受毛泽东主席接见。周扬在会议报告中指出："作家茅盾、老舍、巴金、曹禺、赵树理都是当代语言艺术的大师"。

5月1日，参加上海市人民庆祝"五一"国际劳动节大会，为大会主席团成员。16日至20日参加作协上海分会二次会员大会，在会上作《在建设社会主义的旗帜下胜利前进》的报告。

本月，以全国人民代表大会代表的身份在上海市视察工作。

6月15日—30日，在北京参加第一届全国人民代表大会第三次会议，为大会主席团成员。

7月，写《"鸣"起来吧》、《"独立思考"》等杂文，均署名余一。

8月，编成散文集《大欢乐的日子》，次年3月出版。

10月14日，参加鲁迅新墓迁葬仪式，和金仲华一起把复制的"民族魂"旗帜献盖在灵柩上。

11月，与文化界人士一道在龙华机场迎接中日友协理事长内山完造。

12月，作为全国人大代表到成都视察。这是解放后第一次回故乡。10日，出席四川省文学创作会议并作有关创作的报告。在成都，见到青年时的朋友吴先忧，并到正通顺街的老家观看。下旬，去印度新德里参加亚洲作家会议。23 日开幕，28 日闭幕。

1957 年　　53 岁

〔上海—北京—上海—北京—莫斯科、列宁格勒、基辅—上海〕

3 月，在北京参加作协创作规划会议。与赵丹、方纪等受毛泽东主席的接见。毛泽东主席说，知识分子的大多数是爱国的，是愿意为社会主义服务的。又说，马克思、恩格斯当时写文章都是以理服人，现在有些人写文章不是以理服人，而是以势压人。这些话给他留下深刻印象。

4 月 27 日，会见《文汇报》记者，批评上海有关部门不重视话剧。

5 月 16 日，参加上海市委召开的第二次作家座谈会，在会上发言，对文艺界出版工作提出意见。

本月，开始编《巴金文集》。

6 月 26 日—7 月 16 日，在北京参加第一届全国人民代表大会第四次会议。返沪前一天与冯雪峰长谈一次。

7 月 1 日，大型刊物《收获》创刊，巴金、靳以任主编。

8 月 16 日—9 月 3 日，参加上海市二届人大二次会议。大会以反右为中心。会上与周而复、柯灵、靳以、郭绍虞等人作联合发言，批判孙大雨等。

9 月 16 日—17 日，在北京参加作协党组扩大会议最后一次会议，会上与靳以联合发言，批判冯雪峰、丁玲、艾青。

11 月 3 日，参加去苏联庆祝十月革命 40 周年活动的中国劳动人民代表团，受周总理接见。4 日启程赴莫斯科，7 日参加庆祝观礼。12 日到列宁格勒访问。15 日返莫斯科。20 日到基辅。28 日回国。

12 月 7 日，在上海作协举行的全体会员大会上，传达周恩来总理对下乡、下厂的作家所作的报告。29 日下午，在上海作协举行的大会上，代表主席团宣布第一批深入生活的作家名字，并致贺词。

1958 年　　54 岁

〔上海—北京—苏联—上海—成都—上海〕

1月，主持作协上海分会举行的会议，并作报告，介绍1957年上海分会创作概况。

2月1日出席第一届全国人民代表大会第五次会议，为主席团成员。

26日下午，主持上海作协召开的创作座谈会。

这期间还同三十多位作家一道访问上海机床厂。

3月，《巴金文集》第1卷、第2卷出版。

13日，写《法斯特的悲剧》，发表于《文艺报》第11期，引起指责和批评。5月19日给《文艺报》编辑部写信，表示接受批评。

20日，参加上海民主党派和无党派人士社会主义自我改造促进大会，为主席团成员。

4月，《巴金文集》第3卷出版。

5月，《巴金文集》第4卷出版。

8月5日，去医院看望因公烧伤的邱财康同志，8日修改完成报告文学《一场挽救生命的战斗》。



本月，《巴金文集》第5卷出版。

10月4日，到苏联塔什干参加亚非作家会议。会议7日在纳沃伊剧场开幕，12日闭幕。住郊外杜尔明别墅。14日搬进城里住塔什干旅馆。15日乘飞机去撒马尔汗访问，并参加乌兹别克作家代表大会。16日到费尔刚纳，安集匹等地访问。18日回塔什干。19日乘飞机到莫斯科，下旬回国。

17日，友人郑振铎因飞机失事遇难。返上海后撰文悼念。

本月开始，《中国青年》、《文学知识》、《读书》等杂志开展对巴金建国前作品的批判和讨论。

本月，《巴金文集》第6卷出版。

11月，在成都观看四川省革命残废军人教养院课余演出队的演出。

12月，月底返回上海。

**1959年　　55岁**

〔上海—新安江—北京—上海〕

3月底，到上海郊区公社参观。

4月，编完散文集《新声集》，9月出版。

5 月，编完散文集《友谊集》，9 月出版。

6 月，去浙江新安江水库工地访问四天，肖珊同行。《巴金文集》第七卷、第八卷出版。

25 日，在北京与周扬等参加首都诗人座谈会。

8 月，在上海。去郊区公社参观。

9 月，与肖珊合译的《屠格涅夫中短篇小说集》出版。

10 月，《巴金文集》第十卷出版。

11 月 7 日，靳以逝世，巴金为治丧委员会成员。同日参加上海各界人民庆祝十月社会主义革命四十二周年大会。

10 日，参加公祭靳以大会，致悼词。

1960 年　　56 岁

〔上海—昆明—个旧—上海—杭州—上海—北京—北戴河—上海—成都〕

2 月 13 日，出席上海市庆祝中苏友好同盟互助条约签订十周年酒会。

14 日，晚，出席苏联驻上海领事馆举行的庆祝会。

17 日，担任上海市纪念“三八”国际劳动妇女节五十周年筹备委员会副主任委员。

是日，到机场迎接苏中友好协会代表团，当晚参加会见代表团的活动。

25 日，参加作协上海分会会员大会，致开幕词。

3 月中旬，以全国人民代表大会代表身份到昆明及锡城个旧视察访问。

4 月，散文集《赞歌集》出版。

5 月—6 月，去杭州，住金湖宾馆。此行主要准备在第三次文代会上的发言稿。

7 月，下旬赴北京，参加全国文学艺术工作者第三次代表大会，在会上作题为《文学要跑在时代的前头》的发言。当选为全国文联副主席。

8 月 13 日，第三次文代会闭幕。

同期参加全国作协第三次理事会（扩大）会议，继续当选中国作家协会副主席。会后曾游北戴河。

本月，返回上海。

10月，从上海到成都，由成都市市长李宗林安排在学道街省委招待所住了四个月。这期间修改《寒夜》等小说。

在成都见到少年时期教自己学英语的香表哥（濮季云），不久濮因患肺结核病逝。

**1961年　　57岁**

〔成都—上海—东京—杭州—黄山—上海—广州、海南岛—上海〕

2月，从成都回上海。

3月，任参加在东京召开的亚非作家会议常设委员会紧急会议的中国作家代表团团长。18日启程，24日到达东京。27日大会开幕，30日闭幕。



在日本约一个月时间，访问了东京、京都、镰仓、箱根等地。结识了中岛健藏、青野吉季、木下顺二等作家。回国前一天，在告别酒会上见到《骷髅的跳舞》的作者秋田雨雀。

4月，中旬回国。

6月，到杭州，住花港招待所，写访日的散文。

7月20日，创作短篇小说《团圆》。这篇小说1963年由毛峰、武兆堤改编为电影《英雄儿女》。

8月，到黄山。在这里编成短篇小说集《李大海》，12月出版。

9月，返回上海。25日参加上海各界纪念鲁迅诞生80周年大会，作《鲁迅仍然和我们在一起》的讲话。

10月，《巴金文集》第10、11卷出版。

11月，《巴金文集》第12卷出版。

12月，《巴金文集》第13卷出版。

年底，去广州和海南岛海口市，游海瑞墓。

**1962年　　58岁**

〔上海—东京—上海〕

年初，香港一出版社拟出《巴金选集》，复信表示同意，同时表示不要版税或稿费。

偕肖珊及孩子到广州过春节。

5月8日，上海第二次文代会召开，致开幕词《更高地举起毛泽东文艺思想的红旗》。几天后，在会上作《作家的勇气和责任心》的讲话。

7月底，率领中国代表团赴东京出席第八届禁止氢弹、原子弹世界大会，会期为两个星期。

8月11日，参加在东京举行的告别会，15日回到北京。

本月，《巴金文集》第十四卷出版。至此，汇集建国前文学创作的十四卷文集出齐。

12月24日，李劼人逝世。25日致唁电，26日列名于治丧委员会。

1963年　59岁

〔上海—北京—越南—上海—东京—上海〕

4月，去北京参加全国文联第三次扩大会议。

6月10日，和李束为到越南访问，为期五个星期。

本月，访日散文集《倾吐不尽的感情》出版。

7月初，从海防到达下龙湾，住5天，返回河内，又访问义安市、贤良江等地，在紧靠17度线的永灵住了3天。15日左右回国。

12月5日，率领中国作家代表团到达东京访问，日本共产党中央政治局委员藏原惟人曾接见。本月回国。

1964年　60岁

〔上海—大寨—上海—北京〕

6月，编选访越散文集《贤良桥畔》，9月出版。

8月，去大寨参观访问，回上海后写报告文学《大寨行》。

12月21日，在北京参加第三届全国人民代表大会第一次会议。

1965年　61岁

〔北京—上海—越南—上海〕

1月，继续在北京参加三届人大第一次会议。4日闭幕。

6月8日，以上海文联主席身份观看日本话剧团在上海举行的告别演出，并会见话剧团成员。10日到车站欢送日本话剧团。

7月15日，被迫发表批判电影《不夜城》的文章。访越前与肖珊一起去看望该电影的编剧柯灵。

本月，第二次访越。访问了奠边府、海防市等地，20日受胡志明主席接见。

12月，在上海参加周恩来总理为斯特朗80岁生日举行的宴会。

## 1966年 62岁

〔上海—北京—上海〕

6月，在北京参加亚非作家紧急会议。任中国作家代表团副团长。

7月10日，出席在人民大会堂举行的北京市人民支援越南人民抗美救国斗争大会，为主席团成员，在会上见到老舍，这是两人的最后一次见面。同月在武汉、杭州，继续参加亚非作家会议，月底去杭州参加亚非作家“湖上大联欢”。

8月1日，亚非作家紧急会议在上海举行最后一次会议，晚上出席盛大欢送会。2日下午，出席亚非作家常设局秘书长希普里耶·森纳亚克和夫人举行的招待会；晚，到机场欢送部分外宾。

本月，受到上海市文联“造反派”批判，开始了靠边、检查、被批斗和强迫劳动的生活。被关在上海文联资料室的“牛棚”里。

下旬，感到大祸临头，将保存了40几年的大哥尧枚的信件全部烧掉，共一百多封。包括1923—1931年之间的来信及大哥自杀前写的绝命书的抄本等。

9月，10日，上海作协“造反派”抄家。

这期间，肖珊也频遭批斗。

## 1967年 63岁

〔上海〕

1月，上海“一月革命”后，外地来沪的造反派增多，挨斗更频。与魏金枝、王西彦等六人被迁出资料室，关到楼下一处不满五平方米的煤气灶间，称为“小牛棚”。

5月10日，《人民日报》发表署名文章，点名批判巴金。

9月18日，被“红卫兵”带到复旦大学，关在学生宿舍六号楼近一个月。26日开批判会。

10月，“造反派”在上海作协旧址批斗前上海市委宣传部部长石西民，被拉去陪斗。

本年，上海市红代（筹）批判文艺黑线联络站、上海市文艺界批判文艺黑线联络站等，先后编印多种巴金批判专辑。

1968年　　64岁

〔上海〕

1月，下旬，批斗陈丕显、石西民时被带去陪斗。

2月26日，《文汇报》发表长篇文章《彻底揭露巴金的反革命真面目》。

6月18日—21日，上海《文汇报》、《解放日报》分别以《斗倒批臭文艺界反动“权威”巴金》和《彻底斗倒批臭无产阶级专政的死敌——巴金》为通栏标题发表多篇批判文章。

20日，被押至人民杂技场参加上海文化系统召开的“斗争巴金电视大会”。

9月，随作协迁移到石门路一座大楼，受监督略为放松。不久工宣队、军宣队进驻作协。

本月，到松江县辰山公社参加“三秋”劳动，挨过几次“田头批判”。

10月，回到石门路“大牛棚”。

1969年　　65岁

〔上海—松江〕

2月，随作协迁回钜鹿路旧址。

不久被允许参加“革命群众”的“学习会”。

5月，又去松江辰山公社参加“三夏”劳动，一直延续到次年春节。这期间常受批判。

8月，《文汇报》发表《批臭巴金，批臭无政府主义》、《彻底批判大毒草〈家〉〈春〉〈秋〉》等文章。

本年，开始抄录、背诵但丁《神曲·地狱篇》，至1972年7月抄到第九曲。

1970年　　66岁

〔松江—奉贤〕

1月—2月，继续留在辰山劳动。

2月，春节后被编入上海文化系统某团第四连，到奉贤县"五七"干校从事搬运稻草、抬粪水、种菜、喂猪、搓绳等劳动。其间经常被押回上海，到工厂、学校游斗。

1972年　　68岁

〔奉贤—上海〕

6月初，从干校回家度假。肖珊病重，请假回家看护不批准，只得重返干校。

本月，参加市、区召开的"宽严大会"。

7月，中旬允许留在家中，肖珊已住进中山医院，将近20天里，每天在医院陪着肖珊。

8月，13日，肖珊病故。此后留在上海作协。

1973年　　69岁

〔上海〕

本年，在钜鹿路作协上班，读书学习，写笔记。

7月，当时的上海市委"书记"王洪文、马天水、徐景贤、王秀珍和"常委"冯国柱、金祖敏六人作出决定，对巴金的问题处理是："人民内部矛盾处理，不戴反革命帽子，发给生活费，可以搞点翻译。"

这期间埋头重译屠格涅夫的《处女地》。

1974年　　70岁

〔上海〕

9月，抄完《处女地》重译稿。

开始译赫尔岑的多卷本回忆录《往事与随想》。

**1976年** **72岁**

〔上海〕

10月，“四人帮”被粉碎，去淮海路襄阳公园附近看大字报。

**1977年** **73岁**

〔上海〕

4月，《往事与随想》第1、2卷译成。

5月18日，写《一封信》，恢复了写作的权利。23日，出席上海文艺界的座谈会。

25日，《一封信》在《文汇报》上发表。27日写《第二次的解放》，发表于6月11日《解放日报》。这两篇文章发表后，到本年底为止，《文汇报》收到一百五十余封要求转交巴金的读者来信。

本月，何其芳写信给巴金，表示看到他的文章后，自己一定要多学一种外文。

8月，为《家》重印本写《后记》，认为“我的作品已完成了它的历史任务”。该版11月由人民文学出版社出版。

9月，接待来访的日本朋友中岛健藏夫妇、井上靖等。

26日，为法译本《家》写序。

10月，《上海文学》复刊，短篇小说《杨林同志》在该期发表。

12月25日，至30日，上海市第七届人民代表大会第一次会议，政协上海市第五届委员会第一次全体会议同时举行。参加会议。

本月，在《人民日报》编辑部举办的座谈会上，作《除恶务尽》的书面发言。

本年，沙汀专程从四川到上海相会。叶圣陶从北京寄赠诗一首：“诵君文，交不浅，五十年。平时未必常晤叙，十载契阔心怅然。今春《文汇》刊书翰，识与不识众口传。挥洒雄健犹往昔，蜂虿于君何有焉。杜云古稀今曰壮，伫看新作涌如泉。”

1978 年　　74 岁

〔上海—北京—上海〕

2 月 25 日，在北京出席第五届全国人民代表大会第一次会议。同月，《处女地》新译本由人民文学出版社出版。

3 月 5 日，五届人大一次会议闭幕，回上海。

4 月，审定上海师大中文系鲁迅著作注释组访问纪录稿《〈中国文艺工作者宣言〉起草经过及其它》。

5 月 27 日，到北京参加中国文联第三届第三次（扩大）会议。

6 月 3 日，在八宝山革命公墓参加老舍的追悼会。

5 日，文联三届三次（扩大）会议结束，在会上作《迎接社会主义文艺的春天》的发言，提出"创作要上去，作家要下去"的口号，会后回上海。18 日在北京参加郭沫若的追悼大会。

7 月，开始写创作回忆录。

8 月 13 日，开始写《怀念肖珊》。本月《巴金近作》由四川人民出版社出版。

10 月，译作《文学写照》（高尔基著）由人民文学出版社重印。

11 月，散文集《爝火集》编成，收录了建国以来各个阶段的散文。16 日在序中说："去年八月我写的《家》重印后记，我说这部小说已经完成了它的历史任务……今天我知道自己错了。"

1979 年　　75 岁

〔上海—北京—法国—北京—上海〕

1 月 16 日，写完《怀念肖珊》。

3 月 12、13 日参加作协上海分会召开的座谈会，22 日参加《人民日报》文艺部在沪召开的座谈会，在会上发言。

本月，在北京茅盾寓所看望茅盾，谈话近一小时。

4 月 24 日，率领中国作家代表团抵达巴黎访问，这是自 1928 年离开法国后的第一次重访。在法国访问了尼斯、马赛、里昂、沙多—吉里等城。并参加多次座谈会、问答会。

5 月 13 日，离法回国。

6 月 18 日—7 月 1 日，在北京参加五届人大二次会议和五届政协二次会议。

7月，汇集巴金反映抗美援朝斗争生活的小说散文集《英雄的故事》由四川人民出版社出版。

8月8日，写《纪念雪峰》，对反右作深刻检讨。

10月14日，在上海寓所会见香港《八方》文艺丛刊编委李黎。

本月，译作《往事与随想》（赫尔岑著）第1册出版。

31日，在北京参加中国文学艺术工作者第四次代表大会。

11月16日，在文代会上被选为中国文联第四届全国委员会委员。17日被选为中国文联副主席，中国作协第一副主席。是日大会闭幕。周扬在报告中指出，巴金是现代文艺史上以鲁迅为代表的文学巨匠之一。

12月，在北京参加中国作家协会第三次代表大会，致闭幕词。

本月，《随想录》（第一集）由三联书店香港分店出版。《爝火集》出版。



1980年　　76岁

〔上海—北京—日本—上海—瑞典—上海〕

2月，被《小说月报》聘为该刊名誉顾问之一。

3月下旬，抵北京，参加1979年全国优秀短篇小说评选发奖大会。22日，在中国作协会见意大利留学生、意大利文本《家》的译者玛尔格丽达·彼阿斯科，回答了她提出的问题。

本月，《巴金选集》（上下集）由人民文学出版社出版。

4月1日，率领中国作家代表团到日本东京访问。2日，受大平首相接见。4日，在东京朝日讲堂讲演会上作《文学生活五十年》的讲话。

11日，在京都“文化讲演会”上作《我和文学》的讲话。18日返沪。在日本期间，还访问了广岛、京都、奈良、德岛、长崎等地。

17日，中国笔会中心在北京成立，当选为主席。

5月，16日，刘少奇同志治丧委员会组成，为委员之一。

22日，美籍华人作家聂华苓夫妇到家作客。

6月，《巴金中篇小说选》上卷由四川人民出版社出版。

7月初生病住华东医院，赵丹亦在此住院。

8月，《巴金中篇小说选》（下卷）出版。

4日至10日，率领中国世界语代表团去瑞典参加第六十五届世界语大会。12日会见瑞典科学院秘书拉尔斯·居伦斯顿，下午回国，17日返抵上海。

8月30日—9月10日，在北京参加第五届全国人民代表大会第三次会议。

10月10日，赵丹去世。11日至13日写纪念文章《赵丹同志》。

11月下旬，在上海寓所带病会见以意大利作家工会总书记德·雅科等六位意大利作家、汉学家。

12月10日，在上海寓所会见访华的日本女作家山崎明子。

27日，在《关于〈激流〉》一文的末尾提出创办“中国现代文学馆”的建议，表示“愿意尽最大的努力促成它的出现”。28日，又在《〈创作回忆录〉后记》中再次表示：希望现代文学资料馆“早日建立起来”。



本月，《创作回忆录》结稿。《巴金近作》第二集出版。

## 1981年 77岁

〔上海—北京—上海—莫干山—上海—北京—里昂—上海—北京—上海〕

1月，由孙道临、叶丹改编的电影文学剧本《灭亡》发表。

3月12日，《人民日报》发表《〈创作回忆录〉后记》并附编者《后记》，十分重视巴金关于建立“中国现代文学馆”的倡议。巴金的倡议得到茅盾、叶圣陶、夏衍、冰心、丁玲等的赞成和支持。罗荪、臧克家、曹禺、唐弢、周而复等撰文表示响应。该馆筹备委员会于本年12月在北京成立，巴金、谢冰心、曹禺等九人为委员。

4月，月初在杭州小住六天，9日由上海赴北京，11日在北京人民大会堂西大厅参加茅盾追悼大会。13日出席《收获》编辑部在北京召开的座谈会，以主编身份作了即席发言。

20日，出席中国作协主席团扩大会议，当选为主席团代理主席。会议决定成立茅盾文学奖金委员会，由巴金任主任委员。会议讨论了筹建现代文学馆的问题，巴金提出，他准备献出稿费十五万元作建馆基金，并愿捐出自己的全部手稿和有关资料。

21日，鲁迅诞辰一百周年纪念委员会在北京成立，邓颖超，巴金等九人任副主任委员。

春，写信给泉州原黎明高中、平明中学等学校的旧同事，表示赞成创建“黎明学园”。

本月，黎明学园董事会成立，被选为名誉董事长。

本月，《随想录》第2集《探索集》由三联书店香港分店出版。

5月5日，在上海寓所会见南斯拉夫作家代表团团长伊万·伊瓦尼，伊瓦尼赠巴金一只珍贵的南斯拉夫民间乐器的模型。

25日，在北京举行的“全国中篇小说、报告文学、新诗优秀作品发奖大会”上以中国作协代主席的身份作书面发言。

29日，宋庆龄逝世，为治丧委员会委员。

本月，在上海接受日本《朝日新闻》驻上海特派员的采访。

5月—8月，编选《序跋集》，次年3月出版。该书稿费全部捐赠中国现代文学馆。

6月19日，参加上海市鲁迅诞辰一百周年纪念委员会第一次会议，任该委员会主任委员。

7月24日，出席上海市委宣传部、上海市文联等举行的座谈会，交流学习中共十一届六中全会重要文献的体会，在会上作《学好〈决议〉，继续清“左”的流毒》的发言。

8月，到莫干山疗养。

9月11日，在北京主持中国笔会中心会员大会。

15日，率中国笔会中心、中国上海笔会中心、中国广州笔会中心代表团（一行九人）启程赴法国，参加第四十五届国际笔会大会。大会21日在里昂开幕，25日在巴黎闭幕。在会上讲话。29日在巴黎中国城饭店和其他先行回国的中国代表团成员告别。30日前往瑞士访问。

本月，《创作回忆录》由三联书店香港分店出版。

10月7日，结束对瑞士的访问，离开苏黎世回国。

11日，在上海会见南斯拉夫作家代表团。

13日，在北京主持中国作协主席团会议。会议决定年内举行第二次中国作协理事会全会；恢复胡风的作协会籍；确定“茅盾文学奖”首届评奖的范围；听取筹备建立中国现代文学馆的报告。

本月，担任全国辛亥革命七十周年纪念筹备委员会委员。

11月1日，参加上海市五届政协第十一次常委会，担任上海市纪念辛亥革命七十周年委员会副主任委员。

去北京参加第五届全国人民代表大会第三次会议。

12月，决定将自己多年苦心搜集、珍藏的大量外文书刊，在六年内分批捐赠给北京图书馆。第一批619册本月由上海运抵北京。

6日，“世界语之友会”在北京成立，出席成立大会。该会由楚图南、胡愈之、巴金、赵朴初、谢冰心等十人发起。

本月，在北京会见南斯拉夫作家勃朗科·潘道夫斯基等，并回答了他们提出的问题。

18日—22日，出席中国作协第三届理事会第二次会议。在会上致开幕词和闭幕词。22日会议一致选举巴金为中国作协主席。全国文联主席周扬在会上讲话，指出：“巴金同志在文学界的声望和贡献，是中外公认的。几十年来，他的作品就以其歌颂光明、揭露黑暗的力量，引导着许多人走向革命。他忠诚于人民，忠诚于党和人民的文学事业。”

27日，中共中央总书记胡耀邦在会见全国故事片创作会议代表时的讲话中说：“文学是语言的艺术。言而无文，肯定是没有多少生命力的。大家看中国近代的大文豪，鲁迅、郭沫若、茅盾、巴金、曹禺、老舍、赵树理，等等，哪一位不是语言艺术的大师？”

**1982年　　78岁**

〔上海—杭州—上海〕

1月1日，在《光明日报》和上海《文汇报》分别发表短文，祝新的一年文学创作取得新的成就，向从事创作实践的中青年作家致意。

13日，编选毕纪念亡故的亲人、友人的散文集《怀念集》，同年12月出版。

2月15日，中国现代文学馆筹备委员会在北京召开第一次会议，因故未出席。

3月15日，意大利驻华大使塔马尼到上海寓所宣布：1982年“但丁国际奖”将授与巴金。意大利“但丁·亚利基里学会”会员费尔南多代表学会，赠送新印的《神曲》精装本4册，巴金转赠自己的《家》、《春》、《秋》和《随想录》1、2集。

4月2日，在佛罗伦萨举行“但丁国际奖”授奖仪式，委托中国驻意大利大使馆公使杨清华代为领奖。上海和全国各地文艺界人士纷纷致电、致信、撰文表示祝贺。

8日，捐赠北京图书馆第二批外文书刊，计2000余册。

19日，由中国作协和解放军总政治部联合召开的建国以来第一次全国军事题材文学创作座谈会在北京举行，未能到会，写书面发言由冯牧代读。

本月，下旬，在寓所热情接待来访的旅美女作家沉樱。

本月，《巴金近作》第3集《探索与回忆》出版。

5月下旬，右背患囊肿，动小手术。

31日，上海文艺出版社为建社30周年召开纪念座谈会，因病未出席，写纪念文章由黄宗英代读。

6月9日，著名川剧表演艺术家阳友鹤到寓所拜访。

7月23日，在寓所会见旅美学者董鼎山兄弟。

本月，经巴金审定的《巴金散文选》上下册由浙江人民出版社出版。

本月，自己选编的10卷本《巴金选集》由四川人民出版社一次出版，该集收入1927年至1981年的主要作品，是继《巴金文集》之后规模最大的选集。本书的稿费全部捐赠中国现代文学馆。

8月25日，日中文化交流协会会长、日本笔会会长井上靖致信9月2日复信。双方共祝中日邦交正常化10周年。

10月初，右背脊囊肿再次动手术，到杭州养病半月。

15日，与北京通话，对中国现代文学馆筹建处的成立表示高兴。16日，该处在北京西郊万寿寺西院正式成立。

下旬，电视片《奔腾的激流——记作家巴金》摄制组从四川来到上海，到家中录像。

本月，给瑞士女作家德兰·桑契复信，回答她访问上海时留下的信，谈中国文坛近几年的变化，以及如何看待西方作品的影响等问题。

本月，《随想录》第3集《真话集》由三联书店香港分店出版。

11月7日，因连日整理藏书过累，晚上在家中二楼书房里跌跤，造成左股骨粗隆间骨折。住上海市华东医院治疗。得到党和政府领导人，全国文联、作协以及各地作家、广大读者的深切关心。

20日，在医院委托女儿打电话祝贺郭绍虞执教著述70周年。

23日，日本著名作家井上靖到医院看望。

26日，第五届全国人大五次会议在北京举行，因病未出席。为主席团成员、提案审查委员会委员。

12月12日，北京电影制片厂副厂长武兆堤等到医院看望，并征求对《寒夜》改编为电影的意见。

15日，"茅盾文学奖"首届授奖仪式在北京举行，在病榻上写来书面发言《祝贺与希望》，由冯牧代读。

25日，在病房会见日本作家野间宏。



一九八三年三月初稿，十月修订。

# 生平与创作自述

# （一）综述：生平、思想和文学创作

# 我的幼年（节录）*

巴　金

……我一生过的是“极平凡的生活”。我说过，我生在一个古旧的家庭里，有将近二十个的长辈有三十个以上的兄弟姊妹，有四五十个男女仆人。但这样简单的话是不够的。我说过我从小就爱和下人在一起，我是在下人中间长大的。但这样简单的话也还是不够的。我写出过一部分的回忆，但我同时也埋葬了另一部分的回忆。我应该写出的还有许多许多的事情。

是什么东西把我养育大的？我常常拿这问题去问我自己。当我这样问的时候，最先在我的头脑里浮动的就是一个“爱”字。父母的爱，骨肉的爱，人间的爱，家庭生活的温暖。我的确是一个被人爱着的孩子。在那时候一院公馆便是我的世界，我的天堂。我爱着一切的生物，我讨好所有的人。我愿意揩干每张脸上的眼泪；我希望看见幸福的微笑挂在每个人的嘴边。

然而死在我的面前走过了。我的母亲闭着眼睛让人家把她封在棺材里，从此我的生活里就缺少了一件东西，父亲的房间突然变得空阔了，我常常在几间屋子里跑进跑出，唤着“妈”这个字。我的声音白白地被寂寞吞食了，墙壁下母亲的照片也不看我一眼。死第一次在我的心下投掷了阴影。我开始含糊地瞭解恐怖和悲痛的意义了。

我渐渐地变成了一个爱思想的孩子。但孩子的心究竟容易忘记。我不会整天垂泪的。我依旧带笑带吵地过着日子。孩子的心就象一只

* 本文开头六段，末尾一段为本书编者删节。——编者注

羽毛刚刚长成的鸟儿，它要飞，飞，只想飞往广阔的天空去。

幼稚的眼睛常常看不清楚。鸟儿怀着热烈的希望展翅向天空飞去，但是一下子就碰着铁丝网落了下来。我这时才知道，我并不是在一个自由的天空下面，我被关在一个铁丝笼里。家庭如今换了一个面目，它就是阻碍我飞翔的囚笼。

然而孩子的心是不怕碰壁的。它不知道绝望，它不知道困难。一次做失败的事情，还要接二连三地重做。铁丝的坚硬并不能够毁灭鸟儿的雄心，但经过几次的碰壁以后，连和平的孩子也知道反抗了。

同时在狭隘的马房里，我躺在那些病弱的轿夫的烟灯旁边，听他们叙述悲痛的经历，或者在寒冷的门房里，傍着黯淡的清油灯光听衰老的仆人绝望地申诉他们的胸怀。那些没有希望只是苦刑般地生活着的人的故事，在我的心上投掷了第二个阴影。而且我的眼睛还看得见周围的一切。一个抽大烟的仆人周贵偷了祖父的字画被赶出去做了乞丐，每逢过年过节，偷偷地跑来，躲在公馆门前石狮子旁边，等着机会去央求一个从前的同事向旧主人讨点赏钱，后来终于冻馁地死在街头。另一个老仆人袁成在外面烟馆被警察接连捉去两次，关了好几天才放出来，不久就死在门房里。我看见他的瘦得象一捆柴的身子躺在大门外石板上，被一张破席子掩盖着。一个老轿夫出去在斜对面一个亲戚的家里做看门人，因为被人诬陷偷窃东西，在一个冬天的晚上用了一根裤带吊死在大门里。当这一切在我的眼前发生的时候，我含着眼泪，心里起了火一般的反抗的思想。我说我不要做一个少爷，我要做一个站在他们一边，帮忙他们的人。

反抗的思想鼓舞着这只不知天高地厚的幼稚的鸟儿用力往上飞，要冲破那铁丝网。但铁丝网并不是那软弱的翅膀所能够冲破的。碰壁的次数愈多了。这其间我失掉了第二个爱我的人——父亲。

我悲痛我的这不能补偿的损失，但我的生活使我没有时间来专为个人的损失悲哀了。因为这富裕的大家庭在我的眼前变成了一个专制的王国。仇恨的倾轧和斗争掀开和平的表面而爆发。势力代替了公道。许多可爱的青年的生命在虚伪的礼教的囚牢里挣扎，受苦，憔悴，呻吟以至于灭亡。这都是不必要的牺牲，然而我站在旁边却不能够做一点救助的事情。同时在我的渴望着发展的青年的灵魂上，过去的传统和长辈的威权象一块磐石沉重地压下来，“憎恨”的苗于是在我的心上发芽生叶了。接着“爱”来的就是这个“恨”字。

年青的灵魂是不能相信上天和命运的。我开始觉得这社会组织的不合理了。我常常狂妄地想：我们是不是能够来改造它，把一切事情安排得更好一点。但是别人并不了解我。我只有在书本里去找我的朋友。

在这种环境中我的大哥渐渐地现出了疯狂的倾向。我的房间离大厅很近，在静夜，大厅里的一点微弱的声音我也可以听见。大厅里放着五六乘轿子。其中有一顶是大哥的。大哥这些时候常常一个人夜深跑到大厅里坐到他的轿子里面去，慢慢儿用什么东西打碎轿帘上的玻璃。我因为读书，睡得很晚，这种声音我不会错过。我一听见玻璃破碎声，我的心就因苦痛和愤怒而扭曲起来。我不能够再把心关在书上，我绝望地拿起笔在纸上涂写一些愤怒的字眼，或者捏紧拳头在桌上捶。

后来我得到了一本小册子，就是克鲁泡特金的《告少年》，(这是节译本)。我想不到世界上还有这样的书！这里面全是我想说而没法说得清楚的话。它们是多么明显，多么合理，多么雄辩。而且那种带煽动性的笔调简直要把一个十五岁的孩子的心烧成灰了。我把这本小册子放在床头，每夜都拿出来，用一颗颤抖的心读完它。读了流泪，流过泪又笑。那书后面附印着一些警句，里面有着这样的一句话：“天下第一乐事，雪夜闭门读禁书。”我觉得这是千真万确的。从这时起，我才明白地意识到正义的感觉。这正义感把我的爱和恨调和起来。

但不久，我就不能以“闭门读禁书”为满足了。我需要活动来发散我的热情；需要事实来证实我的理想。我想做点事情，可是又不知道应该怎样地开头去做。没有人引导我。我反覆地翻阅那本小册子，作者的名字是真民，书下又没有出版者的地址。不过给我这小册子的人告诉我这是陈独秀们主持的新青年社翻印的。我抄了那地址下来。这天晚上我郑重地摊开信纸，怀着一颗战栗的心和求助的心情，给陈独秀写信，这是我一生写的第一封信，我把我的全心灵都放在这里面，我象一个谦卑的孩子，我恳求他给我指一条路，我等着他来吩咐我怎样献出我个人的一切。

信发出了，我每天不能忍耐地等待着，我等着机会来牺牲，来发散我的活力。但是回信始终没有来。我并不抱怨别人，我想或者是我还不配做这种事情，然而我的心却并不曾死掉，我依旧到处去找寻方法来准备牺牲。我看见上海报纸下载有赠送《夜未央》的广告，我寄了邮票去，在我的记忆还不曾淡去时，书来了，是一个剧本。我形容不出来这书给我的激动。它给我打开了一个新的眼界。我第一次在这另一国度的一代青年为人民争自由谋幸福的斗争里找到了我的梦幻中的英雄，找到了我终身的事业。

不久我意外地得到了一本《实社自由录》第一集，那里面高德曼的文章把我完全征服了，不，应该说把我的模糊的眼睛，洗刷干净了。在这时候我才有了明确的信仰。然而行动呢？这问题依旧没有得到解决。而我的渴望也更加变得迫切了。

大概在两月以后，我读到一份本地出版的半月刊，在那上面我看见一篇《适社的旨趣和组织大纲》，这文章是转载的，这是一个秘密团体的宣言。那意见那组织正是我所朝夕梦想的。我读完了它，我的心跳得很厉害。我无论如何不能够安静下去。两种冲突的思想在我的头脑里争斗了一些时候。到夜深，我听见大哥的脚步声在大厅上响了，我不能自主地取了信纸摊在桌上，一面听着玻璃打碎的声音，一面写着愿意加入适社的信给那个半月刊的编辑，要他给我介绍。



这信是第二天发出的，第三天回信就来了。一个姓章的编辑亲自送了回信来，他约我在一个指定的时间到他家里去谈话。我毫不迟疑地去了。在那里我会见了三四个青年，他们谈话的态度和我家里的人完全不同。他们充满着热情，信仰和牺牲的决心。我把我的胸怀，我的苦痛，我的渴望完全吐露了给他们。作为回答，他们给我友情，给我信赖，给我勇气，而且对我解说了许多事情。他们把我当作一个熟识的朋友。从他们的话里我知道适社是重庆的团体，但他们在这里不久也会有一个类似的组织。他们答应将来让我加入在他们中间，和他们一起工作。我告辞的时候他们给我几本适社出版的宣传册子，并且还写了信介绍我给那边的负责人通信。

事情在今天也许不会是这么简单，这时候人对人也许不会这么轻易地相信，然而在当时一切都是非常自然。我们绝对想不到别的许多事情。这小小的客厅简直成了我的天堂。在那里的两小时的谈话照彻了我的灵魂的黑暗。我好象一只破烂的船找到了停泊的港口。我的心情高扬起来，我带着幸福的微笑回到家里。怀着拜佛教徒朝山进香时的虔诚，我给适社的负责人写了信。

我的生活方式渐渐地改变了。我和那几个青年结了亲密的友谊。我做了那半月刊的同人，后来也做了编辑。此外我们还组织了一个秘密的团体均社。我被人称为“安那其主义者”❶，是从这时候起的。团

❶ 本文收入《巴金文集》第十卷（人民文学出版社 1961 年 10 月版）时，作者在这句话下面加了一段注。全文如下：

“安那其主义”就是“无政府主义”（“安那其”是译音）。我最近在一篇文章里写过一些解释自己的话，有一段倒可以引用在这里：

“……在五四运动后，我开始接受新思想的时候，面对着一个崭新的世界，我有点张惶失措，但是我也敞开胸膛尽量吸收，只要是伸手抓得到的新的东西，我都一下子吞进肚里。只要是新的、进步的东西我都爱；旧的、落后的东西我都恨。我的脑筋并不复杂，我又缺乏判断力。以前读的不是四书五经，就是古今中外的小说。后来我开始接受了无政府主义，但也只是从克鲁泡特金的小册子和刊物上一些文章里得来的。……思想的浅薄与混乱不问可知。不过那个时候我也懂得一件事情：地主是剥削阶级，工人和农人养活了我们，而他们自己却过着贫苦、悲惨的生活。我们的上辈犯了罪，我们自然不能说没有责任，我们都是靠剥削生活的。所以当时象我那样的年轻人都有这种想法：推翻现在的社会秩序，为上辈赎罪。……我终于离开了我在那里面生活了十九年的家。但是我从一个小圈子出来，又钻进了另一个小圈子。一九二八年年底我从法国回到上海，再过两年半，成都那个封建家庭垮了，我大哥因破产而自杀。可是我在上海一直关在小资产阶级的圈子里，不能够突围出去。我不断地嚷着要突围，我不断地嚷着要改变生活方式，要革命。其实小资产阶级的圈子并非铜墙铁壁，主要的是我自己没有决心，没有勇气。革命的道路是很宽广的。然而我却视而不见，找不到路，或者甚至不肯艰苦地追求。从前我在成都办刊物的时候，有一个年纪较大的朋友比我先接受了无政府主义。可是后来他不能满足于空谈革命，终于抛弃了无政府主义，找到了正确的道路，参加了中国共产党，在一九二八年被成都某军阀逮捕枪决了。我却一直不肯抛掉无政府主义的思想，也可能是下意识地想用这种思想来掩饰自己的软弱、犹豫和徬徨，来保护自己继续过那种自由而矛盾的、闲适而痛苦的生活。无政府主义使我满意的地方是它重视个人自由，而又没有一种正式的、严密的组织。一个人可以随时打出无政府主义的招牌，他并不担承任何的义务……这些都适合我那种小资产阶级的思想感情。说实话，我当初开始接受新思想的时候，我倒希望找到一个领导人，让他给我带路。可是我后来却渐渐地安于这种所谓无政府主义式的生活了。自然，这种生活里也不是没有痛苦的。恰恰相反，它充满了痛苦。所以我在我的作品中不断地呻吟、叫苦，甚至发出了‘灵魂的呼号’。然而我并没有认真地寻求解除痛苦、改变生活的办法。换句话说，我并不曾去寻求正确的革命道路。我好象一个久病的人，知道自己病，却渐渐习惯了病中的生活，倒颇有以病为安慰、以痛苦为骄傲的心思，懒得去请教医生。……固然我有时也连声高呼：‘我不怕，我有信仰！’我并不是用假话骗人。我从来不曾怀疑过：旧的要灭亡，新的要壮大；旧社会要完蛋，新社会要到来；光明要把黑暗驱逐干净。这就是我的坚强的信仰。但是提到我个人如何在新与旧、光明与黑暗的斗争中尽一份力量时，我就感到空虚了。我自己不去参加实际的、具体的斗争，却只是闭着眼睛空谈革命，所以绞尽脑汁也想不到战略、战术和个人应当如何在党的领导下参加战斗。……我常常把解放前的我比作坐井观天的人：关在小资产阶级知识分子的小圈子里望着整个社会的光明前途。我隐隐约约地看得见前途的光明。这光明是属于人民的。至于我个人呢，尽管我相信光明一定会普照新中国，但是为我自己，我并不敢抱多大的希望。我的作品中那些忧郁、悲哀的调子，就是从这种心境产生的……”——1959 年 5 月注

体成立以后就来了工作。办刊物，通讯，散传单，印书，都是我们所能够做的事情。我们有时候也开秘密会议，时间是夜里，地点总是在僻静的街道，参加会议的人并不多，但大家都是怀着严肃而紧张的心情赴会的。每次我一个人或者和一个朋友故意东弯西拐，在黑暗中走了许多路，听厌了单调的狗叫和树叶飘动声，以后走到作为会议地点的朋友的家，看见那些紧张的亲切的面孔，我们相对微微一笑，那时候我的心真要从口腔里跳了出来。我感动得几乎不觉到自己的存在了。友情和信仰在这一个阴暗的房间里开放了花朵。

但这样的会议是不常举行的，一个月也不过召集两三次。会议之后是工作。我们先后办了几种刊物，印了几本小册子。我们抄写了许多地址，亲手把刊物或小册一一包卷起来，然后几个人捧着它们到邮局去寄发。五一节来到的时候，我们印了一种传单，派定几个人到各处去散发。那一天天气很好，挟了一大卷传单，在离我们公馆很远的一带街巷里走来走去，直到把它们散发光了，又在一些街道上闲步一回，知道自己没有被人跟着，才放心地去到约定集合的地方。每个人愉快地叙述各自的经验。这一天我们就象在过节。又有一次我们为了一件事情印了传单攻击当时统治省城的某军阀。这传单应该贴在各大街的墙壁上。我分得一大卷传单回家来。在夜里我悄悄地叫了一个小听差跟我一起到十字街口去。他拿着一碗浆糊，我挟了一卷传单，我们看见墙上有空白的地方就把传单贴上去。没有人干涉我们。有几次我们贴完传单走开了，回头看时，一两个黑影子站在那里读我们刚才贴上去的东西。但我相信在夜里他们要一字一字地读完它，并不是容易的事。

那半月刊是一种公开的刊物，社员比较多而复杂。但主持的仍是我们几个。白天我们中间有的人要上学，有的人要做事，夜晚我们才有空时间聚在一起。每天晚上我总要走过好些黑暗的街巷到那半月刊社去。那是在一个商场的楼上。我们四五个人到了那里就忙着卸下铺板，打扫房间，回答一些读者的信件，办理种种的杂事，等候着那些来借阅书报的人。因为我们预备了一批新书报免费借给读者。我们期待着忙碌的生活。我们宁愿忙得透不过气来。我们愉快地谈论着各种各样的事情。那个共同的牺牲的渴望把我们大家如此坚牢地缚了在一起。那时候我们只等着一个机会来交出我们个人的一切，相信着在这牺牲之后，理想的新世界就会跟着明天的太阳一同升起来。这样的幻梦固然太带孩子气，但这是多么美丽的幻梦呵！

我就是这样地开始了我的社会生活的。从这时起，我就把我的幼年深深地埋葬了。……

原载1936年9月5日《中流》半月刊第1卷第1期“作家自白”栏

# 我的几个先生（节录）*

巴　金

…………

我可以坦白地说，《我的幼年》是一篇真实的东西，但它不是一篇完全的文章，它不过是一篇长的作品的第一段。我想写的事情太多了，而我的拙劣的笔却只许我写出这一点来。我是那么仓卒地把它结束了的。现在我应该利用那机会接着写下去。我要来和你谈谈关于我的先生的话，因为你在来信里隐约地问起“是些什么人把我教育成了这样的？”

是的，我应该来做这事情。在给香港朋友的信函里，我说明了“是什么东西把我养育大的”，现在我应该接着来回答“是些什么人把我教育成了这样的”这问题了。这些人并不是在私塾里教我识字读书的教读先生，也不是在学校授我新知识的教员。我并没有受到他们的什么影响，所以我很快地就忘了他们。真正给了我坚定的影响的是另外一些人，倘使没有他们，我也许不会成为现在的这样子。

我的第一个先生就是我的母亲。我已经说过使我认识“爱”字的是她。在我幼小的时候，她是我的世界的中心。她很完满地体现了“爱”字。她使我知道人间的温暖，她使我知道爱与被爱的幸福。她常常用极温和的口气，对我解释种种的事情。她教我爱一切的人，不管他们贫或富；她叫我去帮助那些在困苦中需要扶助的人；她教我同情那些

* 本文开头四段为本书编者删节。——编者注

境遇不好的婢仆，怜恤他们，不要把自己看得比他们高，动辄对他们打骂。母亲自己也处过不少的逆境。在大家庭里做媳妇，这苦处是不难想象到的。[1]但是母亲却从不曾在我的眼前淌过泪，或者说过什么悲伤的言语。她给我看见的永远是温和的，带着微笑的脸。我在一篇短文里说过："我们爱那夜晚在花园上面天空里照耀的星群，我们爱春天在桃柳枝上鸣叫的小鸟，我们爱那从树梢洒到草地上面来的月光，我们爱那使水面现了明亮的珠子的太阳，我们爱着一只猫，一只小鸟。我们爱着一切的人。"这个爱字就是母亲教给我的。

因为受到了爱，认识了爱，才知道把爱拿来分给别人，才想对自己以外的人做一点事情，把我和这社会联起来的也正是这个爱字，这是我的全性格的根柢。

因为我有这样的母亲，我才能够得着允许，而且有这习惯，和仆人轿夫们一起生活。我的第二个先生就是一个轿夫。

轿夫住在马房里，那里从前养过马，后来就专门住人。有三四间狭隘的房子，没有窗户，是用竹篱笆隔成的，有一段缝隙，可以透进一点阳光。房间里只能够放一张床，还留一点地方做过道。轿夫们白天在外面奔跑，晚上回来在破席上摆出了烟盘，把身子缩成一堆，挨着一团鬼火似的灯光慢慢地烧烟泡。起初在马房里抽大烟的轿夫有好几个，后来渐渐地少了。公馆里的轿夫时常更换。新来的年青人不抽烟，境遇较好的便到烟馆里去，只有那个年老瘦弱的老周还留在马房里。我喜欢这个人，我常常到马房里去，躺在他的烟灯旁边，听他叙说种种的故事。他有一个虽是悲痛的却又是丰富的经历。他知道许多许多的事情，他去过不少的地方，接触过不少的人物。他跟过"赵大帅"打西藏，在那里吃过"蛮子"的肉。(《灭亡》里有一段关于吃人肉的叙述，就是他对我说的话，我至今还记得很清楚。)他的老婆跟一个朋友跑了，他的儿子因为吃粮被打死在战场上。他孤零零的活着，



---

[1] 《家》并不是我的自传，我曾经几次的声明过，但里面有一段话，却是真的事实，而且是从大哥给我的信里摘录出来的："母亲含着眼泪把她嫁到我家来做媳妇所受的气一一告诉了我。……父亲因为过班知县进京引见去了。母亲在家里日夜焦急地等着……这时父亲在北京因验看被驳，陷居京城，消息传来，祖父时时发怒，家里的人也不时揶揄，母亲心里非常难过。她每接父亲底信总要流一两天的眼泪。"

在这公馆里他比谁都更知道社会，而且受到这社会的不公平的待遇，他活着也只是痛苦地挨日子。但他并不憎恨社会，他还保持着一个坚定的信仰：忠实地生活。用他自己的话来说："火要空心，人要忠心。"他这"忠心"并不是指奴隶般地服从主人。他的意思是忠实地依着自己的所信而活下去，他的话语和我的母亲的完全两样。他告诉我的事情连母亲也不知道的。他并不曾拿"爱"字教我。但常常在对我指画了这社会的黑暗面，或者叙说了他自己的悲痛的经历以后，他就说教似地劝告我："要好好地做人，对人要真实，不管别人待我怎样，自己总不要走错脚步。自己不要骗人，不要亏负人，不要占别人的便宜。……"我一面听他的这一类的话，一面看他这黑瘦的脸，陷落的眼睛和被破衣衫裹着的瘦得见骨的身子，又看见他用力从烟斗里挖出那烧过两次的烟灰去拌和烟膏。我心里一阵难受，但过后又禁不住要想，是什么力量使他到了如此的境地还说出这种话来！

马房里还有一个天井，跨过天井是轿夫们的饭厅，也就是他们的厨房。那里有两个柴灶。他们做饭的时候，我常常跑去帮忙他们烧火。我坐在灶前一块石头上，不停地把干草或柴放进灶孔里去，我起初不会烧火，看看要把火弄灭了，老周便把我拉开，他用火钳在柴孔里弄几下，火就熊熊地燃了起来。他放下火钳得意地对我说："你记住，火要空心，人要忠心。"的确我到今天还记得这样的话语。



我从这个先生那里略略知道了一点社会情形。他使我知道在家庭之外还有社会这东西，而且他还传给我他那种生活态度。日子一天天象流星似地过去。我渐渐地长大起来。我的脚慢慢地跨出了家庭的门限。我认识了一些朋友，我有了新的经历，在这些朋友中间我找着了我的第三个先生。

我在一篇题作《家庭的环境》的回忆里，曾说到对于我的智力的最初发展有帮助的两个人，那是我的大哥和一个表哥。我跟着表哥学了三年的英文，他还教我知道一点各种科学的根底；大哥买了不少的英文报，使我能够贪婪地读它们。但我现在不把他们看作我的先生，因为我在这里说的是那些在生活态度上（不是知识上），给了我坚定的影响的人。

在《我的幼年》里面，我曾叙说过我怎样认识那些青年朋友。我这先生就是那些人中间的一个。他是秘密团体均社的社员，他又是《半月》的一个编辑，我们举行秘密会议时总有他在场；每晚上在商场楼上半月报社办事时，他又是最热心的一个；他还是我在外国语专门学校的同学，班次比我高。我刚进去不久，他就中途辍了学。他辍学的原因是要到裁缝店去当学徒。他家里虽不大充裕，但还有钱供给他读书。但他相信了"安那其主义"，认为"不劳动者不得食"，说"劳动是神圣的事"。[1]他为了要使他的言行一致，他毅然离开了学生生活，真的跑到一家裁缝店去规规矩矩地行了礼拜师傅，订了当徒弟的契约。每天他坐在裁缝铺里勤苦地学着做衣服，傍晚下了工后才到报社来服务。他是一个近视眼，又是初学手艺，所以每晚他到报社来时，手指上密密麻麻地满是针眼。他自己倒高兴，毫不在乎地带着笑容向我们叙述他这一天的有趣的经历。我们不由得暗暗地佩服他。他不但这样，他同时还实行素食，这是他受了师傅的影响后发动的。我们并不赞成他这举动，但他实行的毅力和刻苦的精神却使得我们大家齐声赞美。



他还做过一件事情使我们十分感动，我也曾把它写进了家。事情是这样的：他是《半月》的四个创办人之一，他担负着大部分的经费。刊物每期销一千册，收回的钱很少。同时我们又要另外筹钱刊印别的小册子，他也得捐一笔钱。这两笔钱都是应该按期缴纳不能延迟的，他家里是姊姊在管家，不许他"乱用"钱。他找不到钱时就只得拿衣服去押当，或是当棉袍，或是当皮袍，他怕他姊姊知道这事情，他出去时总是把拿去当的衣服穿在身上，走进了当铺以后才脱下来。当了钱就拿去缴月捐。我们知道他是常常这样做的，所以他闹过热天穿棉袍的笑话，也有过冬天穿夹袍的事情。

这个先生的牺牲精神和言行一致的决心，以及他那不顾一切毅然实行自己主张的勇气和毅力，在我的生涯里留下了一个不可磨灭的影响。我第一次在他的身上看见了信仰这树木所开放的花朵。他使我第一次知道一个人的毅力会做出什么样程度的事情。母亲教给我"爱"；轿夫老周教给我"忠实"（公道），朋友吴教给我"自己牺牲"，他还给

[1] 他很喜欢当时流行的一个标语："人的道德为劳动与互助：唯劳动乃能生活；唯互助乃能进化。"

我“勇气”，我虽然到现在也还不能够做到他那样子，但我的行为却始终是受着这个影响的支配的。

朋友，我把我的三个先生都简略地告诉你了。你现在大概可以明白是些什么人把我教育到现在这样子的了吧。我颇觉高兴，我毕竟告诉了你一点事情，这信也许不算是白白地写了。不过，倘使你还觉得对我不大了解，那么请你等着。我还想写一篇《我怎样写了〈家〉的》，那将是一封回答我的表哥的信。在那信里我打算更详细地叙说我的家庭。我想你一定高兴读它，因为你说过你也有一个和高家类似的家庭，那么再见吧。

原载1936年9月20日《中流》半月刊第1卷
第2期“作家自白”栏

# 信仰与活动

## ——回忆录之一

巴　金

"你的美丽的信和××同志的信上星期到了我的手里。我不能够对你说出我是怎样深刻地受了你的感动，而且你的话又是怎样地鼓舞了我。我知道我对于一个如此年青的学生居然会给了很大的影响，我是非常快活的。你才十五岁就读了我的文章，我常常梦想着我的著作会帮助了许多真挚的，热烈的男女青年倾向着主义的理想，这理想在我看来是一切理想中最美丽的一个。

"……你说你是从一个富裕的旧家庭里出来的。这没有什么关系。在资产阶级里面也常常产出了活动的革命家来。事实上在我们的运动里大部分的智的领导者都是这样的一类人：他们注意社会问题并非由于他们自己的困苦境遇，而是因为他们不能够坐视着大众的困苦。而且你生在资产阶级的家庭里，并不是你自己的错，我们并不能够自己选择出生的地方，但是以后的生活就可以由我们自己来处理了。我看出来你是有着每个青年叛逆儿所应有的真挚和热情的。我很喜欢。这种性格如今更是不可缺少的，因为只为了一点小的好处许多人就会卖掉他们的灵魂——这样的事情到处都有。连他们对于社会理想的兴味也只是表面上的，只要遇着一点小小的困难，他们就会把它抛掉。因此我知道在你们那里你和别的一些青年真挚地思索着，行动着，而且深切地爱着我们的美丽的理想，我觉得十分高兴……"

从 E.Goldman 写给我的那许多信函里我摘出了上面的两段，在这里借着她的话我第一次明显地说出了我的信仰。她的第一封信是在南京接到的。

E.G.曾经被我称作“我的精神上的母亲”，她是第一个使我窥见了主义的美丽的人。

当我在《实社自由录》和《新青年》上面开始读着她的主义的论文的时候，我的感动，我的喜悦，我的热情……我真正找不出话来形容。只有后来我读到 Roussanoff 的《拉甫洛夫传》，才偶然找到了相当的话：

“我们把这本读得又破又旧的小书（这里是指拉甫洛夫的《历史书简》）放在床头，每晚上拿出来读，一面读，一面拿眼泪来润湿它。一种热诚占有了我们，使我们的灵魂里充满了一种愿为崇高的理想而生活，而死亡的渴望。我们的幼稚的心何等快乐地跳动着；同时我们的大师的影像又十分伟大地出现于我们的眼前。这位大师虽是我们所不认识的，然而他在精神上却是和我们非常接近，他呼唤我们前去为理想奋斗……”

E.G.的文章以她那雄辩的论据，精密的论理，深透的眼光，丰富的学识，简明的文体，带煽动性的笔调，毫不费力地把我这一个十五岁的孩子征服了。况且在不久以前我还读过两本很有力量的小书，而我的近几年来的家庭生活又使我猛烈地憎厌了一切的强权了，而驱使着我去走解放的路。

我所说的两本小书是一个未会面的朋友从上海寄来的《夜未央》和《告少年》。我相信在五四运动以后的几年间，这两本小书不知感动了多少的中国青年。我和几个朋友当时甚至把它们一字一字地抄录下来。《夜未央》是剧本，我们还把它排演过。

当初五四运动发生的时候，报纸上的如火如荼的记载，就在我们的表面上平静的家庭生活里敲起了警钟。大哥的被忘却了的青春也被唤醒了：我们开始贪婪地读着本地报纸上的关于学生运动的北京通讯，以及后来上海的六三运动的记载。本地报纸上后来还转载了《新青年》和《每周评论》的文章，这些文章很使我们的头脑震动，但我们却觉得它们常常说着我们想说而又不会说的话。

于是大哥找到了本城唯一售卖新书的那家店铺，他在那里买了一本《新青年》和两三份《每周评论》。我们争着来读它们。那里面的每个字都象火星一般地点燃了我们的热情。那些新奇的议论和热烈的文句带着一种不可抗拒的力量压倒了我们三个，后来更说服了香表哥，甚至还说服了六姊，她另外订阅了一份《新青年》。

《新青年》，《新潮》，《每周评论》，《星期评论》，《少年中国》，《少年世界》，《北大学生周刊》，《进化杂志》，《实社自由录》……等等都接连地到了我们的手里。在成都也响应般地出版了《星期日》，《学生潮》，《威克烈》……《威克烈》就是"外专"学生办的，那时香表哥还在"外专"读书。我们设法买全了《新青年》的前五卷。后来大哥甚至预先存了一两百块钱在华阳书报流通处，每天都要到那里去取一些新的书报回来。在那时候新的书报是被人争先恐后地购买着。（大哥做事的地方离那书铺极近。）

每天晚上我们总要抽点时间出来轮流地读这些书报。连通讯栏也不肯轻易放过。有时我们三弟兄再加上香表哥和六姊，我们聚在一起讨论这些新书报中所论及的各种问题。后来我们五个人又组织了一个研究会，在新花园里开第一次会就给六姊的母亲遇见了。三婶那时正和继母大哥两个闹了架，她便禁止六姊参加。我们的研究会也就无形地停顿下去了。

当时他们还把我看作一个小孩子，却料不到我比他们更进一步，接受了更激进的思想，用白话写文章，参加社会运动，认识新的朋友，而且和这些朋友第一次在成都大街上散布了纪念五一节鼓吹社会革命的传单（这"草"字是传单上印错了的）。

从《告少年》里我得到了爱人类爱世界的理想，得到了一个小孩子的幻梦，相信万人享乐的社会就会和明天的太阳同升起来，一切的罪恶都会马上消灭。在《夜未央》里，我看见了在另一个国度里一代青年为人民争自由谋幸福的斗争之大悲剧，我第一次找到了我的梦景中的英雄，我找到了我的终身事业，而这事业又是与我在仆人轿夫身上发现的原始的正义的信仰相结合的。

我和一般朋友办了三种新刊物。第一种是半月刊，刚刚出了一年（我是中途加入的）就因提倡女子剪发被警厅封禁了；第二种是月刊，只出了一期就因了我的一篇激烈的文章而引起了内部的分裂以至于短命；第三种周刊，第一期刚出版就被警厅禁止，但也继续出了十期，每期要送给警厅去检查（否则印局不敢承印），常常被检查员抹削了不少的地方，有时候连“这”，“那”，“的”，“呢”，“了”，“吗”一些字也会被检查员用红笔勾去。大概这检查员是一个白话文的死敌罢。

如今我的信仰并没有改变，社会科学的研究反而巩固了它，但是那个小孩子的幻梦却已经消失了。

原载1935年5月10日《水星》月刊第2卷第2期

# “再见罢，我不幸的乡土哟!”

巴 金

踏上了轮船的甲板以后我便和中国的土地暂别了，心里自然装满了悲哀和离愁。开船的时候我站在甲板上，望着船慢慢儿往后退离开了岸，一直到我看不见岸上的高大的建筑和黄浦江中的外国兵舰，我才掉过头来。我的眼里装满了热泪，我低声说了一句：“再见罢，我不幸的乡土哟!”这是妃格念尔的一句诗。

再见罢，我不幸的乡土哟，这二十二年来你养育了我。我无日不在你的怀抱中，我无日不受你的扶持。我的衣食取给于你。我的苦乐也是你的赐与。我的家属生长在这里，我的朋友也散布在这里。在幼年时代你曾使我享受着种种幸福；可是在我有了智识以后你又成了我的痛苦的唯一源泉了。

在这里我看见了种种人间的悲剧，在这里我认识了我们所处的时代；在这里我身受了各种的痛苦。我挣扎，我苦斗，我几次濒于灭亡，我带了遍体的鳞伤。我用了眼泪和叹息埋葬了我的一些亲人，他们是被旧礼教凌迟了的。

这里有美丽的山水，肥沃的田畴，同时又有黑暗的监狱和刑场。在这里人们拚命在从事残酷的斗争。在这里人们在吃他的同类的人。——那许多的惨酷的景象，那许多的悲痛的回忆！

哟，雄伟的黄河、神秘的杨子江哟，你的伟大的历史在哪里去了？这样的国土！这样的人民！我憎恨你！

再见罢，我不幸的乡土哟！我爱你，我又不得不恨你。

原载《海行》（新中国文艺丛书），新中国书局1931年12月版

# 《人生哲学：其起源及其发展》译者序

克鲁泡特金底遗著《人生哲学：其起源及其发展》(《人生哲学》之第一卷）底上编现在以这样的形式来和中国的读者相见了。这一册书整整费了我两个月的光阴。这两个月来我底全部的精力差不多完全耗费在这上面，每天一字一字地写，尤其在黄昏及深夜的时候，日间的功课已不来缠绕我了，我一个人可以安安静静做我底工作，往往写到十二点钟以后，学校附近的鸡声已叫了两三次了，我才从书本中惊了起来，知道时间已迟了，于是才放下笔，结束了这一天的生活。这两个月的时间就是这样的过去了，好象刻好了的木版似的，很少有什么变化。我底三哥在一封信里曾问及我底近来生活状况，我底回信中曾有这样的话："近来我在拚命地译《人生哲学》，我底全副力量都用在这上面了。……自然要这样地度过一个人底青春，也许是可怜的事，然而现在我也找不到更美丽的方法。"

虽然，这样的工作并不曾使我厌倦，反而它是我底唯一的安慰，唯一的快乐；它坚强了我底信仰，鼓舞了我的勇气。实在，克鲁泡特金本人与他在本书中所述的思想，便是鼓励之泉源。

有岛武郎从前在《访克鲁泡特金》一文里曾说过："谈话之时我质问他底《互助论》，他因为回答我底质问，带我上楼上的书斋。……他让我坐在长椅上，他坐在旁边，细细给我说明，我忘记了是在英国，也忘了是日本人，更不知道这书斋是在何处，恰如柔顺的小儿在老亲之膝下静听慈爱的训言。"

"恰如柔顺的小儿在老亲之膝下静听慈爱的训言。"我读《人生哲学》时倒确实有这样的感觉！我每一念及这一个人，我每想到这一本书，我便感觉到我有了屹立不动的精神，我可以在这一个浊流滔滔的大海中做一个坚定的岩石了。就是这种思想，它鼓励起我放下了一切事务，以象克鲁泡特金在俄国革命横被摧残之际拚命地著述《人生哲学》时那样的心情，在这中国人大开杀戒之时期中，来拚命地翻译《人生哲学》。

克鲁泡特金说，俄国革命之所以失败，不能创造出一种基础于自由与正义底原理上面的新社会制度，大概是因为缺乏崇高的道德理想所致。中国革命之所以弄到现在这样的地步，在我看来，也是因为没有崇高的道德理想。因此《人生哲学》之翻译在现今却也是一件必要的工作了。克鲁泡特金是拿这部著作来“鼓舞后代的青年去奋斗，把对于社会革命底正义之信仰深植于他们底精神中，而且燃起他们心理的自己牺牲之火，他用的方法便是使人们相信‘幸福并不在个人的快乐，也不在利己的，或最大的欢喜；真正的幸福乃是由在民众中间与民众共同为真理和正义的奋斗中得来的’。”

这种思想对于克氏并不算是新鲜的；它在一八九一年克氏底一本极优美的小册子《无政府主义者的道德》中已经出现过了。而且《人生哲学》在一个意义上说，还是克氏底名著《互助论》之续篇。上编的前四章完全是《互助论》中主要思想之重述，或者更恰当一点说，《互助论》中主要思想之发展而已。如著者自己所说，《互助论》是偏于博物学一方面，而本书则偏于伦理哲学一方面。再把这两部书合看，克氏学说之精义就不难明瞭了。

不仅此也，这种思想，著述《人生哲学》的思想，巴枯宁已经有了。克鲁泡特金在寄与老友的一封信里，曾说过：“巴枯宁在巴黎公社失败，避居洛加诺时，也感到创造新人生哲学的必要……”我只找到一个证据：巴枯宁在临死前十天在瑞士柏尔勒和奈雪尔（A.Reichel）的谈话中，曾说：“现在各国人民都失掉了革命底‘本能’，他们深以现状为满足，而且那个恐怕连用在已有的东西还会失掉之恐惧，使得他们不敢多事，深染着惰性了。假若我底身体稍微好一点，我要来写一部《人生哲学》，这个《人生哲学》是基础在集产主义（即无强权共产主义——居乐美注）底原理上面，完全没有哲学的或宗教的语句。”

（J.Gui-llaume：L'internationale 第四卷）

巴枯宁底《人生哲学》，和他底肉体一同死去了，自然我们不能够来批评他底未写出的《人生哲学》底内容。然而实际上如果我们把巴枯宁底学说略为研究一下，我们也可大胆地断言，巴枯宁未写出的《人生哲学》不会是和克鲁泡特金的《人生哲学》不同的。我且从巴枯宁底著作中引出一段话来证实这种说法："一个人如果不认识他底同胞底价值，不与他们合作，不在他们之中去实现他自身底发展，那么他便不能够认识他自身底人的价值，也就不能够实现他底完全的发展了。一个人如果不同时使他底周围的人解放，他也不能解放自己。万人底自由就是我底自由，——因为如果我的自由与我的权利不在与我同等的万人底自由与权利中，去找寻彼等底证实与认可，则我不仅在思想中，而且在行为中，都不是真正自由的。"

由此我们也可断言：巴枯宁所欲写成的《人生哲学》底任务也是在鼓舞人去为真理与正义奋斗，这种奋斗不是个人的，而是与同胞联合在一起的协同行动。

这样的《人生哲学》在各时代中，特别在现在，都是必要的。克鲁泡特金以他毕生所积蓄的一切科学的，哲学的，社会学的见解，以他底广博的学识，在自然科学的基础上建筑了《人生哲学》底大厦，虽然生命的界限阻止了他，没把这所大厦造完，然而栋梁及主要的部分却已造成了，因此这所《人生哲学》的大厦也得以确定地立在科学的宫殿之中。在这一点，身为克鲁泡特金底信徒者及同志之我们也可引以自豪了。

最奇怪的是：有一些自称"科学的无政府主义者"之青年（大半都是我从前的友人）居然奉几本小册子为圣经（如阿利滋底《科学的无政府主义》之类），就把克鲁泡特金底半生研究之结果——《人生哲学》大著一笔抹杀了。因此在《民锋》上便出现了两篇奇怪的论文——《取消人生哲学》及《无政府共产主义与伦理》。在前一篇文里，那位著者把克氏底《人生哲学》认为是玄学的。把"玄学的"一个形容词加在这样一部以自然科学为基础的《人生哲学》上面，未免太厚诬科学，厚诬克氏了。著者既承认这是"有科学的办法的研究之结果"又是"比较的可信"，如何又突然达到"我也认为是玄学"这一个结论呢？因为他先有了一个大前提：“在我个人的意见，总以为人生哲学是不能成立的。”实则他底大前提就已经错了。因为那位著者把人生哲学就没有弄的清楚，最滑稽的，他把人生哲学误认作与法律有同样性质的东西。于是“桑间濮上”之行为，“踰东家而搂其处子”之事实，那位著者也要请人生哲学去解答了，“明知故犯”本是法律下冤鬼的呼声，那位著者也要借用来作取消人生哲学的武器了。（还有许多可笑的话，在这里因为篇幅关系不能引出。）

对于这一位把人生哲学认作法律的人，克鲁泡特金底答复是：“最好不要把伦理问题和法律问题混为一谈。……事实上有多数伦理的著作家否定任何立法之必要，而直接愬于人类的良心。……人生哲学要求决定，而且说明几个根本原理，没有了此等原理则无论动物或人都不能够在社会中生活的。……人生哲学说，只有树立起个人与其他万人间之某种和谐，才有接近这样完满的生活之可能。人生哲学更说道：‘去看自然本身罢！去研究人类底过去罢！它们会告诉你，实际上这是如此的。’”人生哲学丝毫不含有强迫的性质。德国哲学家包尔生说得好：“人生哲学并不来告诉他：‘你应这样做’；它不过来讯问他：‘你所实际地，明确地愿望的东西是什么？’”克鲁泡特金更说得好：“当个人依此种或彼种理由踌躇着，不知道在某种特别的情形中应采取的最好的道路时，人生哲学便来帮助他，而且向他指明，他希望在同时的一个情形中，别人对于他应如何行为才好。然而就在这时候，真正人生哲学也不来指出一个严格的行为准则，因为这应该由个人自己来评定那些影响着他的种种动机之比较的价值。”克氏又明明白白地说：“本来对于不能承受灾祸的人，是不必去劝他冒险的；对于充满了精力的青年，向他说老年人底谨慎也是没有用的。”（均见本书第二章）。如此则“立定人生信条要人怎样的服从遵守”之话直等梦呓了。由这个梦呓，那位著者就得结论：“有了人生哲学，人们的一切活动都不能自由。”果然吗？

那位著者又否认了自达尔文到克鲁泡特金所设的社会本能“互助”，并且否认了克氏所说的道德之三要素：互助；正义；自己牺牲。他底理由是：“因为我们一个在某种生活的情形之下，完全是漠不相关，而且还如仇敌，总是要将我的快乐建立在你的痛苦上面。”这样的话出自一个无政府主义者之口，不能不使人感到愤怒了。谁都知道一阶级把它底快乐建筑在其他一阶级底痛苦上面，这并不是生活的常态，这种情形是应该去掉，而且完完全全可以去掉，无政府的革命第一就要去掉这个。那位著者甚至承认个人斗争，以为一个人总是将他底快乐建筑在别人底痛苦上面。而且拿这个“事实”来否认互助；同情；爱；正义；自己牺牲……等等社会本能与社会感情，那么他显然承认这种情形，是必然的，正常的了。而一切人生哲学体系都是反对“将我的快乐建筑在你的痛苦上面”这种情形的。其实据一般人生哲学家说，美满的幸福生活是不能够由损人利己的道路达到的。而克鲁泡特金还说“它（人生哲学）又告诉人说，如果他希望过一个美满的生活，在其中他能够完全发挥所有他底身体的，智的和情操的力量，则他必须永久抛弃‘此种生活可以由不顾他人之道路来达到’之概念。”



可见人生哲学并不来解决那位著者所提出的什么“桑间濮上”之行为，什么“自由恋爱”，什么“私下淫奔”，什么“劳动为跑入工厂”等等问题了。“然而人生哲学底主要目的还不是在个别地去劝告人们。而且与其说是劝告，不如说它是放一个更高的目标，一个理想在全体的人类之前，此种目标，此种理想会引导他，而且使他本能地依着正当的方向而行为。……人生哲学底目的也是要在社会中创造出一种空气，使得人类中大多数都全然依着冲动地，即毫不踌躇地，去完成那些最能产生万人底福利及每个单独的个人底完全幸福之行动。”（本书第二章）

如此，则人生哲学不但不如那位著者所说，去束缚个人底自由，或“使一般勇猛有为的青年不能自由的活动去创造理想的社会”，反而人生哲学正是去鼓舞人们为真理与正义奋斗，创造理想社会的。实则没有崇高的理想，则理想社会之创造实是不可能的事。并且“近代人生哲学体系所必须满足的条件，乃是它不应该拘束一切的‘个人的创意性’，而且甚至为着象共同社会之福利或种之福利那样崇高的目的，来拘束‘个人的创意性’，也是不应该的。”

这样，人生哲学便不是人们所畏惧的，而是人们所愿望的了。“事实上如果道德的生活会使人得着不幸，那么，世间一切道德便早已消灭了。”（本书第七章）而且“无论我们如何地行为，或是第一寻求快乐与个人的满足也好，或是甘愿为着某种更好的东西而抛弃即时的欢乐也好，我们都是向着在一定的时间会使我们得着最大满足之方向而行为的”（英译本三三三页）。不过克氏更进一步说：“这样的概括是不够的。”亚里斯多德说，我们追求欢乐，名誉，尊敬等等，不只是为着它们自身的缘故而且是主要地为着它们所给与我们底理性的满足之感觉的缘故（本书第七章）。于是克氏便说：“如果理性底职务在这个形式中被人承认了，那么，又生出了下面的一个问题：‘在我们的理性中有什么东西在这样的情形中会得着满足的呢？’”克氏底答复必然是：“‘正义之需要’，即公平之需要。”克氏又更进而自问道：“为什么一个更发达的精神却在那些最有利于万人底利益之解决中，找到了最大的满足呢？这个事实难道还有某种根深的生理学的原因么？”

克氏先举出了培根与达尔文二人底答案：在人类中与在一切群居动物中一样，社会性之本能是发达到了如此高的程度，以致变成了一个比较那些类集在“自己保存之本能”，这一个名称下面的其他本能更为强固，更为恒久的本能了。（本书第三章及第七章）

达尔文底结论：“社会本能是一切道德所从出的共同的泉源”，是不错的。他又给社会本能下了一个定义道，社会本能是一种特殊的本能，与其他的本能是不同的。自然淘汰为其自身之故，而使此种本能得以发达，因为此种本能对于种之安乐与种之保存都是有利的。他还说，此种本能“恐即亲子间感情之扩大”（《人类由来》）。克氏更附加道：“在许多下等动物中……此种本能倒不如说是兄弟或姊妹的关系或友伴底感情之扩大。”达尔文说“丝毫没有此种本能的人，便是怪物。”（本书第三章及《人类由来》）

达尔文在日常生活中举出一个实例来：譬如有一个人顺从了自己保存之意识，不曾冒着危险去救一个同胞底性命；或者因迫于饥饿而偷窃食物。在这两种情形中，这个人是服从着一个十分自然的本能。然而为什么他过后又感着不安呢？为什么他现在又觉得他应该服从其他一种本能？不当这样做呢？达尔文回答道，因为在人类天性中，“更能永续的社会本能战胜了较不能持久的本能”(《人类由来》及本书第三章)。

在另一个方面，人底欲望（如饱满饥饿，发泄愤怒，逃避危险，或占有他人底东西等），就其本性讲，只是暂时的。此欲望之满足常较欲望本身为弱……因此假使一个人为着要想满足这样的欲望，曾违反了他底社会本能而行为，过后他对于此行为又加以反省（我们常这样做），他就会不得不“拿过去了的饥饿，满足了的复仇，牺牲了他人来逃避自己底危险等等印象来和那差不多永在的‘同情之本能’，及自己关于别人所视为可赞赏或可责备的事物之最初的知识等比较一番。”这时他便会觉得“好象他误从了一种眼前的本能或习惯，这在一切动物便会生出不满足，而于人甚至会生出不幸来。”(本书第三章及《人类由来》)

既证实了社会本能之存在，而且此种本能是更永续恒久的。培根与达尔文对前述问题之答案又继续下去道：而且在人类中，如在数万年以来，就营着社会的生活之一个合理的生物中一样，理性助长了此等风俗，习惯及生活规则之发达与遵守，而导引到社会生活之一个更完全的发达，——其结果，各个别的个人底发达就生出来了。(本书第七章)

然而“从我们底个人的经验，我们知道如何在互相冲突的冲动间的斗争之中，狭隘的利己主义的感情屡屡占着上风，而把带有一个社会的本性的感情克服了。这样的事不仅发生于个人中，而且也同样发生于全社会中”，因此，克鲁泡特金便说：“这个答案不能使我们完全满意了”。克氏便达到了下面一个结论：“如果人类理性没有把一个矫正的社会的要因采纳入它底一切决定中之一个固有的倾向时，则狭隘的利己主义的决定，一定会永远支配着带有一个社会的性质之判断。”然而事实上“这样一个矫正的要因，果真是被应用了的。……一方面，它从我们底根深的‘社会性之本能’中，以及从对于那些与我们同其运命的人之同情中发生出来；而在另一方面，它又来自我们底理性中所固有的正义之概念。”(第七章)在本书下编(即第八章以下)中所讨论的道德学说之发达史把这个结论完全证实了。

这样看来，克氏底结论怎么会是“玄学的”呢？“取消人生哲学者”底武器在以上的叙述之有力的打击之下；已片片地破碎了。最后我还要来下一个致命的打击：那位著者并不曾读过克氏底《人生哲学》

这一部书。❶

第二个厚诬克氏底《人生哲学》的人是在日本，就是那位拿列宁底《国家与革命》来补足《人生哲学》，希望“这两个伟大的灵魂互相握手”的森户辰男君。

森户君在大正十四年发行的《我等杂志》第七卷一号上发表了一篇论文:《克鲁泡特金之人生哲学》。他在本文第一节中曾说：“……我今见无政府主义的博学的学者奈特罗（Max Mettlau）时，曾听得可注意的一段话。……我以下面的问题质问他：‘依克鲁泡特金特别用英文写的著作看来，他乃是一个所谓“天生的平和主义者”，暴力的革命好象是与他不相调和的；请你根据你平日与克氏之个人的交际下一个判

❶ 你看他《在无政府共产主义与伦理》一文中说：“克氏晚年所作的《伦理学》完全是批评政府，宗教，康德，尼采，司提耐儿（我译作“斯丁纳”——芾注）之误谬的伦理观念……等，而不是无政府主义之原理的根据”；在《取消人生哲学》中也说“克氏在《无政府党道德》和他晚年所著的《伦理学》二书中所研究和讨论关于人生的道德问题，无论他如何的反对和说明宗教与政府道德之伪善，批评各哲学家道学说之失当；从生物方面的观察，知道有互助；从社会方面的观察，知道有休戚相关，平等与正义；从人生行为的方面观察，知道有爱，同情，与自己牺牲，并以之来解释道德的起源，说明人生应当如何的顺着伦理而生存。”这是那位著者所见到的克氏《人生哲学》孤本底内容，然而现今通行于全世界的克氏《人生哲学》，即我现在把上半部献于中国读者的《人生哲学》底内容却完全不是这样。

其实读者若只就《人生哲学：其起原及其发展》这个名称上想，也就只知道本书底内容决非如那位著者所说的那样了。克氏在本书（即《人生哲学》第一卷中），并不曾批评什么道德之伪善，而且对于各学派之伦理观念也不是认为完全是谬误的。他先在社会本能（互助）中找到道德之起源，然后再从自然界中的道德原理，述到原始人之道德观念，又从古希腊思想家之道德学说述到居友之道德学说，以证实《人生哲学》之发展。而且在各时代各学派之道德学说中，发见了一个共同的趋向即正义平等，这以下面的一个形式表现出来：“尔所不欲人之加诸尔者亦勿加诸人”——这是一切道德学说之基本规则。然而克氏底道德学说不能以此为满足，他又找出了第三个道德底基要素——大量或自己否认自己牺牲。互助——正义——自己牺牲构成了道德底发展之三个连续的阶段，而那位著者却把这三个阶段平列硬分成生物，社会，人生行为三方面，不知何所见而云然。

关于论述斯丁纳，尼采等底道德学说之一章，因为死的缘故，克氏并不曾写出来，而那位著者却硬说《人生哲学》这部书“完全是批评……尼采，同斯丁纳之谬误的伦理观念……等，”我实在不能同意。（至于说“政府之伦理观念”，“政府道德”，不但克氏在本书不曾批评到，而且政府居然也有伦理观念，也有道德，这真是著者底创见了。）

根据上面的叙述，我们便可断言：若不是世间另有一种原版的克氏《人生哲学》，那么“取消人生哲学者”便不曾读过克氏底这本书。然而我们都知道克氏底《人生哲学》只有一种，因此“取消人生哲学者”便不曾读过克氏底《人生哲学》了。

断。’奈特罗对于我底质问，大体以下面的话来回答：第一，克鲁泡特金用英文著的书，特别如《俄国文学》与《自叙传》，是为极其保守的美国一般教养阶级写的，为了不致使他们恐惧起见，便完全避开一切露骨的描写，因此，仅仅靠着这些书，到底难窥见克鲁泡特金底全人格，全思想。第二，奈特罗和克鲁泡特金在伦敦相会之际（大概是在现世纪之初年代），克氏每周，出外练习射击。某一天他抚着枪欢喜地向奈特罗说：‘一旦俄国革命爆发，我一定得马上回去参加。’……”

我对于奈特罗底回答之第一点，甚觉奇怪，故在某一次寄他的信中，曾将此事质问过他，我并引证了许多事实，证明森户君所转述的他的话是错误的，——如果这真是他底意见。

奈特罗给我的回信证明出来森户君所转述的话，全与奈氏底本意不合。如果森户君不是误听了奈氏底话意，那么，他便是有心颠倒是非了。

奈特罗底信对于了解克氏思想一层颇有帮助，故把它译载于下：



（上略）我看见你对于克氏感到深的兴趣，而且那样热心地想完全了解他，这使得我很欢喜。

要做一个真正的好人，难道不该一生一世都做一个好人么？一个人能够接收或抛弃一种学说，然而道德性却是生了根的，不能随时抛弃的。因此我们在克氏底任何著作中所看见的道德性，必定是属于同样性质的。

然而克氏生活在各种不同的环境中，遇着各种不同性质之公众的，一般的生活，这必然地影响了他底悠长生涯的各时代中之见解。

当他还是一个哥萨克队军官旅行西伯利亚时，他把他底全副精力与热诚完全用在考察上面，为的是俄国与西伯利亚之利益——恰与后来他把他底全副精力用在《反抗者》上面；用在“互助”与法国革命研究上面；或者用在观察合作，集约农业上面；或者更后用在他所理解的欧战之主张上面。……他每做一件事，便专心一意地，极其忠实地做去。然而这种环境之变迁便免不掉使得他在悠长生涯之各时代中生出了各种不同的意见，评价，进化等等。

我在我底用德文写的《从蒲鲁东到克鲁泡特金之无政府主义》（一八五九年——一八八〇年）（三百十二页，一九二七年出版）中，曾将克氏底著作，从一八六二年到一八八〇年的，详细地讨论过，在以后的一册中还要继续讨论下去。（按：奈氏所著《无政府主义思想史》凡三大册，已出版二册，第三册还在著述中。）我在我写的德文《邵可侣传》（在印刷中，约三百册）中，也曾将克氏底生涯之一部分详细讨论过——这使得我看见他的生活之“节奏”——环境，人格，事实对于他底影响，而且这个又如何反映在他底著作之中。

我相信，以这样的方法，我便发见在一八七九年到一八八二年之间的各种影响使得克氏在那些年代中看见革命的事实，一个民众的革命快要到来了，而且就近在目前了——这个见解便产生了克氏写出《一个革命者之言》当时的精神。

过后，监狱的生活便开始了，这是一八八三年到八五年；在那时期中，他写了一些东西，这些东西是存在着的，但至今尚未刊行。在我未考察过这著作之前，我不能够断言：这些年代是一八七九—八二年之收场，或是一八八六年起到九十年代或较后一点之英国时代之开幕。接着“俄国革命”及“法国革命研究”时期就开始了。一九〇五年以前，一九〇五年，一九〇六年及较后一些年代中，一直到一九一二年左右反对社会民主党的时期，以及欧战时期（战前及战争当时），及其后的时代。我确实觉得他在一八七九年到一八八三年之间所抱的，在法国及拉丁诸国，一个新的革命，一个新的公社之一切希望都消失了，后来在英国看见了英国之巨大工业组织之奇观，以及关系着战争与海之霸权时在英国常讨论的粮食问题；又看见英国工人之真正广大的有组织的努力，而且在那里分配合作社之普及，并且克氏又看见英国的社会党与急进党的人物和环境，在其中（至少在当时），讨论辩驳，宽容都是极平常的，决没有暴力，激情，狂信等等——上述的这一切免不掉使得他大大地注意到创造的努力及进步之一切形式（只是在自愿的，而非在强迫的路线上），那么对于单纯的破毁与一个对于自发的改造之多少带点狂信的信仰，便不十分注意了。

因此这时代的克氏底著作，便有了一个不同的性质。他底英国底读者与听众希望被事实与论证所说服，并不愿为热情的话语激动了感情。而且在著作或讲演俄国政治犯底惨苦生活，俄国政府对于革命党人的迫害时，可以多用热情的语句来激励人，然而在讨论无政府主义搜集材料证明互助，小工业等等时，他便不得不用教育的而非用感情的方法了。

当森户君和我会面的时候（我想是在一九二二年），我还不曾作上述的，特别的研究，然而大部分的事实我是早知道了的。因此我告诉他底话决不能和我现在所告诉你的不同。

如果克鲁泡特金在他底一生底任何时期中，果真遇着一个革命的情形，他一定会是一个极其活动的，非常完全的革命党人。他不会在著作上那样努力了。然而这样的革命情形是不曾发生的，一九〇五—〇六年俄国革命发生时，他还在伦敦；在一九一七年他又老了，而且被欧战问题扰乱了，他虽然回到俄国去想为革命尽一点力，可惜太迟了：因为他所极讨厌的马克思派革命党人已得势了。



意大利同志波尔基最近在美国出版的意大利报纸上说过，他在一九二〇年九月在莫斯科会着克氏时，克氏告诉他，克氏去见了列宁，劝他不要摧残俄国合作社，但要利用这个分配的器具——然而没有用，列宁是不听人劝的，于是合作社便横被摧残了。

至于你说你读过的关于“射击之练习”的文章，一定是我在一九二四年替美国出版的一本书（即易细尔编印的《克鲁泡特金：思想家，革命党，人道主义者》——芾）写的那篇东西。如果我把这件事告诉森户君了，我底话一定会是这样：

在一九〇五年十月，或十一月，或十二月（不会早，也不会迟，因为只有在这几个月内，我才在伦敦，到了一九〇六年十月我又到伦敦，那时，俄国的革命已完全告终了），克氏在英国博物院附近住了一两个星期，因为他在博物院中研究。有一天晚上他告诉我他曾在射击场中练习过一两次来服枪之射击，因为他急欲知道在长久的荒废以后，看他还能不能打中鹄的，他居然打中了，他因此甚为满意，他说如果他回到俄国（已在一九〇五年大赦之后），革命起了，需要巷战时，他虽然老了，也有一点用处。……

读了奈特罗底信，则森户君不能明瞭克氏思想之事实，便是明如白日了。“两大灵魂握手”之梦且由他做去，然而真正克氏学说之信从者是不会为他底“诬厚”所欺骗的。那么这厚诬克氏学说的第二个人底武器又被我们打碎了。

中译本《人生哲学》之出版，既以打倒这两个小的障碍还原克氏底学说为开始，则他底发展便可以畅行无阻了。

对于那般愿意用他底力量来做一点有利于他底同胞们的事业，而又找不到适当的道路的人，我便把这部《人生哲学》介绍与他。实在这一部书会给他开辟一条新道路的。同时我还希望他记着邵可侣底一段话，把克氏本书中底主要思想之一表现得如此诗化者没有能胜过这一段话的了：

“我无论到什么地方，我都觉得我好象在自己家里一样，在我自己底国土里一样，在我底同胞，我底弟兄丛中一样。我从不曾让我的感情征服了我自己，只有那对于在一个大的祖国内所有居民的尊重与同情之感情，才可以支配了我。我们底地球如此迅速的旋转于空间之中，好似大无穷中之一颗砂粒，难道在这个圆球之上，我们还值得费时间来彼此相恨么？”（见邵氏底《大地理》第十九卷之序言）

一九二八年四月十二日，芾甘　序于法国。

原载《人生哲学：其起源及其发展》上编（克鲁泡特金全集第四卷），上海自由书店1928年9月16日版

# 《伦理学的起原和发展》前记

《伦理学》是克鲁泡特金的遗著，也是这个伟大的科学家和革命者毕生的科学的，哲学的和社会学的见解之节要。这是一部美丽的，不朽的杰作，但是死亡阻止了著者来把它完成。现在出版的《伦理学》只是这部大著的第一卷。（所以我们称它为:《伦理学的起原和发展》）至于那更重要的第二卷，著者却只给我们留下了几篇论文和草稿。这对于我们是一个不小的损失。



克鲁泡特金早在1880年就开始研究道德的问题了。从1890年起他在这个问题上面用的功夫更多。象《正义与道德》的讲演（1890），《安那其主义的道德》的小册（1891），在《十九世纪》杂志上连载的关于互助的论文（1891—1894，即后来的《互助论》），都是他的在这一方面的光辉的成绩。我们如果把《伦理学》比作一所大厦，则《正义与道德》，《安那其主义的道德》，《互助论》便是几块基石。其实在一个意义上说，《伦理学》还是《互助论》的续篇，《伦理学》的前四章完全是《互助论》中的主要思想之重述，或者更恰当一点说，《互助论》中的主要思想之发展而已。正如著者自己所说，《互助论》是偏于博物学一方面，而《伦理学》则是偏于道德哲学一方面。

克鲁泡特金在《伦理学》中提出了两个问题：1，人类的道德概念从什么地方来？2，道德命令与其标准的目的是什么？在这第一卷中他只给我们解答了第一个问题，他说明了道德的起原和发展。至于说明伦理学（实在论的）的基础与目的的一部分，因为第二卷的遗稿至今未能整理出版，我们一时也就无法见到那些应该是光辉灿烂的论文的内容了。不过这一部分中的主要思想却是我们已经知道了的。克鲁泡特金和达尔文一样，在社会本能（人类和动物所固有的社会性的感情）中找出道德的起原，但是他更进一步地构成了他的道德的发展的三部曲，或者三个连续的阶段：互助（社会本能），正义，与大量（自己牺牲）。这是道德的三要素。第三个要素是发展的最高阶段，这是人类所专有的，只有它，才可以真正被称为道德。

克鲁泡特金称他的伦理学体系为实在论的，自然主义的伦理学。他排斥形而上学和神秘主义，他不相信所谓上天的启示。他只在自然界中找寻道德的起原；他在社会的进步与民众的解放中见到个人人格的发展。

我们研究道德学说的发展，可以把过去的伦理学家大体分类为两大派：一派是功利论者，他们在社会的和个人的利害的打算（功用之考量）中看出了伦理感情之起原；另一派是直观派，把道德当作本有的，固有的神秘力。前者以追求快乐（或福祉）为一切人类行为之原动力，后者则将伦理学与宗教连结在一起。前者至小弥尔而完成，后者到康德而达于极致。克鲁泡特金则在这两派之外，他一方面继续着培根，达尔文，蒲鲁东，居友诸人的努力，一方面又开辟了更宽广的道路，他的实在论的伦理学的确有一个新的光辉的面目。他把社会主义视作伦理学说的一部分。在他的伦理学体系中正义之概念是与平等之概念连结在一起的。换句话说，他的伦理学是和他的自由社会主义（安那其主义）连结在一起的。他的社会主义的原理是“各尽所能，各取所需”；他的伦理的公式便是“无平等则无正义，无正义则无道德”。

克鲁泡特金并不把他的《伦理学》视作他个人的独特的成就，犹如他不把互助视为他自己的发见。他谦虚地说，他来替巴枯宁所企图创造的伦理学做一点预备基石的工作。我们知道巴枯宁在巴黎公社失败，避居在洛加诺的时候，就感到创造新伦理学的必要。甚至在他临死前十天他在伯勒还对友人奈黑尔（A.R—EICHEL）说：“现今各国人民都失掉了革命的本能。他们深以现状为满足，那个恐怕连现在已有的东西还会失去这样的恐惧，使他们不敢多事，并且深染着惰性了。假使我的身体稍微好一点，我要来写一部伦理学，这个伦理学是基础在集产主义[1]的原理上面的，完全不要哲学的或宗教的用语。”

不幸巴枯宁带着他的《伦理学》死去了，使我们无法来考察他的《伦理学》的内容。不过我们知道另一个伟大的安那其主义者蒲鲁东（巴枯宁的友人，克鲁泡特金的先辈）早在1840年就奠定了新的实在论的伦理学的基础，并且在社会性（人与动物所共有的）中看出了道德意识之起原，建立了道德的发展之三个阶段了。

蒲鲁东在《财产是什么》中提出了一个从没有人提过的问题：“人类的道德意识与动物的道德意识间之差异是种类上的差异抑或是程度上的差异呢？”他的答复是“这只是程度上的差异。”他将社会性（我想这里也可以用道德这个名词）分为三个阶段：1，同情；2，正义；3，大量。前两个是人与动物所共有的，第三个即最后一个阶段才是动物所不能够达到的。

这样的伦理学体系不是和克鲁泡特金根据数十年中间科学的，哲学的，与社会学的研究所苦心建立起来的伦理学体系相同么？



巴枯宁在某一个意义上可以说是蒲鲁东的继承者，他的伦理思想中一定有着蒲鲁东的影响。而且我们如果把巴枯宁的学说研究一下，我们便可以断言他的伦理学一定也是实在论的，在本质上不会和蒲鲁东与克鲁泡特金的不同。我们看下面一段从巴枯宁的著作中引出的话，就知道了：

> “一个人如果不认识他的同胞的价值，不与他们合作，不在他们的中间去实现他自身的发展，那么他便不能够认识他自身的人的价值，也就不能够实现他的完全的发展了。一个人如果不同时使他的周围的人解放，他也不能解放自己。万人的自由就是我的自由，——因为如果我的自由与我的权利不在与我同等的万人的自由与权利中，去找寻它们的证实与认可，则我不仅在思想中，而且在行为中，都不是真正自由的。”

由此我们更可断定巴枯宁所企图著述的《伦理学》的任务也是在

[1] 即安那其主义，并非维达与柏格尔诸人的集产主义。

鼓舞人去为真理与正义奋斗，这种奋斗不是个人的，而是与同胞联合在一起的共同行动。

克鲁泡特金便继承着巴枯宁的志愿，来从事伦理学之创造的工作。据他的友人莱伯代甫说，他也是想拿他的《伦理学》“鼓舞后代的青年去奋斗，把对于社会革命的正义之信仰深植在他们的精神中，而且燃起他们心里的自己牺牲之火，他用的方法便是使人们相信：幸福并不在个人的快乐，也不在利己的，或最大的欢喜；真正的幸福乃是由在民众中间与民众共同为着真理和正义的奋斗中得来的。”

这样的《伦理学》，在各时代中，特别在现在，都是必要的。克鲁泡特金以他毕生所积蓄的一切科学的，哲学的，社会学的见解，以他的广博的学识，在自然科学的基础上建筑了伦理学的大厦，虽然生命的界限阻止了他，没有把这所大厦造完，然而栋梁及主要的部分却已造成了，因此这所伦理学的大厦也得以确定地立在科学的宫殿之中。



对于那般想用他们的力量来做一点有利于他们的同胞的事业而又找不到道路的人，我愿意把这部《伦理学》介绍给他们。这一部书会给他们开辟新的道路。同时我还希望他们记着克鲁泡特金的好友爱利赛·邵可侣在他的《大地理》第十九卷序言中，写的一段话，实在，把克鲁泡特金的书中主要思想之一表现得如此优美如此诗化的，再没有能够超过这段话的了：

> “我无论到什么地方，我都觉得我好象在自己家里一样，在我自己的国土里一样，在我的同胞，我的弟兄中间一样。我从不曾让我的感情征服了我自己，只有那个对于在一个大的祖国内所有居民的尊重与同情之感情，才可以支配着我。我们的地球这样迅速地在空间旋转，好象大无穷中的一颗砂粒，难道在这个圆球上面，我们还值得花费时间来彼此相恨么？”

巴　金　1940年6月24日

原载《伦理学的起原和发展》（克鲁泡特金全集第十卷），平明书店1941年6月版

# 《克鲁泡特金自传》译者代序

——给十四弟

我底小弟弟：

自从几个月前得到你底信叫我译著点书给你读以来，我就无日不在思索，想找出一本适当的书献给你。经过了长期的选择之后我终于选定了现在的一本书。你要读它，你要熟读它，你要把它当作你底终身的伴侣。

我为什么选择这一本书呢？这问题，只要你把这本书读过以后就可以明白了。在你这样小的年纪，理论的书是很不适宜的，而且我以为你底思想你底主张应该由你自己去发展，我决不想向你宣传什么主义。不过在你还没有走入社会底圈子去过实生活以前，指示一个道德地发展的人格之典型给你看，教给你一个怎样为人怎样处世的态度；这倒是很必要的事。——这是你在学校里修身课本上找不出来的，也是妈妈哥哥所不能告诉你的。

固然名人底自传很多，但是其中不是“忏悔录”，就是“成功史”；不是感伤的，就是夸大的。归根结底总不外乎描写自己是一个怎样了不得的人。

然而这本自传却不与它们同其典型。在这本书里著者把他底四十几年的生活简单地，毫无夸张地告诉了我们。在这里面我们找不出一句感伤的话，也找不出一句夸大的话。我们也不觉得他是一个高不可攀的伟人，他只是一个值得我们同情的朋友。

巴尔扎克在童年时代常常对他底妹妹说：“你底哥哥将来要成一个

伟大人物”，这样的野心并非那个法国大小说家所独有，大部分的人也都免不掉有的。然而克鲁泡特金从来就没有这样的野心，他一生只想做一个平常的人，去帮助别人，去牺牲自己。

从穿着波斯王子底服装，站在沙皇尼古拉一世底身边之童年时代起，他做过近侍，做过军官，做过科学家，做过虚无主义者，做过囚人，做过新闻记者，做过著作家，做过安那其主义者。他度过贵族底生活，也度过工人底生活；他做过皇帝底近侍，也做过贫苦的记者。他舍弃了他底巨大的家产，他抛弃了亲王底爵号，甘愿去进监狱，去过亡命生活，去喝白开水吃干面包，去做俄国侦探底暗杀计划之目的物。在西欧亡命了数十年之后，终于回到了俄罗斯之黑土，尽力于改造事业，到了最后依然被政府限制了行动，只得以将近八十岁的老龄在乡间一所小屋里一字一字地写他底最后的杰作《人生哲学》。这样地经历过了八十年的多变的生活之后，没有一点良心的痛悔，没有一点遗憾，将他底永远是青年的生命交还与“创造者”，使得朋友与敌人无不感动，无不哀悼。这样的人确实如一个青年所批评“在人类中是最优美的精神，在革命家中有最伟大的良心”。所以有岛武郎比之于“慈爱的父亲”，所以王尔德称之为有最完全的生活的人。这个唯美派的诗人曾说：“我一生所见到的两个有最完全的生活的人是凡仑和克鲁泡特金……后者似乎是俄罗斯出来的有着纯白的基督底精神的人。”

弟弟，我现在是把这样的一个人介绍给你了，把他底生涯毫无铺张地展现在你底眼前了。你也许会象许多人那样反对他底主张，你也许会象另外许多的人那样信奉他底主张；然而你一定会象全世界的人一样要赞美他底人格，将承认他是一个最纯洁最伟大的人，你将爱他敬他。那么你就拿他做一个例子，做一个模范，去生活，去工作，去爱人，去帮助人。你能够照他那样地为人，那样地处世，你一生就决不会有一刻的良心的痛悔，决不会有对人对己不忠之事。你将寻到快乐，你将热烈地爱人，也将为人所爱。那时候你就知道这本书是所有的青年们底福音了。你会如何地宝爱它，你会把他介绍给你底朋友们，你会读它，你会熟读它，你会把它当作终身的伴侣。

自然这里面有些地方是小小的你所不能够懂的（但你将来长大成人的时候，你就会知道这些地方底价值），然而除了这些地方之外，你读着这一本充满了牧歌与悲剧，斗争与活动的书，你一定会感动，一定会象我译它时那样，流下感激之眼泪，觉得做人要象他这样才好。那时候你会了解你底哥哥，你也会了解你底哥哥底思想，你会爱他，你也会爱他底思想。你更会爱他所爱的人。那么我底许多不眠的夜里的劳苦的工作也就得着酬劳了。

巴　金　一九三〇年一月

原载《插图本克鲁泡特金全集第一卷·自传》(前部)，新民书店1933年9月版

# 《前夜》译者序

巴　金

大约在十年前罢，一个十五岁的孩子，读到了一本小书。那时候他刚刚信奉了爱人类爱世界的理想，有一个孩子般的幻想，以为万人享乐的新社会就会与明天的太阳同升起来，一切的罪恶就会立刻消灭。怀着这样的心情来读那一本小书，他的感动真是不能用言语形容出来。那本书给他打开了一个新的眼界，使他看见了在另一个国度里一代青年为人民争自由谋幸福的奋斗之大悲剧。在那本书里面这一个十五岁的小孩子第一次找到了他底梦景中的英雄，他又找到了他底终身事业。他便把那本书当作宝贝似的介绍与他底朋友们。他们甚至把它一字一字地抄录下来，因为那是剧本，所以还排演过几次。

这个小孩子便是我，那本书便是中译本《夜未央》。

十年又匆匆过去了。现在回想起来，十年前的事还和昨天差不多。这十年中我底思想并没有改变，社会科学的研究反而巩固了它，但是我底小孩般的幻梦却消失了。这一本小小的书还保留着我底一段美妙梦景，不，它还保留着与我同时代的青年底梦景。我将永远宝爱它。

然而我现在所介绍给我底同时代的姊妹兄弟们的这本小书却不是旧译本《夜未央》，而是我自己根据原本新译的《前夜》，因为《夜未央》里有很多译错及删节的地方，把原著的精彩失去不少。

《前夜》里比《夜未央》少了一段，即第二幕中顾安士出场的一段，这是著者后来自己删去的，法国艺术戏院排演时即无此段。这一段插在第二幕中显然不合宜，而且顾安士此时突然出现，也有点不近情理。

传单的译文得力于旧译本处不少。其所以用文言者，并非译者偷懒，说句老实话，译成白话未免太显露了。……不过旧译本的这一段是译得很好的。

原载《前夜》，上海启智书局1930年2月版

# 《从资本主义到安那其主义》序

李芾甘

“有什么关于安那其主义的书可以读的吗？”我从各方面得到这同样的问题。

去过伦敦大英博物院或巴黎国家图书馆的人当然会惊奇安那其主义文献之丰富。然而在我们中国内却找不出二三十部可读的书来。而且严格地说我们所希望的一部极其浅明而有系统解释安那其主义之理论与实际的书，在中国简直是没有。

我在安那其主义的阵营中经历了十年以上的生活。运动的经验常常使我感觉得理论之不统一，行动之无组织，乃是中国安那其主义运动之致命伤。在中国安那其主义的宣传虽有了二十多年的历史，然而至今能够明确地懂得安那其主义的理论体系的人，可说是很少，很少，无论是赞成者，或反对者。所以在中国就出现了关于安那其主义的种种奇怪的误解。甚至有人在安那其主义的名义之下宣传反安那其的理论。

在这多年的痛苦经验之后我曾几次抑下了奔腾的血潮，以一个冷静的头脑来观察，来构思，来研究。其结果便有了写一部正确地解释安那其主义的书之计画。我以为这是不可缓的工作。近几年来从运动的战场上退伍出来，到欧洲去过书斋的研究生活。在这时期中曾几次与高德曼通信讨论到这事。她告诉我说柏克曼有一部这类的书正在著述中，希望我将来把它译出。我会见柏克曼的时候，他因为病的缘故，还不曾写完他的书。我自己的书也因为忙的缘故，只写了大纲，并未起稿。一直到回中国以后的今年才读到了柏克曼的《安那其主义的ABC》一书。

诚然我说过安那其主义的文献是极其丰富。可是其中大部分的著作都是在欧洲大战与俄国革命之前写的，所以近十几年来的经验并未曾被利用。这是可惜的事。我们知道这些经验是极其重要的，它使得安那其主义在战略与方法方面都必须有新的改变，新的修正。欧洲大战暴露了资本主义的罪恶，掘成了资本阶级的坟墓，揭穿了社会党的黑幕，促进了民众的觉悟，使他们更明白自己信赖自己组织之必要。俄国革命指示了社会革命之可能，而且靠工农阶级的自己努力，解决了许多革命的改造与防卫之问题。换言之未能达到目的而失败了的俄国革命却替安那其主义解决了许多问题。所以安那其主义的新的著作更是极其需要的了。

柏克曼的著作确实是把这些经验充分地利用了的。而且他的书还有一种长处，就是浅明，诚如他自己寄我的信上所说："这书的体裁是非常简明，非常通俗，对于那些完全不懂得社会问题的工人也很适宜。"



然而我并不曾翻译柏克曼的书，我却在写我自己的书。自然我的论据大部分是从他的书中抄袭来的（为了方便的缘故），但我却时常用我自己的言语，我的主张也不是和他的完全相同。在书的结构一方面，我虽然极力模仿他，但我也删了几章又另加了几章。柏克曼的书大体是很好的，不过因为一则他的书是写给美国工人读的；二则在有些地方他也许是太 idealist 了。而克鲁泡特金不是的。所以我只抄袭他的大部分的论据，而不译他的书。自然没有他的书则我的书决不会以这样的形式写成的。

我们安那其主义者没有教主，也不是某一个人的信徒，因为安那其主义的理想并不是由某一个人创造出来的。不过在大体上我愿意做一个克鲁泡特金主义者❶，这就是说我信奉克鲁泡特金所阐明出来的安那其主义的原理。所以如果有人读了这书，觉得我的安那其主义是和大部分中国安那其主义书报所说不相同或者还相冲突的话，那么请他们原谅我，因为我只是一个克鲁泡特金主义者。

---

❶ 自然克鲁泡特金对于某一个特殊问题的意见，我有时也并不同意。

我现在并不是一个战士，所以这本书里面缺少煽动的热情，只有理论的解释。我可以公平地说这不是一本宣传的书，这是一本解释的书，它的目的只是在用极其浅明易解的话语给人们说明安那其主义是什么，安那其主义又不是什么。

原载《从资本主义到安那其主义》（社会科学丛刊之一），
上海自由书店1930年7月版

# 《克鲁泡特金全集》总序

黑 浪

在一九二一年二月八日我们这个世界里失掉了克鲁泡特金，许多人哀悼过他底死，以为这是一个大的损失。



克鲁泡特金被称为安那其主义的最伟大的理论家，人类的最忠实的朋友，最有热情的叛逆儿，然而同时他又是一个前进的科学家。在他一身，人，战士，学者这三者构成了一个完全的整体。他底八十年的生涯就象一块纯洁的白玉，没有一点儿污点。所以甚至他底敌人也不得不对他表示尊敬。

克鲁泡特金生在俄国最高的皇族中，见惯了种种不平等和野蛮的事情，后来就自动地舍弃了他底财产和爵位，这些东西在别的许多人是努力追求而得不到的。他放弃了特权，而投身在民众中间，这并不是出于单纯人道主义的动机，也完全与托尔斯太底神秘的共产主义和基督教的牺牲精神不同。他受了法国大革命所撒布的新思想底影响，在西欧旅行中又目睹甚至接触了巴枯宁指导下的第一国际的运动，便毅然地参加了当时俄国的革命运动，开始对沙皇的专制政治下严厉的攻击。

于是牢狱生活开始了，两年以后他逃出了俄国监狱，在一八七二年夏再赴西欧，不久就加入了当时在西欧逐渐生长的安那其主义运动。一八七九年在犹拉联盟大会中他宣读了一篇题作《从实践的实现之观点所见的安那其主义思想》的论文，这是安那其共产主义之第一次的理论底告白，自此以后他就成了一个天才的，博识的，深到的理论底创设者了，终身不曾间断过。

这年二月，他和少数友人发刊了《反抗者周报》，阐明他底安那其主义的思想。但一八八二年尾，他因了里昂炸弹底牵连，在法国被捕了。虽无丝毫罪名，他终于被判了五年的徒刑，在克雷服监狱中度他底光阴，然而在外面他底最忠实的友人爱理则，邵可侣却把他的论文集编印出版了。这就是那本著名的书《一个叛逆者的话》，是一本燃烧着革命的热情的书。

一八八六年他因各方面的援救被赦出狱了，却不得不到英国去度他底亡命生活。在那里他无时无刻不和全欧洲的安那其运动以及社会思想潮流接触，这样继续不断地写成了许多渊博的书籍和精美的小册。发表了无数深透的演说。他归纳地表示出来，人类社会向着安那其演进的倾向，并且肯定了一个新的革命的道德之需要，这道德是与资产阶级社会的虚伪道德对立的。

在《面包与自由》,《互助论》,《法国大革命史》中他很显明地给我们确立了斗争的目标。他底《自传》又是一部忠实的生活之记录，使读者以一个跳动的心与作者共同经历了十九世纪后半期的俄国革命运动与欧洲社会运动的各阶段，从这运动中显现出作者的最纯洁最伟大的人格来，作为我们每个青年人底模范。《法国大革命史》在历史的领域中是有最大的成就的。她公平地展示出来下层民众在法国大革命中所尽的重大职务，这职务是往往被一般历史家所忽略了的。

《互助论》在生物学著述中已经成了一部权威的著作。它可被视为达尔文底《人类由来》底续篇，专门指示着在所谓“生存竞存”这生物学的进程中合作的功用之大并不减于个体的斗争。据说赫胥黎看见了本书所提供的证据后就改变了他底见解。克鲁泡特金底论据曾经引起了各国学者的讨论，它们不仅适应于动物界，也适用于人类社会。

《面包与自由》与《田园工厂手工场》是他底经济学方面的两部重要著作。而后者竟做了现今在美国流行的技术统治学派底先驱，它们给我们供给了安那其共产主义的一个明确的解释，和未来社会底一个熟思的方案。他把工业和农业联合起来。他主张工业分散而反对集中，他主张以全工来代替分工。而头脑劳动和手腕劳动的联合这理论又给现在的新教育开辟了路，做了先锋。

最后他又给了我们一部《伦理学》，这不仅是他底关于道德的研究的一个结论，这还是他的全部科学的，哲学的，社会学的见解之要略，这又可说是他一生的知识的综合，可惜“死”走得太快，使他没有时间把下卷完成。

他底论据是雄辩的；他的眼光是深透的；他底学识是渊博的；他底文体是朴实简明的；他底笔调是诚恳热烈的。所以他底著作能够极普遍散布于全世界，取得多量的读者。

克鲁泡特金是一个多方面的人，但又是一个性格极其和谐的人。一个忠实的归纳的科学家，一个前进的哲学家，一个社会主义的思想家，他把这三种性质很和谐地具有着。无论在什么时候他都是一个最勇敢最热诚的社会革命的战士。所以我们决不能够把科学家的克鲁泡特金和安那其主义的革命家的克鲁泡特金分离开。我们应该认识整个的克鲁泡特金。

克鲁泡特金这个名字在中国是十分熟习的。许多人赞美他，许多人攻击他，许多人惧怕他。然而却很少有人真正认识他。大部分的青年都知道他底名字，都会说几句批评他的话，却没有一个人完全读过他底著作。在中国也有翻译过了他底著作，也有人刊印过不完全的《克氏全集》，但那些译本大半是不可信赖的。译者常常把原著底精义遗漏了，有的甚至把作者底思想错误解释了。在中国克鲁泡特金是不曾被人真正地认识。

因了这个缘故，我们才著手来编印克鲁泡特金底全集。我们底目的就是想把整个的克鲁泡特金介绍到中国来。一方面使青年认识他底学说底真面目，一方面给中国学术界供给一点可信赖的宝贵的材料。

我们不妨明显地说，我们底目的不在宣传而在研究。我们底译笔力求忠于原著，不敢稍微违背原文底意义。克鲁泡特金底著作是用四五种文字写成的，有许多文章散见于各国的报纸杂志，因此我们也在可能范围以内把它们搜集起来，有单行本的，就用各种文字的版本参照校阅；无单行本的，就整理编译。我们希望这一部全集能够成为忠实的，完全的东西。至于以后，能否做到这一层，尚待读者公平地批判。

一九三三年五月

原载《插图本克鲁泡特金全集第二卷·自传（前部）》，
新民书店 1933 年 9 月版

# 《我底自传》前记（节录）*

这是我最喜欢的一部书，也是在我底知识的发展上给了绝大的影响的一部书。我能够把它译出介绍给同时代的年青朋友，使他们在困苦的环境里从这书得到一点慰藉，一点鼓舞，并且认识人生的意义与目的，我觉得非常高兴。

这书是在一九三〇年一月译成的。当时由几个朋友花钱印过一千部。以后在一九三四年又由另外两三个朋友集资印过一千部插图本。书是没有了，但收回来的书款却很少。大半是送出去的。我们几个人对于书籍底发行可说毫无经验。因此这部书始终无法达到一般的读者底手中。为这事情我感到苦恼，尤其是后来遇着新认识的朋友向我问起怎样可以得到这书时，我便感到未能尽责似的负咎的心情。

近两三年来我就有意将这书修改重印，但总没有时间和机会。到去年我才下了决心，要在短时期内完成这事情。我曾把这决心告诉一个在重庆教书的朋友。他却认为这是"没有意义"的工作，而且断定这样的书不会有销路。这意见倒是我料想不到的，但它并不曾使我灰心。我底决心倒因此变为更坚决了。我写作翻译原不是为了销路。同时我自己比任何人都更明白把我底全部著作放在一起也无法与这书相比。这是一个伟大的人格底成长与发展底纪录。甚至我底拙劣的译文也不能使这书底光芒黯淡。它温暖过我底心，它也会温暖无数的青年的心。它帮助过我底知识的发展，它也会帮助无

* 本文末三段谈译文所据版本等为本书编者删节。——编者注

数的青年底知识的发展。

所以我终于违背那位做教授的友人底劝告，毅然把这书修改重印了。这其间我也曾得过一些鼓励。特别是一个年长朋友对我叙述的他底在空军中服务的青年友人底“奇遇”使我感动。那个年青人在火车中（或者在汉口）遇见一位女郎，他从她那里得到一个奇异的礼物——就是插图本克鲁泡特金底自传，她把它当作良好的书介绍给这新认识的朋友。我不知道那位女士是什么人，但我喜欢在我以外还有人从这书得过益处。倘使这书果真如那位做教授的友人所说“在这时候不会有销路”，那么就让我把它献给那位女士——我底译本底唯一的知己。

…………

巴　金　一九三九年五月

原载《我底自传》，开明书店 1939 年 5 月版

# 致《文学旬刊》编者的信*

（略）我很希望《文学旬刊》能改出周刊，因为现在中国的文学刊物只有《小说月报》,《创造》,《文学旬刊》三种。《创造》是季刊，每三个月出版一次，时间太久了。并且还不能如期出版。《小说月报》要一月才出版一次。《文学旬刊》虽然十天出一次，但每次只有一小张，登了几篇文章就没有余地了，所以每回要目预告要登的文章总不能照样登出。若改出周刊每月要多出一张（有时还多两张），要好多了。并且于《学灯》也无什么损失。想来总能实行的。

近来《礼拜六》、《半月》、《快活》、《游戏世界》等等杂志很发达，不能算是好现象。但是这也是应该的，因为中国现在的社会黑暗到了极点，所以这种东西才能受人欢迎。西谛君说得好："所以我觉得我们现在的工作，……乃在于与这腐败的社会争斗，积极的把他们的那种旧眼光变换过。"

有一些人说中国现代的"新小说"（指《小说月报》等杂志所登的创作品）不容易懂，所以一般没有高深学识的人看不懂这些才去看《礼拜六》等杂志。其实《小说月报》的创作只要读的时候稍稍用点心，就看懂了。无奈一些中国人总恨时间多，只是找消遣的事做，只是游玩，闲耍，舍不得用一点心，所以才不喜欢看非消遣的小说。我以为

---

* 本文题目为编者所加。《文学旬刊》同期载有编者对这封信的回复，全文如下：

芾甘先生：

来示读悉。尊意欲将本刊改为周刊，本是很好的办法，只是目前因为编辑与印刷上的困难，一时还不能办到，希望原谅。其余所示，均与同人意见符合，以后尚希不吝赐教。　　　　记者

现在最好一面做建设的工作，一面做破坏的工作；双方齐进，那末就可得很大的效果；将来中国文学便可立足于世界文学之间，并能大放光明。这就是我的意见。

我很希望你们与我常通信教导我。

西谛君的《悲鸣之鸟》何等沉痛呵！我读这篇时已陪了不少的眼泪了。

李芾甘

八月二十三日

原载1922年9月11日《文学旬刊》第49期“通信”栏

# 灵魂的呼号*

巴　金

××：

我把我的第三本短篇小说集献给你，同时，

请你听听我这孤寂的灵魂的呼号罢。

在南京一个朋友的温暖的房间里我想到你，在青岛的静寂的山居中我想到你，在济南的一个寒陋的小旅舍中我想到你，在津浦车上不眠的夜里我想到你，在天津一个学校的宿舍里我想到你，在北平一个黑暗的巷子里的公寓中我想到你。想到你，我就仿佛看见你的那一对关切的大眼睛，我就仿佛听见你的那些温柔心切的话语，我就感到心的激荡，我就抱怨我自己，抱怨我自己的长久的沉默。我觉得我应该给你写这一封信。

今天和两个朋友在东安市场一家广东酒楼上喝了几杯白玫瑰出来，坐在洋车上，让车夫把我颠簸地拖过旧都的黑暗泥泞的街道。我在黑暗中睁大了眼睛，我的心火一般地燃烧起来，我的身子激动得发战。我不能够再保守着沉默。我觉得我要是再不说一句话，我的身子也许就会被那心的火烧作灰烬了。而且近来因了过于浪费我的健康，我就常常想到死，一些经历使我觉得死并不是一件难事，假若我明天就死了，岂不是我就永远没有机会使你了解我吗？所以我回到公寓以后就在一张小条桌前面坐下来，给你写这封信，让我的灵魂的呼号有

---

* 本文收入《电椅》（上海新中国书店 1932 年 2 月版）时，题为《代序》。——编者注

机会入你的耳朵，因为你是个唯一可以听我的灵魂的呼号的人。

我开始应该向你说些什么话呢？你想想看。你也许不会想到的。我说让我把疲倦的头睡在你的怀里痛痛快快的哭一次罢。××，你不要惊奇。因为我已经吞了不少的泪滴在肚里了。我应该找个机会找个地方把它们倾吐出来。我说这话的时候我的手边还放着两封索稿的信。在那些信里，他们称我为第一流的作家，还有一封远方的不认识的青年的来信，在这里他说了许多诚挚的敬慕的话，他说到我的文章写得怎样使人感动；这时候我的手边还放了几本新出的杂志，那上面都登载着我的文章，但是他们对于我都变成陌生的了，不仅是陌生的，而且还是些反面的讥刺。在我的心苦痛得最厉害的时候，人们却写了钦慕赞美的信函来。这些信函只有增加我的心痛，使我更清楚地知道自己的孤独。这时候我只需要一点些微的安慰，而在这世界上却没有一个真正了解我的痛苦的人，没有人把这安慰拿来给我。



××，你是知道的，我把全部精力贡献在写作方面，那是去年三四月间的事情，到现在算起来不过一年半的时间。在这样的短促的时间里，我写了十本长短篇小说（我说十本是可以的，因为有一本长篇是被毁掉后重写起来的）。我这样不吝惜地浪费我的精力和健康，我甚至慷慨地舍弃我日后的几年的生活来换这八十多万字。我每写完一本书总要抚摩自己的手膀，我明知道这本书又吞食了我的一些肉和血，我明知道它会使我更进一步逼近坟墓，虽然说是慷慨，但我依旧不能够没有一点悲戚，我默默地望着面前写成的稿子，想到过去和现在有一些象我这样年青人怎样过着充实的生活的事情，我的眼睛就有些润湿了，但我并没有哭，我却把眼睛掉开，去看别的东西，直到我的眼睛干了，我才以另一种心情来重读我的稿子。这就是一个所谓作家的生活了。

××，这情形不但是一般人所不知道的，便是你，恐怕也不知道罢。日也写，夜也写，牺牲了休息，牺牲了睡眠，我是在怎样的一种情形下面糟蹋我的青年的生命，这可悲的情形也只有我自己知道。记得有一次在一个地方我们偶然会见着，你诚挚地劝我说："文章可以少写一点，健康是更要紧的，不要贪图目前而忘了未来，你的身体本来就不好，我读到你的许多文章就仿佛看见你病倒在床上。"那些温柔的略有点颤动的话语至今还留在我的耳边象一段美丽的音乐，使我的心激荡。又一次你来信说："你近来发表的文章真是太多，差不多什么杂志上都有。我爱惜你，所以不得不劝你一句；象你这样浪费地写下去是不行的，不仅会妨害你的健康，还会妨害你的令名。你简直是糟蹋你的文章了。"我没有回你的信，痛苦和感激使我沉默着，直到这次把这小说献给你的时候。这次我恐怕你接到它，甚至会说："我不要接收你的小说，你自己这样糟蹋你的文章，你一定不爱惜它们。"

××，怎么连你，连那聪明美丽而又爱惜我的你也会这样不了解我呢！怎么连你也会象一般人那样拿误解来折磨我呢！但是我没有一点抱怨你的心意。我知道你说那些话全是为的爱惜我。不幸的是我不能够照你的话那样做。那是超乎我的能力以上的。

××，我的这几句话并不是一种遁辞。我告诉你，我也和一般人一样是需要着休息，需要着逸乐，需要着活动的。在这样青的年纪就把自己关闭在书斋里，把头俯在书桌上，让纸笔做了自己的长久的伴侣，这完全不是一件愉快的事情，这种所谓作家的生活乃是极可悲的生活。不知道有许多次在不眠的夜里我睁起疲倦的眼睛，用了最后的努力在纸上工作着，在我的周围是一个睡眠的世界，那时候我真羡慕那些能够宽心地闭着眼睛躺在床上的人呵！我想难道我的生命就应该这样地被零碎摧残吗？××，这并不是一个愚蠢的疑问，我已经得到了回答，那回答是肯定的。

我没有一点自由，我没有一点快乐，一根鞭子永远在后面鞭打我，我不能够躺下来休息。这鞭子就是那大多数人的受苦和我的受苦。这种受苦是无终局的，我一直被它鞭打了这许多年，被它赶走了许多路程。即使前面就站着死亡，我也只得向前走去，那里还顾得健康和名誉？××，你不知道当热情在我的身体内燃烧起来的时候，那颗心，那颗快要炸裂的心是无处安放的，我非得拿起笔写点东西不可，那时候我自己已经不存在了，许多惨痛的图画包围着我，它们使我的手颤动，它们使我的心颤动。你想我怎么能够放下笔来爱惜我的精力和健康呢？我一点也不能够节制，我只有尽量地写作，即使明知道在这种情形下写出来的东西会得到一个不好的命运，而且没有永久存在的价值，我也只得让它去。因为我并不是一个文学家，也不想把小说当作名山盛业，更不敢去妄想得诺贝尔奖金。我只是把写小说当作我的生活的一部分。我在写作中所走的路径与我在生活中所走的路径是相同的。无论对于自己和别人，我的态度永远是忠实的。因为过于忠实就不免有矛盾，我自己又没有力量来去掉这矛盾。爱与憎的冲突，思想和行为的冲突，理智和感情的冲突，理想和现实的冲突，……这些织成了一个网，掩盖了我的全部生活，全部作品。我的生活是一个苦痛的挣扎，我的作品也是的。我时常说我的作品里混合了我的血和泪，这并不是一句谎话。我完全不是一个艺术家，因为我不能够在生活以外看见艺术，我不能够冷静地象一个细心的工匠那样用珠宝来装饰我的作品。我只是一个在暗夜里呼号的人。所以节制对于我没有一点用处。即使花费十年功夫写一部作品，我也只会写出现在的这样子，何况我的生命是短促的，也不容许我有这馀裕的写作的时间。

××，接收我的这小说集罢，我告诉你，我确实是爱我的文章的，因为每一篇里面都混合了我的血和泪，每一篇都给我提醒了一段痛苦的回忆，每一篇都给我叫出了一声追求光明的呼号。光明，这就是这许多年来我在暗夜里所呼叫的目标。它带来一幅美丽的图画在前面引诱我，同时受苦的惨痛的图画象一根鞭子那样在后面鞭打我。我在任何时候都只有向前走的一条路。我的文章就是我在这旅程中沿途的遗留物。我为什么不爱它们呢？我又怎敢拿我不爱的东西献给我所敬爱的你呢？

但是，××，我没有方法可以强辩，我不能够驳倒你所说的糟蹋文章的话。××，你是严厉的裁判官，在你的面前我只有低头。我的确拚命在糟蹋文章，我把文章当作应酬朋友的东西，一份杂志，即使那上面载满了我见了就头痛的名字和作品，我也让人们把我的文章在那上面发表。我的文章被列在各种各类各党各派的人的大作之林，我的名字甚至在包花生米的纸上也可以常常见着，使得一部分人讨厌，另一部分人羡慕，有的人以为我发了财，有的人疑心我在开著作公司，还有的人……我的名字成了一个招牌，一个箭垛，一面盾。我的名字掩盖了我的思想，我的信仰，我的为人。一些人看见这名字就生气，以为我是个怎样不可救药的人，把我当作攻击的目标；另一些人却把这名字当作百龄机的广告，以为有意想不到的效力。于是关于这个名字的谣言就起来了。我做了许多自己完全不知道的事情，我认识了许多自己完全不知道的朋友，我甚至变成了两三个人，同时住在两三个地方。其结果我因了这些更被人讨厌或羡慕，而我自己依旧完全不知道。拿文章来应酬，到后来就是拿名字来应酬；自己糟蹋文章糟蹋名字，到后来就是文章和名字被人糟蹋。我从来没有发出过一声痛苦的呼号，我象一个强硬汉似的做着这一切。××，你以为我自己对于这些就没有一点爱惜么？呵，我不知道应该用什么话来表示我是怎样爱惜我的作品呵！你也许会以为这又是我的一个不可了解的矛盾罢。因为我知道你决不会象某一些人那样以为我贪图巨额的稿费，××，我的为人你是知道的，我所写的文章就很少得过巨额的稿费，有些甚至一文稿费也没有得过。而且我这几年来除了小说外还著译过两百多万字的东西，哪些差不多都是没有得着稿费的。只有你知道把我当做想钱的人那是怎样的冤枉了我。××，在这一层上我的痛苦永远是没有人了解的。



××，我不是个艺术家。人说生命是短促的，艺术是长久的，我却以为还有一个比艺术更长久的东西。那个东西迷住了我。为了它我甘愿舍弃艺术，没有一点顾惜。艺术算得什么？假若它不能够给多数人带来一点光明，假若它不能够对黑暗给一个打击。整个邦迫城都会被埋在地下，难道将来不会有一把火烧毁了艺术的宝藏，巴黎的鲁佛尔宫？假若人们把艺术永远和多数人隔离，象现在遗老遗少们鉴赏古画那样，谁又能保得住在大愤怒爆发的时候，一切艺术的宝藏还会保存着它们的骄傲的地位？老实说，我最近在北平游过故宫和三殿，我看过了那令人惊叹的所谓不朽的宝藏，我就有一个思想，就是没有它们，中国决不会变得更坏一点，然而另一些艺术家却诚惶诚恐地说失掉它们中国就不会存在。大多数民众的痛苦和希望在他们看来是极小极小的事情。

我的文章是直接诉于读者的，我愿它们广阔地被人阅读，引起人对光明爱惜，对黑暗憎恨。我不愿意我的文章被少数人珍藏鉴赏。我愿意我的文章完成了它们的使命，过一个时期就消灭到无踪无影，我不愿意它们永久孤寂地躺卧在名人的书架上。所以我没有一点抱怨地拿文章来应酬朋友，让它们出现于各党各派的刊物上面。我的文章是写给多数人读的。我永远说着我自已想说的话，我永远尽我的在暗夜里呼号的人的职责。但是没有一个人了解我。误解，永远是误解，我一生所得着的永远是误解。如今连你也误解了我。

××，我得向你承认，我的朋友是很多的，他们都爱护我，虽然他们的思想和我的差得远，他们是各党各派的人。他们过分地看重我，期望我，甚至帮助我，这是我应该感激的。但可悲的是他们并不了解我，环境和教育在他们中间划了一道鸿沟。我感激他们，但我无法报答他们，于是拿文章来应酬，其结果就到了糟蹋文章的地步，然而我也应该感激他们把我的文章散布到广阔的中国的各处。因这许多文章我认识了更多的新朋友，因他们我又发表了更多的新文章。在现今情形还是这样继续下去的，其结果我虽然得到了更多的误解和苦痛，我只有把苦痛隐忍在心里，把眼泪吞在肚里。我不能够抱怨他们。这就是我的这两年来的痛苦生活的由来了。



××，我现在是预备把我的写作生活结束了。我的痛苦，我的希望都要我放弃掉文学生活，不再从文字上却从行为上去找力量。不知道我究竟有没有毅然放弃它的勇气。我在这方面也是充满了矛盾的。我对文学生活也不能够没有一点留恋，虽然我时时不满意它，虽然它给我带来那么多的误解和痛苦。我随时预备着结束写作生活，我同时又拚命写作唯恐这生活早一天完结。象这样生活下去，我恐怕我的生命是不会久长了，而且恐怕到死我还是陷在文学生活里面。这情形确实是值得人怜悯的。

××，这样我把近来的我的心完全剖给你看了。你看我是多么无力，多么可怜。你既是个爱惜我的人，就应该听我的请求。我请求你帮助我。我现在已经是没有一点力量了。

请你接收我的这礼物罢。这里面现露了我的苦痛的生活，现露了我那需要着你的帮助的心。你是能够帮助我的。

我祝福你

你的朋友

原载1932年11月1日《大陆杂志》第1卷第5期

# 我希望能够不再提笔*

巴　金

沉默，这半年来的沉默差不多闷得我说不出话了。我很高兴还有这机会让我在这里来饶舌。

我生下来，在一个古旧的大家庭里，有将近二十个的长辈，有三十个以上的兄弟姊妹，有四五十个男女仆人。但我从小就爱和下人在一起，我是在下人中间长大的。在鸦片烟灯旁边我听过不少从轿夫、听差口中讲出来的故事。在柴灶前面我曾帮忙过轿夫们烧火煮饭。在这一群没有智识，缺乏教养的人中间我得到了我的生活态度，我得到了那近于原始的正义的信仰，我得到了直爽的性格。书本所告诉我的，教师所传授我的，都早被时间之水冲洗去了。只有那生活态度，那信仰，那性格还留下来，成了不能够和我分离的东西。我彻头彻尾是一个粗野的人。

我缺乏教养，我没有智识，我不曾登过艺术的宫殿，我也没有入过学府的堂奥。虽然也曾跟在文豪学士的后面喊过几声，但也不过喊而已，自己从不敢妄想跟着文豪学士高视阔步地走进文坛。我根本便是一个不学无文的人。这原形无论如何是无法遮掩的。

文学是什么？我不知道，而且我始终就不曾想知道过。大学里有关于文学的种种课程，书店里有种种关于文学的书籍，然而这一切在轿夫仆人中间是不存在的。他们梦想不到会有许多人靠着文学吃饭。

* 本文收入《将军》（生活书店一九三四年八月版）时，题为《序》。——编者注

他们也决不会梦想到我也有过靠稿费维持生活的事情。

我写过一些小说，这是一件不可否认的事实。但这些小说是不会被列入文学之林的，因为我自己就没有读过一本关于文学的书。我写文章不过是消费自己的青年的生命，浪费自己的活力，我的文章吸吮我的血液，我自己也知道，然而我却不能够禁止它。社会现象象一根鞭子在后面驱使我，要我拿起笔。

但是我那生活态度，那信仰，那性格使我不能甘心。我要挣扎。我常常绝望地自问：难道我是被命定了跟在文豪学士后面呐喊的么？我难道就不能做一件更有用的事情？我是从下人中间出来的，我应该回到他们里面去。

现在我的笔算是暂时放下了。虽然沉默也使人痛苦，但我希望我能够坚持着不再把我的笔提起来。



原载《我与文学》(《文学》一周年纪念特辑)，
生活书店1934年7月版

# 写作生活底回顾

巴　金

民国十六年一月十五日我和朋友卫在上海上船到法国去。在印度洋舟次我给一个敬爱的朋友写信说：

> “我现在的信条是：忠实地生活，正直地奋斗，爱那需要爱的，恨那摧残爱的。上帝只有一个，就是人类。为了他，我预备贡献出我底一切……”

二月十九日我便到了巴黎。

朋友吴在拉丁区的一家古旧旅馆底五层楼上给我和卫租了房间。屋子是窄小的。窗户整日家开着，下面是一条寂静的街道，那里只有寥寥的几个行人。街角有一家小小的咖啡店，我从窗户里也可以望见人们在那大开着的玻璃门里进出。但我却没有听见过酗酒或赌博底闹声。正对面是一所大厦，这古老的建筑，它不仅阻止了我底视线，并且往往给我遮住了阳光，使我底那间充满着煤气和洋葱味的小屋变得更忧郁，更阴暗了。

除了卫和吴外，在这城里我还有三四个朋友。有时大家聚会在一起。我们也有欢乐的淡话，或者热烈的辩论。我们都是彼此了解的，但是各人有各自的事务，不能够天天聚在一处。卫又喜欢整天到图书馆或公园里去。于是我就常赏被留在那坟墓般的房间里，孤零零的拿破旧的书本来消磨我的光阴。

我底生活是很单调的，很呆板的。每天上午到那残留着寥落的枯树的卢森堡公园里散步，晚上到 Alliance Franccaise 补习法文。白天就留在家里让破旧的书本来蚕食我底青年的生命。我在屋里翻阅那些别人不要读的书本。常常在一阵难堪的静寂以后，空气忽然震动起来，街道也震动了，甚至我底房间也震动了，耳边只是一片隆隆的声音，我自己简直忘了这身子是在什么地方，周围好象发生了一个绝大的变动。渐渐地闹声消灭了。经验告诉我是一辆载重的汽车在下面石子铺砌的街道上驰过了。不久一切又复归于静寂。我慢慢儿站起来走到窗前，伸了头出去看那似乎受了伤的街，看那街角的咖啡店，那里也是冷静的，有两三个人在那里喝酒哼小曲。于是我底心又被一阵难堪的孤寂压倒了。

晚上十一点钟过后我和卫从 Alliance Franccaise 出来，脚踏着雨湿的寂静的街道，眼望着杏红色的天空，望着两块墓碑似的圣母院底钟楼，那一股不能熄灭的火焰又在我底心里燃烧起来。我底眼睛开始在微雨的点滴中看见了一个幻境。有一次我一个人走过国葬院旁边的一条路，我走到了卢骚底铜像底脚下，不觉伸了手去抚摩那冰冷的石座，就象抚摩一个亲人，然后我抬起头仰望着那个拿着书和草帽的屹立着的巨人，那个被托尔斯泰称为“十八世纪的全世界底良心”的思想家。我站立了好一会儿，我忘了一切痛苦，直到警察底沉重的脚步声使我突然明白自己是活在什么一个世界里的时候。

每夜回到旅馆里，我稍微休息了一下这疲倦的身子，就点燃了煤气炉，煮茶来喝。于是圣母院底悲哀的钟声响了，沉重地打在我底心上。

在这样的环境里过去的回忆又继续来折磨我了。我想到在上海的活动的生活，我想到那些在苦斗中的朋友，我想到那过去的爱和恨，悲哀和欢乐，受苦和同情，希望和挣扎，我想到那过去的一切，我底心就象被刀割着痛。那不能熄灭的烈焰又猛烈地燃烧起来了。为了安慰这一颗寂寞的青年的心，我便开始把我从生活里得到的一点东西写下来。每晚上一面听着圣母院底钟声，我一面在一本练习簿上写一点类似小说的东西，这样在三月里我就写成了《灭亡》底前四章。

渐渐地我底生活变得有生气了，朋友也渐渐多起来，我从他们那里借到了许多宝贵的书籍，我只担心每天没有够多的时间来读完它们，同时从 E.G.，M.Nettlau 他们和我往来的信函中得到了一些安慰和鼓舞。我便把我底未完的小说搁起来。我没有功夫再写小说了。一直到八月二十三日读到巴黎各报的号外知道我所敬爱的那个鱼贩子（就是《灭亡》序里说到的“先生”）和他底同伴被烧死在波士顿查理斯顿监狱里的时候，我重读着他写给我的两封布满了颤抖的字迹的信，听着外面无数的人底隐约的哭声，我又从破书堆里翻出了那本练习簿，继续写了《灭亡》底十七，十八两章，以后又连续写了第五，第六，第十，十一、十二共五章。

过后我底时间就被一些经济学书占去了，接着我就用全副精神来读克鲁泡特金底著作，尤其是那本《伦理学底起源及发展》，我开始翻译它，而且为了翻译它的缘故我又不得不读起柏拉图，亚里斯多德诸人底著作来。我甚至读熟了《圣经》。我已经不去注意那部未完的小说稿了。



第二年（一九二八）的夏季，是在马伦河岸上的一个小城里度过的。我在那时候过着比较安舒的生活。这城里除了我外还有两个中国青年，他们都是我底好友。我们寄宿在一个中学校里面。那里是安静而和平。每天早晨和午餐后我一个人要走过一道小桥，到河边的树林里去散步，傍晚我们三个聚在一起沿着树林走得更远一点，大家畅谈着各种各类的话，因为在那里谈话是很自由的。

一个晴明的上午我挟了一本 Whitman 底诗集从树林中散步归来，接到了一封经过西伯利亚来的信，这是我大哥从成都寄的。信里充满着感伤的话，大哥是时常这样地写信的。我一字一字地把信读了。我不觉回想到从前做孩子的时候我和他在一起度过的光阴。我爱他，但我不得不永久离开他。我底苦痛是很大的，而他底被传统观念束缚着的心却不能够了解。我这时候苦痛地思索了许久，终于下了一个决心。我从箱子里翻出了那一部未完的小说稿，陆续写了第七，第九，十三，三章。因为那时我已经译完了《伦理学》底上卷，送走了那些古希腊的哲人和罗马的圣徒。我有时间来写小说了。

后来根据一个住在南方的朋友的来信，我又写了《灭亡》底第八章《一段爱情的故事》。这朋友是我所敬爱的，他底爱情里的悲欢也曾引起我底共鸣。我很抱歉我把他底美丽的故事送给了象《灭亡》里的袁润身那样的人。所以回国以后我又把那故事改写成了一篇题作《初恋》的短篇小说来献给他。

以后这工作就没有间断了。每天早晨我一个人在树林里散步时，我完全沉溺在思索里。土地是柔软的，林外是一片麦田，空气中弥漫着甜蜜的麦子香，我踏着爬虫，听着鸟声，我底脑里却现了小说中的境界，一些人在我底眼前活动，我常常思索到一些细微的情节，傍晚在和朋友们散步谈话中，我又常常修正了这些情节。（下午的时间就用来译书和读书。）夜静了，我回到房里就一口气把它们写了下来。不到半个月的功夫我就写完了《灭亡》底十九，二十，十五，十四，二十一这五章。

这样我底小说就差不多完成了。在整理抄写的时侯，我加进了一章"八日"（即第十六章），最后又添了一个结尾。我用五大本硬纸面的练习簿把它们容纳了。我底两个朋友中的那个研究哲学的很高兴地做了我底第一个读者。他给了我一些鼓励。但我还没有勇气把这小说稿寄给国内的任何书店去出版。我只想自己筹点钱把它们印出来给我底两个哥哥翻阅，还送给一些朋友。恰恰这时候国内一个朋友来信说愿意替我办理这件事情，我便在稿本前面添上一篇序，慎重地把它们封好挂号寄给那朋友去了。

稿本寄出后我也就忘了那事情。而且我们三个人又同车回到巴黎去过那热闹的生活。过了两月上海那个朋友底回信到了。他说稿本收到，如今正在翻阅。我也不曾去信催促他。直到一九二九年初我回到上海，才在那个朋友处看见《小说月报》上面的预告，知道我底小说被采用了。那朋友违反了我底意思把它送给《小说月报》底编者，使它有机会和一般读者见面，我觉得我应该感谢他。然而使我后来改变了生活方式，使我至今还陷在文学生活里而不能自拔，使我把青年的生命浪费在白纸上，这责任却也应该由他来担负。

一九二九年我住在上海，译了几本书，翻译《伦理学》下卷底工作又使我不得不去叩斯宾诺沙，康德，叔本华诸位底坚硬的铁门。这样弄昏了我底脑筋。我没有写小说，而且我也不想写小说了。

第二年我才写了一本《死去的太阳》，和那一个叫做《房东太太》

的短篇，那是根据一个朋友底叙述写成的，自以为都写得很不如意，有些扫兴，而且那些时候又忙着读书，觉得我这人不宜于写什么小说。但是一件偶然的事情改变了我底心思：在一个七月的夜里，我忽然从梦中醒了，在黑暗中我看见了一些痛苦的景象，耳边也响着一片哭声。我不能够再睡下去，就爬起来扭燃电灯，在寂静的夜里我写完了那题作《洛伯尔先生》的短篇小说。我记得很清楚。我搁笔的时候天已经大亮了。我走到天井里去呼吸新鲜空气，用我底模糊的眼睛看天空。浅蓝色的天空里正挂着一片灿烂的云霞，一些麻雀在屋檐上叫。我才回到床上睡去。

我这样开始了短篇小说底写作以后，在这一年里我又写了《复仇》,《不幸的人》,《亡命》,《爱底摧残》……等九篇。这些文章都是一种痛苦的回忆驱使着我写出来的。差不多每一篇里都有一个我底朋友，都留着我底过去生活里的一个纪念，现在我读着它们，还会感到一种温情，一种激动，或者一种忘我的境界。



其中《亡命》和《亚丽安娜》两篇是我所最爱的，它们表现着当时聚集在巴黎的亡命者底苦痛。亚丽安娜，这个可敬爱的波兰女革命家要回到华沙去。那一天我和吴替她提着箱子把她送到一个朋友家里，我们带着含泪的微笑和她握手，说几句祝福的话语，就这样分别了她。当她底背影在一个旅馆底大门里消去的时候，我底精神被一种崇高的感情沐浴着，我底心里充满着一种献身的渴望，我愿我能够有一千个性命用来为那受苦的人类牺牲，为那美丽的理想尽力。我底眼里贮满着这青年女革命家底丰姿，我和吴进了圣母院这古建筑，登上了那高耸的钟楼。站在那上面，我俯瞰着巴黎的街市，我看那赛纳河，它们变得很渺小了。我想起了刚才别过的异国女郎，我想起了华沙的白色恐怖，我想起了我们底运动，我想起了这个大城市在近两百年间所经历过的一切，我不觉感动得流下眼泪来。我颤抖地握着吴底手诚恳地说："吴，不要失望，我们底理想一定会胜利的！"这时候他正用着留恋的眼光看那躺卧在我们下面的巴黎，他便掉过头来回答我一个同志底紧握。他忘记了他自己和亚丽安娜一样，也是因了国际大会底事情被法国政府下令驱逐的人。

以后因了驱逐令延缓了一些时候的缘故，我们还和亚丽安娜见过面，吴和她过往得很亲密。后来吴回了国。她也离了巴黎。我就再没有得过她底消息了。

直到前年我在北平意外地从一个朋友那里知道一点她离开巴黎以后的消息，我便带着悲痛的怀念续写了《亚丽安娜·渥柏尔格》。甚至到现在我每想起和她分别的那一天的情景，我还感到心情的高扬。我感激她，我祝福她，我愿把那小说献给她。

翻过来就是一九三一年。连我自己也料想不到，我竟然把这一年的光阴差不多完全贡献在写作上面去了。每天每夜热情在我底身体内燃烧起来，好象一条鞭子抽着那心发痛，寂寞咬着我底头脑，眼前是许多惨痛的图画，大多数人底受苦和我自己底受苦，它们使我底手颤动着，拿了笔在白纸上写黑字。我不住地写，忘了健康，忘了疲倦地写，日也写，夜也写。好象我底生命就在这些白纸上面。环境永远是如此单调的：在一个空敞的屋子里，面前是那张堆满了书报和稿纸的方桌，旁边是那送阳光进来的窗户，还有那张开始在破烂的沙发（这是从吴那里搬来的），和两个小小的圆凳。这时候我底手不能制止地迅速地在纸上动，似乎许多许多人都借着我底笔来申诉他们底苦痛了。我忘掉了自己，忘掉了周围的一切。我简直变成了一副写作的机器。我时而蹲踞在椅子上，时而把头俯在方桌上，或者又站起来走到沙发前面蜷伏在那里激动地写字。

在这种情形下面我写完了二十几万字的长篇小说《家》(《激流》底第一部)，八九万字的《新生》(《灭亡》底续篇)，和中篇小说《雾》以及收在《光明》里面的十多个短篇。

因了这些文章我又认识不少的新朋友，他们鼓励我，逼迫我写出更多的小说。

一九三二年一月上海底炮声响了。我二月五日带了短篇小说《海底梦》的七页原稿从南京赶回上海，只来得及看见闸北底火光。于是继续了将近一个月的苦痛的生活。后来在三月二日底夜晚看见大半个天空的火光，听见几个中年人底彷徨的，绝望的呼吁以后，我一个人走着冷静的马路到一个朋友家里去睡觉，在路上一面思索，一面诅咒，这时候我睁起眼睛做了一个梦。我决定把那个未完的短篇改写成中篇小说。

这其间我曾经几次怀着屈辱的，悲哀的，愤怒的心情去看那在日军统治下的故居，去搬运我底被劫后的书籍，这不是一件容易的事情，有一次枪刺几乎到了我底身上，但我终于把这一切忍受下去了。每天傍晚我带了疲倦的身子回到朋友那里，在似乎是平静的空气中继续写我底《海底梦》。

写完《海底梦》，我便到南方去旅行，看见一个疯狂的少女底脸上的秋天的微笑，在那里起了写《春天里的秋天》的心思，回来后就以一个星期的功夫写完了它。过后又写下《砂丁》，那材料是一个朋友供给我的，他到那地方去过。他对我谈起那里的种种详细情形，鼓舞我写下它来。那小说里也浸透了我底血和泪，贯穿着我底追求光明的呼号，那绝望的云雾并不曾淹没了我底对于"黎明的将来"的信仰。

夏天来了。我底房间里热得和蒸笼里差不多。我底心象炭一般燃烧起来，我底身子快要被蒸熟得不能够动弹了：在这时候我却枯坐在窗前，动也不动一动，而且差不多屏绝了饮食，只是拚命喝着冰水来熄灭我心里底火焰。同时我忘掉一切地把头俯在那张破旧的书桌上，专心重写我底长篇小说《新生》。去年我已经写好了它，但原稿跟着《小说月报》社在闸北底大火中化成了灰烬。这次花了两个星期的功夫我把它重写了出来，证明我底精力并不是爆裂弹所能毁灭的东西。这其间我还写了收在《电椅集》里面的几个短篇。我以为我会得到一些休息了，然而朋友又来催促我写长篇小说《雨》底续稿。直到我写完了它。我才可以开始我那渴望了许久的北方底旅行。在青岛一个朋友底山中的宿舍里我写了《电椅》中的《爱》。一到北平和一个患肺病的朋友住在一个小公寓里面，听了他每夜每夜的咳嗽声，我开始写了我底《灵魂底呼号》(《电椅集》序)，到了天津才写完了它。

北方旅行归来，我开始写作《将军》集里的各短篇。同时在冻僵了手指的寒冷的冬天底夜晚我陆续写了我底描写煤矿生活的长篇《萌芽》，写完了它，我又去广东福建旅行，写了一些短篇和一本《旅途随笔》。

写《萌芽》用力并不多，是正月初动手五月初完毕的。中间分了十一次，每次执笔还不到一天，写成一章便送到一家周报去发表。全部刊毕后我曾把它校改一次。

《萌芽》里面没有什么空泛的想象。我确实充分地利用了我底一部分的生活经验。我一九三一年冬天曾在一个煤山上作过客人，在那里受过一个星期底客气的款待。我又有着充分的自由，可以随意地看，随意地听，而且随意地和一个机工在窑里埋了两个多钟头，就在这窑里一个多月前曾发生过一次爆炸，死掉十五个人。因此曾有人劝阻我下窑，但我终于冒险地下去了。我这样做并没有别的用意，连找小说材料的心思也没有。说句实话，我只是在体验生活，尝尝生活底各种味道。所以直到两年以后我才利用这题材写了小说。后来又把它修改一次，并改题作《雪》在美国三藩市出版。

从温暖的南方我马上又去到寒冷的北国，这是一九三三年年底的事。在那里在友情底抚慰里我完成了我底第四个短篇集《将军》。并且开始写了我底《沉默》集中的所谓"历史小说"，用"王文慧"这个笔名陆续发表在《文学》上面。

同时我还写完了《电》。这小说是在一个极其安舒的环境里面写下来的。一个朋友让我住在他寄寓的花园里面，过了三个星期清闲生活，使我从容地完成了这《爱情的三部曲》底最后一部。我应该感谢他。

在北平住厌了回来，我编好第五个短篇集《沉默》和杂文集《生之忏悔》，写了我底第六个短篇集《沉落》，就动身到日本去了。那里的生活使我写成了散文集《点滴》和《神·鬼·人》，这是我底第七个短篇集。

这就是我底写作生活底大概了。

这种生活完全不是愉快的。我时常说我底作品里面混合了我底血和泪，这并不是一句诳话。我不是一个艺术家，我只是把写作当做我底生活底一部分。我在写作中所走的路径和我在生活中所走的路径是相同的。我底生活里充满了种种的矛盾，我底作品里也是的。爱与憎底冲突，思想和行为底冲突，理智和感情底冲突……这些织成了一个网，掩尽了我底全部生活，全部作品。我底生活是一个苦痛的挣扎，我底作品也是的。我底每篇小说都是我底追求光明的呼号。光明，这就是我许多年来在暗夜里所呼叫的目标，它带来一幅美丽的图画在前面引诱我。同时惨痛的受苦的图画，象一根鞭子那样在后面鞭打我。在任何时候我都只有向前走的一条路。

在《灵魂底呼号》里面，我曾经写了如下的诉苦的话：

“在一年半的短促的时间里我写了十部长短篇小说，我这样不吝惜我底精力和健康，我甚至慷慨地舍弃我日后几年的生活来换这八十多万字。我每写完一部书，总要抚摩自己底膀子，我明知道这部书又吞食了我底一些血和泪，我明知道它会使我更近一步逼近坟墓，但我也没有挽救的办法。固然我象一个大量的人的样子忍受了这一切，但我也不能没有一点悲戚。我默默地望着面前的写就的稿纸，不觉想起过去和现在有一些象我这样的年青人怎样过着充实的生活的事情，我底眼睛就有些润湿了。但我并没有哭，我却把眼睛掉开去看别的东西，直到我底眼睛干了，我才以另一种心情来重读我底稿子。……

“我底生活是很可悲的。我和一般人一样是需要着休息，需要着活动的。在这样轻的年纪就把自己关闭在书斋里，把头永远埋在书桌上。让纸笔做了自己底长久的伴侣。这完全不是一件愉快的事情。不知道有若干次在不眠的夜里我睁起疲倦的眼睛，用了最后的努力在纸上工作着，在我底周围是一个睡眠的世界，那时候我真羡慕那些能够宽心地闭着眼睛躺在床上的人呵！我常常自问难道我底生命就应该这样地被零碎摧残吗？……”

然而我并不曾有过一个时候失掉了我底信仰，所以我永远象一个强硬汉子似的忍受了这一切，我没有发出过一声痛苦的呼号。虽然我的小说里有时候竟因此含了深的忧郁性，但这忧郁性也并不曾掩蔽了那一线光明。我底对于人类的爱鼓舞着我，使我有力量和一切挣扎。……我个人底痛苦，那是不要紧的。当整个人类底黎明的未来，在我前面闪耀的时候，我底个人的痛苦算得什么？

我是不会屈服的。我是不会绝望的。我底作品无论笔调怎样不同，而那贯串全篇的基本思想却是一致的。自从我知道执笔以来我就没有停止过对我底敌人的攻击。我底敌人是什么？一切旧的传统观念，一切阻碍社会的进化和人性的发展的人为制度，一切摧残爱的势力，它们都是我底最大的敌人。我永远忠实地守着我底营垒，并没有作过片刻的妥协。

也许将来有一个时期我底这管笔会停止了活动，但这决不如某一些人所说，是因为我已经没有力量继续写下来了。固然人说生命是短促的，艺术是长久的。但我却始终相信着还有一个比艺术更长久的东西。那个东西迷住了我。为了它我甘愿舍弃艺术，舍弃文学生活，而没有一点留恋。这一点我相信我底真实的读者是一定能够了解的。

一九三五年十月改作

原载《巴金短篇小说集》第1集，开明书店1936年2月版

# 片断的纪录

巴　金

## 一

才十点半钟为什么四周就是这样地静！桌子上放着一只表。我在夜间写文章的时候，手边总要放一只表。我并不想知道时间的早迟，我却想听见一点声音，那怕是单调的也好。不然我说不定会疑心自己已经死了。

象我这样的人会成为所谓著作家，这事情我自己也觉得很奇怪。若论我的才分，我的性情，我的修养，我都不配做一个著作家。我是深知道自己的。我是个极平凡的人。我本应该找个安分守己的事情来做，然而不知道怎样，我开始写了文章。我写文章好象是顺从一种冲动。我常常是不由自己地拿起笔写。写完就仿佛从一个噩梦中醒过来似的，觉得心上的重压去掉了，身子轻松了许多。这时候我才感到片刻的心的安静。

但这样的安静并不会继续到多久。一篇文章刚送出去，第二篇又不得不开始写了。好象那个推动我的力量就没有一个时候肯把我放松过。我疲倦，但我却不能休息。好几次我忍不住要发出一声叫喊：饶了我罢。然而我并不曾被饶恕过。

写作渐渐变成了一种惩罚，一种苦刑。可是我的作品却一天天多了起来。起初看见一本新书出版，我自己也感到一种快乐。可是后来连这快乐也慢慢地消失了。有时候我甚至会憎厌我自己写过的东西。

我常常希望我能够忘掉我自己写的书，然而事实上却做不到。我只要在书桌前面坐下来，一提起笔，我就看见那许多书本堆在我面前，不，它们是堆在我的心上的。它们重重地压着我的心，使我有时候甚至吐不过气来。我说我要自由，然而我却挥不开这些黑影。

于是我怜悯我自己，诅咒我自己，我只希望着我能够永远不提笔写一个字。

## 二

我又在书桌前面坐下了。我提起笔来。在我的眼前出现了一个脸庞。我知道这是我自己的。另一个我坐在对面来看我写字了。我写了一行，两行，……一页，两页。我放下了笔，抬起头看对面。另一个我正在用检查的眼光望我。我自己在探索我的心。我变成了两个，而且成了两个彼此不肯放松的人。

我在那一个脸上看出了轻视，狞笑，责备。有时候我忍不住就羞愧地把头埋在书桌上。我怕看那另一个我，我怕看我自己。

"你为什么就不能打破那矛盾？你为什么甘愿做一个懦弱的人？"我常常听见另一个我在责备写文章的我。我对这责备不敢发出一声怨言。我的确是一个充满着矛盾的人。

我好几次想不再提笔了。我说我要消除那个矛盾。自然我的矛盾很多，那却是较大的一个。譬如前年年底我去日本，那时候我的确抱了搁笔的决心。然而刚刚到了那里，我的决心就动摇了，后来甚至在极不方便的情形下面，我也偷偷地写了《神》,《鬼》,《长生塔》这三个短篇和一些散文。这不是为着想得稿费，因为我那时又另有一个决心：我在日本写的文章，自己不拿一文稿费。这决心是做到了的。我在一个地方说过，我那时写文章为的是排遣寂寞，这当然有道理。但是另外还有原因，这原因要深得多，然而我却不能够明确地说出来。

总之，到了日本我虽然忙着读书，却也不曾搁笔。从日本回来我也还不得不时时拿起笔写点东西。我最近说过我发明了"搁笔"两个字来敷衍各位编辑，其实这话也不正确。我自己的确热诚地希望着我能够搁笔。然而同时我自己又时时逼着我来提起笔。

这心的激斗是长久的，而且苦痛的。我好比站在十字路口，倘使我再强健一点，我便会毅然地选了一条路走：或者抛弃文学，或者死抱住文学。然而我两样都做不到。结果一定会在夹攻中毁了我自己。

## 三

我记得十五六岁的时候，我在成都加入了一个青年学生组织的团体，那团体出了一种刊物。我的新朋友要我写文章，我当时就惶恐地想道：象我这样低能的人怎么能够写文章呢？我从来没有过写文章的念头。

这是十几年前的事情了，然而到现在我还能够了解那心情。我甚至愿意年光倒流，回头去过那时的生活。我觉得那时候我是没有矛盾的。我或者在大街上散传单，或者在商场楼上跟朋友们一道抬杂志社的铺板，或者做别的事情，那些日子里我觉得十分快活。我只有一个希望：谦逊地牺牲自己，不要人知道我的姓名，知道我的一切。我心中只抱着朋友们的友情和一个对人类的空泛的爱。一本小册子就是我们的福音，一句话就可以叫我们牺牲性命。现在有许多朋友说我有着过多的热情。却不知道那时候我的热情更多。我那时候的确抱着《告少年》，抱着《夜未央》和那本戏里的人物一起哭笑过。那时候我的热情是不断地向外放散的，我做一件事，说一句话，哭一声，叫一声。我走的路总是直线的，那时我的确幸福。

后来我写了文章。当时的环境还允许我自由地说话，所以我的第一篇文章的题目就是十分激烈。以后还写了介绍 I.W.W.的论文，自然免不了抄书，不过那时完全没有表现自己的意思，只想把自己所知道的一点东西，让别人也知道。我忘却了我的幼稚，我的低能，就这样被我的信仰鼓舞着开始做了我没有力量来做得好的事情。以后继续写着文章。不过那时我依然走着直线的路。我随处散发我的热情，我没有矛盾，没有痛苦。

然而现在情形却不同了。因为在几年前我开始写了小说，也许换个漂亮名词来说，是开始了我的文学生涯，从那时起我就有了矛盾。

这十几年来我的信仰并没有改变过（也许象巴罗哈的朋友对巴罗哈说的，是“没有进步”），可是我走的路却变成曲线的了。停止了发散热情，却把它们向内贮藏起来，愈积愈多，就成了现在的这样子。有人说热情是一把火，我便说我是一座火山，一座雪下的火山。我贮储了那么多的热情，我害怕会有一个大爆发。

有些朋友为着这个替我担心，他们却不知道我已经找到了一个消磨热情的东西，那是心的激斗，那是矛盾。我努力来消除那矛盾，我在心里整天地争斗着，然而结果矛盾依然原样地存在。这可以说自己在熬煎自己。

我为了写小说曾经受过几个朋友的责备。最近还有一个青年朋友表示过，我不该把时间消费在文章上面。他并不曾直接写信给我，他写给我的另一个朋友，而那朋友却把信在他们的一份小刊物上面发表了。我感谢那个年轻朋友。我把那刊物读了好几遍。那刊物我每期都非常热爱地读过，我甚至在那些平常的字句间看出了深的友情和信仰。并且我看出了我十多年前的我的面影来。这时候我好象受到一次祝福，但过后我又感到一阵绝望。我仿佛是一只折了翅膀的老鹰，我不能够再在广阔的天空里飞翔了。我的这绝望只有我自己知道。



## 四

我说过要沉默，我说过要抛弃写作生活，我没有做到。这是我的弱点。这是我的不幸。朋友们为这个责备我。我只有低着头承受。

然而另一些朋友却又怪我不该沉默。我还接过好些信件。譬如最近几个没有署名的青年读者来信就说：“我们知道你，近来是沉默了。但你为什么要沉默呢？我们想也许是社会环境对你不好吧，但是你为什么要做一个顺从环境象觉新那样的人而沉默着呢？你为什么不做一个象觉慧那样的人和社会奋斗着继续创作呢？……我们热烈地望你的作品继续出现。我们不要你再沉默了。”

对于这样的信，我怎么能够回答呢？我果然是顺从环境吗？我有着不少爱我的朋友，我差不多是靠着友情生活，然而当我彷徨在这样的十字路口的时候，我却找不到一个人来给我帮忙了，我自己知道我应该抛弃文学，但是我的感情和环境又抓住我，我的理智不甘心这个，又要反抗。我这时正需要人鼓舞我毫不顾惜地把写作生活抛弃，正需要人来赞助我保守沉默。要这样我才能够保持我的心境的和平。然而别人却不要我沉默。我的另一个自己却因此而得势了。

人是个复杂的东西。唯其我活了这许多年，所以我和初生的孩子不同。过去的生活在我身心两方面所留下的影响是不能够消灭的。虽然我大哥因为顺从环境而灭亡了，我反抗环境而活到如今。但我依旧是过去环境的产物。我不能够一下子就把那过去的阴影完全从肩头摔掉。我不是一个强健的人。倘使在那长久的心的激斗决定胜负之后，我还健康地活着，那时我也许会成为强健的人也未可知。但现在我决不是一个强健的人。

## 五

我开始感到了一件新的事情。我的心情改变了。我对于写作的信心和勇气渐渐地失去了，我得承认写作生活的确给过我大的满足的。有一个时候我疯狂地写了不少的文章，那时我感到满足，感到快乐。那时我还相信文字的力量。

然而如今情形完全改变了。写作的事不再能使我满足了。我甚至写出"文字是消磨生命和精力的东西"的话。我已经不能承认文字有什么力量了。

我观察生活，我研究历史。我看遍了过去和现在的人民的大斗争。我看出来在那些斗争里文字的力量（换句话说，文字没有什么力量），而且我明白在那时候"纯粹的"文人所尽的任务是何等地小。在宫廷里当弄臣，在贵族爵邸里做食客，在贵妇人的沙龙里做装饰品，给当权者歌功颂德——这些倒是"纯粹的"文人的拿手好戏。现在文科学生都知道说但丁、莎士比亚、歌德等等如何伟大，然而，对于这几位文豪我却没有好感；过去的文人我比较喜欢的倒是托尔斯泰、杜思退益夫斯基、阿志跋绥夫几个。这几个人据新近一位中国批评家"严格地说"来，并不是"纯粹的作家"。但我觉得他们在做人方面却比但丁、莎士比亚一类的文豪可爱得多。

这似乎是题外的话，其实并不是。譬如说但丁吧，他可以把他的政敌都送进地狱，他可以请他所爱的女人引他进天堂。我却不能够。这一类的事情我没有勇气做。所以在“私的”（Personal）方面我不能够从写作上得到满足。在“公的”（public）方面我又看见文章和现实的环境相比，就等于拿一个鸡蛋去碰石头。一番动人的演说可以使激动着的群众马上做出一点事情，一篇文章只可以短时地感动人，但不久就会被人忘记。不纯粹的作家的作品，自然经过一个短时期，便归于消灭，就是纯粹的作家的不朽的名著过几百年或一两千年也会变做藏书家的所谓珍本，而成为风雅绅商的沽名钓誉之工具了。

做一个纯粹的作家大概可以从文章上得到满足的。所以日本的文豪久米正雄和松冈让这两个情敌就拿小说做过武器再来一次情场的战斗。久米正雄也许想把他在生活里失去的东西在小说里找回来。当然在这方面他占着优胜，他得到了许多读者的同情。别的一些日本的“巨匠”也做过这一类的事。然而真的事实就被这些“巨匠”的笔抹煞了。因为做他们的对手的常常是些柔弱的女子。

文人的笔有时候很能够玩出种种的花样。倘使要从文章上认识一个人，就会常常被骗。青年人容易相信别人，所以更容易受骗。我自己也就受过骗。我自己也曾把文章和人拿来比较过。自然我也见过人比文章好的，但我却看见更多的人在文章里是一个面目，在生活里又是一个面目。有的人文章写得很漂亮，做起事来却卑鄙龌龊，但这个外面的人是不会知道的。现在我们有了不少的青年的导师。然而真正配得上领导青年的究竟有几个？文章常常成了骗人的东西了。

我去年在日本写过一篇题作《文人》的短文，这篇东西，经过几个朋友的手却没有被发表出来，大概是因为编者怕得罪人的缘故吧。那文章恐怕没有机会发表了，所以我愿意把那最后的一段引在这里：

“……写到这里还有许多话没有说完，但我却不想说下去了。以前写文章是暴露别人的丑态，现在却轮着来暴露自己的丑态了。写这短文并不想替自己辩解，只在证明一件事情，文人的一管笔能够把事实歪曲到什么样的程度。所以权力阶级豢养文人来做工具，给他们歌功颂德，这是再便宜没有的事情。但可悲的是到现在，还有一些青年真正相信文人是如何高尚的一个东西，还伸起颈子老等着从他们那里得到些什么来救拔这个快沉落在深渊里的民族呢！”

我时时在写文章，我却又时时说文章是骗人的东西，我竟然有着这么一个大的矛盾。所以我若在这里说我恨文章，也许会被人把我当作一个喜欢说谎的骗子吧。

## 六

我又想过一件事情：倘使有一天我果真搁了笔，那般批评家大概会把我忘记了吧。那么我就更幸福了。我常常对批评家发出怨言，但其实我并不恨他们。我恨的是制造文坛消息的小报记者。他们为我造过不少的谣言，然后又根据这谣言来笑骂我，我不看小报，但是我的一些多事的朋友都喜欢看。朋友们会常常来问我些奇怪的问题使我莫名其妙。于是我便劝他们不要看小报，不理——这就是我的唯一抵制办法。

对于所谓批评家，却当别论，因为我有时也理一下。但有时候批评家的文章也会使我发笑的。譬如最近一位将我“尊”（我不用“贬”字）为“变质的作家”的批评家读到我的《神·鬼·人》，说我的“作风有了一个显明的转向，也许是多读了旧俄的作品”。其实我近两年来就没有读过旧俄的小说。我写《神·鬼·人》，很受日本小说的影响。这是一眼可以看出来的。然而我们的批评家却别具慧心了。

又如另一位先生批评我的《雪》，指出我的“疏忽之处”，“其次就是插入两个恋爱故事”。我自己翻遍全书只勉强找到一个。这一个就被批评家认为“几乎成了性的滑稽”。但是批评家却忘记了，我们这社会里至少分着两个阶级，一阶级认为滑稽的事情，另一阶级也许会认真地在做。这就是我们为什么有两个文化的存在了。屠格涅夫的散文诗《菜汤》里面的太太看见那个农妇把盐当作了宝贝似的，不是觉得很奇怪吗？因为在太太的眼睛里盐是不值钱的。做一个批评家，并不比创作者容易，单靠几本书并不够，他也得去体验实生活。

种种的批评家，关于我的书写了不少的文章，读了那些文章我却不想再写什么了。据说批评家可以指导作者。但是我应该跟着他们走向什么地方去呢?

有位尊崇意大利首相和德意志总统的批评家写了《巴金论》，断定我应该灭亡。这话也许有理。因为倘使我长久在这矛盾中活下去，我一定会陷于灭亡的命运。我自己早就盼望着这灭亡的到来。

我依旧坐在书桌前面。周围还是死一般的静寂。我的表停了。外面落着雪，我的脚冷得很。我的手也快冻僵了。我手边积了七张原稿纸。这几个晚上就只写了这一点。我又发了这些牢骚。但是文章究竟有什么用处。我没有勇气再写下去了。

二月二十五日夜写完

原载 1936 年 4 月 1 日上海《大公报》副刊《文艺》第 120 期

# 我 的 路

巴 金

朋友，想不到我在《大公报》“双十特刊”上发表的文章这么快就得到了你的“响应”。你的短短的信函很使我感动。我应该感谢你，因为我的确需要一些在暗中监督我的朋友，何况现在写这信来的又是我素来佩服的你。

的确我不应该用伤感的调子来叙述“我的故事”，我不应该用这么软弱的信来回答一个充满着热情和勇气的孩子。我的那文章的结尾本来应该照下面的样子写的：

“你说：‘我永远忘不了从你那里得来的勇气。’你又说：‘你给了我生活的勇气。你给了我战斗的力量。’朋友，你把我过分地看重了。倘使你真的有那勇气，真的有那力量，那么应该说是社会把你磨练出来的。你这个陌生的‘十几岁的女孩子’。倒是你说了正确的话：‘去年一二九学生运动的高潮把我鼓舞起来，使我坚决地走上民族解放斗争的路途！在这半年的战斗中我得着不少的活知识与宝贵的经验。我抛弃了个人主义的孤立状态而走向集体的生活当中。我爱群众。我生活在他们中间。是的，我要把个人的幸福建筑在劳苦大众的幸福上。我要把我的生命，青春献给他们。’你看现在是你来给我勇气使我写出上面的那些事情的。让我来感谢你吧。”

但是我在匆忙中终于遗漏了那一段极其重要的话。今天我反复地翻看新出版的《大公报》“特刊”，我倒为这个重要的遗漏而感到苦恼了。

朋友，你知道我，我的文章全是在匆忙中写成的。我常常连修改的余裕也没有，所以我往往不能够把我的意见解释明白，以致为人误解。最近居然有人在小报上大谈我的“悲哀”了，据说我被认为“永远在黑暗中摸索，找不到一线的光明。”而说这话的人却似乎是永远生活在光明里面的。

朋友，你不要惊奇，的确有人说过了那样的话。不但这样，连我自己前些时候也还在一封信函里写过：“有许多不认识的青年朋友写过信给我，他们把我当作一个诚实的朋友看待，告诉我许多事情，甚至把他们的渴望，他们的苦恼也都告诉了我，但不幸的是我并不能够解决他们的问题，因为话语是没有力量的。……”在答另一个朋友的信里我又说：“我不能够给你指出一条明确的路叫你马上去交出生命。”而且在《激流总序》里我还明白地宣言：“我不是一个说教者，所以我不能够明确地指出一条路来。……”

我说的确实都是真话，我的意思也不能说是十分隐晦的。但到了另一种人的耳边眼底却成了另外一种意思了。他们从这里看出了我的绝望和悲哀。他们很有把握地说我不能够给人指一条到光明的路，而且装出“前进”和“革命”的派头说我的作品只是少爷小姐的消遣品。他们以为这样就可以驳到了我。还有人在我的文章里看出了许多流泪的地方，就断定说我是一个找不到光明而终日悲哀的人。

朋友，你看，这还有什么话可说！我不知道要怎样才可以把文章写得更明显一点，使别人不会误解我。你知道我并不是悲观论者。固然我往往在文章里提过流泪的事，而且我小说的主人公也常常含着眼泪去贡献种种的牺牲。但这样的流泪不是绝望的哭泣。头脑清明的人在绝望中是不会落泪的；只有小孩遇着悲痛的事情才放声大哭。我知道许多人，他们在被感动的时候往往会淌出眼泪来。我自己看见了别人的慷慨的牺牲或任何大量的行为也会因为感激而下泪。在那种时候我一点也不绝望。我看见的倒是一线光明，而不是无边黑暗。

我自己是有了一条路的，而且我始终相信着这一条路。这十多年来我看见了不少来来往往的行人。有的在路上倒毙了，有的掉转身子朝另外的方向走去。我自己从来不曾走过一步回头的路。我也曾看见过不少的事情，我也曾运用我的思维。倘使我永远在黑暗中摸索，我决不会象这样的活到现在。

历史决不是骗人的东西。人类社会的演进是一个不可否认的事实。近百年来种种的进步很显明地给我们指示了道路。道路是有的，而且很显明的摆在我们的眼前。我还不曾近视到把德国元首和意国首相看作世界的唯一救星的地步。我从不曾让雾迷了我的眼睛的。社会的进步有快有迟，这是事实；这进步有时明显，有时却也潜伏不现。除非人类渐趋绝灭，或者社会的演进停止，则我的路永不错误。因为这不是我一个人的路，这是所有不愿意做奴隶的人的路。这也是人类社会进化所必经的路。有人把路分为两条：一条通自由，一条向专制。但后一条并非必经的。我的确给人指示了一条趋向自由的路，至于什么时候才能够走到尽头，那却不是我所能够知道的了。但那条到自由的路不会在我的眼中脑里变成模糊，却是我可以断言的。



我在两三篇文章里重复地用过"一个窒闷的暗夜压在我们的头上"一句话。这是事实。许多人都感觉到的。自然那些爱说漂亮话信口乱谈别人的悲哀的人会把黑暗当作光明，将一条窄巷看为康庄大道，向专制的路上去找自由。在封建的空气里做侈说解放的梦，写几则文坛消息便自夸为服务了劳苦大众。但我们不去管他们。社会必然会撇开他们而迳自走它的发展的道路。漂亮的话是经不了时间磨洗的。时间犹如一面镜子，它可以照出许多人的原形。真的，在今天谁还可以捏起笔，大言不惭地对所有的人说："我面前就是那条唯一的到光明去的路。你们都跟我来"呢？

我固然没有这样做过。我没有这胆量。我的良心不许我这样做。说一句话并不是困难的事情。但重要的却在知道这样的话会生出什么样的影响。在我的全部作品里有一个共同的东西，那就是我的路。事实上我的确把路放在读者的眼前的。我对一些青年朋友说，我不能给他们指出一条明确的路，这只是半句话，下半句的意义更是重要。主要点乃在我不愿叫他们"马上交出生命"或者去贡献苛酷的牺牲。

我自己说得很明白："从这里走到那黎明的将来，这其间是需要着许多许多人的牺牲做代价的。”我又说过：“把个体的生命连系在群体的生命上，在社会发展繁荣的进程中决不有个人的灭亡。”在这时代是没有个人的出路的。要整个社会，民族，人类走上了康庄大道以后，个人的一切问题才能够得着适当的解决。我说过社会的进步不会停止，它永远沿着曲折的路走向光明。但我们可以推动它，在可能范围内使它早日达到目标。倘使一个青年来要求我指一条路，那么我就应该叫他把自己的一切拿去贡献给为社会，为民族，为人类的工作。这就是说牺牲。牺牲是一定有效果的，但这效果在将来。也许我们一生也见不到。求自由的人常常是得不到自由的。得到自由的当是后一代的人。所以那个女孩子说得好：“我要把个人的幸福建筑在劳苦大众的幸福上。我要把我的生命，青春献给他们。”这是一条很明确的路，我至今还坚决地相信着。

但是朋友，你知道我，你想，当一个纯洁的孩子怀着温柔的心来向我叙说他或她的苦闷的时候，我能够严肃地答复说：“去，把你所有的一切全交出来，把你的青春和生命都拿去牺牲！”虽然这是唯一的明确的路。但我望着那可爱的无邪的面庞我的口究竟说不出这种话来，当我回答一个朋友说：“你当然明白我们生活在什么样的时代，处在什么的环境，我们说一句什么样的话，或做一件什么样的事，就会有什么样的结果，那时候我的苦痛是别人所想象不到的。话语很平凡，但那每个字却有严重的意义。在今天要交出生命的确是太容易了。只要多说两句话也可以使自己变作另一个世界的人。我也有过许多经验，我也知道许多事情。要叫一个年青人牺牲生命，这是谁都可以做到的事。这十年来中国的祭坛上不知道接受了若干万的年青的牺牲！但是我太软弱了。我爱惜他们，因为我自己也还是一个青年。即使轮着每个青年都必须到这祭坛前来贡献牺牲的时候，我们也应该使我们的生命“象落红一样化做春泥，还可以培养花树，使来春再开出灿烂的花朵。”所以我虽然不曾叫我的年青朋友去交出生命，但我也并没有带着他们在黑暗中摸索，找不到光明。就在一个月前我还坦白地对一个朋友说过：

“路是有的，到光明去的路就摆在我们面前。……那路你自己也会找到。”

我自己并不曾在黑暗中悲泣。在许多篇文章里我都明白地说我瞥见了一线的光明。横贯着我的全作品的就是那条到光明，到自由的路。走这条路是需要着大的勇气和牺牲的。我如此真实地告诉了我的年青的读者。我让他们自己去选择，去决定。我绝对不是青年的导师。我只是一个和他们站在同等地位的友人。

朋友，我要结束这信函了。我手边一个抽屉里还有那么高的一叠信件。我应该把它们一封一封地翻开来回答。我现在随意地抽出一张信笺，一颗可爱的青年的心在纸上跳跃着。朋友，我抄一段话给你看罢：

> “我们有一个同学，不幸在大考时有一门功课不及格，同时她嫌她底家庭太官僚派，她已经到××去了。她不会再回来的。但她写信来说，她过得很快活。她勇敢地去做一切。不要一点同情与怜恤。现在她带出去的钱快完了。但是她来信说：‘在我没有饭吃的时候，我还是会快乐地发笑的。’我们不知道她在哪里。信是由别人转的。您说这样是不是青年人所适合的？”

朋友，你看这也是苦恼着我们的青年的一个问题呢！

我休息一下，还要来回答这一个青年朋友的信函。我们再会罢。

原载1936年10月20日《中流》半月刊第1卷
第4期“作家自白”栏

# 我只有苦笑

巴　金

我看见了你寄来的那位不署名的书评家的文章。我奇怪你为什么要替我生气。我自己读完那文章以后并没有愤怒。我有的只有苦笑。但苦笑之后我仍有所得，我究竟多知道了一点东西。我看清楚了一种人的面目。我计划中的某一部小说里面就会有这样的一位书评家。倘使我那时要告诉读者我那部小说中的人物典型是怎样逐渐发展而形成的，我就得提到这篇书评。这是必需的。因为我读这书评，我研究这书评，我的眼前才慢慢地现出了那位书评家的英勇的姿态。我把这些事写出来，主要的原因是作为一个小说家把我创造一个人物典型的过程向读者说明。我并不是因为怕那位书评家疑心我把他当作模特儿而写给他看的。这是很浅显的道理。连不会使用“艺术”这法宝的也能够明白的。

同样我写《爱情的三部曲总序》，主要目的也就在把我创造人物典型的过程告诉读者。只有那位嗅觉特别锐敏的书评家才会在这文章里嗅出别的气味来。他便武断地说我的文章“应当专给他（指我）那些朋友疑心被巴金先生作为创作的模特儿们的先生们看的。”我不知道那位书评家有什么权利，可以代表读者们说话，可以抹煞读者。他自己说过“书评”和“批评”不同，但他却忘了“书评”的对象是读者，不是“作者”。他那篇书评明白地摆在每个读者的眼前。我可以斗胆地断定说：不管《爱情的三部曲》写得好或坏，但为了要了解那作品，我的总序却比那书评更有用处。

我自己明白地叙说了我的小说中的人物和真实人物中间的距离。那位书评家却因为我把我创造人物典型的过程详细说明，就教训我不懂得小说和历史或传记的区别。他似乎太聪明了。不过我倒疑心他自己就不懂历史。我也略略研究过历史，这类的书籍我也读过几本。但历史并不就是“将现实悉网罗了，一丝不少的都翻译成文字”。历史也并不单是“在实生活中取材”就尽了它的任务。历史是什么？我们随便找个初中学生来询问，也可以得到满意的答复。而我们书评家最好还是去和初中学生讨论历史和小说的区别罢。

那位书评家的唯一法宝就是艺术。但艺术这东西无论如何是离不了人生的。而且艺术的标准就并非固定的，唯一的。读者能否了解欣赏一个作品，也不能以作品的艺术价值的高低而定。生活环境教养甚至可以决定一个人的意识形态，更何况艺术的观点！那位书评家责备我“和托尔斯泰犯了同样的错误”。我不知道托尔斯泰犯了什么错误。至于我，我不过指出来，在一个作品里面常常有些极平凡极简单的处所，因为真实，也能感动人。书评家拿“安排好适当的气氛，多运用点艺术”的大道理来教训我。书评家的生活，环境，教养决定了他的意识，决定了他的艺术标准。我记起了一件事：从前在俄国当屠格涅夫和格列哥洛维奇的描写农奴生活的小说发表的时候，许多高等俄人甚至惊呀地问道：“他们那种人居然会有感情，居然也知道爱吗？”在书斋里生活惯了的人对于《电》里面的许多处所，自然是不能够了解的。

在半年前我还读过另一位书评家的文章。他告诉我，我的某一篇小说里面的一件事情，是不会有的。但不幸我就亲眼见过那事情，而且我知道现在还常常发生那类的事。做了一位书评家，只因为自己的生活经验太少，就随意抹杀这抹杀那的。对于这样的人我只有苦笑。

还有呢！我有个朋友，写了一篇小说，他决不是拿失业做主题的。他的文章发表不久，就有两位书评家出来把那小说恭维了一通，说那是以失业为题材的佳作。我那朋友读了那些书评，也只有苦笑。

我们只有苦笑，因为在中国就只看见这样的书评家……

原载1937年5月9日上海《大公报》副刊《文艺》
“作家们怎样论书评”专栏

# 无题（节录）

巴　金

我接到香港寄来一篇题作《巴金在昆明》的通讯，是从《大公报》上剪下来的，我觉得奇怪："在昆明"的中国人有十几万，为什么应该单单提出"巴金"来做文章？我没有这资格。我相信在昆明至少有几万人对抗战中的国家民族更有功劳。甚至一个卡车司机，一个修路工人都比我做了更多的事情。我因为"环境不好"，又没有专门技能，我不能够在别的事情上消磨我的年青的生命，我才拿起笔做武器，开始我的写作生活。写作是我的生活一部分，做一个作家是渺小不足道的。重要的还是在做人。所以拿作家的地位来说，我实在没有被重视的理由。我不见得比任何人高。而拿做人来说，许多人都比我好。

……

我写小说是为了安慰我的寂寞的心，是为了发散我的热情，宣泄我的悲愤，是为了替那些被不合理的社会制度逼迫着做了牺牲的年青人呼吁，叫冤。因为我不能够做别的有用的事情，因为我没有别的武器，我才拿起笔用它做武器，来攻击我的敌人。我写的东西也许不配称做小说，不过我可以说这是类似小说的东西。

我为什么写出类似小说的东西，这就是因为我从前读过不少的小说，多少受了一点影响。所以在寂寞痛苦，心受熬煎的时候，拿起笔想写点东西，就有意无意地采取了小说的形式。不过在这里我应该声明，我读的旧小说并不多。我从前读得更多的倒是林纾和别人翻译的欧美小说，商务印书馆的三集《说部丛书》我都读过。我一定受了它们的影响。

关于旧小说我近来听见了几个人的意见。前几天一个朋友和我谈起文艺的民族形式，他认为章回体的旧小说也是民族形式之一，值得保留。我没有机会读到关于民族形式这问题的文章，我还不知道这所谓“民族形式”应该怎样解释，因此不敢多嘴。不过我想，多半是那个人误解了别人的意思。并且象“话说，却说，且听下回分解”一类的老调，“沉鱼落雁之容，闭月羞花之貌”一类的描写，只可以说是民族的渣滓，是应该被抛弃的。我对于文艺是一个门外汉，不过据我看来，应该保留的倒是民族精神，而不是形式。现在已经不是封建时代了。我们的经济组织、政治组织、生活样式都改变了。思想的表现方法，写作的形式自然也应该改变。为什么我们还必须迷恋着旧的骸骨？而且要回到“五四”文学革命运动的当时所攻击的东西那里去？

我也许是一个偏激的人。但是我觉得，我们在这时候正应摔掉一切过去的阴影，以一种新的力量向新的路上迈进，不要让种种旧的形式抓住我们的灵魂。而且我们应该记住，日本侵略者在占领区中努力提倡保存的正是我们的文艺的旧形式。事实上在沪西活动，在南京做官，在北平事逆的人中也有不少吟七律七绝，写“话说……下回分解”的人。有一个时期上海的旧诗社还做了汪派拉人的机关。这事实倒希望那些把思想和形式分开的人多想一想。

……

一九四〇年十月七日十一时半在昆明

原载《无题》，烽火社 1941 年 6 月桂林版

# 关于小说中人物描写的意见

巴 金

××兄:

对你的问题，我实在不知道应该怎样回答。我虽然也写过几部小说，被人勉强算作一个文艺工作者，其实我对文艺还是一个门外汉。我第一次提笔写小说时，我只是“为了安慰我的寂寞的心，为了发散我的热情，宣泄我的悲愤，为了替那些不合理的社会制度下面的牺牲者呼吁叫冤。因为我没有别的武器，我才拿起笔，用它做武器，来攻击我的敌人。”这是我在另一篇文章里说过的话。我为什么会写出类似小说的东西呢？我想一定是我从前读了不少的小说（特别是翻译的），受了一点影响，所以在寂寞痛苦，心受熬煎的时候，拿起笔想写点东西，就有意无意地采取了小说的形式。



自然我写第一本小说时，我心中也并不是空空的，我多少总算有一点计划；我先有了一些事情，后来便有一些人物。我想好书中应该有几个什么样的人，然后才在实生活里去找寻类似的面貌。最先我想写一个有着许多缺点，但有一颗伟大的心的革命者，我在实生活里去找寻面貌，找到的不只一个，我就慢慢地把他们拚凑起来，成了一个新的人。起初我只得到一个轮廓，我又陆续放进一点自己的想象，于是一个人的面目和性格明显地露了出来。这个人就是《灭亡》里的杜大心。他开始在我眼前活动，在我脑里活动，他说话，他愤怒，他爱，他受苦。我都看得清清楚楚，他就仿佛是我的一个朋友。在一个短时期中我的心灵全被他占去了，好象不是我在写这文章，却是他借我的笔在生活。我甚至在树林里散步的时候（那时我每天早晨和晚饭后常在树林里散步），我还看见他在激昂地挥着手讲话，我这样写出了杜大心，我也同样地写出了《新生》中的李冷。这两个人和我的小说里面的人物不同，他们只有一半的真实，其余的一半则是从书本（尤其是一些外国革命家的传记）里来的。这样的两个人我在实生活里并没有遇见过，虽然李冷的在N地的日记还是根据一个朋友的狱中日记改写的。

这里叙说的并不是"人物描写法"，只是个人的一点小小经验。我虽然写出了上面那两个人物，但是我写得失败了，不过我想，失败的经验略略讲讲也无妨。

我以后还写了《爱情的三部曲》和《激流的三部曲》，这都不是象样的东西，他们现在还能够存在，那是由于批评家的宽容。似乎有人说过现在不需要这样的作品，其实我自己也就祈祷着它们早一天被淘汰，落进遗忘的墓里去。不过说句老实话，我私心颇喜欢这两个"三部曲"。我知道作品是失败的，但是我深爱那里面的几个主要人物。这些人都不是从我的想象中生出来的，他们是有血有肉的人。他们是我最熟习的，而且是我热爱过的。我很了解他们。他们的面影长留在我的心上，二三十年来从没有淡过。有时我一个人坐在静寂的屋子里对着书发呆，他们就会在我的脑里活动起来，象演戏一般地使许多旧事在我的眼前重现。是回忆，是怀念，是惋惜，常常使我的心落在无可补偿的过去的悲剧里再受一次煎熬。热情积起来成了一把火，烧着我的全身。热情又象一条被堵塞了出口的河水，它要冲出去。经过了长久的内心的斗争，决定了再拿笔写小说。这一次是人物，事情，地方一齐出现了。我把这一切组织起来，安排起来。人物是真实的，不过所谓"真实"在这里还有一个界限：我如果拿熟人做"模特儿"，我取的只是性格，我不取面貌和事实。我借重自己的想象，给这个人安排了一些事，给那个人又安排了另一些事情。这些都是可能的，却不全是实有的，这里面甚至还有我自己做过的事。我偶尔把个人的经历，放进我的小说里，也只是为了使我的叙述和描写更近于真实，而且我同时还留心到全书的统一性，我极力保持着性格描写的一致。

这两个"三部曲"化费了我几年的工夫。不过我写得很顺利。那些人物，那些性格，我知道得太清楚了，他们说话，他们动作，他们哭，他们笑，他们的态度，他们的思想，我都可以详详细细地描写出来，我认识他们就象认识我自己。所以写起来我毫不费力。我只要把背景布置好，事情安排好，然后从从容容地把人物一个一个介绍出来，让他们慢慢发展下去。固然是我拿起笔在写，其实倒不如说是他们自己在生活。许多事实我以前完全没有想到的，这时也自然发生了。有时我以前安排好的事情反而无法写在书里，性格的发展使我明白自己想象的错误，我不能把一些不适当的事情硬加在某一个人的身上。我既然让我的人物自己去生活，我在没有遇到障碍时，就索性让他们自由地走他们的路，反正背景是固定的，性格也是有了限制的，他们无论怎样活动总跳不出我的小说的圈子。

我就是这样的一直写下去的。从开始写到尾声，我觉得那些人在我的小说里活起来了。在我看来，他们就同活人没有两样。他们在我的眼前活动，受苦，哭笑，以至于死亡。我分享他们的一切悲欢的感情。我悲哭他们的死亡。

这几本书永远保留着我的一些熟人的纪念。它们使我的记忆活起来。我在我的小说里找着了那些我最亲爱的人，靠了它们我居然还能够和那些人在一起过些可纪念的日子，我说我喜欢这两个“三部曲”，这是由于我的私人的情感来的。我没有写过一部我自己满意的小说。事实上我也不知道怎样写出一部好的作品。我写了十二年的小说，到现在还只能说是“开始学习”。我实在没有资格被称为小说家。你这次向我征求关于小说中人物描写的意见，可以说是“问道于盲”了。倘使上面的几段话不能算做答案，还请你原谅我，替我把这封信丢进字纸篓里去！

原载《龙·虎·狗》（文学丛刊第七集）文化生活出版社1942年1月沪版“附录”

# 一点感想

巴 金

听到日本无条件投降的消息，我非常高兴。不过说句老实话，当时我并没有想到“胜利”这两个字。我感到的并不是胜利的喜悦。我只觉得压在我头上的一个可怕的长的梦魇去掉了。一个浓黑的暗夜发白了。这八年来我走过了好些地方，经历了、看见了许多事情。我自己当然不能说对抗战尽过多少力。但我却看见那无数的平民为着这个战争流了血，流了汗，牺牲了他们所有的、所宝贵的一切，他们默默地活着，默默地死去。他们没有要求过什么，也没有得到过什么。发财的不是他们，说漂亮话的不是他们。说是一切都为了这个圣战，他们受苦，牺牲，都并无怨言。现在圣战成功了，那么他们的牺牲和受苦也应该终结了。那些血，那些残杀，那些大破坏，我在上海，在广州，在桂林……看见的种种可怖的景象都应该消灭了。的确我仿佛是从一个可怕的长的梦魇中醒了过来似的。所以八月十日之夜晚，我挤在精神堡垒前面狂欢的人群中大声笑着。这些年来我闷得够了。

可是这样的喜悦在第二天早上就不知道飞到哪里去了。我觉得昨晚上做了一个快乐的梦。这天报纸上充满着“胜利”和类似胜利的字眼，我才想到了“胜利”。他们说得似乎都不错，很有理。但是不知为了什么缘故，我总觉得我脑子有些糊涂，我想起昨夜狂欢的事，更觉得不好意思，我似乎不配跟着别人欢笑，因为这个胜仗不是我打出来的，而且我连想也没有想到，胜利自己就送过来了。我更耽心，这个胜利纵使我会有一份儿，它分到我名下，我也不会抓住它，它会飞走的。我对这胜利没有一点准备，我狂欢得太早了。

“那么赶快准备迎接胜利吧，”一个朋友鼓励我说。他是一个乐观派。

准备，迎接都不错。但是怎样准备呢？我正为着这个“准备”发愁。

单是“胜利”两个字并不能解决我们的一切问题，我们狂欢得太早了。

八月十四夜

原载1946年5月《抗战文艺》第10卷第6期

# 我是来学习的

巴　金

参加这个大会，我不是来发言的，我是来学习的。而且我参加象这样一个大规模的集会，这还是第一次。在这个大会中我的确得到了不少的东西。

第一，我看见人怎样把艺术和生活揉在一块儿，把文字和血汗调和在一块儿创造出来一些美丽、健康而且有力量的作品，新中国的灵魂就从它们中间放射出光芒来。

第二，好些年来我一直是用笔写文章，我常常叹息我的作品软弱无力，我不断地诉苦说，我要放下我的笔。现在我发见确实有不少的人，他们不仅用笔，并且还用行动，用血，用生命完成他们的作品。那些作品鼓舞过无数的人，唤起他们去参加革命的事业，它们教育着而且还要不断地教育更多的年青的灵魂。

第三，我感到友爱的温暖。我每次走进会场总有一种回到老家的感觉。在七百多个面孔中至少有一半我没有见过，可是它们对我并不是陌生的。我看到的全是诚恳的、亲切的脸。我仿佛活在自己的弟兄们中间一样：谈话，讨论，听报告，交换经验，我不感到一点拘束。自由，坦白，没有丝毫的隔阂，好象七百多个人都有着同样的一颗心似的。

原载《中华全国文学艺术工作者代表大会纪念文集》
（中华全国文学艺术工作者代表大会宣传处编辑），
新华书店发行，1950 年 3 月

# 《巴金选集》自序

我开始写小说的时间是一九二七年的春天。那时我和一个朋友同住在巴黎拉丁区一家古老公寓五层楼上的一个房间里面。我后来在一篇《回忆》里描写那个房间说：



屋子是窄小的。窗户整天开着，下面是一条静寂的街，那里常常只有寥寥的几个行人。街角有一家小小的咖啡店，我从窗户里也可以望见人们在那大开着的玻璃门里进出。但我却没有听到酗酒或赌钱的闹声。正对面是一所大厦，这古老的建筑，它不仅阻拦了我的视线，并且往往给我遮住了阳光，使我那间充满煤气和洋葱味的小屋变得更阴暗更忧郁了。

我在同一篇文章里面描写我那时的生活道：

我的生活是很单调的，很呆板的。我每天上午到那残留着寥落的枯树的卢森堡公园里散步，晚上到 Alliance Francaise 补习法文，白天就留在家里让破旧的书本蚕食我的年青的生命。我在屋里翻阅那些别人不要读的书本。常常在一阵难堪的静寂以后，空气忽然震动起来，街道也震动了，甚至我的房间也震动了。耳边只是一片隆隆的声音，我自己简直忘了这身子是在什么地方，周围好象发生了一个绝大的变动。渐渐地闹声消灭了。经验告诉我是一辆载重的卡车在下面石子铺的街道上驰过了。不久一切又复归于静寂。我慢慢儿站起来走到窗前，伸出头去看那似乎受了伤的街，看那街角的咖啡店，那里也是冷静的，有两三个人在那里喝酒哼小曲。于是我的心又被一阵难堪的孤寂压倒了。

晚上十一点钟过后我和朋友卫从 Alliance Francaise 出来，脚踏着雨湿的寂静的街道，眼望着杏红色的天空，望着两块墓碑似的圣母院的钟楼，那一股不能熄灭的火焰又在我的心里燃烧起来。我的眼睛开始在微雨的点滴中看见了一个幻景。有一次我一个人走过国葬院旁边的一条路，我走到了卢骚的铜像的脚下，不自觉地伸出手去抚摩那冰冷的石座，就象抚摩一个亲人，然后我抬起头仰望着那个拿着书和草帽的屹立着的巨人，那个被托尔斯太称为“十八世纪的全世界的良心”的思想家。我站了好一会儿，我忘了一切的痛苦，直到警察的沉重的脚步声使我突然明白自己是活在什么样的一个世界里的时候。

每夜回到旅馆里，我让这疲倦的身子稍微休息一下，就点燃了煤气灶，煮茶来喝。于是圣母院的悲哀的钟声响了，沉重地打在我的心上。

在这样的环境里过去的回忆又继续来折磨我了。我想到在上海的活动的生活，我想到那些在苦斗中的朋友，我想到那过去的爱和恨，悲哀和欢乐，受苦和同情，希望和挣扎，我想到那过去的一切，我的心就象被刀割着痛。那不能熄灭的烈焰又猛烈地燃烧起来了。

于是：

为了安慰我的这颗寂寞的年青的心，我便开始把我从生活里得到的一点东西写下来。每晚上一面听着圣母院的钟声，我一面在一本练习簿上写一点类似小说的东西，这样在三月里我就写成了《灭亡》的前四章。

这样，连我自己也没有料到地我就成为一个“作家”了。我一直写了二十三年，在书桌上面消耗了我一生中最好的时间。我曾经写过多少次，嚷过多少次，说我要抛弃艺术，舍弃文学生活。可是我始终没有办到。

我的写作生活是痛苦的，因为我承认过："我不是一个艺术家，我只是把写作当做我的生活的一部分。我的生活中充满了种种的矛盾，我的作品里也是的。爱与憎的冲突，思想与行为的冲突，理智和感情的冲突……这些组成了一个网，掩盖了我的全生活，全作品。我的生活是一个苦痛的挣扎，我的作品也是的。我的每篇小说都是我的追求光明的呼号……同时惨痛的受苦的图画象一根鞭子那样在后面鞭打我。"我只有拿起笔写，不顾一切地写下去。

所以我的作品中思想性和艺术性都薄弱，所以我的作品中含有忧郁性，所以我的作品中缺少冷静的思考和周密的构思。我的作品的缺点是很多的。很早我就说我没有写过一篇象样的作品。现在抽空把过去二十三年中写的东西翻看一遍，我也只有感到愧悚。

时代是大步地前进了，而我个人却还在缓慢地走着。在这新的时代面前，我的过去作品显得多么地软弱，失色！有时候我真想把它们藏起来。



然而我还是把《新文学选集》中我的一本集子编选出来了。使我还有点勇气做这编选工作的唯一原因，是我对于工作并未失去信心。不管我的作品有着种种或大或小的缺点，但我始终没有说一句谎话。在十五年前（一九三五）我曾说过：

> 我是不会绝望的。我的作品中无论笔调怎样不同，而那贯串全篇的基本思想却是一致的。自从我执笔以来我就没有停止过对我的敌人的攻击。我的敌人是什么，一切旧的传统观念，一切阻碍社会的进化和人性的发展的人为制度，一切摧残爱的势力，它们都是我的最大的敌人。我永远忠实地守着我的营垒，并没有作过片刻的妥协。

这本集子里面的二十二篇文章可以给我的这番话作证。

现在一个自由、平等、独立的新中国的建设开始了。看见我的敌人的崩溃灭亡，我感到极大的喜悦，虽然我的作品没有为这伟大的工作尽过一点力量，我也没有权利分享这工作的欢乐。收在这集子的卷末的《一封未寄的信》便是我的喜悦和我的感动的表白。我的一枝无力的笔写不出伟大的作品。为了欢迎这伟大的新时代的来临，我献出我这一颗渺小的心。

巴　金　一九五〇年五月

原载《巴金选集》（新文学选集第 2 辑），开明书店 1951 年 7 月版

# 《巴金文集》后记

《文集》编到这一卷，算是告了一个段落，我在中华人民共和国建国以前写的作品全收在这十四册书里面了。我在一九五七年写的《文集》的《前记》里说这是“我三十年文学工作的一点成绩”，其实从一九二七年春天开始写《灭亡》到一九四六年十二月三十一日午夜写完《寒夜》的《尾声》为止，不过整整二十年。一九四七年以后我的时间大半花在翻译、编辑、校对的工作上，当然也读了一些书。一九四九年五月上海解放后我参加了一些社会活动，跑了不少地方，也曾写过一些文章，出过几本集子。但是拿质和量两方面说，连我自己也不能满意。我想写新社会，写新人和新事，这一切对我有多么大的引力，这一切在我的眼睛里显得多么有光彩！然而我的笔好象有点生疏，我常常因为它不能充分地表达我的思想、感情而感到苦恼。不用说，我不会灰心，我仍然在学，也仍然在写。我还要继续努力。《文集》虽然到第十四卷结束，可是我的笔绝不会放下。我在《前记》中说过：为了这个伟大的新时代，我献出我的心，我的笔和我的全部力量。我不愿意做失言的人，我还有这样的雄心：准备在建国二十周年大欢乐的节日里编印《文集》的《续篇》，用我的文学工作第二个二十年的成绩来表示我对于新时代、新社会、新中国的热爱。

收在这一卷中的《谈自己的创作》是一九五七年到一九六一年中间的作品。我写这本小书，也只是想对一些来信索复的读者谈谈自己的旧著。十篇长短文章都非说理论道的宏文，不过是些东拉西扯的漫谈，其中一部分还是不曾发表的新作。我现在将这些漫谈附印在《文集》的后面，我觉得把它们当作《文集》的注解，倒是最适当的看法。

巴　金　1961 年 11 月 30 日

原载《巴金文集》第 14 卷，人民文学出版社 1962 年 8 月版

# 《巴金选集》后记

巴　金

人民文学出版社要我编一部新的《选集》，我照办了。

一九五九年出版的我的《选集》里本来有一篇后记，我把校样送给几个朋友看，他们都觉得很象检讨，而且写的时候作者不是心平气和，总之他们认为不大妥当，劝我把它抽去。我听从了朋友的意见，因此那本《选集》里并没有作者的后记。但是过了一年我还是从那篇未用的后记中摘出一部分作为一篇散文的脚注塞进我的《文集》第十卷里面了。今天我准备为新的《选集》写后记的时候，我忽然想起了那篇只用过一小半的旧东西，它给人拿去，隔了十一年又回到我的手边来。没有丢失，没有撕毁，这是我的幸运。这十一年中间我给毁掉了不少文稿、信件之类的东西。家里却多了一个骨灰盒，那是我爱人的骨灰。在“四害”横行、度日如年的日子里她给过我多少安慰和鼓励。但是她终于来不及看见我走出“牛棚”就永闭了眼睛。她活着的时候，常常对我说：“坚持下去，就是胜利。”我终于坚持下来了。我看到了“四人帮”的灭亡。我又拿起了笔。

今天我心平气和地重读十九年前“并不是心平气和地写出来的”旧作，我决定把它用在这里，当然也作了一些删改。我所崇敬的中外前辈作家晚年回顾过去的时候，也写过类似“与过去告别”的自白。我今年七十四岁，能够工作的日子已经不多，在这里回顾一下过去，谈谈自己的看法，即使谈错了，也可以供读者参考，给那些想证明我“远远地落在时代后面”的人提供一点旁证。

那么我就从下面开始：

我生在官僚地主的家庭，我在地主老爷、太太、少爷、小姐中间生活过相当长的时期，自小就跟着私塾先生学一套立身行道扬名显亲的封建大道理。我也同看门人、听差、轿夫、厨子做过朋友（就象屠格涅夫在小说《普宁与巴布林》中所描写的那样）。我看够了不公道、不合理的事。我对那些所谓“下人”有很深的感情。我从他们那里得到不少的生活知识。我躺在轿夫床上烟灯旁边，也听他们讲过不少的动人故事。我不自觉地同情他们，爱他们。在五四运动后我开始接受新思想的时候，面对着一个崭新的世界，我有点张惶失措，但是我也敞开胸膛尽量吸收，只要是伸手抓得到的新的东西，我都一下子吞进肚里。只要是新的、进步的东西我都爱；旧的、落后的东西我都恨。我的脑筋并不太复杂，我又缺乏判断力。以前读的书不是四书五经，就是古今中外的小说。后来我接受了无政府主义，但也只是从刘师复、克鲁泡特金、高德曼的小册子和《北京大学学生周刊》上的一些文章上得来的，再加上托尔斯泰的象《一粒麦子有鸡蛋那样大》、《一个人需要多少土地》一类的短篇小说。我还读过一些十九世纪七十、八十年代俄国民粹派革命家的传记。我也喜欢过陈望道先生翻译的《共产党宣言》，可是多读了几本无政府主义的小册子以后，就渐渐地丢开了它。我当时思想的浅薄与混乱不问可知。不过那个时候我也懂得一件事情：地主是剥削阶级，工人和农人养活了我们，而他们自己却过着贫穷、悲惨的生活。我们的上辈犯了罪，我们自然也不能说没有责任，我们都是靠剥削生活的。所以当时象我们那样的年轻人都有这种想法：推翻现在的社会秩序，为上辈赎罪。我们自以为看清楚了自己周围的真实情形，我们也在学习十九世纪七十年代俄国青年“到民间去”的榜样。我当时的朋友中就有人离开学校到裁缝店去当学徒。我也时常打算离开家庭。我的初衷是：离开家庭，到社会中去，到人民中间去，做一个为人民“谋幸福”的革命者。

我终于离开了我在那里面生活了十九年的家。但是我并没有去到人民中间。我从一个小圈子出来，又钻进了另一个小圈子。一九二八年年底我从法国回到上海，再过两年半，成都的那个封建的家庭垮了，我的大哥因破产而自杀。可是我在上海一直让自己关在小资产阶级的圈子里，不能够突围出去。我不断地嚷着要突围，我不断地嚷着要改变生活方式，要革命。其实小资产阶级的圈子并非铜墙铁壁，主要的是我自己没有决心，没有勇气。革命的道路是宽广的。而我自己却视而不见，找不到路，或者甚至不肯艰苦地追求。从前我们在成都办刊物《半月》的时候，有一个年纪比我大的朋友比我先接受了无政府主义的思想，我有时还把他当作导师一般尊敬。他就是《激流》三部曲里面的方继舜。在我离开成都以后，他不能满足于空谈革命，渐渐地抛弃了无政府主义，终于找到了正确的道路，参加了共产党，在一九二八年被成都某军阀逮捕枪毙了。……说实话，我当初开始接受新思想的时候，我倒希望找到一个指导人让他给我带路，我愿意听他的话甚至赴汤蹈火。可是后来我却渐渐地安于这种自由而充满矛盾的个人奋斗的生活了。自然这种生活也不是没有痛苦的。恰恰相反，它充满了痛苦。所以我在我的作品里不断地呻吟、叫苦，甚至发出了"灵魂的呼号"。然而我并没有认真地寻求解除痛苦、改变生活的办法。换句话说，我并不曾寻找正确的革命道路。我好象一个久病的人，知道自己病重，却习惯了病中的生活，倒颇有以病为安慰、以痛苦为骄傲的意思，懒得去找医生，或者甚至有过欣赏这种病的心情。但是另一方面，我也曾三番五次想在无政府主义中找寻一条道路，我读过好些外国书报，也译过克鲁泡特金的著作，和俄国民粹派革命家如妃格念尔这类人的回忆录，可是结果我得到的也只是空虚；我也曾把希望寄托在几位好心朋友的教育工作上，用幻想的眼光去看它们，或者用梦代替现实，用金钱编织的花纹去装饰它们，我写过一些宣传、赞美的文章；结果还是一场空。人们责备我没有在作品中给读者指出明确的道路。其实我自己就还没有找到一条这样的路。当时我明知道有马克思列宁主义，明知道有党，而且许多知识分子都在那里找到了治病的良药，我却依然没有勇气和决心冲出自己并不满意的小圈子，总之，我不曾到那里去求救。固然我有时也连声高呼"我不怕，我有信仰。"我并不是用假话骗人。我从来不曾怀疑过：旧的要灭亡，新的要壮大；旧社会要完蛋，新社会要到来；光明要把黑暗驱逐干净。这就是我的坚强的信仰。但是提到我个人如何在新与旧、光明与黑暗的斗争中尽一份力量时，我就感到空虚了。我自己不去参加实际的、具体的斗争，却只是闭着眼睛空谈革命，所以绞尽脑汁也想不到战略、战术和个人应当如何参加战斗。我始终依照自己的方式去反对旧社会和黑暗的势力，从来没有认真想过会得到什么样的结果。有时候我感觉到我个人的力量就象蜉蝣一样撼不了大树（哪怕是正在枯死的大树），我起了类似疯狂的愤激。我恨旧社会恨到快要发狂了，我真愿意用尽一切力量给它一个打击。好心的读者责备我宣传疯狂的个人主义。我憎恨旧社会、憎恨黑暗势力到极点的时候，我的确希望每个人都不同它合作，每个人都不让它动他一丝一毫。……这种恨法不用说是脱离群众、孤独奋斗的结果。其实所谓"孤独奋斗"也只是一句漂亮话。"孤独"则有之，"奋斗"就应当打若干折扣。加以由于我的思想中充满了矛盾和混乱，我甚至在"孤独奋斗"的时候，也常常枪法很乱，纵然使出全身本领，也打不中敌人要害，或者近不了敌人身旁。而且我还有更多的冷静的或者软弱的时候，我为了向图书杂志审查老爷们表示让步，常常在作品里用曲笔转弯抹角地说话，免得作品无法跟读者见面，或者连累发表我文章的刊物。[1]有时我也想尽方法刺老爷们一两下，要他们感到不舒服却又没法删掉我的文章。然而我只是白费力气，写出来的东西，不是软弱无力，就是不知所云。……总之，从我的笔下没有产生过一篇成熟的作品，或者正确的文章。我常常把解放前的自己比作一个坐井观天的人。我借用这个旧典故，却给了它一个新解释：我关在小资产阶级知识分子的小圈子里望着整个社会的光明的前途。我隐隐约约地看得见前途的光明，这光明是属于人民的。至于我个人，尽管我不断地高呼"光明"，尽管我相信光明一定会普照中国，但是为我自己，我并不敢抱什么希望。我的作品中会有忧郁、悲哀的调子，就是从这种心境产生的。我自己也知道我如果不能从井里出来，我就没有前途，我就只有在孤独中死亡。我也在挣扎，我也想从井里跳出来，我也想走新的路。但是我的勇气和决心都不够。

然而解放带给我力量和勇气。我不再安于坐井观天了。过去的错

---

[1] 例如《选集》中那篇《窗下》，我在小说里连"日本"两个字也用"异邦"，"友邦"，"那边"等等字眼代替，并非我发神经，其实是我害怕得罪了国民党官老爷，一怒而封禁刊物。然而过了两个月，这份刊物终于毫无理由地被查封了。

误也看得更清楚了。我下了决心跟过去告别，跟我那个小天地告别。我走上了自我改造的路。当然改造并不是容易的事情，跟自己作斗争也需要长期苦战才有可能取得胜利。……

我希望我上面的“回顾”能够帮助《选集》的读者了解我过去的作品。今天在新的《选集》付印的时候，我还要重复十九年前想说而未说出来的几句话：

> “我的这些作品中描写的那个社会（旧社会），要是拿它来跟我们的新社会比，谁都会觉得新社会太可爱了，旧社会太可恨了。不用说，我并没有写出本质的东西，但是我或多或少地绘出了旧社会的可憎的面目。读者倘使能够拿过去跟今天比较，或者可以得到一点点并非消极的东西。这就是我的小小的希望。”

原载1979年5月《读书》第2期

# 文学生活五十年

——一九八〇年四月四日在日本东京朝日讲堂讲演会上的讲话

巴　金

我是一个不善于讲话的人，极少发表演说，今天破例在这里讲话，只是为了报答日本朋友的友情。我讲友情绝不是使用外交辞令，我在这个词里倾注了深切的感情。友情不是空洞的字眼，它象一根带子把我们的心同日本朋友的心牢牢地拴在一起。想到日本朋友，我无法制止我的激动，我欠了你们一笔友谊的债。我不会忘记“四人帮”对我横加迫害要使我“自行消亡”的时候，日本朋友经常询问我的情况，关心我的安全。而我在被迫与世隔绝的十年中也常常想起同你们在一起度过的愉快日子，从这些回忆中得到安慰。今天我们又在一起欢聚了，我的兴奋和欢欣你们是想得到的。

我是一个不善于讲话的人，唯其不善于讲话，有思想表达不出，有感情无法倾吐，我才不得不求助于纸笔，让在我心上燃烧的火喷出来，于是我写了小说。

我不是文学家，但是我写作了五十多年。每个人从不同的道路接近文学。我从小就喜欢读小说，有时甚至废寝忘食，但不是为了学习，而是拿它们消遣。我做梦也想不到自己会成为小说家。我开始写小说，只是为了找寻出路。

我出身于四川成都一个官僚地主的大家庭，在二三十个所谓“上等人”和二三十个所谓“下等人”中间度过了我的童年，在富裕的环境里我接触了听差、轿夫们的悲惨生活，在伪善、自私的长辈们的压力下，我听到年轻生命的痛苦呻吟。我感觉到我们的社会出了毛病，我却说不清楚病在什么地方，又怎样医治，我把这个大家庭当作专制的王国，我坐在旧礼教的监牢里，眼看着许多亲近的人在那里挣扎，受苦，没有青春，没有幸福，终于惨痛地死亡。他们都是被腐朽的封建道德、传统观念和两三个人一时的任性杀死的。我离开旧家庭就象摔掉一个可怕的黑影。我二十三岁从上海跑到人地生疏的巴黎，想找寻一条救人、救世，也救自己的路。说救人救世，未免有些夸大，说救自己，倒是真话。当时的情况是这样：我有感情无法倾吐，有爱憎无处宣泄，好象落在无边的苦海中找不到岸，一颗心无处安放，倘使不能使我的心平静，我就活不下去。一九二七年春天我住在巴黎拉丁区一家小小公寓的五层楼上，一间充满煤气和洋葱味的小屋子里，我寂寞，我痛苦，在阳光难照到的房间里，我想念祖国，想念亲人。在我的祖国正进行着一场革命与反革命的斗争，人民正在遭受屠杀。在巴黎掀起了援救两个意大利工人的运动，他们是沙珂（N.Sacco）和樊宰底（B.Vanzetti），他们被诬告为盗窃杀人犯，在美国麻省波士顿的死囚牢中关了六年，在我经常走过的街上到处张贴着为援救他们举行的“演讲会”、“抗议会”的海报。我读到所谓“犯人”之一的樊宰底的“自传”，里面有这样的话：“我希望每个家庭都有住宅，每个口都有面包，每个心灵都受到教育，每个人的智慧都有机会发展。”我非常激动，樊宰底讲了我心里的话。

我的住处就在先贤祠（Pantheon）旁边，我每天都要经过先贤祠，在阴雨的黄昏，我站在卢梭的铜像前，对这位“梦想消灭压迫和不平等”的“日内瓦公民”诉说我的绝望和痛苦。回到寂寞冷静的屋子里，我坐下来求救似地给美国监狱中的死刑囚写信。（回信后来终于来了，樊宰底在信中写道：“青年是人类的希望。”几个月以后，他给处死在电椅上，五十年后他们两人的冤案才得到昭雪。我在第一本小说《灭亡》的序上称樊宰底做我的先生。）就是在这种气氛、这种心情中我听着巴黎圣母院（Notre Dame de Paris）报告时刻的沉重的钟声，开始写下一些类似小说的场面，（这是看小说看多了的好处，不然我连类似小说的场面也写不出。）让我的痛苦，我的寂寞，我的热情化成一行一行的字留在纸上。我过去的爱和恨，悲哀和欢乐，受苦和同情，希望和挣扎，一齐来到我的笔端，我写得快，我心里燃烧着的火渐渐地灭了，我才能够平静地闭上眼睛。心上的疙瘩给解开了，我得到了拯救。

这以后我一有空就借纸笔倾吐我的感情，安慰我这颗年轻的孤寂的心。第二年我的处女作完成了，八月里我从法国一座小城沙多吉里把它寄回中国，给一个在上海开明书店工作的朋友，征求他的意见，我打算设法自己印出来，给我的大哥看。(当时印费不贵，我准备翻译一本小说卖给书店，拿到稿费来印这本书。)等到这年年底我回到上海，朋友告诉我，我的小说将在《小说月报》上连载，说是这份杂志的代理主编叶圣陶先生看到了它决定把它介绍给读者。《小说月报》是当时的一种权威杂志，它给我开了路，让我这个不懂文学的人顺利地进入了文坛。

我的第一本小说在一九二九年的《小说月报》上连载了四期，单行本同年九月出版。我把它献给我的大哥，在正文前还印了献词，我大哥见到了它。一九三一年我大哥因破产自杀，我就删去了“献词”。我还为我的大哥写了另一本小说，那就是一九三一年写的《家》，可是小说刚刚在上海一家日报（《时报》）上连载，第二天我便接到他在成都自杀的电报，我的小说他一个字也没有读到。但是通过这小说，许多人了解他的事情，知道封建家庭怎样摧毁了一个年轻有为的生命。

我在法国学会了写小说。我忘记不了的老师是卢梭、雨果、左拉和罗曼·罗兰。我学到的是把写作和生活融合在一起，把作家和人融合在一起。我认为作品的最高境界是二者的一致，是作家把心交给读者。我的小说是我在生活中探索的结果，一部又一部的作品就是我一次又一次的收获。我把作品交给读者评判。我本人总想坚持一个原则，不说假话。除了法国老师，我还有俄国的老师亚·赫尔岑、屠格涅夫、托尔斯泰和高尔基。我后来翻译过屠格涅夫的长篇小说《父与子》和《处女地》，翻译过高尔基的早期的短篇，我正在翻译赫尔岑的回忆录。我还有英国老师狄更斯；我也有日本老师，例如夏目漱石、田山花袋、芥川龙之介、武者小路实笃，特别是有岛武郎，他们的作品我读得不多，但我经常背诵有岛的短篇《与幼小者》，尽管我学日文至今没有学会，这个短篇我还是常常背诵。我的中国老师是鲁迅。我的作品里或多或少地存在着这些作家的影响。但是我最主要的一位老师是生活，中国社会生活。我在生活中的感受使我成为作家，我最初还不能驾驭文字，作品中不少欧化的句子，我边写作，边学习，边修改，一直到今天我还在改自己的文章。

一九二八年年底我从法国回国，就在上海定居下来。起初我写一个短篇或者翻译短文向报刊投稿，后来编辑先生们主动地来向我要文章。我和那个在开明书店工作的朋友住在一起，他住楼上，我住楼下。我自小害怕交际，害怕讲话，不愿同外人接洽。外人索稿总是找我的朋友，我也可以保持安静，不让人来打扰。有时我熬一个通宵写好一个短篇，将原稿放在书桌上，朋友早晨上班就把稿子带去。例如短篇《狗》就是这样写成、在《小说月报》上发表的。我在报刊上发表文章越多，来找我组稿的也越多。我在文学界的朋友也渐渐地多起来了。我在一九三三年就说过："我是靠友情生活至现在的。"最初几年中间我总是埋头写八九个月，然后出去旅行看朋友。我完全靠稿费生活，为了写作，避免为生活奔波，我到四十岁才结婚。我没有家，朋友的家就是我的家，我到各处去看朋友，还写一些"旅途随笔"。有时我也整整一年关在书房里，不停地写作。我自己曾经这样地描写过："每天每夜热情在我的身体内燃烧起来，好象一根鞭子在抽我的心，眼前是无数惨痛的图画，大多数人的受苦和我自己的受苦，它们使我的手颤动。我不停地写着。环境永远是这样单调：在一个空敞的屋子里，面前是堆满书报和稿纸的方桌，旁边是那几扇送阳光进来的玻璃窗，还有一张破旧的沙发和两个小圆凳。我的手不能制止地迅速在纸上移动，似乎许多、许多人都借着我的手来倾诉他们的痛苦。我忘了自己，忘了周围的一切。我变成了一架写作的机器。我时而蹲在椅子上，时而把头俯在方桌上，或者又站起来走到沙发前面坐下激动地写字。我就这样地写完我的长篇小说《家》和其他的中篇小说。这些作品又使我认识了不少的新朋友，他们鼓励我，逼着我写出更多的小说。"这就是我作为"作家"的一幅自画像。一九三二年在上海发生的战争，使我换了住处，但是我没有改变我的生活方式，也没有停止写作。

一九三四年底我到日本旅行，我喜欢日本小说，想学好日文，在横滨和东京各住了几个月。第二年四月溥仪访问东京，一天半夜里“刑事”们把我带到神田区警察署关了十几个小时，我根据几个月的经历写了三个短篇《神·鬼·人》。我感到遗憾的是我学习日语的劲头也没有了。因此我今天还在收听上海人民广播电台的日语讲座，还不曾学好日语。

这年八月，上海的朋友创办了文化生活出版社，要我回去担任这个出版社的编辑工作。我编了几种丛书，连续二十年中间我分出一部分时间和精力，花在文学书籍的编辑和翻译方面。写作的时间少了些，但青年时期的热情并没有消减，我的笔不允许我休息。一九三七年全面抗日战争爆发后我离开上海去南方，以后又回到上海，又去西南，我的生活方式改变了，我的笔从来不曾停止。我的《激流三部曲》就是这样写完的。我在一个城市给自己刚造好一个简单的“窝”，就被迫空手离开这个城市，随身带一些稿纸。在那些日子我不得不到处奔波，也不得不改变写作方式。在一些地方买一瓶墨水也不容易，我写《憩园》时在皮包里放一锭墨，一枝小字笔和一大叠信笺，到了一个地方借一个小碟子，倒点水把墨在碟子上磨几下，便坐下写起来。这使我想起了俄罗斯作家《死魂灵》的作者果戈理在小旅店里写作的情景，我也是走一段路写一段文章，从贵阳旅馆里写起一直到在重庆写完，出版。有一夜在重庆北碚小旅馆里写到《憩园》的末尾，电灯不亮，我找到一小节蜡烛点起来，可是文思未尽，烛油却流光了，我多么希望能再有一节蜡烛让我继续写下去。……

那种日子的确不会再来了。我后来的一部长篇小说《寒夜》，我知道在日本有三种译本，这小说虽然是在战时的重庆开了头，却是在战后回到上海写成的。有人说这是一本悲观的小说，我自己也称它为“绝望的书”。我描写了一个善良的知识分子的死亡，来控诉旧社会，控诉国民党的腐败的统治。小说的结尾是重庆的寒冷的夜。去年在法国尼斯有一位女读者拿了书来，要我在扉页上写一句话，我就写着：“希望这本小说不要给您带来痛苦。”过去有一个时期，我甚至害怕人在我面前提到这本书，但是后来我忽然在旧版日译本《寒夜》的书带上看到“希望的书”这样的话，这对我是多大的鼓励。说得好！黑暗到了尽头，黎明就出现了。

中国人民得到了解放。中华人民共和国成立以后，我开始学习马克思主义（但是我学得不好）。我想用我这枝写惯黑暗和痛苦的笔改写新人新事，歌颂人民的胜利和欢乐。可是我没有充分的时间熟悉新人新事，同时又需要参加一些自己愿意参加的活动，担任一些自己愿意担任的工作。因此作品也写得比较少。有一个时期（1952 年），我到朝鲜，在中国人民志愿军部队中“深入生活”。第一次接触普通的战士，同他们一起生活，我有些胆怯。一个长期关在书房里的人来到革命军人的大家庭，精神上当然会受到冲击，可是同时我感到温暖。指战员们都没有把我当作外人，仿佛我也是家庭中的成员，而且因为我新近从祖国来，他们对我格外亲热。在这个斗争最尖锐的地方，爱与憎表现得最突出，人们习惯于用具体行动表示自己的感情：可歌可泣的英雄事迹天天都有。这些大部分从中国农村出来的年轻人，他们以吃苦为荣，以多做艰苦的工作为幸福，到了关键时刻，他们争先恐后地献出自己的生命。在这些人面前我感到惭愧，我常常用自己的心比他们的心，我无法制止内心的斗争。我经常想起我一九四五年写《第四病室》的时候，借书中人杨大夫的口说的那句话：“变得善良些，纯洁些，对别人有用些。”我爱上了这些人，爱上了这个环境，开始和他们交了朋友，我不再想到写作。我离开以后第二年又再去，因为那些人、那些英雄事迹吸引了我的心。我一共住了一年。第二次回来，还准备再去，但是别的工作拖住了我，我离开斗争的生活，旧习惯又逐渐恢复，熟悉的又逐渐变为生疏，新交的部队朋友又逐渐疏远，甚至联系中断。因此作品写得不多，更谈不上塑造人民英雄的形象。此外我经常出国访问，发表了不少歌颂人民友谊事业、赞美新社会、新生活的散文。但这些竟然都成为我的“罪证”，在文化大革命的十年中作为“大毒草”受到批判，我也被当作“大文霸”和“黑老 K”关进了牛棚，受到种种精神折磨和人身侮辱，十年中给剥夺了一切公民权利和发表任何文章的自由。

有一个时期我的确相信过迫害我的林彪和“四人帮”以及他们的大小爪牙，我相信他们所宣传的一切，我认为自己是“罪人”，我的书是“毒草”，甘心认罪服罪。我完全否定自己，准备接受改造，重新做人。我还跟大家一起祝过林彪和江青“身体健康，永远健康”。在十年浩劫的最初三四年中我甚至决心抛弃写作，认为让我在作家协会上海分会的传达室里当个小职员也是幸福。可是“四人帮”的爪牙却说我连做这种工作也不配，仿佛我写了那些书就犯了滔天大罪一样。今天我自己也感到奇怪，我居然那样听话，诚心诚意地，不以为耻地卖力气地照他们的训话做。但后来我发现这是一场大骗局，别人在愚弄我，我感到空虚，感到幻灭。这个时期我很可能走上自杀的路，但是我的妻子肖珊在我的身边，她的感情牵系着我的心。而且我也不甘心就这样“自行消亡”。我的头脑又渐渐冷静下来了。我能分析自己，也能分析别人，以后即使受到“游斗”，受到大会批判，我还能够分析，研究那些批判稿，观察那些发言的人。我渐渐地清醒了，我能够独立思考了，我也学会了斗争的艺术。在批斗了七年之后，“四人帮”及其党羽王洪文、马天水、徐景贤、王秀珍等六个人在一九七三年七月忽然宣布“决定”把我的问题作为“人民内部矛盾处理，不戴反革命帽子”，只许我搞点翻译。这样他们把我打成了“不戴帽子的反革命”。他们把我赶出了文艺界，我也不想要求他们开恩给我一条生路。我找出四十多年前我就准备翻译的亚·赫尔岑的回忆录《往事与随想》，每天翻译几百字，我仿佛同赫尔岑一起在十九世纪俄罗斯的暗夜里行路，我象赫尔岑诅咒沙皇尼古拉一世专制黑暗的统治那样咒骂“四人帮”的法西斯专政，我坚决相信他们横行霸道的日子不会太久了。我就这样活了下来，看到了“四人帮”的灭亡。我得到了第二次的解放，我又拿起了笔。而且分别了十七年之后我又有权利、有自由和日本朋友友好交谈了。

我拿起了笔，我兴奋，我愉快，我觉得面前有广阔的天地，我要写，我要多写。可是留给我的只有几年的时间，我今年已七十六岁。八十岁以前的岁月我必须抓紧，不能让它白白浪费。我制订了五年的计划，我要写两部长篇小说，一部《创作回忆录》，五本《随想录》，翻译亚·赫尔岑的《回忆录》。十三本中间的两本已经出版了，其中一本就是赫尔岑《回忆录》的第一册，我还要为其余的十一本书奋斗，我还要避免各种干扰为争取写作时间奋斗。有人把我当作“社会名流”，给我安排了各种社会活动；有人把我当作等待“抢救”的材料，找我谈话作记录。我却只愿意做一个写到生命的最后一息的作家。写什么呢？我写小说，不一定写真实。但是我要给十年浩劫中自己的遭遇、经历作一个总结。那难忘的十年在人类历史上是一件大事，古今中外的作家很少有过这样可怕而又可笑、古怪而又惨痛的经历！我们每个人都给卷了进去，都经受了考验，也都作了表演，今天我回头看自己在十年中间的所作所为和别人的所作所为，实在可笑，实在愚蠢。但当时我却不是这样看法。我常常这样想：倘使我不给自己过去十年的苦难生活作一个总结，认真地解剖自己，真正弄清是非，那么说不定有一天运动一来，我又会变成另一个人，把残忍、野蛮、愚蠢、荒唐看成庄严、正确。这笔心灵上的欠债是赖不掉的。我要写两部长篇，一方面偿还欠债，另一方面结束我五十几年的文学生活。

我曾经说过："我是从探索人生出发走上文学道路。"五十多年中我也有放弃探索的时候；停止探索，我就写不出作品。我开始读小说是为了消遣，但是我开始写小说绝不是为了让读者消遣。我不是一个文学家，我只是把写作当做我的生活的一部分。我的思想有种种的局限性，但是我的态度是严肃的。让·雅克·卢梭是我的启蒙老师，我绝不愿意在作品中说谎。我常常解剖自己。我的生活中充满了矛盾，我的作品里也是这样。爱与憎的冲突、思想与行为的冲突、理智与感情的冲突、理想与现实的冲突……这一切织成了一个网，掩盖了我的全部生活，全部作品。我的每一篇作品都是我追求光明的呼声。我说过："读者的期望就是对我的鞭策。"

我写小说从来没有思考过创作方法、表现手法和技巧等等问题。我想来想去，想的只是一个问题：怎样让人生活得更美好，怎样做一个更好的人，怎样对读者有帮助，对社会、对人民有贡献。我的每篇文章都是有所为而写作的，我从未有过无病呻吟的时候。"四人帮"的爪牙称我的"文集"为"十四卷邪书"。但是我在那些"邪书"里也曾给读者指出崇高的理想，歌颂高尚的情操。说崇高也许近于夸大，但至少总不是低下吧。不把自己的幸福建筑在别人的痛苦上，爱祖国、爱人民，爱真理、爱正义，为多数人牺牲自己；人不单是靠吃米活着，人活着也不是为了个人的享受。——我在那些作品中阐述的就是这样的思想。一九四四年我在《憩园》中又一次表达了读者对作家的期望：

“我觉得你们把人们的心拉拢了，让人们互相了解。你们就象是在寒天送炭，在痛苦中送安慰的人。”

一九三五年小说《家》出版后两年我曾经说过：“自从我执笔以来就没有停止过对我的敌人的攻击。我的敌人是什么？一切旧的传统观念，一切阻止社会进化和人性发展的不合理的制度，一切摧残爱的势力，它们都是我的最大的敌人。我始终守住我的营垒，并没有作过妥协。”我因为这一段话在文化大革命中受到多次的批判。其实在那一段时间里，我倒是作过多次的妥协，即使不是有意的妥协。《家》是我自己喜欢的作品。我自己就是在那样的家庭里长大的，我如实地描写了我的祖父和我的大哥——一个“我说了算”的专制家长、和一个逆来顺受的孝顺子弟，还有一些钩心斗角、互相倾轧、损人利己、口是心非的男男女女——我的长辈们，还有那些横遭摧残的年轻生命，还有受苦、受压迫的“奴隶”们。我写这小说，仿佛挖开了我们家的坟墓，我读这小说，仍然受到爱与憎烈火的煎熬。我又看到了年轻时代的我，多么幼稚！多么单纯！但是我记得法国资产阶级革命家乔治·丹东的话：“大胆，大胆，永远大胆！”我明白青春是美丽的，我不愿意做一个任人宰割的牺牲品。我向一个垂死的制度叫出了“我控诉”。我写完了《家》和它的续篇《春》和《秋》，我才完全摆脱了过去黑暗时代的阴影。今天，在我们新中国象高家那样的封建家庭早巳绝迹。但是经过十年浩劫，封建主义的流毒远远没有肃清，高老太爷的鬼魂仍然到处“徘徊”，我虽然年过古稀、满头白发，但是我还有青年高觉慧那样的燃烧的心和永不衰竭的热情，我要遵守自己的诺言，绝不放下手中的笔。

我罗嗦地讲了这许多话，都是讲我自己的事情。我想朋友们更关心的是中国文学界的情况。我该怎么说呢？我说形势大好，四个月前中国作家协会在北京举行了第三次会员代表大会，大会的闭幕词是我作的，里面有一段我引用在这里来结束我的讲话：

> “今天出席这次大会，看到许多新生力量，许多有勇气、有良心、有才华、有责任心、敢想、敢写、创作力极其旺盛的，对祖国和人民充满热爱的青年、中年作家，我仍然感觉到做一个中国

作家是很光荣的事情。我快要走到生命的尽头，写作的时间是极其有限了，但是我心灵中仍然燃烧着希望之火，对我们社会主义祖国和我们无比善良的人民，我仍然怀着十分热烈的爱，我要同大家一起，尽自己的职责，永远前进。作为作家，就应当对人民、对历史负责。我现在更加明白：一个正直的、有良心的作家，绝不是一个鼠目寸光、胆小怕事的人。”

原载1980年8月《花城》文艺丛刊第6期

# 《十卷本巴金选集》后记

巴 金

## 一

我没有上过大学，也不曾学过文学艺术。为了消遣，我从小就喜欢看小说，凡是借得到的书，不管什么流派，不管内容如何，我都看完。数目的确不少。后来在烦闷无聊的时候，在寂寞痛苦的时候，我就求助于纸笔，写起小说来。有些杂志愿意发表我的作品，有些书店愿意出版我的小说，有些读者愿意购买我写的书，就这样鼓励我走上了文学的道路，让我戴上了“作家”这顶帽子。

不管好坏，从一九二七年算起，我整整写了四十五年。并不是我算错，十年浩劫中我就没有写过一篇文章。在这历史上少有的黑暗年代里，我自己编选的《巴金文集》被认为“十四卷邪书”受到严厉批判。在批判会上我和批判者一样，否定了这些“大毒草”。会后我回顾过去，写“思想汇报”，又因为自己写了这许多“邪书”感到悔恨，我真愿意把它们全部烧掉！……

所以在“四人帮”垮台、我得到“第二次的解放”以后，就公开地说：“我不会让《文集》再版。”我并不曾违背诺言，有几年的事实作证。那么我是不是就承认我写的全是“毒草”呢？

不，不是。过去我否定过自己，有一个时期我的否定是真诚的，有一个时期是半真半假的。今天我仍然承认我有种种缺点和错误，但是我的小说绝不是“邪书”或“毒草”。我不再编印文集，我却编选了一部十卷本的选集。我严肃地进行这次的编辑工作，我把它当作我的“后事”之一，我要按照自己的意思做好它。

照自己的意思，也就是说，保留我的真面目，让后世的读者知道我是一个什么样的人。我在给自己下结论，这十卷选集就是我的结论。这里面有我几十年的脚印，我走过的并不是柏油马路，道路泥泞，因此脚印特别深。

有这部选集在，万一再有什么运动，它便是罪证，我绝对抵赖不了。我也不想抵赖。

## 二

不是说客气话，对文学艺术我本是外行。然而我写了几百万字的文学作品，也是事实。这种矛盾的现象在文学界中是常见的，而且象我这样的“闯入者”为数也不会少。对自己的作品我当然有发言权。关于创作的甘苦，我也有几十年的经验。我写作绝非不动脑筋。我写得多，想得也不会少。别人用他们制造的尺来量我的作品，难道我自己就没有一种尺度？！



过去我在写作前后常常进行探索。前年我编写《探索集》，也曾发表过五篇关于探索的随想。去年我又说，我不同意那种说法：批评也是爱护。从三十年代起我就同批评家打交道，我就在考虑创作和评论的关系。在写小说之前我就熟习小说家陀思妥耶夫斯基和评论家别林斯基的事情。别林斯基读完诗人涅克拉索夫转来的《穷人》的原稿十分激动，要求涅克拉索夫尽快地把作者带到他家里去。第二天陀思妥耶夫斯基见到了别林斯基，这个青年作者后来在《作家日记》中这样写着：

> “他渐渐地兴奋起来，眼睛发亮，热烈地讲起来了：‘可是您自己明白您所写的什么吗！您是一个十分敏感的艺术家，才能够写出这样的作品。然而您完全明白您所描写的可怕的真实吗？象您这样的年轻人是不可能完全懂的。您那个小公务员是那样卑屈，他甚至不敢相信自己处境悲惨。他认为哪怕一点点抱怨都是胆大妄为。他

不承认象他这样的人有“痛苦的权利”。然而这是一个悲剧！您一下子就懂得了事物的真相！我们批评家说明一切事物的道理，而你们艺术家凭想象竟然接触到一个人灵魂的深处。这是艺术的奥妙，艺术家的魔术！您有才华！好好地珍惜它，您一定会成为大作家。’”

这是从一本意大利人介绍陀思妥耶夫斯基生平的书中摘录下来的。书里面引用的大都是陀思妥耶夫斯基自己的话，回忆、日记和书信，中间也有少数几篇他的夫人和朋友写的回忆。编辑者把它们集在一起编成一本一百三十六页的书，[1]反映了小说家六十年艰辛的生活，他的经历的确不平凡：给绑上了法场，临刑前才被特赦，在西伯利亚做了四年的苦工，过着长期贫困的生活，一直到死都不放松手中的笔。想到他，我的眼前就出现一个景象：在暴风雪的袭击之下，在泥泞的道路上，一个瘦弱的人昂着头不停脚地前进。生活亏待了他，可是他始终热爱生活。他仅次于托尔斯泰，成为十九世纪全世界两个最大的作家之一，可是他的生平比作品更牢牢地拴住了我的心，正如意大利编者所说“加强了（我）对生活的信心。”他不是让衙门、让沙皇的宠幸培养出来的，倒是艰苦的生活、接连的灾难培养了他。《穷人》的作者同批评家接触的机会不多，别林斯基当时已经患病，过两三年就离开了人世，接着年轻小说家也被捕入狱。陀思妥耶夫斯基后来那些重要著作都和别林斯基的期望相反。给我留下印象最深的是被称为“可怕的和残酷的批评家”的别林斯基对《穷人》的作者讲的那段话，他是以平等的态度对待作家、对待青年作者的。三十四岁的批评家并没有叫二十四岁的青年作者跟着他走，他只是劝陀思妥耶夫斯基不要糟蹋自己的才华。

从这里我们也可以看出：作家和批评家，两种人，两种职业，两种分工……如此而已。作家不想改造批评家，批评家也改造不了作家。最好的办法是：友好合作，共同前进。本来嘛，作家和批评家都是文艺工作者，同样为人民、为读者服务；不同的是作家反映生活、塑造人物，而批评家却取材于作家和作品，他们借用别人来说明自己的主张。批评家论述作家和作品，不会用作家用的尺度来衡量，用的都是

---

[1] 见尼可拉·莫斯卡尔德里编《陀思妥耶夫斯基的生平》（1936年米兰版）。

他们用惯了的尺度。

几十年来我不曾遇见一位别林斯基，也没有人用过我的尺度来批评我的作品。不了解我的生活经验，不明白我的创作甘苦，怎么能够“爱护”我？！批评家有权批评每一个作家或者每一部作品，这是他的职责，他的工作，他得对人民负责，对读者负责。但是绝不能说他的批评就是爱护。我不相信作家必须在批评家的朱笔下受到磨炼。我也不相信批评家是一种代表读者的“长官”，是美是丑，由他说了算数。有人说“作品需要批评”，读者不是阿斗，他们会出来讲话。作家也有权为自己的作品辩护，要是巧辩，那也只会揭露他自己。

三

这两年我一直在探索文学艺术的作用，我发表过一些意见。

四个多月前在瑞士苏黎世我参观了现代艺术博物馆。我看了不少的绘画和雕塑，其中有一部分我听了讲解员的解说以后仍然不懂。即使是一幅名画，我看来看去，想来想去，始终毫无所得。回到旅馆坐在窗前躺椅上反复思索，我想可能是自己修养不够，文化水平低，知识缺乏，理解力差。我偶尔也读过一两篇西方现代文学作品，我不了解作者的用意，有人告诉我要靠读者自己动脑筋去想，可是我一直想不出来。

我并不为这些感到苦恼。我苦苦思索的是这一件事情，是这一个问题：文学艺术的作用、目的究竟是什么？难道我是在沙滩上建造象牙的楼台、用美丽的辞藻装饰自己？难道我们有权用个人的才智和艺术的技巧玩弄读者、考读者、让读者猜谜？难道我们在纸上写字只是为了表现自己？文学艺术究竟是不是只供少数人享受的娱乐品、消遣品或者“益智图”？究竟是不是让人顺着台阶往上爬的敲门砖？

岂止两年！我一生都在想这样的问题。通过创作实践，我越来越理解高尔基的一句名言：“一般人都承认文学的目的是要使人变得更好。”

我用不着再说什么了。

一九八二年二月十五日

原载1982年5月《读书》第5期

# 《论创作》序

巴　金

上海文艺出版社编印《作家论创作》丛书，希望得到我的一部稿子。我虽然常说自己不懂文学艺术，但在几十年的创作实践中，我经常发表有关创作的议论，有时甚至信口开河，夸夸其谈。那些长短文章倘使给搜集起来，也可以编成一大本。但是里面有多少发光的东西，我自己也说不出。我更不能保证它们句句正确。同样的话说得太多，便成了老生常谈，而且有时候议论前后矛盾，自己会跟自己打架。这说明我一直在探索，在追求，也在改变。我不想替自己掩盖。我也不想编这么一本集子给自己背上一个包袱（一九六二年上海二次文代会那篇发言:《作家的勇气和责任心》，不是把我整整压了十四年吗？！）。何况我身体不好，写字困难，也没有精力做这种编辑工作，我决定放弃它。我正在考虑，正在推辞，正在拖延，出版社看出了我的弱点，就把编辑工作委托给我的女儿小林和她的堂妹国煣，她们很快地把编好的集子送到了我的手边。出版社只要求我写几百字的前言后记。

我翻看了小林她们编选的集子，感到轻松。我写文章从来不够客观，议论创作总是畅谈自己的经验。由别人来整理我那些言论，即使是我的女儿和侄女吧，也可以减少一点它们的片面性。

对文学艺术我当然有我的看法，我的思想有时也会有改变，但有一点是很明确的，我始终认为文学艺术不是只供少数人享受的奢侈品，它属于全体读者（和观众）。任何人都有权走上文学的道路，但是每个作家都有不同的感受和经验。我并不轻视这些东西。我不断地把它们带到创作实践中去接受考验。我活着，不是为了自己。我写作，也不是为自己。若干年前，我决定继续走文学道路的时候，我曾在我心灵的祭坛前立下这样的誓言：要做一个在寒天送炭、在痛苦中送安慰的人。年轻的心把人间万事都看得十分容易。只有在数十年后带着遍体伤痕回顾过去，我才怀疑自己两手空空究竟有什么东西分给别人。我并没有好好地利用我这一生。现在要从零做起已经不可能了。但是笔还捏在我的手里，红灯还亮在我的前面，我还有未尽的职责，我还有未偿还的欠债，我没有权利撒手而去，我仍然要向着红灯前进。

红灯是什么？不就是高尔基的草原故事中勇士丹柯那颗燃烧的心？！我永远不会忘记高尔基的名言：

> "一般都承认文学的目的是要使人变得更好。"还有老托尔斯泰写给罗曼·罗兰的一句话：
>
> "凡是使人类联合的东西都是善的、美的，凡是使人类分离的东西都是恶的、丑的。"



我忽然想起了六十年前的事情。我还不满十九岁，同长我一岁的三哥乘木船从成都去重庆，转赴上海。在离家的第一天，夜幕下降，江面一片黑，船缓缓地前进，只听见有节奏的橹声，不知道船在什么地方停泊。在寂寞难堪、想念亲人的时候，我看见远方一盏红灯闪闪发光，我不知道灯在哪里，但它牵引着我的心，仿佛有人在前面指路。我想着，等着……。我想好了一首小诗，后来我写出它，投寄上海商务印书馆的《妇女杂志》，发表在那里：

天暮了，
在这渺渺的河中，
我们的小舟究竟归向何处？
远远的红灯啊，
请挨近一些儿吧。

诗不是好诗，但说明了我当时的心情。今天翻看自己论创作的集子，我又有了这样一种心情。我的生命之船将停靠在什么地方呢？……我不能想着、等着了！我真想向着红灯奔去。

八二年二月十八日

原载1982年9月《延河》文学月刊第9期

# 巴金答法国《世界报》记者雷米问*

问：你为什么会在一九二七年来法国？根据官方记载，你是来攻读经济的。

答：当时中国很多年轻人都在找寻出路，以求救国；你知道，周总理和邓小平就都来过法国半工半读。当然有时候要考试——我自己就考过一次，可是失败了。其实我所找寻的可以说是“真理”；为了这个，我自费来到法国，起初当然主要也是为了攻读经济。在巴黎的第一个月，我在法国文化协会学习法文。但没多久我就听到家里破产的消息，因为家里无法再寄学费来，我便停止了正式学习法文。跟着我的健康开始恶化，一位医生劝我休息，我就去了 Chateau-Thierry。那里有一间学院，很多中国学生在学习法文。不过正如在巴黎一样，我在那里也是陷于完全的孤独之中。在巴黎，光是听到圣母院的钟声就足以惹起这种孤独感了。就是在这段时间里，或者是为了表达这个孤独感吧，我第一次提起笔来写小说。圣母院的每一声钟声都响得这么长久——我无法入睡，于是我便写作。所以可以说，是在法国，因为在法国，我才学会了写小说。

问：为什么是法国，而不是英国或者苏联呢？

答：首先是因为法国比其他国家较容易接纳中国学生——当时中国学生可真不少。其次是，因为生活费用较低。但最主要的是因为法国是很多被放逐者的庇护所……形形色色的革命者都来到法国生活。



* 本文由雷米（Pierre-Jean Remy）记录整理，黎海宁译，题目是本书编者加的。——编者注

问：那么这些来法国的中国学生之间是否有着什么明确的政治上的联系？我可以想象这当中有共产主义者，社会主义者，无政府主义者……，你与哪种人接触得最多？

答：我接触得多的是中国人，在这些人当中，我记得一位姓吴（Wu）的好朋友，他是一位无政府主义者，后来被驱逐出境。我法文懂得不多，无法与法国的知识分子交往，但另一方面我却有很多不是知识分子的法国朋友。

问：在这期间有哪些外国作家对你来说是重要的？

答：俄国作家如屠格涅夫、托尔斯泰；而在托尔斯泰的作品之中，主要是《复活》——我的《家》受它的影响很深。但最使我感动的还是他写给罗曼罗兰的长信。当时罗曼罗兰只有廿二岁，而托尔斯泰很详尽地为他解释艺术的目的，是为了参予人类的联盟。这番话对我的影响很大。

至于法国作家，大家都知道莫泊桑和左拉在中国最有名气，拥有最多的读者。但对我来说，就不止于莫泊桑和左拉；我更要提到雨果和卢骚。最近一位法文编辑送了一些 Pleiade 版的卢骚及左拉的著作给我，我非常高兴……

问：普鲁斯特呢？他就算对你没有影响，起码也影响了与你同期的一些作家吧？

答：没有，普鲁斯特差不多一点影响也没有，盛澄华（原文 Sun Sse Hua，有误。——编者）对纪德倒是理解很深的，他也曾经想翻译普鲁斯特，但结果没有完成。不过我可以告诉你，中国人民文学出版社正在计划出版《追寻失去的日子》。总的来说，要是拿中国跟日本比较，我们翻译的外国作品实在太少了。

问：你与西方所熟悉的中国伟大作家，尤其是共产主义作家的关系怎样？

答：在三十年代，我与很多共产主义作家的关系十分密切，不过我却是独立地进行创作活动的。我特别推崇鲁迅、老舍和茅盾。我极希望能追随鲁迅的道路；我认为他是一位伟大的思想家。

问：除了茅盾和鲁迅，你认为还有哪些其他的中国作家是应该介绍到西方来的？

答：李劼人（原文 Li Dien 有误。——编者）的作品。他是写实主义者，描写四川的生活。还有沙汀（Cha Din），他和我同年，但他最近身体不好，差不多完全停止了工作。在较年青的一辈当中，一定要提到《青春之歌》的杨沫，及《红旗谱》的梁斌（原文误作 Liang Ding，书的译名亦有误。——编者）

问：现在中国的作家怎么样生活？可以完全倚靠作者版税吗？

答：不可以。今天的中国只有极少数的作家是可以靠作者版税生活的。在旧中国也只有三个可以这样做：鲁迅，茅盾和我，所有其他的作家都非得干别的工作不可。拿我来说，我至今依然靠版税维持生活，因为我出版的多——我写了好几十本书！不过今天的版税比从前少得多，作家拿国家的薪金，也就无所谓版税不版税了；薪金足够维持开支的。这个制度导致这么一种情况：比方说在日本，一个作家一年内最少要出一本书才能维持生活，可是在中国，你大可以十年内什么也不写，却仍然有饭吃。听说在香港，一天要写八千字才能过得舒舒服服！可以看到，每个地方的情形都非常不同！

问：我现在希望从字面的准确意义上，来跟你谈谈文化大革命。一九六六年文化大革命开始时，是否大家都以为这是一场有意义的、限于文化范畴内的革命，能导致文艺的民主化呢？因为解放后中国的文艺圈里仍然潜伏着一些特权份子的啊。

答：只有将来的人可以替文化大革命下结论。现在来说，只有一点是可以肯定的，就是林彪、“四人帮”先后起了毁灭性的作用，可以说他们破坏了文化大革命。

问：中国的传统文艺如京剧，是否有可能脱离阶级斗争的内容而复苏？

答：去除了腐败的内容及残旧的形式之后，这些传统文艺是有其存在价值的。但当然它们先得为人民所喜爱。《家》再版的时候，我写了一篇《后记》，解释《家》对我来说已经成为过去，在革命的进行中，它的历史使命已经完成。但当我想在香港《大公报》再次刊登这篇《后记》时，我发现这是不真实的，我的书没有过时，而且并未完成它的使命。它应该继续在革命中起着作用，因为封建制度——至少是封建制度的影响——在中国仍然存在。如果“四人帮”在中国人民的生活里能成为如此重要、如此可怕的角色，那么我作为一个作家，没有理由不设法也起一点作用。

问：你是如何度过这段被压抑的日子的？听说他们拿了你书房的锁匙，不让你看书……。

答：虽然他们没有殴打我，但我受了不少精神上的折磨。他们逼我承认一些罪状，要我责备自己。最初几次我象所有其他人一样，承认了错误；也许我是受了“左”派的影响。坦白地说，我那时候真的认为自己所学的东西是很坏的。我不是农民，也不是工人，我住在一间有花园的大房子里，我对自己说，我享受着太多的特权——而我是有诚意的。结果他们封了我银行的全部存款，每个月只让我取一笔仅仅够生活的费用。跟着他们送我下乡达两年半，我在乡下种菜！不过在这期间，我的身体从来也没有这样好过。我的妻子（萧珊。——编者）才是这种种迫害的牺牲者，她因为缺乏适当的治疗而死于癌症，只因为我戴上了“反革命”的帽子。



问：你的作品，或者应该说有法译本的三部作品里的一个重要主题，为什么是女性在旧中国社会里所受的苦难，以及她们寻求解放的斗争？《家》与《寒夜》里就可以看到二十世纪文学里几个最美好的受苦或斗争女性的形象。

答：在这方面有两个因素影响我最大。第一是中国的传统小说，在这些巨著里，你可以看到女英雄们的一些非凡的业绩。第二是俄国的小说，这里面女性常是积极和革命的人物。

问：《家》里面被压迫的女性，不是因为缺乏照顾而死，就是自杀，而《寒夜》的女主角却决意自立，反抗环境而放弃了一段不如意的婚姻，这是为什么？

答：《寒夜》的男主角是个完全绝望了的人，他承认他的妻子找到了一种希望，虽然这也就表示她要离开他了。他并不是一个完全反面的人物。《寒夜》写的是蒋介石政权的压迫，而唯一的出路是抗日战争的胜利；男主角的忍耐也只可以到此为止——就在胜利的时刻他就死了。《寒夜》里的男性及女性处于同等的地位：两人都是时代及制度牺牲品。但丈夫却从来没有把妻子当成物品一样看待。

问：对你来说，是不是一切写作都是政治行动？

答：在我的思想形成过程中碰到很多矛盾。我的小说，特别是《家》，表现了我个人的矛盾。我的每一本书都反映了我在不同时期写作时的感情。

问：你最近的创作情况如何？在写些什么？

答：最近大家给我很多荣誉，我成了大忙人了。但我最希望的是完成正在写的两部小说及赫尔岑的翻译。我还正在誊写五册《自传》及《回忆录》的草稿。至于我的两部小说，写的是文化大革命及“四人帮”时期知识分子的生活。

问：你的所有作品——我看过的所有作品——毕竟不都是关于知识分子的问题吗？

答：对，我作品大部分都写有关知识分子的问题，因为中国知识分子的世界是我最熟悉的世界。当我写他们的时候，我觉得我会写得成功，当我写别的类型如矿工时，我就不一定有这种信心。结束这个访问之前，我要在此加上一句：在所有中国作家之中，我可能是最受西方文学影响的一个。



原载1979年5月18日法国《世界报》，译文录自1979年7月1日、2日香港《大公报·大公园》

# 巴金谈文学创作

## ——答上海文学研究所研究生问

早春，一个雨雪霏霏的下午，我和文研所其他几位同志一起，来到老作家巴金的寓所。七十八岁高龄的巴金到客厅门口迎接我们。他身穿棉衣，虽然年迈，但思路十分敏捷，记忆依然清晰，亲切地回答了我们提出的问题。



问：您的文学创作活动开始于何时？最早采用的文学体裁有哪些？在《文学旬刊》上署名“佩竿”的诗和小说（一九二二年）是不是您最早的创作？

答：我最早写的长篇小说，是一九二七年写的《灭亡》，当时住在法国蒂埃里堡，有苦闷无处发泄，心里有很多话要说，就进行了小说创作，一九二八年写成，登在《小说月报》上。一九二三年我在成都还写过一个短篇，叫《可爱的人》，寄给上海郑振铎，发表在《时事新报》副刊《文学旬刊》上。一九二四年，我还写过一个反战题材的短篇，投给《小说月报》，给退了回来。当时的编辑也是郑振铎，没有采用。在这之前，我还写过一些诗歌，发表在《文学旬刊》和《妇女杂志》上。

问：刚才您说过，您的第一个短篇是一九二三年写的，而专门从事文学创作是一九三〇年前后开始的，是不是这样？

答：不是，我的第一篇小说应该说是《灭亡》。我在一九二七、二八年写了《灭亡》，一九二九年写了《洛伯尔先生》几个短篇，写了一本《死去的太阳》。一九三一年写得最多，写了《家》等好多作品。

问：请谈谈您在创作前的理论准备和艺术积累上，对哪些文学理论和文学史著作感兴趣？您喜欢文学史上哪些方法、流派？

答：这个问题回答不出，因为我不是准备好去做作家才去读各种书，才去写作。我是在生活中有了切实的感受才要抒发，要表现，有兴趣就多写一点，没有兴趣就少写点。

在创作长篇小说之前，我倒是翻译过一些东西，譬如克鲁泡特金的《自传》，还有高德曼的《论现代戏剧》，发表在开明书店编的《一般》和《新女性》杂志上。

问：迄今为止，您对自己的作品最满意和最不满意的是哪些？

答：三本比较满意的书是《家》、《春》和《秋》，还有《憩园》和《寒夜》。在我写的小说中，有一些作品因为我对里面的生活不熟悉就写得不好，如《火》我就不满意，又譬如《萌芽》也是这样。相反，非常熟悉的题材就写得比较好些。



问：您是一位有着鲜明个性特征的作家，您觉得您的个性气质对您的文学创作有哪些突出影响？您怎样看待作家个性气质和自我完善的问题？

答：我的作品整个儿就是个人对生活的感受，我有苦闷不能发散，有热情无法倾吐，就借文字来表达。我一直要求自己说真话，要求自己对读者负责，至今我还觉得自己过去有时做得不好。

我喜欢俄国作家赫尔岑，他的文字带感情，很感动人，我喜欢这种带感情的文字。

我说过文学的最高境界是无技巧，是文学和人的一致，就是说要言行一致，作家在生活中做的和在作品中写的要一致，要表现自己的人格，不要隐瞒自己的内心。

问：您是采用外国题材最多的一个现代作家，请您谈谈这方面的体会。

答：我在外国生活过，对外国的生活熟悉，留下很深的印象。我怀念那段生活，当我开始创作的时候，因为国民党限制很严，文字检查，我就用外国题材来借古喻今，借外喻中，那时的一些短篇都是反映欧洲生活的，象《洛伯尔先生》、《房东太太》都是这样。

问：在小说《灭亡》《爱情三部曲》中您塑造了一些理想化的人物，如李静淑等，他们有没有模特儿？他们所组织的宣传、罢工、暗杀、辩论等，在生活中有没有真实事例？

答：这个问题在小说总序中已经谈过。作品中的人物，生活中都有影子，对《家》里写的生活我比较熟悉，原型较多，就比较真实，不熟悉的编造的成份就多一些。

问：您的前期创作活动持续了二十余年，为什么在一九四六年后暂时停止了？

答：我在一九四六年底写完《寒夜》后，当时忙于搞编辑，搞翻译，事情很杂、很多，而写作的时间就少了。

解放后我想换支笔，写点新的生活，这要花时间去深入，去了解，去熟悉，但是，社会活动多，深不下去，写作也就有限了。

问：请您谈谈自己选材、构思、描写的习惯与体会。

答：这个比较难说。最初我自己也没有想到要走文学道路，家里希望我学工，然后扬名显亲，可是我走了另一条路。我说过《家》里面高老太爷和觉新两个人是完全真实的，觉新就写了我的大哥。我对那些生活非常熟悉，写的时候比较顺手，很快就把那些人物都写出来了。我写的时候不是苦思苦想编造出来，我有生活，有感情要发泄，就自然地通过文字表现出来。

问：您的小说创作几十年来引起了社会上广泛的注意，您认为哪些关于您思想与作品的评论研究文章是较深入的？

答：很难说，我看得不全。陈丹晨的那本书送来后我也没有时间仔细看，只把书中一些和历史事实明显出入的地方指出来，但也可能有些未看出。作家和评论家都为人民服务，为社会主义服务，作家以现实生活为题材，评论家以作家作品为题材。研究的对象不同，评论家研究的是作家和作品，作家研究的是生活，都有自己的观点，独立思考。写书总是写作者自己的观点，我不好说别人这样写那样写。研究我的专著，听说南京有人写，四川也有人写了。

问：在中国现代作家中，您同哪些作家的交往对您的文学创作活动有较大影响？

答：我平时也不大出来参加什么会议和活动，就关在家里一个人写。都由我的一个朋友和文化界接触，他在开明书店工作，我写了什么就交给他带去，编辑部有许多要求通过他转达给我。

我喜欢鲁迅的作品，愿意追随鲁迅的道路。初期，郭沫若对我有影响，不过是在一个短时期内，我喜欢他的《女神》、《三叶集》，后来茅盾的作品陆续发表后，我也开始喜欢他的作品。

在现代作家中，曹禺、沈从文、靳以和我是比较熟悉的。

问：您在一九七九年和法国《世界报》记者谈话中，谈到您读了托尔斯泰给罗曼·罗兰的长信，很受感动。您能具体谈谈这方面的体会吗?

答：是的，当时罗曼·罗兰还是一个二十多岁的青年，他看到托尔斯泰在文章中否定了整个欧洲的文学艺术，甚至连莎士比亚、贝多芬也否定了，感到十分痛心，于是就写信请教托尔斯泰，托尔斯泰写了一封长达三十多页的信复他，说艺术的目的不是别的，是为了促进人类团结，为了使人变得好一些、善一些，是为了对人类进步有利，是为了教育人。美和善是统一的。我当时看了十分感动，直到今天我还认为托尔斯泰的话是很有意义的。我说过：文学的最高境界是无技巧，不是玩弄什么花样，靠什么外加的技巧来吸引人，要说真话。艺术应该对社会改革，人类进步有所帮助，要使人们变得善一些、好一些，使社会向光明前进，我就是为这个目的才写作的。

但是托尔斯泰走到了极端，他连莎士比亚、贝多芬也否定了。我却认为文学这个东西的社会意义是不能否定的，它是对人类进步起作用的。

问：您说过："我的创作方法只有一样，就是让人物自己生活，作家也在作品中生活。"您能具体谈谈这个问题吗?

答：我认为作家和人是一致的，作家要写他所熟悉的生活，让人物按照自己的路子自己的个性发展。我记得苏联作家阿·托尔斯泰说过：当我写作的时候，我不知道我的人物在五分钟以后会说什么，我惊奇地跟着他们。我不象茅盾那样写过详细的提纲，当然各个作家的习惯不一样，我是按照自己的生活积累和感情一下子写下来，着眼于人物的命运，人物自己活动起来。我把文学作为武器攻击我的敌人，攻击旧制度。我在《随想录》第二集《探索集》专门讲了这个问题。

现在有人把技巧强调到不适当的程度，我不这样看。我写小说就是要让读者了解作者的意思，要打动读者的心，不让人家知道怎么行？让人家看不懂，就达不到文学艺术的目的了。

问：您最近还在写作吗？

答：是的，我还在写，不过身体不太好，写字困难，写得比较慢。

上海文学研究所

花　健

原载 1982 年 4 月 1 日《文学报》第 53 期

## （二）分述一：

## 中篇小说、长篇小说

# 《灭亡》序

巴 金

我是一个有了信仰的人。我又是一个孤儿。

我有一个哥哥，他爱我，我也爱他，然而因了我底信仰的缘故，我不得不与他分离，而去做他所不愿意我做的事了。但是我不能忘记他，他也不能忘记我。

我有一个“先生”，他教我爱，他教我宽恕，然而因了人间的憎恨，他，一个无罪的人，终于被烧死在波士顿、查理斯顿监狱的电椅上了。就在电椅上他还说他愿意宽恕那烧死他的人。我没有见过他，但我爱他，他也爱我。

我常常犯罪了！（I have always sinned！）因为我不能爱人，不能宽恕人。为了爱我底哥哥，我反而不得不使得他痛苦；为了爱我底“先生”，我反而不得不背弃了他所教给我的爱和宽恕，去宣传憎恨，宣传复仇。我是常常在犯罪了。

我时时觉得哥哥在责备我，我时时觉得“先生”在责备我。亲爱的哥哥和“先生”呵，你们底责备，我这个年青的孩子实在受不下去了！我不敢再来求你们底爱，你们底宽恕了，虽然我知道你们还会爱我，宽恕我。我现在所希望于你们的，只有你们底了解，因为我一生中没有得着一个了解我的人！

我底“先生”已经死了，而且他也不懂中文，这本书当然没有入他底眼帘的机会。不过我底哥哥是看得见这书的，我为他而写这书，我愿意跪在他底面前，把这书呈献给他。如果他读完后能够抚着在他底怀中哀哭着的我底头说："孩子，我懂得你了，去罢，从今后，你无论走到什么地方，你底哥哥底爱总是跟随着你的！"那么，在我是满足，十分满足了！

这书里所叙述的并没有一件是我自己底事，（虽然有许多事都是我看见过，听说过的），然而横贯全书的悲哀却是我自己底悲哀。固然我自己是流了眼泪来写这书的，但为了不愿使我底哥哥流眼泪起见，我也曾用了曲笔，添加一点爱情故事，而且还造出出杜大心与李静淑底关系来。

自然杜大心不是我自己，[1]我写其余的人也并没有影射谁的心思。但我确实在中国见过这一类的人。至于我呢，我爱张为群。

一九二八，六月，在法国。

原载《灭亡》（微明丛书），开明书店 1929 年 10 月版



[1] 只有第十二章内五月二十八日的日记是从我自己底日记中摘录下来的。

# 《灭亡》作者底自白

巴　金

在半年以前就想写几句关于《灭亡》的话，可是因为别的缘故，直到今天还没有动笔。偶然从书堆中翻出了《小说月报》社转来的某君底信，觉得不能够再守沉默，因此便写了这篇短文来答复一般的批评者。



## 一　我底思想的立场与杜大心

谭正壁君在他底《中国文学进化史》里把我与蒋光赤他们并列，说我是新写实主义一派，另外一位先生在《新文艺月刊》里却说："巴金思想的立场是无政府主义的，"《现代小说》又说："这是虚无主义的个人主义者的创作。"毛一波君在《真美善》上面则说似乎是克鲁泡特金的安那其主义，托尔斯泰的人道主义，和阿志跋绥夫的虚无主义的结晶（？）。从这许多批评家底大文看来，我连自己底思想立场究竟是什么似乎也不能确定了。其实问题很简单。这部创作里面的主人翁并不是上述的几种主义中某一种主义之人格化。这是很显然的：杜大心底思想近于安那其，但严格说来他不是个无政府主义者；他底思想近于虚无主义，但他不是个虚无主义者，因为他不是唯物论者，不是实在论者；他底思想近于个人主义，但他不是个人主义者。杜大心底思想里面含得有不少的矛盾，而且这个矛盾是永远继续下去的，崔皎君说得好："等到这矛盾止了的时候便是杜大心毁灭的时候。"我承认，我底过去某一个时期的思想确实是那样，而且也矛盾得很厉害，但现在我在有些地方就和杜大心底主张不同了。我写杜大心底思想时完全取着客观的态度，并不曾把我底现在的思想渗一点进去。我虽然不是杜大心底信徒，但我爱他，我对他的态度是很公平的。我写出他底好处。同时我也写出他底弱点。不过象刚果伦君底批评却是有点不公道。他说杜大心“参加革命的动机是不正确的，他是以工作抑止自己的苦闷，以革命发挥个人的理想。”我承认杜大心“是一个罗曼谛克的革命家”，这是不错的，但要说他参加革命的动机不正确，就未免太冤枉他了。他之所以为罗曼谛克的革命家，他之所以憎恶人类，一是因为他底环境，二是因为他底肺病。“人是怎样一个卑鄙的东西呀!”如果杜大心象沙宁一样说了这句话，他是有权利的。他参加革命是一件事，他以工作抑止自己底苦闷又是一件事，并不是因为要抑止自己的苦闷才来参加革命。人是一个复杂的，有机的东西，而有肺病的人更是多感的；参加革命之后，他不能就变成一部机器，他底环境依然使他苦闷，但他并不幻灭，并不放弃一切，当然只有拿工作来抑止自己的苦闷了。我自己当时也曾得着一个国内朋友底信，他说他很苦痛，日来“以忙为醉”。这不也是和杜大心一样吗？至于杜大心底死亡，我以为是必然的，刚君说“仅止因一个朋友的被杀去牺牲自己的生命，去报仇，……不是革命党人应有的态度。”不过刚君如果再去深思一下，他一定会明白杜大心底面前只有死的一条路。一个憎恶人类憎恶自己的人，结果不是杀人被杀，就是自杀，在我看来他并没第三条路可走，何况杜大心又有肺病呢？复仇还是小事，最重要的是他第二期底肺病使“他开始觉得这长久不息的苦斗应该停止了。他想休息，他想永久地休息”。而事实上在他，也只有“死才能够使他享着安静的幸福”（三三〇页）。俄国政治家拉狄鸠夫在青年时期中曾有一个同学得了不治之症，那人叫拉狄鸠夫拿毒药把他毒死，拉氏不答应，却在自己底日记上写道：“不能忍受的生活应该用暴力来毁坏。”他自己后来也自杀了。杜大心“知道他自己在竭力向着死之路上走去，而且分明感到死是一天逼近一天”，当然会采取用暴力来毁坏生活的一条路。我自己是反对他采取这条路的，但我无法阻止他，我只有为他底死而哭。

## 二　第二十一章以后

《中学生》底读者黄叶君“有个朋友看完《灭亡》后他说‘第二十一章以后就不好了’。”但黄叶君自己却“不觉得什么不好”。事实上第二十二章在本书内是非常重要的。我把我自己底希望就寄托在这里面。因为在前面的二十一章里，我根据自己底经验抹杀了群众底力量。（这个弱点虽刚果伦君亦未指出。）固然看杀头叫好（这与迷信有关）吃人肉的事实，我无法否认，然而我自己依然觉得中国民众是可爱的有望的，他们底坏处就在无知，但不是他们底错，而且这也是很可以补救的。所以为了对于中国民众持公平的态度起见，我在第二十二章里留下了希望，说起工人的胜利，同时给我底三部作《新生》《黎明》开了端。那两部现在我还不贸然下笔，（《新生》是李冷底日记，《黎明》是李淑静底历史）。在结构上在思想上还得费长时间的思索。至于黄君指出的“两个不大好的地方”，在我看来留着并没有什么不可以，我底经验使我觉得那是可能的。



## 三　小说不是史书

还有某君上了胡适之底当，替我底小说作起考证来。而他劝我把九三页“因为他自己是曾以‘君弱臣忧，君亡臣死，的名句中过状元的”一句删去，因为以“君弱臣忧……”的名句中状元的是骆公骕，而骆某现在仍然在成都做老穷绅士。（其实“老”则有之，“穷”则未也）。其实小说里面所写的并非真正的事实，因为小说并非史书。李成龙虽然用“君弱臣忧”名句做过状元，虽然也在“君”亡之后不“死”，但他不是四川七贤（四川人又称七贤为“七个讨人厌”）之一，也不曾讲过拳术，所以他不是骆某，况且骆某也未曾升官到两湖总督，也不曾在“国变”后说什么“满清三百年深仁厚泽浃沦肌髓”的话。其实这一句话删去也未始不可，不过我平日看惯了遗老们底那种“君弱臣忧”的样子，所以依然把它留下，以表现他们底真面目，这样一来，只得辜负某君的盛意了。

## 四　总而言之

总而言之，我活了二十几年。我生活过，奋斗过，挣扎过，哭过，笑过。我从生活里面得到一点东西。我便把它写下来。我并不曾先有一种心思想写一种什么主义的作品。我要怎样写就怎样写。而且在我是非怎样写不可的。我写的时候，自己和书中人物一同生活，他哭我也哭，他笑我也笑。我不是为想做文人而写小说。我是为了自己（即如我在序言中所说是写给我底哥哥读的），为了伸诉自己底悲哀而写小说。所以读者底赞许与责骂，我是不管的，不过我希望批评家可以多少了解我。

原载 1930 年 4 月 1 日《开明》第 22 期

# 谈《灭亡》

巴　金

每一个作家走向文学，都有他自己的道路。在发表《灭亡》之前，我做梦也想不到我会成为“作家”。《灭亡》是我的第一本小说。我开始写它的时候，我并没有写小说的心思。当时我不是一个文科学生。我的大哥希望我做工程师，我自己打算在巴黎研究经济学。结果我什么也没有学，连法文也不曾念好，只是毫无系统地读了一大堆书，写了一本《灭亡》。

我动身去法国的时候，的确抱着闭户读书的决心，准备在课堂上和图书馆里度过几年的光阴。可是我刚刚在巴黎的旅馆里住下来，白天翻看几本破书，晚上到夜校去补习法文，我的年青的心就反抗起来了：它受不了这种隐士的生活。在这人地生疏的巴黎，在这忧郁、寂寞的环境，过去的回忆折磨我，我想念我的祖国，我想念我的两个哥哥，我想念国内的朋友，我想到过去的爱和恨，悲哀和欢乐，受苦和同情，斗争和希望，我的心就象被刀子割着一样，那股不能扑灭的火又在我的心里燃烧起来。每天晚上十一点以后，我从夜校出来，走在小雨打湿了的清静的街上，望着巴黎的燃烧一般的杏红色天空，望着两块墓碑似地高耸在天空中的巴黎圣母院的钟楼，想起了许多关于这个“圣母院”的传说。我回到旅馆里，在煤气灶上煮好了茶，刚把茶喝完，巴黎圣母院的悲哀的钟声又响了，一声一声沉重地打在我的心上。

在这种时候我实在没法静下心来，上床睡觉。我有感情必须发泄，有爱憎必须倾吐。否则我这颗年青的心就会枯死。所以我拿起笔来，在一个练习本上写下一些东西来发泄我的感情，倾吐我的爱憎。每天晚上我感到寂寞时，就摊开练习本，一面听巴黎圣母院的钟声，一面挥笔，一直写到我觉得脑筋迟钝，才上床睡去。我写的不能说是小说。它们只是一些场面或者心理的描写，例如汽车压死人，李冷遇见那个奇怪的诗人等等。我下笔的时候，并没有想到要写出这样的东西，但是它们却适合我当时的心情。我有时写了又涂掉，有时就让它们留下来。在一个月中间我写了后来编成《灭亡》头四章的那些文字。它们原先只是些并不连贯的片段，我后来才用一个“杜大心”把它们贯串起来。我以前看见过汽车压死人；我在成都听见别人讲起土匪杀死农人的事，曾经想根据故事写一首诗，苦思了好久，只写出一两段再也写不下去，就丢开了；我住在上海康悌路、康益里某号亭子间里的时候，常常睡在床上，听到房东夫妇在楼下打架。我无意间把这些全写下来了。倘使我没有见过、听过、经历过这些，我一定会写出别的东西。至于杜大心失恋的故事，我在成都不止一次地听见人摆过这样的“龙门阵”。而且象我们这样的家庭里更不会没有这种“古已有之”的悲剧。

以后我又写了象“爱与憎”（第十章）和“一个平淡的早晨”（第五章）那两章。我是在暴露我的灵魂，倾吐我的苦闷，表示我的希望。这里面也有我自己的经历，譬如在广元县衙门里养大花鸡；也有我自己的爱与憎的矛盾：我在跟我自己辩论。

那些日子正是萨柯与樊塞蒂的案件激动全世界人心的时候。这两个意大利工人在美国的死囚牢中关了六年。他们在六年前受到诬告被判决死刑，上诉八次都遭驳斥。那个时候刚刚宣布了最后的决定——七月十日在电椅烧死。整个巴黎都因为这件事情骚动起来了。我住在拉丁区一家旅馆的五层楼上，下面是一条清静的小街，街角有一家小咖啡店。咖啡店门口就贴了“死囚牢中的六年”的大幅广告，印着“讲演会”、“援救会”、“抗议会”的开会日期。报纸上每天也用大小的篇幅刊载关于他们的事情，他们写的书信和文化界人士联名发表的请求重审或减刑的声援书。工人们到处开会发出抗议的吼声，到美国大使馆门前示威。我有一天读到了樊塞蒂自传的摘录。有几句话使我的心万分激动：

“我希望每个家庭都有住宅，每张口都有面包，每个心灵都受到教育，每个人的智慧都有机会发展。”

我不再徒然地借纸笔消愁了。我坐在那间清静的小屋子里，把我的痛苦，我的寂寞，我的挣扎，我的希望……全写在信纸上，好象对着一个亲人诉苦一样，我给美国死囚牢中的犯人樊塞蒂写了一封长信。信寄到波士顿，请萨樊援救委员会转交。信寄发以后我也参加了援救这两个意大利工人的斗争。报纸上不断地刊出从全世界各地发出来的援救萨樊的呼声，不少的妇女和儿童都给报纸写了动人的信。巴黎的每个区都经常举行“抗议会”。然而美国“民主”政府的态度始终非常强硬。我怀着恐惧地等着七月十日的到来。

一个阴雨的早晨我意外地收到了从波士顿寄来的邮件：一包书和一封信。信纸一共四大张，还是两面写的。这是樊塞蒂在死囚牢中写的回信。他用恳切的话来安慰、勉励我，叫我“不要灰心，要高兴。”他接着对我谈起人类的进化和将来的趋势，他谈到但丁，莎士比亚，巴尔扎克以及别的许多人。他说他应当使我明白这些，增加我的勇气来应付生活的斗争。他教我：要忠实地生活，要爱人，要帮助人。

我把这封信接连读了几遍，我的感动是可以想象到的。我自然马上写了回信去。几天里面我兴奋得没有办法的时候，又在练习本上写了一点东西，那就是“立誓献身的一瞬间”（第十一章）了。

不久我因为身体不好，听从医生的劝告到马伦河畔一个小城去休养，后来又在中学校里念法文。在这个地方我认识了几个中国朋友。有一个姓巴的北方同学跟我相处不到一个月，就到巴黎去了。第二年听说他在昂热投水自杀。我同他不熟，但是他自杀的消息使我痛苦。我的笔名中那个“巴”字就是因他而联想起来的。从他那里我才知道“百家姓”中有个“巴”字。还有一个姓桂的同学跟我在一起学了好几个月的法文，后来到另一个地方去进大学。有一次他在来信中写了他认识一个法国少女的事情。以后他又谈了一些。“一个爱情的故事”就是根据他的来信写成的。那是第二年（即一九二八年）的事情了。他住在学校里的时候，跟一个普通的女朋友通过几封信。那个女同学在里昂念书，名字叫吕淑良，我喜欢这个名字。我就根据它给我的女主人公起了名字：李淑良。后来我才把淑良改成了静淑。

我在那个小城里得到樊塞蒂的第二封信。他开头就说："青年是人类的希望"。他仍然用乐观的调子谈到未来的变革和人类的前途。信是七月二十三日写的。他们两人的刑期已经被麻省的省长推迟了一个月。在八月十日的晚上我焦急地等待着从美国来的消息。那个小城里没有晚报，我除了三四个中国同学外就没有一个熟人。我没法打听消息。我坐在书桌上翻读旧报纸。我看到前些天法国援救会的两个电报。一个是给萨柯的："刚刚读了你给你小女儿的告别信；它使得一切有良心的人都感动了。人家读了这封信以后还能够杀你吗？我们爱你，我们怀着希望。"另一个电报是给樊塞蒂的："我们很悲痛，然而全世界都站在你们这一边，我们不相信美国就会立在反对的地位。你们会活下去。你妹妹今晚上船，她应该来得及把你抱在怀里，并且替我们吻你。"我的心好象给放在火上煎着一样。我没法安静下来。我又找出练习本，在空白页上胡乱地写下一些句子，我不加思索地写了许多。有些字句连我自己也认不清楚，有些我以后就用在我的小说里面，《灭亡》十三章中"革命什么时候才会来"的问题，二十章中"爱与憎"的争论等都是后来根据这些片段重写的。



八月十一日下午我读到当天巴黎的日报，才知道昨夜临刑前二十六分钟麻省省长又把两个意大利工人的死刑执行期推迟了十二天。报纸上更掀起了抗议的高潮。在这个小城里我看不到较大的骚动。可是巴黎的报纸都把萨樊事件当作头条新闻，而且用整版的篇幅报导有关他们的消息和文章，《人道报》上，还发表了大幅的漫画。二十二日的夜里我不再象十二天以前那样地痛苦了。我相信美国政府不敢杀死这两个人。我想他们很可能用缓刑或减刑的办法来缓和全世界人民尤其是无产阶级的愤怒，因为在这些日子里正如一家美国的周报所说："在国外任何一个地方只要挂起美国国旗，就得找人保护，"在世界各大城市的美国使馆或领事馆都受到示威群众的包围。

但是我完全想错了。波士顿的午夜是巴黎的早晨五点钟。二十二日午夜萨柯和樊塞蒂的死刑是否准时执行，二十三日的巴黎日报上来不及刊登消息。巴黎的几家报纸在二十三日都出过号外，报导那两个人上电椅的情况。可是我住在小城里，一直到二十四日下午才在当天的巴黎《每日新闻》上读到那个可怕的消息。我第一眼就看到这样的句子：

“罪恶完成了。……两个无罪的人为着增加美国官僚的光荣牺牲了……”

同时我收到一个朋友从巴黎寄来的一张明信片，写着：“两个无罪的人已经死了！现在所等的是那有罪的人的死！我告诉你：不会久候的！”

合法的谋杀终于成功了。（二十六年后罗森堡夫妇的事件就是萨樊事件的翻版）。我所敬爱的人终于死在电椅上面了。我不能够象往天那样地工作，我绝望地在屋子里踱了半天。那个时候我一个人住在中学校饭厅楼上一个大房间里面。学校还没有开学。整个学校里除了一对年老的门房夫妇外，就只有四五个中国同学。我写了一天的信，寄到各处去，提出我对那个“金圆国家”的控诉。但是我仍感没法使我的心安静。我又翻出那个练习本把我的心情全写在纸上。一连几天里面我写成了“杀头的盛典”，“两个世界”和“决心”三章，又写了一些我后来没有收进小说里的片段。



当时我除了念法文外，已经开始根据英译本翻译克鲁泡特金的《伦理学的起源和发展》。说老实话，这本书我自己也看不大懂，尤其是下半部。为了翻译它，我读过一些柏拉图、亚里斯多德的著作，后来也翻看过斯宾诺莎、康德这些哲学家的著作（不用说也是没有全看懂）。而且我还读了《新旧约圣经》。我做的是硬译的工作。就是按照原文，按照外国文文法一个字一个字地硬搬。这种工作容易使我的脑筋变迟钝，并且使我的文字越来越欧化。我实在没法再写小说之类的东西了。

到第二年我结束了翻译工作以后，脑筋得到了解放。我有时间读小说，读诗，读托尔斯泰、莎士比亚和惠特曼了。我仍然住在马伦河畔那个小城里，过着安静的生活。有一天我接到了我大哥的来信。他的信里常常充满感伤的话。他不断地谈到他的痛苦和他对我的期望。我们的友爱越来越深，但是我们的思想距离越来越远。我觉得我必须完全脱离家庭，走自己选择的道路。我终于要跟他分开。我应当把我心里的话写给他。然而我又耽心他不能了解。我又怕他受不了这个打击。想来想去，我想得很痛苦。但是最后我想出办法来了。我从箱子里取出了那个练习本（可能是两本或三本了），我翻看了两三遍。我决定把过去写的那许多场面，心理描写和没头没尾的片段改写成一部小说，给我的大哥看，让他更深地了解我。就象我后来在《灭亡》自序上所说的那样："我为他写这本书。我愿意跪在他的面前，把书献给他。如果他读完以后能够抚着我的头说：'孩子，我懂得你了，去罢，从今以后你无论走到什么地方，你哥哥的爱总是跟着你的。'那么我就十分满足了"。

这样我就认真地写起小说来了。我写了"李冷和他的妹妹"（第六章），我写了"生日的庆祝"（第七章），我写了"杜大心和李静淑"（第九章）。每天早晨我常常一个人到学校后面那个树林里散步。林子外是一片麦田，空气里充满了麦子香，我踏着柔软的土地，听着鸟声，我的脑子里出现了小说中的世界，一些人物不停地在我的眼前活动，他们帮助我想到一些细小的情节。傍晚我陪着朋友们重来这里散步的时候，我又常常修正了这些情节。散步回校，我就坐在书桌前，一口气把它们全写下来。不到半个月的功夫我写完了《灭亡》的其余各章。这样我的小说就算完成了。在整理和抄写这本小说的时候，我又增加了一章"八日"（第十六章），和最后一章的最后一段。我用五个硬纸面的练习本抄写了我的第一本小说。我还在前面写了一篇《自序》和《献给我的哥哥》的一句献辞。自序上提到的"我的先生"就是樊塞蒂。他坐上电椅以后说过好几句话，最后的一句是："我愿意宽恕那些对我不好的人"。所以我在序文里写了这样的一句话："就是在电椅上他还说他愿意宽恕那些烧死他的人"。我自然不能同意他的这种"大量"。

这篇序就说明了我的小说的主要内容。我写小说的时候，我自己的思想上、生活上都充满了矛盾：这就是爱与憎的矛盾，思想与行为的矛盾，理智与感情的矛盾。这些矛盾在我的身上一直没有得到解决。所以我后来回忆我的创作生活的时候，我还说："我的生活是痛苦的挣扎，我的作品也是的"。我不说："斗争"，而说"挣扎"，这就说明我没有力量冲破那个矛盾的网，自己一直在两者之间不停地碰来撞去，而终于不能用快刀斩乱麻的办法一下子彻底解决。我为了要求我的大哥更深地了解我起见，我在小说里毫无隐瞒地暴露了我自己的全部矛盾。我在序上说"横贯全书的悲哀是我自己的悲哀"，这是真话。《灭亡》不是一本革命的书，但它是一本诚实的作品。它没有给人指出革命的道路。但是它真实地暴露了一个想革命而又没有找到正确道路的小知识分子的灵魂。

我专为我大哥写书，这不是第一次。以前在国内就写过几本游记。在赴法途中写的《海行杂记》，也是写给他和三哥两个人看的。在大哥自杀以后，我才向嫂嫂要回《海行杂记》的原稿整理出版。但是《灭亡》写好以后，我并没有把原稿直接寄给大哥，却把它寄给了一个在上海的朋友，因为我忽然想起一个主意，打算自己花钱把小说的稿本印成书，寄给我的大哥。我估计印二三百本，并不要花多少钱，我只要翻译一本书就可以换来全部印费。稿本寄出以后，过了两个月我才得到了朋友的回信。他说，稿本收到，他正在翻阅。当时我已经在作回国的准备了，也就不曾去信催问。直到这年年底我回到上海，那个朋友才告诉我他把我的小说介绍给《小说月报》的编者叶圣陶[1]、郑振铎两位前辈，他们决定在"月报"上发表它。《灭亡》的发表似乎并没有增加大哥对我的了解，可是替我选定了一种职业。我的文学生活就从此开始了。

《灭亡》自然不是一部成功的作品。而且我的写作方法也大有问题。这不象一个作家在进行创作，倒象一位电影导演在拍摄影片。其实电影导演拍故事片，也是胸有成竹。我最后决定认真写这本小说，也不过做些剪接修补的工作。我以后写别的小说，不论是短篇、中篇、长篇，有的写得顺利，几乎是一口气写完，有的时写时辍，但它们都是从开头依次序写下去的。例如我的第二部中篇小说《死去的太阳》就是一口气写下去的。这部作品的初稿我曾经投给《小说月报》，但很快就被退回，说是写得不好。编者的处理是很公平的。《死去的太阳》的失败并非由于一气呵成，而是生活单薄。更重要的原因是：硬要写小说，这里面多少有点为做作家而写小说的味道了。这个中篇初稿的题名是《新生》，退回以后，我就把它锁在抽屉里，过了好几个月偶然想起，拿出来改写一遍。那时我翻译的阿·托尔斯泰的剧本《丹东之死》刚出版，我就引用了《丹东之死》中的一段话放在小说前面，根据这

[1] 《小说月报》的主编是郑振铎同志，一九二八年他出国的时候由叶圣陶同志代理他的工作。

段话改写了小说的结尾，而且把书名改作了《死去的太阳》。但是即使做了这些加工的工作，我仍然没法给我的失败的作品添一点光彩。为了退稿，我至今还感激《小说月报》的编者。一个人不论通过什么样的道路走进"文坛"，他需要的总是辛勤的劳动、刻苦的锻炼和认真的督促。任何的"捧场"都只能助长一个人的骄傲而促成他不断地后退。但这都是题外的话了。

《灭亡》出版以后我读到了读者们的各种不同的意见。我也常常在分析自己的作品。我常常讲起我的作品中的"忧郁性"，我也曾虚心地研究这"忧郁性"来自什么地方。我知道它来自我前面说过的那些矛盾。我的思想中充满着矛盾，自己解决不了的矛盾。所以我的作品里也有相当浓的"忧郁性"。倘使我找到了正确的道路，参加了火热的实际斗争，我便不会再有矛盾了，我也不会再有"忧郁"了。《灭亡》的主人公杜大心也是一个充满矛盾的人。在他的遗著中有着这样的一句话："矛盾，矛盾，矛盾构成了我的全部生活。"他的朋友李冷说："他的灭亡就是在消灭这种矛盾。"（见《新生》）杜大心没有找到正确的革命道路消灭他的矛盾，所以他选择了死亡。他疲倦了。"他想休息，他想永久地休息。"他觉得"只有死才能够带来他心境的和平，只有死才能够使他享受安静的幸福。"他自然地会采取用暴力毁灭自己生命的一条路：报仇、泄愤，杀人、被杀。杜大心并非一般人所说的"浪漫的革命家"，他只是一个患着第二期肺病的革命者。我写杜大心患肺病，也许因为我自己曾经害过肺病，而且当时我的身体也不大好，我自己也很容易激动，容易愤怒。倘使杜大心不患肺病，倘使他找到了正确的革命道路，例如说找到了共产党，他就不会感觉到"他是一个最孤独的人"，他是在单独地进行绝望的斗争；他就不会"憎恨一切的人"，甚至憎恨他自己。因为孤独，因为绝望，他的肺病就不断地加重。他的肺病加重，他更容易激动，更容易愤怒，更不能够冷静地考虑问题。倘使有一个组织在领导他，在支持他，他决不会感到孤独，更不会感到绝望，也不会有那么多的矛盾，更不会用灭亡来消灭矛盾。



我不能说杜大心的身上就没有我自己的东西。但是我们两个人（作者和他的主人公）相同的地方也不太多。杜大心是单独地在进行革命的斗争，我却是想革命，愿意为革命牺牲一切，而终于没有能参加实际的革命活动。但是我们两个都没有找到正确的革命道路，这一点是最重要的。所以我会写出杜大心这个人物来。要是我走了另一条道路，也许我就不会写小说，至少我不会写出象《灭亡》这样的作品。有些细心的读者，只要读过几本我的作品，很可能注意到我一直在追求什么东西。我自己也说过我的每篇小说都是我追求光明的呼号。事实上我缺少一种能够消灭我的矛盾的东西。我不断地追求，却始终没有得到。我今天无法再讳言我的思想的局限性。我在写《灭亡》以前和以后常常称自己为“无政府主义者”。有时候我也说我是一个克鲁泡特金主义者，因为克鲁泡特金主张无政府共产主义，不赞成个人主义。但是我更喜欢说我有我的“无政府主义”。因为过去并没有一个固定的、严密的“无政府主义者”的组织。在所谓“无政府主义者”中间有各种各样的派别，几乎各人有各人的“无政府主义”。这些人很不容易认真地在一起合作，虽然他们最后的目的是一致的，那就是：各尽所能、各取所需的共产主义大同世界。其实怎样从现社会过渡到共产主义社会，任何一派的“无政府主义者”都没有具体的办法。多数的“无政府主义者”根本就没有去研究这样的办法。主要的原因是他们反对无产阶级专政，也没有真正了解无产阶级专政的具体内容。有少数人也承认阶级斗争，但也只是少数，而且连他们也害怕听“专政”的字眼。我讲的是那一个时期西欧的“无政府主义”的情况，因为我过去接触到的，过去受过影响的都是这些外国的东西。我接受了它们，却不曾消化，另外我还保留而且发展了我自己的东西。这两者常常互相抵制，有时它们甚至在我的脑子里进行斗争。所以我的矛盾越来越多，越无法解决。我坦白地承认我的作品里总有一点外国“无政府主义”的影响，但是我写作时常常违反这个“无政府主义”。我自己说过“我是一个中国人。有时候我不免要站在中国人的立场上看事情，发议论。”而且说实话，我所喜欢的和使我受到更大影响的与其说是思想，不如说是人。凡是为多数人的利益贡献出自己一切的革命者都容易得到我的敬爱。我写《灭亡》之前读过一些欧美“无政府主义者”或巴黎公社革命者的自传或传记，例如克鲁泡特金的“自传”；我也读过更多的关于俄国十二月党人和十九世纪六、七十年代俄国民粹派或别的革命者的书，例如《牛虻》作者丽莲·伏尼契的朋友斯捷普尼雅克的《地下的俄罗斯》和小说《安德列依·科茹霍夫》以及妃格念尔的《回忆录》。我还读过赫尔岑的《往事与回忆》。读了这许多人的充满热情的文字，我开始懂得怎样表达自己的感情。在《灭亡》里面斯捷普尼雅克的影响是突出的，虽然科茹霍夫和杜大心并不是一类的人，而且斯捷普尼雅克的小说高出我的《灭亡》若干倍。我记得斯捷普尼雅克的小说里也有“告别”的一章，描写科茹霍夫在刺杀沙皇之前向他的爱人（不是妻子）告别的情景。

《灭亡》里面的人物并不多。除了杜大心，就应该提到李静淑和她的哥哥李冷，还有张为群和别的几个人。所有这些人全是虚构的。我为了发泄自己的感情。倾吐自己的爱憎，编造了这样的几个人。自然我在生活里也或多或少地看见过这些人的影子，至少是他们的服装和外形。象王秉钧那样的国民党右派我倒见过两三个。他们过去也曾自称为“无政府主义者”，后来却换上招牌做了反动的官僚，我带着极大的厌恶描写了这样的人。“杀头的盛典”我没有参加过。但是我十几岁的时候见过绑赴刑场的犯人和挂在电杆上示众的人头。我也听见人有声有色地谈起刽子手杀人的情形。“革命党被捕”和“八日”两章多少有些根据。我去法国之前住在旧法租界马浪路一个弄堂里。我和两个朋友同住在三楼的前后楼。房东可能是旧政客或者旧军人，他和几个朋友正在找出路准备招兵买马，迎接快要打到上海来的北伐军。不知道怎样，有一天他的一个姓张的部下在华界被孙传芳的人捉去了，据说是去南市刻字店取什么司令的关防给便衣侦探抓去的。他的妻子到房东家来过一两次，她是一个善良的年轻女人。她流着泪讲过一番话。后来房东一家人全躲到别处去了，只留下一位老太太看家。不久我就在报上看到那位张先生被杀头的消息，接着又听说他在牢里托人带话给房东：他受了刑，并未供出同谋，要房东以后照顾他的妻子兄弟。过两天我就上船去马赛了。两三个月以后我偶然在巴黎的中法联谊会或者这一类的地方看到几张《申报》，在报上又发见那房东的一个朋友也被孙传芳捉住杀头示众了。孙传芳退出上海之前不知道砍了多少人的头。要不是接连地看到杀头的消息，我也不会想到写“杀头的盛典”。那位张先生的砍头帮助我描写了张为群的英勇的牺牲和悲惨的死亡。

关于李静淑我讲得很少，因为她也是一个虚构的人物。我只见过她的外形，服装和动作。我指的是一个朋友的新婚的太太。我创造李静淑出来给我解决爱与憎的问题。结果问题仍然没有得到解决。我曾经同一位年纪较大的朋友辩论过这个问题，“最后的爱”一章中李静淑讲的一段话就是根据他的来信写成的。

关于《灭亡》我已经讲了不少的话。我谈创作的经过谈得多，谈人物谈得少。我在前面说过我创造人物来发泄我的感情，解决我的问题，暴露我的灵魂。那么我在小说里主要地想说明什么呢？不用说，我集中全力攻击的目标就是一切不合理的旧制度；我所期待的就是：革命早日到来。贯穿全书的响亮的呼声就是这样的一句话：“凡是曾经把自己的幸福建筑在别人的痛苦上面的人都应该灭亡。”所以《灭亡》并不是一本悲观的书，绝望的书。不管我自己思想的局限性有多大，作品的缺点有多少，《灭亡》决不是一本虚无主义的小说，否定一切的小说，也不是恐怖主义的小说。

《灭亡》这个书名有双重的意义。除了控诉，攻击和诅咒外，还有歌颂。《灭亡》歌颂了革命者为理想英勇牺牲的献身精神。书名是从过去印在小说扉页上的主题诗（或歌词）来的。这八句关于“最先起来反抗压迫的人”的诗决非表现“革命也灭亡不革命也灭亡”的虚无悲观的思想。唯一的证据就是：这八句诗并非我的创作。它们是我根据俄国诗人雷列叶夫的几句诗改译成的。雷列叶夫的确说过“我知道：灭亡（Погибелъ）等待着第一个起来反抗压制人民的暴君的人。”而且他自己就因为“起来反抗压制人民的暴君”，领导十二月党人的起义，死在尼古拉一世的绞刑架上。他是为了追求自由、追求民主甘愿灭亡的英雄。我这几句改译的诗不仅歌颂了十七世纪俄国农民革命的领袖哥萨克英雄拉辛，也歌颂了为俄国民主革命英勇战斗的十二月党人，也歌颂了一切“起来反抗压迫的人”，一切的革命者。

其余的话都是多余的了。

3月20日

原载1958年《文艺月报》4月号“作家谈创作”栏

# 《新生》自序

巴　金

一



我带着一颗纯白的心，走进这个世界来。这心是母亲给我的。她还给了我沸腾的热血和同情的眼泪。

但是不久母亲就离开了我。

日子在风雨中过去了。我还活着。我并没有浪费我底时间。我已经在悬崖上建筑了我底楼台。我说这是一座很华丽的楼台，我要整天坐在它里面。

然而暴风雨来了，这是时代底暴风雨。这风是人底哭泣和呼号，这雨是人底热血和眼泪。那许多失了人形的人和我一样，也有着血和泪。

我不能够在我底楼台里住下去了。但是父亲他们拉着我说："你不能够出去！这是一座很好的楼台，你建筑它时，我们都给你帮了忙。"我却知道实际上帮忙我造成楼台的，正是那些失了人形的人。我进了楼台却让他们陷落在崖下的深渊里面。

我不听从长辈底话。他们依旧不许我走。他们的眼睛里是没有那暴风雨的。

然而在暴风雨底打击之下，我底楼台终于倒塌了。我找到一块草地救了我底性命，因为我在楼台快要倒塌的时候跳了出来。

我看见那废墟，我就想起过去的生活，我去拾些瓦片来纪念它。在瓦堆里我发见了好些白骨，我才知道我已经死过一次了。

我离开了悬崖。那已经不是悬崖了，不知道在什么时候人填平了深渊。我辞别了山，渡过了江，划起一只独木小舟，向着人间的海驶去。暴风打击着我底脸，巨浪颠簸着我底船。但是它们并不曾淹没了我。

于是一个寒冷的冬夜来了，我底疲倦的身子，我底痛疼的手实在不能够支持下去。在一个大岩石底脚下我底船给击破了。远远地在山那边现着强烈的光芒，光芒里闪烁着无数眼睛。我知道那是什么地方。

那些明亮的眼睛照彻了我底心。我认出来：这正是那些帮忙我建筑我底楼台的人底眼睛，我走进楼台就忘记了他们。可是如今在我底楼台毁灭了以后，他们从深渊里跳出来，却向着我呼唤了。

我低下头看我底胸膛，破烂的衣服不曾给我遮住它。那上面忽然现出了旧的字迹：忠实地生活，忠实地爱人。这是母亲给我刻印的。只有这十个字。那上面并没有“休息”，并没有“幸福”，并没有“光荣”。母亲决不会欺骗我。

去罢。我开始收拾破船底木片。我要补好我底船。我要驶到山那边去，去找着那般人，帮忙建筑他们底楼台。他们底楼台不会建筑在悬崖上，也没有风雨来吹打它。在那座新的楼台里我一定可以找到居住的地方。

在我底楼台底废墟上新的楼台开始在建筑了。我希望我能够看见人们完成它。

一九三三年五月

## 二

我把自己关闭在坟墓一般的房间里已经有许多许多的日子了。每天每天我坐在阳光照耀的窗前，常常坐到深夜。窗户外面是一排高耸的房屋。这房屋虽然不曾给我遮住阳光，却给我遮住了街市，而且使我看不见这个大都市里的群众。

于是夏天到了。许多的工作停顿了，许多的人到阴凉的地方去了。这都市就成了热带的沙漠，在这里连风也是热的。写字间装好了电扇，工厂里却依旧燃着烈火熊熊的火炉。对于某一些人夏天似乎是不存在的。甚至在这沙漠上他们也可以找到绿洲。这绿洲只是为着少数人而存在的。

然而对于我，我是痛切地感觉到夏天来了。我依旧留在自己底坟墓般的房间里，如今坟墓外面却被人燃起了野火，坟头的草已经被烧枯了，坟墓里成了蒸笼似地热。我底心象炭一般燃烧起来，我底身子差不多要被蒸热得不能够动弹了。在这些时候我虽然依旧枯坐在窗前，动也不动一动，而且差不多屏绝了饭食，但是我不得不拼命地喝着凉水，来熄灭我心里的火焰。

我这样整天坐在窗前，我是在看那高耸的房屋么？不，那些房屋就象一座火山，在平静的表面下正沸腾着火流，这火山是迟早要爆发的。我是在看这大都市里的群众么？不，他们这时候是在火炉旁边被烧被蒸，在马路中间飞驰着的汽车里面没有他们，而且连马路也被那高耸的房屋给我遮住了。那么我就是在无益的痴想中浪费我底生命么？



不，我坐在一张破旧的书桌前面创造我底《新生》。这《新生》是我底一部中篇小说，却跟着小说月报社在闸北底大火中化成了灰烬。那火烧毁了坚实的建筑，烧毁了人底血肉的身躯，但是它不能够毁灭我底创造的冲动，更不能够毁灭我底精力。我要来重新造出那被日本底炸弹所毁灭了的东西。我要来试验我底精力究竟是否会被帝国主义的爆炸弹所克服。

日也写，夜也写，坐在蒸笼似的房间里，坐在被烈火般的阳光焦炙的窗前，忘了动弹忘了饭食，这样经过了两个星期的夏季的日子以后，我终于完成了我底纪念碑。这纪念碑是帝国主义的爆炸弹所不能够毁灭的，而它却会永久地存在着来证明东方侵略者底暴行。

我把这当作一个赌，拿我底精力来作孤注一掷，但是这一次我却胜了。

这样地度过了半个月夏季的日子以后，我要离开这蒸笼似的，坟墓似的房间了，我如今是要离开这热带沙漠似的大都市了。

然而我会回来的。假若有一天，坟头生长了茂盛的青草，沙漠变成了新绿的原野，那时候我会回来，回来看我底纪念碑是否还立在这都市里。

一九三二年七月

原载《新生》，开明书店 1933 年 9 月版

# 谈《新生》及其它

巴　金

我一九二八年八月初在法国沙多—吉里城邮局寄出《灭亡》的原稿以后，有一个短时期我完全忘记了写小说的事情。当时我和两个中国朋友在本地中学里过暑假。我已经在这里住了一年了。那个学哲学的安徽朋友比我来得早。另一个朋友是山西省人，以前在这个学校里念过法文，后来在巴黎一家上等玻璃灯罩工厂里作绘图的工作，因为神经衰弱，到这里来休养几个星期。整个学校里冷清清的，人都走了，只剩下看门人老古然和他的妻子。古然夫人早已过了六十，可是身体健康。假期中她还要为我们准备每日的三餐。我们在传达室（也就是古然夫妇的小客室）里坐得舒适，吃得愉快。那一对整天劳动的夫妇是非常和善的人，他们待我们十分亲切，就象待亲人一样。从巴黎来的山西朋友不曾见到我的小说。学哲学的朋友却是《灭亡》的第一个读者。我最初在袁润身教授的故事里用了一个不适当的字眼“幽会”，还是接受了安徽朋友的意见才改成“约会”的。一年来他一直在我隔壁的房间里朗读中国古诗，陆游的《剑南诗稿》经常在他的手边。我和他都住在大饭厅的楼上，我住的是一个较大的房间。山西朋友则住在学监宿舍旁边的阁楼上。学校前面有一个大院子。后面也有一大块空地，种了不少的苦栗树，篱笆外面有一条小路通到河边。整个学校里大概只有我们五个人。校长全家到别处去了。总学监住在这个小城里，每隔七八天到学校里来看看。我们对他没有好感。他就是我的短篇小说《狮子》里的总学监。那个中学便是我住了一年的沙城中学。

我初期的好几个短篇象《洛伯尔先生》等等都是以这个可爱的又安静又朴素的法国小城作背景。这里的人和这里的生活。我返国后多年回想起来，还有如在眼前的感觉。

在那三四个星期里面，我们起得早，睡得早。早晨，天刚亮，我们三个中国人先后走到学校后院空地上，在那里散步聊天。吃过早饭，我们便走出校门，有时走到古堡脚下，有时在街上逛逛，有时顺着河岸，走到田畔小路，有时便走上古堡，在那里喝瓶啤酒……我们回到学校以后，便回各人的房间，看书写信。晚饭后我们又到河边田畔，散步闲谈，常常谈到夜幕落下、星星出现的时候。路上我们又会遇到一些熟人，互相道一声“晚安”。我们走到校门，古然夫人已经在那里等候，听到她那声亲热的“晚安”，我仿佛到了家一样。那位好心的贫苦老太太，她今天不会在这个世界上了。可是我写到她的姓名，还象听见她的声音，见到她的面颜，虽然有些模糊了，但是“麦歇李”这两个字（两个法国字）和满是皱纹的十分和善的瘦脸仍然鲜明地留在我的脑子里。她那慈母似的声音伴着我写完《灭亡》，现在又在这清凉如水的静夜里伴着我写这篇回忆。愿她和她那位经常穿着围裙劳动的丈夫在公墓里得到安息。

桥头一家花店和正街上一家书店是我们一年来常去的地方。我和那位安徽朋友过一些时候便要去买一束花，或者买几本书。在校长夫人和小姐的生日，我们也要到花店买花束送礼。校长姓“赖威格”，他那个十二岁的女儿叫“玛丽—波尔”。我后来在短篇《老年》里借用过校长的姓，还把“玛丽—波尔”这个名字写进了另一个短篇《洛伯尔先生》。书店里有些什么人，我记不起来了。花店里有一个十七岁的金头发、苹果脸的姑娘，名叫曼丽，是我们的熟人。我们走过花店门前或者在路上遇见她，她总要含笑地轻轻招呼一声：“先生，日安”，或者“先生，晚安”。❶

在巴黎，我们作为中国人不止一次地遭受人们的白眼。可是在这个小城，许多朴实、善良的人把我们看作远方来的亲戚。我为了那一个时期的安静而愉快的生活，至今还感激、怀念那些姓名不曾

❶ 麦歇李：即“李先生”。

上过报章的小人物。在那种友好的气氛中，我写完了我的第一本小说，又在正街格南书店里先后买到十本硬纸面的练习簿，用整整五本的篇幅抄录了它。《灭亡》的原稿早已毁掉，可是那样的练习簿我手边仍有两册，我偶尔翻出来，它们仿佛还在向我叙述法国小城生活的往事。

我在沙多—吉里最后两三星期安静的日子里，看了好些小说，我在这里不用“读”，却照我们的老习惯用个“看”字，因为我当时的确是匆匆地翻看，并非逐字细读。此外我和那两个中国朋友在一起聊天，虽然海阔天空无所不谈，但是我们谈得最多的还是小说。那个山西朋友在法国住得久，看过不少的戏，他还向我们介绍那些戏的内容。有一次他谈起根据左拉的同名小说改编的《酒馆》，他讲到柔尔瓦丝的丈夫，那个盖屋顶的锌板匠，听见女儿在人行道上叫“爸爸”，失脚从屋顶上摔下地来，他讲得有声有色：幕怎样轻轻地落下，报告灾祸的音乐还在观众的心上回响……好象那个惨剧就发生在我们的眼前一样。我以前读过两三本左拉的小说，这时又让朋友的谈话引起了兴趣。下一天我就到格南书店去买了《酒馆》。我在饭厅楼上我那个房间里看完了它。我接着还看过左拉的另外两部作品《萌芽》和《工作》(那两部小说的主人公就是柔尔瓦丝的两个私生子)。因此我一连几天向朋友介绍左拉的连续性的故事。安徽朋友不久以前才读过我的小说稿本，便带笑问我，是不是也想写有连续性的小说。他也许是开玩笑，然而这对我却是一个启发。这以后我就起了写《新生》的念头。故事倒还不曾认真考虑，书名却早想好了。这是很自然的事情：人死了，理想还存在，会有新的人站出来举起理想的大旗前进。那么《灭亡》之后接着出现的当然是《新生》。我在那些日子里想来想去也不出以上的范围。《新生》里应当有些什么人物，连我自己也不知道，但是有一个人是少不了的，那是李静淑，我在《灭亡》的最后就预告过她的行动了。

后来我从沙多—吉里到了巴黎，在巴黎住了一个时期，又看了好几本左拉的小说，都是收在《卢贡—马加尔家族》这套书里面，讲两家子女的故事的。从那个时候起一直到现在，我都是这样：多读了几本小说，我的手就痒了，我的脑子也痒了，换句话，我也想写小说了。

在那个短时期里，我的确也写了一点东西，它们只是些写在一本廉价练习簿上面的不成篇的片断。我当时忽然想学左拉，扩大了我的计划，打算在《灭亡》前后各加两部，写成连续的五部小说，连书名都想出来了：《春梦》、《一生》、《灭亡》、《新生》、《黎明》。《春梦》写杜大心的父母，《一生》写李静淑的双亲。我在廉价练习簿上写的片段大都是《春梦》里的细节。我后来在马赛的旅馆里又写了一些，在海轮的四等舱中我还写了好几段。这些细节中有一部分我以后用在《死去的太阳》里面，还有一大段我在三年后加以修改，作为《家》的一部分，那就是瑞珏搬到城外生产、觉新在房门外捶门的一章。照我当时的想法，杜大心的父亲便是觉新一类的人，他带着杜大心到城外去看自己的妻子，妻子在房内喊“痛”，别人都不许他进去。他不知道反抗，只好带着小孩在院子里徘徊；他的妻子并不曾死去，可是他不久便丢下爱妻和两个儿子离开了人世。

我在十月十八日早晨到了马赛，准备搭船回国，下了火车赶到轮船公司去买票，才知道海员罢工，往东方去的船一律停开。我只好到一家旅馆里开了房间，放下行李，安静地住了下来。这样一住，便是十二天。马赛的生活我已经老老实实地写在短篇《马赛的夜》里面了。连海滨的旅馆和关了门的中国饭馆也是真实的。我在贫民区里的中国饭馆吃饭，在风景优美的“美景旅馆”五层楼上一个小房间里读（其实是“看”）左拉的《卢贡—马加尔家族》，整套书中的二十部长篇我先后读过了一半以上，在马赛我读完了它们。我不相信左拉的遗传规律，也不喜欢他那种自然主义的写法，可是他的小说抓住了我的心，小说中那么多的人物活在我的眼前。我不仅一本接一本热心地读着那些小说，它们还常常引起我的“创作的欲望”。在等待轮船的期间，我只能写一些细节或片段，因为我每天必须把行李收拾好出去打听消息，海员罢工的问题一旦解决，我就得买票上船，否则我会在马赛老等。然而我的思想并不曾受到任何的限制。我写得少，却想得多。有时在清晨，有时太阳刚刚落下去，我站在窗前看马赛的海景；有时我晚饭后回到旅馆之前，在海滨散步。虽然我看到海的各样颜色，听见海的各种声音，可是我的思想却跟着我那几个小说中的人物跑来跑去。我的思想像飞鸟一样，在我那个隐在浓雾里的小说世界中盘旋。我有点像《白夜》[1]里的“梦想家”，渐渐地给自己创造了一个小小世界。《春梦》等四本小说的内容就这样地形成了。《春梦》写一个苟安怕事的人终于接连遭逢不幸而毁灭；《一生》写一个官僚地主荒淫无耻的生活，他最后丧失人性而发狂；《新生》写理想不死，一个人倒下去，好些人站了起来；《黎明》写我的理想社会，写若干年以后人们怎样地过着幸福的日子。

但是我回国以后，始终没有能把《春梦》和《一生》写成。我不止一次地翻看我在法国和海轮上写的那些片断，我对自己的写作才能完全丧失了信心。《灭亡》的发表也不能带给我多少鼓励。我写不好小说，便继续做翻译的工作。《伦理学》的后半部教我伤透了脑筋，我咬紧牙关拚命硬译，越译越糊涂，但是总算把它译完了。我还翻译了克鲁泡特金的自传《革命者的回忆录》和斯捷普尼雅克的特写集《地下的俄罗斯》，这两本书不像《伦理学》那样难解释，书中热情的句子和流畅的文笔倒适合我的口味，我在翻译时一再揣摩、体会，无意间受了一些影响。我还从世界语翻译了意大利亚米契斯和日本秋田雨雀的短剧和苏联阿·托尔斯泰的多幕剧《丹东之死》。总之，我还不曾灰心断念，我借翻译来练习我的笔。



一九二九年七月我大哥来上海，我和他在一起过了一个月愉快的生活。他对我并没有更多的了解，却表示了更大的友爱。他常常对我谈起过去的事情，我也因他而想起许多往事。我有一次对他说，我要拿他作主人公写一部《春梦》。他大概以为我在开玩笑，不置可否。那个时候我好像在死胡同里面看见了一线亮光，我找到真正的主人公了，而且还有一个有声有色的背景和一个丰富的材料库。我下了决心丢开杜家的事改写李家的事。过了几个月我写信给他提起《春梦》。我手边还有他在一九三〇年三月四日寄来的回信，他很坦白地说：“《春梦》你要写，我很赞成，并且以我家人物为主人翁，尤其赞成。……我自从得到《新青年》等等书报读过以后，就想写一部书，但是我实在写不出来。现在你要写，我简直喜欢得了不得。希望你有余暇把它写成罢……”他没有想到我写的小说同他想写的并不一样：他想谴责的是

---

[1] 《白夜》：中篇小说，旧俄作家陀思妥耶夫斯基的早期作品。

人；我要鞭挞的是制度。他也没有想到我会把他老老实实地写进我的小说。我更不会想到他连读这部小说一行一字的机会也没有。一九三一年四月十八日起我的小说在上海《时报》上连载，我把《春梦》的名字改成了《激流》(一九三三年我把小说交给开明书店印单行本的时候，才改用《家》作书名)。第二天下午我得到了报告他去世的电报，原来他死在《激流》开始发表的那一天，当时我的小说只写到第六章。我每隔一个星期向报馆送一次稿；我还不曾想好整个的结构，脑子里更没有那许多细节。说实话，我还有一些顾虑。可是大哥意外地死了，我的主人公死了，我不用害怕我的小说会刺伤他，或者给他带来他所忍受不了的悲痛的回忆……不久我读到了成都寄来的我大哥的遗书，才知道他服毒自杀。我想起一年前他来信中那一段话："我也是陷于矛盾而不能自拔的人，奈何。……此时暂不自辩，将来弟总知道兄非虚语，恐到那时你却忘记兄了，唉！……"我的悲愤更大了，我的悔恨也更大了。我责备自己为什么不早把小说写出来，让他看清楚面前的深渊，他也许还有勒马回头的可能。我不曾好好地劝告他，帮助他。现在太迟了！我不能把他从坟墓里拉出来了。我只好把我的感情、我的爱憎、我要对他讲的话全写到我的小说里去。

《新生》的写作也是在这个时期。不过我开始写《新生》比写《激流》早几个月，大约在一九三〇年年底或者一九三一年年初；我结束它在一九三一年八月，也比结束《家》早些。那时我早已抛弃了写五部连续的长篇小说的计划，而且把从法国带回的廉价练习簿中一部分可用的细节用在《死去的太阳》里面了。《新生》的内容、结构以及人物也逐渐地形成而固定了。我想写一个人的转变，从个人主义到集体主义。我选择了李冷作主人公，主要的原因是，我在《灭亡》里已经预告了李静淑的道路和作用，我不便改动它们，写李静淑附带写她的哥哥，或者由李冷的眼中看出妹妹的精神面貌，用一管笔可以写出两个人的言行同他们的思想活动，对于象我这样学习写作的人，的确有不少的便利。况且我前不久有过失败的经验，我指的是《死去的太阳》，我写完它，自己不但感到疲倦，还有失望的情绪，这并非由于小说的调子低沉(我在小说初稿的结尾还说："经过了短时间的休息以后，太阳又会以同样的活力新生于人间。")，而是因为我发现自己无力、无才来适当地表达我的思想感情。我把那个中篇小说的初稿题作《新生》，也可以说明我当时的心境。我完全失掉了写作的兴趣和信心，我连李静淑的故事也放弃了，我想拿那个失败的作品来结束我的文学生活。

不用说，这只是一时的沮丧。过了若干时候我又有了拿笔的勇气。我先写了几个短篇，后来我就用日记的形式，让自己作为李冷写起《新生》来。因为我打定了主意要写主人公从个人主义到集体主义的大转变，便不得不先教和平主义者的李冷转变为否定一切的个人主义者。虽然杜大心的惨死让李冷受到很大的刺激，但是这个转变总有些勉强。同样，写另一个女主人公周文珠由《灭亡》里的陈太太转变而来，也显得不自然。周文珠的转变本来是多余的，倘使把她作为新出场的人来写可能更好，我还可以在她的身上加一些色彩。至于我那样写法，也不过是加强人物同前一本书的联系而已。

我写《新生》，一共写了两遍。第一稿是在一九三一年八月写完的。我九月里把稿子送到小说月报社去，后来见到一九三二年一月号《小说月报》的"目录预告"，知道我的小说在这期《月报》上开始连载。我听见一位朋友说杂志已经印好，在装订中，却没有想到"一·二八"的炮声一响，闸北商务印书馆的厂房全给日本侵略军的炮火和炸弹毁得一干二净。当天的号外上就刊出这样的消息：纸灰飞满了闸北的天空。我看见不少人遭受了家破人亡的灾祸，仍然勇敢地站起来跟侵略者作斗争，我不会为自己这本小说感到痛惜。我说，我的精力是侵略者的炸弹毁灭不了的，我要把《新生》重写出来。我在一九三二年七月，花了两个多星期的功夫，第二次写完了《新生》。这一次我是一口气写完它的。我从早写到晚，什么事都不做。第一稿的内容和文字还很清楚地印在我的脑子里，我必须趁我不曾忘记的时候，把它们记录在纸上。我写得快，因为我的脑子里装满了东西，用不着我停笔苦思。我的确写得痛快，因为那许多东西自己要从我的脑子里跳出来。我写第一稿的时候却不是这样，我当初写得很吃力，写得很痛苦。

《新生》的第一稿和第二稿大致相同，但也不能说没有差别。我凭着记忆重写十万字的旧作，我不可能把行行字字安排得跟过去一模一样，况且时间隔了一年多，我的环境改变了，我的心境也改变了。写第一稿的时候，我住在闸北宝山路宝光里；写第二稿的时候，我已经搬进当时的“法租界”，住在环龙路❶花园别墅我舅父家的二楼，脑子里还装了不少日本军人的暴行。第一次，我是一个字一个字慢慢地写下去，我好像在挖自己的心、挤自己的血一样。有些时候我仿佛在写自己的日记，虽然更多的时候我是在设身处地替李冷写他的见闻。我说过《新生》第一稿在商务印书馆的大火中全部焚毁。可是仍然有两三节给保留了下来。那两三节是在全稿完成以前由我摘出来作为随笔或者作者的日记在刊物上发表了的。那是我在北四川路和顾家宅公园❷里的见闻。在李冷的日记里的确有我自己的东西。他常常叫嚷：“孤寂，矛盾”，那是我自己的痛苦的呼声。我在那个时候写的《复仇·序》中第一句便是：“每夜每夜我的心痛着。”（一九三一年四月）在《新生》里面，李冷在四月十五日的日记中说：“我快要被自己毒害到不能挽救的地步了。”在十九日他又写道：“我真的被个人主义毒害到不可挽救的地步了。”文珠也批评过李冷的“空虚的个人主义”。我并不是李冷那样的个人主义者，但是我常常象他那样感到“孤寂”和“空虚”，因为我正象他那样有很多的矛盾。其实他的“否定一切”和“个人主义”也是假的。他在外表上好象很倔强，可是心里空得很。除了渺茫的理想外，他还有一种对什么都不相信的“怀疑”。这种怀疑可能影响他的行动。不过我想这样说，要不是小资产阶级的空架子支持着他，他早就跟着妹妹李静淑和爱人（未婚妻）周文珠走新的路了。我也见过有人一直顽强到底，逐步走上毁灭的路，当然不仅是由于“怀疑”和“空架子”，同时也因为替自己考虑太多。我们那一代的资产阶级和小资产阶级的知识青年都或多或少地跟个人主义有关系。我当然也不是例外。我向往革命，而不能抛弃个人主义；我盼望变革早日到来，而自己又不去参加变革；我追求光明，却又常常沉溺在因怀念黑暗里冤死的熟人而感到的痛苦中；我大声嚷着要前进，过去的阴影却死死地把我拖住……其它种种自己克服不了的内心的斗争、思想与行为的冲突、理智与感情的冲突等等，我也不想在这里提说了。我只想提一下，那几年中间我不但深陷在矛盾中不能自拔，我还沉溺在骨肉的感情里面，

❶ 环龙路：即现在的南昌路。

❷ 顾家宅公园：即现在的复兴公园，当时一般人叫它做“法国公园”。

个人的悲欢离合常常搅乱了我的心。我前不久在旧书中找到了两页残信，那是我从前寄给我大哥、在他死后又回到我手里来的旧信的极小部分。我记得在一九三二年整理《海行杂记》的时候我把那些旧信全撕毁了，不知道怎样却留下了这两页。在一九二七年三月初我刚到巴黎不久寄出的信上有这样的话：

> "……我永远是冷冷清清，永远是孤独，这热闹的繁华世界好象与我没有丝毫的关系。……大哥！我永远这样地叫你。然而这声音能渡过大的洋、高的山而达到你的耳里么？窗外永远只有那一线的天，房间也永远只是那样的大，人生便是这样寂寞的么？没有你在，纵有千万的人，对于我也是寂寞……"

我就是在那个时候开始写《灭亡》的一些章节的。在一九二九年八月从上海寄出的信上，我又写了如下的话：



> "这几年很少哭过的我今天却流了眼泪了。在暮色苍茫中我们离了你。一只小小的木船载着我们四个人向外滩码头划去。蓝空中有几颗明星，凉风吹动我的衣服。前面是万盏灯光的上海，后面是载着你们的'其平'。我离你愈远了。这时多年的旧事一齐涌上心头。……你的流着泪的脸至今还在我的眼前，上码头时，分明四个人都上了岸，我却东张西望，寻找你在哪里。'大哥，这边走。'这句话几乎要说出口来，自己才陡然明白你不在上海了。一种从来不曾感到过的凄凉侵袭过来，我觉得在这么大的上海市，我只是一个孤独的人。……这几年来我在表面上似乎变得不象从前那样的孤僻了，其实在心里我依然造了一个囚笼锁住了自己。……"

我不再抄下去了。今天我还珍惜这份感情，可是我不能不责备自己的偏执、软弱、感伤、孤僻和近视……我写《新生》第一稿的时候还没有能摆脱那种有时突然袭来的孤独、凄凉的感觉，我甚至还不曾打破那个囚笼。所以我能够那么有耐心地描写李冷的孤寂而痛苦的不正常的心境，我仿佛在受一次审问或者受一次考验，我又好象在解剖自己，看看自己身上究竟有些什么东西。总之我绝不是冲锋陷阵、斩将搴旗的战士，也不是对症下药、妙手回春的医生。

我写《新生》第二稿的时候，刚从南方旅行回来，发表了《春天里的秋天》，“孤寂”和“空虚”的感觉已经开始减淡，过去二十八年的阴影也逐渐消失，而且那个时候我有一种坚定的信心，我要证明：日本侵略军的炮火“不能毁灭我的创造的冲动”；帝国主义的炸弹毁灭不了我的精力和作品。所以我当时兴奋多于痛苦，不吃力，却感到痛快。虽然前半部中仍然充满阴郁的调子，但大半是过去心境的追忆和旧日文字的默写，我脑子里常常响着一个声音，就是我在《春天里的秋天·序》中说的：“这应该终结了”。“这”字指的是不合理的社会制度。我在那篇序文的结尾甚至说：“向着这垂死的社会发出我的坚决的呼声‘我控诉’。”我这样说，未免太狂妄。我除了一管幼稚、无力的秃笔，什么武器也没有，又不曾找到正确的革命理论把自己武装起来，而且整天关在屋子里写文章，不参加实际的斗争，我怎么能够损害我的敌人呢？我当时也知道自己的弱点，我始终没有能够解决自己的矛盾，反而放任矛盾发展下去。我不断地说，我要放弃文学生活（写作的确带给我不少的痛苦，象我在《灵魂的呼号》中所说的那样），可是我反而捏紧笔让自己越陷越深；我因为“在白纸上写黑字廉价地浪费了年轻的生命”而感到不幸，而不断地诉苦，可是我反而日也写、夜也写，愈写愈多，好象一旦放下笔我的生命就会从此完结。我写完《新生》第二稿后，两个多月便写了象《灵魂的呼号》那样的诉苦文章。《新生》的第二稿里当然也有我自己的那些矛盾。不过倘使我的记忆力不算太坏，那么《新生》第二稿中阴郁的调子比第一稿中的淡了些；第二稿的字数也稍微多了些，大约增加了万把字罢：全书一共三篇，第一篇加了些，第二篇减了些，第三篇只有一句话，还是从《约翰福音》中引来的，因此不增也不减；至于增减了些什么，我当时就记不清楚，现在更说不上来了。

我再仔细一想，第二篇中减少的可能是李冷在禾山牢房里回忆往事的片段，这不是我有意删去的。我记得我曾经在一篇文章里说过，《新生》的第二篇是根据一个朋友的日记写成的，这是真话。我写第二稿的时候，那本狱中日记还在我的手边，可是后来却找不到了。我不知它是在我几次迁居中遗失了，还是朋友把它拿了回去，因为那位朋友并不曾遭枪决，他让熟人花了点钱保释出来了。我把朋友的经历借给李冷，但是我还得把一、二两篇连接起来，把人物的性格统一起来，因此我虽借用了一些事实，却无法借用文字，我还得加上李冷自己的东西，回忆往事的片段便是这样地加上去的。这种地方可多可少，我第一次从容地执笔，构思的功夫较多，便写得长些，第二次我一口气写下去，当然容易跳过一些不重要的细节。但是当时如果没有朋友的日记，我绝不可能想到资本家勾结军阀所干的杀害工人的勾当和在禾山进行的事情。这些事实在第二稿中也不会有多大的改变。连王炳这个人也是原来有的，我不过改变了他的姓名和结局。他既不曾越狱逃走，更没有中弹身亡。原来的日记里也有那个同情“犯人”的北方看守。“用驳壳枪打死三个，得赏十元”的话也是从日记里抄下来的。我增加的只是他奉命枪毙李冷的事情。我增加的还有李冷就义前那个“把个体的生命联系在群体的生命上……在人类的向上繁荣中找到个人的新生”的信念。这个信念不仅是李冷的，它也是我的。尽管我的作品里有多少“阴郁性”，尽管我常常沉溺在个人的感情里，尽管我有时感觉到“孤寂”和“空虚”，甚至发出“灵魂的呼号”，可是我始终不曾失去这个信念。因此我才没有让“绝望”和“悲观”压倒，我才相当健康地（我指的是身体，不是思想）活到现在。我在充满矛盾的痛苦生活中不断地叫嚷：“我不怕，我有信仰！”我凭借的便是这个。



我两次写了李冷的“新生”，我自己在感情上也得到一些鼓舞。但是我既不曾走到“灭亡”的边缘，也没有得到“新生”的光明。所以我一直在无数的矛盾中间苦苦地挣扎。《新生》以后的许多作品都是在这样的挣扎中写成的。例如一九三三年写成的《萌芽》（后来改名为《雪》)，这个中篇也暴露了我的思想、感情上的矛盾。我在写作的时候，宣泄了自己的感情：我当时的确有鲜明的爱憎：一方面是作威作福、荒淫无耻，另一方面是辛勤劳动、受辱受苦。我当初写了两个不同的《结尾》：——一个是：工人的起义胜利了，曹科员夫妇搭火车离开了大煤山，男的说：“我不能等着看他们灭亡……所以我走了……”；另一个是：工人的起义给镇压了，曹科员夫妇离开了大煤山，在车上男的说："倘使赵科员能够活起来……他又会责备我逃避现实了。他真倔强，临死……还说种子已经落在地下……。"在两个《结尾》中，女的都是"低声叹了一口气慢慢地说：'这几个月就象做了一场梦，可怕的梦！……现在落雪了。'……"调子是同样地低沉。虽然我是在批评那一对改良主义的年轻夫妇，可是我无意地把他们的思想感情向读者宣传了，可能有一些读者会受到感染。

为什么会这样呢？我刚才还说过我是相信未来的光明的。但是从当时到那未来的光明究竟要走多长的路？而且怎样才能够走到？我自己却茫然了。所以在我的作品中，黑暗给暴露了以后，未来的光明却被写成了渺茫的希望，当然不会有昂扬的调子了。在《雪》的《结尾》中只有"种子已经落在地下"这句话。在《砂丁》的《结尾》里我也只写了"……到将来一切都翻转过来的时候。那个时候是会到来的……"这样的希望。在《新生》第二稿之前完成的中篇小说《砂丁》的调子更低沉。砂丁们的静悄悄的惨死和少女的徒然的等待……。小说带给读者的，不是哀愁大于希望么？我说过，我也想过，我要用笔做武器，控告不合理的旧社会，可是在我不少的小说中我都充当了束手无策、摇头叹息的旁观者的脚色。



《砂丁》是根据一位朋友的谈话，加上我自己大胆的想象写成的。当时我没有到过云南的箇旧，也不曾看见一个砂丁。我那位朋友在矿上住过一个短时期，他亲眼看见砂丁们受到的非人的待遇，他不能够在那个"人间地狱"里待下去，后来就跑到上海来了。他对我谈了不少，他谈的只是砂丁们的生活。故事是我编造的。我的同情，我的愤怒……逼着我拿起笔，替那般"现代的奴隶"喊冤。我没有实际的生活，甚至连背景也不熟习，因此我只好凭空造出一个"死城"来。小说出版后二十八年，我才到了我从前写的那个城市和矿山。去年三月在箇旧迎接我的却是金湖上一片灿烂的阳光和一个欣欣向荣的现代城市。"砂丁"已经成了历史上的名词，我只能在文化馆的"矿工今昔展览室"里看到我所描写的那种生活了。

我在《雪》里写的是浙江长兴煤矿工人的生活。背景是真实的，人物和故事却是编造的。我一九三一年初冬同一位朋友坐小火车到过那个矿山，在那里住了一个星期。朋友在矿局当科长，我作为他的客人在矿山得到不少的方便。我一天到处看看，还跟着一个机工下窑去待了两个多钟点。在这个窑里，一个多月前发生过一次爆炸事件，死了十五个人，要不是靠那位朋友帮忙，我一定下去不了。我并非去找小说材料，我只是想尝尝生活的各种味道，体验体验生活。过了两年我答应别人写一部连载小说，才想到了这个题材。我可以说是充分地利用了两年前的"生活体验"，我把知道的全写进小说里了。不知道的能避开就避开，没法避开的只好靠自己编造。我那个朋友早已离开长兴，我无法再到矿山去体验生活，连参观的机会也得不到，我怎么能够写得更真实呢？我平日同工人接触的机会极少，那一个星期中间虽然常同矿工们交谈，但是谈得不深，我又没有把谈话记录下来，两年后我要塑造工人的形象，当然连"貌似"也办不到了。小说最后矿工们的起义，不用说也是出自我的想象。不过当初我在矿山作客的时候，也曾听见朋友讲起两个月前（？）"土匪"打进矿局的故事。他说是"土匪"，又说里面有开除了的矿工。他们大清早冲进了局长（或者叫"经理"）的寝室，当着妻子的面打死了丈夫。我的朋友当时听到消息，打开房门，正要出去，看见有人奔向他的房间，马上退回关上房门，又拉过方桌将门抵住。外面的人推不开房门，也就走了。所谓的"土匪"在矿山只待了很短的时间，军队开到他们就散了，又说是远走了。我在矿山的时候，人们还暗暗耽心"土匪"会再来。新的局长（或经理）刚刚就职，同事们正为他举行贺宴，朋友要我参加，我推辞了。小说的那个胜利的《结尾》便是根据上面的真实的故事想出来的。矿局职员口中的"土匪"很可能是起义的工人。

《新生》发表以后，我几次想写它的续篇《黎明》，一直没有动笔。一九四七年《寒夜》出版了，我又想到预告了多年的《黎明》，我打算在那一年内完成它。可是我考虑了好久，仍然不敢写一个字。我自己的脑子里还没有一个比较明确、比较具体的未来社会的轮廓，我怎么能写那个时候人们的生活呢？我找了几本西方人讲乌托邦的书，翻看了一下，觉得不对头，我不想在二十世纪的四十年代写乌托邦的小说。因此我终于把《黎明》搁了下来。这是十四年前的事。我现在谈《新生》，又想到了那个未了的旧债，我的思想活动了，信心也有一些了。我觉得在新社会里试一试过去干不了的那个工作，也不见得毫无成功的可能，至少方向明确了，道路清楚了。今天拿起笔写未来社会、理想社会，绝不会象在写童话；正相反，我会觉得自己在写真实的生活，在写明天便要发生的事情，多么亲切，多么新鲜，多么令人兴奋！

我真想试一试，而且我相信一定会得到我写从《灭亡》到《寒夜》十四卷文集的当时所未曾有过的“写作的快乐”。

1961 年 11 月 27 日

原载《巴金文集》第 14 卷《谈自己的创作》，
人民文学出版社 1962 年 8 月版

# 《死去的太阳》序

巴 金

这部小说自然不是成功的作品，而且象我这样的人也写不出成功的作品来。



我很久不写小说了，因为没有时间。但近来终于牺牲了二三十个晚上写成了这部《死去的太阳》。想写这部小说的动因在两年以前。有一天在乡间偶尔读到巴黎《每日新闻》上面的一篇杂感，说的是一个十九岁的安南青年自杀的事。离开了明媚，温暖，梦幻的国土，飘流到阴暗的巴黎城，看惯了大国人物底架子，受尽了弱者底种种苦痛，在一个凄凉的月夜里，听见街头有人在唱《安南之夜》的情歌，这时候那个逃不出"狭的笼"而回到温暖的树林的文弱的安南青年只有走自杀的路了。这种心情当然是法国人所不了解的。

时间是不停地过去了。我底一个朋友又在项热投水自杀。被压迫者底悲哀压倒了我。经过了短时间的苦痛生活后我底激情渐渐消退了，但是悲哀底痕迹却永留在心上。我那时想写点东西来伸诉我底以及与我同为被压迫者的人底悲哀。我就决定用我所经历过的五卅事件来做主题。

因为延迟了两年，所以我底小说的结构也就变更了。也许现在写的并不是以前打算写的那一部。虽然这也是写五卅事件，但它底主题却不是五卅事件了。我写的乃是一个小有产阶级在这事件中的多少有点盲目的活动，以及由活动而幻灭，由幻灭而觉悟的这一段故事。如果读者觉得我底英雄未免有点幼稚滑稽，那么请他明白事实上小有产阶级大半是这样的。我在这里面所写的大部分都有事实作根据。我自己是小有产阶级，过去是，现在是，恐怕将来还是，所以我不是普洛文学家，但我有我自己底意见，有我自己底写法。

这篇小说友人看过的说比《灭亡》差得多了，但我底意思却不是这样。友人毛一波是爱读《灭亡》的。他，读了我底《自白》后却来信劝我说："我希望你能从无意识的创作变成有意识的创作才好。太固执于自我的小说，我不希望你继续地去写作。"他要我"写出思想健全的小说"。这意思很不错。可惜我现在做不到，不过在这《死去的太阳》里个人主义的色彩是淡得多了。虽然我底学力还不能够使我写出象左拉底《四福音》（只作成三部）那一类的书，来表明我底社会理想，但我已经不复以自我为中心来伸诉自己底悲哀了。

但我依然要象摩西那样地宣言道：

"我要举手向天，我说：我底思想是永生的。"

（《旧约》《申命记》三十二章，四十节）

原载《死去的太阳》（微明丛书），开明书店1931年1月版

# 《春天里的秋天》序

巴　金

是在春天。枯黄的原野变样了。新绿色的叶在枯树上生起来。阳光温柔地对着每个人笑，鸟儿在到处歌唱飞翔。花开放着，红的花，白的花，紫的花。星闪耀着，红的星，绿的星，白的星。蔚蓝的天，自由的风，梦一般美丽的爱情。

每个人都有春天的。无论是你，无论是我，每个人在春天里都可以得着欢笑，得着爱情，得着陶醉。

然而秋天在春天里哭泣了。

这一个春天，在那迷人的充满了南国风物的古城里我度过了我的一小部分的光阴。

秋天的雨落了，但是又给春天的风扫尽了。

在雨后的晴天里我同着两个朋友走过那泥泞的道路，走过那石板的桥，走过那田畔的小径，走访一个南国的女性，一个我不曾会过面的患着疯病的女郎。

在一个并不很小的庄院的门前我们止了脚步，一个说着我不懂得的话语的小女孩给我们开了黑色的木栅门，这木栅门和我的小说里的完全不同。这里是本地的富户的住家。

在一个阴暗的房间里我看见了我们所要看的人。宽大的架子床，宽大的凉席，薄薄的被，她坐起来，我看见了她的上半身。是一个正在开花的年纪的女郎。

在她对面一张长凳上坐了我们三个。一个朋友说明了来意。她只是默默地笑，笑得和哭一样。我默默地看了她几眼。我就明白我那朋友所告诉我的一切了。留在那里的半点多钟的时间里我们谈了不到十句以上的话。看了她十多次秋天的笑。

别了她出来，我怀着一个秋天的苦痛的心。我想起我的来意，那一点想帮助她的来意，我差不多要哭了。

一个女郎，一个正在开花的年纪的女郎。……我一生里第一次懂得疯狂的意义了。

我的许多年来的努力，我的用血和泪写成的书，我的生活的目标，无一不是在帮助人，使每个人都得着春天，每个心都得着光明，每个生活都得着幸福，每个发展都得着自由。我给人唤起了渴望，对于光明的渴望，我在人的前面安放了一个事业，值得献身的事业。然而我的一切努力都给另一种势力摧残了。在唤起了一个青年的灵魂以后，只让他或她去受更大的蹂躏和折磨。

于是那个女郎疯狂了。悖谬的社会制度，不自由的婚姻，传统观念的束缚，家庭的专制，不知道摧残了多少正在开花的青年灵魂，我的二十几年的岁月里，已经堆积了那么多那么多的阴影了。在那秋天的笑，象哭一样的笑里我看见了过去一个整代的青年的尸体。我仿佛听见一个苦痛的声音说："这应该终局了"。

《春天里的秋天》不只是一个温和地哭泣的故事，它是一个整代的青年的呼吁。我第一个拿起笔来做武器，来给他们冲锋。我要把它掷在地上象中古的手套那样，我要象躺卧在巴黎国葬院里的一代的巨人左拉那样向着这垂死的社会发出我的最后的呼声"J'accuse"（我控诉）来。

一九三二年　五月

原载《春天里的秋天》，开明书店 1932 年 10 月版

# 关于《春天里的秋天》

巴　金

上星期我会见了两位瑞典文化界的朋友。他们送给我一本瑞典文小书，原来是我的旧作《春天里的秋天》的译本。这是出乎我意外的。这本小书出版于一九七二年，那个时候我还在“靠边”，给剥夺了公民的权利，主要原因就是我写了“流毒很广”的十四卷“邪书”，其中也包括这本中篇小说《春天里的秋天》。



我带着这份礼物回家。我找出我的原作翻看到深夜。屋子里气温是摄氏三十三度。我听见远方火车驶过的声音。这是一个多噪音的炎热的夜。我不想睡。我翻开书，一页一页地，翻着，看着……我想起了四十六年前的事情。那是在一九三二年的春天。我在“一·二八”日军侵犯上海闸北地区以后，迁出了宝山路宝光里。不久，我到福建晋江去看朋友，在那里住了不到两个星期。在那个南方古城里，我有好些朋友，有的是本地人，有的是从上海去的，他们在两所学校里当教师。一所叫黎明高中，校址是过去的武庙（关帝庙）；另一所是平民中学，设在文庙（孔子庙）的旧址。还有一家晋江书店，书店的主人姓沈，也是我的朋友。他常常跟我谈文化界的情况。他几次提到一个生病的少女的名字，简单地讲了她的故事。他希望我去看看这个年轻的读者。我同意了。

在一个雨后的晴天，沈和另一个教书的朋友陪我走过泥泞的田畔小路，去访问这个陌生的姑娘。在本地有钱人家的庄院里，在一间阴暗的屋子里，我看见了那个相貌端正的少女。她躺在宽大的架子床上，身上盖了一幅薄被，看见我们进去，便坐了起来。我们三个人坐在一条长板凳上。沈说明了来意。

姑娘只是微笑。我讲了两三句鼓励的话，沈又重复解释一遍。她看看我，好象要说什么，却只说了两声“谢谢！”再也没有讲别的话。我们在她这里停留了半个小时，谈话不到十句以上。我们告辞的时候，她仍然默默地笑。但是我看见从她的眼里流下了泪珠。……

她的名字我早已忘记。她当时不过二十左右，听说一两年后她就逝世了。她的病一直没有治好。使她疯狂的原因是：父亲逼她同她所不爱的男人结婚，不许她继续上学念书。

这位疯狂的少女的故事折磨着我的心。我太熟悉了！不自由的婚姻，传统观念的束缚，家庭的专制，一句话，不合理的社会制度，摧残了千千万万年轻的心灵。我说，我要替他们鸣冤。

我回到上海，一口气写成一部中篇小说。放下笔，吐了一口气，我才感到轻松。我觉得我替疯姑娘讲了话了。



其实，我在小说里写的并不是疯姑娘的事情。我不熟悉她的家庭环境和故事的细节，也没有进行过调查或者采访。我想，我也不需要知道那些细节，我的脑子里已经有了人物和情节了。我把小说的背景放在厦门鼓浪屿，因为我从上海到晋江，来回都在鼓浪屿小住。我喜欢那个风景如画的小岛。我常常坐划子来去厦门，晚上也在海上看到星星。鼓浪屿的春天给我留下很深的印象。在这里我想起了另一个南国的姑娘，她没有发疯，却默默地憔悴死去。我把她的悲剧写在小说里面了。郑佩瑢就是她。不同的是小说里的郑佩瑢向父亲屈服，免得父亲用手枪打死她的恋人，而生活中的那个姑娘却不顾一切要求跟恋人一起远走高飞。

她姓吴，是归国华侨，我见过她，却并不认识她。可是我知道她的不幸的遭遇，而且在四十七、八年后我写这篇《回忆》时，我还满怀同情地想到她。我看见她是在一九三〇年我第一次到晋江的时候，那一次我在黎明高中作客，就住在武庙里面。我是到晋江过暑假的。学校的校长是我的朋友，还有两三个熟人在那里教书。学校附近公园里有几株龙眼树，正是龙眼熟了的时候。我有时到大街小巷闲走，有时同两三朋友逛公园；更多的时间则用来写短篇小说，或者做翻译工作，或者向一位姓陈的朋友学习；白天我观察显微镜下草履虫、阿米巴之类的生活，晚上坐在高高的露台上看秋夜的星星。偶尔我也坐坐办公室，帮忙办一点杂事，因为开学的日期近了，校长又患了伤寒症。吴来报到的时候，我正在办公室。以后我还见过她一两面。她是一个活泼、秀丽的姑娘。

不久，校长住进医院，我也回上海了。学期结束，一位在那里教书的朋友来到上海，在我们闲谈中他讲起了吴。吴爱上了学校的英语教师，事情被家里知道了，进行干涉。家里早替她作了安排，挑选的未婚夫就是这个学校的校董，本省一位有钱的绅士。英语教师也是我的朋友。他姓郭，爱好文学，喜欢写散文，年纪不过二十三、四。他唤起一个少女的爱、接受这个热情少女的爱，也是寻常的事。他们之间就只有这样一种感情的交流。然而压力来了。女的不肯屈服；男的先是受到批评，后来给赶出学校，逃到鼓浪屿，住在友人家中。校董胜利了。婚礼提前举行。姑娘还不甘心投降。但是她有什么办法冲出樊笼呢？在结婚的前夕她还冒着大雨偷偷跑到鼓浪屿去找我那个朋友，表示要跟随他流浪到天涯海角，永不分离。我那个朋友一则没有胆量，二则不愿意让她跟他一起吃苦，他婉辞谢绝了她的爱。她绝望地回到家中，不再作任何冲出去的尝试了。寂寞的死亡在等待她。

我写的就是这样的爱情故事。我把两个少女不幸的遭遇合在一起了。其实，我奋笔写作的时候，在我脑子里活动的人物形象并不止这两个，我可以举出许多名字。我有一种习惯：小说写成了，常常没有题目。这部中篇写完，我也想不出题目来。当时我翻译的中篇小说《秋天里的春天》刚刚在《中学生》月刊上连载完毕，我准备交给开明书店印单行本。我把全书重读一遍，忽然“灵机一动”，给我的中篇想好了一个题目：《春天里的秋天》。我根据这个题目和小说的内容写了一篇序。这年十月，两本小说同时在开明书店出版发行。《秋天里的春天》是匈牙利作家尤利·巴基用世界语写的小说。中译本借用了原书的封面，突出一个人物的画像。我的小说的封面则是钱君陶同志参照这个格式设计的。译本中有一幅插图，表现中学生雇吉卜赛人在“小太阳姑娘”的帐篷外奏小夜曲，这是照原书的插图翻印的。钱君陶同志也为我的小说绘了一幅《海上看星》的插图。到一九四〇年，开明书店同时重排两本小说，封面一律简单化，插图也就给取消了。

关于《春天里的秋天》，我就写到这里。但是我的故事并没有完结。那位姓郭的朋友离开福建以后，又到别处教书。在那些日子里，人要找一个铁饭碗，很不容易。一个普通的知识分子找工作更困难。没有靠山，没有“来头”，纵然精通英语，会写散文，也不得不东奔西跑，求人帮忙，找一碗饭吃。我写完《春天里的秋天》的时候，听说郭在武汉美专教书，又遇到了麻烦。他爱上了一个女学生，也可以说是他们彼此相爱。女学生姓许，她的未婚夫在国外留学，是校长的兄弟。事情明朗化以后，校长出来干涉。女的不屈服，她父亲就把她关起来，交给她一盘粗绳和一把利刀，要她自杀。不然她就得断绝同郭的往来。女儿不肯听话，父亲也是十分顽固。在这紧要的关头，靠了母亲和哥哥的帮忙，许逃出了家，拿了一张船票，上了长江轮船到南京去投靠亲戚。许动身的时候，郭到船上送行，两个人都很激动，谈着，谈着，郭就不下去了。他把许一直送到南京。他们就在南京结了婚，当时住在南京的一位姓陈的朋友家里（就是我在晋江黎明高中认识的那位“范兄”）。陈后来告诉我：郭和许到了南京，一起去找他，打算托他照料许。陈听了他们的故事，非常感动，主动地让出屋子，把郭留下来，安排他们结了婚。陈后来又到福建工作。他患肺结核，后来病情恶化，一九四一年初死在武夷山。他几次对我谈起郭和许的事情，总是用赞叹的口气，而且很满意自己让出屋子成全了他们。

故事到这里还不会结束。这一对夫妇有了两个女儿，生活虽不算宽裕，家庭中却没有纠纷。他们到过好些地方，后来在上海住了下来。郭写了不少篇散文，翻译了几部西方文学名著，生活比较安定了。但是一九三七年“八·一三”日本侵略军的炮火打散了他们那个小小的家庭，他们又开始到处转移。全国解放后几年，他们到北京，在西单区定居下来。五十年代中我也曾到那里看望过他们。他老了，话也少了，但笑容却多了些。我想他们可以“白头偕老”了。

但是林彪、“四人帮”的魔爪也伸到了他们的头上。他们在北京西单区有五间小屋，是一个院子里的一排上房，这是郭用他的稿费买下来的，他翻译的《贵族之家》和《前夜》在全国有不少的读者。打击来的时候，许一个人在家，郭在广州暨南大学教书，女儿在别处工作。

于是房屋没收，扫地出门，许给送到了广州。她的丈夫已经给关进了“牛棚”，连见一面也不可能。广州没有地方收留她。他们又把她送回湖北老家。她后来才到了女儿那里。我去年年底意外地收到她一封信，告诉我她在一九六八年夏天得到学校通知，说她丈夫“因天气炎热劳动时晕倒而死”。那么郭死在一九六八年夏天了。这才是我的故事的结束。但是我在一九三二年春天写那个“温和地哭泣的故事”的时候会想到这样的结局吗？不仅是我，便是那个一盘粗绳和一把刀子没有能使她低头的姑娘，她想得到四十五年以后会给我写这样一封信吗？

过去的终于过去了。今天我重读这部旧作，四十几年前的往事还历历在目。我用什么来安慰亡友的家属呢？听说郭的问题至今尚未彻底解决[1]，可能人们已经忘记了他。但是现代中国文学史的研究者不会忘记他在现代散文的发展上所作的贡献。他在三十年代写的三本散文集《黄昏之献》、《鹰之歌》和《白夜》都还在我的手边，他翻译的小说《贵族之家》、《前夜》和他校改过的小说《罗亭》也都在我的手边。我会常常翻看它们。它们有权利存在。那么这个善良的人的纪念也会跟着它们存在下去吧。

一九七八年七月十四日

录自《创作回忆录》，三联书店香港分店1981年9月版



---

[1] 一九七八年九月十四日暨南大学在广州举行了追悼会为郭和其他七位同志平反、昭雪、恢复名誉。

# 《海底梦》序

巴　金

我爱海。我也爱梦。

几年前我在地中海上看见了风暴，看见了打在船上的浪花，看见了海底怒吼，晚上我做了一个梦。

星一般发光的头发，海一般深沉的眼睛，银铃一般清脆的声音。

青的天，蓝的海，图画中似的岛屿，图画中似的帆船。

我是见着了那个想在海岛上建立 free state 的女郎了。

在海上人们倒常常做着奇异的梦。但这梦又屡屡被陆地上的残酷的现实摧毁了。

今年我以另一种心情在陆地上重温着海底梦，开始写了这个中篇小说底第一节。我带了它到南京，为的是还想在火车中重温海底梦。

然而上海底炮声响了。我赶回到上海只来得及看见北面天空的火光，于是又继续了一个月的苦痛的，隔岸观火的生活。后来在三月二日的夜晚，知道我底住所和全部书籍入了占据者底手中，看见大半个天空的火光，听见几个中年人底仿惶的，绝望的呼吁（“我们应该怎样做？”）以后，一个人走着冷清清的马路，到朋友底家里去睡觉。在路上一面思索，一面诅咒，这时候我又睁起眼睛做了一个梦。

陆地上的梦和海上的梦融合在一起了。旧的梦和新的梦融合在一起了。

于是又开始了我底忙碌而惨苦的生活。这其间我曾几次怀着屈辱的，悲哀的，愤怒的心情去看在占据者底统治下的我底故居，去搬运我底被劫后的书籍，这不是一件容易的事，有一次只要我捏紧拳头就会送掉我底性命，但这一切我终于忍受下去了。

每天傍晚我带着疲倦的身子回到朋友底家，在平静的空气中我坐下来拿起笔继续我的“海的梦”。但这不复是从前的梦，这梦里已经渗进了不少陆地上的血和泪了。

于是在平静的空气中，我搁了笔，我隐约听见海底怒吼，我仿佛又进到海底梦中。但这不是梦，这海也不是梦里的海。这是血的海，泪的海。血是中国平民底血。泪是中国人民的泪。我把我自己底血泪也滴在这海里了。

血泪的海是不会平静的罢。那么这海底怒吼也是不会停止的。将来有一天它会怒吼得那么厉害，来把那些占据者和剥削者底欢笑淹没掉，如那一个女性所希望的。

写完了这小说，我底梦醒了。

星一般发光的头发，海一般深沉的眼睛，银铃一般清脆的声音。

这不能够是梦。这样的一个女性是一定存在的。我要去找寻她，找寻她来在陆地上建立她底 free state。

一九三二年六月

原载《海底梦》（新中国文艺丛书），
上海新中国书店 1932 年 10 月版

# 我的自辩

巴　金

最近在《粉饰，歪曲，铁一般的事实》这题目下我的两篇作品被列在第三种人的创作之林而身受了左翼批评家的解剖刀。

对于这个，我并不愤怒，因为那解剖者似乎没有恶意，而且他并不象别的一些批评家那样从一篇作品里面引出了几句对话就拿来代表作者的思想而加以攻击。

但这样我也并不能够承认这批评就是正当的。因为这批评是来自一个政党的立场，而我的政治主张和这政党的主张就不是一致。在这种情形下面，我当然可以得着“用政治上的术语讲，是错误；用艺术上的术语讲，是失败”这个罪名，而且加上“人道主义，安那其主义”这头衔。

对于这个，我也不抱怨，但可惜的是那批评者没有指出我的作品中“所发挥的人道主义安那其主义的观点”是什么。诚然我不必否认我是一个安那其主义者（虽然我觉得我还不配），可是我的作品的立场常常不一定就与安那其主义相合，《海底梦》里的确只表现了“对于自由，正义以及一切的合理的东西的渴望”。《罪与罚》里暴露了司法制度下面的种种丑态，根本给法律一个致命的打击。这自然不能说是纯正安那其主义的立场，并且在表现方面我常常无意地流露了小资产阶级的意识。这是我的缺点。我觉得是应该克服的，但这克服却和左翼批评家所说的不同，因为我并不相信辩证法的唯物论。

谷非先生将人道主义与安那其主义并列，把二者同时加在我的作品上，而且还有一些左翼批评家以及拾他们的唾余来写读后感者之流，也拿人道主义，虚无主义，安那其主义来解释我的作品。然而他却没有说明这个人道主义究竟是十九世纪社会运动中的 Humanitarisme（十九世纪中西欧许多卓越的社会主义者都常被人称为人道主义者），抑或是近年来左翼理论家笔下的人道主义；如是，后者则它与安那其主义或我的作品都无关系。（同样虚无主义无论是巧尔里雪夫斯基、毕沙列夫所提倡的虚无主义，或司特普尼克所实行的恐怖主义，也都与左翼批评家所加于我的虚无主义不同。）他们因为断定人道主义（他们所解释的），虚无主义（他们所解释的）和安那其主义是同样的东西，同时又从别的地方知道（或者猜想）一个作者是安那其主义者，于是就把这作者的一切作品冠上那三个头衔，就如他们先拿出一个政治纲领的模子，然后把一切被批评的作品拿来试放在这模子里面，看是否相合。全合的自然就是全好，合一部分或不合的就该遭他们摈弃，对于构成一个作品的艺术上的诸条件，他们是一点也不会顾念到的：这是他们的一贯的态度。



这样，谷非先生就把我的两篇作品放在那个模子里面了。结果当然是不合，因为他已经预先断定了我的政治主张是不同于他们的。不合的作品当然应该摈弃。于是在批评《罪与罚》时他就说我“向刑事法庭要求公道”。

事实上我的忠实的读者会知道我根本反对在“公道”的假面下的阶级的裁判。《罪与罚》这题目是很显明的，并且那事实的确是一件“铁一般的事实”，这“一个断片的现象”，就可以暗示出来资本主义社会的全部存在。而谷非先生却完全主观地说它是“……心理描写”，又说作者多少受了主观的歪曲。

《海底梦》是一个寓言，写的时候正是我的心情陷于绝望的时期，所以带了深的忧郁性，但是结尾却被一个显明的希望掩盖了。我自己当时的挣扎也是很苦痛的。

“没有悲哀没有回忆，我只有快乐，我只有希望。”

“过去的阴影死了，一切的苦难都跟着死了。我还活着，活着来翻开我的生活的新的一页，来达到那最后的胜利！”

这是沉闷的悲观情调么？

自然在《海底梦》里我也犯了一些错误。譬如谷非先生说我“把女主人公写成了一个救苦救难的基督，把她的杨写成了一个基督的基督”，这虽然是他“过甚其辞”，但我也得承认一半。这原因正如我在前面说过的，是我在表现方面常常无意地流露了小资产阶级的意识。

这小资产阶级意识的克服，当然是必要的，但也不是容易的事，因为我常常会为我的小资产阶级的生活环境所限制。这一点我不否认。

最后谷非先生劝我“和新兴阶级的主观能够有比现在较好的接近”，这好意的劝告似乎是应该接受的，但是我也应该问一句：这所谓新兴阶级是单指在一党独裁制（或者如他们所说一阶级独裁制）下面卓绝地完成了五年计划的苏联的工农阶级呢，抑还是并指在 C.N.T.指导下面与玛西亚专制勇敢地斗争的西班牙一百三十多万的无产阶级和在 F.O.R.A.指导下面与白色恐怖艰苦地战斗的阿根庭无产阶级。后者和前者所要求的政治纲领似乎是两样的。如果谷非先生是单指前者而摈弃后者，那么对于他的好意的劝告，我就只得恭敬地璧谢了。因为我不妨明显地说我的政治纲领是和后者的一致的。

我近来接受了医生的劝告，预备不再写文章了，可是今天读到谷非先生的批评，又不觉手痒起来，就写了上面的一些话。我觉得这些话也并不是完全浪费的。我不曾参加过第三种人论争，虽然我常在《现代》上发表文章，但我的主张和苏汶先生的以及编者的并不全同，他们当然不能代我受过，犹如我不能代他们受过那样。所以我应该表明我的个人的意见。

作者　附识

原载 1933 年 3 月 1 日《现代》第 2 卷第 5 期

# 关于《海的梦》（节录）

巴　金

最近人民文学出版社编印《文学小丛书》，把我的中篇小说《海的梦》收了进去。我在看校样时重读了它，因此想起了一些事情。说“最近”其实也是九、十个月以前，想起的事有些又给忘记了。我先把不曾忘去的写下来。



我一九二八年十二月上旬从法国回到上海。当时在开明书店工作的朋友索非正要结婚，就同我一起在闸北宝山路宝光里内租了房子，索非夫妇住在楼上，我住楼下，二房东住亭子间。过了不多久，二房东回到乡下，把亭子间也让了给我们。我在宝光里十四号一直住到一九三二年一月下旬，象《家》、《雾》、《新生》（初稿）等等都是在这里写成的。索非比我早离开，在一九三一年“九·一八”事变后，闸北区内几次流传日军侵犯的谣言，索非的第二个孩子快要出世，为了方便，他们全家搬到提篮桥开明书店附近去了。

我留在宝光里。整幢房子里只有我一个人，我便搬到楼上，把楼下当作饭厅。原来那个给我们烧饭洗衣的中年娘姨住在楼下，给我作饭、看家。她会裁剪缝补，经常在楼下替别人做衣服。

在这几个月里面我写完了《家》，翻译了巴基的中篇小说《秋天里的春天》。在这几个月里面，我到浙江长兴煤矿去住了一个星期。有一个姓李的朋友到上海出差，在马路上遇到我。他在长兴煤矿局作科长，他讲了些那边的情况，约我到他那里作客。他和我相当熟，我听说可以下煤坑看看，就一口答应，第二天我同他搭火车去杭州转湖州再转长兴去。当时我完全没有想到写小说，否则我就会在那里多住几个星期，记录下一些见闻。我记得有一本左拉的传记讲左拉为了写《萌芽》在矿山调查了六个月。一九三三年我答应在一份刊物上发表连载小说，也写了《萌芽》，可是我就只有储存在脑子里的那么一点点材料。到了没有办法时，回避不行，我只好动手编造了。

在长兴没有多住，有一个原因就是我在上海还有一个没有人照管的“家”。那个娘姨只知道替别人做衣服挣钱，附带给我看看门，别的事她就办不了。她不会把我的东西搬光，这个我可以相信，而且我除了书，就只有一些简单的家具，一部份还是索非的。但是离开“家”久了，可能会耽误事情，我总有一点不放心。

去长兴是第一次，第二次就是去南京，时间晚一点，是一九三二年一月下旬，二十四、五日。这一次是友人陈范予写信约我去的。陈范予就是我在《关于〈春天里的秋天〉》里提到的朋友陈，我后来还写过《忆范兄》纪念他。那个时候他到南京工作不久，他告诉我，我们共同的朋友吴克刚（他在河南百泉教书）最近来了南京，我还有一个好朋友在中央研究院工作，他就是在巴黎同我住了几个月的卫惠林。我也想去看看他。我得到陈的信，立刻决定到南京去玩几天。当时我的表弟高惠生在浦东中学念书，寒假期间住在我这里，我走了，有他替我照管房子。我上了去南京的三等车厢，除了脸帕、牙刷以外，随身带了一小叠稿纸，是开明书店印的四百字一页的稿纸，上面写了不到三页的字，第一页第一行写着一个题目：《海的梦》。第二行就是这样的一句：

“我又在甲板上遇见她了，立在船边，身子靠着铁栏杆，望着那海。”

这是一篇小说的开头，是我去南京的前两天写的。但是我当时并没有考虑过什么题材，写怎样的故事。我应该怎样往下写，我也没有想过。我只有一个想法：写海，也写一个女人。就只有这么一点点。我后来在《序》上说我“开始写了这个中篇小说的第一节”，这是笼统的说法，其实那时我并未想到把它写成中篇，而且也不曾想过要写一篇抗日的小说，我去南京的时候不可能写完第一节，因为第一节的后半已经讲到杨的故事了，杨就是小说里那个在抗日斗争中牺牲的“英雄”。

我把这一小叠稿纸塞在衣服口袋里带到南京，本来有争取时间写下去的打算。可是我在南京旅馆里住了几天，一个字也没有写，我哪里有拿笔的时间！一月二十八日的夜晚我按照预定的计划坐火车回上海。火车开到丹阳，停下来，然后开回南京。上海的炮声响了！日本军队侵入闸北，遭到我国十九路军的抵抗。不宣而战的战争开始了。

这样我被迫重到南京，在旅馆里住下来，然后想尽方法搭上长江轮船回到上海。这一段时期的生活情况，我都写在《从南京回上海》这篇文章里面，而且很详细。

我到了上海，回不了我的“家”。宝山路成了一片火海，战争还在进行。我向北望，只见大片的浓烟。我到哪里去呢？

我首先到当时的法租界嵩山路一个朋友开设的私人医院。意外地在那里看到了索非夫妇和他们的两个孩子（里面有一个是新生的婴儿），他们也“逃难”到这里来了。从索非的口里我知道了一些情况。他们的住处并未毁，只是暂时不便出入。他们住在医院的三楼，我就在这里住了一晚。第二天我出去找朋友。两个从日本回来的朋友住在步高里，他们临时从闸北搬出来，在这个弄堂里租了一间“客堂间”，他们邀我和他们同住，我当然答应。我每天晚上到步高里，每天早晨出去找朋友打听消息。所以一九三二年六月写的《序》里有这样一句话“一个人走在冷清清的马路上到朋友家里去睡觉。”我也找到了表弟，同他一起去看过我舅父一家，他们本来住在北四川路底，这次“逃难”出来，在环龙路（南昌路）一家白俄开设的公寓里租了一个大房间。

记得那个时候上海文化界出了一份短期的抗日报纸，索非在编副刊，他向我组稿，我就把上海炮声响起以后我在南京的见闻写了给他，那就是《从南京回上海》。至于我带到南京旅行两次的那一小叠开明稿纸，我还没有翻动过它们。

只有在三月二日的夜晚，我知道日军完全占据闸北，看见大半个天空的火光，疲乏地走到步高里五十二号，我和朋友们谈个不停，不想睡觉。后来我找出了《海的梦》的原稿，看来看去。这一夜我不断地做梦，睡得很不好。第二天我开始了中篇小说的创作。我决定把海和那个女人保留下来，就紧接着去南京以前中断的地方写下去。

我每天写几页。有时多，有时少。日本侵略者现在是“胜利者”

了。不便公开地攻击他们，我就用“高国军队”来代替。在写这小说的时候，我得到索非的帮忙，打听到宝光里安全的消息。不久闸北居民可以探望旧居的时候，我和索非进入“占领区”，经过瓦砾堆，踏着烧焦的断木、破瓦，路旁有死人的头颅骨，一路上还看见侵略者耀武扬威和老百姓垂头丧气。小说中里娜在“奴隶区域”里的所见就是根据我几次进入“占领区”的亲身经历写的。《序》上说：“有一次只要我捏紧拳头就会送掉我的性命”，也是事实。那一次我一个人到旧居去拿东西，走过岗哨跟前，那个年轻的日本兵忽然举起手狠狠地打了一位中年老百姓一个耳光。他不动声色，我也不动声色。这样“忍受下去”，的确“不是一件容易的事”。我把我的感情，我的愤怒都放进我的小说。小说里的感情都是真实的。最后，那两个留学日本的朋友帮助我，我们雇了一辆“搬场汽车”去把我那些没有给烧毁的书籍家具，搬到步高里来。书并不太多，只是因为楼下客堂间地板给烧掉，挖了一个大坑，后门又给堵塞，从楼上搬书下来出前门不方便，整整花了一个上午，还有些零星书本散失在那里。以后再去什么也没有了，房子有了另外的主人。



起初我每晚写几页小说，等到书搬了出来，小说的人物、故事自己在发展，逐渐地吸引了我的注意力。我把感情越来越多地放了进去。白天我也不出去，白天写，晚上写，越写越快。不到一个月我就把《海的梦》写完了。

不久施蛰存同志创办《现代》月刊，托索非向我组稿，我就把写好的《海的梦》交给索非转去。这个中篇在《现代》上连载了三期。这以后我写了一篇序把它交给新中国书局出版，在小说后面附加了那篇同它有关的《从南京回到上海》。那个时候我已经搬出步高里，住到我舅父家中了。《海的梦》是在步高里写成的。本来我那两个朋友和我都不想再搬家，可是那里的二房东要把房子顶出去。他愿意把房子顶给我们，已经讲好了价钱，但我们筹不够这笔钱，就只好搬家。两个朋友先后离开了上海，我就搬到我舅父住的那个公寓里。我在那里不过住了一个多星期，有个朋友从晋江来约我去闽南旅行，我答应了他，就同他上了海轮，开始了《春天里的秋天》的那次旅行。这其间我舅父在附近的花园别墅租了一幢房子，把我的东西也搬了过去。我回上海就住在舅父家里，舅父在邮局工作，我一直住到第二年（一九三三）春天他给调到湖北宜昌去的时候。

一九三五年下半年我从日本回到上海，向新中国书局收回《海的梦》的版权，交给开明书店“改版重印”，我抽去了《从南京回上海》，却加了一篇《改版题记》，又加了一个副标题：《给一个女孩的童话》。《改版题记》中引用了我一九三四年底在日本写的散文《海的梦》里的一段话：

> “最近我给一个女孩子写信说：‘可惜你从来没有见过海。海是那么大，那么深，它包藏了那么多的没有人知道过的秘密；它可以教给你许多东西，尤其是在它起浪的时候。’”

新加的副标题就是从这里来的。“女孩”是我舅父的大女儿，名叫陈宗浩，当时不过十八岁，在武昌一所教会女中上学。……❶



……为什么我要在一九三五年加上这个副标题呢？为什么这个时候我把《海的梦》称为“童话”，而又在《改版题记》中说“它不大象童话，又不大象小说”呢？它明明是中篇小说，而我在发表了三年以后却又说它不是小说，这是为什么？因为这一年五月发生了《闲话皇帝》的事件，国民党政府因为日本外交当局的抗议马上查封了发表《闲话皇帝》的《新生》周刊，判处周刊主编杜重远一年两个月的徒刑，罪名是“侮辱友邦元首”。我担心小说遭到查禁，又害怕会给出版它的书店老板带来麻烦（不能怪他们有顾虑），就给小说戴上一顶“童话”的帽子，算是化了妆。童话，是莫须有的故事嘛。不让“友邦外交当局”抓到辫子嘛。

小说中那个犹太女人里娜是编造出来的，故事的叙述者犹太人席瓦次巴德也是虚构的。本来我没有必要把叙述故事的人写成一个犹太人，唯一的原因就是想介绍一个真实的故事：犹太革命者席瓦次巴德在巴黎用手枪打死白俄将军彼特留拉。人是真的，故事是真的，小说里叙述的那些“波格隆”罪行，都是当时在法庭上揭露出来的。一九

❶ 以下两段为本书编者删节。——编者注

二七年十月二十六日席瓦次巴德被判决无罪释放。第二天法国《人道报》的头条新闻便是："席瓦次巴德无罪释放。陪审员谴责乌克兰'波格隆'负责者、反布尔塞维克的匪帮。"

关于屠杀犹太人的"波格隆"罪行，我一九三〇年还写过短篇小说《复仇》。一九五〇年十一月我在波兰奥斯威辛集中营参观了六百万犹太人集体毁灭的惨剧的遗迹，含着眼泪写过一篇详细的报道。这惨剧是我写《海的梦》时所绝对想不到的。今天我仍然诅咒那种灭绝人性的法西斯罪行，我仍然纪念那无数的"波格隆"和奥斯威辛的受害者。他们和犹太复国主义的鼓吹者是毫不相干的。

写到这里我的"回忆"似乎应当结束了。可是我又想起一件事。一个多月前我访问法国时，在巴黎有人问我的作品里是不是有一种提倡受苦的哲学，是一位我见过几次的汉学家提出的问题，大意是这样。（后来我再看见他，他还讲我写过"痛苦是力量"，"痛苦是骄傲"的话。）那一次是在一个类似我接受读者们考试的会上，一个半小时里，我要回答好些问题，因此我答得简单、干脆。我连发问人的原意也没有能弄清楚，就说："我写作品只是反映生活，作品里并没有什么哲学，我并不是陀思朵也夫斯基一类的作家。"这是实话。回到旅馆，我想了一下，我记得好象在小说《雨》里面，主人公说过"痛苦就是我的力量，我的骄傲"一些话。今天在《里娜的日记》里又看到和这类似的语言。小说的最后讲到里娜时也说她是说"……痛苦就是力量，在痛苦中寻找生命"这样的一个女人，这并不是宣传受苦的哲学。我并不提倡为受苦而受苦，我不认为痛苦可以使人净化，我反对禁欲主义者的苦行，不赞成自找苦吃。可是我主张为了革命、为了理想、为了崇高的目的，不怕受苦，甚至甘愿受苦，在那种时候，"痛苦就是力量，痛苦就是骄傲"。这里面并没有什么哲学。

最后可能有人要问：你这篇《回忆》里时而讲《海底梦》，时而谈《海的梦》，是不是你记错、写错了？对，我应该说明一下。《海底梦》并不是"海底下的梦"，它和《海的梦》是同样的意思，是同样的一本书。《海底梦》就是《海的梦》。

我开始写小说的时候，我的文字相当欧化，常常按照英文文法遣词造句。我当时还在翻译克鲁泡特金的一部哲学著作《伦理学》。这部书引用不少相当深奥的哲学名著，我并未读过，临时找来翻阅，似懂非懂，无法译得流畅，只好学习日文本译者内山贤次的办法硬译，就是说按照外国文法一个字一个字地硬搬，结果使我的文字越来越欧化。例如一个“的”字有三种用法，用作副词写成“地”，用作形容词写成“的”，用作所有格紧接名词我就写成“底”。我用惯了，把凡是连接两个名词的“的”都写成“底”，甚至代名词所有格，我的，你的，都写成“我底”，“你底”。《灭亡》里是这样用法，《家》里是这样用法，《海的梦》里也是这样用法，明明是关于“海”的梦，或者海上的梦，却变成了海底下的梦了。当时还有人写文章把“底”当作形容词词尾使用，记得在这之前鲁迅先生翻译《艺术论》等著作也把“底”字用作形容词词尾。我看，再象我这样使用“底”字，只能给读者带来混乱，就索性不用它了，以前用过的也逐渐改掉。重排一次改一次。《家》、《春》、《秋》改得最晚。《灭亡》至今未改，留着“底”字说明我过去的文风和缺点。我在一九五七年到一九六二年编辑我的《文集》时，的确把我所有的作品修改了一遍。五十年中间我不断修改自己的作品，不知改了多少遍。我认为这是作家的权利，因为作品并不是试卷，写错了不能修改，也不许把它改得更好一点。不少西方文学名著中都有所谓“异文”（la variant）。要分析我不同时期思想的变化，当然要根据我当时的作品。反正旧版还在，研究者和批判者都可以利用。但倘使一定要把不成熟的初稿作为我每一部作品的定本，那么，今天恐怕不会有多少人“欣赏”我那种欧化的中文、冗长的表白、重复的叙述、没有节制的发泄感情了。说实话，我是在实践中不断地学习、进步的。

我说这些话，只是因为前不久我看到香港出版的英译本《寒夜》，译者在序言里好象说过，我在解放后编文集，为了迎合潮流修改自己的著作，他们认为还是解放前的版本比较可靠。我说“好象”，因为原话我记不清楚了，书又不在我手边，但大意不大会错，他们正是根据旧版《寒夜》翻译的。其实说这话的不仅是他们，有些美国和法国的汉学家也这样说。最近我读过一遍《寒夜》，我还记得一九六〇年尾在成都学道街一座小楼上修改这小说的情景，我也没有忘记一九四四、四五两年我在重庆民生路生活的情景，我增加了一些细节，只是为了把几个人物写得更完整些。譬如树生离开重庆的凌晨和丈夫在楼梯口分别，她含着眼泪扑到他的身上去吻他。后来她回重庆探亲，听说丈夫已经死去，又记起了楼梯口分别的情景，她痛苦地想道："我要你保重，为什么病到那样还不让我知道呢？"这更能说明我心目中的曾树生是个什么样的人。我同情她和我同情她的丈夫一样，甚至超过我同情她的婆母，但是我也同情那位老太太，这三个都是受了害的好人。我鞭挞的是当时的社会制度，我鞭挞的是蒋介石国民党的统治。不论作为作者，或者作为读者，我还是要说，我喜欢修改本，它才是我自己的作品。

一九七九年六月十六日

录自《创作回忆录》，三联书店香港分店 1981 年 9 月版

# 《砂丁》序

巴　金

这里献给读者的是我用另一种笔调写成的一个中篇小说。写这小说的心思在一年前就有了，现在写出来，自己觉得内容和以前所想象的很有些不同，我本来想拿这题材写一部象左拉的《萌芽》那样庞大的作品，结果因了时间和能力的限制只写出这短短的中篇。把原稿一送出去，我就匆匆离开了上海，这忙迫也就可以想见了。说《砂丁》是忙迫中的产物，并不是一句夸张的话。而且说我的一切文章都是在忙迫中写成的也不是一句夸张的话。

但是我依旧爱这篇小说，就象爱我的其他的作品，因为它和我的别的作品一样，里面也含了我的同情，我的眼泪，我的悲哀，我的愤怒，我的绝望。是的，我的绝望，我承认，但这并不是一切。

有些朋友常常抱怨说，我的小说里含的忧郁性太多了，而且结局往往带了深的绝望。他们希望我写出充满着更多的光明的文章。我很明白他们的意思，我很同情他们，但是我可惜他们不曾更深刻地把我的作品读过，所以那掩蔽在绝望和忧郁下面的光明与希望终于不曾为他们看出来。

这也许是我的过错。但这并不是从怯懦来的。我并不是不敢把我的追求光明的呼声叫得响亮一点，免得被人窒息；我并不是为了顾全自己的利益，故意用了些曲笔，把文章写得委婉一点。我自己完全明白我是把一个垂死的制度摆在人的面前指给他们看："这儿是伤痕，这儿是血，你们看！"也许有些人会憎厌地跑开，也许还有些人会站在旁边看着那些伤痕流下同情的眼泪，但是聪明的读者就不会从这伤痕遍体的尸首上面看出来一个合理的制度的新生么?

希望永远立在我们的前面，就在阴云掩蔽了全个天空的时候，我也不会悲观的。

在写了这小说以后我游历归来又开始写那题作《新生》的长篇，那小说我曾经写过一次，但后来在日军的爆炸机的投弹下面消灭了。我如今重写了它，而且把它结束在那么显明的一个希望里，我的用意不是已经更显明地表现出来了么？我希望读者会了解我！

一九三二年九月　在青岛

原载《砂丁》，开明书店 1933 年 1 月版

# 关于《砂丁》

巴　金

昨天在旧书堆里发现一九三二年排版的中篇小说《砂丁》的清样，是用铜订书钉订好的一个本子。它跟着我经过了战争，又经过多次的运动，还经过人生难逢的大抄家，竟然没有一点伤痕，真是想不到的事！

清样中有一篇《序》，是“一九三二年九月在青岛”写的。我到青岛是在朋友沈从文那里作客，大约住了一个星期。从文当时在山东大学教书，还不曾结婚，住在宿舍里面。他把房间让给我，我晚上还可以写文章。我就借用他的书桌写了短篇小说《爱》，也写了《砂丁》的《序》，因为我的中篇小说已经交给上海开明书店出版，那边正等着我在卷首写几句话。我在青岛写好《序》寄回去，然后去北平旅行，大约一个月以后吧，我回到上海，小说就在书店里发卖了。

中篇小说《砂丁》的脱稿日期应当是这一年的五、六月。我还记得这年三月我写了中篇《海的梦》，五月写成了另一个中篇《春天里的秋天》。就在那个时候上海一份大的日报《申报》准备创刊一本综合性的杂志《申报月刊》，约我写一篇小说。月刊第一期将在七月刊行，我必须在六月内把原稿送去。在月刊社主管文艺栏的是黄幼雄，以前担任《东方杂志》的编辑。《东方杂志》是商务印书馆发行了多年的老牌综合性杂志，“一·二八”上海事变中商务印书馆编译所大楼给日军的炸弹摧毁了，《东方杂志》不得不暂时停刊，黄幼雄就转到新创办的申报月刊社工作。他同我熟，他来组稿，我一口答应。我当初想过写“死城”的故事，这是一位云南朋友告诉我的，他去过那个地方，对我讲起那里的种种情况。我第一次听人讲起“砂丁”，十分激动。朋友鼓励我写出来。但是不说没有生活，我手边连一点材料也没有。这个朋友姓黄，就是从日本回来住在步高里的两个朋友中的一位，我还把他写进了《爱情的三部曲》，给他起了另外一个名字：高志元。三部曲中《雨》里面的高志元可以说是真实的人物，大部分的描写都不是虚构的，连那个绰号“活的气象表”也是真的。（但在《电》里面我就把他理想化了，甚至为他安排了“殉道”的结局。）我在第四篇《回忆录》中讲过，我写《海的梦》时和那两位朋友同住在步高里。有空我也找黄谈谈“砂丁”们的事情，他谈得不多，我也不曾记录下来，我年轻时候“记性好”，因此养成了不记笔记的习惯。我在《雨》里面写了高志元在上海法租界一家酒楼上谈的一段话，当时他对我讲的大概不过这些。



高志元说：“我本来打算在锡矿公司里做事情……到了那里……我看过矿工的生活以后就决定不干了。……在那里作工的人叫做‘砂丁，……。他们里面有的人是犯了罪逃到那里去作工的，有的却是外县的老实农民，他们受了招工人的骗，卖身的钱也给招工的拿去了。他们到了厂里，别人告诉他们：‘招工的人已经把你的身价拿去了，你应该给我们做几年的工。’如果他们不愿意，就有护厂的武装警察来对付他们。……‘砂丁’初进厂都要戴上脚镣，因为怕他们逃走。……‘砂丁’穿着麻衣，背着麻袋，手里拿着铲子，慢慢儿爬进洞口，挖着锡块就放在袋里。一到休息的时候，他爬出洞来，丢了铲子倒在地上，脸色发青，呼吸闭塞，简直象死人。……我在那里的时候，一天夜里听见枪响，后来问起，才知道一个‘砂丁’逃走被警察开枪打死了。我对我那个同学说：‘你们的钱都是血染出来的，我不能用一个！’我就走了。”

关于“砂丁”我知道的就只有这么一点。黄每次谈起“砂丁”都很动感情。所谓“死城”就是锡城箇旧。他去过那里，本来想到公司工作，但是住了不几天，他忍受不下去。他说，要是他不走，可能有两种前途：或者他患精神病，或者他给人抓走甚至枪杀。我认为他自己的估计不错。他是一个感情丰富的热心家。我在四十几年前写的序言里称他为单纯而真诚的“大孩子”。在中篇《电》里面我给他安排了一个被军阀枪毙的结局，事实上他后来静悄悄地死在云南的家乡。我写《砂丁》的时候，他已经离开了上海。第一年我们之间有过书信往来。他是个不爱写信的人。一九四〇年七月我从上海到昆明，在那里住了三个月，见到了不少云南朋友，却始终没有机会同黄见面。我等待他来昆明，他却希望我去玉溪。我在昆明写完了《火》第一部，还以为他会来找我。他只托人带来一个口信。我没有想到由于我的疏忽就错过了同他见面的机会。第二年我再去昆明，也没有能见到他。一九五五年四月我从印度回来，经过昆明，没有遇见过去的熟人，来去匆匆，我也不曾打听黄的下落。第四次到昆明是在一九六〇年，在那里我没有见到一位老友。现在我记不清楚，究竟是由于时间的限制我无法问到黄的情况，还是我已经知道他离开了我们。那些年我的生活忙乱而紧张，颇象一个初上场的乒乓球员，跑来跳去忙着应付打过来的小球，别的都顾不上了。为了回忆写作《砂丁》的经过，我翻看了《爱情的三部曲》，在《总序》里我重读到黄写给我的旧信中的话：“我知道我走了以后你的生活会更寂寞，我知道我走后我的生活也会更寂寞。我愿意我们大家都在一个地方，天天见面。然而这是不可能的。……我恐怕再找不到一个象你这样了解我的人了。”我不知道他是否找到更了解他的朋友，但是我辜负了他的信任。他说我“了解”他，我当时也是这样想，可是除了我四十几年前在小说中留下的那些话以外，我这里就只有他在日本东京买来、后来从家乡寄给我的英国版两卷本《克鲁泡特金自传》，我在扉页上写了一行字说明我当时喜悦的心情：“子方赠我”（子方是他的名字）。此外我什么也忘记了。忘不了的就只有中篇小说《砂丁》。写在纸上、印成了书的文字是抹不掉的，即使小说有种种的缺点。总之，我就这样轻易地失去了一位朋友，关于他，我今天什么也讲不出来了。

现在回到小说上面。我答应为《申报月刊》写稿，写什么呢？当时我刚写完《春天里的秋天》，还没有别的打算，又想到了“死城”的故事。我不再踌躇了，我还是决定写，决定编造故事。这种写法是不足为训的，《砂丁》当然也不是成功的作品。生活是创作的源泉，可以说是唯一的源泉。但作家也可以完全写他自己的精神世界或者别人的心灵的发展，不过这样的作品不会是多数读者所关心的。然而我也不是这样，我没有到过那个城市，不曾接触过那些人物，不了解那里的生活环境……也没有任何具体的材料，就凭着两三个简单的故事，搭起中篇小说的架子，开始写起了银姐和升义的会面。

我年纪轻，创作力旺盛，好象浑身有使不完的劲，我写得快，一坐就是半天。没有人"管"我，也没有人"领导"我创作，因此我可以自由发挥，按期写完，准时交稿。《申报月刊》约我写一个短篇，我却交出一个中篇，让他们两期刊完，他们并无意见。写这个中篇时我住在环龙路（南昌路）花园别墅一号，我的舅父陈林不久前租下了那幢房子，让我一个人住在三楼，不象现在我坐下来写不到几百字，就听见门铃在响，担心有人来找，又得下楼谈话。那个时候很少有人打岔，我可以钻进自己编造的世界里去。小说中的"死城"只存在于我的脑子里，真正的锡城并不是这样。可是当时的读者不会管这些，他们不知道"死城"在什么地方，也不会有机会到那么遥远的城市去。我记起来了：我小时候我们家哪一房嫁女准备陪奁，总要把锡匠找来做锡器，如酒壶、烛台等等。"过礼"时这些锡器都要陈列在"抬盒"里给送到男家。我对这些锡器的制作很感兴趣，经常站在锡匠旁边看他劳动。但是我始终不知道锡是怎样产生出来的。我在一九三一年年尾会见黄以前就不知道中国有座锡城在云南箇旧。我的读者不会比我知道得更多，即使我任意下笔，也不会有人出来指摘我的错误。但是象这样地写中篇，我却是第一次，也是最后的一次。我写另一部中篇《雪》也曾在书中进行编造，随意发挥，连自己也不满意。但是我毕竟到过长兴的煤矿，在那里住了一个星期，下过一次矿坑，亲眼看见矿工们用鹤嘴锄挖煤。还有一部中篇小说也反映我所不熟悉的生活，那就是我在第七篇回忆中提到的《火》第二部。我描写对我完全陌生的地区，就只依靠朋友供给的第二手材料。当时那位朋友和我住在一处，我可以随时找他谈话，问一些有关生活细节、自然环境等等的事，他也可以替我出一点主意。没有他，我写不了这小说。但是《火》第二部虽然写了出来，印了几版，它仍然是"失败之作"。《雪》本来叫《萌芽》，一九三三年在上海出版不久就被国民党党部查禁。一九三四年情况有了些缓和，我将书中人物改名换姓，又把书名改做《煤》，交给另一个书店出版，但是图书杂志审查老爷的朱笔仍然放不过它。我只好把它再改称为《雪》，秘密发行。这部“失败之作”早该“自行消亡”，可是国民党的查禁反而使它活到现在。因此我常常想起我小时候在鼓吹革命的小册子上面看到的“警句”：“天下第一乐事未有过于雪夜闭门读禁书”。

我举以上三本小说为例，无非说明靠脱离生活、编造故事的做法写不出好的作品。我不仅反对“闭门造车”，我也不赞成把作家当作鸭子一样赶到生活里去。过去人们常说“走马看花”或者“下马看花”。我相信过这种作法，但是我也吃过亏上过当，我看到了不少的纸花。总之存心说谎的作品和无心地传达假话的作品都是一现的昙花。说谎的文学即使有最高的“技巧”也仍然是在说谎，不能震撼多数读者的心灵。人为什么需要文学？需要它来扫除我们心灵中的垃圾，需要它给我们带来希望，带来勇气，带来力量，让我们看见更多的光明。倘使我没有记错，一位欧洲作家临终时说过：“多一点光明。”让人看见多一点光明，并不是多说几句好话，空话。我为什么需要文学？我想用它来改变我的生话，改变我周围的环境，改变我的精神世界。我五十年的文学生活可以说明一件事情：我不曾玩弄人生，不曾装饰人生，也不曾美化人生，我是在作品中生活，在作品中奋斗。即使是写《砂丁》，我也是在生活，在奋斗。“死城”虽然不是我所描写的那个样子，但“死城”是存在的，“奴隶劳动”是存在的。人们被骗到那里，甚至被绑架到那里，戴着铁镣下矿，劳动，受苦，受虐待，最后死亡，没有一个人活着离开矿山。在我的小说中主人公升义死在意外的事故里，水淹没了矿井，污泥封住了洞子。少女银姐还在大城市里“祷告神明保祐她的升义哥早早发财回来”。我在青岛写的序言中说过：“它（指《砂丁》）和我的别的作品一样，里面也有我的同情，我的眼泪，我的悲哀，我的愤怒，我的绝望。……但这并不是一切”。我还说：“我是把一个垂死的制度摆在人们的面前，指给人们看：‘这儿是伤痕，这儿是血，你们看！……’聪明的读者就不会从这伤痕遍体的尸首上面看出来一个合理的制度的产生么？”所以我在小说的《尾声》中提到“将来一切都翻转过来的时候”，我甚至充满信心地说：“那个时候是会到来的”。

那个时候的确来了。一九六〇年我第四次到昆明，就是为了去访问锡城箇旧。去的途中我游览了石林。在石山中间上上下下走得满头大汗，就只有我们一行三四个人。晚上我在路南县过夜，一路上照料我的是一位年轻的四川同乡。他已在昆明工作了几年，也比较熟悉锡城的一些情况。我还记得那一晚是很好的月夜，招待所很清静，没有什么客人。我想起了二三十年前的旧事，想起多年不通音信的朋友，我一个人在院子里散步，走了许久，也想了许久。我知道在前面等着我的不会是“死城”，但是过去那些受苦的人，那些数不清的旧社会、旧制度的受难者，他们的不幸遭遇在我的心上投下深浓的阴影，倒下了的人不会站起来诉苦了。我多么希望能找到一个熟人，向他倾吐我的感情。

第二天早晨我坐着车子奔向箇旧。离锡城越近，我越兴奋，我二十八年前发表中篇，不是为了争取名利，也不是为了讨好长官。我过去常说：大多数人的痛苦象一根鞭子似地抽打我的背，逼着我写作。我写过去的黑暗就是为了迎接今天的光明。升义他们，那些死去的冤魂看不到春回大地的景象，我就要看到了。

车子停在金湖宾馆的门前。喷水池边石栏杆上的盆景亲切地欢迎我，每一层楼玻璃窗上浅红色窗帘仿佛在对我微笑。春天的风轻轻地揩去我脸上的尘土，从不远处送过来锣鼓声和人们的笑语。山坡上高高低低一幢一幢土红色和灰色的楼房，人们告诉我它们都是工人的宿舍。我不由得想起小说里没有窗户的阴冷潮湿的“炉房”。过去那两座光秃秃的山——老阴山和老阳山上不仅绿树成荫，而且修建了不少美丽的楼房。我住的宾馆是在过去的乱坟堆中间建筑起来的。再也找不到乱坟堆，也看不到死城了。我来到一个充满生活力的兴旺的城市。

我住了六天，没有停过脚。我到处找寻同我在小说中描写的类似的遗迹，却什么也看不见。我下过矿井在地底下两百米的大坑道里，铁轨旁边洞壁上有一个小洞眼，矿工同志在背后推着我爬到那里，用煤石灯照着朝上看，洞子早给封住了，我只能想象当年童工们背着“塃包”从这里往上爬的情景。我还到过地下的小卖部，在明亮的电灯光下，坐在长凳上，捧着磁茶缸喝热气腾腾的糖开水。我也去过市文化馆，参观了那里布置的“矿工今昔展览室”，在那里我看到旧日“伙房”的模型，我才知道我当年误把“伙房”写作了“炉房”，那是一种吊脚楼，由一把活动的梯子通到上面，楼板上铺着烂草、滑席，几十个人挤在一个大铺上，盖的是蓑衣、破絮。屋角有一个便桶。“砂丁”们一进去，门就给“凉饭狗”锁上了。“伙房”四周都是碉堡，矿警住在里面。有些“砂丁”得罪了他们，就给活活地打死。过去的实际情况比我想象的更可怕，更黑暗，更残酷。但是那一切终于象夜雾似地被阳光驱散了。我在箇旧看见了明媚的春天，中饭后我在金湖旁边散步，水面上好象浮起千万颗明珠，又好象千万条金色小鱼在水里游来游去。我爱上了这个地方，离开这里的前一天晚上我和五位矿工（里面有从小被骗到矿山戴着脚镣下洞的老“砂丁”）同去京剧院看《杨八姐游春》，欣赏年轻演员的精彩表演。看到皇帝出洋相和杨八姐骂昏君的时候，大家笑得多高兴。……



我还要到别处去开会，不能在锡城多停留。匆匆地离开，我觉得好象失去了什么东西。我当初原想多搜集材料改写我的中篇，后来又想下次再来，多住些日子。但是运动和任务接连不断，上面还有“长官”们发号施令，哪能容你专心写作？（我只发表了两篇回忆箇旧的散文。）我还记得张春桥，他从一九五五年起就“领导”上海的文艺工作。我看见他步步高升，不由得不担心，等到他当了“中央文革”的副组长，我就大祸临头了。我从人变到了“牛”，哪里还敢想改写小说？连我在散文中提起矿工们看京剧，看到杨八姐骂皇帝笑得高兴，也受到造反派的严厉批判，要我交代，检查。我当时正在后悔自己写了十四卷“邪书”，听说有人烧毁《家》，反而感到轻松。否定自己，这个问题我已经解决。但偶尔我会想到一些我写过的书和我去过的地方，例如想到锡城箇旧，我就起了一个疑问：连企图强占民女的昏君也不准人骂了，是不是在那里又有“翻转过去”的事情？这个疑问的确带给我一些精神折磨，然而并没有动摇我对未来的信念。

我跟锡城分别后，一晃就是二十年。我得到了“第二次的解放”，锡城经过十年的浩劫也得到了新生。我近来多病不容易再作一次长途旅行。但箇旧市现有它自己的文艺期刊《箇旧文艺》，这也是一件新的事物，它本身就是一个进步，而且它会向关心的读者介绍锡城的新貌。

关于《砂丁》，我想说的话就是这么一些。我现在的想法有了改变，我认为用不着改写它了。就让它这个样子存在下去吧，因为我并没有讲过假话。

一九八〇年十一月

录自《创作回忆录》，三联书店香港分店 1981 年 9 月版

# 《萌芽》付印题记

巴　金

前天写完了《萌芽》的结尾一章，我觉得很高兴。这小说我虽然计划了许久，但它却可以说是我今年里的一个意外的收获。我开始写它的时候我就担心着是否有机会把它写完，因为从那时候起我就过着不安定的漂游的生活。以后我带着原稿跑了几个地方，每个星期继续写下几千字寄给上海的一份《大中国周报》发表，这期间并不曾间断过。到现在我算是又完成一件工作了。

我从来没有胆量说我的文章写得好，但我对于自己的文章总不免有点偏爱，每次在一本书出版时我总爱写一些自己解释的话。然而这些话似乎并不曾被读者了解过。我看见了好些批评我的过去的作品的文章，那些批评者无论是赞美或责备我，他们总走不出一个同样的圈子：他们摘出小说里面的一段事实或者一个人的说话就当作我的思想来解剖批判。他们从不想把我的小说当作一个整块的东西来观察研究。就譬如他们要认识现在的社会，他们忽略了整个的社会事实，单去抓住一两个人，从这一两个人的思想和行动就判定现在社会是一个什么样的东西。这岂不是很可笑的吗?

《萌芽》和我的别的长篇小说一样，在那般写读后感的专家的笔下当然不会得着好的命运。所以在把它整理付印的时候，我并不想多说话。

我应该感谢大中国周报社，他们允许我把本书改正后出版单行本，其次是施蛰存兄，他使这作品在《现代创作丛刊》里占了一个地位，而且因了他的催促我才在这里多一次饶舌。本来我连这付印题记也不打算写。

我近来渐渐地学会沉默了。

一九三三年五月十一日上海

原载《萌芽》（现代创作丛刊之八），现代书局1933年8月版

# 《雪》序

巴　金

写这小说用力并不多，记得是去年正月初动手五月初完毕的。中间分了十一次，每次执笔还不到一天，写成一章便送到一家周报去发表。全部刊毕后我曾把它校改一次。这回的修改算是第二次了，删改的地方较多一点。改完重读，觉得这还是我自己比较喜欢的一部作品。

这里没有什么空泛的想象。我确实充分地利用了我的一部分的生活经验。我大前年冬天曾在一个煤山上作过客人，在那里受过一个星期的客气的款待。我又有着充分的自由，可以随意地看，随意地听，而且随意地和一个机工在窑里埋了两个多钟头，就在这窑里一个多月前曾发生过一次爆炸，死掉十五个人。因此曾有人劝阻我下窑，但我终于冒险地下去了。我这样做并没有别的用意，连找小说材料的心思也没有。说句实话，我只是在体验生活，尝尝生活，尝尝生活的各种味道。所以直到两年以后我才利用这题材写了小说。

我在《砂丁》序中曾表示过想写一部象左拉的《萌芽》那样庞大的作品。但我没有那种魄力。这部《雪》比起左拉的小说来，是太渺小，太渺小了。不过我的愿望还没有死。也许再过几年我会把这小说完全重作一次。那时候我希望它会更象样一点。

一九三四年九月。

原载《雪》，文化生活出版社 1936 年 11 月版

# 《雪》日译本序

《雪》只是一篇速写：三分之二的写实，加上三分之一的想象。严格地说，它不是一部长篇小说。

我在一九三四年写的序中说："这里没有多少空泛的想象。我确实充分地利用了我的一部分的生活经验。"后一句话是真实的。对前一句我应当加以修正：就是关于矿工暴动和它的压服，我的描写完全是想象的。但那样的事也并非不可能发生。

我为中国的读者写了这部小说，当时我并没有想到它会被译成日文，送到日本读者的面前。不过我猜想，日本的读者一定能领会我的用心，因为日本老百姓的生活跟中国老百姓的生活比较接近，他们同样地在受苦。

本书原名《萌芽》，因为最后一章"尾声"中有一句"种子已经落在地下"的话❶。后来我改称它为《雪》。书中那位年青太太离开大煤山时叹息地说："'现在落雪了。"暴动失败了。雪盖住了火山，但是火种并未消灭。

至于我自己的信仰呢，让我在这里转引小说中引用过的一句话：

> "一个人如果不同时使他周围的人得到解放，他也不能解放自己。万人的自由就是我的自由。"

---

❶ 实际上初版本"尾声"中并没有这句话，我当时记错了。我应该说："因为第十章中赵科员说过这样的话：'胜利好比一棵草，它慢慢地发芽，雨露滴到它身上，它就会吸收进去……，'"——1957年10月29日作者注。

因此我相信在中国人民和日本人民之间并无真正的仇恨。这两国人民的命运可以连在一起，而且也应当连在一起。

我为嶌静子女士的日译本《雪》写了以上的话。

巴　金　1947年6月7日

录自《巴金文集》第2卷《萌芽》附录二，
人民文学出版社1958年3月版

# 《利娜》前记

巴　金

这小说写来并不费力，这是根据六十年前一个俄国女子写给她的女友的信函重写的，里面所述大半是当时的实事。我虽然增加了一点材料，但也是从许多可靠的历史的著述里采取来的。第一封信内的一首散文诗是从意大利犯罪学者龙布洛梭的一本题作《安那其主义者》的法文书中转引来的。原信本有二十六封，经我删改合并，成了现在的十九封信，而且连故事也有了一些改动。原信内还有许多发挥当时流行的虚无主义的理论的地方，现在都经我删去了。

又这小说是在一九三四年十月写成的，曾用欧阳镜蓉的笔名，（我本来用另外一个名字，但当时的环境使刊物的编者不得不为我换上这个笔名，）在北平《水星月刊》上逐期发表。后来也收在一个短篇集子里面。这次重印时我又费了两天功夫把它修改一遍。

我很喜欢这个作品，因为在这里面话说得非常痛快。但这不是我的成绩。倘使没有那几本外国书，我决不能够写出这样的小说。而且倘使没有那许多许多男女青年的献身事迹，连这几本外国书也不会有，更不必提到我的小说了。

一九四〇年春　作　者

原载《利娜》，文化生活出版社 1940 年 8 月版

# 《雾》付印题记

在我的每本书的前面我都写了序文。

但这一次我却更愿意让我的文章自己来和读者见面，不想再写什么介绍解释的语句了。

然而有一件事是应该在这里声明的：我并未去过日本，本书中关于日本的话都是从一个敬爱的朋友那里听来的，因此就有人疑心我是拿那朋友来做模特儿。其实这是一个大的错误。这错误竟使我几乎得罪了一个朋友。事实上，象我写以前的几部长篇那样，我用来作本书主人翁的模特儿的并不只有一个人，那样的人我曾经接触过不少，得了深刻的印象，因此写出来时不免使朋友们觉得大有人在，于是就以为我是写某某人的事或拿某某人去做模特儿。因为从已经出版的几部小说中得到了这不快意的麻烦的经验，所以这一次特别作这一个郑重的声明。

还有一层，我平素写文章时把“底”“的”“地”三字的用法分得很清楚：“底”字作名词所有格的语尾，“的”字作形容词的语尾，“地”字作副词的语尾。（这种用法并非我所创始，在五四运动以后的几年间颇流行。）但这篇小说在《东方杂志》上连续发表的时候，却被编辑先生把“底”字通统改作了“的”字。现在我也懒得把它们一一改回来，就率性让“底”字不见于本书罢。

一九三一年十一月　巴　金

原载《雾》，上海新中国书局1932年5月版

# 《雨》自序

《雨》可以说是《雾》的续篇，虽然在量上它是比《雾》多过一倍。写完了它，我的《爱情的三部曲》(假若这名词可以成立的话，我还想称我的另外三部小说《灭亡》——《新生》——《黎明》为《革命的三部曲》)，已经完成了两部，至于那最后的一部《雪》，现在却还没有动笔。在《雪》里面李佩珠会以一个妃格念尔型女性的面目显露在读者的眼前。

从周如水(《雾》的主人公)到吴仁民(《雨》的主人公)，再到李佩珠(《雪》的主人公)，这其间是有着一条发展的路径，而且在《雪》里面吴仁民又将以另一个面目出现，更可以帮助读者明白这一层。实际上《雨》和《雾》一样，而且也和将来的《雪》一样，并不是一部普通的恋爱小说。

在《雨》的写作中间我曾经发表过一篇答复友人的短文，告白着我写这小说的态度，(还可以说是我的创作态度。)那时候我刚刚写完了《雨》的第五章(还不曾开始写《春天里的秋天》，《砂丁》，及《电椅集》中的各个短篇小说)。现在就把那篇短文附印在这里，作为《雨》的序言。

《雨》的前三章发表以后我曾得到一些响应，从这小说我又认识一些新朋友，这也许就是我的痛苦生活的唯一的慰安罢。最近我接着一个好友的来信说："前几天读了你的小说的前三章，写的很好，只是阴郁气过重，我很为你不安。你为什么总是想着那可怕的黑影呢？我希望你向光明方面追求罢！照你这种倾向发展，虽然文章的表现会更有力，但对你的文学生命的 duroo 或将有不好的影响，自然你在夜深人静黯淡灯光下的悲苦心情，我是很能了解的，但我总希望你向另一方面努力。”这朋友就是本书中的一个主人公，他曾经和我在一起度过一部分的生涯，但是他现在有些不了解我了。我和别的许多人不同，我生下来就带了阴郁性，这阴郁性差不多毁坏了我一生的幸福。但是追求光明的努力，在我是没有一刻停止过的。我的过去的短促的生涯就是一篇挣扎的记录。我的文学生命的开始也是在我的挣扎最绝望的时期。在《灭亡》里杜大心，张为群的头腐烂了，但是李静淑并没有死。在《死去的太阳》里王学礼身殉了他的复仇行为，程庆芬身殉了她的传统观念；但吴养清却预备来走新的路。在《激流》中高觉慧终于勇敢地脱离了那个就要陷于灭亡之深渊的旧家庭。在《复仇集》里我哭出了全人类的悲苦，在《光明集》里我诅咒着那摧残爱的势力，但在这两个集子里面我并没有一个时候曾经停止过那“光明要到来”的呼喊。此外在《雾》，在《海底梦》里那绝望的云雾也并不曾掩没了希望。最后在《新生》里我更明显地说：“把个体的生命连系在群体的生命上，那么当人类正在向上繁荣的时候，我们只见着生命的连续广延，决不会有个人的灭亡。”总之，即使果如那朋友所说我的小说的阴郁气过重，但这阴郁气也并不曾隐蔽了那贯穿我的全作品的光明的希望。我已经早不去想那黑影了。事实上我已经早把它征服了。法国大革命中的哲学家孔多塞在亲手把生命交还与创造者之前曾写下他的遗言道：“科学要征服死”；另一个诗人也写过：“爱要征服死”这话，我的《死去的太阳》的女主人公也曾重复说过。是的，我的爱已经把那黑影征服了。我的对于人类的爱鼓舞着我，使我有力量和一切挣扎。所以在夜深人静黯淡灯光下鼓舞我写作的并不是那悲苦的心情，而是爱，对于人类的爱。这爱是不会死的。事实上只要人类不灭亡，则对于人类的爱也不会消灭，那么我的文学生命也是不会断绝的罢。

我写文章如同在生活。我的创作态度是和我的生活态度一致的。我在生活里不断地挣扎，同样我在创作里也不断地挣扎。挣扎的结果是给我自己开辟了一条路。这路是否真会把我引到光明，我现在还不知道，但我已经看见一线光亮在前面照耀了。

读者，现在《雨》是放在你们的面前了，请你们给我一个公正的批判罢。

一九三二年十一月　巴　金

原载《雨》，良友图书印刷公司1933年1月1日版

# 《电》序

巴　金

《电》是《雨》的续篇，写完了它，我的《爱情的三部曲》算是完成了。

说《电》是一部恋爱小说，也许有人觉得不恰当。因为在《电》里面，恋爱的雾围气比较淡多了。《电》和《雨》中间的距离与《雨》和《雾》中间的距离相等。



但是我仍把恋爱作了这小说的主题。事实上这三部曲所注重的是性格的描写，我用恋爱事件来表现一个人的性格。《雾》的主人公周如水是一种性格，模糊的，柔弱的；《雨》的主人公吴仁民是一种性格，粗暴的，浮躁的，但比周如水已有了进步；至于《电》里面的李佩珠的性格则可以说是近乎健全了。

不过《电》和《雨》不同，和《雾》更有了差别。《电》里面的主人公有好几个，而且头绪很多，它很适合《电》这个题目，因为恰象几股电光接连地在漆黑的天空里闪耀。

还有一个短篇《雷》算是一个小小的插曲，它应该放在《雾》的后面，现在却收在我最近的一本短篇集《沉默》里了。《电》里面的几个人物慧，敏，明，碧，影都曾在《雷》里面现身过。现在把它附印在后面。

这小说是在一个极其安舒的环境里写下来的。一个朋友让我住在他寄寓的花园里面，过了三个星期的清闲生活，使我从容地完成了这《爱情的三部曲》的最后一部。我应该在这里感谢他。

一九三四年九月在北平

原载《电》，良友图书印刷公司 1935 年 3 月 21 日版

# 《爱情的三部曲》总序

巴　金

我在一九三一年夏天开始写《雾》，到一九三三年十二月才把《电》写完。写了《电》，我的《爱情的三部曲》算是完成了。

关于这三本小书似乎有不少的读者说过话，我也见过一些杂志和报纸上的批评，我自己却始终沉默着。到现在我已经把别人所说过的话完全忘记了。但那些被咽在肚里的自己的话却成了火种在我的心里燃烧起来。我不能够再沉默，所以我借着《雾》的改订本第一次问世的机会，把我的灵魂的一隅给读者打开。

"在你的作品里面你自己满意的是哪几本？"我常常遇着这样的问话。朋友们当面对我这样地说过，一些不相识的读者也写了信来问，到最近还有一个新认识的朋友要我拣几部自己满意的作品送给她。

对于这样的问话我的答复总是很简单的一句："我没有写过一部自己满意的作品。"这是真实的话。所以对于那个朋友我就连一本书也没有送去。我对于自己的作品从来就没有满意过。倘使别人一定要我拣出一两本象样的东西，那么我就只得勉强地举出一本作为"社会科学丛书之一"的《从资本主义到×××××》[1]，这本书从写作到发行，全是我个人一手包办，这里面浸透了我个人的心血。但它并不是小说，而且现在已经绝版，甚至我自己也不曾留着一本，更无法推荐给读者了。

---

[1] From Capitalism to Anarchism 一九三〇年美国三藩市版。华文本，共三一八页。

我不曾写过一本叫自己满意的小说。但在我的二十多本文艺作品里面却也有我个人喜欢的东西，那就是我的《爱情的三部曲》。这句话我从不曾对人说过。我从不曾把我这灵魂的一隅打开给我的读者们看过，因为我觉得这完全是个人的私的事情。

我为什么在我的许多作品中单单喜欢这三本小书呢？这大概是由于个人的偏好。因为我不是一个批评家，并且我是撇开了艺术和意识来读自己的作品的。

我常常被人误解，有些朋友甚至武断地说，我的作品里面常常有我自己，他们居然在生人面前替我的作品作过了考证。也有人相信他们的话，因为他们自以为很了解我。而事实上我的写作的苦心却是他们所梦想不到的。我就这样地被人误解了这几年，到现在我才有机会来叫出一声冤枉。我可以公平地说：我从没有把自己写进我的作品里面去过，虽然我的作品中也浸透了我自己的血和泪，爱和恨，悲哀和欢乐。固然我偶尔也把个人的经历加进在我的小说里面，但这也只是为了使那小说更近于真实，而且就在这种处所，我也曾留心到全书中的统一性，我也极力保留着性格描写的一致。譬如在《雾》和《雨》里面陈真刊行了一本解释他的社会思想的书，是作为“社会科学丛书之一”而出版的，这是一本对都会的人说法的书，在这里面乡村问题却完全没有被谈到❶。事实上我自己就写过这样的一本书，这我在前面已经提到过。我知道有些神经过敏的人会根据这事实来断定陈真就是我自己。然而倘使他们读了陈真被汽车辗死的一段描写以后，他们不知道又会有什么样的意见，也许他们会以为现在活着写文章的只是我的鬼魂罢。

或者我做着陈真做过的事，或者陈真做了我做过的事，这都是不关重要的。他是一个独立的人格，我也是的。我的小说里的每个主人公都是一个独立的人格。他或她发育，成长，活动，死亡，都构成了他或她的独立的存在。因为他或她是一个人，一个活的人，而不是一个影子。倘使我把自己当作小说的主人公来描写，那么我的主人公就

❶《雾》，页一六四（新中国版，页五一），《雨》，页四一。

会只是我的一个影子，杜大心是一个影子（我和他都写过《生之忏悔》），李冷是一个影子（我曾经用过李冷这名字发表过一些文章），高觉慧是一个影子（我和他都演过《宝岛》里面的黑狗，都在成都外国语专门学校读过书），陈真是一个影子，还有许许多多。……结果，我的小说就完全成了虚伪的东西，也决不会感动那成千的青年的灵魂了。这是使我最愤慨的一点，所以我决不能够承认它。

还有些人说我常常把朋友拿来做模特儿写小说，这种说法是多少有点根据的。我为了这个也受过一些朋友的责难。最近有一个朋友还说，我写《雷》❶，不该把那个主人公写得那么夸张，因此助长了那个被描写的朋友的骄傲。我为了这个曾经声辩了半个钟头，我的理由很充足，因为《雷》里面的德并不就是那个朋友，我写这小说时不过借用了那朋友的一件小小的事情。如果别的朋友以为《雷》是写那个人，那么这责任就不应该由我来负。我自己当然比别人知道得更清楚。



然而关于这种事情我也不完全否认。我在别的一些小说里面果然写过一两个朋友，但我的意思是这样：与其说我拿朋友做模特儿来写小说，不如说我为某一两个朋友写过小说。这其间的差别是很大的。譬如说《白鸟之歌》❷，许多人都知道我是拿某一个上了年纪的友人做模特儿来写的；但我的本意却不是如此简单。我爱护那个朋友，我不愿意他辜负了大家对他的期望，我不愿意他牺牲了过去的一切，去走个人的路，所以我写了这小说来劝他。我给他指出了一条路，而他却不知道去走。他走了和那小说里所写的完全相反的一条路了。这事情很使我失望。我不仅写了小说，而且我还有过一点行动。但这有什么用处呢？当一个人被爱情迷住了眼睛的时候，甚至世界的毁灭，人类的灭亡也不会被他看见了。那朋友在我的过去的生涯里有过极大的影响。他答应过以毕生的精力写一部《人生哲学》来做我们的生活的指针。我等待着。我已经等候了七年。现在他是陪了太太到一个辽远的省分做官去了。《白鸟之歌》恐怕永远不会响了罢。但我的小说也不是

❶ 《雷》，短篇，现在附印在《电》的后面。

❷ 《白鸟之歌》，短篇，见《巴金短篇小说集》第一集，第三篇。（开明版）

白白写了的。因为这并不是一个独特的现象，它也有它的社会的意义。关于《父与子》，关于《堕落的路》……[1]我的解释也是一样。我写《堕落的路》时，很希望那个被称为堕落的朋友去走一条新的路，然而他却是一天天地更往下沉落了。我的劝告似乎一点也不能够帮忙他。

现在再把话说回到这《爱情的三部曲》上面来。我的确喜欢这三本小书，在我的全部文艺作品中，我时时翻来阅读的也就只有它们。有些小说连里面的故事我也差不多完全忘记了。但在这三本小书中甚至一两处细小的情节，我也还记得很清楚。这三本小书，我可以说是为自己写的，写给自己读的。我可以毫不夸张地说，就在今天我读着《雨》和《电》，我的心还会颤动。它们使我哭，也使我笑。它们给过我勇气，也给过我慰藉。我这里不提到《雾》，因为《雾》的初印本[2]我并不喜欢，里面有一些篇页，我自己看到总觉得有些肉麻，不敢重读。所以这次改作时，就把它们删除了，另外加了一些新的篇页进去。

《电》是应该特别提出来的。这里面有几段，我永不能够忘记。我每次读到它们，总要流出感动的眼泪来，例如：

> 佩珠看见敏许久不说话，又知道他们快要和他分手了，就唤住敏说："敏，你不该瞒我们，我知道你已经下了决心了。"她知道敏的心就仿佛看见了它一般。而且敏今晚上的举动并没有一件逃过了她的眼睛。
>
> 敏不说话，却只顾埋着头走，好象并没有听见她的话。仁民接着也唤他一声，他也不回答。
>
> 很快地他们走到了两条巷子的交叉处，敏应该往西去了。在这里也是很静寂的，除了他们三个，便没有别的行人。
>
> 佩珠站住了。她往四周一看，低声说："敏，你就这样和我们分别吗？"她伸出手给他。
>
> 敏热烈地一把握住了她的手，感激似地说："你们原谅我。……

[1] 均见《巴金短篇小说集》第一集，第三篇。

[2] 新中国书局出版，重版三次，现由作者收回改作，重印。原书已停版。

我真不愿意离开你们。”他的眼泪滴到了佩珠的手腕上。

“为什么要原谅？就说祝福罢！……你看我是了解你的。”佩珠微笑地，亲切地说着，她慢慢儿把手腕放到自己的嘴唇上去。

我读到这里我的眼泪落在书上了，但我还继续读下去：

敏又和仁民握了手，口里淡淡地说：“不要紧，我们明天还可以见面。”他决然地掷了仁民的手往西边巷子里去了。

佩珠还立在路口，痴痴地望着他的逐渐消失在阴暗里的黑影。她心里苦痛地叫着：“他哭了。”

事实上我也哭了。



仁民看见她这样站着，便走近她的身边，把一只手伸过去搂住她的腰，亲密地低声在她的耳边唤道：“佩珠，我们走罢。”

她不答话，却默默地跟了他走着，把身子紧紧偎在他的怀里。过了好一会儿她才叹息地说：“敏快要离开我们了。”

仁民一手搂着佩珠，一手拿着电筒照亮那道路。他跟着她慢慢下着脚步走。他把头俯在她的肩上温柔地在她的耳边说：“佩珠，不要悲痛，我是不会离开你的。”

佩珠默默地走着，过了半晌，忽然自语似地说：“许多青年到我们里面来，但很快地就交出生命走了。敏说过他不是一个吝啬的人。”她的声音颤动着，那里面充满了悲痛。❶

我不能够再往下面读了。泪水迷糊了我的眼睛。我的心颤抖得很厉害。一种异样的感觉占有了我：是悲痛，是快乐，是感激，还是兴奋，总之，我说不出。

在《电》里面这样的处所是很多的，这些在一般的读者看来也许很平常，但对于我却有很大的吸引力，并且还是鼓舞的泉源。我

❶《电》，页一六一——一六三。

想只有那些深知道现实生活而且深入到里面去过的人方可以明瞭它们的意义。

我说这三本小书是为我自己写的，这不是夸张的话。我会把它们永久地放在案头，我会永久地读它们。因为在这里面我可以找着不少的朋友。我可以说在这《爱情的三部曲》里面活动的人物全是我的朋友。我读着它们，就象和许多朋友在一起生活。但这话也应该加以解释的。我说朋友，并不就指过去和现在在我周围活动的那些人。固然在这三本书里面我曾经留下了一些朋友的纪念，而且我每次读到它们，我就会想到几个久别的友人。但是我仍旧要说我写小说并不是完全给朋友们写照。我固然想把几个敬爱的朋友写下来使他们永远活在我的面前，可是我写这三本小说时却另外有我的预定的计划：我要主要地描写出几个典型，而且使这些典型普遍化，我就不得不创造了一些事实，但这并不是说我从脑里空想出了一些东西，我不过把别人做过的事加在我的朋友们的身上；这也不是说我把他们所已经做过的事如实地写了出来，我不过是写：有他们这种性格的人在某一种环境里面所能够做出来的事情。所以在我的小说中出现的已经不是我的实生活里面的一些朋友了。他们是独立的存在。他们成了我的新朋友，他们在我的眼前活动，受苦，哭，笑以至于死亡。我和他们分享这一切的感情。我悲哭他们的死亡。



陈真仰卧在地上，微微地动着，腥血包围了他的身子。他已经不能够发声，只有那低微的喉鸣。颈项以下就不是他平日的完全的身体。只有他的头部还没有改变。那黄瘦的脸上溅了一些血迹、微闭着的大眼睛上面失掉了那一对宽边眼镜。

亚丹静静地躺在黑暗里，半睁开眼睛，他全身染了血，但嘴唇上却留着微笑，好象他还睡在他的蜜蜂和他的小学生中间。

一些人围着尸体看。她们也挤进去。无疑地那是敏的脸，虽然是被血染污了，但脸部的轮廓却还能够被她们认出来。身上也全是血。一只脚离了腿部，飞到汽车旁边。

“敏，这就是你的轮值罢，”慧想说这样的话，没有说出口，却已经流出了眼泪，她的心从没有象现在这样厉害地痛楚过。她

的眼睛模糊起来，她仿佛看见那血脸把口张开，说道："你们会常常记念着我吗？"❶

这全是很简单，很平凡的描写。和这类似的处所还不少。这种写法不会使读者感动也未可知。但是当我写这些篇页的时候，我自己的确流过眼泪。我这样地杀死我的朋友，我的苦痛是很大的，而且因为他们构成了单独的存在，和我的实生活里面的朋友并没多大的关系，那么他们以后就不会复活起来，我就会永久地失掉他们了。这损失是很大的。

没有一个读者能够想象到我写这三本小书时所经历的感情的波动。没有一个读者能够想象到我下笔时的心里的激斗。更没有一个人能够了解我是怎样深切地爱着这些小说里面的那些人物。知道这一切的只有我自己。

现在我可以把我写成这《爱情的三部曲》的经过叙说出来了。

《雾》的写作全是偶然的事情。那时是一九三一年的夏天，从这一年起我才开始正式地写起小说来。以前我只是在翻译伦理学，经济学的著作，和著述那部题作"社会科学丛刊之一"的小书的余暇偷偷地写点小说。只有这一九三一年的光阴才是完全花费在创作上面的。

那时我住在闸北，地方还宽敞，常常有朋友来住。一个从日本回来的朋友也常来的。有时候我们就同睡在一张大床上，谈着日本的种种事情，也谈到他过去的恋爱的经验。有一次他到别处去玩了两天，回来以后人似乎就变了样子。他和我谈到他在那地方的生活。渐渐地他变得很激动了，他那满是皱纹的黄瘦的脸也突然显得年青起来。他终于说出了在那里和一个少女的交际，那个姑娘，他和我都认识的。

第二天他又谈起这事情，并且是在一些朋友的面前说的。他喝了一点酒，微微红着脸，说出了闻到那位姑娘的肉香的故事。这使得那个住在楼上的朋友太太感到了大的兴趣，而快活地笑了。

这天晚上他住在我家里。已经过了十点钟，他还是异常兴奋，他一定要把我和另一个朋友拉到虹口吃日本面去。他对于日本面是有着



❶《雨》，页二三。

特别的嗜好的。我们从虹口一家日本馆子出来，慢慢地走回家。月亮很好，这散步是很愉快的。回到家里我们又谈了不少的事情，直谈到一点钟，我因为疲倦就上床睡了。那朋友却不让我闭眼睛，他还絮絮地和我谈女人的事情。他平时并不抽烟，这晚上却接连地抽起纸烟来。我很瞌睡，我催他睡觉，他却只顾和我谈话。我没有办法，就扭熄了电灯。但这也不能够减少他的兴致。

电灯灭了，房里却并不黑暗，月光从外面射进来，把窗门的影子洒在地板上。周围很是静寂，我借着月光和纸烟头的火光模糊地看出了他的面容。他还絮絮地对我赞美那撩人心绪的少女的肌肉的香味。我已无心听下去了。这被单恋所苦恼着的男子的心情我很能够了解，然而我的瞌睡使我忘了一切。

这晚上他似乎没有闭过眼睛。以后这事情传开出去，楼上的朋友太太就戏谑地给他起了个“肉香”的绰号。

日子平淡地过去了，我们以为他会忘却了肌肉的香味。但事实恰和我们所猜想的相反。他似乎整天就在想念那一位姑娘。于是发生了和《雾》的第四章开场时的类似的一段谈话。参加的人除了他外有我，有那被人误看作陈真的朋友，还有自以为是吴仁民的那个朋友。我们谈得很久。这次的谈话和小说里的一样，是没有结果。那时我便起了写《雾》的念头。我想写这小说来劝他，来给他指出一条路，把他自己的性格如实地绘出来给他看，让他看清楚自己的真面目。

我在忙迫中开始写了《雾》的第一章，他看见我写这小说，知道我是在写他和那个姑娘，他很高兴，他甚至催促我早早地写完它。但是《家》的写作耽误了我几天的工夫。这其间他到南翔游玩去了。等他在一个星期以后回到上海来时，我的小说已经写好了放在那里等他。

他是晚上来的。他急切地读着我的原稿。我在旁边看他，他的感情的变化很明显地摆在脸上。他愈读下去脸色变得愈可怕了。他想不到我会写出后面的那几章来。其实连我自己也想不到会写了那样的篇页。在我这也是不能自主的。我爱这个朋友，我开始写这小说时我是怀了满胸的友情，可是一写下去，那憎厌就慢慢地升了起来，写到后来，我就完全被憎恨压倒了。那样的性格我不能不憎恨。我爱这朋友，但我却不能够宽恕他那性格。我写了《雾》，我挖出了一个朋友的心，但看见这颗心连我自己也禁不住战抖起来了。

这朋友读完我的原稿，气愤地说了一句：“岂有此理！”我知道他的心情，但我没法安慰他。我们苦恼地对望着，好象有张幕隔在我们中间。我们两个平时都不会抽烟，这时候我们却狂抽起来，烟雾遮蔽了我们的眼睛，使我们暂时忘了这世界。

“你不了解我。你不应该这样地写。你应该把它重写过。”他忽然发出了苦痛的呼号。

我咬着嘴唇皮，沉思了片刻，苦痛地回答道：“我不能够重写，因为我并不是故意在挖苦你。”

他沉默了一会儿忽然努力说：“至少有几个地方非修改不可。”他于是翻开原稿，指出了几个他认为不妥当的处所给我看。

“好，我试试看。”在这时候多说一句话也是很困难的。我马上接过了原稿，就当着他的面把那几个地方删掉了。

他依旧不满意，可是他也无话可说了。第二天他对另一个朋友说，我的这小说很使他失望，他从南翔回来时，本来充满了热情和勇气，可是一读到我的小说就突然落到冰窖里面去了。他在自己的前面就只看见黑暗。他找不出一点希望和光明。他因此甚至想到自杀。



这些话很使我痛苦，我本想为了这朋友的缘故就毁了我的小说，但我再一想便又改变了主意。我仔细地把全部原稿看过一遍，我觉得在这里面我并没有犯过错误。我所描写的是一个性格，这个性格是完全地被写出来了，这描写是相当地真实的。而且这并不是一个独特的例子，在中国具有着这性格的人是不少的。那么我是在创造一种典型，而不在描写我的朋友了。所以我不能够为了这朋友的缘故就毁弃我的小说。不过为了使这朋友安心起见，我又把《雾》删改了一次，把我从这朋友那里借来的事实都奉还了他，并且在原稿的前面还加上一个短短的声明：

> 在我的每本书的前面我都写了序文。
>
> 但这一次我却更愿意让我的文章自己来和读者见面，不想再写什么介绍解释的语句了。
>
> 然而有一件事应该在这里声明：我并未去过日本，本书中关于日本的话都是从一个敬爱的朋友那里听来的，因此就有人疑心

我是拿那朋友做模特儿。其实这是一个大错误。这错误竟使我几乎得罪一个朋友。事实上，象我写以前的几部长篇那样，我用来作本书主人翁的模特儿的并不只有一个人，那样的人我曾经接触过不少，得了深刻的印象，因此写出来时不免使朋友们觉得大有人在，于是就以为我是写某人的事或拿某人做模特儿。因为从已经出版的几部小说中得到了这不快意的麻烦的经验，所以这次特别作这一个郑重的声明。

这个声明是送给这朋友看过的。他没有说什么。两三个月以后《雾》就在《东方杂志》上面陆续发表出来。那时候他早已忘却肌肉的香味，也不说什么回家的话了。他的怯懦和犹豫已经逐渐地把那单恋的痕迹磨洗净尽了。但他却受了那个被人疑作陈真的友人和一个现在被我们称作老板的友人的鼓励，开始对另一个姑娘表示了好感。我的小说固然不会增加他的勇气，但也不会减少他的勇气。他也似乎完全忘却了它。不过散在各地的朋友们一读到《雾》，就断定谁是周如水。他们说他的性格确实是如此。



陈真在《雾》里面是一个重要的人物，那个自以为是吴仁民的朋友起初断定说这是我自己的写照，因为我是“周如水”的好友，我曾经认真地劝过周如水几次，而且我写过陈真写的那本书。我当时把自己做过的事情借给陈真，原是无心，我以为他做这件事与他的性格也很相合，却不料因此被那朋友开了这样的一个玩笑。但幸而说这话的人就只有他一个。别的朋友却以为陈真就是一个姓陈的朋友，因为那人也曾起劲地劝过“周如水”，也患着肺病，而且还是我所崇敬的友人。后来又有人说陈真是一个远在四川的患着剧烈的肺病的朋友，因为那朋友信仰坚强，做事勇敢。但其实都不是的。陈真是我创造出来的一个典型人物，他并不是我的实生活里面的朋友。我自己也许有一点象他，但另外的两个朋友都比我更象他，而且他的日记里的几段话❶还是从“李剑虹”写给一个朋友的信里抄来的。那么他应该是谁呢？事实

---

❶《雨》，页九三。

上他谁都不是的。他只是一个平凡的人，他有他的长处，也有他的弱点。我并不崇拜他，因为他并不是一个理想的典型人物。但我爱他，他的死很使我伤痛。所以在《雨》里面他虽然一出场就被汽车辗死，然而他的影子却笼罩了全书。

关于吴仁民的话应该留在后面说。然而那三个小资产阶级的女性似乎不能不在这里介绍一下。

"介绍"这两个字我用错了，我的朋友里面并没有这样的三个女子。但我也不能够闭着门把她们从空虚里创造出来，我曾见过一些年青的女性，人数并不算少，但我和她们却完全不熟，我甚至有点怕和她们交际。（和我相熟的还是《电》里面的几个女郎。）虽然不是熟识，但我却也能够把她们分作三类，塑成了三种典型。其实三种并不够，可是在这有限的篇幅里却容不了那许多。所以我就把那些更坏一点（也许更真实一点）的女性的典型略去了。在这剩下的三种典型的描写上我也许犯了错误，因为我或者不曾透彻地了解过她们。但是《雷》和《电》里面的女性我却知道得很详细。

《雾》写成以后我就有了写作《爱情的三部曲》的念头，但直到它的单行本付印时我才有了这样的决心。

为什么要称这为《爱情的三部曲》呢？因为我打算拿爱情来作这三部连续的小说的主题。但这和普通的爱情小说并不相同，我所注重的乃是性格的描写。我并不是单纯地描写着爱情事件的本身；我不过借用恋爱的关系来表现主人公的性格。在我们现在所处的这种环境里这也许是一种取巧的写法。但这似乎是无可非难的。而且我还相信把一种典型的特征表现得最清晰的并不是他的每日的工作，也不是他的话语，而是他的私人生活，尤其是他的爱情事件。我见过许多人在外面做起事来很勇敢，说起话也很漂亮，而在他和女人讲恋爱的时候，或者他回到家里和妻子一道生活的时候，他的行动和语言就陈旧得十分可笑。有的人在社会思想上很解放，而在性的观念上却又是十分保守，十分顽固。一个人常常在"公"的方面作伪，而在"私"的方面却往往露出真面目来，所以我们要了解一个人的真面目，从他的爱情事件上面下手，也许更有效果。这意义是很明显的。我也很知道每日的工作比爱情更为重要，我也知道除了爱情外，更重要的题材还有很多。然而我现在写作这三本描写性格的小说时，我却毫不迟疑地选了爱情来做主题，并且称我的小说为《爱情的三部曲》。

我当时的计划是这样：在《雾》里写一个模糊的，优柔寡断的性格；在《雨》里写一种粗暴的，浮躁的性格，这性格恰恰是前一种的反面，也是对于前一种的反动，但比前一种已经有了进步；在最后一部的《雪》里面，就描写一种近乎健全的性格。至于《电》的名称，那是后来才改用的。所以在《雨》的序言里我就只提到《雪》。

不仅《电》这个名称我当时并不曾想到，而且连它的内容也和我最初的计划不同。我虽然说在《电》里面我仍把爱情作了主题，但这已经是很勉强的话了。



《雨》的写作经过了八九个月的时间，但这并不是一口气写成的。我大概分了五六回执笔，每回也只有三四天，而且中间经过“一·二八”，我又去过一次福建。我记得很清楚《雨》的第五章的前面一部分还是在太古公司的太原轮船的统舱里写的，后面一部分却是在泉州一个破庙里面写成。这破庙在那时还是一个私立中学校的校址，但如今那个中学已经关门了。

我写《雨》的前三章时心情很是恶劣。那时是一九三一年年尾，我刚写完这小说的前三章。在一九三二年一月二日，我就怀着一种绝望的心情写了下面的一段类似日记的文章，最近我从旧书堆里发见了它，就把它照原样地录在这里。

> 奋斗，孤独，黑暗，幻灭，在这人心的沙漠里我又过了一年了。
>
> 心呵，不要只是这样地痛罢，给我以片刻的安静，纵然是片刻的安静，也可以安舒我的疲倦的心灵。
>
> 我要力量，我要力量来继续奋斗。现在还不到撒手放弃一切的时候，我还有眼泪，还有血。让我活下去罢，不是为了生活，是为了工作。
>
> 不要让雾来迷我的眼睛，我的路是不会错误的。我为了它而

生活，而且我要不顾一切的人，继续走我的路。

心呵，不要痛了。给我以力量，给我以力量来抵抗一切的困难，使我站起来，永远的站起来，一个人站在人心的沙漠里。

记着你允许过凡宰地的话，记着他所警告过你的。不要使有一天你会辜负那死了的他。❶

《雨》的前三章就是在这绝望的挣扎中写成的，所以那里面含着浓厚的阴郁气。它们在南京的一个文艺刊物上被发表时，从前自以为是吴仁民的那个友人（《雨》里面的吴仁民才真正是他的写照了）也在南京，他无意间读到了它们，就马上写了信来说：

前几天读了你的小说的前三章，写的很好，只是阴郁气过重，我很为你不安。你为什么总是想着那可怕的黑影呢？我希望你向光明方面追求罢！照你这种倾向发展，虽然文章的表现会更有力，但对于你的文学生命的 duree❷或将有不好的影响。自然你在夜深人静时黯淡灯光下的悲苦心情，我是很能够了解的。但我总希望你向另一方面努力。

我那时刚刚从福建旅行归来，带了在那边写好的《雨》的第五章



❶ 在《文学》二卷一号我的一九三四年的《新年试笔》里我把这一段文章改成了下面的样子，因为那时我在北平，没法找着原文，只是凭着记忆写出来的，所以和原文差得很多，而且我那时的心情已经和一九三二年一月二日的不同了。现在我把在《新年试笔》中引用的一段附在这里：

黑暗，恐怖，孤独，——在寂寞的沙漠里我又度过一年了。

心呵，不要只是这般地痛罢。给我以安静，那片刻的安静也可以安舒我的满是创痕的心。

不要战抖，不要绝望，不要害怕孤独，把一切都放在信仰上面。我的路是不会错的。拿出更大的勇气来向着它走去。不要因为达不到那目的地而悲伤。不要把自己的命运看得太重，应该把它连系在群体的命运上面，在人类的繁荣里看出你的前途来。

我还年青，我要活下去。给我力量，给我力量来活下去，来忍受痛苦，继续挣扎。现在还不是应该放弃一切的时候。我还没有写尽我所要写的，我还要继续写下去。

要强健起来，勇敢起来，应该忍受一切苦难而存在，不要让苦痛埋葬了我。

又这里提到凡宰地，因为他曾写信鼓舞过我，使我以后可以勇敢地应付生活的斗争，而且免掉将来的受骗。见 The Letters of Sacco and Vanzetti，pp.308—310.（The Viking Pross）

❷ 持续。

的原稿。三个星期的奔波，两天的统舱的生活使我觉得十分疲倦。我读到这样的信函，我很感激那朋友，但我却不同意他的话。我以为他还不了解我，所以我写了下面的答语寄给他：

读完你的信，我很感激你的好意和关心，但我并不同意你的话。

我承认你是一个比较了解我的人。我们又曾经在一起度过一部分的生涯，我们在一起为了一个共同的目标奋斗过。你不记得在巴黎旅舍的五层楼上我们每晚热烈地辩论到夜深，受着同居者的干涉的事情吗？在那些时候，我们的眼前现露着黎明的将来的美景，我们的胸里燃烧着说着各种语言的朋友们的友情。我常说在人的身上我看出了理想的美丽，我在写给伦敦友人的信上就常常用了embody（体现）这个动词。你还记得那些可祝福的日子吗？但是现在我们渐渐地分离了。生活改变了你的性格，你是渐渐地老了。



我没有什么改变，不过身上心上加多了一些创痛。我至今还是唯一的了解你的友人罢。然而我怕你是渐渐地不能够了解我了。你为什么还以为陈真就是我自己呢？你不能够看出来我和他中间有着很显明的大的差别吗？

你知道，我和别的许多人不同，我生下来就带了阴郁性，这阴郁性差不多毁坏了我一生的幸福。但是我那追求光明的努力却没有一刻停止过。我的过去的短促的生涯就是一篇挣扎的记录。我的文学生命的开始也是在我的挣扎最绝望的时期。《灭亡》是我的第一部小说。我开始写它的时候你也知道。后来我到乡下去了，在乡下续写《灭亡》时，我们中间曾经交换过许多封长信，从太阳的动或不动，谈到人类社会演进的路向，从决定论谈到你的自小哲学和我的奋斗哲学。你知道我那时的苦痛的心情，你知道我在写小说，而且你自己也受了我的影响动手写起你的自传式的小说来。你知道我从没有一个时候完全绝望过，我从没有一个时候失掉过我的对于那黎明的将来的信仰。

你不过读了《雨》的前三章。我以后将怎样写下去，你还不会知道。你说这小说的阴郁气过重，但这阴郁气也并不会隐藏了那贯穿我的全作品的光明的希望。我早已不去想那黑影了。事实上，我已经早把它征服了。你知道龚多塞在服毒以前曾写下他的遗言道："科学要征服死"，另一个诗人也说："爱要征服死"，这句话也曾被我的《死去的太阳》的女主人公重复说过。我的爱已经把那黑影征服了。我的对于人类的爱鼓舞着我，使我有力量和一切挣扎。所以在夜深人静时黯淡的灯光下鼓舞着我写作的也并不是那悲苦的心情，而是爱，对于人类的爱。这爱是不会死的。事实上只要人类不灭亡，则对于人类的爱也不会消灭，那么我的文学的生命也是不会断绝的罢。你不必为我耽心。

信寄出以后又轮到我寄发《雨》的第五章的原稿的时候了。我便将这覆信的大意另写在一篇短短的按语里面附了寄去，同着第五章的《雨》一起在杂志上发表了。

那朋友不久就离了南京，他也不曾来信谈《雨》的事情。一个月以后我继续写了《雨》的第六第七两章，又过了三个星期我就一口气从第八章写到第十六章，这样算是把《雨》写完了。以后单行本付印时，在分章和内容两方面都有了一点改动。

《雨》是《雾》的续篇，不过在量上它却比《雾》多过一倍，故事发生的时间比《雾》迟两年，人物多了几个，虽然还是以爱情作主题，但比起《雾》来这小说里的爱情的雾围气却淡得多了。

我自己更爱《雨》，因为在《雨》里面我找到了几个朋友，这几个人比我的实生活里面的友人更能够系住我的心。我的预定的计划是写一个粗暴的浮躁的性格。我写活了一个吴仁民。我的描写完全是真实的。我把那个朋友的外表的和内部的生活观察得十分清楚，而且表现得十分忠实。他的长处和短处，他的渴望和挣扎，他的悲哀和欢乐，他的全面目都现在《雨》里面了。虽然他自己后来读到《雨》的单行本，曾经带笑地发过一点怨言，因为我写的有一部分并不是事实。但我知道他心里是满足的。我们不能因为吴仁民的幼稚处就否认了他的真实性，那朋友自然也不能够。其实在现今活着做一个人，谁能够没有缺点？那朋友和我一样也是充满着缺点的。要是我们不曾消灭掉这些缺点，那么我们就没有理由来掩饰它们。我们应该对别人忠实，对自己也该忠实。

那朋友至今还是我的最好的友人中间的一个，我始终爱护他，但我却不得不承认他已经不是《雨》里面的吴仁民了。然而他并不会改变到《电》里面的吴仁民的样子。《电》里面的吴仁民可以是他，而事实上却决不是他。不知道是生活使他变得沉静，还是他的热情有了寄托，总之我最近从日本归来在这里和他相见时，我确实觉得他可以安安稳稳地做一位大学教授了。我想几年以后，或者十几年以后，他有一天会回忆起过去的生活，或者还会翻阅到这一本小小的书，他会在那里面认出一种始终不渝的友情来，那时候他也许会更了解我，或者还会更了解他自己。谁能够为青年时代的热情感到羞惭而后悔么？可惜的只是这热情不能够保持长久。



在《雨》里面出现了方亚丹和高志元。方亚丹可以放在后面说，因为在《电》里面他才现出了全身。高志元在《雨》里面却是一个重要的人物。这是一个真实的人，但他被写进《电》里面时却成了理想的人物了。不，这不能说是理想的人物，他如果处在《电》的环境里面，他的行动不会和那个高志元两样。

这个朋友象是一个大孩子，他以他的单纯和真诚获得了我们大家的友爱。他有着许多缺点，但他有着更多的热情。他的身体，就是被这热情毁坏了的。他在中学里读书的时候喝酒过多，又不知道保养身体，常常喝醉了，就躺在校园内的草地上面，在一株树下过夜，后来就得了一种病：只要天气一变他的肚皮就会发痛，要吃八卦丹才可以暂时止住他的痛楚。我们因此叫他做“活的气象表”，但我们这样叫他，并没有一点嘲笑的意思。这个绰号里面包含了我们的友爱和关切。我们爱他，但是我们只得眼睁睁地看见他被那永不能熄灭的热情和那零碎的痛楚一天天地摧残下去。我们的痛苦是很大的。用手杖抵肚皮，固然是一个可笑的景象，然而我看见他这样做，我却忍不住要哭了。

在《雨》里面我真实地描写了这个朋友的面目。我的书使我的这友人永久地活在我的眼前。单为了这个，我也得宝爱它。

《雨》的前五章这朋友是读过的，而且写第四章时我正和他同住在法租界某处的一个客堂里。第六章写成时他已经离开了上海。第八章以后因了那刊物的脱期他便没有机会读到，因为那时他早已回到辽远的故乡去了。

他动身的前两夜来看我，我们谈了好些话。我第二天早晨就要到杭州去，不能够送他上船，但我这晚上送走了他回到自己房里，起了种种的感想，觉得很寂寞，便写了一封信寄给他，里面是些劝告的话。

从杭州回来我得到了他的信，是一封长信，但是他已经在海行中的船上了。

他在信里说：

> 我知道我走了以后你的生活会更加寂寞，我知道我走后我的生活也会更加寂寞。我愿意我们大家都在一个地方，天天见面，然而这是不可能的。我们每个人都有我们的工作和责任……我以后也许会找到一些勇敢的朋友，然而我恐怕再找不到一个象你这样了解我的人了。

他还说他愿意听从我的劝告，改掉一切坏习惯，试试来做点实际的事情。他甚至答应我以后不再喝酒，答应我沉默地埋头工作个五年或十年。最后他说我不送他上船很好，因为他也不愿意我看见他流眼泪。

他这人被好些人笑骂作傻瓜，被好些女性称为粗野的人，他几次徘徊在生命的涯沿上，没有动过一点心，如今却写了这样的信函。这友情给了我极大的感动。

以后他到了故乡寄过一封短短的报告平安的信。不久又寄来他以前在东京买的两本英文书，这是他早答应了送我的。我只去过一封短信。以后我们就没有再通过信息了。

我知道他还活着，但我却不知道他现在活得怎样。

有一些人疑心张小川是我的另一个好友。那也是一个被我敬爱过的友人，我曾经与他合译过一部大书，他在我的过去生涯中曾有过大的影响。但是他从法国回来以后的行为渐渐地使我感到了失望，直到后来我就忍不住当面责骂他了，以后我还在《旅途随笔》里骂过他，因为有一次他从河南带了他自己教毕业的一班学生，来江浙一带参观，到了苏州那些学生却拿了教育厅和县里的津贴购买大批的香粉，预备回去打扮他们的妻子。不过《旅途随笔》印成单行本时，这一段却被我删去了。那是前年的事。

后来在去年正月他到北平来，我也在那里。我们常常会见，谈了不少的话。有一天我在一本他的新出版的著作的里封面上写了下面的两行字：

从××处拿来，因这书我和××又恢复了巴黎时代的友情。

慧　一九三四年二月在北平

我写一个"慧"字，因为那时候我刚刚给自己起了"王文慧"的笔名，开始在写《罗伯斯比尔的秘密》了。我还和这友人同到过政治学会图书馆里去翻阅过关于法国大革命的书籍。



但我在一九三二年写《雨》的时候，对他的行为的确很不满意。听说一个粗暴的年青朋友甚至想找个机会打他一顿。那个年青朋友就是被人误认作雷的主人公的人。他口里常常嚷着要打人，我却没有看见他动过一次手。不知道是不是因为他从来就没有过打人的机会。

我写张小川时，的确打算顺便责骂那个友人，但我憎恨的只是他的行为，并不是他本人。所以结果这张小川就成了一部分知识分子的写照，而不单是我的那个友人了。张小川这类的人我不知道遇见过多少，只可惜在《雨》里面我写得太简略。

张小川的好友李剑虹很象《白鸟之歌》里面的那个前辈友人，但我希望他不是。我写《雨》在我写《白鸟之歌》以前。那时候这位友人刚从欧洲回来，我对他抱着大的希望。但我已经在耽心爱情会毁坏他的一切了。

郑玉雯和熊智君是三个小资产阶级的女性以外的两种典型，这两个女人都是有过的，但可惜我表现得不很真实，因为我根本不认识她们，而且我是根据了一部分的事实而为她们虚构了两个结局；也许破坏我的描写的真实性的就是这两个结局。所以我不妨说这两个女人是完全从想象中生出来的。否则一些读者想到那个抛弃女学生生活，跑进工厂去做女工，把自己贡献给一个理想，而终于走到一个官僚的怀里去的女郎，不知道会起何等的痛惜的感觉。

在《雨》里面周如水投黄浦江自杀了。单是一本《雾》已经使那个被单恋苦恼着的朋友“落到冰窖里面去了”。为什么我现在还要来加上一个这样的结局？是不是一定要把他推下那黑暗的深渊里去？不！事实上我的本意恰和这相反，我想用这个来把《雾》给那个朋友留下的不快的感觉去掉。其实他早已忘掉了那回事情，而且已经和一个女人同居了。我要用《雨》来证明周如水并不是他，所以《雨》里面的周如水的事情全是虚构出来的；不过象周如水那样的性格要是继续发展下去，得着那样的结局，也是很可能的事。我亲手杀死了周如水，并没有一点留恋。然而他死了以后我却又禁不住伤心起来，我痛惜我从此失掉了一个好心的朋友了。



《雨》出版过后不到一年我写了短篇小说《雷》。这是我从广东回来寄寓在北平一个新结婚的朋友家里的几天中间匆忙地写成的。这小说似乎结束得太快，有许多地方都被省略掉了，后来才在《电》里面补写了出来。这样一来我就无意地在《爱情的三部曲》里面加进了一个小小的插曲。这应该放在《雾》和《雨》的中间。

我在《旅途随笔》的第一篇《海上》的开端曾写过这样的话：

> 是五月的天气，一个晴明的早晨我离开了上海。那只和山东省城同名的船载着我缓缓地驶出了黄浦江，向着南方流去。时候是六点钟光景。
>
> 我是在前一晚上船的，有一个朋友同路。我们搭的是统舱，在船尾舱面上安放了帆布床。那晚上落过大雨，把我们的床铺都打湿了。有几个朋友来船上送别，其中有一个就留在船上和我们整整谈了一个夜晚，一直到天明开船时，他才跨着巨步上了岸，把他的颀长的身躯消失在码头上拥挤的人群里去了。这朋友是可爱的，他平日被我们称为粗暴的人，我们都知道他是憎厌女性的，

> 但他那晚上却带了颤动的声音向我们吐露了他的心底的秘密——他的恋爱的悲剧。去年里先后有两个女性追逐过他，她们愿意毫无代价地把她们的爱情给他，却被他残酷地拒绝了。他这样做，他自己也很感到痛苦，可是他并没有一点悔恨，因为他已经把自己奉献给一个理想，他不能够再有一点个人的感情了。
>
> 这朋友的叙述引起了我的赞美。自然在我的朋友中间象这样弃绝爱情的并不只他一个，但是也有不少的人毫不顾惜地让女人毁灭了他们自己，等到后来尝惯了生活的苦味，说出抱怨爱情的话语时，已经是太迟了。我对他说，我要写一本中篇小说，题名叫《雷》，朋友只是微微一笑，他的笑是有些苦涩的。

在同书的《朋友》一篇里还有关于这个朋友的话：

> 世间有不少的人为了家庭就弃绝朋友，至少也会在家庭和朋友中间划了一个显明的界限，把家庭看得比朋友重过许多倍。这似乎是很自然的事情。我曾亲眼看见过一些人结婚以后就离开了朋友，离开了事业，结果使得一个粗暴的年青朋友竟然发生了一个十分奇怪的思想，说要杀掉一个友人的妻子以儆戒其余的女人。当他对我们发表这样的主张时，大家都取笑他。但是后来我知道了这一件事实：这朋友因为这个缘故便逃避了两个女性的追逐。❶

因了这两段话我的小说《雷》就被人认作这个朋友的写照了。这是一个误会。

《旅途随笔》的前一部分是在广州机器工会的宿舍和中山大学的生物研究室里面写成的，那时候我白天到中山大学生物研究室去看蛙的生长或者跟着一个朋友研究罗广庭博士的“生物自然发生的发明”，晚上一个人走回河南到机器工会去睡觉。

我几次想提笔写那计划中的中篇小说《雷》，倘使我写的话，《雷》的主人公就会真是那个顾长的朋友了。但是那时我却写了替达尔文学

---

❶《旅途随笔》页一至二，又页一〇六。（生活版）。

说辩护的文章和罗广庭博士开玩笑，那笔锋也点到了《东方杂志》的编者的身上，所以我这文章便以“文笔太锐，致讥刺似不免稍甚，恐易引起误会”的理由被《东方杂志》拒绝登载了，而后来它在《中学生》月刊发表时又被《东方杂志》的编者托人去开说把那“文章太锐”的处所删去了一两个，以后便没有引起误会。不过我的文章受凌迟之刑，以这为第一次。

后来我在北平写了《雷》，那时我的心情已有些改变，所以写出来的并不是中篇小说，而且也不是拿那顽长的朋友做模特儿了。

德这个人也许是不存在的，象他那样的性格我还没有见过。他虽然也有他的弱点，他虽然不能够固执地拒绝慧的引诱，但是他的勇气，他的热情，就象一个正在爆发的火山，没有东西能够阻止它，凡是阻拦着它的进路的都会被它毁掉。它的这种爆发的结果会带来它自己的灭亡，但是它决没有一点顾虑。这就象一些植物不得不开花一样，虽然明知花开以后，死亡就会跟着到来，但是它们仍然不得不开花。



德这个性格有时会叫人害怕，有时会叫人爱他。他的那样匆忙的死实在叫人痛惜。慧和影爱他，这是很自然的事情。

德死了。可是他的老鹰一般的影子到现在还在我的这张原稿纸上面盘旋。我写德时虽然知道并不是在写那个粗暴的年青朋友，但我仍然不能不想到他，我不但借用了他的两件事情，而且甚至在小说后面附加了下面的一段后记：

> 提笔时我本来想写一篇中篇小说，现在却写成了这样子。我最不安的是在一个混乱的情形下面枪毙了那个朋友。别的友人读这文章也许会生出种种误会。但那朋友，我想，是能够了解的。我希望将来能够在一部长篇小说里使那朋友复活起来。

后来《雷》被收进集子里面时这附记是被删去了。那时候我写了《电》，我说我是拿了那朋友做模特儿来写了方亚丹。

平心地说起来，德也有点象那个年青朋友。他有德的长处，也有德的弱点。他有热情，也有勇气。有人怕过他，也有人爱过他；有人责骂他，也有人恭维他。但是真正了解他的全面目的，恐怕只有我一个人罢。所以他和许多人好过而终于决裂，但我和他却始终不曾闹一次架；我也不曾过分地赞扬过他。他不是德，唯一的理由就是他决不是一个象德那样的极端主义者。他的一切和德的比起来都只有一半。而且当我写这一段文章的时候我手边还有他的一封旧信，里面有着这样的话：

> ××来信向我诉苦，说她这三个月来为我而肺痛（她原也吐血），苦得不堪，而且她用了使我不能完全了解的字眼警告我："如果以后有什么不幸的事情发生，我可没有责任了，因为我已把我的一切真情给朋友了。"朋友，竟有这样不幸的人间悲剧：我爱□□，她却要弄到我吐血。××偷偷地爱我，爱到自己生病，而我竟不知道。……



德决不会写出这样的信来，方亚丹也不会的。但是我们能够不为这样的信所感动吗？让我来祝福那个年青朋友早日恢复健康取得自己的幸福罢。

慧和影这两个女子一定是有的，但我一时却指不出她们的真姓名来。有人说慧是某人，影是某人，另一个人的意见又和第一个人的说法完全不同。我仔细想了一下，我说我大概是把几个人融合在一起，分成两类，写成了两个女子。所以粗略地一看觉得他们象某人和某人，而仔细地一看却又觉得她们与某人和某人并不相象。

《雷》写成以后在《文学》一卷五号上面发表了。过了一个多月我开始为第二卷的《文学》写作长篇小说《电》，预备这样来结束我的《爱情的三部曲》。

起初我的这小说的题名是《雪》，写了几章以后才改用了《电》这个名称。为什么要用一个《电》字？我的解释是："《电》里面的主人公有好几个，而且头绪很多，他很适合《电》这个题目，因为那里面恰象有几股电光接连地在漆黑的天空里闪耀。"

这小说是在一个极其安舒的环境里写成的。我开始写前面的一小部分时，住在北平那个新婚的朋友的家里，在那里我得到了一切的方便，可以安心地写文章，后来另一个朋友请我到城外去住。我去了。他在燕京大学办事，住在曾经做过王府的花园里面。那地方很大，白天众人都出去办事了，我一个人留在那样宽阔的园子里，过了三个星期的清闲生活。这其间我还游过一次长城。但我毫不费力地写完了《电》。

我说毫不费力，因为我写作时差不多就没有停笔沉思过。字句从我的自来水笔下面写出来，就象水从喷泉里冒出来那样地自然，容易。但那时候我的激动却是别人想象不到的。我差不多把全个心灵都放在那故事上面了。我所写的人物都在我的脑里活动起来，他们和活人没有两样。他们生活，受苦，恋爱，挣扎，笑乐，哭泣以至于死亡。为了他们我就忘了自己的存在。好象不是我在写这文章，却是他们自己借了我的笔在生活。在那三个星期里面我无论在什么地方，都只看见那一群人，他们永久不息地在我的眼前活动，不让我有一刻的安息。

我的激动，我的痛苦，我的疲倦，恐怕只有那个请我来这里写文章的朋友知道。

我仿佛在参加一场大战。我好象一个将军在调动军队，把我的朋友（我自己创造出来的兵卒）一个一个地派遣到永恒里去。我写了雄和志元的处刑，我写了亚丹和敏的奇异的死。我写完了这小说。我差不多要哭了。隔岸观火的生活竟然是这么悲痛的。

小说写成后我先寄了前四章到文学编辑部去，后面的一部分是我自己回上海时带去的。到了上海我才知道这小说已经排好两章，但终于因了某种特别的缘故，没有能够发表。我便又把这小说带到北平去。我和两个朋友商量了一些时候，终于决定把它在《文学季刊》上面发表了。

我把《电》的内容稍微删改了一下，改动的地方很少，不过其中的人物凡是在《雨》和《雷》里面现过身的都被我改了名字，我当时曾作了一个表，现在就把它抄在这里：

| | |
|---|---|
| 佩珠——慧珠 | 仁民——仁山 |
| 志元——志成 | 剑虹——剑峰 |
| 陈真——天心 | 亚丹——继先 |

影——小影　　　　　　慧——萍
敏——炳　　　　　　　碧——碧玉
德——宗　　　　　　　熊女士——洪女士

《电》在《文学季刊》上面发表的时候分作了上下两篇。题目改为《龙眼花开的时候》，另外加了一个小题目——《一九二五年南国的春天》。作者的姓名变成了欧阳镜蓉，的确是一个陌生的名字。

在上篇的开始我引用了《新约》《启示录》中的两段话：

我又观看，见一片白云彩。在云彩上坐着一位好象人子，头上戴着金冠冕，手里拿着快镰刀。又有一位天使从殿中出来，向那坐在云彩上的大声喊着说：伸出你的镰刀来收割，因为收割的时候已经到了！地上的庄稼已经熟透了！那坐在云彩上的便把镰刀扔在地上。地上的庄稼就被收割了。

第十四章第十四至十六节

我又看见一个新天地。因为以前的天和以前的地已经过去了。海也不再有了。我又看见圣城新耶路撒冷，从天上上帝那里降下来预备好了，好象新妇妆饰好了等候丈夫。我又听见有大声音从宝座出来说：看哪！上帝的帐幕在人中间。他要和他们同住，他们要作他的民，上帝要亲自和他们同在，作他们的上帝。上帝也要擦去他们一切的眼泪。不再有死，也不再有悲哀，哭号，疼痛。因为以前的事都过去了。坐宝座的说：看哪！我将一切都更新了。又说：你要写上。因为这些话是可信的，是真实的。

第二十一章一至五节

后面注明——“一九三二年五月于九龙寄寓。”

在下篇的开始我从《新约》《约翰福音》里引了下面的四节：

光来到世间，人因为他的行为不好，不爱光，倒爱黑暗。……凡作恶的便恨光，并不来就光，恐怕他的行为受责备；但行真理的必来就光。

第三章第十九，二十节

我是世界的光，跟从我的就不在黑暗里走，必要得着生命的光！

第八章第十二节

我到世上来，乃是光，叫凡信我的不住在黑暗里。若有人听见我的话不遵守，我不来审判他。我来本不是要审判世界，乃是要拯救世界。

第十三章第四十六，四十七节

我就是复活，我就是生命。信我的人虽然死了，也必活着；凡活着信我的人，必永远不死。

第十一章第二十五，二十六节

后面加了一个小注：——“这后面本来还有一章结尾，现在被作者删去。下篇到这里便算完结。”最后也注明：——“一九三三年十二月于九龙。”

这些都不是真话。我故意撒了谎使人不会知道这小说是我的作品。这种办法在当时似乎是需要的。至少有两三个朋友这样地主张过。至于“结尾”呢，这小说本该有一个结尾，不过我还没有机会把它写出来，写出来也不能担保就可以和读者见面，所以我率性不写了。其实这小说也可以就这样完结的。也许会有人说这不能完结。然而生命根本没有完结的时候。个人死了，人类却要长久地活下去。

我当时要使读者相信欧阳镜蓉是一个生长在闽粤一带的人，《龙眼花开的时候》是费了一年半以上的时间在九龙写成的一部小说，我甚至用了竟容这个名字写成了一篇题作《倘使龙眼花再开时》的散文，叙述他写这小说的经过。这散文我没有编进别的集子里去，但我十分爱它，而且它和《电》也有密切的关系，所以我也把录在下面：

从先施公司出来，伴着方上了去铜锣湾的电车。

“到上面一层去罢，今天破个例，”我微笑地对方说。

方知道我的意思，他便不说什么话，第一个登了梯子。我跟在他的后面。

我们两个坐在一把椅子上，我把肘靠着车窗，看下面的街景。

“容，你的小说写到多少页了？”方忽然这样问我。

“还只有你看见过的那些，这几天简直没有动笔!”我不在意地回答着，我依旧看着下面的街景。

“你的小说打算发表吗？”

“我不敢存这野心，”我一面说，一面掉头惊讶地看他，因为我觉得他的声音有些异样。

“你不应该把我写成那样，”你不了解我!”他辩解似地说。

“我的小说还没有写完呢！后面的结局你是不会想到的。但你应该相信我，我不会不了解你。”

“那么我等着读你的文章罢……”他微微一笑，在这笑中我看见了宽恕。方先前还以为我误解了他，现在他却把我宽恕了。

在这次谈话以后两天方便走了。动身的前夜他自己送了一封信来，那里面有着这样的话：

“我知道我走后你的生活会更加寂寞，我知道我走后我的生活也会更加寂寞，以后我也许会找到许多勇敢的朋友，但是恐怕再找不到一个像你这样了解我的人了。”



他甚至说他愿意听从我的劝告，改掉一切的坏习惯，试试来把一个过重的责任放在他的肩上。最后他说他不愿意我送他，因为他不肯让我看见他流眼泪。

方，那个大孩子，他曾几次徘徊在死的涯沿上，没有动过一点心，他被好些女性称为粗野的人，如今却写了这样的信。这友情给了我极大的感动。

我在孤寂里继续写我的这一部小说。我拿这来消磨我的光阴。我写得很慢，因为我的生活力就只剩了这一点。

龙眼花开的时候惠来了，她住在朋友家里，每天总要过海来看我一次。她看见我努力在写小说，就嘲笑说：“你在给我们写历史吗？”

写历史，我的这管笔不配。这倒使我觉得自己太冒昧了。我便分辩说：“为什么要写历史？我们都还没有把脚踏进过去里面呢？”这时候我已经忘却我是一个垂死的人了。

惠翻看我的小说，她看见慧珠，看见小影，看见仁山，看见所有的人，她的脸上露着温和的笑容，仿佛就和朋友们在一起生活一般，这些人都是她的好朋友。

"容，写下去罢！"惠这样鼓励我。她同时却责备说："只是你不应该把我也写进去，一萍不象我！"她的责备里没有一点怒气。我知道她喜欢这小说，因为它给她引起了不少甜蜜的回忆。

"这只是一些回忆，不是历史，我们的历史是要用血来写的。"她终于掩了我的稿本，微微叹一口气，说了上面的话。

惠在对面岛上住了不到一个月，便抛下我走了。她有她的工作，她不象我，我是一个有痼疾的人。我不能够拿我的残废的身体绊住她。

"容，你多多休息，小说慢慢地写。明年龙眼花再开时，我就来接你回到我们那里去。"我送惠到船上，烟囱叫了三叫，她还叮咛地嘱咐我。她明白我的心很难把这离别忘掉。她的两道细眉也微微皱了。

应该走的人终于走了。他们用他们的血写历史去了。我一个人孤寂的留在这租借地上，在病和小说里排遣日子。

方去后没有信来，只寄了我两本书。惠也没有信。我知道这是他们的习惯。我知道他们一定比我活得更痛快。

龙眼花开了，谢了，连果子也给人摘光了。我的身体依旧是从前那样。在这中间我缓慢地，几乎是一个字一个字地写着，我终于完成了我的小说，写到雄和志成的处刑，写到继先和炳的奇异的死。我仿佛象一个官长在调动军队，把这些朋友都差到永恒里去。写完这小说我忍不住伏在案上伤心地哭起来，如今我是一个隔岸观火的旁观者了。

象一个产妇把孩子生出来，我把我的血寄托在这小说里面。虽然我已经是一个垂死的人，但我的孩子会活下去的。我把他遗留给惠，让她去好好地培养这孩子罢。

我的身体是否还能够支持到明年春天，我不知道，然而倘使龙眼花再开放时，我还能够看见惠，那么我一定要离这寂寞的租借地。我还记得惠常常唱的那一句话：

"我知道我活着的时间不会多了，我就应该活它一个痛快。"

一九三三年除夕于九龙

这文章所写的事实全是虚构。只有关于方的一段有点根据。方就是高志元，那真实的事情我已经在前面叙说过了。惠和慧是一个人，但她究竟是不是某一个朋友，我自己也说不出来。

总之这文章的写成与发表，虽有一种烟幕弹的功用，然而横贯那全文的情调却极似我写作《电》时的心情。所以它依旧是一篇真挚的作品。从它读者也可以看出我当时的苦痛的心情来。

《电》固然是《爱情的三部曲》的最后一部，她不仅是《雨》的续篇，它还是《雷》的续篇。有了它，《雷》和《雨》才能够发生关系。《雨》和《雷》的背景是两个地方，《雨》里面所描写的是S.地的事情，《雷》的故事却是在E.地发生的。两篇小说的时代差不多，《雨》的结束时间应该比《雷》稍微迟一点。周如水在S.地投江的时候，德已经在E.地被枪杀了。

《电》和《雷》一样也是在E.地发生的事情，不过时间比《雷》迟了两年半以上。在时间上《电》和《雨》相距至多也不过两年半的光景。在《电》的开始贤对李佩珠说："你到这里来也不过两年多。"[1]在《雨》的末尾，高志元，方亚丹两人到E.地去时，李佩珠对他们说过，希望他们能够在那里给她找到一个位置[2]。也许他们到了E.地后不久就把她请了去，这是很可能的。这样算起来，从《雨》到《电》中间就要不了两年半的时间。



但在这两年半中间，我们可以看见李佩珠大大地改变了，吴仁民大大地改变了，高志元也有些改变了，至少他的肚皮不痛了。方亚丹没有大的改变，慧和两年半以前的她比起来也没有什么差异，但是敏却完全成了另外一个人，影也有了大的进步。

这可祝福的两年半的时间！正如仁民所说"现在的社会是一个洪炉"呵！

关于《电》我似乎有许多话想说，但在这里却又不便把它们全说出来。这本书是我的全部作品里面我自己最喜欢的一本，在《爱情的

---

[1] 《电》，页八。

[2] 《雨》，页二五〇。

三部曲》里面，我也最爱它。但不幸现在展现在读者眼前的《电》已经带了遍体的鳞伤，而不是它的本来面目了。并且印刷上的错误也常常是大得叫人吃惊。譬如二三三页第八行和第九行的中间，就脱落了一个万不可缺的分章的“十”字。因为这本来是两章，不应该合在一起的。

《电》不能说是以爱情做主题的，它不是一本爱情小说；它不能说是以革命做主题的，它也不是一本革命小说。同时它又不是一本革命与恋爱的公式小说。它既不写恋爱妨害革命，也不写恋爱帮助革命。它只描写一群青年的性格，活动与死亡。这一群青年有良心，有热情，想做出一点有利于大家的事情，为了这他们就牺牲了他们的个人的一切。他们也许幼稚，也许会常常犯错误，他们的努力也许不会有一点效果。然而他们的牺牲精神，他们的英雄气概，他们的洁白的心却使得每个有良心的人都流下感激的眼泪来。我称我的小说做《电》。我写这本《电》时，我的确看见黑漆的天空中有许多股电光在闪耀。



关于《电》里面的人物我不想多说话。这部小说和我的别的作品不同，这里面的人物差不多全是主人公，都占着同样重要的地位，而且大部分的人物，都并不是实生活里面的某人某人的写照，我常常把几个朋友拚合在一起造成了《电》里面的一个人物。慧是这样造成的，敏也是这样造成的。影和碧，克和陈清，明和贤，还有德华，都是这样地造成功的。但我们似乎也不能够因此就完全否认了他们的真实性。

李佩珠这个近乎健全的性格须得在结尾的一章里面才能够把她的全部长处完全地显露出来，然而结尾的一章一时却没有机会动笔了。这个妃格念尔型的女性，完全是我创造出来的。我写她时，我并没有一个模特儿。但是我所读过的各国女革命家的传记却给了我极大的帮助。

吴仁民做了李佩珠的爱人，这个人似乎一生就离不掉女人。在《雾》里面他有过瑶珠，在《雨》里面他有过玉雯和智君；现在他又有了佩珠。但他已经不是从前的吴仁民了。这就是说他不再是我的那个朋友的写照，他自己已经构成了一个独立的人格，获得了他的独立的存在，而成为一个新人了。

高志元也许可以说是不曾改变，他不过显露了他的另一面，但是他的健康的恢复会使人不大认识他了。

我说过我是拿了那个瘦长的年青朋友做模特儿写了方亚丹的。方亚丹和德不同，方亚丹不象一个正在爆发的火山。虽然慧说他粗暴，其实他不能算是一个粗暴的人，那朋友还比他粗暴得多。那朋友对女人的态度是充满着矛盾的。我知道他的内心激斗得很厉害。他在理智上憎恨女人，感情上却喜欢女人。所以有人在背后批评他：口里骂女人，心里爱女人。他不仅这样，他和别人争辩不胜的时候就常常拉我去做他的挡箭牌。同样他的对手也拉了我去对付他。所以有时候会有人从远的地方写信来征求我对于恋爱的意见。有一个朋友因为被那年青朋友骂得没办法了，曾经写过一封长信来报告他的恋爱的经过，要我来下一个判断。因了那年青朋友的行动，在外面就起了一个传说：我和他同一个广东朋友，就是在济南轮船的甲板上谈了一夜的我们三个人[1]，组织了一个反对恋爱的三人团[2]。我第一次听见这传说还是从他自己的嘴里听来的。那时他告诉我，他已经在秘密地讲恋爱了。所以最近还有人问我："三人团里面已经有两人破了戒约，你现在怎样？"我只是笑笑罢了，因为我根本就不知道三人团的事情。



这些事方亚丹是不会做的。方亚丹高兴的是和小学生在一起，或者忙着去养蜂。这事情那个朋友却也高兴做。所以当我看见他和小学生在一起玩耍，或者忙着换巢础毁王台，在蜜蜂的包围中跑来跑去的时候，我也禁不住象李佩珠那样地奇怪起来："他这个粗暴的人却怎么可以和蜜蜂和小学生做好朋友？"

那个瘦长的朋友的确和方亚丹一样是一个有孩子的心的人。我枪杀了方亚丹，我很悲惜失掉了这样一个可爱的友人。但那瘦长的年青朋友还活着，听说他已经渐渐地克服了肺病而好了起来。那么我祝他能够早早回到他的蜜蜂和小学生中间去。

---

❶ 见《旅途随笔》第一篇《海上》。

❷ 我们三个人的确在一起反对过那个被写作《白鸟之歌》的主人公的前辈友人的恋爱事件。

慧这个人我自己也很喜欢。她那一头狮子的鬃毛一般的浓发还时时在我的眼前晃动。她不是一个健全的性格。她不及佩珠温柔，明白，坚定；不及碧冷静；不及影稳重；不及德华率真。但她那一泻千里般的热情却超过了她们大家。她比她们都大胆。她被人称为恋爱至上主义者，而其实她的性观念是很解放的。

“我知道我活着的时间不会多了，我就应该活它一个痛快。”她常常唱的这一句话给我们暗示了她的全部性格。

敏和慧相爱过，但自由性交主义者的慧是没有固定的爱人的。敏爱过慧，现在还在爱慧。不过现在他已经把爱情看得很轻了。他这个人在两年半中间变得最多，而且显露了一点精神异常的现象，使他带了病态地随时渴望着牺牲。他正如佩珠所说是一个太多感情的人，终于被感情毁了。他为了镇静那感情，就独断地一个人去做了那件对于大家都没有好处的事情。



陈清这个典型是有模特儿的。那是我的一个敬爱的友人，他现在还在美国作工。他的信仰的单纯与坚定，行动的勇敢与热心，只有和他认识的人才能够了解。陈清的最后的不必要的牺牲，在我那朋友的确是很自然的事情。这事情从吴仁民一直到敏，他们都不会做。但陈清做出来却没有一点不合情理的地方。这与他的性格很相合。不过这个典型的真实性恐怕不易为一般年青读者所了解罢。

贤这个孩子也是有模特儿的，但却不只一个。我几年前在一个地方看见他常常跟着“碧”东跑西跑，脑里留了一个印象。然而我那时所看见的却只是他的外表，（不是面容，贤的面容是从另一个孩子那里借来的，）所以后来写贤时，我也是把几个人拚起来写的。不知道怎样我自己非常喜欢这个孩子。

关于《电》，可以说的话都说出来了。应该说的话似乎还有，但我也不想说了。我于是阖了那本摊开在我手边的《电》。我这样做了以后，我的眼前就现出了李佩珠的充满着青春的活力的鹅蛋形的脸，接着我又看见了被飘散的黑发遮了半个脸庞的慧。我的心因了感激，因了鼓舞而微微地颤动了。我的灵魂被一种崇高的感情洗浴着，我的心里充满着那献身的渴望。恰恰在这时候我的眼前显现了两张信纸，这是我想答覆而终于没有答覆的一封信，所以我平日就把它夹在《电》里面。

我很久就想给先生写一封信了，很久很久！先生的文章我真读过不少，那些文章给了我激动，痛苦，和希望，我老以为先生的文章是最合于我们青年人的，是写给我们青年看的，我有时候看到书里的人物活动，就常常梦幻似的想到那个人就是指我！那些人就是指我和我的朋友，我常常读到下泪，因为我太象那些角色，那些角色都英勇的寻找自己的路了，我依然天天在这里受永没有完结的苦。我愿意勇敢，我真愿意抛弃一切捆束我的东西呵！——甚至爱我的父母。我愿意真的“生活”一下，但现在我根本没有生活。

我是个大学低年级生，而且是个女生，父母管得我象铁一样，但他们却有很好的理由，——把我当儿子看，——他们并不象旁的女孩的父母，并不阻止我进学校，并不要强行替我订婚，但却一方要我规规矩矩挣好分数，毕业，得学位，留美国；不许我和一个不羁的友人交往。在学校呢，这环境是个珠香玉美的红楼，我实在看不得这些女同学的样子，我愿找一条出路，但是没有！这环境根本不给我机会，我骂自己，自己是个无用无耻的寄生虫，寄生在父母身上，我有太高太高的梦想，其实呢，自己依然天天进学校上讲堂，回家吃饭，以外没有半点事，有的男同学还说我“好”，其实我比所有的女生更矛盾。

先生！我等候你帮助我，我希望你告诉我，在我这种环境里，可有什么方法挣脱？我绝对相信自己有勇气可以脱离这家，——我家把他们未来“光耀门楣”的担子已搁了一半在我身上，我也不愿承受，——但脱离之后，我难道就回到红楼式的学校里？我真没有路可去，先生！你告诉我，用什么方法可以解除我这苦痛？我读书尽力的读，但读书只能使我更难受，因为书里讲着光明，而我只能远望着光明搓手，我相信书本子不能代替生活！我更不信大学生们组织讨论会，每星期讨论一次书本子就算完成了青年的使命，谁知道我们这讨论又给旁人有什么补益呢？只是更深的证明了我们这群东西早就该死！

先生，帮我罢，我等待你的一篇新文章来答覆我。请你发表它，它会帮助我和我以外的青年的。

你的一个青年读者

这个“青年读者”不但没有告诉我她的真实姓名，她甚至不曾写出通信地址使我没法寄信给她。她要我写一篇新文章来答覆她，事实上这样的文章我已经计划过了，这是一本以一个女子做主人公的《家》，写一个女子怎样经过自杀，逃亡……种种方法，终于获得求知识与自由的权利，而离开了她的在崩颓中的大家庭。这是一个真实的故事。这样的一本书写出来对于一般年青的读者也许有点用处。但是多忙的我什么时候才有机会来写它，连我自己也没有把握。我三年前就预告了要写一部《群》，直到今天才动笔写了三页。另一本《黎明》，连一个字也没有写。明天的事是没有人能够知道的。说不定我写完了这文章就永远地搁了笔。说不定我明年又会疯狂地写它一百万多字。但我不能够再给谁一个约言。那么对于那个不知道姓名的青年读者，就让我把李佩珠介绍给她做一个朋友罢。希望她能够从李佩珠那里得到一个答覆。

为了这三本小小的书，我写了两万以上的字。近年来我颇爱惜自己的笔墨，不高兴再拿文章去应酬人。许多做编辑的朋友向我要文章，都被我婉辞谢绝了。这一次我却自动地写了这么多的字，这也许是近于浪费罢。然而我在这里所写的都是真实的话，都是在我的心里埋藏了许久的话。我很少把它们对别人倾吐过。它们就象火山里的喷火，但是我用雪把火山掩盖了。

我自己这个人就象一座雪下的火山。在平静的表面下，我隐藏了那么强烈的火焰。别人只看见雪，只有我自己才知道火。那火快把我的内部烧尽了。我害怕，我怕将来有一天它会爆发。

这是我的灵魂的一隅，我以前不曾为任何人开放过，但是现在我开始慢慢地来启这门了。

那么我就率性把我两年前写的一段自剖的话引用在这里来作我这文章的收尾罢：

……

一个人对自己是没有欺骗，没有宽恕的。让我再来打开我的灵魂的一隅罢。在夜里，我常常躺在床上不能够闭眼睛，没有别的声音和景象来缠绕我。一切人世的荣辱毁誉都远远地消去了。那时候我就来做我自己的裁判官，严刻地批判我的过去的生活。

我的确犯过许多错误了。许久以来我就过着两重人格的生活。在白天我忙碌，我挣扎，我象一个战士那样摇着旗帜呐喊前进，我诅咒敌人，我攻击敌人，我象一个武器，所以有人批评我做一副机械。在夜里我却躺下来，打开了我的灵魂的一隅，抚着我的创痕哀伤地哭了，我绝望，我就象一个弱者。我的心为了许多事情痛楚着，就因为我不是一副机械。

“为什么老是想着那憎恨呢？你应该在爱字上多用点力量。”一个熟识的声音在我的耳边响起来了。

在过去我曾被视为憎恶人类的人，我曾宣传过憎恨的福音，因此被一些人把种种错误的头衔加到了我的身上。为了那恨，我曾求过凡宰地的宽恕，因为他教过我爱；为了那恨，我曾侮辱了克鲁泡特金，因为我使人误解了他的学说。那憎恨所带给我的苦痛确实是太多太多了。……

许多人指摘过我的错误了。有人说世界是应该用爱来拯救的。又有人说可憎的只是制度不是个人。更有些人拿了种种社会科学的术语来批评我的作品。他们说我不懂历史，不懂革命。他们说这一切只是没落的小资产阶级的悲哀，他们说我不能够体验实生活。

我也曾将这些批评仔细考察过。我并且早已用事实来回答了他们：我写过十三四万字的书来表示我的社会思想，来指示革命的道路，我在许多古旧的书本里同着法俄两国人民经历过那两次大革命的艰苦的斗争，我更以一颗诚实的心去体验了那种种多变化的生活。我给自己建立了一个坚强的信仰。从十五岁起直到现在我就让那信仰指引着我。

我是浅薄的，我是率直的，我是愚蠢的，这我都承认。然而我却是忠实的，我从不曾让雾迷了我的眼睛，我从不曾让激情昏了我的头脑。在生活里我的探索是无休息的，无终结的。我不掩护我的弱点，但我不放松它，我极力和它挣扎，结果就引起了一场斗争。这斗争是激烈的，为了它我往往熬尽了我的心血，而我的矛盾就从此产生了。

我的生活里是充满了矛盾的。感情与理智的冲突，思想与行为的冲突，理想与现实的冲突，爱与憎的冲突，这些就织成了一个网，把我盖在这里面，它把我抛掷在憎恨的深渊里，让狂涛不时来冲击我的身体。我没有一个时候停止过挣扎，我时时都想从那里面爬出来，然而我始终不能够弄破那矛盾的网，那网把我缚得太紧了。……没有人能够了解我，这因为我自己就不肯让人了解……人只看见过我的笑，却没有人知道我是整天拿苦痛来养活我自己。



我的憎恨是盲目的，强烈的，普遍的。我常常把我所憎恨的对象描画成一个可憎的面目，我常常把我所憎恨的制度加以人格化，使它变成了一个极其可恨的人，我常常把我的爱极力摧残使它变成憎恨。然而我的这种努力依旧没有大的效果。

这一切在别的人看来也许全是不必需的，他们也许会以为我是被雾迷了我的眼睛。其实这全不是。我很知道我不过是一个过渡时代的牺牲者。我不能够免掉这一切，完全是由于我的生活的态度。我是一个有血有肉的青年，我生活在这黑暗的混乱时代里面。因为忠实：忠实地探索，忠实地体验，就产生了种种的矛盾，而我又不能够消灭它们。我固然有一个坚强的信仰，但我却不是象克鲁泡特金那样纯洁完全的人，或象奈其亚叶夫那样意志坚强到了极点的人；我只是一个极其平凡的青年。

我的一生也许就是一个悲剧，但这是由性格上来的（我自小就带了忧郁性），我的性格就毁坏了我一生的幸福，使我在苦痛中得到满足。有人说过革命者是生来寻求痛苦的人。我不配做一个革命者，但我却做了一个寻求痛苦的人了。我的孤独，我的黑暗，我的恐怖都是我自己去找来的。对于这我不能够有什么抱怨。

我承认我不是健全的，我不是强项的，我承认我已经犯过许多错误。但这全不是我的思想，我的信仰的罪过。那责任应该由我的性格，我的感情来负担。也许我会为这些错误而受惩罚。我也决不逃避，自己种的苦果就应该自己来吃。这并不是我一个人的命运。做了这过渡时代的牺牲者的并不是我一个人。我甚至在象马拉，丹东，罗伯斯比尔，柏洛夫斯加亚，妃格念尔这般人中间发见和这类似的悲哀，虽然他们的成就是我万不敢想望的。

然而不管这些错误，我依旧要活下去，我还要受苦，挣扎，以至于灭亡。

那么在这新年的开始就让我借一个朋友的话来激励自己罢：

"你应该把你的生命之船驶行在悲剧里（奋斗中所受的苦痛，我这样解释悲剧），在悲剧中振发你的活力，完成你的创造。只要你不为中途所遇的灾变而覆船，则尽力为光明的前途（即目的地）而以此身抵挡一切苦痛，串演无数悲剧，这才算是一个人类的战士。"❶

一九三五年十月二十七日写完

**原载《雾》，良友图书印刷公司 1936 年 1 月 20 日版**



❶ 见《文学》二卷一号《新年试笔》，用"比金"的笔名发表。

# 《爱情的三部曲》作者的自白

——给刘西渭先生

巴　金

朋友：

我不知道应该怎样地称呼你。你知道，在这事情上面我是很笨拙的。我不能够对每个人叫出一个适当的称呼，犹如我不能够对每个人说出几句好听的话。我永远是一个笨拙的，执拗的人，这性情我没有方法可以使它改变。所以倘使这称呼使得你不高兴时，那么还请你原谅我。

我称你做朋友，你当知道这并不是一个疏远的称呼。除了我的《爱情的三部曲》外，你也许还读过我的几篇散文或杂文，你也许还认识我的一两个朋友，从这里你应该明白“朋友”两个字在我的生活里的意义。我说过我有许多大量的朋友，我说过我就靠朋友生活。这并不是虚伪的话。我没有家，没有财产，没有一切人们可以称做是自己的东西。我有信仰，信仰支配我的理智；我有朋友，朋友鼓舞我的感情。除了这二者我就一无所有，没有信仰，我不能够生活；没有朋友，我的生活里就没有快乐。靠了这二者我才能够活到现在。

你说我是幸福的人，你还把我比作一个穷人，要来为同类争取幸福。（我佩服你这比喻作得好！）对你这些话，我不知道应该说什么才好。我刚写一篇《爱情的三部曲》的总序，在这将近三万字的文章里（我从来没有写过这样的长序），我第一次展开了我的灵魂的一隅：我说明我为什么要写那三本书；我说明我怎样写成了它们；我说明为什么在我的全作品中我最爱它们。这些话没有一点含混。一个人对自己是不能够有一点含混的。你如果读到那文章，你会多少了解我一点，你会知道对于你的批评我应该给一个怎样的回答。但可惜那文章到现在还不曾被排印出来，所以我不得不来给你写这一封信。这一年来我说过要沉默，别人也说我沉默了。但是当热情在我的身体内燃烧起来的时候，只要咽住一个字也会缩短我的一天的生命。倘使我不愿意闭着眼睛等候灭亡的到临，我就得张开嘴大声说出我所要说的话，我甚至反复地说着那些话。

朋友，你不要以为我只是拿着一管万年笔在纸上写字，事实上我却是一边写字一边大声念出来的。这时候我住在一个朋友的“家”里，这“家”据那朋友自己说“为了那灰暗的颜色，一个友人说过住不到两月就会发疯，另一个则说只要三天就可成为狂人”。[1]那朋友的话也许可靠。现在他去了，留下我和一个厨子来看守这南北两面的七间房屋。厨子在门房里静悄悄地睡了，南房在阴暗中关住了它的秘密。我一个人坐在宽敞的北屋里，周围是灰暗的颜色，在铺了席子的书桌上一只破表一秒钟一秒钟地单调的响着，火炉里燃过了的煤的余烬穿过炉桥的缝隙无力地落了下来。在一排四间屋子里就只有这一点声音。正如我在《雨》里面所说，一切都死了：爱死了，恨也死了，悲哀和欢乐都死了。这时候我本也想闭着眼睛在床上躺下来。然而我不能够。我并不曾死。甚至这坟墓一般的房间也不能窒息我的呼吸。我不能够忍受这沉寂。我听不见一点人的声音。然而我自己还能够说话。所以纵然是自己一个人，我也要大声念出，我所写的话语。我就是这样的一个人，我的全个存在就可以用这来解释。做一个在暗夜里叫号的人，我的力量，我的悲剧就完全在这里了。

我说到悲剧，你也许不会相信，作为批评家的你不是说过“幸福的巴金”吗？幸福，那的确是我一生所努力追求的东西。但正如你所说我是企图“为同类争来幸福”，我并不是求得幸福来给我自己，在这一点我就看出你的矛盾了。为同类争取幸福的人自己决不会得到幸福。帮助美国独立的托马士·陪因说过“不自由的地方是我的国土”，这比

❶ 见《文学季刊》二卷四期（终刊号）那朋友的《短简》。

较说“自由的地方就是我的国土”的弗兰克林更了解自由了。

有信仰的人一定幸福。我的小说里就充满着有信仰的人，全是些幸福的人，所以我是幸福。朋友，你就这样地相信着。但是信仰和宗教中间究竟有一个距离。基督教的处女在罗马斗兽场中跑在猛兽的面前，仰起头望着天空祈祷，那时候她们对于即来的灭亡，并没有一点恐怖，因为她们看见天堂的门为她们而开了。她们是幸福的，因为她们的信仰是天堂——个人的幸福。我们所追求的幸福却是众人的甚至要除掉我们自己。我们的信仰在黎明的将来，而这将来我们自己却未必能够看见。革命者和教徒是完全相异的两种典型。革命者有激情，而在教徒激情就是犯罪。激情是痛苦的泉源。信教者的努力在消灭激情，而革命者则宝爱它。所以在革命者中间我们很少看见过幸福的人。殉道者的遗书也就常常带着悲痛的调子。他们并不后悔，但他们却对父母说：“请原谅我”；对同志说：“将来有一天我们的理想变为现实的时候望你们还记念着我。”



从这里看来，我应该说你把革命分析作下列情绪的连锁：热情——寂寞——忿恨——破坏——毁灭——建设，是完全错误的了。一个真实的革命者是不会感觉到寂寞的。他的出发点是爱，而不是恨。当一个年青的胸膛里充满着爱的时候，那热情会使他有勇气贡献一切。这倘若用居友的话来解释，就是生命在身体内满溢了，须得拿它来放散。每个人都有着更多的爱，更多的同情，更多的精力超过于维持自己的生存所需要的，所以应该拿它们来为别人而消耗。我自己有过一点经验。在十五岁的时候，我也曾有过那“立誓献身的一瞬间”。那时候我并不觉得孤独，并没有忿恨。我有的只是一个思想：把我的多余的精力用来为同类争取幸福。

破坏和建设并不是可分离的东西。在这中间更不应该加一个“毁灭”。在《雨》里面吴仁民相信着巴枯宁的名言：“破坏的激情就是建设的激情。”但这句话的意义是比较吴仁民所理解的深得多。我要说这两个名词简直是一个意义，单独用起来都不完全。热情里就含着这两样东西。而且当热情在一个人的身体内满溢起来的时候，他的建设（或者说创造）的欲求更强过破坏的欲求。

但热情并不能够完成一切。倘没有什么东西来指导它，辅助它，那么它就会象火花一般零碎地爆发出来落在湿地上灭了，热情常常是这样地把人毁掉的，我不知道写了若干封信劝过朋友，说热情固然可宝贵，但是一味地放任着热情让它随时随地零碎地消耗，结果只有毁掉自己。这样的热情也许象一座火山，爆发以后剩下来的就只有死，毁了别的东西，也毁了自己。

于是信仰来了。信仰并不拘束热情，反而加强它，但更重要的是信仰还指导它。信仰给热情开通了一条路，让它缓缓地流去，不会堵塞，也不会泛滥。由《雾》而《雨》，由《雨》而《电》，信仰带着热情舒畅地流入大海。海景在《电》里面才展现出来。《电》是结论，所以《电》和《雨》和《雾》不能够相同，就如海洋与溪流相异。一个人的眼睛，可以跟着一道溪流缓慢地流入江河，但站在无涯的海洋前面你就只能够看见那掀天的白浪。你能说你的眼睛跟得上海水吗？

进了《电》里面，朋友，连你的眼睛也花了。你就说《电》紊乱，但这是不公平的。朋友，你坐在书斋里面左边望望福楼拜，右边望望左拉和乔治桑，要是你抬起头突然看见巴金就站在你的正面，你一定会张皇失措起来。你的冷静和客观都失了效用。你预备赤手空拳迎上去。但你的拳头会打到空处。你不会看清楚这一个古怪的人，因为这样的人从前就没有过。《电》迷了你的眼睛。因为福楼拜，左拉，乔治桑就写不出这样的东西。朋友，这一句话会给你抓住错儿了。但是慢点，我的话里并不含有骄傲的成分。我只是说，我们现在生活里的一切是他们在那时连做梦也想不到。他们死了。你可以把他们的尸首搬来随意地解剖。但对于象我这样的一个活人你就得另想办法。你以为抓住了我，可是我一举脚就溜了几千里，你连我跑到什么地方去了，也不会知道。你“俏皮地”说读者的眼睛追不上我的笔，然而你忘记了你的眼睛是追不上我的脚的。我的脚要拖起你的眼睛跑，把你的眼睛也弄得疲倦了。所以你发出了怨言：紊乱。

你以为我“真正可以说：‘我写文章如同在生活’。”但你不知道我的文章还要把别人也带进生活里面去。你进到那生活里，你太陌生，你的第一个印象一定是紊乱。因为实际生活并不是象小说里安排得那样地好。你既然承认我写文章如同在生活，你就得跟着我去生活，你决不应该只做一个旁观者。你在书斋里读了《电》，你好象在电影上看见印地安人举行祭仪，那和你的确隔得太远，太远了。你责备《电》紊乱，你更想不到那小说怎样地被人宰割了几次，你所看见的已经是残废的肢体了。

然而甚至这残废的肢体也可以告诉人《电》是《爱情的三部曲》的顶点，到了《电》里面热情才有了归结。在《雾》里似乎刚刚下了种子，在《雨》里面“信仰”才发了芽，然后电光一闪，“信仰”就开花了。到了《电》我们才看见信仰怎样地支配着一切，拯救着一切。倘使我们要作这个旅行，我们就不能不抓了两个人做同伴：吴仁民和李佩珠，只有这两个人是经历了那三个时期而存在的，而且他们还要继续地活下去。

在《雾》里面李佩珠没露过脸，但人提起她就说她是一个“小资产阶级的女性”；在《雨》里面她开始感到活力的满溢，预备拿它来为他人而放散了。她不仅知道爱情只是一时陶醉，从事业上才可以得着永久的安慰，她还想到 E 地去做一点实际的事情。于是电幕一开，两年以后的李佩珠便以一个使人不能相信的新的姿态走出来，使得吴仁民也吃惊了。她不仅得着 E 地的青年朋友的爱护，连我自己也热烈地爱着她。她是妃格念尔型的女子，但她比她们幼稚，幼稚得可爱。看起来她是一个平凡的人。也许有人会象你一样把她当作领袖（你“几乎要说两位领袖携手前行”，幸亏你用了“几乎”二字，否则你不怕觉得肉麻吗？），但我把《电》的原稿翻来复去地细看几次，我把李佩珠当作活的朋友来看待，好象我就在她旁边跟着她跑来跑去，她给我的印象是一个极其平凡的女子。然而我相信她如果说一句话或做一个手势叫我去为理想交出生命，我也会欢喜得如同去赴盛筵。似乎曾有人用过和这类似的话批评苏非亚·柏洛夫斯加亚，可见真正的伟大和平凡就只隔了一步。你虽然聪明绝顶，但遇着这样的女子，你要用你的尺度来衡量她的感情，你就会碰壁。事实上你那所谓情绪的连锁已经被她完全打碎了。

《雾》中的吴仁民正陷溺在个人的哀愁里，我用了“哀愁”这字眼，因为他的苦痛是缓慢的，零碎的。那时候的吴仁民平凡得叫人家就不觉得他存在。然而打击来了。死终于带走了他那病弱的妻子。那个消磨他的热情的东西——爱去了。热情重新聚集起来（记住他是一个强健的汉子)。他的心境失了平衡，朋友们不能够了解他，他又缺乏一个坚强的信仰来指导他(自然他有信仰，但是不够坚强)。他到处追求，到处碰壁。他要活动，要暖热，然而他的眼睛所看见的却只是死，还有比死更可怕的寂寞。寂寞不能消灭热情，反而象一阵风煽旺了火。于是热情在身体内堆积起来，成了一座火山。倘使火山一旦爆发，这个人就会完全毁灭。恰恰在这时候意外地来了爱情。一个女人的影子从黑暗里出现了。女性的温柔蚕食了他的热情。在那温暖的怀抱中火山慢慢地熄灭了。这似乎还不够。必得再让别个女人从记忆的坟墓中活起来，使他在两个女性的包围里演一幕恋爱的悲喜剧，然后两个女人都悲痛地离开了他。等他醒过来时火已经熄灭，就只剩下一点余烬。这时候他又经历了一个危机。他站在灭亡的边沿上，一举脚就会落进无底的深渊里去。然而幸运地来了那拯救一切的信仰。那个老朋友回来了。我们可以想象到吴仁民怎样抱着他的老朋友流下感激的眼泪。这眼泪并不是一天可以流尽的。等到眼泪流尽时吴仁民就成了一个新人。不，我应该说他有些“老”了。因为“老”他才能持重，才能“淳朴”。他从前也曾想过在一天里面就把整个社会改换了面目，但来到《电》的同志中间他却对人说“罗马的灭亡不是一天的事情”。他甚至以为“目前更需要的是能够忍耐地沉默地工作的人”。他和李佩珠不同，他是另外一种典型。李佩珠比他年青，知道的并不见得比他少。然而她却象一个简单的小女孩。你初看，她和贤(那个暴牙齿的孩子)，仿佛是一对，可是事实上她却“挽住吴仁民的膀子往前面走了”。当她和仁民狂吻了以后她会抿着嘴笑起来，说：“今晚我们真正疯了！倘使他们看见我们刚才的情形，不知道会说什么!”这是很自然的。奇怪的是仁民的回答。他平静地说：“这环境很容易使人疯狂，但是你记住：对于我们，明天也许一切都不存在了。”他没有一点恐怖，就象在转述别人的话。

这两种性格，两种典型，差得很远，粗粗一看，似乎他们中间就没有一个共同点。然而两个人手挽手地站在一起，我们却又觉得这是最自然最理想的结合。我们跟在这两个人后面从《雾》到《雨》，从《雨》到《电》，的确走了一个长远的路程，一路上我们看见了不少的事物，我们得到了不少的经验。然而最重要的却是这一对男女的性格的发展。

所以《爱情的三部曲》的答案并不是一番理论，或一个警句，或任何与爱情有关的话语。它的答案是两个性格的发展：吴仁民和李佩珠。爱情在这两个人心上开过花，但它始终只占着不重要的地位。对于这两个人更重要的是信仰，信仰包含了热情，这信仰就能够完成一切。这三部曲所写的只是性格，而不是爱情。[1]所以《爱情的三部曲》的答案还是和爱情无关的。《电》从各方面看都不象一本爱情小说。朋友，在这一点你上了我的当了。据说屠格涅夫用爱情骗过了俄国检查官的眼睛，因此他的六本类似连续的长篇至今还被某一些人误看作爱情小说。我也许受了他的影响，也许受了别人的影响，我也试来从爱情这关系上观察一个人的性格，然后来表现这性格。在观察上我常常是成了功的。我观察一些朋友，听他们说一番漂亮的话，看他们写一篇冠冕堂皇的文章，这没有用。只有在他们的私生活方面，尤其是在男女关系上他们的性格才常常无意地完全显露了出来。我试把从这观察得来的东西写入小说，我完成了《雾》[2]。《雾》比《雨》，比《电》都简单。它主要地在表现一个性格。我写了周如水。在这一点我不承认失败。你说"窳陋"，那是因为你的眼睛滑到了别处去。你说我"不长于描写"，这我承认。但你进一步说："《雾》的海滨和乡村期待着如画的景色"，我就要埋怨你近视了。你抓住了一点支节，而放过了主题。我并不是在写牧歌。我是在表现一个性格，而这性格并不需要如画的背景。你从头到尾只看见爱情，你却不明白我从头到尾就不是在写爱情。在《雨》在《电》也都是如此。你"从《雾》到《雨》，从《雨》到《电》，由皮而肉，由肉而核，一步一步剥进"我的"思想的中心"，你抓住了两件东西，热情和爱情。但刚一抓到手你就不知道怎样处置它们，你



---

❶ 自然我也不能说这《爱情的三部曲》就和爱情完全无关。我想了想，觉得在这三本书里面爱情仍然有它的地位。你的关于革命与恋爱的话是正确的。对于这问题我也曾企图下一个答案（但这企图却是半意识的。）就是吴仁民答复明的话。在《爱情的三部曲》的总序里，我曾举出一件事实：好些朋友写信问我关于革命与恋爱这问题的意见，有一小部分人认为我反对恋爱。但另一些人又以为我鼓舞人恋爱。

❷ 写《雾》的动机和写作的经过，在"总序"里有详细的叙述。新中国版的《雾》我的确不喜欢。里面有几个地方使我自己读了红脸，读了肉麻。最近我完全改作了一次，至少是把那些地方取消了。改订本的《雾》将与"总序"合成一册，在良友出版。至于你说良友拟出《雾》《雨》《电》的合集，那是误传。

就有些张皇失措了。当你说："《雾》的对象是迟疑，《雨》的对象是矛盾，《电》的对象是行动"，那时候你似乎逼近了我的"思想的中心"，但一转眼你就滑了过去。（好流畅的文笔！真是一泻千里，叫人追不上！）再一望，你已经流到千里以外了。我读一段我赞美一段，到最后我读到了"幸福的巴金"时，我已经不知道跟着你跑到多远的路程了。一路上我只看见热情和爱情，那两件"不死的"东西。你以为热情使我"本能地认识公道，本能地知所爱恶，本能地永生在青春的野"。你"以为爱情不死"，"情感永生"。我不知道这是不是你的要点，因为我跑了这么远的路，根本就抓不住你的要点。你一路上指点给我看东一件西一件，尽是些五光十色的东西。但你连让我仔细看一眼的工夫也不给。你行文的迅速，连我也赶不上。我佩服你的本领。可是我不能够承认你的论据。我不相信热情是生来就具有的，我更不相信热情可以使人本能地认识公道。你似乎忘记了一个更重要的东西，那就是我的全生活，全思想，全作品的基石。❶是它使我"认识公道"，使我"知所爱恶"，使我"永生在青春的野"。我要提出信仰来，但这两个字用在这里还嫌有些含糊。我并不是"不要驾驭热情"，相反的我却无时不在和热情激斗。这结果常常是我失败，但我也有胜利的时候。至于爱情，那决不是不死的东西。在《电》里面就没有不死的东西，只除了信仰。李佩珠甚至在吴仁民的怀里也说"也许明天我就会离开世界，离开你"。她还说"过一会儿我们就会离开了"。她甚至于梦呓似地问："假使我明天就死去呢？"她"没有一点留恋"。可是她却能够勇敢地说："也许明天这世界就会完全沉沦在黑暗里，但我的信仰是不会动摇的"。永生的并不是爱情，而是信仰。从《雾》到《雨》，从《雨》到《电》，一路上就只有这一件东西，别的都是点缀。由下种而发芽而开花，一步一步地在我们的眼前展现了信仰的全部力量。我自己也可以象李佩珠那样地说：

"我不怕……我有信仰。"

朋友，写到这里我的这封信似乎应该收场了。但我还忘记告诉你一件东西。这你恐怕连做梦也想不到。我现在要说的是"死"。是的，

---

❶ 这是什么，我不说出来，聪明的你一定知道。

在《爱情的三部曲》里我还写了“死”。❶

你很注意《电》里面的敏，你几次提到他，你想解释他的行动，但你却不能够。因为你抓不到那要点。你现在且跟着我来检阅他：

> “死并不是一件难事。我已经看见过好几次了。”这是他在热闹的集会中说的话。
>
> “我问你，你有时候也曾想到死上面去吗？你觉得死的面目是个什么模样？”他临死的前夕这样问他的女友慧道。
>
> 慧只看见一些模糊的淡淡的影子。敏却恳切地说：“有时候我觉得生和死就只离了一步，但有时候我又觉得那一步也难跨过。”

这几段简单的话，看起来似乎并不费力，然而我写它们时，我是熬尽了心血的。这你不会了解。你的福楼拜，左拉，乔治桑不会告诉你这个。我自己知道这一切。我必得有了十年的经验，十年的挣扎，才能够写出这样的短短的几句话。我自己就常常去试探死的门，我也曾象敏那样“仿佛看见在面前就立着一道黑暗的门”，我觉得“应该踏进里面去，但还不能够知道那里面是什么样的情形”。我的心也为这个痛楚着。我很能够了解敏的心情。他的苦痛也是我的苦痛，也就是每个生在这过渡时代中的青年的苦痛。但我和他是完全相异的两种典型，处在不同的两个环境里。我可以昂然地说：“我们要宝爱痛苦，痛苦就是我们的力量，痛苦就是我们的骄傲。”但我决不会“因为痛苦便不惜……求一快于人我俱亡”。所以我的英雄并不会把对方的一个人来代表全个制度。敏炸死一个人，主要地在炸死自己。这就是你所说的“求一快于人我俱亡”。除了这就没有别的意义。于是你的矛盾又来了，因为你以为“人力有限，所以悲哀不可避免”。从这句话看来，你根本就

❶ 我写死，也为了从反面来证实信仰的力量。其实我还写了一件很重要的东西，而为你所忽略了的。这是“友情”，或者“同志爱”（Camaraderie）。我特别喜欢《电》，就为了这个。使《电》发光彩的也是这个。信仰是主。用死来证实信仰，用友情来鼓舞信仰。或者用信仰来鼓舞友情。因为有友情，所以没有寂寞，没有忿恨，没有妒嫉。“我不怕，因为我有信仰。”完全不错。“我不怕，因为在我的胸膛里跳动的不只是我一个人的心，而是许多朋友的心。”这也未尝没理。我自己就常常说这样的话。

不了解敏，不了解《电》的青年。在敏，他根本就不管什么“人力有限”，而且毁灭之后也就更无所谓“悲哀”；在《电》的青年，他们根本就不相信“人力有限”，而且他们决不至于“求一快于人我俱亡”。

在这一点上我常常被人误解。其实我自己是反对恐怖主义的。在我的一册已绝版的文集里便有一篇和一个广东朋友讨论这问题的长文。那文章不曾被某一些批评家看见。他们将恐怖主义和虚无主义混为一谈，因此就把我的作品盖上了虚无主义的烙印。没有人知道敏牺牲自己，只是因为他想一步就跨过那生和死间的距离。杜大心牺牲自己只是因为他想永久地休息，而且他相信只有死才能够带来他的心境的和平。知道这个的似乎就只有我。我可以说比别人知道生活，而且比别人知道死。死毁坏一切，死也拯救一切。

你以前读到《雨》的序言，你会奇怪为什么那个朋友要提到“那黑影”，现在你大概可以了解了。在《雾》里面“死”没有来，但在陈真的身上现了那黑影。进了《雨》里面，那黑影威压地笼罩着全书。死带走了陈真和周如水，另外还带走一个郑玉雯。到了《电》，死象火花一般地四处放射，然而那黑影却渐渐地散了。在《电》里面我象一个将军在提兵调将，把那些朋友都送到永恒里去，我不能够没有悲痛，但我却没有丝毫的恐惧。我写死，因为我自己就不断地和死在挣扎。我从《雾》跋涉到《雨》，再跋涉到《电》，到了《电》，我才全胜地把死征服了。有人想用科学来征服死（如孔多塞），有人想用爱（如屠格涅夫或别的许多人）；我就用信仰。在《电》里面我真可以说：

“我不怕……我有信仰。”

有信仰，不错！我的第一部创作的序言的第一句话就是：“我是一个有了信仰的人。”

然而幸福，那却是另外一件事情。我自己说过：“痛苦就是我的力量，痛苦就是我的骄傲。”我追求的乃是痛苦。这时候你又会抓住我的错儿了。我先前不是说过我一生所努力追求的是幸福吗？但是朋友，你且忍耐一下。我求幸福，那是为了众人；我求痛苦，只是为了自己。我有信仰，但信仰只给我勇气和力量。信仰不会给我带来幸福，而且我也不需要它。

那么谁是幸福的呢？你既然提出了幸福的问题，我们就不应该放过它。我把你的文章反复地诵读着，想找一个答案。是这么流畅的文笔！你写得这么自然，简直象一首散文诗！

我读着，我反复地读着。我渐渐地忘了我自己。于是你的面影就在我的眼前显现了。我仿佛看见你那指手划脚，眉飞色舞的姿态，你好象在对一群年青的学生演说。不！你好象一个富家子弟，开了一部流线型的汽车，驶过一条宽广的马路。一路上你得意地左右顾盼，没有一辆汽车比你的华丽，没有一个人有你那驾驶的本领。你很快地就达到了目的地，现在是坐在豪华的客厅里的沙发上，对着几个好友叙述你的见闻了。你居然谈了一个整夜。你说了那么多的话，而且使得你的几个好友都忘记了睡眠。朋友，我佩服你的眼睛锐利。但是我却要疑惑你坐在那样迅速的汽车里面究竟看清楚了什么？❶

那么谁是幸福的呢？朋友，这显然地应该是你！你这匆忙的人生的过客，你永远是一个旁观者。你走过宽广的马路，你就看不见马路旁边小屋里的情形。你不要信仰，你不会有痛苦。你不是战士，又不是隐者。你永远开起你的流线型的汽车，凭着你那头等的驾驶的本领，在宽广的人生的旅路上“兜风”。在匆忙的一瞥中你就看见了你所要看见的一切，看不见你所不要看见的一切。朋友，只有你才是幸福的人呵。那么让我来叫一声：幸福的刘西渭。

一九三五年十一月二十二日

原载1935年12月1日天津《大公报》副刊《文艺》第52期

❶ 这个比喻太笨拙，不及你的聪明。你不要误会我是在故意挖苦你。我真心地佩服你的眼光的锐利。但我希望你能够看得更深一点。

# 《雾·雨·电》前记

两年前我就想把《爱情的三部曲》收回修改重排，这次来上海时才有了这个机会，我还应该感谢小延兄的帮忙。

公寓里很是闷热，夜晚也不退凉，深夜一二时还可以听见无线电台播送的歌曲和弹词。这几夜我常常捧着《爱情的三部曲》工作到两三点钟，有时就在躺椅上迷糊地睡着了。直到我的疲倦的眼睛无法看清楚书上的字迹时，这才关了电灯上床睡去。

这样我终于校改了这三本小说。在我又算了结一件事情。在这些日子里我们的生命是没有保障的。今天闭了眼睛就想不到明天的存在。但是完成了的工作却是不能够消灭的。没有一种暴力可以毁灭它。所以我每做完一件事情，便觉得十分高兴。

我就要回到广州去。在那里也许有一个使人兴奋的生活等着我。这是一个引诱。我又记起了《电》里面的一些景象。我永不能忘记的是这样的两句话："我不怕……我有信仰。"

现在"电光一闪"，应该是"信仰开花"的时候了。

巴　金　一九三八年七月九日

原载《雾·雨·电》，开明书店 1938 年 11 月版

# 《激流》引言

几年以前我流了眼泪读托尔斯泰底小说《复活》，曾在书前的一页空白上写下了“生活本身就是一个悲剧”这样的一句话。

事实并不是这样。生活乃是一个 Jeu。我们生活来做什么？或者说我们为什么要有这生命？罗曼罗兰底回答是“为的是来征服它”。我以为他说得不错。

在这世界上我自从赋有了生命以来，虽仅过了二十几年的岁月，这短短的时期中并不是白费的，这其间我也曾看见了不少的东西。我底周围是无边的黑暗，但我并不孤独，并不绝望。我无论在什么地方总看见那一股生活之激流在动荡，在创造它自己的径路，以通过那黑暗的乱山碎石之中。

这激流永远动荡着，并不曾有一个时候停止过，而且也不能够停止的；没有什么东西可以阻止它。在它底途中，它曾发射出了种种底水花，这里面有爱，有恨，有欢乐，也有受苦。这一切造成了一股激流，具着排山之势，向着那唯一的海流去。这唯一的海是什么而且什么时候它才可以流到海里，就没有人能够确定地知道了。

我和所有其余的人一样，生活在这世界上，是为的来征服生活。我也参加在这个 Jeu 里面。我有我底爱，有我底恨，有我底欢乐，也有我底受苦。但我并没有失去我底信仰，对于生活之信仰。我底生活并未终结，我不知道在前面还有什么东西等着我，然而我对于将来却也有了一点含糊的概念。因为过去并不是一个沉默的哑子，它会告诉我们一些东西。

在这里我欲展示给读者的乃是描写过去十多年间的一幅图画，自然这里只有生活底一小部分，但我们已经可以看见那一股由爱与恨，欢乐与受苦所组织成的生活之激流是如何在动荡了。我不是一个说教者，所以我不能明确地指出一条路来，但读者自己可以在里面去寻它。

有人说过，路本没有，因为走的人多了，便成了一条路。又有人说路是有的，正因为有了路才有许多人走，谁是谁非，我不想判断。我还年青，我还要生活，我还要征服生活。我知道生活之激流是不会停止的，且看它把我载到什么地方去。

一九三一年四月　巴　金

原载 1931 年 4 月 18 日上海《时报》第 2 张第 5 版

# 《家》后记

巴　金

《激流》底第一部《家》从四月写到现在，写完了。这只是一年以内的事，却占了这样长的篇幅，这是出乎我底意料之外的。然而单从这一年的大小事变底描写，我们已经可以看到一个正在崩坏的资产阶级家庭底全部悲欢离合的历史了。这里所描写的高家正是这类家庭底典型，我们在各地都可以找到和这相似的家庭来。

有不少的人以为这是我底自传，其实，这是一个错误。小说里的事实大部分是出于虚构，不过我确实是从和这相似的家庭出来的，而且也曾借了两三个我认识的人来作模特儿。

用了二十三四万字我写完了一个家庭底历史。假如我底健康允许我，我还要用更多的字来写一个社会底历史，因为我底主人翁是从家庭走进到社会里面去了。如果还继续写的话，第二部底题名便是《群》。虽然不一定在何处发表，总有机会和读者见面的。

原载 1932 年 5 月 22 日上海《时报》第 1 张第 3 版

# 呈献给一个人（代序）*

巴　金

大前年冬天我曾经写信告诉你，我打算为你写一部长篇小说，可是我有种种的顾虑和困难。你却写了鼓舞的信来，你希望我早日把它写成，你说你不能忍耐地等着读它。你并且还提到狄更司写《块肉余生述》的事，因为那是你所最爱的一个作家。

你底信在我底抽屉里整整放了一年多，我底小说还不曾动笔。我知道你是怎样焦急地在等待着。直到去年四月我应允了时报馆底要求，才下了决心开始来写它。我想这一次不会再劳你久待了。我并且预备把报纸为你保留一份汇集起来寄给你。然而出乎意料之外的，我底小说星期六开始在报上发表，而报告你底死讯的无线电报星期日就到了。你竟连读我底小说的机会也没有！

你底死我也曾料到过，但我万想不到有这样快，而且也想不到你果然用自己底手割断了你底生命，虽然在八九年前我曾听见你说过要自杀。

你不过活了三十多岁，你到死还是一个青年，可是你果然有过青春么？你底三十多年的生涯，那是一部多么惨痛的历史呵。你完全成了一个不必要的牺牲品了。这你一直到死还是不明白的。

你有一个美妙的幻梦，你自己把它打破了；你有一个光荣的前途，你自己把它毁灭了。你在一个短时期内也曾为自己建造过一个新的理

* 本文系《家》初版代序。——编者注

想，你又拿“作揖哲学”和“无抵抗主义”来把自己底头脑麻醉了。你曾经爱过一个少女，而又让父亲拿拈阄来决定你底命运，去和另一个少女结婚；你爱你的妻，却又因了鬼话的缘故把你底将生产的妻送到城外荒凉的地方去。你含着眼泪忍受了一切不义的行为，你从不曾说过一句反抗的话。你底一生完全是为着敷衍别人，任人播弄。自己知道已经快逼近深渊了，不去走别的路，却只顾向那深渊走去，终于到了陷落的一天，便不得不拿毒药来做你底唯一的拯救了。你或者是为顾全绅士底面子死了；或者是不能忍受未来的更苦痛的生活死了：这一层，我虽然熟读了你底遗书，也不能够了解。然而结果你终于丧失了绅士底面子，而且把更苦痛的生活留给你所爱的妻和儿女，或者还给了另一个女人。（我相信这一个女人是一定有的，你曾经和我谈到对于她的灵的爱，然而便是这爱情也不能够拯救你，可见爱情这东西在生活里究竟是占着怎样次要的地位了。）

假若你能够活起来，读到我底小说，或者看到你死后你所爱的人底遭遇，你也许会觉悟罢，你也许会决然地来走新的路罢，但是如今太迟了，你底骨头已经腐烂了。

然而因为你做过这一切，因为你是一个懦弱的人，我就憎恨你吗？不，决不。你究竟是我所爱而又爱过我的哥哥，虽然我们这七八年来因了思想和别的关系一天一天地离远了。就在这时候我还是爱你的。可是你想不到这爱如今究竟给了我什么样的影响了！它将使许多痛苦的回忆永远生存在我底脑里。

我还记得三年以前你来上海看我。你归去的那一天，我把你送到船上。那样狭小的房舱，那样炎热的天气，把我和三个送行者赶了下来。我们不曾说什么话，因为你早是泪痕满面了。我和你握了手说一声“路上保重”正要走下去，你却把我叫住了。我问你什么事，你不答话，却进了舱去开箱子。我以为你一定带了什么东西来要交给某某人，却忘记交了，现在要我送去。我正在怪你健忘。谁知你却拿了一张留声唱片给我，一面抽泣地说：“你拿去唱。”我接到手看，是 Gracie Fields 唱的 Sonny Boy。你知道我喜欢听它，所以把它送给我，然而我知道你也是同样喜欢听它的。在平时我一定很高兴接受它，可是这时候，我却不愿意把它从你底手里夺了去，但我又一想我已经有许多次违抗过你底意志了，这一次在分别的时候不愿再违反你底意思使你更伤心，因为我明白你底这举动是想给我留下一个纪念。接了唱片我并不曾说一句话，我那时的心情是不能够用话语表现出来的。我坐上了划子，让黄浦江上的风浪颠簸着我，我看着外滩一带的灯火，我记起了我是怎样地送别了那一个人，我底心开始痛楚着，我底不常哭泣的眼里竟淌下泪来。我当时何尝知道这就是我们弟兄底最后一面。如今，这唱片在我底书斋里孤寂的躺卧了三年以后已经成了战争底牺牲品。而那曾经摸过它的一双手也早已变为肥料了。

从你底遗书里我知道你是怎样地不愿意死，你是怎样地踌躇着，你三次写了遗书，你又三次把它毁了。你是怎样地留恋着生活，留恋着你所爱的人呵！然而你终于写了那第四次的遗书。从这个也可以知道你底最后的一刹那间一定是一幕怎样可怖的生与死底挣扎。但是你终于死了。

你不愿意死，你留恋着生活，甚至在第四次的遗书里，字里行间也处处暴露出生命底呼声来，就在那时候你还不自觉地喊叫着“我不愿意死”，你现在毕竟死了。做了一个完全不必要的牺牲品而死了。你已经是过去的人物了。

然而我是不会死的，我是要活下去的。我要写，我要用我底这管笔写尽我所要写的。这管笔，你大前年在上海时买来送给我的这管自来水笔，我曾用它写过我底《灭亡》以外的各篇小说。它会使我时时刻刻都记念着你，而且它会使你复活起来，复活起来看我将怎样踏过那一切骸骨而前进罢。

一九三二年四月

原载《家》，开明书店 1933 年 5 月版

# 《家》五版题记

《家》出版了两年半，到现在因为动笔写它底续编，我才有机会来重读它。这书付印时我自己也曾校过两遍，如今却意外地发见不少的错字，这倒要怪我粗心了。这回趁着五版的机会，我尽量地把错误的地方一一改正，另外还改排了五页，因为这里面有着我自己以为是不妥当的处所，这自然是我当初写作时疏忽的结果。我除了向读者道歉外并无别话可说。

这次重读自己底作品，我有不少的感想。我觉得我的确喜欢这本书。这小说里面并没有我自己，但我却在这里看见了我底童年和少年。我现在年过三十了。性情却似乎比在少年时代更加偏激。有个朋友替我耽心，怕我发狂。我感谢他，不过我更相信自己。读完了《家》我禁不住要爱觉慧。他不是一个英雄，他很幼稚。但我看见他，就不觉想起丹东底话："大胆，大胆，永远大胆！"我应该拿这句话来勉励我自己。

一九三六年五月　巴金　记

原载《家》，开明书店 1936 年 6 月版

# 《家》*

巴　金

请原谅我的长期的沉默，我很早就应该给你写这封信的。的确我前年在东京意外地接到你那信时，我就想给你写这样的一封信。一些琐碎的事情缠住我，使我没有机会来向你详细解释。我只写了短短的信函。它不曾把我的胸怀尽情地吐露给你，使你对我仍有所误解。你以后的来信里提到我的作品《家》时，仍还说“剑云固然不必一定是我，但我说写得有点象我，——”一类的话。对这一点我后来也不曾明白答覆，就随便支吾过去。我脑里时常存着一个念头：我将来应该找个机会向你详细剖白；其实不仅向你，而且还向别的许多人，他们对这本作品都多少有过一点误解。

许多人都以为《家》是我的自传，甚至有不少的读者写信来派定我为觉慧。我早说过，“这是一个错误”。但这声明是没有用处的。在别人看来我屡次声辩倒是“欲盖弥彰”了。你的信便是一个例子。最近我的一个叔父甚至写信来说：“至今尚有人说《家》中不管好坏何独无某，果照此说我实该谢谢你笔下超生……”你看，如今连我的六叔，你的六舅，十一二年前常常和你我在一起聚谈游玩的人也有了这样的误解。到现在我才相信你从前信上所说亲戚们对我那小说的“非议”，是如何地真实了。

* 本文收入《家》第 10 版时（开明书店一九三八年一月），题为《关于〈家〉（十版改订本代序）——给我底一个表哥》。文字略有改动。——本书编者注

我那时曾对你说，我不惧怕一切“亲戚的非议”，现在我的话也不会是两样。一部分的亲戚以为我把这小说当作个人泄愤的工具，这是他们不了解我。其实我是永远不会被他们了解的。我和他们是两代的人。他们更不会了解我的作品，他们的教养和生活经验在他们的眼镜片上涂了一层颜色，他们的眼光透过这颜色来看我的小说，他们只想在那里面找寻他们自己的影子，他们见着一些模糊的影子，也不仔细辨认，就连忙将它们抓住，看作他们自己的肖像，倘使他们在这像上发见了一些自己所不喜欢的处所（自然这样的处所是有的），他们便会勃然作色说是我在挖苦他们了。只有你，你永远是那么谦逊，你带着绝大的忍耐读完了我那本六百七十多页的小说，你不曾发出一声怨言。甚至当我在那书的末尾准备拿“很重的肺病”，来结束剑云的“微小的生存”时，你也不叫出一声抗议。我敬佩你的大量，但是当我想到许多年前在一盏清油灯旁边我跟着你一字一字地读那英文童话书的光景，我就禁不住要起一种苦痛的心情，你改变得太多了。难道是生活的苦辛把你折磨成了这样子？那时候常常是你给我指路；是你介绍许多书籍给我，是你最初把我的眼睛拨开，使它们看见家庭以外的种种事情。我知道你的家境不大宽裕，你很早就失掉了父亲，母亲的爱抚使你长大成人。我们常常觉得你的生活是充满着寂寞的。但是你一个人勇敢地各处往来。你自己决定了每个计划，你自己一一实行了它。我们看见你怎样和那困难的环境苦斗，而得到了暂时的成功。那时候我崇拜你，我尊敬你那勇敢而健全的性格，这在我们亲戚中间是少有的。我感激你，你是对于我的智力的最初的发展大有帮助的人。在那时候我们的亲戚里面，头脑稍微清楚一点的，都很看重你，相信你会有一个光明的前途。然而如今这一切都变成了渺茫的梦。你有一次写信给我，说倘使不是为了你母亲和妻儿，你会拿“自杀”来做救药。我在广州的旅舍里读到这信，那时我的心情也不好，我只简单地给你写了几句，我不知道用了些什么样的安慰的话语来回答你。总之我的话是没有力量的。你后来写信时还说你“除了逗弄小孩而外，可以说全无人生乐趣。”又说你“大概注定只好当一具活尸。”我不能够责备你像你自己责备那样。你是没有过错的。一个人的肩上担不起那样沉重的担子，况且还有那重重的命运的打击。（我这里姑且用了“命运”

两个字，我所说的命运是社会的，不是自然的。）你的改变并不是突然的。我亲眼看见那第一下打击怎样落到你的头上，你又怎样苦苦地挣扎。于是第二个打击又接着来了。一次的让步算是开了端，以后便不得不步步退让。虽然在我们的圈子内你还算是一个够倔强的人，但你终于不得不渐渐地沉落在你所憎厌的环境里面去了。我看见，我听说你是怎样地一天一天沉落下去，一重一重的负担压住了你。但你还不时努力往上面浮，你几次要浮起来，又几次被压下去了。甚至在今天你也还不平似地说"消极又不愿"的话。从这里也可看出你和剑云是完全不同的两种人，你们的性格里绝对没有共同点。那是个柔弱怯懦的性格。剑云从不反抗，从不抱怨，也从没有想到挣扎。他默默地忍受他所得到的一切。他甚至比觉新还更软弱，还更缺乏果断。其实他可以说是根本就没有计划，没有志愿，他只把对一个女子的爱情看作他生活里的唯一的明灯。然而他连他自己所最宝爱的感情也不敢让那个女子（琴）知道，反而很谦逊地看着另一个男子去取得她的爱情。你不会是这种人。也许在你的生活里是有一个琴存在着的。的确，那时候我有过这样的揣想。倘使这揣想近于事实，那么你竟然也像剑云那样，把这个新生的感情埋葬在自己的心里了。但是你仍然不同，你不是没有勇气，而是没有机会，因为在以后不久你就由"母亲之命媒妁之言"和另一位小姐结了婚。否则，那个觉民并不能够做你的竞争者，而时间一久，你倒有机会向你的琴表白的。现在你的夫人已经去世，你的第一个孩子也成了十四岁的少年，我似乎不应该来说这种话，但是我一提笔给你写信说到《家》的事情，我就禁不住要想到我们在一起所过的那些年代，那时的生活就若隐若现地在我的脑里浮动了。这回忆很使我痛苦，而且激起了我的愤怒。固然我不能够给你帮一点忙，但是对你这些年来的不幸的遭遇，我却是充满了同情，同时我还要代你叫出一声不平。你不是一个像剑云那样的人，你却得着了剑云有的那样的命运。这是不公平的！我要反抗这不公平的命运！

然而得着这不公平的命运的，你并不是第一个，也不是最后的一个。做了这命运的牺牲者的，同时还有无数的人——我们所认识的，和那更多的我们所不认识的。这样地受着摧残的尽是些可爱的有为的青年的生命。我爱惜他们，为了他们，我也得反抗这不公平的命运！

是的，我要反抗这命运。我的思想，我的工作都是从这一点出发的。

我写《家》的动机也就在这里。我在一篇小说里曾经写过："那十几年的生活是一个何等可怕的梦魇！我读着线装书，坐在礼教的囚牢里，眼看着许多人在那里面挣扎，受苦，没有青春，没有幸福，永远贡献着不必要的牺牲，而终于得着灭亡的命运，还不说我自己所身受到的痛苦！……那十几年内我已经用眼泪埋葬过了不少的尸体，那些都是不必要的牺牲，完全是被陈腐的传统观念和两三个人的一时的任性杀死的。我离开旧家庭，就像摔掉一个可怕的阴影，我没有一点留恋……"

这样的话你一定比别人更能够了解。你知道它们是何等地真实。只有最后的一句是我应该更正的，我说没有一点留恋，我希望我能够做到这样。然而理智和感情常常有不很近的距离。那些人物，那些地方，那些事情，已经深深地刻印在我的心上，任是怎样磨洗，也会留下一点痕迹。我想忘掉他们，我觉得应该忘掉他们，事实上却又不能够。到现在我才知道我不能说没有一点留恋。也就是这留恋伴着那更大的愤怒，才鼓舞起我来写一部旧家庭的历史，是的，"一个正在崩坏中的资产阶级的大家庭的全部悲欢离合的历史"。

然而单说愤怒和留恋是不够的。我还要提说一个更重要的东西，那就是信念。自然先有认识而后有信念的。旧家庭是渐渐地沉落进灭亡的命运里面了。我看见它一天一天地往崩坏的路上走。这是必然的趋势，是被经济关系和社会环境决定了的。这便是我的信念。（这个你一定了解，你自己似乎就有过这信念。）它使我更有勇气来宣告一个不合理的制度的死刑，来向一个垂死的制度叫出我的 J'accuse（我控告）。我不能忘记甚至在崩溃的途中它还会捕获更多的牺牲品的。

所以我要写一部《家》来作为我们这一代青年的呼吁。我要为那过去无数无名的牺牲者喊一声冤！我要从恶魔的爪牙下救出那些失掉了青春的少年。这工作虽是我所不能胜任的，但我不愿意逃避我的责任。

写《家》的念头在我的脑里孕育了三年。后来得到一个机会我便写下了它的头两章，以后又接着写下去。我刚写到《做大哥的人》那一章，报告我的大哥自杀的电报就意外地来了。这对于我是一个不小的打击。但因此更坚定了我的写作的决心，而且使我更感到我应尽的责任了。

我当初刚起了写《家》的念头，我曾把这小说的结构略略思索一下，最先浮现在我的脑里的就是那些我所熟悉的面庞。然后又接连地现了许多我所不能够忘记的事情，还有那些我在那里消磨了我的童年的地方。我并不要写我的家庭，我并不要把我所认识的人写进我的小说里面。我更不愿意把小说作为报复的武器来攻击私人。我所憎恨的并不是个人，却是制度。这个你也是知道的。然而意外地那些人物，那些地方，那些事情都争先恐后地要在我的笔下出现了。其中最明显的便是我大哥的面庞。这和我的本意相违。我不能不因此而有些踌躇。有一次我在给我大哥的信里顺便提到了这事情，我说，我恐怕会把他写在小说里面（也许是说我要为他写一部小说，现在记不清楚了），我又说到那种种的顾虑和困难。他的回信的内容却是出乎我意料之外的。他鼓舞我写这小说，他并且劝我不妨“以我家人物为主人公”。他还说“实在我家的历史很可以代表一切家族的历史。我自从得到《新青年》等书报读过以后我就想写一部这样的书。但是我写不出来。现在你想写，我简直喜欢得了不得。希望你有余暇把它写成罢。……”我知道他的话是从他的深心里吐出来的。我感激他的鼓励。但我却不想照他的话做去。我不要单给我们的家族写一部特殊的历史。我所写的应该是一般的资产阶级家庭的历史。这里面的主人公应该是我们在那些家庭里常常见到的。我要写这种家庭怎样必然地走上崩溃的路，逼近它自己亲手掘成的墓穴。我要写包含在那里面的倾轧，斗争和悲剧。我要写一些可爱的青年的生命怎样在那里面受苦，挣扎而终于不免灭亡。我最后还要写一个叛徒，一个幼稚的然而大胆的叛徒。我要把希望寄托在他的身上，要他给我们带进来一点新鲜空气，在那旧家庭里面我们是闷得缓不过气来了。

我终于依照我自己的这意思开始写了我的小说。我希望大哥能够读到它，而且把他的意见告诉我。但是我的小说刚在《时报》上发表了一天，那可怕的电报就来了。我得到电报的那晚上，第六章的原稿还不曾送到报馆去。我反覆地读着那一章，我忽然惊恐地发觉我是把我大哥的面影绘在纸上了。这是我最初的意思，而后来却又极力想避免的，现在依旧被实行了。我又仔细读那文章，我没有一点疑惑，我的分析是不错的。在这十多页的原稿纸上我仿佛看出了他那不可避免的悲惨的结局。他当时自然不会看见自己怎样一步一步地走近那悬崖的边沿。我却看得十分清楚。我本可以拨开他的眼睛，使他能够看见横在面前的深渊。然而我没有做。如今刚有了这机会，而他已经突然地一下子落下去了。我待要伸手援救，也来不及。这遗憾是永远不能消灭的。我只有责备我自己。

我这一夜都不曾闭眼。经过了一夜的思索，我最后一次决定了《家》的全部的结构。我把大哥作为里面的一个主人公。这是《家》里面的唯一的真实的人物。

然而甚至这样，我小说里面的觉新的遭遇也并不是完全真实的。我主要地在采取那性格，并不是一定要取那些事实。我大哥的性格确实是那样。



我写觉新，觉民，觉慧三弟兄，代表三种不同的性格，由这不同的性格而得到不同的结局。觉慧的性格也许和我的差不多，但我们做的事情不一定相同。这是瞒不过你的。你在觉慧那样年纪时你也许比他还更勇敢。我三哥从前也比我更敢作敢为，我不能够把他当作觉民。在女子方面我也写了梅，琴，鸣凤，也代表三种不同的性格，也有三个不同的结局。至于琴，你还可以把她看作某某人。但是梅和鸣凤呢，你能够指出他们是谁的化身？自然这样的女子，你我也见过几个。但是在我们家里，你却找不到她们。那么再说剑云，你想我们家里有这样的一个人吗？不要因为找不到同样的人，就拿你自己来充数。你要知道，我所写的人物并不一定是我们家里有的。我们家里没有，不要紧，中国社会里有！

我并不是一个冷静的作者。我在生活里有过爱和恨，悲哀和渴望；我在写作的时候也有我的爱和恨，悲哀和渴望的。倘使没有这些我就不会来写小说。我并非为了要做作家才拿笔的。这一层你一定比谁都明白。所以我若对你说《家》里面没有我自己的感情，你可以责备我说谎。我最近还翻阅过那本小说，在每一篇页每一字句上我都看见一对眼睛。呵，我认出来了，这是我自己的眼睛。我的眼睛把那些人物，那些事情，那些地方连接起来成了一本历史。我的眼光笼罩着全书。我监视着每一个人，我不放松每一件事情。好象连一件细小的事也有我在旁边做个见证。我仿佛跟着书中每一个人受苦，跟着每一个人在那魔爪下面挣扎。我陪着那些年轻的灵魂流过一些眼泪，我也跟着他们发过几声欢笑。我愿意说我是和我的几个主人公同患难共甘苦的。倘若我因此得着一些严正的批评家的责难，我也只有低头伏罪，却不想改过自新。

所以我坦白地说《家》里面没有我自己，但要是有人坚持说《家》里面处处都有我自己，我也没法否认。你知道，事实上，没有我自己，那一本小说就不会存在。换一个人来写，它也会成为另一个面目。我所写的便是我的眼睛所看见的；那些人物自然也是我自己知道得最清楚的。这样我虽然不把自己放在我的小说里面而事实上我已经在那里面了。我曾经在一个地方声明过："我从没有把自己写进我的作品里面去，虽然我的作品中也浸透了我自己的血和泪，爱和恨，悲哀和欢乐"。我写《家》的时候也绝没有想到用觉慧来代表我自己。固然觉慧也做我做过的事情，譬如他在外专读书，他交结新朋友，他编辑刊物，他创办阅报社，这些我都做过。他有两个哥哥，和我有的恰恰一样，而且那两个哥哥的性情和我有的也相差不远。他最后也怀着我有过的那种心情离开家庭。但这些事情并不能作为别人用来反驳我的论据。我自己早就明白地说了："我偶尔也把个人的经历加进我的小说里面，但这也只是为了使那小说更近于真实，而且就在这种处所，我也曾留心到全书的统一性，我也极力保留着性格的一致。"我的性格和觉慧的也许十分相象。然而两个人的机会却不一定相同。我比他幸福，我可以公开地和一个哥哥同路离开成都。而他却不得不独自私逃。我的生活里不曾有过鸣凤，在那些日子里我就没有起过从恋爱中寻求安慰的念头。我那时的雄心比现在的还大。甚至我孩子时代的幻梦中也没有安定的生活与温暖的家庭。为着别人，我的确祷祝过"有情人终成眷属"；对于自己我却只安放了一个艰难的事业。我这种态度自然是受了别人（还有书本）的影响以后才有的。我现在也不想为它写下什么辩护的话。我不过叙述一件过去的事实。我在《家》里面安插了一个鸣凤，并不是因为我们家里有过一个叫做×凤的丫头。关于这个女孩子，我什么记忆也没有。我只记得一件事情：我父亲的一个朋友要讨她去做姨太太，却被她严词拒绝了。她在我们家里只是一个“寄饭”的婢女，他的叔父又是我家的老仆，所以她还有这自由。她后来愉快地嫁了人。她嫁的自然是个贫家的丈夫。然而我们家里的人都称赞她有胆量。撇弃老爷而选取佣人，这在一个丫头，的确不是一件容易的事情。因此我在小说里写鸣凤因为不愿意到冯家去做姨太太而投湖自尽，我觉得并没有一点夸张。这并不是小说作者代她出主意要她去走那条路；是性格，教养，环境逼着她（或者说引诱她）在湖水中找到归宿。

现在我们那所“老宅”已经落进了别人的手里。我离开成都十多年就没有回过家。我不知道那里还留着什么样的景象（听说它已经成了“十家院”）。你从前常常到我们家里来的，你知道我们的花园里并没有湖水，连那一个小池塘也因为我四岁时候失脚跌入的缘故，被祖父叫人填塞了。代表它的是一些方砖，上面长满了青苔。旁边种着桂树和茶花。秋天，经过一夜的风雨，金沙和银粒似的盛开的桂花铺满了一地。那馥郁的甜香随着微风一股一股地扑进我们的书房。窗外便是花园。那秃头的教读先生象一株枯木似地没有感觉。我们的心却是十分年轻的。我们弟兄姊妹读完了“早读”就急急跑进园里撩起衣襟，拾了满衣兜的桂花带回房里去。春天茶花开繁了，整朵地落在地上，我们下午放学出来就去拾起它们。那柔嫩的花瓣跟着手指头一一地散落了。我们就用这些花瓣在方砖上堆砌了许多“春”字。

这些也已经成了捉不回来的飞去的梦景了。你不曾做过这些事情的见证。但是你会从别人的叙述里知道它们的。我不愿意重温旧梦。然而别人忘不了它们。连六叔最近信里也还有“不知倘能忆否……在小园以茶花片砌春字事耶”的话。那过去的印怎样鲜明地盖在一些人的心上，这情形只有你可以了解。它们象梦魇一般把一些年轻的灵魂无情地摧残了。我几乎也成了受害者中的一个。然而“幼稚”救了我。在这一点我也许象觉慧，我凭着一个单纯的信仰，踏着大步向一个简单的目标走去：我要做我自己的主人！我偏偏要做别人不许我做的事情，有时候我也不免有过分的行动。我在自己办的刊物上写过几篇文章，那些论据有时自己也弄不十分清楚。记得最熟悉的倒是一些口号。

有一个时候你还是启发我的导师，你的思想和了解都比我的透彻。但是“不顾忌，不害怕，不妥协”这九个字在那种环境里却意外地收了效果，它们帮助我得到你所不曾得着的东西——解放（其实这只是初步的解放）。觉慧也正是靠了这九个字才能够逃出那正在崩溃的旧家庭，找寻自己的新天地；而“作揖哲学”和“无抵抗主义”却把一个年轻有为的觉新活生生地断送了。现在你翻阅《家》，你还不能够看出这个很显明的教训么？那么我们亲戚的非议是无足怪的了。

你也许会提出梅这个名字来问我。譬如你要我指出那一个值得人同情的女子。那么让我坦白地答覆一句：我不能够。因为在我们家里没有这样的一个人。然而我知道你不会相信或者你自己是相信了，而别的人却不肯轻信我的话。你会指出某一个人，别人又会指出另一个，还有人出来指第三个。你们都有理，或者都没理；都对或者都不对。我把三四个人合在一起拚成了一个钱梅芬。你们从各人的观点看见她一个侧面便以为见着了熟人。只有我才可以看见她的全个面目。梅穿着“一件玄青缎子的背心”，这也是有原因的。许多年前我还是八九岁的孩子的时候，我第一次看见了一个象梅那样的女子，她穿了“一件玄青缎子的背心”。她是我们的远房亲戚。她死了父亲，境遇又很不好，说是要去“带发修行”。她在我们家里做了几天客人，以后就走了。她的结局怎样我不知道，现在我连她姓什么也记不起来，要去探问她的踪迹更是不可能的了。只有那件玄青缎子的背心还深深印在我的脑里。



我写梅，我写瑞珏，我写鸣凤，我心里都充满着同情和悲愤，我还要说我那时候有着更多的憎恨。后来在《春》里面我写淑英，淑贞，蕙和芸，我也有着这同样的心情。我深自庆幸我把自己的感情放进了我的小说里面，我代那许多做了不必要的牺牲的女人叫出了一声：“冤枉！”

我的这心情别人或许不能了解，但你一定明白的。我还是一个五六岁的小孩的时候，在我姊姊的房里我找到了一本《烈女传》，是插图本，下栏有图，上栏是字。小孩子是喜欢图画书的。我一页一页地翻看着。图画很细致，上面尽是些美丽的古装女子。但是她们总带着忧愁悲哀的面容。有的用刀砍断自己的手，有的投身在烈火中，有的在汪洋的水上浮沉，有的拿宝剑割自己的头颈。还有一个年轻的女人在高楼上投缳自尽。都是些可怕的故事！为什么这些命运专落在女人身上？我不明白！我问姊姊，她们说这是《烈女传》。我依旧不明白。我再三追问。她们底回答是：女人的榜样！我还是不明白。我一有机会便拿了书去求母亲给我讲解。毕竟是母亲知道的事情多。她告诉我：那是一个寡妇，因为被一个陌生的男子拉了她的手，便当着那人把自己那只手砍下来。这是一个王妃，宫里起了火灾，但是陪伴她的人没有来，她不能够一个人走出宫去，便甘心烧死在宫中。那边是一个孝女，她把自己的身子沉在水里，只为了去找寻父亲的遗体❶（母亲还告诉我许多许多可怕的事情，我现在已经记不起了）。听母亲的口气她似乎羡慕那些女人的命运。但是我却不平地疑惑起来了。为什么女人就应该为了那些可笑的观念忍受种种的痛苦而且甚至牺牲自己的生命？为什么那一本充满着血腥味的《烈女传》就应该被看作女人的榜样？我那孩子的心不能够相信书本上的话和母亲的话，虽然后来一些事实证明出来那些话也有道理。我始终是个倔强的孩子。我不能够相信那充满着血腥味的道理。纵然我的母亲，父亲，祖父和别的许许多多人都拥护它，我也要起来反抗。我还记得一个堂妹的不幸的遭遇。她的父亲不许她读书，却强迫着她缠脚，我常常听见那八九岁孩子的悲惨的哭声，那时我已经是十几岁的少年，而且已经看见几个比我年长的同辈的女子怎样在那陈腐的观念拘束下憔悴地消磨日子了。

我的悲愤太大了。我不能忍受那些不公道的事情。我常常被逼迫着目睹一些可爱的生命怎样受人摧残以至临到那悲惨的结局。那时候我的心被爱怜苦恼着，同时又充满了恶毒的诅咒。我有过觉慧在梅的灵前所起的那种感情。我甚至说过觉慧在他哥哥面前说的话：“让他们来做一次牺牲罢。”

我不忍掘开我的回忆的坟墓，“那里面不知埋葬了若干可以撕裂人心的痛史！”我的积愤，我对于一个不合理的制度的积愤到现在才有机会被吐露出来。我写了《家》，我若把这本小说作为武器，我是有权利的。

---

❶ 这是不是《烈女传》里面的故事，我现在记不起了，也许是在别的书上看见的。

希望的火花有时也微微照亮了我们家庭里的暗夜。琴出现了。不，这只能说是琴的影子。便是琴，也不能算是健全的女性。何况我们所看见的只是琴的影子。我们自然不能够存在着奢望。我知道我们那样的家庭里根本不会产生一个健全的性格。但是那个人，她本也可以成为一个张蕴华（琴的姓名），她或许还有更大的成就，然而环境薄待了她，使她重落在陈旧的观念里，任她那一点点的锋芒被时间磨洗干净，到后来，一个类似惜春（《红楼梦》里的人物）的那样的结局就象一个狭的笼似地把她关闭在里面了。

如果你愿意说这是罪孽，那么你应该明白这是谁的罪过。什么东西害了你也就是什么东西害了她。你们两个原都是有着光明的前途的人。

然而我依旧放了一线希望在琴的身上。也许真如琴所说另一个女性许倩如比她"强得多"。但是在《家》里面我却只看见影子的晃动，她（许倩如）不肯露出全面来。



我只愿琴将来不使我们失望。在《家》中我已经看见那希望的火花了。

——难道因为几千年来这路上就浸透了女人的血泪，所以现在和将来的女子还必须继续在那里断送她们的青春，流尽她们的眼泪，呕尽她们的心血吗？

——难道女人只是人家的玩物，只是人家的发泄兽欲的工具吗？

——牺牲，这样的牺牲究竟给谁带来了幸福呢？（《家》第二十五章。）

琴已经发出这样的疑问了。她不平地喊叫起来。这喊声是得着和她同代的姊妹们的响应的。

关于《家》我已经写了这许多话。这样地反覆剖白也许可以解除你和别的许多人对这作品的误解。我也不想再说什么了。《家》我已经读过了五遍。这次我重读我五六年前写成的这本小说，我简直抑制不住自己的感情，我想笑，我又想哭；我有悲愤，我也有欢悦。但是我现在才知道了一件事情：

青春毕竟是美丽的东西。

不错，我会记住，青春是美丽的东西。那么就让这作为我的鼓舞的泉源罢。

一九三七年，一月。

原载 1937 年 3 月 15 日《文丛》月刊创刊号

# 《家》1953年新版后记

《家》是我的第一部长篇小说（在《家》之前发表的《灭亡》只是一个中篇）。它是在一九三一年作为《激流三部曲》之一写成的。所以最初发表的时候用了《激流》的名字。我写这本小说花去的时间并不多。然而要是没有我最初十九年的生活，我也写不出这样的作品。我很早就说过，我不是为了要做作家才写小说：是过去的生活逼着我拿起笔来。《家》里面不一定就有我自己，可是书中那些人物却都是我所爱过的和我所恨过的。许多场面都是我亲眼见过或者亲身经历过的。我写《家》的时候我仿佛在跟一些人一块儿受苦，跟一些人一块儿在魔爪下面挣扎。我陪着那些可爱的年轻的生命欢笑，也陪着他们哀哭。我知道我是在挖开我的回忆的坟墓。那些惨痛的回忆到现在还是异常鲜明。在我还是一个孩子的时候，我就常常被逼着目睹一些可爱的年轻生命横遭摧残，以至于得到悲惨的结局。那个时候我的心因为爱怜而痛苦，但同时它又充满恶毒的诅咒。我有过觉慧在梅的灵前所起的那种感情。我甚至说过觉慧在他哥哥面前所说的话："让他们来做一次牺牲品罢。"一直到我写了《家》，我的"积愤"，我对于一个不合理制度的"积愤"才有机会吐露出来。所以我在一九三七年写的一篇《代序》里大胆地说："我要向一个垂死的制度叫出我的'我控诉'。"

《家》就是在这种心情下面写成的。现在，在二十二年以后，在我所攻击的不合理的制度已经消灭了的今天，我重读这本小说，我还是激动得厉害。这可以说明：书里面我个人的爱憎实在太深了。像这样的作品当然有许多的缺点：不论在当时看，在今天看，缺点都是很多的。不过今天看起来缺点更多而且更明显罢了。它跟我的其他的作品一样，缺少冷静的思考和周密的构思。我写《家》的时候，我说过："我不是一个说教者，所以我不能够明确地指出一条路来，但是读者自己可以在里面去找它。"事实上我本可以更明确地给年轻的读者指出一条路，我也有责任这样做。然而我当时还年轻，幼稚，而且我太重视个人的爱憎了。

这次人民文学出版社重印《家》的时候，我本想重写这本小说。可是我终于放弃了这个企图。我没法掩饰二十二年前自己的缺点。而且我还想用我以后的精力来写新的东西。《家》已经尽了它的历史任务了。我索性保留着它的本来的面目。然而我还是把它修改了一遍，不过我改的只是那些用字不妥当的地方，同时我也删去一些累赘的字句。

《家》自然不是成功的作品。但是我请求今天的读者宽容地对待这本二十七岁的年轻人写的小说。我自己很喜欢它，因为它至少告诉我一件事情：青春是美丽的东西。

我始终记住：青春是美丽的东西。而且这一直是我的鼓舞的泉源。

巴　金　1953年3月4日

原载《家》，人民文学出版社1953年6月版

# 和读者谈谈《家》

巴 金



有许多小说家喜欢把要对读者讲的话完全放在作品里面，但也有一些人愿意在作品以外发表意见。我大概属于后者。在我的每一部长篇小说或短篇小说集中都有我自己写的“序”或者“跋”。有些偏爱我的读者并不讨厌我的唠叨。有些关心小说中人物的命运的人甚至好心地写信来探询他们的下落。就拿这部我在二十六年前写的“家”来说吧，今天还有读者来信要我介绍他们跟书中人通信，他们要知道书中人能够活到现在，看见新中国的光明才放心。二十六年来读者们常常来信指出书中的觉慧就是作者，我反复解释都没有用，昨天我还接到这样的来信。主要的原因是读者们希望这个人活在他们中间，跟他们同享今天的幸福。

读者的好心使我感动，但也使我痛苦。我并不为觉慧惋惜，我知道有多少“觉慧”活到现在，而且热情地为新中国的建设在工作。然而觉新不能见到今天的阳光，不能使他的年青的生命发出一点光和热，却是一件使我非常痛心的事，因为觉新不仅是书中人，他还是一个真实的人，他就是我的大哥。二十六年前我在上海写《家》，刚写到第六章，报告他自杀的电报就来了。你可以想象到我是怀着怎样的心情写完这本小说的。

我很早就声明过，我不是一个冷静的作者，我不是为了要做作家才写小说，是过去的生活逼着我拿起笔来。我也说过：“书中人物都是我爱过和我恨过的。许多场面都是我亲眼见过或者亲身经历过的。”的确，我写《家》的时候，我仿佛在跟一些人一同受苦，一同在魔爪下面挣扎。我陪着那些可爱的年青生命欢笑，也陪着他们哀哭。我一个字一个字地写下去，我好象在挖开我的记忆的坟墓，我又看见了过去使我的心灵激动的一切。在我还是一个孩子的时候，我就常常被逼着目睹一些可爱的年青生命横遭摧残，以至于得到悲惨的结局。那个时候我的心由于爱怜而痛苦，但同时它又充满诅咒。我有过觉慧在他的死去的表姊（梅）的灵前所起的那种感情，我甚至说过觉慧在他哥哥面前所说的话："让他们来做一次牺牲品吧。"一直到我在一九三一年年底写完了《家》，我对于不合理的封建大家庭制度的愤恨才有机会倾吐出来。所以我在一九三七年写的一篇"代序"中大胆地说："我来向这个垂死的制度叫出我的 J'accuse（我控诉）"我还说，封建大家庭制度必然崩溃的这个信念鼓舞我写这部封建大家庭的历史，写这一个正在崩溃中的地主阶级的封建大家庭的悲欢离合的故事。我把这个故事叫做《激流三部曲》，《家》之后还有两个续篇：《春》和《秋》。



我可以说，我熟悉我所描写的人物和生活，因为我在那样的家庭里度过了我最初的十九年的岁月，那些人都是我当时朝夕相见的，也是我所爱过和我所恨过的。然而我并不是写我自己家庭的历史，我写了一般的官僚地主家庭的历史。川西盆地的成都当时正是这种家庭聚集的城市。在这种家庭中长一辈是前清的官员，下一辈靠父亲或祖父的财产过奢侈、闲懒的生活，年青的一代却渴想冲出这种"象牙的监牢"。在大小军阀割据小规模战争时起时停的局面下，长一辈的人希望清朝复辟，下一辈不是"关起门做皇帝"，就是吃喝嫖赌，无所不为；年青的一代却立誓要用自己的双手来建造新的生活，他们甚至有"为祖先赎罪"的想法，今天长一辈的已经死了，下一辈的连维持自己生活的能力也没有，年青的一代中有的为中国革命流尽了自己的鲜血，有的作了建设新中国的工作者。然而在一九二〇年到一九二一年（这就是《家》的年代）虽然五四运动已经发生了，爱国热潮使得多数中国青年的血沸腾，可是在高家还是祖父统治整个家庭的时代。高老太爷是我的祖父，也是我的一些亲戚朋友的家庭中的祖父。经济权捏在他手里，他每年收入那么多的田租，可以养活整整一大家人，所以整整一大家人都得听他的话。他认为钱可以解决一切问题，他想不到年青人会有灵魂。他靠田租吃饭，却连佃户们怎样生活也不清楚。甚至在军阀横征暴敛一年征几年粮税的时候，他的收入还可以使整个家过得富裕、舒服。他相信这个家是万世不败的。他以为他的儿子们会学他的榜样，他的孙子们会走他的道路。他并不知道他的钱只会促使儿子们灵魂的堕落，他的专制只会把孙子们逼上革命的路。他更不知道是他自己亲手在给这个家庭挖墓。他创造了这份家业，他又来毁坏这个家业。他至多也就只做到四世同堂的好梦（有一些大家庭也许维持到五代）。不单是我的祖父，高老太爷们全走着这样的路。他们想看到和睦家庭，可是和平的表面下掩盖着多少倾轧、斗争和悲剧。有多少年青的生命在那里受苦，挣扎而终于不免灭亡。但是幼稚而大胆的叛徒毕竟冲出去了，他们找到了新的天地，同时给快要闷死人的旧家庭带来一点新鲜空气。

我的祖父虽然顽固，但并非不聪明，他死前已经感到幻灭，他是怀着寂寞、空虚之感死去的。我的三叔以正人君子的姿态把祖父留下的家业勉强维持了几年，终于带着无可奈何的凄凉感觉离开了世界。以后房子卖掉了，人也散了，死的死，走的走。一九四一年我回到成都的时候，我的五叔以一个“小偷”的身份又穷又病地死在监牢里面。他花光了从祖父那里得到的一切，花光了他的妻子给他带来的一切以后，没有脸再见他的妻儿，就做了一个无家可归的流浪人。这个人的另一面我在小说中没有写到：他面貌清秀，能诗能文，换一个时代他也许会显出他的才华。可是封建旧家庭的环境戕害了他的生机，他只能做损人害己的事情。为着他，我后来又写过一本题作《憩园》的中篇小说。

我在前面说过，觉新是我的大哥。他是我一生爱得最多的人。我常常这样想：要是我早把《家》写出来，他也许会看见了横在他面前的深渊，那么他可能不会落到那里面去。然而太迟了。我的小说刚刚开始在上海的《时报》上连载，他就在成都服毒自杀了。十四年以后我的另一个哥哥在上海病故。我们三弟兄跟觉新、觉民、觉慧一样，有三个不同的性格，因此也有三种不同的结局。我说过好几次，过去十几年的生活象梦魇一般压在我的心上。这梦魇无情地摧毁了许多同辈的年青人的灵魂。我几乎也成了受害者中的一个。然而“幼稚”和

“大胆”救了我。在这一点我也许象觉慧，我凭着一个单纯的信仰，踏着大步向一个目标走去：我要做我自己的主人；我偏要做别人不许我做的事。我在自己办的刊物上发表过几篇内容浅薄的文章。我不能说已经有了成熟的思想。但是我始终不忘记这个原则：“不顾忌，不害怕，不妥协。”这九个字在那种环境里意外地收到了效果，帮助我得到了初步的解放。觉慧也正是靠这九个字才能够逃出那个正在崩溃的家庭，找寻自己的新天地；而“作揖哲学”和“无抵抗主义”却把一个年青有为的觉新活生生地断送了。

有些读者关心小说中的几个女主人公：瑞珏、梅、鸣凤、琴，希望多知道一点关于她们的事情。她们四个人代表着四种不同的性格，也有两种不同的结局。瑞珏的性格跟我嫂嫂的不同，虽然我祖父死后我嫂嫂被逼着搬到城外茅舍里去生产，可是她并未象瑞珏那样悲惨地死在那里。我也有过一个象梅那样的表姊，她当初跟我大哥感情好。她常常到我们家来玩，我们这一辈人不论男女都喜欢她。我们都盼望她能够成为我们的嫂嫂，后来听说姑母不愿意“亲上加亲”（她自己已经受够亲上加亲的痛苦了），因此这一对有情人不能成为眷属。三四年后我的表姊做了富家的填房少奶奶。以后的十几年内她生了一大群儿女，而且胖得成了一个完全可笑的女人。我们有过一个叫做翠凤的丫头，关于她我什么记忆也没有了，我只记得一件事情：我们有一个远房的亲戚要讨她做姨太太，她却严辞拒绝了，虽然她并没有爱上哪一位少爷，她倒宁愿后来嫁一个贫家丈夫。她的性格跟鸣凤的不同，而且她是一个“寄饭”的丫头。所谓“寄饭”，就是用劳动换来她的饮食和居住。她仍然有权做自己的主人。她的叔父是我们家的老听差，他并不虐待她。所以她比鸣凤幸运，用不着在湖水里找归宿。

我写梅，写瑞珏，写鸣凤，我心里充满了同情和悲愤。我庆幸我把自己的感情放进了我的小说，我代那许多做了不必要的牺牲的年青女人叫出了一声：“冤枉！”

的确我的悲愤太大了。我记得我还是五六岁的小孩的时候，我在姐姐的房里找到了一本《列女传》。是插图本，下栏是图，上栏是字。小孩子喜欢图画书。我一页一页地翻看。尽是些美丽的古装女人。但是她们总带着愁容。有的用刀砍断自己的手，有的在烈火中烧死，有的在水上浮沉，有的拿剪刀刺自己的咽喉。还有一个年青女人在高楼上投缳自尽。都是些可怕的故事！为什么这样的命运专落在女人的身上？我不明白！我问我那两个姐姐，她们说这是《列女传》。年青姑娘都要念这样的书。我还是不明白。我问母亲。她说这是女人的榜样。我求她给我讲解。她告诉我：那是一个寡妇，因为一个陌生的男子拉了她的手，她便当着那个人的面把自己的手砍下来；这是一个王妃，宫里发生火灾，但是陪伴她的人没有来，她不能一个人走出宫去，便甘心烧死在宫中。为什么女人特别是年青的女人，就该为那些可笑的陈旧观念，为那种人造的礼教忍受种种痛苦，甚至牺牲自己的生命？为什么那本充满血腥味的《列女传》就应当被看作女人的榜样？连母亲也不能说得使我心服。我不相信那个充满血腥味的可怕的“道理”。即使别人拥护它，我也要反对。不久这种“道理”就被一九一一年革命打垮了，《列女传》被我翻破以后，甚至在我们家里人也难找出第二本来。但是我们家里仍然充满着那种带血腥味的空气。甚至在五四运动之后，北京大学已经开始招收女生了，两三个剪了辫子的女学生在成都却站不住脚，只得逃往上海或北京。更不用说，我的姐姐妹妹们享受不到人的权利了。一九二三年我的第二个姐姐，还被人用花轿抬到一个陌生的人家，一年以后就寂寞地死在医院里。她的结局跟《春》里面蕙的结局一样。《春》里面觉新报告蕙的死讯的长信，就是根据我大哥写给我的信改写的。据说我那个最小的叔父当时还打算送一副对联去：“临死无言，在生可想。”灵柩停在古庙里无人过问，后来还是我的大哥花钱埋葬了她。

我真不忍挖开我的回忆的坟墓。那里面不知道埋葬了多少令人伤心断肠的痛史。

然而希望的火花有时也微微照亮了我们家庭的暗夜。琴出来了。不，这只能说是琴的影子。这是我的一个堂姊。在我离家的前两三年中，她很有可能做一个象琴那样的女人，她热心地读了不少传播新思想的书刊，我的三哥每天晚上都要跟她在一起坐上两个钟头读书、谈话。可是后来她的母亲跟我的继母闹翻了，不久她又跟她母亲搬出公馆去了。虽然同住在一条街上，可是我们始终没有机会相见。我的三哥还跟她通过好多封信。我们弟兄离开成都的那天早晨到她那里去过一次，总算见到了她一面。这就是我在小说的最后写的那个场面。可是环境薄待了这个可爱的少女。没有人帮忙她象淑英那样地逃出囚笼。她被父母用感情做铁栏，关在古庙似的家里，连一个陌生的男人也没法看见。我在小说里借用了她后来写的两句诗，那是由梅讲出来的："往事依稀浑似梦，都随风雨到心头。"她那一点点锋芒终于被"家庭牢狱生活"磨洗干净了。她后来成了一个性情乖僻的老处女，到死都没法走出家门。连一个同情她的人也没有。

我用这么多的话谈起我二十七岁时写的这本小说，这样地反复解释也许可以帮助今天的读者了解作者当时的心情。我最近重读了《家》，我仍然很激动。我自己喜欢这本小说，因为它至少告诉我一件事情：青春是美丽的东西。

我始终记住：青春是美丽的东西。而且这一直是我的鼓舞的泉源。

原载 1957 年 7 月 24 日《收获》第 1 期

# 《家》重印后记（节录）*

巴　金

《家》是我四十六年前的作品。四十六年来我写过好几篇序、跋和短文，谈我自己在不同时期对这部作品的看法，大都是谈创作的经过和作者当时的思想感情，很少谈到小说的缺点和它的消极作用。

我在旧中国半封建半殖民地的社会里写作了二十年，写了几百万字的作品，其中有不少坏的和比较坏的。即使是我最好的作品，也不过是象个并不高明的医生开的诊断书那样，看到了旧社会的一些毛病，却开不出治病的药方。三四十年前读者就给我来信，要求指明出路，可是我始终在作品里呼号，呻吟，让小说中的人物绝望地死去，让寒冷的长夜笼罩在读者的心上。我不止一次地听人谈起，他们最初喜欢我的作品，可是不久他们要移步向前，在我的小说里却找不到他们要求的东西，他们只好丢开它们朝前走了。那是在过去发生的事情。至于今天，那更明显，我的作品已经完成了它们的历史任务，让读者忘记它们，可能更好一些。❶



---

* 本文末一段为编者删节。——编者注

❶ 编者注：巴金在1978年11月26日写的《更爱我们的时代——〈爝火集〉序》中说："今天在我们的社会里封建流毒还很深、很广，家长作风还占优势。据我看，要实现'四个现代化'，必须得大反封建。去年八月我写了《家》的重印《后记》，我说这部小说已经完成了它的'历史任务'，我并不是在说假话，当时我实在不理解。但是今天我知道自己错了。*明明到处都有高老太爷的鬼魂出现，我却视而不见，我不能不承认自己的无知。"

* 其实连买卖婚姻也并未在我们国家绝迹。——原注

人民文学出版社这次重印《家》，向我征求意见，我表示同意，因为我这样想：让《家》和读者再次见面，也许可以帮助人了解封建社会的一些情况。在我的作品中，《家》是一部写实的小说，书中那些人物都是我爱过或者恨过的，书中有些场面还是我亲眼见过或者亲身经历过的，没有我最初十九年的生活，我就写不出这本小说。我说过："我不是为了做作家才写小说，是过去的生活逼着我拿起笔来。"我写《家》就象在挖开回忆的坟墓。在我还是孩子的时候，我就常常被迫目睹一些可爱的年轻生命横遭摧残，得到悲惨的结局。我写小说的时候，仿佛在同这些年轻人一起受苦，一起在魔爪下面挣扎。小说里面我个人的爱憎实在太深了。象这样的小说当然有这样或者那样的缺点。我承认：我反封建反得不彻底，我没有抓住要害的问题，我没有揭露地主阶级对农民的残酷剥削，我对自己批判的人物给了过多的同情，有时我因为个人的感情改变了生活的真实……等等、等等。今天的读者对我在一九三一年发表的这本小说会作出自己的判断，不用我在这里罗嗦了。《家》这次重版，除了少数几个错字外，我并未作新的改动。

……

一九七七年八月九日

原载 1977 年 11 月 13 日《人民日报》第 4 版

# 《春》序

巴　金

我虽然在“孤岛”上强为欢笑地度过了这些苦闷的日子。我想不到我还有勇气压抑下一切阴郁的思想续写我底这部小说。我好几次烦躁地掷了笔，想马上到别处去。我好几次坐在书桌前面，头脑里却是空无一物，我坐了一点钟还写不出一个字。但是我还不曾完全失去控制自己的力量。我说我要写完我底小说。我终于把它写完了。

“我底血已经冷了吗？”我有时这样询问自己，这样责备自己，因为我为了这部小说耽误了一些事情。

然而我还有眼泪，还有愤怒，还有希望，还有信仰。我还能够看，我还能够听，我还能够说话，我还能够和这里的三百万人同样地感受一切。

我在阴郁沉闷的空气中做过不少的噩梦。这小说里也有着那些噩梦底影子。我说过我在写历史。时代的确前进了。但年青儿女底挣扎还是存在的。我为那些男女青年写下这部小说。

我写完《春》，最后一次放下我底自来水笔，稍微感到疲倦地掉头四顾，春风从窗外进来，轻轻拂拭着我底脸颊。倦意即刻消失了。我知道春天已经来了。我又记起淑英底话：春天是我们的。

这本小说出版的时候我大概不在上海了。我一定是怀着离愁而去的。因为在这地方还有着成千成万的男女青年。他们并不认识我，恐怕还不知道我底名字。但是我关心他们。我常常想念过那无数纯洁的年青的心灵，以后我也不能把他们忘记。我不配做他们底朋友，我却愿意将这本书作为一个小小的礼物献给他们。这是一个临别的纪念品。我没有权利请求他们将全书仔细翻阅。我只希望他们看到“尾声”里面的一句话：“春天是我们的”。

不错，春天的确是他们的！

一九三八年二月二十八日　作　者

原载《春》，开明书店 1938 年 3 月版

# 谈《春》

巴　金

我那篇谈《家》的短文发表以后，有些读者来信要我继续谈谈《春》和《秋》。我的创作经验是不值得多谈的。读者们关心小说中几个人物的命运，希望多知道一点关于他们的事情。有些热心的读者甚至希望那些书中人物全是真实的人，而且一直活在读者中间，跟读者们共同呼吸新中国的健康空气，为祖国的社会主义建设事业服务。我不忍辜负这些读者的好心，便要求《收获》编辑部的同志们允许我占用杂志的几页篇幅，谈一些我自己差不多已经忘记了的琐碎事情。

我在一九三五年十月写过一篇《爱情三部曲的总序》，在那篇长序的最后，我引用了"一个青年读者"的来信。我接着说："这个'青年读者'不但没有告诉我她的姓名，她甚至不曾写下通信地址，使我无法回信。她要我写'一篇新文章来答复'她。事实上这样的文章我已经计划过了，这是一本以一个女子为主人公的《家》，写一个女子怎样经过自杀、逃亡……种种方法，终于获得求知识与自由的权利，而离开了她的专制腐败的大家庭。这是一个真实的故事……"三年以后（就是在一九三八年七月），我第一次修改《爱情三部曲》，在这一段文章的后面加了一个小注："这就是最近出版的《春》"，因为《春》刚刚在三四个月以前出版。

我当初计划写的那本小说并不是《春》。淑英的故事是虚构的，连淑英这个人也是虚构的。我所说的"真实的故事"是我在日本从一个四川女学生的嘴里听来的。这位四川姑娘有一次对我谈起她自己出川求学的经过，她怎样跟她父亲进行斗争。她自杀未遂，逃亡又被找回家，最后她终于得到父亲的同意，又得到哥哥的帮助，顺利地离开了家乡。她的话非常生动，而且有感情。我说我要把她的故事写成长篇小说，她并不反对。可是不久我就动身回国，在上海忙着别的事情，连这个长篇的计划也搁起来了。

一九三六年《文季月刊》在上海创刊，由我和靳以主编。其实全是他一个人负责。我不过在旁边呐喊助威。他刚刚在北平编过大型刊物《文学季刊》，气魄很大，一开目录就是三个长篇连载：曹禺的四幕剧《日出》，鲁彦的长篇小说《野火》，第三个题目他派定我担任。那个时候，我的小说《萌芽》被禁止发卖，《电》虽然出版，却被国民党的审查老爷删得七零八落，而且良友图书公司为了我这本书和几本别人著作的顺利出版，曾经花过几百元稿费买下某一位审查老爷的一部不能用的大作。我一方面不愿意给新刊物招来麻烦，另一方面又要认真地完成新刊物交给我的任务。我忽然想起了那个四川姑娘的故事，我也想到了《春》这个题目。接着我又想到了《家》的续篇。于是我找到了"淑英"这个人物。轮到我拿起笔写小说的时候，我就把四川姑娘的故事改成了淑英的故事。一个在花园里长大的深闺小姐总不是什么图谋不轨的危险人物吧。我想用她来骗过审查老爷的眼睛。我不仅写了淑英的故事，我还创造了另一个少女蕙的故事。但是刊物出到第七期，终于同其他十二种刊物同时被禁止了。没有什么理由，反正审查老爷看不顺眼。我的小说只发表了十章。其实我就只写了那么多。按期出版的时候，我每个月至少总要写一万多字。刊物一停，没有人催稿，我又忙着做丛书编辑的工作，也写一点别的文章。后来稍有空闲，我翻出发表过的那十章旧稿，信笔增删了一些，高兴时接下去写一点，有时写得较多，有时写得少。小说还没有写完，一九三七年八月淞沪抗日战争爆发，我又把小说放在一边，和朋友们一起办《呐喊》、《烽火》，印小册子。后来中国军队从上海撤退，租界当局改变态度，朋友们相继离去。我也曾有意离开上海，又知道不能把《春》的原稿带在身边，想来想去，终于抽出十几天时间，日也写，夜也写，把小说告了一个小段落，作为第一部，交给开明书店。我心想短时期内不会续写第二部了。

倘使我当时真的走出了被称为“孤岛”的上海，《春》的第二部也许就不会完成了。可是我终于没有走。开明书店也准备在上海排印、出版这本书。我便重新拿起放下的笔，将淑英同蕙这两个少女的故事继续发展下去。那些日子的确不是容易度过的。正如我在《春》的《序》上所说，我好几次丢开笔，想走；好几次望着面前摊开的稿纸写不出一个字；好几次我几乎失去控制自己的力量。但是我终于写完了《春》，写下了“春天是我们的”这句话。我觉得我的身上充满了力量。

这些力量是成千成万的青年给我的。在那个时候不断地给我鼓舞，使我能够支持下去的，是千万青年的纯洁心灵，是我对青年们的爱。那个时候我除了写作外常常在霞飞路（现在的淮海中路）上散步，我喜欢看那些充满朝气的年轻面孔。每次看见青年学生抱着书从新开办的学校和从别处迁出来的学校走出来，我就想到为他们写点东西。回到自己房间拿起笔写小说，我就看见平日在人行道上见到的那些天真、纯洁的脸庞。我觉得能够带给他们一点温暖和希望是我最大的幸福。



写完了《春》，看完了全书的校样，我就坐上海船，经过香港到广州去了。我在《序》上写着：“我一定是怀着离愁而去的。因为在这个地方还有着成千成万的男女青年……我关心他们，我常常想念那无数纯洁的年轻的心灵，以后我也不能把他们忘记。我不配做他们的朋友，我却愿意将这本书作为一个小小的礼物献给他们。”

我在这里用了“不配”两个字，有人说：“过于谦虚就是虚伪。”但是我甚至在今天还珍惜我这点真诚的感情。倘使我的作品果真能够给当时的青年带来一点温暖和希望，那么我这一生便不是白活了。作品能够帮助人，鼓舞人前进，激发人们身上的好的东西，这才是作家的光荣。我没有做到，但是我愿意我能够做到。

在《春》的扉页的背面我预告了《秋》。我开始写《春》的时候我没有想到写《秋》，正如我开始写《家》的时候，我并没有想到写《春》。《春》和《家》一样都是匆匆地结束的。《春》是《家》的补充，《秋》又是《春》的补充。三本书合在一起便是一本叫做《激流》的大书。《家》在《时报》（一九三一年）上面发表的时候用的就是《激流》这个名字。

我在《时报》上发表长篇连载完全是意外的事情。我并不认识《时报》的编者。不知道因为什么缘故，他忽然托一位我在世界语学会常常遇见的朋友来找我商量，要我替《时报》写一部长篇小说，每天发表一千字左右。我感谢朋友推荐的好意（可能是由于他的推荐），就答应了编者的要求。我写了《总序》和小说的前二章交给那位朋友转送报馆。编者同意先发表它们。以后我每隔一星期光景送一次稿到报馆，随写随送。（小说的每一章原来都有小标题：第一章是《两兄弟》；第二章是《琴》。开明书店的单行本也保留了它们。一九三七年《家》改排新五号字本的时候，我才把它们删去。但是这个本子刚印好就被“八·一三”日本侵略军的炮火毁掉了。以后重排的新版本里也就没有了小标题。）后来“九·一八”事变发生，日本帝国主义者侵占我国东北领土，义勇军在冰天雪地上艰苦作战，全国人民纷纷起来参加救亡运动。我和别人一样，也“动”了一个时候。《时报》上发表小说的地位也被更重要的东北消息占去了。但是那些时候国民党政府不仅一味退让，而且千方百计阻挠和压制人民的爱国运动。日本侵略者得寸进尺，气势越来越高。在上海的日本海军陆战队也经常在虹口演习作战，威胁当时所谓“华界”的安全。我住在闸北宝山路宝光里（离商务印书馆的印刷工厂不远），有时候一天中间谣言四起，居民携儿带女搬进租界，不到一个月工夫弄堂里的住户竟然迁走了一小半。住在我楼上的朋友全家也搬进租界去了。我一个人住一所二层楼房，石库门里非常清静。白天我不常在家。晚上回来，我受不了那样的静寂，对着一张方桌和一盏孤灯，我又翻出几个月来的小说剪报，重新拿起我那支自来水笔，接着一两个月前中断的地方续写下去。我写得快，也写得匆忙。哪怕我这两扇石库门内静得象一座古庙，我也不能够从容落笔。日本的兵营就在这附近。静夜里海军陆战队很可能来一个“奇袭”。我也不能不作万一的准备。所以我决定趁早结束我的小说。

那个时候《时报》也换了编辑，原来的那一位编者请假回乡去了。我的小说停刊了一个时期之后，时报馆忽然写来一封信，抱怨我的小说太长，说是比原先讲定的字数多了许多。他们并没有明白地拒绝续登我的小说，但好象有这样的暗示。这样的信自然不会使我高兴。不过我也不想跟时报馆打官司。好在我的小说也可以收场了。过了几天我写完了《家》的最后一章，我就把剩下的好几万字原稿送到时报馆，还附去一封信，向编辑先生道歉：我的小说字数超过了他们的需要。我说他们不登续稿，我无意见。现在送上这批原稿，请他们过目。倘使他们愿意继续刊登，我可以放弃稿酬。结果我的小说终于在《时报》上全部刊完了。不用说，报馆省掉了几万字的稿费。他们的做法并不是公道的。但是我总算尽了我做作家的责任。我不是为稿费写作，我是为读者写作的。

我的第一部长篇小说就这样地结束了。这时候我才想到“家”和“群”这两个书名。我结束的是《家》，不是《激流》。《家》并没有把我所要写的东西全包括在内，我后来才有写《春》的可能。《春》固然写完了蕙和淑英的故事，但是还漏掉了高家的许多事情，我还并没有写到“树倒猢狲散”的场面。觉新的故事也需要告一个小段落。因此我在结束《春》的时候，就想到再写一部《秋》。我并非卖弄技巧，我不过想用辛勤的劳动来弥补自己作品的漏洞。



我唠唠叨叨地叙述这些琐碎事情，无非说明：我不是艺术家，也不曾写出完整的作品。我的几部小说写成现在的这个样子，也并非苦心构思的结果。一些偶然的事情对我的作品的面目都有很大的影响。但有一点却是始终如一的。那就是我认为艺术应当为政治服务。我一直把我的笔当作攻击旧社会、旧制度的武器来使用。倘使不是为了向不合理的制度进攻，我绝不会写小说。倘使我没有在封建大家庭里生活过十九年，不曾身受过旧社会中的种种痛苦，不曾目睹人吃人的惨剧，倘使我对剥削人、压迫人的制度并不深恶痛恨，对真诚、纯洁的男女青年并无热爱，那么我绝不会写《家》、《春》、《秋》那样的书。我曾经多次声明，我不是为了要做作家才拿起笔来写小说。倘使小说不能作为我作战的武器，我何必花那么多的工夫转弯抹角、忸怩作态、供人们欣赏来换取作家的头衔？我能够花那么多的笔墨描写觉新这个人物，并非我掌握了一种描写人物的技巧或秘诀。我能够描写觉新，只是因为我熟悉这个人，我对他有感情。我为他花了那么多的笔墨，也无非想通过这个人来鞭挞旧制度。

我想借这些话来说明我的创作方法，来说明我怎样写《激流三部曲》，让读者们知道我的浅薄和我的作品的缺点。有人不了解我为什么要不断地修改自己的作品。其实一句话就可以说得明白：我不断地发见了它们的缺点。我去年又把《家》修改一次。最近我改完了《春》，补写了婉儿回到高家给太太拜寿的一章。补写的一章更清楚地说明冯乐山究竟是怎样的人。在这一点曹禺改编的剧本对我有很大的启发。我提到了冯乐山打骂婉儿的事，不用说，这是看了曹禺的戏以后才想到的。但是我们两个人心目中的冯乐山并不完全一样。曹禺写的是他见过的“冯乐山”；我写的是我见过的“冯乐山”。我见过的那个冯乐山高兴起来也会把婉儿当成宝贝一样。他害怕他的太太，因为他的太太知道他欺负孤儿寡妇的丑事。我还把《春》的第一部同第二部合并成一部。我从前觉得把小说分成两部好，现在却认为合成一部也未尝不可。这说明一则我手中并无秘诀；二则象分章、分卷、这些小节与一部作品的主要内容并无多大关系。屠格涅夫在《父与子》里面记错了人物的年龄，托尔斯泰在《战争与和平》里面也有把时间弄错的事。一直到现在也没有人去改正这些“错误”，而且那两部伟大作品也并不曾因此减色。我即使在这些小节上花了很多工夫，也不能使我的几部作品成为杰作。一部作品的主要东西在于它的思想内容，在于作者对生活对社会了解的深度，在于作品反映时代的深度等等。



现在我又回到《春》上面来。应当首先提到的人是淑英和蕙。这两个少女性格相似而结局不同。环境决定了她们的命运。蕙被人虐待痛苦地死去，淑英得到堂哥哥们的帮助逃出了囚笼。这两个人物都是虚构的。但是我也并非完全无中生有，凭空创造。我在我的姐姐妹妹和表姊妹们的身上看到过她们的影子，我东拼西凑地把影子改变成活人。我写蕙的时候，我常常想到我死去的三姐。我离开成都的前一个月参加了三姐的婚礼。三姐上轿的情形就跟我在小说中描写的蕙的出嫁差不多。不过三姐心目中并没有一位表哥，而且她出嫁的时候已经有二十几岁，只能做人家的填房妻子。不知道为什么缘故，她上轿时挣扎得很厉害，看见的人都有点心酸。在那个时代男人娶妻、女子出嫁都好象抓彩一样，尤其是从来脚不出户的少女，去到一个陌生人家，一切都得听别人支配，是好是环，全碰运气，自己作不了一点主。旧式女子上花轿前的痛哭不是没有原因的。据说三姐相当满意她的丈夫。三姐夫并不是郑国光那样的人，然而他的父母却很象郑国光的父母。我根据三姐的病和死写了蕙的病和死，连觉新写给觉慧报告蕙的死讯的信也是从大哥写给我和三哥的信中摘录下来的。觉新所说“三叔代兄拟挽联一副”也是我的二叔替大哥拟的挽联。觉民想的一副对联：“临死无言，在生可想”，其实是我的六叔想出来的。他在来信中提到这八个字，给我留下了很深的印象。原信早已遗失，可是这八个字到现在我还记得。三姐去世的时候，我同三哥都在南京读书。要是那个时候我在成都，我一定知道更多的事情，我也会写得更详细，更动人。

我的三姐夫姓陈。我同他见面一共不到十次。他给我的印象，比我的一位堂姐夫给我的印象好。郑国光的作文中“我刘公川人也……我戴公黔人也……”这两句就是从我堂姐夫的作文中借来的。他把作文送给他的岳父（我的二叔）批改。我在二叔的书房里看到这篇有趣的文章，到今天还记得那两句，就把它们写进《春》里面了。我的姐夫好象一个文弱的书生，我的堂姐夫好象一个土财主。我把他们揉在一起写成了郑国光。《春》里面的郑国光象我的堂姐夫，《秋》里面的郑国光就是我的姐夫的写照了。我这位姐夫让我姐姐的棺材停在古庙里，连看也不去看一眼。他还找我大哥替他借了好几笔钱，不但不还，甚至避不见面。后来大哥终于设法把他请到我们家里去开过一次谈判。那个场面跟我在《秋》里描写的相差不太远。我当然没有参加谈判的机会。好几年以后我才听到那些详情，我就把它们写了下来。《秋》出版后第二年我头一次回到成都，才听见人说，我那位姐夫的第三次结婚也没有给他带来幸福。他后来抽鸦片烟上了瘾，落魄地死在西康。

我的堂姐夫是一个不折不扣的大地主。他现在还在劳动改造中。这个人又象土财主，又象暴发户，一生靠剥削享福。他只懂得买田，田越买越多。他从不想用这种“不义之财”做一两件有益的事情。他不读书，不学技能。他花钱修了一所别墅，却不懂得如何布置房间。他需要一个儿子来继承他的财产，却什么也生不出来，拼命讨小老婆，也没有一点影响。他每年过生日，想到自己无儿无女，一定要伤心地哭一场。他讨过几个小老婆，一个上吊自杀，一个跟人跑掉，最后的一个在他被捕以后也找到一位门当户对的丈夫另外结婚。听说他在劳动改造中倒学会了一种技能，以后期满出来大概可以独立生活了。

我在《家》和《春》里都提到陈克家父子共同欺负丫头的故事。这就是我堂姐夫的父亲和胞兄的“德政”。当初我的四姐还没有嫁过去的时候，我们就听见了这个故事。不过堂姐夫一家是成都南门的首富。他们有的是钱。我的二叔虽然熟读春秋，但是对于钱的看法，大概也未能免俗。所以他终于把自己的第一个女儿嫁了给那样的人家。接着我姐夫的那位胞兄又变做了我的表姐夫。我们亲戚中间对他们弟兄并无多大的好感。我们弟兄因为都喜欢那位表姐，对这门亲事的反感更大。但是使我感到惊奇的是在我们亲戚中间那样的人家常常成了羡慕的对象。即使人不可取，金钱却能通神。

从我上面的这一段话看来，淑英可能就是我那位堂姐。其实论性格我的四姐完全不象淑英。在我的记忆中四姐好象是一个并不可爱的人。但是关于四姐婚姻的回忆帮助我想出来《春》的一部分的情节。从这里我创造出周伯涛这个人物，我也想出了高克明的另一面。既然做父亲的忍心把女儿嫁到那种人家去，那么让我们来看看这种忍心的父亲究竟是怎样的人。我一笔一笔地画出来周伯涛和高克明的面貌。这种旧式的父亲我看得多。不用说他们中间有的人面带慈祥的笑容。可是照我分析起来，他们不见得就比周伯涛或高克明慈祥。读者也看得出我写周伯涛时，心里充满憎恨。我恨这样的父亲，我愿意用我的笔来刺伤他。我常说我恨的是制度，不是人。但是这些人凭借制度来作恶。多少年轻、可爱的生命的毁灭都应由他们负责。我不能宽恕他们。

我在前面说过，淑英不是四姐。但淑英的父亲高克明却是我的二叔，也就是四姐的父亲。我这次修改《家》和《春》给高克明和陈克家两位都添上名律师的头衔，又把他们两人的律师事务所放在同一个公馆里面。堂姐夫的父亲不是律师，他一生只做一件陈克家大律师做过的事，那就是父子共同欺负一个丫头。有人说，他在分家的时候欺骗了自己的哥哥。那样的事冯乐山干得出来，我在补写的一章中已经提过了。高克明做律师是他的本分。我的二叔就是一位有名律师，他的事务所设在我们公馆里面。高克明在高家的地位和处境也就是二叔在我们李家的地位和处境。我五叔并没有把喜儿收过房。不过他和四叔都干过偷偷摸摸勾引老妈子的“风流”事情。他包了一个娼妓在外面租了小公馆。女人的名字就是“礼拜六”，他还给她起了一个号叫“芳纹”。我意外地在商业场后门口见过礼拜六一面，她的相貌跟我在《春》

里面描写的差不多。倘使没有“礼拜六”这个真名字，我纵有“天才”，也想不出“礼拜一”这名字来。倘使我没有遇见她一面，那么《春》里面淑英姊妹们也许就不会遇见她了。连五叔、五婶吵架彼此相骂的话中也有一两句是他们当时骂过的真话。我把他们记在心里，并非为了日后好写小说。其实我并不要记住它们，可是它们自己印在我的心上了。大家庭中间那些吵吵闹闹的琐碎事情，象克安同陈姨太吵嘴，觉群把刀丢进房里去砍弟弟等等都是真事。克明在那些事情中扮演的角色也就是我二叔扮演的角色。觉民因打觉群被王氏告到周氏同克明那里去，这也是真正发生过的事情。这还是我自己亲身经历的。我扮演了觉民的角色。王氏应当改成我的五婶。五婶并不是淑贞的母亲，她一共生过三个男孩，活下来的就只有我的一个堂弟。五婶自己打肿了孩子的脸却要我来负责。我大哥起初希望我能够认错，后来又希望二叔能主持公道。他后来在二叔那里挨了骂，含着眼泪来到我的房间呜咽地说：“四弟，你要发狠读书，给我们争一口气。”这个场面跟我在小说里所描写的完全一样。我大哥就是这样的人。他代我挨骂，我并不感激他。本来就用不着他跑到二叔那里去替我挨骂。他希望我扬名显亲，我那个时候就在打算将来有一天把李家的丑事公开出来，让大家丢脸。

不用说，觉新仍然是我大哥的写照。大哥的生活中似乎并没有一个蕙，但是也不能说完全没有蕙的影子。《家》的初版代序中曾经有过这样的话：“我相信这一个女人是一定有的，你曾经向我谈到你对她的灵的爱……”这是我的另一位表姐，她的相貌和性格跟蕙的完全不同。但是我小时候的记忆中保留着的表姐的印象和我大哥去世前一年半对我谈起的“灵的爱”使我开始想到应当创造一个象蕙这样的少女。后来我才把三姐的事情加在蕙的身上。三姐的凄凉的死帮助我写成蕙的悲惨的结局。

海儿是我大哥的第一个儿子。孩子的小名叫庆斯。海儿的病和死亡都是按照真实情形写下来的。连“今天把你们吓倒了”这句话也是庆儿亲口对我说过的。祝医官也是一个真实的人。到今天我还仿佛看见那个胖大的法国医生把光着身子的庆儿捧在手里的情景，我还仿佛看见那个大花圈，和“嘉兴李国嘉之墓”七个大字。我为什么记得这么清楚，到现在还不能忘记？因为我非常爱这个四岁多的孩子。"嘉兴李国嘉"在《春》里面就变成了"金陵高海臣"了。

我二叔并没有象克明对待淑英那样地对待他的女儿。听说我的四姐出嫁后，二叔一个人在堂屋里对着他死去妻子的神主牌流过眼泪。我二叔中过举，在日本留过学，做过满清的官，最后他又是有名的律师。他喜欢读《聊斋志异》，说蒲松龄的文章有左传笔法，他为我同三哥讲解过一年的春秋左传。可是他会同意叫我的嫂嫂搬到城外去生产，叫他的小女儿缠脚。他续弦两次，头一位二婶我也许就没有见过。他的两个女儿都是第二个二婶生的。缠脚很可能是那位二婶的主意。我们小时候听见那个堂妹的哭声，看见她举步艰难的情形，大家都可怜这个小妹妹，因此也不满意她的父母。过了两年她的母亲就死了。二叔又接了一位新的二婶来。我们都喜欢这位新的婶娘，她是一位忠厚老实、讲话不多的年轻女人。缠脚的事似乎也就取消了。淑贞就是我那个堂妹的影子。但是我那位堂妹并没有受到父母的虐待，因此也并不曾投井自杀，象我在《秋》里面所描写的那样。然而我也想说，她并不曾受到父母的钟爱。我有这样的一个印象：那个时候在官僚地主的家庭里做父母的人似乎就不懂得爱自己的儿女。孩子生下来就交给奶妈。母亲高兴时还抱一下，父亲向来是不抱孩子的。孩子稍微长大起来，父亲就得板起面孔教训他。对女儿父亲连话也不愿意多说。我的父亲在他的最后几年中间常常带我逛街看戏，那是非常特殊的事情。我的三叔习惯用鞭子教育子弟。他打得儿子看见他就发抖，连话都说不出来。我庆幸我没有遇到这样的一位严父，否则我今天也许不会在这里饶舌了。

我重读我的《激流三部曲》，我为自己的许多缺点感到惭愧。在我的这三部小说中到处都有或大或小的毛病。大的毛病是没法治好的了，小的还可以施行手术治疗。我一次一次地修改也无非想治好一些小疮小疤。把克安丑化和简化也是《三部曲》中的一个小毛病。丑化和简化不能写活一个人物。这个人即使在书中常常见面，也只是一些影子。这次我有意给克安添上几笔，我让他进克明的律师事务所给他的哥哥帮忙，我还写出他擅长书法，又点明他做过县官，在辛亥革命时逃回省城……这都是从我的三叔那里借来的。我的三叔虽然在外面玩小旦，搞女人，抽大烟，可是他写得一笔好字，又能诗能文，也熟悉法律，在二叔的事务所里还替当事人写过不少的上诉状子。人原来是复杂的。丑化和简化在作者虽然容易，却并不能解决问题。然而我也应当说老实话，我添的几笔也并没有把克安写活。可见我并非真正的艺术家。艺术家只消用简单的几笔就可以写活一个人。

在《春》里我还写了年轻人的活动。这也是我当时亲身经历过的事情。有人责备我把活动面写得很窄，有人责备我没有写到工人运动。我没有话为自己辩护。我只能说，当时我们这一群青年的活动范围并不宽，也没有人来领导我们。觉民散发五一节传单的经验是我自己的经验。觉民在周报社的活动也就是我自己的活动。不过我并没有参加演戏。张惠如是我的一个老朋友，现在还在成都担任学校的工作。方继舜的真名是袁诗尧。他编辑《学生潮》、为了梨园榜痛骂某名流的时候，还是高师的学生。他同我们在一起工作过一个时期，我们都喜欢他。他后来加入共产党，在某中学当教员。在一九二八年的白色恐怖中他在成都被某军阀枪毙了。



我那些朋友当时的确演过《夜未央》。这是一个波兰人写的描写一九〇五年俄国革命的三幕剧。一九〇七年在巴黎公演，轰动一时，后来有人译成中文在法国出版。一九二〇年有人在上海翻印了这个剧本。我当时看见报上的广告，用邮票代价买了一本来。朋友们见到它，就拿去抄了几份，作为排演的底本。在《春》里我本来不想多写《夜未央》的演出。其实描写淑英的成长和觉悟，不用《夜未央》的启发，也未始不可。一九三八年年初我在孤岛上写《春》的后半部，当时日寇势力开始侵入租界，汉奸横行，爱国人士的头颅常常悬在电灯杆上，我想带给上海青年一点鼓舞和温暖，我想点燃他们的反抗的热情，激发他们的革命的精神，所以特地添写了琴请淑英看《夜未央》的一章，详细地叙述了那个革命故事，把“向前进”的声音传达给我的读者，也许有人会责备我为什么不给当时的青年指出一条更明显的路。我无法为我自己思想的局限性掩饰。而且我当时还有这样的一个想法：要是写得太明显，也许书就不能送到孤岛青年的手中。其实就是在二十年前我写下“春天是我们的”这句话的时候，我也不曾料到“我们的”春天会来得这么快，并且在二十年后会有这样一个生产大跃进，革命干劲大发挥的空前的春天！

关于《春》我写了这么多的话。我觉得我也应当在这里结束了。以后有机会我还想写一篇谈《秋》的文章。今天还没有谈到的有些人和有些事情，我想留着在下一篇文章里详谈。

一九五八年一月二十七日

原载 1958 年 3 月 24 日《收获》第 2 期

# 《秋》序

巴　金

两年前在广州底轰炸中，我和几个朋友蹲在四层洋房底骑楼下，听见炸弹底爆发，听见机关枪底扫射，听见飞机底疾降，我在等死的时期中还想到几件未了的事，我感到一点遗憾。《秋》底写作便是这些事情中的一件。



因此过了一年多，我又带着这“劫余”（？）的身子回来，重拿起我底笔。我还怕在这样的环境里写不出一点东西。但是我居然咬紧牙关写完这本三十几万字的小说。这次我终于把《家》底三部曲❶完成了。读者可以想到我是怎样激动地对着这八百多页的原稿微笑，又对着它们流泪。❷

这几个月是我底心情最坏的时期，《秋》底写作也不是愉快的事。（我给一个朋友的信说：“我昨晚写《秋》写哭了……这本书把我苦够了，我至少会因此少活一两岁。”）我说我是在“掘发人心”。（恕我狂妄地用这四个字。）我使死人活起来，又把活人送到坟墓中去。我使自己活在另一个世界里，看见那里的男女怎样欢笑、哭泣。我是在用刀子割自己底心。我底夜晚的时间就是如此可怖的。每夜我俯在书桌上常常写到三四点钟，然后带着满眼鬼魂似的影子上床。有时在床上我也不能够闭眼。那又是亨利希·海涅所说的渴慕与热望来折磨我了。

---

❶ 作为《激流》之四的《群》不再是高家底故事了。

❷ 在这时代，一本小说简直是一件渺小不足道的东西。不过我原是一个渺小的人，也只能做渺小的事。我曾经抱了一本杂志底纸版从围城中逃出来，走过四五个省分，让好些朋友看见我那“可笑”的样子，只为了偿还数百订阅者底债务。

我也有过海涅底“深夜之思”，我也象他那样反覆地念着：

> 我不能再闭上我底眼睛，
> 我只有让我底热泪畅流。

在睡梦中，我想，我底眼睛也是掉向着西南方的。

在这时候幸好有一个信念安慰我底疲劳的心，那就是诗人所说的：

Das Vaterland wird nie verderben，❶

此外便是温暖的友情。

我说友情，这不是空泛的字眼。我想起了写《第八交响乐》的乐圣悲多汶。一百二十几年前（一八一二）他在林次底不愉快的环境中写出那个表现快乐和精神焕发的“F 调小交响乐”。据说他底“灵感”是从他去林次之前和几个好友在一起过的快乐日子里来的。我不敢比拟伟大的心灵，不过我也有过友情底鼓舞。而且在我底郁闷和苦痛中，正是友情使我洗去这小说底阴郁的颜色。是那些朋友底面影使我隐约听见快乐的笑声。我应该特别提出来四个人：远在西宁的 WL，在石屏的 CT，在昆明的 LP，和我底哥哥。没有他们，我底《秋》不会有这样的结尾，我不会让觉新继续活下去，也不会让觉民和琴订婚、结婚。（我本来给《秋》预定了一个灰色的结局，想用觉新底自杀和觉民底被捕做收场。）我现在把这本书献给他们，请他们接收我底这个不象样的礼物。

这本书出版的时候，我多半不在这里了。我应该高兴，因为我可以见到那些朋友，和他们在一起过一些愉快的日子。不过我仍然说着我两年前说过的话，我是怀着离愁而去的。牵系住我底渺小的心的仍是留在这里的无数纯洁的年青心灵。我祝福他们。我请他们记住琴底话：

“并没有一个永久的秋天。秋天过了，春天就会来的。”

现在我已经嗅到春天底最初的气息了。

一九四〇年二月　作　者

原载《秋》，开明书店 1940 年 4 月版

❶ “祖国永不会灭亡”，德国诗人 H.Heine 的诗句，引自他的《深夜之思》（Nachtgedanken，《德国，一个冬天的童话》的序曲）。前面的两句译诗也是从《深夜之思》中引来的。

# 谈《秋》

巴　金

有一位读者写信问我：用《秋》字作书名，除了“秋天过了，春天就会来的”这个意思以外，还有没有别的？我因此想到《家》里面钱梅芬说过的那句话：“我已经过了绿叶成荫的时节，现在是走飘落的路了。”在《秋》的最后，觉新也想起了这句话，他自己解释道：“我的生命也象是到了秋天，现在是飘落的时候了。”《秋》里面写的就是高家的飘落的路，高家的飘落的时候。高家好比一棵落叶树，一到秋天叶子开始变黄变枯，一片一片地从枝上落下来，最后只剩下光秃的树枝和树身。这种落叶树，有些根扎得不深，有些根扎得深，却被虫吃空了树干，也有些树会被台风连根拔起，那么树叶落尽以后，树也就渐渐地死亡。不用说绝大多数的落叶树在春天会照样地发芽、生叶，甚至开花、结果。但高家不是这样的落叶树。高家这棵树在落光叶子以后就会逐渐枯死。琴说过“秋天过了，春天会来……到了明年，树上不是一样地盖满绿叶”的话。这是象她这样的年青人的看法。琴永远乐观，而且有理由乐观。她决不会象一片枯叶随风飘落，她也不会枯死。觉民也是如此。但是他们必须脱离枯树。而且他们也一定会脱离枯树（高家）。所以即使象琴和觉民这样的高家青年会看见第二个春天、第三个春天乃至三十五年以后的这个一马当先、万马奔腾、空前明媚的春天，但这早已不是高家的春天了。高家早已垮了，完了。克明和觉新想挽救它，也没有办法。克明是被它拖死的。他死在它毁灭之前。觉新多活了若干时候，也可能一直活到今天，等待改造。因为究竟还有新的力量拉了他几下。在小说的最后觉新好象站起来了。其实他并没有决心要做一个“反抗者”。他不过给人逼得没有办法，终于掉转身，朝着活路走了一步，表示自己的“上进之心并未死去”。以后或死或活，或者灭亡或者得到新生，那要看他自己怎样努力了。

《秋》只写了高家的“木叶黄落”的时节。下一步就是“死亡”。“死亡”已经到了高家的门口。不用我来描写，读者也看得见。高家一定会灭亡。但是我在那个时候不愿意用低沉的调子结束我的小说。当时连我自己也受不了灰色的结局。所以我把觉新从自杀的危机中救了出来，还把翠环交给他，让两个不幸的人终于结合在一起，互相安慰，互相支待地活下去。我曾经说过觉新是我大哥的化身。我大哥在一九三一年春天自杀。这才是真的事实。然而我是在写小说，我不是在拍纪录片，也不是在写历史。

关于《秋》的结尾，我曾经想了好久。我也有过内心的斗争。有时候我决定让觉新自杀，觉民被捕；有时候我又反对这样的结局。我常常想：为什么一定要写出这样的结局呢？在近百年来欧美的文学作品里象这样的结局难道还嫌太少吗？我读过好多批判的现实主义的作品，里面有不少传世的佳作或不朽的巨著，作者暴露了资本主义社会的阴暗的现实，对不合理的人剥削人的制度提出了强烈的控诉，这些都是值得我佩服的。我知道他们写出了真实，我知道那样的社会，那样的制度一定会毁灭。但是作为读者，我受不了那接连不断的黑漆一团的结尾。我二十三四岁的时候，有两三个月一口气读完了左拉描写鲁贡—马卡尔家族兴衰的二十部小说。我崇拜过这位自然主义的大师，我尊敬他的光辉的人格，我喜欢他的另外几本非自然主义的作品，例如《巴黎》和《劳动》，但是我并不喜爱那二十部小说，尽管象《酒店》、《大地》等等都成了世人推崇的“古典名著”。我只有在《萌芽》里面看到一点点希望。坏人得志，好人受苦，这且不说；那些正直、善良、勤劳的主人公，不管怎样奋斗，最后终于失败，悲惨地死去，不是由于酒精中毒，就是遗传作祟。我去年又读过一遍《大地》（这次读的是新出的英译本）。我好几天不舒服。善良、勇敢、纯洁的少女死亡了，害死她的人（就是她的姐夫）反而承继了她的茅屋和小块土地，她的丈夫倒被人赶走了。我受不了这个结局，正如三十年前我读完莫泊桑的《漂亮朋友》，那个小人得志的结局使我发呕一样。我并不是在批评那些伟大前辈的名著，我也不否认在旧社会里，坏人容易得志，好人往往碰壁，我也了解他们带着多大的憎恶写出这样的结局，而且他们是在鞭挞法国资产阶级社会的罪恶。我不过在这里说明一个读者的感受和体会。我读别人的小说有那样的感受，那么我自己写起小说来，总不会每次都写出自己所不能忍受的结局。固然实际生活里的觉新自杀了，固然象觉新那样生活下去很可能走上自杀的路，但是他多活几年或者甚至活到现在也并非完全不可能。事实上也有象觉新那样的人活到现在的。而且我自己不止一次地想过，在我的性格中究竟有没有觉新的东西？我的回答是肯定的。我至今还没有把它完全去掉，虽然我不断地跟它斗争。我在封建地主的家庭里生活过十九年，怎么能说没有一点点觉新的性格呢？我在旧社会中生活了四十几年，怎么能说没有旧知识分子的许多缺点呢？只要有觉悟，有决心，缺点也可以改正，人可以改造，浪子也可以回头。觉新自然也可以不死。



我常常说我用我大哥作模特儿写了觉新。觉新没有死，但是我大哥死了。我好几次翻读他的遗书，最近我还读过一次，我实在找不到他必须死的理由。如果要我勉强找出一个，那就是他没有勇气改变自己的生活。不用说，这是我的看法。他自己的看法跟我的看法完全不同。所以他选择了自杀的路。他自己说得很明白：

> “卖田以后……我即另谋出路。无如求速之心太切，以为投机事业虽险，却很容易成功。前此我之所以失败，全是因为本钱是借贷来的，要受时间和大利的影响。现在我们自己的钱放在外边一样收利。我何不借自己的钱来做，一则利息也轻些，二则不受时间影响。用自己的钱来做，果然得了小利。于是通盘一算，帐上每月只有九十元的入项，平均每月不敷五十元，每年不敷六百元。不到几年还是完了。所以陆续把存放的款子提回来，作贴现之用，每月可收百数十元。做了几个月，很顺利。于是我就放心大胆地做去了。……哪晓得年底一病就把我毁了。……等我病好出外一看，才知道我们的养命根源已经化成了水。好，好！既是这样，有什么话说！所以我生日那天，请大家看戏后，就想自杀。

但是我实在舍不得家里的人。多看一天算一天，混一天。现在混不下去了。我也不想向别人骗钱来用。算了罢。如果活下去，那才是骗人呢。……我只恨我为什么不早死两三个月，或早病两三个月，也就没有这场事了。总结一句，我受人累，我累家庭和家人。但是没有人能相信我，因为我拿不出证据来。证据到哪里去了呢？有一夜我独自一算，来看看究竟损失若干。因为大病才好，神经受此重大刺激，忽然把我以前的痰病引发，顺手将贴现的票子扯成碎纸，弃于字纸篓内，上床睡觉。到了第二天一想不对，连忙一找，哪晓得已经被人倒了。完了，完了。……”

遗书里所提到的“痰病”，就是我们现在所谓“神经病”。我大哥的确发过神经病，但也并不怎么厉害，而且也不久，大约有一两个月的光景。我记得是在一九二〇年，那就是《家》的年代。在《春》里觉民写信告诉觉慧（一九二二年）：“大哥……最近又好象要得神经病了。有一天晚上已经打过三更……他一个人忽然跑到大厅上他的轿子里面坐起来，一声不响地坐了许久，用一根棍子把轿帘上的玻璃打碎了。妈叫我去劝他。他却只对我摇摇头说：‘我不想活了。我要死。我死了大家都会高兴的。’后来我费了许多唇舌，才把他说动了。他慢慢地走下轿子来，垂头丧气地回到房里去。……以后他就没有再做这样的事情。”这是一件真事。我今天还记得三十八年前的情景。觉新仅仅有过两次这样的发作。还有一次就是在《秋》里面，他突然跪倒在他姑母的面前，两只手蒙住脸，带哭说：“姑妈，请你作主，我也不想活了。”又说：“都是我错，我该死……请你们都来杀死我……”这次他被陈姨太和王氏逼得没有办法，才一下子发了病。这是小说里的事情。觉新休息了半天也就好了。我大哥不象觉新，在一九二〇年冬天的晚上，电灯已经灭了，他常常一个人坐进他的轿子，用什么东西打碎轿帘上的玻璃。我那时已经不住在觉民弟兄住的那个房间。我和我三哥搬到那间利用大厅上通内天井的侧门新建的小屋里面了。这样的有大玻璃窗的小屋一共有两间。我们住的是左面的一间，离所谓“拐门”最近，离大厅也最近（右面的一间里住的是我们一个堂兄弟）。轿子就放在大厅，大厅上一点轻微的声音也会传到我的小屋里来。我自来睡得晚，常常读书到深夜。我听见大哥摸索进了轿子，接着又听见玻璃破碎声，我静静地不敢发出任何的声音。但是我的心痛得厉害，我不能再把心放在书上。我绝望地拿起笔在纸上涂写一些愤怒的字句，或者捏紧拳头在桌上擦来擦去。我那个时候就知道大哥的这个病是给家里人的闲言诽语和阴谋陷害逼出来的。他自己在我们离家后写给我的信里也说："那是神经太受刺激逼而出此。"自然他后来还有比较详细的说明，不过总离不了"刺激"两个字。觉新受到的刺激不会比我大哥受的少。但是他并没有发过神经病。我大哥自杀跟他所谓的"痰病"有关系。

我大哥是我们这一房的"管家"。他看见这一房入不敷出，坐吃山空，知道不到几年就要破产。他自己因为身体不好辞掉了商业场电灯公司的事情，个人的收入也没有了。他不愿意让别人了解这种情形。我们向他建议放下空架子改变生活方式。他心里情愿，却又没有勇气实行，既不想让家人知道内部的空虚，又耽心会丧失死去的祖父和父亲的面子。他宁肯有病装健康人，打肿脸充胖子。不让任何一个人知道真实情况。钱不够花，也不想勤俭持家，却仍然置身在阔亲戚中间充硬汉。没有办法就想到做投机生意。他做的是所谓"贴现"，这种生意只要有本钱，赚钱也很容易。他卖了田把钱全押在这笔"赌注"上。当时在军阀统治下的成都，谁都可以开办银行、发行钞票。趁浑水摸鱼的人多得很。他也想凭个人的信用在浑水里抓一把，解决自己的问题，其实这是一种妄想，跟赌博下注差不多。不久他害了一场大病。在他的病中，那个本来就很混乱的市场发生了大波动，一连倒闭了好些银行。等他病好出去一看，才知道他的钱已经损失了一大半。他回到家里等着夜深人静，拿出票据来细算，一时气恼，又急又悔，神经病发作了，他把票据全扯掉丢在字纸篓里。第二天想起来，字纸已经倒掉了。连剩下的一点钱也完蛋了。他瞒着别人偷偷地做了这一切，连他的妻子也不知道。他懂一点医学，认识不少中医界和西医界的朋友，也可以给熟人看脉开方。他半夜服毒药自杀，早晨安安静静地睡在床上，一个小女儿睡在他的身边。他的身体已经冰凉，可是他的脸上并无死相，只有嘴角上粘了一点白粉。家里人找到了他的遗书，才知道他有意割断自己的生命。柜子里只有十六个银元，这就是我们这一房的全部财产了。他留下一个妻子和一男四女。除遗书外他还留下一张人欠欠人的帐单。人欠的债大半都没法收回，欠人的债却被逼着要还清。我那位独身的堂姐逼得最厉害。她甚至说过“人在人情在，人死人情两丢开”。她就是写过“往事依稀浑似梦，都随风雨到心头”的那个少女！我的继母终于用字画偿清了大哥欠她的钱。她这样一来，别的债主更有话说了：“你们自己人都是这样！不能怪我们！”我的继母给逼得走投无路，终于卖尽一切还清了大哥经手的债，有的债还是他为了赌气争面子代别人担承的。

这是一九三一年四月里的事情。我正在写《家》，而且刚刚写完《做大哥的人》那一章（第六章）。《秋》结束在一九二三年的秋天，正是我从成都到上海的那一年。“尾声”里觉新在一九二四年秋天写给觉慧的一封信是根据我大哥一九二七年十一月的来信改写的。自然我增加了许多材料：例如琴和觉民的事情，例如沈氏的事情，例如芸的事情，尤其是翠环的事情。翠环是一个完全虚构的人物。我那位新的二婶有一个陪嫁丫头，叫做翠环。她是一个身材短小的女孩。一九四二年我回成都意外地见到她一次。我嫂嫂告诉我这是翠环。她已经是一个中年妇人了。我只借用了她的名字。在另一个“翠环”身上没有一点她的东西。人们读我的小说不一定会注意到那个身材苗条的少女。前年香港的影片《秋》在四川放映以后，有些观众对红线女同志的演技感到兴趣，居然有人问我的侄女：“你是不是翠环生的？”还有人去问我的嫂嫂：“你是不是翠环？”这是把文艺作品跟真实混在一起了。

我拿我大哥作模特儿来写觉新，只是借用他的性格，他的一些遭遇，一些言行。觉新身上有很多我大哥的东西，然而他跟我大哥不是一个人。即使我想完全根据我大哥的一切来描写觉新，但是我既然把他放在高公馆里面，高家又有不少的虚构人物，又有那么一个大花园，他不能不跟那些虚构的人物接触，在那些人中间生活，因此他一定会做出一些我大哥并未做过的事情，做出一些连作者事先也没有想到的事情。倘使我拿笔以前就完全想好觉新的一举一动，一言一行，按照计划机械地写下去，那么除了觉新外，其他的人都会变成木偶了。自然这是拿我的写作方法来说的。别的作者仍然可以写好大纲按照计划从容地写下去，而且写得很好。我在这里只说明一件事情：我大哥虽然死了，小说中的觉新仍旧可以活下去，甚至活到今天。

高家比我们李家有钱。《秋》结束的时候，觉民已经毕业，可以靠自己生活。此外高家大房也只有周氏、觉新、淑华、翠环几个人。即使他们放不下太太、少爷的架子，每月开支也不会“入不敷出”。觉新在商业场被焚以后虽然失掉工作，还可以靠遗产过活。他用不着做投机生意，更不会干“孤注一掷”的冒险事情。公馆卖掉搬到新居以后，觉新反而觉得“生活倒比从前愉快”。他“在家看书”过着“安静的日子”。他不愿意自杀，也很近人情。我再解释一次：我让觉新活下去，并非我过份地同情他，而是他本人想活。写到那里，我也收不住自己的笔，而且说实话，在那个时候我自己也受不了阴暗的结局。

在《秋》里面真事并不多。我仔细地想了一下，也举不出几件大事来。商业场烧光是一件事，卖公馆是一件事。前一件事发生在《家》的时代以前，是我亲眼见到的；后一件事发生在《秋》的时代以后，是我在法国接到了大哥的信才知道的。那是我二叔去世后两年的事情了。利群周报社的工作也只是前一年工作（见《春》）的继续和发展。三姐灵柩的安葬，我在谈《春》的文章里就已经提到了。其余全是由我虚构出来的。我应该说虚构那些事情，那些场面，并不十分困难。因为那些人物在我的小说里生活了几年，他们已经能够照他们的脾气，照他们的生活方式行动了。所以我常常说是他们自己在生活，不是我在写他们。我在这里随便举一个例子，觉新弟兄把郑国光请到周家谈话。周伯涛夫妇也在周老太太房里。他们谈的是蕙的灵柩下葬的事情。周老太太、陈氏和觉新弟兄都逼着郑国光给一个明确的答复。郑国光拼命躲闪，周伯涛暗中替女婿帮忙。我只消写出周老太太的几句话，郑国光的答话就自然地出来了。周伯涛马上讲话想帮忙郑国光结束这个问题。周老太太得不到满意的答复自然要生气地追问。周伯涛还想掩饰。郑国光还想逃避。陈氏气得讲出心里的话来。女婿还要虚言解释，惹得岳母气上加气。周伯涛反而不满意自己的妻子，郑国光也恼羞成怒想借这个机会溜走。于是觉民怂恿觉新出来讲话……。最后郑国光不得不写了定期安葬的字据。我写完一个人讲话，第二个人的话就很自然地从我的笔下流出来。我一定要写出了第二个人的话，才会想到第三个人的一言一语。我在这些话上面，并没有花过多少工夫。

但是在我写《秋》的那一段长时间里，那些人物常常占据了我的脑筋，我想到他们，就象想到一些活人一样。

《秋》跟《家》，跟《春》都不同，它是一口气写成的。我在一九三九年十月开始写《秋》，一直写到第二年五月，每天晚上从九点或十点写到两点或三点，有时还写到四点，没有一天间断过，也不曾在报刊上发表过一章、一节。白天我或者读书，或者看稿子，或者翻译赫尔岑的《回忆录》。那个时候上海是所谓"孤岛"。四面都是日本侵略军占据的地区，公共租界和法租界被围在当中。我的住处就在法租界的霞飞路霞飞坊（淮海中路淮海坊）。我住在一个朋友家的三楼，我三哥从天津来养病，住在三楼亭子间。他刚刚开始翻译冈查洛夫的小说《悬崖》。星期天下午我们两个照例到兰心戏院去听音乐会。他喜欢去电影院，我有时也看电影，但我常常去的地方却是巨籁达路（巨鹿路）的文化生活出版社，因为我还担任那个出版社的编辑工作。别的地方我不大敢去，害怕碰见认得我的人，更害怕碰到当时在租界上相当活动的文化界汉奸。所以我在家的时候多。我除了做上面提到的那些事情以外，空下来我就想《秋》的情节。我想的跟我写的不一定相同。但是我想得多，人物就跟我越来越熟了，他们不停地在我的脑子里活动。他们跟着我的笔自己在生活。我常常说我的人物自己在生活，有些读者不大了解。然而这的确是事实，譬如我开始写《秋》的时候，我并没有想到淑贞会投井自杀，我倒想让她在十五岁就嫁出去，这也是很可能办到的事。但是我越往下写，淑贞的路越窄，写到第三十九章，淑贞朝花园跑去，我才想到了那口井，才想到淑贞要投井自杀，好象这是很自然的事情。其实它完全是虚构的。只有井是真实的东西。它今天还在原来的地方。前年（一九五六年）十二月我到它那里去过一趟。我离开那口井三十三年，它还是那个老样子，井边有一棵松树，树上有一根短而粗的枯枝，原是我们家火夫挑水时，挂带钩扁担的地方。松树象一位忠实的老朋友，今天仍然陪伴着这口老井。可是花园连一点痕迹也没有了。但是我写到觉新和觉民抬着淑贞尸首的时候，我流了眼泪，我几乎要哭出声来了。也许会有人笑我："上了自己编造的故事的当。"我的解释却是：我在跟书中人物一起生活。据说旧俄作家迦尔洵写一个短篇，写一个不幸女人的遭遇，写到中途就伏在书桌上伤心地哭起来。我翻译过他的作品，我觉得我了解他的心情。

我写这些话无非说明：我写《秋》的时候，虽然有从容构思的时间，但是正如我在序上所说："《秋》的写作也不是愉快的事。"我当时曾写信给一个朋友说："这本书把我苦够了。"我所谓"苦"，并不是"苦思"，"苦吟"。我不会为了推敲一个字花去整天整夜的工夫，也不会因为想不出一字一句，就废寝忘食。我是把自己的感情放在书上，跟书中人物一同受苦，一起受考验，一块儿奋斗。既然我是在跟书中人一块儿生活，当时出版《秋》的开明书店又没有催我限期交稿（虽然前半部的原稿已经送到印刷所去排版了），我只管每夜每夜地写下去，所以文章越写越长，已经写到四十万字，离预定的结局还远得很。那个时候我在上海越住越烦，局势越来越坏，谣言越来越多。单是耳闻目睹的一切就够使人不能安心工作。朋友们又接连来信催我到内地去，也有人不赞成我关在上海埋头写《秋》。最后我就用快刀斩乱麻的办法，象现在这样地结束了我的小说。但它至今仍然是我的最长的作品。下半部原稿交出去以后，不到两个月，我就离开上海经过越南的海防，坐滇越路的火车到了昆明。我在上海上船的时候，《秋》已经出版了。书出得这样快，其实对作者并没有多少好处。我倘使能把这部小说仔细地修改两遍然后付印，《秋》的内容也许会比现在的好一点。这一个月我正在慢慢地校改我这部长篇小说。我自己发现了不少的缺点。但是我也找不到好的挽救办法。譬如修整房屋，我今天只能做些补漏刷新的工作，要翻造已经不可能了。我揽了一大堆事情在手边，却没有那么多的时间处理它们。所以我很佩服比我年长十三岁的李劼人同志重写《大波》的决心和毅力。我在新中国生活了、工作了、学习了九年，即使进步不大，但是看问题总比以前清楚许多，从前所不了解的今天也有点了解了。今天要是能够好好地把《秋》从头到尾改写一遍，我也许会写出一部较好的作品。但是无论如何，修改一次总比不修改好，至少可以减少一些毛病。我愿意做一个"写到死，改到死"的作家。

现在又回到人物上面来。关于觉新我已经谈得很多了。我还想再谈一件事情，就是"卜南失"的跌碎。有好些读者曾经写信问我，"卜南失"究竟是什么东西。我写过几封回信。这次我打算在《秋》里加上一个小注。一九一七年或一九一八年我们家得到过一个"卜南失"，可能是我大哥找来的，也可能是某个年轻的亲戚送来的。这是从日本输入的东西。“卜南失”大概是法文“木板”的译音。这种心形的木板有两只脚，脚上装得有小轮，心形的尖端上有个小孔，孔里插了一支铅笔。人坐在桌子前面，闭上两眼，双手按住木板。他慢慢地进入了催眠状态，木板也就渐渐地动起来，铅笔就在纸上写字。旁边有人问话，纸上就写出答语。这是一种催眠作用。纸上写的全是按“卜南失”的人平日心里所想的话，他进入了催眠状态，经人一问就不自觉地写在纸上了，连他自己也不知道。在一九一七年（或一九一八年），我们玩这种把戏一连玩了一两个月。总是我那个表哥按着“卜南失”，我在旁边辨认铅笔在纸上写的那些难认的字。有一个晚上我继母知道了，要我们把“卜南失”拿到她的房里试一下。她把我死去的父亲请来了，问了几句话，答语跟我父亲的口气差不多。我祖父听说我父亲的灵魂回来了，也颤巍巍地走到我继母的房里来。他一开口就落泪。那时我第二个二婶的坟在不久以前被盗，盗墓人始终查不出。我二叔也找我表哥来按“卜南失”，把二婶的灵魂请来问个明白。结果什么也讲不出来。以后我们对这个把戏就失掉了兴趣，“卜南失”也不知被我们扔到哪里去了。当时我们并不相信鬼，也知道这只是一种把戏。但是我们讲不出什么道理。后来我读到新青年杂志上发表的陈大齐的《辟灵学》，才知道这是一种下意识作用。我早已忘记了“卜南失”的事情，一直到一九三九年写《秋》的时候才想起了它，我把它写进小说里面，无非说明觉新对死者的怀念，蕙的灵柩不入土，觉新始终不能安心。觉新也想借用这个东西来刺激周家的人。“卜南失”在纸上写的话全是觉新一直憋在心里的话，例如“枚弟苦”，“只求早葬”。还有“人事无常，前途渺茫，早救自己”这几句其实就是觉新本人当时的思想：他对前途悲观，看不到希望。但是他仍然想从苦海里救出自己。

蕙死在《春》里面，可是到了《秋》她的灵柩才入了土。我在谈《春》的文章里就说过，蕙的安葬就是写我三姐的安葬。要是没有我姐夫不肯安葬我三姐的事情，郑国光也许就不会让蕙的灵柩烂在莲花庵里。我既然想不到，也就写不出。我今天翻看我大哥三十二年前写给我的旧信，还读到这一段话：

> “三姐之事，尤令人寒心。三姐死后即寄殡于离城二十余里的莲花庵。简直无人管她。阴历（去年）腊月二十二日我命老赵出城给她烧了两口箱子、两扎金银锭。老赵回来述说一切，更令人悲愤无已。当与蓉泉大开谈判，但是毫无结果。现已想好一种办法，拟于年节后找他交涉。……”

我大哥信里所说的“办法”我已经在《秋》里面写出来了。蓉泉便是我那位姐夫的大号。他正在准备举行新的婚礼的时候，被我大哥设法请到我们家里，谈了好久，终于不得不答应安葬三姐。所以两个多月以后，大哥来信便说：“三姐定于三月初八日下葬。她可怜的一生算是结束了。”《秋》的读者单单从这里也可以知道我不过是一个加工工人，用生活的原料来进行了加工的工作。生活里的东西比我写出来的更丰富，更动人。没有从生活里来的原料，我写不出任何动人的东西！



谈过了觉新，就应该谈觉民。但是关于这个年青人，我似乎没有多少话可说。在《家》里面，觉民很象我的三哥（我第二个哥哥）；在《春》里面他改变了，他的性格发展了。主要的原因是觉慧走了以后，高家不能没有一个充满朝气的年青人。否则我的小说里就只有一片灰色，或者它的结局就会象托马斯·曼的《布登不洛克家族》的结局。人死了，房子卖了，失掉丈夫和儿子的主妇空手回娘家去了，留下一个离婚两次的姑太太和老小姐们寂寞地谈着过去的日子。两年半以前去世的托马斯·曼被称为批判的现实主义最后的一位大师，他这部二十六岁写成的关于一个德国资产阶级家族的小说已经成为近代文学中不朽的名著。他写了一个家族的四代人，写了这个家族的最兴盛的时期，也写到最后一个继承人的夭亡。他写了几十年中间社会的变化。篇幅可能比《秋》多一倍，或者多一半。他的确是一个伟大的艺术家。我的作品只能说是一个年青人的热情的自白和控诉。所以我必须在小说里写一个象觉慧或觉民那样的人。在《秋》里面写觉民比在《春》里面写觉民容易多了。在《春》的上半部觉民对家庭和长辈还有顾虑，他还不能决定要不要参加秘密团体，要不要演戏。但是经过王氏那次吵闹以后，他的顾虑完全消除了。他把心交给那些年青朋友。好些年青人的智慧结合在一起，造成了一股力量，居然能帮助堂妹淑英脱离旧家庭逃往上海。对觉民来说淑英的逃走是一个大胜仗。在这次胜利之后觉民的道路也就更加确定了。他只消挺起身子向前走就行了。何况还有那些年青朋友给他帮忙！在觉民的身上有我三哥的东西，也有我的东西。但是在那些时候我三哥比我沉着，比我乐观，而且比我会生活，会安排时间。他会唱歌，会玩。所以在高家觉民并不说教，他用各种方法使妹妹们高兴，鼓起她们的勇气。但是觉民在外面的活动就是借用我当时的经历了。我写得简单，因为我当时的经历并不丰富，而且象我这个没有经过锻炼的十七八岁的青年除了怀着满腔热情，准备牺牲一切为祖先赎罪外，也不知道应当干些什么事情。办刊物，散传单，演戏，开会，宣传……这就是我们那些年青人当时的工作（其实我自已也没有演过戏，不过看朋友们演戏罢了）。我最近修改《秋》，很想给觉民们的活动添一点色彩，但是我也没法添得太多。要是能把《秋》的时代推迟就好办了。即使我自己的经历简单，我还可以请教别人。我既然无法推迟小说的时代，就只好在觉民的几个朋友身上多加几笔。张惠如拜师傅学裁缝倒是真事。我在前一篇文章里已经讲过，张惠如今天还在成都当中学校长。他大热天穿皮袍，走进当铺脱下来换钱办刊物，也是真事。可惜他离开“外专”只做了几个月的裁缝，又考进华西大学去念书了。他有一个兄弟，跟张惠如差不多。但是我们在一起不到两年，他的兄弟就离开了成都。一九二三年我和三哥一路出川经过重庆，还见到这个朋友。但是一两个月后他就害伤寒症死在重庆了。

关于琴我不想多说什么。到了《春》和《秋》，琴就完全是虚构的人物了。但是她的性格已经形成，她的影响逐渐在扩大，她可以靠自己活下去了。不用说她的影响只限于高家，只限于她的两个表妹，或者加上两个丫头，觉新和觉民也常常受到她的鼓舞。我很想把我青年时期见到的一些好的东西全加在她的身上。但是她不需要。她仍然是一个平凡的少女。她不是五四时期某一种解放的女性，《家》里面的许倩如倒有点象。许倩如在课堂中写给琴的字条上有这样的一句话：“你便抛弃你所爱的人给人家做发泄兽欲的工具吗？”我现在删去了它，因为有人认为这不象一个少女的口气。其实当时有些少女不仅说话连行动也非常开通，只为了表示女人是跟男人“完全”一样的人。许倩如写出那样的话也是很寻常的事情。自然从旧家庭里出来的琴是决不会写的。我觉得琴跟觉民有许多相同的地方，他们的确是情投意合的一对。我在《秋》里写琴，也就只注意到这一点。

觉民和琴两人都喜欢淑华。淑华也可以说是一个虚构的人物。她的性格有一面很象我的一个妹妹，就是心直口快，对什么都没有顾忌，也不怕别人说长论短。但是淑华比我那个妹妹开朗，乐观。在这个家里的确也需要这样一个天不怕、地不怕、爱说爱笑的少女。倘使全是象淑贞那样的女子，我自己也没法写下去了。

在克明、克安、克定三个“长辈”的身上有不少我那三个叔父的东西。我在前一篇文章里已经谈过他们。我二叔生前并没有一个象觉英那样的儿子。他是我二哥、五弟和十六弟的父亲。五弟只比我小几个月。一九一七年成都发生巷战，二哥和五弟害白喉，请不到医生，同时死去。过不到几年十六弟也害病死了。以后新的二婶又给他生了两个小弟弟。二叔去世的时候，这两个弟弟年纪都很小。但是二叔留下的田产害了我那个较大的堂兄弟。他的母亲死后，姐姐们相信金钱万能，不放他好好地念书，却给他接来一位年纪比他大的少奶奶，把他关在家里。结果他在外面胡作非为，花光了钱，比觉英做出更多的丢脸的事情。然而这是我一九三九—四〇年写《秋》的时候所没有想到的。我当时只是这样地想：高家的那种家庭教育只能够培养出象觉英、觉群这样的子弟。



克安有点象我的三叔，但也只能说是“象”而已。因为三叔的性格比克安复杂得多。我在前一篇文章里已经讲过了丑化克安的缺点。我在这里只想讲两件事情：一是克安邀张碧秀到高家来游园。二是觉新到克安的小公馆问病。这都是有根据的。我三叔喜欢过一个叫做李凤卿的川班小旦。有一次他把李凤卿弄到我们花园里来照相。我看见李凤卿在客厅里化妆。他先扮成一位小脚的女将，后来又改扮一位旗装贵妇。这两张照片都挂在三叔的房里，三叔还在照片上题了诗。还有一次有名的旦角陈碧秀和另一个小旦到我们家来玩，主人可能是我祖父，自然三叔也在场。他们下轿的情形跟我在《秋》里写的差不多。至于觉新问病的故事，那是从大哥给我的信上联想起来的。一九二三年七月大哥写给我的信上有这样几句话："至三叔寄寓视疾。至则王三巧在焉。另有所谓烟堂倌之妇在床上为三叔烧烟，累进不已。三叔人甚委顿，脚心生一水疔。"我根据这几句话写了一章小说。我把王三巧换成了张碧秀。张碧秀的悲惨的遭遇就是李凤卿的。李凤卿是在小时候被叔父叫人拐去卖给戏班学唱小旦的。辛亥年三叔在南充做知县，看见他演戏，很喜欢他，就把他带到成都来。他以后在成都演戏，常常到我们家来找三叔。有时三叔不在，他便在律师房（就是二叔的律师事务所）等候三叔。我常常跟事务所的郑书记员下象棋。他就在旁边看我们下棋。他是个非常亲切温和的人。我们都喜欢他。他在我祖父死后不久病故。剩下一个妻子，连埋葬费也没有。三叔正在居丧期间，但是听见人来报信，也坐轿出去料理他的后事，把他安葬了。三叔还做了一副挽联送去，联上有"……也当忍死须臾，待侬一诀"的句子。

这种事情在今天的青年读者看来是很难理解的了。但是我十几岁时候看得太多，它们一直深深地印在我的脑子里。这次改《秋》，我本来想把关于张碧秀的三章完全删去，然而我又想留下它们好让人知道旧社会中竟然有那样不合理的古怪事情。我看它们，好象是过去了的梦魇一样。

克定还是我五叔的写照。但是他并没有一个喜儿，也没有一个淑贞。我五婶也并没有离开他到她哥哥那里去（她根本就没有哥哥）。五叔在公馆卖掉以后，把礼拜六接到新居跟五婶同住，"天天吵嘴。而五叔的烟也吃成大瘾了。"（见大哥的信，一九二七年十一月）他最后的结局我已在谈《家》的文章里讲过了，以后我在谈《憩园》时还要谈他。

《秋》里面写到枚少爷的地方不算少。枚少爷的悲剧同时加强了他姐姐蕙的悲剧，另外还加重了他父亲周伯涛的罪行。枚是一个虚构的人物。但是这一类的年青人我看得太多了。自然吐血死掉的还是占少数。多数的枚少爷会糊里糊涂地活下去，生儿育女，坐吃山空，最后只好靠他们的儿女养活。我好些过去的阔亲戚今天就是靠儿女养活的。从前是父亲养他，现在是儿女养他。他们始终没有对社会尽一点力。这就是另一类的枚少爷的悲剧了。

最后我还想谈谈陈姨太。我写这个人物的时候，我脑子出现了另一个真实的人，那就是我祖父的“黄姨太”。我们小时候叫她“黄黄”，年纪大起来就叫她“黄老姨太”。她的确是一个“语言无味，面目可憎”的女人。一九一四年我的生母去世的时候，我弟弟还很小。她通过祖父叫我父亲把我那个弟弟抱给她。十二年以后我大哥管教那个弟弟念书，她却认为我大哥有反悔的意思，竟然向法院递状子控告他。后来我们家开了一个亲族会议才解决了这个纠纷。当时我不在场，我后来看到一张字据才知道了详情。这个“永敦和好”的字据上第一条便是：

“开麐之废继并无其事，系属误会，经亲族会议敦劝，双方言归于好。原控之案由黄老姨太自行呈请撤销。”



开麐是我弟弟的小名。我那个弟弟自然一直做她的孙儿，不过并没有在她死后承继她的遗产。她的股票（小说里写成了银行股票）在商业场烧掉以后已经成了废纸。她的公馆由三叔自行接管变卖了。那个时候三叔是家长。他自己说他替她还债，又安葬她，卖掉那所公馆还是得不偿失。但是有一位亲戚说他连一块好好的碑也不给人家立，未免太对不起死者。这已是题外的话了。

过去陈姨太的外形跟黄老姨太的外形完全一样。但是我这次把它稍稍修改了一下：陈姨太渐渐地长胖了。脸也显得丰满了。老太爷活着的时候，她经常浓妆艳抹，香气扑鼻。我去年写过一篇谈电影的短文，里面也谈到陈姨太。我现在还想在这里把那一段话重复地说一遍：“我在陈姨太的身上增加了一些叫人厌恶的东西。但即使是这样，我仍然不能说陈姨太就是一个‘丧尽天良’的坏女人。她没有理由一定要害死瑞珏。她平日所作所为，无非‘提防别人，保护自己’。因为她出身贫贱，又不识字，而且处在小老婆的地位，始终受人轻视。在高家，老太爷虽然喜欢她，但是除了老太爷就没有一个人对她友好，因此她不得不靠老太爷的威势过日子，更不能不趁老太爷在世时替自己打算。她不曾生儿育女，老太爷更是她的靠山。她当然比别人更关心老太爷。她没有知识，当然比别人更容易为迷信所俘虏。她相信‘血光之灾’，她不能想象老太爷死后满身浴血的惨状。高家的太太们不一定真相信，也不一定不相信，但是她们‘宁可信其有，不可信其无’。克明三弟兄当然不会相信‘血光之灾’，不过他们也不愿意担承不孝的恶名。反正搬出去的又不是自己的妻子。这才是我控诉的那个家。在那个家里，暴君是旧社会中的好人高老太爷，那些年青人的命运都掌握在他的手里，他把丫头当作礼物送人。把孙儿孙女看成没有灵魂的东西。克明是他的儿子兼学生。克安和克定都是他培养出来的‘不肖子弟’。陈姨太也得拿他做护身符。陈姨太其实是一个旧社会的牺牲者。事实的确是这样：在坏的制度中‘好人’也往往做坏事。倘使把一切坏事全推在出身贫贱的陈姨太的身上，让她替官僚地主家庭的罪恶负责，这不但不公平，也不合事实。这样就等于鞭挞了人却宽恕了制度。”

我的本意是：通过人来鞭挞制度。一切作恶的人都是依靠制度作恶的。我在大家庭里生活了十九年，在旧社会里生活了几十年，我这方面的体会太深了。



关于《秋》我还有不少的话想说。但是我怀疑，一个人唠唠叨叨对读者究竟有多大的好处？我写了这么多的字，也应该让读者疲倦的眼睛休息了。

然而在我放下我这支“幸福金笔”之前，我还想引起我的读者注意：《激流三部曲》是为当时的年青读者写的。除了那个封建旧家庭的灭亡外，我还写了年青的同年老的两代人的斗争，新的与旧的斗争。虽然这样的斗争大半是在高家的小圈子里进行的，虽然小说中有那么多的阴暗的场面和惨痛的牺牲，但是年青人终于得到了胜利。旧的、老的死亡了，新的、年青的在生长，发展，逐渐成熟。“春天是我们的！”这是当时的青年的呼声，它仍然是今天的青年的呼声，所不同的是今天的青年已经看到了无限美好的春天，而且在用自己的脑子和双手给春天增加更多的光彩。因此我的许多未说的话也成了多余的了。

一九五八年四月一日

原载1958年5月24日《收获》第3期

# 关于《激流》

巴 金

## （一）

近来多病，说话，写字多了，就感到吃力。但脑子并不肯休息，从早到晚它一直在活动，甚至在梦中我也得不到安宁。总之，我想得很多。最近刚写完《随想录》第二集，我正在续写《创作回忆录》，因此常常想起过去写作上的事情。出版社计划新排《激流三部曲》，我重读了《家》。关于《家》我自己谈得不少，别人谈得更多。我经常在想几件有关这本小说的事。我在这里谈谈它们。

第一件。一位美籍华裔女作家三年前对我说："你的《家》不行，写恋爱也不象，那个时候你还没有结婚。"我当时回答她："你飞过太平洋来看朋友，我应当感谢你的好意，我不是来跟你吵架的。"我笑了。我还听见人讲《家》有毛病，文学技巧不高，在小说中作者有时站出来讲话。我只有笑笑。

第二件。一九七七年出版社打算重印《家》，替这本小说"恢复名誉"，在社内引起了争论，有人反对，认为小说已经"过时"；有人认为作者没有给读者指路，作品有缺点。争论不休之后，终于给小说开了绿灯。我还为新版写了《重印后记》，我自己也说"《家》已经完成了它的历史任务"。

第三件。时间更早一些，是在我靠边受审、给关在"牛棚"里的时期，不是一九六八年，就是六九年，南京路上有批判我的专栏。造反派们毫不脸红地按期在过去马路旁的广告牌上造谣撒谎，我也已经习惯于这种诬蔑，无动于衷了。但是有一个下午我在当天日报上看到一篇文章，叙述北火车站候车室里发生的故事，却使我十分激动。一个女青年在候车室里出神地看书，引起了旅客们的注意，有人发现她看的书是毒草小说《家》，就说服她把书当场烧毁，同时大家在一起批判了毒草小说。

还有第四件、第五件、第六件……不列举了。

一个二十七岁的年轻人写了一本长篇小说，它本来会自生自灭，也应当自行消亡，不知怎样它却活到现在，而且给作者带来种种的麻烦。我最近常常在想：为什么？为什么？

我还记得，一九六六年八月底九月初，隔壁人家已经几次抄家，我也感到大祸就要临头。有一天下午，我看见我的妹妹烧纸头，我就把我保存了四十几年的大哥的来信全部交给她替我烧掉。信一共一百几十封，装订成三册，从一九二三年到一九二六年写给我和三哥（尧林）的信都在这里，还有大哥自杀前写的绝命书的抄本。我在写《家》、《春》、《秋》和《谈自己的创作》时都曾利用过这些信。毁掉它们，我感到心疼，仿佛毁掉我的过去，仿佛跟我的大哥永别。但是我想到某些人会利用信中一句半句，断章取义，造谣诽谤，乱加罪名，只好把心一横，让它们不到半天就化成纸灰。十年浩劫中我一直处在“什么也顾不得”的境地，“四人帮”下台后我才有“活转来”的感觉。抄去的书刊信件只退回一小半，其余的不知道造反派弄到哪里去了。在退回来的信件中我发现了三封大哥的信，最后的一封是一九三〇年农历三月四日写的，前两天翻抽屉找东西我又看见了它。在第一张信笺上我读到这样的话：

> “《春梦》你要写，我很赞成；并且以我家人物为主人翁，尤其赞成。实在的，我家的历史很可以代表一切家族的历史。我自从得到《新青年》等书报读过以后，我就想写一部书。但是我实在写不出来。现在你想写，我简直喜欢得了不得。我现在向（你）鞠躬致敬，希望你有余暇把他（它）写成罢，怕什么！《块肉余生述》若（害）怕，就写不出来了。”

整整五十年过去了。这中间我受过多少血和火的磨练，差一点落进了万丈深渊，又仿佛喝过了“迷魂汤”，记忆力大大地衰退，但是在我的脑子里大哥的消瘦的面貌至今还没有褪色。我常常记起在成都正通顺街那个已经拆去的小房间里他含着眼泪跟我谈话的情景，我也不曾忘记一九二九年在上海霞飞路（淮海路）一家公寓里我对他谈起写《春梦》的情景。倘使我能够挖开我的记忆的坟墓，那里埋着多少大哥的诉苦啊！

为我大哥，为我自己，为我那些横遭摧残的兄弟姊妹，我要写一本小说，我要为自己，为同时代的年轻人控诉，伸冤。一九二八年十一月回国途中，在法国邮船（可能是“阿多士号”，记不清楚了）四等舱里，我就有了写《春梦》的打算，我想可以把我们家的一些事情写进小说。一九二九年七、八月我大哥来上海，在闲谈中我提到写《春梦》的想法。我谈得不多，但是他极力支持我。后来他回到成都，我又在信里讲起《春梦》，第二年他寄来了上面引用的那封信。《块肉余生述》是狄更斯的长篇小说《大卫·考伯菲尔》的第一个中译本，是林琴南用文言翻译的，他爱读它，我在成都时也喜欢这部小说。他在信里提到《块肉余生述》，意思很明显，希望我没有顾忌地把自己的事情写出来。我读了信，受到鼓舞。我有了勇气和信心。我有十九年的生活，我有那么多的爱和恨，我不愁没有话说，我要写我的感情，我要把我过去咽在肚里的话全写出来，我要拨开我大哥的眼睛让他看见他生活在什么样的环境里面。（那些时候我经常背诵鲁迅先生翻译的小说《工人绥惠略夫》中的一句话：“可怕的是使死骸站起来看见自己的腐烂……”我忍不住多次地想：不要等到太迟了的时候。）

过了不到一年，上海《时报》的编者委托一位学世界语的姓火的朋友来找我，约我给《时报》写一部连载小说，每天发表一千字左右。我想，我的《春梦》要成为现实了。我没有写连载小说的经验，也不去管它，我就一口答应下来。我先写了一篇《总序》，又写了小说的头两章（《两兄弟》和《琴》）交给姓火的朋友转送报纸编者研究。编者同意发表，我接着写下去。我写完《总序》，决定把《春梦》改为《激流》。故事虽然没有想好，但是主题已经有了。我不是在写消逝了的渺茫的春梦，我写的是奔腾的生活的激流。《激流》的《总序》在上海《时报》四月十八日第一版上发表，报告大哥服毒自杀的电报十九日下午就到了。还是太迟了！不说他一个字不曾读到，他连我开始写《激流》的事情也不晓得。按照我大哥的性格和他所走的生活道路，他的自杀是可以料到的。但是没有挽救他，我感到终生遗憾。

我当时住在闸北宝山路宝光里，电报是下午到的，我刚把第六章写完，还不曾给报馆送去。报馆在山东路望平街，我写好三四章就送到报馆收发室，每次送去的原稿可以用十天到两个星期。稿子是我自己送去的，编者姓吴，我只见过他一面，交谈的时间很短，大概在这年年底前他因病回到了浙江的家乡，以后的情况我就不知道了。《激流》从一九三一年四月十八日起在《时报》上连载了五个多月。“九·一八”沈阳事变后，报纸上发表小说的地位让给东北抗战的消息了。《激流》停刊了一个时期，报馆不曾通知我。后来在报纸上出现了别人的小说，我记得有林疑今的，还有沈从文的作品（例如《记胡也频》），不过都不长。我的小说一直没有消息，但我也不曾去报馆探问。我有空时仍然继续写下去。我当时记忆力强，虽然有一部分原稿给压在报馆里，我还不曾搞乱故事情节，还可以连贯地往下写。这一年我一直住在宝光里，那是一幢石库门的二层楼房。在这里除了写《激流》以外，我还写了中篇小说《雾》和《新生》以及十多个短篇。起初我和朋友索非夫妇住在一起，我在楼下客堂间工作，《激流》的前半部是在客堂间里写的。“九·一八”事变后不久索非一家搬到提篮桥去了，因为索非服务的开明书店编译所早已迁到了那个地区。宝光里十四号里就只剩下我一个人，还有那个给我做饭的中年娘姨。这时我就搬到了二楼，楼上空阔，除了床，还有一张方桌，一个凳子，加上一张破旧的小沙发，是一个朋友离开上海时送给我的，这还是我头一次使用沙发。我的书和小书架都放在亭子间里面。《激流》的后半部就是在二楼方桌上写完的。这中间我去过一趟长兴煤矿，是一个姓李的朋友约我同去的，来回一个星期左右。没有人向我催稿，报纸的情况我也不清楚。但是形势紧张，谣言时起，经常有居民搬进租界，或者迁回家乡。附近的日本海军陆战队随时都可以对闸北区来一个“奇袭”。我一方面有充分时间从事写作，另一方面又得作“只身逃难”的准备。此外我发现慢慢地写下去，小说越写越长，担心报馆会有意见，还不如趁早结束。

果然在我决定匆匆收场，已经写到瑞珏死亡的时候，报馆送来了信函，埋怨我把小说写得太长，说是超过了原先讲定的字数。信里不曾说明要“腰斩”我的作品，但是用意十分明显。我并不在乎他们肯不肯把我的小说刊载完毕，当初也并不曾规定作品应当在若干字以内结束。不过我觉得既然编者换了人，我同报馆争吵下去，也不会有什么结果。我就送去一封回信，说明我的小说已经结束，手边还有几万字的原稿，现在送给他们看看，不发表它们，我也不反对。不过为了让《时报》的读者读完我的小说，我仍希望报馆继续刊登余稿。我声明不取稿酬。我这个建议促使报馆改变了“腰斩”的做法，《激流》刊载完毕，我总算没有辜负读者。少拿一笔稿费对我有什么损害呢？

《激流》就这样地在《时报》上结束了。但是我只写了一年里面的事情。而我在《总序》里却说过：“我所要展开给读者看的乃是过去十多年生活的一幅图画，”时间差了那么多！并且我还有许多话要说，有好些故事要讲，我还可以把小说续写下去。我便写一篇后记，说已经发表的《激流》只是它的第一部《家》，另外还有第二部《群》，写社会，写主人公觉慧到上海以后的活动。我准备接下去就写《群》，可是一直拖到一九三五年八、九月我才开始写了三四张稿纸，但以后又让什么事情打岔，没有能往下写。第二年靳以到上海创办《文季月刊》，我为这个刊物写了连载小说《春》，一九三九—四〇年我又在上海写了《春》的续篇《秋》。我为什么要写《春》和《秋》以及写成它们的经过，我在《谈自己的创作》里讲得很清楚，用不着在这里重复说明了。这以后《家》、《春》、《秋》就被称为《激流三部曲》。至于《群》，在新中国成立后，我还几次填表报告自己的创作计划，要写《群三部曲》。但是一则过不了知识分子的改造关，二则应付不了一个接一个的各式各样的任务，三则不能不胆战心惊地参加没完没了的运动，我哪里有较多的时间从事写作！到了所谓“文化大革命”期间，我倒真正庆幸自己不曾写成这部作品，否则张（春桥）姚（文元）的爪牙不会轻易地放过我。

（二）

我在三十年代就常说我不是艺术家，最近又几次声明自己不是文学家。有人怀疑我“假意地谦虚”。我却始终认为我在讲真话。《激流》在《时报》上刊出的第一天，报纸上刊登大字标题称我为“新文坛巨子”，这明明是吹牛。我当时只出版了两本中篇小说，发表过十几个短篇。文学是什么，我也讲不出来，究竟有没有进入文坛，自己也说不清楚，哪里来的“巨子”？我一方面有反感，另一方面又感到惭愧，虽说是吹牛，他们却也是替我吹牛啊！而且我写《激流·总序》和第一章的时候，我就只有那么一点点墨水。在成都十几年，在上海和南京几年，在法国不到两年，从来没有人教过我文学技巧，我也不曾学过现代语法。但是我认真地生活了这许多年。我忍受，我挣扎，我反抗，我想改变生活，改变命运，我想帮助别人，我在生活中倾注了自己的全部感情，我积累了那么多的爱憎。我答应报馆的约稿要求，也只是为了改变命运，帮助别人，为了挽救大哥，实践我的诺言。我只有一个主题，没有计划，也没有故事情节，但是送出第一批原稿时我很有勇气，也充满信心。我知道通过那些人物，我在生活，我在战斗。战斗的对象就是高老太爷和他所代表的制度，以及那些凭藉这个制度作恶的人，对他们我太熟悉了，我的仇恨太深了。我一定要把我的思想感情写进去，把我自己写进去。不是写我已经做过的事，是写我可能做的事；不是替自己吹嘘，是描写一个幼稚而大胆或者有点狂妄的青年的形象。挖得更深一些，我在自己身上也发现我大哥的毛病，我写觉新不仅是警告大哥，也在鞭挞我自己。我熟悉我反映的那种生活，也熟悉我描写的那些人。正因为象觉新那样的人太多了，高老太爷才能够横行无阻。我除了写高太爷和觉慧外，还应当在觉新身上花费更多的笔墨。

倘使语文老师、大学教授或者文学评论家知道我怎样写《激流》，他们一定会认为我在“胡说”，因为说实话，我每隔几天奋笔写作的时候，我只知道我过去写了多少、写了些什么，却没有打算以后要写些什么。脑子里只有成堆的生活积累和感情积累。人们说什么现实主义，什么浪漫主义，我一点也想不到，我想到的只是按时交稿。我拿起笔从来不苦思冥想，我照例写得快，说我“粗制滥造”也可以，反正有作品在。我的创作方法只有一样：让人物自己生活，作者也通过人物生活。有时，我想到了写一件事，但是写到那里，人物不同意，“他”

或者“她”做了另外的事情。我的多数作品都是这样写出来的。我控制不住自己的感情。也不想控制它们。我以本来面目同读者见面，绝不化妆。我是在向读者交心，我并不想进入文坛。

我在前面说过，我刚写完第六章，就接到成都老家发来的电报，通知我大哥自杀。第六章的小标题是《做大哥的人》。这不是巧合，我写的正是大哥的事情，并且差不多全是真事。我当时怀着二十几年的爱和恨向旧社会提出控诉，我指出：这里是血，那里是尸首，这里是屠刀。写作的时候，我觉得有不少的冤魂在我的笔下哭诉、哀号。我感到一股强大的精神力量，我说我要替一代人伸冤。我要使大哥那样的人看见自己已经走到深渊的边缘，身上的疮开始溃烂；万不想大哥连小说一个字也没有能读到。读完电报我怀疑是在做梦，我又象发痴一样过了一两个钟头。我不想吃晚饭，也不想讲话。我一个人到北四川路，在行人很多、灯火辉煌的人行道上走来走去。住在闸北的三年中间，我吃过晚饭经常穿过横浜桥去北四川路散步。在中篇小说《新生》里我就描述过在这条所谓“神秘之街”上的见闻。



我的努力刚开始就失败了。又多了一个牺牲者！我痛苦，我愤怒，我不肯认输。在亮光刺眼、噪音震耳、五颜六色的滚滚人流中，我的眼前不断出现我祖父和大哥的形象，祖父是在他身体健康、大发雷霆的时候，大哥是在他含着眼泪向我诉苦的时候。死了的人我不能使他复活，但是对那吃人的封建制度我可以进行无情的打击。我一定要用全力打击它！我记起了法国革命者乔治·丹东的名言：“大胆，大胆，永远大胆！”大哥叫我不要“怕”。他已经去世，我更没有顾虑了。回到宝光里的家，我拿起笔写小说的第七章《旧事重提》，我开始在挖我们老家的坟墓。空闲的时候我常常翻看大哥写给我和三哥的一部分旧信。我在《家》以及后来的《春》和《秋》中都使用了不少旧信里提供的材料。同时我还在写其他的小说，例如中篇《雾》和《新生》，大约隔一星期写一次《家》。写的时候我没有遇到任何的困难。我的确感觉到生活的激流向前奔腾，它推着人物行动。高老太爷、觉新、觉慧，这三个主要角色我太熟悉了，他们要照自己的想法生活、斗争，或者作威作福，或者忍气吞声，或者享乐，或者受苦，或者胜利，或者失败，或者死亡……他们要走自己的路，我却坚持进行我的斗争。我的最大的敌人就是封建制度和它的代表人物。我写作时始终牢牢记住我的敌人。我在十年中间（一九三一到一九四〇）写完《激流三部曲》。下笔的时候我常常动感情，有时丢下笔在屋子里走来走去，有时大声念出自己刚写完的文句，有时叹息呻吟、流眼泪，有时愤怒，有时痛苦。《春》是在狄思威路（溧阳路）一个弄堂的亭子间里开了头，后来在拉都路（襄阳路）敦和里二十一号三楼续写了一部分，最后在霞飞路霞飞坊五十九号三楼完成，那是一九三六到一九三七年的事。《秋》不曾在任何刊物上发表过，它是我一口气写出来的。一九三九年下半年到第二年上半年，我躲在上海"孤岛"（日本军队包围中的租界）上，主要是为了写《秋》。人们说，一切为了抗战。我想得更多，抗战以后怎样？抗战中要反封建，抗战以后也要反封建。这些年高老太爷的鬼魂就常常在我四周徘徊，我写《秋》的时候，感觉到我在跟那个腐烂的制度作拼死的斗争。在《家》里我的矛头针对着高老太爷和冯乐山；在《春》里我的矛头针对着冯乐山和周伯涛；在《秋》里我的矛头针对着周伯涛和高克明。对周伯涛，我怀着强烈的憎恨。他不是真实的人，但是我看见不少象他那样的父亲，他的手里紧紧捏着下一代人的命运，他凭个人的好恶把自己的儿女随意送到屠场。

当时我在上海的隐居生活很有规律，白天读书或者从事翻译工作，晚上九点后开始写《秋》，写到深夜两点，有时甚至到三、四点，然后上床睡觉。我的三哥李尧林也在这幢房子里，住在三楼亭子间，他是一九三九年九月从天津来的。第二年七月我再去西南后，他仍然留在上海霞飞坊，一直到一九四五年十一月我回上海送他进医院，在医院里他没有活到两个星期。他是《秋》的第一个读者。我一共写了八百多页稿纸，每次写完一百多页，结束了若干章，就送到开明书店，由那里发给印刷所排印。原稿送出前我总让三哥先看一遍，他有时也提一两条意见。我五月初写完全书，七月中就带着《秋》的精装本坐海船去海防转赴昆明了。我今天向一些年轻朋友谈起这类事情，他们觉得奇怪：出版一本七、八百页的书怎么这样快，这样容易！但事实毕竟是事实。

## （三）

《激流三部曲》就是这样地写出来的。三本书中修改次数最多的是《家》，我写《家》的时候，喜欢使用欧化句子，大量地用“底”字，而且正如我在小说第五章里所说，“把‘的’、‘底’、‘地’三个字的用法也分别清楚”。我习惯用欧化句子的原因在第四篇《回忆录》里已经讲过，不再在这里重述。我边写边学，因此经常修改自己的作品。幸而我不是文学艺术的专家，用不着别人研究我的作品中的 Variant（异文），它们实在不少。就拿《家》来说吧，一九三三年我第一次看单行本的校样，修改了一遍，第三十五章最后关于“分家”的几段便是那时补上去的，一共三张稿纸。《家》的全稿都在时报馆丢失了，只有这三页增补的手稿保留下来。五十年代中我把它们连同《春》和《秋》的全部手稿赠给北京图书馆了，那两部手稿早在四十年代就已装订成册，我偶尔翻着它们，还信笔加上眉批，不过这样的批语并不多。一九三六年开始写《春》，我又读了《家》，作了小的改动。一九三七年上半年书店要排印《家》的新五号本，我趁这机会又把小说修改一遍，删去了四十个小标题，文字上作了不少的改动，欧化句子减少了。这一版已经打好纸型，在美成印刷所里正要上架印刷的时候，“八·一三”日军侵沪的战争爆发，印刷所化成灰烬，小字本《家》永远失去了同读者见面的机会。幸而我手边还留了一份清样。这年年底开明书店在上海重排《家》，根据的就是这一份清样，也就是唯一的改订稿。我一边看《家》的校样，一边续写《春》。《春》的初稿分一、二两部。一九三八年二月写完《春》的尾声，不久我就离开上海去广州，开始了“在轰炸中的日子”。

建国后人民文学出版社愿意重印《家》，一九五二年十月我从朝鲜回来，又把《家》修改了一遍才交出去排印。这次修改也是按照我自己的意思。一九五七年开始编辑《巴金文集》，我又主动地改了一次《家》，用“的”字代替了“底”。算起来这部小说一共改动了七、八次，上个月的修改，改动最少，可能是最后的一次了。如此频繁地修改一部作品，并不能说明我写作态度的认真，这是由于我不是文学家，只能在实践中学习。但是这本小说已经活了五十年，几次的围攻和无情的棍棒都没有能把它砸烂，即使在火车站上烧毁，也没有能使它从人间消失。几十年来我一直听见各种各样的叽叽喳喳：什么没有给读者指明道路啦，什么反封建不够彻底啦，什么反封建已经过时啦……有一个时期我的脑子也给搞糊涂了，我彻底否定了自己的作品。造反派说《家》是替地主阶级少爷小姐“树碑立传”的小说，批判我是“地主阶级的孝子贤孙”、我低头承认。但是我至今不能忘记的是在“牛棚”里被“提审”或者接受“外调”的时候，不管问话的人是造反派，还是红卫兵，是军代表，还是工宣队，我觉得他们审问的方法和我父亲问案很相似（我五、六岁时在广元县衙门里经常在二堂上看我父亲审案），甚至更“高明”。这个事实使我产生疑问：高老太爷的鬼魂怎么会附在这些人的身上？在“牛棚”里，在五·七干校内，我一面为《家》写检讨，自己骂自己，一面又在回忆写作《激流三部曲》的情况和当时的想法。我写《家》就是为了让它消亡，我反封建是真的反封建，而不是为了给自己争取名利。反封建如已过时，我的小说便不会有读者；反封建不够彻底，就会由反得彻底的作品代替。总之，《家》如果自行消亡，我一定十分高兴，因为摆脱了封建，我们的祖国、我们的社会一定有更大的进步，这正是我朝夕盼望的事。

《激流三部曲》中《春》和《秋》都只改了一次，就是一九五八年编辑《文集》时的修改，改动不算太小，还增加了章节，《春》也由一、二两部合并成了一部。现在进行的是第二次的修改，改得极少，只是删去一些字句。这是最后一次的修改了。关于《春》和《秋》人们也有各种不同的看法。香港出版的《新文学大系续编》小说二集的编者说“这两部续作……反而造成了《家》的累赘”，因为“作品中的许多人物、故事是他（指作者）根据过去生活中的一些记忆和一些偶然的见闻拼凑起来的，是虚构的”。我不想替自己辩护，而且辩护也没有用，因为历史是无情的。我只说，在《秋》的序文里我写过这样的话：“我使死人活起来，又把活人送到坟墓中去。我使自己活在另一个世界里，看见那里的男男女女怎样欢笑、哭泣。”我还说：“……在广州的轰炸中我和几个朋友蹲在四层洋房的骑楼下听见炸弹的爆炸，机关枪的扫射，飞机的俯冲，在等死的时候还想到几件未了的事……《秋》的写作便是其中的一件。”我写《秋》只是尽我的职责。人在生死关头绝不会想到什么“拼凑”和“虚构”。我从广州到桂林，再从桂林到金华转温州搭船回上海，历尽艰辛，绝不是为了给过去的作品加一点“累赘”。这些天我在校改《秋》，读到四十年前写下的这样的话：“在这样短促的时间里一个顽固的糊涂人的任性可以造成这样大的悲剧。他对于把如此大的权力交付在一个人手里的那个制度感到了大的憎恶。”它们今天还使我的心燃烧。对封建制度我有无比的憎恨，我这三本小说都是揭露、控诉这个制度的罪恶的。我写它们，就好象对着面前的敌人开枪，我亲眼看见子弹飞出去，仿佛听见敌人的呻吟。

时间似乎在奔跑，四十年过去了，五十年过去了。出版社还要重印它们，我的书还不曾“消亡”。各式各样的诅咒都没有用。买卖婚姻似乎比我写《激流》时更加普遍，今天还有青年男女因为不能同所爱的人结婚而双双自杀。在某个省份居然有人为了早日“升天”请人把他全家投在水里。披着极左思潮的外衣，就可以掌握许多人的命运，各种打扮的高老太爷千方百计不肯退出历史舞台。……

关于《激流》我有满肚子的话，因为写了这个三部曲，在“文化大革命”期间，我被当作“地主”，受过种种侮辱，有话不准说，今天我可以尽量倾吐自己的感情，但是也用不着多说了。在我的创作生活的最后四、五年中我没有时间吞吞吐吐地讲假话了，让我们的子孙来判断吧，我要讲的就是这样的一句：

我写《激流》并没有浪费自己的时间，也没有浪费读者的时间，它们并不是写了等于没有写的作品。

## （四）

按照预订计划，我写《创作回忆录》到第十篇为止，现在这一篇就要结束，我又想起了一些事情，我决定再写一篇《关于〈寒夜〉》。我写文章从来就是这样：是人写文章，不是文章写人；是我在说话，不是别人说话。

这些日子我已经没有体力在噪音更大、人流滚滚的人行道上从容散步了。我进行思考或者回忆的时候喜欢在屋前院子里徘徊。许多过去的事情都渐渐地模糊了。唯有一些亲友的面貌还鲜明地印在我的脑子里。他们都想活下去，而且努力挣扎，但还是给逼着过早死去。我却活到今天。这是多么不公平！

我在中篇小说《利娜》（一九三四年）的开头引用过一位死在沙皇牢里的年轻女革命者的诗句："文字和语言又有什么用？"我在三十年代常常这样地伸诉自己的痛苦。今天我的旧作还在读者中间流传，并不是值得骄傲的事：面对着高老太爷的鬼魂，难道这些作品真象道士们的符咒？我多么希望我的小说同一切封建主义的流毒早日消亡！彻底消亡！

一九八〇年十二月十四日

录目《创作回忆录》，三联书店香港分店 1981 年 9 月版

# 《火》第一部后记

《火》第一部十八章是我的试作。一九三八年五月在广州写了这小说的头三章，后来敌机的接连的大轰炸使这小说中断了。九月我从汉口回到广州，续写了第四章（即现在的第八章），不久敌人的军队就在大亚湾登陆向广州进发了。十二月我在桂林的大火（这是敌机投下的烧夷弹引起的火灾）中续写了第五第六两章（即现在的第九第十两章）。今年七月我在上海只写了第十一章，却又被敌人的大搜查阻止了我的写作。现在到昆明我终于把这第一部写成了。

我写这小说，不仅想发散我的热情，宣泄我的悲愤，并且想鼓舞别人的勇气，巩固别人的信仰。我还想使人从一些简单的年青人的活动里看出黎明中国的希望。老实说，我想写一本宣传的东西。但是看看写完的十八章，自己也觉得这工作失败了。也许我缺少充足的时间，也许我更缺少充分的经验和可以借用的材料。（几年来我搜集的一点有限的材料都在上海散失了。）无论如何，我不能替自己的浅陋辩护。我也不能再找一些托辞来求严正的读者的宽宥。

然而这小说第一部的完成也给我自己带来一点愉快。我毕竟做完了一件工作。而且更使我感到欣慰的，是我终于有机会，对我的几个异国朋友表示了敬意。我想努力绘出他们的面影，但是我知道我把他们的主要的精神失掉了。对这个我应该表示歉意，我希望将来我还能够弥补这个缺陷。

我还应该感谢这几个朋友，他们有意无意地供给了我一些材料。《阿里朗》的歌谱也是从他们那里讨来的。

另外一个朋友供给了关于伤兵医院的材料。那完全是她亲身的经历。我自己虽然“走马看花”地参观过两个救护医院，但是我看到的也只有表面的设备。那朋友的叙述却使我那段文章带了不少真实性，我应该感谢她。

最后我还要感谢这里开明书店的 L 先生，他不但给我安排了一个舒适的住处，使我能够安静地写到深夜，他并且还替我抄写了一部分的原稿。没有他的好心的帮助，我不会这么快就完成这个小小的工作。

这一部以后当然还有第二部和第三部：一写刘波在上海做秘密工作，一写文淑和素贞在内地的遭遇。我不知道什么时候我才有动笔的机会，不过我希望将来还能够有第四部出来，写韩国光复的事情。

巴　金　一九四〇年九月二十二日在昆明

原载《火》第一部，开明书店 1940 年 12 月版

# 《火》第二部后记

右《火》第二部（一名《冯文淑》）十五章仍是我的试作。今年三月二十九日动笔，到五月二十三日写成，这中间停笔约半个月，每天大概可写两千五百字。

这是一本宣传的书，但也是一个失败的工作。为了宣传，我不敢掩饰自己的浅陋，就索性让它出版，去接收严正的指责。

不过我对自己的作品多少也有一点偏爱。看见它成书问世，我不能没有些微的喜悦。为这事情我应该感谢两个朋友，一是 L.P.，她给过我很多的鼓励；另一个是朋友 T.，他供给了我不少的材料，还替我看过一遍原稿。他跨过大别山，我却没有。要不是他在这里，我不会写出这样的一本书。

其实我并没有意思在今年写《火》的第二部，两个月前我才改变了主张。原因只有一个：去年年底忽然有人在桂林发起"研究巴金"。仿佛预先约好似的，发起之后，在一个地方便接连出现了不少的响应文章。但以后却又寂然了。我象一个候判的罪囚等候着研究的结果。然而我却只见到一些吱吱喳喳的"名文"。有的居然在我的小说里发见了"安那其"，连忙用他的贫弱的脑筋给"安那其"下一个定义，不幸他自己也就弄不清楚"安那其"是什么。有的还很天真地说我只用中学生常用的字眼来写小说，所以青年爱读（？），这无非表示他比我程度高，至少是大学生甚或是文豪学者，唯恐别人不知。这便是文豪学者之类的所谓"研究"了。

我写过译过几本解释"安那其"的书，但是我写的译的小说和"安那其”却是两样的东西。譬如拿这部《火》为例，它便不是“安那其”的书。这理由很简单：我虽然信仰从外国输入的“安那其”，但我仍还是一个中国人，我的血管里有的也是中国人的血。有时候我不免要站在中国人的立场上看事情，发议论。这一层自然是不在那些“研究者”的范围内的。

因此，为了给那些“研究者”添加一点麻烦，为了给他们找出一架镜子来照出他们的尊容，我还要继续写我的小说，而且要永久地写下去。

巴　金　一九四一年五月二十三日在重庆。

原载《火》第二部，开明书店 1942 年 1 月版

# 《火》第三部后记

《火》第三部，一名《田惠世》，十九章，也只能算是我的试作。今年四月初动笔，九月底写成，算时间，应该有五个月的功夫，让我从容执笔。可是许多琐细的事使我的心乱得没有办法，我常常对着面前的稿纸发愣，写不出一个字。在这些时候，我便读书或者翻译屠格涅夫的小说。有时搁了十多天以后，我再找出《火》的原稿来，那上面已经布满了灰尘。但我还没有忘记书中那些人物。他们早变成我的友人了。我的心静下来时，我便渐渐地沉浸在他们的生活里面，我的笔又跟随着他们的生活发展下去，虽然时写时辍，我终于把这本小书结束了。

我承认这本小书不是成功的作品。它的罪名应该是“发展不够”。但我想，我的企图是不坏的。倘使我再有两倍的时间，我或许会把它写成一部比较站得稳的东西。我说没有时间，并不是说我年将就木，或者患病垂危。我怕的是拖久了，书印出来，售价会高得叫人买不起，不然就是印刷费涨得叫人不敢印书，再不然就是到那时，这样的书已经成为不必要的了。

在这本小书中，我想写一个宗教者的生与死，我还想写一个宗教者和一个非宗教者间的思想和情感的交流。让我再说一句，这企图是不坏的。可是我并不曾办到，关于后者，我一点也没有写，文淑仍还是一个孩子，她的思想没有成熟，关于前者我写得也不够。读了这书，说不定会有人疑心我是一个基督徒，那真是滑天下之大稽了。不过我愿意声明一句：对真正相信基督的教训的教徒，我是怀着敬意的。然而……然而下面的话我不说了。

这书中的人物和事实全是虚拟的。不过我写田惠世时，也曾借用了一位亡友的一部分的思想和性格。对这亡友我充满着感激的怀念。我想要是他能活着看见我这本小书，为着思想和别的问题，跟我争论一通，那是多么好！可是现在……现在让我把这不象样的东西献给他在天之灵吧。

巴　金　三十二年十月

原载《火》第三部，开明书店 1945 年 7 月版

# 关于《火》

巴 金

《火》一共三部，全是失败之作。一九三八年上半年我在广州开始写《火》的第一部第一章，第二年九月在昆明完成第一部；一九四一年三月到五月第二部在重庆写成；第三部则是在桂林于一九四三年五月动笔、九月脱稿。作品写得不能叫自己满意，也不能叫读者满意，失败的原因很多，其中之一就是考虑得不深，只看到生活的表面，而且写我自己并不熟悉的生活。我动笔时就知道我的笔下不会生产出完美的艺术品。我想写的也只是打击敌人的东西，也只是向群众宣传的东西，换句话说，也就是为当时斗争服务的东西。我在一九三一年“九·一八”事变后在《小说月报》上发表的诗和散文，在一九三七年“八·一三”事变后写的散文和诗都是这一类的东西，除了在这两个时期外，我再也写不出诗来。仅有的那几首诗我还保留在《文集》里，正如我不曾抽去《火》那样。《火》是为了唤起读者抗战的热情而写的，《火》是为了倾吐我的爱憎而写的。这三部有连续性的小说不是在一个时期写成，在不同时期我的思想也在变化。在一九三七年下半年和一九三八年上半年，我的感情强烈，也单纯，我的憎恨集中在侵略我国的敌人身上，在上海我望见闸北一带的大火，我看见租界铁门外挨饿的南市难民，我写了几篇短文记下当时的见闻和感受，我后来写《火》就用它们写成一些章节。《火》第一部描写“八·一三”上海战争爆发以后到上海成为孤岛的这段时期，写了短短两三个月中的一些事情，而且只是写侧面，只是写几个小人物的活动。

一九三七年上海沦为孤岛后，我还留在那里继续写我在前一年开了头的长篇小说《春》。写完了《春》，第二年三月我和友人靳以就经香港去广州。一九三六年靳以在上海创办《文季月刊》，我为这刊物写了连载小说《春》。他在广州筹备《文丛》的复刊，我答应他再写一部连载小说，这次我写了《火》。《文丛》是半月刊，我每隔半月写一章，刊物顺利地出了三期，就因为敌机连续的大轰炸而中断了。靳以去四川，我也到汉口旅行。我从汉口回广州，又续写了小说的第四章，但是不久，日军就在大亚湾登陆，进攻广州，而且进展很快，最后我和萧珊（她是七月下旬从上海到广州的）靠朋友帮忙，雇了木船在当地报纸上一片“我军大胜”声中狼狈逃离广州。到了桂林，我又续写了两章《火》，续印了两期《文丛》。一九三九年初我同萧珊就经过金华、温州回到上海。在上海我写完了我的最长的小说《秋》，萧珊已在昆明上了一年的大学。本来我想在上海把《火》第一部写出来，可是那个时期在上海租界里敌伪的魔爪正在四处伸展，外面流传着各种谣言，其中之一就是日军要进租界进行大搜查，形势越来越紧张，有一个晚上我接到几次朋友们警告的电话（他们大都在报馆工作），不得不连夜烧掉一些信件和报刊，看来我也难在租界再待下去；何况法国战败投降，日军乘机向法国殖民当局施加压力，一定要挤进印度支那，滇越路的中断是旦夕的事。我不能错过时机，不能延期动身，只好带着刚写成的《火》的残稿离开孤岛，在驶向南方的海轮上，我还暗暗地吟诵诗人海涅的《夜思》中的诗句：“祖国永不会灭亡。”不久我在昆明续写《火》，贯串着全书的思想就是海涅的这个名句。

我在广州写《火》的时候，并未想到要写三部。只是由于第一部仓卒结束，未尽言又未尽意，我才打算续写第二部，后来又写了第三部。写完第一部时，我说：“还有第二部和第三部，一写刘波在上海做秘密工作，一写文淑和素贞在内地的遭遇。”但是写出来的作品和当初的打算不同，我放弃了刘波，因为我不了解“秘密工作”，我甚至用“波遇害”这样一个电报结束了那个年轻人的生命，把两部小说的篇幅全留给冯文淑。她一个人将三部小说连在一起。冯文淑也就是萧珊。第一部里的冯文淑是“八·一三”战争爆发后的萧珊。参加青年救亡团和到伤兵医院当护士都是萧珊的事情，她当时写过一篇《在伤兵医院中》，用“慧珠”的笔名发表在茅盾同志编辑的《烽火》周刊上，我根据她的文章写了小说的第二章。这是她的亲身经历，她那时不过是一个高中学生，参加了一些抗战救国的活动。倘使不是因为我留在上海，她可能象冯文淑那样在中国军队撤出以后参加战地服务团去了前方。我一个朋友的小姨原先在开明书店当练习生，后来就参加战地服务团去到前方，再后又到延安。要是萧珊不曾读我的小说，同我通信，要是她不喜欢我，就不会留在上海，那么她也会走这一条路。她的同学中也有人这样去了延安。一九三八年九月我在汉口一家饭馆吃饭，遇见一位姓胡的四川女同志，她曾经带着战地服务团在上海附近的战场上活动过，那天她也和她那十几二十个穿军装的团员在一起，她们都是象冯文淑那样的姑娘。看到那些活泼、勇敢的少女，我不由得想：要是有材料，也可以写冯文淑在战地服务团的活动。我写《火》第一部时手边并没有这样的材料，因此关于冯文淑就只写到她参加服务团坐卡车在“满天的火光”中离开上海。一九四一年初在重庆和几个朋友住在沙坪坝，其中一位一九三八年参加过战地工作团，在当时的“第五战区”做过宣传工作，我们经常一起散步或者坐茶馆。在那些时候他常常谈他在工作团的一些情况，我渐渐地熟悉了一些人和事，于是起了写《火》的第二部的念头：冯文淑可以在战地工作团活动了。

《火》第二部就只写这件事情，用的全是那位朋友提供的材料。我仍然住在书店的楼上，不过在附近租了一间空屋子。屋子不在正街上，比较清静，地方不大，里面只放一张白木小桌和一把白木椅子。我每天上午下午都去，关上门，没有人来打扰，一天大约写五六个小时，从三月底写到五月下旬，我写完小说，重庆的雾季也就结束了。在写作的时候我常常找那位朋友，问一些生活的细节，他随时满足了我。但是根据第二手的材料，写我所不熟悉的生活，即使主人公是我熟悉的朋友，甚至是我的未婚妻，我也写不好，因为环境对我陌生，主人公接触的一些人我也不熟悉，编造出来，当然四不象。我不能保证我写出来的人和事是真实的或者接近真实，因此作品不能感动人。但其中也有一点真实，那就是主人公和多数人物的感情，抗日救国的爱国热情，因为这个我才把小说编入我的《文集》。我的《文集》里有不少“失败之作”，也有很多错误的话，或者把想象当作现实，或者把黑看成紫，那是出于无知，但是我并不曾照我们四川人的说法“睁起眼睛说谎”。当然我也有大言不惭地说假话的时候,那就是十年浩劫的时期，给逼着写了那么多的“思想汇报”和“检查交代”！那十年中间我不知想了多少次：我要是能够写些作品，能够写我熟悉的人物和生活，哪怕是一两部“失败之作”，那也有多好！在我写《火》的时候哪里想得到这样的事情呢!

我能够一口气写完《火》第二部，也应当感谢重庆的雾季。雾季一过，敌机就来骚扰。我离开重庆不久，便开始了所谓“疲劳轰炸”。我虽然夸口说“身经百炸”，却没有尝过这种滋味。后来听人谈起，才知道在那一段时期，敌机全天往来不停，每次来的飞机少，偶尔投两颗炸弹，晚上也来，总之，不让人休息。重庆的居民的确因此十分狼狈，但也不曾产生什么严重的后果，不过个把星期吧，“疲劳轰炸”也就结束了。然而轰炸仍在进行，我在昆明过雨季的时候，我的故乡成都在七月下旬发生了一次血淋淋的大轰炸，有一个我认识的人惨死在公园里。第二年我二次回成都，知道了一些详情。我的印象太深了!一九四三年我在桂林写《火》的第三部，就用轰炸的梦开头：冯文淑在昆明重温她在桂林的噩梦，也就是我回忆一九三八年我和萧珊在桂林的经历。

今天我在上海住处的书房里写这篇回忆，我写得很慢，首先我的手不灵活了（不是由于天冷）。已经过了四十年，我几次觉得我又回到了四十年前的一个场面：我和萧珊，还有两三个朋友，我们躲在树林里仰望天空。可怕的机声越来越近，蓝色天幕上出现了银白色的敌机，真象银燕一样，三架一组，三组一队，九架过去了，又是九架，再是九架，它们去轰炸昆明。尽管我们当时是在呈贡县，树林里又比较安全，但是轰炸机前进的声音象锄头一样敲打我的脑子。这声音，这景象那些年常常折磨我，我好几次写下我“在轰炸中过的日子”，后来又写了小说《还魂草》，仍然无法去掉我心上的重压，最后我写了冯文淑的噩梦。我写了中学生田世清的死亡，冯文淑看见“光秃的短枝上挂了一小片带皮的干肉”。写出了我的积愤，我的控诉，我感觉到心上的石头变轻了。作家也有为自己写作的时候。即使写冯文淑，我也可以把我对大轰炸的感受和见闻写进去。就是在江青说话等于圣旨的时期，我也不相信大观园全是虚构,《红楼梦》里面就没有曹雪芹自己，没有他的亲戚朋友。

在我的小说里到处都找得到我的朋友亲戚，到处都有我自己，连《寒夜》里患肺结核死去的小职员汪文宣的身上也有我的东西。我的人物大都是从熟人身上借来的，常常东拼西凑，生活里的东西多些，拼凑的痕迹就少些，人物也比较象活人。我写冯文淑时借用了萧珊的性格，在第一部《火》里，冯文淑做的事大都是萧珊做过的，她当时还是一个高中生。她在上海爱国女学校毕了业才在暑假里去广州，中间同我一起到过武汉，后来敌军侵占广州，她回不了上海，我们只好包一只木船沿西江逃往广西，同行还有我的兄弟和两个朋友，再加上林憾庐和他的《宇宙风》社同人。我们十个人是在敌军入城前十多个小时离开广州的。关于这次“远征”，我在小说中没有描写，却详细地记录在《旅途通讯》里面。这两本小书正如我一位老朋友所说“算什么文章”，可是它们忠实地记录了当时的一些社会情况，也保留了我们爱情生活中的一段经历，没有虚假，没有修饰，也没有诗意，那个时期我们就是那样生活，那样旅行。我们都是平凡的人，也生活在平凡的人民中间。我的《通讯》写到“桂林的受难”为止。后来我和萧珊又坐火车到金华转温州，搭轮船回上海。在温州我们参观了江心寺，对文天祥的事迹印象很深，我有很多感慨。我在任何时候都是一个爱国者。我后来在《火》第二部初版后记中就写过这样的话:“我仍然是一个中国人，我的血管里有的也是中国人的血。有时候我不免要站在中国人的立场上看事情、发议论。”这段话其实就是三部《火》的简要的说明。我编《文集》时删去了它，觉得这说明是多余的。但是我那一颗爱祖国、爱人民的心还是象年轻时候那样地强烈，今天仍然是如此。我过去所有的作品里都有从这颗心滴出来的血。现在我可以说，这颗心就是打开我的全部作品的钥匙。

我们从温州搭船平安地回到上海，过了三四个月，萧珊就去昆明上大学。以后她到过桂林、贵阳、重庆和成都。她不可能有冯文淑在《火》第二部中的经历，我当时只是设想她在那样的环境该怎么办，我就照我想得到的写了出来。萧珊是一个普通人，冯文淑也是。在这三本小说里我就只写了一些普通人，甚至第一部中视死如归的朝鲜革命者和第三部中同敌人进行秘密斗争或被捕或遇害的刘波、朱素贞们也都是普通人，他们在特殊的环境里会做出特殊的事情。总之，没有一个英雄人物，书中却有不少的爱国者。《火》并没有写到抗战的胜利。但是我相信对这胜利贡献最大的是人民，也就是无数的普通人。作为读者，作为作者，我有几十年的经验，一直是普通人正直、善良的品德鼓舞我前进。普通人身上有许多发光的东西。我在朝鲜战场上见到的“英雄”也就是一些普通的年轻人。一九三五年我在日本东京非常想念祖国，感情激动、坐卧不安的时候，我翻译了屠格涅夫的散文诗《俄罗斯语言》。他讲“俄罗斯语言”，我想的是“中国话”，散文诗的最后一句：“这样的语言不是产生在一个伟大的民族中间，这绝不能叫人相信。”我写《火》的时候，常常背诵这首诗，它是我当时“唯一的依靠和支持”。我一直想着我们伟大而善良的人民。

在《火》第三部里我让冯文淑来到了昆明。不象在大别山，萧珊未到过，我也很陌生，昆明是我比较熟悉的地方，她更熟悉了。先生坡，翠湖，大观楼……都写进去了。我是在一九四三年的桂林写一九四一年的昆明。我的信念没有改变，但是我冷静些了。我在小说里写了一些古怪的社会现象，当然我看到的多，感受到的多，写下来的还比较少。冯文淑离开上海将近四年，在昆明出现并不显得成熟多少，其实我写的只是我在一九四一年七、八月看见的昆明，到四三年情况又有变化了。我记得清楚的是知识分子的地位低下和处境困难。当时最得意的人除了大官，就是囤积居奇，做黑白生意的（黑的是鸦片，白的是大米），此外还有到香港，到仰光跑单帮做买卖的各种发国难财的暴发户。那个社会里一方面是严肃工作，一方面是荒淫无耻。在国统区到处都是这样。我在小说里只写了几个普通的小人物，他们就是在这种空气中生活的。冯文淑在昆明，同她过去的好朋友朱素贞住在一起。萧珊在昆明，从宿舍搬出来以后就和她的好友，她的同学一起生活。那个姓王的女同学是我一位老友的妻子，相貌生得端正，年纪比萧珊大一点，诚实，朴素，大方，讲话不多，是个很好的姑娘。她是我那位朋友自己挑选的，但不知怎样，我的朋友又爱上了别人，要把她推开，她却不肯轻易放手。我那朋友当时在国外，他去欧洲前同我谈过这件事情。我批评他，同他争论过，我看不惯那种单凭个人兴趣、爱好或者冲动，见一个爱一个，见一个换一个的办法，我劝他多多想到自己的责任，应该知道怎样控制感情，等等等等。我谈得多，我想说服他，没有用！但是他也不是一个玩弄女性的人，他无权无势，既然没有理由跟妻子离婚，新的恋爱也就吹了。萧珊的女同学后来终于给了我的朋友以自由。但是那位朋友在恋爱的道路上吃了不少的苦头，离婚—结婚，结婚—离婚，白白消耗了他的精力和才华，几乎弄到身败名裂，现在才得到了安静的幸福，这是后话。我两次在昆明的时候，经常见到萧珊的好友，我同情她的不幸，我尊敬她的为人。我写《火》第三部中的朱素贞时，脑子里常常现出她的面影。她后来结了婚，入了党，解放后当过一个单位的领导干部。"文革"期间有人来找萧珊"外调"她在昆明时期的一些情况，萧珊死后又有人来找我外调，说是要给她恢复工作。六、七年没有消息了。我祝她安好。

在朱素贞的身上还有另一个人的感情，那是萧珊的同乡，她的中学时期的朋友，一位善良、纯洁的姑娘。我在广州开始写朱素贞的时候，萧珊还在上海念书，没有见到我朋友的妻子，我那朋友当时可能也还没有开始新的追求。其实不仅是上面提到的两个人，我在那几年中间遇见的，给了我好的印象的年轻女人在朱素贞的身上都留下了痕迹。但朱素贞并不是"三突出"的英雄。她始终是一个普通人。在最初几版的小说（《火》第三部）中朱素贞在昆明西南联合大学念书，忽然接到陌生人从香港寄来的信告诉她：她那分别四年的未婚夫刘波在上海"被敌伪绑架"，关在特务机关里。她决定回上海去营救他。她动身前又接到一封香港发来的电报："波遇害，望节哀。"她决心去替他报仇。她走后大约七个月冯文淑收到从上海寄来的一份剪报，上面有一则消息报道大汉奸特务丁默村遇刺受伤，他的女友朱曼丽是幕后主使人，供认不讳，已被枪决。"这个朱曼丽似乎就是素贞，不过文淑不愿意相信。"我这样写，就是暗示朱曼丽和朱素贞是一个人。在当时的确发生过这样一件事：有一个年轻女人刺杀丁默村未遂遭害。我记得有位朋友写过一篇文章，另一个朋友认识这位女士，对我谈过她，他也讲不出别的原因，大概是一位爱国志士吧。这样的人很难令人忘记，我就让她也留下一点痕迹在朱素贞的身上。在一九三八年春节前后，敌人和汉奸暗杀上海爱国人士，甚至悬头示众这样的事发生过好几起，后来在孤岛也几次出现爱国者惩罚汉奸的大快人心的壮举。我用在上海的朝鲜革命者惩罚朝奸的事实结束了《火》的第一部，又用朱素贞谋刺丁默村的消息作为《火》第三部的《尾声》，也就是全书的结局。当时我是这样想的：用那个年轻女人的英勇牺牲说明中国人民抗战到底、争取胜利的决心。但是一九六〇年我编辑、校改《文集》的时候，改写了这个结尾，正如我在后记的注解中所说："我让冯文淑离开了昆明，让刘波和朱素贞都活起来，让人们想到这几个朋友将来还有机会在前方见面。"我加上素贞从香港写给文淑的一封信，说明她在上海同朋友们一起营救刘波出狱后结了婚，又陪着"遍体伤痕"的丈夫到香港休养，准备等刘波病好就一同到前线工作。她在信里解释这所谓前线就是"如今一般人朝夕向往的那个圣地"，就是说延安。文淑在复信中也说："三四天后就要动身到前方去"，也就是到"那个'圣地'去"。国外有些读者和评论家对我这种改法不满意，说我"迎合潮流"，背叛了过去。我不同意他们的说法。几十年来我不断地修改自己的作品，因为我的思想不断地在变化，有时变化小，有时变化大。我不能说我就没有把作品改坏的时候，但是我觉得《火》第三章的结尾改得并不坏，改得合情合理。当时人们唯一的希望就在那里，这是事实。只有这样地结束我的所谓《抗战三部曲》（尽管我写的只是一些侧面），才符合历史的真实。当然我在后记的脚注中也说："这个小小的改动并不能弥补我这本小说中存在的大缺点。"这是真心话，不过我仍然要重复我说过的那句话：作品不是学生的考卷，交出去就不能改动。按照"四人帮"的逻辑，一个人生下来就坏，一直坏到死，或者从诞生到死亡，这个人无事不好。所以那个时期孩子们在银幕上甚至在生活中看见一个陌生人，就要发问：好人？坏人？不用说，文淑和素贞都是好人吧。

第三部中另外一个主人公田惠世也是好人。这是我一个老朋友，我把这个基督徒写进我的小说，只是由于一桩意外的事情：他的病故。他大概是患肺炎去世的。他自己懂一些医理，起初自己开方吃药，病重了才找医生，不多久就逝世了。当时他的夫人带着孩子来到他的身边，就住在我的隔壁。看见这位和我一起共过患难的年长朋友在我眼前死去，我感到悲伤。参加了朋友葬礼后两个多月，我开始写《火》的第三部，就把他写了进去，而且让他占了那么多的篇幅。我在一九六○年一月修改小说的《尾声》时，曾经写道："我们之间有深厚的感情。这感情损害了我的写作计划。……我设身处地替他想得太多了。"我在小说里借用了那位亡友的一部分的生活、思想和性格，我想写一个宗教者和一个非宗教者的思想和情感的交流，可是没有成功。我的思想混乱，我本来想驳倒亡友的说教（他是个虔诚的基督徒，每顿饭前都要暗暗祈祷，我发觉了常常暗笑），可是辩论中我迁就了他，我的人道主义思想同他的合流了。我不想替自己辩护，我的旧作中人道主义和爱国主义差不多占同样的地位。在这一点上萧珊也有些象我。所以小说里年轻姑娘冯文淑同老基督徒田惠世作了朋友，冯文淑甚至答应看《北辰》的校样，暂时到北辰社帮忙。《北辰》是田惠世的刊物。刊物的真名就是前面提到过的《宇宙风》，它是林语堂创办的。林语堂后来带了全家人移居美国，把他哥哥从福建请到上海代管他的事业。他的哥哥原是教师兼医生，在上海参加了《宇宙风》的编辑工作，名叫林憾庐。《宇宙风》本来还有一个合作者，后来在香港退出了。林憾庐在上海和香港都编印过这个散文刊物，一九四二年他第二次到桂林又在那里将它复刊。我一九四○年在上海，一九四二年在桂林都为《宇宙风》写过散文和旅途杂记。一九三九年萧珊也在这个刊物上用"程慧"的笔名发表了几篇散文。她第一次拿到稿费，便买了一只立灯送给母亲，她高兴地说这是用自己的劳动换来的钱买的。她初到昆明，还写了一篇旅途通讯，叙述经海防去内地沿途的情况，也刊在《宇宙风》上。一年后我踏着她的脚迹到昆明，虽然形势改变，但我的印象和她的相差不远，我就没有写什么了。

我和林憾庐相处很好，我们最初见面是在泉州关帝庙黎明高中，那一天他送他的大儿子来上学，虽然谈得不多，但我了解他是个正直、善良的人，而且立志改革社会，这是一九三○年的事。以后我和他同在轰炸中过日子、同在敌人迫害的阴影下写文章、做编辑工作，产生了深厚的感情。他办的刊物，质量不高，但在当时销路不算少，他是一个忠诚的爱国者。我至今还怀念他。他很崇拜他的兄弟，听他谈起来林语堂对他并不太好，他却很感激他这个远在海外的有名的兄弟。可能是他逝世一年以后吧，林语堂一个人回国了，到桂林东江路福隆园来看他的嫂嫂。我在林太太房里遇见他，他在美国出版了好几本小说，很有一种名人的派头。话不投机，交谈了几句，我就无话可说。以后我也没有再看见他。靳以夫妇从福建南平回重庆复旦大学，经过桂林住了几天，我送他们上火车，在月台上遇见憾庐的孩子，他们跟去重庆的叔父告别，我没有理他。后来林语堂离开重庆返美时在《大公报》上发表了告别中国的诗，我记得是两首或者三首七律，第一首的最后两句是“试看来日平寇后，何人出卖旧家园”。意思很明显。有个熟人在桂林的报上发表了一首和诗，最后两句是：“吾国吾民俱卖尽，何须出卖旧家园。”《吾国吾民》是林语堂在美国出版的头一本“畅销书”，是迎合美国读者口味的著作。憾庐曾经对我谈起该书在美国出版的经过，他引以为荣，而我却同意和诗作者的看法，是引以为辱的。

小说中另一个好人洪大文并不是真实的人物，我只借用了一个朋友的外形和他在连云港对日军作战负伤的事实。他年轻时候进了冯玉祥办的军官学校，当过军官，又给派到苏联留过学，一九二六年回国后经过上海，我们见过一面，他回到部队里去了，我也就忘记了他。一九四三年我在桂林忽然接到他的信，是寄到书店转给我的。信上说他到桂林治病，定居下来，要我去看他。我到了他的住处，当时人们住得比较宽敞，他躺在床上，有时拄着双木拐起来活动活动。人变了，湖南口音未变。他告诉我他离开过部队，后来又到税警团（宋子文的税警团吧）当团长，在连云港抗拒日军，战败负伤。小说中洪大文讲的战斗情况就是我那位朋友告诉我的，他还借给我一本他们部队编写的《连云港战史》。小说第八章中洪大文的谈话有些地方便是从所谓《战史》稿本中摘抄来的。一九四四年五月初我和萧珊到贵阳旅行结婚，后来就没有能回桂林，湘桂大撤退后我也不知道他转移到哪里。一九四六年尾或者一九四七年初我在上海，他拄着双拐来找我，说是在江苏某地荣军教养院作院长，还是象一九二六年那样高谈阔论。他约我出去到南京路一家菜馆里吃了一顿饭，就永远分别了。他坐上三轮车消失在街角以后，我忽然想起了洪大文，洪大文不象他，洪大文比他简单得多。

最后我想谈几句关于朝鲜人的事，因为《火》第一部中讲到朝鲜革命者的活动，而且小说以朝鲜志士的英勇战斗和自我牺牲作为结束。我在这之前（一九三六年）还写过短篇小说《发的故事》，也是怀念朝鲜朋友的作品。我小的时候就听见人讲朝鲜人的事情，谈他们的苦难和斗争，安重根刺杀伊藤博文的事迹给我留下很深的印象，他是我少年时期崇拜的一位英雄。我第一次接触朝鲜人，是在一九二一年或者二二年。我在三十年代写的回忆文章里就讲过，五四以后我参加成都的《半月》杂志社，在刊物上发表过三篇东西，都是从别人书中抄来的材料和辞句，其中一篇是介绍世界语的，而我自己当时却没有学过世界语。不久就有人拿着这本杂志来找我，他学过世界语，要同我商量怎样推广世界语，他在高等师范念书，姓高，说是朝鲜人。我便请他教我世界语，但也只学了几次就停了，推广的工作也不曾开展过。我和高先生接触不多，但是我感觉到朝鲜人和我们不同，我们那一套人情世故，我们那一套待人处世的礼貌和习惯他们不喜欢，他们老实、认真、坦率而且自尊心强。这只是我一点肤浅的印象。

出川以后，一九二五年我在南京东南大学附属高中毕了业带着文凭到北京报考北京大学，检查体格时发现我有肺病，虽然不厉害，我却心灰意冷，不进考场。还有一个原因就是我对数理化等课无把握，害怕考不好。我就这样放弃了学业，决定回到南方治病。我在北京呆了半个多月，我记得离京的前夕遇上北海公园的首次开放，在漪澜堂前度过了一个宁静的夜晚。我当时住在北河沿同兴公寓，房客不多，院子里有一棵大槐树。我住到这里，还是一个编报纸副刊的姓沈的朋友介绍的。他是朝鲜人，有一天晚上，他带了一个同乡来看我，天气热，又是很好的月夜，我们就坐在院子里乘凉。沈比较文雅，他的朋友却很热情，滔滔不绝地对我讲了好些朝鲜爱国志士同日本侵略者斗争的故事。我第一次了解了朝鲜人民艰苦而英勇的斗争，对朝鲜的革命者我始终抱着敬意。我后来就把那些故事写在《发的故事》里面。这以后几十年中间我遇见的朝鲜人不多，也不常同他们接触，但是从几个朋友的口中我也了解一些他们的流亡生活和抗战初期的一些活动。我就在《火》第一部中写了子成、老九、鸣盛、永言这班人，和他们惩罚朝奸的壮举。在小说里子成回忆起朝鲜民歌《阿里朗》。据说从前朝鲜人到我国满洲流亡，经过阿里朗山，悲伤地唱着它。我一九三八年第四季度在桂林的一次诗歌朗诵会上听见金焰同志的妹妹金炜女士唱这首著名的歌曲，我十分感动，当时正在写小说的这一章，就写了进去。我以前对它毫无所知，却能够把歌词写进小说甚至将歌谱印在发表这一章的《文丛》月刊上，全靠一位朝鲜朋友的帮忙。这位朋友姓柳，是园艺家，几十年来在一些学校或者农场里工作，为中国培养了不少园艺人材。他在当时的朝鲜流亡者中也很有威望。我在上海、在桂林、在重庆、在台北都曾见到他。今天我还没有中断同他的联系。他在湖南农学院教书，有时还托人给我捎一点湖南土产来。我还记得四十几年前他被日本人追缉得厉害，到上海来，总是住在马宗融的家中，几个月里他的头发完全白了。那一家的主妇就是后来发表短篇小说《生人妻》的作者罗淑。抗战初期罗淑患病去世，我们在桂林和重庆相遇，在一起怀念亡友，我看见他几次埋下头揩眼睛。

朋友柳已经年过八十，他仍然在长沙坚持工作，我仿佛看见他的满头银发在灿烂阳光下发亮。听说他从解放了的祖国（朝鲜民主主义人民共和国）获得了鼓励，我应当向他祝贺。《火》第一部出版时我在后记的末尾写道："我希望将来还能够有第四部出来，写朝鲜光复的事情。"我不曾实现这个愿望，但我也不感到遗憾，因为朝鲜人民已经用行动写出了光辉诗篇，也一定能完成统一朝鲜的伟大事业。

一九八〇年一月二十五日

录自《创作回忆录》三联书店香港分店 1981 年 9 月版

# 《憩园》后记

巴　金

我开始写这篇小说的时候，贵阳一家报纸上正在宣传我已经弃文从商。我本来应该遵从那位先生的指示，但是我没有做，这并非由于我认为文人比商人清高，唯一的原因是我不爱钱。钱并不会给我增添什么。使我能够活得更好的还是一点理想。并且钱就跟冬天的雪一样积起来慢，化起来快。象这小说里所写的那样，高大房屋，漂亮花园的确常常更换主人。谁见过保持到百年，几百年的财产！保得住的倒是在某一些人看来是极渺茫极空虚的东西——理想同信仰。



这小说是我的创作。可是在这里面并没有什么新奇的东西。我那些主人公说的全是别人说过的话。

> “给人间添一点温暖，揩干每只流泪的眼睛，让每个人欢笑。”
>
> “我的心跟别人的心挨在一起，别人笑，我也快乐，别人哭，我心里也难过。我在这个人间看见那么多痛苦同不幸，可是我又看见更多的爱。我好象在书里面听到了感激和满足的笑声。我的心常常暖和得象在春天一样，活着究竟是一件美丽的事……”

象这样的话不知道已经有若干人讲过若干次了。我高兴在这小说里重复一次，让前面说的那些人（连报馆的那位先生也在内吧）

知道，人不是嚼着钞票活下去的，除了找钱以外，他还有更重要的事情做。

八月二十日

原载《憩园》（现代长篇小说丛书 9），
文化生活出版社 1944 年 10 月版

# 谈《憩园》

巴　金

前一阵子有人写文章指出我的中篇小说《憩园》和其它作品的缺点，我今天还要向人们推荐那些文章。一个人不大容易知道自己的病，所以要请医生来诊断开方。我连一点点医理也不懂，更不用提给自己拿脉看病了。我是个喜欢唠叨的作者，有时情不自禁会向读者谈起自己的创作，但绝无替自己吹嘘或者给作品做广告的意思。我只有一个用意：向那些读过我的作品的人讲几句“私话”，告诉他们这些作品是怎样写成的。这也算是一种职业上的秘密罢。我好象只是在对亲近的人谈个人的“秘密”。

讲私话，谈秘密，难免要犯信口开河的毛病，而且事过境迁，记忆力又衰退，更不免有记错讲错的事。但是现在不讲，将来要讲也会不知道从哪里开头。就拿《憩园》来说罢，我在贵阳一家旅馆楼上客房里开始写小说第一页的情景仿佛还在眼前，可是一晃就是十七年。我连旅馆的名字也记不起来了。我记得的是小说的大部分是在贵阳郊外花溪的“花溪小憩”里写的。我把未完的小说稿带到重庆，在那里写完了它。倘使我在十五年前或者十年前谈这本小说，我可能多谈一些事情，也许谈得更清楚。我现在才深切地感觉到记忆力是多么可贵的了。

《憩园》是拿一叠西式信笺当稿纸写成的。我早习惯了用自来水笔写文章。我并非不爱毛笔字，恰恰相反，我很喜欢。只是我年轻时候不曾认真学习书法（几十年来我一直为这件事责备自己），我的字实在难看，用自来水笔既可以藏拙，又能写快。所有我的作品几乎全是用自来水笔写成的，只有《憩园》和《第四病室》两个中篇除外。《寒夜》的最初若干页也是用毛笔写的，因为在那些用嘉乐纸印的稿纸上墨笔字倒更显眼，后来我找到较好的稿纸，也就丢开了毛笔。我写《第四病室》的时候，手边连嘉乐纸稿纸也没有，我用一种通行纸，写起字来不受拘束，倒很痛快。可惜这种纸见不得水，即使落上一滴深色的墨水，也会浸成一大团。我只好用毛笔蘸浓浓的墨汁在那种纸上写字了。我写《憩园》时用的西式信笺上倒宜于写钢笔字。可是那个时候我不便带墨水瓶旅行。当时我只在皮包里放一锭墨、一枝小字笔和一大叠信笺，到了一个地方，住下来，借到一个小碟子，水到处都有，拿出墨在碟子上磨几下，便可以坐下来写文章。要是找不到碟子就用茶碗盖，没有茶碗盖，只好把茶杯翻过来在小小的茶杯底上磨墨。整部小说就是这样写成的。我在贵阳的旅馆里写，在花溪的旅舍里写，在渝筑道上的小客栈里也写。最后到了重庆也不是一下子就安定下来，我还到过几个地方，我记得有一夜在北碚一个旅馆里续写《憩园》，电灯不亮，我找到一小段蜡烛，我的文思未尽，烛油却流光了。我多么希望得到一支蜡烛，或者一盏油灯，让我从容地写下去。可是在那样的黑夜，要找到一线亮光也实在不容易啊。……那种日子的确一去不再来了。

我在一九四四年五月开始写《憩园》。小说刚刚开了头，我就进医院了。病房的生活我后来老老实实地写在《第四病室》里面。我六月出院后，先在中国旅行社招待所、后在“花溪小憩”住了一个短时期，每天从早写到晚，只有在两顿饭以后散步休息。旅行社招待所的房间内电灯明亮，茶水方便，院子里相当静，离大街又不远。我写倦了时，便冒着小雨走到冠生园去吃碗汤面，或者喝碗猪肝粥，外加两个包子，算是解决了一顿饭。住在“花溪小憩”的时候，不论吃点心吃饭，都得走半个钟头到镇上去请教饭馆。“小憩”是一所很漂亮的花园洋房，位置在一个大公园里面。没有楼，却有一间又宽大又华丽的客厅。“小憩”虽是对外营业的招待所，客房却不多，客人更少。我在那里住了不到一个星期，常常只有我一个客人。白天静，夜里更静。日里也难得听见几声人语。然而不分昼夜都有水声。水流得急，声音很大，从来不停，但是单调没有变化，听惯了就好象没有声音一样。总之，它不会妨碍我写小说。“小憩”里没有电灯，我不得不靠一盏清油灯的微光埋头写作。我在这里也是从早写到晚，除了一天两次步行到镇上吃饭以外，我有时感到疲乏，还要在这个公园里散步。我的眼睛常常有小毛病，在油灯的微光下写字较多，会发生视线模糊的情况，因此我睡得较早，也起得不迟。当时我正在壮年，每天伏案十小时以上，并不感到文思枯竭。在“小憩”的短短几天中我的确写得不少。我写小说也有象《苦难的历程》的作者那样的习惯，想到了一个细节就坐下来，动着笔让这个细节慢慢地引出了全部的故事。阿历克赛·托尔斯泰曾经作过这样的自白：“我在工作极其紧张的时候，不知道人物在五分钟以后会说什么。我惊奇地跟着他们。”我过去常常是这样进行创作的。我开始写《憩园》的时候，我的脑子里也只有一个很简单的杨老三的故事，和“我”回到久别的家乡、在街上遇见旧友、接受邀请住到他家花园里去的一些细节。说实话，我写了头一段，还不知道以后怎样安插杨老三的故事，把它放在什么地方。可是我从容地写下去，一切难题都解决了，人物自己在说话，在行动，在斗争，我需要的什么东西都象喷泉一样，很自然地出来了。



我并不是在编故事，也无意把创作讲得十分神秘，我只是解释我个人的习惯。每个作家都有他自己的习惯。据说列夫·托尔斯泰只在早晨工作，他认为在晚上作家容易写出大量的废话。我们的冰心大姐也说：“我爱在早上写作，早上头脑清醒些，晚上我是写不出东西的。”还有人说陀斯妥耶夫斯基写得累赘，有一个原因便是他在夜里写作，又不断地喝茶。那么我的唠叨也有了解释了：我常常工作到夜深，而且手里捧着一杯热茶，我更感到舒适。

现在我还是谈《憩园》罢。我有心写杨老三的故事，还是在一九四一年一月我第一次回到成都的时候。我十九岁离开家乡，一去便是十八年，回来住了五十天，“似乎一切全变了，又似乎都没有改变；死了许多人，毁了许多家；许多可爱的生命埋进黄土，又有许多新的人接着来演那不必要的悲剧”，正如我在一篇短文里所说的那样。在短短的五十天中间我的确有很多的感触。两件事情给我留下的印象最深。第一件便是五叔的死。我回成都不过几天便听到五叔病死的消息。就在那天晚上一个亲戚邀我在一家菜馆里便饭，大家刚刚坐好，我一个堂兄弟忽然走进楼上房间来，一句话也不说，就朝着我跪倒叩头。我大吃一惊，但是不到一分钟也就恍然大悟了。这是旧礼节、老规矩。从前我父母去世的时候，我不知道向人们叩过多少头。没有想到这种封建的糟粕还原封不动地保存着。我当时仍然谈笑自若，五叔的死亡丝毫不曾引起我的哀痛和惋惜，我对他始终没有好感。在我的心目中他早已是一个死人了。在饭桌上人们不断地讲笑话。我那个堂兄弟也是有说有笑。我听见人讲过他和他母亲一起把他父亲赶了出去。事实可能是这样：他父亲用够了妻子的钱，抛弃了家，不顾母子二人的死活，后来自己无法度日，便厚着脸皮回去，妻儿不肯接待这个已经成为“惯窃”的丈夫和父亲。也许有人因此责备我那个堂兄弟，可是我倒赞成他的做法。为什么不应当让高克定那样的人尝尝他自己栽的树上结出来的苦果？那种人一辈子除了剥削和浪费以外，还干过什么呢？只有在他给“赶出去”以后，只有在他给关起来以后，他才劳动过一个极短的时期，但是不久他由装病而传染到真病，接着就是糊里糊涂的死亡。据有些亲戚说，我五叔就是在这个冬天给警察抓起来，关在牢里的。他当时并没有犯什么罪，不过他是个出名的小偷，又抽大烟，平日手脚不干净，冬防期间更有可能到处做点小买卖。治安当局认为，索性教他在牢里过一个冬季，倒可以省却一些麻烦。象他这样地给关起来的人当然不止一个。后来他不得不和同伴们一块儿出去抬东西干重活，他害怕让亲友们看见丢脸，便装病，不肯上街，因此同有病的人睡在一起，可能是得了传染病，也可能是烟瘾发了，无法过瘾，总之他很快地就死了。他的妻儿领回他的尸首，收殓了他。棺材停在一所破庙里，一个下午我到了那里。一间小屋，一副廉价的棺材，一张旧供桌，桌上一个灵位，还有普通的香烛。一切都显得阴暗。我鞠了一个躬，我那个堂兄弟在旁边答礼。没有哭声，也无人为死者掉一滴眼泪。我和同来的人（可能是我的一个侄女，也可能是另一个年纪同我差不远的堂兄弟）谈了几句跟死者毫不相干的闲话，便坦然地走了。我一点也不难过，我倒觉得这些事好象早已发生了一样，我毫无意外的感觉。我来到庙里，并非向死者表示敬意，我只想看看他的应有的结局。

当天晚上我同嫂嫂、妹妹和侄女们谈起我在庙里的见闻，没有人怜悯死者，似乎大家都有一种关上一本看厌了的旧书的感觉。夜深人静，我躺在老式架子床上，忽然想起若干年前我十四五岁的时候、我五叔拉着我要我花几角钱买他一本《清宫二年记》的事情。我起初只觉得好笑，以后渐渐地严肃起来了。我并不打算多想他的事，可是开了头就没完没了。嫂嫂她们对我谈过的许多事情都上了我的心头。我五叔是我第二个祖母唯一的孩子，他长得清秀，人又聪明，所以我祖父特别宠他。当时要是有人批评他，哪怕是一句话，也会引起我祖父发脾气。他就是在阿谀和称赞中间长大的。官僚地主封建家庭的环境，加上那种毫无原则的溺爱毁了这个年轻人。他后来又交了一些坏朋友，有的是象他那样的阔少爷，有的想从他的身上得一点好处。总之，人们拿他在家里找不到的种种享乐去引诱他。他甘心情愿地朝那个陷阱跳下去。他的母亲早死，那位一向偏爱他的父亲盲目地相信他那张能说会道的嘴。旁人的忠告对他和他父亲都不会起什么作用。在短短的时间里，他学会了许多事情，嫖、赌、吃、喝，无一不精。他父亲不相信他会花钱，也不曾按月交给他若干钱让他乱花。他先花他妻子的钱，拿他妻子的陪奁换钱花，后来就偷，就骗，就借。只要能弄到钱，他不惜使用一切手段。他用他父亲的名义在外面借了不少的钱，他包下一个叫做“礼拜六”的私娼，租了一所小公馆。“定情之夕”还洋洋洒洒写了一篇海誓山盟的大文，仿佛要昭告于皇天后土与万代子孙：“某年某月某日忏影盦与芳纹定情于×××……”文章的确写得不错，我无意间在我们家大厅上拾到一份草稿，我不喜欢这种艳丽的文章，也不想代他保存，匆匆看了一遍，不是当面交还给他，就是丢进字纸篓去了。现在就只记得这么半句。忏影盦是我五叔的“室名”，芳纹便是他的意中人。“礼拜六”这样的名字当然不便在这种堂而皇之的文章里出现，因此他给她另外起了个雅致的名字：芳纹。小公馆弄好之后，他在外面的开支更大了。他不久就因为骗去妻子的首饰无法交还，引起妻子大吵大闹，终于在父亲面前露出马脚，现了原形。

我在《家》里描写的那个场面完全是真实的。真实比我的小说丰富得多，许多细节都是我想象不出来的。总之，我祖父睁开了眼睛，看见他所不愿意看见的事情。真实使他吃惊，使他愤怒，可是并没有使他觉悟，也不可能使他认识自己的错误。他只认为他的儿子不学好，对不起他，却始终没有想到是他自己害了他的儿子。他以为自己有的是钱，钱是万能的东西。等到他发现钱并不能解决一切问题的时候，他又改用他的另一个武器：骂。他不但骂，而且命令五叔跪在地上，伸起双手左右开弓地打自己的耳光。五叔任何丑态都做得出来，父亲教做什么就做什么，只图混过眼前这个难关，最后赌咒发誓地答应从这天起守在家中读书习字，不再出去找那些“不三不四的人”。祖父居然相信了这种誓言，不过他还吩咐父亲注意五叔的行动，不让五叔出去。

谁都知道五叔的誓言不可靠。他过不了三天就偷偷地溜出去了。天刚黑，我正在大门口，他即使象一阵风那样地跑得快，也逃不过我的眼睛。我常常到门房找听差、到大门口找看门人李老汉闲谈，其实是请他们讲讲各自的经历。那个时候我不过十一岁，他们都喜欢我，在我面前用不着顾忌，无话不谈。我也真心地喜欢他们，我从他们那里学到不少的知识。他们里面也有抽鸦片烟的，年纪大一点的轿夫多数抽大烟，因为他们的体力不够，不得不用这种兴奋剂来刺激，明知这是饮鸩止渴，但是也无其它办法。我常常躺在老年轿夫（其实他们的年纪不过四十左右，可是已经衰老了）的烟灯旁边，听那些讲不完的充满人世艰辛的故事。我跟这些人很亲近，我喜欢他们，我觉得我连他们的心也看得清楚。我一点不了解我那几位叔父，也无法跟他们接近，只有在我父亲去世以后，二叔才开始关心我们，虽然只是一般的关心，但在我们这已经是十分意外的了。至于祖父，全家不论大小，早晚都要到他房里去请安，我们弟兄看见他便感到拘束，连话也不敢多讲，所以我们都不喜欢祖父。可是在他临死前半年（我父亲死后两年的光景），他忽然变得温和，对我也表示了很大的关心。只有在这短短的时间里面，他对我讲了些亲切、和善的话。不久他就露出精神错乱的现象。他的健康也越来越坏，一直到死，他头脑完全清醒的时候并不多。我还记得他坐在轿子里面教人抬着在天井里转来转去；我还记得一天上午他坐在上花厅里把我叫了去，他正在写一张字条：“我在花厅冷得很，可催邵、方二公速来救命。”他写到“来”字，忽然一本正经地问我“救命”的“救”字怎样写。……他的发狂跟五叔的事情有很大的关系。五叔大现原形，对祖父应当是第一个沉重的打击。不用说以后还有别的。祖父死的时候我伤心地哭过一场。然而就是在当时我也认为错在他自己。四十多年前的十五岁少年当然没有象今天十五岁少年这样的思想感情，况且我又是地主家庭的“少爷”，所以我只有这样一个看法：人应当靠自己的劳动生活；把金钱留给子孙让他们过寄生生活，这是最愚蠢的事情，因此封建家庭里培养不出有用的好人来。我自己很幼稚，我懂得的事情极少，但是我蔑视那些靠遗产生活的人，我蔑视那些不劳而获的人。我对五叔当然不会有好感。

我跑了一趟野马，现在又回到五叔溜走的事情上面来。这件事让我看见了，我当然不会保守沉默。我进去告诉了父亲。父亲一听着了急，但是也没有出去找回五叔，更不敢让祖父知道，只有等他悄悄地回来以后，把他找来认真地告诫一番。五叔不会重视我父亲的话，过了两天又溜出去了。然而他每次在外面耽搁的时间并不长，好象还用了花言巧语骗得五婶在家中一声不响。我祖父照常威风凛凛地做他那一家之主，却不清楚五叔究竟在干什么事情。不到一个月五叔居然不回家了。大家找不到他，也并不热心去找，只是不让祖父知道这件事情。过了若干时候，五叔忽然从上海打电报给我父亲。我父亲翻译电码的时候，我在他的身边，象我这样爱管闲事的孩子当然不会放过这个机会。电文中有两句话我至今还没有忘记：“望念手足之情，速汇三百元来。”



不用说，钱照数汇出了，人也终于回来了。五叔可能又挨了一顿骂，也可能靠着他哥哥们多方掩饰不曾让他父亲发觉他这次的旅行，也有可能他根本就不曾离开四川，只是靠朋友们帮忙玩了一个大花招，我现在说不上来了，人的记忆力毕竟是有限度的。总之，这以后五叔的胆子越来越大，花招越来越多，动作越来越熟练。撒谎、骗人、偷钱、偷东西、打牌作弊，他无一不精，一切为了个人的享乐。但是不劳而获的钱也有用尽的时候。“礼拜六”终于离开他逃跑了（她后来给某军阀讨去当小老婆，听说我五叔穷了，还送钱给他），他妻子的钱也快要让他花光了，他仍然不肯改变他的生活方式，据说就是在那个时候，他到任何地方都要来一下“顺手牵羊”[1]的表演。他不但在所有亲

[1] 过去我们那里有一句俗话：“顺手牵羊不为偷。”

戚的家里成了不受欢迎的人，连他的妻儿也讨厌他，恨他，最后把他从他们家里赶了出去。甚至到了这种时候，他还不肯放下老爷架子，靠自己两只手劳动度日，重新做人。他还是照样地偷，骗，混，再加上讨。生活水平越来越降低，最后他真正成为“惯窃”，在冬防期间给关在牢里，由装病而变为真病，终于丧尽面子病死在监中。盖棺论定，这个人一生不曾做过一件对人有益的事情，他活着只是为了自己。他白白吃了几十年的大米，再没有比这个更大的浪费了。

我躺在那张几经沧桑的破床上，想着我五叔的可耻的一生，我并没有怀旧的感情，他的这个结局是我早就料到了的。但是我不能没有愤慨，因为在当时成都的社会中，我到处看见过去的幽灵，在我们亲戚的圈子里，还有人继续走我祖父的路和我五叔的路，有些地主靠着剥削越来越富，越无顾忌地作威作福；在不少的人中间金钱仍然是万能的宝贝，为了它他们甚至愿意出卖自己的灵魂。我在《憩园》里写过这样一段话：“……你以为赵家现在有钱，那么他们就永远有钱，永远看着别人连饭都吃不饱，他们自己一事不做，年年买田，他们儿子、孙子、曾孙、重孙都永远有钱，都永远赌钱、看戏……吗？你以为我们人吃的是钱，睡的是钱，把钱当作父母，一辈子抱住钱啃吗？”我的确动了感情，这不是“黎先生”对“姚国栋”说的话，这是我对许多亲戚讲的话。那个时候我早已不是地主家庭的少爷，我的思想水平也比十五岁的少年高了些。不过我虽然一文莫名靠稿费生活，却也不能说自己不是小资产阶级知识分子，所以我会由五叔的死想出了一个杨老三的故事。

最初的杨老三的故事并不象我后来写出的那样，而且我那时还想把它编进一个叫做《冬》的中篇小说里面。那个冬天的深夜、我躺在架子床上想到的中篇小说《冬》应当是《秋》的续篇，《激流三部曲》的尾声。我写《冬》的念头并非如夏日的电光一闪即逝，它存在了一个较长的时期。另一件事甚至帮助我想出了中篇小说的一些具体情节。它就是我在前面提到的第二件事情：有一天傍晚，我走过正通顺街我们老家的门前。

我走过我离开了十八年的故居。街道的面貌有了改变，房屋的面貌也有了改变。但是它们在我的眼里仍然十分亲切。我认识它们，就象见到旧雨故知一样。石板道变成了马路，巍峨的门墙赶走了那一对背脊光滑的石狮子，包铁皮、钉铜钉的门槛也给人锯掉了。我再也找不到矮矮的台阶下、门前路旁那两个盛满水的长方形大石缸。我八九岁的时候常常拿“国恩家庆、人寿年丰”木板对联下面的石狮子做我的坐骑。黄昏时分我和堂弟兄们常常站在石缸旁边闲谈，或者吃着刚刚买来的水果或糖炒板栗。我们称石缸为“太平缸”。但是一九一七年军阀们在成都进行巷战的时候，我家对门（或者隔壁人家）一个年轻听差就在右面那个太平缸旁边中弹身亡。我只见到小小的一滩血，尸体已经抬走了。据说那个人正在跟人谈话，一颗枪弹落在街心，它跳起来，钻进了他的身体。他只轻轻地叫了一声，就按住伤口倒了下去。我对太平缸并无感情，可是我倒希望能在原处见到那一对石狮子。我不觉暗笑自己这种孩子气的梦想，我明明知道石狮子早在我离家不太久、成都街道改修马路的时候给人搬走了。那是第一次的改变。我见过一张照片，还是在我二叔去世后不久摄的。门面焕然一新了。但有人在门口烧纸钱、冥器，看起来教人不愉快。其实门面的设计不中不西，既不朴素，又不大方，花花绿绿，不象住宅。“国恩家庆、人寿年丰”的对联没有了，连门框也变了样，换了西装。门楣题上“怡庐”二字，颇似上等茶馆。大门两边的高墙也不见了，代替它们的是两排出租的铺面。听说我们家一位大师傅还在这里开过饭馆。这一天我来到门前，看到的不知道是第几次的改变。有人对我讲起，这所公馆曾经是某某中学的校舍。我一个侄女在那里上过学，我的姑母也曾进去参观，还对着花园里的茶花和桂树垂过泪。可是我看见的不再是“怡庐”，却变成“藜阁”了。门前还有武装的兵在守卫。铺面都没有了，仍然是高不可攀的砖墙。新主人是保安处处长，他想用自己的名字来确定他的所有权。他的卫兵也用凶恶的眼光注视每个走近的行人。我无法在门前多站片刻，我来回看了两次。大门开了，我看见原来的照壁，壁上仍然有那四个篆体的图案字：“长宜子孙”。完全是我十八年前见过的那个样子。它们唤起了我的回忆。我用留恋的眼光注意地多看了照壁一眼，我昂起头走了。对门楣上那两个字，我不感兴趣。我相信下一次再来这里，我一定会看到另一个人名。过了一年多，我第二次来到这里，门楣上仍然是那两个字。过了将近十六年，我又到这里，“藜阁”依然，而那个作威作福的主人已经完蛋了。我终于得到了进去参观的机会。又过四年我再到这条街，不但“藜阁”二字无踪无影，连那个花花绿绿的门面和有彩色玻璃窗的门也都拆掉了。又干净、又简单、又大方的西式大门使我有一种新鲜的感觉。门墙上钉着“战旗文工团”的牌子。我看见这个新的景象，真是满心高兴。找到了适当的新主人，连这所老屋也终于得到彻底的改造了。不消说，这是后话。当时我一边走一边想。我想的只是那四个字：“长宜子孙”。它们又把我引到那个稍有眉目的中篇小说《冬》上面去。我的信心更大了。十几天以后我离开了成都。当时我写过一篇散文《爱尔克的灯光》，我说：“财富并不‘长宜子孙’，倘使不给他们一个生活技能，不向他们指示一条生活道路！‘家’这个小圈子只能摧毁年轻心灵的发育成长，倘使不同时让他们睁起眼睛去看广大世界；财富只能毁灭崇高的理想和善良的气质，要是它只消耗在个人的利益上面。”我想在中篇小说《冬》里说明的不外乎这个意思，后来写在《憩园》里面的也跟这样的意见差不多。今天的年轻人读到我上面那些关于“家”的话，关于“钱”的话，可能觉得好笑，但是若干年前我们许多亲戚连那种话也听不进去。我们这一房人都靠自己的劳动生活，反而遭受那些用祖先“遗产”养肥自己的新式老爷、少爷的轻视和欺侮。我一九四一年一月和一九四二年五月两次回川，都看到金钱的威风，和钱滚钱、利滚利、坐吃山空的丑恶大表演。成都正是寄生虫和剥削鬼的安乐窝，培养各式各样不劳而获者的温床。有钱的地主收了租用不完，田越买越多。头脑灵敏点的或者更贪心的老爷们还要干点囤积居奇的“生意”，因为他们看见做黄（金）、白（米）、黑（烟土）买卖的暴发户钱来得更加容易，而且那种挥金如土的阔气也着实教他们羡慕。至于那些靠枪杆子发财的大小军阀之流，在地主老爷们的眼里固然很了不起，可是他们学不上，办不到。人家可以买尽一个县的田地，可以在家里私设水牢，可以在自己辖区内为所欲为。他们却躲在家中靠“狗腿子”奔跑，过剥削的生活。心思虽多，欲望虽大，可是能力差，胆子小，他们除了靠祖宗吃饭（当然是靠农民生活）外，什么事都干不了，换句话说，他们是些低能的废物。然而在解放以前，在旧社会里，他们却过着极舒服的日子，而且趾高气扬，不可一世。他们认为他们的家业是万世不朽的。其实头脑清醒的人都看得出来，他们已经走到灭亡的边缘了。

我头一次回成都住了五十天，以后仍旧到重庆去写了《火》第二部；第二次由桂林回到成都住了两个多月，以后仍旧去桂林写了《火》第三部。这其间我还写了别的文章。可是关于《冬》我一字未写。一九四四年五月初我由桂林去贵阳，在火车和汽车上我东想西想，偶尔想到那个尚未动笔的中篇小说，忽然激动起来，再也丢不开它。接连几天（当然不是整天）我的思想都在一些情节上转来转去。我五叔这个人物不断地在我的脑子里出现，他把那些情节贯串起来。有头有尾的故事形成了。这就是杨老三的故事，不过"杨梦痴"的名字却是以后想出来的。此外，我还想到了两个人：离家十五年归来的小说家"黎先生"和他的旧友"姚老爷"。

到了贵阳，我无意间买到三叠西式信纸，在当时的大后方，这算是很好的纸了。我拿在手里翻了几下，非常高兴，下决心要好好地利用它。怎样利用呢？我不用多考虑，已经有了主意了。我要在短时间内开始我的中篇小说。我甚至想好了书名：《憩园》。我决定拿我们老家那个小小的花园作背景。我曾经在那里消磨过多少青年的岁月，有一年在一次军阀混战之后，听说军队要来驻扎（先是一个马弁护送连长太太进来找房子，给挡了驾，发脾气走了。他说要引军队来驻扎，果然当天就来了一排人，但是只住了一夜。我们家里的人都耽心军队再来），我二叔要我和三哥临时搬到园里去住几天。我们两人在所谓"下花厅"里大约住了两个多星期。军队并未再来，省城里秩序逐渐恢复，我们也没有在这冷清清的客厅里住下去的必要，便搬回原处。连长太太光临的场面我已经写在《家》里了（第二十三章）。至于两个多星期的"下花厅"里的生活，它对《憩园》里的小说家"黎先生"倒有用处。因此我让"姚老爷"邀请他住到"憩园"里来。那么我不但可以把自己过去若干见闻和亲身感受借给他，而且我对"憩园"非常熟悉又有感情，写起来可以挥毫自如不受拘束。"憩园"正是我们家那个花园的名字。我后来在小说里有这样的描写："右边一排门全闭得紧紧的，在靠大厅的阶上有两扇小门，门楣上贴着一张白纸横条，上面黑黑的两个大字，还是那篆体的'憩园'……"我们家花园的入口就是这样。不单是这个入口，连整个花园，上花厅，下花厅，以及从"长宜子孙"

的照壁到大厅上一排金色的门，那一切都是照着我十九岁离家时看见的原样描写的。拿我这样的作家来说，对着范本描绘毕竟比凭空创造容易些。只有大厅上那三部包车是新添的，过去放在那里的是轿子。还有大门和门面也改变了，我是照“藜阁”或者“怡庐”的样子，改写了它们，因为门槛不去掉，包车便拉不进去，而那两位“手执大刀的顶天立地的彩色门神”又过时了，我也不便留他们长住。但是我不喜欢那种花花绿绿的门面，所以我只用了这样简单的句子：“灰砖的高门墙，发亮的黑漆大门，两个脸盆大的红色篆体字‘憩园’傲慢地从门楣上看下来。”我早已说过我们老家大门上没有题字。然而堂皇地题上“憩园”二字的住宅也是有的。它是我三叔后来在玉皇观街修建的住宅，字也是我三叔自己写的。我在一九四一年一月头一次走进这所房子，当时我一个堂姐和一个堂兄弟住在那里。房子坐落在一个窄巷里面，都是平房，地方小，没有花园，一共不过几间屋子。我对房屋不会感到兴趣，倒是“憩园”两个字唤起了我不少的回忆。我想这样说，倘使我不是在那两年中间到“憩园”里去过若干次，我的中篇小说一定不会有那个书名。背景用不着改变，因为花园我至今还记得清清楚楚，但是门楣上的题字即使不曾忘却，也不会时时在我的脑子里出现。那所房屋现在还在成都。我今年一月某一个上午散步到玉皇观街，还弯进那个巷子。我看见灰色的“憩园”二字仍然留在灰色的门墙上。可是房屋的主人早已改换，如今住在那里的应当是更适当的住户了。关于我三叔，我也曾听到各种各样的说法，总之，人们对他似乎并无好感。据说他荒唐地花去了自己分到的遗产（可能只是遗产的大部分）之后，挖空心思，发挥剥削的才能，抓回来一些东西，修建了这个新居。他念着“南无阿弥陀佛”死在他的“憩园”里面，还留下一个年轻的小老婆，那是他在一九二五年十二月花钱买来的，她当时还只有十六岁。他相信自己的灵位在这里会得到长期的供养。可是我头一次走进“憩园”的小院，就感觉到我的堂姐和堂兄弟都不会在“憩园”里久住。我并不是预言家。然而道理很浅显，谁也看得出那个就要到来的社会变革，这是任何人、任何力量抵挡不住的。其实我那个堂兄弟也有些知道自己不过是“憩园”中的旅客，他只是在这里挨着日子。亲戚们都说他是个糊涂的老实人。他比我小两岁。我自小就同情他，我是亲眼看见他挨着他父亲的鞭子长大的。我只提鞭子，还是替他父亲掩饰。他父亲发起脾气来就喜欢打人，尤其是打他，不管他有错无错，而且不择武器，有时也用棍子打，倘使手边没有棍子、鞭子等等，那位父亲甚至会将椅子、凳子朝儿子丢过去。所以我在家的时候，我那个堂兄弟只要看见他父亲板起面孔就会发抖。然而甚至这样一位严父也没法教会儿子继承自己那一身本领。他的脑子里永远留着父亲的鞭痕。他虽然也在工作，却不能养活他一大家人，已经走上了坐吃山空的下坡路。但是解放拯救了他。现在他的住处虽然不及从前，身体也渐渐衰老，可是他心情舒畅，没有精神的负担，而且他的子女一个接一个地走上了正路，他们都会有光明的前途。不用说，这又是以后的事了。

我哓哓不休地讲了这许多琐细的往事，我觉得它们和我那本中篇小说都有关系。我开始写作的时候，虽然只想好一个杨家的故事和一些细节，而且都很简单，可是我写起来十分顺利，因为我近旁还有一个取之不尽的仓库，仿佛有一根输送管从那里一直通到我的案头，把材料源源不绝地送到我的笔端。我带着原稿旅行，从贵阳搭长途汽车到重庆，写作不能不常常中断。然而我始终不曾遇到写不下去的困难或者停笔苦思的愁闷。我倒有这样一种感觉：好象笔带着我在走路。人物自己在生活，在成长，他们常常要推翻我的计划。我也有斗争的时候，我跟我自己的缺点、我的温情作斗争，因为我动了感情，我爱上了小说中的人物，我替姚太太和杨家小孩想得太多。我更偏袒杨家小孩，由于他我对他父亲也很宽大了。最初的杨老三故事并不是这样，可是我写出来的却不同了。我本来应当对杨老三作更严厉的谴责和更沉重的鞭笞的。可见我在这场斗争中并未得到胜利。会有人认为这是立场问题，我的说法是在替自己开脱。我不能否认。我并没有无产阶级的立场，这是当时的读者都知道的事实。否则我也不会让笔带着自己走路，更不会让理智迁就感情。我常说我鞭挞的是制度，旁人却看到我放松了人。因此有些读者就弄不明白作者的意图何在了。

小说的叙述者黎先生可能是我，也可能不是我。我当时已经写了几篇“小人小事”；我从前也常在朋友家中做“食客”；我一九三四年十一月去日本，改名为“黎德瑞”；回国以后也常用这个名字。小说里有我自己的感情，也有我自己的爱憎。象关于钱的话，我在前面已经提过了；还有黎先生关于“那个有钱的叔父”的话，关于“卖掉的房子”的话，都是我对人讲过的。小说里有这么一句话：“这个唯一可以使我记起我幼年的东西也给他们毁掉了。”二十年前我头一次回成都，的确因为不能看一眼埋葬我的童年的地方感到遗憾。虽然我明白地写道：“用留恋的眼光看我出生的房屋，这应该是最后的一次了，”可是我开始写《憩园》的时候，我还不能说没有怀旧的感情。所以我每次重读那个中篇，我都觉得“黎先生”就是一九四一年一月到二月和一九四二年五月到七月的我。我知道“憩园”会卖掉，杨老三会惨死，姚诵诗也保不住他的儿子和他的公馆，我觉得事情应当这样发生。但是我讲起这些事情，无意间会露出几分惋惜。这种惋惜是不对的，我过去这样想，今天更不能不这样想。

我刚刚说过“黎先生”是我。现在我又得补充说：他并不是我。甚至在二十年前我也不会温情到他那个程度，为了迁就心地单纯的杨家小孩，居然心甘情愿把拯救那个无可救药的寄生虫的担子挑到自己肩上。我曾经反复地说，我的生活里、我的作品里都充满了矛盾。这样的矛盾在《憩园》里更容易看出来。“黎先生”虽然替我讲过不少的话，可是他有些言行我并不满意。

“黎先生”的朋友姚诵诗夫妇都是虚构的。姚诵诗的大名是国栋，他父亲希望他做国家的栋梁。这个人自命不凡，眼高手低，自以为比什么人都清高，却靠着父亲留下的将近一千亩田的遗产过安闲日子；他平日喜欢发几句无关痛痒的牢骚，批评旁人，宽待自己；他留过洋，做过官，当过教授，翻译过半本没有能出版的小说，却不曾认真地做过一件对人、对社会有益的事。他固然不会公开主张有钱就可以解决任何问题，可是他断送了自己那个独养子的性命，就因为他相信金钱可以保障一切。说实话，我写到他儿子的死亡，写到他的眼泪，我感到痛快，感到满足。我说过我当时太温情，我不会带着过多的憎恨写这个人。但是我不喜欢他身上的许多东西，我也不喜欢他为人的态度，我更恨他岳母赵老太太一家人。这些人在小说里始终没有露面，“黎先生”甚至没有机会听到他们的声音。但是他们象一个鬼影笼罩在整个姚公馆的上空。其实不止是在这里，那个鬼影还在许多地方兴妖作怪，一直到解放以后鬼才让人捉住，得到了应有的惩罚。一九四一年和一九四二年我两次回到成都，都见过那样的鬼影。我指的不一定是“赵老太太”。在那些时候象赵老太太那样的人有男有女，数目不会太小，我感觉到空气都被他们弄脏了，他们吐出了那么多的铜臭，教人给憋得透不过气来。可是一九五六年我再到成都，空气干净了，鬼影也消失了。姚国栋也感觉到作寄生虫的可耻，老老实实地依靠自己的劳动度日了。但这不过是第一步，过去的“姚老爷”是否能得到彻底的改造，我还无法作一个肯定的回答。

姚太太万昭华也是一个虚构的人物。她聪明美丽，性情温柔，心地善良，在小圈子里度过了二十几年，她自己说得明白：“我的天地却只有这么一点点大：两个家，一个学堂，十几条街。”她好象是温室里的花朵，她只有在书本中见到广大的世界和复杂的生活，她只有在书本中“才认识那许多的不幸同痛苦”。她承认自己“象一只在笼子里长大的鸟”，她也想过飞到外面世界里去，她想“帮助人，把自己的东西拿给人家，让哭的发笑，饿的饱足，冷的温暖”。可是她空有好心，却缺乏勇气。最后她不得不承认自己“飞不起来，现在更不敢想飞了”。其实她在姚家不正是一只笼中小鸟吗？不正是一个“玩偶”吗？倘使没有大的社会变革，或者家庭事故、个人灾祸，她很可能安静地或者憔悴地死在笼子里面，白白地活了这一辈子。象她这样寂寞地死去的女人在旧社会里不知道有过多少。我写《憩园》的时候，对这些好心女人的命运的确惋惜，我甚至痛苦地想，倘使她们生在另一个社会里，活在另一种制度下，她们的青春可能开放出美丽的花朵，她们的智慧和才能也有机会得到发展和发挥，总之她们不会象在旧社会里那样做一辈子的寄生虫。的确从前办不到的事，在新社会里办到了。解放后我亲眼看见好些“小鸟”破笼飞去，象万昭华那样的女人也走出了家庭的小圈子，改变了自己的生活方式，开始做一点对旁人有益的事情，甚至对社会有用的事情。去年十月到今年二月我在成都住了四个月，我颇想写一本《憩园》的续篇，写一些家庭的变化，写万昭华个人的改变。

杨家小孩当然也是虚构的人物。我创造他，只是为了帮助杨老三。这句话的意思不过是：有了这样一个小孩，我更容易把杨梦痴的性格写得明显。没有配角或“下手”，主角的好些看家本领都使不出来。我五叔不会有这样的儿子，连象寒儿的哥哥那样的儿子也没有！我在熟人家里也不曾见过类似的人物。不消说，他身上的某些东西别的儿童的身上也有。儿子爱父亲也是人之常情。可是象“寒儿”那样依恋父亲、原谅父亲、痴心盼望父亲回心转意、苦苦地四处寻找父亲，一心一意要改变父亲的命运，这就不是“常情”了。然而我也不能说那种古怪的没落地主的家庭不会产生“寒儿”。正相反，很有可能。但并不常见。拿我自己来说，我喜欢这个小孩的“死心眼”。不过我不喜欢他对父亲那样宽容。我倒愿意他父亲得到自己应得的惩罚。所以我不曾严厉地谴责他哥哥赶走父亲的行为。这在清朝，就是一桩了不起的“逆伦案”。倘使我的小说在满清王朝兴盛的时期写出、印出（这当然是不可能的），一定会引起“文字大狱”，连累若干人失掉生命。甚至在“五四”前后还有少数人认为“父要子亡，不死不孝”。若干个“家长”的确任意毁掉了年轻人的生命和幸福。据我所知，在一九三二年还有父亲因为女儿不遵父母之命毁弃婚约同别人恋爱，逼着女儿自杀。但是女儿并不曾使用父亲交给她的刀和麻绳，她跟所爱的人一块儿逃到了别的地方，安稳地过着幸福的生活。也就是在那一年我还在另一个地方看见一位因为父亲干涉她的婚姻而发狂的少女。一个反抗了父亲的命令，不承认父亲的威权而取得了幸福；另一个忍受痛苦顺从了父亲的意志而终于发狂。虽然我在小说里对待杨老三过于宽大，杨家“寒儿”讲起他哥哥对待父亲的态度也颇有“微词”，但是他哥哥仍然在自己那个小圈子里愉快地工作和生活，这说明时代究竟不同了。封建势力在当时已经成了纸老虎，它不可能强迫多数年轻人在愚忠愚孝的招牌下牺牲自己所宝贵的一切了。然而要说象这样的年轻人就能够长久愉快地工作和生活下去，连我也不相信。在旧社会大崩溃的前夕，还想靠一些人事关系和一点事务才干来保全自己这种苟安的生活，简直是梦想。他要是不动，就没有前途。事实上他也有老老实实接受改造的可能。他同我那位堂兄弟（我五叔的儿子）一样，一直埋怨自己父亲把祖先遗下的田产卖光，教自己过不了阔日子。解放以后他倒应当感谢他父亲不曾留给他这样的遗产，他今天还可以用自己两只手工作度日。否则他就只有步我另一个堂兄弟的后尘了。那是我一个远房的兄弟。他比我小两岁，他父亲在日，他是个阔少爷。他父亲死后留给他不少的田产。成都解放的时候，他已经过了四十。可是他除了花钱以外，什么事都不会干。我当初在家，他不过十六七岁，就听见人说他在外面荒唐。他婚后多年果然一个孩子也没有，退了押以后他们夫妇毫无办法，他只好靠卖烟丝跑茶馆过日子。他的妻子受不了苦发了精神病。他自己也熬不下去，悄悄地投河而死。我写《憩园》的时候，他正过得很舒适，也有少数亲戚因为他有钱常常跟在他后面拍他的马屁。他当时沉醉在金钱万能的好梦里，绝不会想到十年以后有这样的下场。我对他的死毫不惋惜，我觉得这是他自己挑选的路，也是他父亲替他挑选的路。种瓜得瓜，种豆得豆，这是很公平的事。不过论为人，他倒胜过他两个哥哥几分，他不及他们狡猾，也没有他们那些害人的心思。但是他们有儿有女，还可以勉强继续过寄生的生活。他们固然不可能得到改造，然而在人民掌权的新社会里，他们更不可能作恶害人了。



我讲到这里，也许有人要问："杨梦痴呢？"读者们一定明白我是拿我五叔作模特儿写了他的。但是我写出来的杨梦痴跟我脑子里想的那个人并不完全相同。我的笔给那个人增加了一些东西，我把他写得比我五叔好。他最后毕竟关心别人了。我五叔却始终只顾到自己（卖公馆分到的钱当然也是他花光的），倘使完全照我五叔的性格写下去，杨梦痴的故事可能缩短一半。人物自己向前跑，改变了故事，打破了作者脑子里的那个框子，教作者的笔跟着他跑，这样的事在有些作家中间也常常发生。他们把这个叫做"人物的背叛"。有一些根据提纲写作的作家也会遇到这种事情，何况我这个习惯了信笔直书的人。其实这里并没有神秘不可理解的地方，作者的思想、感情、立场、观点在这里起了很大的作用。我的缺点无可掩盖地暴露出来了。我至今还感到遗憾的是，我的小说带了挽歌的调子。

任何事情都有结束的时候，我一个人自言自语地发表了以上的长篇大论，也应该休息了。反正话是说不完的。有人认为作者不应当在作品以外发言，那么我写的全是废话罢。废话当然也有穷有尽。请允许我在"闭嘴"之前讲一讲李老汉和老文这些人。话不会多，但是怀念很深。我是照着他们的本来面目写下来的。这所谓"本来面目"也只限于我当时看见的。我承认我的了解很浅。然而我爱他们，我的确曾经把他们当作我的好朋友，我至今还想念他们。虽然他们早已逝世，可是我闭上眼睛，好象他们还在我的眼前。作家也有为自己写作的时候，我写这些人，可以说是为我自己留一个纪念品。我衷心地感谢他们，他们给我幼年的回忆增加了色彩。善良的人的纪念是永远不会褪色的。人死了，花园成为平地，在废墟上建起新的房屋。旧时代、旧社会的垃圾逐渐地扫除干净了。今天新社会的灿烂阳光照亮我的书桌的时候，李老汉这般人仍然活在我的脑子里。但这不一定是读者们所关心的事情了。

1961年11月12日

原载《巴金文集》第14卷《谈自己的创作》，人民文学出版社1962年8月版

# 《第四病室》前记

巴　金

## 一



先生：

你大概已经忘了我罢。可是我却记得你。去年五月下旬的某一天我在公园里跟你见过一面。由朋友 A 君的介绍，我和你谈过二十多分钟的话。当时我曾告诉你，我新从一家医院出来，又要到一家医院去。你问我去治什么病，我答说割胆囊。你说，这也是一种生活经验，不妨写下来。我说，我想试一下，要是写成功，一定请你替我看一遍。你没有表示拒绝。

在医院中我真的开始写起日记来，后来却中断了。那自然是开刀后的事。不过出院后住在某父执的家中，我又凭着记忆补足了它。但我并没有敢把我这草率的病中日记寄给你看，一则我知道你忙，二则我不知道在桂林大火后你逃到了什么地方（我记得那天你说过你要回桂林去）。直到桂、柳沦陷后我读到你的新著《憩园》时，我才知道你又回到了四川，而且还继续做你的"发掘人性"的工作。因此我想起了我那本尘封了的病中日记。我找出它来重读一遍，我觉得它虽然没有什么艺术价值，可以供世人阅读，但对于象你这样愿意了解人性的人，它也许有点用处。我决定把它寄给你看。不过原稿十八章字数过多，我不想多耗费你的时间，我删去其中的一部分，留存十章，算是一个整数。我没有抄下副稿，我也用不着副稿。我把原稿寄给你，让你自由处置。

然而有两件事情我还得向你“添说”。我用了“添说”两字，因为那是我无法在“日记”中叙述，而又必须让你知道的。

一、到今天我还没有打听到杨大夫（杨木华大夫）的下落。我不知道她究竟到过衡阳没有。医院方面得过她去年六月二十二日到柳州的电报，但那是在衡阳被围攻了两星期之后才收到的。那便是她的最后的信息了。我问过好些从衡阳一带逃难出来的人，都答说不知道这样一个人，他们在路上没有遇见过她。

二、给朱云标母亲的信，我至今未写，因为我没有问到她的通信处。我到××坡××器材库去找过朱云标的同事，同乡和朋友。奇怪，他们都说不知道。（下略）

陆××　一九四五年二月



## 二

××先生：

（上略）“病中日记”我决定交给书局出版。我想用《第四病室》作书名。“日记”写得不怎么好。不过跟那些拿女人身上的任何一部分来变戏法的艳字派小说相比却高明多了。在这纸张缺乏的时期中，我们多耗费一些印书纸，使色情读物的产量减少一分，让我们的兄弟子侄多得到一点新鲜空气呼吸，我们也算是报答了父母教育之恩，或者照另一些人的说法，是积了阴德了。

最近我听见一个从湘桂逃难出来的朋友说，去年八月金城江大爆炸的时候，他看见一个姓杨的女医生非常勇敢而热心地帮忙抢救着受难的人，有人说她受了重伤死了，又有人说她同全家的人坐火车由柳州到金城江，列车停在站上，她一个人下车去买食物，她回来时列车被炸着火了。她没有能够救出她的亲人，她自己也死在连续三小时的大爆炸中。据说那个杨医生是一位浓发大眼的豪爽小姐。

不过你可不要相信她就是杨木华医生。因为姓杨的小姐在中国不知有多少，姓杨的女医生自然也很多，浓发大眼的豪爽的小姐更是我们常见的了。况且我那朋友并没有说过她的名字就是木华。他根本就不知道她的名字。

我们可以忍耐地继续打听杨木华医生的消息。

收到你的"日记"的时候（它在路上走了四个月），我一个朋友刚刚害霍乱死去，这里的卫生局长（用我们家乡的土话解释，他倒是名符其实的卫生局长了）还负责宣言并未发现霍乱。今天在人死了数百（至少有数百罢）而局长也居然"发现"了霍乱之后，我还看见苍蝇盯着的剖开的西瓜一块一块的摆在街头摊上引诱那些流汗的下力人，停车站旁边人们大声叫卖冰糕，咖啡店中干净的桌子上，客人安闲地把一碟一碟的刨冰倾在泗瓜水杯子里，无怪乎盟国的使节也染到了虎疫。住在这里，人好象站在危崖的边缘，生命是没有一点保障的。要是我看不到你的日记印出就死去的话，请你为我谢谢我们的卫生局长，因为这是托了他的福，他间接地帮助多数平民早升天国，将来历史会感激地记载他的名字的。



巴　金　一九四五年七月

原载《第四病室》（良友文学丛书），
良友复兴图书公司 1946 年 1 月版

# 《第四病室》后记

《第四病室》是去年在重庆西郊沙坪坝友人家中蚊子的围攻下写成的，但排印成书时已是胜利后的若干日了。中间因了种种缘故，这本在重庆排成的小书直到今年一月才在上海出版。可是过了两个月，不但这本书没有下落，连出版这书的书店也渺无音信了。我五月中回上海后，即着手交涉收回版权的事，到现在总算有了结果。晨光出版公司愿意重印这本“不走运”的小书，我感激地把纸型送了去。今天看见再版书的样本，我很高兴，我仿佛走完了一段路，回到家，宽慰地叹了一口气。我可以暂时休息了。

又，我并没有染到霍乱死去，我还是应该感谢那位卫生局长。

巴　金　三十五年十一月十一日

原载《第四病室》（晨光文学丛书第四种），
上海晨光出版公司 1946 年 11 月版

# 谈《第四病室》

巴　金

我最近翻出一九四五年在重庆写的《第四病室》的原稿。那些用毛笔写下的歪歪斜斜的字在我的眼里显得非常亲切。我想起我那个时候的生活，我想起小说中的故事，我想起“第四病室”本身。我的确住过这样的病室。小说《第四病室》其实是真实生活的记录。



一九四四年五月到六月我在贵阳中央医院的三等病房“第三病室”里住了一个时候。我记不起正确的日期，也忘记了我究竟做了多少天的病人。可是“第三病室”的情景和病人的日常生活，还有某几位医生和护士的面貌以及言语动作，我闭上眼睛就看得清清楚楚。我并不愿意把这些人和事情长久记住。然而太深了的印象是无法轻易抹去的。我在一九四五年五月开始写《第四病室》的时候，因为“记忆犹新”，我的确有“重温旧梦”的感觉。不过这不是“好梦”，这是一连串的噩梦。无怪乎我当时为小说中许多繁琐的细节十分激动。读者们有理由不喜欢这本书，因为小说中来来往往的人物较多，而病室里人们又喜欢用号码代替病人的姓名。匆忙的读者翻开书只见“第×床”、“第×床”在活动，却弄不清楚那些病人“姓甚名谁”。我们的祖先有个好习惯：自报姓名。我自小爱好戏曲，看见人物上场，自言自语，几句话就把自己介绍得明明白白，故事讲得清清楚楚，我不但当时很满意，到现在我仍然佩服剧作者那种十分出色的简炼手法。不幸我没有学到这个本领，因此我一开头就把读者引进迷宫去了。更可笑的是我竟然“赐”给某一个病人两个姓，过了十五年我才发现自己的错误，在《文集》付印时改正了。

我一开头就谈这个，无非老实告诉读者《第四病室》是失败之作。尽管这样，我还是要说，我颇喜欢它。小说写出了我过去的那段生活。不过任何时候我翻开书，我看到的都不是自己，都是当时同我在一起受苦的那些人，还有我们在其中受苦的那个社会。我还记得小说写好交出去的时候，出版公司要我写一个简短的《内容提要》作广告的底本，我便写了这样的话：

> “作者让一个简单、朴实的年轻人为我们叙述一些痛苦的故事。第四病室，一个阴暗的角落，人们在受苦、挣扎、死亡，不管另一些人怎样企图改善他们的命运。但是友情也在这环境中生长，人与人互相接近，甚至死亡和离别也不能分开他们，阴暗的病室被这友情照亮了。……”❶

我记得《提要》里还有“小小的第四病室就是我们这个社会的缩影”这一类的句子，出版者大概害怕得罪人招来麻烦，没有采用它们。其实我写出那一段真实的生活，我的动机便是控诉当时的社会。出版者虽然在广告上删去那句主要的话，可是读者们仍旧了解作者的用意。要不是为了控诉，我为什么不惮烦地把过去的生活那么详尽地记录下来，拿它折磨别人，折磨自己呢？

我一再地提到“记录”二字，只是因为小说中的人物和事情百分之九十都是真实的。经过作者加工的人物只有两个，一是书中的“我”，二十三岁的陆怀民；另一个不用说便是年轻女医生杨木华。第六床朱云标最后的死也是我增加的，我当时只看见朱云标给人用担架抬到内科病室去，并不知道他是死是活，他搬走后两天我就出院了。至于烧伤工人悲惨的死亡，患梅毒、吃长素的老人静悄悄的去世，摔断了手的司机的受尽折磨……全是真人真事。我在这里做的不过是照相师的工作。生活本身已经够丰富了，还用得着我这管破笔为它加一些颜色？既然有人从一滴水中看出了一个世界，为什么不能在一个病室里看到

❶ 这是广告辞的初稿，与解放后重版的《第四病室》的《内容提要》或《内容说明》不同。

当时半壁江山的中国社会呢？

第四病室同我在十七年前住过的第三病室完全一样。唯一不同的是我在小说里取消了十张病床。那间真实的外科男病房一共有三十四张床位，因此也显得更拥挤，更嘈杂，更不干净。在那里的生活也可能更不舒适。我记得自己在病房里睡的就是小说中陆怀民睡的那张第五床。原来的病人死在我入院那天的早晨，听说他是个害传染病的内科病人。我住院的时期中，整整有两天我左右两张病床上都是斑疹伤寒的患者。我虽然患着另一种病（我的胆囊并未发炎），虽然我的年龄比陆怀民的大得多，我们的思想感情也并不相同，可是我们两个住的是同样的病床，接触的是同样的一些人，我们同样是远离家乡的单身旅客——我把自己的一部分经历借给陆怀民了。我并不是头一个，一般的小说家都喜欢干这种事情。有些“好事者”因此常常把小说人物同作者扯在一起，热心地做什么考证或者索隐的工作。我不怕别人说陆怀民是我的化身，因为我并不是陆怀民。我不止一次地把自己的经历写在小说里面，并无特别的用意，我觉得这样写更方便，更真实，也更亲切。我的确有这样的体会：耳闻不如目睹，目睹不如身受。然而我的“身受”毕竟有限，我写一个人物的时候，也不可能完全“包办代替”。所以陆怀民的身世就不同于我的。他也另有他的结局。我还害怕有人误会，又在小说的前面加上一篇《小引》，发表了陆怀民写给我的信和我的回信，让读者相信陆怀民这人并非虚构。不消说，不会有人上当，正如没有人相信《狂人日记》的作者真是狂人。

话说回来，我当初住进这个病室，它的拥挤、嘈杂、不干净等等都不曾使我感到惊奇。这一切都在我的意料之中。我觉得奇怪的倒是，住进了医院，还得自己花钱买药。在这里并不是对症下药。你虽然害着可治之症，你没有钱买药，医生们也会眼睁睁看着你死去。那个烧伤的工人就是这样地断气的。断手司机的病也是这样地给耽误了的。有的人没有钱买胶布，便不能及时换药，更不用提营养品等等了。其实不仅医生和护士，不仅院长和工友，连病人和家属也知道医院的职责在于治病救人，在于减轻病人的痛苦。可是这一切在当时的病房里都成了空话。我亲眼看见病人在这里受到多大的折磨，医院里的人怎样给病人带来本来可以避免的痛苦。我躺在病床上常常问自己："这种种不合理的事情怎么可能发生？"回答十分简单："在不合理的政治制度下，在不合理的社会里，天天处处都在发生不合理的事情。"我并非不知道这个，我也明白这个小小的病室跟蒋介石统治下的地区是分不开的：在这里发生的事在外面也一样地发生。可是看到任何一件不合理的事情，我仍然会愤慨，痛苦，会因为自己束手无策而感到痛苦。我相信在医生和护士的脑子里一定发生过这样的疑问，而且我也曾听见他们（他和她，我特别提出"她"字，我觉得那些十七八岁的护士小姐都是很纯洁、很善良的）不止一次地发过牢骚。然而象杨木华那样的医生却不是真实的人，至少我没有见过，也不曾听见任何人讲起她。

好罢，我就先从杨木华大夫谈起。拿外貌说，我在病室里常常看见这样一个浓发大眼的女医生，连举止、连服装都同我所描写的一样。我不知道她的姓名，我也没有机会跟她谈话，因为我不是她的病人。只是我常常看到她的笑容，在这个阴暗的病室里，这样的笑容也能带给人一点希望和亮光。当时在贵阳我的朋友少，而且没有人知道我住进了医院，所以从入院到出院，我始终是孤零零一个人。我在医院里施过两次手术，两次开刀都是局部麻醉，我的脑子始终是清醒的。虽然没有剧痛，但是那种小的痛楚和不舒服也会达到难熬的地步，那些时候，我除了背诵唐诗以外，还常常幻想听见一两句温言暖语。手术完毕，给人抬回病室，麻醉药性已过，我感到极不舒服，那时我多么希望有人对我讲两句安慰和鼓舞的话。在疼痛难熬的时候，在头痛心烦不能睡眠的时候，我会单纯得象一个少年，就象陆怀民那样，我的确把医生当作救星，盼望他给我灵药，使我的心灵得休息和安宁。可是医生们并不注意病人的心灵，他们倒习惯于把病人当成机器，认为只有用科学医治百病，甚至于吝啬一个好意的微笑或者一声亲切的招呼。我若说我所遇到的医生有点象冷冰冰的机器，一定有人责备我有成见，不然便说我根据片面的观察。而我自己的解释却是这样：我对他们的期望太高，所以失望也很大。不过小说中写的一个医生粗暴地批评病人、另一个医生跟病人吵架的事情却是千真万确，这是我亲眼看见的。我在那些时候只有把期望寄托在幻想上，我想象出一位"爱跟病人讲话”的杨木华大夫。每逢我体力较差、心烦意乱，我常常把幻想同真实混在一起，在现实的环境里放上那个虚构的人物。反正外形是现成的。我看到那位貌似豪爽的实习医生（我甚至不曾跟她谈过话，也难得听见她讲话，因此我只能用“貌似”二字），就好象看见小说中的杨大夫，她渐渐地在我的眼前和我的脑子里活动起来。读者同志不要笑我在做“白日梦”。请原谅，受到疾病折磨的人的心灵仿佛干枯的禾苗，多么需要甘霖。我就这样一天一夜、一点一滴地创造了杨大夫的心灵。今天看来她的心灵也极不丰富。可是当时她却给了我一些安慰和鼓舞。不然，要我那么寂寞地在这样的病室里度过二十天，可把我憋死了！我在这里只说到心灵，因为我在这个人物身上所创造、加工的也就只有这么一点点。相貌是现成的，我天天看见；至于举动、工作等等，也不需要我凭空创造。这个病室里还有一位姓洪的女医生，身材高高，面孔白白，爱讲话。她好象是外科的值班医生，一天相当忙，象后颈生疮的老人、骑自行车摔伤腿的少年……都是她的病人。小说里杨大夫的病人除了陆怀民以外都是由洪医生治疗的。我把洪医生诊病、上药、换药等等的动作和讲话完全真实地写了下来，而且全记在杨大夫的帐上。所以也可以说，杨大夫是由那两位女医生拼凑成功的。这就是说：一个出外形，一个出技术。心灵和感情呢？那得由作者拿出来了。至于身世等等，作者也可以随意编造。我把她的家放在衡阳，只是为了安排她回家去把母亲、兄弟接到比较安全的地方，以便造成她在金城江火车站大爆炸中的死亡。

在小说的《小引》里我终于写出了杨大夫死亡的消息。但是我并未肯定地说她已经死亡。我只是暗示，我又声明这是道听途说。我还说要继续打听她的消息。其实我最初的企图并不是这样。我很想明确地说象杨木华大夫那样善良的知识分子在当时的社会里活不下去，她一定会得到悲惨的结局。然而写到最后我的想法变了，我愿意留下一点希望，哪怕是渺茫的希望也好。去年年底我在成都校改《第四病室》，我自己也受不了那种等于空虚的渺茫的希望，我要让她活下去。我又把《小引》中我那封回信改了一遍。改动虽然不大，但是她不死的可能性更大了。我愿意让这样一个人长久地、健康地活下去。她要是活到今天，一定能够认真地改造自己。

是的，杨大夫一定会接受改造的。过去她不是革命者，也不是一位进步的民主人士。然而她是一个热心帮助人的心地善良的医生，也热爱她这个治病救人的职业。她不仅关心病人的肉体，也常常注意他们的心灵。她爱读书，也喜欢把自己读过的书介绍给病人。她一共借了两部书给陆怀民。第一部是《唐诗三百首》。我当时进医院就只带了这一部书。我常常读它，第六床也借去朗读过。我在手术台上心里难受的时候，也不断地暗暗背诵唐人的绝句，那些诗可以把我带到另一种境界里去，也可以使我的心平静。我觉得好诗对病人有益处，爱读书的杨大夫一定会注意到这个。所以我把《唐诗三百首》写上了。第二部书本来是《在甘地先生左右》，这是一个崇拜甘地的中国青年写的一本薄薄的小书。在小说的原稿中杨大夫还说过这样的话："我喜欢这本书，它把甘地写得可爱极了。他多么善良，多么近人情，他真象一个慈爱的母亲。真正的伟人应该是这样的。"我自己当然不是甘地的信徒，我也不想替他宣传。我在写小说的时期中，无意间读到这本书，便想起了杨大夫。我开始想象她读了这本书有什么意见。我想来想去，就写出了上面的话。用那一段话来说明杨大夫的思想和她的性格，也并非不适当。那本书和那段话在头几版的《第四病室》里原封不动地保存着。后来我这本小说换了出版的地方，好心的编辑同志认为替甘地宣传，可能引起读者的误会。我听到这样的意见以后，又想起知道那本小书的人既然很少，我为什么要替它做广告呢？来不及仔细考虑，我匆匆地替杨大夫换上另一本书：商务印书馆出版的《约翰·克利斯多夫》第一卷。我不过设身处地替杨大夫想：这本书可以给病人一些安慰和忍受痛苦的勇气。罗曼·罗兰当初是人道主义者；杨木华大夫也是一个人道主义者，不用说，还得加上"资产阶级的"这个形容词。我还得声明，我自己有一个时期也喜欢《克利斯多夫》，我从它那里得过益处，所以我一想就想到了它。我为什么不换上另外的书呢？有的书我一时想不起来，有的书对杨大夫不合式。要是杨大夫常常把进步书报借给病人，她可能早就给人抓起来或者赶出医院去了。那么她也不会是资产阶级的人道主义者了。

谈过了杨大夫，我还想提一提陆怀民。我已经说过，这个二十三岁的失业青年完全是虚构的。他在小说里也不起什么作用。我仅仅借用了他的一对眼睛，让它们看出病室里种种不合理的现象和那些平凡人物的生活的悲剧。但是我为什么写他入院来割胆囊呢？我自己不曾有过那样的经验。连“全身麻醉”是什么滋味我也弄不清楚。要不是睡在我右面第三床的病人因为胆囊发炎住院来“施大手术”，那么我做梦也想不到让陆怀民进医院来割胆囊。第三床跟我离得近，他一言一语、一举一动都逃不过我的耳朵和眼睛。医生给他施了手术，却来不及拿掉胆囊，这也是真事。甚至病人和实习医生关于头等病房那个病人的谈话也有一半是真话。不消说，感激的话是我加的。医生也不是象杨大夫那样的女医生，他的确好意地向病人解释头等病房那个人身体好，受得住，并非大夫另眼看待。只是第三床始终不满意，虽然他当时精神差，不会大发牢骚。至于是否另眼看待，连我也怀疑那位医生的解释。头等病房和三等病房明明是两个世界，我在小说中描写的都是我亲眼看见的，要说不是分别待遇，怎么能教人相信呢？难道头等病房的病人也常常让“老郑”骂来骂去吗？

在病室里我眼睁睁看见两个病人的死亡。那个烧伤工人的惨死给我的印象特别深。我至今还不曾忘记他那充满痛苦的叫号。他在断气之前不知道叫了多少声，却始终没有人为他做任何事情，就只见工友来把他那只鲜血淋淋的胳膊牢牢地绑在板凳脚上。在我的小说里第十一床怨气冲天地向他的朋友诉苦道：“我没有钱，哪里有药吃？我的伤怎么好得了？天天打针受罪……他们就让我死在医院里不来管我……”我的确听见那个烧伤工人说过这样的话。大夫天天给他打针，打的是医院里制造的盐水针。至于要花钱的治病和止痛的针药，他当然享受不到。医院里一位年轻大夫对他说：“你是替公司做事烧坏了的，论情理，凭良心，他们都应该出钱把你医好。”可是公司里的“股长”却答复他的朋友和同事道：“他受伤是他自己不小心，公司并没有责任，上次给的医药费已经很够。现在一个钱也不给！”公司完全不管，医院不认真管，他一个钱也没有，就只好受尽痛苦地死去。这是我亲眼看见的真人真事。我当时的愤慨是很大的。可是我睡在病床上又能作什么呢？十四年以后，一九五八年六月到八月我到上海广慈医院去采访丘财康同志的事迹。我和几位外科医生谈过话，我也看到烧伤工人丘财康同志的病房和他在医院里受到的医疗和看护。十一床的病比丘财康同志的病轻，他的烧伤面积也小得多。可是丘财康同志今天健康地活着，十一床却死得那么悲惨。今天整个社会同心协力救活一个烧伤工人，要药有药，要血有血，要皮有皮；十四年前一个烧伤工人在三等病房里受尽冷落和侮辱，得不到治疗，甚至没有人为他尽一点力。这就说明了新旧社会的不同。两个制度的优劣是一眼就看得出的。我还记得丘财康同志在广慈医院中有一次病势恶化，右下肢感染厉害，发生了截除右下肢的问题，一天晚上我到医院去，在那间专门为丘财康同志布置的隔离病房附近的一个较大的阳台上，医生和专家们正在举行会诊，严肃认真地研究怎样保存病人的右腿。情况严重，病人的痛苦增加，医生、护士们脸上都带着愁容，但是没有一个人放弃希望，大家都在贡献自己的力量进行战斗。我们称这个为“挽救生命的战斗”。这的确是一场艰苦的战斗。然而胜利来了。丘财康同志的生命保全了，他的腿也保全了。后来有一部关于这个战斗的记录电影片，叫做《生命的凯歌》，又有一部故事片叫做《春满人间》。它们感动了、教育了多少人。其实真实的生活比艺术更丰富，更激动人心。广慈医院一位医生谈到他那个烧伤的病人，他情不自禁地说：“我们爱他。”一个护士说：“病人每一次痛都痛在我的心上。”另一个护士在日记里写着：“时间真快，夜班又要下班了，真想在病人旁边多留一会。”第三个护士报名献皮以后在日记里写道：“只要能为老丘做一点有益的事情都是光荣的。”这种人与人之间美好的关系在旧社会里连做梦也想不到。我惭愧我这管无力的笔没有能替过去时代许多屈死的冤魂报仇雪恨，我只做了一个袖手旁观的空头作家。

此外，我还想谈谈第二床那个生疮的老病人和他的儿子。我在这父子两人身上并没有增加过什么。连他们的谈话，连“李三爷的地”，连“四宝”母子的探病，连漱口盅和猪肝汤，连最后静静的死亡……无一不是真实的。在小说最初的版本里第三章有一段杨大夫拉着儿子扎耳朵取血的描写。过了几年忽然有人提意见，说要输血不能靠扎耳朵取血去化验。这明明是我目睹的事实。然而我考虑了一下还是把那一小段删去了。我从前看见那位姓洪的女医生“捉住他的左耳，拿针往肉里扎”。后来我把这笔帐记在杨大夫的名下了。

这是我的粗心。我当时不曾想到，洪医生可以干那件事，杨大夫却不可以。杨大夫纵然不同情那个小公务员，她至少会可怜他，无论如何总不会不得他同意就捉住他扎耳朵取血。杨大夫不是那样的人。我应当删去那些不适当的描写。这说明虚心对待别人的意见，总有好处，即使他指的是东，我若认真考虑，也有可能看出西面的绊脚石来。

从上面这几句话，细心的读者也看得出我并不象洪医生那样厌恶那个小公务员。刚相反，我倒有点同情他，我至今还责备老病人的自私。但是可能有许多读者另有不同的意见。我当初写文章，喜欢说个痛快，本来用两句话便说得明白的，我往往写上四五句。稍后我懂得了一点“惜墨”的道理，话也渐渐地少起来。可是积习难改，我还会重犯唠叨的旧病。所以在我后期的小说《第四病室》中，我有时说了又说，还怕人不明白；有时又省去一句两句，让读者自己去体会、论断或者下结论。我写那个儿子到病房一次要洗几回手，我写他不断地向人诉苦……这都是他自己做过的事，而且也有权利这样做，谁也没有理由批评他。愚孝的时代已经一去不复返了。他父亲只关心自己，丝毫不顾儿子的死活。老人的这场病和丧事一定会缩短儿子的生命。他要偿还那笔债并不是容易的事情。应当受遣责的是不合理的社会制度，是国民党的反动统治，不是那个靠薪水度日朝不保夕的小公务员！但也有人认为我字里行间流露出对儿子的不满，甚至有人说我有意批评儿子的不孝，这要怪我不曾说得痛快，没有讲得明白，我省去了当讲的话，只好在这里向读者认错了。

写到这里，我觉得可以打住了。关于那些用英国粗话骂病人的架子十足的名医，我本来还有不少的话可说，然而在那个时期，他们过的生活还不如任何一个偷带黄鱼、盗卖汽油的货车司机，更比不上做黄（金子）、白（大米）、黑（鸦片烟）生意的商人。他们的气派只是在外表，回到家里他们一样地叫苦，走到外面也一样地遭白眼、受冷落。我不忍心再让他们出洋相了。我在《小引》里讽刺了当时重庆的卫生局局长，我至今还因为挖苦过那种不负责任的道地官僚感到高兴；我也因为骂过当时充满“陪都”书店的色情读物感到十分痛快。那些我无法写进小说里的话，总得找个地方记下来，所以我很重视《序》、

《跋》、《后记》、《小引》等等别的作者不一定喜欢的东西。我这个人缺乏口才，不善词令，因此拿起笔就哓哓不休。倘使能治愈这个毛病当然也不是坏事。

1961年10月25日

原载《巴金文集》第十四卷《谈自己的创作》，人民文学出版社1962年8月版

# 关于《第四病室》(节录)*

巴　金

今天下午去医院看病，回来我忽然想起我的小说《第四病室》，就找出来翻了一下，我又回到抗日战争的日子里去了。

小说是一九四五年上半年在重庆沙坪坝写成的，写的是一九四四年六月在贵阳发生的事情。那一段时期中我在贵阳中央医院一个三等病房的“第三病室”里住了十几天，第二年我就根据自己的见闻写了这部小说。

我还记得一九四四年五、六月我在贵阳的生活情况。我和萧珊五月上旬从桂林出发，五月八日在贵阳郊外的“花溪小憩”结婚。我们没有举行任何仪式，也不曾办过一桌酒席，只是在离开桂林前委托我的兄弟印发一份“旅行结婚”的通知。在贵阳我们寂寞，但很安静，没有人来打扰我们。“小憩”是对外营业的宾馆，这是修建在一个大公园里面的一座花园洋房，没有楼，房间也不多，那几天看不见什么客人。这里没有食堂，连吃早点也得走半个小时到镇上的饭馆里去。

我们结婚那天的晚上，在镇上小饭馆里要了一份清炖鸡和两样小菜，我们两个在暗淡的灯光下从容地夹菜、碰杯、吃完晚饭，散着步回到宾馆。宾馆里，我们在一盏清油灯的微光下谈着过去的事情和未来的日子。我们当时的打算是这样：萧珊去四川旅行，我回桂林继续写作，并安排我们婚后的生活。我们谈着，谈着，感到宁静的幸福。



* 本文末二段为本书编者删节。——编者注

四周没有一声人语，但是溪水流得很急，整夜都是水声，声音大而且单调。那个时候我对生活并没有什么要求。我只是感觉到自已有不少的精力和感情，需要把它们消耗。我准备写几部长篇或者中篇小说。

我们在花溪住了两三天，又在贵阳住了两三天。然后我拿着我舅父的介绍信买到邮车的票子。我送萧珊上了邮车，看着车子开出车场，上了公路，一个人慢慢走回旅馆。

我对萧珊讲过，我回桂林之前要到中央医院去治鼻子，可能需要进行一次手术。我当天上午就到医院去看门诊，医生同意动手术"矫正鼻中隔"，但要我过一天去登记，因为当时没有床位。我等了两天。我在另外一家小旅馆开了一个小房间，没有窗户，白天也要开灯。这对我毫无不便，我只有晚上回旅馆睡觉。白天我到大街上散步，更多的时间里去小旅馆附近一家茶馆，泡一碗茶在躺椅上躺一两小时，因为我也有坐茶馆的习惯，在那里我还可以观察人。

就在这两天中我开始写《憩园》，只是开了一个头。



两天以后我住进了医院，给安排在第三病室，也就是外科病室。我退了旅馆的小房间，带着随身带的一个小箱子坐人力车到了医院，付了规定预付的住院费，这样就解决了全部问题。我在医院里住了十几天，给我动了两次手术，第一次治鼻子，然后又转到外科开"水囊肿"。谁也不知道我睡在医院里，我用的还是"黎德瑞"这个假名。没有朋友来探过病，也没有亲人来照料我。贵阳开明书店办事处里有我的熟人，我的信件都由那里收转。我只对他们说我有事去别处。动过手术后的当天，局部麻醉药的药性尚未解除，心里十分难过。但是我在这间有二十几张床位的三等大病房里，并没有感到什么不便，出院的时候，对病房里的医生、护士和病友，倒有一种惜别之情。

出院后我先在中国旅行社招待所里住了十多天，继续写《憩园》，从早写到晚，只有在三顿饭前后放下笔，到大街散步休息。三顿饭我都在冠生园解决，早晨喝碗猪肝粥，其余的时间里吃汤面。我不再坐茶馆消磨时间了，我恨不得一口气把小说写完。晚上电灯明亮，我写到深夜也没有人打扰。《憩园》里的人物和故事喷泉似地要从我的笔端喷出来。我只是写着，写着，越写越感觉痛快，仿佛在搬走压在头上的石块。在大街上散步的时候，我就丢开了憩园的新旧主人和那两个家庭，我的脑子里常常出现中央医院第三病室的情景，那些笑脸，那些痛苦的面颜，那些善良的心……。我忘不了那一切。我对自己说："下一本小说就应该是《第三病室》。对，用不着加工，就照真实写吧。"人物有的是，故事也有。这样一间有二十几张病床的外科病房不就是当时中国社会的缩影吗？在病室里人们怎样受苦，人们怎样死亡，在当时的社会里人们也同样地受苦，同样地死亡。

但是我在贵阳写的仍然是《憩园》，而且没有等到完稿，我就带着原稿走了，这次我不是回桂林，我搭上了去重庆海棠溪的邮车。萧珊在重庆两次写信来要我到那里去，我终于改变了主意，匆匆地到了四川。万想不到以后我就没有机会再踏上桂林的土地，因为不久就发生了"湘桂大撤退"的事情。动身前我还再去花溪在"小憩"住了两天。我在寂寞的公园里找寻我和萧珊的足迹，站在溪畔栏杆前望着急急流去的水。我想得多，我也写得不少。我随身带一锭墨，一枝小字笔和一叠西式信笺，用信笺作稿纸，找到一个小碟子或者茶碗盖，倒点水，磨起墨来，毛笔蘸上墨汁在信笺上写字很方便，我在渝筑道上的小客栈里也没有停笔。最后在重庆我才写完这部小说，由出版社送给重庆市图书杂志审查处审查。装订成一本的西式信笺的每一页上都盖了审查处的圆图章，根据这个稿本排印，这年十月，小说就同读者见面。这些图章是国民党检查制度的最好的说明，我把原稿保留下来，解放后捐赠给北京图书馆手稿部了。



第二年我开始写《第四病室》。没有稿纸，我买了两刀记帐用的纸，比写《憩园》时用的差多了，这种纸只能用毛笔在上面写字。我当时和萧珊住在沙坪坝一个朋友的家里，是土地，楼下一大间，空荡荡的，我白天写，晚上也写，灯光暗，蚊子苍蝇都来打扰。我用葵扇赶走它们，继续写下去。字写得大，而且潦草，一点也不整齐。这说明我写得急，而且条件差。我不是在写作，我是在生活，我回到了一年前我在中央医院三等外科病房里过的日子。我把主人公换成了睡在我旁边床上那个割胆囊的病人。但我只是借用他的病情，我写的仍然是当时用我的眼光看见的一切。当然这不是一个作家的见闻，所以我创造了一个人物陆××（我在这里借用了第六床病人朱云标的本性），他作为我一个年轻读者给我写了一封信，把我的见闻作为他的日记，这样他就可以睡在我当时睡的那张病床上用我的眼光看病房里的人和事了。

我写得很顺利，因为我在写真实。事实摆在那里，完全按照规律进行。我想这样尝试一次，不加修饰，不添枝加叶，尽可能写得朴素、真实。我只把原来的第三病室同第四病室颠倒一下，连用床位号码称呼病人，我也保留下来了。（我有点奇怪，这不是有点象在监牢里吗？）那几个人物……那个烧伤工人因为公司不肯负担医药费，终于在病房里痛苦地死；去那个小公务员因为父亲患病和死亡给弄得焦头烂额；那个因车祸断了左臂的某器材库员在受尽折磨之后不知由于什么原因得了伤寒病情恶化；还有那个给挖掉一只眼睛的病人等等，等等，我都是按照真实写下来的，没有概括，也没有提高。但我也没有写出真名真姓，因为我不曾得到别人的同意。既然习惯用病床号数称呼病人，就用不着我多编造姓名了。小说里只有几个名字，象医生杨木华，护士林惜华，病人朱云标，当然都是我编出来的。朱云标的真名姓，我完全忘记了。我只记得他姓陆，我把他的姓借给日记（也就是本书）的作者了。可是对他的言语面貌，我还有印象。我初进病房，在病床躺下，第一个同我讲话的就是他。他睡在我左边床上，左臂高高地吊起来，缠着绷带，从肘拐一直缠到手腕，手指弯曲着，给吊在一个铁架上，而铁架又是用麻绳给绑在方木柜上面。这是那位中年医生的创造发明，他来查病房或者换药时几次向人夸耀这个。他欣赏铁架，却从来没有注意那个浙江农村青年的灵魂，他的态度给病人带来多少痛苦。在这个病房里病人得用现款买药，自己不买纱布就不能换药，没有钱买药就只有不停地给打盐水针。这个从浙江来的年轻人在家乡结了婚，同老婆合不来，吵得厉害，就跑了出来。后来在这里国民党军队某某器材库工作。有一天他和一个同事坐车到花溪去玩，翻了车，断了胳膊，给送到陆军医院，然后转到这里。他常常同我谈话，我很少回答。不过我看得出来，他容易烦躁，一直想念他的家乡。他因为身边没有多少钱，不习惯给小费，经常受到工友的虐待。不久他发烧不退，后来查出他得了斑疹伤寒。他是在什么地方传染到斑疹伤寒的呢？医生也说不出。病查出来了，因为没有钱买药，还是得不到及时治疗。他神志不清，讲了好些“胡话”。小说里第八章中他深夜讲的那些话都是真实的，只有给他母亲写信那几句才是我的“创造”。他并没有死，第二天就给搬到内科病房去了。这以后他怎样我完全不知道，也无法打听。

另一个病人是在我眼前死去的，就是那个烧伤工人。他受伤重，公司给了一点医药费，就不管他。在医院里因为他没有钱不给他用药，只好打盐水针，他终于痛苦哀号地死去。他对朋友说："没有钱，我的伤怎么好得了？心里烧得难过。天天打针受罪。……我身上一个钱也没有。他们就让我死在医院里，不来管我！"这些话今天还在烧我的心！他第二天就永闭了眼睛。工友用床单裹好他的尸体，打好结，还高高地举起手，朝着死人的胸膛，把断定死亡的单子一巴掌打下去。旁边一个病人批评说："太过分，拿不到钱，人死了还要挨他一巴掌。"这就是旧社会，这就是旧社会的医院。一九五八年我在上海广慈医院采访了抢救钢铁工人邱财康同志的事迹，这一场挽救烧伤工人的生命的战斗得到了全国人民的支援。邱财康同志活下来了。一个夏天的夜晚，我在医院里一个露台上旁听全市外科名医的会诊，专家们为邱财康同志的治疗方案提供意见，认真地进行讨论。我从医院回家，已经相当迟了，一路上我想着一九四四年惨死的烧伤工人，他的烧伤面积比邱财康同志的小得多，可是在过去那样的社会哪有他的活路！我多么希望他能活到现在。

还有那个小公务员和他的后颈生疮烂得见骨的老父。这一家人从南京逃难出来，到贵阳已经精疲力尽了。儿子当个小公务员，养活一家六口人很不容易，父亲病了将近一个月，借了债才把他送进医院。我亲耳听见儿子对父亲说："你这场病下来，我们一家人都完了。"父亲不肯吃猪肝汤，说："我吃素"。儿子就说："你吃素！你是在要我的命。你是不是自己不想活，也不要别人活！"我还听见儿子对别人说："今天进医院缴的两千块钱还是换掉我女人那个金戒指才凑够的。"又说："要不是生活这样高，他也不会病到这样；起先他图省钱，不肯医，后来也是想省钱，没有找好医生……"又一次说："今天两针就花了一千六百块钱。我实在花不起。"过两天父亲不行了，还逼着儿子向一个朋友买墓地，说："李三爷那块地我看中了的。你设法给我筹点钱吧。我累了你这几年，这是最后的一回了。"他催促儿子马上跑出去找人办交涉。等到儿子回来，就只看到"白白的一张空床板"。父亲给儿子留下一笔还不清的债，古怪的封建家庭的关系拖着这个小公务员走向死亡。虽然无名无姓，在这里我写的却是真人真事，我什么也没有增加。在这小人小事上面不是看得出来旧社会一天天走向毁灭吗？更奇怪的是，这个吃素的老人偏偏生杨梅疮，真是莫大的讽刺！

我不再谈病人了，上面三个人只是作为例子提到的。我还想谈谈那个年轻的女医生杨木华。她并不是真人，真实的只有她的外形。在这本小说里只有她才是我的创作。我在小说里增加一个她，唯一的原因是，我作为一个病人非常希望有这样一位医生，我编造的是我自己的愿望，也是一般病人的愿望。在病房里我见到各种各样的医生，虽然象杨木华那样的医生我还没有遇见，但她的出现并不是不可能的。她并不是“高、大、全”的英雄人物；她不过是这样一位年轻医生：她不把病人看作机器或者模型，她知道他们都是有灵魂、有感情的人。我在三等病房里住了十几天，我朝夕盼望的就是这样一位医生在病房里出现。我写这部小说的时候，我也曾这样想过：通过小说，医生们会知道病人的愿望和要求吧。所以我写了杨木华。我说：在这种痛苦、悲惨的生活中闪烁着的一线亮光，那就是一个善良的，热情的年轻女医生，她随时在努力帮助别人减轻痛苦，鼓舞别人的生活的勇气，要别人“变得善良些，纯洁些，对人有用些。……”❶

但是象这样一位医生在当时那个社会，当时那个医院里，怎么能长久地生活下去，工作下去呢？所以我给她安排了一个在金城江大爆炸中死亡的结局：“一个姓杨的女大夫非常勇敢而且热心地帮忙着抢救受难的人……她自己也死在连续三小时的大爆炸中。”后来我编印《文集》，一九六〇年底在成都校改这部小说，我自己也受不了那个悲惨的结局，我终于在《小引》里增加了一小段，暗示杨大夫到了四川改名“再生”，额上还留着一块小伤疤。她活着，我也感到心安了。

其实我也仔细想过为什么杨大夫就不能在那个医院里工作下去呢？她当时不过是医科大学（湘雅医学院）的学生、实习医生。她要改变思想和她的生活方式，总得在碰了无数次钉子之后，在她离

❶ 见我的文集第十三卷的后记。

开学校做了多年医生之后。根据我的经验，哪怕旧社会是多大的染缸，要染黑一个人，也不是容易的事。杨大夫的确应当活下去，工作下去。

一九七九年三月

录自《创作回忆录》，三联书店香港分店 1981 年 9 月版

# 《巴金文集》第十三卷后记

收在这一卷里的两部中篇小说（1944 年写的《憩园》和 1945 年写的《第四病室》），我自己看看，觉得都是失败之作（其实我的其它作品又何尝是成功的？）。一位苏联朋友彼得罗夫读过《憩园》和另一部中篇《寒夜》（见文集第十四卷）以后，批评我“同情主人公，怜悯他们，为他们愤怒，可是并没有给这些受生活压迫走进了可怕的绝路的人指一条出路。没有一个主人公站起来为改造生活而斗争过”。我没法反驳他。

我为这两部小说写过“内容说明”。我为《憩园》写了如下的话：

> “这部中篇小说借着一所公馆的线索写出了旧社会中前后两家主人的不幸的故事，写出封建地主家庭的必然的没落。在这书里不劳而获的金钱成了家庭灾祸的原因和子孙堕落的机会。富裕的寄生生活使得一个年轻人淹死在河里，使得一个阔少爷终于病死在监牢中，使得儿子赶走父亲，妻子不认丈夫。憩园的旧主人杨家垮了，它的新主人姚家开始走着下坡路。连那个希望‘揩干每只流泪的眼睛’的好心女人将来也会闷死在这个公馆里面，除非她有勇气冲出来。”

为《第四病室》我写的是这样的说明：

> “这是一个年轻病人在当时一家公立医院中写的‘病中日记’，

也就是作者根据一部分真实的材料写成的小说。'第四病室'，一间容纳二十四张病床的外科病房，可以说是当时中国社会的缩影。在病室里人们怎样受苦，怎样死亡，在社会里人们也同样地受苦，同样地死亡。可是在这种黑暗、痛苦、悲惨的生活中却闪烁着一线亮光，那就是一个善良的、热情的年轻女医生，她随时在努力帮助别人减轻痛苦，鼓舞别人的生活的勇气，要别人'变得善良些，纯洁些，对人有用些'。作者写出了在那个设备简陋的医院里病人的生活与痛苦，同时也写出了病人的希望。"

其实我讲的只是作者自己的主观愿望，我当时的确想把它们写成那样。至于做到没有，这是谁都看得出来的。而且细心的读者单单从这两个"说明"也会看出小说的缺点：我不能从阶级的观点看问题和分析生活。我只是简单地写出了我自己看到的一点东西，或者我个人一时的感受。有时候我甚至有意无意地对应当灭亡的人给了一些同情，例如对《憩园》里的杨老三和姚国栋。

《憩园》的背景在成都。我一九四一年和一九四二年两次回成都的见闻帮助我写成这部小说。杨公馆就是我们老家的房子。我一九二三年离开它以后就不曾再见到它。我是根据我的记忆写成的。杨老三就是我的一个叔父，我一九四一年一月回到成都，听说他刚刚在监牢里死去，那情形和我在小说中所写的差不多。他花光了家产和妻子的嫁妆，后来被妻儿赶出来，靠偷盗乞讨过日子，这都是真事。他的小老婆离开他另外嫁给军阀，后来送钱给他，也是真事。连老文和李老头都是真人。然而我凭空捏造了一个早熟的、沉溺在病态的个人感情里面的"杨家小孩"，把本来简单的事情写得更复杂、更曲折了。我写了《憩园》的旧主人的必然的灭亡和新主人的必然的没落，可是我并没有无情地揭露和严厉地鞭挞那些腐朽的东西，在我的叙述中却常常流露出叹息甚至惋惜的调子。我不应当悲惜那些注定灭亡和没落的人的命运。衷心愉快地唱起新生活的凯歌，这才是我的职责。我知道当医生的首先要认清楚病，我却忘记了医生的责任是开方和治好病人。看出社会的病，不指出正确的出路，就等于医生诊病不开方。我没有正确的世界观，所以我开不出药方来。我只好用一些小资产阶级的漂亮话来装饰我这个作品了。

至于《第四病室》，它是在重庆沙坪坝写成的。小说的背景在贵阳。这是我自己的亲身经历。我一九四四年六月在贵阳中央医院一个三等病房“第三病室”里住了十几天，第二年我用日记体裁把我的见闻如实地写了出来。病人、医生和护士们全是真人，事情也全是真的（不用说，姓名都是假的），我只有在杨大夫的身上加了好些东西。第六床那天早晨真的搬到内科病房去了，他究竟是死是活，我并不知道。进院来割胆囊的是睡在我旁边病床上的病人，给我看病的也不是女医生，虽然在这个病房里常常看得见象杨大夫那样的一个年轻女医生（我指的是相貌和动作）。我躺在病床上观察在我周围发生的一切，看见人们怎样受苦，怎样死亡，我联想到当时的旧社会，我有很深的感受。对那个烧伤工人的受苦和死亡，我感到极大的愤怒，关于他我写的全是真事。他的烧伤面积比丘财康同志的小得多。可是公司不出钱给他治病，公立医院也因为他没有钱不好好给他治疗，让他受尽痛苦而死亡。别的病人也因为没有钱买药耽误了治病。这些都是真的事实。只有那个“善良、热情的年轻女医生”的形象是我凭空造出来的。这是病人们的希望。至少我躺在病床上受苦的时候，盼望着有这么一个医生来给我一点点安慰和鼓舞。

《第四病室》跟《憩园》和《寒夜》不同。它没有《憩园》的那种挽歌的调子，也没有《寒夜》的那种悲愤的哭诉。然而它的“一线光明”也只是那个同情贫苦病人、想减轻他们痛苦的“善良热情的女医生”，再没有别的了。但是在那个环境里她能够做什么呢？她也只好让那些本来可以不死的贫苦病人一个跟一个呻吟、哀号地死亡。可见我始终没有脱出小资产阶级的圈子。

别的话，用不着我在这里多说了。

巴　金　1960年2月29日

原载《巴金文集》第十三卷，人民文学出版社1961年12月版

# 《寒夜》后记

一九四四年冬天桂林沦陷的时候，我住在重庆民国路文化生活社楼下一间小得不可再小的屋子里，晚上常常得预备蜡烛来照亮书桌，午夜还得拿热水瓶向叫卖“炒米糖开水”的老人买一点白开水解渴。我睡得迟，可是老鼠整夜不停地在那三合土的地下打洞，妨碍着我的睡眠。白天整个屋子都是叫卖声，吵架声，谈话声，戏院里的锣鼓声。好象四面八方都有声音传来，甚至关在小屋子里我也得不着安静。那时候，我正在校对一部朋友翻译的高尔基的长篇小说，有时也为着几位从桂林逃难出来的朋友做一点小事情。有一天赵家璧兄突然来到文化生活社找我，他是空手来的。他在桂林创办的事业已经被敌人的炮火打光了。他抢救出来的一小部分东西也已在金城江的大火中化为灰烬。那损失使他痛苦，但他并不灰心。他决意要在重庆建立一个新的据点，我答应给他帮忙。我了解他，因为我在桂林也有着同样的损失。



于是在一个寒冷的冬夜里我开始写了长篇小说《寒夜》。我从来不是一个伟大的作家，我连做梦也不敢妄想写史诗。诚如一个“从生活的洞口……”的批评家所说，我“不敢面对鲜血淋漓的现实”，所以我只写了一些耳闻目睹的小事，我只写了一个肺病患者的血痰，我只写了一个渺小的读书人的生与死，但是我并没有撒谎。我亲眼看见那些血痰，它们至今还深印在我的脑际，它们逼着我拿起笔替那些吐尽了血痰死去的人和那些还没有吐尽血痰的人讲话。这小说我时写时辍，两年后才能够把它写完，可是家璧兄服务的那个书店已经搁浅了（晨光出版公司是最近才成立的）。并且在这中间我还失去了一个好友和一个哥哥，他们都是吐尽血痰后寂寞地死去的：在这中间“胜利”给我们带来希望，又把希望逐渐给我们拿走。我没有在小说的最后照“批评家”的吩咐加一句“哎哟哟，黎明!”并不是害怕说了就会被人“捉来吊死”，唯一的原因是那些被不合理的制度摧毁，被生活拖死的人断气时已经没有力量呼叫“黎明”了。

但有时我自己却也会呼叫一两声的。譬如六年前我在桂林写的一篇《长夜》里，就说过“这是光明的呼声，它会把白昼给我们唤醒起来。漫漫的长夜逼近它的终结了。”那文章的确是在寒冷的深夜写的，我真实地写下我当时的感觉和感想。在桂林冬天也常常看得见太阳，而且一出太阳，天气就暖和。那个冬天我初到桂林住在郊外，衣服不够，被褥不够，晚上我常常点一盏植物油灯在书店宿舍的饭厅里读书，我受不了长夜的寒冷，听见鸡声，便渴望早早天明。……这全是事实。

王鲁彦兄（他后来也死于肺病）住在我的隔壁，他那时正在编辑《文艺杂志》，便把我这篇短文拿去在创刊号上发表了。他把它列在散文栏内，我也没有不赞成的表示。不过当时不论他或者我，我们绝对没有想到这篇文章在五六年后会成为我的罪证。一直到今天我读了《联合晚报》副刊《夕拾》上耿庸的文章《从生活的洞口……》，才知道我在受审判。那文章第二节《做戏的虚无党》开头一段是这样的：

> “莫名奇先生后在上海《新民晚报》‘夜光杯’上指摘了靳以、巴金，后来还痛斥新感伤主义的散文作家，用高尔基的话，说那些新感伤主义的作家是应该捉来吊死的。很痛快……”
>
> 的确“很痛快”。比青年党的《中华时报》上骂我的文章还痛快。下面还有：
>
> “但其实不必这么愤慨的。这些作家用鲁迅先生的话：‘做戏的虚无党’罢了，既不敢明目地卖身投靠，又不敢面对鲜血淋漓的现实，‘哎哟哟，黎明!’这就是一切。”

这里，似乎应该加添三个字“更痛快”。可惜我还没有拜读莫名奇的大作的荣幸，但是别人已经对我讲过他所举出的罪状。我不想替自己辩护，我还要奉上我这本新作《寒夜》增加我的罪名。我不知道我是否在“应该捉来吊死者”之列，但我仍然恭候着莫名奇、耿庸之流来处我以绞刑。我不会逃避。

我应该向《夜光杯》和《夕拾》的编者们道贺，因为在争取自由，争取民主的时代中，他们的副刊上首先提出来吊死叫唤黎明的散文作家（或者不叫唤黎明的作家，以及莫名奇耿庸之流所谓“新感伤主义的散文作家”）的自由。这样的“自由”连希特勒、墨索里尼甚至最无耻的宣传家戈培尔之流也不敢公然主张的。虽然他们是杀人不眨眼的魔王和自由的敌人。

读到自己所不喜欢的文章就想把作者“捉来吊死”，这样的人并不是今天才有的。我们自己的老古董秦始皇就玩过“坑儒”的把戏，他所坑的“儒”自然是和他不同道的、不拥护他的人。

可是连秦始皇的霸业也仅能传至二世，虽然国定本历史课本的编撰者到今天还称赞他“树立二千年来中国文化的规模。对于国家的贡献真不少”。但除了这少数别有用心的人外，便没有人敢站出来替他讲话。至于希特勒、墨索里尼、戈培尔之流也只好躲在坟墓中悲叹他们的恶运，何况那些打着高尔基招牌要来吊死作家，以便自己可以“明目地卖身投靠”的人。我不会写历史小说，但是我还可以替活着的人画像。倘使我真为那些人写一本小说，那么除了“吊死”“吊死”之外，的确“‘哎哟哟，黎明！’这就是一切”了。

巴　金　一九四七年一月下旬

录自《寒夜》（晨光文学丛书第五种），
晨光出版公司 1947 年 3 月版

# 谈《寒夜》

## ——谈自己的创作

我前不久看过苏联影片《外套》，那是根据果戈里的小说改编摄制的。影片的确不错，强烈地打动了观众的心。可是我看完电影，整个晚上不舒服，总觉得有什么东西压在心上，而且有透不过气的感觉。眼前有一个影子晃来晃去，不用说，就是那个小公务员阿加基·巴什马金。过了一天他的影子才渐渐淡去。但是另一个人的面颜又在我的脑子里出现了。我想起了我的主人公汪文宣，一个患肺病死掉的小公务员。

汪文宣并不是真实的人，然而我总觉得他是我极熟的朋友。在过去我天天看见他，处处看见他。他总是脸色苍白，眼睛无光，两颊少肉，埋着头，垂着手，小声咳嗽，轻轻走路，好象害怕惊动旁人一样。他心地善良，从来不想伤害别人，只希望自己能够无病无灾、简简单单地活下去。象这样的人我的确看得太多，也认识不少。他们在旧社会里到处遭受白眼，不声不响地忍受种种不合理的待遇，终日终年辛辛苦苦地工作，却无法让一家人得到温饱。他们一步一步地走向悲惨的死亡，只有在断气的时候才得到休息。可是妻儿的生活不曾得到安排和保障，他们到死还不能瞑目。

在旧社会里有多少人害肺病受尽痛苦死去，多少家庭在贫困中过着朝不保夕的非人生活！象汪文宣那样的人实在太多了。从前一般的忠厚老实人都有这样一个信仰：“好人好报”，可是在旧社会里好人偏偏得不到好报，“坏人得志”，倒是常见的现象。一九四四年初冬我在重庆民国路文化生活出版社一间楼梯下面小得不可再小的屋子里开始写《寒夜》，正是坏人得志的时候。我写了几页就搁下了，一九四五年初冬我又拿起笔接着一年前中断的地方写下去，那时在重庆，在国统区仍然是坏人得志的时候。我写这部小说正是想说明：好人得不到好报。我的目的无非要让人看见蒋介石国民党统治下的旧社会是个什么样子。我进行写作的时候，好象常常听见一个声音在我耳边说："我要替那些小人物伸冤"，不用说，这是我自己的声音，因为我有不少象汪文宣那样惨死的朋友和亲戚。我对他们有感情。我虽然不赞成他们安分守己、忍辱苟安，可是我也因为自己眼看他们走向死亡无法帮助而感到痛苦。我如果不能替他们伸冤，至少也得绘下他们的影象，留作纪念，让我永远记住他们，让旁人不要学他们的榜样。

《寒夜》中的几个人物都是虚构的。可是背景、事件等等却十分真实。我并不是说，我在这里用照相机整天摄影；我也不是说我写的是真人真事的通讯报道。我想说，整个故事就在我当时住处的四周进行，在我住房的楼上，在这座大楼的大门口，在民国路和附近的几条街。人们躲警报，喝酒，吵架，生病……这一类的事每天都在发生。物价飞涨，生活困难，战场失利，人心惶惶……我不论到哪里，甚至坐在小屋内，也听得见一般小人物的诉苦和呼吁。尽管不是有名有姓、家喻户晓的真人，尽管不是人人目睹可以载之史册的大事，然而我在那些时候的确常常见到、听到那样的人和那样的事。那些人在生活，那些事继续发生，一切都是那么自然，我好象活在我自己的小说中，又好象在旁观我周围那些人在扮演一本悲欢离合的苦戏。冷酒馆是我熟习的，咖啡店是我熟习的，"半官半商"的图书公司也是我熟习的。小说中的每个地点我都熟习。我住在那间与老鼠、臭虫和平共处的小屋里，不断地观察在我上下四方发生的一切。我选择了其中的一部分写进小说里面。我经常出入汪文宣夫妇每天进出若干次的大门，早晚都在小说里那几条街上散步；我是"炒米糖开水"的老主顾，整夜停电也引起我不少的牢骚，我受不了那种死气沉沉的阴暗环境。《寒夜》第一章里汪文宣躲警报的冷清清的场面正是我在执笔前一两小时中亲眼见到的。从这里开始，虽然过了一年我才继续写下去，而且写一段又停一个时期，后面三分之二的原稿还是回到上海以后在淮海坊写成的，脱稿的日期是一九四六年十二月三十一日深夜。虽然时写时辍，而且中间插进一次由重庆回上海的“大搬家”，可是我写得很顺利，好象在信笔直书，替一个熟朋友写传记一样；好象在写关于那一对夫妇的回忆录一样。我仿佛跟那一家人在一块儿生活，每天都要经过狭长的甬道走上三楼，到他们房里坐一会儿，安安静静地坐在一个角上听他们谈话、发牢骚、吵架、和解；我仿佛天天都有机会送汪文宣上班，和曾树生同路走到银行，陪老太太到菜场买菜……他们每个人都对我坦白地讲出自己的希望和痛苦。

我的确有这样的感觉：我写第一章的时候，汪文宣一家人虽然跟我同在一所大楼里住了几个月，可是我们最近才开始交谈。我写下去，便同他们渐渐地熟起来。我愈往下写，愈了解他们，我们中间的友谊也愈深。他们三个人都是我的朋友。我听够了他们的争吵。我看到每个人的缺点，我了解他们争吵的原因，我知道他们每个人都迈着大步朝一个不幸的结局走去，我也向他们每个人进过忠告。我批评过他们，但是我同情他们，同情他们每个人。我对他们发生了感情。我写到汪文宣断气，我心里非常难过，我真想大叫几声，吐尽我满腹的怨愤。我写到曾树生孤零零地走在阴暗的街上，我真想拉住她，劝她不要再往前走，免得她有一天会掉进深渊里去。但是我没法改变他们的结局，所以我为他们的不幸感到痛苦。



我知道有人会批评我浪费了同情，认为那三个人都有错，值不得惋惜。也有读者写信来问：那三个人中间究竟谁是谁非？哪一个是正面人物？哪一个是反面的？作者究竟同情什么人？我的回答是：三个人都不是正面人物，也都不是反面人物；每个人有是也有非；我全同情。我想说，不能责备他们三个人，罪在蒋介石和国民党反动派，罪在当时的重庆和国统区的社会。他们都是无辜的受害者。我不是在这里替自己辩护。有作品在，作者自己的吹嘘和掩饰都毫无用处。我只是说明我执笔写那一家人的时候，我究竟是怎样的看法。

我已经说明《寒夜》的背景在重庆，汪文宣一家人住的地方就是我当时住的民国路那幢三层“大楼”。我住在楼下文化生活出版社里面，他们住在三楼。一九四二年七月我头一次到民国路，也曾在三楼住过。一九四五年年底我续写《寒夜》时，已经搬到了二楼临街的房间。这座“大楼”破破烂烂，是不久以前将被轰炸后的断壁颓垣改修的。不过在当时的重庆，象这样的“大楼”已经是不错的了，况且还装上了有弹簧的缕花的大门。楼下是商店和写字间。楼上有写字间，有职员宿舍，也有私人住家。有些屋子干净整齐，有些屋子摇摇晃晃，用木板隔成的房间常常听得见四面八方的声音。这种房间要是出租的话，租金绝不会少，而且也不易租到。但也有人在“大楼”改修的时候，出了一笔钱，便可以搬进来几年，不再付房租。汪文宣一家人住进来，不用说，还是靠曾树生的社会关系，钱也是由她付出的。他们搬到这里来住，当然不是喜欢这里的嘈杂和混乱，这一切只能增加他们的烦躁，却无法减少他们的寂寞。唯一的原因是他们夫妇工作的地点就在这附近。汪文宣在一个“半官半商”的图书公司里当校对，我不曾写出那个公司的招牌，我想告诉人图书公司就是国民党的正中书局。我对正中书局的内部情况并不了解。不过我不是在写它的丑史，真实情况只有比汪文宣看到的、身受到的一切更丑恶，而且丑恶若干倍。我写的是汪文宣，在国民党统治下比什么都不如的一个忠厚、善良的小知识分子，一个象巴什马金那样到处受侮辱的小公务员。他老老实实地辛苦工作，从不偷懒，可是薪水不高，地位很低，受人轻视。至于他的妻子曾树生，她在私立大川银行里当职员，大川银行也在民国路附近。她在银行里其实是所谓的“花瓶”，就是作摆设用的。每天上班，工作并不重要，只要打扮得漂漂亮亮，能说会笑，让经理、主任们高兴就算是尽职了，收入不会太少，还有机会找人帮忙做点投机生意。她靠这些收入养活了半个家（另一半费用由她的丈夫担任），供给了儿子上学，还可以使自己过着比较舒适的生活。还有汪文宣的母亲，她从前念过书，应当是云南昆明的才女，战前在上海过的也是安闲愉快的日子，抗战初期跟着儿子回到四川（儿子原籍四川），没有几年的功夫却变成了一个“二等老妈子”，象她的媳妇批评她的那样。她看不惯媳妇那种“花瓶”的生活。她不愿意靠媳妇的收入度日，却又不能不间接地花媳妇的钱。她爱她的儿子，她为他的处境感到不平。她越是爱儿子，就越是不满意媳妇，因为媳妇不能象她那样把整个心放在那一个人身上。

我在小说里写的就是这样的一个家庭。两个善良的小资产阶级知识分子、两个上海某某大学教育系毕业生靠做校对和做“花瓶”勉强度日，不死不活的困苦生活增加了意见不合的婆媳间的纠纷，夹在中间受气的又是丈夫又是儿子的小公务员默默地吞着眼泪，让生命之血一滴一滴地流出去。这便是国民党统治下善良的知识分子的悲剧，悲剧的形式虽然不止这样一种，但都不能避免家破人亡的结局。汪文宣一家四口包括祖孙三代，可是十三岁的初中学生在学校寄宿，他身体弱，功课紧，回家来不常讲话，他在家也不会引起人注意。所以我在小说里只着重地写了三个人，就是上面讲过的那三个人。关于他们，我还想声明一次：生活是真实的，人物却是拼凑拢来的。当初我脑子里并没有一个真实的汪文宣。只有在小说脱稿以后我才看清了他的面颜。四年半前吴楚帆先生到上海，请我去看他带来的香港粤语片《寒夜》，他为我担任翻译。我觉得我脑子里的汪文宣就是他扮演的那个人。汪文宣在我的眼前活起来了。我赞美他出色的演技：他居然缩短了自己的身材！一般地说，身材高大的人常常使人望而生畏，至少别人不敢随意欺侮他。其实在金钱和地位占绝对优势的旧社会里，形象早已是无关重要的了。要是汪文宣忽然得到某某人的提拔升任正中书局经理、主任，或者当上银行经理、公司老板等等，他即使骨瘦如柴、弯腰驼背，也会到处受人尊敬，谁管他有没有渊博的学问，有没有崇高的理想，过去在大学里书念得好不好。汪文宣应当知道这个“真相”。可是他并不知道。他天真地相信着坏蛋们谎言，他很有耐心地等待着好日子的到来。结果，他究竟得到了什么呢？



我在前面说过对于小说中那三个主要人物，我全同情。但是我也批评了他们每一个人。他们都有缺点，当然也有好处。他们彼此相爱（婆媳两人间是有隔阂的），却又互相损害。他们都在追求幸福，可是反而努力走向灭亡。对汪文宣的死，他的母亲和他的妻子都有责任。她们不愿意他病死，她们想尽办法挽救他，然而她们实际做到的却是逼着他、推着他早日接近死亡。汪文宣自己也是一样，他愿意活下去，甚至在受尽痛苦之后，他仍然热爱生活。可是他终于违背了自己的意志，不听母亲和妻子的劝告，有意无意地糟蹋自己的身体，大步奔向毁灭。这些都是为了什么呢？难道三个人都发了狂？

不，三个人都没有发狂。他们都是不由自主的。他们的一举一动都不是出于本心，快要崩溃的旧社会、旧制度、旧势力在后面指挥他们。他们不反抗，所以都做了牺牲者。旧势力要毁灭他们，他们不想保护自己。其实他们并不知道怎样才能保护自己。这些可怜人，他们的确象我的朋友彼得罗夫所说的那样，始终不曾“站起来为改造生活而斗争过”。他们中间有的完全忍受，象汪文宣和他的母亲，有的并不甘心屈服，还在另找出路，如曾树生。然而曾树生一直坐在“花瓶”的位子上，会有什么出路呢？她想摆脱毁灭的命运，可是人朝南走绝不会走到北方。

我又想起吴楚帆主演的影片了。影片里的女主角跟我想象中的曾树生差不多。只是她有一点跟我的人物不同。影片里的曾树生害怕她的婆母。她因为不曾举行婚礼便和汪文宣同居，一直受到婆母的轻视，自己也感到惭愧，只要婆母肯原谅她，她甘愿做一个孝顺媳妇。可是婆母偏偏不肯原谅，把不行婚礼当作一件大罪，甚至因为它，宁愿毁掉儿子的家庭幸福。香港影片的编导这样处理，可能有他们的苦衷。我的小说人物却不是这样。在我的小说里造成汪文宣家庭悲剧的主犯是蒋介石国民党，是这个反动政权的统治。我写那几个人物的时候，我的小说情节逐渐发展的时候，我这样地了解他们，认识他们。

汪文宣的母亲的确爱儿子，也愿意跟着儿子吃苦。然而她的爱是自私的，她正如她的媳妇曾树生所说，是一个“自私而又顽固、保守”的女人。她不喜欢媳妇，因为一则，媳妇不是象她年轻时候那样的女人，不是对婆母十分恭顺的孝顺媳妇；二则，她看不惯媳妇“一天打扮得妖形怪状”，上馆子，参加舞会，过那种“花瓶”的生活；三则，儿子爱媳妇胜过爱她。至于“你不过是我儿子的‘姘头’。我是拿花轿接过来的”，不过是在盛怒时候的一个作战的武器，一句伤害对方的咒骂而已。因为在一九四四年，已经没有人计较什么“结婚仪式”了。儿子连家都养不活，做母亲的哪里还会念念不忘那种奢侈的仪式？她希望恢复的，是过去婆母的威权和舒适的生活。虽然她自己也知道过去的日子不会再来，还是靠媳妇当“花瓶”一家人才能够勉强地过日子，可是她仍然不自觉地常常向媳妇摆架子发脾气，而且正因为自己间接地花了媳妇的钱，更不高兴媳妇，常常借故在媳妇身上发泄自己的怨气。媳妇并不是逆来顺受的女人，只会给这位婆母碰钉子。生活苦，环境不好，每个人都有满肚皮的牢骚，一碰就发，发的次数愈多，愈不能控制自己。因此婆媳间的不合越来越深，谁也不肯让步。这个平日钟爱儿子的母亲到了怒火上升的时候，连儿子的话也听不进去了。结果儿子的家庭幸福也给破坏了。虽然她常常想而且愿意交出自己的一切来挽救儿子的生命，可是她的怒火却只能加重儿子的病，促使死亡早日到来。

汪文宣，这个忠厚老实的旧知识分子，在大学念教育系的时候，“满脑子都是理想”，有不少救人济世的宏愿。可是他在旧社会里工作了这么些年，地位越来越低，生活越来越苦，意气越来越消沉，他后来竟然变成了一个胆小怕事、见人低头、懦弱安分、甘受欺侮的小公务员。他为了那个吃不饱穿不暖的位置，为了那不死不活的生活，不惜牺牲了自己年轻时候所宝贵的一切，甚至自己的意志。然而苟安的局面也不能维持多久，他终于害肺病，失业，吐尽血，失掉声音痛苦地死去。他“要活”，他“要求公平”。可是旧社会不让他活，不给他公平。他念念不忘他的妻子，可是他始终没有能等到她回来再见一面。



曾树生和她的丈夫一样，从前也是有理想的。他们夫妇离开学校的时候，都有为教育事业献身的决心。可是到了《寒夜》里，她却把什么都抛弃了。她靠自己生得漂亮，会打扮，会应酬，得到一个薪金较高的位置，来“提高”自己的生活水平，来培养儿子读书，来补贴家用。她并不愿意做“花瓶”，她因此常常苦闷、发牢骚。可是为了解决生活上的困难，为了避免吃苦，她竟然甘心做“花瓶”。她口口声声嚷着追求自由，其实她所追求的“自由”也是很空虚的，用她自己的话来解释，就是：“我爱动，爱热闹，我需要过热情的生活。”换句话说：她追求的也只是个人的享乐。她写信给她丈夫说：“我……想活得痛快。我要自由。”其实，她除了那有限度的享乐以外，究竟有什么“痛快”呢？她又有过什么“自由”呢？她有时也知道自己的缺点，有时也会感到苦闷和空虚。她或许以为这是无名的惆怅，绝不会想到，也不肯承认，这是没有出路的苦闷和她无法解决的矛盾，因为她从来就不曾为着改变生活进行过斗争。她那些追求也不过是一种逃避。她离开汪文宣以后，也并不想离开“花瓶”的生活。她很可能答应陈经理的要求同她结婚，即使结了婚她仍然是一个“花瓶”。固然她并不十分愿意嫁给年纪比她小两岁的陈经理，但是除非她改变生活方式，她便难摆脱陈经理的纠缠。他们在经济上已经有密切的联系了，她靠他帮忙，搭伙做了点囤积、投机的生意，赚了一点钱。她要跟他决裂，就得离开大川银行，另外安排生活。然而她缺乏这样的勇气和决心。她丈夫一死，她在感情上更“自由”了。她很可能在陈经理的爱情里寻找安慰和陶醉。但是他也不会带给她多大的幸福。对她来说，年老色衰的日子已经不太远了。陈经理不会长久守在她的身边。这样的事在当时也是常见的。她不能改变生活，生活就会改变她。她不站起来进行斗争，就只有永远处在被动的地位。她有一个十三岁的儿子。她不象一般母亲关心儿子那样地关心他，他对她也并不亲热。儿子象父亲，又喜欢祖母，当然不会得到她的欢心。她花一笔不算小的款子供给儿子到所谓“贵族学校”念书，好象只是在尽自己的责任。她在享受她所谓“自由”的时候，头脑里连儿子的影子也没有。最后在小说的“尾声”里，她从兰州回到重庆民国路的旧居，只看见一片阴暗和凄凉，丈夫死了，儿子跟着祖母不知走到哪里去了。影片中曾树生在汪文宣的墓前放上一个金戒指，表示跟墓中人永不分离，她在那里意外地见到了她的儿子和婆母。婆母对她温和地讲了一句话，她居然感激地答应跟着祖孙二人回到家乡去，只要婆母肯收留她，她做什么都可以。这绝不是我写的曾树生。曾树生不会向她的婆母低头认错，也不会放弃她的“追求”。她更不会亲手将“花瓶”打碎。而且在一九四五年的暮秋或初冬，她们婆媳带着孩子回到家乡，拿什么生活？在国民党反动派统治下，要养活一家三口并不是容易的事。曾树生要是能吃苦，早就走别的路了。她不会历尽千辛万苦去寻找那两个活着的人。她可能找到丈夫的坟墓，至多也不过痛哭一场。然后她飞回兰州，打扮得花枝招展，以银行经理夫人的身分，大宴宾客。她和汪文宣的母亲同是自私的女人。

我当然不会赞扬这两个女人。正相反，我用责备的文笔描写她们。但是我自己也承认我的文章里常常露出原谅和同情的调子。我当时是这样想的：我要通过这些小人物的受苦来谴责旧社会、旧制度。我有意把结局写得阴暗，绝望，没有出路，使小说成为我所谓的“沉痛的控诉”[1]国民党反动派宣传抗战胜利后一切都有办法，而汪文宣偏偏死在街头锣鼓喧天、人们正在庆祝胜利的时候。我的憎恨是强烈的。但是我忘记了这样一个事实：鼓舞人们的战斗热情的是希望，而不是绝望。特别是在小说的最后，曾树生孤零零地消失在凄清的寒夜里，那种人去楼空的惆怅感觉，完全是小资产阶级的东西。所以我的“控诉”也是没有出路的，没有力量的，只是一骂为快而已。

我想起来了：在抗战胜利后那些日子里，尤其是在停电的夜晚，我自己常常在民国路一带散步，曾树生所见的也就是我目睹的。我自己想回上海，却走不了。我听够了陌生人的诉苦，我自己闷得发慌，我也体会到一些人的沮丧情绪。我当时发表过一篇小文章，写出我在寒风里地摊前的见闻。一年多以后，我写到《寒夜》的“尾声”时，也曾参考这篇短文。而且那个时候（一九四六年最后两天）我的情绪也很低落。无怪乎我会写出这样的结局来。

我还想谈谈钟老的事。并不需要很多话，我不谈他这个人，象他那样的好心人在旧社会里也并非罕见。但是在旧社会里钟老起不了作用，他至多只能替那些比他更苦、更不幸的人（如汪文宣）帮一点小忙。谁也想不到他会死在汪文宣的前头。我写他死于霍乱症，因为一九四五年夏天在重庆霍乱流行，而重庆市卫生局局长却偏偏大言不惭，公开否认。文化生活出版社烧饭老妈谭嫂的小儿子忽然得了霍乱。那个五十光景的女人是个天主教徒，她急得心慌意乱，却跑去向中国菩萨祷告，求来香灰给儿子治病。儿子当时不过十五六岁，躺在厨房附近一张床上，已经奄奄一息了。我们劝谭嫂把儿子送到小龙坎时疫医院。她找了一副“滑竿”把儿子抬去了。过两天儿子便死在医院里面。我听见文化生活出版社的工友讲起时疫医院里的情形，对那位局长我感到极大的憎恶。我在《寒夜》里介绍了这个“陪都”唯一的时疫医院。倘使没有那位局长的“德政”，钟老也很有可能活下去，他在小说里当然不是非死不可的人。我这些话只是说明作者并不常常凭空编造

[1] 解放后我为《寒夜》新版写的“内容提要”里，有这样一段话：“长篇小说写的是一九四四、四五年国民党统治下的所谓‘战时首都’重庆的生活。……男主人公断气时，街头锣鼓喧天，人们正在庆祝胜利、用花炮烧龙灯。这是对国民党反动统治的沉痛的控诉。”

细节。要不是当时有那么多人害霍乱症死去，要不是有人对我讲过时疫医院的情形，我怎么会想起把钟老送到那里去呢？连钟老的墓地也不是出自我的想象。“斜坡上”的孤坟里埋着我的朋友缪崇群。那位有独特风格的散文作家很早就害肺病。我一九三二年一月第一次看见他，他脸色苍白，经常咳嗽，以后他身体时好时坏，一九四五年一月他病死在北碚的江苏医院。他的性格有几分象汪文宣，他从来不肯麻烦别人，也害怕伤害别人，他到处都不受人重视。他没有家，孤零零的一个人，静悄悄地活着，又有点象钟老。据说他进医院前，病在床上，想喝一口水也喝不到。他不肯开口，也不愿让人知道他的病痛。他断气的时候，没有一个熟人在场。我得了消息连忙赶到北碚，只看见他的新坟，就象我在小说里描写的那样。连两个纸花圈也是原来的样子，我不过把“崇群”二字改成了“又安”。听说他是因别的病致死的。害肺病一直发展到喉结核最后丧失了声音痛苦死去的人我见过不多，但也不是太少。朋友范予（我为他写过一篇《忆范兄》）和鲁彦（一位优秀的小说家，我那篇《写给彦兄》便是纪念他的），还有我一个表弟……他们都是这样悲惨地结束了一生的。我为他们感到不平，感到愤怒，又因为自己不曾帮助他们减轻痛苦而感到愧悔。我根据我的耳闻和目见，也根据范予病中的来信，写出汪文宣病势的逐渐发展，一直到最后的死亡。而且我还把我个人的感情也写在书上。汪文宣不应当早死，也不该受这么大的痛苦，但是他终于惨痛地死去了。我那些熟人也不应该受尽痛苦早早死去，可是他们的坟头早已长满青草了。我怀着多么悲痛的心诅咒过旧社会，为那些人喊冤叫屈。现在我却万分愉快、心情舒畅地歌颂象初升太阳一样的新社会。那些负屈含冤的善良的小人物要是死而有知，他们一定会在九泉含笑的。不断进步的科学和无比优越的新的社会制度已经征服了肺病，它今天不再使人谈虎色变了。这两天我重读《寒夜》，好象做了一个噩梦。但是这样的噩梦已经永远、永远地消失了！

巴　金

一九六二年四月于上海

原载1962年6月《作品》新1卷第5、6期合刊“作家书简”栏。
本文收入《巴金文集》第十四卷时，写作时间改署1961年。

# 关于《寒夜》（节录）

巴　金

关于《寒夜》，我过去已经谈得不少。这次在谈《激流》的回忆里我写过这样的话："我在自己身上也发现我大哥的毛病，我写觉新……也在鞭挞我自己。"那么在小职员汪文宣的身上，也有我自己的东西。我曾经对法国朋友讲过：我要不是在法国开始写了小说，我可能走上汪文宣的道路，会得到他那样的结局。这不是虚假的话，但是我有这种想法还是最近两三年的事。我借觉新鞭挞自己的说法，也是最近才搞清楚的。过去我一直背诵丹东的名言："大胆，大胆，永远大胆！"丹东一七九四年勇敢地死在断头机上，后来给埋葬在巴黎先贤祠里面。我一九二七年春天瞻仰过先贤祠，但是那里的情况，我一点也记不起了。除了那句名言外，我只记得他在法庭上说过，他的姓名要长留在先贤祠里。我一九三四年在北平写过一个短篇《丹东的悲哀》对他有些不满，但他那为国献身的精神永远值得我学习。我在三十年代就几次引用丹东的名句，我写觉慧时经常想到这句话。有人说觉慧是我，其实并不是。觉慧同我之间最大的差异便是他大胆，而我不大胆，甚至胆小。以前我不会承认这个事实，但是经过所谓"文化大革命"后，我看自己可以说比较清楚了。在那个时期我不是唯唯诺诺地忍受着一切吗？这究竟是为了什么？我曾经作过这样的解释：中了催眠术。看来并不恰当，我不单是中了魔术，也不止是别人强加于我，我自己身上本来就有毛病。我几次校阅《激流》和《寒夜》，我越来越感到不舒服，好象我自己埋着头立在台上受批判一样。在向着伟大神明低首弯腰叩头不止的时候，我不是“作揖哲学”和“无抵抗主义”的忠实信徒吗？

我写《寒夜》和写《激流》有点不同，不是为了鞭挞汪文宣或者别的人，是控诉那个不合理的社会制度，那个一天天腐烂下去的使善良人受苦的制度。一九四四年秋冬之际一个夜晚，在重庆警报解除后一两个小时，我开始写《寒夜》。当时我的脑子里只有汪文宣，而且面貌不清楚，不过是一个贫苦的患肺结核的知识分子。我写了躲警报时候的见闻，也写了他的妻子和家庭的纠纷。这一切都是围绕着汪文宣进行的。我并没有具体的计划，也不曾花费时间去想怎样往下写。但肺病患者悲惨死亡的结局却是很明确的。这样的结局我见得不少。我自己在一九二五年也患过肺病。的确是这样：我如果不是偶然碰到机会顺利地走上了文学道路，我也会成为汪文宣。汪文宣有过他的黄金时代，也有过崇高的理想。然而他和许多知识分子一样让那一大段时期的现实生活毁掉了。我写汪文宣，写《寒夜》，是替知识分子讲话，替知识分子叫屈诉苦。在当时的重庆和其他的“国统区”，知识分子的处境很困难，生活十分艰苦，社会上最活跃、最吃得开的是搞囤积居奇，做黄（金）白（米）生意的人，还有卡车司机。当然做官的知识分子是例外，但要做大官的才有权有势。做小官、没有掌握实权的只得吃平价米。



那一段时期的确是斯文扫地。我写《寒夜》，只有一个念头：这种情况不能再继续下去。我的脑子里常常出现三个人的面貌：第一位是我的老友范兄。我在早期的散文里几次谈到他，他患肺结核死在武夷山，临死前还写出歌颂“生之欢乐”的散文。但是在给我的告别信里他说“咽喉剧痛，声音全部哑失……。最近几个月来我已受够了病的痛苦。”第二位是另一个老友彦兄。在他需要帮助的时候，我没有认真地给他援助。我最后一次看见他，他的声音已经哑了，但他还拄着手杖一拐一拐地走路，最后听说他只能用铃子代替语言，却仍然没有失去求生的意志。他寂寞凄凉地死在乡下。第三位是我一个表弟。抗战初期他在北平做过地下工作，后来回到家乡，仍在邮局服务。我一九四二年回成都只知道他身体弱，不知道他有病。以后听说他结婚，又听说他患肺结核。最后有人告诉我表弟病重，痛苦不堪，几次要求家人让他死去，他的妻子终于满足了他的要求，因此她受到一些人的非难。我想摆脱这三张受苦人的脸，他们的故事不断地折磨我。我写了几页稿纸就让别的事情打岔，没有再写下去。是什么事情打岔？我记不清楚了。大概是“湘桂大撤退”以后，日军进入贵州威胁重庆的那件大事吧。

我在《寒夜》后记里说，朋友赵家璧从桂林撤到重庆，在金城江大火中丧失一切，想在重庆建立新的据点，向我约稿，我答应给他一部小说。我还记得，他来找我，我住在重庆民国路文化生活出版社楼梯下那间很小的屋子里。他毫不气馁地讲他重建出版公司的计划，忽然外面喊起“失火”来，大家乱跑，人声嘈杂，我到了外面，看见楼上冒烟，大吃一惊。萧珊当时在成都（她比我先到重庆，我这年七月从贵阳去看她，准备不久就回桂林，可是刚住下来，就听到各种谣言，接着开始了“湘桂大撤退”，我没有能再去桂林），我便提着一口小箱子跑到门外人行道上。这是我唯一的行李，里面几件衣服，一部朋友的译稿，我自己的一些残稿，可能有《寒夜》的前两页。倘使火真的烧了起来，整座大楼一定会变成瓦砾堆，我的狼狈是可想而知的，《寒夜》在中断之后也不会再写下去了，因为汪文宣一家住在这座大楼里，就是起火的屋子，我讲的故事就围绕着这座楼、就在这几条街上进行，从一九四四年暮秋初冬一直到一九四五年冬天的寒夜。

幸而火并未成灾就给扑灭了，我的生活也不曾发生大的变化。萧珊从成都回来，我们在楼梯下的小屋里住了几个月，后来又搬到沙坪坝借住在朋友吴朗西的家中。家璧的图书公司办起来了。我没有失信，小说交卷了，是这年（一九四五）上半年在沙坪坝写成的，但它不是《寒夜》，我把《寒夜》的手稿放在一边，另外写了一本《第四病室》，写我前一年在贵阳中央医院第三病室里的经历。在重庆排印书稿比较困难，我的小说排竣打好纸型，不久，日本政府就宣布投降了。

八年抗战，胜利结束。在重庆起初是万众欢腾，然后是一片混乱。国民党政府似乎毫无准备，人民也没有准备。从外省来的人多数都想奔回家乡，却找不到交通工具，在各处寻找门路。土纸书没有人要了，文化生活出版社显得更冷清，家璧的图书公司当然也是这样。小说没有在重庆印出，家璧把纸型带到上海。我还留在重庆时，有熟人搭飞机去上海，动身的前夕，到民国路来看我，我顺便把包封好的《第四病室》的手稿托他带去。后来朋友李健吾和郑振铎在上海创办《文艺复兴》月刊，知道我写了这本小说，就拿去在刊物上连载。小说刚刚刊出了第一部份，赵家璧回到上海，准备出版全书。他和振铎、健吾两位都相熟，既然全书就要刊行，刊物不便继续连载，小说只发表了一次，为这事情我感到对不起《文艺复兴》的读者（事情的经过我后来才知道）。因此我决定把下一部小说交给这个刊物。

下一部长篇小说就是《寒夜》，我在一九四四年写了几张稿纸，一九四五年日本投降后我在那间楼梯下的屋子里接下去又写了二三十页。在重庆我并没有家。这中间萧珊去成都两次：第一次我们结婚后她到我老家去看看亲人，也就是在这段时间我开始写《寒夜》；第二次在日本政府投降的消息传出不久，一位中国旅行社的朋友帮忙买到一张飞机票让她匆匆地再去成都，为了在老家生孩子有人照料，但是后来因为别的事情（有人说可以弄到长江船上两个铺位，我梦想我们一起回上海，就把她叫回来了。我和她同到船上去看了铺位，那样小的地方我们躺下去都没有办法，只好将铺位让给别的朋友），她还是回到重庆。我的女儿就是在重庆宽仁医院出世的。我续写《寒夜》是在萧珊第二次去成都的时候，那些日子书印不出来、书没有人要，出版社里无事可做，有时我也为交通工具奔走，空下来便关在小房间里写文章，或者翻译王尔德的童话。



我写《寒夜》，可以说我在作品中生活，汪文宣仿佛就是与我们住在同样的大楼，走过同样的街道，听着同样的市声，接触同样的人物。银行、咖啡店、电影院、书店……我都熟习。我每天总要在民国路一带来来去去走好几遍，边走边思索，我在回想八年中间的生活，然后又想起最近在我周围发生的事情。我感到了幻灭，我感到了寂寞。回到小屋里我象若干年前写《灭亡》那样借纸笔倾吐我的感情。汪文宣就这样在我的小说中活下去，他的妻子曾树生也出来了，他的母亲也出现了。我最初在曾树生的身上看见一位朋友太太的影子，后来我写下去就看到了更多的人，其中也有萧珊。所以我并不认为她不是好人，我去年写第四篇《回忆》时还说："我同情她和同情她的丈夫一样。"

我写《寒夜》也和写《灭亡》一样，时写时辍。事情多了，我就把小说放在一边。朗西有一个亲戚在上海办了一份《环球》画报，已经出了两三期，朗西回到上海便替画报组稿，要我为它写连载小说，我把现成的那一叠原稿交了给他。小说在画报上刊出了两次，画报就停刊了，我也没有再写下去。直到这年六月我第二次回上海见到健吾，他提起我的小说，我把已写好的八章重读一遍，过几天给他送了去。《寒夜》这样就在八月份的《文艺复兴》二卷一期开始连载了。

《寒夜》在《文艺复兴》上一共刊出了六期，到一九四七年一月出版的二卷六期刊载完毕。我住在霞飞坊（淮海坊），刊物的助理编辑阿湛每个月到我家来取稿一次。最后的《尾声》是在一九四六年十二月三十一日写成。一月份的刊物说是一月一日出版，其实脱期是经常的事。我并没有同时写别的作品，但是我在翻译薇娜·妃格念尔的回忆录《狱中二十年》。我还在文化生活出版社担任义务总编辑兼校对，因此在“文化大革命”中我曾被当作资本家批斗过一次，就象我因为写过《家》给当作地主批斗过那样。我感到抱歉的是我的校对工作做得特别草率，在我看过校样的那些书中，人们发现不少的错字。



《寒夜》写一九四四年冬季到一九四五年年底一个重庆小职员的生活。那一段时期我在重庆，而且就生活在故事发生和发展的那个地区。后来我在上海续写小说，一拿起笔我也会进入《寒夜》里的世界，我生活在回忆里，仿佛在挖自己的心。我写小说是在战斗。我曾经想对我大哥和三哥有所帮助，可是大哥因破产后无法还债服毒自杀；三哥在上海患病无钱住院治疗，等到我四五年十一月赶回上海设法送他进医院，他已经垂危，分别五年后相处不到三个星期。他也患肺病，不过他大概死于身心衰竭，不象汪文宣死得那样痛苦。但是他在日军侵占“孤岛”后那几年集中营似的生活实在太苦了。没有能帮忙他离开上海，我感到内疚。我们在成都老家时他的性格比我的坚强、乐观，后来离开四川，他念书比我有成绩。但是生活亏待了他，把他的锐气和豪气磨得干干净净。他去世时只有四十岁，是一个中学英文教员，不曾结过婚，也没有女朋友，只有不少的学生，还留下几本译稿。我葬了他又赶回重庆去，因为萧珊在那里等着孩子出世。

回到重庆我又度过多少的寒夜。摇晃的电石灯，凄凉的人影，街头的小摊，人们的诉苦……这一切在我的脑子里多么鲜明。小说《尾声》的最后一部分就是根据我当时的一篇散文改写的。小说的主要部分，小说的六分之五都是在一九四六年下半年写成的。我的确有这样一种感觉：我钻进了小说里面生活下去，死去的亲人交替地来找我，我和他们混合在一起。汪文宣的思想，他看事物的眼光对我并不是陌生的，这里有我那几位亲友，也有我自己。汪文宣同他的妻子寂寞地打桥牌，就是在我同萧珊之间发生过的事情。写《寒夜》的时候我经常想：要不是我过去写了那一大堆小说，那么从桂林逃出来，到书店做个校对，万一原来患过的肺病复发，我一定会落到汪文宣的下场。我还有一个朋友散文作家缪崇群，他出版过几个集子，长期患着肺病，那时期在官方书店正中书局工作，住在北碚，一九四五年一月病死在医院里，据说他生病躺在宿舍里连一口水也喝不到，在医院断气时也无人在场。他也是一个汪文宣。我写汪文宣，绝不是揭发他的妻子，也不是揭发他的母亲。我对这三个主角全同情。要是换一个社会，换一个制度，他们会过得很好。使他们如此受苦的是那个不合理的旧社会制度。生活这样苦，环境这样坏，纠纷就多起来了。我写《寒夜》就是控诉旧社会，控诉旧制度。

这些年我常说，《寒夜》是一本悲观、绝望的小说。小说在《文艺复兴》上连载的时候，最后的一句是“夜的确太冷了”。后来出版单行本，我便在后面加上一句：“她需要温暖”。意义并未改变。其实说悲观绝望只是一个方面。我当时的想法自己并未忘记，也永远不会忘记。我虽然为我那种“忧郁感伤的调子”受够批评，自己也主动作过检讨，但是我发表《寒夜》明明是在宣判旧社会、旧制度的死刑。我指出蒋介石国民党的统治已经彻底溃烂，不能再继续下去。旧的灭亡，新的诞生；黑暗过去，黎明到来。奇怪的是只有在小说日文译本的书带上才有人指出这是一本充满希望的书。有一位西德女学生在研究我这本作品准备写论文，写信来问我：“从今天的立场来看你会不会把几个主角描写修改（比方汪文宣的性格不那么懦弱的，树生不那么严肃的，母亲不那么落后的）？”（原文）我想回答她：“我不打算修改。”过去我已经改了两次，就是在一九四七年排印《寒夜》单行本的时候和一九六〇年编印《文集》最后两卷的时候。我本来想把《寒夜》和《憩园》、《第四病室》放在一起编成一集，但是在出版社担任编辑的朋友认为这样做，篇幅过多，不便装订，我才决定多编一册，将《寒夜》抽出，同正在写作中的《谈自己的创作》编在一起。因此第十四卷出版最迟，到一九六二年八月才印出来，印数不过几千册。那个时候文艺界的斗争很尖锐，又很复杂，我常常感觉到"拔白旗"的大棒一直在我背后高高举着，我不能说我不害怕，我有时也很小心，但是一旦动了感情健忘病又会发作，什么都不在乎了。一九六二年我在上海二次文代会上的发言就是这样"出笼"❶的。我写这篇发言在十年浩劫中吃够了苦头，自己也作过多次的检查。现在回想那篇发言的内容，不过是讲了一些寻常的话，不会比我在十四卷《文集》中所讲的超过多少。我在一九六〇年写的《文集》第十三卷的《后记》中谈到《憩园》和《第四病室》（也附带谈到《寒夜》）时，就用了自我批评的调子。我甚至说："有人批评我'同情主人公，怜悯他们，为他们愤怒，可是并没有给这些受生活压迫走进了可怕的绝路的人指一条出路。没有一个主人公站起来为改造生活而斗争过'。我没法反驳他。"

我太小心谨慎了。为什么不能反驳呢？多年来我一直在想，法庭审判一个罪人，有人证物证，有受害者、有死尸，说明被告罪大恶极，最后判处死刑，难道这样审判并不合法，必须受害者出来把被告乱打一顿、痛骂一通或者向"青天大老爷"三呼万岁才算正确？我控诉旧社会，宣判旧制度的死刑，作为作家我有这个权利，也有责任。写《寒夜》时我就是这样想，也就是这样做的。我恨那个制度，蔑视那个制度。我只有一个坚定的思想：它一定要灭亡。有什么理由责备那些小人物不站起来"斗争"？我国的知识分子从来就是十分善良，只要能活下去，他们就愿意工作。然而汪文宣在当时那种政治的和社会的条件下，要活下去也不能够。

关于《寒夜》我不想再说什么，其实也不需要多说了。我去年六月在北京开会，空闲时候重读了收在《文集》十四卷中的《寒夜》。我喜欢这本小说，我更喜欢收在《文集》里的这个修改本。我给憋得太难受了，我要讲一句真话：它不是悲观的书，它是一本希望的作品，

---

❶ "出笼"："四人帮"时期流行的用语。

黑暗消散不正是为了迎接黎明！*……

《创作回忆录》到这里结束。我写这十一篇《回忆》，并没有“扬名后世”的意思，发表它们也无非回答读者的问题，给研究我的作品或者准备批判它们的人提供一点材料。但我究竟是个活人，我有种种新的活动，要我停止活动整天回忆过去或者让别人来“抢救材料”，很难办到。别的人恐怕也是这样。但搜集资料却也是重要的事。我们过去太轻视这一类的工作，甚至经常毁弃资料。在“文化大革命”中不少有关我国现代文学的重要资料化成灰烬。我听说日本东京有一所“近代文学馆”，是作家们自己办起来的。我多么羡慕日本的作家。我建议中国作家协会负起责任来创办一所中国现代文学馆，让作家们尽自己的力量帮助它完成和发展。倘使我能够在北京看到这样一所资料馆，这将是我晚年的莫大幸福，我愿意尽最大的努力促成它的出现，这个工作比写五本、十本《创作回忆录》更有意义。

一九八〇年十二月二十七日



录自《创作回忆录》，三联书店香港分店 1981 年 9 月版

* 本段以下部分及下三段为本书编者删节。——编者注

44

# 巴金研究资料（中）

BAJIN YANJIUZILIAO

李存光 编

中国文学史资料全编

现代卷

中国社会科学院文学研究所 总纂

知识产权出版社

**内容提要：**

巴金，原名李尧棠，中国现代著名作家。本书分生平及文学活动事略，巴金自述，著作译作编目，评介和研究文章选辑，介绍、评论、研究资料目录索引等几个部分，全面收集了关于巴金的研究资料。

**责任编辑：**马　岳　　**责任校对：**董志英
**装帧设计：**段维东　　**责任出版：**卢运霞

**图书在版编目（CIP）数据**

巴金研究资料 / 李存光编. —北京：知识产权出版社，2010.1
（中国文学史资料全编·现代卷）
ISBN 978-7-80247-615-8
Ⅰ.①巴… Ⅱ.①李… Ⅲ.①巴金（1904～2005）—人物研究 ②巴金（1904～2005）—文学研究 Ⅳ.①K825.6 ②I206.7
中国版本图书馆 CIP 数据核字（2010）第 012938 号

中国文学史资料全编·现代卷

**巴金研究资料（中）**

李存光　编

出版发行：知识产权出版社

| | |
|---|---|
| 社　址：北京市海淀区马甸南村 1 号 | 邮　编：100088 |
| 网　址：http://www.ipph.cn | 邮　箱：bjb@cnipr.com |
| 发行电话：010-82000860 转 8101/8102 | 传　真：010-82005070/82000893 |
| 责编电话：010-82000860 转 8171 | 责编邮箱：mayue@cnipr.com |
| 印　刷：北京市凯鑫印刷有限公司 | 经　销：新华书店及相关销售网点 |
| 开　本：720mm × 960mm　1/16 | 印　张：97.75 |
| 版　次：2010 年 2 月第一版 | 印　次：2010 年 2 月第一次印刷 |
| 字　数：1491 千字 | 定　价：215.00 元（上、中、下） |

ISBN 978-7-80247-615-8 / K · 061（2739）

# （三）

# 分述二：短篇小说

# 《复仇》自序

每夜每夜我底心疼痛着，在我底耳边响着一片哭声。似乎整个的黑暗世界都在我底周围哭了。

我底心，我为什么要有这样的一颗心哟？

在白日里我忙碌，我奔波，我笑，我忘掉了一切地大笑，因为我戴了假面具。

在黑夜里我卸下了我底假面具，我看见了这世界底真面目。我躺下来，我哭，为了我底无助而哭，为了看见人类底受苦而哭，也为了自己的痛苦而哭。这许多眼泪就变成了这本集子里所收的几篇小说。

这几篇小说并非如某一些批评家所说是“美丽的诗的情绪的描写”。这是人类底痛苦底呼吁。我虽不能苦人类之所苦，而我却是以人类之悲为自己之悲的。我底心里燃烧着一种永远不能够熄灭的热情，因此我底心就痛得更加厉害了。

虽然是几篇短短的小说，但人类底悲哀都展现在这里面了。这里有被战争夺去了爱儿的法国老妇，有为恋爱所苦恼着的意大利的贫乐师，有为自己底爱妻为自己底同胞复仇的犹太青年，有无力升学的法国学生，有意大利的亡命者，有薄命的法国女子，有波兰的女革命党，有监狱中的俄国囚徒。他们是人类底一份子，他们是同样有人性的生物。他们所追求的都是同样的东西——青春，生命，活动，幸福、爱情，不仅为他们自己，而且也为别的人，为他们所知道，所深爱的人们。失去了这一切以后所发出的悲哀，乃是人类共有的悲哀。凡是曾经与他们同样感到，而且同样追求过这一切的人，当然明白这意思。

自然这几篇小说之写成，并不能减轻我底心中的痛苦。我以后还会痛苦，也许我底眼泪还会变成其他几篇新的小说。

可是现在我又要戴上假面具，要忙碌，要奔波，要笑，要忘掉一切地大笑了，——在这世界，在这人间。

一九三一年四月　巴　金

原载《复仇》（新中国文艺丛书），新中国书局1931年8月版

# 作者的自剖

巴　金

蛰存兄：

在从文那里看到新寄来的九月号的《现代》，我刚读了你批评《复仇》的那文章，过后杂志就被人拿去了。一直到今天在天津的一个书店里才买到一本拿回“家”来细读，因为在青岛是没有卖这杂志的地方，在济南似乎却只有第三期。

你的文章读过两遍了。对你那批评的态度我是很佩服的。但你并不了解我。有些地方你的确说出了我的弱点，譬如你说我避难就易地在手法上取巧，常用第一身讲述故事的形式，这是我没法否认的。我的确“取了巧”，但这并不是故意的。我写文章，尤其是写短篇小说的时候，我只感到一种热情要发泄出来，一种悲哀要吐露出来。我没有时间想到我应该采用什么形式。我是为了申诉，为了纪念才来写小说的，《复仇》集中的十四篇小说里，差不多每篇里都有一个我的朋友，都留着我的过去生活里的一个纪念，就是在现今我翻到这本书还会生出一种温情，一种激动或者一种忘我的境界。这样我就决不能够承认你所说的“中国作家写外国题材……只能说是因袭”和“凭书本，凭想像凭皮毛的见闻”的话了。

我觉得当你说“《复仇》里所表现的‘人类共有的悲哀’……却偏偏是中国人所万万不会有的悲哀”时，你并不了解我在《复仇》自序中写的那段话的意义。我明白地说过人类所追求的都是同样的东西——青春，生命，活动，爱情，不仅为他们自己而且也为别的人……失去了这一切以后所发生的悲哀乃是人类共有的悲哀。这对于中国人无论如何决不会是例外的。而且现在的中国人与欧美人比较起来，他们失掉青春，生命，活动，爱情的机会只有多些。就譬如你以为“坡格隆”，“亡命”很难为中国人所理解，而实际上我的许多朋友却正被那样的悲哀所苦恼着。并且你如果离开编辑室到租界上去走走。或者最好能到这里的租界上看看，你就会明白在目前的中国确实有不少的人感到坡格隆时代犹太人所感到过的悲哀了，他们只有悲哀，或者盼望着有一天日子会变过来，但他们的思想是很阴暗，没有一个出路的。就像我的那小说也没有给人一个出路，虽然夏次巴德（在《复仇》里我却改成福尔恭席太因这个假姓）在巴黎刺杀“坡格隆”的主持者是个事实，而且那经过情形正如我在另一篇小说《海底梦》里所描写的那样。至于其他的几篇题材对于中国人也并不是怎么生疏。有几篇的真实主人翁还是中国人呢！



我的短篇小说的另一个缺点应该是：结局常常是很阴暗的，没有给读者指示一条出路。有几个朋友常常因此责备我。这个过失我也承认，但我也得分辩一下。我虽然是某一个主义的信徒，但我并不是个说教者，我常常不愿意在文章的结尾加上一些口号。而且实际上那些真实的故事常常是结束得很阴暗的，我不能叫已死的朋友活起来，喊着口号前进。我只是把一个垂死的制度的牺牲者摆在人的面前指给他们看：“这儿是伤痕，这儿是血，你们看！”也许有些人会憎厌地跑开，但是聪明的读者就不会从这伤痕遍体的尸首上看出来一个合理的制度的新生么？

我的短篇小说除了上面的两个缺点外，自然还有别的一些。我并不为自己掩饰，但我得解释我为什么会有那些缺点，又为什么不能免掉它们。而且我也不能够如你的期望，“把对于量的重视转到质一方面去”。因为我和你不同，我不是一个艺术家，同时也不预备做一个艺术家。我也爱读你的《将军的头》，而且也为里面的某一些奇丽的图画所感动，但我却写不出它们，同时也不想写它们。我太热情了，并且还有一种比艺术更有力的东西引诱着我，它随时都会把我拉去使我完全抛弃掉文学的创作。我时时刻刻都在和它战斗，但时时刻刻都预备着对它屈服。我的生活就是在这种矛盾中过下去。我有时候拼命写作，有时候又感到郭哥尔焚毁《死灵》原稿时的心情。结果我并没有自己焚毁什么原稿，却反而更努力地写作起来，为的是恐怕明天我会离弃艺术，明天我就会亲手割断自己的文学的生命。这就是我近年来“多量生产”的一个重要的原因。

但这原因是不够的，应该还有一个原因，就是我缺乏着一个艺术家的素质，我不能够把小说当作一件艺术品来制作。我在写文章的时候是忘掉了自己，我简直变成一个工具了，我自己差不多是没有选择题材和形式的余裕和余地。正如我在《光明》自序里所说：这时候我自己是不复存在了。我的眼前现了黑影。这黑影逐渐扩大，终于变成了许多悲惨的图画。我的心好象受了鞭打，很厉害地跳动起来，我的手也不能制止地“迅速”在纸上动。许多许多的人都借着我的笔来伸诉他们的苦痛了。朋友，假若你能够看见我对着那张堆满着画报和破纸的方桌，时而蹲踞在椅子上，时而坐下去，接着又站起来，或者蜷伏在沙发上那样激动地写作的情形，你想我会有希望写出像你的《将军的头》那样谨慎，细致，华美的作品么？你想我还能够去注意形式，布局进行、焦点等等琐碎的事情么？我自己差不多是不能够自主的。一种力量驱使着我，使我在“多量生产”上得到满足，我没有方法抗拒它，这如今在我已经成为习惯了。这在艺术家的你们看来，也许是可悲的事情，便是我自己有时也为这事惋惜，但我始终没有办法。我的一生就是被矛盾的网掩盖着的，而且就是在矛盾中挣扎下去的。侍桁一定知道这情形，所以他对我说“像你现在这样写下去也没有几年的功夫好写”，这就是说我的文学的生命是不会长久的，（他在前面说过了另外的几个作家。）他好像为我惋惜，我自己也明白这一层，而且也不能不感觉得歉然。但是过后一想我又反而高兴起来了。因为要这样我才可以下决心抛弃艺术，而没有一点牵挂。在艺术方面失了生命，在另一方面我就会得到新生了。我知道另外有些朋友是这样替我祈祷的，他们很早就赞成我写小说。

但是那些爱好文学的朋友却并不了解我的苦闷。他们常常逼着我把那些艺术上不成熟的但里面却充满着我的热情的作品给他们拿去发表。那些朋友是属于各方面的，甚至不同的党派的，所以我的作品就常常在各种刊物上出现了，终于就到了多得有些使人讨厌的地步。但这我又有什么好办法呢？都是一样的我的朋友，给这个朋友的杂志写文章而不给那个的写，是不行的，为了这就得罪朋友也有些不值得，虽然因了身体不好的关系我曾经这样得罪过一两个朋友。最后的决定还是：尽量地写罢，只要还有精力和机会的时候，也许我的作品会跟着我消灭，也许它们甚至比我先消灭，但这于我都是没有关系的。灭亡于艺术，也许就会新生于别方面，或者会应验塞翁失马的谚语也未可知。我的努力写作也许就正是趋向于在艺术方面灭亡的一条路。不过可悲的是将来会有些人把我列在张资平先生之流，以为我是在开什么著作公司，或者想从小说方面发财。“多产作家”这几个字已经有些够受了。况且就连你的批评文章里对于每月写四五万字的我也用了“生产的多量和迅速”这几个使人难受的字呢！这些字眼常常使读者嗅着钱的气味，他们也许不会知道为了友情没有稿费也要写文章的事情。现在不是已经有什么小报在暗示说我为各杂志写小说是为着贪图巨额的稿费么？



末了我还得请你更正，我并不是如你所说的“一个对西洋文学有较久的素养的作者”。我老实说我对于文学，甚至艺术这东西完全是门外汉，我所读过的西文书大都是中国文学家不屑于读或者看见就头痛的东西。然而近年来我每走到一个地方就常常有人找我去讲演文学上的种种问题，结果我没有讲演过一次，因为我根本就不懂文学。但是如今经你这么一说，我以后又会有更多的麻烦了，所以我应该辩明一下。

祝你好。

巴　金　九月十三夜十二时半在天津

**存*按：** 本刊自从刊载书评以来，对于作者完全抱着极忠诚的态度，一点不敢意气用事，使书评栏等于谩骂捧角之场。但是对于任何一本书的批评，其未必能为作者所首肯，亦等于其未必能为该书读者所首肯。所以有作者来函自剖，我很乐意发表，使读者有所参考。批评家对于一个创作家，本来是决不会有所损益的。

* 即《现代》编者施蛰存。——本书编者注。

巴金先生的这封信，我认为是很好的一篇对于他自己的著作态度之自白。这封信一定能够帮助巴金先生的读者对于他有更深的了解。其中关于我的许多话，我都承认。我很知道我的从事于文学之制作的态度，确实和巴金先生的不同。但是，巴金先生之“热情的涌激”，使他写成了许多好的文学作品，我以“感伤的或幻想的雕饰”，尽我底能力完成了一些不敢自弃的作品。其为文学则一也。我因为尚有和巴金先生可以共鸣之点，所以我自信尚不致于不了解巴金先生。

至于评《复仇》一文中说到巴金先生之“生产的多量和迅速”，这里我可以誓言一点没有巴金先生所说的那种“使读者嗅着钱的气味”的暗示。这或许是巴金先生底神经过敏处。因为写那篇批评文的人，同时也是一位作家。他也如我一样地时常感觉到创作力之迟缓，所以对于巴金先生那样的能写作得快而且多，便不禁佩服其努力之不易几及了。在这里，我敢代表该文作者声明，一点没有对于巴金先生不敬之处。史各德著《惠浮莱说部丛书》，巴尔札克著《人间谐剧》，何尝不是快而且多，何尝不是第一流的作家！

因为我曾声明本刊书评栏的文章，系由几位时常相见的朋友所执笔，而由我代表本刊负责，所以评巴金先生的《复仇》一文，虽然确非我之手笔，但对于巴金先生函中之误认为我所作，也只好将错就错地承认了。

原载1932年10月1日《现代》第1卷第6期

# 《光明》序

巴 金

这是我底第二本短篇小说集。

如果《复仇》是我底悲哀，我底眼泪，那么这一册《光明》就是我底诅咒了。



我自己和别的许多人一样也是有过童年的。在那时候我也曾有过一个爱我底母亲，她给了我这一颗无所不爱的心。她教我爱人，祝福人。她这样地教育我一直到死。可是在我长大成人之后，我如今却要来诅咒人了。

自然诅咒并不是一件愉快的工作。我从祝福走到诅咒，在这爱与憎底挣扎中是煞尽了心血的，然而我究竟得了什么代价呢？我如今连我自己也诅咒起来了。

这一年来不知道怎样，我竟然把患病以外的全部光阴贡献在写作方面去了。每夜，每夜，一切都寂静了，人间的悲剧也都终局了，我还拿着笔在白纸上写黑字，好像我底整个生命就在这些白纸上面。这时候我底眼前现了黑影。这黑影逐渐扩大，终于在我底眼前变成了许多幅悲惨的图画。我底心好像受了鞭打，很厉害地跳动起来，我底手也不能制止地迅速在纸上动。我自己是不复存在了，至少在这时候。不仅是一个阶级，差不多全人类都要借我底笔来伸诉他们底苦痛了。他们是有这权利的。在这时候我还能够絮絮地像说教者那样说什么爱人，祝福人的话么？

我在创作里不免犯了种种的过失，和在生活里一样；有时候也许憎恨迷了我底眼睛象爱迷了我底眼睛那样，但我始终相信我底创作态度是很真实的，而且有时候因为过于真实便不免含了矛盾，爱与憎的矛盾。然而我是这样的一个人：正如我在小说《新生》里所说的，我要宝爱着这矛盾，我并不掩饰它。自然这情形是一些人所不了解的，他们整日舒服地躺卧在象牙之塔里，看不见我底书里面所述的种种事象，他们自有他们底世界。而我也另有我底世界。在那广大的中国群众中我有我底读者，他们是能够了解我的。我为他们而写这书。我要把这诅咒深植在他们底胸中，唤起他们底憎恨的记忆。

无疑地在我底诅咒中同时也闪耀着爱的火花，这爱与憎底矛盾将永远是我底矛盾罢。我并不为自己辩解。我们只看那一个宣传爱之福音而且为爱之故被钉死在十字架上的基督是怎样地诅咒过人：

“你们富足的人有祸了，因为你们受过你们的安慰，你们现在饱足的人有祸了。因为你们将要饥饿。你们现在喜笑的人有祸了，因为你们将要哀恸哭泣。……”

（《路加福音》第六章二四，二五节）

将来在人间也许这爱与憎底矛盾会有消灭之一日。可是在现今我是要学那一个历史上的伟大的人底样子来诅咒人了。

一九三一年十一月

原载《光明》(新中国文艺丛书)，新中国书局1932年5月版

# 《〈巴金短篇小说集〉第一集》后记

我开始写文章，到现在也有好几年了。这几年中间究竟写了些什么东西，我自己有时候也算不清楚这一笔糊涂帐。想起来，我写的文章，有的随写随弃，有的发表后连自己也没注意就看不见了。其中流传到现在的，还是几篇小说。



这里用了"流传"两字，自己看来也觉惭愧。但我并不是在夸耀我底小说写得好。因为能够"流传"的，不见得就是好东西。虽然在今天时髦的书店老板已经能够谈什么"文化的立场"了，然而文化是什么，那还是天知道的事情。做生意另有生意经，哪怕是不通的文章，也可以一版再版乃至四版五版的。所以我底书可以流传到现在，并不是什么光荣的事情。

我对于自己底作品并不满意。有时我固然也爱惜它们，但有时我也讨厌它们。而且有件事情却是永远不变的：我每次翻阅到自己写的东西，总不免要提笔胡乱地删改一番。似乎到处都有毛病，不改心里就不痛快。据一位英勇的第三流批评家说，一篇好文章是不能够随意被删改的。连增减一个字也不行。从这里也可以看见我底文章是不成东西的了。

话虽然是如此说，但我还没有勇气把我底不成东西的文章毁掉，也就糊里糊涂地让它们一版再版地印下去。我并不想赚钱，但也从不曾打过文化的招牌。我一生就充满了矛盾。譬如，我不满意自己底文章，但同时又不甘心那些更不成东西的读物老是在读者中间卖来卖去。所以我也高兴让我底作品和它们抢一抢生意。

以前我忙着写文章。近一年来我发明了（？）“搁笔”两字来敷衍各位大编辑，所以有了读书的时间。有时候也读自己写的东西，便费了一点工夫把旧作整理一下，同时又借到一笔钱来把售出了版权的旧作收回。其结果我编了两册短篇集，把我底全部短篇小说都包括在里面。

现在先出第一集，收的是《复仇》,《光明》,《电椅》三个集子里面的各篇小说。但每篇都有一点小的改动。《电椅》暂时删去了，我把它改编在第二集里。第二集不久也可以出版，不过里面有几篇小说，我想把它们大大地改动一下。

各个集子底序文仍旧原样地保留着，因为那是我当时的心情底表白。另外附了一篇《写作生活底回顾》在前面，这是一篇旧作，但增加了新的材料。倘使有读者读我底小说不能理解，那么《写作生活底回顾》就可以给他帮忙。但是如果他读后仍不能理解，那么他就率性不要再读，或者劝人不要读。这是最痛快的办法。



别的话留到第二集付印时再说。

一九三五年十二月　巴金记

原载《巴金短篇小说集》第一集，开明书店 1936 年 2 月版

# 《抹布》序

我从前有一块抹布，很肮脏，而且常常是湿漉漉的。我讨厌它，我把它弃置在角落里。我以为那里是它的最适宜的地方。

有一个晚上，我在黑暗里醒了，我在黑暗里睁开眼睛，忽然发见在什么地方有着一线光亮。这光亮渐渐地照彻了我的心。我万想不到这就是湿漉漉的抹布从角落里放射出来的光芒。它使我看见了许多以前看不见的东西。

这里所叙述的是两篇被踏践，被侮辱的人的故事。这种人是不齿于“高等华人”的，他们住在阳光不常照耀的地方。他们从襁褓走到坟墓，这其间所经过的路径是侮辱与受苦，穷困与无名。我愿意拿这管无力的笔带一点阳光照耀在他们的坟墓上。所以现在先写成了这两篇。第一篇的故事完全是真实的；第二篇里真实的只有极小的部分。但那个变做了女人的男子却是实在有的。他曾和我的一个叔父发生过关系，后来终于在贫困中死了，而且也已经被许多玩弄过他的人忘掉了。然而他的一生也不是白白浪费了的，它揭露了那般作为一个崩颓的时代的代表的人的假面具，给我们看那般举起旧礼教的旗帜的人的真实面目。

“去罢！”我把这两篇故事当作一块抹布掷在角落里，希望它在黑暗里会放射出光芒来。

一九三二年十一月　巴　金

原载《抹布》，北平星云堂书店 1933 年 4 月 10 日版

# 《将军集》序一

五年很快地就过去了。这其间我没有给你写过一封信，也没有在你常常接触的那些报纸上报告过一点消息。也许你以为我已经死了。在混乱的国度里死掉一个年青人，这是很平常很容易的事情，你会这样想。不然为什么我回国以后就象石沉大海般没有一点影响呢?



E.G.，我没有死，但是我违背了当初的约言，我不曾做过一件当初应允你们的事情。我一回国就给种种奇异的环境拘囚着，我没有反抗，却让一些无益的事情来销磨我的精力和生命，于是我拿沉默来惩罚了自己。在你们的 milieu 里我是死了，我把自己杀死了。我想你和 A·柏克曼有时候在工作的余暇也许会谈到我的死，为这事情发出一两声叹息罢。

E.G.，这五年是多么苦痛的长时间呵！我到现在还不明白我是怎样把它们度过的。然而那一切终于远远地退去了，就象一场噩梦。剩下的只有十几本小说，这十几本书不知道吸吮了我的若干的血和泪。

但是这情形只有你才了解。你曾知道在这五年里我贡献了怎样悲惨的牺牲，这牺牲是完全不值得的。这只有你一个人知道。当我十五岁的时候你曾经把我从悬崖上的生活里唤了转来。以后在一九二七年，两个无罪的工人在波士顿被法律送上了电椅，全世界的劳动阶级的呼声被窒息了的时候，我曾经怀着那样的苦痛的，直率的心向你哀诉，向你求救，你许多次用了亲切的鼓励的话语来安慰我，用了你的宝贵的经验来教导我。你的那些美丽的信至今还是我的鼓舞的泉源，当我有机会来翻读它们的时候。E.G.，我的精神上的母亲（你曾经允许过我这样称呼过你），E.G.，你，梦的女儿（L.P.Abbott 这样称呼过你）。你应该是唯一了解我的痛苦的人。

现在人家在谈论我的教养，生活，意识了。那些人，他们不曾读懂我写的东西，他们不曾了解我的思想，他们不曾知道我的生活，他们从主观的想象中构造成了一个我，就对着这个想象的人的身上放射了明枪暗箭。虚无主义，人道主义，人家把这样的头衔加到了我的名字上面。我的小说给我招来了这许多误解。我的小说完全掩盖了我的思想，我的为人。虽然我曾经写过一本三百多页的解释我的思想的书（这书里没有一个玄学的术语，完全是人人懂得的话句），但那些谈论我的思想断定我为某某主义者的人是不会去读的。他们根据一篇短篇小说就来断定我的思想，然后再从这里面演绎出种种奇异的结论。这几年来我就陷落在这样的泥窖里面爬不起来。

我憎恨我自己，憎恨我写的这些文章，我决定把自己来惩罚，我便用了沉默这刑罚，几年来我没有和你们通过一次信，我自己塞断了鼓舞安慰的泉源，这惩罚也使我受够苦了。我就是这样地在痛苦中，活埋了自己。

今天读着你的两厚册的自传 Living My Life，那两本充满着生命的书把我的灵魂猛烈地震动了。你的那响彻了四十年的春雷般的吼声通过了全书来叩我的活葬墓的墓门了。这时候沉默也失掉了它的效力。生命之火燃起来了。我要回到那活动的生活里去。我也要去历尽那生活的高峰和深渊，历尽那痛苦的悲愁和忘我的喜悦，历尽那黑暗的绝望和热烈的希望。我要以你所教给我的态度从容地去度那生活，一直到饮尽了杯中的最后的一滴。

E.G.，我现在开始来打破那沉默了。同着这封信我愿意把我的最近的这本小说集献给你，它也是我的沉默时期中的产物，它也浸透着我的血和泪。从这里面你可以看出来我的最近一年的苦痛生活。而且从《在门槛上》一篇里你也可以看见你自己的面影。我因了你的介绍才读到屠格涅夫的那首伟大的散文诗，才认识亡命巴黎的那些柏洛夫斯加亚型的女性，在我的脑筋里她们的印象也是永远不会消灭的。我盼望着在最近的将来我和你，和她们能够在地中海畔的巴斯罗纳见面。那时候我决不会再向你絮絮地谈我的苦痛的生活了。

一九三三年九月　巴　金

录自《巴金短篇小说集》第二集，开明书店 1936 年 4 月版

# 《将军》后记

余　一

前面的十篇短篇小说都是我在今年内写成的。现在应了友人好意的要求把它们编在一起出版了。



我写短篇小说不过是近两年来的事情，也曾出过三本集子。在量方面是不多的，而且在我的作品里面这也只能算极小的一部分，但我为它们而挨的骂却似乎不少了。不知怎样那些在南北各日报附刊上面写读后感的批评家之流就常常喜欢拿一个短篇来代表我的思想，从而大发一番议论。其实我在艺术方面是一个毫无修养的人，和那些批评家完全不同；我没有能力在一篇短篇小说里就把我的宇宙观人生观以及我对于种种问题的观念全般写出来或者暗示出来，这是没有办法的事情，因为我根本就没有批评家们所具有的那种天才。自然为了不要折磨天才的头脑的缘故，我似乎不应该再把小说集拿来出版。既然冒昧地出版了，就应该来挨天才们的骂。

我从没有一个时候敢说我的小说写得好，而且当一些不曾读过我的作品的新朋友当面客气地称赞我的小说时，我也只会红脸，只会觉得有些难受。近来有过一次觉得那些天才的批评家实在纠缠得有些令人讨厌了，就差不多要发誓说，以后不再写小说，尤其不写短篇小说了。但最近因了偶然的机会得与一些批评家和教授稍微周旋了一下，尤其是前些时候读到一篇名教授的《文学雅俗观》和前两天在一个宴会里恭聆了一位刚从四川参加了科学社年会回来的植物学家兼文学家的名教授的教益以后就觉得我的小说还应该写下去，如果没有别的原因，单为了使教授们不舒服，我就应该写小说，让他们看见斯文扫地而叹息；单为了使批评家们不舒服，我就应该写短篇小说，让他们在几千字的文章里吃力地去找寻作者的宇宙观人生观去。记得那位植物学教授说过，“不会写文言文的人就写不好白话文”，又说：“沙士比亚以后，就再没有第二个人比得上他。”我就是一个不会写文言文的人，我就是一个把沙士比亚看得一钱不值的人，但我偏偏要写些教授们讨厌的不通的文章。至少这些文章的存在，总不会给教授们什么好处。我既然播下一些毒草的种子，那么，扫除它们，也就要费去教授们的一些宝贵的时间。

为了这个缘故，我就很高兴地等着我的这本小说集的出版了。自然文章大半都是幼稚的，但内容就不一定全是空虚。我目前也管不了这许多。我不给它们修饰什么，我也不为它们遮盖什么。我把它们送到世界上去，让贤明的读者来做一个公平的裁判官罢。我的作品的生存与死亡，全由他们来决定。我相信我的作品，即使不是全部，至少也有一部分将来是会被淘汰掉的。我自己不能够再有一点偏爱了。

一九三三年十月在北平

原载《将军》(创作文库六)，上海生活书店 1934 年 8 月版

# 《沉默集》序一

在《将军集》的序言里我曾说过：

“现在我的笔算是暂时放下了。虽然沉默也使人痛苦，但我希望我能够坚持着不再把我的笔提起来。”

这一年来我的确沉默了。但其间我偶尔也用过别的笔名发表几篇文章，这算是我的沉默时期中的唯一的产物。现在把它们集起来付印，也无非纪念这一年来的清闲生活。

小说集题名《沉默》，意思是从 A · Spiés 的一句话来的。至于那个德国人四十几年前说过一句什么话，我在这里却不想指出来了。

一九三四年九月　巴　金

录自《巴金短篇小说集》第二集，开明书店 1936 年 4 月版

# 《沉默集》序二

我读过一小部分关于法国大革命的书。

拉马丁的《吉隆特党史》在解释法国大革命方面是失败的，它是一本充满着诗人的偏见的著作。但那文辞的优美却常常使我感动。同时书中攻击诬陷马拉等人的地方也很使我愤慨。



马拉成了许多皇党或历史家攻击的目标，乃是很自然的事情。因为当时的领袖里面除了巴黎公社的埃伯尔几人而外，就只有马拉爱护人民，而且他比谁都更爱人民，他是人民的最忠实的友人。吉隆特党骂他做吸血的疯人，历史家如马德楞等甚至用了许多不堪的话来形容他。但如今许多文件摆在我们的眼前，使我们明白马拉在法国大革命中究竟尽过什么样的 rôle 了。

哥代刺杀马拉并不是偶然的事情，她实现了皇党和吉隆特党的愿望。老实说她不过是一个误入迷途的热心家，上了别人的当，做了一件傻事。虽然她自己在法庭上说："我杀一个人以救十万人；杀一个匪徒以救无辜的人；杀一只野兽以谋祖国的安宁"，我相信她在一七九三年七月十七日上断头台时一定会明白她的错误。

对于马拉的死，我很觉得遗憾。而且这个"热烈的，悲歌慷慨的，充满着爱护人民和正义的心情的人"，常常被人误解，被人诬陷，被人侮辱的事使我非常愤激。

一天我在蜡人馆看了那马拉被刺的悲剧回来，一百数十年前的景象激起了我脑海中的波澜。我悲痛地想到当时的巨大损失，我觉得和那些在赛纳河畔啼饥号寒的人民起了同感。这时候我翻开了拉马丁的书，马得楞的书，和道布生的论哥代等的书（《四个法国妇人》），我的愤怒又从心底升上来，我无法自遣，我便起了个念头，想草就一篇文章描写这历史上的大悲剧，马拉的死。我重读了米席勒的书，米涅的书，阿拉的书，若勒斯的书，克鲁泡特金的书，马地叶的书，我的愤怒渐渐消了下去，文章起了几个头，都被我把原稿撕毁了。

在今年的开始我因了一个偶然的念头，匆忙地写就一篇关于罗伯斯比尔的文章。那时我正在读拉马丁的书消遣，读到书中丹东派上断头台时，罗伯斯比尔躲在房里悲叹的一段。罗伯斯比尔说："可怜的加米，我竟不能够救他！……至于丹东，我知道他不过给我带路；然而不管是有罪或无辜，我们都必须把头颅献给共和国……"我想抓住这心理来描写，又想另写一篇来表明丹东的性格和他的灭亡。

罗伯斯比尔并不是一个坏人，如某一些历史家所描写的。他讲道德说仁义，的确是一个正人君子。他爱革命，但他却信自己，不顾人民。他在人民啼饥号寒之际，专门讲道德杀敌人，使得人民在下面怨愤地说："我们饿得要死，你们却以杀戮来养我们！"他忽略了人民的不满，却一面杀人，一面叫国约议会议决神的存在和灵魂不死，想用这个来安定人心。结果他自己必然地走上了断头台。



我相信抓住这题材认真来写，一定可以成功。不幸我却失败了，一则因为我缺乏文学的才分，二则在旅行中我找不到许多参考书，一部分的材料还须从记忆中寻来。

我斗胆把这文章寄给一个编杂志的朋友，我希望他把这当作散文看，而他却把它作为小说发表了。这文章在杂志上面印出来以后，别的朋友又来信鼓励我，要我多写几篇这类的东西。因此我又把《马拉的最后》重写出来。这一次我居然有勇气完成了它。后来又写成《丹东的悲哀》一篇。这样我便把当时的三大领袖的故事完成了。

写完重读，自己并不满意，而且想到象我这样的人竟然大胆写出了历史小说一类的东西，自己也不免要红脸。但既然写了出来，我也就顾不得许多了。不过有几句话是应该我来声明的：

《马拉的最后》里面的描写除最末一段外全有根据。材料取自米席勒诸人的书。从这里我们可以看出马拉的真面目来。末一段自然与历史事实不合，哥代始终不知道她的错误，她至死还把马拉当作一个渴血的疯子。但我的描写和历史记载也不会有大的冲突，哥代刺杀马拉时的心理没有人能够知道。我把结尾写成这样，是因为我相信倘使哥代事后多多思索一下，她一定会发生后悔。哥代性格很可爱，死得也勇敢，另一个热心家亚当·吕克斯认为“和她同死在断头机上乃是一件美丽的事情”，他在她死后写文章颂扬她，拥护她，他果然为她的缘故上了断头台。吕克斯到巴黎来为了参加革命，他并不认识哥代，甚至不曾和她谈过一句话，但他却为她舍弃了革命。吕克斯说：“我为自由而死”，实际上吕克斯并不了解哥代，不了解自由，也不了解革命。

写三篇小说，将百数十年前的旧事重提，既非“替古人担忧”，亦非“借酒浇愁”。一言以蔽之，不敢忘历史的教训而已。❶

末附《法国大革命的故事》，是将一篇旧作改写而成的。这文章虽在我所译的一个剧本里印过一次，但读过那剧本的人并不多。现在把它印在这里也可以帮助读者了解我那三篇所谓历史小说。

一九三四年九月　巴　金



一九三五年我旅居东京，读书的时间很多，在这时期曾读过二三十册关于法国大革命的著述，觉得自己对于法国大革命的看法并没有错误。这次改编短篇集时曾把那三篇历史小说删改了一下，改动的地方虽不算多，却也不少。《法国大革命的故事》一篇我本想改作，但因为这里篇幅有限，不能由我随意地写，结果也只增加了一部分的正文和注解。我将来也许会写一本通俗的法国大革命史来完成我的研究。

---

❶ 本书编者注：本文收入《巴金文集》第九卷（人民文学出版社 1959 年 10 月版）时，作者在这段话下面加了一段注。全文如下：

“我现在重读这三篇旧作，觉得自己对法国大革命史的看法存在着许多缺点：第一，我不能从马克思主义的观点来分析、解释法国大革命，因此对我所写的三个人物也没有给以适当的评价；第二，我杂乱地读过一些书，也没有能把材料整理、分析一下，对许多互相冲突的记载也没有能判断什么是真实的，什么是虚伪的或错误的；第三，我常常不能从阶级的观点看问题。此外自然还有别的缺点。今天我没法重写它们，我几乎把过去读过的书全忘记了，而且也不可能在短时间内认真研究法国大革命史。我想在这里说明：这是我二十五年前信笔写成的小说。读者若想知道真正的历史事实，不妨读索布尔著的《法国革命》，那里有比较正确的叙述。

附录三篇‘散文’也是同样性质的作品，写作的年代虽然跟三篇‘小说’不同，但缺点则差不多。”

象我这年幼学浅的人，只能写这种通俗的小书。至于专门的研究，应该让友人杨人楩君去做。他正在伦敦博物院和巴黎国立图书馆两处关于法国大革命的丰富的文献中作精深的探讨，希望他会有卓越的著作给我们。

一九三六年一月　巴金又记

录自《巴金短篇小说集》第二集，开明书店 1936 年 4 月版

# 《沉落》题记

巴　金

我毫不迟疑地给我的第六短篇集起了这名称。

《沉默》之后又来一个《沉落》，也许有人会以为我给什么打倒了吧。这《沉落》和《沉默》一样是不很容易了解的。



时间总算跑得很快，那个叫做 A · Spies 的德国人已经在美国伊利诺瓦州的墓场里睡过了四十七年。在我这却仿佛只是昨天的事。昨天我重读了《沉默》，似乎又一次听见了他在支加哥绞刑台上的最后的声音。的确他“在坟墓中的沉默”比任何时候都更有力量的那日子快到了。他的那遗言如今堂皇地刻在纪念碑座上，甚至那般到金圆国家去观光的绅士淑女们也可以看见的。作为 Spies 的赞颂者的我的沉默，并不是在一切恶的面前闭着眼睛。

《沉落》也是以对于“勿抗恶”的攻击开始的。第一篇题作《沉落》的小说就充分地表现了我的态度。而同集里别的几篇也是在同样愤慨的感情下写出来的。态度是一贯，笔调是同样简单。没有含蓄，没有幽默，没有技巧，而且也没有宽容。这也许被文豪之类视作浅薄，鄙俗的东西吧，但在这里面却跳动着一个时代的青年的心。我承认我在积极方面还不曾把这时代青年的热望完全表现出来，但在消极方面我总算尽了我的力量。在翦刀在硃笔所允许的范围内，把他们所憎恨的阴影画出来了。

让那一切的阴影都沉落到深渊里去吧！我们要生存，要活下去。为了这生存，我们要踏过一切腐朽了的死骸和将腐臭的活尸走向那光明的世界去。

历史不是循环的，是前进的。几千年来没有人做过的事，我们也要着手来做。将一切存在或存在过的东西重新来估价——这样做，我们是决不会跟着那一切的阴影，“沉落”到深渊里去了。

原载《沉落》(文学研究会创作丛书)，商务印书馆1936年3月版

# 《〈巴金短篇小说集〉第二集》后记

费了将近半个月的工夫我编好了我的短篇小说集的第二卷（或者就叫做第二集）。我最初并不想这样地编排，我打算把一部分不象样的东西率性删掉。可是现在我却不加选择地把我的短篇创作都收入了。是的，除了《神·鬼·人》和一篇《长生塔》（这是童话，将收在一个未发表的童话集里）外，我的全部短篇小说都在这两本集子里面。我这样做，也有我的理由。我既然写过那许多不象样的东西，我就不应该替自己遮丑。我最好是把我的全个面目露给人看，不隐藏一点。至于别人的笑骂，由它去罢！我准备来承受一切。

收在这一集里面的共有二十三个短篇，这次都被我胡乱地改了一通。为什么要改？理由很简单：不改不痛快。其中改得最多的是三篇所谓历史小说。自己原先就说过要大大地改动一下，但改好一看却又觉得改得太少了。将来有时间我也许会把它们重写一次，可是又怕那时写出来的会是历史，会是传记，而不是小说了。我到现在才明白写文章不是容易的事情，其中的甘苦连自己也不能立刻就知道，何况别人！

有人说我写“后记”时爱发牢骚，好象我这人就有满腹的怨气似的。（其实我的怨气只有鬼知道！）这一次我不发牢骚了，率性连话也不多说。自己省事，别人也省事。

一九三六年一月廿七日　巴金记

原载《巴金短篇小说集》第二集，开明书店 1936 年 4 月版

# 《神·鬼·人》序

做小孩的时候在那所空阔的衙门里我也曾跟着母亲拜过神。母亲告诉我，神是至高无上的，神是大公无私的。

一对蜡烛，一柱香，对着那一碧无际的天空，我跟着母亲深深磕下头去。向着那明鉴一切的神明，我虔诚地祷告着：我求他给每个人带来幸福，带来和平。我求他让我看见每个人的笑脸，我求他不要使任何人哭泣。

然而神似乎不曾听见我的祷告。神的宝座也许是太高，太高了。

在我们那所空阔的公馆里面，我看见了死。死使我瞭解了恐怖，死使我瞭解了悲痛。死带走了一些我所爱的人。死甚至带走了爱我而又为我所爱的母亲。

在狂风震撼着玻璃窗的夜晚，一个年老的女仆陪伴着我，她给我叙说鬼的故事。她使我相信人死了就变为鬼。她使我相信在鬼的世界里正义统治着一切。她使我相信人间的苦乐祸福在“阴间”都有它的因果关系。

一到黄昏时分，鬼的世界就开始在我的眼前出现了。人告诉我花园里桃树下每天傍晚都有两个女人搭了梯子在爬。人告诉我有谁半夜里在厕所旁边撞见了披头散发吐出长舌的吊死鬼。人告诉我有个小丫头听见过后花园里的鬼叫。

家里念经，超度母亲，和尚来布置了经堂，悬挂了所谓“十殿”的画像。全是些那么可怕的残酷的图画。站在这样的鬼的世界前面我痛苦地闭了眼睛。

从那时候起我懂得了惧怕。我开始怕了鬼。

在这敬神怕鬼的环境里我继续活下去。我是一个胆怯的笨孩子。我尊敬着一切，我惧怕着一切。

一只大手意外地伸了来，抓住我投进了生活的洪炉里面去。在烈火中间我的眼睛是渐渐地睁开了。

压迫，争斗，倾轧，灾祸，苦恼，眼泪……在我的周围就只有这些东西。我看不见一张笑脸，我就只听见哭声。

我祷告神，我相信着神的公道。我惧怕鬼，我相信着阴间的报应。

然而神的眼睛闭着，鬼的耳朵也给塞住了。我看不见一点公道，而那报应的说法也变得更渺茫了。



我的孩子的心渐渐地反抗起来。

不知道有若干次，绝望的悲愤压着我，我一个人在漆黑的深夜，圆圆地睁着眼睛，大步走进花园里面去，我说我要去找寻鬼，让它带我去看看鬼的世界。

花园里只有黑暗和静寂。我听不见一点声响。我看不见一个幻象。甚至在桃树下，在假山后面，那里也只有死沉沉的静寂。一切都死了。鬼也死了。神的公道也死了。

我渐渐地忘了惧怕，忘了尊敬。于是我不再崇拜神，也不再惧怕鬼了。

我开始认识了一个东西，相信着一个东西——我自己：人。

我还在这生活的洪炉里面。我的孩子的心给烈火锻炼着。但我已经不再是一个胆怯的笨孩子了。

火燃着，熊熊地燃着，就没有一刻熄灭过。火烧焦了我的筋骨，火熬尽了我的血液。然而我是长大成人了。

火烧完了我的尊敬，火烧尽了我的惧怕。火烧毁了神，火烧死了鬼。火使我完全忘记了过去。这可祝福的生活的洪炉里面的烈火呵。

我自由了，我是摆脱了一切过去的阴影而自由了。我第一次完全明白我是一个人。我开始努力像一个人的样子而活着。

站在这坚实的土地上面，怀着一颗不惧怕一切的心，我是离开那从空虚里生出来的神和鬼而存在了。

我是一个人。我像一个人的样子用坚定的脚步，走向人的新天地去！

一九三五年十月　巴　金

原载《神·鬼·人》(《文学丛刊》第一集)，
文化生活出版社 1935 年 11 月版

# 《神·鬼·人》后记

这一年来我就在破书堆里面讨生活，很少有提笔的机会，写成的小说也就只有这三个类似连续的短篇。《人》是最近写成的，还不曾在刊物上发表过。现在就草率地把它们集在一起付排了。

《人》是这书的结论，应该是一篇有力的文章。我本想用个新的形式来写它，但环境限制了我，我只得草率地写成了这一篇既不像小说又不像散文的东西，来代替那应有的结论。为这事情我本想发一番牢骚，然而我的牢骚已经发得太多了。

有人说："没有一个作家象巴金那样钟爱他的作品。"倘使这话是真的。那么朋友们，请爱惜地接受这本小书罢，因为我是把自己钟爱的东西献给了你们。

一九三五年十一月　巴　金记

原载《神·鬼·人》(《文学丛刊》第一集)，
文化生活出版社 1935 年 11 月版

# 关于《神·鬼·人》(节录)

巴 金

最近我在看我的两卷本《选集》的校样。第一卷中选了我在日本写的短篇小说《鬼》，它使我回忆起一些事情，我找出我的短篇集《神·鬼·人》，把另外的两篇也读了。

这三个短篇都是在日本写成的。前两篇写于横滨，后一篇则是我迁到东京以后四月上旬某一天的亲身经历。我是一九三四年十一月下旬到横滨的。我怎样到日本去，在《关于〈长生塔〉》里已经讲过了。至于为什么要去日本？唯一的理由是学习日文。我十六、七岁时，就在成都学过日文。我两个叔父在光绪时期留学日本，回国以后常常谈起那边的生活。我对一些新奇事物也颇感兴趣。后来我读到鲁迅、夏丏尊他们翻译的日本小说，对日本文学发生爱好，又开始自学日文，或者请懂日语的朋友教我认些单字，学几句普通的会话，时学时辍，连入门也谈不上。一九三四年我在北平住了好几个月，先是在沈从文家里作客，后来章靳以租了房子办《文学季刊》，邀我同住，我就搬到三座门大街十四号去了。我认识曹禺，就是靳以介绍的。曹禺在清华大学作研究生，春假期间他和同学们到日本旅行。他回来在三座门大街谈起日本的一些情况，引起我到日本看看的兴趣。这年七月我从北平回到上海，同吴朗西、伍禅他们谈起，他们主张我住在日本朋友的家里，认为这样学习日文比较方便。正好他们过去在东京念书时有一个熟人姓武田，这时在横滨高等商业学校教中国话，他可能有条件接待我。吴朗西（不然就是《小川未明童话集》的译者张晓天的兄弟张易）便写了一封信给武田，问他愿意不愿意在家里接待一个叫“黎德瑞”的中国人，还说黎是书店职员，想到日本学习日文。不久回信来了，他欢迎我到他们家作客。

于是我十一月二十四日（大概没有记错吧）到了横滨。我买的是二等舱票，客人不太多，中国人更少，横滨海关人员对二等舱客人非常客气，我们坐在餐厅里，他们打个招呼，也不要办什么手续，就请我们上岸。不用我着急，武田副教授和他的夫人带着两个女儿（一个七岁、一个五岁）打着小旗在码头等候我了。以后的情况，我在《关于〈长生塔〉》里也讲了一些，例如每天大清早警察就来找我，问我的哥哥叫什么名字等等，每次问一两句，都是突然袭击，我早有准备，因此并不感到狼狈。我在当时写的第一个短篇《神》里面还描写了武田家的生活和他那所修建在横滨本牧町小山坡上的“精致的小木屋”。小说里的长谷川君就是生活里的武田君。我把长谷川写成“一个公司职员，办的是笔墨上的事”，唯一的原因是：万一武田君看到了我的小说，他也不会相信长谷川就是他自己。这也说明武田君是一个十分老实的人。我的朋友认识武田的时候，他还不是个信佛念经的人。这样的发现对我是一个意外。我对他那种迷信很有反感，就用他的言行作为小说的题材，我一面写一面观察。我住在他的家里观察他、描写他，困难不大。只是我得留心不让他知道我是作家，不能露出破绽，否则会引起麻烦。他不在家时，我可以放心地写，不过也不能让小孩觉察出来。因此我坐在写字桌前，手边总是放一本书，要是有人推门进屋，我马上用书盖在稿纸上面。但到了夜间他不休止地念经的时候，我就不怕有人进来打扰了。

那个时候我写得很快，象《神》这样的短篇我在几天里便写好了。我自己就在生活里面，小说中的环境就在我的四周，我只是照我的见闻和这一段经历如实地写下去。我住在武田君的书房里，书房的陈设正如我在小说中描写的那样，玻璃书橱里的书全是武田君的藏书，他允许我随意翻看，我的确也翻看了一下。这些书可以说明一件事实：他从无神论者变成了信神的人。至于他信奉的“日莲宗”，念的“法华经”，我一点也不懂，我写的全是他自己讲出来的。对我来说，这一点就够用了。我写的是从我的眼中看出来的那个人，同时也用了他自己讲的话作为补充。我不需要写他的内心活动，生活细节倒并不缺乏，我同他在一起生活，在一起吃饭，他有客人来，我也不用避开。我还和他们一家同到附近朋友家作客。对于象他那样的日本知识分子的日常生活，我多少了解了一点，在小说里可能我对他的分析有错误，但是我用不着编造什么。我短时期的见闻本身就构成了一个完整的故事。我在小说里说："在一个多星期里看透了一个人一生的悲剧"，这是真话。在生活里常有这样的事，有时只需要一天、半天的见闻，就可以写成一个故事，只要说得清楚，不违反真实，怎样写都可以，反正是创作，不一定走别人的老路，不一定要什么权威来批准。

这个无神论者在不久之前相信了宗教，我看，是屈服于政治的压力、社会的压力、家庭的压力。（武田君就说过："在我们这里宗教常常是家传的。"）他想用宗教镇压他的"凡心"。可是"凡心"越压越旺。他的"凡心"就是对现存社会秩序的不满，这是压不死、扑不灭的火焰。"凡心"越旺，他就越用苦行对付它，拚命念经啦，绝食啦，供神啦，总之用绝望的努力和垂死的挣扎进行斗争。结果呢，他只有"跳进深渊"去。我当时是这样判断的。事实上是不是这样就难说了。我在武田君家里不是象小说中描写的那样只住了一个多星期，我在那里住了三个月光景。以后我在东京、在上海还接到他几封来信。我现在记不清楚是在一九三六年下半年还是在一九三七年上半年，他来过上海，到文化生活出版社找过"黎德瑞先生"。他写下一个地址，在北四川路，是他妹妹的家，当时有不少的日本人住在北四川路，但我在日本时，他妹妹不会在上海，否则他一定告诉我。我按照他留的地址去看他，约他出来到南京路永安公司楼上大东茶室吃了一顿晚饭。我们象老朋友似地交谈，也回忆起在横滨过的那些日子。他似乎并未怀疑我的本名不是"黎德瑞"，也不打听我的生活情况，很容易地接受了我所讲的一切。他的精神状态比从前开朗，身体也比从前好。我偶尔开玩笑地问他："还是那样虔诚地念经吧？"他笑笑，简单地回答了一句："那是过去的事情了。"他不曾讲下去，我也没有追问。我知道他没有"跳进深渊"就够了。以后我还去看望他，他不在家，我把带去的礼物留下便走了。他回国后寄来过感谢的信。再后爆发了战争。抗战初期我发表两封《给日本友人》的公开信。受信人"武田君"就是他。一九四〇年我去昆明、重庆以后，留在上海的好几封武田君的信全给别人烧毁了，现在我手边只有一幅我和他全家合摄的照片，让我记起曾经有过这样的一个人。

我在小说里描写了武田君住宅四周的景物。可能有人要问这些景物和故事的发展有没有关系？作者是不是用景物来衬托主人公的心境的变化？完全不是。我只是写真实。我当时看见什么，就写什么。我喜欢这四周的景物，就把它们全记录下来。没有这些景物，长谷川的故事还不是一样地发展！它们不象另一个短篇《鬼》里面的海，海的变化和故事的发展，和主人公堀口君的心境的变化都有关系。没有海，故事一时完结不了。小说从海开始，到海结束。

我在《鬼》里描写的也是武田君的事情。我写《神》的时候，并没有想到还要写《鬼》。要不是几次同武田君到海边抛掷供物，我也不会写出象《鬼》这样的小说来。《神》是我初到横滨时写的，《鬼》写于我准备离开横滨去东京的时候，因此我把堀口君老实地写作“商业学校的教员”，就是说我不怕武田君看到我的小说疑心我在写他了。



《鬼》不过是《神》的补充，写的是同一个人和同一件事。在两篇小说中我充分地利用了我在横滨三个月的生活经验，这是一般人很难体验到的，譬如把供物抛到海里去，向路边“马头观音”的石碑合掌行礼吧，我只有亲眼看见，才知道有这么一回事情。我说：“在堀口君的眼里看来，这家里大概还是鬼比人多吧。”有一个时期在武田君家里的确是这样。我还记得有一个晚上我已经睡下了，他开门进来，连声说：“对不起”。我从地上铺的席子上坐起来，他连忙向我解释：这几天他家里鬼很多，我这屋子里也有鬼，他来给我念念经，把鬼赶走。我差一点笑出声来，但终于忍住了。我就依他的话埋下头，让他叽哩咕噜地在我头上比划着念了一会经，然后说：“好了，不要紧了，”一本正经地走了出去。我倒下去很快就睡着了，我心中无鬼，在梦里也看不见一个。说实话，我可怜武田君，我觉得他愚蠢。开始写《鬼》的时候，我就下了决心离开武田家搬到东京去。我托一个在早稻田大学念书的广东朋友在东京中华青年会楼上宿舍给我预订了房间。我本来应当在武田君家里住上一年半载，可是我受不了他念经的声音，可以说是神和鬼团结起来把我从他家赶了出去的。我原先学习日文的计划也给神和鬼团结的力量打破了。我向主人说明我要搬去东京的时候，武田君曾经恳切地表示挽留。然而想到在这里同神、鬼和平共处，我实在不甘心。即使有人告诉我，迁到东京，不出两个月我就会给“捉将官里去”，我也不改变主张。我当时刚过三十，血气旺盛，毫无顾虑，不怕鬼神，这种精神状态是后来的我所没有的。我今天还怀念那些逝去的日子，我在小说《鬼》里面找到了四十五年前自己的影子。我现在的确衰老了。

《鬼》和《神》不同的地方就是：《鬼》的最后暗示了主人公堀口君的觉醒。故事也讲得比较清楚：他同一位姑娘相爱，订了约束，由于两家父亲的反对，断绝了关系。姑娘几次约他一起“情死”，他都没有答应。他认为“违抗命运的举动是愚蠢的”。姑娘嫁了一个商人，后来患肺结核死去。这是一个极其普通的故事，多少年前，百年、千年吧，就经常发生了，今天仍然在发生。“四人帮”横行的时期，他们反对恋爱，而且有创造地用领导和组织代替家长安排别人的婚姻。十几年来，我见了不少奇奇怪怪的事情，婚姻渐渐变成了交易，象日本青年男女的恋爱故事倒显得相当新奇了。不过，武田君并没有这样的经历。但在当时“情死”是普遍的事，在报纸上天天都有这一类的新闻。我们常常开玩笑说，在日本不能随便讲恋爱，搞不好，连命也会送掉。著名的日本小说家有岛武郎在他的创造力十分旺盛的时期，也走上了“情死”的路，因为象堀口君那样几次拒绝女方相约“情死”的建议是丢脸的事。然而要是有岛武郎不死，他一定会留下更多的好作品来。

我现在记不准《鬼》的手稿是从横滨寄出的还是在东京交邮。收件人是黄源，他是上海生活书店发行的《文学》月刊的助理编辑。我寄稿的时候，心血来潮，在手稿第一页上标题后面写了一行字：神——鬼——人。这说明我还要写一个短篇：《人》，这三篇是有关联的，《人》才是结论。我当时想写的短篇小说《人》跟后来发表的不同。我不是要写真实的故事，我想写一个拜神教徒怎样变成了无神论者。我对自己说：“不用急，过两个月再写吧，先在东京住下来再说。”在东京我住在中华青年会的宿舍里面，一个人一间屋，房间不大不小，陈设简单，房里有个两层的大壁橱，此外还有一张铁床，一张小小的写字桌和两三把椅子。楼上房间不多，另一面还有一间课堂，白天有一位教员讲授日语，晚上偶尔有人借地方开会。楼下有一间大礼堂，每个月总要在这里举行两次演讲会。我初来的时期杜宣、吴天他们正在大礼堂内排曹禺的《雷雨》，他们通常在晚上排练，我在房里听得见响动。楼下还有食堂，我总是在那里吃客饭。每天三顿饭后我照例出去散步。

中华青年会会所在东京神田区，附近有很多西文旧书店，可以说我每天要去三次，哪一家店有什么书，我都记熟了，而且我也买了不少的旧书，全放在两层的大壁橱里面。我的生活完全改变了。在这里我接触到的日本人就只有一个会说几句中国话的中年职员。后来我又发现几个经常出入的日本人，胖胖的、举动不太灵活，却有一种派头。我向别人打听他们是什么人，有人告诉我，他们是"刑事"，就是便衣侦探、特务警察之类吧。我一方面避开他们，另一方面暗中观察他们。我的观察还没有取得一点结果，我就让这些"刑事"抓到警察署拘留所去了。这是后话，我下面就要谈到它。



到了东京，我对西文旧书发生了浓厚的兴趣，买了书回来常常看一个晚上，却不怎么热心学习日语了。不过我还是到楼下办公室报了名，听陈文澜讲日语课。我记得是念一本岛木健作描写监狱生活的小说，他的讲解还不错，只是我缺少复习的时间，自己又不用功，因此我至今还不曾学好日语。回想起来，我实在惭愧得很。

在东京我有几个中国朋友，除了在早稻田大学念书的广东人外，还有两个福建人，他们租了一幢日本房子，楼上让给两位中国女学生住。这些人非亲非戚，这样住着，引起了日本人的注意。还有，我曾经坐省线电车到逗子，转赴叶山去看梁宗岱、沉樱夫妇，在他们家住过一晚。还有，卞之琳从北平到日本京都，住在一位姓吴的朋友那里，他最近到东京来看我。还有，……我想不起什么了。到东京以后两个月中间我的活动大概就只有这些吧。"刑事"们一定也看在眼里记在帐上。幸而只有这短短的两个月，因为所谓"满洲国皇帝"溥仪在四月初就要到东京访问了。日本报纸开始为这场傀儡戏的上演大肆宣传，制造舆论，首先大骂中国人。于是……

一场"大扫除"开始了。就在溥仪到来的前两天，大清早那个同福建人住在一起的四川女学生来找，说我那两个福建朋友半夜里给带走了，"刑事"们在他们那里搜查了一通。她讲了些经过的情形，要我注意一下。她走后我就把自己的书稿、信件检查了一番。两个福建人中姓袁的和我较熟，我是一九三〇年第一次去晋江时认识他的。我抽屉里还有他的来信，连忙找出撕毁了。我也把新买的西文旧书稍微整理了一下。

这样忙碌了之后，我感到疲乏，便躺倒在床上。脑子哪里肯休息，我就利用这一段空闲时间清理思想，把我在日本编造的自己的经历和社会关系也好好理一下，什么事该怎么说，要记清楚，不能露出破绽。我也回忆了梁宗岱夫妇的事和卞之琳到东京看我的事。我想，要是他们问起，我全可以老实地讲出来，用不着害怕。

吃过中饭以后我仍然照常逛西文旧书店。晚饭后我也到旧书店去。吃晚饭时我看见那个姓“二宫”的胖胖的“刑事”，但一下子就不见了。我从食堂出来，瞥见他和另一个“刑事”从楼梯上去。我心想：他们上来干什么？我考虑一下，才慢慢地走上楼。他们却不声不响地下来了。我警告自己：夜里要当心啊！



这一夜我心不定，书也看不进去。我估计“他们”会来找我，但是我希望“他们”不要来。我又把信件检查了一番，觉得没有什么破绽，把心一横就上床睡了。这时我们这里非常安静，不过十点多钟，我也出乎意外地睡得很好。

忽然我从梦中惊醒了。我朝房门看，门开了，接着电灯亮了，进来了五个人，二宫就在其中。“他们”果然来了。我马上跳下床来。于是“他们”开始了搜查：信抽出来看了；壁橱里的书也搬出来翻了。他们在我这个小房间里搞了一个多小时，然后叫我锁上门跟他们一起到警察署去。

在警察署里开始了“审讯”，审讯倒也简单，“问官”要问的话，我早就猜到了，梁宗岱、卞之琳、叶山、京都……“他们”在我的答话里抓不到辫子，不久就结束了“审讯”，向我表示歉意，要我在他们那里睡一晚，就把我带到下面拘留所去，从凌晨两点到下午四点，整整关了十四个小时。

从我半夜里睁开眼睛看见“他们”推门进来，到我昂头走出神田区警察署，“看见落日的余光”，这其间的经过情形，我详细地写在短篇《人》里面了，没有必要在这里重述。不过我应当提说一下，这不是我初来东京时计划写的那个短篇。它是作为一篇散文或者回忆写成的，最初的题目是：《东京狱中一日记》，打算发表在一九三五年七月出版的《文学》特大号上。稿子寄出去了，可是就在这年五月在上海发生了所谓“《闲话皇帝》事件”，日本政府提出抗议，发表文章的《新生》周刊被查封，主编被判处徒刑。我的文章编进《文学》，又给抽了出来。我不甘心，把它稍加修改，添上一点伪装，改名《一日记》，准备在北平《水星》月刊上发表，已经看过了清样，谁知书店经济出了问题，刊物印不出来，我看文章无处发表，就改变主意，改写一下，在那个偷书的囚人身上添了几笔，最后加了一句话：“我是一个人！”把回忆作为小说，编在《神·鬼·人》这个集子里面了。那个时候我在上海为文化生活出版社编辑《文学丛刊》，有权处理自己的稿子，没有人出来干涉、不准我拿回忆冒充小说，而且通篇文章并没有“日本”的字样，不会有人把我抓去判处徒刑，何况我自己又承认这是“一个人在屋子里做的噩梦”。文章就这样给保全下来，一直到今天。但是当时那些用武力、用暴力、用权力阻止它发表的人连骨灰也找不到了。



我从警察署回到中华青年会，只有一个人知道我给抓走的事，就是那个中年的日本职员。他看见我，小声说：“我知道，不敢做声。真是强盗！”后来我才知道我给带到警察署去的时候，在叶山、梁宗岱家里也有人进去搜查，在京都卞之琳也遇到一点麻烦。这以后再没有人来找过我，但是我在东京住下去的兴趣也不大了。我总感觉到人权没有保障，要是那些人再闯进我的房间，把我带走，有人知道也不敢做声，怎么办？我写信给横滨的武田君发牢骚。他回信说：“您要是不去东京，就不会有这种事。我们全家欢迎您回到我们家来。”他的确把事情看得象信神那样简单。我感谢他的邀请，但是我没有再去他的家，过了三、四个月，吴朗西、伍禅他们在上海创办文化生活出版社，用我的名义编印《文化生活丛刊》，要我回去参加编辑工作，我就离开日本了。这次我买了“加拿大皇后”的三等舱票，仍然到横滨上船，从东京来送行的人不少，只是我没有通知武田君。

我那两个福建朋友吃了不少的苦头。一个姓叶的因为第一次审问时顶了几句，给关了一个星期。一个姓袁的给关了半个月，放出来，他马上要回国，警察署怀疑起来就把他“驱逐出境”。后来听他说，他坐船到天津，一路上都有人押送。船停在一个城市，他就给带到监牢里囚禁。特别是在大连，他给关在日本监牢里过了一个时期。管牢的汉奸禁子，对同胞特别凶，有时领到一根新的鞭子或者一样新的刑具，就要在同胞的身上试一下，不管你是不是得罪了他们。到了天津，我那个朋友才得到了自由。他吃了那许多苦头，罪行就是：溥仪到东京访问时他住在那里；给带到牛込区警察署审问时他的回答不能使人满意；关了以后给释放出来，就要马上回国。这就是一九三五年一个中国知识分子在日本东京等地的遭遇。我在神田区警察署受到审问的时候，有人问我怎样在晋江认识他，我想起一个姓陈的朋友，就说是姓陈的人介绍，后来才知道他在审问中也是这样说。事实并不是这样，我当时住在黎明高中过暑假，他来找我，我们就熟了。但是审问的人非要我们讲出介绍人不可，我们只好随口回答，凑巧两个人的思路碰到一起，才没有露出马脚，否则他可能还要遇着更多的麻烦。



姓袁的朋友一九五八年患鼻癌死在福州，当地的报上还刊出他的讣告。他不可能讲述他的这段故事了。[1]……

一九七九年八月二十八日

录自《创作回忆录》，三联书店香港分店 1981 年 9 月版

---

[1] 以下两段为本书编者删节。——编者注

# 关于《发的故事》

巴　金

已经是三点钟了。我刚刚写完给春的信，我想应该睡觉了。我便站起来。但是一句话突然映入我的眼帘："我们的生命恐怕还不如一只蚂蚁。"好像一把铁锤打在我的头顶上，我又坐了下来。



这时候我想起了你给我的信和你所说的事情，[1]我不能够沉默，我便又一次握起笔来给你写几句话。

"我们的生命恐怕还不如一只蚂蚁。"我并不曾写过这样的话句。这是一个朝鲜青年给那个被我们称为耶稣的朋友的信函里的话。三个月以前，我接到从那成了边疆的辽远的省分寄来的小刊物，在上面读到那样一封信的时候，我的回忆之门突然打开了。我看见了我的过去。我看见了许多人和许多事情。那些都是被我早已埋葬了的。我不要想他们，我不配再想他们，但是他们自己来了。回忆折磨着我，逼着我写点东西，我便写了一篇小说：《发的故事》。我也许不配写这文章，但我终于斗胆地写了。

我写这小说是在纪念一个死友，同时还对几个活着的友人表示一点感激的敬意。这事情你是能够了解的。我的文章里并没有歪曲事实

[1] 还有，你问起《中国文艺工作者宣言》的签名的问题，我不愿意在这里详说。那些脑筋里充满了"盟主"，"小卒"，"喽啰"等等字眼的人在外面散布流言，说我们删除了某某人的名字。其实我根本就没有兴致去管这种事情。文季月刊社所收到的"来件"上本来没有那些名字，我们当然没有责任去挨门挨户求人签名来补足。"来件"本的原稿还存在文季月刊社，那是对于一切诬陷的最雄辩的答复。

的处所。不过我的笔端却没有够多的力量。三年前当我的《新生》刚在《东方杂志》刊完的时候，我在一个古城里见着了我们的耶稣，他就当面责备我说那部小说写得太软弱。在他那样的人的面前，我是无可辩解的。他太明白我这个人了。他知道我写小说只不过是在浪费我的青年的生命，他怜悯我，他也常常责备我。而且我也答应过他，有一天我是要抛弃写作生活，去做一点有用的事情的。我写了《发的故事》，我知道他会责备我写得没有力量，我同时又知道倘使由他来写，那文章一定是有声有色。但是他的批评并没有来。而意外地这小说却把那般想以“骂”和“捧”做武器闯进文坛来的人伤害了。甚至还麻烦他们特别办了一个刊物来攻击这篇不满六千字的小说。朋友，你会觉得奇怪吧。其实这是很自然的事情。那般人是有福的，因为他们有资格在时髦的大学里读书，他们有时间奔走于各种各样的作家之门，有金钱来印行“捧”和“骂”的刊物。他们懂得“常识”，他们念过“生理学”，他们干着“集体的行动”，他们甚至会劝人“钻到敌人的胯下做狗”。你看他们所知道的确实不少了。就只差了一件东西：“生活”。生活这东西在他们是永远无法了解的。因为他们的生活太“不平凡”了，他们便不能够了解平凡的东西。

不管那般不平凡的人会运用种种不平凡的术语和常识，《发的故事》却依旧是一件真的事实。一切血和泪的斗争，纵使斗争的方式会犯错误，也决不是那些只知道“骂”和“捧”的人所能够抹煞的，文人的笔和殉道者的血比起来算得什么？

朋友，我告诉你一件事情：十年前在北京曾经出过一份叫做《高丽青年》的刊物，那边的朋友要我写一点东西，我写了一封《公开信》寄去。这信后来还在上海一家日报的附刊上面发表过。那信里面有这样的话：

“……在八月的夜晚，明月高挂在天空，微风吹动着大门边槐树的枝子。我静静地望着柳的发光的眼睛，让他慢慢地把你们的斗争的全景展开在我的眼前。我渐渐地忘了自己，我跟着他到辽远的地方去了。他告诉我你们中的一个人怎样在半山里碰见了敌人，躲到白杨林里和他们打了半天，后来又逃了出来；他告诉我你们中有四五个人被五六十个敌人围困在山顶上过了一晚，第二天早晨每个人拿着两支手枪冲下山来，打死了不少的敌人，自己也死在乱枪下面；他告诉我……”

柳并没有对我说过假话。我虽然没有参加他们的斗争，但我也曾认识他们中间的一部分人，至少对他们的生活，他们的思想，他们的为人，我是略为了解的。我自己并不就赞同他们的斗争的方式，但这却不能阻止我不尊崇他们。文人的笔算得什么？难道这铁一般的真的事实，这壮烈的血的斗争，是那般出杂志办刊物“服务文坛”的人所能够抹煞的吗？那么《发的故事》将因了殉道者的血而活下去吧。

朋友，你现在该明白了吧。我不知道你的朋友中间有没有那种殉道者型的人。倘使没有的话，我就应该把下面一段沉痛的话介绍给你，这也是从那青年朋友的信函中抄录来的：



“你说我们这民族的人，生来就刚强，有自动的奋斗精神吗？或许这是有的，但是不然，这不是生来如此，而是环境使然的。……我们的生命恐怕还不如一只蚂蚁。当我幼小的时候，我曾亲眼见过许多的事情。把乡村里的无辜的农民任意捉去，挖地坑，倒煤油去烧，在宽大的马路上站着看吧！一辆六匹马拉着的四轮车中装满了乡村中捕来的青年。这些每日都可以看见的。从这虎口逃生的青年，中国便是唯一的逃难所，或者连这逃难所也会失掉吧。”

这样的话不知道那些以“文化斗争的前卫”自居而以“骂”和“捧”为武器的人看了，有什么感想。至于我，朋友，你相信我，我的血还不会冷到这样的地步吧。

原载1936年9月15日《中流》半月刊第1卷第1期“作家自白”栏

# 《发的故事》前记

我去年十二月四日从北平回到上海住下来，到现在整整有一年了。这一年的确是我一生中最忙碌的时候。白天我要看许多朋友，夜晚我常常写信，写文章，看稿子，看校样，直到两三点钟。好些爱护我的年青朋友写信来劝我休息。我感谢他们的好意，但我没法听从他们的劝告。

现在我不能够再忍受这种令人烦厌的生活了。我要离开上海，我要到南方去过一些时候的漂游生活。我想多看，多体验，多学习。在这时候印刷局送来了《发的故事》的清样。我自己似乎就想忘掉这些，而别人偏偏不肯放松，甚至这时候还逼着我把这一年里所写的东西一字一字地来重读。使我一点也不遗漏地记起过去的许多事情。

我看完《发的故事》的校样的最后一页，我长长地嘘一口气。我仿佛做了一场大梦。

这虽是百忙中仓卒写成的四个短篇，但我自己很爱它们。（这一次我下笔时已经绕了许多圈子，然而它们依旧是热情的产物。有人责备我不能控制感情，我承认这句话。不过我始终没有停止过我的挣扎。）这是一些回忆，我的，他的，他们的，别的许多人的。我们的记忆是不会消灭的。在记忆中常常有星光闪耀。我常常听见一个声音：

“我要给你们以晨星。”

我相信我终有一天会看见晨星的。所以我也想过拿“晨星”来做这短篇集的名字。

巴 金 十二月八日

原载《发的故事》(《文学丛刊》第三集),
文化生活出版社 1936 年 12 月版。

# 《长生塔》序

我和所有的人一样，我也曾做过小孩的。那时我的父亲还活在这世界上。他常常带我上街，带我进戏园，还到一些别的地方。在父亲面前我是一个多嘴的孩子。我看见任何新奇的事情我都要父亲给我讲个明白。那时我觉得我是幸福的。

但是父亲终于跟着母亲到另一个世界去了。这不幸的事情来得很快。从这时起我只有在背着人的时候才敢偷偷地念那一个我最宝爱的“爹”字。

从做孩子时候起我就爱做梦。父亲去世以后我还可以在梦里看见他的面容。所以我非常喜欢梦。梦景常常是很美丽的。

年光自然不能够倒流，我没法再回到儿时去，而且父亲死去也有二十年了。但最近我还做过和父亲在一起的梦。二十年前的情景我居然还能够在梦里重睹，而且我还和父亲在一起过了一些新的生活。

现实的生活常常闷得我透不过气来。我的手脚上都戴着无形的镣铐。然而在梦里我却是有充分自由的。没有什么东西可以拘束我。

我不能让我的梦景被遗忘，所以把它们记下一些来。这些全是小孩的梦。我勉强称它们为童话，其实把它们叫做“梦话”倒更适当。

长生的塔，隐身的珠，能言的树，还有那奇怪的秘密，我们世界上哪里会有这些东西？我不是在睁起眼睛讲梦话么？见识高远的读者，宽恕我罢，我不会麻烦你们来听梦话的。

倘有人说梦话太荒唐，我也不出来否认。然而梦话常常是大胆的，没有拘束的。那些快被现实生活闷煞的人倒不妨在这些小孩的梦景里呼吸一点新鲜空气。我愿意把这本小书献给他们。

一九三七年一月　巴　金

原载《长生塔》(《文学丛刊》第四集),
文化生活出版社1937年3月版

# 关于《长生塔》

巴　金

我在前一篇回忆里，讲到瑞典朋友送我小书的事。那天晚上除了小书，外宾还送给我一本大十六开本的杂志《人民写实报》，是今年的“夏季特大号”，上面有我的童话《长生塔》的译文和大幅插图。真没有想到在北欧还有人记得我一九三四年写的那篇童话！

当时我住在日本横滨本牧町小山上一个高等商业学校副教授武田的家里。他是汉语教师，我本来不知道他。我有几个留学日本的朋友同他熟，我去日本，他们把我介绍给他。那个时候去日本非常方便，不用办护照，买船票很容易，随时可以买，不要交出证件。我买的是“浅间丸”的二等舱票，船上服务周到，到横滨上岸也不受检查。我动身前由朋友去信通知武田我到达的日期。船靠岸时武田夫妇带着两个女儿，打着“欢迎黎德瑞先生”的小旗，在码头上迎接。他的妹妹同我一个朋友讲过短时间的恋爱。他教授中文，也需要找人帮忙。因此我就做了他家的客人。我把副教授的书房借用了三个月。朋友们的介绍信上说我是一个书店职员，我用的名字是黎德瑞。我改名换姓，也不过是想免去一些麻烦。早就听说日本警察厉害，我也作了一点准备。为什么叫“德瑞”呢？一九三四年上半年我和章靳以、陆孝曾住在北平三座门大街十四号时，常常听见陆孝曾讲他回到天津家中找伍德瑞办什么事。伍德瑞是铁路上的职工。我去日本要换个名字就想到了“德瑞”，这个名字很普通，我改姓为“黎”，因为“黎”和“李”日本人读起来没有区别，用别的姓，我担心自己没有习惯，听见别人突然一叫，可能忘记答应。我住下来以后，果然一连几天大清早警察就跑来问我：多少岁？或者哥哥叫什么名字？我早想好了，哥哥叫黎德麟。吉庆的字眼！或者结婚没有？经过几次这样的“考试”，我并没有露出破绽，日本警察也就不常来麻烦了。

副教授武田先生就是我的短篇小说《神》里面的“长谷川君”。也就是《鬼》里面的堀口君。他信神，当然也信鬼。我借住的正是那间“精致的小书房”，我在《神》里面已经详细地描写过了。我在这间书房里一共写了三个短篇：两篇小说和一篇童话。十二月中写成的《长生塔》，是其中的第二篇。我离开上海的前夕答应给开明书店的《中学生》月刊第二年一月号写一个短篇。《神》写成寄出以后，我翻阅《现代日本小说集》消遣，读了森鸥外的《沉默之塔》（鲁迅先生译），忽然想起苏联盲诗人爱罗先珂（一八九九——九五二）的童话《为跌下而造的塔》（胡愈之译），我对自己说：“写篇童话试试吧。”我的眼前出现了一座摇摇晃晃的高塔，只摇晃了几下，塔就崩塌下来了！长生塔的故事我也想好了。



我写《长生塔》并不费力，可以说是一口气写成的。不过我也遇到困难：我不能公开地写作，让主人知道我是作家。我只好偷偷地写。我放一本书在手边，听见脚步声就拿书盖着稿纸。在武田去学校教课、孩子上学去的时候，家里非常清静，我也可以放心地写作。但是我记得我写《长生塔》时，武田患感冒请假在家，他脖子上缠了一块毛巾，早晨晚上仍然在紧接书房的客室里念经，不过整天没有进书房聊天，只是推开门探头进来打了个招呼。这样我虽然有点担心，但在两天里也就把童话写成了。一直到我同他告别去东京的时候，副教授还不知道我是一个作家。

我在前面提过爱罗先珂的《为跌下而造的塔》。我的《长生塔》就是从爱罗先珂的两座宝塔来的。不过爱罗先珂的塔是两个互相仇恨的阔少爷和阔小姐花钱建筑的，为了夸耀彼此的富裕，为了压倒对方，为了谋取个人幸福。而结果两个人同时从宝塔上跌了下来，跌死了。我的童话里的长生塔是皇帝征用民工修建的，他梦想长生，可是塔刚刚修成，他登上最高的一级，整座塔就崩塌下来，他的尸首给埋在建塔的石头下面。这就是皇帝的结局。皇帝就是指蒋介石。我通过这篇童话咒骂蒋介石。我说，他的统治就象长生塔那样一定要垮下来。童话的结尾有这样一句话：“沙上建筑的楼台从来是立不稳的。”

《长生塔》在一九三五年一月号的《中学生》上发表了。一九三五年八月我从日本回到上海，这年冬天《中学生》月刊社又向我组稿。我就写了第二篇童话《塔的秘密》。这一篇比较长，又有些自己编造的东西。那些细节是从什么地方来的呢？一定是从我小时候听到的故事和读到的童话书里搬来的。开始有些吃力，但写到后面就感到思想顺畅了。这是一篇爱罗先珂式的童话。“‘父亲’你来吧，我闭上眼睛不顾一切地向着他手里的刀迎上去。”我的童话中的叙述和爱罗先珂童话里那个要造“全人类都可以乘的幸福的船”的“阿哥”的愿望不是一样的吗？今天我重读它，我还看到《幸福的船》❶的影响。说实话，我是爱罗先珂的童话的爱读者。二十年代爱罗先珂的童话通过鲁迅先生、夏丏尊先生和胡愈之同志的翻译在我的思想上留下了很深的烙印。上个月（一九七八年八月）以德田六郎先生为首的十多位懂世界语的日本旅游者在上海见到我，其中一位女作家向我问起对爱罗先珂的看法，我说我喜欢他的童话，受过他的影响。现在回想起来，我的“人类爱”的思想一半、甚至大半都是从他那里来的。我的四篇童话中至少有三篇是在爱罗先珂的影响下面写出来的。在本世纪二十年代，爱罗先珂在中国读者中间有过很大的影响。

第三篇童话《隐身珠》是根据古老的四川民间故事改写的，就是我小时候听惯了的“孽龙”的故事。这一次我给旧的故事加上了新的内容，把原先用来增加财物的宝珠改成了“隐身珠”。至于孩子变成龙，回头望母亲，母亲拉住脚不肯放，大水淹没全城……这都是旧有的民间传说，要是没有它，我就写不出《隐身珠》来。

《隐身珠》是在一九三六年秋天写成的。当时凌叔华女士在编辑武汉一家报纸的文学副刊，她两次来信要稿。这以前不久她到过上海，萧乾同志介绍我认识了她。我过去是《花之寺》❷的读者，谈起来，我觉得她很爽快，很容易就同她相熟了。而且还有一件事情：我在横滨写第一篇童话《长生塔》的时候，那位日本朋友武田几次对我谈起他



---

❶《幸福的船》：爱罗先珂作，鲁迅、夏丏尊等译。

❷《花之寺》：凌叔华的短篇小说集。

单恋过一个中国女人，有一回他给我看一封信，原来是一个女作家写给外国读者的回信，写信人的名字是凌叔华。武田当时大概在北平进修，他喜欢她的小说。一直到我住在横滨的那个冬天，他求神念经以后，到小书房来找我聊天，他还说，神告诉他中国女人现在还想念他。我始终没有对凌叔华女士讲过这件事情，但是在一九三六年看见她，我不能不想到她的小说的魅力。我和她见面就只有这一次。全国解放的时候她不在国内。我四十年没有得到她的音信，只有一次听说她五十年代中回过北京。去年读徐迟同志的文章，我才知道她曾经打电话劝李四光同志提前回国。也是在去年，香港《大公报》发表了中国新闻社记者写的关于我的报道，她从伦敦来信说她读了“记事”，“十分安慰”，她说她要回国探亲。她还说：“你或者不会记得我。”我当然记得她，而且我还保存着她四十二年前写给我的几封信。一九三六年八月三十一日的信上说：“您的文章到了。我该怎样高兴。”信里说的文章就是《隐身珠》。

这篇童话写起来更不费力，可以说，我只是把我小时候听惯了的、而且一直使我的心非常激动的故事忠实地记录了下来。我改动不大、增加不多，原来的民间故事就很动人。给我讲故事的人虽然大都是老妈妈，但她们讲得有声有色，而且很有感情，因为故事里含有人民的共同心愿，这就是：凡是压迫人民的都要灭亡。我的童话里说明的也就是这个真理。

第四篇童话《能言树》，是为开明书店的《新少年》半月刊写的。我自己很喜欢它。这是一九三六年冬天我在拉都路（襄阳路）敦和里二十一号二楼写成的。当时我替朋友马宗融、罗淑夫妇看房子（宗融在广西大学教书），一个人住一幢房屋。二楼那个房间不算大也不算小，除了桌椅和沙发，好象就没有别的东西。有的是我可以自由活动的空间。我发了狂似地奋笔写了两个晚上，每晚都写到两点钟。屋子里升着火，我心里燃烧着火，头上冒着汗，一边念，一边写，我在控诉国民党军警镇压学生、摧残青年的罪行。我写到“为什么那些同情别人、帮助别人、爱别人的年轻孩子就该戴镣铐、挨皮鞭、坐地牢、给夺去眼睛、给摧残到死？”我丢下笔在屋子里走了好几转。我感到窒息，真想大叫几声，我快要给憋死了。

在这个时候以前我写的是小女孩把脸压在树干上向大神哀告，神一直没有回答，因为神是不存在的。现在，那棵把小女孩的眼泪尽量吸收去了的年轻的树讲话了："凡是把自己的幸福建筑在别人的痛苦上，用镣铐、皮鞭、地牢等等来维持自己的幸福，这样的人是不会活得长久的，他们终于会失掉幸福。"

这就是《能言树》的由来。即使是编童话，我也不愿让树木随便讲话。但是到了非讲话不可的时候我就控制不了我的"人物"，换句话说，我控制不了我的笔了。过去我常说我写小说就象在生活，这是真实的情况（当然不是指所有的作品）。

《能言树》发表以后不到半年，我的童话集《长生塔》也在文化生活出版社出版了。我在书前加了一篇"序"。我说："我勉强称它们为童话，其实把它们叫做'梦话，倒更适当。"没有人表示不同的意见，因为这几篇童话并不曾受到人们的注意。

一九五四年初，我从朝鲜回来，北京有一位朋友写信来索取这本小书，说是打算介绍给一家出版社。我感谢他的好意，把书寄去了。过了一段时间，书稿给退了回来。朋友来信说，他读了这本小书，不很了了，拿给孩子读，孩子也说不懂。朋友讲得干脆、老实，我应当感谢他。我虚心地把《长生塔》等四篇重读了一遍放在一边，觉得不印也好。但是过了两个月，另一个朋友偶然向我提起这本书，我又找出来看了一遍，坦然地把它交给另外一家出版社排印了出来。

《长生塔》就这样地保存下来了。但是我觉得那位朋友的话也有道理。今天的孩子的确不容易看懂我这四个短篇，它们既非童话，也不能说是"梦话"，它们不过是用"童话"的形式写出来的短篇小说。我的朋友用看安徒生童话的眼光看它们，当然不顺眼。至于孩子不懂，更不能怪孩子，因为他实在不知道三十年代中国的事情。然而历史是不会迁就人的，而任意编造历史、篡改历史的人一定会受到历史的惩罚，林彪和"四人帮"的下场就是很明显的例子。

一九七八年九月二十四日

一九七九年七月二十五日修改

录自《创作回忆录》，三联书店香港分店1981年9月版。

# 《还魂草》序

“当我沉默着的时候我觉得充实，我将开口，同时感到空虚。”我常常念着一位敬爱的前辈的这句名言。

我的情形也是如此。这几年来我没有写过一个短篇，但是我觉得肚里装满了火似的东西。那不少的见闻，那不少的经历，那无量的腥血，那无数的苦难，我全接受了，我全忍受了。我没有能做什么事情，除了把这一切全积在心里。一年、两年、三年、四年……火在我胸膛里燃烧，一天天炙我的骨，燻我的肉，我的忍耐到了最大限度，我必须拿起笔来，否则我会让火烧死我自己，这样我写了长篇小说《火》，也写了《还魂草》和其他两个短篇（《摩娜·里莎》是一九三七年九月写的）。我拿笔的时候我觉得满腹正义的控诉要借我的笔倾吐出来，但写在纸上的却是这几篇散漫无力的东西。不象控诉，倒象呻吟了。我失望地放下了笔。



放下了笔我又感到窒息，我又感到胸腹充塞。愤恨仍象烈火似地在我心里燃烧。似乎我的笔并没有把我心里积的东西吐出一丝一毫。

然而我并不灰心，我仍还要用我这管笔继续写下去。有一天我会用我的笔扫去“空虚”，写出“充实”来。

那么现在让我暂向读者诸君告别罢。

巴　金　一九四二年一月

原载《还魂草》（文学丛书之二），文化生活出版社1942年4月版

# 关于《还魂草》*（节录）

巴　金

……这小说是在一九四一年第四季度写成的。当时我住在桂林东江路福隆街一座新的木造楼房里。小说家王鲁彦兄住在我的隔壁，他正在编辑《文艺杂志》创刊号，指定我写一篇小说，我就在临街那个房间里写起来。

一九三六年我住在上海狄思威路麦加里朋友索非家的亭子间内，《作家》月刊的主编向我索稿，我就根据亭子间里的见闻编造故事，写了一个短篇《窗下》，是用书信体写的。五年后我在桂林写中篇小说，我也用书信体，也想根据自己的见闻编造故事。我写《窗下》控诉日本军国主义的罪行，写《还魂草》也是这样。受信人在什么地方我不曾说清楚，写信人却从上海到了重庆，那就是作者我，小说里写的是我在重庆沙坪坝的一段生活，从雾季写到敌机开始轰炸，写到一个小姑娘和她母亲的死亡。小说中写的都是我真实的见闻，只除了最后短短的一节——第六节，那是根据我离开重庆后在那里发生的“疲劳轰炸”联想起来的。我在沙坪坝过的生活正如我在小说中写的那样，我写了我生活在其中的那个社会，我写了人和人的关系。奋笔直书的时候，我仿佛在给那段生活作总结，又是在重温旧梦。那几年中间我看见炸死的人太多、太惨，血常常刺痛我的眼睛。不写，我无法使自己沸腾的血平静下来；写，我又不愿意用鲜血淋淋的景象折磨读者。我

* 本文的前五段和第七段后半部分为本书编者删节。——编者注

想起了几个月前在昆明看见的“废园”内的那只泥腿，就把它写进中篇，拿两张席子盖住了两个冤死的人。我对几年来敌机的狂轰滥炸发出了强烈的控诉。用两个女孩的友谊来揭露侵略战争的罪行。《还魂草》（用自己鲜血培养起来的能救活人命的一种草）并不是我国的民间传说，它是我编出来的故事。我开始写作，就想好了这个故事，就决定描写两个友好的小女孩。我住在沙坪坝互生书店楼上时，我的朋友有个小女孩。我在桂林福隆街木房里写小说，隔壁鲁彦家也有一个小女儿，莉莎正是她的名字。有人说我写了重庆的小姑娘，又有人说我写的是桂林的莉莎。我自己说呢，我把两个孩子捏在一起了。

我已经记不起我花了多少时间写成这个中篇，我只能说我写得顺利。我写自己的感情，写我的周围，写我熟悉的人和事，写我追求了一生的友谊，为什么不顺利呢？我又一次和我的人物一起哭笑。今天重读这篇小说，我还不能无动于衷。在轰炸中度过的那无数的日子，在我的作品里给保留下来了。我珍惜它们，我还因为自己写过这些作品而自豪。……



我坐在用木板搭成的楼房里，在用竹子编成的小书桌前埋头写作，窗下有一个小院子，我们后来用竹篱笆围了起来，篱外坡上是一条马路，行人不多，但常常有，不吵闹，却也不太静。我写倦了，有时走出房间，站在走廊上栏杆前，可以看到一两位进城或者回家的熟人。晚上我点起一盏植物油灯，玻璃罩里的火光在我四周聚集了一堆一堆的黑影，我或者转动灯芯，或者拿油瓶来加油，更多的时候是奋笔写下去，写到窗外没有一点声音，写到板壁时时发出叫声，写到油干灯尽，我那颗燃烧的心得到宁静，我才丢开笔倒在床上。在这些长夜里，我的确感觉到我是在用火烧我自己。我写作绝不是为了维护自己的“声誉”。

我在四十年代中出版了几本小说，有长篇、中篇和短篇小说集，短篇集子的标题就叫《小人小事》。我在长篇小说《憩园》里借一位财主的口说：“就是气魄太小！你为什么尽写些小人小事呢？”我其实是欣赏这些小人小事。这一类看不见英雄的小人小事作品大概就是从《还魂草》开始，到《寒夜》才结束，那是一九四六年年底的事了。

但是读者并没有摈弃我这些作品。《还魂草》如期交稿，受到编者和读者的欢迎，它反映了当时的社会生活，人物都是在那个小镇上来来往往的人，他们就是那样地混日子；小说还接触到人们关心的问题，而且它不是欺骗读者的谎言。《还魂草》在《文艺杂志》创刊号上发表后，我又为第二期的杂志写了短篇小说《某夫妇》。这也是反轰炸的作品，小说里也有我自己的见闻，例如一九四一年一月我在成都躲警报的经验。失去了丈夫的明方是一个普通的女教师，一个坚强的女人，但她绝不是一个英雄或者模范。我始终认为正是这样的普通人构成我们中华民族的基本力量。任何困难都压不倒中华民族，任何灾难都搞不垮中华民族，主要的力量在于我们的人民，并不在于少数戴大红花的人。四十年代开始我就在探索我们民族力量的源泉，我写了一系列的"小人小事"，我也有了一点理解。其实这样的探索在一九三五年就开始了。我当时住在东京，"在疑惑不安的日子里，在痛苦地担心着祖国命运的日子里"，我翻译了屠格涅夫的散文诗《俄罗斯语言》，在伟大的中华民族的力量中找寻"依靠和支持"。一九五二年我在朝鲜战场上，在中国人民志愿军中间，接触到很多从祖国农村来的青年战士，这些普通人的精神面貌和思想境界打动了我的心。只有在"四人帮"横行的时期，运用各种舆论工具和艺术手段塑造了八大英雄形象，我也给迷惑了好一阵子，我甚至承认写小人小事是犯罪，《寒夜》和《还魂草》是大毒草。可是后来，骗局揭穿，那些"样板人物"原形毕露，连人间究竟有没有所谓"高、大、全"的英雄也值得怀疑了。谁还相信喊"狼来"的小孩呢！我的梦也该醒了。想到给浪费掉的那么一大段时间，我真是欲哭无泪。今天翻看四十年代的旧作，我仿佛又坐在小小的竹书桌前不停地动着笔。我多么希望我能够回到那样的年纪，我多么希望我能够写一部象《人到中年》那样的小说。昨天我又在《新华月报》（文摘版）上看到这个中篇，是第三次了，以前在上海的《收获》和天津的《小说月报》上读过它。它使我想到我的中年，使我想到我写小人小事的那个时期。我不止一次地说过："青春是美丽的。"我现在要说："中年更美丽。"我的眼前出现了小说的主人公陆文婷医生。尽管她的情况和我的不同，但她的形象使我感到亲切。今天我对我们社会主义祖国的前途仍然充满信心，就因为我心里有无数的陆医生，这些鞠躬尽瘁、死而后已的普通人的形象。我们的祖国成长、发展、壮大，绝不是由于天天在会场上、在报纸上夸夸其谈的“英雄”，我永远忘不了那些任劳任怨、默默工作、在困难环境中坚守自己岗位的普通人和他们做出来的不是惊天动地的事情。

我在谈自己的中篇《还魂草》，一下子动了感情就扯到谌容同志的《人到中年》上面去了，因为《人到中年》讲了我心里的话，给我打开了一个美好的精神世界，我还有那么大的勇气，那么多的力量！对我们祖国，对生活我有那么深切、那么强烈的爱。我真想写，真想奋笔再写二十年啊。但是我已经不可能回到中年了。我读到小说的最后另一个女医生姜亚芬在机场写的那封信，心里翻腾得很厉害，我真愿意献出自己的一切，多么美好的心灵，多么高尚的感情！这就是文学的作用，我自己也需要这样的养料。我去日本的前一天听说《人到中年》的作者在家中晕倒，我女儿是杂志的编辑，她要去探望谌容同志，我要她带去我的问候，请她保重身体，并且希望她奋笔多写。

美丽的中年，这是成熟的时期，海阔天高，任我翱翔，为了祖国，为了人民，展翅高飞吧。



一九八〇年五月七日

录自《创作回忆录》，三联书店香港分店 1981 年 9 月版

# 《〈巴金短篇小说集〉第三集》后记

巴　金

这是我的短篇小说集的第三卷，我只花了三天功夫，就把它编好了，这工作自然做得十分草率。现在自己看看也不满意。况且收在这集子里的十五篇创作都是不成功的作品，如果用某几位批评家或研究家的标准来衡量，它们一定会被列在“条件不够”或“意识不正确”之林的。据说“创作应该受着理论的指导”，那么我必须在这里坦白承认：我没有读过一本文艺理论的书。但是我写过了一些小说而且还在继续写小说。

我特别提醒读者：这是第三卷。第二卷的编成是在一九三六年一月，算起来恰恰隔了六年，这六年除了三部长篇外，我就只写了这十五个短篇小说，而且后面三篇还是最近三四个月内写成的。然而某一位研究专家却称我为“多产的作家”。我不明白这“多”字的含义，或者专家以为这么些作品应该用六十年功夫来写，才不算“多”也未可知，不过惜乎我生性愚钝，提笔太晚，前面没有六十年的长时间让我从容执笔，也只好趁着这短促生命的界限未到临之前，这样糊里糊涂地“多产”起来。反正不是抄书，虽多也全是自己的话，写了和不写毕竟不同，不算是完全浪费时间，而且即使话说错了，文章写得不好，我们这里还有那位以“文艺批评者”自命的研究专家在，他会来一个正确的批判的，他不是说过吗：“早就应该有正确的批判了。”那还是一年以前的话。

在这里恐怕会有人发问：“既然早就应该有，为什么还没有呢？”

我想，原因之一一定是不多产。我似乎应该等待。现在我不等着正确的批判出来，又把一本新书交给书店付印，我只得向研究专家告罪了。

一九四二年一月四日

原载《巴金短篇小说集》第三集，开明书店 1942 年 6 月版

# 《小人小事》后记

一九四二年三月起我从桂林到重庆、成都，又从成都、重庆回到桂林，整整花了七个月的长时间。这期间内我只写了三篇类似小说的东西。而且是在几个地方写成的。

本来我想在《小人小事》的题目下写十篇象《猪与鸡》一类的小文章，但那一年里，我就只写了三篇。一九四四年五月再由桂林去重庆，路过贵阳时在旅馆中续写了一篇《生与死》。今年十月在重庆又写了《女孩与猫》，到上海以后才完成。这类小文章我不想再写下去了。所谓“小人小事”，并没有特别的意义，不过说这是一些渺小的人，做过一些渺小的事而已。

巴　金　一九四五年十一月——上海

原载《小人小事》（文学丛刊第八集），
文化生活出版社 1945 年 12 月版

# 春明版《巴金文集》前记

春明书店要求“文协”转约几位文艺界朋友为他编选一套文集，我也是被约者之一。我不知别的几位意见怎样，我自己略加考虑，便答应下来。

我写过几十篇短篇小说，也曾刊印过十一个集子，但大半已经绝版。除了三四本较后的作品外，目前流传的就只有几本翻版本。虽然翻版者、编选者的人喜欢在书面上，用极大的字堂皇地印出我的笔名，并且宣传地用“代表作”“杰作集”等等漂亮名称来引诱读者。可是文章被割裂，字句被删节，别字、错字、漏字充满全篇，常常使我不敢读我自己写的东西。我的著作遭受编选、翻版诸专家的摧残，不知道有若干次。现在我手边就有八本所谓《巴金选集》之类的东西。更奇怪的是三四年前，我在桂林买到一本叫作《驴》的短篇集，和一本薄薄的英汉对照的短篇小说《爱》(都是上海报纸本)。封面上清清楚楚地印着“巴金著”三个字。然而倘使我的记忆不错，我相信我没有写过那几篇小说，我更没有编印过那样的书。

但我是爱惜自己的文章的。我不高兴看见它们被人们糟蹋。现在我自己来编选《巴金文集》，也无非想保存我的文章的真面目。而且我说句老实话：我选的也并不是我的“短篇杰作”，因为我从没有写出过一篇可以称为“杰作”的东西。不过我的文章中没有骗人的谎话，至少不会使读的人受毒害。所以我毫不惭愧地从过去一堆作品中选出二十三篇来介绍给读者。

巴　金　九月一日

原载《巴金文集》(现代作家文丛第六集)，上海春明书店1948年1月版

# 谈我的短篇小说

巴　金

我写过将近一百篇短篇小说，可是到现在我还讲不清楚短篇小说的定义。我对自己写过的那些短篇全不满意。我读过不少好的短篇作品，普希金的，莫泊桑的，契诃夫的，高尔基的，作者的名字太多了，用不着我在这里一一地举出来。有一个时期我特别喜欢当时所谓“被压迫民族”（当时更习惯用“弱小民族”这个不大适当的字眼）的作家们写的短篇小说：它们字数少，意义深，一字一句都是从实际生活里来的。那些作家把笔当作武器，替他的同胞讲话，不仅诉苦，伸冤，而且提出控诉，攻击敌人。那些生活里充满了苦难、仇恨和斗争，不仅是一个人的苦难和仇恨，而且是全体人民的，或者整个民族的。那些作家有苦要倾吐，有冤要控诉，他们应当成为人民或民族的代言人。他们应当慷慨激昂地发言。可是他们又没有那样的机会和权利。帝国主义者和殖民主义者不让他们讲得太多。所以他们必须讲得简单，同时又要讲得深，使读到他们作品的人不仅一下子就明白他们的话，而且还要长久记住他们的话。这些短篇中国过去介绍了一些，对中国的读者和作家都有一点点影响。我感觉到它们跟我们很接近，因为那个时候我们也受到内外的压迫，我们人口虽然众多，却被人当作“弱小民族”“宰割”。不论是在北洋军阀或者蒋介石统治中国的时期，我们在自己的土地上，见到外国人不敢抬起头。我们受到国内统治阶级的压迫和剥削，同时也受到外国殖民主义者的剥削和压迫。有一个时期我们的记者对军阀政客说了不恭敬的话就要坐牢、砍头。有人写了得罪外国人的文章也会吃官司。二十三年前我在日本住过几个月。当时日本的报刊上天天骂中国，把中国人骂得狗血喷头。我实在气不过，写了一篇短文回敬几句（题目是《日本的报纸》）。谁知文章寄到国内，已经排好，国民党的检查老爷终于看不顺眼把它抽去。在那一年四月溥仪到东京的前一两天，牛込区警察署的几个便衣侦探半夜里闯进我的房间，搜查了一阵，就把我带到拘留所去关了十几个钟头。我出来写过一篇《东京狱中一日记》，寄给上海的《文学》月刊。在这篇文章里我比较心平气和地叙述我十几个钟头的经历，而且我删去了一些带感情的句子。我万想不到这篇文章仍然过不了检查老爷这一关。他还是用笔一勾，把它从编好的刊物中抽去。幸好他还不曾没收原稿。我后来在原稿上加了一点虚构的东西，删去东京和日本这一类的专名词，改成了一篇小说。这个短篇没有在刊物上发表，却收在集子里出版了。这就是《神·鬼·人》里的《人》，我还加了一个小标题：《一个人在屋子里做的噩梦》。那个时候国民党的图书杂志审查机构因为“闲话皇帝”的事件得罪了日本人，已经偷偷地暂时撤销了。倘使它还存在的话，恐怕我连关在屋子里做噩梦的机会也不会有了！



我本来在讲所谓“被压迫民族”的短篇小说，讲它们对中国作家的影响，现在却扯到国民党检查老爷的身上了。为了对付检查老爷，我也学到一点“本事”。这也许跟那些小说有点关系。要通过检查，要使文章能够跟读者见面，同时又不写得晦涩难懂，那些小说的确是好的范本。可惜我没有好好地学习，自己也缺少写作的才能，所以在我的短篇小说里不容易找到它们的影响。我想起了我那篇叫做《狗》的小说，它也许有点象那一类的作品。这个短篇的主人公“我”把自己比作一条狗，希望自己变成一条狗。他“在地上爬”，他“汪汪地叫”。他向神像祷告说：“那人上的人居然叫我做狗了。”他最后被人关在“黑暗的洞里。”他说：“我要叫，我要咬！我要咬断绳子跑回我的破庙里去。”今天的青年读者也许会疑心我这个主人公有神经病。不然人怎么会愿意变狗呢？怎么会“在地上爬”，“汪汪地叫”呢？其实我的主人公是一个头脑清醒的人。他只是在控诉旧社会。旧社会中，就象在今天的英、美国家那样，穷人的生活的确比有钱人的狗还不如。几十年前上海租界公园门口就挂着“华人与犬不得入内”的牌子。殖民主义者把普通的中国人当作“狗”看待。小说里那些“白皮肤、黄头发、绿眼瞳、高鼻子”的“人上的人”就是指殖民主义者。小说主人公是在诅咒那些殖民主义者。他并不是真正在地上爬、汪汪叫、想变成一条狗。他在讲气话，讲得多么沉痛！“黑暗的洞”不用说是监牢。主人公最后给捉起来关在牢里去了。不过他仍然要反抗，要叫，要咬。我在这篇小说里写的是在内外的压迫与剥削下一个普通中国人的悲惨生活。小说一共不到五千字，是在一个晚上一口气写成的。我拿起笔，用不着多想，手一直没有停过。那天下午《小说月报》的编者托人带口信，希望我为他们写一个短篇。我吃过晚饭后到北四川路上走了一阵。那条马路当时被称为“神秘之街”，人行道上无奇不有。外国水手喝醉了，歪歪倒倒地撞来撞去，调戏妇女，拿酒瓶打人。有时发了火，他们还骂人为“狗”。我散步回家就拿起笔写小说。那个晚上我又听到了“狗”字。我自然很激动。我已经有了小说的题目。我写的是感情，不是生活。所以我用不着象绘工笔画那样地细致刻画，在五千字里面写出当时普通中国人的生活，我只需要写出一个普通中国人的感情。小说的结尾本来不是“要咬断绳子”的那一句。我原来的结尾是“我再也不能够跪在供桌前祷告了。”后来这篇小说翻成英文，英译者把最后这一句改为“我再也不向那个断手的神像祷告了。”我看到了译文才感觉到我原来那个结尾的确软弱。所以我一九三五年编辑短篇小说集的时候，便改写了结尾，加上要咬断绳子的话。

《狗》自然不是我的第一个短篇，不过它总是我早期的作品。其实不论是我早期的或后期的短篇，都不是成功之作。我在创作的道路上摸索了三十年，找寻最适当地表达自己思想感情的形式，我走了多少弯路，我的作品中那些自己的东西也都是很不成熟的。《狗》也许是我自己比较满意的一篇，可以说是我的“创作”。我在前面说过它有点象当时所谓“被压迫民族”作家写的小说，也只是就情调而言。我和那些作家有相似的遭遇，也有一种可以说是共同的感情。所以作品的情调很接近。但是各人用来表现感情的形式却并不相同。我有我自己的东西。然而哪怕是我的“创作”，它也不是我凭空想出来的，它是从我的生活里来的。连那个“狗”字也是租界上的高等洋人和外国水手想出来的，我不过把它写在小说里罢了。

严格地说起来，我所有的作品都是从生活里来的。不过这所谓生活应当是我所经历的生活和我所了解的生活。生活本身原来极复杂，可能我了解得很简单；生活本身原来极丰富，可能我却只见到一些表面。一个作家了解生活跟他的世界观和立场都有极大的关系。我的生活知识本来就很有限，我的思想的局限性又妨碍我更深刻地了解生活。所以我的作品有很多的缺点。这些缺点在我的短篇小说里是一眼就看得到的。我常常想到爱伦堡的话："一个人在二十岁上就成了专业作家，这是很危险的。他不可能做好作家，因为他不知道生活。"我觉得我充分了解这句话的意义。倘使拿我的短篇跟我所尊敬的几位前辈和同辈作家的短篇相比，就可以看出来我在二十几岁就成为专业作家是一件很不幸的事情了。

我在前面讲到我的短篇小说，把它们分成早期的和后期的。我的早期的作品大半是写感情，讲故事。有些通过故事写出我的感情，有些就直接向读者倾吐我的奔放的热情。我自己说是在申诉"人们失去青春、活动、自由、幸福、爱情以后的悲哀"，其实也就是在攻击不合理的资本主义社会制度。但是我并没有通过细致的分析和无情的暴露，也没有多摆事实，更没有明明白白地给读者指路。我只是用自己的感情去打动读者的心。在我早期的短篇里我写的生活面广，但是生活并不多。我后期的短篇跟我早期的作品不同。在后期的作品里我不再让我的感情毫无节制地奔放了。我也不再象从前那样唠唠叨叨地讲故事了。我写了一点生活，让那种生活来暗示或者说明我的思想感情，让读者自己去作结论。《小人小事》里的《兄与弟》、《猪与鸡》就是这一类的作品。但是这样的短篇似乎有一点点晦涩，而且它们在我的作品中也占少数。我在写作生活的初期也曾写过不倾吐感情不讲故事的短篇小说。例如《罪与罚》，它写一个普通珠宝商人所犯的"罪"同他自己和他一家人所得到的"罚"。这是根据一九二八年巴黎报纸上的新闻改写的。完全是真人真事。我把报上几天的记载剪下来拼凑在一起来说明我自己的看法：资产阶级的法律是盲目的；"罚"往往大于"罪"。但是在这篇小说里我却没法指出另一件更重要的事实：有钱有势的人犯了"罪"却可以得到很轻的"罚"，甚至免于处"罚"。这个缺点倒不是来自我的思想的局限性。说老实话，我的材料限制了我。我缺乏生活，我也缺乏驾驭文字的能力。

我又扯远了。我在这里要说的只是一件事：我的绝大多数的作品都可以归类在早期作品里面。它们中间有的是讲故事，更多的是倾吐感情。可见我的确不是一个冷静的作者，我也没法创造精心结构的艺术品。我写小说不论长短，都是在讲自己想说的话，倾吐自己的感情。人在年青的时候感情丰富，不知节制，一拿起笔要说尽才肯放下。所以我不断地声明我不是艺术家，也不想做艺术家。自然这也是我的一个缺点。

我在前面谈到《狗》的时候，我说过这个短篇是我的“创作”。但是我那许多讲故事、倾吐感情的短篇小说也并非无师自通关起门凭空编造出来的。虽然小说里面生活不多，但也并非完全没有。知道多少写多少，这是我向老师学来的一样“本领”（？）。三年前一位法国作家到我家来闲谈。他跟我谈起鲁迅先生的短篇，又转到用第一人称写小说的问题，他问我，如果写自己不大熟悉的人和事情，用第一人称写，是不是更方便些。我回答：“是”。我还说，屠格涅夫喜欢用第一人称讲故事，并不是因为他知道得少，而是因为他知道得太多，不过他认为只要讲出重要的几句话就够了。鲁迅先生也是这样，他对中国旧社会知道得多，也知道得深。我却不然，我喜欢用第一人称写小说，倒是因为自己知道的实在有限。我知道的就提，不知道的就避开，这样写起来，的确更方便。我学写短篇小说，屠格涅夫便是我的一位老师。许多欧美的，甚至日本的短篇小说也都是我的老师。还有，鲁迅先生的《呐喊》和《傍徨》以及他翻译的短篇都可以说是我的启蒙先生。然而我所谓“学”并不是说我写小说之前先找出一些外国的优秀作品仔细地研究分析，看他们第一段写什么，第二段写什么，结尾又怎么写，还有写景怎样，写人物怎样……于是做好笔记，记在心头，然后如法炮制。我并没有这样“学”过，因为我在写小说之前连做梦也没有想到自己会成为作家。我以前不过是一个爱好文学的青年，自小就爱读小说，长篇也读，短篇也读，先读中国的，然后读外国的。读的时候完全没有想过，我有一天也要写这样的东西。就像小孩喜欢听故事那样，小孩见到人就拉着请讲故事，并不是为了自己要做说故事的人。但是故事听得多了，听得熟了，小孩自己也可能编造起故事来。我读了不少的小说，也就懂得所谓“小说”，所谓“短篇小说”究竟是什么样东西。我读的时候，从来不管第一段怎样，第二段怎样，或者第一章应当写什么，第二章应当写什么。作为读者，我关心的是人物的命运。我喜欢（或厌恶）一篇作品，主要是喜欢（或厌恶）它的内容，就象我们喜欢（或厌恶）一个人，是喜欢（或厌恶）他本人，他的品质；至于他的高矮、肥瘦以及他的服装打扮等等，那都是次要又次要的事。我向那许多位老师学到的也就是这一点。小说读多了，那些自己喜欢的过了好久都不会忘记。脑子里储蓄了几百篇小说，只要有话想说，有生活可写，动起笔来，总不会写出不象小说的东西。至于好坏，那是另一个问题。就拿我自己来说，没有人讲过我那些短篇不象小说，但是它们中间坏的多，好的少，不用别人讲，我自己也知道。因为我生活不够，因为我的思想有很大的局限性。我虽然“请”了好多很高明的老师，但是老师只能给我启发，因为作家进行“创作”，不能摹仿，更不能抄袭，他必须写自己的作品。常常有好心的读者过分地信任我，寄作品来要我修改。我不熟悉他所写的人物同生活，简直不知道应当从哪里改起。读者们错误地相信我掌握了什么技巧，懂得了一种窍门，因为他们忘记了最重要的东西：充实的生活同对生活的正确的认识和分析。这个最重要的东西却不是能够从百篇小说和几位作家老师那里学得到的。只有一直参加革命斗争、始终站稳无产阶级立场、而且具有马克思主义世界观的人才可以说是懂得了窍门。但是连他也不能代替别人创作。创作是艰苦的劳动。我写了三十年，到现在还只能说是一个学生。

我常常向人谈到启发。我们读任何的好作品，哪怕只是浏览，也都可以得到启发。我那些早期讲故事的短篇小说很可能是受到屠格涅夫的启发写成的。屠格涅格夫写过好些中短篇小说，有的开头写大家在一起聊天讲故事，轮到某某，他就滔滔不绝地说起来（我那篇《初恋》就是这一类的小说）；有的用第一人称直接叙述主人公的遭遇或者借主人公的嘴写出另一个人的悲剧。作为青年的读者，我喜欢他这种写法，我觉得很容易懂，容易记住。不象有些作家的作品要读两三遍才懂得。所以我后来写短篇小说，就自然而然地采用了这种写法。写的时候我自己也感觉到亲切、痛快。所以三十年来我常常用第一人称写小说。我开始写短篇的时候，我喜欢让主人公自己讲故事，象《初恋》，《复仇》，《不幸的人》都是这样。讲故事便于倾吐感情，这就是说作者借主人公的口倾吐自己的感情；讲故事用不着多少生活，所以我可以写欧洲人和欧洲事，借外国人的嘴倾吐我这个中国人的感情。我的第一本小说集《复仇》里收的十几个短篇全是写外国人的，而且除了《丁香花下》一篇以外，全是用第一人称写的，不过小说里的“我”有男有女，有老有少，有中国人，也有外国人，有我自己也有别人。我自己看看，觉得也不能说是完全不象外国人。我在法国住了两年，连法文也没有念好。但是我每天都得跟法国人接触，也多少看过一点外国人的生活。我知道的不用说只是一点表面。单单根据它来写小说是不够的。我当时并没有想到用第一人称写小说可以掩盖“生活不够”的缺点，我只要倾吐自己的感情。可是现在想来那倒是近乎取巧的办法了。

屠格涅夫写小说喜欢用第一人称，可能是他知道得太多，所以喜欢这种简单朴素的写法。普希金一定也是这样。鲁迅先生更不用说了。他那篇《孔乙己》写得多么好！不过两千几百字。还有《故乡》和《祝福》，都是用第一人称写的。然而我学会用这种写法，恰恰因为我知道得太少，我没法写出我自己所不知道的生活，我把我知道的那一点东西全讲出来，有何不可，不过这种写法也是无意地“学”到的。我开始写短篇的时候，从法国回来不久，还常常怀念那边的生活，也颇想在纸上留下一些痕迹，所以拿起笔写小说，倾吐感情，我就采用了法国生活的题材。因为自己对那种生活还有一点点感情，而又知道得不多，就自然地采用了第一人称讲故事的写法。例如《初恋》是根据一位留法同学的几封信改写的；非战小说《房东太太》是根据一位留法勤工俭学的朋友的初稿改写的，我还增加了后半篇，姑然太太痴等战死的儿子回来的故事。第三个短篇《洛贝尔先生》的背景就是我住过一年的玛伦河畔的某小城。关于这篇小说，我曾经写过这样的一段话：

> “在一九三〇年七月的某一夜里，我忽然从梦中醒了。在黑暗中我看见了一些悲惨的景象。我的耳边响着一片哭声。我不能再睡下去，就起来扭开电灯，在清静的夜里一口气写完了短篇小说“洛贝尔先生”。我记得很清楚，我搁笔的时候，天已经大亮了。

我走到天井里去呼吸新鲜空气，用我的带睡的眼睛看天空。浅蓝色的天空中挂着大片粉红的云霞……”

这一篇开了端，以后我接连地写了好些短篇小说。然而这种写法其实是“不足为训”的。但我早期的十几篇小说都是这样写成的。我事先并没有想好结构，就动笔写小说，让人物自己在那个环境里生活，通过编造的故事，倾吐我的感情。所以我的好些短篇小说都只讲了故事，没有写出人物。《洛贝尔先生》就是这样。我在那个小城住过一年，就住在小说里提到的中学校里面。学校背后有桥，有小河，有麦田。音乐家就是学校的音乐教员。卖花店里的确有一个可爱的少女。我和另一个中国同学在节日里总要在那里去买花送给中学校校长的夫人。校长有一个十二岁的女孩，名字就叫“玛丽—波尔”。我把这些全写在小说里面了。又如《不幸的人》写了贫富恋爱的悲剧，这是极其平常的故事和写旧了的题材。我偶然在一张外国报上读到关于一九二七年八月在波士顿监狱里受电刑的樊塞蒂的文章，说他从意大利去美国之前有过这样不幸的遭遇。这不过是传闻，也可能是写稿的人故意捏造，樊塞蒂在他的自传里也没有谈到这样的事情。我后来为樊塞蒂一共写过两个短篇：《我的眼泪》和《电椅》。但是我却利用这个捏造的故事写了一个意大利流浪人的悲剧。我的确在法国马赛海滨街的小小广场上见过一个拉小提琴的音乐家。不过我并没有把他请到美景旅馆来，虽然我曾经在美景旅馆五层楼上住过十二天，也曾经在那里见过日落的壮观，象我在小说中所描写的那样。我把那个捏造的恋爱故事跟我在马赛的见闻拼在一起，写成了那篇《不幸的人》。一九二八年十月底我在马赛等船回国，一共住了十二天，每天到一家新近关了门的中国饭店去吃三顿饭。这家饭店在贫民区，老板还兼做别的生意，所以我有机会见到一些古怪的小事情。我那篇《马赛的夜》（一九三二）就是根据那十二天的见闻写的。再如《亡命》，这篇小说写出政治亡命者的痛苦。在当时的巴黎我见过从波兰、意大利、西班牙等国亡命来的革命者，也听到别人讲过他们的故事，还常常在报上读到他们的文章。意大利的革命者特别怀念充满阳光的意大利。我虽然跟他们不熟，但是我也能了解他们的思想感情。我去法国以前在中国就常有机会见到从日本或朝鲜亡命到中国来的革命者，也了解一点他们的生活。再说我们中国穷学生在巴黎的生活也跟亡命者的生活有点相似，国内反动势力占上风，一片乌烟瘴气。法国警察可以随便检查我们的居留证，法国的警察厅可以随时驱逐我们出境。我一个朋友就是被驱逐回国的。唯一不同的是我们还可以回国，那些意大利人、那些西班牙人却没法回到他们的阳光明媚的国土。我的脑子里常常有那种人的影子，所以我在小说里也写出了一个影子。

我没法在这篇短文里谈到我所有的短篇小说，在这里把它们一一地详加分析。其实我这样做对读者也不会有好处。我在前面举的几个例子就可以说明一切。我讲了我所走过的弯路，我讲了我的一些缺点。我说明我为什么会写出那样的东西。我手边放着好几十封读者的来信。我把那些要我告诉创作经验的信放在一起。我没有回答那些热心的读者，因为我回答不出来。我不相信我的失败的经验会使青年朋友得到写作的窍门。倘使他们真有学习写作的决心和毅力，请他们投身到斗争的生活里面去学。要是他们在“生活”以外还要找一个老师，那么请他们多读作品，读反映今天新生活的作品，倘使还有多的时间，不妨再读些过去优秀作家的作品。任何作家都可以从好的作品那里得到启发。



我在这篇短文里不断地提到启发。可能还有人不了解我的意思，希望我讲得更具体些。那么让我在这里讲一个小故事来说明我所说“启发”究竟是什么一回事。

一八七三年一个春天的夜晚，列夫·托尔斯泰走进他大儿子赛尔该的屋子里。赛尔该正在读普希金的《别尔金小说集》给他的老姑母听。托尔斯泰拿起这本书，随便翻了一下，他翻到后面某一章的第一句：“在节日的前夕客人们开始到了。”他大声说：“真好。就应当这样开头。别的人开头一定要描写客人如何，屋子如何，可是他马上就跳到动作上去”。托尔斯泰立刻走进书房，坐下来写了《安娜·卡列尼娜》的头一句：“奥布浪斯基家里一切都乱了。”（我们读到《安娜·卡列尼娜》却是以另外的一句开头的：“幸福的家庭都是相似的；不幸的家庭各有各的不幸。”这是作者后来加上去的。）托尔斯泰在前一年就想到了这部小说的内容。一位叫做“安娜”的太太，因为跟她同居的男人爱上了他们的保姆，就躺在铁轨上自杀了。托尔斯泰当时了解了详细情形，也看到了验尸的情况。他想好了小说的情节，却不知道应当怎样开头。写过了《战争与和平》的大作家要写第二部长篇小说，居然会不知道怎样开头！人们常常谈到托尔斯泰的这个小故事。一九五五年逝世的德国大作家托马斯·曼有一次也提到"这个极动人的小故事"，他这样地解释道："他不停地在屋子里徘徊，找寻向导，不知道应当怎样开头。普希金教会了他，传统教会了他……"

这个故事把"启发"的意义解释得非常清楚。托尔斯泰受到了普希金的"启发"，才写出《安娜·卡列尼娜》的开头。要是他那个晚上没有翻到普希金的小说，《安娜·卡列尼娜》的写作很可能推迟一些时候，而且他也很可能用另外的句子开始他这部不朽的作品。托尔斯泰不是在抄袭，也不是在摹仿，他是在进行创作，但是他也需要"启发"。二十几年前我听见人讲起，有一个中国青年作家喜欢向人宣传，他不读任何作品，免得受别人的影响。这个人很可能始终没有受到别人的影响，但是他至今没有写出一本好书。连托尔斯泰也要"找寻向导"，何况我们！虚心对从事创作的人总有好处。人的脑子又不是万能的机器，怎么离得了启发？



我刚才引用了托马斯·曼的话："普希金教会了他，传统教会了他"。说到"传统"，我想起了我们的短篇小说。我们也有同样的优秀的传统：朴素、简单、亲切、生动、明白、干净、不拖沓、不罗嗦。可惜我没有学到这些。我过去读话本和"三言二拍"之类的短篇不多。笔记小说我倒读过一些，但总觉得跟自己的感情离得太远。我从小时候起就喜欢看戏。我喜欢的倒是一些地方戏的折子戏。我觉得它们都是很好的短篇小说。随便举一个例子，川戏的《周仁上路》就跟我写的那些短篇相似，却比我写得好。一个人的短短的自述把故事交代得很清楚，写内心的斗争和思想的反复变化相当深刻，突出了人物的性格，有感情，能打动人心，颇象西洋的优秀的短篇作品，其实完全是中国人的东西。可见我们的传统深厚；我们拥有着取之不尽的宝山，只等我们虚心地去开发。每一下锄头或电镐都可以给我们带来丰富的收获。

至于其它，我没有在这里饶舌的必要了。

原载1958年《人民文学》6月号

# （四）分述三：散文

# 《海行》序

这本游记是我五年前的旧作，前半部在法国邮船 Angers 号的三等舱膳厅中写成，后半部则写于巴黎拉丁区的一个旅舍里。

那时是一九二七年一月和二月，我还不曾开始写小说，而且更想不到以后会给自己起了“巴金”这个名字。所以我写这书时，全没有想把它发表的心思。我不过写它来给我的两个哥哥看，使他们明白我是怎样在海上度过了一些光阴，并且让他们也领略一些海行的趣味。

写成后我把它寄给在北平读书的三哥，又由他再寄到在成都住家的大哥的手里。它在成都差不多躺卧了五年以后，如今又以一个偶然的机缘回到了我的手里来，可是我的大哥已经死了一年半了。

在寄这游记回国的时候，我曾给两个哥哥写了一封信：

“寄上一本我亲笔写成的小书，这是我赴法途中的见闻，这是我的一部分生活的记录，请你们给我好好地保存着它罢。

“我没有与你们多写信。当一个人在深刻的感情之中，还有写许多话的必要么？便是一个字一张白纸也就可以表示出来我怎样挂念你们了。

“我知道你们也不会忘掉我，但请寄一点东西来，从你们那里来的一切，我都异常宝贵的。

“我虽然知道我们的心不会被那无边的海洋所隔断，但是现在我的心确实是寂寞得很！冷得很！望你们送点火来罢。”

现在重读到这封信，想到当时的心情，再想到我的大哥的悲惨的一生，我只是惘然，我的这管拙劣的笔写不出来我现在的悲愤！

为了这个缘故，我才把这游记整理出版，我把它献给我的在粉笔灰里度岁月的三哥，我祝他永远健康，我祝他永远幸福。

一九三二年十月　巴金在上海

原载《海行》(新中国文艺丛书)，上海新中国书店1932年12月版

# 巴金谈《海上的日出》

《海上的日出》是著名作家巴金同志早期的优秀散文，现选入部编全日制十年学校初中《语文》课本。最近，本刊编辑部陆续收到不少读者的来信来稿，恳切要求作者谈谈《海上的日出》一文的创作情况、主题思想等有关问题，以有助于正确理解并进一步教好这篇课文。为此，我们特地走访了巴金同志。承巴金同志热情接待，在亲切的交谈中具体回答了我们提出的问题。——《语文学习》编者



问：《海上的日出》是在怎样的情况下写成的？

答：这篇文章是我二十多岁时写的作品。一九二七年一月，我从上海乘“昂热号”邮船去法国留学。在旅途中，我随时记下了海上的见闻，写下了一路的风光，寄给我的两个哥哥（大哥和三哥）看，使他们知道我是如何在海上度过一段时日，并让他们也领略一些海行的乐趣。原稿存在我大哥那里，他死后我把它要回来，稍微改动一下，给一个书店出版。

这本题名为《海行杂记》的游记，有些文字是在邮船上写的，有一小部分则是到了法国以后写的。记得用来写《海上的日出》的本子，还是在西贡停船时买的；后来我在巴黎写小说时，用的也是这种练习本。

问：文中描绘的三幅图景是一天所见，还是途中感受？

答：我们写文章，总是先有生活，才有感受。因此，只有看了日

出，才能描写日出的奇观。人们喜欢看海上的日出，就象爱登泰山观日出一样。我这篇文章一开头就说："为了看日出，我常常早起。"当时，的确是这样。日出时的美丽景色吸引了我，给我以很深的印象，我就写下了《海上的日出》。

据说，有些语文教学参考资料在分析《海上的日出》时，把我文中所描写的三幅日出图景，看作是一天一回所见，甚至还把文章归纳为"日出前—日出时—日出后"三个层次。这大概是由于《语文》课文的编者，把此文开头"我常常早起"改成"我特地起个大早"而引起的误解。其实，正象前面所谈的那样，我所写的确实不是一天的日出景色，而是集中地概括了我几次在船上看海上日出所得的总的印象，具体的观感。

问：怎样理解《海上的日出》的主题思想？

答：有人说，我这篇文章是写祖国的河山，表现爱国主义思想。我当时远离祖国，写的是外国的河山，不是中国的河山。我当时是个普通的青年，思想单纯，想得不会多。但新的一定战胜旧的，光明必然代替黑暗，这个信仰贯串着我一生和我后来的全部作品。《海上的日出》当然也有向往光明、奋发向上的这个意思，但并不是表现爱国主义精神的。

研究别人的文章，要有自己的见解；但分析要实事求是，符合实际。当然，别人的文章也可以改；但要尊重作者的原意，要改得对。你改别人文章，如果九十九处都改对了，有一处改错，别人拉住你不放，也只好认错。我当过编辑，有这方面的体会。

原载1980年上海《语文学习》第4期

# 《旅途随笔》序

巴　金

在这世界上我并不是孤独的，我有朋友，那无数的散处在各地的朋友。

我常说我是靠朋友生活的，这并不是一句虚伪的话。友情这东西在我的过去的生涯里，就象一盏明灯，照彻了我的灵魂的黑暗，使我的生存有了一点光彩。我有时候就禁不住要想，禁不住要问自己：假如我没有了那许多朋友，我会变成一个什么样的可怜的人！对于这问题我自己也不敢给一个回答。

我和别的人一样，我在生涯里也有过欢乐和痛苦，也有过哭和笑。但在这时候总有一个东西激动着我的心，那就是同情。通过那空间，朋友们从各个远近的地方送来了眼泪，送来了安慰，甚至送来了笑和祝福。我的眼腔里至今还积蓄着朋友们的眼泪，我的血管里至今还沸腾着朋友们的血液。在我的胸膛里跳跃着的也不是我一个人的寂寞的心，而是那许多朋友的热烘烘的心。我可以不夸张地说一句：我是靠了友情才能够活到现在的。

朋友们给我的东西确实是太多太多了。然而我拿了什么东西来报答他们呢？我是一个心地贫穷的人，我所能够献出来的，除了这生命外，就只有一些感谢的表示。所以我要到各地方去看那些朋友们的温和的面孔，向他们说一些感谢的话语，和他们在一起度过几天快乐的时间。抱了这个目的，这一年来我走过了不少的地方，而且我也许还要继续走下去，到另一些未曾有过我的脚迹的地方去。我并不是为了喜欢“名山大川”才开始旅行的，虽然我也很想知道一点各地方人民的生活状况。

在旅途中我不曾感受到什么困难，朋友们慷慨地给我预备好了一切。要是没有他们给了我种种的方便，我决不会走完了这许多地方，而且我也不会有机会写下了一些见闻和一点感想。这些见闻和感想不过是一个纪念，我现在把它们编成一本小书，我愿把它献给所有我的朋友。并且同着这一本小书我还要把我的一颗感激的心献给他们。

这一点小小的东西原本算不得一件礼物，但是，朋友们，请大量地接受它罢，因为我真挚地把它奉献了给你们。

一九三三年十二月作者在北平

原载《旅途随笔》（创作文库五），上海生活书店 1934 年 8 月版

# 《旅途随笔》重排题记

这本小书曾由生活书店印过三版。在付印前它在审查老爷的朱笔下受过刖足的重刑。出版后书店方面又说文艺书没有销路。我一则不愿意看书店多亏本，二则不愿意让删改的书多流传，便要求书店让我收回。办交涉是要化费时间的。交涉刚刚办好，书店把纸版送来，过十几天第四版的新书又在市面上出现了。我也不知道究竟有没有人买这本书。我想还是忍耐着再等两年罢。反正纸版已经到我手里被我亲手毁了，不会再有人来印第五版的。

这还是前年的事。现在两年期满，我把改订本交给愿意为我出版这没有销路的小书的开明书店。这所谓改订本也不能说是完璧，不过腿下已经装好木脚，不象残废者了。《亚丽安娜·渥柏尔格》被收入了《短篇小说集一》，所以删去。《捐税的故事》，因为原稿已失，而且这篇短文也应该重写了，就让它仍旧阙着。其余的则依照原稿补入。

去年我两度去广州，重温旧梦，在那里过了一些令人兴奋的日子。现在在那个可爱的城市沦陷以后重读几年前初到广州时的旧作，回忆当时的情景，不禁感到深的惆怅。

但是我并不绝望。我对朋友们说过甚至在阴云蔽天的时候，我还可以看见未来的晴天的光亮。现在我还是和从前一样，能够站起来做一个人。我始终相信我们这民族的新生的力量。

这本小书是为朋友们写的。它是一个纪念物，也是凭证。它证明我过去、现在是怎样的一个人，将来也会是怎样的一个人。倘使有一天我违背了书里的约言去做一个朋友们所鄙弃的人，那么让他们毫无怜惜地弃绝我！

一九三九年三月十一日之夜　巴　金

原载《旅途随笔》，开明书店 1939 年 4 月版

# 《巴金自传》小序

这是我的自传的一部分。在这五个片断里我故意地用了不同的笔调和不同的纪年。我希望读者甚至能够从这上面也看出我的生活的进展来。

因了篇幅的限制，我只能够写出过去生活的一个这样简单的轮廓。

一九三四年二月底　巴金在上海

原载《巴金自传》（自传丛书），第一出版社1934年11月版

# 《生之忏悔》题记

巴　金

这本小删子可算是我的忏悔录的一部分罢，正如这题名所表示的。

我常常想，我第一次拿起笔写文章，那就是我的不幸的开端，从那时起我开始走入迷途了。以后一误再误，愈陷愈深，终至于不可收拾。于是呻吟，呼号，自白，自剖都由我的笔端泄了出来。发泄以后便继之以沉默，这其间我很想把以前错误挽回过来。

这几年来我印过了好几册小说和随笔，但杂文却算这是第一部。其实我所写的杂文原不只此，但有许多我自己也已无法见到了，即使见到我如今也未必就完全同意当时的论调，所以只将这里的一部分集起付印。也没有别的用意，无非希望一些厚爱我的读者由这个更了解我一点。

我所敬爱的一位科学家说过："书本不能够制造智的潮流，相反的，智的潮流可以制造出书本来。"我很相信这句话。

这一本小小的书虽出于一个无学者的手笔，但决不是我一个人"闭门造车"的结果，它也可以代表一部分青年人的思想，我和他们在一起生活过，而且至今还没有脱离他们的圈子。让他们来判断我和我的书罢，我诚恳地把它献给他们。

原载《生之忏悔》（文学研究会创作丛书），
商务印书馆1936年3月版

# 《点滴》序

巴　金

在一个城市里住了三个月，现在要搬到另一个更热闹的城市去了。搬家的前夜凑巧天落着雨。这雨是从正午开始落的，早晨太阳还从云缝里露过面。但报纸的“天气预报”栏里就载了落雨的事情。



一落雨，就显得凄凉了。虽说这地方是一个大港，每天船舶往来不绝，但我却住在僻静的山上，和热闹的街市和码头，都隔得很远。山上是十分静寂的。在我的房里只听得见下面滨海的街市的电车声，和偶尔响起来的小贩车上的铃声。电车声也并不显得吵闹，而且不多。

我的房里有两面窗户。正面的开出去望得见海。侧面的推开时正是下山的石级路。每天经过这路的人除了几个男女学生外，就少得几乎到没有。学生经过是按着一定的时间。有时早晨我起得较晚就可在被里听见女学生的清脆的笑声。

山下面的房屋大半都是平屋，就是楼房也只是那么低低的两层。日本的房子低得叫人发笑。但因此使我每天可以在房里望见海上的景象，没有房顶来遮住我的眼光。轮船开出去，就似乎要经过我的窗下。而帆船却象一张一张的白纸在我的眼前飘动。其实说飘动，并不恰当，因为帆船在海上动，我的眼睛不会看得清楚。在那些时候海的颜色总是浅蓝的。海水的颜色常常变换着，有时是白色，有时深蓝得和黑夜的天空差不多。在清朗的月夜里，海横在天边就象一根明亮的白带，或者象一片光亮的淡色云彩。初看，决不会想到是海。但这时的海却是最美丽的。我只看见过一次，还是在昨天的晚上。以后恐怕一时不易再看见了。本来打算今晚还可以看一回，但料不到今晚却下了雨。

雨一下，海就完全看不见了。我灭了房里的电灯，推开窗户去看外面。只有星点一般的灯光嵌在天空一般的背景里。灯光因了雨的缘故也显得模糊了。别的更不用说。

外面风震撼着房屋，雨在洋铁板的屋顶上象滚珠子一般地响。今晚不会安静了。但这些声音却使我的心更加寂寞起来。我最不喜欢这种把一切都埋葬了似的环境。一遇到这我就不舒服。这时我的确有点悲哀。但这并非怀恋着过去，也不是忧虑着将来。只是因现在的环境引起的悲愤。这意思很容易明白。而我也决不是看见花残月缺就会落泪的人。虽然明天便要和一些人尤其是三个月来和我玩熟了的几个小孩分别，而且以后恐怕就不会再来到这个地方。然而我也没有大的留恋。因为我的心里已经被许多许多的事情装满了。似乎再没有空隙来容纳个人的哀愁。

因这风雨而起的心的寂寞，我是有方法排遣的。一个朋友最近来信说我“最会排遣寂寞”。这话说得很对。但他似乎只知道我会拿文章来排遣寂寞。其实这只是方法之一种而已。不过这三个月来我却只用了这方法而得到效果的。而且因此才有在《点滴》的总名称下面写出来的十几篇短文来。

明天我就要离开这里。今天上午我的叫做《点滴》的小书也编成寄回上海去了。这小书是我三个月来的一点一滴的血。血这样流出是被贱卖了。另一个朋友常常责备我“糟蹋”时间，他也很有理。我编好这集子，就这样平淡地结束了我这三个月来的平淡的生活。这里面也附了几篇从前在北平或上海写下的补白之类的东西。这些文章，和明朝人的作品不同，句句是一个活着的现代青年的话语；所以自己喜欢它们。

正要放下笔，侧面的窗外却起了木屐的声音。从那细小迟缓的脚步声，我知道是一个女人从下面上来走过石级路往山后去了。在这样的雨夜，还去什么地方呢？我这样想。过路人自然不会知道。脚步声寂寞地响了一会儿，仿佛连那女人的喘息也送到了我的耳边。于是声音便消灭了。接着是一阵狂风在屋后的山茶树和松林间怒吼，雨不住地象珠子一般落在屋顶上面。

原载《点滴》，开明书店 1935 年 4 月版。

# 《忆》后记

大前年（一九三三年）第一出版社计划出自传丛书，要我写一本自传，我说我不能写“自传”，我只能够写些零碎的回忆。来交涉的那朋友说这也可以。我便写了一本《片断的回忆》送去。原稿在那书店里搁了一年多，直到前年（一九三四）年底出版时它却变作《巴金自传》了。

我那时在日本。又过了大半年我回到上海来，才看见我所谓的“自传”。我很不满意它：因为除了错字多售价贵以外，它还比我的原稿少一章，那里被审查会删去了的。最近我已通知书店方面把这所谓我的“自传”停版了。

作为“自传”的代替，我现在编了这本回忆录。这里面有三章（即《最初的回忆》,《家庭的环境》,《做大哥的人》）是从“自传”中取出的，但内容却也经过一番删改。“自传”里本来还有一章《写作的生活》，因为已经收进了《短篇小说集》第一卷，便不再把它编在这里面。

一九三六年六月二十八日　巴　金

原载《忆》（文学丛刊第二集），文化生活出版社 1936 年 7 月版

# 《短简》序

近一年来有许多不认识的青年朋友写信给我，他们把我当作一个诚实的友人看待，告诉了我许多事情，甚至把他们的渴望和苦恼也都毫不隐瞒地诉说了，这些都是我所应该知道，而且应该寄与同情的。我感激他们。但是我惭愧我缺少行动的力量，我没有丰富的经验，我缺乏广博的学识。对于那些怀着求助的心情到我这里来的年青的灵魂，我不能够帮一点忙。我说过："倘使我有一点最后的力量，我也要拿来给青年的心添一点温暖。"然而事实是永远和我的希望相反的。我只有责备我自己的无力。不过我并不敢因此放弃我的责任。我也曾用尽我的微弱的力量去回答那些充满着信赖与热情的来信。我的话语都是十分平凡。但我写的全是我所真实地感到的，全是我知道得最清楚的，全是从我的狭小经验里得来的。我纵然不能给那些纯白的青年灵魂以安慰和鼓舞，我纵然不能帮助他们解决一些困难的问题，但是我的"短简"也毕竟告诉了他们一些事情，一些关于生活的事情。这对于他们也许有些微的用处。我的长途旅行最近就要开始，我和青年朋友的通信也将因而暂时中断。所以我毫不惭愧地把我过去写给朋友们的一部份的"短简"编成这本小书，我愿意把它献给我的青年朋友们作为一个表示感激的纪念物。

公历一九三七年二月二十八日之夜　巴　金

原载《短简》(现代散文新集)，上海良友图书印刷公司1937年3月10日版

# 《控诉》前记

巴 金

我把五六年前发表过而未收入集子的两篇散文和最近三四月来的零碎作品集在一起编成这样的一本册子，现在怀着满腔的热诚将它献与一般关心我的行动的读者。

写这些文章时，心情虽略有不同，但目的则是一样，这里自然也有呐喊，可是主要的却在控诉。对于那危害正义危害人道的暴力我发出了我的呼声："我控诉！"（Jaccuse）

原载《控诉》，上海烽火社 1937 年 11 月版

# 《梦与醉》前记

从九层楼房的窗户看下面，街道静静地睡着了，一些灯火象星子似的嵌在昏黑里。就在这同样的地方，三个月以前我怀着兴奋和感动的心情看过那盛大的火炬游行。那雄壮的歌声就要把浓黑的天幕突破似的。千万道光亮聚在一起象一条火龙在摆动。每个人激动地挥着手唱歌，以坚定的步伐向前走去。没有迟疑，没有畏缩。一个对于未来的信仰把这上万的人连接在一起。我先前也曾在这行列旁边走过。跟着他们走了好些条街。这些人于我应该是陌生的，我还不熟习他们的方言。但是我却觉得我是在自己最熟习的亲族中间，我甚至忘了自己与别人的界限。后来我告诉人说那时候我是极其快活的。

但是如今一切都改变了。横在下面的是死沉沉地睡去了的街市。没有歌声。没有火炬。不时在我的眼前摇晃的只是一些残肢断臂，遭难者的血和残破的房屋。我仿佛还躲在骑楼下静静地倾听轰炸机在上面寻找目标，掷弹，和低飞扫射的声音，等候一种残暴的力量来结束我的生命。这并不是幻景。我有过的经验的确很多了。我不相信我的生命是不能毁灭的。反之，我在二十天前还说过："我们的生命犹如庭园中花树间的蛛网，随时都会被暴风雨吹打断。"现在活着的人说不定明天就会躺在瓦砾堆里。今天早晨飞机还在市区内投过弹。我不能够断定炸弹的碎片明天就不会碰到我的身上！我明夜要离开这个城市，可是我明天还应该在市区里奔走一天。我办事地方的附近十天前落过一个炸弹，没有爆炸。要是明天遇着大轰炸，我怕我们不会再有那样的幸运了。

然而我现在还活着。我的眼睛还能够注视，我的手还能够转动。此刻我还可以自由处置我的时间。因此我要做完我的一些未了的事情。事情是很多的。我只能一件件的做去。答应过书店的一本散文集，也应该在这时候整理好交出了，我怕我将来再没有机会来做这种事情。爱惜自己的作品，在这种时候还念念不忘地想把它们问世，这许是"书生"的本色罢。我望着堆在手边的原稿，对自己也起了憎厌之感了。

广州静静地睡去了。我在这里住了两个半月。我爱这个地方和这里的居民。经过了三个星期的大轰炸以后，这个城市还是一样地坚定沉着。好象没有一种威胁能够改变它的不屈不挠的精神似的。

暂别了，可爱的城市，炸不断的海珠桥，血染不赤的珠江，杀不尽的倔强的人民。我在这时候离开你们，我感到留恋和惭愧。只有一个思想可以稍微安慰我：我下一个月还要回来的。我希望我回来时能够在这里见到伟大的壮剧，我知道一些朋友已经在准备了。

巴　金　一九三八年六月二十二日在广州



原载《梦与醉》，开明书店 1938 年 9 月版

# 《旅途通讯》前记

这些都不是什么可以传世的文章，它们只是我在各地写给朋友们的十六封信。（最后一篇应该不是信，但我仍把它当作信函寄给朋友们看过了的。）我写它们时我并不以为我是在写文章，我只是象平日和朋友们谈闲话似地写下我所想说的真实的话。也只有我的朋友们会从那没有修饰的文句中看出一个宝爱友情的人的心的感激。

这些全是平凡的信函。但是每一封信都是在死的黑影的威胁下写成的。这些天来早晨我见到阳光就会疑惑这晚上我应该睡到什么地方。也许把眼睛一闭我便进入“永恒”。

我知道个人的存亡没有请求被重视的理由。但是轮到我来交出一切，我对人世还不能说没有留恋。牵系着我的心的是友情，因为我有着无数的散处在各地的朋友。甚至在这些日子里我还想把我所经历的一切，和我的对朋友的感激的心情让朋友们知道。

我常说我靠友情生活。友情是我的指路的明灯，在生与死的挣扎中，在受到绝望的打击后，我的心常常迷失了道路，落在急流的水里，在此时将我引到彼岸的正是这友情，它救了我，犹如飞马星座救了北极探险途中的麦克密伦。

我不会说假话，这些信函便是明证。甚至敌机在我头上盘旋，整个城市在焚烧的时候，我还感到友情的温暖。是这温暖给了我勇气，使我能够以平静的心情经历了信中的那些苦难日子。我有过勇气，我也还会有勇气，因为我有着那无数的好心的朋友。

同着这小书我献上我的祝福和感激。

巴　金　一九三九年二月十四日在桂林

原载《旅途通讯》上册（少年读物小丛刊第一集6），
文化生活出版社1939年3月版

# 《感想》前记

收在这小册里的短文只是一些感想和杂感。它们算不得正式的文章，不过我在那里面说的全是真话。而且我以为我们在这时候应该说真话。



我自己十分喜欢那一篇题作《给一个敬爱的友人》的文章，这是怀着热烈的希望写成的。我写最后一段时敌机就在我的头顶上投弹，但是我终于把它写完了。我对于抗战的最后胜利的坚决的信念，读者可以在这文章里看出来。

巴　金　一九三九年，五月。

原载《感想》(烽火小丛书第八种)，烽火社 1939 年 7 月版

# 《黑土》前记

收在这集子里的几篇文章都是在《回忆》这个总题目下写成的。“九·一八”那年我就开始写我的“回忆”，后来编印过一本叫做《忆》的散文集，那是我的断片的生活纪录，也可以算是我这个渺小的人的平凡的自传罢。

《忆》出版后到现在也有几年了。我本不想再写回忆过去的文章，我更不想多叙说自己的事。但是今年春天，我答应给一个孤岛报纸副刊的编辑帮忙时，我又开始写下我的“回忆”。我选择这样的题目，只为着省却给别人招来麻烦。不过这次我写的也和从前所写的不同。我写别人，更多过写我自己。[1]我不但写了我的那个充满着“耶稣”精神朋友，写了献金的乞丐，被炸垂死的平民，我还写了卢骚，马拉，罗伯斯比尔，哥代和亚当·吕克斯父女。这许多人在我一生中都多少留过一点影响的。

今年我发表的回忆文章并不多（也许我以后还要写出更多的“回忆”）。现在似乎没有编印成集的必要。但是我却匆忙地把它们编好交给了书局。我愿意保存我的文章的真面目，不让它们有机会被那些编印选集的专家摧残，我不知道别的作者怎样，我是很爱惜自己的文章的。最近我看见《第一年续编》的编者们将我的《给山川均先生》这文章腰斩，把那更重要的下半篇一笔抹煞，我心里非常难过。我不知道是编者们看不懂下半篇而将它删去，或者是他们还有别的用心。

---

[1] 此句原文如此。——编者注。

但读者是不能被欺骗的。在我自己编印的每个集子里都保存着我的文章的真面目。它们在这时代有它们的存在的理由，任何选集的编者都不能将它们抹煞。

我现在诚恳地把我的这一册新作献给读者。

巴　金　一九三九年八月

原载《黑土》（文学小丛刊第一集），
文化生活出版社 1939 年 10 月版

# 《无题》前记

这是我的第三个杂文集。在《控诉》和《感想》出版以后写的短文，大都收在这小册里。这里有杂感，有短论，有随笔，有悼文，有卷头语，有后记；说“杂”，说“短”，倒是名符其实。自然都是不象样的东西，不过因为全和抗战有关，我便把它们集起来付印了。

书名用《无题》二字，意思很简单，我从来不会将就题目做文章，过去所作虽然不免效法前辈，在篇前也每每加一个标题，其实我只是信笔直书，随便发抒个人浅见，且往往越出题目的限制，更没有依照作文法规。因此现在翻读旧作，总感到对不起题目似的惭愧。这次用《无题》作书名，无非说实话。

巴　金　一九四一年三月在重庆

原载《无题》(烽火文丛)，桂林文化生活出版社 1941 年 6 月版

# 《龙·虎·狗》序

巴　金

到了这里一个月，正遇着雨季，差不多天天落雨。早晨起来，便听到淅沥的雨声，午夜梦回，也会听见淅沥的雨声。这雨似乎就滴在我的心上，真叫人心烦。



雨落大了，我们这巷子里就淹了水，有时必须赤脚走过。水退得快。但是水退了，路又滑得很。人走一步，身子不免要摇晃一下。如果不小心，谁都会摔倒在泥水里。

因此在上午，或傍晚，或夜间，除了到附近茶铺去泡开水外，我不常到外面去，我总是坐在窗前书桌旁边，有时看书，有时写信，有时也写短文。这些时候好象心里装了很多东西似的，我只想把它们倾吐。拿起笔就想写文章。这样我每天总要写满两三张稿纸。

今天把写过的稿纸检点一下，一共是十九篇短文，连以前存放在上海友人处的两篇较长的文章，也可以编成一本小书了，我便花了半个上午的功夫将集子编好。自己再翻阅一遍，想想也算做了一件事情，便宽慰地吐一口气。后来又想起还有一篇关于小说中人物描写的意见的答案文章在友人那里，这也是今年写的东西，我没有别的集子可以收容它，索性把它编在这小书里作为附录。刚才又在一本书内发见一封旧信的底稿，信是去年年底写给一个友人的。因为写到后面写错了，换过一张纸重写，无意间便留下这份底稿来，现在把它略加删节抄改一遍，也放在这附录里面。书名《龙·虎·狗》，并无深意，我不过把书中三篇短文的题目借用来作书名，同时也表示书里没有什么劝道传世的大文，都是些“随便谈谈”而已。

外面还在下雨，天是苍白色，这雨不知道下到哪一天为止。我心里闷得慌，我想快些把面前一堆文章封好，冒雨到邮局寄发。淋淋雨或许可以使我的心畅快一点。

雨渐渐地小了。天空还是一样的阴暗，外面忽然响起了飞机声。我跑到露台上去看，正有三架飞机冒雨低飞。看见自己飞机的雄姿，我觉得心里爽快许多。在这里最使人感到兴奋的事便是看见自己的飞机列队飞翔。

八月五日在昆明

原载《龙·虎·狗》(《文学丛刊第七集》，
文化生活出版社1942年1月渝版

# 关于《龙·虎·狗》(节录)*

巴　金

## (一)



……《龙·虎·狗》是一九四一年八月我在昆明编成，寄给上海文化生活出版社的陆圣泉，由他发排出版的。我手边还有这个集子的两种版本：一九四二年一月的上海“初版”和一九四三年三月的“渝二版”，不用说，重庆版是用很坏的土纸印刷的。重庆版第一辑中少两篇文章(《寂寞的园子》和《狗》)，我一时想不起是什么原因，重庆版和当时在重庆出版的一般书刊一样，是经过了所谓“重庆市图书杂志审查处”审查的，封底还印着“审查证图字第二〇三〇号”字样。但是那两篇文章的矛头是对着日本侵略军的，不会得罪重庆市的审查老爷，而且他们也没有胆量抽掉它们。现在想不起不要紧，以后会慢慢想起来的，我用不着在这件小事上多花费脑筋。

我在抗战时期到昆明去过两次，都是去看我的未婚妻萧珊。第一次从上海去，是在一九四〇年七月；第二次隔了一年，也是在七月，是从重庆去的。《龙·虎·狗》中主要的十九篇散文是在一九四一年写的，只有第一辑里收的四篇文章中的前两篇是第一次在昆明小住时写成的，后两篇则是到四川以后的作品了。今天我重读这本集子，昆明

---

* 本文第一节的头两段、末一段为本书编者删节。——编者注

的生活又非常鲜明地出现在我的眼前。我当时就住在那个寂寞的园子里，大黄狗是我的一个和善的朋友。

那是将近四十年前的事情。一九三九年年初我和萧珊从桂林回到上海，这年暑假萧珊去昆明上大学，我在上海写小说《秋》。那个时候印一本书不需要多少时间，四十万字的长篇，一九四〇年五月脱稿，七月初就在上海的书店发卖了。我带着一册自己加印的辞典纸精装本《秋》和刚写成的一章《火》的残稿，登上英商怡和公司开往海防的海轮，离开了已经成为孤岛的上海。那天在码头送行的有朋友陆圣泉和我的哥哥李尧林。我在"怡生轮"上向他们频频挥手，心里十分难过。

我一去就是五年。没有想到过了一年多陆圣泉就遭了日本宪兵队的毒手，我回到上海只能翻读他用陆蠡笔名发表的三本散文集：《海星》、《竹刀》、《囚绿记》。而李尧林呢，他已经躺在病床上等着同我诀别，我后来把他的遗体埋葬在虹桥公墓，接着用他自己的稿费给他修了一个不太漂亮的墓。然而十年浩劫一来，整个公墓都不见了，更不用说他的尸骨。

一九四〇年从上海去海防毫无困难。需要的护照，可以托中国旅行社代办，船票可以找旅行社代买，签证的手续也用不着我自己费神。那次航行遇到风在福州湾停了一天半，但终于顺利地到达了海防。在海防我住在一家华侨开设的旅馆里。上船时我是单身一个，在旅馆里等待海关检查行李时我已经结交了好几位朋友。我随身带的东西少，一切手续由旅馆代办，我只消出一点手续费。同行的客人中有的东西带得较多，被海关扣留，还得靠旅馆派人交涉，或缴税或没收，由那里的法国官员说了算。还有人穿着新的长统皮靴，给强迫当场从脚上脱下来。总之，当时从上海到所谓"大后方"去的人大都经由海防乘火车进云南，去昆明。我经过海防时法国刚刚战败，日本侵略军正在对法国殖民当局施加压力，要侵占越南，形势紧张，这条路的命运不会长了，但这里还是十分热闹、拥挤，也正是旅馆里的人大显身手的时候。我们等在旅馆里，同行的人被海关扣留的东西都一件一件地给拿了回来。这样大家就动身继续往前走了。

我们自动地组织起来，身强力壮的人帮忙管理行李，对外交涉，购票上车，客栈过夜，只要花少许钱都办得顺利。我们从海防到河内，再由河内坐滇越路的火车到老街，走过铁桥进入中国国境。火车白昼行驶，夜晚休息，行李跟随客人上上下下，不仅在越南境内是这样，在云南境内一直到昆明都是这样。但是靠了这个自发的组织，我在路上毫不感到困难。跟着大家走，自己用不着多考虑，费用不大，由大家公平分担。所谓大家就是同路的人，他们大都是生意人，也有公司职员，还有到昆明寻找丈夫的家庭妇女。和我比较熟悉的是一位轮船公司的职员和一位昆明商行的“副经理”，我们在海轮上住在同一个舱里。“副经理”带了云南太太回上海探亲，这条路上的情况他熟悉，他买了好几瓶法国三星牌白兰地酒要带出去，为了逃税，他贿赂了海关的越南官员，这当然是通过旅馆的服务员即所谓接客人员进行的。我看见他把钞票塞到越南人的手里，越南人毫无表情，却把钞票捏得紧紧的，法国人不曾觉察出来，酒全给放出去了。做得快，也做得干脆，这样的事以后在不同的地方我也常有机会见到。他们真想得出来，也真做得出来。



这以后我们就由河口铁桥进入中国境内。在“孤岛”——上海忍气吞声地生活了一年半，在海防海关那个厅里看够了法国官员的横暴行为，现在踏上我们亲爱的祖国的土地，我的激动是可以想象到的。我们在河口住进了客栈，安顿了行李，就到云南省出入境检查机关去登记。这机关的全名我已经忘记，本来在一九四〇年我用过的护照上盖得有这机关的官印，护照我一直保存着，但到了一九六六年九月十日，上海作家协会的“造反派”在抄家的所谓“革命行动”中从我家里拿走后，就象石沉大海，因此我连这一段“回忆”差一点也写不出来。机关的衙门并不堂皇，官员不多，然而他们有权威。他们检验了护照，盖了印，签了字，为首的官员姓杨。大家都给放过了，只有我一个人遇到了麻烦。我的护照上写明：“李尧棠，四川成都人，三十六岁，书店职员。”长官问我在哪一家书店工作，我答说“开明书店”。他要看证件，我身上没有。他就说：“你打个电报给昆明开明书店要他们来电证明吧。”他们把护照留了下来。看情形我不能同大家一起走了。同行的人感到意外，对我表示同情，仿佛我遭到什么不幸似的。我自己当然也有些苦恼，不过我还能动脑筋。我的箱子里有一张在昆明开明书店取款四百元的便条，是上海开明书店写给我的。我便回到客栈找出这张便条，又把精装本《秋》带在身边，再去向姓杨的长官说明我是某某人，给他看书和便条。这次他倒相信，不再留难就在护照上盖了印、签了名，放我过去了。

这是上午的事。下午杨先生和他两位同事到客栈来找我，我正在街上散步，他们见到商行副经理，给我留下一张字条，晚上几点钟请我吃饭，并约了我那两位同行者作陪。到了时候三位主人又来客栈寒暄一通，同我们一起大摇大摆地走过铁桥，拿出准备好的临时通行证进入越南老街，在一家华侨酒家吃了一顿丰盛的晚餐。饭后我们有说有笑地回到河口，主人们还把我们送到客栈门口，友好地握手告别。第二天早晨我就离开那个一片原始森林的小城，以后再也没有同那三位官员见面，他们也没有给我寄来片纸只字。他们真是突然出现，又突然消失了。但是在老街过的那一两个钟头，今天回想起来还觉得愉快。

从河口去昆明仍然是白天行车，晚上宿店，我们还是集体活动，互相照顾，因此很顺利地按时到达了终点站。萧珊和另一位朋友到月台来接我，他们已经替我找到了旅馆。同行者中只有那位轮船公司职员后来不久在昆明同我见过一面，其余的人车站匆匆一别，四十年后什么也没有了，不论是面貌或者名字。

我在旅馆里只住了几天。我去武成路开明书店取款，见到分店的负责人卢先生。闲谈起来，他说他们租得有一所房屋做栈房，相当空，地点就在分店附近，是同一个屋主的房屋，很安静，倘使我想写文章，不妨搬去小住。他还陪我去看了房子。是一间玻璃房子，座落在一所花园里，屋子相当宽敞，半间堆满了书，房中还有写字桌和其他家具。我和卢先生虽是初次相见，但我的第一本小说（《灭亡》）和最近一本小说（《秋》）都是在开明书店出版的，开明书店的职员都知道我，因此见一两面，我们就相熟了。我不客气地从旅馆搬了过去，并且受到他们夫妇的照料（他们住在园中另一所屋子里），在那里住了将近三个月，写完了《火》的第一部。

我在武成路住下来，开始了安静的写作生活，这对我也是意外，我在上海动身时并没有想到在昆明还能找到这样清静的住处。《静寂的园子》和《狗》就是在这里写的。我坐在玻璃屋子里，描写窗外的景物和我的思想活动，看见什么就写什么，想到什么就写什么，想怎样结束就怎样结束，我写散文从来就是这样，但绝不是无病呻吟。住下来的头两个月我的生活相当安适，除了萧珊，很少有人来找我。萧珊在西南联合大学念书，暑假期间，她每天来，我们一起出去“游山玩水”，还约一两位朋友同行。武成路上有一间出名的牛肉铺，我们是那里的常客。傍晚或者更迟一些，我送萧珊回到宿舍。早晚我就在屋子里写《火》。我写得快，原先发表过六章，我在上海写了一章带出来，在昆明补写了十一章，不到两个月就把小说写成了。虽然不是成功之作，但也可以说是一个意外的收获。对这本书的完成，卢先生给我帮了不少的忙，他不但替我找来在《文丛》上发表过的那几章，小说脱稿以后他还抄录一份寄往上海。我住在武成路的时候，他早晚常来看望。后来敌机到昆明骚扰、以至于狂炸，他们夫妇还约我（有时还有萧珊）一起到郊外躲警报。我们住处离城门近，经过一阵拥挤出了城就不那么紧张了。我记得有一次我们在郊外躲了两个钟头，在草地上吃了他们带出去的午餐。我在《静寂的园子》里还提到这件事。

这次在昆明我写的散文不过寥寥几篇，但全都和敌机轰炸有关，都是有感而发的。几篇随感和杂文给我编在杂文集《无题》里面了。收在《龙·虎·狗》中的就只有我前面讲过的那两篇（《静寂的园子》和《狗》)。有些数字在我的脑子已经模糊，我说不清楚我是在十月下旬的哪一天去重庆的，只记得是沈从文同志介绍一位在欧亚航空公司工作的朋友（查阜西同志吧？）替我买的飞机票。我离开昆明的时候，日本侵略军对这个城市正在进行狂轰滥炸。日本帝国主义终于挤进了越南（河口铁桥早已炸断），他们的飞机就是从越南飞来的。对于和平城市的受难，我已经有了丰富的经验，一九三七年下半年在上海，一九三八年上半年在广州，下半年在桂林，生命的毁灭、房屋的焚烧、人民的受苦，我看得太多了！但是这一切是不是就把中国人民吓倒了呢？是不是就把中国知识分子吓倒了呢？当然没有。上飞机的前一两天，我和开明书店的卢先生闲谈，我笑着说：“我们都是身经百炸的人。”他点头同意。

…………

## （二）

我第二次到昆明在第二年（一九四一）七月，也是为了看望萧珊。她已经搬出联大宿舍，和几个同学在先生坡租了房子，记得是楼上的三间屋子，还有平台。我一九四三年在桂林写《火》第三部时，常常想起这个住处，就把它写进小说，作为那个老基督徒田惠世的住家。“这是一排三间的楼房，中间是客厅，两旁是住房，楼房外有一道走廊，两间住房的窗外各有一个长方形的平台，由廊上左右的小门出入。”楼下住着抽鸦片烟的房东。萧珊她们三个女同学住里面的一间，三个男同学住外面的一间。我来的时候，萧珊的一个女同学和两个男同学刚去路南县石林参观，她留下来等我，打算邀我同去。谁知我一到昆明，就发烧、头昏、无力，不得不躺下来一连睡了几天。有两天放了空袭警报甚至紧急警报，我跑不动，萧珊坚持留下陪我。敌机好久不来轰炸，大家也就大意了，这两次敌机都没有投弹，我们也不曾受惊。但一个月后（因为正碰到雨季，这中间下了一个月的雨）敌机在这附近扔了炸弹，那天警报解除，我们从郊外回来，楼上三间屋子里满地碎砖断瓦，倘使我躺在床上不出去，今天就不能在这里多嘴了。

我第二次来昆明遇到的轰炸，是在《龙·虎·狗》已经编成、原稿寄往上海之后，因此收在《龙·虎·狗》里的十九篇散文中没有一篇描述炸后昆明的情况。《龙·虎·狗》的《序》是在八月五日写的，当时我还在埋怨“差不多天天落雨”，说“听到淅沥的雨声……真叫人心烦。”还说：“这雨不知要下到哪一天为止。”但正是这雨使我能够顺利地写成这些文章、编成集子。在这落雨的日子里我每天早晨坐在窗前，把头埋在一张小书桌上，奋笔写满两三张稿纸，一连写完十九篇。题目是早想好了的：《风》、《云》、《雷》、《雨》；《日》、《月》、《星》；《狗》、《猪》、《虎》、《龙》；《醉》、《生》、《梦》、《死》；《死去》、《伤害》、《祝福》、《抛弃》（只有最后四个略有改动）。我有的是激情，有的是爱憎。对每个题目，我都有话要说，写起来并不费力。我不是在出题目做文章，我想，我是掏出心跟读者见面。好象我扭开了龙头，水管里畅快地流出水来。那些日子里我的生活很平静，每天至少出去两次到附近小铺吃两碗“米线”，那种可口的味道我今天还十分怀念。当然我们也常常去小馆吃饭，或者到繁华的金碧路一带看电影。后来萧珊的同学们游罢石林归来，我们的生活就热闹起来了。虽然雨给我们的生活带来一些不便（我们不是自己烧饭，每天得去外面喂饱肚子；雨下大了，巷子里就淹水；水退了，路又滑，走路不小心会摔倒在泥水地上，因此早晚我不外出），可是在先生坡那座房子的楼上我感到非常安适，特别是在早晨，我对窗外的平台，让我的思想在过去和未来中海阔天空地往来飞腾。当时并没有人号召我解放思想，但我的思想已经习惯了东奔西跑、横冲直撞。它时而进入回忆、重温旧梦，时而向幻想叩门，闯了进去。在我的文章里回忆和理想交替地出现。在我的笔下活动的是我自己的“意志”。我在当时是没有顾虑的。我写《龙·虎·狗》，我说：“我在地上拾起一块石子，对准它打过去。……从此狗遇到我的石子就逃。”我说：“死了以后还能够使人害怕，使人尊敬，象虎这样的猛兽应该是值得我们热爱的吧。”我又说：“龙说：‘我要乘雷飞上天空。然后我要继续去追寻那丰富的充实的生命。’”为了人民，放弃自己的利益，这就是生命的“开花”。我重读三十八年前的旧作，我觉得我并没有讲过假话，骗过读者。



《龙·虎·狗》写成后在上海和重庆各印过两版，印数不会多。后来我把它编在《文集》第十卷中抽出了一篇《死去》，这并无深意。自从一九二九年我发表《灭亡》以来，挨的骂实在不少，仿佛我闯进文坛，引起了公愤。我当时年少气盛，又迷信科学，不相信诸葛亮会骂死王朗，因此不但不服，而且常常回敬几句。在这篇散文里我梦见自己死去给埋葬以后，人们在墓前“举行大会，全体围绕棺盖站立，来一个集体唾骂”。他们劈开棺材进行批判，我忍受不了，忽然坐了起来。大家吓得大叫“有鬼”，“马上鸟兽似地逃散了”。一九五九年我删去这篇一九四一年的文章，还暗中责备自己的“小器”和“不虚心”。我万万想不到这种劈棺暴尸的惨剧在“四人帮”时期居然成了“革命的行动”。《人生蛋和蛋生人》的作者生物学家朱洗就是在死后成为“反动学术权威”，既给挖了坟，又受到批判。这样看来我似乎成了预言家了。不过今天想想，还是删去它为好。

现在我实在想不起来，那讨厌的雨是在哪一天停止的，大约是在八月十日前后吧，因为我十八日写了一篇叫《废园外》的散文，讲起“八月十四日的惨剧”，至少这个城市在十四日遭到轰炸，先生坡附近就落过弹，我在前面讲到的楼房受震，砖瓦遍地，可能还是那天以后的事，所以散文的结尾有这样的句子：“我应该回家了。那是刚刚被震坏的家，屋里到处都漏雨。”一连几天我中午或傍晚出去散步，经常走到那个“灾区”，花园里的防空洞中了弹，精致的楼房只剩下一个空架子，土坡上躺着三具尸首，用草席盖着，中间一张草席下露出一只瘦小的泥腿，有人指着死尸说：“陈家三小姐，刚才挖出来。”难道我没有看够这样的惨剧？在我这年年底写成的《还魂草》里也有少女的死亡，那是在重庆沙坪坝发生的事情，我写得比较详细，真真假假，揉在一起。可是在一千多字的《废园外》中“带着旺盛生命的红花绿叶”还在诉说一个少女寂寞生存的悲惨故事。我的叙述虽然带着淡淡哀愁的调子，但我控诉了敌人的暴行，也不曾放过我的老对头——封建家长、传统观念和旧的风习。我不曾向任何时期出现的封建幽灵低头。



我在昆明住到九月，就同萧珊，还有一个姓王的朋友，三个人一路去桂林旅行。我们都是第二次到桂林。萧珊只住了一个短时期就回联大上学。我和姓王的朋友留了下来，住在新成立的文化生活出版社办事处。我和萧珊谈了八年的恋爱，到一九四四年五月才到贵阳旅行结婚，没有请一桌客，没有添置一床新被，甚至没有做一件新衣服。将近两年的时间我们住在出版社里，住在朋友的家里，无法给自己造个窝，可是我们照样和睦地过日子。关于她，我要在下一篇回忆里多谈一点，在这里我不罗嗦了。

一九七九年十二月二十六日

录自《创作回忆录》，三联书店香港分店 1981 年 9 月版

# 《废园外》后记

巴　金

在零下四度的寒夜里，我的心热得象一块烧红的炭。是我的眼睛见到心么？是我的手摸到心么？不，我没有找到一个适当的比喻，姑且把心比作热炭。四周异常静，先前那些吱吱喳喳也都寂然了。但是我没有睡意，我不愿意倒在寒冷的床铺上闭住眼睛。

这些天里，笼罩在太平洋上的暗云紧紧压住我的心，一定是它做了火种。我听够了叹息和疑虑的询问，我看够了报纸上那些可怕的标题。我的心反抗着，我的信念坚执着。我怀疑过"将来"么？我相信恶势力的胜利么？我愿意在侵略者下面低头么？不，这不可能。我的心始终在反抗。因此它燃烧起来了。

我无法使这颗心安静，便找出放在箱子里的一迭旧稿，拿起笔来校改。夜悄悄地在窗外进行，灯里的油逐渐地减少，我的两只脚渐渐地变得不灵活了。就在这寒冷的冬夜里，我编好了这本小书。

《火》、《长夜》、《寻梦》、《怀念》、《灯》五篇都是在桂林写的，《废园外》则是在昆明写成。第三辑中的公开信，还是一九三八年在广州的旧作。

这些不象样的零碎文章，都是被一个信念贯串着的，那就是全国人民所争取的目标：正义的最后胜利。因此我愿意把它们献给读者。

作　者　1942年2月

原载《废园外》（呐喊文丛之一），重庆烽火社1942年6月版

# 《旅途杂记》前记

过去我印过一本《旅途随笔》和一本《旅途通讯》。有人因此称我为旅行家。其实我对于旅行并无特殊爱好。我把一部分时间化费在旅途上，只是为了看望我散处在各地的朋友，和体验一些人的生活。我常说我靠友情生活。我的生存因了我周围无数人的存在而有了光彩。没有朋友，便没有我那些拙劣的文章。不但这样，我有勇气，并且能够以平静的心情经历了抗战八年中的艰苦日子，这也得感谢我无数朋友的帮忙。

《旅途通讯》是在抗战的初期写成的，出版期是一九三九年四月，那时我刚由桂林回上海。但我在孤岛上只住了一年。在德军进占巴黎之后又搭了去海防的太古船，转赴昆明。

五年箭似地飞去了。现在在德日投降，上海光复以后，我回到这个被敌骑践踏了八年的土地，见到一些久别的友人，我的笨拙的口舌不能传达我感激的心情，更不能叙说我这五年的经历。我只好求助于我这管秃笔，让它老老实实地对朋友们讲几段我的生活的故事。为了这个目的，我编印了我的第三本“旅行的书”——《旅途杂记》。文章十五篇都是这五年中间在昆桂渝蓉的旅寓中写的。附录一篇（《从南京回上海》）则是十三年前的旧作。

分别五年，我没有别的礼物，献上这一本不象样的小书，请大量的朋友们接受它。时间证实了我们的信念：我们亲眼看见了侵略者的败亡。我们并没有犯错误。我们且等着看火中凤凰的诞生罢。

巴　金　十二月八日

原载《旅途杂记》（万叶文艺新辑），上海万叶书店1946年4月1日版

# 《怀念》前记

巴　金

一年前，或者可以说两三年前，我就想到编印一本这样的小书，为着我自己，也为着读者。可是因了一些杂事和一些麻烦，我始终没有充足的时间让我从容构思落笔，一直拖到今天我才能把这心愿了却。我颇觉一身轻快。



老实说，我不曾写过一篇可以传世的文章。我编印一本小书而说"为着读者"，绝非发夸大狂，以为读者可以从我的书中学得什么扬名显亲之道。我只想介绍他们去接近几个平凡的人。那些人虽说平凡，却也能闪出一股纯洁的心灵的光，那是一般伟大人物所少有的。他们不害人，不欺世；谦虚，和善，而有毅力坚守岗位；物质贫乏而心灵丰富；爱朋友，爱工作，对人诚挚，重"给与"而不求"取得"。他们是任何人的益友。我从他们得过不少好处，我必须让别人也认识这些纯洁的心灵。

我说"为着我自己"，因为这本小书将是我的最亲切的伴侣。我没有福分同那些人永做朋友，更无法填补这些不可补偿的损失。我现在仅能以我这管拙劣的笔，凭着记忆和感激抓住他们的一言一行，让这些篇页永远给我督促和鼓励。我当努力做一个不至玷辱他们友情的人。

我称这本小说为《怀念》，读者可以看见满溢在字里行间的"怀"和"念"。我每一想起我在这些年中失去的几位好友，我就无法压抑这烧心熬骨的怀念。在寂寞痛苦得没有办法的时候，我就写下了这些篇"怀念的文章"来。从一九三八年到一九四五年八年中间，我一共失去八位好友（病故的七个友人中只有世弥一个死于产褥热，其余六人则都死于肺病。抗战期间的中国好象成了肺病的培养所，胜利后情形也未见改善），所以这里也有八篇纪念文章。另外一篇题作《怀念》的短文，则是香港陷敌后我在桂林怀念憾庐先生时写的，记得那篇短文刚发表，憾庐就到桂林来了。圣泉至今生死不明，虽说凶多吉少，但我仍然希望他今天还活着，还能够听见我的呼唤。所以甚至在这样的一本纪念的小书中，也还有着希望的闪光。

我绝不悲观。在中国一定还有着不少的好人，我认识的不过是其中的一小部分，而死去的更是一极小部分。我希望我能有荣幸为活着的友人写一本书。

一九四七年四月上海

原载《怀念》（开明文学新刊），开明书店 1947 年 8 月版

# 《静夜的悲剧》后记

收在这个集子里的六篇短文中《月夜鬼哭》和《静夜的悲剧》两篇是“胜利”后的新作，其余的四篇则是从我的一本绝版已久的散文集《黑土》中抽出来的。

我不妨坦白地说，我自己很喜欢“第二辑”中的三篇文章。它们不是历史（我倒想写一部《法国革命史》)，也不是小说（我写过三篇所谓历史小说)。我并没有虚构史事。话都是有根据的，只除了罗伯斯比尔和卢骚见面的那段谈话是出于一个法国小说家的想象，那是从亨利·伯洛的历史小说《我的朋友罗伯斯比尔》中引来的。我至今还相信我对法国大革命的看法不错，虽然我生迟了一百几十年，不能够亲身经历那次的革命，我的关于它的全部知识都是从书本中得来的。而且对于那些记载着活人的勇敢的聪明的行动的书本，我感到了极大的兴趣。我特别提说聪明的行动，因为在当时也有不少愚蠢的行动。“聪明”和“愚蠢”的斗争也是一七八九—九三年中间的一个次要的“现象”。我在这里用了“次要的”这个形容词，也许可以免除一些“吹毛求疵者”的误解。谁都知道主要的斗争是为了“权力”，“权利”和“阶级的利益”。一部法国革命史实际上就是一部争自由的历史。

但是我不是在写论文，不是在写历史。我写的只是几个过去的人和几件过去的事。除了卢骚和他的弟子们，（罗伯斯比尔，马拉不用说，哥代和吕克斯也热狂地读着卢骚的书，有些历史家也称他们为卢骚的弟子，）我还想写龚多塞，罗兰夫妇，玛丽·昂多瓦勒特。……自然我有我自己的看法，我自己的写法。譬如关于玛丽·昂多瓦勒特，我部分地同意司特潘·兹外格的见解，她只是一个平庸的女人，要是她生在一个中产阶级的家庭，她绝不会做出那许多事情来，更不会悲惨地死在断头台上。自然她并非死得无辜。可是她除了替自己的行为负责外，还得代路易十六和他的祖先的行为还债，她成了多年来法国宫庭的淫乱的象征了。

我现在还没有充足的时间来写这样的文章。不过要是我真的写了，我想也许会有人骂我在替“王后”辩护。记得我的《静夜的悲剧》发表以后，就有人在成都某报的副刊上骂我在替“贵族”辩护，这倒是从未见过的“文章的新读法”了。这样的骂对我也许还有好处，它至少使我知道自己还是在用理智判断事情。

巴　金　一九四八年七月

原载《静夜的悲剧》(文学丛刊第九集)，文化生活出版社 1948 年 9 月版

# 谈我的"散文"

巴　金

有些读者写信来，要我告诉他们小说与散文的特点。也有人希望我能够说明散文究竟是什么东西。还有两三位杂志编辑出题目要我谈谈关于散文的一些问题。我没法满足他们的要求，因为我实在讲不出来。前些时候有一位远方的读者来信骂我，一定要我讲出来散文与小说的区别。我只好硬着头皮挨骂，因为我实在懂得太少，我不是一部字典或辞书。我并非故意在这里说假话，也不是过分谦虚。三十年来我一共出版了二十本散文集。我的第一本散文集《海行杂记》还是在我写第一部小说之前写成的。最近我仍然在写类似散文的东西。怎么我会讲不出"散文"的特点呢？其实说出来，理由也很简单：我写文章，因为有话要说。我向杂志投稿，也从没有一位编辑先考问我一遍，看我是否懂得文学。我说这一段话，并非跑野马，开玩笑。我只想说明一件事情：一个人必须先有话要说，才想到写文章；一个人要对人说话，他一定想把话说得动听，说得好，让人家相信他。每个人说话都有自己的方法和声调，写出来的文章也不会完全一样。人是活的，所以文章的形式或体裁并不能够限制活人。我写文章的时候，常常没有事先想到我这篇文章应当有什么样的特点，我想的只是我要在文章里说些什么话，而且怎样把那些话说得明白。

我刚才说过我出版了二十本散文集。其实这二十本都是薄薄的小书，而且里面什么文章都有。有特写，有随笔，有游记，有书信，有感想，有回忆，有通讯报道……总之，只要不是诗歌，又没有故事，也不曾写出什么人物，更不是专门发议论讲道理，却又不太枯燥，而且还有一点点感情，象这样的文章我都叫做“散文”。也许会有人认为这样叫法似乎把散文的范围搞得太大了。其实我倒觉得把它缩小了。照欧洲人的说法，除了韵文就是散文，连长篇小说也包括在内。我前不久买到一部德国作家霍普特曼的四卷本《散文集》，里面收的全是长短篇小说。而且拿我个人的经验来说，有时候也不大容易给一篇文章戴上合式的帽子，派定它为“小说”或“散文”。例如我的《短篇小说选集》里面有一篇《废园外》，不过一千二三百字。写作者走过一个废园，想起几天前敌机轰炸昆明，炸死园内一个深闺少女的事情。我刚写完它的时候，我把它当作“散文”。后来我却把它收在《短篇小说集》里。我还在序上说：“拿情调来说，它接近短篇小说了。”但是怎样“接近”，我自己也说不出来。不过我也读过好些欧美或日本作家写的这一类没有故事的短篇小说。日本森鸥外的《沈默之塔》(鲁迅译)就比《废园外》更不象小说。但是我们可以在《现代日本小说集》里找到它。我的一位苏联朋友牧德罗夫同志翻译过我好几个短篇，其中也有《废园外》。我去年十一月在莫斯科见到他。他说他特别喜欢《废园外》。这说明也有人承认它是小说了。又如我一九五二年从朝鲜回来写了一篇叫做《坚强战士》的文章。我写的是“真人真事”。可是我把它当作小说发表了。后来《志愿军英雄传》编辑部的一位同志把这篇文章拿去找获得“坚强战士”称号的张渭良同志仔细研究了一番。张渭良同志提了一些意见。我根据他的意见把我那篇文章改得更符合事实。文章后来收在《志愿军英雄传》内，徐迟同志去年编《特写选》又把它选进去了。小说变成了特写。固然称《坚强战士》为“特写”也很适当。但是我如果仍然叫它做“短篇小说”，也不能说是错误。苏联作家波列伏依的好多“特写”就可以称为短篇小说。我过去出版的“短篇小说集第二集”里面有一篇《我的眼泪》，要是把它编进《散文集》，也许更恰当些，因为它更象散文。

我这些话无非说明文章的体裁和形式都是次要的东西。主要的还是内容。有人认为必须先弄清楚了“散文”的特点才可以动笔写“散文”。我就不同意这种说法。我从前在私塾里念书的时候，我的确学过作文。老师出题目要我写文章。我或者想了一天写不出来，或者写出来不大通顺，老师就叫我到他面前告诉我文章应当怎样写，第一段写什么，第二段写什么……最后又怎样结束。我当时并不明白，过了几年倒恍然大悟了。老师是在教我在题目上做文章。说来说去无非在题目的上下前后打转。这就叫做“作文”。那些时候不是我要写文章，是老师要我写，不写或写不出就要挨骂甚至要打手心。当时我的确写过不少这样的文章，里面一半是“什么论”、“什么说”，如《颖考叔纯孝论》、《师说》之类，另一半就是今天所谓的“散文”，例如《郊游》，《儿时回忆》，《读书乐》等等。就拿《读书乐》来谈吧。我那时背诵古书很感痛苦。老实说，即使背得烂熟，我也讲不清楚那些辞句的意义。我怎么写得出“读书乐”呢？但是作文不交卷，我就走不出书房，要是惹得老师不高兴，说不定还要挨几下板子。我只好照老师的意思写，先说人需要读书，又说读书的乐趣，再讲春、夏、秋、冬四时读书之乐。最后来一个短短的结束。我总算把《读书乐》交卷了。老师在文章旁边打了好些个圈，最后又批了八个字：“水静沙明，一清到底”。我还记得文章中有“围炉可以御寒，《汉书》可以下酒”的话，这是写冬天读书的乐趣。老师又给我加上两句“不必红袖添香……”等等。其实一个十二三岁的少年，看见酒就害怕，哪里有读《汉书》下酒的雅兴？更不懂得什么叫“红袖添香”了。文章里的句子不是从别处抄来就是引用典故拼凑成的，跟“书”的内容并无多大关系。这真是为作文而作文，越写越糊涂了。不久我无意间得到一卷《说岳传》的残本，看到“何元庆大骂张用”一句，就接着看下去，居然全懂，因为书是用白话写的。我看完这本破书，就到处借“说岳传”全本来看，看到不想吃饭睡觉，这才懂得所谓“读书乐”。但这种情况跟我在《读书乐》中所写的却又是两样了。

我不仅学过怎样写“散文”，而且我从小就读过不少的“散文”。我刚才还说过老师告诉我文章应当怎样写，从第一段讲到结束。其实这样的事情是很少有的。这是在老师特别高兴，有极大的耐心开导学生的时候。老师平日讲得少，而且讲得简单。他唯一的办法是叫学生多读书，多背书。当时我背得很熟的几部书中间有一部《古文观止》。这是两百多篇散文的选集：从周代到明代，有“传”，有“记”，有“序”，有“书”，有“表”、有“铭”，有“赋”，有“论”，还有祭文。里面有一部分我背得出却讲不清楚。有一部分我不但懂而且喜欢，象《桃花源记》，《祭十二郎文》，《赤壁赋》，《报刘一丈书》等等。读多了，读熟了，常常可以顺口背出来，也就能慢慢地体会到它们的好处，也就能慢慢地摸到文章的调子。不用说，这只能说是似懂非懂。然而现在有两百多篇文章储蓄在我的脑子里面了。虽然我对其中的任何一篇都没有好好地研究过，但是这么多的具体的东西至少可以使我明白所谓"文章"究竟是怎么一回事，可以使我明白文章并非神秘不可思议，它也是有条有理，顺着我们的思路连下来的。这就是说，它不是颠三倒四的胡话，不象我们常常念着玩的颠倒诗："一出门来脚咬狗，检个狗子打石头……"这样一来，我就觉得写文章比从前容易些了，只要我的确有话可说。倘使我连先生出的题目都不懂，或者我实在无话可说，那又当别论。还有一点我不说，大家也想得到：我写的那些作文全是坏文章，因为老师爱出大题目，而我又只懂得那么一点点东西，连知识也说不上，哪里还有资格谈古论今！后来弄得老师也没有办法，只好批"清顺"二字敷衍了事。



但是我仍然得感谢我那两位强迫我硬背《古文观止》的私塾老师。这两百多篇"古文"可以说是我真正的启蒙先生。我后来写了二十本散文，跟这个"启蒙先生"很有关系。自然我后来还读过别的文章，可是却没有机会把它们一一背熟，记在心里了。不过读得多，即使记不住，也有好处。我们有很好的"散文"的传统，好的散文岂止两百篇？十倍百倍也不止！

"五四"以后，从鲁迅先生起又接连出现了不少写新的散文的能手，象朱自清先生、叶圣陶先生、夏丏尊先生，我都受过他们的影响。任何一篇好文章都是容易上口的。哪怕你没有时间读熟，凡是能打动人心的地方，就容易让人记住。我并没有想到要记住它们，它们自己会时时到我的脑子里来游历。有时候它们还会帮助我联想到别的事情。我常常说，多读别人的文章，自己的脑子就痒了，自己的手也痒了。读作品常常给我启发。譬如我前面提过的那篇日本作家森鸥外的小说《沉默之塔》，我正是读了它才忽然想起写《长生塔》（童话）的。然而《长生塔》跟《沉默之塔》中间的关系就只有一个"塔"字。我一九三四年在日本横滨写这篇童话骂蒋介石，而森鸥外却把他那篇反对文化压迫的“议论”小说当作一九一一年版尼采著作日文译本（查拉图斯特拉）的代序。我有好些篇散文和小说都是读了别人文章受到“启发”以后才拿起笔写的。我在前面所说的“影响”就是指这个。前辈们的长处我学得很少。例如我读过的韩（愈）、柳（宗元）、欧（欧阳修）、苏（东坡）的古文，或者鲁迅、朱自清、夏丏尊、叶圣陶诸先生的散文都有一个极显著的特点：文字精炼，不罗嗦，没有多余的字。而我的文章却象一个多嘴的年轻人，一开口就不肯停，一定要把什么都讲出来才痛快。我从前写文章是这样，现在还是如此。其实我自己最喜欢短文章的。我常常想把文章写得短些，更短些。我觉得越短越好，越有力。然而拿起笔我就无法控制自己。可见我还不能够驾驭文字；可见我还不知道节制。这是我的毛病。

自然我也写过一些短的东西，象收在一九四一年出版的散文集《龙·虎·狗》里面的一部分散文。其中如《日》、《月》、《星》三篇不过两百多字、三百多字和四百多字。但它们也只是一时的感想而已。这几百字中仍然有多余的字。还谈不到精炼。而且象这样短的散文我也写得不多。

我自己刚才说过教我写“散文”的“启蒙老师”是中国的作品。但是我并没有学到中国散文的特点，所以可能有人在我的文章中嗅不出多少中国的味道。然而我说句老实话，外国的“散文”不论是 essay（散文）或者 sketch（随笔），我都读得很少。在成都学英文，念过半本美国作家华盛顿·欧文的《随笔集》，后来隔了好多年才读到英国作家吉星的《四季随笔》和日本厨川白村的 essay（散文）等等，也不过数得出的几本。这些都是长篇大论的东西，而且都是从从容容地在明窗净几的条件下写出来的，对于只要面前有一尺见方的木板就可以执笔的我不会有多大的影响。倘使有人因为我的散文不中不西，一定要找外国的影响，那么我想提醒他：我读过很多欧美的小说和革命家的自传。我从它们那里学到一些遣辞造句的方法。我十几岁的时候没有机会学中文的修辞学，却念过大半本英文修辞学，也学到一点东西，例如散文里不应有押韵的句子，我一直就在注意。有一个时候我的文字欧化得厉害，我翻译过好几本外国书，没有把外国文变成很好的中国话，倒学会了用中国字写外国文。幸好我还有个不断地修改自己文章的习惯，我的文章才会有进步。最近我编辑自己的文集，我还在过去的作品中找到好些欧化的句子。我自然要把它们修改或者删去。但是有几个欧化的小说题目（例如《爱的摧残》,《爱的十字架》等）却没法改动，就只好让它们留下来了。我过去做翻译工作多少吃了一点“扣字眼”的亏，有时明知不对，想译得活一点，又害怕有人查对字典来纠正错误，为了偷懒、省事起见，只好完全照外国人遣辞造句的方法使用中国文。在翻译上用惯了，自然会影响写作。这就是我的另一个毛病的由来了。

我的两篇关于中国人民志愿军的小说和几篇在朝鲜写的通讯报道被译做英文印成小书以后，有位英国读者来信说这种热情的文章英国人不喜欢。也有人反映英国读者不习惯第一人称的文章，说是讲“我”讲得太多。这种说法也打中了我的要害。第一，我的文字毫无含蓄，很少有一个句子里面包含许多意思，让读者饭余茶后仔细思索、慢慢回味。第二，我喜欢用作者讲话的口气写文章，不论是散文或者短篇小说，里面常常有一个“我”字。虽然我还没有学到托尔斯泰代替马写文章，也没有学到契诃夫或夏目漱石代替狗写文章，我的作品中的“我”总是一个人，但是这个我并不就是作者自己，小说里面的“我”有时甚至是作者憎恶的人，例如《奴隶的心》里面的“我”。而且我还可以说，所有这些文章里并没有“自我吹嘘”或者“自我扩张”的臭味。我只是通过“我”写别人，写别人的事情。其实第一人称的小说世界上岂止千千万万！每个作家有他自己的嗜好。我喜欢第一人称的文章，因为写起来，读起来都觉得亲切。自然也有人不喜欢这种文章，也有些作家一辈子不让“我”在他的作品中出现。但是我仍然要说，我也并非“生而知之”的，连用“我”的口气写文章也有“老师”。我在这方面的“启蒙老师”是两本小说，而这两本小说偏偏是两位英国小说家写的。这两部书便是狄更司的《大卫·考柏菲尔》和司蒂芬孙的《宝岛》。我十几岁学英文的时候念熟了它们。而且《宝岛》这本书还是一个英国教员教我念完的。那个时候我特别喜欢这两本小说。《大卫·考柏菲尔》从“我”的出生写起写了这个主人公几十年的生活，但是更多地写了那几十年中间英国的社会和各种各样的人。《宝岛》是一部所谓的冒险小说，它从“我”在父亲开的客栈里碰见“船长”讲起，一直讲到主人公经历了种种奇奇怪怪的事情，取得宝藏回来为止，书中有文有武，有“一只脚”，有“独眼”，非常热闹。它们不象有些作品开头就是大段的写景，然后才慢慢地介绍出一两个人，叫读者念了十几页还不容易进到书中去。它们却象熟人一样，一开头就把读者带进书中，以后越入越深，叫人放不下书。所以它们对十几岁的年青人会有那样大的影响。我并不是在这里推荐那两部作品，我只是分析我的文章的各种成分，说明我的文章的各种来源。

我在前面刚说过我的文章里面的“我”不一定就是作者自己。然而绝大部分散文里面的“我”却全是作者自己，不过这个“我”并不专门讲自己的事情。另外一些散文里面的“我”就不是作者自己，写的事情也全是虚构了。但是我自己有一种看法：那就是我的任何一篇散文里面都有我自己。这个“我”是不出场的，然而他无处不在。这不是说我如何了不起。决不！这只是说明作者在文章里面诚恳地、负责地对读者讲话，讲作者自己要说的话。我并不是拿起笔就可以写出文章；也不是只要编辑同志来信索稿，我的文思马上潮涌而来。我必须有话要说，有感情要吐露，才能够顺利地下笔。我有时被逼得没办法，坐在书桌前苦思半天，写了又涂、涂了又写，终于留不下一句。《死魂灵》的作者果戈理曾经劝人“每天坐在书桌前写两个钟头”。他说，要是写不出来，你就拿起笔不断地写：“我今天什么都写不出来。”但是他在写《死魂灵》的时候，有一次在旅行中，走进一个酒馆，他忽然想写文章，叫人搬来一张小桌子，就坐在角落里，一口气写完了整整一章小说，连座位也没有离过。其实我也有过“一挥而就”的时候。譬如我在朝鲜写的《我们会见了彭司令员》就是一口气写成的。虽然后来修改两次，也没有花费太多的时间。我想就以这篇散文为例，简单地谈一谈。

这篇文章是一九五二年三月在中国人民志愿军政治部一个半山的坑道里写成的。我们一个创作组一共十七个男女同志，刚到“志政”的时候，分住在朝鲜老百姓的家里，睡到半夜，我们住处的附近忽然落了一个炸弹。所以第二天下午“志政”的甘主任就叫人把我们的行李全搬到半山上的坑道里去了。洞子很长，有电灯，里面还放了小床，小桌，倒有点象火车的车厢。山路相当陡，下雪天爬上山实在不容易。

搬到坑道的那天晚上，我去参加了“志政”的欢迎晚会。我在二十日的日记里写着：“十一点半坐宣传部卓部长的小吉普车回宿舍，他陪我在黑暗中上山。通讯员下山来接我。我几乎跌下去，幸而他把我拉住，扶我上去。”一连三夜都是这样。所以我的文章里有一句“好容易走到宿舍的洞口”。的确是好不容易啊！

二十二日我们见了彭总（大家都是这样地称呼彭德怀司令员）以后，第二天下午我们创作组的全体同志开会讨论了彭总的谈话。在会上大家还讲了自己的印象和感想。同志们鼓励我写一篇《会见记》，我答应了下来。我二十五日的日记里有这样的话：“黄昏前上山回洞。八时后开始写同志们要我写的《彭总会见记》，到十一点半写完初稿。”第二天（二十六日）我又有机会参加志愿军司令部欢迎细菌战调查团的大会，听了彭总一个半钟点的讲话，晚上才回到洞子里。这天的日记中又写着：“根据今天再听彭总讲话的心得重写《会见记》，十一点写完。”二十七日我把文章交给同志们看过，他们提了一些意见。我又参考他们的意见增加了几句话，便把文章交给新华社了。二十八日彭总看到我的原稿，写了一封短信给我。他这样说：



> “‘象长者对子弟讲话’一句可否改为‘象和睦家庭中亲人谈话似的’？我很希望这样改一下，不知允许否？其次，我是一个很渺小的人，把我写得太大了一些，使我有些害怕！”

彭总这个修改的意见提得很对，他更恰当地说出了当时的场面和我们大家的心情。我看见彭总以前，听说他是一个严肃的人，所以刚见到他的时候觉得他是一位长者。后来他坐在我们对面慢慢地谈下去，我们的确有一种跟亲人谈话的感觉。这封信跟他本人一样，谦虚、诚恳、亲切。他把自己看得“很渺小”，这是因为他对自己的要求太严格，太苛刻。一个人的确应当对自己严，对自己要求苛。单是这一点，彭总就值得我们好好地学习了。

彭总的信使我十分感动。我曾经这样地问过自己：我是不是编造了什么来恭维彭总呢？我的回答是：没有。我写这篇短文并不觉得自己在做文章，我不过老老实实而且简简单单地叙述我们会见彭总的情形。就好象那天回到洞里遇见一位朋友，跟他摆了一段“龙门阵”一样。连最后“冒雪上山、埋头看山下”一段也是当时的情景。全篇文章从头到尾，不论事实，谈话，感情都是真的。但是真实比我的文章更生动，更丰富，更激动人心。我的笔太无力了。那一天（二十二日）我的日记写得很清楚：

> “我们坐卡车到山下大洞内，在三反办公室等了一刻钟，彭总进来，亲切慈祥有如长者对子弟。第一句话就是‘你们都武装起来了！’接着又说：‘你们里头有好几个花木兰。’又问‘你们过鸭绿江有什么感想？’我们说：‘我们不是跨过鸭绿江，是坐车过来的。’他带笑纠正道：‘不，还是跨过的。’彭总谈话深入浅出，深刻，全面。谈话中甘泗淇主任和宋时轮副司令员也进来了。彭总讲了三小时。接着宋甘两位也讲了话。宋副司令员最后讲到了‘欢迎’。彭总接着说：‘我虽然没有说欢迎，可是我心里头是欢迎的。’会后彭总留我们吃饭。我和彭总谈了几句话，又和甘主任谈了一阵。三点吃饭，共三桌，有火锅。饭后在洞口休息。洞外大雪，寒风扑面。洞中相当温暖。回到洞内，五点半起放映了《海鹰号遇难记》和《团结起来到明天》两部影片。晚会结束后，坐卓部长车回到宿舍的山下。雪尚未止，满山满地一片白色。我和另一位同志在山下大声叫通讯员拿电筒下来接我们。山上积雪甚厚，胶底鞋很滑，全靠通讯员分段拉我们上山。回洞休息片刻，看表不过九点五十分。……”

从这段日记也可以看出来我的文章写得很简单。它只是平铺直叙、朴实无华地讲会见的事情，从我们坐在办公室等候彭总讲起，一直讲到我们回宿舍为止。彭总给我们讲了三个钟头的话，我没法把它们全记录在文章里面，我只能引用了几段重要的。那几段他后来在欢迎会上的讲话中又重说了一遍。我听得更注意，自然我也记得更清楚。第二次听他讲话，印象更深。所以我回到宿舍就把头天写好的初稿拿出来修改和补充。我没有写吃饭的情形，饭桌上没有酒，大家吃得很快，谈话也不多。我把晚会省略了，晚会并无其他的节目，我只有在电影放完后离开会场时，才再见到彭总，跟他握手告别。在我的原稿上最后一段的开头并不是“晚上”两个字，却是“晚会结束后”一句话，在前一段的末尾还有表示省略的虚点。我想就这样简单地告诉读者，我们还参加了晚会。我的文章最初在《志愿军》报上发表，后来才由新华社用电讯发到国内。可能是新华社在发电讯稿的时候作了一些必要的删节：虚点取消，“晚会结束后”也改为“晚上”，“花木兰”，“跨过鸭绿江”，连彭总戒烟的小故事也都删去了。在第九段上，“我忘记了时间的早晚”下面，还删去了“我忘记了洞外的雪，忘记了洞内的阴暗的甬道，忘记了汽车上的颠簸，忘记了回去时的滑脚的山路。我甚至忘记了我们在国内听到的志愿军过去作战的艰苦”这些句子。这些都是我刚走进办公室的时候想到的，后来我的确把这一切全忘记了。但是新华社的删改也很有道理：至少文章显得“精炼”些。

我拉拉杂杂地讲了这许多，也到了结束的时候了。我不想有系统地仔细分析我的全部散文。我没有理由让它们耗费读者的宝贵时间。在这里我不过讲了我的一些缺点和我所走过的弯路。倘使它们能给今天的年青读者一点点鼓舞和启发，我就十分满足了。我愿意看到数不尽的年青作者用他们有力的笔写出反映今天伟大的现实的散文，我愿意读到数不尽的健康的、充满朝气的、不断地鼓舞读者前进的文章！

原载1958年5月1日《萌芽》第9期

# 著作译作编目

〔**说明**〕本辑各部分收入巴金以如下三十个笔名发表的著作和译作（依报刊首次出现时间为序）：芾甘，佩竿，甘芾，李芾甘，极乐，甘，芾，黑浪，壬平，李冷，鸣希，BaKin，LiFeiKan，巴金，春风，马拉，一切，P·K，B·B，金，马琴，比金，余一，余七，欧阳镜蓉，竟容，王文慧，余五，余三，黄树辉。虽署同名而实非巴金所作、译者不录。此外，还收入由巴金执笔而署社刊名或未署名的文章。

# （一）

# 著译系年目录（一九二一年—一九八二年）

## 1921 年

怎样建设真正自由平等的社会（短论）
1921 年 3 月作；
载 1921 年 4 月 1 日成都《半月》刊第 17 号，署名芾甘。

五一纪念感言（短论）
1921 年 4 月作；
载 1921 年 4 月重庆《人声》杂志第 2 号，署名芾甘。

世界语之特点（短论）
1921 年 5 月作；
载 1921 年 5 月 15 日成都《半月》刊第 20 号，署名芾甘。

IWW 与中国劳动者（短论）
1921 年 5 月作；
载 1921 年 6 月 1 日成都《半月》刊第 21 号，署名芾甘。

爱国主义与中国人到幸福的路（短论）
1921 年 8 月作；
载 1921 年 9 月成都《警群》月刊第 1 期，署名芾甘。

## 1922 年

托尔斯泰的生平和学说（评论）
载 1922 年 3 月（？）成都《平民之声》周刊第 4 期至第？期，署名芾甘。

被虐者底哭声（诗）
载 1922 年 7 月 21 日《时事新报》副刊《文学旬刊》第 44 期，署名佩竿。

致《文学旬刊》编者的信（书信）
1922 年 8 月 23 日作；
载 1922 年 9 月 11 日《时事新报》副刊《文学旬刊》第 49 期“通讯”栏，署名李芾甘。
按：本篇原无题，题目是本书编者加的。

路上所见（诗）
载 1922 年 9 月 11 日《时事新报》副刊《文学旬刊》第 49 期，署名佩竿。

可爱的人（散文）
1922 年 9 月 3 日作；
载 1922 年 11 月 1 日《时事新报》副刊《文学旬刊》第 54 期，署名佩竿。

梦　疯人　惭愧　丧家的小孩（诗）
载 1922 年 11 月 21 日《时事新报》副刊《文学旬刊》第 56 期，均署名佩竿

## 1923 年

小诗（诗）
载 1923 年 1 月 20 日成都《草堂》第 2 期，署名佩竿。
按：本诗含四题：一、哭，二、沉没，三、锣声，四、母亲。发表时刊物目录题作《诗一首》。

旗号（俄国迦尔间作，短篇小说）
载1923年1月20日成都《草堂》第2期，署名佩竿。

小诗（诗）
载1923年5月5日成都《草堂》第3期，署名佩竿。
按：本诗发表时刊物目录题作《诗四首》。

一生　寂寞　黑夜行舟（诗）
载1923年10月1日《妇女杂志》第9卷第10号，均署名佩竿。

1924年

悼橘宗一（诗）
载1924年5月广州《春雷》第3期，署名芾甘。

伟大的殉者——呈同志大杉荣君之灵（诗）
载1924年5月广州《春雷》第3期，署名甘芾。

东京安那其主义者一九二三年十月二十五日的报告（东京安那其主义者作）
载1924年5月广州真社《春雷》第3期，署名芾甘。

大杉荣著作年表（编译）
载1924年5月广州《春雷》第3期，署名芾甘。



芾甘启事
载1924年5月广州《春雷》第3期，署名芾甘。

一九二三年日本大震灾中日本政府军阀及反动党对于安那其主义者的攻击（日本东京劳动运动社作）
载1924年广州真社《惊蛰》月刊第1期，署名芾甘。

大杉荣年谱
载1924年8月1日《民钟》第1卷第9期，署名芾甘；
初收1928年5月上海自由书店版《革命的先驱》。

1925年

"欠夹"——布尔雪维克的利刀（杂文）
载1925年1月1日《民钟》第1卷第10期，署名芾甘；
初收1928年3月上海自由书店版《苏俄革命惨史》。

玛丽亚·司披利多诺瓦的迫害事件（美国高德曼作）
载1925年1月1日《民钟》第1卷第10期，署名芾甘；
初收1928年3月上海自由书店版《苏俄革命惨史》。

柏克曼传记（传记）

载 1925 年 2 月 18 日至？日北京《国风日报》副刊《学汇》，署名极乐。

列宁——革命的叛徒（杂文）
载 1925 年 2 月 20 日北京《国风日报》副刊《学汇》，署名芾甘。

克龙士达暴动纪实
载 1925 年 2 月 24 日至？日北京《国风日报》副刊《学汇》，署名芾甘。

日本劳动运动同志的来信（书信）
载 1925 年 3 月 29 日北京《国风日报》副刊《学汇》，署名极乐。

无政府主义与暴行——无政府主义者暴行的心理（短论）
载 1925 年 4 月 7 日北京《国风日报》副刊《学汇》，署名芾甘。

俄罗斯的悲剧（美国柏克曼作，论文）
载 1925 年 7 月 1 日《民钟》第 1 卷第 12 期，署名芾甘；
初收 1928 年 3 月上海自由书店版《苏俄革命惨史》。

《俄罗斯的悲剧》译后（序跋）
载 1925 年 7 月 1 日《民钟》第 1 卷第 12 期，署名芾甘。

赤俄监狱中之革命者（英国约翰·杜尔纳作，报告）
载 1925 年 8 月 11 日、12 日《晨报副刊》第 1247 号、1248 号，署名芾甘。

支加哥的惨剧（史话）
载 1925 年 9 月 15 日《民钟》第 1 卷第 13 期，署名芾甘；
初版 1926 年美洲三藩市平社。

财产是什么？（法国蒲鲁东作，论文）
载 1925 年 9 月、1926 年 1 月、6 月《民钟》第 1 卷第 13 期、14 期、15 期，署名芾甘。

评陈启修教授之《劳农俄国之实地考察》（论文）
载 1925 年 10 月 22 日至 24 日《时事新报》副刊《学灯》第 7 卷第 10 册第 22 号至第 24 号，署名李芾甘。

再论无产阶级专政（论文）
1925 年 12 月 4 日作；
载 1925 年 12 月 16 日至 18 日《时事新报》副刊《学灯》第 7 卷第 12 册第 16 号至第 18 号，署名李芾甘。

东京的殉道者（传记）
1925 年 12 月 4 日作；
载 1926 年 1 月《民钟》第 1 卷第 14 期，署名芾甘；初收 1928 年 5 月上海自由书店版《革命的先驱》，后收 1929 年 1 月上海自由书店版《断头台上》。

英国总同盟罢工（译文）
载1925年12月《民众》半月刊第6期，署名芾甘。

列宁论（论文）
载1925年12月29日、30日《时事新报》副刊《学灯》第7卷第12册第29号、第30号，署名李芾甘。

科学的无政府主义之战略（阿里资作，论文）
1925年译；
初收1928年4月上海自由书店版《革命之路》，署名芾甘。

## 1926年

黄庞死后的第四年（杂文）
载1926年1月17日《上海黄庞四周年纪念大会特刊》，署名芾甘。

俄国虚无党人的故事——社会革命党左派的介绍（传记）
载1926年1月17日《国闻周报》第3卷第3期，又载1926年6月《民钟》第1卷第15期。均署名芾甘；
初收1928年5月上海自由书店版《革命的先驱》，后收1929年1月上海自由书店版《断头台上》。

马克思主义卖淫妇（杂文）
载1926年1月19日《时事新报》副刊《学灯》第8卷第1册第19号，署名芾甘。

近代劳动运动中的议会活动观（德国若克尔作，论文）
载1926年1月《民钟》第1卷第14期，署名芾甘；
初收1928年4月上海自由书店版《革命之路》。

科学的无政府主义（阿利兹作，论文）
载1926年1月《民钟》第1卷第14期，署名芾甘；
初收1928年4月上海自由书店版《革命之路》。

法国虚无党人的故事（传记）
1926年2月作；
载1926年4月16日、5月1日《洪水》半月刊第2卷第15期、16期，题为《法国安那其党人的故事》，又载1926年12月15日《民钟》第1卷第16期，题为《法国无政府党人的故事》。均署名芾甘；
初收1928年5月上海自由书店版《革命的先驱》，后收1929年1月上海自由书店版《断头台上》。

《俄罗斯革命中的妇女》补（补正）
1926年3月2日作；
载1926年4月1日《新女性》月刊第

1卷第4号，署名李芾甘。

妇女解放的悲剧（美国高德曼作，论文）
1926年3月30日译；
载1926年7月1日《新女性》月刊第1卷第7号，署名李芾甘。
初收1927年上海开明书店版《自由的女性》。

答郭沫若的《卖淫妇的饶舌》（杂文）
载1926年4月5日《时事新报》副刊《学灯》第8卷第4册第5号，署名芾甘。

洗一洗不白之冤（书信）
1926年4月3日作；
载1926年4月16日《洪水》半月刊第2卷第15期，署名李芾甘。

五一运动史（史话）
1926年4月作；
载1926年4月28日民众社版《五一运动史》，并附订于1926年10月1日《民众》第14期、第15期合刊，署名芾甘；又载1929年5月美洲三藩市《平等》月刊第2卷第4期、第5期合刊，署名黑浪。

支加哥无政府主义者殉道后的四十年（史话）
1926年4月作；
初收1928年5月上海自由书店版《革命的先驱》，后收1929年1月上海自由书店版《断头台上》。均署名芾甘。

无政府主义之社会学的基础（阿里资作，论文）
载1926年6月《民钟》第1卷第15期，署名芾甘。

《讨论进行的两封信》附记（序跋）
载1926年6月《民钟》第1卷第15期，署名芾甘。
按：两封信系格拉佛致芾甘信和君毅致芾甘信。

杂感（杂感）
载1926年6月《民钟》第1卷第16期，署名芾甘。

无政府主义岛的发现（杂感）
载1926年10月1日上海《民众》半月刊第14期、第15期合刊，署名甘。

《无政府主义与工团主义》附识（序跋）
载1926年10月1日上海《民众》半月刊第14期、第15期合刊。署名芾。

访克鲁泡特金（美国高德曼作，访问记）
载1926年11月上海《民众》半月刊第16期，署名芾甘。

谈时局（杂感）

载 1926 年 11 月上海《民众》半月刊第 17 期，署名芾甘。

面包略取（俄国克鲁泡特金作，论著）

1926 年 11 月译完；

初版 1927 年 11 月上海自由书店，署名芾甘。

按：本书 1940 年改译，并由平明书店出版，改题《面包与自由》。

《面包略取》译者序（序跋）

1926 年 12 月 1 日作；

载 1927 年 11 月上海自由书店版《面包略取》，署名芾甘；

初收 1927 年 11 月上海自由书店版《面包略取》。

无政府主义的阶级性（论文）

载 1926 年 12 月 15 日《民钟》第 1 卷第 16 期，署名芾甘。

科学与无政府主义（意大利马拉铁司达作，论文）

载 1926 年 12 月 15 日《民钟》第 1 卷第 16 期，署名芾甘。

公开信（书信）

1926 年作；

载 1926 年北京《高丽青年》。

按：原刊无处查，此据巴金《关于〈发的故事〉》（1936 年）。

## 1927 年

克鲁泡特金学说概要（译文）

载 1927 年 1 月《民锋》第 11 期、第 12 期合刊，署名芾甘。

断头台上（传记）

载 1927 年 1 月，2 月，5 月，7 月《民钟》第 2 卷第 1 期，第 2 期，第 4 期、第 5 期合刊，第 6 期、第 7 期合刊，署名芾甘；

初收 1928 年 5 月上海自由书店版《革命的先驱》，后收 1929 年 1 月上海自由书店版《断头台上》。

海行杂记（散文）

1927 年 1 月至 2 月作；

未发表。1932 年整理后出版。

《工女马得兰》译本序（序跋）

1927 年 3 月作；

载 1928 年 3 月开明书店版《工女马得兰》，署名芾甘。

初收 1936 年 3 月商务印书馆版《生之忏悔》。

灭亡（中篇小说）

1927 年 3 月至 1928 年 8 月作；

载 1929 年 1 月至 4 月《小说月报》第 20 卷第 1 号至第 4 号，署名巴金*；

---

* 以下凡署“巴金”者不再标出署名。

初版 1929 年 10 月开明书店，现收《巴金文集》第 1 卷。

《无政府主义与实际问题》第二节（论文）

载 1927 年 4 月上海民钟社版《无政府主义与实际问题》，署名芾甘。

狱中与逃狱（俄国克鲁泡特金作，回忆录）

载 1927 年 5 月广州革新书局版《狱中与逃狱》，署名李芾甘。

按：本书节译《克鲁泡特金自传》第五章，译文系文言，李石曾译前 40 页，李芾甘译后 12 页。

无政府主义与恐怖主义——复太一同志的一封信（书信）

载 1927 年 7 月 15 日《民钟》第 2 卷第 6 期、第 7 期合刊，署名芾甘；

初收 1928 年 5 月上海自由书店版《革命的先驱》，后收 1929 年 1 月上海自由书店版《断头台上》。

死囚牢中的六年——萨珂与凡宰地果然会被杀么？（杂感）

载 1927 年 7 月 15 日《民钟》第 2 卷第 6 期、第 7 期合刊，署名芾甘。

初收 1928 年 5 月上海自由书店版《革命的先驱》，后收 1929 年 1 月上海自由书店版《断头台上》。

中国无政府主义与组织问题（短论）

载 1927 年 8 月 1 日美洲三藩市（旧金山）《平等》月刊第 1 卷第 2 期，署名壬平。

按：巴金在《怎样做法》（载《平等》第 1 卷第 13 期，署名黑浪）中说：“我曾用‘壬平’这个名字在《平等》第二期发表过一篇《中国无政府主义与组织问题》，如愿意请参看。”

空前绝后的妙文（杂感）

载 1927 年 8 月 1 日美洲三藩市《平等》月刊第 1 卷第 2 期，署名黑浪。

无政府主义党并不同情于国民党的护党运动（杂感）

载 1927 年 8 月 1 日美洲三藩市《平等》月刊第 1 卷第 2 期，署名佩竿。

理想是杀得死的吗？（杂感）

载 1927 年 8 月 1 日美洲三藩市《平等》月刊第 1 卷第 2 期，署名极乐。

反共与反动（杂感）

载 1927 年 8 月 1 日美洲三藩市《平等》月刊第 1 卷第 2 期，署名黑浪。

李大钊确是一个殉道者（杂感）

载 1927 年 8 月 1 日美洲三藩市《平等》月刊第 1 卷第 2 期，署名芾甘。

From a chinese Comrade（一个中国同志的来信）
1927年8月24日作；
载1928年1月美国《Jhe Roacl to Fre-cdom》(《到自由之路》)
第4卷第6号，署名Li Fei-kan。

法律下的大谋杀（杂感）
载1927年10月美洲三藩市《平等》月刊第1卷第4期，署名黑浪。

俄国革命的十周年（杂感）
载1927年10月美洲三藩市《平等》月刊第1卷第4期，署名黑浪。

不要瞎做劳资妥协的梦（杂感）
载1927年10月美洲三藩市《平等》月刊第1卷第4期，署名黑浪。

死者与生者——杂记之一（杂感）
载1927年10月，1928年6月、7月美洲三藩市《平等》月刊第1卷第4期，第11期，第12期，署名佩竿；
初收1929年1月上海自由书店版《断头台上》。

寄《革命周报》编者的信（书信）
1927年11月5日作；
载1927年12月18日、25日《革命周报》第34期、35期，署名芾甘。

一个无产阶级的生涯底故事（意大利凡宰地作，自传）
1927年11月8日译；
载1928年5月上海自由书店版《革命的先驱》，署名芾甘；
初收1929年1月上海自由书店版《断头台上》。
初版1928年12月上海自由书店，题为《一个卖鱼者的生涯（凡宰特著自叙传）》。
按：本书1935年重译，改题《我的生活的故事》。

萨珂与凡宰特之死（杂感）
1927年作；
初收1928年5月上海自由书店版《革命的先驱》，后收1929年1月上海自由书店版《断头台上》；均署名芾甘。

殉道者的遗书（意大利萨珂、凡宰地作，书信）
1927年译；
初收1929年1月上海自由书店版《断头台上》，署名芾甘。

## 1928年

马克斯的无产阶级专政（论文）
载1928年1月上海自由书店版《马克斯主义的破产》，署名芾甘。

易卜生的四大社会剧（美国高德曼作，论文）
1928年1月译；
载1928年3月5日《一般》月刊第4卷3月号，署名芾甘。

斯德林堡的三本妇女问题剧（美国高德曼作，论文）
1928年1月2日译；
载1928年4月1日《新女性》月刊第3卷第4期，署名李芾甘。

一封公开的信（给钟时同志）（书信）
载1928年2月美洲三藩市《平等》月刊第1卷第8期“通信”栏，署名黑浪。

俄国革命党人眼中的克鲁泡特金（编译）
载1928年2月上海自由书店版《克鲁泡特金学说概要》（自由丛书第一种），署名芾甘。
按：本文共九节，一、安那其主义者克鲁泡特金（柏克曼作），二、克鲁泡特金与安那其（波若弗伊作），三、克鲁泡特金的一生　（妃格念尔作），四、安那其主义的理论家（莱伯德甫作），五、克鲁泡特金与托尔斯太（齐尔奈可夫作），六、伟大的心消失了（奈柏底叶夫作），七、克鲁泡特金与列宁（布列雪可屋斯加作），八、伟大的预言者（布列雪可屋斯加作），九、俄罗斯的伟大儿子（高德曼作）。

工人的实力（杂文）
载1928年3月美洲三藩市《平等》月刊第1卷第9期，署名鸣希。

法律——《穷人的话》之二（杂感）
载1928年3月美洲三藩市《平等》月刊第1卷第9期，署名李冷。

裁判（俄国亚历山德拉作，散文）
载1928年3月美洲三藩市《平等》月刊第1卷第9期“平民文学”栏，署名黑浪。
按：本篇后来收入中篇小说《利娜》，即该书“第三封信”。

俄国左派社会革命党运动略史（俄国司太恩堡作，史话）
载1928年3月、7月美洲三藩市《平等》月刊第1卷第9期、第12期，署名芾甘。

人生哲学：其起源及其发展（上编）（俄国克鲁泡特金作，论著）
1928年2月至4月译；
初版1928年9月16日上海自由书店，署名芾甘。
按：本书1940年修订，改题为《伦理学的起原和发展》。

《人生哲学：其起源及其发展》译者序（序跋）
1928年4月12日作；
载1928年9月上海自由书店版《人生哲学：其起源及其发展》上编，署名芾甘；
初收1928年9月上海自由书店版《人生哲学：其起源及其发展》上编。

《人生哲学：其起源及其发展》例言
1928年4月作；
载1928年9月上海自由书店版《人生哲学：其起源及其发展》上编，署名芾甘；
初收1928年9月上海自由书店版《人生哲学：其起源及其发展》上编。

无政府主义与工团主义（俄国克鲁泡特金作，论文）
载1928年5月、7月美洲三藩市《平等》月刊第1卷第10期、第12期，署名黑浪。

答诬我者书（书信）
载1928年5月美洲三藩市《平等》月刊第1卷第10期，署名芾甘。

感谢国民党人铮铮君代登广告（杂感）
载1928年5月美洲三藩市《平等》月刊第1卷第10期，署名芾甘。

左派国民党在那里？（杂感）
载1928年5月美洲三藩市《平等》月刊第1卷第10期，署名芾甘。

勿为我们杞忧（杂感）
载1928年5月美洲三藩市《平等》月刊第1卷第10期，署名芾甘。

非勒（美国高德曼作，传记）
初收1928年5月上海自由书店版《革命的先驱》，署名芾甘。

为了知识与自由的缘故（俄国蒲列·鲁克尔作，短篇小说）
1928年5月27日译；
载1929年10月新宇宙书店版《为了知识与自由的缘故》；
初收1936年5月文化生活出版社版《门槛》。

工人，组织起来（短论）
载1928年6月美洲三藩市《平等》月刊第1卷第11期，署名鸣希。

巴黎公社与克龙士达脱暴动纪念日（短论）
载1928年6月美洲三藩市《平等》月刊第1卷第11期，署名壬平。

三十九号（俄国司特普尼亚克作，短篇小说）

1928年6月译；
载1929年10月新宇宙书店版《为了知识与自由的缘故》；
初收1936年5月文化生活出版社版《门槛》。

薇娜（波兰廖抗夫作，短篇小说）
1928年6月译；
载1928年6月开明书店版《薇娜》，署名芾甘；
初收1936年5月文化生活出版社版《门槛》。

《灭亡》序（序跋）
1928年6月作；
载1929年10月开明书店版《灭亡》；
初收1929年10月开明书店版《灭亡》，现收《巴金文集》第1卷。

我们现在应该怎样做呢？——答CA同志的第一信（书信）
载1928年7月美洲三藩市《平等》月刊第1卷第12期，署名黑浪。

巴枯宁底无政府主义（短论）
载1928年8月美洲三藩市《平等》月刊第1卷第13期，署名芾甘。

怎样做法（讨论之一节）（书信）
载1928年8月美洲三藩市《平等》月刊第1卷第13期，署名黑浪。

脱落斯基的托尔斯泰论（苏联托洛斯基作，论文）
1928年9月9日译；
载1928年10月10日《东方杂志》第25卷第19号。

ENLA MALLUMA NOKTO（暗夜中）（对话）
载1928年10月至12月《绿光》月刊第5卷第10—12期合刊，署名“Bakin（巴金）”。
按：本篇用世界语写，题目下有世界语题词：“献给我的德国朋友和同志Ernest Liebetran。”

编者的几句话（序跋）
1928年12月19日作；
载1928年12月上海自由书店版《一个卖鱼者底生涯》。

前夜（波兰廖抗夫作，三幕话剧）
1928年译；
译稿在邮途中丢失，未发表；1930年重译。

苏菲亚·柏罗夫斯加亚（传记）
1928年作；
载1929年1月上海自由书店版《断头台上》，题为《苏菲亚柏罗夫斯加亚的生涯》，署名芾甘；
初收1930年4月上海太平洋书店版《俄罗斯十女杰》。

茶房也是一个人（波兰高尔塔克作，故事）
1928年12月25日译；
载1929年2月10日《开明》第1卷第8号，署名一切。

## 1929年

遗言（美国柏尔森斯作，诗）
载1929年1月上海自由书店版《断头台上》，署名芾甘；
初收 1940 年 9 月文化生活出版社版《叛逆者之歌》。

呈献给“吾师”凡宰地（序跋）
载1929年1月上海自由书店版《断头台上》，署名芾甘；
初收1929年1月上海自由书店版《断头台上》。
按：本文系《断头台上》代序。

说明改编本书的几句话（序跋）
载1929年1月上海自由书店版《断头台上》，署名芾甘；
初收1929年1月上海自由书店版《断头台上》。

栽赃（杂感）
载1929年1月美洲三藩市《平等》月刊第2卷第1期（总14期），署名春风。

无的放矢（杂感）
载1929年1月美洲三藩市《平等》月刊第2卷第1期（总14期），署名春风。

替巴枯宁洗一洗不白之冤（书信）
载1929年1月20日《革命周报》第79号、第80号合刊“通信与讨论”栏，署名春风。

说几句开场话
载1929年1月30日上海《自由月刊》第1卷第1期，署名马拉。

马克斯主义批判（柴尔凯索夫作，论文）
载1929年1月30日上海《自由月刊》第1卷第1期，署名芾甘。

俄国虚无党人运动史（俄国司特普尼克作，史话）
载1929年1月30日上海《自由月刊》第1卷第1期，署名芾甘。

她（法国左拉作）
载1929年1月30日上海《自由月刊》第1卷第1期，署名马拉。

无政府主义的原理——为克鲁泡特金八年祭而作（短论）
载 1929 年 2 月美洲三藩市《平等》月刊第2卷第2期（总15期），署名黑浪。

读《木偶奇遇记》（书评）
载1929年2月10日《开明》第1卷第8号，署名一切。

编者的话
载1929年2月25日上海《自由月刊》第1卷第2期，署名马拉。

克鲁泡特金八年祭（短论）
载1929年2月25日上海《自由月刊》第1卷第2期，署名编者抄。

母亲之死（俄国赫尔岑作，回忆录）
载1929年2月25日上海《自由月刊》第1卷第2期，署名P.K；又载1931年10月1日《新时代月刊》第1卷第3期；
初收1940年8月文化生活出版社《一个家庭的戏剧》。

吕西·德木南（法国埃马纽埃尔·德·埃萨尔作，诗）
载1929年2月25日上海《自由月刊》第1卷第2期，题为《露西·德木南》；
初收1940年9月文化生活出版社版《叛逆者之歌》。

《工女马得兰》之考察（书评）
载1929年2月25日上海《自由月刊》第1卷第2期，署名芾甘；
初收1936年3月商务印书馆版《生之忏悔》。

萨珂与凡宰特是无罪的人（短论）
载1929年3月美洲三藩市《平等》月刊第2卷第3期（总16期），署名芾甘。

分治合作与无政府主义（短论）
载1929年3月美洲三藩市《平等》月刊第2卷第3期（总16期），署名春风。

我的心（散文）
1929年春作；
载1929年3月美洲三藩市《平等》月刊第2卷第3期（总16期），署名P.K；
又载1930年11月《开明》第27号；
初收1936年3月商务印书馆版《生之忏悔》，现收《巴金文集》第10卷。

《党人魂》及《火榴》之考察（评论）
载1929年3月25日上海《自由月刊》第1卷第3期，署名芾甘；
初收1936年3月商务印书馆版《生之忏悔》。

寄西伯利亚的音信（俄国普希金作，诗）

答普式庚（俄国十二月党人作，诗）
载1929年3月25日上海《自由月刊》第1卷第3期，题为《普式庚安慰十二月党人诗及答诗》；
初收1940年9月文化生活出版社版《叛逆者之歌》。

凡尔加，凡尔加（俄国民歌）

载1929年3月25日上海《自由月刊》第1卷第3期，又载1930年5月《绿光》第7卷第5期，及1931年8月22日上海《草野》周刊第6卷第1号，均题为《伏尔加伏尔加——关于雷森的俄国民歌》；

初收1940年9月文化生活出版社版《叛逆者之歌》。

郭沫若的堕落（杂感）

载1929年3月25日上海《自由月刊》第1卷第3期，署名芾。

郭沫若的周刊（杂感）

载1929年3月25日上海《自由月刊》第1卷第3期，署名芾。

《浮士德》里的妙句（杂感）

载1929年3月25日上海《自由月刊》第1卷第3期，署名芾。

随便写几句话答复钱杏邨先生（杂感）

载1929年4月25日上海《自由月刊》第1卷第4期。

现代文坛上最有力的批评家之真面目（杂感）

载1929年4月25日上海《自由月刊》第1卷第4期，署名芾。

我的答复（杂感）

载1929年4月25日上海《自由月刊》第1卷第4期，署名芾甘。

Morxism与绿林英雄（杂感）

载1929年4月25日的上海《自由月刊》第1卷第4期，署名芾。

失去的万尼亚（A.S.Rappot作）

载1929年4月25日上海《自由月刊》第1卷第4期，署名马拉。

《黑暗之势力》之考察（书评）

载1929年4月25日上海《自由月刊》第1卷第4期，署名芾甘；

初收1936年3月商务印书馆版《生之忏悔》。

《革命》的性质（短论）

载1929年5月美洲三藩市《平等》月刊第2卷第4期、第5期合刊，署名春风。

人生哲学：其起源及其发展（下编）（俄国克鲁泡特金作，论著）

1929年5月译毕；

初版1929年7月上海自由书店，署名芾甘。

按：本书1940年修订，改题为《伦理学的起原和发展》。

克氏《人生哲学》之解说（论文）

1929年6月14日作；

载1929年7月上海自由书店版《人生哲学：其起源和发展》下编，署名芾甘；

初收1929年7月上海自由书店版《人生哲学：其起源和发展》下编。

按：本篇1940年改作，题为《克鲁泡特金〈伦理学〉之解说》。

《中天底来信》答复（书信）

载1929年7月上海自由书店版《人生哲学：其起源和发展》下编，署名芾甘；

初收1928年9月上海自由书店版《人生哲学：其起源和发展》下编。

读八太舟三氏底《人生哲学》新译本（书评）

载1929年7月上海自由书店版《人生哲学：其起源和发展》下编，署名芾甘；

初收1928年9月《人生哲学：其起源和发展》下编。

爱情（日本民间故事）

载1929年7月10日《开明》第2卷第1号，署名一切。

地底下的俄罗斯（俄国司特普尼亚克作，特写集）

1929年译；

初版1929年8月上海启智书局，署名芾甘。

按：本书1936年重新校阅，改题为《俄国虚无主义运动史话》。

译者小言（序跋）

载1929年8月上海启智书局版《地底下的俄罗斯》。

老客秋的梦（Ninoshvili作，短篇小说）

载1929年9月10日《开明》第2卷第3号，署名一切。

读者的交通（随笔）

载1929年9月10日《开明》第2卷第3号，署名B.B。

两个质问（随笔）

载1929年9月10日《开明》第2卷第3号，署名B.B。

《争自由的儿女》序（序跋）

载1929年10月上海出版合作社版《争自由的儿女》（梅子著）。

《俄罗斯十女杰》绪言（序跋）

1929年10月作；

载1930年4月上海太平洋书店版《俄罗斯十女杰》，署名李芾甘；

初收1930年4月上海太平洋书店版《俄罗斯十女杰》。

不能死的人（苏联高尔基作，短篇小说）
1929年译；
载1929年12月上海《一般》第9卷第4期；
初收1931年4月马来亚书店版《草原故事》，现收1956年12月人民文学出版社版《高尔基选集·短篇小说集》。
按：本篇系《伊则吉尔老婆子》第一节。

房东太太（短篇小说）
1929年作；
载1930年1月10日《小说月报》第21卷第1号；
初收1931年8月上海新中国书局版《复仇》，现收《巴金文集》第7卷。

蒲鲁东底人生哲学（俄国克鲁泡特金作，论文）
1929年译；
初版1929年上海自由书店，署名芾甘。
按：本篇1940年改译，题为《蒲鲁东的道德学说》。

蒲鲁东和赫尔岑（论文）
载1929年上海自由书店版《蒲鲁东底人生哲学》，署名芾甘。

## 1930年

一个革命者的回忆（俄国克鲁泡特金作，自传）
1930年1月译完；
初版1930年4月上海自由书店，1933年9月重印插图本，题为《克鲁泡特金自传》。
按：本书1939年修改，题为《我底自传》。

前夜（波兰廖抗夫作，三幕话剧）
1930年1月译；
初版1930年4月上海启智书局。
按：本书1937年校改，题为《夜未央》。

过客之花（意大利亚米契斯作，十四场话剧）
1930年1月译；
载1930年1月15日《小说月报》第21卷第1号；
初版1933年6月开明书店。

《我底自传》译本代序（序跋）
1930年1月作；
载1930年4月自由书店版《一个革命者的回忆》，题为《译者代序——给十四弟》；
初收1936年3月商务印书馆版《生之忏悔》，现收1982年3月花城出版社版《序跋集》。

《前夜》译者序（序跋）
1930年1月作；
载1930年4月上海启智书局版《前夜》；
初收1936年3月商务印书馆版《生之

忏悔》，现收 1982 年 3 月花城出版社版《序跋集》。

按：本篇写作日期 1937 年 2 月文化生活出版社版《夜未央》署 1930 年 2 月。

世界语创作文坛概况（评论）

1930 年 1 月作；

载 1930 年 2 月、3 月《绿光》第 7 卷第 1—2 期合刊、第 3 期。

我的女人（荷兰吴黛女士作）

载 1930 年 2 月 1 日《开明》第 20 号，署名一切。

骷髅的跳舞（日本秋田雨雀作，独幕剧）

初版 1930 年 3 月开明书店，署名一切。

按：本书含《骷髅的跳舞》、《国境之夜》、《首陀罗的喷泉》三个独幕剧。

《骷髅的跳舞》译者序（序跋）

1930 年 3 月作；

载 1930 年 3 月开明书店版《骷髅的跳舞》，署名一切；

初收 1930 年 3 月开明书店版《骷髅的跳舞》，现收《巴金文集》第 10 卷。

按：本篇写作日期 1982 年 3 月花城出版社版《序跋集》署 1929 年。

薇娜·沙苏丽奇（传记）

载 1930 年 4 月上海太平洋书店版《俄罗斯十女杰》，署名李芾甘；

初收 1930 年 4 月上海太平洋书店版《俄罗斯十女杰》。

按：本篇及以下八篇写作时间据《〈俄罗斯十女杰〉绪言》为 1929 年 8 月至 10 月，实际应更早。

苏菲·包婷娜（传记）

载 1930 年 4 月上海太平洋书店版《俄罗斯十女杰》，署名李芾甘；

初收 1930 年 4 月上海太平洋书店版《俄罗斯十女杰》。

游珊·海富孟（传记）

载 1930 年 4 月上海太平洋书店版《俄罗斯十女杰》，署名李芾甘；

初收 1930 年 4 月上海太平洋书店版《俄罗斯十女杰》。

薇娜·妃格念尔（传记）

载 1930 年 4 月上海太平洋书店版《俄罗斯十女杰》，署名李芾甘；

初收 1930 年 4 月上海太平洋书店版《俄罗斯十女杰》。

路狄密娜·福尔铿席太因（传记）

载 1930 年 4 月上海太平洋书店版《俄罗斯十女杰》，署名李芾甘；

初收 1930 年 4 月上海太平洋书店版《俄罗斯十女杰》。

加塞林·布列斯科夫斯加亚（传记）

载1930年4月上海太平洋书店版《俄罗斯十女杰》，署名李芾甘；

初收1930年4月上海太平洋书店版《俄罗斯十女杰》。

齐奈达·柯洛卜连尼科瓦（传记）

载1930年4月上海太平洋书店版《俄罗斯十女杰》，署名李芾甘；

初收1930年4月上海太平洋书店版《俄罗斯十女杰》。

玛利亚·司皮利多诺华（传记）

载1930年4月上海太平洋书店版《俄罗斯十女杰》，署名李芾甘；

初收1930年4月上海太平洋书店版《俄罗斯十女杰》。

伊林娜·加哈夫斯加亚（传记）

载1930年4月上海太平洋书店版《俄罗斯十女杰》，署名李芾甘；

初收1930年4月上海太平洋书店版《俄罗斯十女杰》。

《灭亡》作者的自白（创作谈）

载1930年6月《开明》第22期；

初收1936年3月商务印书馆版《生之忏悔》，现收《巴金文集》第10卷。

按：本篇写作日期《巴金文集》署1929年。

因了单调的缘故（苏联高尔基作，短篇小说）

载1930年6月《东方杂志》第27卷第11号，第12号；

初收1931年4月马来亚书店版《草原故事》，现收1956年12月人民文学出版社版《高尔基选集·短篇小说选》，题为《因为烦闷无聊》。

死去的太阳（中篇小说）

1930年6月作完；

初版1931年1月开明书店，现收《巴金文集》第1卷。

《死去的太阳》序（序跋）

1930年6月作；

载1931年1月开明书店版《死去的太阳》；

初收1931年1月开明书店版《死去的太阳》，现收《巴金文集》第1卷。

一个更正

载1930年6月《绿光》第7卷第6期。

世界语文学论（评论）

载1930年7月，8月，10月《绿光》第7卷第7期，第8期，第9—10期合刊。

从资本主义到安那其主义（论著）

初版1930年7月上海自由书店，署名芾甘。

《从资本主义到安那其主义》序（序跋）
载1930年7月上海自由书店版《从资本主义到安那其主义》，署名芾甘；
初收1930年7月上海自由书店版《从资本主义到安那其主义》。

丹东之死（苏联阿·托尔斯泰作，十二幕话剧）
初版1930年7月开明书店。

法国大革命的故事（历史故事）
初收1930年7月开明书店版《丹东之死》，题为《法国革命的故事》；后收1934年10月上海生活书店版《沉默》。

洛伯尔先生（短篇小说）
1930年7月作；
载1930年7月10日《小说月报》第21卷第7号；
初收1931年8月上海新中国书局版《复仇》，现收《巴金文集》第7卷。

亡命（短篇小说）
载1930年8月10日《东方杂志》第27卷第15号；
初收1931年8月上海新中国书局版《复仇》，现收《巴金文集》第7卷。

复仇（短篇小说）
载1930年9月1日《中学生》杂志第8号；
初收1931年8月上海新中国书局版《复仇》，现收《巴金文集》第7卷。

木星的神（俄国爱罗先珂作，童话）
1930年译；
载1931年3月开明书店版《幸福的船》。

《幸福的船》序（序跋）
1930年9月作；
载1931年《马来亚》半月刊第2期，又载1931年3月开明书店版《幸福的船》；
初收1936年3月商务印书馆版《生之忏悔》，现收《巴金文集》第10卷。
按：本篇曾以《关于爱罗先珂》为题，辑入1948年6月文化生活出版社版《笑》。

初恋（短篇小说）
1930年作；
初收1931年8月上海新中国书局版《复仇》，现收《巴金文集》第7卷。

不幸的人（短篇小说）
载1930年10月16日《现代文学》月刊第1卷第4期，题为《苦人儿》；
初收1931年8月上海新中国书局版《复仇》，现收《巴金文集》第7卷。

丁香花下（短篇小说）
载1930年11月16日《现代文学》月刊第1卷第5期，题为《谢了的丁香花》；
初收1931年8月上海新中国书局版《复仇》，现收《巴金文集》第7卷。

爱的摧残（短篇小说）

载1930年12月10日《小说月报》第21卷第12号；

初收1931年8月上海新中国书局版《复仇》，现收《巴金文集》第7卷。

父与女（短篇小说）

载1930年12月25日《东方杂志》第27卷第24号，题为《父女俩》；

初收1931年8月上海新中国书局版《复仇》，现收《巴金文集》第7卷。

狮子（短篇小说）

1930年作；

载1931年1月1日《中学生》杂志第11号；

初收1931年8月上海新中国书局版《复仇》，现收《巴金文集》第7卷。

哑了的三角琴（短篇小说）

1930年作；

载1931年1月10日《小说月报》第22卷第1号，题为《哑了的三弦琴》；

初收1931年8月上海新中国书局版《复仇》，现收《巴金文集》第7卷。

新生（第一稿）（中篇小说）

1930年底至1931年8月作；

未发表。

按：本篇手稿及连载此稿的《小说月报》1932年"新年特大号"，于1932年1月28日在商务印书馆遭日军炮击时焚毁。1932年7月重写，参见该条。

## 1931年

批评与介绍·《法国革命史》（书评）

载1931年1月20日《时代前》杂志第1卷第1号，署名一切。

蒲鲁东与《何谓财产》（书评）

载1931年1月20日《时代前》杂志第1卷第1号，署名李芾甘。

虚无主义论（论文）

载1931年1月，6月《时代前》杂志第1卷第1号，第5、6号合刊，署名金；

初收1935年9月文化生活出版社版《俄国社会运动史话》。

十二月党人的故事（历史故事）

载1931年2月20日《时代前》杂志第1卷第2号，署名一切。

加斯多尔之死（罗马尼亚勃拉特斯古——伏奈斯悌作，散文）

载1931年2月20日《时代前》杂志第1卷第2号；

初收入1948年6月文化生活出版社版《笑》。

马加尔周达（苏联高尔基作，短篇小说）

1931年春译；

初收1931年4月马来亚书店版《草原故事》，现收1956年12月人民文学出版社版《高尔基选集·短篇小说选》，题为《马卡尔·楚德拉》。

《草原故事》小引（序跋）

1931年2月作；

载1931年4月马来亚书店版《草原故事》；

初收1931年4月马来亚书店版《草原故事》；现收1982年3月花城出版社版《序跋集》。

赫尔岑论（译文）

载1931年3月20日《时代前》杂志第1卷第3号，署名一切。

失去的星（译诗）

载1931年《马来亚月刊》第1卷第1期。

老年（短篇小说）

1931年春作；

载1931年4月1日《中学生》杂志第14号，题为《赖威格先生》；

初收1931年8月上海新中国书局版《复仇》，现收《巴金文集》第7卷。

墓园（短篇小说）

1931年春作；

载1931年5月1日《中学生》杂志第15号，题为《管墓园的老人》；

初收1931年8月上海新中国书局版《复仇》，现收《巴金文集》第7卷。

亚丽安娜（短篇小说）

1931年春作；

载1931年3月《妇女杂志》第17卷第3号；

初收1931年8月上海新中国书局版《复仇》，现收《巴金文集》第7卷。

《复仇集》序（序跋）

1931年4月作；

载1931年6月《创作月刊》第1卷第2期；

初收1931年8月上海新中国书局版《复仇》，现收《巴金文集》第7卷。

巧尔里雪夫斯基论（译文）

载1931年4月20日《时代前》杂志第1卷第4期，署名一切。

《激流》总序（序跋）

1931年4月作；

载1931年4月18日《时报》，题为《〈激流〉小引》；

初收1933年5月开明书店版《家》，现收《巴金文集》第4卷。

家（长篇小说）

1931年4月至年底作；

载1931年4月18日至1932年5月22日《时报》，共刊246期，题为《激流》；

初版1933年5月开明书店，现收《巴金文集》第4卷。

生与死（短篇小说）

载 1931 年 4 月 30 日南京《文艺月刊》第 2 卷第 4 期；

初收 1932 年 5 月上海新中国书局版《光明》，现收《巴金文集》第 7 卷。

作家素描回音（杂感）

载 1931 年 7 月 11 日上海《草野》周刊第 5 卷第 11 号。

最后的审判（散文）

1931 年 7 月 26 日作；

载 1931 年 8 月 15 日南京《文艺月刊》第 2 卷第 8 期；

初收 1932 年 5 月上海新中国书局版《光明》，后收 1936 年 4 月开明书店版《巴金短篇小说集》第二集，题为《跋》。

光明（短篇小说）

载 1931 年 7 月《创作月刊》第 1 卷第 3 期；

初收 1932 年 5 月上海新中国书局《光明》，现收《巴金文集》第 7 卷。

爱的十字架（短篇小说）

载 1931 年 8 月《创作月刊》第 1 卷第 4 期；

初收 1932 年 5 月上海新中国书局《光明》，现收《巴金文集》第 7 卷。

雾（中篇小说）

1931 年夏作完；

载 1931 年 10 月至 12 月《东方杂志》第 28 卷第 20 号至 23 号；

初版 1931 年 11 月上海新中国书局，现收《巴金文集》第 3 卷。

凡尔加的岩石上（俄国民歌）

载 1931 年 9 月 1 日《新时代月刊》第 1 卷第 2 期，题为《伏尔加悬崖上》；

初收 1940 年 9 月文化生活出版社版《叛逆者之歌》。

给一个中学青年（一）（书信）

1931 年 9 月作；

载 1932 年 1 月 1 日《中学生》杂志第 21 号“贡献给今日的青年”栏；

初收 1937 年 3 月良友图书印刷公司版《短简》，现收《巴金文集》第 11 卷。

按：本篇共七段，《中学生》发表时录入其中五段。

《草原故事》再版题记（序跋）

1931 年 9 月作；

载 1931 年 10 月上海新时代书局版《草原故事》；

初收 1931 年 10 月上海新时代书局版《草原故事》。

狗（短篇小说）

载 1931 年 9 月 10 日《小说月报》第

22卷第9号；
初收 1932 年 5 月上海新中国书局版《光明》，现收《巴金文集》第7卷。

一封信（短篇小说）
载1931年9月30日南京《文艺月刊》第2卷第9期，题为《未寄的信》；
初收 1932 年 5 月上海新中国书局版《光明》，现收《巴金文集》第7卷。

好人（短篇小说）
载1931年10月10日《小说月报》第22卷第10号；
初收 1932 年 5 月上海新中国书局版《光明》，现收《巴金文集》第7卷。

我的眼泪（短篇小说）
载于1931年10月30日南京《文艺月刊》第2卷第10期；
初收 1932 年 5 月上海新中国书局版《光明》，现收《巴金文集》第7卷。

苏堤（短篇小说）
载于1931年11月1日《中学生》杂志第19号；
初收 1932 年 5 月上海新中国书局版《光明》，现收《巴金文集》第7卷。

我说这是最后一次的眼泪了（诗）
1931年9月29日作；
载1931年11月10日《小说月报》第22卷第11号；
初收 1961 年 10 月人民文学出版社版《巴金文集》第10卷《控诉》。

我们（散文）
1931年9月29日作；
载1931年11月10日《小说月报》第22卷第11号；
初收 1932 年 5 月上海新中国书局版《光明》，现收《巴金文集》第10卷。

《雾》序（序跋）
1931年11月作；
载 1931 年 11 月上海新中国书局版《雾》，题为《付印题记》；
初收 1931 年 11 月上海新中国书局版《雾》，现收《巴金文集》第3卷。

《光明集》序（序跋）
1931年11月作；
载1931年12月1日《新时代月刊》第1卷第5期，题为《〈奴隶的心〉序》；
初收 1932 年 5 月上海新中国书局版《光明》，现收《巴金文集》第7卷。

奴隶的心（短篇小说）
载1931年12月10日《小说月报》第22卷第12号；
初收 1932 年 5 月上海新中国书局版《光明》，现收《巴金文集》第7卷。

马赛的夜（短篇小说）
1931年11月11日作；
载1932年6月10日《文学月报》第1卷第1号；
初收1933年2月上海新中国书局版《电椅》，现收《巴金文集》第7卷。

杨嫂（短篇小说）
1931年冬作；
载1932年1月1日《东方杂志》第29卷第1号；
初收1933年4月北平星云堂版《抹布》，现收《巴金文集》第8卷。

天鹅之歌（短篇小说）
1931年冬作；
载1932年10月16日《东方杂志》第29卷第4号，题为《白鸟之歌》；
初收1933年2月上海新中国书局版《电椅》，现收《巴金文集》第7卷。

煤炕（短篇小说）
1931年12月作；
载1933年1月1日《东方杂志》第30卷第1号；
初收1936年4月开明书店版《巴金短篇小说集》第二集，现收《巴金文集》第8卷《沉默集》。

秋天里的春天（匈牙利尤利·巴基作，中篇小说）
1931年12月译毕；
载1932年4月至7月《中学生》杂志第23号至第26号；
初版1932年10月开明书店。

《秋天里的春天》译者序（序跋）
1931年12月31日作；
载1932年10月开明书店版《秋天里的春天》；
初收1932年10月开明书店版《秋天里的春天》，现收《巴金文集》第10卷。

雨（中篇小说）
1931年底至1932年8月作；
载1932年1月至6月南京《文艺月刊》第3卷第1期至第6期；
初版1933年1月良友图书印刷公司，现收《巴金文集》第3卷。
按：单行本的分章和内容都有改动。

贡献给今日的青年（随笔）
1931年12月作；
载1932年1月《中学生》杂志第21号。
按：本篇无题，此借用栏题。

## 1932年

从南京回上海（散文）
1932年2月10日作；
载1932年7月1日上海《大陆杂志》第1卷第1期；
初收1932年10月上海新中国书局版《海底梦》，现收《巴金文集》第11卷。

一个回忆（散文）

1932年春作，1933年5月底改作；

载1933年5月1日上海《读书中学》月刊创刊号；

初收1934年8月生活书店版《旅途随笔》，现收《巴金文集》第11卷。

海的梦——给一个女孩的童话（中篇小说）

1932年3月作；

载1932年5月至7月《现代》第1卷第1期至第3期，题为《海底梦》；

初版1932年10月上海新中国书局，现收《巴金文集》第1卷。

按：本篇副题系1936年1月改由开明书店出版时始加上的。

《家》后记（序跋）

1932年4月作；

载1932年5月22日上海《时报》；

初收1933年5月开明书店版《家》。

呈献给一个人（书信）

1932年4月作；

载1932年5月1日《创化》月刊第1卷第1号；

初收1933年5月开明书店版《家》，题为《代序》；现收《巴金文集》第4卷。

《春天里的秋天》序（序跋）

1932年5月作；

载1932年5月23日上海《时报》；

初收1932年10月开明书店版《春天里的秋天》，现收《巴金文集》第2卷。

春天里的秋天（中篇小说）

1932年5月作；

载1932年5月23日至8月3日上海《时报》；

初版1932年10月开明书店，现收《巴金文集》第2卷。

克鲁泡特金的少年时代（传记）

载1932年6月1日《中学生》杂志第25号，题为《克鲁泡特金》；

初收1935年6月开明书店版《伟大人物的少年时代》。

父与子（短篇小说）

载1932年6月1日《创化》月刊第1卷第2号，副题“献给一个朋友”；又载1933年9月《中学生》第39号，题为《父子》；

初收1933年2月上海新中国书局版《电椅》，现收《巴金文集》第7卷。

按：《创化》1932年5月至7月出月刊3期，1933年3月起改出季刊，刊号另起。

《海的梦》序（序跋）

1932年6月作；

载1932年10月上海新中国书局版《海底梦》；

初收1932年10月上海新中国书局版《海底梦》，现收《巴金文集》第1卷。

砂丁（中篇小说）

1932年6月作；

载1932年7月15日、8月15日《申报月刊》第1卷第1号、第2号，题为《沙丁》；

初版1933年1月开明书店，现收《巴金文集》第2卷。

新生（第二稿）（中篇小说）

1932年7月重作；

载1933年2月至6月《东方杂志》第30卷第4号至第11号；

初版1933年9月开明书店，现收《巴金文集》第1卷。

《新生》自序二（序跋）

1932年7月15日作；

载1932年9月1日《现代》第1卷第5期，题为《我底夏天》；

初收1933年9月开明书店版《新生》，现收《巴金文集》第1卷。

《新生》自序一（序跋）

1932年9月作；

载1933年9月开明书店版《新生》；

初收1933年9月开明书店版《新生》，现收《巴金文集》第1卷。

按：本篇写作日期原署1933年5月，《巴金文集》第1卷署1931年9月，现从《序跋集》所署。

罪与罚（短篇小说）

载1932年9月1日《现代》第1卷第5期；初收1933年2月上海新中国书局版《电椅》，现收《巴金文集》第7卷。

我的自剖——给《现代》编者的信（书信）

1932年9月13日作；

载1932年10月1日《现代》第1卷第6期，题为《作者的自剖》；

初收1936年3月商务印书馆版《生之忏悔》，现收《巴金文集》第10卷。

《砂丁》序（序跋）

1932年9月作；

载1933年1月开明书店版《沙丁》；

初收1933年1月开明书店版《沙丁》，现收《巴金文集》第7卷。

爱（短篇小说）

1932年9月作；

载1932年11月1日《新月》第4卷第4期；

初收1933年2月上海新中国书局版《电椅》，现收《巴金文集》第7卷。

《电椅集》代序（序跋）

1932年10月作；

载1932年11月1日上海《大陆杂志》第1卷第5期，题为《灵魂的呼号》；

初收1933年2月上海新中国书局版《电椅》，现收《巴金文集》第7卷。

海行杂记（散文集）
1932年10月整理；
初版1932年12月上海新中国书局，现收《巴金文集》第11卷。
按：本书作于1927年1月至2月。

《海行杂记》序（序跋）
1932年10月作；
载1932年12月上海新中国书局版《海行》；
初收1932年12月上海新中国书局版《海行》，现收《巴金文集》第11卷。

第二的母亲（短篇小说）
1932年秋作；
初收1933年4月北平星云堂版《抹布》，现收《巴金文集》第8卷。
按：作者1934年9月编《沉默》时，将本篇改动了一大半并改题《母亲》，收入该集，辑《巴金短篇小说集》第二集时，沿用旧题，内容系改作，仍收《抹布集》。

电椅（短篇小说）
载1932年11月1日《现代》第2卷第1期；
初收1933年2月上海新中国书局版《电椅》，现收《巴金文集》第7卷。

《雨》序（序跋）
1932年11月作；
载1933年1月良友图书印刷公司版《雨》；
初收1933年1月良友图书印刷公司版《雨》，现收《巴金文集》第3卷。

《抹布集》序（序跋）
1932年11月作；
载1933年4月北平星云堂版《抹布》；
初收1933年4月北平星云堂版《抹布》，现收《巴金文集》第8卷。

写作的生活（创作谈）
1932年12月9日作；
载1933年1月1日《读书》杂志第3卷第1期，题为《我的写作生活》，又载1933年3月1日《新时代月刊》，题为《写作生活的回顾》；
初收1933年8月上海光华书局版《创作经验谈》，又收1934年11月第一出版社版《巴金自传》。
按：本篇1935年10月改作，题为《写作生活的回顾》。

堕落的路（短篇小说）
载1932年12月31日南京《文艺月刊》第2卷第12期；
初收1933年2月上海新中国书局版《电椅》，现收《巴金文集》第7卷。

五十多个（短篇小说）
1932年冬作；

载1933年3月1日《现代》第2卷第5期；
初收1934年8月上海生活书店版《将军》，现收《巴金文集》第8卷。

短刀（短篇小说）
1932年冬作；
载1933年3月1日《创化季刊》第1卷第1期；
初收1934年8月上海生活书店版《将军》，现收《巴金文集》第8卷。
按：本篇写作日期发表时署1933年1月13日，此从《巴金文集》。



在门槛上（短篇小说）
1932年冬作；
载于1933年1月1日上海《大陆杂志》第1卷第7期；
初收1934年8月上海生活书店版《将军》，现收《巴金文集》第8卷。

幽灵（短篇小说）
1932年作；
载1933年1月10日上海《新中华》半月刊第1卷第1期；
初收1934年8月上海生活书店版《将军》，现收《巴金文集》第8卷。
按：本篇写作日期发表时署1931年10月12日，此从《巴金文集》。

新年的梦想（随笔）
1932年12月作；
载1933年1月1日《东方杂志》第30卷第1号“新年的梦想”栏。
按：本篇原无题，此借用栏题。

## 1933年

《过客之花》译者序（序跋）
1933年1月作；
载1933年6月开明书店版《过客之花》；
初收1933年6月开明书店版《过客之花》，现收1982年3月花城出版社版《序跋集》。
按：本篇1939年9月补写一段，初收1940年9月文化生活出版社版《过客之花》。

雪（中篇小说）
1933年1月至5月作；
载1933年1月16日至5月29日《大中国周报》第1卷第1期至第2卷第10期，题为《萌芽》；
初版1933年8月上海现代书局，现收《巴金文集》第2卷。

童年（散文）
载1933年3月1日《创化季刊》第1卷第1期；
初收1936年3月商务印书馆版《生之忏悔》。

我的自辩（杂文）

载1933年3月1日《现代》第2卷第5期；
初收1936年3月商务印书馆版《生之忏悔》。

我的呼号——给我的哥哥（散文）
1933年春作；
载1933年4月27日至29日《申报·自由谈》，题为《苦笑、呻吟与呼号——给我的哥哥》；
初收1936年3月商务印书馆版《生之忏悔》，现收《巴金文集》第10卷。

一个女人（短篇小说）
1933年春作；
载1933年7月1日《文学》月刊第1卷第1号；
初收1936年4月开明书店版《巴金短篇小说集》第二集内《将军集》，现收《巴金文集》第8卷。

《萌芽》付印题记（序跋）
1933年5月11日作；
载1933年8月现代书局版《萌芽》。

海上（散文）
1933年5月作；
载1933年7月1日上海《大陆杂志》第2卷第1期；
初收1934年8月上海生活书店版《旅途随笔》，现收《巴金文集》第11卷。

南国的梦（散文）
1933年5月作；
载1933年7月1日《大陆杂志》第2卷第1期；
初收1934年8月上海生活书店版《旅途随笔》，现收《巴金文集》第11卷。

香港（散文）
1933年5月作；
载1933年7月1日上海《大陆杂志》第2卷第1期；
初收1934年8月上海生活书店版《旅途随笔》，现收《巴金文集》第11卷。

香港的夜（散文）
1933年5月作；
载1933年7月1日上海《大陆杂志》第2卷第1期；
初收1934年8月上海生活书店版《旅途随笔》，现收《巴金文集》第11卷。

香港的小火轮（散文）
1933年5月作；
载1933年7月1日上海《大陆杂志》第2卷第1期，题为《省港小火轮》；
初收1934年8月上海生活书店版《旅途随笔》，现收《巴金文集》第11卷。

西班牙的梦（散文）
1933年5月作；

载1933年8月1日《东方杂志》第30卷第15号；
初收1934年8月上海生活书店版《旅途随笔》。

《克鲁泡特金全集》总序（序跋）
1933年5月作；
载1933年9月上海新民书店版《克鲁泡特金全集·第一卷〈自传〉（前部）》，署名黑浪；
初收1933年9月上海新民书店版《克鲁泡特金全集·第一卷〈自传〉（前部）》。

《克鲁泡特金全集》第一卷序（序跋）
1933年5月作；
载1933年9月上海新民书店版《克鲁泡特金全集·第一卷〈自传〉（前部）》，署名黑浪；
初收1933年9月上海新民书店版《克鲁泡特金全集·第一卷〈自传〉（前部）》。

庶务室的生活（散文）
1933年6月作；
载1933年10月21日、28日《生活》周刊第8卷第42期、43期，有副题"旅途随笔之一"；
初收1934年8月上海生活书店版《旅途随笔》，现收《巴金文集》第11卷。

谈心会（散文）
1933年6月作；
载1933年11月11日、18日《生活》周刊第8卷第45期、46期，有副题"旅途随笔之一"；
初收1934年8月上海生活书店版《旅途随笔》，现收《巴金文集》第11卷。

别（散文）
1933年6月作；
载1933年11月25日《生活》周刊第8卷第47期，有副题"旅途随笔之一"；
初收1934年8月上海生活书店版《旅途随笔》，现收《巴金文集》第11卷。

机器的诗（散文）
1933年6月10日作；
载1933年7月1日《东方杂志》第30卷第13号，题为《机械的诗》；
初收1934年8月上海生活书店版《旅途随笔》，现收《巴金文集》第11卷。

朋友（散文）
1933年6月11日作；
载1933年8月1日《文学》月刊第1卷第2号；
初收1934年8月上海生活书店版《旅途随笔》，现收《巴金文集》第11卷。

捐税的故事（散文）
1933年6月15日作；
载1933年8月1日《文学》月刊第1卷第2号。

鸟的天堂（散文）
1933年6月17日作；
载1933年8月1日《文学》月刊第1卷第2号；
初收1934年8月上海生活书店版《旅途随笔》，现收《(巴金文集》第11卷。

农民的集会（散文）
1933年6月作；
载1933年8月1日《东方杂志》第30卷第15号；
初收1934年8月上海生活书店版《旅途随笔》，现收《巴金文集》第11卷。

一千三百元（散文）
1933年6月18日作；
载1933年8月1日《文学》月刊第1卷第2号；
初收1934年8月上海生活书店版《旅途随笔》，现收《巴金文集》第11卷。

广州二月记（散文）
1933年6月作；
载1934年3月1日《中学生》杂志第43号，题为《广州》，署名马琴；
初收1936年3月商务印书馆版《生之忏悔》。
按：本篇共十一节，其中三、长堤，四、海珠桥，五、鬼棚尾三节修改后曾作为单篇收入《旅途随笔》。

长堤之夜（散文）
1933年6月作；
载1933年9月23日《生活》周刊第8卷第38期，有副题“旅途随笔之一”；
又载1934年3月1日《中学生》杂志第43号，题为《广州·三、长堤》，署名马琴；
初收1934年8月上海生活书店版《旅途随笔》，现收《巴金文集》第11卷。

海珠桥（散文）
1933年6月作；
载1933年8月26日《生活》周刊第8卷第34期，有副题“旅途随笔之一”；
又载1934年3月1日《中学生》杂志第43号，题为《广州·四、海珠桥》，署名马琴；
初收1936年3月商务印书馆版《生之忏悔》现收《巴金文集》第11卷。
按：本篇在《生活》发表时，写作日期署7月18日，此从《文集》。

鬼棚尾（散文）
1933年6月作；
载1933年9月9日《生活》周刊第8卷第36期，有副题“旅途随笔之一”；
又载1934年3月1日《中学生》杂志第43号，题为《广州·五、鬼棚尾》，署名马琴；
初收1936年3月商务印书馆版《生之忏悔》，现收《巴金文集》第11卷。

薛觉先（散文）
1933年6月作；
载1933年9月3日、4日《申报·自由谈》；
初收1939年4月开明书店版《旅途随笔》。

玫瑰花的香（散文）
1933年夏作；
初收1934年8月上海生活书店版《将军》，现收《巴金文集》第8卷。

还乡（短篇小说）
1933年6月30日作；
载1933年9月1日《现代》第3卷第5期，初收1934年8月上海生活书店版《将军》，现收《巴金文集》第8卷。

月夜（短篇小说）
1933年夏作；
载1933年9月1日《文学》月刊第1卷第3号；
初收1934年8月上海生活书店版《将军》，现收《巴金文集》第8卷。

一件小事（短篇小说）
1933年夏作；
载1933年9月1日《中学生》杂志第37号，题为《父子——一件实事》；
初收1934年8月上海生活书店版《将军》，现收《巴金文集》第8卷。

关于生物自然发生之发明（论文）
1933年7月1日作；
载1933年9月1日《中学生》杂志第37号。

一个女佣（散文）
1933年7月17日作；
载1933年8月19日《生活》周刊第8卷第33期；
初收1934年8月上海生活书店版《旅途随笔》，现收《巴金文集》第11卷。

赌（散文）
1933年8月作；
载1933年12月15日《申报月刊》第2卷第12期；
初收1934年8月上海生活书店版《旅途随笔》，现收《巴金文集》第11卷。

扶梯边的喜剧（散文）
1933年8月作；
载1933年8月12日《生活》周刊第8卷第32期，有副题“旅途随笔三”；
初收1934年8月上海生活书店版《旅途随笔》，现收《巴金文集》第11卷。

游了佛国（散文）
1933年8月作；
载1933年11月2日至5日《申报·自由谈》；
初收1934年8月上海生活书店版《旅

途随笔》，现收《巴金文集》第11卷。

在普陀（散文）

1933年8月作；

载1934年7月上海《大众》月刊第7期；

初收1934年8月上海生活书店版《旅途随笔》，现收《巴金文集》第11卷。

三等车中（散文）

1933年9月作；

载1933年9月27日至30日《申报·自由谈》

初收1934年8月上海生活书店版《旅途随笔》，现收《巴金文集》第11卷。

平津道上（散文）

1933年9月作；

载1933年11月1日《现代》第4卷第1期；

初收1934年8月上海生活书店版《旅途随笔》，现收《巴金文集》第11卷。

《插图本克鲁泡特金全集第一卷》后记（序跋）

载1933年9月上海新民书店版《克鲁泡特金全集·第一卷〈自传〉(后部)》；

初收1933年9月上海新民书店版《克鲁泡特金全集·第一卷〈自传〉(后部)》。

墨索里尼这个人（杂文）

载1933年10月1日《现代》第3卷第6期。

亚丽安娜·渥柏尔格（短篇小说）

载1933年10月28日天津《大公报·文艺》；

初收1934年8月上海生活书店版《旅途随笔》，现收《巴金文集》第7卷。

《将军集》序一（序跋）

1933年9月作；

载1934年7月4日天津《大公报》，题为《给E·G》；

初收1936年3月商务印书馆版《生之忏悔》，后收1936年4月开明书店版《巴金短篇小说集》第二集内《将军集》。

雷（短篇小说）

1933年10月作；

载1933年11月1日《文学》月刊第1卷第5号；

初收1935年3月良友图书印刷公司版《电》，现收《巴金文集》第3卷。

父亲买新皮鞋回来的时候（短篇小说）

1933年秋作；

载1933年12月1日《文学》月刊第1卷第6号；

初收1934年8月上海生活书店版《将军》，现收《巴金文集》第8卷。

将军（短篇小说）
1933年秋作；
载1934年1月1日《文学季刊》第1卷第1号，署名余一；
初收1934年8月上海生活书店版《将军》，现收《巴金文集》第11卷。

《将军集》后记（序跋）
1933年10月作；
载1934年8月上海生活书店版《将军》；
初收1936年4月开明书店版《巴金短篇小说集》第二集。

电（中篇小说）
1933年12月作；
载1934年4月1日、7月1日《文学季刊》第1卷第2期、第3期，题为《龙眼花开的时候——一九二五年南国的春天》，署名欧阳镜蓉；
初版1935年3月良友图书印刷公司，现收《巴金文集》第3卷。

《旅途随笔》序（序跋）
1933年12月作；
载1934年8月上海生活书店版《旅途随笔》；
初收1934年8月上海生活书店版《旅途随笔》，现收《巴金文集》第11卷。

新年试笔（散文）
1933年12月作；
载1934年1月1日《文学》月刊第2卷第1号，署名比金；
初收1936年3月商务印书馆版《生之忏悔》。

我的梦（散文）
1933年冬作；
载1934年1月1日《文学季刊》第1卷第1期，题为《无题——一个自白》，署名余七；
初收1936年3月商务印书馆版《生之忏悔》。

倘使龙眼花再开放时（随笔）
1933年除夕作；
载1934年4月1日《文学季刊》第1卷第2期，署名竟容；
初收1935年10月27日作《〈爱情的三部曲〉总序》一文。

最初的回忆（散文）
1933年作；
载1934年11月第一出版社版《巴金自传》；
初收1936年7月文化生活出版社版《忆》，现收《巴金文集》第10卷。

家庭的环境（散文）
1933年作；
载1934年11月第一出版社版《巴金自传》；

初收 1936 年 7 月文化生活出版社版《忆》，现收《巴金文集》第 10 卷。

做大哥的人（散文）
1933 年作；
载 1934 年 11 月第一出版社版《巴金自传》；
初收 1936 年 7 月文化生活出版社版《忆》，现收《巴金文集》第 10 卷。

俄法狱中记（俄国克鲁泡特金作）
1933 年译；
未出版。

### 1934 年

批评家（随笔）
载 1934 年 1 月 1 日《文学季刊》第 1 卷第 1 期，署名余七。

一个读者的要求（随笔）
载 1934 年 1 月 1 日《文学季刊》第 1 卷第 1 期，署名余七。

自白之一（随笔）
1934 年 1 月作；
载 1934 年 1 月 1 日《文学季刊》第 1 卷第 1 期，署名余七；
初收 1935 年 4 月开明书店版《点滴》，现收《巴金文集》第 10 卷。
按：本篇写作日期《巴金文集》误植为 1934 年 7 月。

罗伯斯庇尔的秘密（短篇小说）
1934 年 2 月作；
载 1934 年 4 月 1 日《文学季刊》第 1 卷第 2 期，署名王文慧；
初收 1934 年 10 月上海生活书店版《沉默》，现收《巴金文集》第 9 卷。

《巴金自传》小序（序跋）
1934 年 2 月底作；
载 1934 年 11 月第一出版社版《巴金自传》；
初收 1934 年 11 月第一出版社版《巴金自传》。

“点戏”（随笔）
载 1934 年 4 月 1 日《文学季刊》第 1 卷第 2 期，署名余五。

再说批评家（随笔）
载 1934 年 4 月 1 日《文学季刊》第 1 卷第 2 期，署名余三。

陆凡的第二部小说（随笔）

龚多塞的最后（随笔）
载 1934 年 4 月 1 日《文学季刊》第 1 卷第 2 期“读书杂记”栏，署名马琴。
初收 1935 年 4 月开明书店版《点滴》，总题《读书杂记》。

马拉的死（短篇小说）

1934年5月作；

载1934年7月1日《文学》月刊第3卷第1号，题为《一个人的死》，署名王文慧；

初收1934年10月上海生活书店版《沉默》，题为《马拉的最后》；现收《巴金文集》第9卷。

知识阶级（短篇小说）

1934年6月作；

载1934年7月1日《文学》月刊第3卷第1号，题为《电话》，署名黄树辉；

初收1934年10月上海生活书店版《沉默》，现收《巴金文集》第8卷。

两个女人（随笔）　塞西尔莲诺（随笔）

载1934年7月1日《文学季刊》第1卷第3期"读书杂记"栏，署名马琴；

初收1935年4月开明书店版《点滴》，总题《读书杂记》。

《将军集》序（序跋）

1934年6月18日作；

载1934年7月上海生活书店版《我与文学》（《文学》一周年纪念特辑），题为《我希望能够不再提笔》；

初收1934年8月上海生活书店版《将军》，现收《巴金文集》第8卷。

我是个外行人（创作谈）

1934年6月作；

载1934年7月上海生活书店版《我与文学》（《文学》一周年纪念特辑），署名王文慧。

按：本篇后改写为《〈沉默〉序》。

我的中年的悲哀（创作谈）

1934年6月作；

载1934年7月上海生活书店版《我与文学》（《文学》一周年纪念特辑），署名黄树辉。

丹东的悲哀（短篇小说）

1934年6月作；

载1934年8月1日《文学》月刊第3卷第2号，题为《丹东》，署名王文慧；

初收1934年10月上海生活书店版《沉默》，现收《巴金文集》第9卷。

一个车夫（散文）

1934年6月作；

载1934年9月20日《太白》半月刊第1卷第1期，署名余一；

初收1934年8月上海生活书店版《旅途随笔》，现收《巴金文集》第1卷。

生命（散文）

1934年7月作；

载1934年11月20日《漫画生活》第

3期，题为《点滴》，署名余一；
初收1935年4月开明书店版《点滴》，现收《巴金文集》第10卷。

知识阶级（散文）
1934年9月作；
载1934年10月5日《太白》半月刊第1卷第2期，署名余一；
初收1935年4月开明书店版《点滴》，现收《巴金文集》第10卷。

《电》序（序跋）
1934年9月作；
载于1935年3月良友图书印刷公司版《电》；
初收1935年3月良友图书印刷公司版《电》，现收《巴金文集》第3卷

《沉默集》序　《沉默集》(二)序（序跋）
1934年9月作；
载1934年10月上海生活书店版《沉默》，题为《〈沉默〉序》；
初收1936年4月开明书店版《巴金短篇小说集》第二集，一分为二，一题为《〈沉默集〉序一》，一题为《〈沉默集〉序二》；现分收《巴金文集》第8卷、第9卷。
按：本篇据《我是个外行人》改作。

《雷》序（序跋）
1934年9月作；
载1937年6月文化生活出版社版《雷》。

《雪》序（序跋）
1934年9月作；
载1935年9月平社出版部版《雪》；
初收1935年9月平社出版部版《雪》，现收《巴金文集》第2卷。

保护动物（随笔）
载1934年9月20日《漫画生活》第1期，署名竟容。

两个孩子（散文）
1934年秋作；
载1934年9月20日《漫画生活》第1期；
初收1936年3月商务印书馆版《生之忏悔》，现收《巴金文集》第10卷。

鲁特米娜（俄国妃格念尔作，回忆录）
载1934年10月1日《文学》月刊第3卷第4号，署名王文慧，

化雪的日子（短篇小说）
1934年秋作；
载1934年10月1日《文学》月刊第3卷第4号；
初收1934年10月上海生活书店版《沉默》，现收《巴金文集》第8卷。

春雨（短篇小说）

1934年秋作；

载1934年10月10日《水星》月刊第1卷第1期，署名余一；

初收1936年3月商务印书馆版《沉落》，现收《巴金文集》第8卷。

《生之忏悔》前记（序跋）

载1934年10月10日《水星》月刊第1卷第1期，题为《〈生之忏悔〉记》；

初收1936年3月商务印书馆版《生之忏悔》，现收《巴金文集》第10卷。

1934年10月10日在上海（散文）

1934年10月作；

载1934年10月13日上海《新生》周刊第1卷第36期，题为《一九三×年·双十节·上海》；

初收1936年3月商务印书馆版《生之忏悔》，题为《双十节在上海》；

现收《巴金文集》第10卷。

沉落（短篇小说）

1934年秋作；

载1934年11月1日《文学》月刊第3卷第5号；

初收1936年3月商务印书馆版《沉落》，现收《巴金文集》第8卷。

呓语（散文）

1934年秋作；

载1934年12月1日《水星》月刊第1卷第3期；

初收1936年3月商务印书馆版《生之忏悔》，现收《巴金文集》第10卷。

木匠老陈（散文）

1934年秋作；

载1934年11月5日《太白》半月刊第1卷第4期，署名余一；

初收1936年3月商务印书馆版《生之忏悔》，现收《巴金文集》第10卷。

利娜（中篇小说）

1934年10月作；

载1934年11月至1935年2月《水星》月刊第1卷第2期至第5期，署名欧阳镜蓉；

初收1936年3月商务印书馆版《沉落》，现收《巴金文集》第2卷。

海的梦（散文）

1934年11月作；

载1934年12月20日《漫画生活》第4期，署名余一；

初收1935年4月开明书店版《点滴》，现收《巴金文集》第10卷。

论语的功劳（杂感）

1934年11月作；

载1934年11月20日《太白》半月刊第1卷第5期，署名余一；

初收1935年4月开明书店版《点滴》。

神——一个人写给朋友的信（短篇小说）

1934年11月24日作；

载1935年1月1日《文学》月刊第4卷第1号；

初收1935年11月文化生活出版社版《神·鬼·人》，现收《巴金文集》第8卷。

话（散文）

1934年12月作；

载1934年12月10日《漫画生活》第4期，题为《话语》，署名余一；

初收1935年4月开明书店版《点滴》，现收《巴金文集》第10卷。

关于翻译（杂感）

载1934年12月16日《文学季刊》第1卷第4期，署名余一；

初收1935年4月开明书店版《点滴》。

长生塔（短篇小说）

1934年12月中旬作；

载1935年1月1日《中学生》杂志第51号；

初收1936年3月商务印书馆版《沉落》，现收《巴金文集》第9卷。

繁星（散文）

1934年12月作；

载1935年1月1日《文学》月刊第4卷第1号，署名余一；

初收1935年4月开明书店版《点滴》，现收《巴金文集》第10卷。

过年（散文）

1934年12月作；

载1935年1月10日《水星》月刊第1卷第4期；

初收1935年4月开明书店版《点滴》，现收《巴金文集》第10卷。

神（散文）

1934年12月作；

载1935年3月16日《文学季刊》第2卷第1号，署名余一；

初收1935年4月开明书店版《点滴》，现收《巴金文集》第10卷。

《旅途随笔》再版题记（序跋）

1934年12月作；

载1934年12月16日《文学季刊》第1卷第4期；

初收1934年12月上海生活书店版《旅途随笔》。

## 1935年

几段不恭敬的话（杂感）

载1935年1月5日《太白》半月刊第1卷第8期，署名余一。

支那语（杂感）

载1935年1月20日《太白》半月刊第1卷第9期，署名余一。

书（杂感）

1935年1月作：

载1935年2月1日《文学》月刊第4卷第2号，总题为《点滴》；

初收1935年4月开明书店版《点滴》。

沉落（杂感）

1935年1月作；

载1935年2月1日《文学》月刊第4卷第2号，总题为《点滴》；

初收1935年4月开明书店版《点滴》，现收《巴金文集》第10卷。

木乃伊（散文）

1935年2月作；

载1935年2月20日《漫画生活》第6期，题为《梦》；

初收1935年4月开明书店版《点滴》，现收《巴金文集》第10卷。

鬼——一个人的自述（短篇小说）

1935年2月3日作；

载1935年3月1日《文学》月刊第4卷第3号；

初收1935年11月文化生活出版社版《神·鬼·人》，现收《巴金文集》第8卷。

雪（杂感）

1935年2月作；

载1935年3月10日《水星》月刊第1卷第6期；

初收1935年4月开明书店版《点滴》，现收《巴金文集》第10卷。

月夜（散文）

1935年2月作；

载1935年3月10日《水星》月刊第1卷第6期；

初收1935年4月开明书店版《点滴》，现收《巴金文集》第10卷。

《沉落集》序（序跋）

1935年2月作；

载1935年3月10日《水星》月刊第1卷第6期，题为《〈沉落〉题记》；

初收1936年3月商务印书馆版《沉落》，现收《巴金文集》第8卷。

《蓝天使》（杂感）

1935年2月作；

载1935年3月20日《漫画生活》第7期，署名余一；

初收1935年4月开明书店版《点滴》，现收《巴金文集》第10卷。

直言（杂感）

1935年2月作；

载1935年3月20日《漫画生活》第7期；

初收1935年4月开明书店版《点滴》。

河马（杂感）

1935年2月作；

载1935年4月20《漫画生活》第8期，署名余一。

《点滴》序（序跋）

1935年2月作：

载1935年4月10日《水星》月刊第2卷第1期，题为《雨》；

初收1935年4月开明书店版《点滴》，现收《巴金文集》第10卷。

《草原故事》小引

1935年2月作；

载1935年11月文化生活出版社版《草原故事》：

初收1935年11月文化生活出版社版《草原故事》；

按：本篇据1931年2月同题文略作文字修改。

地牢里生长的爱的花（美国柏克曼作，自传）

载1935年4月16日《译文》第2卷第2期；

初收1935年9月文化生活出版社版《狱中记》。

图书馆（杂感）

载1935年4月20日《漫画生活》第8期。

关于翻译（书信）

1935年4月10日作；

载1935年6月16日《文学季刊》第2卷第2期，署名余一，文后附《再答王了一先生》。

片断的回忆（美国柏克曼作，自传）

1935年4月18日译；

载1935年6月16日《文学季刊》第2卷第2期；

初收1935年9月文化生活出版社版《狱中记》。

告青年（俄国克鲁泡特金作，论文）

1935年4月译；

初版1937年10月平社出版部。

献给读者（序跋）

1935年4月作；

载1937年10月平社出版部版《告青年》；

初收1937年10月平社出版部版《告青年》。

日本的报纸（杂感）

1935年4月作；

未发表。

按：本篇发排后被国民党图书杂志审查员抽去。此据巴金《谈我的短篇小说》（1958年）。

文人（杂感）
1935年5月作；
未发表。
按：据巴金《断片的记录》（1936年）。

信仰与活动（散文）
1935年春作；
载1935年5月10日《水星》月刊第2卷第2期；
初收1936年7月文化生活出版社版《忆》，现收《巴金文集》第10卷。
按：本篇收入《巴金文集》时，与《小小的经验》一文合并，略加删改，题为《觉醒与活动》。

性的渴望（美国柏克曼作，自传）
载1935年5月16日《译文》第2卷第3期；
初收1935年9月文化生活出版社版《狱中记》。

《雷雨》在东京（书信）
1935年5月作；
载1935年5月20日《漫画生活》第9期，署名余一；
初收1937年3月良友图书印刷公司版《短简》。

门槛（俄国屠格涅夫作，散文诗）
1935年5月译；
载1935年6月1日《中学生》杂志第56号；
初收1936年5月文化生活出版社版《门槛》。

"在门槛上"（散文）
载1935年6月10日《水星》月刊第2卷第3期；
初收1936年7月文化生活出版社版《忆》。

独房　记忆的客人（美国柏克曼作，自传）
载1935年6月16日《译文》第2卷第4期；
初收1935年9月文化生活出版社版《狱中记》。

再说《雷雨》（杂感）
载1935年6月20日《漫画生活》第10期，署名余一。

绝望的思想（美国柏克曼作，自传）
载1935年7月16日《译文》第2卷第5期；
初收1935年9月文化生活出版社版《狱中记》。

我的生活的故事（意大利巴尔托罗美·凡宰地作，自传）
1935年7月重译；
载1935年9月16日《文学季刊》第2

卷第3期，题为《生活的故事》；
初版1940年9月文化生活出版社。

《俄国社会运动史话》前记（序跋）
1935年7月作；
载1935年9月文化生活出版社版《俄国社会运动史话》；
初收1935年9月文化生活出版社版《俄国社会运动史话》。

乞丐　工人和白手人　俄罗斯语言（俄国屠格涅夫作，散文诗）
载1935年8月16日《译文》第2卷第6期；
初收1945年5月文化生活出版社版《散文诗》。

狱中记（美国柏克曼作，自传）
1935年8月译毕；
初版1935年9月文化生活出版社。

《狱中记》后记（序跋）
1935年9月1日作；
载1935年9月文化生活出版社版《狱中记》；
初收1935年9月文化生活出版社版《狱中记》，现收1982年3月花城出版社版《序跋集》。

俄国社会运动史话（史话）
1935年作第九章、第十章，整理第一至第八章；
初版1935年9月文化生活出版社。

人——一个人在屋子里做的恶梦（短篇小说）
1935年10月1日作；
载1935年10月文化生活出版社版《神·鬼·人》；
初收1935年10月文化生活出版社版《神·鬼·人》，现收《巴金文集》第8卷。
按：本篇系据1935年5月2日作散文《东京狱中一日记》改作。

《神·鬼·人》序（序跋）
1935年10月作；
载1935年10月文化生活出版社版《神·鬼·人》；
初收1935年10月文化生活出版社版《神·鬼·人》，现收《巴金文集》第8卷。

《草原故事》重印后记（序跋）
1935年10月作；
载1935年11月文化生活出版社版《草原故事》；
初收1935年11月文化生活出版社版《草原故事》，现收1982年3月花城出版社版《序跋集》。

写作生活的回顾（创作谈）
1935年10月改作；
载1936年2月开明书店版《巴金短篇小说集》第一集；
初收1936年2月开明书店版《巴金短篇小说集》第一集，现收《巴金文集》第7卷。
按：本篇据1932年12月9日作《写作的生活》改作。

致赵景深（书信）
1935年11月7日作；
载1981年4月《中国现代文艺资料丛刊》第6辑《现代小说家书简》。
按：本篇原未署年。题目是编者加的。

白菜汤　二富豪　蔷薇花，多么美，多么新鲜！　我们要继续奋斗
（俄国屠格涅夫作，散文诗）
1935年11月10日译；
载1935年12月16日《文学季刊》第2卷第4期，总题为《屠格涅夫散文诗四首》，其中第四首题为《我们要继续奋斗下去》；
初收1945年5月文化生活出版社版《散文诗》。

《爱情的三部曲》作者的自白——答刘西渭先生（创作谈）
1935年11月22日作；
载1935年12月1日天津《大公报》副刊《文艺》；
初收1936年1月良友图书印刷公司版《雾》，后收1936年4月良友图书印刷公司版《爱情的三部曲》，现收《巴金文集》第3卷。

《神·鬼·人》后记（序跋）
1935年11月作；
载1935年11月文化生活出版社版《神·鬼·人》；
初收1935年11月文化生活出版社版《神·鬼·人》，现收《巴金文集》第8卷。

我离了北平（散文）
1935年12月作；
载1935年12月9日天津《大公报》副刊《文艺》，题为《别》；
初收1936年7月文化生活出版社版《忆》，现收《巴金文集》第10卷。

告别的话（随笔）
载1935年12月16日《文学季刊》第2卷第4期，未署名。

一阵春风（随笔）
载1935年12月16日《文学季刊》第2卷第4期，署名余七。

《俄国社会运动史话》再版题记（序跋）
1935年12月作；

载1936年1月文化生活出版社版《俄国社会运动史话》。
初收1936年1月文化生活出版社版《俄国社会运动史话》。

《海的梦》改版题记（序跋）
1935年12月作；
载1936年1月开明书店版《海的梦》；
初收1936年1月开明书店版《海的梦》，现收《巴金文集》第1卷。

《巴金短篇小说集》第一集后记（序跋）
1935年12月作；
载1936年2月开明书店版《巴金短篇小说集》第一集；
初收1936年2月开明书店版《巴金短篇小说集》第一集，现收《巴金文集》第7卷。

病（书信）
1935年12月作；
载1935年12月30日天津《大公报》副刊《文艺》；
初收1937年3月良友图书印刷公司版《短简》，现收《巴金文集》第11卷。

塔的秘密（短篇小说）
1935年冬作；
载1936年3月1日《中学生》杂志第63号，有副题“长生塔的续篇”；
初收1937年3月文化生活出版社版《长生塔》，现收《巴金文集》第9卷。

## 1936年

《巴金短篇小说集》第二集后记（序跋）
1936年1月27日作；
载1936年4月开明书店版《巴金短篇小说集》第二集；
初收1936年4月开明书店版《巴金短篇小说集》第二集，现收《巴金文集》第8卷。

片断的记录（散文）
1936年2月25日作；
载1936年4月1日上海《大公报》副刊《文艺》；
初收1936年7月文化生活出版社版《忆》，现收《巴金文集》第10卷。

回忆二则（俄国赫尔岑作，回忆录）
载1936年3月16日《译文》新1卷第1期；
初收1940年8月文化生活出版社版《一个家庭的戏剧》。
按：本篇含《海》、《死》两则。

蔷薇及其它（俄国屠格涅夫作，散文诗）
载1936年3月16日《译文》新1卷第1期；
初收1945年5月文化生活出版社版《散文诗》。
按：本篇含《蔷薇》、《马霞》两首。

雨（短篇小说）
1936年3月作；
载1936年4月15日《作家》月刊第1卷第1期；
初收1936年12月文化生活出版社版《发的故事》，现收《巴金文集》第9卷。
按：本篇写作日期发表时署4月4日，现从《巴金文集》。

大度与宽容（杂感）
载1936年4月15日《作家》月刊第1卷第1期。

《何为》后记（序跋）
1936年4月作；
载1936年4月文化生活出版社版《何为》（罗淑译）；
初收1938年9月开明书店版《梦与醉》，现收1982年3月花城出版社版《序跋集》。

法国大革命略论（论文）
载1936年5月8日上海《进化》月刊创刊号。
按：本篇系《法国大革命的故事》改作。

发的故事（短篇小说）
1936年4月作；
载1936年5月15日《作家》月刊第1卷第2期；
初收1936年12月文化生活出版社版《发的故事》，现收《巴金文集》第9卷。
按：本篇发表时写作日期署5月2日，现从《巴金文集》。

《门槛》后记（序跋）
1936年5月4日作；
载1936年5月文化生活出版社版《门槛》。
初收1936年5月文化生活出版社版《门槛》。

《家》五版题记（序跋）
1936年5月作；
载1936年6月开明书店版《家》；
初收1936年6月开明书店版《家》，现收1982年3月花城出版社版《序跋集》。

《灭亡》第七版题记（序跋）
1936年5月20日作；
载1936年《申报》，1936年12月10日上海《好文章》月刊第7期转载；
初收1936年开明版《灭亡》，现收1982年3月花城出版社版《序跋集》。

忆（散文）
1936年5月作；
载1936年7月15日《作家》月刊第1卷第4期；
初收1936年7月文化生活出版社版《忆》，现收《巴金文集》第10卷。

《文季月刊》复刊词

载1936年6月1日《文季月刊》第1卷第1期，署名文学季刊社。

纪念UP伏列斯加亚女士（俄国屠格涅夫作，散文诗）

载1936年6月16日《译文》新1卷第4期，题为《纪念福列斯加亚夫人》，又载1936年6月24日上海《大公报·文艺》；初收1945年5月文化生活出版社版《散文诗》。

狱中记（俄国薇娜·妃格念尔作，回忆录）

载1936年6月16日《译文》新1卷第4期；

初收1949年2月文化生活出版社版《狱中二十年》。

按：本篇系《狱中二十年》第一章、第二章。

《俄国虚无主义运动史话》后记（序跋）

1936年6月20作；

载1936年8月文化生活出版社版《俄国虚无主义运动史话》；

初收1936年8月文化生活出版社版《俄国虚无主义运动史话》。

《忆》后记（序跋）

1936年6月28日作；

载1936年7月文化生活出版社版《忆》；初收1936年7月文化生活出版社版《忆》，现收《巴金文集》第10卷。

春（长篇小说，第一部第一章至第十章）

载1936年6月至12月《文季月刊》第1卷第1期至第6期、第2卷第1期；

初收1938年4月开明书店版《春》，现收《巴金文集》第5卷。

按：本篇1938年2月写完。

星（短篇小说）

载1936年7月开明书店《十年》（开明书店创业十周年纪念）；

初收1936年12月文化生活出版社版《发的故事》，现收《巴金文集》第9卷。

忆春月　春月之死（日本石川三四郎作，散文）

1936年7月2日译；

载1936年8月1日《文季月刊》第1卷第3期；

初收1938年9月开明书店版《梦与醉》。

家（书信）

载1936年8月15日《作家》月刊第1卷第5期，题为《短简》；

初收1937年3月良友图书印刷公司版《短简》。

我的幼年（散文）

1936年8月作；

载1936年9月5日《中流》半月刊第1卷第1期；
初收1937年3月良友图书印刷公司《短简》，现收《巴金文集》第10卷。

关于《发的故事》（书信）
1936年8月作；
载1936年9月5日《中流》半月刊第1卷第1期；
初收1936年12月文化生活出版社版《发的故事》，现收《巴金文集》第9卷。

隐身珠（短篇小说）
1936年8月作；
载1936年9月25日《武汉日报》；
初收1937年3月文化生活出版社版《长生塔》，现收《巴金文集》第9卷。

答徐懋庸并谈西班牙的联合战线（论文）
载1936年9月15日《作家》月刊第1卷第6期。

我的几个先生（散文）
1936年9月作；
载1936年9月20日《中流》半月刊第1卷第2期；
初收1937年3月良友图书印刷公司版《短简》，现收《巴金文集》第10卷。

一篇真实的小说（散文）
载1936年9月23日上海《大公报》副刊《文艺》；
初收1937年上海新生书店版《我的幼年》。

我的故事（书信）
1936年9月作；
载1936年10月10日上海《大公报·文艺》；
初收1937年3月良友图书印刷公司版《短简》，现收《巴金文集》第11卷。

答一个北方青年朋友（书信）
1936年9月作；
载1936年9月15日《中流》半月刊第1卷第3期，题为《答一个北方青年》；
初收1937年3月良友图书印刷公司版《短简》，现收《巴金文集》第11卷。

窗下（短篇小说）
1936年9月作；
载1936年10月15日《作家》月刊第2卷第1期；
初收1936年12月文化生活出版社版《发的故事》，现收《巴金文集》第9卷。

我们的纪念（散文）
载1936年10月1日《文季月刊》第1卷第5期，署名本社。

给一个中学青年（二）（书信）
1936年9月作；

初收1937年3月良友图书印刷公司版《短简》，现收《巴金文集》第11卷。

《秋天里的春天》三版题记（序跋）
1936年9月27日作；
载1936年开明书店版《秋天里的春天》；
初收1936年开明书店版《秋天里的春天》，现收1982年3月花城出版社版《序跋集》。

我的路（书信）
1936年10月作；
载1936年10月20日《中流》半月刊第1卷第4期；
初收1937年3月良友图书印刷公司版《短简》。

悼鲁迅先生（杂文）
1936年10月作；
载1936年11月1日《文季月刊》第1卷第6期，题为《卷头语》；
初收1941年6月文化生活出版社版《无题》，现收《巴金文集》第10卷。

永远不能忘记的事情（书信）
1936年10月22日作；
载1936年11月5日《中流》半月刊第1卷第5期，题为《一点不能忘却的记忆》；
初收1937年3月良友图书印刷公司版《短简》，现收《巴金文集》第11卷。

片断的感想（杂感）
1936年11月4日作；
载1936年11月15日《作家》月刊第2卷第2期。
按：本篇发表时《作家》目录作《片断的回忆》。

能言树（短篇小说）
1936年11月作；
载1937年1月10日《新少年》第3卷第1期；
初收1937年3月文化生活出版社版《长生塔》；现收《巴金文集》第9卷。

给一个孩子（书信）
1936年11月作；
载1937年2月5日《中流》半月刊第1卷第10期；
初收1937年3月良友图书印刷公司版《短简》，现收《巴金文集》第11卷。

关于《春》（书信）
1936年11月作；
载1937年1月《青年界》第11卷第1期；
初收1937年3月良友图书印刷公司版《短简》。

告别的话（随笔）
载1936年12月1日《文季月刊》第2卷第1期，署名文季社。

《发的故事》序（序跋）

1936年12月8日作；

载1936年12月文化生活出版社版《发的故事》；

初收1936年12月文化生活出版社版《发的故事》，现收《巴金文集》第9卷。

自由血——“五一”殉道五十周年（史话）

1936年编著；

初版1937年福州自由书店，署名芾甘。

按：本书系据1925年作《支加哥的惨剧》一文增补而成。

雄伟的景象（剧评）

1936年12月作；

载1937年1月1日上海《大公报》副刊《文艺》，又载1937年2月《日出》演出说明书：《戏剧工作社第一次演出特刊》。

致赵景深（书信）

1936年作；

载1981年4月《中国现代文艺研究资料丛刊》第6辑《现代小说家书简》。

## 1937年

《长生塔》序（序跋）

1937年1月作；

载1937年3月文化生活出版社版《长生塔》；

初收1937年3月文化生活出版社版《长生塔》，现收《巴金文集》第9卷。

《夜未央》后记（序跋）

1937年1月作；

载1937年2月文化生活出版社版《夜未央》；

初收1937年2月文化生活出版社版《夜未央》，现收1982年3月花城出版社版《序跋集》。

关于《家》——十版代序（序跋）

1937年1月作；

载1937年3月15日《文丛》月刊第1卷第1号，题为《“家”》；

初收1937年3月良友图书印刷公司版《短简》，现收《巴金文集》第4卷。

按：本篇发表时写作日期署1月，现从《巴金文集》。

答一个“陌生的孩子”（书信）

1937年2月作；

载1937年2月20日《中流》半月刊第1卷第11期；

初收1937年3月良友图书印刷公司版《短简》，现收《巴金文集》第11卷。

《短简》序（序跋）

1937年2月28日作；

载1937年3月良友图书印刷公司版《短简》；

初收1937年3月良友图书印刷公司版

《短简》，现收《巴金文集》第 10 卷。
按：本篇 1943 年 2 月补写一段，1948 年 8 月补写一段，均载 1949 年 4 月文化生活出版社版《短简》。

死（散文）
1937 年 3 月作；
载 1937 年 4 月 15 日《文丛》月刊第 1 卷第 2 号；
初收 1938 年 9 月开明书店版《梦与醉》，现收《巴金文集》第 10 卷。

《西班牙的斗争》前记（序跋）
1937 年 4 月 1 日作；
载 1937 年 10 月平社出版部版《西班牙的斗争》；
初收 1937 年 10 月平社出版部版《西班牙的斗争》。

向朱光潜先生进一个忠告（杂文）
载 1937 年 4 月 20 日《中流》半月刊第 2 卷第 3 期。

梦（散文）
1937 年 4 月作；
载 1937 年 5 月 15 日《文丛》月刊第 1 卷第 2 号；
初收 1938 年 9 月开明书店版《梦与醉》，现收《巴金文集》第 10 卷。

我只有苦笑（杂文）
载 1937 年 5 月 9 日上海《大公报》副刊《文艺》。

关于《死之忏悔》（序跋）
1937 年 4 月作；
载 1937 年 8 月文化生活出版社版《死之忏悔》，题为《〈死之忏悔〉后记》；
初收 1938 年 9 月开明书店版《梦与醉》。

几句多余的话（杂感）
载 1937 年 6 月 2 日上海《大公报》副刊《文艺》。

醉（散文）
1937 年 5 月作；
载 1937 年 6 月 15 日《文丛》月刊第 1 卷第 4 号；
初收 1938 年 9 月开明书店版《梦与醉》，现收《巴金文集》第 10 卷。

路（散文）
1937 年 6 月作；
载 1937 年 7 月 15 日《文丛》月刊第 1 卷第 5 号；
初收 1938 年 9 月开明书店版《梦与醉》，现收《巴金文集》第 10 卷。

给朱光潜先生（书信）
载 1937 年 6 月 20 日《中流》半月刊第 2 卷第 7 号。
按：本篇后附作者《几句多余的话》。

答广州×××先生（随笔）
载1937年6月20日《中流》半月刊第2卷第7号。

只有抗战这一条路（杂文）
载1937年8月5日《中流》半月刊第2卷第10号；
初收1937年11月烽火社版《控诉》。

生（散文）
1937年8月作；
载1937年8月15日《文丛》月刊第1卷第6号；
初收1938年9月开明书店版《梦与醉》，现收《巴金文集》第10卷。

给死者（诗）
1937年8月6日作；
载1937年8月29日《呐喊》周刊第2期；
初收1937年11月烽火社版《控诉》，现收《巴金文集》第10卷。

站在十字街头（杂文）
1937年8月7日作；
载1937年8月19日《国闻周报》第14卷"战时特刊"创刊号；
初收1937年11月烽火社版《控诉》。

一点感想（杂文）
1937年8月16日作；
载1937年8月25日《呐喊》周刊创刊号；
初收1937年11月烽火社版《控诉》，现收《巴金文集》第10卷。

应该认清敌人（杂文）
1937年8月23日作；
载1937年8月29日《呐喊》周刊第2期，署名余一；
初收1937年11月烽火社版《控诉》。

自由快乐地笑了
1937年8月22日作；
载1937年9月9日《国闻周报》第14卷"战时特刊"第7期；
初收1937年11月烽火社版《控诉》，现收《巴金文集》第10卷。
按：本文共二节，第一节为诗，题为《自由在黑暗中哭泣》，第二节为文。

所谓日本空军的威力（杂文）
载1937年9月5日《烽火》周刊创刊号。

莫娜·丽莎（短篇小说）
1937年9月8日作；
载1937年9月12日《烽火》周刊第2期，题为《摩娜·里莎》；
初收1937年11月烽火社版《控诉》，现收《巴金文集》第9卷。

给山川均先生（书信）
1937年9月19日作；
载1937年9月26日、10月3日《烽火》周刊第4期、第5期；又载1937年10月18日《国闻周报》第14卷第40期；
初收1937年11月烽火社版《控诉》，现收《巴金文集》第10卷。

感激的泪（杂文）
1937年10月作；
载1937年10月19日《救亡日报》“鲁迅先生逝世周年特辑”，题为《深的怀念》；
初收1941年6月文化生活出版社版《无题》，现收《巴金文集》第10卷。

西班牙的斗争（德国若克尔作）
初版1937年10月平社出版部；1939年4月平明出版社。

给日本友人（一）　（书信）
1937年10月28日作；
载1937年11月7日《烽火》周刊第10期；
初收1937年11月烽火社版《控诉》，现收《巴金文集》第10卷。

给日本友人（二）　（书信）
1937年11月15日作；
载1937年11月21日《烽火》周刊第12期；
初收1937年11月烽火社版《控诉》，现收《巴金文集》第10卷。

《控诉》前记（序跋）
1937年11月作；
载1937年11月烽火社版《控诉》，现收《巴金文集》第10卷。

感想　一、在孤岛（杂文）
1937年12月作；
初收1939年7月烽火社版《感想》。

## 1938年

春（长篇小说）
1938年2月作完；
初版1938年4月开明书店，现收《巴金文集》第5卷。
按：本书始作于1936年。

《春》序（序跋）
1938年2月28日作；
载1938年4月开明书店版《春》；
初收1938年4月开明书店版《春》，现收《巴金文集》第5卷。

《西班牙的血》序（序跋）
1938年4月12日作；
载1938年4月文化生活出版社版《西班牙的血》；
初收1938年4月文化生活出版社版《西班牙的血》。

一个英雄的葬仪（加阅斯基作，散文）
1938年4月20日译；
载1938年5月20日《文丛》半月刊第2卷第1号，又载1938年6月5日上海《文艺》旬刊第1卷第1期；
初收1938年9月开明书店《梦与醉》。

纪念友人世弥（散文）
1938年4月作；
载1938年6月5日《文丛》半月刊第2卷第2号，题为《纪念一个友人》；
初收1938年9月开明书店版《梦与醉》，现收《巴金文集》第10卷。



《生人妻》后记（序跋）
1938年4月作；
载1938年8月1日广州《众生》第6号，题为《关于〈生人妻〉》；
初收1938年9月开明书店版《梦与醉》，题为《关于〈生人妻〉》，现收《巴金文集》第10卷。
按：本篇写作日期原署6月2日，现从《巴金文集》。

复刊献词
载1938年5月1日《烽火》旬刊第13期，未署名。

一个西班牙战士底死（H·鲁迪格作，报告）
载1938年5月1日、11日《烽火》旬刊第13期、14期。

《战士杜鲁底》（序跋）
载1938年5月11日《烽火》旬刊第14期。

《西班牙在前进中》（书评）
1938年5月20日作；
载1938年6月25日《文艺》旬刊第1卷第2期。

火（第一部）　（长篇小说）
1938年5月作第一、二、三章，1938年9月作第八章（发表时为第四章），1938年12月作第九、十章（发表时为第五、六章），1940年7月作第十一章，1940年9月作第四至第七章，第十二至第十八章；
载1938年5月至12月、1939年1月《文丛》半月刊第2卷第1号至第4号，第5、6号合刊（第一、二、三、八、九、十章），1941年2月昆明《西南文艺》第1期（第五章）；
初版1940年12月重庆文化生活出版社，现收《巴金文集》第12卷。

一个国际志愿兵的日记（瑞士 A·米宁作，日记）
载1938年6月11日至10月11日《烽火》旬刊第15期至第20期，未载完；
初版1939年4月平明书店。

给一个敬爱的友人（散文）

1938年6月5日作；

载1938年6月11日至8月21日《烽火》旬刊第16期至第18期，又载1938年9月16日上海《文艺新潮》第1卷第1期；

初收1939年7月烽火社版《感想》，现收《巴金文集》第10卷《废园外》。

《梦与醉》序（序跋）

1938年6月22日作；

载1938年8月1日《见闻》半月刊第1期“轰炸特大号”，题为《在广州》，又载1938年9月1日《少年读物》半月刊创刊号，题为《别广州》；

初收1938年9月开明书店版《梦与醉》，题为《〈梦与醉〉前记》，现收《巴金文集》第10卷。

《爱情的三部曲》前记（序跋）

1938年7月9日作；

载1938年11月开明书店版《爱情的三部曲》；

初收1938年11月开明书店版《爱情的三部曲》，现收《巴金文集》第3卷。

做一个战士（杂文）

1938年7月16日作；

载1938年9月1日《少年读物》半月刊创刊特大号；

初收1941年6月文化生活出版社版《无题》，现收《巴金文集》第10卷。

“重进罗马”的精神（杂文）

1938年7月19日作；

载1938年9月16日《少年读物》半月刊第2号，又载1941年《自由中国》月刊副刊《文艺研究》第1期；

初收1941年6月文化生活出版社版《无题》，现收《巴金文集》第10卷。

香港行（散文）

1938年7月19日；

载1938年9月16日《少年读物》半月刊第2号；

初收1939年4月文化生活出版社版《旅途通讯》，现收《巴金文集》第11卷。

按：本篇发表时写作日期署8月19日，现从《巴金文集》；《巴金文集》第11卷第216页注①称：本篇发表于《少年读物》第1期，误。

《我的生活的故事》前记（序跋）

1938年7月作；

载1940年9月文化生活出版社版《我的生活的故事》；

初收1940年9月文化生活出版社版《我的生活的故事》，现收1982年3月花城出版社版《序跋集》。

在广州（序跋）
1938年8月9日作；
载1938年10月1日《少年读物》半月刊第3号；
初收1939年4月文化生活出版社版《旅途通讯》，现收《巴金文集》第11卷。

广州在轰炸中
1938年8月15日作；
初收1939年4月文化生活出版社版《旅途通讯》，现收《巴金文集》第11卷。

感想　二、在广州（杂文）
1938年8月作；
载1938年8月17日《大公报》，题为《一点感想》；
初收1939年7月烽火社版《感想》。

第一次听见那炮声（杂文）
1938年8月作；
初收1939年7月烽火社版《感想》。

失败主义者（杂文）
1938年8月作；
载1938年8月20日《见闻》半月刊第2期，题为《杂感：一、失败主义者》；
初收1939年7月烽火社版《感想》。

国家主义者（杂文）
1938年8月作；
载1938年9月5日《见闻》半月刊第3期，题为《杂感：二、极端国家主义者》；
初收1939年7月烽火社版《感想》。

在轰炸中过的日子（散文）
1938年8月7日作；
载1938年8月13日香港《大公报·文艺》，又载1938年10月1日《烽火》旬刊第19期；
初收1939年3月、4月文化生活出版社版《旅途通讯》，现收《巴金文集》第11卷。
按：本篇写作日期《巴金文集》署8月16日。

最后胜利主义者（杂文）
1938年9月作；
载1938年10月5日《见闻》半月刊第5期，题为《杂感：三、胜利主义者》；
初收1939年7月烽火社版《感想》。

从广州到乐昌（散文）
1938年9月下旬作；
载1938年10月16日、11月1日《少年读物》半月刊第4号、第5号；
初收1939年4月文化生活出版社版《旅途通讯》，现收《巴金文集》第11卷。

广武道上（散文）
1938年9月下旬作；
载1938年12月《少年读物》半月刊第7号；

初收1939年4月文化生活出版社版《旅途通讯》，现收《巴金文集》第11卷。

汉口短简（散文）
1938年9月下旬作；
初收1939年4月文化生活出版社版《旅途通讯》，现收《巴金文集》第11卷。

西班牙进入一九三八年（德国 A·席苏作，通讯）
1938年9月28日译；
载1939年4月平明书店版《西班牙》。

西班牙（德国A·席苏作）
1938年9月译；
初版1939年4月平明出版社。

巴塞洛郡的五月事变（德国 A·席苏作，通讯）
1938年10月译；
载1939年10月平民书店版《巴塞洛郡的五月事变》。

广州在包围中（散文）
1938年10月18日作；
载1938年11月16日《少年读物》半月刊第16号，题为《最后的消息》；
初收1939年4月文化生活出版社版《旅途通讯》，现收《巴金文集》第11卷。

广州的最后一晚——十月十九夜（散文）
1938年10月19日作；
初收1939年4月文化生活出版社版《旅途通讯》，现收《巴金文集》第11卷。

公式主义者（杂文）
1938年10月作；
载《见闻》半月刊，又载1939年3月1日《宇宙风》乙刊创刊号及1939年5月福建永安《改进》第1卷第2期；
初收1939年7月烽火社版《感想》。

加米洛·柏尔奈利（德国A·席苏作）
1938年11月1日译：
载1939年4月平明书店版《西班牙》。

从广州出来（散文）
1938年11月下旬作；
载1938年12月13日、14日香港《大公报·文艺》；
初收1939年4月文化生活出版社版《旅途通讯》，现收《巴金文集》第11卷。

梧州五日（散文）
1938年11月底作；
载1939年4月20日《民族公论》第2卷第2期，题为《在梧州——旅途杂记之一》；
初收1939年4月文化生活出版社版《旅途通讯》，现收《巴金文集》第11卷。

写给读者（一）
1938年11月25日作；
载1938年12月20日《文丛》半月刊第2卷第4期，题为《卷头语》，未署名；
初收1941年6月文化生活出版社版《无题》，现收《巴金文集》第10卷。

略谈动员民众与逃难（杂文）
1938年11月作；
初收1939年7月烽火社版《感想》。

民富渡上（散文）
1938年12月初作；
载1939年3月16日《文艺新潮》第1卷第6期，又载1939年4月10日广州《十日文萃》第8、9期合刊；
初收1939年4月文化生活出版社版《旅途通讯》，现收《巴金文集》第11卷。

石龙——柳州（散文）
1938年12月上旬作；
载1939年3月22日《鲁迅风》周刊第10期；
初收1939年4月文化生活出版社版《旅途通讯》，现收《巴金文集》第11卷。

在柳州（散文）
1938年12月上旬作；
载1939年4月5日《文艺新潮》第1卷第7期；
初收1939年4月文化生活出版社版《旅途通讯》，现收《巴金文集》第11卷。

佩德拉司兵营——西班牙日记之一（西班牙加罗·罗塞利作，日记）
载1938年12月20日《文丛》半月刊第2卷第4号；
初收1939年平明书店版《西班牙的日记》。

西班牙日记的片断（西班牙加罗·罗塞利作，日记）
1938年12月译；
载1939年1月20日《文丛》半月刊第2卷第5、6号合刊；
初收1939年平明书店版《西班牙的日记》。

## 1939年

写给读者（二）
1939年1月5日作；
载1939年1月20日《文丛》半月刊第2卷第5号、第6号合刊，题为《卷头语》，未署名；
初收1941年6月文化生活出版社版《无题》，现收《巴金文集》第10卷。

《西班牙》后记（序跋）
1939年1月15日作；
载1939年4月平明出版社版《西班牙》；
初收1939年4月平明出版社版《西班牙》。

桂林的受难（散文）
1939年1月中旬作；
初收1939年4月文化生活出版社版《旅途通讯》，现收《巴金文集》第11卷。

我的饶舌（杂文）
载1939年3月20日《民族公论》第2卷第2期。

桂林的微雨（散文）
1939年1月30日作；
载1939年3月22日上海《文汇报》副刊《世纪风》；
初收1939年4月文化生活出版社版《旅途通讯》，现收《巴金文集》第11卷。

《一个国际志愿兵的日记》前记（序跋）
1939年2月13日作；
载1939年4月开明书店版《一个国际志愿兵的日记》。

《旅途通讯》前记（序跋）
1939年2月作；
载1939年4月文化生活出版社版《旅途通讯》；
初收1939年4月文化生活出版社版《旅途通讯》，现收《巴金文集》第11卷。

卢骚与罗伯斯庇尔（散文）
1939年春作；
载1939年5月17日上海《文汇报》副刊《世纪风》，有副题“回忆之一”；
初收1939年10月文化生活出版社版《黑土》，现收《巴金文集》第9卷《沉默集》（二）附录。

马拉·哥代和亚当·吕克斯（散文）
1939年春作；
载1939年11月16日《宇宙风》半月刊第84期，有副题“回忆之一”；
初收1939年10月文化生活出版社版《黑土》，现收《巴金文集》第9卷《沉默集》（二）附录。

黑土（散文）
1939年春作；
载1939年6月16日《宇宙风》半月刊第80期；
初收1939年10月文化生活出版社版《黑土》，现收《巴金文集》第10卷。

南国的梦（散文）
1939年春作；
初收1939年10月文化生活出版社版《黑土》，现收《巴金文集》第10卷。

在广州（散文）
1939年春作；
初收1939年10月文化生活出版社版《黑土》，现收《巴金文集》第10卷。
按：本篇含四节，其中第三节《八月十六日夜》，以《八月十六日夜在广州》为题，载1939年5月3日上海《文汇报》副刊《世纪风》。

《旅途随笔》重排题记（序跋）

1939年3月11日作；

载1939年4月开明书店版《旅途随笔》；

初收1939年4月开明书店版《旅途随笔》，现收1982年3月花城出版社版《序跋集》。

巴金启事

载1939年4月17日上海《文汇报》副刊《世纪风》，又载1939年5月1日《宇宙风》乙刊第5期。

《西班牙的斗争》前记（序跋）

1939年4月1日作；

载1939年4月平明书店版《西班牙的斗争》。

西班牙的日记（意大利C·罗塞作）

1939年4月作；

载1939年4月平明书店版《西班牙的日记》。

《西班牙的日记》前记（序跋）

1939年4月作；

载1939年4月平明书店版《西班牙的日记》。

《巴塞洛那的五月事变》前记（序跋）

1939年4月作；

载1939年4月平明书店版《巴塞洛那的五月事变》。

《逃荒》后记（序跋）

1939年4月作；

载1939年8月文化生活出版社版《逃荒》（艾芜作）；

初收1941年6月文化生活出版社版《无题》，现收《巴金文集》第10卷。

和平主义者（杂文）

1939年4月作；

载1939年5月16日《宇宙风》第78期，有副题“杂感之六”，又载1939年9月福建永安《改进》第1卷第6期；

初收1939年7月烽火社版《感想》。

我底自传（俄国克鲁泡特金作，自传）

1939年5月修改毕；

初版1939年5月开明书店。

《我底自传》新版前记（序跋）

1939年5月作；

载1939年5月开明书店版《我底自传》，题为《前记》；

初收1939年5月开明书店版《我底自传》，现收1982年3月花城出版社版《序跋集》。

《感想》前记（序跋）

1939年5月作；

载1939年7月烽火版《感想》；

初收1939月7月烽火版《感想》。

《地上的一角》后记（序跋）

1939年6月作；

载1939年6月20日《鲁迅风》半月刊第16期，题为《写在罗淑遗著的前曲（面）》；

初收1939年9月文化生活出版社版《地上的一角》（罗淑作），现收《巴金文集》第10卷《怀念》附录。

《互助论》序言（序跋）

1939年6月18日作；

载1939年12月重庆文化生活出版社版《互助论》（朱洗译），又载1941年7月15日《自由中国》新1卷第2期。

《雨夕》后记（序跋）

1939年6月作；

载1939年文化生活出版社版《雨夕》（毕奂午作）；

初收1941年6月文化生活出版社版《无题》，现收1982年3月花城出版社版《序跋集》。

谢绝写序书（书信）

载1939年7月1日汉口《东南风》半月刊第1卷第1期。

关于《爱国者》（杂文）

1939年7月作；

载1939年7月20日《鲁迅风》半月刊第17期。

"八·一三"（杂文）

载1939年8月13日香港《大公报》。

《黑土》前记（序跋）

1939年8月作；

载1939年10月文化生活出版社版《黑土》；

初收1939年10月文化生活出版社版《黑土》，现收《巴金文集》第10卷。

《荒》后记

1939年8月作；

载1940年6月文化生活出版社版《荒》（田涛作）；

初收1940年6月文化生活出版社版《荒》，现收1982年3月花城出版社版《序跋集》。

《三月天》后记（序跋）

1939年8月作；

载1940年10月文化生活出版社版《三月天》（屈曲夫作），又载1941年7月15日《自由中国》新1卷第2期；

初收1941年6月文化生活出版社版《无题》，现收《巴金文集》第10卷。

寄自上海（书信）

1939年10月19日作；

载1940年1月15日桂林《笔部队》创刊号；

按：本篇系写给孙陵的两封信。

秋（长篇小说）
1939年10月至1940年5月作；
初版1940年4月开明书店，现收《巴金文集》第5卷。
按：本书未经报刊发表，边写边发排，7月出书。

《叛逆者之歌》前记（序跋）
1939年冬作；
载1940年9月文化生活出版社版《叛逆者之歌》；
初收1940年9月文化生活出版社版《叛逆者之歌》，现收1982年3月花城出版社版《序跋集》。



一个家庭的戏剧〔一〕（俄国赫尔岑作，回忆录）
载1939年11月上海《文学集林》第1辑《山程》；
初收1940年8月文化生活出版社版《一个家庭的戏剧》。

## 1940年

一个家庭的戏剧〔二〕（俄国赫尔岑作，回忆录）
载1940年1月上海《文学集林》第2辑《望》；
初收1940年8月文化生活出版社版《一个家庭的戏剧》。

一个家庭的戏剧〔三〕〔四〕（俄国赫尔岑作，回忆录）
1940年春译；
载1941年1月、6月上海《文学集林》第4辑《译文特辑》、第5辑《殖荒者》；
初收1940年8月文化生活出版社版《一个家庭的戏剧》。

面包与自由（俄国克鲁泡特金作，论著）
1940年3月改译；
初版1940年8月平明书店。

《面包与自由》前记（序跋）
1940年3月25日作；
载1940年8月平明书店版《面包与自由》；
初收1940年8月平明书店版《面包与自由》。

《利娜》序（序跋）
1940春作；
载1940年8月文化生活出版社版《利娜》，题为《利娜〉前记》；
初收1940年8月文化生活出版社版《利娜》，现收《巴金文集》第2卷。

关于作者和这本小书（序跋）
1940年春作；
载1940年8月文化生活出版社版《一个家庭的戏剧》；
初收1940年8月文化生活出版社版《一个家庭的戏剧》。

《秋》序
1940年5月作；
载1940年7月开明书店版《秋》；
初收1940年7月开明书店版《秋》，现收《巴金文集》第6卷。
按：本篇写作日期原署1940年2月，现从《巴金文集》。

伦理学的起原和发展（俄国克鲁泡特金作，论著）
1940年6月修改毕；
初版1941年6月重庆文化生活出版社。

克鲁泡特金《伦理学》之解说（论文）
1940年6月15日改作；
载1941年6月重庆文化生活出版社版《伦理学的起原和发展》；
初收1941年6月重庆文化生活出版社版《伦理学的起原和发展》。

《伦理学的起原和发展》前记（序跋）
1940年6月24日作；
载1940年12月《中国与世界》第6期，题为《伦理学〉中译本前记》；
初收1941年6月文化生活出版社版《伦理学的起原和发展》。

居友的伦理学（俄国克鲁泡特金作，论文）
载1940年7月1日《中国与世界》第1期；
初收1941年6月文化生活出版社版《伦理学的起原和发展》。

克鲁泡特金的伦理学（论文）
载1940年8月10日《中国与世界》第2期。

蒲鲁东的道德学说（俄国克鲁泡特金作，论文）
载1940年9月10日、10月10日《中国与世界》第3期、第4期。

《火》第一部后记
1940年9月22日作；
载1940年12月文化生活出版社版《火》；
初收1940年12月文化生活出版社版《火》，现收《巴金文集》第12卷。

断头台上（俄国米拉科夫作，诗）

献给苏菲·巴尔亭娜（俄国波龙斯基作，诗）

劳动歌（德国黑威尔作，诗）

忆古田大次郎（日本中滨铁作，诗）

给裁判官（俄国无名氏作，散文诗）
载1940年9月文化生活出版社版《叛逆者之歌》。

先死者（杂文）
1940年10月3日作；
载1940年11月16日重庆《国民公报》，有副题“昆明随笔之一”，又载上海《正言报》副刊《草原》；
初收1941年6月文化生活出版社版《无题》，现收《巴金文集》第10卷。

无题（杂文）
1940年10月7日作；
载1940年10月14日香港《大公报》；
初收1941年6月文化生活出版社版《无题》，现收《巴金文集》第10卷。



静寂的园子（散文）
1940年10月11日作；
载1940年11月25日福建永安《现代文艺》第2卷第2期，总题为《轰炸中及其他》；又载1940年12月1日《中国与世界》第5期，总题《昆明随笔二则》；
初收1942年1月文化生活出版社版《龙·虎·狗》，现收《巴金文集》第10卷。

轰炸中（散文）
1940年10月13日作；
载1940年11月25日福建永安《现代文艺》第2卷第2期，总题为《轰炸中及其他》；
初收1942年1月文化生活出版社版《龙·虎·狗》，现收《巴金文集》第10卷。

大黄狗（散文）
1940年10月13日作；
载1940年11月14日重庆《国民公报》，又载1940年12月1日《中国与世界》第5期，题为《狗》，总题《昆明随笔二则》；
初收1942年1月文化生活出版社版《龙·虎·狗》，现收《巴金文集》第10卷。

十月十七日（散文）
1940年10月21日作；
初收1941年6月文化生活出版社版《无题》，现收《巴金文集》第10卷。

不久就可出来（书信）
1940年10月作；
载1940年11年1日《自由中国》月刊新1卷第1期。

关于《雷雨》——给一个上海友人（书信）
1940年11月19日作；
载1943年3月重庆文化生活出版社版《龙·虎·狗》；
初收1943年3月重庆文化生活出版社版《龙·虎·狗》。

《蜕变》后记（序跋）
1940年12月16日作；

载 1941 年 1 月上海文化生活出版社版《蜕变》（曹禺作），现收 1982 年 3 月花城出版社版《序跋集》。

在泸县（散文）
1940 年 12 月 24 日作；
载 1941 年 1 月 14 日重庆《国民公报》；
初收 1946 年 4 月上海万叶书店版《旅途杂记》，现收《巴金文集》第 11 卷。

## 1941 年

关于小说中人物描写的意见——给《抗战文艺》的编者（创作谈）
1941 年 1 月作；
载 1941 年 3 月 20 日《抗战文艺》第 7 卷第 2 期、第 3 期合刊，题为《关于两个三部曲》；
初收 1942 年 1 月文化生活出版社版《龙·虎·狗》，现收《巴金文集》第 10 卷。

《冰心著作集》后记（序跋）
1941 年 1 月作，1942 年 12 月重写；
载 1943 年 7 月、8 月、9 月重庆开明书店版《冰心著作集》，散文集、小说集、诗集；
现收 1982 年 3 月花城出版社版《序跋集》。

爱尔克的灯光（散文）
1941 年 3 月作；
载 1941 年 4 月 19 日《新蜀报》副刊《蜀道》；又载 1941 年 4 月 30 日桂林《大公报》副刊《文艺》；
初收 1942 年 1 月文化生活出版社版《龙·虎·狗》，现收《巴金文集》第 10 卷。

《鱼儿坳》后记（序跋）
1941 年 3 月 22 日作；
载 1941 年 8 月文化生活出版社版《鱼儿坳》（罗淑作），又载 1941 年 9 月 1 日《自由中国》新 1 卷第 3 期，题为《鱼儿坳》；
初收 1947 年 8 月开明书店版《怀念》，现收《巴金文集》第 10 卷。

《无题》前记（序跋）
1941 年 3 月作；
载 1941 年 9 月 1 日《自由中国》新 1 卷第 3 期；
初收 1941 年 6 月文化生活出版社版《无题》，现收《巴金文集》第 10 卷。
按：本篇发表时写作日期署“1940 年 12 月 27 日在重庆”，现从初收本及《巴金文集》。

火（第二部）（中篇小说）
1941 年 3 月 29 日至 5 月 23 日作；
初版 1942 年 1 月重庆开明书局，现收《巴金文集》第 12 卷。
按：本书一名《冯文淑》。

《火》第二部后记（序跋）

1941年5月23日作；

载1942年1月《自由中国》新1卷第5期、第6期合刊；

初收1942年1月开明书店版《火》第二部，现收《巴金文集》第12卷。

悼范兄（散文）

1941年6月17日作；

载1941年11月10日《抗战文艺》第7卷第4期、第5期合刊，及1941年11月25日《自由中国》新1卷第4期，均题为《忆范兄》；又载1941年11月21日福建永安《现代文艺》第4卷第2期，题为《死——纪念范予兄》；又载1942年1月《自由中国》新1卷第5期、第6期合刊；

初收1947年8月开明书店版《怀念》，现收《巴金文集》第10卷。

风（散文）

1941年7月9日作；

载1942年1月文化生活出版社版《龙·虎·狗》；

初收1942年1月文化生活出版社版《龙·虎·狗》，现收《巴金文集》第10卷。

云（散文）

1941年7月10日作；

载1942年1月文化生活出版社版《龙·虎·狗》；

初收1942年1月文化生活出版社版《龙·虎·狗》，现收《巴金文集》第10卷。

雷（散文）

1941年7月16日作；

载1942年1月文化生活出版社版《龙·虎·狗》；

初收1942年1月文化生活出版社版《龙·虎·狗》，现收《巴金文集》第10卷。

雨（散文）

1941年7月20日作；

载1942年1月文化生活出版社版《龙·虎·狗》；

初收1942年1月文化生活出版社版《龙·虎·狗》，现收《巴金文集》第10卷。

日（散文）

1941年7月21日作；

载1942年《宇宙风》第123期，总题《梦痕》（三则）；

初收1942年1月文化生活出版社版《龙·虎·狗》，现收《巴金文集》第10卷。

月（散文）

1941年7月22日作；

载1942年《宇宙风》第123期，总题《梦痕》（三则）；
初收1942年1月文化生活出版社版《龙·虎·狗》，现收《巴金文集》第10卷。

星（散文）
1941年7月22日作；
载1942年《宇宙风》第123期，总题《梦痕》（三则）；
初收1942年1月文化生活出版社版《龙·虎·狗》，现收《巴金文集》第10卷。

狗（散文）
1941年7月24日作；
载1942年1月文化生活出版社版《龙·虎·狗》；
初收1942年1月文化生活出版社版《龙·虎·狗》，现收《巴金文集》第10卷。

猪（散文）
1941年7月25日作；
载1942年1月文化生活出版社版《龙·虎·狗》；
初收1942年1月文化生活出版社版《龙·虎·狗》，现收《巴金文集》第10卷。

虎（散文）
1941年7月26日作；
载1942年1月文化生活出版社版《龙·虎·狗》；
初收1942年1月文化生活出版社版《龙·虎·狗》，现收《巴金文集》第10卷。

龙（散文）
1941年7月28日作；
载1942年5月1日《自由中国》新2卷第1期、第2期合刊；
初收1942年1月文化生活出版社版《龙·虎·狗》，现收《巴金文集》第10卷。

死去（散文）
1941年7月30日作；
载1941年11月25日《自由中国》新1卷第4期；
初收1942年1月文化生活出版社版《龙·虎·狗》，现收《巴金文集》第10卷。

伤害（散文）
1941年8月1日作；
载1941年10月25日福建永安《现代文艺》月刊第4卷第1期；
初收1942年1月文化生活出版社版《龙·虎·狗》，现收《巴金文集》第10卷。

祝福（散文）

1941年8月2日作；

载1942年1月文化生活出版社版《龙·虎·狗》，

初收1942年1月文化生活出版社版《龙·虎·狗》，现收《巴金文集》第10卷。

醉（散文）

1941年8月2日作；

载1941年8月20日《新蜀报》副刊《蜀道》，又载1941年8月28日香港《华商报》，均有副题“给一个朋友”；

初收1942年1月文化生活出版社版《龙·虎·狗》，现收《巴金文集》第10卷。

生（散文）

1941年8月3日作；

载1941年12月15日成都《战时文艺》半月刊第1卷第2期；

初收1942年1月文化生活出版社版《龙·虎·狗》，现收《巴金文集》第10卷。

梦（散文）

1941年8月3日作；

载1942年1月《自由中国》新1卷第5期、第6期合刊；

初收1942年1月文化生活出版社版《龙·虎·狗》，现收《巴金文集》第10卷。

死（散文）

1941年8月4日作；

载1941年11月25日福建永安《现代文艺》月刊第4卷第2号，有副题“纪念范予兄”；

初收1942年1月文化生活出版社版《龙·虎·狗》，现收《巴金文集》第10卷。

撇弃（散文）

1941年8月4日作；

载1941年11月1日上海《萧萧》半月刊第1期；

初收1941年1月文化生活出版社版《龙·虎·狗》，现收《巴金文集》第10卷。

《龙·虎·狗》序（序跋）

1941年8月5日作；

载1941年8月22日《新蜀报》副刊《蜀道》，题为《〈龙虎狗〉题记》；

初收1942年1月文化生活出版社版《龙·虎·狗》，现收《巴金文集》第10卷。

废园外（散文）

1941年8月16日作；

载1942年1月昆明《西南文艺》第2期；

初收1942年6月烽火社版《废园外》，现收《巴金文集》第10卷。

《白甲骑兵》后记（序跋）

1941年8月17日作；

载1947年文化生活出版社版《白甲骑兵》（罗淑译）；

现收1983年3月花城出版社版《序跋集》。

火（散文）

1941年9月22日作；

载1941年11月13日桂林《大公报》副刊《文艺》；

初收1942年6月烽火社版《废园外》，现收《巴金文集》第10卷。

长夜（散文）

1941年冬作；

载1942年1月15日桂林《文艺杂志》第1卷第1期；

初收1942年6月烽火社版《废园外》，现收《巴金文集》第10卷。

寻梦（散文）

1941年11月作；

载1942年5月1日《自由中国》新2卷第1期、第2期合刊；

初收1942年6月烽火社版《废园外》，现收《巴金文集》第10卷。

还魂草（短篇小说）

1941年12月4日作；

载1942年1月15日桂林《文艺杂志》第1卷第1期；

初收1942年4月文化生活出版社版《还魂草》，现收《巴金文集》第9卷。

某夫妇（短篇小说）

1941年12月27日作；

载1942年2月15日桂林《文艺杂志》第1卷第2期；

初收1942年4月文化生活出版社版《还魂草》，现收《巴金文集》第9卷。



## 1942年

《巴金短篇小说集》第三集后记（序跋）

1942年1月4日作；

载1942年5月1日《自由中国》新2卷第1期、第2期合刊，题为《某书的题记》；

初收1942年6月开明书店版《巴金短篇小说集》第三集。

怀念（散文）

1942年1月18日作；

载1942年2月25日福建永安《现代文艺》月刊第4卷第5期；

初收1947年8月开明书店版《怀念》，现收《巴金文集》第10卷。

《还魂草》序（序跋）
1942年1月作；
载1942年5月文化生活出版社版《还魂草》；
初收1942年5月文化生活出版社版《还魂草》，现收《巴金文集》第9卷。

灯（散文）
1942年2月作；
载1942年3月15日桂林《文艺杂志》第1卷第3期；
初收1942年6月烽火社版《废园外》，现收《巴金文集》第10卷。

《废园外》后记（序跋）
1942年2月作；
载1942年6月烽火社版《废园外》；
初收1942年6月烽火社版《废园外》，现收《巴金文集》第10卷。

自私的巨人（英国王尔德作，童话）
1942年3月18日译；
载1942年7月15日桂林《文艺杂志》第1卷第5期；
初收1948年3月文化生活出版社版《快乐王子集》。

快乐王子（英国王尔德作，童话）
1942年3月译；
载1942年7月15日桂林《文艺杂志》第1卷第5期；
初收1948年3月文化生活出版社版《快乐王子集》。

别桂林及其他（散文）
1942年3月18日作；
载1942年9月16日《宇宙风》半月刊第127期，题为《随笔三篇——〈旅途通讯〉续篇》；
初收1943年1月文化生活出版社版《小人小事》，后收1946年4月上海万叶书店版《旅途杂记》，现收《巴金文集》第11卷。

邮政车中（散文）
1942年3月22日作；
载1942年11月1日《宇宙风》半月刊第128期，题为《〈旅途通讯〉续篇》；
初收1943年1月文化生活出版社版《小人小事》，后收1946年4月上海万叶书店版《旅途杂记》，现收《巴金文集》第11卷。

贵阳短简（散文）
1942年3月25日作；
载1942年12月15日《宇宙风》半月刊第129期，题为《贵阳短简及其他——〈旅途通讯〉续篇》；
初收1943年1月文化生活出版社版《小人小事》，后收1946年4月上海万叶书店版《旅途杂记》，现收《巴金文集》第11卷。

筑渝道上（散文）

1942年3月30日作；

载1942年12月15日《宇宙风》半月刊第129期，总题《贵阳短简及其他——〈旅途通讯〉续编》；

初收1943年1月文化生活出版社版《小人小事》，后收1946年4月上海万叶书店版《旅途杂记》，现收《巴金文集》第11卷。

成渝路上（散文）

1942年5月2日作；

载1942年11月15日《抗战文艺》第8卷第1期、第2期合刊；

初收1946年4月上海万叶书店版《旅途杂记》，现收《巴金文集》第11卷。

夜莺与蔷薇（英国王尔德作，童话）

1942年5月译；

载1943年7月1日桂林《文学杂志》月刊创刊号；

初收1948年3月文化生活出版社版《快乐王子集》。

猪与鸡（短篇小说）

1942年5月底作；

载1943年1月15日《抗战文艺》第8卷第3期；

初收1943年4月文化生活出版社版《小人小事》，现收《巴金文集》第9卷。

兄与弟（短篇小说）

1942年8月作；

载1942年10月25日福建永安《现代文艺》月刊第6卷第1期；

初收1943年4月文化生活出版社版《小人小事》，现收《巴金文集》第9卷。

夫与妻（短篇小说）

1942年9月作；

初收1943年4月文化生活出版社版《小人小事》，现收《巴金文集》第9卷。

《小人小事》后记（序跋）

1942年11月作；

载1943年4月文化生活出版社版《小人小事》；

初收1943年4月文化生活出版社版《小人小事》。

## 1943年

纪念憾翁（散文）

1943年3月作；

载1943年5月25日《宇宙风》半月刊第131期“纪念林憾庐先生特辑”之一，题为《纪念一个失去的友人》，署名芾甘；

初收1947年8月开明书店版《怀念》，题为《纪念林憾庐先生》；现收《巴金文集》第10卷。

父与子（俄国屠格涅夫作，长篇小说）
1943年3月译毕；
初版1943年7月文化生活出版社。
按：本书1953年重译。

《父与子》后记（序跋）
1943年3月作；
载1943年7月文化生活出版社版《父与子》；
初收1943年7月文化生活出版社版《父与子》。

火（第三部）（长篇小说）
1943年4月初至9月底作；
第三章以《田惠世》为题载1944年4月25日福建永安《改进》月刊第9卷第2期；
初版1945年7月开明书店，现收《巴金文集》第12卷。
按：本书一名《田惠世》；本书收入《巴金文集》时改动了"尾声"。

迟开的蔷薇 马尔特和她的钟 蜂湖（德国斯托姆作，短篇小说）
1943年9月译毕；
载1943年11月重庆文化生活出版社版《迟开的蔷薇》；
初收1943年11月重庆文化生活出版社版《迟开的蔷薇》。

《迟开的蔷薇》后记（序跋）
1943年9月作；
载1943年11月重庆文化生活出版社版《迟开的蔷薇》；
初收1943年11月重庆文化生活出版社版《迟开的蔷薇》，现收1983年3月花城出版社版《序跋集》。

《爱情的三部曲》新版题记（序跋）
1943年10月作；
载1943年10月开明书店版《爱情的三部曲》。

《火》第三部后记（序跋）
1943年10月作；
载1945年7月开明书店版《火》第三部；
初收1945年7月开明书店版《火》第三部，现收《巴金文集》第12卷。

处女地（俄国屠格涅夫作，长篇小说）
1943年11月译毕；
初版1944年6月文化生活出版社。
按：本书1973年重译。

《处女地》前记（序跋）
1943年11月作；
载1944年6月文化生活出版社版《处女地》；
初收1944年6月文化生活出版社版《处女地》。

在厅子里（德国斯托姆作，短篇小说）
1943年冬作；
载1944年2月1日桂林《当代文艺》第1卷第2期；
初收1946年10月上海文通书局版《现代翻译小说》（茅盾编辑）。

一个中国人的疑问（论文）
1943年12月作；
载1943年12月17日、18日《广西日报》副刊《漓水》。

什么是较好的世界——质赖诒恩神甫（论文）
1943年12月作；
载1943年12月26日、27日《广西日报》副刊《漓水》。

## 1944年

关于“道德”与“生活”问题的一封信（书信）
载1944年1月6日《广西日报》副刊《漓水》。

读《两个标准》（论文）
1944年2月作；
载1944年2月24日至27日《广西日报》副刊《漓水》。

《田惠世》附记（序跋）
1944年3月1日作；
载1944年4月25日福建永安《改进》月刊第9卷第2期。

《处女地》译后记（序跋）
1944年4月10日作；
载1944年6月文化生活出版社版《处女地》；
初收1944年6月文化生活出版社版《处女地》。

怎样做人及其他（杂文）
载1944年5月1日《人世间》第2卷第1期“革新号”；1949年1月上海《人生杂志》第2卷第1期转载，擅改题为《生活无秘诀》。

生与死（短篇小说）
1944年5月作；
初收1945年12月文化生活出版社版《小人小事》，现收《巴金文集》第9卷。

憩园（中篇小说）
1944年5月至7月作；
初版1944年10月文化生活出版社，现收《巴金文集》第13卷。

《憩园》后记（序跋）
1944年8月20日作；
载1944年10月文化生活出版社版《憩园》；
初收1944年10月文化生活出版社版《憩园》，现收《巴金文集》第13卷。
按：本篇写作日期《巴金文集》署7月。

写给彦兄（散文）

1944年8月作；

载1945年5月桂林《文艺杂志》新1卷第1期；

初收1947年8月开明书店版《怀念》，现收《巴金文集》第10卷。

寒夜（长篇小说）

1944年冬至1946年12月31日作；

载1946年1月15日至3月15日上海《环球》图书杂志第4期至第6期（一至四章），全文载1946年8月至1947年1月《文艺复兴》第2卷第1期至第6期；

初版1947年3月晨光图书印刷公司，现收《巴金文集》第14卷。

## 1945年

马尔蔑那多夫的故事（俄国朵思托也夫思基作，小说）

载1945年1月15日《时与潮文艺》第4卷第5期。

按：本篇系长篇小说《罪与罚》第二章。

《马尔蔑那多夫的故事》后记（序跋）

载1945年1月15日《时与潮文艺》第4卷第5期。

纪念U·P伏列夫斯基加亚女士（俄国屠格涅夫作，散文诗）

1945年2月至3月改译；

载1945年4月30日《贵州日报》副刊《新垒》；

初收1945年5月文化生活出版社版《散文诗》。

按：本篇曾载1936年6月《译文》新1卷第4期，题为《纪念福列斯加亚夫人》。

访问（俄国屠格涅夫作，散文诗）

1945年2月至3月译；

载1945年5月4日《贵州日报》副刊《新垒》；

初收1945年5月文化生活出版社版《散文诗》。

海上（俄国屠格涅夫作，散文诗）

1945年2月至3月译；

载1945年6月22日《贵州日报》副刊《新垒》

初收1945年5月文化生活出版社版《散文诗》。

田野（俄国屠格涅夫作，散文诗）

1945年2月至3月译；

载1945年6月25日《贵州日报》副刊《新垒》；

初收1945年5月文化生活出版社版《散文诗》。

两节诗（俄国屠格涅夫作，散文诗）

1945年2月至3月译；

载1945年6月26日《贵州日报》副

刊《新垒》；
初收 1945 年 5 月文化生活出版社版《散文诗》。

“绞死他”（俄国屠格涅夫作，散文诗）
1945 年 2 月至 3 月译；
载 1945 年 7 月 2 日《贵州日报》副刊《新垒》；
初收 1945 年 5 月文化生活出版社版《散文诗》。

对话　老妇　狗　我的敌人　愚人的裁判　满意的人　处世的方法　世界的末日　愚人　一个东方的传说　麻雀　骨头　最后的会晤　命运一力一自由（NECESSIIAS-VIS-LIBERTASI）施舍　虫　蔚蓝的国　老人　访员　两兄弟　利己主义者　大神的宴会　斯芬克司　仙女　友与敌　基督　岩石　鸽　明天！明天！自然　我要想什么呢？　某某　留住　高僧　祷辞（俄国屠格涅夫作，散文诗）
1945 年 2 月至 3 月译；
载 1945 年 5 月文化生活出版社版《散文诗》；
初收 1945 年 5 月文化生活出版社版《散文诗》。

《散文诗》译后记（序跋）
1945 年 3 月作；
载 1945 年 5 月文化生活出版社版《散文诗》；
初收 1945 年 5 月文化生活出版社版《散文诗》，现收 1982 年 3 月花城出版社版《序跋集》。

纪念一个善良的友人（散文）
1945 年 4 月作；
载 1946 年 1 月 10 日《文艺复兴》第 1 卷第 1 期；
初收 1946 年良友图书印刷公司版《我的良友》，题为《一个善良的友人——纪念终一兄》，后收 1947 年 8 月开明书店版《怀念》；现收《巴金文集》第 10 卷。

第四病室（中篇小说）
1945 年 5 月至 7 月作；
载 1946 年 1 月 10 日《文艺复兴》第 1 卷第 1 期（只载“小引”及第一章、第二章）；
初版 1946 年 1 月良友复兴图书公司，现收《巴金文集》第 13 卷。

《第四病室》小引
1945 年 7 月作；
载 1946 年 1 月 10 日《文艺复兴》第 1 卷第 1 期；
初收 1946 年 1 月良友复兴图书公司版《第四病室》，现收《巴金文集》第 13 卷。

一点感想（杂感）

1945年8月14日作；

载1946年5月《抗战文艺》第10卷第6期。

无题（散文）

1945年9月30日作；

载1946年1月1日《少年读物》月刊第2卷第1期复刊号；

初收1946年4月上海万叶书店版《旅途杂记》，现收《巴金文集》第10卷《静夜的悲剧》。

女孩与猫（短篇小说）

1945年10月至11月作；

载1945年12月1日上海《周报》第13期；

初收1945年12月文化生活出版社版《小人小事》，现收《巴金文集》第9卷。

按:本篇写作日期发表时署11月7日，现从《巴金文集》。

夜店（随笔）

1945年11月作；

载1945年11月17日上海《周报》第11期“关于《夜店》”特辑。

《小人小事》后记（序跋）

1945年11月作；

载1945年12月文化生活出版社版《小人小事》；

初收1945年12月文化生活出版社版《小人小事》，现收《巴金文集》第9卷。

《旅途杂记》前记（序跋）

1945年12月作；

载1946年2月9日上海《周报》第23期，题为《小礼物——〈旅途杂记〉前记》；

初收1946年4月上海万叶书店版《旅途杂记》，现收《巴金文集》第11卷。

## 1946年

我爱青年（随笔）

载1946年1月1日《少年读物》月刊第2卷第1期复刊号。

饥饿（德国若克尔作）

载1946年1月上海自由书店版《自由世界》。

纪念我的哥哥（散文）

1946年5月作；

载1946年7月1日《文艺复兴》月刊第1卷第6期；

初收1947年8月开明书店版《怀念》，现收《巴金文集》第10卷。

月夜鬼哭（散文）

1946年6月作；

载1946年6月25日上海《大公报》副刊《文艺》，题为《月夜梦鬼哭》；

初收 1948 年 9 月文化生活出版社版《静夜的悲剧》，现收《巴金文集》第 10 卷。

忆施居甫（散文）

1946 年 7 月 28 日作；

载 1947 年 4 月 15 日《文艺知识连丛》月刊第一集之一，题为《忆居甫》；

初收 1947 年 8 月开明书店版《怀念》，现收《巴金文集》第 10 卷。

按：本篇发表时写作日期署 1946 年 12 月，现从《巴金文集》。

怀陆圣泉（散文）

1946 年 11 月作；

载 1946 年 11 月 22 日上海《大公报》副刊《文艺》“纪念陆蠡特刊 2”，题为《怀蠡兄》，又载 1947 年 12 月《世界月刊》第 2 卷第 8 期，题为《怀念》；

初收 1947 年 8 月开明书店版《怀念》，题为《怀圣泉》；现收《巴金文集》第 10 卷。

少年国王（英国王尔德作，童话）

1946 年 1 月译；

载 1946 年 2 月 1 日《少年读物》月刊第 2 卷第 2 期；

初收 1948 年 3 月文化生活出版社版《快乐王子集》。

忠实的朋友（英国王尔德作，童话）

1946 年 2 月译；

载 1946 年 3 月 1 日《少年读物》月刊第 2 卷第 3 期；

初收 1948 年 3 月文化生活出版社版《快乐王子集》。

星孩（英国王尔德作，童话）

1946 年 3 月译；

载 1946 年 4 月 1 日《少年读物》月刊第 2 卷第 4 期；

初收 1948 年 3 月文化生活出版社版《快乐王子集》。

西班牙公主的生日（英国王尔德作，童话）

1946 年译；

载 1946 年 6 月 1 日《少年读物》月刊第 1 卷第 5 期、第 6 期合刊；

初收 1948 年 3 月文化生活出版社版《快乐王子集》。

“封”和“禁”（杂感）

载 1946 年 8 月 24 日上海《周报》第 49 期、第 50 期合刊“我们控诉”栏。

了不起的火箭（英国王尔德作，童话）

1946 年译；

载 1946 年 9 月 1 日《少年读物》月刊第 3 卷第 3 期；

初收 1948 年 3 月文化生活出版社版《快乐王子集》。

快乐王子（英国王尔德作，童话）
载 1946 年 11 月 1 日《少年读物》月刊第 3 卷第 4 期、第 5 期合刊；
初收 1948 年 3 月文化生活出版社版《快乐王子集》。
按：本篇译于 1942 年，曾发表于 1942 年 7 月桂林《文艺杂志》第 1 卷第 5 期。

鲁迅先生十年祭（杂感）
1946 年 10 月作；
载 1946 年 11 月 1 日《少年读物》月刊第 3 卷第 4 期、第 5 期合刊。

## 1947 年



给健吾（书信）
载 1947 年 1 月 11 日上海《大公报》副刊《游艺》。

《寒夜》后记（序跋）
1947 年 1 月下旬作；
载 1947 年 1 月 28 日上海《大公报》副刊《文艺》，题为《〈寒夜〉题记》；
初收 1947 年 3 月晨光图书印刷公司版《寒夜》，现收《巴金文集》第 14 卷。

社会变革与经济的改造（俄国克鲁泡特金作，序跋）
1947 年 3 月译；
载 1947 年 5 月至 6 月《世界月刊》第 1 卷第 9 期、第 10 期；
初收 1948 年 6 月文化生活出版社版《一个反抗者的话》，题为《跋》。

《怀念》前记（序跋）
1947 年 4 月作；
载 1947 年 8 月开明书店版《怀念》；
初收 1947 年 8 月开明书店《怀念》，现收《巴金文集》第 10 卷。

我怎样译《草原故事》
载 1947 年 6 月（？）上海《高尔基研究年刊》第 1 期。

《一个反抗者的话》自序　《一个反抗者的话》跋（序跋）
1947 年 6 月 5 日作；
载 1948 年 6 月文化生活出版社版《一个反抗者的话》（毕修勺译）。

《雪》日译本序（序跋）
1947 年 6 月 7 日作；
载 1949 年东京大雅堂版《雪》（岛静子译）；
初收 1958 年 3 月人民文学出版社版《巴金文集》第二卷“附录”，现收 1982 年 3 月花城出版社版《序跋集》。

人之子，悲多汶（法国 A·多洋作，散文）
载 1947 年 6 月 20 日《人世间》复刊第 1 卷第 4 期。

《心字》后记（序跋）
1947年6月20日作；
载1947年7月1日《文汇报》，题为《记剑波和他的〈心字〉》；
初收1947年11月文化生活出版社版《心字》（卢剑波作），现收1982年3月花城出版社版《序跋集》。

《鲁彦短篇小说集》后记（序跋）
载1947年7月10日上海《学风》第2卷第1期；
初收1947年文化生活出版社版《鲁彦短篇小说集》。

《月球旅行》后记（序跋）
1947年7月作；
载1947年10月文化生活出版社版《月球旅行》。（李林选译）；
初收1947年10月文化生活出版社版《月球旅行》。

《巴金文集》前记（序跋）
1947年9月1日作；
载1948年1月上海春明书店版《巴金文集》；
初收1948年1月上海春明书店版《巴金文集》。

裁判所（英国王尔德作，散文诗）
1947年译；
初收1948年3月文化生活出版社版《快乐王子集》。

智慧的教师　讲故事的人（英国王尔德作，散文诗）
1947年译；
初收1948年3月文化生活出版社版《快乐王子集》。

渔人和他的灵魄（英国王尔德作，童话）
1947年9月译；
初收1948年3月文化生活出版社版《快乐王子集》。

静夜的悲剧（散文）
载1947年10月1日《中国作家》月刊第1卷第1号；
初收1948年9月文化生活出版社版《静夜的悲剧》，现收《巴金文集》第9卷《沉默集》（二）“附录”。

《大姊》后记（序跋）
1947年10月作，11月补写一段；
载1947年11月中原出版社版《呼唤》（文艺丛刊之二），题为《关于〈大姊〉》；
初收1948年1月文化生活出版社版《大姊》（郑定文作）；
现收1982年3月花城出版社版《序跋集》。

散文诗四篇（英国王尔德作，散文诗）
1947年10月译完；

载1947年11月1日《世界月刊》第2卷第4期；
初收1948年3月文化生活出版社版《快乐王子集》。
按：本题含《艺术家》、《行善者》、《弟子》、《先生》四首。

《快乐王子集》译后记（序跋）
1947年11月作；
载1948年3月文化生活出版社版《快乐王子集》；
初收1948年3月文化生活出版社版《快乐王子集》，现收1982年3月花城出版社版《序跋集》。



《伊达》后记（序跋）
1947年11月作；
载1947年12月1日《世界月刊》第2卷第5期，题为《纪念》；
初收1947年11月文化生活出版社版《伊达》（李林译），现收1982年3月花城出版社版《序跋集》。

笑（保加利亚奈米洛夫作，短篇小说）
1947年初冬译；
载1948年2月15日《文讯》第8卷第2期；
初收1948年6月文化生活出版社版《笑》。

白痴（俄国库普林作，短篇小说）
1947年初冬译；
载1948年1月15日《文艺春秋》月刊第6卷第1期；
初收1948年6月文化生活出版社版《笑》。

答《大公报》副刊《出版界》编者问
载1947年12月11日上海《大公报·出版界》“作家及其作品特辑”。
按：本篇题目系编者加的。原报题作《巴金回忆面包略取　冯至怀念昨日之歌》。

《笑》前记（序跋）
1947年12月作；
载1948年6月文化生活出版社版《笑》。
初收1948年6月文化生活出版社版《笑》，现收1982年3月花城出版社版《序跋集》。

## 1948年

《寒夜》再版后记（序跋）
1948年1月下旬作；
载1948年4月晨光出版公司版《寒夜》；
初收1948年4月晨光出版公司版《寒夜》，现收《巴金文集》第14卷。

我开始接触生活（俄国薇娜·妃格念尔作，回忆录）
载1948年4月18日上海《大公报》

副刊《文艺》；
初收 1949 年 2 月文化生活出版社版《狱中二十年》。

纸（俄国薇娜·妃格念尔作，回忆录）
载 1948 年 5 月 23 日上海《大公报》副刊《文艺》；
初收 1949 年 2 月文化生活出版社版《狱中二十年》。

惩戒室（俄国薇娜·妃格念尔作，回忆录）
载 1948 年 6 月 15 日上海《文艺春秋》月刊第 6 卷第 6 期，有副题《〈狱中记〉之一章》；
初收 1949 年 2 月文化生活出版社版《狱中二十年》。

“帕龙德拉”（俄国薇娜·妃格念尔作，回忆录）
载 1948 年 7 月 14 日上海《大公报》副刊《文艺》；
初收 1949 年 2 月文化生活出版社版《狱中二十年》。

母亲的祝福（俄国薇娜·妃格念尔作，回忆录）
载 1948 年 7 月 15 日上海《文艺春秋》月刊第 7 卷第 1 期，有副题《〈狱中记〉之一》；
初收 1949 年 2 月文化生活出版社版《狱中二十年》。

《静夜的悲剧》后记（序跋）
1948 年 7 月作；
载 1948 年 9 月文化生活出版社版《静夜的悲剧》；
初收 1948 年 9 月文化生活出版社版《静夜的悲剧》，现收《巴金文集》第 10 卷。

《碑下随笔》后记（序跋）
1948 年 7 月 25 日作；
载 1948 年 11 月文化生活出版社版《碑下随笔》（缪崇群作）；
初收 1948 年文化生活出版社版《碑下随笔》，现收 1983 年 3 月花城出版社版《序跋集》。

格拉切夫斯基（俄国薇娜·妃格念尔作，回忆录）
载 1948 年 8 月 15 日上海《文艺春秋》月刊第 7 卷第 2 期，有副题《〈狱中记〉之一》；
初收 1949 年 2 月文化生活出版社版《狱中二十年》。

西班牙的曙光（西班牙幸门作画）
1948 年 8 月改编；
初版 1949 年 1 月平明书店。
按：本书即 1938 年 7 月平明书店版《西班牙的黎明》改订本。

《西班牙的曙光》前记（序跋）

1948年8月作；

载1949年1月平明书店版《西班牙的曙光》；

初收1949年1月平明书店版《西班牙的曙光》。

通信（俄国薇娜·妃格念尔作，回忆录）

载1948年9月15日上海《文艺春秋》月刊第7卷第3期，有副题《〈狱中记〉之一》；

初收1949年2月文化生活出版社版《狱中二十年》。



《西班牙的血》前记（序跋）

1948年9月作；

载1948年10月文化生活出版社版《西班牙的血》；

初收1948年10月文化生活出版社版《西班牙的曲》。

前夜（俄国薇娜·妃格念尔作，回忆录）

载1948年9月12日上海《大公报》副刊《文艺》；

初收1949年2月文化生活出版社版《狱中二十年》。

同盟绝食（俄国薇娜·妃格念尔作，回忆录）

载1949年1月15日上海《文艺春秋》月刊第8卷第1期，有副题《〈狱中记〉之一》；

初收1949年2月文化生活出版社版《狱中二十年》。

铁丝网（俄国薇娜·妃格念尔作，回忆录）

载1948年10月21日香港《文汇报》副刊《文艺》，有副题《〈狱中记〉之一章》；

初收1949年2月文化生活出版社版《狱中二十年》。

狱中二十年（俄国薇娜·妃格念尔作，回忆录）

1948年9月译完；

初版1949年2月文化生活出版社。

按：本书共三十一章。

《狱中二十年》译后记（序跋）

1948年9月作；

载1949年2月文化生活出版社版《狱中二十年》；

初收1949年2月文化生活出版社版《狱中二十年》，现收1982年3月花城出版社版《序跋集》。

## 1949年

巴枯宁二三事——巴枯宁的第一个片断（传记）

1949年2月作；

载1949年2月25日福建泉州《自由丛刊》第7期，署名黑浪。

浮士德的路（德国鲁多夫·洛克尔作）

载1949年3月15日上海《文艺春秋》月刊第8卷第2期，有副题“《六个人物》之一”；

初收1949年9月文化生活出版社版《六人》。

董·缓的路——《六人》之一（德国鲁多夫·洛克尔作）

载1949年4月15日上海《文艺春秋》月刊第8卷第3期，有副题“《六个人物》之一”；

初收1949年9月文化生活出版社版《六人》。

我是来学习的——参加文代会的一点感想

1949年7月17日作；

载1949年7月20日《人民日报》《全国文代大会代表对大会的感想》栏；

又载1950年北京新华书店版《中华全国文学艺术工作者代表大会纪念文集》，题为《我是来学习的》；

初收1951年7月平明出版社版《慰问信及其他》。

楔子 哈姆雷特的路 董·吉诃德的路 麦达都斯的路 冯·阿夫特尔丁根的路 觉醒（德国鲁多夫·洛克尔作）

1949年8月译完；

载1949年9月文化生活出版社版《六人》；

初收1949年9月文化生活出版社版《六人》。

《六人》译后记（序跋）

1949年8月作；

载1949年9月文化生活出版社版《六人》；

初收1949年9月文化生活出版社版《六人》，现收1982年3月花城出版社版《序跋集》。

忆鲁迅先生（散文）

1949年10月11日作；

载1949年10月25日《人民文学》创刊号；

初收1951年7月平明出版社版《慰问信及其他》，后收1957年3月作家出版社版《大快乐的日子》。

蒲宁与巴布林（俄国屠格涅夫作，中篇小说）

1949年11月译毕；

初版1949年12月平明出版社，收入1959年6月人民文学出版社版《屠格涅夫中短篇小说集》。

《蒲宁与巴布林》译后记（序跋）

1949年11月30日作；

载1949年12月平明出版社版《蒲宁与巴布林》；

初收 1949 年 12 月平明出版社版《蒲宁与巴布林》，现收 1982 年 3 月花城出版社版《序跋集》。

回忆契诃夫（苏联高尔基作，回忆录）
1949 年 12 月译毕；
初版 1950 年 1 月平明出版社版，收入 1959 年 5 月人民文学出版社版《高尔基选集·回忆录选》及 1978 年 10 月人民文学出版社版《文学写照》，题为《安东·契诃夫》，

《回忆契诃夫》译后记（序跋）
1949 年 12 月作；
载 1950 年 1 月平明书店版《回忆契诃夫》；
初收 1950 年 1 月平明书店版《回忆契诃夫》，现收 1982 年 3 月花城出版社版《序跋集》。

## 1950 年

一封未寄的信（散文）
1950 年 1 月作；
载 1950 年 5 月 5 日上海《文汇报》，又载 1950 年 6 月 10 日《文艺报》第 2 卷第 6 期；
初收 1951 年 7 月平明出版社版《慰问信及其他》，现收 1979 年 12 月人民文艺出版社版《爝火集》。

《何为》新版前记（序跋）
1950 年 2 月 6 日作；
载 1950 年 3 月平明出版社版《何为》（罗淑译），原无题目；
初收 1950 年 3 月平明出版社版《何为》，现收 1982 年 3 月花城出版社版《序跋集》。

愤怒的哭声（散文）
载 1950 年 2 月 16 日上海《解放日报·解放副刊》

回忆托尔斯泰（苏联高尔基作，回忆录）
1950 年 2 月译；
初版 1950 年 4 月平明出版社版；收入 1959 年 5 月人民文学出版社版《高尔基选集·回忆录选》及 1978 年 10 月人民文学出版社版《文学写照》，题为《列夫·托尔斯泰》。

《回忆托尔斯泰》译后记（序跋）
1950 年 2 日作；
载 1950 年 4 月平明出版社版《回忆托尔斯泰》；
初收 1950 年 4 月平明出版社版《回忆托尔斯泰》，现收 1982 年 3 月花城出版社版《序跋集》。

致田一文（书信）
1950 年 4 月 20 日作；
载田一文作《不要写自己不熟悉的东西——回忆巴金给我的一封退稿信》，见 1980 年 7 月湖北《布谷鸟》第 7 期。

《巴金选集》自序（序跋）
1950年5月作；
载1951年7月开明书店版《巴金选集》；初收1951年7月开明书店版《巴金选集》。

回忆布罗克（苏联高尔基作，回忆录）
1950年5月译；
初版1950年7月开明书店。

《回忆布罗克》译后记（序跋）
1950年5月作；
载1950年7月平明书店版《回忆布罗克》；
初收1950年7月平明书店版《回忆布罗克》，现收1982年3月花城出版社版《序跋集》。

"会"把我们更紧密地团结在一起（散文）
载1950年7月24日上海《文汇报》。

回忆屠格涅夫（苏联高尔基作，回忆录）
1950年8月译；
初版1950年8月平明书店。

《回忆屠格涅夫》译后记（序跋）
1950年8月8日作；
载1950年8月平明书店版《回忆屠格涅夫》；
初收1950年8月平明书店版《回忆屠格涅夫》，现收1982年3月花城出版社版《序跋集》。

马加尔·楚德拉　伊则吉尔老婆子　可汗和他的儿子　草原上（苏联高尔基作，短篇小说）
1950年9月译毕；
载1950年11月开明出版社版《草原集》；
初收1956年12月人民文学出版社版《高尔基选集·短篇小说选》。

《草原集》译后记（序跋）
1950年9月15日作；
载1950年11月开明出版社版《草原集》；
初收1950年11月开明出版社版《草原集》。

为一年来的伟大胜利而欢呼（散文）
载1950年10月1日上海《解放日报》。

红花　信号（俄国迦尔洵作，短篇小说）
1950年10月译毕；
载1950年11月上海出版公司版《红花》；
初收1950年11月上海出版公司版《红花》。

《红花》译后记（序跋）
1950年10月8日作；
载1950年11月上海出版公司版《红花》；
初收1950年11月上海出版公司版《红花》，现收1982年3月花城出版社版《序跋集》。

给西方作家的公开信（书信）
1950年11月作；
载1951年1月7日上海《大公报》；
初收1951年7月平明出版社版《慰问信及其他》，现收1979年12月人民文学出版社版《爝火集》。

我愿献出我的一切——在和大的准备发言
1950年11月作；
载1951年1月7日《人民日报》。

第二届世界保卫和平大会（散文）
1950年12月19日作；
载1950年12月25日《人民日报》，题为《第二届世界保卫和平大会的印象》；
初收1951年3月平明出版社版《华沙城的节日》。

一点印象（随笔）
载1950年12月30日上海《解放日报》。

伟大的收获（随笔）
载1950年12月31日上海《解放日报》。

## 1951年

谈第二届和平大会（随笔）
载1951年1月23日上海《劳动报》。

华沙城的节日（散文）
1951年1月作；
载1951年2月1日《文艺新地》第1卷第1期；
初收1951年3月平明出版社版《华沙城的节日》，后收1959年9月人民文学出版社版《新声集》。

奥斯威辛集中营的故事（散文）
1951年1月作；
载1951年2月《小说月刊》第5卷第1期；
初收1951年3月平明出版社版《华沙城的节日》。

古城克拉科（散文）
1951年1月作；
载1951年1月28日上海《解放日报》；
初收1951年3月平明出版社版《华沙城的节日》，后收1959年9月人民文学出版社版《新声集》。

"灰阑记"（散文）
1951年1月作；
载1951年1月30日上海《文汇报》；
初收1951年3月平明出版社版《华沙城的节日》。

给苏合作同志（散文）
1951年1月27日作；
载1951年2月16日《苏联知识》第1卷第12期，题为《给苏合作先生》；
初收1951年7月平明出版社版《慰问

信及其他》，后收 1959 年 9 月人民文学出版社版《新声集》。

两封慰问信（书信）
1951 年 2 月 4 日作；
载 1951 年 2 月 15 日《群众文艺》第 5 卷第 4 期；
初收 1951 年 7 月平明出版社版《慰问信及其他》，后收 1957 年 3 月作家出版社版《大欢乐的日子》。

《西班牙的血》前记（序跋）
1951 年 2 月 5 日作；
载 1951 年 3 月平明出版社版《西班牙的血》；
初收 1951 年 3 月平明出版社版《西班牙的血》。

《华沙城的节日》后记（序跋）
1951 年 2 月 12 日作；
载 1951 年 3 月 19 日上海《文汇报》，题为《序〈华沙城的节日〉》；
初收 1951 年 3 月平明出版社版《华沙城的节日》，现收 1982 年 3 月花城出版社版《序跋集》。

关于奥斯威辛和布葸泰加
1951 年 2 月作；
载 1951 年 3 月平明出版社版《纳粹杀人工厂——奥斯威辛》；
初收 1951 年 3 月平明出版社版《纳粹杀人工厂——奥斯威辛》。

《纳粹杀人工厂——奥斯威辛》前记（序跋）
1951 年 2 月 12 日作；
载 1951 年 3 月平明出版社版《纳粹杀人工厂——奥斯威辛》；
初收 1951 年 3 月平明出版社版《纳粹杀人工厂——奥斯威辛》，现收 1982 年 3 月花城出版社版《序跋集》。

他们活在每个站起来的中国人的心里（散文）
1951 年 2 月 23 日作；
载 1951 年 5 月 25 日上海《解放日报》；
初收 1951 年 7 月平明出版社版《慰问信及其他》。

一件意外事　军官和勤务兵（俄国迦尔洵作，短篇小说）
1951 年 3 月译毕；
载 1951 年 3 月上海出版公司版《一件意外事》；
初收 1951 年 3 月上海出版公司版《一件意外事》。

《一件意外事》译后记（序跋）
1951 年 3 月作；
载 1951 年 3 月上海出版公司版《一件意外事》；
初收 1951 年 3 月上海出版公司版《一件意外事》，现收 1982 年 3 月花城出版社版《序跋集》。

一点感想（随笔）
载1951年5月《翻译通报》第2卷第5期。

《慰问信及其他》后记（序跋）
1951年6月作；
载1951年7月平明出版社版《慰问信及其他》；
初收1951年7月平明出版社版《慰问信及其他》。

《丹东之死》译后记
1951年9月9日作；
载1951年10月开明书店版《丹东之死》；
初收1951年10月开明书店版《丹东之死》。

癞虾蟆和玫瑰花　阿塔勒亚·卜林塞卜斯　并没有的事（俄国迦尔洵作，短篇小说）
1951年11月译毕；
载1952年1月上海出版公司版《癞虾蟆和玫瑰花》；
初收1952年1月上海出版公司版《癞虾蟆和玫瑰花》。

《癞虾蟆和玫瑰花》译后记（序跋）
1951年11月作；
载1952年1月上海出版公司版《癞虾蟆和玫瑰花》；
初收1952年1月上海出版公司版《癞虾蟆和玫瑰花》，现收1982年3月花城出版社版《序跋集》。

## 1952年

木木（俄国屠格涅夫作，中篇小说）
1952年1月译；
初版1952年5月平明出版社，后收1959年6月人民文学出版社版《屠格涅夫中篇小说集》。

《木木》译后记（序跋）
1952年1月作；
载1952年5月平明出版社版《木木》；
初收1952年5月平明出版社版《木木》，现收1982年3月花城出版社版《序跋集》。

在保卫和平斗争中拉丁美洲的作家和艺术家（巴西乔治·亚玛多作，介绍）
载1952年3月25日《文艺报》第6期。

我们会见了彭德怀司令员（散文）
1952年3月27日作；
载1952年4月9日《人民日报》，又载1952年4月11日《志愿军报》；
初收1953年2月人民文学出版社版《生活在英雄们的中间》，现收1979年12月人民文学出版社版《爝火集》。

我们向全世界控诉（散文）
1952年4月1日作；

初收1953年2月人民文学出版社版《生活在英雄们的中间》。

平壤，英雄的城市（散文）

1952年4月12日；

载1952年6月1日《人民文学》6月号，题为《平壤》；

初收1953年2月人民文学出版社版《生活在英雄们的中间》，现收1979年12月人民文学出版社版《爝火集》。

在开城中立区（散文）

1952年4月19日；

载1952年5月6日《人民日报》；

初收1953年2月人民文学出版社版《生活在英雄们的中间》。

朝鲜战地的春夜（散文）

1952年5月4日作；

载1952年8月1日《人民文学》8月号；

初收1953年2月人民文学出版社版《生活在英雄们的中间》。

一个模范的通讯连（报告文学）

1952年6月6日作；

载1952年8月1日《新观察》第13期，题为《在志愿军的连队里—朝鲜通讯》；

初收1953年2月人民文学出版社版《生活在英雄们的中间》。

起雷英雄的故事（报告文学）

1952年7月16日；

初收1953年2月人民文学出版社版《生活在英雄们的中间》。

生活在英雄们的中间（报告文学）

1952年8月7日—8日作；

载1952年10月1日《人民文学》10月号；

初收1953年2月人民文学出版社版《生活在英雄们的中间》，现收1979年12月人民文学出版社版《爝火集》。

青年战士赵杰仁同志（报告文学）

1952年9月6日作；

载1952年11月1日《人民文学》11月号；

初收1953年2月人民文学出版社版《生活在英雄们的中间》。

保卫和平，保卫朝鲜的母亲和孩子（散文）

1952年9月15日作；

初收1953年2月人民文学出版社版《生活在英雄们的中间》。

向朝鲜战地的战友们告别（散文）

1953年10月10日至11日；

载1953年10月26日至27日《北京日报》，又载1953年10月30日上海《文汇报》；

初收 1953 年 2 月人民文学出版社版《生活在英雄们的中间》，后收 1959 年 9 月人民文学出版社版《新声集》。

《生活在英雄们的中间》后记（序跋）
1953 年 10 月作；
载 1953 年 2 月人民文学出版社版《生活在英雄们的中间》；
初收 1953 年 2 月人民文学出版社版《生活在英雄们的中间》，现收 1982 年 3 月花城出版社版《序跋集》。

欢迎吉洪诺夫（散文）
载 1952 年 11 月 27 日上海《解放日报》。



坚强战士（短篇小说）
1952 年 11 月 28 日作；
载 1953 年 1 月 15 日《文艺月报》1 月号；
初收 1953 年 9 月平明出版社版《英雄的故事》；1955 年 7 月修改，收入 1956 年 7 月人民文学出版社版《志愿军英雄传》（二集），1957 年 3 月中国少年儿童出版社印单行本；后收 1959 年 9 月人民文学出版社版《新声集》。

## 1953 年

一个侦察员的故事（短篇小说）
1953 年年 1 月 2 日作；
初收 1953 年 9 月平明出版社版《英雄的故事》，后收 1959 年 9 月人民文学出版社版《新声集》。

《家》新版后记（序跋）
1953 年 3 月 4 日作；
载 1953 年 6 月人民文学出版社版《家》；
初收 1953 年 6 月人民文学出版社版《家》，现收 1982 年 3 月花城出版社版《序跋集》。

斯大林的名字将永远活在万代人的幸福生活中（散文）
1953 年 3 月作；
载 1953 年 3 月 15 日《文艺月报》3 月号。

悲痛给广大人民以更大的力量（散文）
1953 年 3 月作；
载 1953 年 3 月 8 日上海《新民报晚刊》。

寄朝鲜某地——给志愿军某部政治部李希庚同志（散文）
1953 年 3 月作；
载 1953 年 6 月 15 日《文艺月报》6 月号；
初收 1953 年 9 月平明出版社版《英雄的故事》，现收 1979 年 12 月人民文学出版社版《爝火集》。

《还魂草》前记（序跋）
1953 年 3 月作；
载 1953 年 3 月平明出版社版《还魂草》；
初收 1953 年 3 月平明出版社版《还魂草》。

援救卢森堡夫妇（散文）

1953年3月作；

初收1957年3月作家出版社版《大欢乐的日子》。

父与子（俄国屠格涅夫作，长篇小说）

1953年初重译毕；

初版1953年5月平明出版社，现收1979年9月人民文学出版社版《前夜·父与子》。

黄文元同志（短篇小说）

1953年6月22日作；

载1953年8月1日《人民文学》7月号、8月号合刊；

初收1953年9月平明出版社《英雄的故事》，后收1959年9月人民文学出版社版《新声集》。

爱的故事（短篇小说）

1953年6月27日作；

初收1953年9月平明出版社版《英雄的故事》，后收1959年9月人民文学出版社版《新声集》。

《英雄的故事》后记（序跋）

1953年6月27日作；

载1953年9月平明出版社版《英雄的故事》；

初收1953年9月平明出版社版《英雄的故事》，现收1982年3月花城出版社版《序跋集》。

入朝散记（散文）

1953年8月26日；

载1953年11月1日《文艺月报》10月号、11月号合刊；

初收1954年11月中国青年出版社版《保卫和平的人们》。

忘不了的仇恨（报告文学）

1953年9月2日作；

载1953年11月7日《人民文学》11月号；

初收1954年11月中国青年出版社版《保卫和平的人们》。

衷心的祝贺——《保卫和平的人们》序（散文）

1953年9月作；

载1953年11月1日《文艺月报》10月号、11月号合刊；又载11月7日《人民文学》11月号，副题为“献给第二次文代会”；

初收1954年11月中国青年出版社版《保卫和平的人们》，现收1982年3月花城出版社版《序跋集》。

一个军械上士的遭遇（报告文学）

载1953年11月15日《文艺月报》10月号、11月号合刊。

魏连长和他的连队（报告文学）

1953年10月作；

载1953年12月15日《文艺月报》12月号，题为《魏连长和他的英雄连队》；

初收1954年11月中国青年出版社版《保卫和平的人们》，后收1959年9月人民文学出版社版《新声集》。

金刚山上发生的事情（报告文学）

1953年11月3日作；

载1953年12月16日《新观察》第24期，题为《志愿军战士吕玉文和张明禄的故事》；

初收1954年11月中国青年出版社版《保卫和平的人们》，现收1979年12月人民文学出版社版《爝火集》。

一个连队的生活（报告文学）

1953年12月9日作；

载1954年2月7日《解放军文艺》2月号；

初收1954年11月中国青年出版社版《保卫和平的人们》，后收1959年9月人民文学出版社版《新声集》。

范国金与何全德（报告文学）

1953年12月作；

载1954年1月15日《文艺月报》1月号；

初收1954年11月中国青年出版社版《保卫和平的人们》。



## 1954年

给小朋友们的祝贺信（书信）

1954年5月作；

载1954年6月1日《儿童时代》第11期。

热烈拥护中华人民共和国宪法（随笔）

载1954年6月16日上海《新民报晚刊》。

按：本篇与王西彦合作。

我们还需要契诃夫——纪念契诃夫逝世五十周年（随笔）

1954年6月作；

载1954年7月7日《人民文学》7月号，题为《纪念契诃夫的话》；

初收1955年5月平明出版社版《谈契诃夫》。

记栗学福同志（报告文学）

1954年7月6日作；

载1954年8月12日《解放军文艺》8月号；

初收1954年11月中国青年出版社版《保卫和平的人们》。

《保卫和平的人们》后记（序跋）

1954年7月6日作；

载1954年11月中国青年出版社版《保卫和平的人们》；

初收1954年11月中国青年出版社版

《保卫和平的人们》，现收 1982 年 3 月花城出版社版《序跋集》。

向安东·契诃夫学习——在莫斯科契诃夫逝世五十周年纪念会上讲话
1954 年 7 月作；
初收 1955 年 5 月平明出版社版《谈契诃夫》。

跟志愿军一起欢度国庆节（散文）
1954 年 9 月 8 日作；
载 1954 年 10 月 7 日《人民文学》10 月号；
初收 1960 年 4 月上海文艺出版社版《赞歌集》。

在第一届全国人民代表大会第一次会议上的发言
1954 年 9 月 26 日作；
载 1954 年 9 月 27 日《人民日报》，又载 1954 年 10 月 5 日《文艺月报》10 月号。

谁没有这样幸福的感觉呢（散文）
1954 年 9 月；
载 1954 年 9 月 30 日《文艺报》第 18 号。

《巴金短篇小说选集》自序（序跋）
1954 年 9 月作；
载 1955 年 3 月人民文学出版社版《巴金短篇小说集》；
初收 1955 年 3 月人民文学出版社版《巴金短篇小说集》。

《巴金散文选》前记（序跋）
1954 年 11 月 17 日作；
载 1955 年 5 月人民文学出版社版《巴金散文选》；
初收 1955 年 5 月人民文学出版社版《巴金散文选》。

印象·感想·回忆——赴苏参加契诃夫逝世五十周年纪念活动琐记（散文）
1954 年 11 月作；
载 1954 年 12 月 5 日《文艺月报》12 月号；
初收 1955 年 5 月平明出版社版《谈契诃夫》，后收 1959 年 9 月人民文学出版社版《新声集》。



## 1955 年

谈契诃夫——纪念契诃夫诞生九十五周年（随笔）
1955 年 1 月作；
载 1955 年 1 月 29 日上海《解放日报》；
初收 1955 年 5 月平明出版社版《谈契诃夫》。

中国人民是吓不倒的（随笔）
载 1955 年 2 月 8 日上海《新民报晚刊》。

安东·契诃夫的生平——读书笔记（随笔）
1955 年 3 月作；
初收 1955 年 5 月平明出版社版《谈契诃夫》。

《谈契诃夫》前记（序跋）
1955年3月作；
载1955年5月平明出版社版《谈契诃夫》；
初收1955年5月平明出版社版《谈契诃夫》，现收1982年3月花城出版社版《序跋集》。

《雾·雨·电》新记（序跋）
1955年3月作；
载1956年6月上海新文艺出版社版《雾·雨·电》；
初收1956年6月上海新文艺出版社版《雾·雨·电》，现收《巴金文集》第3卷。

《快乐王子集》再记（序跋）
1955年5月作；
载1955年8月平明出版社版《快乐王子集》；
初收1955年8月平明出版社版《快乐王子集》。

必须彻底打垮胡风反党集团（杂文）
1955年5月作；
载1955年5月26日上海《新闻日报》，又载1955年5月28日《人民日报》。

谈别有用心的《洼地上的战役》（书评）
1955年5月底作；
载1955年8月8日《人民文学》8月号，题为《谈〈洼地上的战役〉的反动性》；
初收1957年3月作家出版社版《大欢乐的日子》。

他们的罪行必须受到严厉的处分（杂文）
1955年6月作；
载1955年6月15日《文艺月报》6月号。

关于胡风的两件事情（杂文）
载1955年7月15日《文艺月报》7月号。

"数字的诗"，幸福的保证（散文）
1955年7月15日作；
载1955年7月16日《人民日报》；
初收1959年9月人民文学出版社版《新声集》。

最美丽、最光荣的事情（散文）
1955年7月17日作；
载1955年7月30日《文艺报》第14号；
1955年7月31日改，载1955年8月31日《文艺月报》8月号。

圣人出，黄河清（随笔）
载1955年8月28日上海《解放日报》。

支援印度人民收复果阿的斗争（随笔）
1955年8月28日作；
载1955年9月15日《文艺月报》9月号。

迎接我们的祖国的明天（散文）
1955 年 8 月作
载 1955 年 9 月 1 日《西南文艺》9 月号。

“学问”和“才华”（杂文）
1955 年 8 月作；
载 1955 年 9 月 8 日《人民文学》9 月号。

让每个人的青春都开放美丽的花朵（散文）
1955 年 9 月作；
载 1955 年 9 月 8 日上海《新民报晚刊》，又载 1955 年 9 月 9 日上海《解放日报》，题为《让每个人的青春都放射夺目的光芒——祝上海市青年社会主义建设积极分子会议的召开》，又载 1955 年 9 月 24 日《光明日报》；
初收 1957 年 3 月作家出版社版《大欢乐的日子》。

这是一件大快人心的事（随笔）
1955 年 9 月作；
载 1955 年 9 月 12 日上海《新民报晚刊》。

充满敬意的祝贺（散文）
1955 年 9 月底作；
载 1955 年 10 月 1 日上海《文汇报》；
初收 1957 年 3 月作家出版社版《大欢乐的日子》。

友谊（散文）
1955 年 11 月作；
载 1955 年 12 月 8 日苏联《真理报》。

永远属于人民的两部巨著
1955 年 12 月 2 日作；
载 1955 年 12 月 4 日上海《解放日报》；
初收 1957 年 3 月作家出版社版《大欢乐的日子》。
按：本篇系在上海市纪念《草叶集》出版一百周年和《堂·吉诃德》出版三百五十周年座谈会上的讲话。

向小朋友贺年（散文）
1955 年 12 月作；
载 1956 年 1 月《儿童时代》1 月号；
初收 1960 年 4 月上海文艺出版社版《赞歌集》。

一九五六年新年随笔（散文）
1955 年 12 月作；
载 1956 年 1 月 1 日上海《文汇报》；
初收 1957 年 3 月作家出版社版《大欢乐的日子》，现收 1979 年 12 月人民文学出版社版《爝火集》。

## 1956 年

柏林一星期——记第四届德国作家大会（特写）
1956 年 2 月 3 日作；
载 1956 年 2 月 15 日《文艺报》第 3 号；

初收1957年3月作家出版社版《大欢乐的日子》。

在中国作家协会第二次理事会会议（扩大）上的发言

1956年3月2日作；
载1956年3月25日《人民日报》，又载1956年3月25日《文艺报》第5号、第6号合刊；
初收1956年6月人民文学出版社版《中国作家协会第二次理事会会议（扩大）报告发言集》。

活命草（短篇小说）

1956年5月作；
载1956年6月8日《人民文学》6月号；
初收1957年4月中国少年儿童出版社版《明珠和玉姬》，后收1959年9月人民文学出版社版《新声集》。

在建设社会主义的旗帜下胜利前进

1956年5月16日作；
载1956年6月15日《文艺月报》6月号。
按：本篇系在作协上海分会第二次会员大会上的报告。

燃烧的心——我从高尔基的短篇中所得到的（散文）

1956年5月作；
载1956年6月15日《文艺报》第11号；
初收1957年3月作家出版社版《大欢乐的日子》，后收1959年9月人民文学出版社版《新声集》。

工程师周启昌（报告文学）

载1956年6月21日《光明日报》。

人间最美好的感情——介绍《志愿军一日》（书评）

1956年6月作；
载1956年9月12日《解放军文艺》9月号；
初收1960年4月上海文艺出版社版《赞歌集》，现收1979年12月人民文学出版社版《爝火集》。

祝青年文学创作的发展和繁荣——《萌芽》创刊致词（随笔）

载1956年7月1日《萌芽》创刊号；

鲁迅先生就是这样一个人（散文）

1956年7月13日作；
载1956年8月1日《中国青年报》；
1977年6月修改后收入1978年1月上海文艺出版社版《鲁迅回忆录》（一集）。

“鸣”起来吧（杂文）

1956年7月作；
载1956年7月24日《人民日报》，署名余一。

独立思考（杂文）
1956年7月作；
载1956年7月28日《人民日报》，署名余一。

说忙（杂文）
1956年7月作；
载1956年8月1日《人民日报》，署名余一。

重视全国人民的精神食粮（杂文）
1956年7月作；
载1956年8月8日《人民日报》，署名余一。

《明珠和玉姬》后记（序跋）
1956年8月7日作；
载1957年4月中国少年儿童出版社版《明珠和玉姬》；
初收1957年4月中国少年儿童出版社版《明珠和玉姬》，现收1982年3月花城出版社版《序跋集》。

一件万分愉快的事（杂文）
1956年8月20日作；
载1956年8月23日上海《新闻日报》；
初收1957年3月作家出版社版《大欢乐的日子》。

《大欢乐的日子》后记（序跋）
1956年8月24日作；
载1957年3月作家出版社版《大欢乐的日子》；
初收1957年3月作家出版社版《大欢乐的日子》，现收1982年3月花城出版社版《序跋集》。

观众的声音（杂文）
1956年8月作；
载1956年8月15日《文艺月报》8月号，署名余一。

笔下留情（杂文）
1956年9月作；
载1956年9月15日《文艺月报》9月号，署名余一。

“恰到好处”（杂文）
1956年9月作；
载1956年9月20日上海《解放日报》“雨夜杂谈”栏，署名余一。

鲁迅（散文）
1956年9月作；
载1956年9月25日苏联《文学报》。

论“有啥吃啥”（杂文）
1956年9月作；
载1956年9月27日上海《解放日报》“雨夜杂谈”栏，署名余一。

我所认识的鲁迅先生（散文）
1956年9月26日作；
载1956年10月16日《萌芽》第8期；
1977年6月15日修改，收入1979年6月上海文艺出版社版《鲁迅回忆录》（二集）。

秋夜（散文）
1956年9月作；
载1956年10月15日《文艺月报》10月号；
初收1957年3月作家出版社版《大欢乐的日子》，现收1979年12月人民文学出版社版《爝火集》。

秋夜杂感（杂文）
1956年9月作；
载1956年10月3日上海《文汇报》，署名余一。

描写人（杂文）
1956年10月作；
载1956年10月4日上海《解放日报》“雨夜杂谈”栏，署名余一。

“艰苦”和“浪费”（杂文）
1956年10月作；
载1956年10月16日上海《解放日报》“雨夜杂谈”栏，署名余一。

在鲁迅迁葬仪式上的讲话
1956年10月14日作；
载1956年10月15日上海《解放日报》。

一个秋天的早晨（散文）
1956年10月16日作；
载1956年10月18日上海《解放日报》；
初收1957年3月作家出版社版《大欢乐的日子》，现收1979年12月人民文学出版社版《爝火集》。

纪念鲁迅先生（散文）
1956年10月19日作；
载1956年10月20日上海《文汇报》；
初收1957年3月作家出版社版《大欢乐的日子》。
按：本篇系上海举行的鲁迅先生逝世二十周年纪念大会开幕词。

向葛量洪先生进一忠告（随笔）
1956年10月作；
载1956年10月22日上海《解放日报》。

挨自己的耳光（杂文）
1956年10月27日作；
载1956年10月30日上海《解放日报》，署名余一。

“救救孩子”（杂文）
1956年10月作；
载1956年10月30日上海《新闻日报》，署名余一。

谈《家》（创作谈）
1956年10月作，1957年6月改写；
载1957年7月24日《收获》第1期，题为《和读者谈谈〈家〉》；
初收1958年5月人民文学出版社版《巴金文集》第4卷，现收《巴金文集》第14卷。

给青年读者们的信——略谈电影《春》和《秋》（书信）
1956年11月9日作；
载1956年12月28日《中国电影》12月号。

辞"帽子"（杂文）
1956年12月作；
载1956年12月15日《文学月报》12月号，署名余一。

索桥的故事（散文）
1956年12月作；
载1957年1月1日《儿童时代》第1期；
初收1960年4月上海文艺出版社版《赞歌集》。

叶美良·波里雅依　阿尔希普爷爷和廖恩卡　鹰之歌　柯留沙　一个人的诞生　一首歌子是怎样编成的（苏联高尔基作，短篇小说）
1956年译；
载1956年12月人民文学出版社版《高尔基选集·短篇小说集》；
初收1956年12月人民文学出版社版《高尔基选集·短篇小说集》。

巴金谈创作
1956年12月；
载1957年2月10日《草地》2月号（任丁记录）。
按：本篇系在四川省文学创作会议上讲话，未经巴金过目。

## 1957年

上海有关部门不重视话剧
——巴金接见本报记者发表谈话
载1957年4月18日上海《文汇报》。

巴金在中共上海市委召开作家座谈会上发言
载1957年4月28日上海《解放日报》、《文汇报》。
按：本篇题目是本书编者加的。

对文艺和出版工作的意见
1957年5月作；
载1957年5月8日上海《解放日报》。
按：本篇系在上海市作家座谈会上的发言摘要。

巴金说文艺应该交给人民
1957年5月作；
载1957年5月17日上海《解放日报》。

《巴金文集》前记（序跋）
1957年5月作；
载1958年3月人民文学出版社版《巴金文集》第1卷；
初收1958年3月人民文学出版社版《巴金文集》第1卷，现收1979年12月人民文学出版社版《爝火集》。

一切为了社会主义（随笔）
1957年6月作；
载1957年6月21日上海《文汇报》。

中国人民一定要走社会主义的路（随笔）
1957年6月作；
载1957年6月24日《人民日报》。

是政治斗争，也是思想斗争（随笔）
1957年7月作；
载1957年7月24日上海《文汇报》。

写在《收获》创刊的时候（随笔）
1957年7月30日作；
载1957年8月8日《人民日报》，又载1957年9月24日《收获》第2期。

惨痛的教训——过关谈之一（杂文）
1957年8月作；
载1957年8月27日上海《解放日报》，署名余一。

反党反人民的个人野心家的路是绝对走不通的（杂文）
1957年8月27日；
载1957年9月1日《文艺报》第21号。

"国士论"——过关谈之二（杂文）
1957年8月28日作；
载1957年9月2日上海《解放日报》，署名余一。

关于《坚强战士》（创作谈）
1957年8月30日作；
载1957年9月2日上海《文汇报》；
初收1962年8月人民文学出版社版《巴金文集》第14卷《谈我的散文》注。

进一步开展文学界的反右派斗争
1957年8月作；
载1957年9月4日上海《解放日报》。
按：本篇系巴金、周而复、柯灵、唐弢、章靳以、郭绍虞、赵家璧、严独鸣、罗稷南在上海市第二届人民代表大会第二次会议上的联合发言。

彻底揭露右派骨干分子、"诗人"、"莎士比亚专家"孙大雨的丑恶真相
1957年9月作；
载1957年9月12日上海《解放日报》；
按：本篇系巴金、周而复、唐弢、郭绍虞、罗稷南、魏金枝、章靳以、孔罗荪、叶以群、曹未风在上海市第二届人民代表大会第二次会议上的联合发言。

戴帽子——过关谈之三（杂文）
1957年9月作；
载1957年9月27日上海《解放日报》，署名余一。

永远跟着党和人民在社会主义——共产主义道路上前进
1957年9月17日作；
载1957年9月25日《文艺报》第25号，又载1957年10月15日《文艺月报》10月号。
按：本篇系巴金、章靳以在中国作家协会党组扩大会议上的讲话。

狠狠地打击右派　狠狠地改造思想（随笔）
1957年10月作；
载1957年10月8日上海《解放日报》，署名巴金、章靳以。

几件纪念品——回忆一九五四年的一次旅行（散文）
1957年10月6日作；
载1957年11月24日《收获》第3期；初收1959年9月作家出版社版《友谊集》，后收1959年9月人民文学出版社版《新声集》。

伟大的革命，伟大的文学（随笔）
1957年10月14日作；
载1957年11月8日《人民文学》11月号；
初收1959年9月作家出版社版《友谊集》。

鲁迅和苏联文学（随笔）
1957年10月作；
载1957年10月24日《人民日报》

谈影片的《家》——给观众们的一封信（书信）
载1957年10月26日《大众电影》第20期。

全体进步人类的节日（随笔）
1957年10月作；
载1957年10月31日《人民日报》。

我们为什么热爱苏联文学（随笔）
1957年10月作；
载1957年10月31日苏联《文学报》。

热烈的、衷心的祝贺——《友谊集》代序（序跋）
1957年10月作；
初收1957年9月作家出版社版《友谊集》。

友谊（散文）
1957年10月作；
载1957年11月15日《文艺月报》11月号；
初收1959年9月作家出版社版《友谊集》。

难忘的日子（散文）
1957年12月5日作；
载1958年1月24日《收获》第1期，题为《难忘的回忆》；
1959年5月修改补写，收入1959年9月作家出版社版《友谊集》。

“元旦试笔”（散文）
1957年12月底作；
载1958年1月1日上海《文汇报》；
初收1960年4月上海文艺出版社版《赞歌集》。

## 1958年



介绍《苏中友好》周刊（随笔）
1958年1月作；
载1958年1月18日上海《解放日报》。

支持古巴、刚果人民的正义斗争（随笔）
1958年1日作；
载1958年1月25日上海《解放日报》。

谈《春》（创作谈）
1958年1月27日作；
载1958年3月24日《收获》第2期；
初收1959年9月人民文学出版社版《新声集》，现收《巴金文集》第14卷。

空前的春天（散文）
1958年1月作；
载1958年2月4日《人民日报》；
初收1959年9月人民文学出版社版《新声集》。

廖静秋同志（散文）
1958年2月26日作；
载1958年2月28日上海《解放日报》；
初收1959年9月人民文学出版社版《新声集》；现收1979年12月人民文学出版社版《爝火集》。

法斯特的悲剧（杂文）
1958年3月13日作；
载1958年4月26日《文艺报》第8期。

大字报
载1958年3月20日作协上海分会《通讯》。
按：本篇系摘要。

谈《灭亡》（创作谈）
1958年3月20日作；
载1958年4月5日《文艺月报》4月号；
初收1962年8月人民文学出版社版《巴金文集》第14卷。

欢迎最可爱的人（散文）
1958年3月作；
载1958年4月《解放军文艺》4月号；
初收1960年4月上海文艺出版社版

《赞歌集》，现收 1979 年 12 月人民文学出版社版《爝火集》。

写给青年突击手们（随笔）
载 1958 年 4 月 5 日《劳动报》。

谈《秋》（创作谈）
1958 年 4 月 1 日作；
载 1958 年 5 月 24 日《收获》第 3 期；
初收 1959 年 9 月人民文学出版社版《新声集》，现收《巴金文集》第 14 卷。

谈我的散文（创作谈）
1958 年 4 月作；
载 1958 年 5 月 1 日《萌芽》第 9 期；
初收 1960 年 4 月上海文艺出版社版《赞歌集》，现收《巴金文集》第 14 卷。

复《文艺报》编辑部的信（书信）
1958 年 5 月 19 日作；
载 1958 年 6 月 11 日《文艺报》第 11 期，原题为《巴金同志来信》。

旧知识分子必须改造（杂文）
1958 年 5 月作；
载 1958 年 6 月 2 日上海《文汇报》。

主要的是思想内容（随笔）
1958 年 5 月作；
载 1958 年 6 月 19 日北京《语文学习》第 6 期"文风笔谈"栏。

谈我的短篇小说（创作谈）
1958 年 5 月至 6 月作；
载 1958 年 6 月 8 日《人民文学》6 月号；
初收 1959 年 6 月人民文学出版社版《巴金文集》第 7 卷，现收《巴金文集》第 14 卷。

宣传总路线（随笔）
1958 年 6 月作；
载 1958 年 6 月 12 日上海《街头文艺》第 3 期，又载 1958 年 6 月 16 日《萌芽》第 12 期。

小妹编歌（小小说）
1958 年 6 月作；
载 1958 年 6 月 14 日上海《街头文艺》第 4 期，又载 1958 年 7 月 9 日《人民日报·街头文选》。

复《文汇报》编辑部的信（书信）
1958 年 6 月 9 日作；
载 1958 年 6 月 14 日上海《文汇报》，原题为《巴金同志给本报编辑部的信》。

创造奇迹的时代（报告文学）
1958 年 6 月 25 日；
载 1958 年 7 月 24 日《收获》第 4 期，署名巴金、任干、胡万春、靳以、魏金枝；
初版 1958 年 10 月作家出版社。

变化万千的今天（散文）
1958年6月底作；
载1958年7月3日《人民日报》；
初收1959年9月人民文学出版社版《新声集》。

一场挽救生命的战斗（报告文学）
1958年7月9日作，8月6日修改；
载1958年8月8日《人民文学》8月号；
1958年10月中国青年出版社印单行本，初收1959年9月人民文学出版社版《新声集》。

广阔、光明的道路——介绍《文艺月报》“上海工人创作专号”（书评）
1958年7月作；
载1958年7月15日上海《解放日报》。

为振奋人心的消息而欢呼（杂文）
1958年8月作；
载1958年8月4日上海《文汇报》。

“吸血鬼”的末路（杂文）
1958年8月作；
载1958年8月7日上海《解放日报》。

《创造奇迹的时代》后记（序跋）
1958年8月8日作；
载1958年10月作家出版社版《创造奇迹的时代》。

六亿人民一定要斗争到底（杂文）
1958年9月作；
载1958年9月8日上海《文汇报》。

我们的决心丝毫不会动摇（随笔）
1958年9月作；
载1958年9月8日上海《解放日报》。

我们一定要斗争到底（杂文）
1958年9月作；
载1958年9月9日上海《解放日报》，署名巴金、靳以。

美帝确是纸老虎（杂文）
1958年9月作；
载1958年9月11日上海《文汇报》。

欢送《萌芽》编辑部下乡（随笔）
1958年9月作；
载1958年9月22日上海《文汇报》。

杜勒斯的豺狼面目（杂文）
1958年9月作；
载1958年9月23日上海《解放日报》。

写在亚非作家会议开幕之前（随笔）
1958年9月作；
载1958年9月30日《人民日报》。

悼振铎（散文）
1958年10月作；

载 1958 年 10 月 31 日《人民日报》，题为《悼郑振铎同志》；
11 月 3 日改，载 1958 年 12 月 24 日《收获》第 6 期；
初收 1960 年 4 月上海文艺出版社版《赞歌集》，现收 1979 年 12 月人民文学出版社版《爝火集》。

一生也忘不了的教育（散文）
1958 年 11 月作；
初收 1960 年 4 月上海文艺出版社版《赞歌集》。

欢迎金日成首相（散文）
载 1958 年 12 月 3 日上海《解放日报》。

一九五九年元旦试笔（散文）
1958 年 12 月 31 日作；
载 1959 年 1 月 1 日上海《解放日报》，题为《新年试笔》；
初收 1959 年 9 月人民文学出版社版《新声集》。

致苏联托尔斯泰博物馆的信（书信）
1958 年作；
载 1971 年莫斯科科学出版社版《列夫·托尔斯泰在东方》（A·N·石夫曼作）。
按：本篇系节录。

人民文学出版社 1959 年版《巴金选集》后记（序跋）
1958 年作；
载 1980 年 3 月人民文学出版社版《巴金选集》《后记》。

## 1959 年

让我们大声欢呼（随笔）
1959 年 1 月作；
载 1959 年 1 月 5 日上海《解放日报》。

支持古巴、刚果人民正义斗争（随笔）
1959 年 1 月作；
初收 1959 年 2 月上海文艺出版社版《战斗吧，古巴，刚果！》。

一条心（随笔）
载 1959 年 2 月 14 日苏联《文学报》。

给波列伏依的信（书信）
1959 年 3 月 4 日作；
载 1959 年 3 月 24 日《收获》第 2 期；
初收 1959 年 9 月作家出版社版《友谊集》。

“上海，美丽的土地，我们的！”（散文）
1959 年 4 月作；
载 1959 年 5 月 5 日《文艺月报》5 月号；
初收 1960 年 4 月上海文艺出版社版《赞歌集》，现收 1979 年 12 月人民文学出版社版《爝火集》。

《新声集》序（序跋）
1959年4月12日作；
载1959年9月人民文学出版社版《新声集》；
初收1959年9月人民文学出版社版《新声集》，现收1982年3月花城出版社版《序跋集》。

无比光辉的榜样——祝全苏第三次作家代表大会（散文）
1959年4月作；
初收1960年4月上海文艺出版社版《赞歌集》。



塔什干的节日（散文）
1959年5月20日作；
初收1959年9月作家出版社版《友谊集》。

柯罗连科时代　符·加·柯罗连科　米·米·柯秋宾斯基　尼古拉·加陵—米哈依洛夫斯基　米哈依尔·普利什文（苏联高尔基作，回忆录）
1959年译；
载1959年5月人民文学出版社版《高尔基选集·回忆录选》，
初收1959年5月人民文学出版社版《高尔基选集·回忆录选》，1978年10月重印，题为《文学写照》。

从新安江回来（散文）
1959年7月作；
载1959年8月2日《浙江日报》。

对敌人咒骂的回答（杂文）
1959年8月作；
载1959年8月29日上海《解放日报》。

"我们要在地上建立天堂"（散文）
1959年8月作；
载1959年10月7日《人民日报》；
初收1960年4月上海文艺出版社版《赞歌集》。

《短简》（一）后记（序跋）
1959年夏作；
载1961年10月人民文学出版社版《巴金文集》第10卷；
初收1961年10月人民文学出版社版《巴金文集》第10卷。

一个作家的无限欢乐（散文）
载1959年9月11日至18日印度尼西亚《生活报》。

《上海十年文学创作选集》总序（序跋）
1959年9月7日作；
载1959年9月、1960年3月、3月、5月、5月上海文艺出版社版《上海十年文学选集》短篇小说选、电影剧本选、曲艺选、散文杂文选、论文选；
现收1982年3月花城出版社版《序跋集》。

我又到了这个地方（散文）
1959年9月10日作；
载1959年9月24日《收获》第5期；
初收1960年4月上海文艺出版社版《赞歌集》。

无上的光荣（散文）
1959年9月作；
载1959年9月26日上海《文汇报》；
初收1960年4月上海文艺出版社版《赞歌集》，现收1979年12月人民文学出版社版《爝火集》。

最大的幸福（散文）
1959年9月作；
载1959年9月30日上海《解放日报》；
初收1960年4月上海文艺出版社版《赞歌集》，现收1979年12月人民文学出版社版《爝火集》。

星光灿烂的新安江（散文）
1959年9月作；
载1959年9月30日上海《新闻日报》；
初收1960年4月上海文艺出版社版《赞歌集》。

我们伟大的祖国（散文）
1959年9月作；
载1959年10月1日《萌芽》第19期，题为《我们的祖国》；
初收1960年4月上海文艺出版社版《赞歌集》，现收1979年12月人民文学出版社版《爝火集》。

为了子孙万代（散文）
载1959年10月1日苏联《苏维埃俄罗斯报》。

我的祖国（散文）
载1959年10月1日苏联《文学报》。

迎接新的光明（散文）
1959年9月作；
载1959年10月1日《上海文学》10月号，又载1959年10月26日《文艺报》第19期、第20期合刊；
初收1960年4月上海文艺出版社版《赞歌集》。

“塔什干精神”万岁（随笔）
1959年10月作；
载1959年10月7日上海《解放日报》。

英雄赞（散文）
载1959年10月30日《展望》第44期。

安息吧，靳以同志（悼词）
1959年11月10日作；
载1959年11月11日上海《解放日报》，又载1959年11月26日《文艺报》第22期。

他明明还活着（散文）
1959年11月14日作；
载1959年11月24日《收获》第6期；
初收1960年4月上海文艺出版社版《赞歌集》。

哭靳以（散文）
1959年11月作；
载1959年12月8日《人民文学》12月号；
初收1960年4月上海文艺出版社版《赞歌集》，现收1979年12月人民文学出版社版《爝火集》。

俄文版《巴金文集》序（序跋）
载1959年莫斯科国家文学艺术出版社版《巴金文集》（两卷本）第1卷。

《赞歌集》后记（序跋）
1959年12月20日作；
载1960年4月上海文艺出版社版《赞歌集》；
初收1960年4月上海文艺出版社版《赞歌集》，现收1982年3月花城出版社版《序跋集》。

舞剧《蝶恋花》鼓舞我们前进（随笔）
1959年12月作；
载1959年12月20日上海《文汇报》。

愿和你们分享快乐（散文）
1959年12月作；
载1960年1月1日香港《文汇报》。

《热情的赞歌》序（序跋）
1959年12月27日作；
载1960年5月上海文艺出版社版《热情的赞歌》（靳以作）。

## 1960年

春光无限好（散文）
1960年1月25日作；
载1960年1月28日上海《文汇报》。

让我们的笔尖上开放出友谊的花朵——给波列伏依的回信（书信）
1960年1月作；
载1960年2月1日《峨嵋》2月号。

谈《上海英雄交响曲》（随笔）
1960年1月作；
载1960年2月11日《大众电影》第3期。

中苏友谊，万古长青（随笔）
1960年2月作；
载1960年2月14日上海《文汇报》。

王林鹤同志（报告文学）
1960年2月作；
载1960年3月1日《上海文学》3月号。

《巴金文集》第十三卷后记（序跋）
1960年2月29日作；
载1961年12月人民文学出版社版《巴金文集》第13卷；
初收1961年12月人民文学出版社版《巴金文集》第13卷，现收1982年3月花城出版社版《序跋集》。

个旧的春天（散文）
1960年3月作；
载1960年3月24日《收获》第2期。

为北京歌唱（散文）
1960年4月作；
载1960年5月1日《北京日报》。

忆个旧（散文）
1960年5月11日作；
载1960年6月5日《上海文学》6月号；
初收1963年10月人民文学出版社版《1959——1961散文特写选》，现收1979年12月人民文学出版社版《爝火集》。

对美帝的警告（杂文）
1960年6月作；
载1960年6月19日上海《文汇报》。

文学要跑在时代的前头
1960年7月作；
载1960年7月26日《文艺报》第13期、第14期合刊，又载1960年8月8日《人民日报》和上海《文汇报》；
按：本篇系在中国作家协会第三次理事会（扩大）会议上的发言。

朝鲜的梦（散文）
1960年7月13日作；
载1960年8月8日《人民文学》8月号；
初收1961年12月作家出版社版《李大海》，为该书“代序”，现收1982年3月花城出版社版《序跋集》。

万古长青的友谊（散文）
1960年8月作；
载1960年8月15日《人民日报》。

致美国人民（书信）
载1960年8月美国《主流》杂志8月号“中国专号”。

副指导员（短篇小说）
1960年9月5日作；
载1960年11月5日《上海文学》10月号、11月号合刊；
1961年6月初修改，初收1961年12月作家出版社版《李大海》。

回家（短篇小说）
1960年10月15日作；
载1960年11月1日《解放军文艺》11月号；
初收1961年12月作家出版社版《李大海》。

军长的心（短篇小说）
1960年11月18日作；
载1961年2月12日《人民文学》第1期、第2期合刊；
初收1961年12月作家出版社版《李大海》。

李大海（短篇小说）
1960年12月2日作；
载1961年1月5日《上海文学》1月号，题为《无畏战士李大海》；
初收1961年12月作家出版社版《李大海》。

再见（短篇小说）
1960年12月10日作；
载1961年4月1日《四川文学》第4期；
初收1961年12月作家出版社版《李大海》。

## 1961年

卢蒙巴总理的血决不会白流（杂文）
1961年2月作；
载1961年2月22日上海《解放日报》。

在亚非作家会议常设委员会东京紧急会议上致词
1961年2月作；
载1961年4月26日《文艺报》第4期，题为《中国代表团团长巴金致词》。

我们永远站在一起（散文）
1961年5月26日作；
载1961年6月8日《人民日报》；
初收1963年8月百花文艺出版社版《倾吐不尽的感情》。

从镰仓带回的照片（散文）
1961年6月15日作；
载1961年7月5日《上海文学》7月号；
初收1963年8月百花文艺出版社版《倾吐不尽的感情》，现收1979年12月人民文学出版社版《爝火集》。

团圆（短篇小说）
1961年7月20日作；
载1961年8月5日《上海文学》8月号；
初收1961年12月作家出版社版《李大海》。

《飞吧，英雄的小嘎斯！》（短篇小说）
1961年8月15日作；
载1961年10月1日《河北文学》10月号；
初收1961年12月作家出版社版《李大海》。

《李大海》后记（序跋）
1961年8月19日作；
载1961年12月作家出版社版《李大海》；

初收1961年12月作家出版社版《李大海》，现收1982年3月花城出版社版《序跋集》。

鲁迅仍然和我们在一起（散文）

1961年9月作；

载1961年9月27日《解放日报》。

谈《第四病室》（创作谈）

1961年10月25日作；

载1962年8月人民文学出版社版《巴金文集》第14卷《谈自己的创作》；

初收1962年8月人民文学出版社版《巴金文集》第14卷。

谈《憩园》（创作谈）

1961年11月12日作；

载1962年8月人民文学出版社版《巴金文集》第14卷《谈自己的创作》；

初收1962年8月人民文学出版社版《巴金文集》第14卷。

谈《寒夜》（创作谈）

1961年11月20日作；

载1962年6月1日《作品》新1卷第5期、第6期合刊；

初收1962年8月人民文学出版社版《巴金文集》第14卷。

按：本篇写作日期发表时署1962年4月，现从《巴金文集》。

谈《新生》及其它（创作谈）

1961年11月27日作；

载1962年8月人民文学出版社版《巴金文集》第14卷《谈自己的创作》；

初收1962年8月人民文学出版社版《巴金文集》第14卷。

《谈自己的创作》小序（序跋）

1961年11月29日作；

载1962年8月人民文学出版社版《巴金文集》第14卷《谈自己的创作》；

初收1962年8月人民文学出版社版《巴金文集》第14卷，现收1982年3月花城出版社版《序跋集》。

《巴金文集》后记（序跋）

1961年11月30日作；

载1962年8月人民文学出版社版《巴金文集》第14卷《谈自己的创作》；

初收1962年8月人民文学出版社版《巴金文集》第14卷，现收1982年3月花城出版社版《序跋集》。

青野季吉先生（散文）

1961年12月28日作；

初收1963年8月百花文艺出版社版《倾吐不尽的感情》。

## 1962年

喜悦和感激（随笔）

1962年3月作；

载1962年3月13日广州《羊城晚报》，又载1962年3月21日香港《文汇报》。

更高地举起毛泽东文艺思想的红旗

1962年5月8日作；

载1962年5月9日上海《解放日报》。

按：本篇系在上海市第二次文代会上的发言。

作家的勇气和责任心

1962年5月9日作；

载1962年5月5日《上海文学》5月号。

按：本篇系在上海市第二次文代会上的发言；《上海文学》5月号延期出版。

富士山和樱花（散文）

1962年6月9日至16日作；

载1962年7月5日《上海文学》7月号；

初收1963年8月百花文艺出版社版《倾吐不尽的感情》，现收1979年12月人民文学出版社版《爝火集》。

优美的艺术享受（随笔）

1962年6月作；

载1962年7月4日香港《文汇报》。

向着祖国的心（散文）

1962年6月底作；

载1962年8月5日《上海文学》8月号；

初收1963年8月百花文艺出版社版《倾吐不尽的感情》，现收1979年12月人民文学出版社版《爝火集》。

“不死鸟”的雄壮歌声（散文）

1962年8月24日作；

载1962年8月28日香港《文汇报》；

初收1963年8月百花文艺出版社版《倾吐不尽的感情》。

中国人民发言了（杂文）

载1962年9月1日日本《日中文化交流》第63号。

藤森先生的笑容（散文）

1962年9月12日作；

载1962年10月12日《人民文学》10月号；

初收1963年8月百花文艺出版社版《倾吐不尽的感情》。

倾吐不尽的感情（散文）

1962年9月26日作；

载1962年10月1日上海《文汇报》。

初收1963年8月百花文艺出版社版《倾吐不尽的感情》。

愤怒的内滩（散文）

1962年10月14日作；

载1962年11月5日《上海文学》11月号；

初收1963年8月百花文艺出版社版《倾吐不尽的感情》。

看了“松川事件”以后（散文）

1962年10月18日、19日作；

载1963年1月《上海电影》1月号，又载1963年2月1日《文艺报》第2期；
初收1963年8月百花文艺出版社版《倾吐不尽的感情》。

致芹泽光治良先生——《倾吐不尽的感情》代序（散文）
1962年10月20日作；
载1963年2月6日香港《文汇报》，题为《谈友情——致芹泽光治良先生》；
初收1963年8月百花文艺出版社版《倾吐不尽的感情》，现收1982年3月花城出版社版《序跋集》。

古巴必胜（杂文）
1962年10月作；
载1962年11月5日《上海文学》11月号。

迎接一九六三年（散文）
1962年12月作；
载1963年1月1日上海《解放日报》。

## 1963年

为《红色宣传员》欢呼（随笔）
1963年3月作；
载1963年4月26日《大众电影》第4期。

贤良桥畔（散文）
1963年7月6日作；
载1963年9月12日《人民文学》9月号，题为《贤良桥畔的金星红旗》；
初收1964年9月作家出版社版《贤良桥畔》。

手（报告文学）
1963年8月作；
载1963年9月《上海文学》9月号，署名巴金、茹志鹃、张煦棠、燕平、魏金枝。

越南人民庄严的答复（散文）
1963年9月10日作；
载1963年9月《上海文学》9月号；
初收1964年9月作家出版社版《贤良桥畔》。

人生最美的事情（散文）
载1963年12月12日日本《日中文化交流》。

## 1964年

六亿五千万中国人民的声音（杂文）
1964年1月作；
载1964年1月14日上海《解放日报》。

美帝国主义是全世界人民最凶恶的敌人（杂文）
1964年1月作；
载1964年1月17日上海《新民晚报》。

我的心永远在英雄的人民中间（散文）
1964年2月作；
载1964年2月11日《人民日报》；
初收1964年9月作家出版社版《贤良桥畔》。

携手前进——写给一位越南作家（散文）
1964年2月27日作；
载1964年3月25日《收获》第2期；
初收1964年9月作家出版社版《贤良桥畔》。

忆越南（散文）
1964年3月6日作；
载1964年4月15日《萌芽》第4期；
初收1964年9月作家出版社版《贤良桥畔》。

珍贵的礼物——致越南诗人春生同志（散文）
1964年5月作；
载1964年6月5日上海《文汇报》；
初收1964年9月作家出版社版《贤良桥畔》。

致江南同志——《贤良桥畔》代序（散文）
1964年5月作；
载1964年6月10日香港《文汇报》，题为《这样的一天——答越南南方诗人江南同志》；又载1964年6月16日《光明日报》，题为《答越南南方诗人江南同志》；
初收1964年9月作家出版社版《贤良桥畔》。

《贤良桥畔》后记（序跋）
1964年6月作；
载1964年9月作家出版社版《贤良桥畔》；
初收1964年9月作家出版社版《贤良桥畔》。

越南人（散文）
1964年7月6日作；
载1964年7月25日《收获》第4期；
初收1964年9月作家出版社版《贤良桥畔》。

永远同越南人民在一起（散文）
1964年7月作；
载1964年8月8日《山西日报》。

新中国人（散文）
1964年8月14日作；
载1964年9月25日《收获》第5期。

大寨行（报告文学）
1964年10月26日作；
载1965年1月25日《收获》第1期；
初版1965年8月山西人民出版社，现收1979年12月人民文学出版社版《爝火集》。

并肩前进——答越南南方诗人江南同志（散文）
1964年12月作；
载1964年12月20日《人民日报》。

## 1965年

坚决同越南人民站在一起（杂文）
1965年2月作；
载1965年2月10日上海《文汇报》。

英雄的越南人民必胜（杂文）
1965年2月作；
载1965年2月15日《人民日报》。

大寨英雄——“老石匠”贾进才（散文）
载1965年4月《儿童时代》4月号。

三千万越南人民大踏步前进（散文）
1965年4月18日作；
载1965年5月10日《文艺报》第4期。

谎话一定要给戳穿（杂文）
1965年6月作；
载1965年7月5日上海《文汇报》。

美国飞贼们的下场——答越南南方诗人江南同志（一）　（散文）
1965年9月18日作；
载1965年10月12日《人民文学》10月号。

越南青年女民兵——答越南南方诗人江南同志（散文）
1965年12月作；
载1965年12月21日《人民日报》，又载1965年12月29日香港《文汇报》。

炸不断的桥——再致越南南方诗人江南同志（散文）
1965年12月31日作；
载1966年3月16日香港《文汇报》；
又载1966年3月25日《收获》第2期。

## 1966年

重访十七度线——答越南南方诗人江南同志（散文）
1966年1月31日作；
载1966年3月12日《人民文学》3月号。

一块头巾——访越散记（散文）
1966年2月19日作；
载1966年4月10日《新建设》第3期

雄壮的声音，战斗的友情（散文）
1966年3月作；
载1966年3月14日上海《文汇报》。

## 1973年

处女地（俄国屠格涅夫作，长篇小说）
1973年底重译毕，1974年9月抄完；
初版1978年2月人民文学出版社。
按：本书初译于1943年，1944年出版。

## 1974 年

《处女地》新版译后记（序跋）
1974 年 8 月作；
载 1978 年 2 月人民文学出版社版《处女地》，又载 1978 年 4 月 3 日《人民日报》；
初收 1978 年 8 月四川人民出版社版《巴金近作》，现收 1982 年 3 月花城出版社版《序跋集》。
按：本篇写作日期《序跋集》署 1975 年 8 月。

往事与随想（第一册）（俄国赫尔岑作，回忆录）
1974 年 9 月至 1977 年 4 月译毕；
第一卷第三章、第六章载 1977 年 12 月 15 日《世界文学》第 2 期，题为《往事与深思》（选译）；
初版 1979 年 10 月上海译文出版社。

## 1977 年

一封信（散文）
1977 年 5 月 18 日作；
载 1977 年 5 月 25 日上海《文汇报》；
初收 1978 年 8 月四川人民出版社版《巴金近作》，现收 1979 年 12 月人民文学出版社版《爝火集》。

第二次的解放（散文）
1977 年 5 月 27 日作；
载 1977 年 6 月 11 日上海《文汇报》；
初收 1978 年 8 月四川人民出版社版《巴金近作》，现收 1979 年 12 月人民文学出版社版《爝火集》。

《往事与深思》译者说明
1977 年 6 月 15 日作；
载 1977 年 12 月 15 日《世界文学》第 2 期；
初收 1978 年 8 月四川人民出版社版《巴金近作》。

望着总理的遗像（散文）
1977 年 7 月 10 日作；
载 1977 年 8 月 20 日《人民文学》第 8 期；
初收 1978 年 8 月四川人民出版社版《巴金近作》，现收 1979 年 12 月人民文学出版社版《爝火集》。

《家》重印后记（序跋）
1977 年 8 月 9 日作；
载 1977 年 11 月人民文学出版社版《家》，又载 1977 年 11 月 13 日《人民日报》；
初收 1978 年 8 月四川人民出版社版《巴金近作》，现收 1982 年 3 月花城出版社版《序跋集》。

坚决的拥护，热烈的致敬（随笔）
1977 年 8 月作；
载 1977 年 8 月 23 日上海《文汇报》。

杨林同志（短篇小说）
1977年8月27日作；
载1977年10月20日《上海文艺》第1期；
初收1978年8月四川人民出版社版《巴金近作》。

《家》法文译本序（序跋）
1977年9月26日作；
载1977年12月9日香港《大公报》副刊《大公园》；1978年11月29日补写一段，连前均载1979年2月《新华月报·文摘版》第2期；
初收1980年9月四川人民出版社版《巴金近作》第二集，现收1982年3月花城出版社版《序跋集》。

除恶务尽
1977年12月10日作；
载1977年12月26日《人民日报》，题为《除恶务尽　不留后患——揭批“四人帮”炮制“文艺黑线专政”论的罪行》；
初收1978年8月四川人民出版社版《巴金近作》。

“最后的时刻”（散文）
1977年12月15日作；
载1978年1月20日《上海文学》第1期；
初收1978年8月四川人民出版社版《巴金近作》，现收1979年12月人民文学出版社版《爝火集》。

## 1978年

《中国文艺工作者宣言》起草经过及其它
1977年4月29日作；
载1977年12月《新文学史料》第1辑，题为《访巴金同志——谈〈中国文艺工作者宣言〉起草经过及其他》（经巴金审订）。

《憩园》法文译本序（序跋）
1977年5月3日作；
载1980年9月四川人民出版社版《巴金近作》第二集；
初收1980年9月四川人民出版社版《巴金近作》第二集，现收1982年3月花城出版社版《序跋集》。

个人的想法（随笔）
1978年5月11日作；
载1978年7月上海《外国文艺》第1期；
初收1980年9月四川人民出版社版《巴金近作》第二集。

迎接社会主义文艺的春天——在中国文联全委会扩大会议上的发言
1978年5月28日作；
载1978年7月15日《文艺报》第1期；
初收1978年8月四川人民出版社版《巴金近作》，后收1979年3月人民文学出版社版《文艺界拨乱反正的一次盛会》。

中国文联第三届全国委员会第三次扩大会议开幕词
1978年6月5日作；
载1979年3月人民文学出版社版《文艺界拨乱反正的一次盛会》；
初收1980年9月四川人民出版社版《巴金近作》第二集。

我的希望（随笔）
1978年6月9日作；
载1978年8月四川人民出版社版《巴金近作》；
初收1978年8月四川人民出版社版《巴金近作》。

永远向他学习——悼念郭沫若同志（散文）
1978年6月14日至15日作；
载1978年7月15日《文艺报》第1期；
初收1978年8月四川人民出版社版《巴金近作》，现收1979年12月人民文学出版社版《爝火集》。

谈《春天里的秋天》（创作回忆录）
1978年7月14日作；
载1978年9月5日香港《文汇报》"创刊三十周年增刊"，又载1979年1月25日《收获》第1期；
初收1979年12月人民文学出版社版《爝火集》，现收1981年9月三联书店香港分店版、1982年1月人民文学出版社版《创作回忆录》*。

致嶌田恭子（书信）
1978年7月19日作；
载1983年9月30日日本《咿哑》第16号。
按：本篇系原信手迹。

衷心感谢他——怀念何其芳同志（散文）
1978年7月作；
载1978年8月20日《人民日报》；
初收1979年12月人民文学出版社版《爝火集》。

怀念金仲华同志（散文）
1978年8月作；
载1978年8月20日上海《文汇报》；
初收1979年12月人民文学出版社版《爝火集》。

《巴金选集》后记（序跋）
1978年9月7日作；
载1979年5月《读书》第5期，又载1979年9月《新华月报·文摘版》第9期；
初收1980年3月人民文学出版社版《巴金选集》，现收1982年3月花城出版社版《序跋集》。

---

* 以下简称《创作回忆录》，出版期、出版社均同此，不再标明。

《父与子》新版后记（序跋）
1978年9月8日作；
载1979年8月江西《百花洲》文学丛刊第1期，题为《关于〈父与子〉》；
初收1980年9月四川人民出版社版《巴金近作》第二集，现收1982年3月花城出版社版《序跋集》。

《往事与随想》后记（一）（序跋）
1978年9月17日作；
载1979年1月吉林《长春》1月号，又载1980年2月上海《书林》第1期；
初收1979年10月上海译文出版社版《往事与随想》（第一册），现收1982年3月花城出版社版《序跋集》。

谈《长生塔》（创作回忆录）
1978年9月24日作；
载1979年1月25日《收获》第1期，1979年7月25日修改，载1979年8月12日香港《文汇报》副刊《文艺》，有副题"《创作回忆录》之二"；
初收1980年9月四川人民出版社版《巴金近作》第二集，现收《创作回忆录》。

要有个艺术民主的局面（随笔）
1978年10月12日作；
载1978年11月15日《文艺报》第5期；
初收1980年9月四川人民出版社版《巴金近作》第2集。

等着，盼着……——怀念陈同生同志（散文）
1978年11月11日作；
载1978年12月8日上海《解放日报》；
初收1979年12月人民文学出版社版《爝火集》。

《爝火集》序（序跋）
1978年11月26日作；
载1978年12月10日《光明日报》，题为《更爱我们的时代》；
初收1979年12月人民文学出版社版《爝火集》，现收1982年3月花城出版社版《序跋集》。

《随想录》总序（序跋）
1978年12月1日作；
载1978年12月17日香港《大公报》副刊《大公园》；
初收1979年12月三联书店香港分店版、1980年6月人民文学出版社版《随想录》第一集*，现收1982年3月花城出版社版《序跋集》。

谈《望乡》（随笔）
1978年12月1日作；
载1978年12月17日香港《大公报》副刊《大公园》，原题为《随想录一》，又载1979年6月沈阳《鸭绿江》第6期；
初收《随想录》第一集。

---

* 以下简称《随想录》第一集，出版期、出版社均同此，不再标明。

一颗红心（散文）
1978年12月15日；
载1979年1月北京《战地增刊》第1期；
初收1979年12月人民文学出版社版《爝火集》。

《爝火集》后记（序跋）
1978年12月20日作；
载1979年9月《当代》文学双月刊第3期；
初收1979年12月人民文学出版社版《爝火集》，现收1982年3月花城出版社版《序跋集》。
按：本篇曾作为《我们会见了彭德怀司令员》一文的“附记”，辑入1979年7月四川人民出版社版《英雄的故事》。

## 1979年

再谈《望乡》（随笔）
1979年1月2日作；
载1979年1月12日香港《大公报》副刊《大公园》，题为《随想录二》；
初收《随想录》第一集。

多印几本西方文学名著（随笔）
1979年1月2日；
载1979年1月16日香港《大公报》副刊《大公园》，题为《随想录三》；
初收《随想录》第一集。

“结婚”（随笔）
1979年1月7日作；
载1979年1月22日香港《大公报》副刊《大公园》，题为《随想录四》；
初收《随想录》第一集。

怀念肖珊（随笔）
1979年1月16日作；
载1979年2月2日至5日香港《大公报》副刊《大公园》，有副题“随想录之五”，又载1979年4月广州《作品》4月号；
初收《随想录》第一集。

“毒草病”（随笔）
1979年1月22日作；
载1979年2月12日香港《大公报》副刊《大公园》，题为《随想录六》；
初收《随想录》第一集。

“遵命文学”（随笔）
1979年1月24日作；
载1979年2月17日香港《大公报》副刊《大公园》，题为《随想录七》；
初收《随想录》第一集。

“长官意志”（随笔）
1979年1月25日作；
载1979年2月21日香港《大公报》副刊《大公园》，题为《随想录八》；
初收《随想录》第一集。

文学的作用（随笔）

1979 年 1 月 27 日作；

载 1979 年 3 月 1 日香港《大公报》副刊《大公园》，题为《随想录九》；

又载 1979 年 5 月《雨花》第 5 期，题为《一点不成熟的意见》；

初收《随想录》第一集。

作家要有勇气　文艺要有法制

1979 年 1 月作；

载 1979 年 2 月《上海文学》第 2 期；

初收 1980 年 9 月四川人民出版社版《巴金近作》第二集。

把心交给读者（随笔）

1979 年 2 月 3 日作；

载 1979 年 3 月 6 日、7 日香港《大公报》副刊《大公园》，题为《随想录十》，又载 1979 年 5 月长沙《湘江文艺》第 5 期，1980 年 6 月上海《书林》第 3 期；

初收《随想录》第一集。

《家》罗马尼亚文译本序（序跋）

1979 年 2 月 5 日作；

载 1982 年 3 月花城出版社版《序跋集》；

初收 1982 年 4 月四川人民出版社版《探索与回忆》。

一颗桃核的喜剧（随笔）

1979 年 2 月 12 日作；

载 1979 年 3 月 22 日香港《大公报》副刊《大公园》，题为《随想录十一》；

又载 1979 年杭州《西湖》第 3 期；

初收《随想录》第一集。

关于丽尼同志（随笔）

1979 年 3 月 9 日作；

载 1979 年 3 月 29 日、30 日香港《大公报》副刊《大公园》，题为《随想录十二》，又载 1979 年 5 月杭州《东海》5 月号；

初收《随想录》第一集。

三次画像（随笔）

1979 年 3 月 17 日作；

载 1979 年 4 月 7 日香港《大公报》副刊《大公园》，题为《随想录十三》，又载 9 月福州《榕树文学丛刊》第 1 期；

初收《随想录》第一集。

“五四”运动六十周年（随笔）

1979 年 3 月 13 日作；

载 1979 年 4 月 18 日香港《大公报》副刊《大公园》，题为《随想录十四》，又载 1979 年 5 月《河北文艺》第 5 期；

初收《随想录》第一集。

谈谈《第四病室》（创作回忆录）

1979 年 3 月 21 日至 26 日作；

载 1979 年 4 月 8 日香港《文汇报》副刊《文艺》，有副题“创作回忆录之三”，又载 1979 年 10 月《贵阳文艺》第5期，题为《关于〈第四病室〉的回忆》；
初收1980年9月四川人民出版社版《巴金近作》第二集，现收《创作回忆录》。

巴金来信（书信）
载1979年4月1日上海《解放日报》。

书简
1979年3月28日作；
载1979年4月8日香港《文汇报》副刊《文艺》。

小人、大人、长官（随笔）
1979年3月28日作；
载1979年5月9日香港《大公报》副刊《大公园》，题为《随想录十五》；
初收《随想录》第一集。

答法国《世界报》记者皮埃尔·让·雷米问
1979年4月17日答；
载1979年5月18日法国《世界报》（雷米记录整理）；
译文载1979年6月17日香港《文汇报》副刊《文艺》，题为《巴金访问记》（乔子译），又载1979年7月1日、2日香港《大公报》副刊《大公园》，题为《答法国〈世界报〉记者问》（黎海宁译）。

按：以上均未经巴金过目。

答香港董玉问
1979年春答；
载1980年3月香港《开卷》杂志第2卷第8期（董玉记录），又载1980年9月四川图书馆《集萃》第3期。均未经巴金过目。

再访巴黎（随笔）
1979年5月22日作；
载1979年6月4日香港《大公报》副刊《大公园》，题为《随想录十六》，又载1980年3月《当代》文学双月刊第1期，题为《访法散记（一）》；
初收《随想录》第一集。

《往事与随想》后记（二）　（序跋）
1979年5月30日作；
载1980年2月上海《书林》第1期；
初收1979年10月上海译文出版社版《往事与随想》（第一册），现收1982年3月花城出版社版《序跋集》。

诺·利斯先生（随笔）
1979年6月2日作；
载1979年6月12日香港《大公报》副刊《大公园》，题为《随想录十七》，又载1980年3月《当代》文学双月刊第1期，题为《访法散记（二）》；
初收《随想录》第一集。

关于《海的梦》（创作回忆录）

1979 年 6 月 16 日作；

载 1979 年 7 月 8 日、15 日香港《文汇报》副刊《文艺》，有副题《创作回忆录之四》；

初收 1980 年 9 月四川人民出版社版《巴金近作》第二集，现收《创作回忆录》。

在尼斯（随笔）

1979 年 6 月 17 日作；

载 1979 年 6 月 26 日香港《大公报》副刊《大公园》，题为《随想录十八》；又载 1980 年 3 月《当代》文学双月刊第 1 期，题为《访法散记（三）》，

初收《随想录》第一集。

重来马赛（随笔）

1979 年 7 月 6 日作；

载 1979 年 7 月 14 日香港《大公报》副刊《大公园》，题为《随想录十九》，又载 1980 年 3 月《当代》文学双月刊第 1 期，题为《访法散记（四）》；

初收《随想录》第一集。

给无锡市教师进修学院语文学科组的复信（书信）

1979 年 7 月 8 日作；

载 1980 年 4 月上海《语文学习》第 4 期。

按：本篇系影印作者手稿。

里昂（随笔）

1979 年 7 月 9 日作；

载 1979 年 7 月 19 日香港《大公报》副刊《大公园》，题为《随想录二十》，又载 1980 年 3 月《当代》文学双月刊第 1 期，题为《访法散记（五）》；

初收《随想录》第一集。

沙多—吉里（随笔）

1979 年 7 月 12 日作；

载 1979 年 7 月 25 日、26 日香港《大公报》副刊《大公园》，题为《随想录二十一》，又载 1980 年 3 月《当代》文学双月刊第 1 期，题为《访法散记（六）》，

初收《随想录》第一集。

“友谊的海洋”（随笔）

1979 年 7 月 16 日作；

载 1979 年 7 月 31 日香港《大公报》副刊《大公园》，题为《随想录二十二》；

初收《随想录》第一集。

中国人（随笔）

1979 年 7 月 22 日作；

载 1979 年 8 月 5 日香港《大公报》副刊《大公园》，题为《随想录二十三》；

初收《随想录》第一集。

人民友谊的事业（随笔）

1979 年 7 月 24 日作；

载 1979 年 8 月 11 日香港《大公报》

副刊《大公园》，题为《随想录二十四》，又载1980年3月《当代》文学双月刊第1期，题为《访法散记（七）》；
初收《随想录》第一集。

中岛健藏先生（随笔）
1979年7月30日作；
载1979年8月16日、17日香港《大公报》副刊《大公园》，有副题“随想录二十五”，又载1980年1月沈阳《鸭绿江》第1期，题为《怀念中岛健藏先生》；
初收《随想录》第一集。

观察人（随笔）
1979年8月2日作；
载1979年8月19日香港《大公报》副刊《大公园》，题为《随想录二十六》；
初收《随想录》第一集。

要不要制定“文艺法”？（随笔）
1979年8月5日作；
载1979年8月24日香港《大公报》副刊《大公园》，题为《随想录二十七》；
初收《随想录》第一集。

绝不会忘记（随笔）
1979年8月6日作；
载1979年8月28日香港《大公报》副刊《大公园》，题为《随想录二十八》；
初收《随想录》第一集。

纪念雪峰（随笔）
1979年8月8日作；
载1979年9月4日、5日香港《大公报》副刊《大公园》，题为《随想录二十九》；
初收《随想录》第一集。

靳以逝世二十周年（随笔）
1979年8月11日；
载1979年9月11日香港《大公报》副刊《大公园》，题为《随想录三十》，又载1979年11月25日《收获》第6期；
初收《随想录》第一集。

《随想录》（第一集）后记（序跋）
1979年8月11日作；
载1979年12月三联书店香港分店版《随想录》（第一集）。
初收1982年3月花城出版社版《序跋集》。

关于《神·鬼·人》（创作回忆录）
1979年8月28日作；
载1979年10月14日、21日香港《文汇报》副刊《文艺》，有副题“创作回忆录之五”，又载1980年8月22日《新文学史料》第3期；
初收1980年9月四川人民出版社版《巴金近作》第二集，现收《创作回忆录》。

“豪言壮语”（随笔）
1979年9月12日作；
载1979年9月20日香港《大公报》副刊《大公园》，为《随想录三十一》，又载1978年12月《四川文学》第12期；初收1980年9月四川人民出版社版《巴金近作》第二集，现收1981年4月三联书店香港分店版、1981年7月人民文学出版社版《探索集》（《随想录》第二集）*。

《往事与随想》（选译） （俄国赫尔岑作，回忆录）
1979年9月译；
载1980年2月15日北京师范大学《苏联文学》第1期。
按：本篇系《往事与随想》第三卷第十九章、第二十章。

《往事与随想》译后记（选译） （序跋）
1979年9月26日作；
载1980年2月15日北京师范大学《苏联文学》第1期。

小骗子（随笔）
1979年9月28日作；
载1979年10月11日香港《大公报》副刊《大公园》，为《随想录三十二》；初收1980年9月四川人民出版社版《巴金近作》第二集，现收《探索集》。

巴金先生谈过去、现在、将来
1979年10月14日谈；
载1980年2月香港《八方》文艺丛刊第2辑（李黎记录）。

中国作家协会第三次会员代表大会闭幕词
1979年11月11日作；
载1979年12月12日《文艺报》第11期、第12期合刊；
初收1980年9月四川人民出版社版《巴金近作》第二集。
按：1979年12月16日香港《文汇报》副刊《文艺》载《巴金谈文艺形势》，系本篇节录。

《彭德怀同志致巴金同志的信》附记（序跋）
1979年11月21日作；
载1980年1月《解放军文艺》1月号。

方之同志（随笔）
1979年12月4日作；
载1979年12月11日香港《大公报》副刊《大公园》，为《随想录三十二》，又载1980年1月20日《上海文学》第1期；
初收1980年9月四川人民出版社版《巴金近作》第二集，现收《探索集》。

* 以下简称《探索集》出版期、出版社均同此，不再标明。

怀念老舍同志（随笔）

1979年12月15日作；

载1979年12月25日、26日香港《大公报》副刊《大公园》，为《随想录三十三》，又载1980年2月上海《文汇增刊》第2期、1980年3月《新华日报·文摘版》第3期，题为《“我爱咱们的祖国，可是谁爱我呢？”——怀念老舍同志》；

初收1980年9月四川人民出版社版《巴金近作》第二集，现收《探索集》。

我读《红楼梦》（随笔）

1979年12月15日作；

载1982年1月天津人民出版社版《我读〈红楼梦〉》。

致张慧珠（书信）

1979年12月21日作；

载1983年8月四川人民出版社版《巴金创作论》。

按：本篇系原信手迹。

大镜子（随笔）

1979年12月23日作；

载1980年1月4日香港《大公报》副刊《大公园》，为《随想录三十五》，又载1980年3月《四川文学》第3期，题为《从镜子想起的》；

初收1980年9月四川人民出版社版《巴金近作》第二集，现收《探索集》。

关于《龙·虎·狗》（创作回忆录）

1979年12月26日作；

载1980年1月香港《文汇报》副刊《文艺》，有副题“创作回忆录之六”，又载1980年6月四川图书馆《集萃》第2期；

初收1980年9月四川人民出版社版《巴金近作》第二集，现收《创作回忆录》。

## 1980年

小狗包弟（随笔）

1980年1月4日作；

载1980年1月12日香港《大公报》副刊《大公园》，为《随想录三十六》，又载1980年3月武汉《芳草》第3期；

初收《探索集》。

关于《火》（创作回忆录）

1980年1月25日作；

载1980年2月24日香港《文汇报》副刊《大公园》，有副题“创作回忆录之七”；1980年4月20日修改，载1980年9月20日武汉《艺丛》文艺性综合刊第2期，题为《关于〈火〉的回忆》；

初收《创作回忆录》。

探索（随笔）

1980年2月9日作；

载1980年2月29日、3月1日香港《大公报》副刊《大公园》，为《随想录三十七》；

初收《探索集》。

再谈探索（随笔）

1980年2月15日作；

载1980年3月5日香港《大公报》副刊《大公园》，为《随想录三十八》；

初收《探索集》。

探索之三（随笔）

1980年2月28日作；

载1980年3月12日、13日香港《大公报》副刊《大公园》，为《随想录三十九》；

初收《探索集》。

探索之四（随笔）

1980年2月29日作；

载1980年3月18日香港《大公报》副刊《大公园》，为《随想录四十》；

初收《探索集》。

探索（随笔）

1980年2月9日至29日作；

载1980年7月5日南京《雨花》第7期，又载1980年9月《新华月报·文摘版》第9期。

按：本篇系《探索》、《再谈探索》、《探索之三》、《探索之四》连缀而成。文字略有删节。

致张慧珠（书信）

1980年3月8日作；

载1983年8月四川人民出版社版《巴金创作论》。

按：本篇系原信手迹。

与意大利留学生马尔格丽达谈自己的创作

1980年3月22日谈；

载1980年辽宁大学《欣赏与评论》第2期，又载1982年3月沈阳《芒种》第3期。

按：此记录稿未经巴金过目。

《春天里的秋天》世界语译本序（序跋）

1980年3月24日作；

载1980年北京外文出版社版《春天里的秋天》；

初收1982年3月花城出版社版《序跋集》。

在一九七九年全国优秀短篇小说评选发奖大会上的讲话

1980年3月25日作；

载1980年4月20日《人民文学》第4期；

初收1982年4月四川人民出版社版《探索与回忆》。

文学生活五十年——一九八〇年四月四日在日本东京朝日讲堂讲演会上的讲话

1980年4月4日作；

载1980年4月7日日本《朝日新闻》（晚刊），又载1980年8月《花城》文艺丛刊第6期，1980年12月《新华月报·文摘版》第12期，又载1983年2月联合国教科文组织《信使》月刊中文版2月号；
初收《创作回忆录》，为该书代序。

和木下顺二的谈话
1980年4月上旬谈；
载1980年日本岩波书店《图书》杂志8月号；
译文载1981年5月上海《小说界》创刊号（陈喜儒译）。
按：译文经巴金订正。



我和文学——四月十一日在日本京都“文化讲演会”上的讲话
1980年4月9日作；
载1980年4月16日日本《圣教新闻》，又载1980年11月15日南京《钟山》文艺丛刊第4期；
初收《探索集》“附录”。

谈《海上的日出》
载1980年4月20日上海《语文学习》第4期，题为《巴金谈〈海上的日出〉》。

友谊（随笔）
1980年4月24日作；
载1980年5月1日香港《大公报》副刊《大公园》，为《随想录四十一》；
初收《探索集》。

春蚕（随笔）
1980年4月28日作；
载1980年5月6日香港《大公报》副刊《大公园》，为《随想录四十二》，又载1980年8月15日南京《钟山》文艺丛刊第3期；
初收《探索集》。

关于《还魂草》（创作回忆录）
1980年5月7日作；
载1980年6月1日香港《大公报》副刊《大公园》，有副题“创作回忆录之八”；
初收《创作回忆录》。

《巴金小说选集》和《巴金散文选集》前记（序跋）
1980年5月15日作；
载1982年3月花城出版社版《序跋集》。

怀念黎烈文兄（随笔）
1980年5月24日作；
载1980年5月31日至6月2日香港《大公报》副刊《大公园》，为《随想录四十三》，又载1980年8月《新华月报·文摘版》第8期；
初收《探索集》。

访问广岛（随笔）
1980年6月5日作；
载1980年6月13日、14日香港《大

公报》副刊《大公园》，为《随想录四十四》，又载 1980 年 7 月 25 日《收获》第 4 期，题为《二十年的心愿》；
初收《探索集》。

灌输和宣传——探索之五（随笔）
1980 年 6 月 15 日作；
载 1980 年 6 月 24 日、25 日香港《大公报》副刊《大公园》，为《随想录四十五》；
初收《探索集》。

《家》意大利文译本序（序跋）
1980 年 6 月 24 日作；
载 1982 年 3 月沈阳《芒种》第 3 期；
初收 1982 年 3 月花城出版社版《序跋集》。

分离——《往事与随想》第三卷第二十一章（俄国赫尔岑作，回忆录）
载 1980 年 7 月吉林《长春》7 月号。

发烧（随笔）
1980 年 7 月 11 日作；
载 1980 年 7 月 20 日香港《大公报》副刊《大公园》，为《随想录四十六》；
初收《探索集》。

思想复杂（随笔）
1980 年 7 月 11 日作；
载 1980 年 7 月 23 日香港《大公报》副刊《大公园》，为《随想录四十七》；
初收《探索集》。

书简
1980 年 7 月 17 日作；
载 1980 年 7 月 27 日香港《文汇报》副刊《文艺》。

世界语（随笔）
1980 年 8 月 24 日作；
载 1980 年 9 月 1 日、2 日香港《大公报》副刊《大公园》，为《随想录四十八》，又载 1980 年 9 月 22 日《人民日报》，题为《参加国际世界语大会有感》；
初收《探索集》。

巴金文学创作目录
载 1980 年 8 月广州《花城》第 6 期，署名巴金手订。

昭明版《巴金选集》后记（序跋）
1980 年 8 月 19 日作；
载 1981 年 1 月香港昭明出版有限公司版《巴金选集》；
初收 1982 年 3 月花城出版社版《序跋集》。

《胡絜青画集》前言（序跋）
1980 年 8 月 31 日作；
载 1982 年 4 月四川人民出版社版《探索与回忆》。

说真话（随笔）

1980年9月20日作；

载1980年9月28日香港《大公报》副刊《大公园》，为《随想录四十九》；

初收《探索集》。

《人到中年》（随笔）

1980年9月22日作；

载1980年9月30日香港《大公报》副刊《大公园》，为《随想录五十》；

初收《探索集》。

多鼓励，少干涉（随笔）

1980年9月作；

载1980年10月12日《文艺报》第10期；

初收 1982 年 4 月四川人民出版社版《探索与回忆》。

再论说老实话（随笔）

1980年10月2日作；

载1980年10月11日、12日香港《大公报》副刊《大公园》，为《随想录五十一》；

初收《探索集》。

写真话（随笔）

1980年10月4日作；

载1980年10月15日香港《大公报》副刊《大公园》，为《随想录五十二》；

初收《探索集》。

"腹地"（随笔）

1980年10月7日作；

载1980年10月21日香港《大公报》副刊《大公园》，为《随想录五十三》；

初收《探索集》。

按：本篇发表时写作时间误植为十月十七日。

再说小骗子（随笔）

1980年10月9日作；

载1980年10月25日香港《大公报》副刊《大公园》，为《随想录五十四》；

初收《探索集》。

赵丹同志（随笔）

1980年10月10日至13日作；

载1980年10月27日香港《大公报》副刊《大公园》，为《随想录五十五》；

初收《探索集》。

"没什么可怕的了"（随笔）

1980年10月14日作；

载1980年10月29日香港《大公报》副刊《大公园》，为《随想录五十六》；

初收《探索集》。

究竟属于谁？（随笔）

1980年10月15日作；

载1980年10月30日香港《大公报》副刊《大公园》，为《随想录五十七》；

初收《探索集》。

作家（随笔）

1980年10月17日作；

载1980年10月31日香港《大公报》副刊《大公园》，为《随想录五十八》；1980年11月初改写，载1981年4月成都《青年作家》创刊号；

初收《探索集》。

长崎的梦（随笔）

1980年10月20日至21日作；

载1980年10月7日、8日香港《大公报》副刊《大公园》，为《随想录五十九》；

初收《探索集》。

说梦（随笔）

1980年10月22日作；

载1980年11月16日香港《大公报》副刊《大公园》，为《随想录六十》；

初收《探索集》。

《探索集》后记（序跋）

1980年10月26日作；

载1980年11月9日广州《羊城晚报》；

初收《探索集》，现收1982年3月花城出版社版《序跋集》。

关于《砂丁》（创作回忆录）

1980年11月作；

载1980年11月29日香港《文汇报》副刊《文艺》，有副题“创作回忆录之九”；

初收《创作回忆录》。

祝《萌芽》复刊（随笔）

1980年11月28日作；

载1981年1月1日《萌芽》第1期，又载1981年1月9日香港《大公报》副刊《大公园》；

初收1982年4月四川人民出版社版《探索与回忆》。

《靳以文集》后记（序跋）

1980年12月7日作；

载1982年3月花城出版社版《序跋集》。

关于《激流》（创作回忆录）

1980年12月14日作；

1980年1月10日香港《文汇报》副刊《文艺》，有副题“创作回忆录之十”，又载1981年3月《新华文摘》第3期，1981年4月《新文学史料》第2期；

初收《创作回忆录》。

关于《寒夜》（创作回忆录）

1980年12月27日作；

载1981年2月14日香港《文汇报》副刊《文艺》，有副题“创作回忆录之十一”，又载1981年3月天津日报《文艺增刊》第1期，副题为“《创作回忆录》的最后一篇”；

初收《创作回忆录》，现收1982年3月花城出版社版《序跋集》。

《创作回忆录》后记（序跋）
1980年12月28日作；
载1981年2月14日香港《文汇报》副刊《大公园》，又载1981年3月12日《人民日报》；
初收《创作回忆录》。

## 1981年

三谈小骗子（随笔）
1981年1月29日作；
载1981年2月12日香港《大公报·大公园》，为《随想录六十一》；
初收1982年10月三联书店香港分店版、1983年2月人民文学出版社版《真话集》（《随想录》第三集）。*

《快乐王子集》再记（序跋）
1981年1月作；
载1981年9月四川人民出版社版《快乐王子集》；

致南京师范学院附属中学校庆筹备处的信（书信）
1981年2月15日作；
载1981年3月7日南京师院附中校庆筹备处《校庆》（1902—1981）第1期。

我和读者（随笔）
1981年2月23日作；
载1981年3月5日香港《大公报·大公园》，为《随想录六十二》；

《创作回忆录》再记（序跋）
1981年3月6日作；
载1981年9月三联书店香港分店版《创作回忆录》；
初收《创作回忆录》，现收1982年3月花城出版社版《序跋集》。

悼念茅盾同志（随笔）
1981年3月29日作；
载1981年4月5日香港《大公报·大公园》，为《随想录六十三》；
又载1981年4月22日《文艺报》第8期；
初收《真话集》。

现代文学资料馆（随笔）
1981年4月4日作；
载1981年4月16日香港《大公报·大公园》，为《随想录六十四》；又载1981年10月21日《光明日报》；
初收《真话集》。

致嶌田恭子（书信）
1981年4月28日作；
载1983年9月30日日本《咿哑》第16号。
按：本篇系原信手迹。

* 以下简称《真话集》，出版期、出版社均同此，不再标明。

怀念方令孺大姐（随笔）

1981年5月15日作；

载1981年5月21日至23日香港《大公报·大公园》，为《随想录六十五》；

初收《真话集》。

文学的激流永远奔腾——在全国优秀中篇小说、报告文学、新诗评奖大会上的讲话（书面）

1981年5月作；

载1981年5月26日《人民日报》，又载6月7日《文艺报》第11期及6月20日《人民文学》第6期；

初收四川人民出版社 1982 年 4 月版《探索与回忆》。

《序跋集》序（序跋）

1981年5月22日作；

载1981年5月29日香港《大公报·大公园》，为《随想录六十六》；

初收1982年3月花城出版社版《序跋集》，后收《真话集》。

怀念丰先生（随笔）

1981年5月31日作；

载1981年6月12日、13日香港《大公报·大公园》，为《随想录六十七》；

初收《真话集》。

《序跋集》再序（序跋）

1981年6月11日作；

载1981年6月20日香港《大公报·大公园》，为《随想录六十八》；

初收1982年3月花城出版社版《序跋集》，后收《真话集》。

十年一梦（随笔）

1981年6月中旬作；

载1981年7月30日、31日香港《大公报·大公园》，为《随想录六十九》；

初收《真话集》。

致十月（随笔）

1981年7月25日作；

载1981年8月8日、9日香港《大公报·大公园》，为《随想录七十》；又载1981年11月《十月》文学丛刊第6期；

初收《真话集》。

学好《决议》，肃清“左”的流毒

1981年7月24日作；

载1981年7月30日上海《文学报》第18期。

《序跋集》跋（序跋）

1981年8月10日作；

载1981年8月21日香港《大公报·大公园》，为《随想录七十一》；又载1982年4月2日《人民日报》；

初收1982年3月花城出版社版《序跋集》，后收《真话集》。

怀念鲁迅先生（随笔）

1981年7月底作；

载1981年9月25日《收获》第5期；

初收1982年4月四川人民出版社版《探索与回忆》，后收《真话集》，为《随想录七十二》。

在国际笔会第四十五届大会上的讲话

1981年9月作；

载1981年11月7日《文艺报》第21期。

《巴黎的忧郁》题辞

1981年10月15日作；

载1982年8月漓江出版社版《巴黎的忧郁》（法国沙尔·波德莱尔作，亚丁译）。按：本篇原无题。

“鹰之歌”（随笔）

1981年11月下旬作；

载1983年2月人民文学出版社版《真话集》（《随想录》第三集），为《随想录七十三》；

初收1983年2月人民文学出版社版《真话集》。

中国作家协会理事会三届二次会议开幕词

1981年12月17日作；

载1982年2月7日《文艺报》第2期，题为《团结起来，为文学的繁荣而努力工作——在中国作家协会理事会三届二次会议上的开幕词和闭幕词》；

初收1982年4月四川人民出版社版《探索与回忆》。

中国作家协会理事会三届二次会议闭幕词

1981年12月22日作；

载1982年2月7日《文艺报》第2期，题为《团结起来，为文学的繁荣而努力工作——在中国作家协会理事会三届二次会议上的开幕词和闭幕词》；

初收1982年4月四川人民出版社版《探索与回忆》。

巴金谈作家的任务——答南斯拉夫作家问

1981年12月答；

载1982年6月24日上海《文学报》第65期（邵刚整理）。

《寒夜》挪威文译本序（序跋）

1981年12月30日作；

全文录入《知识分子》（随想录九十）一文中，载1982年6月17日香港《大公报·大公园》；

向中青年作家致意（随笔）

1981年12月30日作；

载1982年1月1日《光明日报》“恭贺新年好，更上一层楼”栏；

初收 1982 年 4 月四川人民出版社版《探索与回忆》。

新的一年文学创作定将取得新的成绩（随笔）
1981 年 12 月底作；
载 1982 年 1 月 1 日上海《文汇报》"上海文艺界人士新年抒怀"栏。

巴金谈作家的任务——答南斯拉夫作家问
1981 年 12 月答；
载 1982 年 6 月 24 日上海《文学报》第 65 期（邵刚记录整理），又载 1982 年 6 月《延河》第 6 期。

## 1982 年

《怀念集》序
1982 年 1 月 13 日作；
载 1982 年 1 月 21 日香港《大公报·大公园》，为《随想录七十四》；又载 1982 年《朔方》7 月号；又载 1983 年 2 月 20 日上海《解放日报》；
初收《真话集》。

小端端（随笔）
1982 年 1 月 20 日作；
载 1982 年 2 月 6 日香港《大公报·大公园》，为《随想录七十五》；又载 1982 年《新华文摘》第 4 期；
初收《真话集》。

怀念马宗融大哥（随笔）
1982 年 1 月 29 日作；
载 1982 年 2 月 11 日至 13 日香港《大公报·大公园》；为《随想录七十六》；又载 1982 年《新华文摘》第 5 期，《新观察》第 6 期；
初收《真话集》。

《论创作》序（序跋）
1982 年 2 月 18 日作；
载 1982 年 9 月 5 日《延河》第 9 期。

《随想录》日译本序（序跋）
1982 年 2 月 20 日作；
载 1982 年 2 月 27 日香港《大公报·大公园》，为《随想录七十七》；
初收《真话集》。

巴金谈文学创作——答上海文学研究所研究生问
1982 年早春答；
载 1982 年 4 月 1 日上海《文学报》第 53 期（花健记录整理），
又载 1982 年 6 月《延河》第 6 期。

《家》意大利译本序言（序跋）
载 1982 年 3 月沈阳《芒种》第 3 期。

《小街》（随笔）
1982 年 3 月 2 日作；
载 1982 年 3 月 11 日、12 日香港《大

公报·大公园》，为《随想录七十八》；又载1982年4月5日《文汇月刊》第4期；
初收《真话集》。

三论讲真话（随笔）
1982年3月12日作；
载1982年3月20日至22日香港《大公报·大公园》，为《随想录七十九》；
初收《真话集》。

《靳以选集》序（序跋）
1982年3月22日作；
载1982年3月30日香港《大公报·大公园》，为《随想录八十》；又载1982年7月《芙蓉》第4期；
初收《真话集》。

怀念满涛同志（随笔）
1982年3月25日作；
载1982年4月8日、9日香港《大公报·大公园》，为《随想录八十一》；
初收《真话集》。

说真话之四（随笔）
1982年4月2日作；
载1982年4月10日香港《大公报·大公园》，为《随想录八十二》；
初收《真话集》。

未来（说真话之五）（随笔）
1982年4月14日作；
载1982年4月22日香港《大公报·大公园》，为《随想录八十三》；
初收《真话集》。

在军事题材创作座谈会上的讲话
1982年4月作；
载1982年4月21日《人民日报》。

解剖自己（随笔）
1982年4月24日作；
载1982年5月5日香港《大公报·大公园》，为《随想录八十四》；
初收《真话集》。

西湖（随笔）
1982年4月28日作；
载1982年5月7日香港《大公报·大公园》，为《随想录八十五》；又载1982年6月浙江《江南》第3期；
初收《真话集》。

思路（随笔）
1982年5月6日作；
载1982年5月13日香港《大公报·大公园》，为《随想录八十六》；
初收《真话集》。

“人言可畏”（随笔）
1982年5月16日作；
载1982年6月1日香港《大公报·大

公园》，为《随想录八十七》；
初收《真话集》。

上海文艺出版社三十年（随笔）
1982年5月27日作完；
载1982年6月3日、4日香港《大公报·大公园》，为《随想录八十八》；
初收《真话集》。

三访巴黎（随笔）
1982年5月31日作；
载1982年6月9日、10日香港《大公报·大公园》，为《随想录八十九》；
初收《真话集》。

知识分子（随笔）
1982年6月5日作；
载1982年6月17日、18日香港《大公报·大公园》，为《随想录九十》；
初收《真话集》。

《真话集》后记（序跋）
1982年6月8日作；
载1982年9月《读书》第9期；
初收《真话集》。

《春》泰文译本序（序跋）
1982年7月11日作；
载1982年10月《世界文学》第5期。

最少的干扰（随笔）
1982年7月14日作；
载1982年8月22日、23日香港《大公报·大公园》，为《随想录九十一》；
又载1982年10月《福建文学》第10期，题为《“干扰”》。

再说现代文学馆（随笔）
1982年9月2日作；
载1982年8月26日香港《大公报·大公园》，为《随想录九十二》。

答井上靖先生（书信）
1982年9月2日作；
载1982年9月20日《人民日报》，1982年9月21日日本《读卖新闻·晚刊》；
又载1982年11月1日日本《日中文化交流》第329期。

修改教科书的事例（随笔）
1982年9月6日作；
载1982年9月12日香港《大公报·大公园》，为《随想录九十三》。

一篇序文（随笔）
1982年9月24日作（一），10月4日作（二）（三）；
载1982年10月17日香港《大公报·大公园》，为《随想录九十四》。

《写给彦兄》附记（序跋）
1982年10月7日作；
载1983年2月《新文学史料》第1期。

一封回信（随笔）

1982年10月26日作；

载1982年11月3日香港《大公报·大公园》，为《随想录九十五》；又载1983年1月《上海文学》第1期，1983年3月《新华文摘》第3期转载；1983年2月《萌芽》节载，题为《作家有创新的权利》。

祝贺与希望——在"茅盾文学奖"首届授奖大会上的讲话（书面）

1982年12月作；

载1982年12月16日《人民日报》，又载1983年1月《文艺报》第1期。

# （二）著译书目（一九二六年—一九八二年）

# 一、文学创作部分

## 1. 文集·选集*

巴金文集（第一卷）
人民文学出版社 1958 年 3 月
前记；灭亡（1927—1928）：序，七版题记，正文；新生（1937 年 7 月）：自序，正文；死去的太阳（1930）：序，正文；海的梦——给一个女孩的童话（1932 年）：序，改版题记，正文

巴金文集（第二卷）
人民文学出版社 1958 年 3 月
春天里的秋天（1932）：序，正文；砂丁（1932）：序，正文；雪（1933）：序，正文，〔附录〕一、《萌芽》初版本的“结尾”，二、日译本序；利娜（1933）：序，正文

* 本部分所列选集只包括综合选集。短篇小说选和散文选分别列入“3.短篇小说集”和“4.散文集”。

巴金文集（第三卷）
人民文学出版社 1958 年 4 月
前记；新记；《雾》的序；《雨》的序；《电》的序；雾（1931）；
《雨》（1932）；《雷》（1933）；《电》（1934）
〔附录〕一、《爱情三部曲》总序；二、《雾》、《雨》与《电》（刘西渭），《爱情的三部曲》作者的自白（巴金）

巴金文集（第四卷）
人民文学出版社 1958 年 5 月
《激流》总序；家（1931）；后记；〔附录〕一、呈献给一个人（初版代序），二、关于《家》（十版代序），三、和读者谈《家》

巴金文集（第五卷）
人民文学出版社 1958 年 8 月
序；春（1936—1938）

巴金文集（第六卷）

人民文学出版社 1958 年 10 月

序；秋（1939—1940）

巴金文集（第七卷）

人民文学出版社 1959 年 6 月

写作生活的回顾；

〔复仇集（1929—1931）〕序；初恋；房东太太；洛伯尔先生；复仇；不幸的人；亡命；爱的摧残；丁香花下；父与女；狮子；哑了的三角琴；老年；墓园；亚丽安娜；亚丽安娜·渥柏尔格

〔光明集（1931）〕序；光明；生与死；爱的十字架；奴隶的心；狗；好人；我的眼泪；一封信；苏堤

〔电椅集（1931—1932）〕代序；电椅；马赛的夜；堕落的路；罪与罚；父与子；爱；天鹅之歌

〔附录〕一、《巴金短篇小说第一集》初版后记；二、谈我的短篇小说

巴金文集（第八卷）

人民文学出版社 1959 年 6 月

〔抹布集（1931—1932）〕序；杨嫂；第二的母亲

〔将军集（1932—1933）〕序；幽灵；在门槛上；五十多个；短刀；一个女人；玫瑰花的香；还乡；月夜；一件小事；父亲买新皮鞋回来的时候；将军

〔沉默集〕（1934）序；煤坑；知识阶级；春雨

〔沉落集（1934—1935）〕序；沉落；化雪的日子

〔神·鬼·人（1934—1935）〕序；神；鬼；人；后记

〔附录〕《短篇小说第二集》初版后记

巴金文集（第九卷）

人民文学出版社 1959 年 10 月

〔沉默集二（1934）〕序；马拉的死；丹东的悲哀；罗伯斯庇尔的秘密；〔附录〕一、卢骚与罗伯斯庇尔；马拉、哥代和亚当·鲁克斯；静夜的悲剧

〔发的故事（1936）〕序；发的故事；雨；窗下；星；关于《发的故事》

〔长生塔（1934—1936）〕序；塔的秘密；隐身树；能言树

〔还魂草（1937—1941）〕序；莫娜·丽莎；还魂草；某夫妇

〔小人小事（1942—1945）〕猪与鸡；兄与弟；夫与妻；女孩与猫；生与死；后记

巴金文集（第十卷）

人民文学出版社 1961 年 10 月

〔忆（1933—1936）〕忆；最初的回忆；家庭的环境；觉醒与活动；做大哥的人；我离了北平；断片的记录；后记

〔短简一（1936）〕我的幼年；我的几个先生；后记

〔生之忏悔（1929—1934）〕前记；我的心；《灭亡》作者底自白；

我的自剖；我的呼号；我的梦；呓语；《骷髅的跳舞》译者序；《幸福的船》序；《秋天里的春天》译者序；一九三四年十月十日在上海；两个孩子；木匠老陈

〔点滴（1934—1935）〕序；生命；海的梦；过年；话；沉落；知识阶级；自白之一；繁星；雪；木乃伊；月夜；神；《兰天使》

〔梦与醉（1937年）〕序；死；梦；醉；路；生

〔控诉（1931—1937）〕前记；一点感想；自由快乐地笑了；我们；我说这是最后一次的眼泪了；给死者；给山川均先生；给日本友人

〔无题（1936—1940）〕前记；无题；先死者；轰炸中；十月十七日；做一个战士；"重进罗马"的精神；悼鲁迅先生；感激的泪；写给读者（一）；写给读者（二）；后记二则

〔黑土（1939）〕前记；黑土；南国的梦；在广州

〔龙·虎·狗（1940—1941）〕序；静寂的园子；大黄狗；爱尔克的灯光；风；云；雷；雨；日；月；星；狗；猪；虎；龙；伤害；祝福；撇弃；醉；生；梦；死；

〔废园外（1938—1942）〕废园外；火；长夜；寻梦；灯；给一个敬爱的友人；后记

〔怀念（1938—1946）〕前记；纪念友人世弥，〔附录〕—《生人妻》后记，《地上的一角》后记，《鱼儿坳》后记；悼范兄；怀念；纪念憾翁；写给彦兄；纪念一个善良的友人；纪念我的哥哥；忆施居甫；怀陆圣泉

〔静夜的悲剧（1945—1946）〕无题；月夜鬼哭；后记

巴金文集（第十一卷）

人民文学出版社 1961 年 10 月

〔海行杂记（1927）〕序；一月十五日；狭的笼；"再见罢，我不幸的乡土哟!"；香港或九龙；船上的友伴；西贡；植物园；安南之夜；新加坡；威司利；新的旅伴；耶稣和他的门徒；猴子的悲哀；锡兰岛上的哥伦波；印度洋中的《茵梦湖》；伊利沙白与来印哈德；救生带之试验；两封信；繁星；吉布的；"我们旅行非洲了"；红海不红；海上的日出；通过苏彝士运河；波赛；卖艺人；地中海上的风浪；地中海上的第二日；苦尽甘来；老歌者；海上生明月；最后的一夜；乡心；到了法国；"昂热，再见!"；马赛；三等车中；病塌看雪；巴黎

〔从南京回上海（1932）〕正文

〔旅途随笔（1933—1934）〕序；海上；一个回忆；香港；香港的夜；省港的小火轮；庶务室的生活；农民的集会；鸟的天堂；机器的诗；谈心会；别；朋友；一千三百元；长堤之夜；海珠

桥；鬼棚尾；一个女佣；赌；扶梯边的喜剧；游了佛国；在普陀；三等车中；平津道上；一个车夫

〔旅途通讯（1938—1939）〕前记；香港行；在广州；广州在轰炸中；在轰炸中过的日子；从广州到乐昌；广武道上；汉口短简；广州在包围中；广州的最后一晚；从广州出来；梧州五日；民富渡上；不龙一柳州；在柳州；桂林的受难；桂林的微雨

〔旅途杂记（1940—1942）〕前记；在泸县；别桂林及其它；邮政车中；贵阳短简；筑渝道上；成渝路上

〔短简二（1935—1937）〕序；我的故事；答一个北方青年朋友；给一个孩子；答一个"陌生的孩子"；给一个中学青年；永远不能忘记的事情；病

巴金文集（第十二卷）

人民文学出版社 1961 年 11 月

火：第一部（1938—1940），后记；第二部（1941 年），后记；第三部（1943 年），后记

巴金文集（第十三卷）

人民文学出版社 1961 年 12 月

憩园（1944），后记；第四病室（1945）：小引，正文；后记

巴金文集（第十四卷）

人民文学出版社 1962 年 8 月

寒夜（1946）：正文，后记

〔谈自己的创作（1957—1961）〕小序；谈《灭亡》；谈《新生》及其它；谈《家》；谈《春》；谈《秋》；谈《憩园》；谈《第四病室》；谈《寒夜》；谈我的短篇小说；谈我的散文

后记

巴金文集

香港南国出版社 1970 年 11 月

重印人民文学出版社版第 1 卷至第 14 卷

巴金文集（现代作家文丛第六集）

上海春明书店 1948 年 9 月

作者自选，收短篇小说 9 篇，散文 14 篇。

前记（巴金）

〔第一辑〕爱的摧残；爱的十字架；狗；将军；沉落；化雪的日子；鬼；窗下；猪与鸡

〔第二辑〕机械的诗；朋友；静寂的园子；日；月；星；云；废园外

〔第三辑〕死；生

〔第四辑〕卢骚与罗伯斯庇尔

〔第五辑〕给山川均先生

〔第六辑〕平津道上；别桂林

上海春明书店 1949 年 3 月再版

巴金选集（新文学选集第二辑）

开明书店 1951 年 7 月

作者自选，收短篇小说 15 篇，散文 7 篇

编辑凡例；自序（巴金）

〔第一辑〕亡命；亚丽安娜；奴隶底心；狗；煤坑；五十多个；月夜；将军；沉落；化雪的日子；鬼；雨；猪与鸡
〔第二辑〕长生塔；能言树
〔第三辑〕机械的诗；朋友；日；废园外；生
〔第四辑〕给山川均先生；一封未寄的信

巴金选集
人民文学出版社 1959 年 6 月
作者自选，收 1930 年到 1942 年作短篇小说 19 篇，1933 年到 1950 年作散文 18 篇。
出版说明（人民文学出版社编辑部）
〔第一辑（1930—1942）〕哑了的三角琴；奴隶的心；狗；苏堤；我的眼泪；电椅；马赛的夜；五十多个；月夜；沉落；化雪的日子；鬼；雨；窗下；还魂草；猪与鸡；兄与弟；长生塔；能言树
〔第二辑（1933—1950） 鸟的天堂；机器的诗；朋友；海珠桥；神；雨；永远不能忘记的事情；醉；生；先死者；日；废园外；灯；龙；寻梦；爱尔克的灯光；关于《家》；一封未寄的信

新声集
人民文学出版社 1959 年 9 月
署名巴金
作者自编，建国十年文学创作选集。收 1950 年至 1958 年作的短篇小说、特写、散文 31 篇，创作谈 3 篇，共 34 篇。
序
〔第一辑〕黄文元同志；爱的故事；活命草；明珠和玉姬
〔第二辑〕坚强战士；一个侦察员的故事；青年战士赵杰仁同志；金刚山上发生的事情
〔第三辑〕平壤，英雄的城市；生活在英雄们的中间；向朝鲜战地的朋友们告别；寄朝鲜某地；魏连长和他的连队；一个连队的生活
〔第四辑〕华沙城的节日；给苏合作同志；印象·感想·回忆；几件纪念品
〔第五辑〕给西方作家的公开信；燃烧的心；一个秋天的早晨；廖静秋同志
〔第六辑〕一封未寄的信；“数字的诗”，幸福的保证；大欢乐的日子；一九五六年新年随笔；空前的春天；变化万千的今天；一九五九年元旦试笔
〔第七辑〕谈《家》；谈《春》；谈《秋》
〔第八辑〕一场挽救生命的战斗

巴金近作
四川人民出版社 1978 年 8 月
收 1977 年 5 月至 1978 年 8 月作各类作品 11 篇，附录译作 1 篇。
一封信；第二次的解放；除恶务尽；望着总理的遗象；“最后的时刻”；永远向他学习——悼念郭沫若同志；《家》重印后记；《处女地》译后记；杨林同志；迎接社会主义文艺的春天——在中国文

联全委会扩大会议上的发言；我的希望；〔附录〕往事与深思（选译）

海的梦（文学小丛书）
人民文学出版社 1979 年 1 月
署名巴金
选入 1930 年至 1934 年作中篇小说 1 篇，短篇小说 6 篇。
前言（编者）
海的梦；哑了的三角琴；亡命；狗；爱的十字架；苏堤；长生塔

英雄的故事
四川人民出版社 1979 年 7 月
署名巴金
作者反映抗美援朝斗争的几本散文、特写、小说集的合集。
出版说明（编者）
〔散文〕我们会见了彭德怀司令员；我们向全世界人民控诉；平壤，英雄的城市；在开城中立区；朝鲜战地的春夜；一个模范的通讯连；起雷英雄的故事；生活在英雄们的中间；青年战士赵杰仁同志；保卫和平，保卫朝鲜的母亲和孩子；向朝鲜战地的朋友们告别；寄朝鲜某地；入朝散记；忘不了的仇恨；吕玉久和张明禄的事情；魏连长和他的连队；一个连队的生活；范国金与何全德；记栗学福同志；朝鲜的梦
〔小说〕坚强战士；一个侦察员的故事；黄文元同志；爱的故事；活命草；明珠和玉姬；副指导员；回家；军长的心；李大海；再见；团圆；飞吧，英雄的小嘎嘶；杨林同志
〔附录〕《生活在英雄们中间》后记；《英雄的故事》后记；衷心的祝贺（《保卫和平的人们》序）；《保卫和平的人们》后记；《李大海》后记

巴金选集（上下卷）
人民文学出版社 1980 年 3 月
作者自编，收短篇小说 26 篇，散文 22 篇，谈创作的文章 10 篇，共 58 篇。
上卷
〔第一辑（1934）〕利娜：序；正文
〔第二辑（1930—1961）〕亡命；哑了的三角琴；狮子；奴隶的心；狗；爱的十字架；苏堤；我的眼泪；电椅；马赛的夜；五十多个；月夜；将军；沉落；化雪的日子；鬼；雨；窗下；还魂草；猪与鸡；兄与弟；长生塔；能言树；军长的心；团圆
下卷
〔第三辑（1933—1961）〕鸟的天堂；机器的诗；朋友；海珠桥；一个女佣；海的梦；神；雨；永远不能忘记的事情；醉；生；先死者；日；废园外；火；灯；龙；寻梦；爱尔克的灯光；关于《家》；一封未寄的信；从镰仓带回的照片
〔第三辑（1957—1961）〕谈自己的创

作：小序；谈《灭亡》；谈《新生》及其它；谈《家》；谈《春》；谈《秋》；谈《憩园》；谈《第四病室》；谈《寒夜》；谈我的短篇小说；谈我的散文
后记

巴金近作（第二集）（近作丛书）
四川人民出版社 1980 年 9 月
收 1978 年 5 月至 1979 年 12 月作各类作品 60 篇。
个人的想法；要有个艺术民主的局面；作家要有勇气，文艺要有法制；中国文联全委会扩大会议闭幕词；中国作家协会第三次会员代表大会闭幕词；衷心感谢他；怀念金仲华同志；等着，盼着；一颗红心；关于《春天里的秋天》；关于《长生塔》；关于《第四病室》；关于《海的梦》；关于《神·鬼·人》；关于《龙·虎·狗》；谈《望乡》；再谈《望乡》；多印几本西方文学名著；“结婚”；怀念萧珊；“毒草病”；“遵命文学”；“长官意志”；文学的作用；把心交给读者；一棵核桃的喜剧；关于丽尼同志；三次画象；“五四”运动六十周年；小人、大人、长官；再访巴黎；诺·利斯特先生；在尼斯；重来马赛；里昂；沙多—吉里；“友谊的海洋”；中国人；人民友谊的事业；中岛健藏先生；观察人；要不要制订“文艺法”；绝不会忘记；纪念雷峰；靳以逝世二十周年；“豪言壮语”；小骗子；方之同志；怀念老舍同志；大镜子；关于《父与子》；《往事与随想》译后记（一）；《往事与随想》译后记（二）；《巴金选集》后记；《爝火集》序；《爝火集》后记；《随想录》总序；《随想录》第一集后记；《家》法译本序；《憩园》法译本序

巴金选集（现代文学丛书）
香港昭明出版社 1981 年 1 月
作者自选，收 1933 年至 1980 年作散文 23 篇，1930 年至 1936 年作短篇小说 10 篇。
巴金：他的生平和创作（梅子）
〔第一辑〕关于《家》；鸟的天堂；朋友；海的梦；雪；神；雨；醉；生；纪念我的哥哥；马拉、哥代和亚当·鲁克斯；平津道上；爱尔克的灯光；废园外；灯；寻梦
〔第二辑〕秋夜；一个秋天的早晨；廖静秋同志；谈《春天里的秋天》；怀念萧珊；怀念老舍同志；小狗包弟
〔第三辑〕亡命；亚丽安娜；马赛的夜；狗；爱的十字架；月夜；将军；化雪的日子；鬼；能言树
后记（巴金）

探索与回忆（巴金近作三）（近作丛书）
四川人民出版社 1982 年 4 月

收1980年1月至1981年12月作各类作品59篇。

小狗包弟；探索；再谈探索；探索之三；探索之四；友谊；春蚕；怀念烈文；访问广岛；灌输和宣传；发烧；“思想复杂”；世界语；说真话；《人到中年》；再论说真话；写真话；“腹地”；再说小骗子；赵丹同志；“没什么可怕的了”；究竟属于谁；作家；长崎的梦；说梦；三谈骗子；我和读者；悼念茅盾同志；现代文学资料馆；怀念方令孺大姐；《序跋集》序；怀念丰先生；《序跋集》再序；十年一梦；致《十月》；《序跋集》跋；怀念鲁迅先生；关于《火》；关于《还魂草》；关于《砂丁》；关于《激流》；关于《寒夜》；文学生活五十年；我和文学；《家》罗马尼亚文译本序；《春天里的秋天》世界语译本序；《巴金小说选集》和《巴金散文选集》前记；《巴金选集》后记；《探索集》后记；《胡絜青画集》前言；《靳以文集》后记；《创作回忆录》后记；《创作回忆录》再记；在一九七九年全国优秀短篇小说评选发奖大会上的讲话；多鼓励，少干涉；祝《萌芽》复刊；文学的激流永远奔腾；团结起来，为文学的繁荣而努力工作；向中青年作家致意

巴金选集

四川人民出版社1982年7月

**第一卷　家**

文学生活五十年（代序）

《激流》总序；家；后记；附录一、呈献给一个人（初版代序），二、关于《家》（十版代序），三、和读者谈《家》

一九七七年再版后记

**第二卷　春**

序；春

**第三卷　秋**

序；秋

**第四卷　雾·雨·电**

前记；新记

《雾》的序；《雨》的序；《电》的序

雾（1931）；雨（1932）；雷（1933）；《电》（1933）

〔附录〕一、《爱情的三部曲》总序；二、《雾》、《雨》与《电》（刘西渭），《爱情的三部曲》作者的自白；三、一九八〇年版《巴金选集》后记

**第五卷　海的梦·春天里的秋天·憩园**

海的梦（1932）：序；改版题记；正文

春天里的秋天（1932）：序；正文

憩园（1944）：正文；后记

**第六卷　第四病室·寒夜**

第四病室（1945）：小引；正文；后记

寒夜（1946）：正文；后记

**第七卷　短篇小说选**

〔第一辑〕亡命；爱的摧残；哑了的三角琴；狮子；奴隶的心；狗；亚丽安娜；亚丽安娜·渥泊尔格；爱的十字架；苏堤；我的眼泪；电椅；马赛的

夜；堕落的路；父与子；五十多个；月夜；将军；罗伯斯庇尔的秘密；沉落；化雪的日子；神；鬼；人；雨；窗下；还魂草；猪与鸡；兄与弟

〔第二辑〕

生长塔；隐身珠；能言树

**第八卷　散文随笔**

〔第一辑〕《海行杂记》选（1927）：“再见罢，我不幸的乡土哟！”

耶稣和他的门徒；猴子的悲哀；两封信；繁星；吉布的；海上的日出；海上生明月；病榻看雪；巴黎

《旅途随笔》选（1933—1934）：香港的夜；省港小火轮；鸟的天堂；机器的诗；谈心会；朋友；一千三百元；海珠桥；鬼棚尾；一个女佣；扶梯边的喜剧；平津道上

《旅途通讯》选（1938—1939）：在广州；在轰炸中过的日子；广州的最后一晚；桂林的受难；桂林的微雨

《旅途杂记》选（1940—1942）：贵阳短简；筑渝道上

〔第二辑〕《生之忏悔》选（1929—1934）：我的呼号；我的梦；呓语；《幸福的船》序；一九三四年十月十日在上海

《点滴》选（1934—1935）：雨；生命；海的梦；过年；沉落；繁星；雪；木乃伊；月夜；神

《短简》选（1936）：永远不能忘记的事情

《梦与醉》选（1937）：死；梦；醉；生

《控诉》选（1931—1937）：给山川均先生

《无题》选（1936—1940）：做一个战士；“重进罗马”的精神；悼鲁迅先生；写给读者（一）；写给读者（二）

《黑土》选（1939）：黑土

《龙·虎·狗》选（1940—1941）：静寂的园子；大黄狗；爱尔克的灯光；风；云；雷；雨；日；月；星；狗；猪；虎；龙；伤客；撇弃；醉；生；梦；死

《废园外》选（1938—1942）：废园外；火；长夜；寻梦；灯

《怀念》选（1938—1946）：纪念友人世弥；悼范兄；怀念；纪念憾翁；写给彦兄；纪念一个善良的友人；纪念我的哥哥；怀陆圣泉

《静夜的悲剧》选（1945—1946）：月夜鬼哭

〔第三辑〕卢骚与罗伯斯庇尔；马拉、哥代和亚当·鲁克斯；静夜的悲剧

**第九卷　新声及其他**

《新声集》选（1950—1958）：序；黄文元同志；活命草；明珠和玉姬；坚强战士；青年战士赵杰仁同志；金刚山上发生的事情；平壤，英雄的城市；生活在英雄们的中间；向朝鲜战地的朋友们告别；寄朝鲜某地；华沙城的节日；古城克拉科；印象·感想·回忆；给西方作家的公开信；燃烧的心；

一封未寄的信；大欢乐的日子；一九五六年新年随笔

《熘火集》选（1952—1978）：序；我们会见了彭德怀司令员，〔附录〕一、《熘火集》后记，二、附记；我们伟大的祖国；“上海，美丽的土地，我们的！”；欢迎最可爱的人；朝鲜的梦；忆个旧；从镰仓带回的照片；富士山和樱花；向着祖国的心；秋夜；一个秋天的早晨；悼振铎；哭靳以；廖静秋同志；一封信；第二次的解放；望着总理的遗象；“最后的时刻”；永远向他学习；衷心感谢他；怀念金仲华同志；等着，盼着……；一颗红心；怀念萧珊

《英雄的故事》选（1952—1957）：军长的心；团圆；杨林同志

其他（1962）：作家的勇气和责任心

《随想录》选（1979—1981）：总序；九、文学的作用；十、把心交给读者；十一、一颗桃核的喜剧；十二、关于丽尼同志；十四、“五四”运动六十周年；十六、再访巴黎；十七、诺·利斯特先生；十八、在尼斯；十九、重来马赛；二十、里昂；二十一、沙多一吉里；二十三、中国人；二十五、中岛健藏先生；二十六、观察人；二十九、纪念雪峰；三十、靳以逝世二十周年；三十一、“豪言壮语”；三十三、悼方之同志；三十四、怀念老舍同志；三十五、大镜子；三十六、小狗包弟；三十七、探索；三十八、再谈探索；三十九、探索之三；四十、探索之四；四十一、友谊；四十二、春蚕；四十三、怀念烈文；四十四、访问广岛；四十五、灌输和宣传（探索之五）；四十八、世界语；四十九、说真话；五十、《人到中年》；五十一、再论说真话；五十五、赵丹同志；五十九、长崎的梦；六十三、悼念茅盾同志；六十四、现代文学资料馆；六十五、怀念方令孺大姐；六十七、怀念丰先生；七十、致《十月》；七十二、怀念鲁迅先生

**第十卷　谈自己**

《忆》选（1933—1936）：忆；最初的回忆；家庭的环境；觉醒与活动；做大哥的人；我离了北平

《短简》选（1936）：我的幼年；我的几个先生

《谈自己的创作》选（1957—1961）：小序；谈《灭亡》；谈《新生》及其它；谈《家》；谈《春》；谈《秋》；谈《憩园》；谈《第四病室》；谈《寒夜》；谈我的短篇小说；谈我的散文

《创作回忆录》选（1978—1980）：一、关于《春天里的秋天》；二、关于《长生塔》；三、关于《第四病室》；四、关于《海的梦》；五、关于《神·鬼·人》；六、关于《龙·虎·狗》；七、关于《火》；八、关于《还魂草》；九、关于《砂丁》；十、关于《激流》；十一、关于《寒夜》；

后记；再记

〔附录〕我和文学

后记

### 2. 中篇小说·长篇小说

灭亡（微明丛书）

上海开明书店 1929 年 10 月

署名巴金

序；正文（二十二章）

上海开明书店 1930 年 10 月再版，1936 年七版，增加《七版题记》；1938 年 10 月十版，1939 年 7 月十二版，1947 年 3 月二十一版，1948 年 6 月二十三版，1948 年 10 月二十四版，1949 年 2 月二十五版，1951 年 7 月二十八版。

上海平明出版社 1953 年 5 月一版，列为“文学丛书”。

死去的太阳（微明丛书）

上海开明书店 1931 年 1 月

署名巴金

序；正文（二十三章）

上海开明书店 1937 年 3 月五版，1939 年 4 年七版，1940 年 3 月八版，1941 年九版，1946 年 10 月十三版，1948 年 12 月十四版。

雾（新中国文艺丛书）

上海新中国书局 1931 年 11 月

署名巴金

付排题记；正文

上海新中国书局 1932 年 5 月再版，1935 年 3 月三版。

雾（良友文学丛书第 22 种）

上海良友图书印刷公司 1936 年 1 月改订本（精装本），1939 年 4 月（普及本）

署名巴金

《爱情的三部曲》总序；正文（八章）；

〔附录〕雾、雨与电——巴金的《爱情的三部曲》（刘西渭），《爱情的三部曲》作者的自白（巴金）

上海良友图书印刷公司 1940 年 5 月再版，1941 年 5 月三版，1943 年 5 月桂林初版。

上海开明书店 1938 年 11 月总初版，1944 年 3 月分初版，加入《新版题记》；1947 年再版，1949 年 3 月再版，1951 年 7 月七版。

海底梦（新中国文艺丛书）

上海新中国书局 1932 年 8 月

署名巴金

序；正文（前、后篇）

上海新中国书局 1933 年 1 月二版。

上海开明书店 1936 年 1 月改版，加副题《给一个女孩的童话》，增加《改版题记》；1938 年 8 月三版，1940 年 3 月 6 版，1941 年 9 月八版，1948 年 10 月十三版。

上海平明出版社 1953 年 5 月一版，列为“文学丛书”，1953 年 7 月二版。

人民文学出版社1979年1月一版。

春天里的秋天

上海开明书店1932年10月

署名巴金

序；正文

上海开明书店1933年二版，1937年4月五版，1946年3月十六版，1948年12月十八版，1949年3月二十版。

香港今代图书公司1958年9月一版。

沙丁

上海开明书店1933年1月

署名巴金

序；沙丁；煤坑

上海开明书店1934年6月再版，1946年7月十四版，1949年十九版；1951年6月再版，1953年10月再版。

文化生活出版社1937年6月一版，列为“文学丛刊第五集”；1938年10月再版，1939年5月三版，1940年3月四版，1946年11年七版，1948年5月八版，1949年1月十版。

雨（良友文学丛书第3种）

上海良友图书印刷公司1933年1月

署名巴金

自序；正文（十六章）

上海良友图书印刷公司1933年6月二版，1933年12月三版，1935年5月四版，1936年4月五版。

上海开明书店1938年11月总初版，1944年3月分初版，1949年六版，1951年12月八版。

家

上海开明书店1933年5月

署名巴金

《激流》总序；呈献给一个人（代序）；正文（四十章）；后记

上海开明书店1934年9月三版，1935年6月五版，增加《题记》；1938年1月十版，增加《关于〈家〉——十版改订本代序》；1941年8月二十一版，1944年6月二十四版，1949年三十版，1951年4月三十二版。

人民文学出版社1953年6月一版，改写《后记》，增加《前记》；1954年12月第六次印刷，1962年1月二版，1977年11月第十五次印刷，增加《重印后记》；1981年9月三版，1982年12月第三次印刷。

萌芽（现代创作丛刊之八）

上海现代书局1933年8月

署名巴金

付印题记；正文（十一章，结尾）

上海新生出版社1939年2月初版，列为“新生文艺创作丛书之一”。

雪

美国旧金山平社出版部1935年9月

署名巴金

前记；序；正文（十一章，结尾）

上海文化生活出版社 1936 年 11 月一版，列为“新时代长篇小说之一”，删去《前记》；1939 年 8 月八版，1940 年 12 月九版，1941 年 5 月十版，1946 年 1 月十一版，列为“现代长篇小说丛书”；1946 年 10 月十二版，1947 年 9 月十三版，1949 年 3 月十四版，1951 年 2 月十五版。

上海新生出版社 1939 年 2 月一版，题为《朝阳》（新生文艺创作丛书之一）。

新生

上海开明书店 1933 年 9 月

署名巴金

序（一、二）；正文（三篇）

上海开明书店 1939 年 1 月八版，1941 年 9 月十二版，1946 年 11 月十七版，1948 年二十版，1949 年 1 月二十一版，1949 年 3 月二十二版，1951 年 6 月二十三版。

上海平明出版社 1953 年 5 月初版，列为“文学丛书”，增加《前记》；1953 年 7 月再版。

香港南国出版社 1958 年 8 月一版。

电（良友文学丛书第 17 种）

上海良友图书印刷公司 1935 年 3 月

署名巴金

序；电（九章）；〔附录〕雷

上海良友图书印刷公司 1936 年再版，1939 年普及本初版。

上海开明书店 1938 年 11 月总初版，1947 年 2 月分再版，1948 年 12 月分五版，1949 年 3 月分六版。

爱情的三部曲（良友文学丛书）

上海良友图书印刷公司 1936 年 4 月合订本

署名巴金

总序；雾；雨；雷；电；〔附录〕《雾》《雨》与《电》——巴金的《爱情三部曲》（刘西渭）；《爱情三部曲》作者的自白（巴金）

上海良友图书印刷公司 1936 年 11 月再版，1937 年 4 月三版。

上海开明书店 1938 年 11 月重排，1939 年 7 月三版，1941 年 6 月六版，1949 年 3 月七版，1951 年 12 月八版。

雾·雨·电（文学丛书）

上海平明出版社 1953 年 5 月

署名巴金

新版前记；前记；雾；雨；雷；电

上海平明出版社 1955 年 4 月二版第七次印刷。

上海新文艺出版社 1956 年 4 月新一版增加《〈雾〉的序》、《〈雨〉的序》、《〈电〉的序》；1956 年 10 月第二次印刷，1957 年 10 月第三次印刷。

春
上海开明书店1938年3月
署名巴金
序；正文（第一部二十章，第二部十二章、尾声）
上海开明书店1938年11月五版，1949年10月二十版，1952年1月二十二版。
上海平明出版社1953年6月一版，列为“文学丛书”，增加《前记》；1953年10月再版，1954年5月三版。
人民文学出版社1955年2月一版，1962年8月二版，1979年10月重印，1980年4月第二次印刷。

秋
上海开明书店1940年4月
署名巴金
序；正文（四十六章，尾声）
上海开明书店1946年10月八版，1948年十一版，1949年十三版，1951年3月十四版，1952年十五版。
上海平明出版社1953年6月一版，列为“文学丛书”，增加《前记》；1953年10月再版，1954年5月三版。
人民文学出版社1955年2月一版，1957年8月第二次印刷，1962年8月二版，1979年10月重印，1980年4月第二次印刷。

利娜（文学丛刊第六集）
上海文化生活出版社1940年8月
署名巴金
前记；正文（上、下篇）
上海文化生活出版社1940年11月再版，1946年11月三版，1948年5月四版。
桂林文化生活出版社1942年11月一版。

利娜（文学丛刊选）
广东人民出版社1981年4月
署名巴金
利娜；砂丁

火（第一部）
重庆开明书店1940年12月
署名巴金
正文（十八章）；后记
重庆开明书店1943年再版。
上海开明书店1946年2月七版，1949年1月十一版，1949年4月十二版。

火（第二部）
上海开明书店1941年1月
署名巴金
正文（十五章）；后记
上海开明书店1943年10月四版，1946年2月五版，1949年1月九版，1951年7月十一版。

憩园
重庆文化生活出版社1944年10月
署名巴金

正文（三十六章）；后记
上海文化生活出版社 1945 年 11 月一版，1946 年 4 月二版，列为“现代长篇小说丛书 9”；1946 年 11 月三版，1947 年 5 月四版，1949 年 1 月五版，1951 年 5 月六版。
上海晨光出版公司 1953 年 6 月修订本初版，列为“晨光文学丛书”。
上海新文艺出版社 1955 年 5 月新一版，1958 年 3 月第八次印刷。

火（第三部）
上海开明书店 1945 年 7 月
署名巴金
正文（十八章，书尾）；后记
上海开明书店 1946 年 2 月再版，1947 年 4 月四版，1949 年 1 月六版，1950 年 12 月再版。

第四病室（良友文学新编第 3 种）
上海良友复兴图书公司 1946 年 1 月
署名巴金
前记；正文（十章）；后记
上海晨光出版公司 1946 年 11 月一版，列为“晨光文学丛书第四种”；1947 年 3 月二版，1948 年 2 月三版，1949 年 2 月五版，1951 年 4 月六版，1953 年 5 月十版。
上海新文艺出版社 1955 年 5 月一版。

寒夜（晨光文学丛书第五种）
上海晨光出版公司 1947 年 3 月
署名巴金
正文（三十章，尾声）；后记
上海晨光出版公司 1948 年 4 月二版，1948 年 9 月三版，1949 年 2 月四版，1951 年 9 月六版。
上海新文艺出版社 1955 年 5 月新一版，1957 年 10 月第 6 次印刷。
上海文艺出版社 1980 年 2 月新二版十三次印刷，1982 年 2 月十四次印刷。
人民文学出版社 1983 年 4 月一版。

巴金中篇小说选（上下卷）
四川人民出版社 1980 年 6 月（上卷）1980 年 8 月（下卷）
〔上卷〕出版说明（编者）；海的梦（序，改版题记，正文）；春天里的秋天（序，正文）；憩园（正文，后记）
〔下卷〕第四病室（小引，正文，后记）；寒夜（正文，后记）

### 3. 短篇小说集

复仇（新中国文艺丛书）
上海新中国书局 1931 年 8 月
署名巴金
自序；复仇；不幸的人；洛伯尔先生；房东太太；丁香花下；墓园；父与女；狮子；亡命；老年；哑了的三弦琴；爱底摧残；亚丽安娜；初恋上海新中国书局 1932 年 11 月再版，1934 年 2 月四版。

光明（新中国文艺丛书）
上海新中国书店 1932 年 5 月
署名巴金
自序；苏堤；爱底十字架；奴隶底心；好人；狗；光明；生与死；未寄的信；我底眼泪；我们；最后的审判（代跋）
上海新中国书店 1932 年 8 月二版，1935 年 4 月四版。

电椅（新中国文艺丛书）
上海新中国书局 1933 年 2 月
署名巴金
灵魂的呼号（代序）；白鸟之歌；电椅；父与子；罪与罚；堕落的路；
马赛的夜；爱
上海新中国书局 1933 年 8 月再版。

抹布
北平星云堂书店 1933 年 4 月 10 日
署名巴金
序；杨嫂；第二的母亲
北平星云堂书店 1935 年再版。

将军（创作文库六）
上海生活书店 1934 年 8 月
署名余一
序；五十多个；短刀；还乡；月夜；父子；幽灵；在门槛上；玫瑰花的香；父亲买新皮鞋回来的时候；将军；后记
上海生活书店 1934 年 10 月再版，1935 年 3 月三版，1937 年 4 月三版，改署巴金。

沉默（创作文库十六）
上海生活书店 1934 年 10 月
署名巴金
序；马拉的最后；丹东的悲哀；罗伯斯比尔的秘密；知识阶级；春雨；母亲；雷
〔附录〕法国大革命的故事
上海生活书店 1935 年再版。

神·鬼·人（文学丛刊第一集）
上海文化生活出版社 1935 年 11 月
署名巴金
卷首有语录五条（司丁纳、费尔巴赫、布鲁诺·包尔、巴枯宁）。
序；神；鬼；人；后记
上海文化生活出版社 1935 年 12 月再版，1936 年 2 月三版，1936 年 4 月四版，1936 年 9 月五版，1937 年 6 月六版，1939 年 3 月七版，1947 年 3 月十一版。

巴金短篇小说集（第一集）
上海开明书店 1936 年 2 月
写作生活的回顾
〔第一编〕《复仇集》序；初恋；房东太太；洛伯尔先生；复仇；不幸的人；亡命；爱底摧残；丁香花下；父与女；狮子；哑了的三弦琴；老年；墓园；

亚丽安娜；亚丽安娜·渥柏尔格

〔第二编〕《光明集》序；光明；生与死；爱底十字架；奴隶底心；狗；好人；我底眼泪；一封信；苏堤

〔第三编〕《电椅集》序；马赛底夜；堕落的路；罪与罚；父与子；爱；

白鸟之歌

后记

上海开明书店 1938 年 8 月三版，1940 年 3 月五版，1940 年 12 月六版。

沉落（文学研究会创作丛书）

上海商务印书馆 1936 年 3 月

署名巴金

题记；沉落；长生塔；化雪的日子；利娜；神

上海商务印书馆 1936 年 8 月二版，1947 年 3 月三版，列为“新中学文库”，1948 年 7 月四版。

巴金短篇小说集（第二集）

上海开明书店 1936 年 4 月

〔第一编〕《抹布集》序；杨嫂；第二的母亲

〔第二编〕《将军集》序一；《将军集》序二；幽灵；在门槛上；五十多个；短刀；一个女人；玫瑰花的香；还乡；月夜；一件小事；父亲买新皮鞋回来的时候；将军；《将军集》后记

〔第三编〕《沉默集》序一；雷；知识阶级；春雨

〔第四编〕《沉默集》序二；马拉的死；丹东的悲哀；罗伯斯比尔的秘密；法国大革命的故事

〔第五编〕《沉落集》序；沉落；化雪的日子

〔第六编〕煤坑；电椅；跋

后记

上海开明书店 1940 年 3 月五版，1949 年 5 月七版。

发的故事（文学丛刊第三集）

上海文化生活出版社 1936 年 12 月

署名巴金

前记；发的故事；雨；窗下；星；关于《发的故事》（代跋）

上海文化生活出版社 1937 年 2 月再版，1939 年 3 月四版，1940 年 6 月六版，1947 年 8 月七版。

长生塔（文学丛刊第四集）

上海文化生活出版社 1937 年 3 月

署名巴金

序；长生塔；塔的秘密；隐身珠；能言树

上海文化生活出版社 1947 年 4 月七版，1948 年 10 月八版。

上海平明出版社 1954 年 6 月一版，列为“文学丛书”。

上海新文艺出版社 1955 年 2 月一版，1955 年 11 月第三次印刷。

长生塔

四川少年儿童出版社 1981 年 4 月

署名巴金

长生塔；塔的秘密；隐身珠；能言树；爱的故事；活命草；明珠和玉姬

雷

上海文化生活出版社 1937 年 6 月

署名巴金

序；雷；知识阶级；春雨；一个女人；煤坑

上海文化生活出版社 1948 年 8 月十版。

还魂草（渝版文季丛书之二）

重庆文化生活出版社 1942 年 4 月

署名巴金

序；摩娜·里莎；还魂草；某夫妇；龙

上海文化生活出版社 1945 年 12 月再版，列为“文季丛书之十六”，1947 年 10 月三版，删去《龙》。

上海平明出版社 1953 年 7 月一版，列为“文学丛书”，1953 年 9 月再版，1954 年 7 月第四次印刷。

还魂草（文学小丛书）

人民文学出版社 1959 年 12 月

署名巴金

前言（编者）；还魂草

巴金短篇小说集（第三集）

上海开明书店 1942 年 6 月

〔第一编〕《神·鬼·人》序；引子；神；鬼；人；《神·鬼·人》后记

〔第二编〕《发的故事》序；发的故事；雨；窗下；星；关于《发的故事》

〔第三编〕《长生塔》序；长生塔；塔的秘密；隐身珠；能言树

〔第四编〕《还魂草》序；摩娜·里莎；还魂草；某夫妇；龙

后记

上海开明书店 1949 年 5 月再版。

小人小事（文学小丛刊第二集）

文化生活出版社 1943 年 4 月初版，6 月蓉一版

署名巴金

〔第一辑　旅途通讯〕别桂林及其他；“贵阳短简”及其它；成渝道上

〔第二辑　小人小事〕猪与鸡；兄与弟；夫与妻

后记

小人小事（文学丛刊第八集）

上海文化生活出版社 1945 年 12 月

猪与鸡；兄与弟；夫与妻；女孩与猫；生与死；后记

上海文化生活出版社 1947 年 8 月再版。

猪与鸡（文学初步读物第六辑）

作家出版社 1959 年 2 月

署名巴金

出版说明；本书说明；猪与鸡

英雄的故事（新文学丛刊）
平明出版社 1953 年 9 月
署名巴金
寄朝鲜某地；坚强战士；一个侦察员的故事；黄文元同志；爱的故事；后记
上海文艺出版社 1956 年 6 月新一版，1979 年 3 月重印。
作家出版社 1964 年 9 月新一版。

坚强战士（志愿军英雄传）
中国少年儿童出版社 1957 年 3 月
署名巴金
正文（内有温勇雄作插图十幅）

巴金短篇小说选集
人民文学出版社 1955 年 3 月
作者自编，收 1930—1942 年作短篇小说 20 篇。
自序；亡命；亚丽安娜；狮子；奴隶的心；狗；爱的十字架；堕落的路；电椅；五十多个；月夜；将军；沉落；化雪的日子；鬼；雨；某夫妇；猪与鸡；废园外；长生塔；能言树

明珠和玉姬
中国少年儿童出版社 1957 年 4 月
署名巴金
活命草；明珠和玉姬；后记

巴金短篇小说集（四册）
香港今代图书公司 1958 年 11 月
按：本书系翻印开明书店版《巴金短篇小说集》第一、二、三集。
第一辑
写作生活底回顾
〔第一编〕复仇集序；初恋；房东太太；洛伯尔先生；复仇；不幸的人；亡命；爱底摧残；丁香花下；父与女；狮子；哑了的三弦琴；老年；墓园；亚丽安娜；亚丽安娜·渥伯尔格
第二辑
〔第二编〕光明集序；光明；生与死；爱底十字架；奴隶底心；狗；好人；我底眼泪；一封信；苏堤
〔第三编〕电椅集序；马赛底夜；堕落的路；罪与罚；父与子；爱；白鸟之歌
第三辑
〔第四编〕抹布集序；杨嫂；第二的母亲
〔第五编〕将军集序一；将军集序二；幽灵；在门槛上；五十多个；短刀；一个女人；玫瑰花的香；还乡；月夜；一件小事；父亲买新皮鞋回来的时候；将军；将军集后记
第四辑
〔第六编〕沉默集序一；雷；知识阶级；春雨
〔第七编〕沉默集序二；马拉的死；丹东的悲哀；罗伯斯庇尔的秘密
〔第八编〕沉落集序；沉落；化雪的日子
〔第九编〕煤坑；电椅；跛

李大海

作家出版社 1961 年 12 月

署名巴金

代序（朝鲜的梦）；副指导员；回家；军长的心；李大海；再见；团圆；《飞吧，英雄的小嘎斯！》；后记

### 4. 散 文 集

（含特写、随笔、杂文及创作回忆录等）

海行（新中国文艺丛书）

上海新中国书局 1932 年 12 月

署名巴金

序；一月十五日；狭的笼；“再见罢，我不幸的乡土哟！”；香港或九龙；船上的友伴；西贡；植物园；安南之夜；新加坡；威司利；新的旅伴；耶稣和他的门徒；猴子的悲哀；锡兰岛上的哥伦波；印度洋中的茵梦湖；伊利沙白与来印哈德；救生带之试验；两封信；繁星；吉卜帝；“我们旅行了非洲了”；红海不红；海上的日出；通过苏彝士运河；波赛；卖艺人；地中海上的风浪；地中海上的第二日；苦尽甘来，老歌者；海上生明月；最后的一夜；乡心；到了法国；Good-bye Angers!；马赛；三等车中；病榻看雪；巴黎

上海新中国书局 1933 年 5 月再版。

上海开明书店 1935 年 11 月一版，改题《海行杂记》，列为“开明文学新刊”；1939 年三版，1941 年 5 月五版。

上海万叶书店 1946 年 4 月一版。

香港南国出版社 1959 年 8 月一版。

旅途随笔（创作文库五）

上海生活书店 1934 年 8 月

署名巴金

序；海上；一个回忆；南国的梦；香港；香港之夜；省港小火轮；西班牙的梦；庶务室的生活；谈心会；别；农民的集会；鸟的天堂；机械的诗；朋友；捐税的故事（阙）；一千三百元；海珠桥（阙）；长堤之夜；薛觉先（阙）；鬼棚尾（阙）；一个女佣；赌；扶梯边的喜剧；游了佛国；在普陀；三等车中；平津道上；亚丽安娜·渥柏尔格

上海生活书店 1934 年 10 月再版，1935 年 8 月三版，1937 年 5 月四版。

开明书店 1939 年 4 月改订本初版，加入《重排题记》、《一个车夫》，抽去《亚丽安娜·渥柏尔格》，正文补入《海珠桥》、《薛觉先》、《鬼棚尾》。1940 年 9 月二版，1951 年 7 月十版。

平明出版社 1953 年 6 月初版，列为“文学丛书”；1953 年 11 月二版。

上海文艺出版社 1956 年新一版。

香港南国出版社 1960 年 10 月一版。

巴金自传（自传丛书）

上海第一出版社 1934 年 11 月

小序；最初的回忆；家庭的环境；做大哥的人；写作的生活

香港汇通书店 1973 年 11 月一版。

点滴
上海开明书店 1935 年 4 月
署名巴金
序；生命；海的梦；过年；话语；关于翻译；沉落；书；支那语；知识阶级；自白之一；几段不恭敬的话；繁星；雪；论语的功劳；木乃伊；月夜；神；直言；兰天使；河马；读书札记
上海开明书店 1941 年 1 月五版，1946 年 11 月 8 版，1947 年 10 月九版，1948 年 10 月十版，1949 年 2 月十一版。

生之忏悔（文学研究会创作丛书）
上海商务印书馆 1936 年 3 月
署名巴金
《生之忏悔》题记
〔第一部〕我的心；作者底自白；我的自剖；我的呼号；我的梦；我的自辩；新年试笔；我与文学；灵魂的呼号；给 E · G；呓语
〔第二部〕《黑暗之势力》之考察；《工女马得兰》之考察；《党人魂》之考察
〔第三部〕《工女马得兰》译本序；《骷髅之跳舞》译本序；《前夜》译本序，〔附〕廖抗夫传略；《我底自传》译本序；《幸福的船》序；《秋天里的春天》译本序
〔第四部〕广州二月记；薛觉先
〔第五部〕童年；两个孩子；双十节在上海；木匠老陈
上海商务印书馆 1936 年 8 月再版。

忆（文学丛刊第二集）
上海文化生活出版社 1936 年 7 月
署名巴金
忆；最初的回忆；家庭的环境；信仰与活动；小小的经验；做大哥的人；“在门槛上”；我离了北平；片断的纪录；后记
文化生活出版社 1936 年 9 月再版，1939 年 4 月六版，1944 年 1 月十版。

短简（现代散文新集）
上海良友图书印刷公司 1937 年 3 月 10 日
署名巴金
序；我的幼年；我的几个先生；关于《家》；关于《春》；我的故事；我的路；答一个北方青年朋友；给一个孩子；答一个“陌生的孩子”；给一个中学青年；家；关于《发的故事》；一点不忘却的记忆；病；《雷雨》在东京
上海良友图书印刷公司 1945 年 5 月再版。
桂林良友复兴图书公司 1943 年 7 月一版。
上海文化生活出版社 1949 年 4 月一版，列为“文学丛刊第十集”。

控诉（烽火小丛书第一种）
上海烽火社 1937 年 11 月
署名巴金

前记
〔第一辑〕从南京到上海
〔第二辑〕只有抗战这一条路；站在十字街头；一点感想；应该认清敌人；自由快乐地笑了
〔第三辑〕我们；给死者；摩娜·里莎
〔第四辑〕给山川均先生；给日本友人
重庆烽火社 1938 年三版，1940 年 7 月五版。
文化生活出版社 1939 年 9 月初版，1941 年 12 月桂一版，列为“呐喊小丛书第二种”。

梦与醉
上海开明书店 1938 年 9 月
署名巴金
前记
〔第一辑〕死；梦；醉；路；生
〔第二辑〕关于《何为》；关于《死之忏悔》；关于《生人妻》
〔第三辑〕纪念一个友人
〔第四辑〕春月之死；忆春月；一个英雄的葬仪
上海开明书店 1939 年 1 月二版，1946 年 10 月八版，1948 年 12 月十一版。
香港南国出版社 1961 年 6 月一版。

旅途通讯（少年读物小丛刊第一集 6）
上海文化生活出版社 1939 年 3 月（上册）4 月（下册）
署名巴金
前记；
〔上册〕香港行；在广州；广州在轰炸中；从广州到乐昌；广武道上；汉口短简；广州在包围中；广州的最后一晚
〔下册〕从广州出来；广州五日；民富渡上；石龙——柳州；在柳州；桂林的受难；桂林的微雨
上海文化生活出版社 1940 年 9 月再版，成都文化生活出版社 1942 年 6 月一版。

感想（烽火小丛书第八种）
重庆烽火社 1939 年 7 月
署名巴金
前记；感想一（在孤岛）；感想二（在广州）；第一次听见那炮声；失败主义者；国家主义者；最后胜利主义者；公式主义者；略谈动员民众与逃难；和平主义者；给一个敬爱的友人
重庆烽火出版社 1939 年 12 月再版，1940 年 7 月三版。

黑土（文学小丛刊第一集）
上海文化生活出版社 1939 年 10 月
署名巴金
前记；南国的梦；在广州；卢骚与罗伯斯比尔；马拉、哥代和亚当·吕克斯
桂林文化生活出版社 1941 年 12 月再版，重庆文化生活出版社 1942 年 3 月一版。

无题（烽火文丛）
桂林文化生活出版社 1941 年 6 月
署名巴金
前记；无题；先死者；静寂的园子；狗；轰炸中；十月十七日；在泸县；做一个战士；“重进罗马”的精神；悼鲁迅先生；深的怀念；写给读者（一）；写给读者（二）；逃荒；地上的一角；雨夕；荒；三月天；鱼儿坳重庆文化生活出版社 1941 年 8 月再版，1942 年 2 月四版。
成都文化生活出版社 1942 年 7 月一版。

龙·虎·狗（文学丛刊第七集）
重庆文化生活出版社 1942 年 1 月
上海文化生活出版社 1942 年 1 月
署名巴金
序
〔第一辑〕爱尔克的灯光；忆范兄
〔第二辑〕风；云；雷；雨
〔第三辑〕日；月；星
〔第四辑〕狗；猪；虎；龙
〔第五辑〕死去；伤害；祝福；撇弃
〔第六辑〕醉；生；梦；死
〔附录〕关于《雷雨》；关于小说中人物描写的意见
按：渝版正文《龙》阙；沪版目录有《寂寞的园子》、《狗》，正文阙；沪版删去《关于〈雷雨〉》。
重庆文化生活出版社 1943 年 3 月二版，1947 年 8 月再版。

废园外（呐喊文丛之二）
重庆烽火社 1942 年 6 月
署名巴金
〔第一辑〕废园外；火；怀念
〔第二辑〕长夜；寻梦；灯
〔第三辑〕给山川均先生；给一个敬爱的友人
后记

旅途杂记（万叶文艺新辑）
上海万叶书店 1946 年 4 月 1 日
署名巴金
前记；I、无题；II、先死者；轰炸中；十月十七日；在泸县；废园外；火；III、别桂林及其他；成渝路上；IV、无题；V、从南京回上海

怀念（开明文学新刊）
上海开明书店 1947 年 8 月
署名巴金
前记；纪念友人世弥，〔附〕《鱼儿坳》后记；忆范兄；怀念；纪念憾庐先生；写给彦兄；纪念一个善良的友人；纪念我的哥哥；忆居甫；怀圣泉
上海开明书店 1948 年 2 月再版。

静夜的悲剧（文学丛刊第九集）
上海文化生活出版社 1948 年 9 月
署名巴金
〔第一辑〕黑土；南国的梦；月夜鬼哭
〔第二辑〕卢骚与罗伯斯比尔；马拉、

哥代和亚当·吕克斯；静夜的悲剧
后记

纳粹杀人工厂——奥斯威辛（新时代文丛第一辑）
平明出版社 1951 年 3 月
署名巴金
前记；关于奥斯威辛和布惹秦加
图片二十二幅
平明出版社 1951 年 4 月再版。

华沙城的节日——波兰杂记（新时代文丛第一辑）
平明出版社 1951 年 3 月
署名巴金
华沙城的节日；奥斯威辛集中营的故事；古城克拉科；"灰阑记"；第二届世界保卫和平大会；后记
人民文学出版社 1953 年三版。

慰问信及其他（新时代文丛第二辑）
平明出版社 1951 年 7 月
署名巴金
我是来学习的——参加文代会的一点感想；忆鲁迅先生；一封未寄的信；给西方作家的信；两封慰问信（致中国人民志愿军部队，致朝鲜人民军）；给苏合作先生；他们活在每个站起来的中国人的心里；后记

生活在英雄们的中间（解放军文艺丛书）
人民文学出版社 1953 年 2 月
署名巴金
我们会见了彭德怀司令员；我们向全世界人民控诉；平壤，英雄的城市；在开城中立区；朝鲜战地的春夜；一个模范的通讯连；起雷英雄的故事；生活在英雄们的中间；保卫和平，保护朝鲜的母亲和孩子；青年战士赵杰仁同志；向朝鲜战地的朋友们告别；后记

我们会见了彭德怀司令员（文学初步读物）
人民文学出版社 1953 年 3 月
署名巴金
我们会见了彭德怀司令员；生活在英雄们的中间
通俗读物出版社 1955 年 11 月新一版，增加"出版说明"。

保卫和平的人们（解放军文艺丛书）
中国青年出版社 1954 年 11 月
署名巴金
衷心的祝贺（代序）；入朝散记；忘不了的仇恨；吕玉久和张明碌的事情；魏连长和他的连队；一个连队的生活；范国金与何全德；记栗学福同志；后记

谈契诃夫（文学丛书）
平明出版社 1955 年 5 月
署名巴金

前记；印象·感想·回忆；向安东·契诃夫学习；我们还需要契诃夫；谈契诃夫；安东·契诃夫的生平

上海新文艺出版社1957年12月新一版。

巴金散文选

人民文学出版社1955年5月

作者自编，收1932—1946年作散文36篇。

前记；灵魂的呼号；病；关于《家》；给山川均先生；鸟的天堂；机械的诗；朋友；海珠桥；一个女佣；海的梦；雪；神；雨；醉；生；不能忘却的记忆；忆范兄；纪念憾翁；写给彦兄；纪念我的哥哥；怀圣泉；卢骚与罗伯斯庇尔；马拉、哥代和亚当·鲁克斯；先死者；静寂的园子；日；月；星；云；灯；木乃伊；龙；寻梦；平津道上；别桂林；做一个战士

大欢乐的日子

作家出版社1957年3月

署名巴金

一封未寄的信；两封慰问信（致中国人民志愿军，致朝鲜人民军）；让每个人的青春都开放美丽的花朵；充满敬意的祝贺；大欢乐的日子；一九五六年新年随笔

给西方作家的公开信；给苏合作先生；柏林一星期——记第四届德国作家大会

忆鲁迅先生；秋夜；一个秋天的早晨；纪念鲁迅先生

燃烧的心——我从高尔基的短篇中所得到的；永远属于人民的两部巨著；谈别有用心的《洼地上的战役》

援救罗森堡夫妇；支援印度人民收复果阿的斗争；一件万分愉快的事

后记

一场挽救生命的战斗（革命故事小丛书）

中国青年出版社1958年10月

署名巴金

创造奇迹的时代——党挽救了邱财康同志的生命（跃进小丛刊21）

作家出版社1958年10月

署名巴金、任干、胡万春、靳以、魏金枝

正文；后记（巴金）

友谊集

作家出版社1959年9月

署名巴金

热烈的、衷心的祝贺（代序）；友谊；给苏合作同志；印象·感想·回忆——赴苏参加契诃夫逝世五十周年纪念活动琐记；几件纪念品——回忆一九五四年的一次旅行；难忘的日子；给波列伏依的信；塔什干的节日；

〔附录〕伟大的革命，伟大的文学；后记

赞歌集

上海文艺出版社 1960 年 4 月

署名巴金

我们伟大的祖国；“上海，美丽的土地，我们的！”；我又到了这个地方；最大的幸福；无上的光荣；“我们要在地上建立天堂”；星光灿烂的新安江；“元旦试笔”；迎接新的光明；无比光辉的榜样；一生也忘不了的教育；跟志愿军一起欢度国庆节；人间最美好的感情——介绍《志愿军一日》；欢迎最可爱的人；向小朋友贺年；索桥的故事；鲁迅先生就是这样的一个人；悼振铎；哭靳以；他明明还活着；谈我的短篇小说，谈我的散文；后记

倾吐不尽的感情

百花文艺出版社 1963 年 8 月

署名巴金

致芹泽光治良先生（代序）；我们永远站在一起；从镰仓带回的照片；忆青野季吉先生；富士山和樱花；愤怒的内滩；看了“松川事件”以后；藤森先生的笑容；“不死鸟”的雄壮歌声；倾吐不尽的感情；向着祖国的心

贤良桥畔

作家出版社 1964 年 9 月

署名巴金

致江南同志（代序）；携手前进——写给一位越南作家；贤良桥畔；我的心永远在英雄的人民中间；忆越南；珍贵的礼物——致越南诗人春生同志；越南人；越南人民庄严的答复；后记

大寨行（农村文艺丛书）

山西人民出版社 1965 年 8 月

署名巴金

随想录（第一集）

生活·读书·新知三联书店香港分店 1979 年 12 月（回忆与随想文丛）

人民文学出版社 1980 年 6 月

署名巴金

总序；一、谈《望乡》；二、再谈《望乡》；三、多印几本西方文学名著；四、“结婚”；五、怀念萧珊；六、“毒草病”；七、“遵命文学”；八、“长官意志”；九、文学的作用；十、把心交给读者；十一、一颗桃核的喜剧；十二、关于丽尼同志；十三、三次画像；十四、五四运动六十周年；十五、小人·大人·长官；十六、再访巴黎；十七、诺·利斯特先生；十八、在尼斯；十九、重来马赛；二十、里昂；二十一、沙多—吉里；二十二、“友谊的海洋”；二十三、中国人；二十四、人民友谊的事业；二十五、中岛健藏先生；二十六、观察人；二十七、要不要制订“文艺法”；二十八、绝不会忘记；二十九、纪念雪峰；三十、靳以逝世二十周年；后记

南京师范学院学报编辑部 1980 年 1 月，列为“文教资料简报丛书之三”。

爝火集

人民文学出版社 1979 年 12 月

署名巴金

作者自编，建国三十年散文选集。收 1950 年至 1979 年作散文 40 篇。

序

〔第一辑〕我们会见了彭德怀司令员；生活在英雄们的中间；青年战士赵杰仁同志；金刚山上发生的事情；寄朝鲜某地；平壤，英雄的城市

〔第二辑〕一封未寄的信；给西方作家的公开信；大欢乐的日子；一九五六年新年随笔；我们伟大的祖国；“上海，美丽的土地，我们的！”

〔第三辑〕最大的幸福；无上的光荣；一生也忘不了的教育；人间最美好的感情；欢迎最可爱的人；朝鲜的梦

〔第四辑〕忆个旧；大寨行

〔第五辑〕从镰仓带回的照片；富士山和樱花；向着祖国的心

〔第六辑〕秋夜；一个秋天的早晨；悼振铎；哭靳以；廖静秋同志

〔第七辑〕一封信；第二次的解放

〔第八辑〕望着总理的遗像；“最后的时刻”；永远向他学习；衷心感谢他；怀念金仲华同志；等着，盼着……；一颗红心；谈《春天里的秋天》；关于丽尼同志；怀念肖珊

后记

探索集（《随想录》第二集）

生活·读书·新知三联书店香港分店 1981 年 4 月（回忆与随想文丛）

人民文学出版社 1981 年 7 月

署名巴金

总序；三十一、“豪言壮语”；三十二、小骗子；三十三、悼方之同志；三十四、怀念老舍同志；三十五、大镜子；三十六、小狗包弟；三十七、探索；三十八、再谈探索；三十九、探索之三；四十、探索之四；四十一、友谊；四十二、春蚕；四十三、怀念烈文；四十四、访问广岛；四十五、灌输和宣传（探索之五）；四十六、发烧；四十七、“思想复杂”；四十八、世界语；四十九、说真话；五十、《人到中年》；五十一、再论说真话；五十二、写真话；五十三、“腹地”；五十四、再说小骗子；五十五、赵丹同志；五十六、“没什么可怕的了”；五十七、究竟属于谁；五十八、作家；五十九、长崎的梦；六十、说梦；〔附录〕我和文学；后记

创作回忆录

生活·读书·新知三联书店香港分店 1981 年 9 月

人民文学出版社 1982 年 1 月（新文学史料丛书）

署名巴金

文学生活五十年（代序）；一、关于《春天里的秋天》；二、关于《长生塔》；三、关于《第四病室》；四、关于《海的梦》；五、关于《神·鬼·人》；六、关于《龙·虎·狗》；七、关于《火》；八、关于《还魂草》；九、关于《砂丁》；十、关于《激流》；十一、关于《寒夜》；后记；再记

序跋集（花城文库）

广州花城出版社 1982 年 3 月

署名巴金

作者自编，收 1928 年至 1981 年为自己的创作、译作和他人的创作、译作写的序跋 151 篇

序；再序

〔一九二八年〕《灭亡》序

〔一九二九年〕《骷髅的跳舞》译者序

〔一九三〇年〕《我底自传》译本代序；《前夜》译者序；《死去的太阳》序

〔一九三一年〕《草原故事》小引；《幸福的船》编者序；《激流》总序；《复仇》序；《光明》序；《秋天里的春天》译者序

〔一九三二年〕《家》初版代序；《春天里的秋天》序；《海的梦》序；《新生》序；《砂丁》序；《电椅》序；《海行杂记》序；《抹布》序

〔一九三三年〕《过客之花》译者序；《旅途随笔》序

〔一九三四年〕《将军》序；《沉默》序；《雪》序；《沉默》序（二）；《生之忏悔》前记

〔一九三五年〕《点滴》序；《沉落》题记；《狱中记》译后记；《神·鬼·人》序；《神·鬼·人》后记；《草原故事》重印后记；《爱情的三部曲》总序；《巴金短篇小说集第一集》初版后记；《海的梦》改版题记

〔一九三六年〕《巴金短篇小说集第二集》初版后记；《何为》后记；《门槛》译后记；《家》五版题记；《灭亡》七版题记；《忆》后记；《秋天里的春天》三版题记；《发的故事》序

〔一九三七年〕《夜未央》后记；《长生塔》序；《短简》序；《家》十版代序；《控诉》前记

〔一九三八年〕《春》序；《生人妻》后记；《梦与醉》序；《爱情的三部曲》前记；《爱情的三部曲》新记，〔附〕《雾》的序，《雨》的序，《电》的序；《我的生活故事》前记；写给读者（一）

〔一九三九年〕写给读者（二）；《旅途通讯》前记；《旅途随笔》重排题记；《逃荒》后记；《我的自传》新版前记；《地上的一角》后记；《雨夕》后记；《荒》后记；《三月天》后记；《黑土》后记；《叛逆者之歌》前记

〔一九四〇年〕《利娜》序；《秋》序；

《火》第一部后记；《蜕变》后记
〔一九四一年〕《冰心著作集》后记；《鱼儿坳》后记；《无题》前记；《火》第二部后记；《龙·虎·狗》序；《白甲骑兵》后记
〔一九四二年〕《巴金短篇小说集第三集》后记；《还魂草》序；《废园外》后记
〔一九四三年〕《迟开的蔷薇》译后记；《火》第三部后记
〔一九四四年〕《憩园》后记
〔一九四五年〕《散文诗》译后记；《第四病室》小引；《小人小事》后记；《旅途杂记》前记
〔一九四七年〕《怀念》前记；《雪》日译本序；《心字》后记；《伊达》后记；《快乐王子集》译后记；《大姊》后记；《笑》前记
〔一九四八年〕《寒夜》再版后记；《静夜的悲剧》后记；《碑下随笔》后记；《狱中二十年》译后记
〔一九四九年〕《六人》译后记；《蒲宁与巴布林》译后记
〔一九五〇年〕《何为》新版前记；《回忆托尔斯泰》译后记；《回忆布罗克》译后记；《回忆屠格涅夫》译后记；《红花》译后记
〔一九五一年〕《华沙城的节日》后记；《纳粹杀人工厂——奥斯威辛》前记；《一件意外事》译后记；《癞虾蟆和玫瑰花》译后记
〔一九五二年〕《木木》译后记；《生活在英雄们的中间》后记
〔一九五三年〕《家》新版后记；《英雄的故事》后记；《保卫和平的人们》代序
〔一九五四年〕《保卫和平的人们》后记
〔一九五五年〕《谈契诃夫》前记
〔一九五六年〕《明珠和玉姬》后记；《大欢乐的日子》后记
〔一九五七年〕《巴金文集》前记
〔一九五九年〕《新声集》序；《上海十年文学选集》总序；《赞歌集》后记
〔一九六〇年〕《巴金文集》第十三卷后记；《李大海》代序
〔一九六一年〕《李大海》后记；《谈自己的创作》小序；《巴金文集》后记
〔一九六二年〕《倾吐不尽的感情》代序
〔一九七五年〕《处女地》新版译后记
〔一九七七年〕《家》重印后记；《家》法文译本序
〔一九七八年〕《憩园》法文译本序；《父与子》新版后记；《往事与随想》译后记（一）；《巴金选集》后记；《爝火集》序；《随想录》总序；《爝火集》后记
〔一九七九年〕《家》罗马尼亚文译本序；《往事与随想》译后记（二）；《随想录》第一集后记
〔一九八〇年〕《春天里的秋天》世界语译本序；《巴金小说选集》和《巴金散文选集》前记；《家》意大利文译本序；昭明版《巴金选集》后记；《探索

集》后记；《靳以文集》后记；《创作回忆录》后记（一）

〔一九八一年〕《创作回忆录》后记（二）

跋

巴金散文选（上下册）

浙江人民出版社 1982 年 7 月

选入 1929 年至 1980 年作各类散文 149 篇，经作者审订。

上册

出版说明（浙江人民出版社）

〔第一辑〕我的眼泪；我的心；我的呼号；我的梦；呓语；一九三四年十月十日在上海；两个孩子；木匠老陈；《点滴》序；生命；海的梦；过年；沉落；自白之一；繁星；木乃伊；月夜；神；《梦与醉》序；死；梦；醉；生；我们；先死者；做一个战士；黑土；南国的梦；《龙·虎·狗》序；静寂的园子；大黄狗；爱尔克的灯光；风；云；雷；雨；日；月；星；狗；虎；龙；伤害；祝福；撇弃；醉；生；梦；死；废园外；火；长夜；寻梦；灯；月夜鬼哭；"结婚"

〔第二辑〕"再见吧，我不幸的乡土哟！"；耶稣和他的门徒；繁星；红海不红；海上的日出；海上生明月；乡心；香港的夜；鸟的天堂；机器的诗；诗心会；朋友；海珠桥；一个女佣；赌；在普陀；三等车中；一个车夫；广州在轰炸中；广州的最后一晚；桂林的微雨；在泸县；别桂林及其它；筑渝道上；生活在英雄们的中间；从镰仓带回的照片；向着祖国的心；再访巴黎；诺·利斯特先生；在尼斯；重来马赛；里昂；沙多—吉里；中国人

〔第三辑〕我的故事；给一个孩子；答一个"陌生的孩子"；病；给一个敬爱的友人；一封未寄的信；给西方作家的公开信

下册

〔第四辑〕忆；最初的回忆；家庭的环境；做大哥的人；我的幼年；我的几个先生

〔第五辑〕永远不能忘记的事情；悼鲁迅先生；秋夜；一个秋天的早晨；纪念友人世弥；悼范兄；纪念憾翁；写给彦兄；纪念一个善良的友人；纪念我的哥哥；怀陆圣泉；悼振铎；哭靳以；怀念金仲华同志；一颗红心；怀念肖珊；关于丽尼同志；纪念雪峰；靳以逝世二十周年；怀念老舍同志

〔第六辑〕关于《家》；《家》重印后记；小序；谈《灭亡》；谈《新生》及其它；谈《家》；谈《春》；谈《秋》；谈《憩园》；谈《第四病室》；谈《寒夜》；谈我的短篇小说；《家》法译本序；《憩园》法译本序；关于《春天里的秋天》；关于《长生塔》；关于《第四病室》；关于《海的梦》；关于《神·鬼·人》；关于《龙·虎·狗》；关于《激流》；把心交给读者；《骷髅的跳舞》译者序；

《幸福的船》序；文学生活五十年后记

真话集（《随想录》第三集）

生活·读书·新知三联书店香港分店 1982年10月（回忆与随想文丛）

人民文学出版社 1983年2月

署名巴金

总序；六十一、三谈骗子；六十二、我和读者；六十三、悼念茅盾同志；六十四、现代文学资料馆；六十五、怀念方令孺大姐；六十六、《序跋集》序；六十七、怀念丰先生；六十八、《序跋集》再序；六十九、十年一梦；七十、致《十月》；七十一、《序跋集》跋；七十二、怀念鲁迅先生；七十三、"鹰的歌"（三联版存目）；七十四、《怀念集》序；七十五、小端端；七十六、怀念马宗融大哥；七十七、《随想录》日译本序；七十八、《小街》；七十九、三论讲真话；八十、《靳以选集》序；八十一、怀念满涛同志；八十二、说真话之四；八十三、未来（说真话之五）；八十四、解剖自己；八十五、西湖；八十六、思路；八十七、"人言可畏"；八十八、上海文艺出版社三十年；八十九、三访巴黎；九十、知识分子；后记

怀念集

宁夏人民出版社 1982年12月

署名巴金

序

呈献给一个人；永远不能忘记的事情；纪念友人世弥，〔附录〕《生人妻》后记，《地上的一角》后记，《鱼儿坳》后记；悼范兄；纪念憾翁；写给彦兄；纪念一个善良的友人；纪念我的哥哥；忆施居甫；怀陆圣泉；廖静秋同志；悼振铎；哭靳以；靳以逝世二十周年；望着总理的遗像；"最后的时刻"；永远向他学习；衷心感谢他；怀念金仲华同志；等着，盼着，一颗红心；谈《春天里的秋天》；关于丽尼同志；怀念肖珊；悼中岛健藏先生；纪念雪峰；悼方之同志；怀念老舍同志；怀念烈文；赵丹同志；悼念茅盾同志；怀念方令孺大姐；怀念丰先生；怀念鲁迅先生；怀念马大哥

# 二、翻译部分

## 一

### 1. 小　说

薇娜（微明丛书）
〔波兰〕廖亢夫著
上海开明书店 1928 年 6 月
署名石曾　芾甘译
夜未央（石曾译）；薇娜（芾甘译）
上海开明书店 1929 年 7 月再版

为了知识与自由的缘故（新宇宙丛书第二集）
〔英〕普利洛克等著
新宇宙书店 1929 年 10 月
署名芾甘译
为了知识与自由的缘故（普利洛克作）；三十九号（司特普尼亚克作）

草原故事
〔苏〕高尔基作
上海马来亚书店 1931 年 4 月
署名巴金译
译者序；马加尔周达；因了单调的缘故；不能死的人
上海新时代书局 1931 年 10 月改订再版，列为“新时代文艺丛书”。
上海生活书店 1933 年 6 月一版，1934 年 5 月二版。
上海文化生活出版社 1935 年 11 月初版，列为“文化生活丛刊第七种”，增加《小引》、《后记》；1936 年 3 月再版，1946 年 7 月六版，1947 年 8 月七版，1949 年 2 月八版。

草原集（高尔基短篇小说集）
〔苏〕高尔基著
上海开明书店 1950 年 11 月
署名巴金译
马加尔·楚德拉；伊则吉尔老婆子；可汗和他的儿子；因为单调的缘故；草原上；后记
平明出版社 1953 年 4 月初版,列为“新译文丛刊”。

秋天里的春天
〔匈牙利〕尤利·巴基著
上海开明书店 1932 年 10 月
署名巴金译
译者序；著者序；正文（中篇小说，共六章）
开明书店 1946 年 11 月十一版，1948 年 3 月十三版，1949 年 3 月十五版，1951 年十六版。
上海平明出版社 1953 年 5 月一版，列为“新译文丛刊”1953 年 10 月二版。
香港中流出版社 1958 年 6 月一版。

门槛（文化生活丛刊第十二种）
上海文化生活出版社 1936 年 5 月
署名巴金辑译
门槛（俄国屠格涅夫作）；为了知识与自由的缘故（俄国蒲列鲁克尔作）；三十九号（俄国司特普尼亚克作）薇娜（波兰廖抗夫作）；后记
上海文化生活出版社 1936 年 6 月再版，1939 年 5 月改订三版。

父与子（屠格涅夫选集之四·译文丛书）
〔俄〕屠格涅夫著
上海文化生活出版社 1943 年 7 月
署名巴金译
英译本序（爱德华·嘉尔纳特）；正文（长篇小说，二十八章）；后记（巴金）
桂林文化生活出版社 1943 年 11 月二版；上海文化生活出版社 1945 年 12 月再版，1946 年 9 月二版，1947 年 3 月三版，1948 年 6 月四版，1949 年 2 月五版，1952 年 9 月九版。

父与子（新译文丛刊）
〔俄〕屠格涅夫著
平明出版社 1953 年 5 月
署名巴金
正文（长篇小说，二十八章）
〔附录〕关于《父与子》；给斯鲁切夫斯基的信；给非罗索佛娃的信；给某夫人的信；跟巴甫罗夫斯基谈《父与子》（以上均屠格涅夫作）；解说（布罗茨基）
平明出版社 1954 年 9 月第五次印刷。
人民文学出版社 1955 年 5 月一版，1962 年 7 月第七次印刷；1979 年 9 月一版，列为“外国文学名著丛书”，删去附录，与丽尼译《前夜》合集，改题《前夜　父与子》。

迟开的蔷薇（文化生活丛刊第 30 种）
〔德〕斯托姆著
重庆文化生活出版社 1943 年 11 月
署名巴金译
迟开的蔷薇；马尔特和她的钟；蜂湖；后记（巴金）
上海文化生活出版社 1945 年 12 月再版，1946 年 11 月三版，1948 年 5 月四版，1949 年 11 月五版，1953 年 6 月六版。

处女地（屠格涅夫选集之六·译文丛书）

〔俄〕屠格涅夫著

上海文化生活出版社 1944 年 5 月（上、中），12 月（下）

署名巴金译

前记（巴金）；正文（长篇小说，三十八章）；后记（巴金）

桂林文化生活出版社 1944 年 6 月一版；上海文化生活出版社 1946 年 8 月一版，1947 年 3 月二版；1950 年 9 月新一版，1953 年 4 月第四次印刷。

处女地

〔俄〕屠格涅夫著

人民文学出版社 1978 年 2 月

署名巴金译

正文（长篇小说，三十八章）；译后记

快乐王子集

〔英〕王尔德著

上海文化生活出版社 1948 年 3 月

署名巴金译

〔童话〕少年国王；西班牙公主的生日；渔人和他的灵魂；星孩；快乐王子；夜莺与蔷薇；自私的巨人；忠实的朋友；了不起的火箭

〔散文诗〕艺术家；行善者；弟子，先生；裁判所；智慧的教师；讲故事的人

后记（巴金）

上海文化生活出版社 1949 年 11 月三版，1953 年 1 月五版，1953 年 5 月六版。平明出版社 1955 年 8 月新一版，列为“新译文丛刊”，增加《再记》（巴金），删去散文诗部分。

新文艺出版社 1957 年 12 月新一版。

上海文艺出版社 1959 年 7 月新一版。

四川人民出版社 1981 年 9 月一版。

上海少年儿童出版社 1981 年 10 月一版。

笑（翻译小文库第十种）

〔保加利亚〕D·奈米洛夫等著

上海文化生活出版社 1948 年 6 月

署名巴金译

前记；笑；白痴；加斯多尔的死；木星的人神；〔附录〕关于爱罗先珂

六人

〔德〕鲁多夫·洛克尔著

上海文化生活出版社 1949 年 9 月

署名巴金译

楔子；浮士德的路；董·缓的路；哈姆雷特的路；董·吉诃德的路；麦达尔都斯的路；冯·阿夫特尔丁根的路；觉醒；后记

上海文化生活出版社 1950 年 1 月再版。

蒲宁与巴布林（新译文丛刊）

〔俄〕屠格涅夫著

上海平明出版社 1949 年 12 月

署名巴金译

正文（中篇小说，三章）；后记（巴金）

上海平明出版社 1953 年 3 月再版

红花（世界文学丛书）

〔俄〕迦尔洵著

上海出版公司 1950 年 11 月

署名巴金译

红花；〔附〕信号；后记（巴金）

上海出版公司 1953 年 9 月第五次印刷。

一件意外事（世界文学丛书）

〔俄〕迦尔洵著

上海出版公司 1951 年 6 月

署名巴金

一件意外事；〔附〕军官和勤务兵；后记（巴金）

上海出版公司 1953 年 9 月第四次印刷。

癞虾蟆与玫瑰花（世界文学丛书）

〔俄〕迦尔洵著

上海出版公司 1952 年 1 月

署名巴金译

癞虾蟆和玫瑰花；阿塔亚·卜林塞卜斯；并没有的事；旅行的蛙

后记（巴金）

獏獏（新译文丛刊）

〔俄〕屠格涅夫著

上海平明出版社 1952 年 5 月

署名巴金译

正文（短篇小说）；后记（巴金）

上海平明出版社 1952 年 5 月一版，1953 年 4 月四版，1955 年 8 月第七次印刷。

作家出版社 1955 年 11 月一版。

人民文学出版社 1959 年 4 月一版，列为“文学小丛书 102”，有《前言》（编者），删去《后记》。

短篇小说集（高尔基选集）

人民文学出版社 1956 年 12 月

署名瞿秋白　巴金译

收 21 篇，巴金译 11 篇（马卡尔·楚德拉；叶美良·皮里雅依；阿尔希普爷爷和廖恩卡；鹰之歌；伊则吉尔老婆子；柯留沙；可汗和他的儿子；因为烦闷无聊；草原上；一个人的诞生；一首歌子是怎样编成的）

伊则吉尔老婆子（文学小丛书 23）

〔苏〕高尔基著

人民文学出版社 1958 年 9 月

署名巴金等译

收 3 篇，巴金译 2 篇（伊则吉尔老婆子；马卡尔·楚德拉）

高尔基早期作品选（文学小丛书）

人民文学出版社 1978 年 11 月

署名巴金　伊信　戈宝权译

收 5 篇，巴金译 3 篇（阿尔希普爷爷和廖恩卡；伊则吉尔老婆子；鹰之歌）

高尔基短篇小说选（外国文学名著丛书）

人民文学出版社 1980 年 4 月

署名瞿秋白、巴金、耿济之、伊信译

收19篇，巴金译9篇（马卡尔·楚德拉；叶美良·皮里雅依；阿尔希普爷爷和廖恩卡；伊则吉尔老婆子；柯留沙；可汗和他的儿子；因为烦闷无聊；草原上；一个人的诞生）

屠格涅夫中短篇小说集
人民文学出版社 1959年6月
署名肖珊　巴金译
收7篇，巴金译2篇（木木；普宁与巴布林）
四川人民出版社 1981年8月一版，1982年9月第二次印刷。

## 2. 诗歌·散文诗

叛逆者之歌（翻译小文库第二种）
上海文化生活出版社 1940年9月
署名巴金译
前记；凡尔加的岩石上（俄国民歌）；凡尔加凡尔加（俄国民歌）；寄西伯利亚的音信（俄国普式庚）；答普式庚（俄国十二月党人）；断头台上（俄国米拉科夫）；献给苏菲·巴尔亭娜（俄国波龙斯基）；吕西·德木南（法国E.D.Essarts）；劳动歌（德国黑威尔）；忆大田大次郎（日本中滨铁）；遗言（美国柏尔森斯）；门槛（俄国屠格涅夫）；给裁判官（俄国无名氏）
上海文化生活出版社1947年10月再版。

散文诗（文化生活丛刊第31种）
〔俄〕屠格涅夫著
上海文化生活出版社 1945年5月
署名巴金试译
〔一、一八七八年〕田野；对话；老妇；狗；我的敌人；乞丐；愚人的裁判；满意的人；处世的方法；世界的末日；马霞；愚人；一个东方的传说；两节诗；麻雀；骨头；工人与白手人；蔷薇；纪念vp伏列夫斯加亚女士；最后的会晤；访问；NECESSIIAS-VIS-LIBERTASI；施舍；虫；白菜汤；蔚蓝的国；二富豪；老人；访员；两兄弟；利己主义者；大神的宴会；斯芬克司；仙女；友与敌；基督
〔二、一八七九年——一八八二年〕岩石；鸽；明天！明天；自然；“绞死他！”；我想什么呢；“蔷薇花，多么美，多么新鲜！”；海上；某某；留住；高僧；我们要继续奋斗；门槛；祷词；俄罗斯语言
后记（巴金）
上海文化生活出版社 1945年12月再版，1947年6月三版，1949年1月四版。
香港建文书局 1959年1月一版。

## 3. 剧　本

骷髅的跳舞（微明丛书）
〔日本〕秋田雨雀著
上海开明书店 1930年3月
署名一切译
收独幕剧3篇

序；骷髅的跳舞；国境之夜；首陀罗的喷泉

前夜

〔波兰〕廖抗夫著

上海启智书局 1930 年 4 月

署名巴金译

译者序；廖抗夫传略；正文（三幕话剧）

上海文化生活出版社 1937 年 2 月校改重排，改题《夜未央》，列为“文化生活丛刊第二十种”，增加《后记》，1937 年 7 月三版，1941 年 2 月四版，1947 年 4 月五版。

重庆文化生活出版社 1943 年 2 月一版。

桂林文化生活出版社 1944 年 2 月一版。

丹东之死（微明丛书）

〔俄〕阿·托尔斯泰著

上海开明书店 1930 年 7 月

署名巴金译

原序；译者序；正文（十二幕话剧）

上海开明书店 1935 年 11 月二版，1939 年 5 月三版，改《译者序》为附录：法国革命的故事；1946 年 5 月四版，1947 年 3 月六版，1951 年 10 月八版。

过客之花

〔意大利〕E·亚米契斯著

上海开明书店 1933 年 6 月

署名巴金译

译者序；正文（十四场话剧）

上海文化生活出版社 1940 年 9 月初版，列为“翻译小文库第一种”；1947 年 10 月再版。

### 4. 画　册

西班牙的血（新艺术丛刊第一种）

〔西班牙〕加斯特劳绘画

上海平明书店 1938 年 4 月

署名巴金编选

序（巴金）；献词（C·N·T 全国委员会）；给散布在全世界的加里西亚人（加斯特劳）；画（十幅）

上海平明书店 1938 年 7 月再版，1948 年 10 月改订初版。

西班牙的黎明（新艺术丛刊第二种）

〔西班牙〕幸门绘画

上海平明书店 1938 年 7 月

署名巴金编

献词（西班牙全国劳工联盟、伊比利亚安那其主义者联合会）；画（十八幅）上海平明书店 1939 年 3 月版，改题《西班牙的曙光》，列为“新艺术丛刊第三种”。

西班牙的苦难（新艺术丛刊第四种）

〔西班牙〕加斯特劳绘画

上海平明书店 1940 年 7 月

署名巴金编

西班牙的曙光（新艺术丛刊）
〔西班牙〕幸门绘画
上海平明书店 1948 年 9 月改订本
署名巴金编
前记（巴金）；画（三十一幅）
上海平明书店 1949 年 1 月再版。
按：本书据《西班牙的黎明》改订。

西班牙的血（新时代文丛第一辑）
〔西班牙〕加斯特劳绘画
上海平明出版社 1951 年 3 月
署名巴金编选
前记（巴金）；初版序（巴金）；献辞（出版者）；给散布在全世界的加里西亚人（加斯特劳）；画（二十幅）
按：本书系《西班牙的血》与《西班牙的苦难》合集。
上海平明出版社 1951 年 5 月再版。

## 5. 传记·回忆录

狱中与逃狱
〔俄〕克鲁泡特金著
广州革新书局 1927 年 5 月
署名李石曾　李芾甘译
正文 52 页，李芾甘译第 40 页倒数第 2 行到第 52 页末。

一个卖鱼者的生涯（自由小丛书）
〔意大利〕凡宰特著
上海自由书店 1928 年 12 月
署名芾甘译
编者的几句话；正文
上海平明书店 1939 年一版，改题《一个无产者底故事》。

我的生活故事（翻译小文库第四种）
〔意大利〕巴尔托罗美·凡宰地著
上海文化生活出版社 1940 年 9 月
署名巴金译
前记（巴金）；小引（阿·斯·布拉克尔威）；代序（阿·辛克莱）；我的幼年；希望之国；工作！工作！工作；我的精神生活与信仰
〔附录〕沙珂给他的六岁女儿茵乃斯的告别信；沙珂给他的十一岁的儿子但丁的告别信
上海文化生活出版社 1947 年 10 月再版。

地底下的俄罗斯
〔俄〕司特普尼亚克著
上海启智书店 1929 年 8 月
署名李芾甘译
译者小言；司特普尼亚克传；拉甫洛夫序；
正文（三篇）

俄国虚无主义运动史话（文化生活丛刊第十四种）
〔俄〕司特普尼亚克著
上海文化生活出版社 1936 年 8 月
署名巴金译
拉甫洛夫序；第一篇、绪论（共三节）；

第二篇（共九节）；第三篇、革命的速写（共五节）；结论；〔附录〕民意社执行委员会上新皇亚历山大三世书；司特普尼亚克传略；后记（巴金）

上海文化生活出版社1936年10月再版。

一个革命者的回忆（上下集）

〔俄〕克鲁泡特金著

上海自由书店1930年4月

署名芾甘译（上集），芾甘、君泽译（下集）

〔上集〕译者代序；小引（作者）；布南德斯序；我底童年；近侍学校：西伯利亚；圣彼得堡

〔下集〕西欧初旅；归国以后；牢狱生活；西欧亡命；跋

后记（芾甘）

自传（插图本克鲁泡特金全集第一卷）

〔俄〕克鲁泡特金著

上海新民书店1933年9月再版

署名巴金译

〔前部〕全集总序（黑浪）；第一卷序（黑浪）；译者代序——给十四弟（巴金）；小引（作者）；布南德斯序

我底童年；近侍学校；西伯利亚；圣彼得堡

〔后部〕西欧初旅；归国以后；牢狱生活；西欧亡命；跋

后记（巴金）

我底自传

〔俄〕克鲁泡特金著

上海开明书店1939年5月

署名巴金译

前记；译者代序——给我的弟弟

小引；布南德斯序；我底童年；侍从学校；西伯利亚；圣彼得堡；西欧初旅；归国以后；牢狱生活；西欧亡命；跋

上海开明书店1940年4月再版，1947年3月六版。

狱中记（文化生活丛刊第四种）

〔美〕柏克曼著

上海文化生活出版社1935年9月

署名巴金译

序（爱德华·加本特）；第一篇、觉醒及其结果（共七章）；第二篇、惩役所（共十四章）；第三篇、习艺惩戒所（共一章）

〔附录〕爱玛·高德曼

后记（巴金）

上海文化生活出版社1947年4月七版。

一个家庭的戏剧（文化生活丛刊第26种）

〔俄〕赫尔岑著

上海文化生活出版社1940年8月

署名巴金译

前记（巴金）；关于作者和这本小书；正文（一八四八年，一八四九年，一八五一年，一八五二年）

桂林文化生活出版社 1943 年 1 月一版，上海文化生活出版社1947年4月再版。

家庭的戏剧（新译文丛刊）
〔俄〕赫尔岑著
上海平明出版社 1954 年 6 月
署名巴金译
亚历山大·赫尔岑（巴金）;《过去的思想》和《家庭的戏剧》（巴金）正文（一、一八四八年，二、一八四九年，三、一八五〇年，四、一八五一年，五、一八五二年，六、一八六三年）
〔附录〕日记三则（1863 年 9 月 24 日，1863 年 9 月 27 日,1868 年 11 月 27 日）
人民文学出版社 1955 年 3 月新一版。
上海文艺出版社 1962 年 7 月新一版。

狱中二十年——回忆录之二（译文丛书）
〔俄〕薇娜·妃格念尔著
上海文化生活出版社 1949 年 2 月
署名巴金译
自序；第一天；最初的几年；密拉科夫和麦秀根的死；我找到一个朋友；惩戒室；纸；格拉切夫斯基；同盟绝食；母亲的祝福；司令官；帕奇托诺夫；别；“沙托夸”；通信；潘克拉托夫和帕立瓦诺夫；工场与花园；铁丝网；视察；书籍和杂志；我们的本哲明；十八年后；肩章；死的威胁；绞刑；违约；生活的恐惧；母亲；前夜；信件的焚毁；“帕龙德拉”；第一次重逢；后记（巴金）
上海文化生活出版社 1951 年再版，1953 年 3 月六版，1952 年 10 月四版。

回忆契诃夫（新译文丛刊）
〔苏〕高尔基著
平明出版社 1950 年 1 月
署名巴金译
正文（共十四节）；后记（巴金）
〔附录〕契诃夫自传（李健吾译）
平明出版社 1950 年 12 月三版。

回忆托尔斯泰（新译文丛刊）
〔苏〕高尔基著
平明出版社 1950 年 4 月
署名巴金译
前言；回忆托尔斯泰；一封信；关于苏菲亚·安德烈叶夫娜·托尔斯泰夫人；后记（巴金）
平明出版社 1953 年再版。

回忆布罗克（新译文丛刊）
〔苏〕高尔基著
平明出版社 1950 年 7 月
署名巴金译
亚历山大·布罗克；人们背着人的时候；后记（巴金）
平明出版社 1950 年 10 月再版。

回忆屠格涅夫（新译文丛刊）
〔俄〕巴甫罗夫斯基著
平明出版社 1950 年 8 月
署名巴金译
正文（共四则）；后记（巴金）
平明出版社 1953 年 7 月再版，1954 年 2 月三版。

回忆录选（高尔基选集）
人民文学出版社 1959 年 5 月
署名巴金　曹葆华译
列宁（曹葆华译）
文学写照（巴金译）：列夫·托尔斯泰；索菲雅·安德烈耶夫娜·托尔斯泰夫人；安东·契诃夫；柯罗连科时代；符·加·柯罗连科；米·米·柯秋宾斯基；尼古拉·加陵—米哈依洛夫斯基；米哈依尔·普利什文

文学写照
〔苏〕高尔基著
人民文学出版社 1978 年 10 月
署名巴金译
出版说明（编者）；正文（八篇，同《回忆录选》）

往事与随想（I）
〔俄〕赫尔岑著
上海译文出版社 1979 年 10 月
署名巴金译
献给尼·普·奥加略夫；序；第一卷、育儿室和大学（一八一二——八三四）：第一章至第七章，补遗；第二卷、监狱与流放（一八三四——八三八）：第八章至第十八章　后记（一）；后记（二）

## 6. 论著及其他

法国大革命（上集、下集）
〔俄〕克鲁泡特金著
上海自由书店 1927 年
署名芾甘译
科学的社会主义（美洲平社小丛书）
阿里斯著
民钟社 1927 年
署名芾甘译

英国之政治制度及社会制度
〔俄〕克鲁泡特金著
上海自由书店 1927 年
署名芾甘译

面包略取（克氏全集第二卷）
〔俄〕克鲁泡特金著
上海自由书店 1927 年 11 月
署名芾甘译
邵可侣序（法文本序）；自序一（俄文本序）；自序二（英文本序）；自序三（俄文本再版序）；译者序；第一章、我们的财富；第二章、万人的安乐；第三章、无政府共产主义；第四章、充公；第五章、食物；第六章、住居；第七章、衣服；第八章、财源；第九章、奢侈的欲求；第十章、愉快的劳动；第十一章、自由合意；第十二章、反对论；第十三章、集体主义的工钱制度；第十四章、消费与生产；第十五章、分工；第十六章、工业的分散；第十七章、农业

万人的安乐（社会问题研究小丛书第二种）
〔俄〕克鲁泡特金著
上海平明书店 1938 年 5 月
我们的财富；万人的安乐

面包与自由（克鲁泡特金全集第四卷）
〔俄〕克鲁泡特金著
上海平明书店 1940 年 8 月
署名巴金译
前记；邵可侣序（法文本序）；自序一（俄译本序）；自序二（英译本序）；自序三（俄译本再版序）；洛克尔序（德译本序）；第一章、我们的财富；第二章、万人的安乐；第三章、安那其共产主义；第四章、充公；第五章、食物；第六章、住居；第七章、衣服；第八章、生产的方法和手段；第九章、奢侈的欲求；第十章、愉快的劳动；第十一章、自由合意；第十二章、反对论；第十三章、集产主义的工钱制度；第十四章、消费与生产；第十五章、分工；第十六章、工业的分散；第十七章、农业
上海平明书店 1948 年 8 月再版。
商务印书馆 1922 年 12 月一版。

人生哲学：其起源及其发展（上编·克鲁泡特金全集第四卷）
〔俄〕克鲁泡特金著
上海自由书店 1928 年 9 月 16 日
署名芾甘译
例言；译者序；俄文原本编纂者莱伯代甫序；英译者序；世界语译本序；西班牙译本序；法译本序；第一章、决定道德底基础之现代需要；第二章、新人生哲学底渐次进化的基础；第三章、自然界中的道德原理；第四章、原始人底道德概念；第五章、古希腊道德学说之发达；第六章、基督教之人生哲学；第七章、中世纪与文艺复兴之道德观念

人生哲学：其起源及其发展（下编·克鲁泡特金全集第五卷）
〔俄〕克鲁泡特金著
上海自由书店 1929 年 7 月
署名芾甘译
克氏人生哲学之解说；译者序；第八章、从霍布士到斯宾诺沙与洛克之人生哲学底进化；第九章、十七世纪与十八世纪之法国道德学说；第十章、从沙甫慈伯利到亚丹·斯密底感情之人生哲学；第十一章、康德及其德国继承者底道德哲学；第十二章、十九世纪前期之道德学说；第十三章、社会主义与进化论之人生哲学；第十四章、斯宾塞底道德学说；第十五章、居友底人生哲学；第十六章、结论
〔附录〕中天底来信；谈八太舟三氏底《人生哲学》新译本（芾甘）

伦理学的起原和发展（克鲁泡特金全集第十卷）
〔俄〕克鲁泡特金著
平明书店 1941 年 6 月
署名巴金译
前记（巴金）；俄文原本编者莱伯代甫序；英译本序；世界语译本序；西班牙译本序；法译本序
第一章、决定道德的基础之现时的需要；第二章、新伦理学之渐次进化的基础；第三章、自然界中的道德原理；第四章、原始人民的道德概念；第五章、古希腊道德学说之发达；第六章、基督教的伦理学；第七章、中世纪与文艺复兴之道德观念；第八章、从霍布士到斯宾诺沙与洛克之伦理学的进化；第九章、十七世纪与十八世纪之法国道德学说；第十章、从沙甫慈波里到亚丹·斯密之感情的伦理学；第十一章、康德及其德国继承者的道德哲学；第十二章、十九世纪前期之道德学说；第十三章、社会主义与进化论之伦理学；第十四章、斯宾塞的道德学说；第十五章、居友的伦理学；第十六章、结论
克鲁泡特金的《伦理学》之解说；后记；索引

蒲鲁东底人生哲学（自由小丛书）
〔俄〕克鲁泡特金著
上海自由书店 1929 年
署名芾甘译
蒲鲁东传略（爱尔治巴赫）；正文
〔附录〕蒲鲁东和赫尔岑（芾甘）

告青年（社会问题研究小丛书第一种）
〔俄〕克鲁泡特金著
美国旧金山平社出版部 1937 年 10 月
署名巴金译
献给读者（译者）；告知识分子（告医生，告科学家，告律师，告工程师，告小学教员，告艺术家）；你们能做什么呢；告劳动阶级的青年
上海平明书店 1838 年 1 月版，重庆平明书店 1938 年 9 月六版，1938 年 11 月版，列为“克鲁泡特金小丛书第七种”

西班牙的斗争（西班牙问题小丛书第一种）
〔德〕若克尔著
平明书店 1937 年 10 月
署名巴金译
前记（巴金）；正文
平明书店 1938 年 4 月三版，1939 年 4 月改订五版。
美洲旧金山平社出版部 1948 年 10 月版。

战士杜鲁底（西班牙问题小丛书第二种）
〔俄〕高德曼等著
上海平明书店 1938 年 8 月
署名巴金编译

西班牙（西班牙问题小丛书第三种）

〔德〕A·苏席著

平明书店 1939 年 4 月

署名巴金译

西班牙；西班牙进入一九三八年；加米洛·柏尔奈利；后记（巴金）

一个国际志愿兵的日记（西班牙问题小丛书第四种）

〔瑞士〕A·米宁著

平明书店 1939 年 4 月

署名巴金译

前记（巴金）；正文

西班牙的日记（西班牙问题小丛书第五种）

〔西班牙〕C·罗塞利著

平明书店 1939 年 4 月改订五版

署名巴金译

前记（巴金）；正文

巴塞洛郡的五月事变（西班牙问题小丛书第六种）

〔德〕A·苏席著

平明书店 1939 年 4 月改订再版

署名巴金译

前记；（巴金）；正文（节译）

一个反抗者的话（克鲁泡特金全集第三卷）

〔俄〕克鲁泡特金著

平明书店 1941 年

署名巴金译

# 三、传记、史话、论著部分

五一运动史（民众社丛书之一）
上海民众社 1926 年 4 月
署名同志芾甘

支加哥的惨剧（美洲平社小丛书）
美洲平社 1926 年 5 月
署名芾甘
绪言：“社会的进程是一个殉道者的记录”，一、一八八六年支加哥的“五一”，二、阶级斗争已经开始了，三、一个炸弹，四、大拘捕，五、法庭的受贿，六、无政府在审讯中，七、又一个殉道者，八、最后的判词，九、第一个统治者，十、“无政府现在是一个梦，但是他会实现的！”十一、“突然而死比较那一寸一寸的被辱而死是要光荣些”，十二、“我正要高声叫你们：杀死我罢！”十三、第二个巴枯宁，十四、无政府万岁，十五、“我愿自由的牺牲了我的生命”，十六、呈上八小时的一篇演说，十七、感情的判决书，十八、悲壮的结婚，十九、一个纽约的牧师，二十、悲壮的最后——“一生最快乐的时候”，二十一、阴谋的发现，二十二、致后死者

自由血——五一殉道者的五十周年
福州自由书店 1936 年
署名芾甘
据《支加哥的惨剧》增订
福建泉州大众报社 1947 年 9 月初版，列为“大众丛书第 3 种”。

无政府主义与实际问题
上海民钟社 1927 年 4 月
署名芾甘　吴　惠林
按：本书共三节，第二节为芾甘作

革命的先驱（自由丛书第四种）
上海自由书店 1928 年 5 月
署名自由丛书社
全书分两篇。第一篇、无政府主义殉

道者的壮剧：(一)支加哥无政府主义者殉道后的四十年(芾甘作),(二)断头台上(芾甘作),(三)俄国虚无党人的故事(芾甘作),(四)法国无政府党人的故事(芾甘作),(五)东京的殉道者(芾甘作),(六)死囚牢中的六年(芾甘作),(七)萨珂与凡宰特之死(芾甘作),〔附〕凡、萨书信三封,(八)一个无产阶级的生涯底故事(芾甘译)；第二篇、无政府主义者传略：共十五篇，其中(七)非勒(高德曼作，芾甘译),(十一)大杉荣(1、年谱，芾甘作)



断头台上(时代丛书第一种)

上海自由书店 1929 年 1 月

署名芾甘

致读者；献词；插图；呈献给"吾师"凡宰特(代序)；说明改编本书的几句话

〔断头台上(第一部)〕(一)断头台上(正文六节)

〔自由血(第二部)〕(一)支加哥无政府主义者殉道后的四十年；(二)苏菲亚柏罗夫斯加亚的生涯；(三)俄国虚无党人的故事；(四)法国虚无党人的故事；(五)东京的殉道者，〔附〕狱中绝笔；(六)死囚牢中的六年；(七)萨珂与凡宰特之死；(八)死者与生者；(九)一个无产阶级的生涯底故事；(十)殉道者的遗书

〔附录〕无政府主义与恐怖主义——复太一同志的一封信

俄罗斯十女杰

上海太平洋书店 1930 年 4 月

署名李芾甘

照片；参考书目；绪言；一、薇娜沙苏丽奇；二、苏菲包婷娜；三、游珊海富孟；四、苏亚亚柏罗夫斯加亚，〔附〕圣彼得堡旅行记；五、薇娜妃格念尔；六、路狄密娜福尔铿席太因；七、加塞林布列斯科夫斯加亚；八、齐奈达柯洛卜连尼科瓦；九、玛利亚司皮利多诺华；十、伊林娜加哈夫斯加亚

从资本主义到安那其主义(社会科学丛刊之一)

上海自由书店 1930 年 7 月

署名芾甘

序

〔第一部：今日〕第一章、你一生最想望的东西是什么；第二章、工钱制度；第三章、法律与政府；第四章、这制度怎样工作；第五章、失业；第六章、战争；第七章、教会与学校；第八章、正义；第九章、教会能够帮助你吗；第十章、改良派与政客；第十一章、社会主义；第十二章、二月革命；第十三章、从二月革命到十月革命；第十五章、专政与革命；第十六章、专政的把戏

〔第二部：安那其主义〕第一章、安那其主义是什么；第二章、安那其主义是否可能；第三章、安那其主义的社会；第四章、阶级斗争；第五章、革命的安那其主义

〔第三部：社会革命〕第一章、为什么要革命；第二章、社会革命；第三章、预备；第四章、工团的职务；第五章、原理与实行；第六章、消费；第七章、生产；第八章、革命之防卫

平社出版部 1930 年 8 月版。

俄国社会运动史话（文化生活丛刊第五种）

上海文化生活出版社 1935 年 9 月

署名巴金

前记；第一章、司顿加拉进与第一次革命；第二章、蒲加鸠夫与农民暴动；第三章、拉狄穴夫与智识阶级之觉醒；第四章、十二月党与民主主义；第五章、赫尔岑与西欧派；第六章、车尔尼雪夫斯基与民粹派；第七章、毕沙列夫与旧虚无主义；第八章、巴枯宁与自由社会主义；第九章、拉甫洛夫与伦理的社会主义；第十章、奈其亚叶夫与秘密结社

上海文化生活出版社 1936 年 1 月再版，书前增加《再版题记》。

# 四、编辑并序跋部分

幸福的船（童话集）
〔俄〕爱罗先珂著
鲁迅、丐尊、愈之等译
开明书店 1931 年 3 月
按：为上海世界语学会编，并作《序》。

何为（长篇小说节译，文化生活丛刊之十一）
〔俄〕车尔尼雪夫斯基著
罗淑译
文化生活出版社 1936 年 4 月
按：作《后记》。1950 年 3 月平明出版社重印，作《前记》。

雨夕（短篇小说集，文季丛书之五）
毕奂午著
文化生活出版社 1939 年 7 月
按：据作者剪报稿编，校改文字，并作《后记》。

生人妻（短篇小说集，文学丛刊第五集）
罗淑著
文化生活出版社 1939 年 8 月
按：作者逝世后代编，并作《后记》。

逃荒（短篇小说集，文季丛书之五）
艾芜著
文化生活出版社 1939 年 8 月
按：据作者已发表的作品和未发表的手稿编，并作《后记》。

地上的一角（短篇小说集，文学小丛刊第一集）
罗淑著
文化生活出版社 1939 年 9 月
按：作者逝世后据原稿整理编辑，并作《后记》。

荒（短篇小说集，文学丛刊第六集）
田涛著
文化生活出版社 1940 年 6 月
按：搜集作者在各杂志发表的作品编

成，并作《后记》。

三月天（短篇小说集，文学丛刊第六集）
屈曲夫著
文化生活出版社 1940 年 10 月
按：搜集作者已发表的作品编成，并作《后记》。

蜕变（剧本，曹禺戏剧集第六种）
曹禺著
文化生活出版社 1941 年 1 月
按：据作者油印稿本编，并作《后记》。

鱼儿坳（短篇小说、散文集，文学小丛刊第三集）
罗淑著
文化生活出版社 1941 年 8 月
按：据作者已发表的散文，整理未刊小说手稿编成，并作《后记》。

冰心著作集（三集）
冰心著
开明书店 1943 年 7 月
按：受作者委托，据北新书局版《冰心全集》增补编成，并作《后记》。

白甲骑兵（短篇小说集，翻译小文库第五种）
〔法〕P·玛尔格里特等著
罗淑译
文化生活出版社 1947 年 10 月
按：作者逝世后，汇集已发表的译文编成，并作《后记》。

月球旅行（少年科学丛书）
H·E·Rieseberg 等著
李林译
文化生活出版社 1947 年 10 月
按：作者逝世后汇集已发表的科普译文编成，并作《后记》。

鲁彦短篇小说集
鲁彦著
文化生活出版社 1947 年
按：作者逝世后据已发表短篇小说编成，并作《后记》。

伊达（短篇小说集，翻译小文库第八种）
〔俄〕伊凡·布林等著
李林译
文化生活出版社 1947 年 11 月
按：作者逝世后代编，并作《后记》。

大姊（短篇小说集，文学丛刊第九集）
郑定文著
文化生活出版社 1948 年 1 月
按：作者逝世后，据其朋友魏绍昌提供的已发表的作品选编，并作《后记》。

碑下随笔（散文集，文学丛刊第十集）
缪崇群著
文化生活出版社 1948 年 11 月
按：作者逝世后搜集已发表的散文编成，并作《后记》。

# 〔附录一〕各种版本的巴金选集

巴金文选（现代名人创作丛书）

唐宗辉编

上海新兴书店 1936 年 1 月

上海仿古书店 1936 年 1 月

苏堤；老年；狗；丁香花下；我的眼泪；初恋；未寄的信；洛伯尔先生；墓园；父与女；无边黑暗中一个灵魂的呻吟；一个平淡的早晨；生日之庆祝；爱与憎；危机；最后的爱；植物园；安南之夜；锡兰岛上的哥伦波；繁星；海上的日出；海上生明月

巴金选集（现代创作文库第 18 辑）

徐沉泗　叶忘忧编选

上海万象书屋 1936 年 4 月

题记（编者）；写作生活的回顾

〔小说〕神；春雨；智识阶级；马拉的最后；月夜；将军；五十多个；光明；狗；奴隶底心

巴金短篇杰作集

上海永生书店 1936 年 10 月

序（司马今）

爱；爱的摧残；爱底十字架；父与女；父与子；生与死；罪与罚；亚丽安娜；亚丽安娜·渥泊尔格；复仇；光明；电椅；将军；罗伯斯比尔的秘密；马拉的最后；丹东的悲剧；神；鬼

附录：写作生活的回顾

巴金文选（内题《巴金创作小说选》）

沈耀文辑

上海时代出版社 1937 年 5 月

苏堤；老年；不幸的人；丁香花下；我的眼泪；初恋；未寄的信；洛泊尔先生；墓园；父与女；无边黑暗中一个灵魂底呻吟；一个平淡的早晨；生日之庆祝；爱与憎；危机；最后的爱；白鸟之歌；繁星；海上的日出；海上生明月

巴金文选（文艺创作）
上海图书社
目次及内容均同时代出版社1937年版《巴金文选》

巴金代表作选（当代名人创作丛书）
张均编辑
上海全球书店1937年5月
序（编者）
〔自叙传三章〕最初的回忆；家庭的环境；做大哥的人
〔散文〕自白；我的幼年；一篇真实的小说；我的路；答一个北方青年朋友；我的几个先生；关于《发的故事》；忆
〔创作小说〕窗下；春雨；雷；马赛的夜；沙丁
上海全球书店1941年4月再版

我的幼年（创作文艺小说）
上海新生书店1937年
"序"、"自叙传"、"散文"内容均同全球书店版《巴金代表作》。

巴金代表作
上海全球书店1946年9月
目次及内容均同新生书店版《我的幼年》。

巴金短篇创作选
联合出版社
写作生活的回顾（代序）；幽灵；白鸟之歌；初恋；一封信；不幸的人；丁香花下；爱的摧残；洛伯尔先生；墓园；父与女；化雪的日子；春雨；爱；父与子；人

巴金短篇小说选（汉英对照）
钟文宜编选
中英出版社1940年8月
复仇；初恋；狗
1941年6月四版。

春雨（名著作家短篇小说集二）
上海艺流书店1941年1月
未寄的信；春雨；一个人的死；奴隶底心；将军；狗；母亲

星（英汉对照文艺丛刊之一）
香港齿轮编译社1941年1月
星；后记（编译者）
桂林远方书店1943年5月，为"现代名家创作集丛"。
上海世界英语编译社1947年2月

初恋（英汉对照）
丁明　英译
上海大陆书报社1941年6月
上海真理出版社1944年4月渝一版，1948年12月沪一版

巴金杰作选（当代创作文库）
巴雷　朱绍之编选

上海新象书店 1941 年 7 月
巴金小传
未寄的信；将军；狗；奴隶的心；雨；雷；窗下

巴金代表作（现代作家选集第九集）
上海三通书局 1941 年 8 月
序（编者）
〔第一辑　自叙传〕最初的回忆；家庭的环境；做大哥的人
〔第二辑　小说〕春雨；窗下；雨；罪与罚；父与子；亚丽安娜；亚丽安娜·渥泊尔格；狗
〔第三辑　散文〕我的幼年；我的几个先生；关于《发的故事》；忆

巴金短篇文选
朱楠秋编辑
奉天东方书店 1942 年 5 月
初恋；洛泊尔先生；不幸的人；父与女；狮子；老年；墓园；生与死；好人；苏堤；堕落的路；父与子；爱；白鸟之歌；杨嫂；第二的母亲；幽灵；五十多个；一个女人；玫瑰花的香；月夜；春雨；化雪的日子；煤坑

巴金散文集（现代名家创作集丛之二）
王一平编辑
上海艺光出版社 1944 年 1 月
作者小传
日·月·星；风·云·雷；醉·生·梦·死；狗·猪·龙·虎；祝福；撇弃；伤害；死去；爱尔克的灯光；忆；生活的片断；苏堤；最初的回忆；家庭的环境；做大哥的人；不幸的人；初恋

忆（现代名家创作集丛之一）
王一平编辑
上海艺光出版社 1945 年 6 月
目次及内容同艺光出版社 1944 年 1 月版《巴金散文集》，仅删去《不幸的人》，《初恋》，增加《给一个孩子》。

巴金短篇小说集（现代创作文库五）
上海书局 1944 年 7 月再版
巴金小传
人；杨嫂；第二的母亲；幽灵；在门槛上；短刀；一个女人；玫瑰花的香；月夜；父亲买新皮鞋回来的时候；学府一角（按：即《沉落》）

心底忏悔（现代名家创作集之二）
上海艺光出版社 1945 年
初恋；心底忏悔（即《爱》）；化雪的日子；人
上海良友书店 1947 年，为“文艺丛书”

巴金创作文选（眉题为《巴金创作小说选》）
上海万国书店出版社 1946 年
老年；狗；丁香花下；我的眼泪；初

恋；未寄的信；洛泊尔先生；墓园；父与女；无边黑暗中一个灵魂底呻吟；十一、一个平淡的早晨；十二、生日之庆祝；十三、爱与憎；十四、危机；十五、最后的爱；十六、植物园；十七、安南之夜；十八、锡兰岛上；十九、繁星；二十、海上的日出；二十一、海上生明月

巴金杰作集

上海全球书店 1946 年 12 月

沙丁；雨；雷

巴金选集（现代文艺选辑）

陈磊编选

上海绿杨书屋刊行

编者题记

〔小说〕某夫妇；猪与鸡；父与子；将军；生与死；苏堤

〔散文〕成渝路上；做大哥的人；十月十七日；过年；先死者

巴金文选（内题《巴金近作精选》，现代文库）

储菊人辑

上海正气书局 1947 年 3 月

写作生活底回顾；老年；神；智识阶级；我底眼泪；月夜；将军

巴金杰作集（中学生优秀读物）

上海中华书局 1947 年

苏堤；老年；狗；丁香花下；我的眼泪；初恋；未寄的信；洛泊尔先生

巴金选集（中国新文学丛书之四）

香港文学出版社 1956 年 1 月

序（编者）

〔第一辑〕亡命；哑了的三弦琴；狮子

〔第二辑〕沉落；奴隶底心；将军；爱的十字架；月夜

〔第三辑〕鬼；长生塔；能言树

〔第四辑〕香港的印象；安南之夜；新加坡；海上的日出；海上生明月；废园外

# 〔附录二〕署名巴金的合集

短篇小说选
巴金等著　上海良友图书公司 1934 年 8 月
内收巴金《玫瑰花的香》

幽灵（新中华丛书）
巴金等著　上海中华书局 1934 年 12 月
内收巴金《幽灵》

现代散文集（第一本）
巴金等撰　上海经济书店 1936 年 5 月
内收巴金《我底夏天》（按：即《〈新生〉自序二》

投资（中学生杂志丛刊）
巴金、叶绍钧、徐盈等著　开明书店 1936 年 6 月
内收巴金《父子》、《赖威格先生》、《苏堤》、《复仇》、《管墓园的老人》

鲁迅与抗日战争（战时小丛刊之三）
巴金等著　战时出版社 1937 年 10 月
内收巴金《深的怀念》

战时小说选（战时小丛刊之十六）
巴金等著　战时出版社 1938 年
内收巴金《摩娜·里莎》

游记文选
巴金、郁达夫、凌叔华、黄庐隐、俞平伯、朱自清、蒋维乔、刘以等著
奉天文艺书局 1939 年 2 月
内收巴金《普陀纪游》

民富渡上（大时代文库之一）
巴金等著　上海新光出版社 1939 年 11 月
内收巴金《民富渡上》

中国勇士（集体创作丛书之一）
巴金等著　香港奔流书店 1940 年 3 月

内收巴金《丹东的悲哀》、《法国大革命的故事》

初恋（三通小丛书）
巴金等著　上海三通书局 1940 年 10 月
内收巴金《初恋》

旅途杂感（奔流佳作丛刊之一）
巴金等著　上海奔流书店 1941 年 4 月
内收巴金《桂林的微雨》、《在柳州》

海
巴金等译　中流书店 1941 年 5 月
内收巴金译《海》（赫尔岑著）、《马加尔周达》（高尔基著）

巨象（现阶段文艺丛书之二）
巴金等著　香港堡垒书店 1941 年 6 月
内收巴金《给一个敬爱的友人》

孟夫子出妻
鲁迅、郭沫若、矛盾、巴金合著　上海奔流书店 1941 年 12 月
内收巴金《丹东的悲哀》、《法国大革命的故事》

第一流（文青丛刊之一）
茅盾、巴金等著　上海地球出版社 1941 年 4 月
内收巴金《在梧州》
成都复兴书局 1942 年 12 月版，成都地球出版社 1942 年版，上海地球出版社 1944 年 1 月版

现代中国小说选（第一集）
巴金等著　奉天盛京书店 1942 年 4 月
内收巴金《初恋》、《心底忏悔》、《化雪的日子》、《人》

夫与妻（原名《十人小说集》）
巴金等著　重庆文聿出版社 1943 年 6 月
内收巴金《夫与妻》

名家散文选（又题《名家创作选》）
巴金、鲁迅等著　天津益成书店 1943 年 12 月
内收巴金《一个女人》

1943 年现代中国小说选
茅盾、巴金等执笔　北平自强书局 1944 年 1 月
内收巴金《在梧州》

1943 年现代杰作小说选（文艺大系）
巴金、鲁彦等著　上海自强书局 1944 年 1 月
内收巴金《给一个孩子》

名家随笔选
巴金等著　成都文化供应社 1945 年 6 月
内收巴金《旅途杂记》

将军（八十家佳作集三）
巴金等著　上海新流书局 1945 年 11 月
内收巴金《将军》

我的良友（上册）（良友图书公司创业二十年纪念文集）
巴金等著　良友复兴图书印刷公司 1946 年 1 月
内收巴金《一个善良的友人——纪念终一兄》

某夫妇
巴金等著　春风出版社 1946 年 1 月
内收巴金《某夫妇》

后方集
茅盾、巴金等著　上海天下图书公司 1946 年 3 月
内收巴金《猪与鸡》

八年（抗战文艺选集之一）
巴金等著　上海凯旋出版社 1946 年 6 月
内收巴金《女孩与猫》

历史小品集（封面题《幽默讽刺历史小品集》）
巴金等著　上海晨钟书店（封面署正气书店）1946 年 11 月
内收巴金《丹东的悲哀》、《法国大革命的故事》

名家幽默小品文精选
巴金等著　上海经纬书局 1946 年 12 月
内无巴金的文章

草原故事及其他（世界作家选集之一）
巴金等译　长春国民书局 1946 年 12 月
内收巴金译《马加尔·周达》、《因了单调的缘故》、《不能死的人》

我们在炮火中
郭沫若、田汉、茅盾、巴金、夏衍等著　上海明明书局
内收巴金《所谓日本空军的威力》、《一点感想》、《给山川均先生》、《给日本友人》

* * *

忆鲁迅
茅盾、巴金等著　人民文学出版社 1956 年 10 月
内收巴金《鲁迅先生就是这样一个人》

战斗吧，古巴、刚果！
巴金等著　上海文艺出版社 1959 年 12 月
内收巴金《支持古巴、刚果人民的正义斗争》

鲁迅回忆录（二集）

巴金等著　　上海文艺出版社 1979 年 6 月

内收巴金《我所认识的鲁迅先生》

我读《红楼梦》

巴金等著　　天津人民出版社 1982 年 1 月

内收巴金《我读〈红楼梦〉》

# 〔附录三〕巴金主编和参与编务的主要丛书和杂志简目



## 〔一〕丛书·丛刊*

### （一）文化生活丛刊（巴金主编）

文化生活出版社出版

1935年5月—1952年8月

1. 第二次世界大战　1935年5月上海美术生活社　〔美〕约翰·史蒂尔著　白石译
2. 田园交响乐　1935年6月　〔法〕A·纪德著　丽尼译
3. 俄罗斯的童话　1935年8月　〔苏〕高尔基著　鲁迅译
4. 狱中记　1935年9月　〔美〕A·柏克曼著　巴金译
5. 俄国社会运动史话　1935年9月　巴金著
6. 柴门霍甫传　1935年10月　E·柏里华著　杨景梅译
7. 草原故事　1935年11月　〔苏〕高尔基著　巴金译
8. 战争　1936年3月　〔苏〕N·S·铁霍诺夫著　茅盾译
9. 葛莱齐拉　1936年4月　〔法〕拉马尔丁著　陆蠡译
10. 天蓝的生活　1936年5月　〔俄〕高尔基著　丽尼译
11. 何为　1936年4月　〔俄〕N·巧尔尼雪夫斯基著　世弥译
12. 门槛　1936年5月　〔俄〕I·屠格涅夫著　巴金译
13. 新宇宙观　1936年7月　陈范予著

* 以下所列各书的版期系指收入该丛书、丛刊时的初版日期。

14. 俄国虚无主义运动史话 1936年8月

〔俄〕S·司特普尼亚克著　巴金译

15. 严寒·通红的鼻子　1936年9月

〔俄〕N·涅克拉绍夫著　孟十还译

16. 上帝是怎样造成的 1936年10月

E·薛曼尔著　毕修勺译

神之由来　1936年10月

E·薛曼尔著　郑绍文译

17. 我的世界观　1937年1月

〔德〕A·爱因斯坦著　叶蕴理译

18. 果戈里怎样写作的　1937年3月

〔苏〕V·万垒赛耶夫著　孟十还译

19. 权力与自由　1936年11月

〔俄〕L·托尔斯泰著　郑绍文译

20. 夜未央　1937年3月

〔波〕廖抗夫著　巴金译

21. 浪子回家　1937年5月

〔法〕A·纪德著　卞之琳译

22. 死之忏悔　1937年8月

〔日〕古田大次郎著　伯峰译

23. 爱与死的搏斗　1939年

〔法〕罗曼·罗兰著　李健吾译

24. 恐惧　1940年4月

亚菲诺甘诺夫著　曹靖华译

25. 一个家庭的戏剧　1940年8月

〔俄〕赫尔岑著　巴金译

26. 费嘉乐的结婚　1941年8月

〔法〕包马晒著　吴达元译

27. 缅边日记　1941年10月

曾昭抡著

29. 玛婷　1945年11月

〔法〕拜尔纳著　林柯译

30. 迟开的蔷薇　1943年11月

〔德〕T·斯托姆普著　巴金译

31. 散文诗　1945年5月

〔俄〕屠格涅夫著　巴金译

32. 安魂曲　1943年8月

〔德〕贝拉巴拉兹著　焦菊隐译

33. 家庭幸福　1946年2月

〔俄〕L·托尔斯泰著　方敬译

34. 静静的洄流　1945年7月

〔俄〕I·屠格涅夫著　赵蔚青译

35. 日尼薇　1946年6月

〔法〕A·纪德著　盛澄华译

圣诞欢歌　1945年2月

〔英〕C·迭更司著　方敬译

36. 战争　1946年7月

〔俄〕阿志跋绥夫著　李林译

37. 不幸的少女　1945年4月

〔俄〕I·屠格涅夫著　赵蔚青译

38. 伊凡·伊里奇之死 1947年12月

〔俄〕托尔斯泰著　方敬译

39. 一间自己的屋子　1947年6月

〔英〕V·伍尔孚著　王还译

40. 罗曼·罗兰传　1947年5月

〔美〕R·A·威尔逊著　沈餗之译

41. 吾士吾民　1947年5月

达德赖·尼柯尔斯编剧　袁俊译

42. 伊坦·弗洛美　1947年6月

〔英〕E·华尔顿著　吕叔湘译

43. 活尸　1948年11月

〔俄〕L·托尔斯泰著　文颖译

44. 屠格涅夫的生活和著作
1949年1月
〔苏〕斯特拉热夫著　刘执之译

45. 阿列霞　1949年6月
〔俄〕A·库普林著　李林译

46. 第三帝国的兵士　1949年8月
〔匈〕霍尔发斯著　黎列文译

纳粹铁蹄下的欧洲　1941年12月
爱因齐著　吴克刚译

柏林生活素描(世界漫画选集之一)
1935年8月
〔德〕亨利·遮勒绘　吴朗西编选

（二）文学丛刊（巴金主编）

文化生活出版社出版

1935年11月—1949年6月

第一集

路（中篇小说）　1935年12月
茅盾著

故事新编（短篇小说集）1936年1月
鲁迅著

神·鬼·人（短篇小说集）
1935年11月
巴金著

八骏图（短篇小说集）　1935年12月
沈从文著

团圆（短篇小说集）　1935年12月
张天翼著

雀鼠集（短篇小说集）　1935年12月
鲁彦著

珠落集（短篇小说集）　1936年1月
靳以著

南行记（短篇小说集）　1935年12月
艾芜著

羊（短篇小说集）　1936年1月
萧军著

饭余集（短篇小说集）　1935年12月
吴组湘著

分（短篇小说集）　1935年12月
何谷天著

短剑集（文艺论文集）　1936年1月
郑振铎著

黄昏之献（散文集）　1935年12月
丽尼著

雷雨（剧本）　1936年1月
曹禺著

以身作则（剧本）　1936年1月
李健吾著

鱼目集（诗集）　1935年12月
卞之琳著

第二集

秋花（长篇小说）　1936年8月
靳以著

江上（短篇小说集）　1936年8月
萧军著

土饼（短篇小说集）　1936年7月
沙汀著

谷（短篇小说集）　1936年5月
芦焚著

忧郁的歌（短篇小说集）1936年5月
荒煤著

多产集（短篇小说集）　1936年8月
周文著
崖边（短篇小说集）　1936年8月
柏山著
锑砂（短篇小说集）　1936年5月
蒋牧良著
生底烦扰（短篇小说集）1936年8月
欧阳山著
海星（散文集）　1936年8月
陆蠡著
鹰之歌（散文集）　1936年8月
丽尼著
商市街（散文集）　1936年8月
悄吟著
画梦录（散文集）　1936年7月
何其芳著
忆（散文集）　1936年7月
巴金著
母亲的梦（戏剧集）　1936年8月
李健吾著
掘金记　1936年7月
毕奂午著
第三集
星（长篇小说）　1936年12月
叶紫著
栗子（短篇小说集）　1936年10月
萧乾著
曼陀罗集（短篇小说集）1936年10月
陈白尘著
夜景（短篇小说集）　1936年11月
艾芜著
春风（短篇小说集）　1936年11月
张天翼著
黄沙（短篇小说集）　1936年12月
靳以著
达生篇（短篇小说集）1936年10月
万迪鹤著
小巫集（短篇小说集）　1936年11月
奚如著
发的故事（短篇小说集）
1936年12月
巴金著
印象·感想·回忆（散文集）
1936年10月
茅盾著
绿叶底故事（散文集）1936年12月
萧军著
桥（散文集）　1936年11月
悄吟著
银狐集（散文集）　1936年11月
李广田著
咀华集（评论集）　1936年12月
刘西渭著
日出（剧本）　1936年11月
曹禺著
运河（诗集）　1936年10月
臧克家著
第四集
烟苗季（长篇小说）　1937年1月
周文著
山径（中篇小说）　1937年3月
白文著

航线（短篇小说集） 1937年2月
沙汀著
里门拾记（短篇小说集）1937年1月
芦焚著
小魏的江山（短篇小说集）
1937年5月
陈白尘著
夜工（短篇小说集） 1937年3月
蒋牧良著
长江上（短篇小说集） 1937年1月
荒煤著
长生塔（童话集） 1937年3月
巴金著
吓美国吗（报告文学） 1937年1月
尹庚著
夜记（散文集） 1937年4月
鲁迅著
旅人的心（散文集） 1937年4月
鲁彦著
崇高的母性（散文集） 1937年2月
黎烈文著
白夜（散文集） 1937年3月
丽尼著
废邮存底（书信集） 1937年1月
沈从文、肖乾著
新学究（剧本） 1937年4月
李健吾著
野花与箭（诗集） 1937年1月
胡风著
第五集
梦之谷（长篇小说） 1938年11月
萧乾著
砂丁（中篇小说） 1937年6月
巴金著
憎恨（短篇小说集） 1937年6月
端木蕻良著
苦难（短篇小说集） 1937年7月
沙汀著
牛车上（短篇小说集） 1937年5月
萧红著
盐的故事（短篇小说集）1937年6月
蹇先艾著
生人妻（短篇小说集） 1939年8月
罗淑著
野鸟集（短篇小说集） 1938年8月
芦焚著
远天的冰雪（短篇小说集）1937年6月
靳以著
竹刀（散文集） 1938年3月
陆蠡著
草原上（短篇小说集） 1937年5月
刘白羽著
儿童节（短篇小说集） 1937年7月
罗洪著
十月十五日（散文集） 1937年6月
萧军著
原野（剧本） 1936年1月
曹禺著
无题草（诗集） 1937年5月
曹葆华著
刻意集（杂著集） 1938年10月
何其芳著

第六集

随粮代征（长篇小说） 1940年12月

白云窗著

遭遇（中篇小说） 1940年3月

金魁著

秘密的故事（中篇小说）1940年8月

舒群著

利娜（中篇小说） 1940年8月

巴金著

使命（短篇小说集） 1940年3月

李健吾著

荒（短篇小说集） 1940年3月

田涛著

三月天（短篇小说集） 1940年10月

屈曲夫著

鱼汛（短篇小说集） 1940年4月

宋樾著

贝壳（散文集） 1940年3月

庄瑞源著

夏虫集（散文集） 1940年7月

缪崇群著

雾及其它（散文集） 1940年3月

靳以著

囚绿记（散文集） 1940年8月

陆蠡著

投影集（杂文集） 1940年4月

唐弢著

沉渊（剧本） 1940年7月

林柯著

木厂（长诗） 1940年8月

邹荻帆著

江南曲（诗集） 1940年4月

王统照著

第七集

马兰（长篇小说） 1942年6月

芦焚著

桓秀外传（中篇小说） 1941年8月

杨刚著

湖畔（短篇小说集） 1941年6月

叔文著

华亭鹤（短篇小说集） 1941年6月

卢生著

驿运（短篇小说集） 1942年1月

白平阶著

洪流（短篇小说集） 1941年6月

靳以著

石屏随笔（散文集） 1942年1月

缪崇群著

羽书（散文集） 1941年5月

吴伯萧著

信（散文集） 1945年12月

方令孺著

雨景（散文集） 1942年1月

方敬著

晦明（散文集） 1941年9月

柯灵著

龙·虎·狗（散文集） 1942年1月

巴金著

咀华二集（文艺评论） 1942年1月

刘西渭著

小城故事（剧本） 1941年5月

袁俊著

北京人（剧本）　1941年12月
曹禺著

北方（诗集）　1942年1月
艾青著

第八集

古屋（长篇小说）　1946年4月
王西彦著

伍子胥（中篇小说）　1946年9月
冯至著

清明时节（中篇小说）1946年10月
张天翼著

春草（中篇小说）　1946年4月
靳以著

婴（短篇小说集）　1947年9月
梅林著

山谷（短篇小说集）　1946年11月
刘北汜著

小人小事（短篇小说集）1945年12月
巴金著

金坛子（短篇小说集）　1946年12月
李广田著

星雨集（短篇小说集）　1946年11月
陈敬容著

艳阳天（剧本）　1948年5月
曹禺著

落帆集（散文集）　1948年10月
唐弢著

心字（散文集）　1946年11月
卢剑波著

南德的暮秋（报告文学集）1946年3月
萧乾著

大马戏团（剧本）　1948年6月
师陀著

还乡杂记（散文集）　1949年1月
何其芳著

诗四十首（诗集）　1946年10月
杜运燮著

第九集

夜莺曲（中篇小说）　1948年4月
卢静著

风雪（中篇小说）　1948年7月
王西彦著

伊瓦鲁河畔（短篇小说集）1948年8月
白朗著

灾魂（短篇小说集）　1948年4月
田涛著

大姐（短篇小说集）　1948年1月
郑定文著

堪察加小景（短篇小说集）1948年8月
沙汀著

株守（短篇小说集）　1948年4月
吴岩著

山水（短篇小说集）　1947年5月
冯至著

人世百图（散文集）　1948年2月
靳以著

日边随笔（散文集）　1948年5月
李广田著

锦帆集外（散文集）　1948年4月
黄裳著

曙前（散文集）　1948年4月
刘北汜著

静夜的悲剧（散文集） 1948年9月
巴金著
青春（剧本） 1948年11月
李健吾著
行吟的歌（诗集） 1948年7月
方敬著
旗（诗集） 1948年2月
穆旦著

第十集

山野（长篇小说） 1948年11月
艾芜著
苦旱（中篇小说） 1949年4月
林蒲著
马和放马的人（短篇小说集）
1948年11月
李白凤著
邂逅集（短篇小说集） 1949年4月
汪曾祺著
远近（短篇小说集） 1949年4月
阿湛著
生存（短篇小说集） 1948年11月
靳以著
秋叶集（散文集） 1949年4月
海岑著
金色的翅膀（散文集） 1949年4月
单复著
切梦刀（散文） 1948年11月
李健吾著
生之胜利（散文集） 1948年11月
方敬著
碑下随笔（散文集） 1948年11月
缪崇群著
跫音（散文集） 1948年11月
一文著
短简（散文集） 1949年4月
巴金著
大团圆（剧本） 1949年4月
黄宗江著
诗集（一九四二——一九四七）（诗集）
1949年4月
郑敏著
盈盈集（诗集） 1948年11月
陈敬容著

（三）新时代小说丛刊
文化生活出版社出版
1936年11月—1937年3月

1. 雪 1936年11月
巴金著
2—3. 第三代（一、二部）
第一部1937年2月
第二部1937年3月
肖军著

（四）文学小丛刊（巴金编）
文化生活出版社出版
1939年4月—1948年6月

第一集

十三年（独幕剧） 1939年4月
李健吾著

大堰河（诗集） 1939年8月
艾青著
无名氏（短篇小说集） 1942年3月
师陀著
地上的一角（短篇小说集）1939年9月
罗淑著
灰烬（短篇小说集） 1942年1月
肖乾著
昆明冬景（散文集） 1939年9月
沈从文著
逃荒（短篇小说集） 1939年8月
艾芜著
黑土（散文集） 1942年3月
巴金著
逾越节（短篇小说集） 1939年5月
朱雯著
蓝河上（短篇小说集） 1942年5月
刘白羽著
第二集
正在想（独幕剧） 1940年10月
曹禺著
归来（短篇小说集） 1940年4月
许幸之著
尘土集（诗集） 1940年3月
邹荻帆著
我站在地球中央（诗集）1940年7月
杨刚著
希伯先生（散文集） 1942年6月
李健吾著
第三集
小人人事（短篇小说集）1943年6月
巴金著
鱼儿坳（短篇小说集） 1941年8月
罗淑著

（五）文季丛书
文化生活出版社出版
1939年4月—1951年3月

1. 同乡们（短篇小说集）1939年4月
张天翼著
2. 海岛上（短篇小说集）1939年5月
艾芜著
3. 生的意志（中篇小说）
1939年5月
朱沫著
眷眷草（散文集） 1942年8月
缪崇群著
4. 雀蓑记（散文集） 1939年5月
李广田著
5. 雨夕（短篇小说集） 1939年7月
毕奂午著
美国总统号（剧本） 1943年8月
袁俊著
6. 撒谎世家（剧本） 1939年8月
李健吾著
怀土集（散文集） 1943年11月
一文著
7. 废墟集（散文集） 1939年9月
缪崇群著
8. 逃难（散文集） 1939年11月
金魁著

9. 去来今（散文集） 1940年1月
王统照著
山城故事（剧本） 1944年11月
袁俊著
10. 宝马（诗集） 1939年9月
孙毓棠著
11. 这不过是春天（剧本）
1940年7月
李健吾著
12. 上海手札（散文集）1941年5月
芦焚著
13. 边城故事（剧本） 1941年8月
袁俊著
14. 烛虚（论文集） 1941年8月
沈从文著
15. 黄花（剧本） 1945年11月
李健吾著
16. 还魂草（短篇小说集）
1942年10月
巴金著
17. 众神（短篇小说集）1944年12月
靳以著
18. 心病（长篇小说） 1945年12月
李健吾著
19. 预言（诗集） 1945年2月
何其芳著
20. 火把（长诗） 1946年10月
艾青著
21. 红烛（短篇小说集）1946年10月
靳以著
22. 速写三篇（短篇小说集）
1943年1月
张天翼著
23. 银龙集（短篇小说集）
1947年8月
王统照著
24. 窗外（诗集） 1949年1月
苏金伞著
25. 一年集（散文集） 1949年1月
流金著
26. 被侮辱与被损害者（剧本）
1951年3月
姚易非著

（六）现代长篇小说丛书（巴金主编）
文化生活出版社出版
1946年1月—1948年7月

1. 雪 1946年1月
巴金著
2. 第三代（第一、二部）1946年9月
肖军著
3. 前夕 1947年4月
靳以著
4. 边陲线上 1947年3月
骆宾基著
6. 沃土 1947年4月
田涛著
7. 梦之谷 1946年11月
肖乾著
9. 憩园 1946年4月
巴金著

10. 骆驼祥子　1946年10月
老舍著
11. 淘金记　1946年3月
沙汀著
12. 马兰　1948年1月
师陀著
13. 夜雾　1948年
刘盛亚著
14. 还乡记　1948年7月
沙汀著

（七）新译文丛刊（巴金主编）
上海平明出版社出版
1949年12月—1952年11月

三肖像　1949年12月
〔俄〕I·屠格涅夫著　海岑译
蒲宁与巴布林　1949年12月
〔俄〕I·屠格涅夫著　巴金译
最高勋章　1950年1月
〔苏〕A·梭尔齐瓦等著　黎烈文译
给初学写作者　1952年11月
〔苏〕高尔基著　以群译

## 〔二〕杂　志

半月刊
成都半月社。
共出版24期25册（1920年8月—1921年7月）。
自第17期（1921年4月）起参与编务。

警群（月刊）
成都
共出版1期（1921年9月）。
参与编辑。

平民之声（周刊）
成都
共出版10期（1922年）。
主持编务。

自由月刊
上海自由书店。
共出版一卷五期（1929年1月—4月）。
编者署马拉。

时代前（月刊）
上海时代前杂志社。
共出版一卷六期（1931年1月—7月）。
编者署李一切　卫仁山。

文学季刊
北平立达书局。
共出版二卷八期（1934年1月—1935年12月）。
一度参加编委会。

水星（月刊）
北平文华书局。
共出版二卷九期（1934年10月—1935年9月）。
编者署卞之琳、巴金、沈从文、李健

吾、靳以、郑振铎。

按：巴金实际未参加具体编务。

文季月刊

上海良友图书公司。

共出版二卷七期(1936年6月—12月)。

编者署巴金、靳以。

文丛（月刊，2卷1期起改半月刊）

文季社（上海、广州、桂林）

共出版2卷14期(1937年3月—1939年4月)。

编者署靳以、巴金。

烽火（《文学》、《中流》、《文季》、《译文》战时联合刊物，初名《呐喊》，出两期后更名，期数另起）

上海文学社、广州烽火社。

共出版二十二期（含《呐喊》两期，1937年8月—1938年10月）;

上海出周刊十四期(含《呐喊》两期)，广州出旬刊八期。

编者署茅盾（《烽火》第一期至第十二期)、巴金（第十三期以后)。

文艺月报

上海文艺月报社。

共出版八十一期（1953年1月—1959年9月)。

主编署巴金（1953年1月—1956年6月署)。

上海文学

上海文学社。

共出版五十一期(1959年10月—1963年12月)。

主编署巴金（1959年10月号—1960年9月号列入编委名单，1960年10月号—1963年12月号署主编)。

收获（文学双月刊）

上海收获社

共出版三十三期（1957年7月—1960年5月，1964年1月—1966年3月)。

主编署巴金、靳以（1957年第1期—1960年第3期署)。

# 评介和研究文章选辑

# （一）综述·综论：生平、思想和文学创作

# 一九四九年以前有关巴金创作的评介选摘

## 中国文学进化史（节录）

谭正壁

……最近，革命文学的呼声，由一二人的提倡，渐呼渐高起来；这派作者如蒋光赤（后改名光慈）、杨邨人、钱杏邨、龚冰庐、巴金……都很努力于新写实主义的作品，他们笔尖下所写出的，都是热血、愤怒……等种种制造革命的原料。郭沫若、张资平的新作品，亦有此倾向。其他如茅盾、胡云翼、黎锦明，他们的作品，对于这次革命时代的表现是很深刻的，但富于幽默而缺少热力，不能和上列作者并驾齐驱。新时代最有生命力最有价值的文艺是什么，如果他是稍知一些进化的原理，而且承认“文艺是时代的反映”这句话为不错的人，那么他就没有理由来反抗我们的肯定——新写实主义。不但是小说，诗歌和剧本以及其他种种都是如此，小说不过最显明而最有力量罢了。

原载《中国文学进化史》，上海光明书局1929年9月版，第361页

# 一九三二年中国文坛鸟瞰（节录）

《中国文艺年鉴》社



……一九三二的创作界，如前面所说，虽然在量方面未必呈现了多少活跃的现象，但在本质上却未必多让于昔年。在一些值得注意的作品之中，且无视于作家之新旧，我们可以看出几个主要的姿态来。而在这些姿态之中，最显著的一点便是罗曼主义或一切跟罗曼主义类似的主观主义的衰落和客观的现实主义的抬头。

不用说，在三四年前曾经盛行过一时的，以蒋光慈为代表的那一派革命的罗曼主义是象它突然而来到那样地突然过去了。在一九三二年的文坛上，我们差不多根本就找不出革命与恋爱互为经纬的作品；偶尔有之，则已经流入卑俗的集纳主义的途径，不再有当年的盛况。这原是不住的给予我们以莫大的刺激的时代同时也不住的给予我们以莫大的幻灭的原故；桃色的梦已经从我们的世界上消失，空虚而幻美的胰子泡而今不再能使我们满足；在这样的时代，就是革命的梦想者也不免退避而成为历史上的东西了。

至于以个人的情感来使读者感动的那种作风，质言之，即前期创造社的那种风气，虽然未必象革命的罗曼主义那样完全绝迹于文坛，却到底也逢到了它的衰落的命运。

创造社的两个代表作家之一，郁达夫，虽然未必象他的同伴郭沫若那样的整个沉默着，但也终于不能象当初那样用自己一个人的作品来转移整个文坛的风气了。

达夫是一个曾以赤裸的自我表现来博得广大的同情的前辈作家，

在最近的过去，曾经沉默了好几年，到一九三二年，他却象得到新的力量似的重新写作，接连的发表了他的中篇《她是一个弱女子》以及后来收在《忏余集》里的五六个短篇。对于素来作品产量不多的达夫，一九三二也可以算是多产的一年。就以质而言，象《东梓关》等的那几个短篇，它们的老练，纯净，也能够超过作者的前期诸作；只是他的作风却依然停滞在主观的感伤主义那一点上，仅仅比较的蕴藉、含蓄而已。达夫的作品之所以不能在文坛重行掀起一度波涛者，不是才力的衰减，而是这时代已经容受不了这一类隽永的，但是纤弱的艺术品的原故。

同样的，还有许多以作品里的个人感情的成分引动读者的前辈作家也都在这时代里失去了他们的魅力。这里面，算是没有整个沉默的，我们可以举出冰心。但是她的作品也非常的少，少得几乎令人没有见到，只偶然在《新月》杂志上出现。当年曾以海和母亲的歌颂洗染着读者的灵魂的冰心女士，她的处境是比郁达夫更为寂寞的。



抒写个人的感情的罗曼主义的作品既在这时代里逢到了它的末路，罗曼主义的特质假若还有在文艺作品里存在的可能，那便要找一条新的出路去走，而最好的办法便是把个人的，特殊的，扩大到全人类普遍的方面去。在这种尝试上有了成效的，是巴金；我们甚至可以说，文学上的罗曼主义是因了巴金才可能把寿命延续到一九三二年以后去。

在怠惰和疲惫的状态下支持着的文坛上，近年来只有巴金可以算是尽了最大的努力的一个。他以热烈而动人的笔致，抒写着全人类的疾苦，以博得广大的同情。他的作品范围非常博大，而且多量地采取异域的题材；他的流畅而绮丽的风格也能在热情的场面下紧紧抓住读者的注意力，而没有那种叫人精神涣散的弊病。然而过分热烈的感情却往往会伤害着艺术上的完美。巴金有那种下笔如泻的魄力，但一方面却缺乏着那种刻苦深思的坚忍。由于这种个性和才力方面的限制，巴金是很适当地选择了不能不如此选择的罗曼主义的道路。

跟巴金的作品有很多类似，而可以算是属于同一系统的作家的，是靳以。这两位作家之间的主要的共同点是：一，取材的世界性；二，笔致的华美和流畅；三，浸透了全部作品的浓郁的罗曼的气分。靳以之所以异于巴金的，是缺乏那位无政府主义作家的博大，而布局的细致，描写的周到，简直说，在精慎一方面是过之。靳以的“溺”，在技巧的意义上讲，是可以算做中国的新罗曼主义的短篇代表作品。

除了上述的几位作家之外，在整个一九三二的文坛上，我们是很难发现其他可以归在这一个系统下的作家了。

原载《一九三二年中国文艺年鉴》，现代书局
1933 年 8 月 10 日版，第 15 页–18 页

# 中国新文学运动史（节录）

王哲甫

这一年（指一九二九年——编者）出版的小说虽多，但是轰动当时文坛的杰作，当首推《小说月报》上登载的巴金的《灭亡》，这部长篇小说是作者在巴黎写的，费时约二年之久，虽然在结构上面有疏散的地方，但仍不失为文坛上的新收获。

——第四章　十五年来之中国文坛　七、革命文学之论战

……此外（指一九三二年顷的文坛，除普罗文学及民族主义文学、“第三种人文学”、“茶话派文学”等以外——编者）还有所谓小资产阶级的文学，是以茅盾及巴金为中心的。他们可说较中间派为前进，意识上较中间派文学为正确，对于普罗文学也表示同情，却还没有普罗化。他们的作品能抓住大部分读者的心理，所以很受一般人的欢迎。

——第四章　十五年来之中国文坛　八、左翼作家联盟之成立

巴金——他是一位新起的作家，在前很少有人知道他的名字，自从一九二九年在《小说月报》发表了他的长篇创作《灭亡》后，立刻引起文坛上的注目。这部小说是他一九二七年在巴黎痛苦的回忆中写出来，安慰他寂寞的心。书中写一个革命者，因去刺孙传芳的戒严司令而灭亡。主人公本是一个虚无主义者，他参加革命的动机，据自己说，是为压迫的群众争自由谋幸福的，实则是以工作抑止他自己的苦闷，以革命来发挥个人的理想，这种动机本来是不正当的。他是一个

罗曼缔克的革命者，他的死亡，仅只因着一个朋友被杀害，而牺牲自己的生命去报仇，在意识上是不正确的，也不是革命党人应有的态度。但是作者描写每个人的个性，都非常逼真，结构方面上半部稍微疏散，入后半部则愈见精密，论者谓为一九二九年中国文坛仅有的收获，也不为过分。作者因为写《灭亡》得到意外的成功，便在一九三〇年写了长篇《死去的太阳》，与短篇《复仇集》。以后他便沉浸在创作生活中，又写了中篇《雾》，《新生》，以及短篇《生与死》，《光明》等集，共计前后近百万字的数量。

他自己曾说他的创作生活是很困苦的，并不如一般人所想象的那样愉快。他的作品里混合了他的血和泪。他在描写中所走的路径，和他在生活中所走的路径是相同的，他的生活里充满了种种的矛盾，他的作品也是如此的。爱与憎的冲突，思想和行为的冲突，理智和感情的冲突，这些冲突织成了一个网，掩尽了他的全部的生活，这是他创作生活的自白。



——第六章　新文学创作第二期（二）、小说

原载《中国新文学运动史》，北平杰成印书局1933年9月版

# 《将军》作者简介[1]

鲁迅　茅盾

《将军》作者巴金是一个安那其主义者，可是近来他的作品渐少安那其主义的色彩，而走向 realism 了。他是青年学生——尤其是中学生所爱读的作家。他的作品有长篇小说《灭亡》，《雨》，短篇小说集《萌芽》[2]等等七八种，《灭亡》是他的处女作。最近他的《灭亡》和《萌芽》都被禁止发卖，因为这两本书里都讽刺国民党。《将军》是他的近作，登在北平出版的《文学季刊》，一个自由主义的刊物，一九三四年一月出世。

录自《中国现代文艺资料丛刊》第五辑，
上海文艺出版社 1980 年 12 月版

---

❶ 本文原无题，这个题目是本书编者加的。据茅盾一九七九年十一月二十七日写的《关于选编〈草鞋脚〉的一点说明》，本文写于一九三四年，为鲁迅、茅盾共同研究，由茅盾执笔。——编者注

❷《萌芽》即《雪》，应为中篇小说。——编者注

# 在日本的中国文人·巴金

[日本]冈崎

巴金是在中国的革命文学舍弃浪漫主义而开始走新现实主义的路之后，还守着浪漫主义的牙城的无政府主义作家。本名李芾甘，四川人，本年三十一岁。据说巴金这个笔名，是合巴枯宁的“巴”，及克鲁泡特金的“金”而成的，但在最近却另外用余一，王文慧的笔名。



巴金的成名，是一九二九年在《小说月报》发表处女作《灭亡》以后的事。作为当年文坛的代表杰作颇成为问题的这个长篇，是写一个革命家一直到死的果敢的斗争的，虽然也有相当逼真的描写，但就全体说来，虚无的浪漫的色彩却很浓厚。一九三一年，出了最初的短篇集《复仇》。其中所收的十四篇，悉皆取材于西欧：登场的是亡命的革命家，燃着复仇之念的犹太青年，爱儿为战争所夺的法国老妇之类，异国情调很浓厚，充满感伤悲哀的气氛。跟他受过西欧短篇小说的影响的技巧一同，并放灿烂的光彩于当时的中国文坛。

是后，以喘于过渡期的苦恼的中国，或以他曾经为法科学生而留学的法国为背景，写作了不少的取材于革命运动的长短篇。但是从左翼霸占的文坛所给与巴金的烙印，却常常是浪漫主义，人道主义，虚无主义，无政府主义。

——在《复仇》之前，有一九三〇年的长篇《死去的太阳》。以后的作品——《光明》（短篇集），《激流》，《新生》，《雾》，《海底梦》，《春天里的秋天》，《砂丁》，《雨》（以上长篇或中篇），《电椅》（短篇集），《萌芽》（长篇），《将军》（短篇集——余一的笔名）。

一九三二年的《海底梦》，它的内容，是被一个在轮船的甲板上凝视着夜的海而浴于愁思的女人惹起了注意的“我”，使她亲自说出来的太平洋上一孤岛的悲惨的奴隶解放战争的故事，是巴金的作品中最适合于上述的烙印的作品，曾经被左翼的批评家谷非，骂为粉饰，歪曲。巴金自己对于这个批评，辩驳着，且在其中明瞭地表示他的政治的立场。这就是说，他答复谷非的所谓“快接近新兴阶级的意识吧”的劝告，是如下文那样地陈述着：

“所谓新兴阶级也者，是指苏俄的工农阶级呢？还是指在 C·N·T 指导下的西班牙的无产阶级呢？后者与前者所要求的政治纲领并不相同。倘若谷非氏是单指前者而排斥后者的话，对于他的好意的劝告，我只是敬谨地感谢而已。为什么？因为我的政治纲领是与后者一致的缘故。”（《现代》二卷五期《我的自辩》）

据此，则他明明是一个安那其主义者。左翼作家所骂的不是没有理由。

再把他答复友人的《复仇》全篇，非常阴暗，不能把光明给与读者这个非难的话，叙述如左：

“我虽然是某一个主义的信徒，但我并不是个说教者，我常常不愿意在文章的结尾加上一些口号。而且实际上，那些真实的故事，常常是结束得很阴暗的。我不能叫已死的朋友活起来，喊着口号前进。我只是把一个垂死的制度的牺牲者摆在人们的面前，指给他们看：‘这儿是伤痕，这儿是血，你们看’，也许有些人会憎厌地跑开，但是聪明的读者就不会从这伤痕遍体的尸首上看出来一个合理的制度的新生么？”（《现代》一卷六期《作者的自剖》）

这些话语，表示了巴金的创作态度，因此，他之所以被人叫做虚无主义者，以及反对口号的左翼文学（当时的）也大约能够了解吧。

但是，政治的立场，创作的态度，这都是创作以前的东西，姑置勿论，巴金一向的作品，除《复仇》的诸篇及其他两三种外，几乎是失败的。尤其是描写劳动阶级的生活之类，即使不待爱骂异己的左翼批评家的说话，也是粉饰，是歪曲。在其中除了华丽流畅的文章之外，冲击读者之心的，任何东西都没有。

描写炭坑的最近的长篇《萌芽》（改题为《雪》）是杰作。在这里，没有以前的虚无主义的，人道主义的黑暗与甘甜，描写也相当的实在。尤其是因为坑内发生爆发而数具尸体被拉起来的场面的，那种丑恶的利己的人间性的描写之类，实在是可佩服的。然而就是在这部杰出的作品里面，浪漫的空气也还是弥漫于全篇。因此之故吧，读后仅仅被人感觉到是一篇作起来的故事。

毕竟可不是一个矛盾，横在他底浪漫主义和想要描写新兴阶级生活的要求之间吗？今后如何解决这个矛盾？在浪漫主义的问题被纷纷谈论的今日，我想，巴金所走的路，是颇有兴味的。

这姑且勿论；听说巴金去年年底来日本，已经回国了，但他在留日中所写的文章，有《文学》新年号的《神》。是写着寄寓于神户的日本人家里时，那一家的极端信仰佛教的情形；现在跟接触着日本的社会相的一端一同，他底安那其主义，随处可以看出来。关于正在写着《丹东》、《罗伯斯比尔的秘密》等专以法兰西革命为题材的小说的王文慧，没有别的可说的话。

熊寿农　译

原载1935年4月日本东京《中国文学月报》第2号，
录自1935年5月15日《文艺》月刊第1卷第3期

# 答徐懋庸并关于抗日统一战线问题（节录）

鲁　迅

…………

其次，是我和胡风，巴金，黄源诸人的关系。我和他们，是新近才认识的，都由于文学工作上的关系，虽然还不能称为至交，但已可以说是朋友。不能提出真凭实据，而任意诬我的朋友为“内奸”，为“卑劣”者，我是要加以辩正的，这不仅是我交友的道义，也是看人看事的结果。……

……巴金是一个有热情的有进步思想的作家，在屈指可数的好作家之列的作家，他固然有“安那其主义者”之称，但他并没有反对我们的运动，还曾经列名于文艺工作者联名的战斗的宣言。[1]黄源也签了名的。这样的译者和作家要来参加抗日的统一战线，我们是欢迎的，我真不懂徐懋庸等类为什么要说他们是“卑劣”？难道因为有《译文》存在碍眼？难道西班牙的“安那其”的破坏革命，也要巴金负责？

原载1936年8月15日《作家》月刊第1卷第5期

[1] 指1936年6月鲁迅等七十七人联名发表的《中国文艺工作者宣言》。——编者注

# 《巴金短篇杰作集》序



巴金的创作大家都认为是文体流畅，所以得到普遍的欢迎；其实，巴金的创作却完全是以泪与血的内容抓住了他的广大的读者层。除此以外就是跟他的泪与血的内容相配合着的散文体形式——那种自由而放逸的文体，形式是很适宜于叙述带泪带血的“浪漫史”的。

因为巴金创作的内容和形式有不可分离的完美的统一性，于是，常被一般批评家曲解闭开内容来专谈形式。所以巴金先生时常愤恨地咒诅浅妄的批评界；他甚至悲泣地哀诉，说是他的创作从来没有被人们所真正的了解过。

在这里，我们要欣赏巴金创作应该警惕的第一点自然是，着重泪与血的故事，从那里面我们才能够发现巴金先生的伟大处。他是直接地用各色各样受苦者的口音呐喊出来，由于受苦者的哀调来感动你，由于受苦者的受创的咆哮来兴奋你，由于受苦者的泪与血来挖苦你，使你深切地感觉到世界上是有一个至高无上的真理！次之便是不能因此而忽视了散文体形式的估价，象许多人所想象巴金的文体，以为失去了艺术创作的特性；恰恰相反，因为这种文体的自由与放逸，在巴金故事里的运用是更加能够增高其故事的现实性的，以致这种散文体完成到从来所没有的圆熟的地步，使一般人完全昏迷在巴金的形式里了。

这集子里所选的差不多已经是巴金短篇创作的全部了，而且大部分都是近作。附录的一篇《创作生活的回顾》是读他的创作的最好的参考文，至于这篇序文，也想补充他的附录而已！是为序。

司马今　九月一日

原载《巴金短篇杰作集》，上海永生书店 1936 年 10 月版

# 《巴金选集》编者题记（节录）

陈　磊

在这一册集子里，编者谨以十分审慎的态度，选入了巴金先生的六篇小说和五篇散文，其中如《某夫妇》、《猪与鸡》、《成渝路上》等，都是他抗战时期的新作，使读者可以从这些作品里得到一种新鲜的时代感。

近年来我国的文坛上，巴金先生无疑地是被许多爱好文学的青年所热烈崇拜的作家，因为他的小说中，最能探讨现实的青年问题，同时也很能抨击不合理的社会制度，他对于青年的人生观，往往在一个曲折的故事里指出了正确的路径。我们从他的《写作生活之回顾》中，可以见到下面的一段话：

> "我是不会屈服的。我是不会绝望的。我的作品无论笔调怎样不同，而那贯串全篇的基本思想却是一致的。自从我知道执笔以来，我就没有停止过对我底敌人的攻击。我的敌人是什么？一切旧的传统观念，一切阻碍社会的进化和人性的发展的人为制度，一切摧残爱的势力，它们都是我的最大的敌人。我永远忠实地守着我的营垒，并没有作过片刻的妥协……"

我们知道巴金先生的文章里，随处充满了青年人的热情和热力，虽是一篇小说，也是言之有物，并不流于空谈，使你读了之后，倍觉亲切有味，这便是他的作品能够获得广大读者的爱戴的原因。

…………

原载陈磊编选《巴金选集》（现代文艺选辑），绿杨书屋版

# 想起了斫樱桃树的故事（节录）

郭沫若

…………

巴金先生……是我们文坛上有数的有良心的作家。他始终站立在反对暴力、表扬正义的立场，决不同流合污，决不卖虚弄玄，勤勤恳恳地守着自己的岗位，努力于创作、翻译、出版事业，无论怎么说都是有功于文化的一位先觉者。青年们是喜欢破坏偶像的，巴金先生的偶尔遭受拂逆，我相信这是一种消极崇拜的表现，或许也正足以证明巴金先生的优越的成就吧。

…………

一九四七年三月十八日

原载 1947 年 3 月 24 日上海《文汇报》副刊《新文艺》第 4 期

# 巴金到台州

徐懋庸

会在台州遇见巴金先生，真是做梦也想不到的。那是一个在台州开始下雪的日子，北风很紧，我为借一本书，跑到一个中学校的图书馆去，意外地看到他已先在里面。他的走到台州，是受了新从法国回来的老友朱洗君的劝诱的。朱君经过上海时，对他夸张台州的天气怎样温和，山水怎样秀丽，引他到了台州。谁知天不做美，欢迎他的是一天大雪和一场严寒，冻得他叫苦不迭，埋怨朱君的说谎。

他在朱君家里住了四五天，很有几个青年去找他，但他似乎不很喜欢谈话，人们问他，是必诚恳地答复的，却从不自己引起话机。为没有很多的话可问，“废然而返”的青年，也颇不少。有一天，因朱君的介绍，一个中学校的校董，特地设了席，“请巴金先生谈谈”，这是台州的大绅士，曾经自称为“无……主义”者，深通世故人情，主张凡事“老例莫改，新例莫增”的，他同“巴金先生”在那天“谈谈”什么呢？我很想问问巴金先生，不知怎的终于没有问成。想象起来，该是一个很有兴味的 Soène 罢？

* * *

就在那个中学校的图书馆里，我同巴金先生谈了许多话。我们谈到 Esperanto 运动，谈到他最近的长篇《新生》，批评穆时英，提起韩侍桁。我说中国的批评界实在太糟，他说中国根本无所谓批评，但有两个人很有希望，就是苏汶和韩侍桁，因而又谈到“自由人”运动和左翼文坛。我问他在上海所观察到的文坛的趋势，他说这倒不容易看出，因为现在的文坛实在太混沌。最后，我单刀直入地说到他的作品。

“你的《砂丁》、《煤坑》这类作品，是有实际的观察做根据的么？”先是这样的动问。

“有的，我曾经到过矿山和煤坑，我亲眼观察过那种情形。”

在这时候，我忽然觉到他的尖锐的眼光以两片玻璃为障碍蔽物，很留心地在侦察我。我把我的眼光迎上去，他的就避开了。

“我同意于《现代》上一个读者的意见，你的作品的结局，过于阴暗，使读者找不到出路。”

“是的。不过我的作品是艺术，不是宣传品，我不想把抽象的政论写入我的作品中去。我从人类感到一种普遍的悲哀，我表现这悲哀，要使人类普遍地感到这悲哀。感到这悲哀的人，一定会去努力消灭这悲哀的来源的，这就是出路了。我是有一种信仰的人，我也曾在我的作品中暗示着我的信仰，但是我不愿意写出几句标语来。”

“我认为自从写实主义自然主义的时代以来，暴露社会的黑暗，表现人生的悲哀的作品，已经很多很多了，在读者的心中，黑暗感已经太浓重，此后是需要指引新的社会新的人生的光明了。”

“是的，不过作家的意识是被生活所决定的。我的生活使我感到尚有猛烈地攻击黑暗之必要，我的生活给我太多的悲哀，所以我自然而然写出了那些作品，我不能故意地去写别样的作品。”

接着，我转到另一方面：

“我先前住在都会中的时候，读到你的作品，非常地受感动，但在农村中生活了两三年之后，我的感觉就不同了。你所表现的悲哀，对于生活在农村中的人，有许多地方是很隔膜的。”

“那是因为我一向住在都市中的缘故。”

这一句话，被我敏捷地捉住了：“所以，我想先生可以到农村中去住若干时候，看看农村中的情形。中国社会问题的核心，是农村问题。这方面，实很需要作家的注意。对于封建势力之下的旧农村的描写，鲁迅曾尽了最善的努力。近来，茅盾、蓬子等作家，则努力于最近的恐慌之下的农村的描写，我觉得这是很有意味的一件事，你曾经自叹你的作品或将写完，也可以向这方面去找一点新的题材么？”

关于这一点的他的答复，颇出我的意外，他说：

“这自然是很好，可是并非必要。我认为艺术与题材是没有多大关系的，艺术的使命是普遍地表现人类的感情和思想。伟大的艺术作品，不拘其题材如何，其给予读者的效果是同样的。”

但是，我还要追下去：“我所看到的情形却不然。现代许多作家的作品，只是都会生活者的读物，在农村中很少流行，就是因为题材之故。鲁迅的作品不能说没有艺术价值，而且也不见得十分容易理解，但他实际上获得最多的读者。假使有两部在艺术意味上是同样伟大的作品，一定是以农村的题材的一部，更易获得读者，因为中国的读者，存在于农村中的比都会中的为多。”

而巴金先生的答复仍旧是：“这是比较好，然而并非必要”两句话。

有一天，他到我的寓所去看我所译的罗曼·罗兰的《托尔斯泰传》的草稿。我征求他的批评。他给我一个很使我感奋的答复，后来，他看到我在这译稿上的笔名，若有所思地问我：

“你是译过一篇高尔基的小说的罢？——就是那《秋夜》，我在克刚处看到的。”

这一问，使我稍有点吃惊，那已是五年前的事了。我还是一个学生，跟了吴克刚先生学法文，有一天，我偶然从法文重译了高尔基的《秋夜》，署了一个笔名，请吴先生替我校正，不知怎的却被巴金先生看到了。我想他一定是偶然瞥见的罢。想不到事隔五年，他还记得这种琐细的事。这不但可见他的记忆之强，并可见其注意之深，他的作品中对于人心的深刻的观察，以及对于悲哀的亲切的体验，由此可知不是无故的了。

二月十日　上海

原载1933年2月25日上海《社会与教育》第5卷第13期

# 给某作家

沈从文

××：你的长信接到了，你说的事情我了解。你自己以为说得极乱，我看时却清楚得很。凡是你觉得对的，我希望你能做得极顺手，凡是你以为我看错了的，我希望我到某时节会不再错。这是关于做文章一方面而言。关于做人呢，即如说关于“政治”或“文学”或“人生”见解呢，莫即说我的，只说你的。我以为你太为两件事扰乱到心灵：一件是太偏爱读法国革命史，一件是你太容易受身边一点儿现象耗费感情了。前者增加你的迷信，后者增加你的痛苦，两件事，混在一块，就增加你活在这个世界上感觉方面的孤独。因此会自然而然有些爱憎苦恼你，尤其是当你单独一人在某一处时，尤其是你单独写文章或写信时。说不定你还会感觉到世界上只有你孤单，痛苦，爱人类而又憎人类，可是，这值得讨论。你也许熟读法国史，但对于中国近百年史未必发生兴味。你也许感觉理想孤独，仿佛成天在同人类的劣性与愚性作战，独当一面，爱憎皆超越一切，但事实这个世界上比你更感觉理想孤独，更痛苦，更执着爱憎皆有人，至少同你相似的还有人。客观一点去看看，你就会不同一点。再不然，你若勇敢些，去江西四川××里过阵日子，去边省任何一个军队里过阵日子，去长江流域什么工厂过阵日子，去西北灾荒之区过阵日子，去毒物充斥的××过阵日子，再来检查一下自己，你一切观点会不同些。生活变动的太多，自然残忍了一点，一切陌生，一切不习惯，感受的压力不易支持。但我相信至少是你目前的乱处热处必有摇动。再好好去研究一下这个东方民族，如何活下这么许多年，如何思索同战争发展到如今，你的热和乱，一定也调和起来，成为另一个新人了。你对这个“现在”理解多一点，你的气愤也就会少一点。不信么？你试试就相信了。你对于生命还少实证的机会。你看书多，看事少。为正义人类而痛苦自然十分神圣，但这种痛苦，以至于使感情有时变得过分偏持，不能容物，你所仰望的理想中正义却依然毫无着落。这种痛苦虽为“人类”而得，却于人类并无什么好处。这样下去除了使你终于成个疯子以外，还有什么？“与绅士妥协”不是我劝你的话。我意思只是一个伟大的人，必需使自己灵魂在人事中有种“调和”，把哀乐爱憎看得清楚一些，能分析它，也能节制它。简单说，就是因为他自己还是个人，他得多知道点人的事情。知道的多，能够从各个观点去解释，他一切理想方有个根。假若他是有力量的，结果必更知道他的力量应使用到什么地方去。他明白如何方不糟塌自己的力量。他轻视一切？不，他不轻视，只怜悯。他必柔和一点，宽容一点。（他客观点去看一切，能客观了。）使人类进步的事，外国方面我的知识不够说话资格。从中国历史而言，最先一个孔子，最后一个×××，就是必先调和自己的心灵，他的力量从自己方面始能移植到人类方面去。这两个人我们得承认他们实在比我们更看得清楚人类的愚与坏，可是他们与人类对面时，却不生气，不灰心，不乱，只静静的向前。不只政治理想家如此，历史上著名玩耍刀刀枪枪的大人物何尝不如此？雷电的一击，声音光明皆眩目吓人，但随即也就完事了。一盏长明灯或许更能持久些，对人类更合用些。生命人格，如雷如电自然极其美丽眩目，但你若想过对于人类有益是一种义务，你得作灯。一切价值皆从时间上产生，你若有理想，你的理想也得在一分长长的岁月中方能实现。你得承认时间如何控制到你同世界，结果也并不妨害你一切革命前进观念的发展。你弄明白了自己与时间关系，自己便不至于因生活或感情遭受挫折时便尔灰心了。你即或相信法国革命大流血，那种热闹的历史场面还会搬到中国来重演一次，也一定同时还明白排演这历史以前的酝酿，排演之时的环境了。使中国进步，使人类进步，必需这样排演吗？能够这样排演吗？你提历史，历史上一切民族的进步，皆得取大流血方式排演吗？阳燧取火自然是一件事实，然而人类到今日，取火的简便方法多得很了。人类光明从另外一个方式上就得不到吗？人类光明不是从理性更容易得到吗？你自己那么热，你很容易因此把一切“冲动”与“否认”皆认为生气或朝气。且相信这冲动与否认就可以把世界变得更好，安排得更合理。不过照我看来，我却以为假使这种冲动与否认是一时各个人心中的东西，我们就应当好好的控制它，运用它。(××便如此存在与发展。)若是属于自己心中的东西，就得节制它，调和它。(如你目前情形。)必如此方能把自己这点短短生命中所有的力量，凝聚到一件行为上去；必如此方能把生命当真费到“为人类”努力。你不觉得你还可以为人类某一理想的完成，把自己感情弄得和平一点？你看许多人皆觉得“平庸”，你自己其实就应当平庸一点。人活到世界上，所以成为伟大，他并不是同人类“离开”，实在是同人类“贴近”。你，书本上的人真影响了你，地面上身边的人影响你可太少了！你也许曾经那么打算过，“为人类找寻光明”，但你就不曾注意过中国那么一群人要如何方可以有光明。一堆好书一定增加过了你不少的力量，但它们却并不增加你多少对于活在这地面上四万万人欲望与挣扎的了解。你知道些国际情形，中国人的将来命运你看到了一点，你悲痛，苦恼，可是中国人目前大多数人的挣扎，你却不曾客观一点来看看。你带着游侠者的感情，同情××，憎恶××，(你代表了多数年青人的感情，也因此得到多数年青人的爱敬。)你却从不注意到目前所谓×××，向光明走尽了些什么力，××又作了些什么事。你轻视绅士，否认××，你还同一般人差不多，就从不曾把“绅士”“××”所概括的好坏弄个明白，也不过让这两个名词所包含的恶德，给你半催眠的魔力，无意思的增加你的嫌恶罢了。你感情太热，理性与感情对立时，却被感情常常占了胜利。也正因其如此，你有许多地方极高超，同时还有许多地方极伟大，不过倘若多有点理性时，你的高超伟大理想也许对于人类更合用点，影响力量更大一点。罗伯斯比尔若学得苏格拉底一分透澈，很显然的，法国史就得另外重写了。你称赞科学，一个科学家在自然秩序上证明一点真理，得如何凝静从一堆沉默日子里讨生活！我看你那么爱理会小处，什么米米大的小事如×××之类闲言小语也使你动火，把这些小东小西也当成敌人，我觉得你感情的浪费真极可惜。我说得“调和”，意思也就希望你莫把感情火气过分糟蹋到这上面……

原载《废邮存底》，文化生活出版社 1937 年 1 月版

# 巴　　金

## ——文坛人物记之一

董　桑

巴金是具有着光辉的成就的作家。这种光辉，含在他的几十本著译里，同时，也表露在他作为人的基本态度上。

他热情，用功，更主要的，是对工作有着非常严肃的责任感。

他主持的文化生活出版社，在全国的出版界上，在全国爱好文艺的人，和从事文艺工作的人的心上都植下了不可磨灭的印象。他主编的《文学丛刊》，无一不带着辉煌的光芒出现在中国出版界上。

他是四川人，住在四川的时候可并不多，然而这并没有能改变了他的口音。他说得非常快，好象一开口他就想把满腹的话倾吐出来，一旦倾吐完尽，他便又无话可说，不能不和客人默默相对了。但却不时要透过他的黑边眼镜瞥一眼客人。他留着头发，有时候长长的发梢会拂在他的眼角上，和他的不很浓的眉毛连在一起；笑的时候，他的嘴角两边会扯起两条深沉的皱纹来，但他很快会又闭拢嘴，拂平它们。

目前他正在赶写着在《文艺复兴》上连载的《寒夜》，他写得很快，有时候坐在沙发上，仰靠在沙发的背脊上写。他的住屋里零乱的摆满了书。几年以前他还在用心的读着日文，纵然那时候他的日文程度已经很好了，但他需要的是不断的进步。他忙，朋友多，他有的却只是在这种忙乱里坚持着自己的工作的精神。

最近出版的他的长篇《憩园》，朋友们和读者们都有着极好的印象。那时候，他正在内地，胜利后不久他便来到上海了，不幸那时候他的家兄李尧林（即《悬崖》的译者李林）逝世，这使他很伤心。但好象作为补偿，留在重庆的太太却为他生了位女儿，等他重又从上海折返重庆，再把太太接来上海的时候，他已经是一个孩子的父亲了。

孩子现在取名为“小烦”。

实际上，对于一个作家，对于一个一向都缺少着较安定的生活的人，有了家，却无异一种幸福。虽然在写着《寒夜》，但我想，这作品出现在读者眼前时，同样还会被包含在内容中的激动的热情所感动的。

原载 1946 年 9 月 26 日上海《大公报》副刊《大公园》

# 巴金为甚么沉默起来？

苏　夫

如果你手下还有良友早期出版的巴金先生的《雾》、《雨》、《电》，那上面左下角有一帧作者的画像。那张像里的他很瘦，头发很乱，额部很宽，下巴很尖，眼镜特别大。眼镜里有些圈圈，那是表示深度的。换句话说，就是表示巴金是个大近视眼。

有这么一个轮廓，我们再看了他那些早期作品，就很容易把巴金想成一个又瘦，又高，又文弱的人。然而，等一见到他的时候，却不是那样子。

巴金是个微胖而又略矮的中年人，眼镜是戴的，但并看不出特别“深”来。如果开一句玩笑，巴金先生走起路来有点“蹒跚”，说起话来正和刘西渭批评他的《爱情三部曲》似的，象一条没有阻挡的激流。但他说的并不象他写的那么清楚，所以有时候很重要的地方也一流就流过去了。

巴金这次到上海后很沉默，在沉默中写了《寒夜》，在沉默中出版了《憩园》和《第四病室》，在沉默中支持着“文化生活出版社”。

巴金先生为什么这么沉默呢？

我想起抗战初期他的热情来。

他和章靳以一起到了广州，主持编辑并出版《文丛》。那时广州接二连三的被敌人轰炸，然而他除了和靳以编《文丛》外，还写着《火》——靳以先生写着《前夕》——同时在《文丛》连载，在这期间，巴金是满兴奋的，他写信说：

“有一个时期，我真想把笔放下来，我要沉默。然而神圣的战争来了，我看见了很多事，我看见哪一些人嘴里嚷着抗战，实际却做着出卖祖国的勾当，我看见哪些人慷慨的为祖国捐出了生命，我要写，我要把他们写出来。”

就在这期间，广州陷落了，巴金也失了踪。香港的朋友们都着了急，在报纸上刊出了“寻找朋友巴金”的广告，有的在写《回忆巴金先生》的文章，甚至闹到追悼的地步了。然而就在这当儿消息来了，说巴金平安到了梧州，由梧州到了桂林。随身带着的是《文丛》第二卷第三期排好了的纸版!

后来巴金到了成都又到了重庆，这期间的他我不大清楚，然而我们要读了他那本《龙·虎·狗》散文集，对他的思想就可以多少把握住一点。

那里面有一点伤感气——他到了阔别很久的“家”，而那个“家”又变了不少，于是中年的巴金先生突然由战士一溜走出了战壕，有点子伤感起来。伤感只是一瞬间的病症，真正给他痛苦的还是窒息。《龙·虎·狗》里弥漫了这痛苦的气氛。

巴金除了那部《火》外，并没有写什么“轰轰烈烈”的小说。他从前开的那张支票并没有兑现。他写《憩园》，写《第四病室》，写《寒夜》，都是几个小人物在串演着悲剧。

如果我们硬要给巴金找解答，不用问他，因为即便你问他，他也只是摇头和苦笑。还不如到《龙·虎·狗》里去找。

就这样，巴金被一些人骂了，他只在《寒夜》里写了一篇后记，就没有写第二篇辩白的文章。最近他写信说：

《第四病室》不算怎么忧郁，我想发掘人性，《寒夜》是控诉，真实情形还要惨，再版时我还想改动。”

他最近除了在文化生活出版社外，就是回家，因为他已经有了一个“家”了。

有人问起他的打算来，他苦笑。

有人问他文化生活出版社为什么不弄一门市，他说：“没钱。”又接着苦笑。

开会没有他，演讲没有他，除了章靳以下了课常到出版社找他外，他和别的人联络也很少。

这一个过去热情洋溢的战士为什么沉默起来？怀着写壮烈的史诗的巴金先生为什么在人生中只发掘起一块小小的角落来？

原载1947年11月13日北平《大公报》副刊《大公园地》第233期

# 同巴金先生交谈

## ——不忘社会性的伟大的“业余”作家

［日本］木下顺二



一天上午，我有幸得以同率领中国作家代表团正在访日的巴金先生促膝相谈，大约两个小时。虽说是交谈，其实主要由我在提问，因为我有一个比较大的问题以及其他一些问题想问一问。

### “我不是文学家”

在几天前，我听过巴金先生的报告，其中有一句使我百思不得其解，这句话就是：“虽然我不是文学家”，《朝日新闻》4 月 7 日刊登的报告摘要中也曾经反复出现过。

巴金先生到今年 11 月 25 日将年满 76 周岁，自从他发表处女作至今已有整整 50 年的写作经历，是一位名符其实的大文学家。我首先问他：《家》（1933 年初版，作者当时年仅 28 岁）的发行量有多少？巴金先生很随便地回答说，一百几十万部。据说在旧中国时期，开始每版大约印刷 2,000 部，后来逐渐增加到 10,000 部，而且出到 30 版。解放后的十几年间出版了 40 万部到 50 万部，文化大革命期间的 10 年为 0 部，近几年又出版了 50 万部。翻译出版这部作品的有十几个国家。当然，除此之外，先生发表的长短篇小说、杂文等更是不计其数。如此一位人物？为什么说“虽然我不是文学家”呢？

我们可以由此思考许多问题。譬如我国把文学作品分成“大众文学”、“纯文学”和“私小说”等，姑且不谈这种分类法究竟有多大意义，然而可以说《家》不属于其中的任何一种，却又包罗这一切内容甚至超出这些定义范围的一部作品。诚然，一百几十万部这一数字，是以庞大的中国人口为前提的，但是无疑地说明这部作品受到了广大群众的欢迎。然而，《家》决不是迎合群众的一般兴趣而写成的。关于这一点，只要去读它便可一目了然。从这个意义来说，《家》既是“大众文学”，又是“纯文学”。

让我们把《家》同日本的文学作品做一番比较吧。我对先生说：岛崎藤村的《家》是在巴金先生五岁时发表的作品。作者描写一个旧家庭在新兴资本主义浪潮的冲击下没落崩溃的过程，却又把“家”的问题看做是人与人的问题，从而描摹陷入泥潭不能自拔的一个人的形象。这种消极作用和同样略带自传色彩的巴金先生的《家》相比，便形成鲜明的对照。又如夏目漱石的《道草》和志贺直哉的《暗夜行路》也是取材于“家”，但是他们的立足点在于如何摆脱“家”的烦恼，进而维护和稳住我自己，与此相比，巴金先生的《家》则是同“家”正面相对抗，这也是一个鲜明的对比。

## 《家》是一部社会小说

写到这里，我突然想起中国文学研究家、已故冈崎俊夫先生写的耐人寻味的一句话。于是我从书架中把它翻出来：“由于有了他（指巴金）的小说，当时许许多多青年逃脱了封建枷锁——家，走上了革命道路。日本的夏目漱石或志贺直哉的小说却从未使人成为革命家，这是一个极其鲜明的对比。”

另一方面，从出发点来说，《家》也可以说是带有“私小说”的性质。因为按照巴金先生自己的话，他写这部作品的一个理由便是希望生在旧官僚封建大家庭的作者的大哥能够“明白照他过去所走的道路以及这样活下去，等待他的将是悲惨的结局。”这个说法本身正是说明《家》是一部社会小说，呼吁人们起来同旧社会进行斗争。巴金先生说：“人们和我自己的痛苦促使我拿起了笔”，“以排山之势写下去”。现在我似乎能体会这些话的含意，同时对“虽然我不是文学家”这句话的意思也慢慢有所领悟了。

在交谈过程中，先生甚至把自己说成是“业余作家”，而且说得极其自然。

## 重要的是本身的思想

巴金先生说，他收到许多立志做作家的青年人的来信，“大部分青年人写作是为了想做一名作家。”他的这句话是，在回答我关于今天的中国如何看待毛泽东主席的《在延安文艺座谈会上的讲话》这一问题时讲的。先生接着说：关于这个问题“并不是说今天已经作出了结论”，不过我个人认为那个讲话仍然是“了不起的”，因此我给青年人回信时“要求他们首先要学一学那个讲话”，这是为了让他们根据《讲话》，自己来解决为什么而写和以什么态度来写这样两个问题。同时我还对他们说，一部作品只能按照作家本身的思想和观点来写，而书籍，哪怕是重要的书籍，也只能做为参考。



“虽然我不是作家”，关于这句话的重大意义，看来我自己的意见已无需赘述，不过我以为对先生的讲话做了上述介绍，或许有所弥补。

巴金先生还谈到，在文化大革命中曾经“象接受催眠术似地”真诚地高喊过类似打倒自己本人那样的口号，这是一种“非常奇怪而滑稽的体验”，为了不“使世界人民重演”那类事，对此进行分析总结，这“对全人类来说也是必要的”。不过先生又说：“我不想责怪任何人。”为了使这个“沉痛而宝贵的教训”成为自己的教训（亦即成为人们的教训），巴金先生最后谈到了自己的“五年计划”。

巴金先生的计划是：就文革中的体验写出长篇小说两部；翻译19世纪俄罗斯革命民主主义者、小说家、思想家赫尔岑的回忆录《过去和思索》共5部，这项工作正在进行中；《创作回忆录》一部，这是就他开始写作到文革为止的每一部作品，叙述当时的生活情形等；《随想录》每年一卷（第一卷已出版），共五卷。就是说，到80岁以前总共要写出13部作品。听了巴金先生干劲十足的计划，使我回想起竹内实先生曾在文革期间——1971 年发表的一段话：“但是真正的中国文学的自我恢复，只有当经受住这场光荣而悲惨的‘革命’的文学家用文

学作品写出它的时候，才得以实现。”（见《现代中国的文学》，研究社1972年版）

## 为人纯朴而诚实

我第一次见到巴金先生是在25前的1955年，同这次共同前来访日的谢冰心女士一样，在印度召开的“亚非作家会议”上。他们是我头一个结识的解放后的中国人。后来，在日本或在中国，同他们两位曾多次相见，他们也曾到敝舍去坐过。巴金先生纯朴而诚实的作风和谢冰心女士高雅的魅力，至今仍没有变。

我衷心预祝巴金先生实现当前的五年计划之后，继续稳重地完成第二、第三个五年计划。

王大可　译

原载1980年4月12日日本《读卖新闻》，
译文录自1980年7月《编译参考》第7期

# 挚友、益友和畏友巴金

萧　乾

1　《文汇月刊》约我写一篇关于巴金的文章。我一向怕写定题定时的文章，唯独这一回，我一点也没迟疑，而且拿起笔来就感到好象有个信息应传达给当代以及后世的读者，告诉他们我认识了将近半个世纪的巴金是怎样一个人。我立刻把手头的一切工作（包括正在编着的《杨刚文集》）全都放下，腾清书桌，摊开了稿纸。



从哪里开始呢？首先想谈的，还不是我们之间漫长的友谊，而是近两年来由于偶然机会才得知的他的一桩感人事迹。

一九四七年，巴金的一位老友在上海一家大学任教。当学生开展反饥饿运动时，学校当局竟然纵容国民党军警开进校园，野蛮地把几十名学生从宿舍里抓走。在校务会议上，他这位老友就愤然拍案怒斥，因而遭到解聘。他只好去台湾教书了。一九四九年，眼看要解放，他又奔回大陆。不幸，这位向往革命已久的朋友，却在人民政权建立的前夕与世长辞了，遗下幼小的子女各一人——他们的母亲早于一九三八年就去世了。前年我见到了这两个已进入中年的“孩子”，他们今天正在不同的岗位上为革命工作着。听说这一对孤苦伶仃的孩子当年曾受到过巴金一家的照顾。

我想，文章最好从这里开头，就写信给同我较熟的那个“女孩”（如今已是两个孩子的妈妈了）。讲了我的意图，希望从她那里了解一些此事的细节。万没料到，我碰了个硬钉子。她回信说：

> 萧叔叔：对于您的要求，我实在难以从命。我爱李伯伯，就象爱自己的父亲一样。他的话我是要听的。他不喜欢我们谈他写他，也不喜欢我们对报刊杂志谈及我们和他的关系。在这方面，他是很严格的。我一定要尊重他的意见，不写他，也不乱说他……

接着，还说到巴金对自己的侄子以及其他家属，也同样这样约束。

看完这封短信，我身子凉了半截。因为以此类推，还有几件事估计也属于“禁区”。唉，写一个不许人谈他的事迹的好人，可太困难了。继而又想，我碰的这个硬钉子本身不正可以用来说明巴金的为人吗？

一九七八年《新文学史料》创刊时，编者记起我在咸宁干校沼泽地的稻田里，讲过巴金发现《雷雨》的轶事，就要我把它写出来。我当时说“发现”，这个动词我是经过掂量的，没有夸张。这件事我多少是个历史见证人。因为一九三三至一九三五年间，每次我从海甸进城，总在三座门歇脚，《文学季刊》和《水星》编辑部就在那儿。我也认为重温一下新文学史上这段掌故很有现实意义。然而我晓得巴金不愿人提及这件事（下到干校，以为此生与文艺不会再有关系了，我才放松的），他自己更从不提它。要写，需打通他这一关。于是就写信给巴金，反复强调我的出发点不是褒谁贬谁，只不过希望新的一代编辑们能更及时并认真地看一切来稿。这样，他终于才勉强回信说：

> 关于《雷雨》，你要提我的名字也可以，但不要美化，写出事实就行了。事实是：一次我同靳以谈起怎样把《文学季刊》办得好一些，怎样组织新的稿件。他说，家宝写了个剧本，放了两三年了。家宝是他的好朋友，他不好意思推荐他的稿子。我要他把稿件拿来看了。我一口气在三座门大街十四号的南屋读完了《雷雨》，决定发表它。

这里，看巴金对自己所做的多么轻描淡写啊！然而如果不是巴金作出立即发表的决定，曹禺在戏剧创作的道路上，可能要晚起步一段时日。

不居功，不矜功，厚人薄己，这在旧社会是少见的品德，在今天，也依然是不可多得的。

2 一九七七年初，天色开始转晴，我就同洁若商量托人代表我们去看望巴金一趟。我们托的是上海青年音乐家谢天吉，他那时正在歌剧院工作。由于都是惊弓之鸟，怕我这个摘帽右派会给巴金带来新的灾难，信还是由洁若出面来写。天吉带回巴金写给洁若的信说：

> 这些年来我常常想念你们。你说萧乾已六十八岁了。我还记得一九三三年底他几次到燕京大学蔚秀园来看我的情景。那时他才二十四岁……想不到你们也吃了不少苦头。我还好，十年只是一瞬间。为自己，毫无所谓。不过想到一些朋友的遭遇，心里有点不好受。

这段话使我想起三八年当他在上海孤岛（在敌人的鼻子下）坚持文化生活出版社的工作时，一个十六岁的孩子从远地写信给他，关心他的安全。巴金在《一点感想》一文中说：



> 我固然感激他的关怀，但是我更惭愧我没有力量去安慰他那渴望着温暖的年青的心。我没有权利叫人为我的安全耽心。……我绝不是一个失败主义者，我也不是悲观派，真正相信着最后胜利的极少数人中间，我应该算一个。

这两段话相距约四十年，然而精神却是一致的：悲天悯人，关心同类，同情弱者和不幸者；为自己，毫无所谓；对世界，只有责任感，没有权利感；在敌人面前不低头，苦难面前不自怨自艾；对前途，充满了乐观和信心。我认为这是了解巴金的人格、作品和人生哲学的一把钥匙。

三十年代初期，北方知识界（尤其文艺青年）曾十分苦闷过。那时，侵略者的铁蹄已经踏到了冀东，而掌权者仍不许谈抗战。一些后来当了汉奸的士大夫却在书斋里振笔大谈明清小品，提倡清静无为。一九三二年鲁迅先生到了北平，那就象窒息的暗室里射进一线曙光。一九三三年，从上海又来了巴金和郑振铎两位，死气沉沉的北平文艺界顿时活跃起来。他们通过办刊物（《文学季刊》）和《水星》），同青年们广泛交起朋友。很幸运，我就是在那时开始写作的。

在见到巴金之前，我已经在《文学》《现代》上读到过他不少的作品了。我觉得他是用心灵蘸着血泪直接同读者对话的一个作家，不是用华丽的词藻而是用真挚的感情来直扑人心的。那时，我自己的头脑可是个大杂烩。有早期接受的一点点进步思想，有从大学课堂里趸来的大量糊涂观念，首先是唯美主义思想。我就是带着那些到蔚秀园去找他的。

记得谈起我对华林的新英雄主义的倾倒时，曾引起他的共鸣。他总是耐心地听，透过那深度近视眼镜注视着对方，然后寥寥几句坦率地说出他的意见。后来我在为《我与文学》写的一文中说："一个由刻苦走上创作道路的先辈近来曾作文否认灵感与天才的存在。这不仅是破除了一件寒人心的、帮人偷懒的迷信，且增加了正在踌躇的人的勇气。"[1]这位先辈就是在年龄上其实仅大我五岁的巴金。他对我更重要的叮嘱是"一个对人性、对现社会没有较深刻理解的人极难写出忠于时代的作品"。[2]从他那里，我还懂得了"伟大的作品在实质上多是自传性的。想象的工作只在于修剪、弥补、调布和转换已有的材料，以解释人生的某一方面"。[3]

但是他反复对我说的一句是："写吧，只有写，你才会写。"记得我的小说《邮票》发表后，巴金读罢曾告诉我，作品中那个无知的孩子说的"我不小。瞧，我也流泪了"那句话，使他受了感动。他就是这样给一个初学写作者以鼓励的。

巴金和郑振铎的北来打破了那时存在过的京、海二派的畛域。一时，北平青年的文章在上海的报刊上出现了，而上海的作家也支援起北方的同行。一九三五年，我正是在这样的情况下接手编天津《大公报·文艺》的。不，我最初编的是《小公园》，一个本由"马二先生"主持的货真价实的"报屁股"。然而上海的作家们不计刊物的大小，一时张天翼、艾芜、

---

❶ 见《我与文学》，上海生活书店 1934 年版，第 237 页（上海书店 1981 年重印）。

❷ 见《我与文学》，上海生活书店 1934 年版，第 236 页。

❸ 同上，第 237 页。

丽尼等几位的作品就经常在《国闻周报》《大公报·文艺》甚至那个《小公园》上出现了。这个渠道主要是巴金和靳以帮我打通的。我也因而可以预先编出二三十期刊物，然后去踏访鲁西、苏北的灾区了。

3

同巴金过从最密切，还要算一九三六和三七那两年，我们几乎天天在一道。当时我在《大公报》编《文艺》，住在环龙路（今南昌路），隔几个门就是黄源。巴金那时也住在霞飞路（今淮海中路）的一个弄堂里，正在写着他的三部曲。他主要在夜晚写，所以总睡得很迟。有时我推门进去，他还没有起床。那是很热闹的两年：孟十还编着《作家》；靳以先后编着《文季》和《文丛》；黎烈文编的是《中流》；《译文》则由黄源在编。我们时常在大东茶室聚会，因为那里既可以畅谈，又能解决吃喝。有时芦焚、索非、马宗融和罗淑也来参加。我们谈论各人刊物的问题，还交换着稿件。鲁迅先生直接（如对《译文》）或间接地给这些刊物以支持。当时在处理许多问题上，我们几个人都是不谋而合的。例如我们的刊物都敞开大门，但又绝不让南京的土平陵之流伸进腿来。那时上海小报上，真是文坛花絮满天飞，但我们从不在自己的刊物上搞不利于团结的小动作，包括不对某些谰言加以反击。对于两个口号，我们都认为是进步方面内部的分歧，没参加过论战。当时我在编着天津和上海两地《大公报》的《文艺》版，我不记得曾发过一篇这方面论争的文章，虽然我们都在“民族革命战争的大众文学”下面签的名。记得有一次我出差在外，回来看到郑振铎提倡“手头字”运动的宣言也签上了我的名字。料必是我不在时，朋友们认为不能把我漏掉，就替我签上的，我也因而深深感激。

那时在饭桌上，朋友们有时戏称巴金为我的“家长”。家长不家长，那两年我没大迷失方向，不能不感激他那潜移默化的指引。

巴金平素态度安详，很少激动。但是遇到重大问题，他也会头上青筋凸起，满脸通红，疾言厉色地拍案大叫。这就发生在鲁迅先生逝世的次晨，当时《大公报》在第三版上以“短评”方式向鲁迅先生遗体戳了一刀。[1]巴金气得几乎跳了起来，声音大得把房东太

[1] 详《鱼饵·论坛·阵地》，见《一本褪色的相册》，天津百花文艺出版社，121—150页。

太都吓坏了。也就是那天，当他一听说我已经找报馆老板抗议并且提出辞职的时候，他立刻给了我有力而具体的支持，要我为文化生活出版社翻译屠格涅夫。

“八·一三”全面抗战的局面打开后，我很快失了业，决定经海路转赴内地。临行，我去看了他。当时由于国民党军队的败溃，上海早为战火包围，租界上空飞着炸弹，大世界、先施公司一带也挨炸了。人们纷纷离去或准备撤离。巴金象个哨兵似的镇定自若，说你们走吧，到内地一定有许多事可做。我得守在这里，守着出版社，尽我的职责。

一九三九年我出国前，我们又在香港相聚了一阵子。那时，我正陷入一场感情的旋涡中。他和杨刚都曾责备过我，我还狡辩。七八年后，我曾两次在文章中表示过自己的忏悔。八〇年在病榻上写《终身大事》，也是希望年轻的朋友不要在这样问题上走入歧途。

太平洋事变前，我们还有书信往来，我也从杨刚按期寄给我的《大公报·文艺》上，知道巴金对她的工作给予的支持。后来邮路不通了，我就象一只断了线的风筝，飘在朝不保夕的英伦三岛。我患了几年神经衰弱，有半年几乎记忆力都丧失了。我深切地尝到游子之苦。也许正由于这样，七九年当我在国外遇到入了美籍的故人时，我能理解他们灵魂深处的痛楚，因为我也几乎成了他们当中的一个。

四六年回到上海后，巴金住在市内偏西区的霞飞坊，我住在北郊的复旦。他抱了他的国烦（就是今天的小林）来过江湾，我有时也去看他，但那两年我们见面不多。那也是我平生最迷茫的一段日子。同祖国脱节了七年之久，又是在那样重要的七年，真是十分可怕的事。我对一切变为陌生了，而自己又不虚心向人讨教，就提笔乱写。我在给《观察》写的《拟玛萨里克遗书》里，曾描述过自己当时的心境。有一天我将重新回忆那段混沌的日子。

家庭发生悲剧后，我就更象匹尾巴绑了火把的野兽，横冲直撞起来。幸而那时杨刚从美国赶了回来。我终于还是冷静下来，摆脱了羁绊，投奔了香港进步文化界。在我痛苦时，巴金给过我慰藉；在我迷茫时，他曾鼓励我重新找到航道。

这些年来，我时常闭上眼睛象逛画廊似的回忆一生所接触过的熟人，真是感触万千。巴金使我懂得了什么是友谊。它不应是个实用主义的东西，而应是人与人之间最大的善意，即是说，它时时刻刻鼓励着你向上，总怕你跌跟头；当你跌了跟头时，它不是称快，更不会乘机踹上一脚，而是感到痛，深深地痛。这种痛里，闪着金子般的光辉，把人间（即便是没有窗子的斗室）也照得通亮。

4

解放后，不少朋友由于地位悬殊了，就由疏远而陌生了。这是很自然的，甚至也许是应该的。我自己一向也还知趣。唯独同巴金，我们的往来没间断过。五十年代他每次来京——往往是为了开会或出国，总想方设法把他的老朋友们都找到一起，去马神庙或西单背后什么四川人开的小馆子，象三十年代在大东茶室那样畅聚一下。巴金一向是眼睛朝下望的，好象他越是受到党的重视，越感到有责任协助党团结其他知识分子。他出国时外汇零用是很紧的，还为我带回《好兵帅克》的各种版本（可惜全都毁于六六年八月的那场大火）。他慷慨地从他的藏书中为我译的书提供插图，有的还是沙俄时代的珍本。书的部头既大且笨，千里迢迢从上海带来。他总依然象三十年代那么亲切，热情。记得我们两人在北海举行过一次划船比赛。我们各租了一条小船，从漪澜堂出发，看谁先划到五龙亭。我满以为自己年轻几岁，可以把他这个四川佬远远落在后面。但他一点也不示弱。结果我们划了个平手，两人浑身汗湿的程度也不相上下。



使我永难忘怀的是一九五七年七月十日那天。当时，《人民日报》前不久已经在第一版上点了我的名，旧时的朋友有的见了面赶忙偏过头去，如果会场上碰巧坐在一起，就立刻象躲麻风或鼠疫患者那样远远避开。这原是极自然、也许还是极应该的。如果掉个位置，我自己很可能也会那样。

七月十日那天早晨，我突然接到一份通知，要我下午去中南海紫光阁参加一个会。我感到惶恐，没有勇气去赴会，就去向作协刘白羽书记请假。他说，这是周总理召集文艺界的会，你怎么能不去。那天我是垂了头，哆哆嗦嗦进的紫光阁，思想上准备坐在一个防疫圈当中。

谁知还没跨进大厅，巴金老远就跑过来了。他坚持要同我坐在一起。我举目一望，大厅里是两种人：一种是正在主持斗争的左派，个个挺胸直背，兴致勃勃；另一种是同我一样正在文联受批判的，象雪峰和丁玲。后一种很自然地都垂了头坐在后排。因此，我的前后左右大都是出了问题的。巴金却坐在我旁边。我内心可紧张了，几次悄悄对他说："你不应该坐在这里，这不是你坐的地方。"巴金好象根本没听见我说的话，更没理会周围的情况。他只是一个劲儿地小声对我说："你不要这么抬不起头来。有错误就检查，就改嘛。要虚心，要冷静。你是穷苦出身的，不要失去信心……"

正说着，大厅里一阵掌声，周总理进来了。他目光炯炯地环视着座位上的大家。过了一会儿，他忽然大声问："巴金呢？"这时，大家的视线都朝这边射来。我赶紧推他："总理叫你呢，快坐到前排去吧。"这样，他才缓缓地站起来，一面向总理点头致意，一面弯下身来再一次小声对我说："要虚心，要冷静……"然后，他就坐到前面去了。

那一别，就是二十载。接着，我就变成了黑人。不料九年后，他自己也坠入了深渊。

总理逝世时，我也曾记起紫光阁的那个下午。记得总理现身说法，在那次使我永难忘怀的讲话中，曾先后两次问到吴祖光和我来了没有，并且继续称我们为"同志"，然后热情地嘱咐我们要"认真检查，积极投入战斗"。他并没把我们列为敌人。后来洁若听录音时，这些地方自然早已洗掉了。

在柏各庄农场劳动时，每当我感到沮丧绝望，就不禁回忆五七年夏天那个下午的情景。顿时，一股暖流就涓涓淌入心窝。

六一年我调到出版社工作时，巴金还来信要我好好接受教训，恢复工作后，也绝不可以放松改造。六四年摘"帽"后，他又来信重复这一叮嘱。那时我已从创作调到翻译岗位上了。他在信中还说等着看我的译品问世呢。我懂得，在任何境遇中，他都要我保持信心——首先是对自己的信心。

在收到他这些信时，我很担心万一检查出来对他将会多么不利。吸取了历史的教训，他这些冒了风险写来的信，都被我在六六年以前就含着泪水销毁了。我感到他虽不是党员，却能用行动体现党的精神和政策。难怪张春桥一伙要把他当作"死敌"来整。

六八年夏天，上海作协两次派人来出版社向冯雪峰和我外调巴金。那位"响当当"看完我的交代，态度可凶了，斜叼着烟卷，拍着桌子，瞪圆了眼睛，说我美化了“死敌”。第二次另外一个家伙一脸阴险的表情，威胁我要“后果自负”。夏天当我翻译易卜生的《培尔·金特》[1]时，译到妖宫那一幕，我不禁联想到“四人帮”那段统治。他们也是要用刀在人们的眼睛上划一下，这样好把一切是非都颠倒过来。

在咸宁干校，每当露天放映影片《英雄儿女》时，我心里就暗自抗议：这是什么世道啊！这么热情地歌颂无产阶级英雄、写出这么撼人心魄的作品的人，凭什么遭到那么残酷的（包括电视批斗）的折磨呢！

这几年，讲起来我们的日子都好了，又都已年过古稀，本应该多通通信，多见见面。他常来北京，但我们仿佛只见过三四次面。第一次去看他时，洁若和我还把三个子女都带上，好让他知道，尽管经过这么猛烈、这么旷日持久的一场风暴，我们一家老少都还安然无恙。这一天，当他从宾馆走出来迎接我们时，我看到他老态龙钟、步履蹒跚，再也不是当年在北海比赛划船的巴金了。那次我注意到他讲话气力很差。近两年每次他来京，我们总是只通个电话。我愿意他多活些年，不忍再增添他的负担。至于托我写信介绍去看他的，我都一概婉言谢绝。今秋他去巴黎前，曾在上海对王辛笛说，要来医院看望我。听到这话，我立即给他往京沪两地都去了信，坚决阻拦。我不愿他为我多跑一步路。至于通信，他向来事必躬亲，不肯让身边人代笔。以前他写信走笔如飞，如今字体越来越小，而且可以看出手在哆嗦。所以我无事不写信，有事也尽量写给他弟弟李济生，这样他就不会感到非亲自动笔不可了。就这样，从七七年到现在，他还给我和洁若写了不下四十封。

这些信，好几封是关心我的住房落实问题的，有几封是看了我发表的文章提出批评的。还有两封是责备我在《开卷》上写的一篇文章，认为过去的事不应再去计较。我虽然由于确实有个客观上的原因才写了那篇东西，从而感到委屈，但我并没象过去那样同他死死纠缠。我还是把那篇东西从正在编着的一个集子里抽掉了，并自认为没有他那样不与人争一日之短长的胸襟和气度。

---

[1] 见《外国戏剧》1981年12月号。

七九年初，我的错划右派问题得到改正后，朋友中间他是最早来信向我祝贺的。他的第一封信说："你和黄源的错划问题得到改正，是我很高兴的事。正义终于伸张了。"在另一封信里，他又说："你、黄源和黄裳几位的错案得到纠正，是我高兴的事情。连我也想不到会有今天。这才是伸张正义。"

然而他不仅仅祝贺，更重要还是督促，要我"对有限的珍贵的时光，要好好地、合理地使用。不要再浪费。做你最擅长的事情，做你最想做的事情"。他告诫我："来日无多，要善于利用，不要为小事浪费时光。我们已浪费得太多，太多了。"关于《大公报·文艺》那篇东西，由于涉及到他，我是在发表之前先请他通读的，他还纠正了我在《大公报》文艺奖金名单上闹的错误。其余的几篇他都是在报刊上看了后才写信给我的。他大概看出我久不拿笔，乍写起来有些拘谨。我也确实总感到有位梁效先生叉着腰瞪着眼就站在我背后。读了我最早给《新文学史料》写的那两篇回忆录，他立即写信告诉我"写得不精采"，"你的文章应当写得更好一点"，要我"拿出才华和文采来"。然而象往常一样，他在信中总是以鼓励为主，要我"写吧，把你自己心灵中美的东西贡献出来"。



巴金在恢复了艺术生命之后，就公开宣布了他对余生做出的安排，提出了他的写作计划。他是毅力极强、善于集中精力工作的人，我相信他能完成。他不但自己做计划，他在信中也不断帮我计划说：

我们大家都老了。虽然前面的日子不太多，但还是应当向前看。我希望你：（一）保重身体。（二）译两部世界名著。（三）写一部作品、小说或回忆录。我们都得走到火化场，不要紧。

七九年夏，在我赴美之前，他又来信说：

你出去一趟很好。要记住，不要多表现自己，谦虚点有好处。对你，我的要求是：八十岁以前得写出三四本书，小说或散文都行。应该发挥你的特长。你已经浪费了二三十年的时间了。我也一样，我只好抓紧最后的五年。这是真正为人民服务，为后世留下一点东西。名利、地位等等，应当看穿了吧。

每逢我一疏懒，我就想到这位老友对我的督促和殷切期望。友情，象巴金这样真挚的友情，有如宇航的火箭，几十年来它推动着我，也推动着一切接近他的人们，在历史的长河中前进。

5

看到巴金的文集长达十四卷，有人称他为“多产”。可是倘若他没从一九三五年的夏天就办起文化生活出版社（以及五十年代初期的平明出版社），倘若他没把一生精力最充沛的二十年献给进步的文学出版事业，他的文集也许应该是四十卷。

尽管我最初的三本书（包括《篱下集》）是商务印书馆出的，在文艺上，我自认是文化生活出版社（下简称“文生”）拉扯起来的。在我刚刚迈步学走的时候，它对我不仅是一个出版社，而是个精神上的“家”，是创作道路上的引路人。谈巴金而不谈他惨淡经营的文学出版事业，那是极不完整的。如果编巴金的《言行录》，那么那十四卷以及他以后写的作品，是他的“言”，他主持的文学出版工作则是他主要的“行”。因为巴金是这样一位作家：他不仅自己写，自己译，也要促使别人写和译；而且为了给旁人创造写译的机会和便利，他可以少写，甚至不写。他不是拿着个装了五号电池小手电只顾为自己照路的人，他是双手高举着一盏大马灯，为周围所有的人们照路的人。

五七年七月，我在《文汇报》上发表过一篇谈出版工作的文章，有些话说得偏颇，惹了祸。在那篇文章里，我曾就经营管理方面称许过旧日的商务印书馆两句，因而犯了“今不如昔”的大忌。然而“商务”同我的关系，仅仅是商务而已。书稿和酬金（我生平第一次拿那么多钱）都是郑振铎经手的。我不认识“商务”一个人，它也丝毫不管我正在写什么，应写什么，以及我该朝着什么方向发展。对我来说，它只是个大店铺而已，公平交易，童叟无欺。我卖稿，它买稿。一手交货，一手交钱。



三六年刚到上海，巴金读了我的《矮檐》之后，就启发我走出童年回忆那个狭窄的主题，写点更有时代感的东西。我不是东北人，对抗日题材没有切身体验；对农村以及上海那样的大城市生活，我也是个阿木林。记得当我给开明书店《十年》写了《鹏程》之后，巴金曾鼓励我抓住揭露帝国主义文化侵略这个我既熟悉又多少有点战斗性的题材，写个长篇。

从那以后，无论在上海还是在内地，在国内还是国外，我写了什么都先交给巴金。有的东西，如我还在国外时出版的《见闻》和《南德的暮秋》，还是他从报纸上剪下来编成的。如果不是巴金不辞辛苦，我在国外写的东西早已大都散失了。

为什么我的《落日》是"良友"出的，《珍珠米》和《英国版画选》是"晨光"出的呢？我提起这个，是为了说明巴金不是在开书店，而是在办出版事业。那时书商之间的竞争可凶了，然而巴金却反其生意经而行之。当巴金看到赵家璧从良友被排挤出来，为了生存只好另起炉灶时，他马上伸出慷慨仗义之手。作为支援，把自己掌握的书稿转让给还没站住脚的"晨光"。这种做法即使对今天有些本位主义思想的出版家，也是不可思议的。

在他为总共出了十集、一百六十种作品的《文学丛刊》所写的广告里，巴金声明他主编的这套书，"作者既非金字招牌的名家，编者也不是文坛上的闻人"。这话实际上是对当时上海滩上书商恶劣作风的一种讽刺和挑战。事实上，丛书从第一集起就得到了鲁迅（《故事新编》）和茅盾（《路》）两位的通力支持。丛刊的第一特点是以新人为主，以老带新。每一集都是把鲁迅、茅盾诸前辈同象我那样刚刚学步的青年的作品编在一起。不少人的处女作都是在这套丛刊里问世的。我自己就曾经手转给过巴金几种。另一个特点是每集品种的多样性：长短篇、诗歌、散文、戏剧、评论以至书简、报告。这两个特点都是从一个非商业性观点出发的，就是只求繁荣创作，不考虑赔赚。这是与当时的书商做法背道而驰的。也正是在这样思想的指导下，"文生"出过朱洗的科普读物多种，翻译方面出过弱小民族的作品集。此外，"文生"还出了丁西林、李健吾、曹禺、袁俊等人的专集。

象五四以来许多先辈一样，巴金本人也是既创作又从事外国文学介绍的；在他主持下的"文生"，也是二者并重的。它翻译出版了果戈里、冈察洛夫、托尔斯泰、屠洛涅夫和契诃夫等俄罗斯以及其他国家的名著。以"文生"那样小规模的出版社，这么有系统有重点地介绍外国文学，是很不容易的。

同当年的商务、中华以及今天的国家出版社相比，"文生"的规模可以说是小得可怜。如今的总编辑下面大多有分门把守的副总编，副总编也不一定看一切书稿，更未必会下印刷厂。巴金作“文生”总编辑时，从组稿、审稿到校对都要干。象《人生采访》那样五六百页或更大部头的书，都是他逐字校对过的。翻译书，他还得对照原文仔细校订，象许天虹译的《大卫·科柏菲尔》和孟十还译的果戈里、普希金作品的译稿，他都改得密密麻麻。有时他还设计封面，下印刷厂是经常的事。更要提一笔的是，这位包揽全过程的总编辑是不拿分文薪水的。巴金一生都是靠笔耕为生的。

仅仅是辛苦倒也罢了，二十年来大部分时光他都是在帝国主义鼻子底下或国民党检查官以至警察宪兵的刀把子下面从事这项工作的。“文生”的编辑、作家陆蠡不就是为出版社的事被日本宪兵队杀害的吗！巴金自己的《萌芽》也曾被党部一禁再禁，最后还是印上了“旧金山出版”后，才委托生活书店偷偷代售的。

*

这不是一篇巴金论。这里我非但完全没涉及他的作品，对他的为人也只写了一鳞半爪，有些事我只能略而不谈。

我本来为这篇东西另外写了一段结束语，临了又把它拿掉了。因为考虑到巴金在世一天，他是不会允许朋友们写颂扬他的话的，不管那是多么符合事实。他一向是那么平凡朴素。他的人格和作品的光芒也正是从平凡朴素中放出的。

写到这里，我刚好收到巴金寄来的《创作回忆录》，重读了他于八〇年四月在日本东京发表的讲话：《文学生活五十年》。作为讲话的结束语，他引用了他在四次文代会上讲的一段话：

> 我仍然感觉到做一个中国作家是很光荣的事情。我快要走到生命的尽头，写作的时间是极其有限了，但是我心灵中仍然燃烧着希望之火，对我们社会主义祖国和我们无比善良的人民，我仍然怀着十分热烈的爱。我要同大家一起，尽自己的职责，永远前进。作为作家，就应当对人民、对历史负责。我现在更明白：一个正直的、有良心的作家，绝不是一个鼠目寸光、胆小怕事的人。

从巴金身上可学习的东西是很多的，我觉得首先应学习他对祖国和人民的那份炽热的爱，他对历史、对人民的负责精神。一个为了表现自我，或者为了谋求什么私己利益而写作的人，是达不到这样的境界，也不会有这种精神的。

1981年12月

原载1982年2月《文汇月刊》第2期

# “心灵中仍然燃烧着希望之火”

荒　煤

我刚从意大利回来不久，脑海里还荡漾着许多难忘的印象。

一听到巴金同志获得意大利今年的但丁国际奖，我由衷地感到高兴，第一个想到的就是巴金同志应该到意大利去看看。倘若他去欣赏一下意大利这个古老的民族给人类留下了多少奇异、美妙的建筑、雕刻、绘画，想到这个国家诞生过象诗人但丁、作家薄伽丘等一些世界著名的文学家……掀起了一个震撼整个欧洲的文艺复兴时代，巴金这位真挚、热情的老作家就可以深深感到，但丁国际奖实际的意义和荣誉，远远不是一般人所能想到的。

我从报纸上看到消息，我们的公使杨清华同志代表巴金受奖时发言中讲道，巴金是喜爱但丁的诗的，至今还能用意大利语背诵但丁的诗句。

这一点我以前倒不知道。可是不久以前，看到巴老在一篇《随想录——说真话之四》的文章中却讲了一个奇特的经历：他在十年动乱的初期，在出发到奉贤文化系统五·七干校劳动的前夕，他在走廊旧书堆里找到了一本《神曲》，他抄了《地狱篇》带在身边。于是他讲：“在地里劳动的时候，在会场受批斗的时候，我默诵但丁的诗句，我以为是在地狱里受考验。但丁的诗给了我很大的勇气。读读《地狱篇》想想‘造反派’，我觉得日子好过多了……”

巴金在这种心情和境遇中还没有忘记背诵但丁的诗句，而且背诵的是《地狱篇》，那么，这就更不是我所能知道的事情。

不知道巴金这次在获得但丁国际奖时，联想起十多年前背诵但丁《地狱篇》的心情，他怎么想？这到底是一场悲剧还是喜剧？

据说，按《神曲》的原文直译，应为《神的喜剧》，又说“凡由纷乱和苦恼开始而结束于喜悦的故事，可称喜剧”。

如是，但丁从1302年从故乡佛罗伦萨被放逐出去，经过十九年流浪而终于死于异乡拉文纳。这无疑是悲剧。

在十年动乱中，“四人帮”一伙恨不得把巴金打入地狱。

我曾经看到一个材料，是那个张春桥讲的：

“对巴金，不枪毙他，就是宽大！”

然而历史是无情的。这个追随江青极力扼杀一切革命文艺的恶棍，自己到头来却结束了政治生命。这也真是一个喜剧！

我也不禁想到，当巴金背诵《地狱篇》第一篇的时候，可一定不会忘掉当但丁遇到吃人的母狼时那一段诗句：

> “她的性质非常残酷，肚子里从来没有饱足的时候，愈加吃得多，反而更加饥饿。”

这几句诗似乎是专为江青这位“旗手”的贪婪本质所作的结论。

回顾这段历史，我们看到巴金却又重新焕发了创作的青春，写了一本又一本《随想录》，从自己的亲身的感受出发，总结历史教训，用那朴素真诚感人的语言，一点一滴地剖析“四人帮”及其一伙的丑恶嘴脸，这真是应该称为喜剧！

巴金在这篇文章中还讲：“‘四人帮’终于下台了。他们垮得这样快，我没有想到。这是一个很好的教训。沙上建筑的楼台不会牢固，建筑在谎言上面的权势也不会长久。”所以，在巴金的《随想录》里，始终都贯串着一个作家要说真话的思想，甚至毫不掩饰他对那强逼着人讲假话的“造反派”的憎恶。“我脑子里至今深深印着几张‘造反派’的面孔，那个时期我看见他们就感到生理上的厌恶，今天回想起来还要发恶心。”

作家要讲真话，并不是一件很容易的事情。一个人对社会主义祖国和人民、对自己的文学事业、对未来没有真挚、忠诚的热爱，不吸取历史的教训，不能独立思考、思想解放，没有真知灼见，是不可能讲真话的。

因此，我倒衷心地祝愿这位在中国文坛上活跃了半个世纪的老作家的《随想录》，不是写到 1984 年为止，还希望他再多写几本，多给我们留下一些饱经风霜、经历残酷考验，终于重新燃烧起希望之火的真话！

现在，我也说几句真话。过去，我自己以及研究现代文学史的同志对巴金同志在中国文学事业上所作的贡献，也是认识不足、了解不深的。例如，巴金所走的曲折的道路尽管有所不同，但他象鲁迅、郭沫若、茅盾一样，不仅是个勤奋多产的作家，而且是世界文化交流的开拓者，勤勤恳恳翻译了许多世界名著；还一直是热衷于发现、培养、扶植青年作家的编辑和出版工作者，培育了一代又一代新人，对中国革命文学事业作出了不可磨灭的贡献。



我和巴老从最初认识到现在，也快半个世纪了。实际接触并不多，通讯也不多。仅有的几封信，在十年动乱时期，都被销毁了。但回忆起来，却有些难忘的事情。

1934 年我写的第一篇小说《灾难中的人群》，几经修改，在失去信心的情况下交给了丽尼。后来他写信告诉我，他把这小说寄给了巴金，我当时心里还苦笑了一下，觉得丽尼简直是多此一举。巴金这么一个著名作家能有兴趣看我这个无名青年的作品么？

可是巴金不仅看了，还推荐给靳以，终于在 1934 年第三期《文学季刊》发表了；接着靳以又来信要我给《水星》写篇小说，我又写了《刘麻木》，从此，打开了我从事文学创作的道路。这时候，我还是一个失学失业的刚刚二十一岁的青年。

如果说我现在总还想尽量争取多挤点时间看一点青年们的来稿，还愿和青年作者保持一点联系，还常常为不能满足青年作者的要求，不能及时回信、退稿、转稿而多少有些内疚的心情，这不仅是我自己有亲身的感受，也是亲眼看到巴金、靳以他们一直不断写作，一边满腔热情坚持编辑丛书、刊物，积极扶植、培养青年作者所给我的影响。

但真正认识到巴金作品的影响，还是 1938 年冬天在延安鲁迅艺术文学院招考文学系学生的时候。

说实话，我那时候读巴金的作品并不多，尽管我也爱读《灭亡》、《家》、《春》等一些小说，但是，我并不了解巴金的作品有多大的影响。

然而现实教育了我。这些同学都是二十岁左右的青年，他们千里迢迢冒着危险奔向延安，爱好文学，投考鲁艺文学系，愿意经过学习以文学为武器投身到抗日战争的前线去。有好几个比较年轻的同学，都说他们爱好文学，要革命，思想上的许多变化，是受了巴金作品的影响！

我现在当然无法记忆哪些同学热爱巴金的作品。这一期的同学中，现在还有不少人战斗在文学岗位上。也有的人还担任了宣传部门、报刊中的领导工作。

但肯定也有人在十年动乱中会想起这一点而脸红，甚至要检查自己青年时代的幼稚无知：竟然是受到巴金的影响来参加革命！也许有的人想起来还感到心惊胆跳，不记得自己档案里是否留下了对巴金作品的热烈赞扬……。

我倒想起了一位同学乔秋远，河南人。1939 年春参加鲁艺文艺工作团，随我到太行山前线八路军部队采访。1941 年在反扫荡的战争中英勇牺牲了。

当我们在太行分手时，乔秋远同志和我谈心，讲了一件事情，我至今也没有忘记。

他在投考文学系进行口试时，确实对我有些冷漠、傲慢的神情。为什么呢？是因为他那么热情地谈到他对巴金作品的感受时，似乎发现我有一点惊讶的表情（这一点我自己倒确实没有感觉到），他很不高兴，以为我对他那么热爱巴金的作品认为是一件奇怪的事情，使他感到羞辱。这件事使我深深感到：每个人在青年时代都有过心目中尊敬的人物，热爱的作家，把他们的思想感情和自己的经历和理想联接在一起，并且把他们的某些观点和语言当作自己的信条。一旦感觉自己所崇拜的人物受到冷淡、嘲笑、轻视和否定，便无法忍受，好象谁要摧毁他的精神支柱似的。

可见，要消灭一个人的精神上的影响，消除作家对人们的精神影响，并不是一个简单的事情。巴金在中国作协第三次会员代表大会上曾经热情地宣布："我仍然感觉到做一个中国作家是很光荣的事情。我快要走到生命的尽头，写作的时间极其有限了。但是我心灵中仍然燃烧着希望之火，对我们社会主义祖国和我们无比善良的人民，我仍然怀着十分强烈的爱，我永不放下我的笔，我要同大家一起，尽自己的职责，永远前进。作为作家，就应当对人民、对历史负责。我现在更明白：一个正直的有良心的作家，绝不是一个鼠目寸光、胆小怕事的人。"

这是巴金出自肺腑的真话，是对"四人帮"最响亮的回答，也特别是对青年文学爱好者和青年作家的鼓舞，它说明了一个真理：一位作家，凡是能在纯洁的青年一代的心灵里，唤起了一点哪怕是朦胧的理想，培育了点点滴滴对祖国、对人民的热爱，点燃起最初的哪怕是微弱的希望之火——革命的火焰，这个扑不灭的火苗，终究将成为照亮一个人一生勇往前进道路的火炬！



这样的作家，他们自己无论是经历了多少曲折、坎坷的命运，也无法割断他们和祖国、人民血肉联系，也不会丧失希望之火；这样的作家，他们在青年一代心灵上打下的时代的烙印，也是任何人消灭不了的。

人民永远也不会忘记这样的作家！即使他已经走到生命的尽头，他也必然用他的"希望之火"，照耀着人民、青年一代前进的道路！特别是照耀着新一代文学工作者更加坚定地走为人民服务、为社会主义服务的光明大道。

我真诚地祝愿所有的作家都用自己正在燃烧着的心灵去点燃青年们的希望之火，正如无数青年所期待的，作他们的引导人，和他们并肩前进，就象《神曲》中的诗人即将走出地狱时，在《地狱篇》结尾的诗句所说的："引导人和我走上隐秘的路，再回到光明的世界；我们并不休息，我们一步一步向上走，他在前，我在后，直走到我从一个圆洞口望见了天上美丽的东西，我就从那里出去，再看见那灿烂的群星。"

一个社会主义文学繁荣的新时期必将到来、即将到来。一旦迎来中国文坛美丽的群星灿烂的时代，即使巴金和我们这些老人或许很快象一颗流星，在繁星的苍穹里一闪而过，永远消逝，我们也将感到莫大的欣慰和欢乐！

我希望并且相信，巴金同志会同意并且接受我这样一个小小的祝愿！

原载1982年6月16日《人民日报》

# 巴金笔名考析

张晓云　唐金海

巴金从一九二一年在《半月》上发表第一篇文章起，他的文学活动至今已有六十年的历史了。在这漫长的文学生涯中，巴金用自己的血和泪，用饱蘸着爱和恨的笔，已经为我们留下了七八百万字的作品（译作除外），现在七十六岁高龄的巴金仍然在继续写作。巴金为中国和世界文学的宝库增添了财富。

巴金的名字已经和他的作品融铸在一起，在国内外享有很高的声誉。六十年代以来，研究巴金的论文和专著日见增多，但对巴金的笔名却很少注意。巴金和中国"五四"以来的著名作家鲁迅、郭沫若、茅盾等一样，用过很多笔名。查考巴金的笔名，研究作家用这些笔名的某些特点和规律，有助于我们全面地、深入地研究巴金及其作品。

巴金原名李尧棠，字芾甘。"巴金"是作家用得最多、也最有影响的笔名。据初步查考，巴金笔名之多，远远超过了迄今为止各类辞书中关于巴金笔名收录的数目，连同巴金这一笔名在内，到目前为止，作家一共用过二十九个笔名：芾甘、佩竿、极乐、李芾甘、甘、芾、黑浪、Li Fei-Kan、李冷、鸣希、BaKin、马拉、春风、B·B、P·K、一切、李一切、金、余一、比金、王文慧、马琴、欧阳镜蓉、竟容、余三、余五、余七、黄树辉等。

芾甘，是巴金发表第一篇文章时首次启用的笔名。在一九二一年四月一日成都出版的刊物《半月》十七号上，作家以芾甘为笔名发表了题为《怎样建设真正自由平等的社会》的文章。另外，芾甘也是作家早期文学活动中常用的笔名。在一九二一年到一九二九年之间，巴金主要在上海民钟社（一九二二年——一九二七年）出版的刊物《民钟》、美国旧金山平等出版社（一九二七年——一九二九年）出版的《平等》月刊和一九二九年一月三十日创刊的《自由月刊》上撰写和翻译了为数不少的政论文，如《爱国主义和中国人民幸福的路》、《无政府主义的实际问题》（与吴、惠林合著），同时也翻译介绍外国作家及外国作品，如《断头台上》、《面包略取》、《一个卖鱼者的生涯》等，署名均为芾甘。这类作品是研究巴金早期的著译活动及其思想发展的重要资料。一九二九年十月以后，作家相当长时期内不再用芾甘这一笔名了，直到一九三七年福州自由书店增订出版《自由血》（五一殉道者五十周年）一书（该书系作家一九二五年九月在《民钟》第一卷第十三期上署名芾甘发表的《支加哥的惨剧》一文的增订本）时，才又继续沿用芾甘这一笔名。我们现在看到的署名芾甘的最后一篇作品，是题为《纪念一个失去的友人》的散文，发表在一九四三年五月出版的刊物《宇宙风》（纪念林憾庐先生特辑之一）第十三期上。同一期刊物上还登载了巴金未婚妻、亦即后来他的夫人肖珊写的诗作：《挽歌——愿在天之灵安宁》。

佩竿，是巴金早期发表诗歌作品时用的笔名。

用佩竿笔名发表的第一首诗是《被虐者的哭声》，全诗共十二节，发表在一九二二年七月二十一日出版的《文学旬刊》第四十四期上。同年仍用佩竿的笔名又陆续发表了《路上所见》、《梦》、《疯人》、《惭愧》、《丧家的小孩》等诗作。一九二三年在《妇女杂志》上也用佩竿的笔名发表了《一生》、《寂寞》、《黑夜行舟》等诗作。

用佩竿笔名也写政论文和散文，但数量极少。目前发现的有一九二七年八月《平等》第二期上发表的《无政府主义党并不同情于国民党的护党运动》、一九二七年十月《平等》第四期上发表的《死者与生者》。

极乐，是巴金在一九二五年和一九二七年用过的笔名。一九二五年二月十八日起在《国风日报》副刊《学汇》上连载的《柏克曼传记》，署名极乐。作家以极乐为笔名发表的文章共有三篇。另外两篇是：一九二五年三月二十九日在《国风日报》副刊《学汇》上发表的《日本劳动运动社同志的来信》和一九二七年八月一日出版的《平等》第二期上刊登的《理想是杀得死的吗？》。

李芾甘，是作家的笔名，但在一些作家传记或辞书中，在“巴金”这一条目内，往往误把李芾甘当作巴金的原名。一九二二年九月十一日出版的上海《时事新报》副刊《文学旬刊》(《文学研究会》的机关刊物）上，作家以李芾甘为笔名，发表了《致〈文学旬刊〉编者信》一文。巴金最后一次使用这个笔名，是在一九三一年一月出版的《时代前》杂志上，发表了题为《蒲鲁东与〈何谓财产〉》一文。

甘、芾，是巴金另外的两个笔名。署名“甘”的唯一的一篇文章《无政府主义岛的发现》和署名“芾”的第一篇文章《〈无政府主义与工团主义〉附识》，都发表在一九二六年十月一日出版的《民众》第十四、十五期合刊上。在一九二九年三月二十五日出版的《自由月刊》第一卷第二期和同年四月二十五日出版的《自由月刊》第一卷第四期上发表的四篇文章，署名也是“芾”，均出自巴金的手笔。



黑浪，这一笔名在现已出版的作家小传和一些辞书中有关“巴金”这一条目内，均未收录。巴金用黑浪笔名发表的作品绝大部分是政论文，几乎都在美国旧金山平等出版社出版的《平等》杂志上发表。作家用这一笔名的时间集中在一九二七年、一九二八年、一九二九年之间。据查考，二十余年后（即一九四九年)，作家在福建泉州自由社出版的《自由丛刊》第七期上，还以黑浪为笔名写过文章。

一九二八年巴金曾用 LiFei-Kan 的笔名在《自由之路》第四卷第六期上用英文发表了《一个中国同志的来信》；同年三月用李冷的笔名在《平等》第九期上发表《法律——〈穷人的话〉之二》；同年六月在《平等》第十一期上发表了《工人的实力》，署名鸣希。

以上查考到的十个笔名，基本上是巴金早期写作政论文和翻译外国文学作品时使用的。“巴金”这一笔名的出现，标志着作家文学生涯的新起点。

“巴金”这一笔名何时第一次启用？对此众说纷纭。笔者初步查证，用巴金笔名发表的第一部中篇小说《灭亡》，是在一九二九年《小说月报》第二十卷第一期上开始连载。人们在谈到“巴金”这一笔名的由来时，也往往和《灭亡》联系在一起。然而翻开一九二八年十月出版的《东方杂志》第二十卷第十九号，却发现了署名“巴金”的《脱落斯基的托尔斯太论》一文。到底巴金这一笔名最早是在什么时候、什么文章、什么刊物上首次启用的呢？笔者带着疑问走访了巴金先生，终于解开了这一疑团：

“一九二八年八月《灭亡》写成后，并没有想到拿它发表，只想自费印刷几百本送给大哥。后来有个朋友（指当时在上海开明书店工作的索非——笔者）愿意帮我发表，我不愿意用自已的名字，就用了‘巴金’这个名字。当时用‘巴金’也不是有意取的笔名，因为在那时，我还没有想到要把自己的一生和文学联系在一起。《灭亡》寄走后，当时主编《东方杂志》的胡愈之先生找我翻译脱落斯基论托尔斯太的文章，所以我就翻译了《脱落斯基的托尔斯太论》一文，也署名巴金。这篇文章比《灭亡》先发表。实际上还是《灭亡》最早用‘巴金’这个笔名。”

“巴金”这一笔名主要是在一九二九年以后作家发表或出版文艺作品时使用的，有部分译作也署名“巴金”。

在巴金这一笔名出现以后，作家在发表政论文或者其它译作时，还另外用过很多笔名。现大体上按这些笔名出现的时间顺序，摘其要者略加考析。

马拉，是巴金在一九二九年主编《自由月刊》时用的笔名。在一九二九年一月三十日出版的《自由月刊》第一卷第一期上，第一次用马拉的笔名翻译发表了左拉的小说《她》。

春风，是作家给《革命周报》写的一封读者来信时用的笔名。见一九二九年一月二十日出版的《革命周报》第七十九期和八十期合刊。

P·K，原是巴金的外文译名 Ba Kin 的缩写。作家在一九二九年二月十五日出版的《自由月刊》第一卷第二期上，翻译赫尔岑的《母亲之死》（回忆二则）时用过这一笔名。

B·B，这是在一九二九年九月十日出版的《开明》第二卷第三号上撰写《两个质问》、《读者的交通》时用的笔名。当时索非主编《开明》，经常用 A·A 的笔名作补白，有材料说，当时巴金曾在开明书店担任过一段时期的外文校对职务，因此巴金有时用 B·B 为笔名在《开明》上作过补白。

一切，是巴金在一九二九年、一九三〇年期间从事外国文学翻译和撰写外国文学家专论时用的笔名。如《骷髅的跳舞》（独幕剧三出，日本秋田雨雀著，开明书店一九三〇年初版），《赫尔岑论》（原载作家用李一切笔名与卫仁山合办的《时代前》第一卷第三号，一九三一年三月二十日出版）等。

余一，这个笔名第一次启用是在一九三四年一月一日出版的《文学季刊》第一卷第一期上发表小说《将军》时用的。这个笔名一直用到一九三五年。相隔二十余年后，即在一九五六年八月一日的《人民日报》上又再次出现了余一的笔名，文章题为《论忙》。在同年八月的《文艺月报》、《解放日报》、《文汇报》、《新闻日报》上也分别出现过署名余一的几篇杂文，均出自巴金的手笔。

比金，是在一次偶然的情况下用过的笔名。笔者发现了四篇署名“比金”的文章：《驰骋死角的狗英雄》（一九三二年三月出版的《中学生》第二十二号）、《真空中含有什么？》（同年四月出版的《中学生》第二十三号）《关于马耶衰颓的新理论》（同年五月出版的《中学生》第二十四号）、《新年试笔》（一九三四年一月一日出版的《文学》第二卷第一号）。这四篇文章是否都是巴金写的？笔者作了查考。作家曾以巴金为笔名在一九三二年三月出版的《中学生》第二十二号上发表过《几件新奇的发明》，在一九三三年七月出版的《中学生》第三十七号上又发表了《关于生物自然发生之发明》两篇关于自然科学方面的文章，因此上述四篇中有关自然科学方面的文章，也有可能出自巴金的手笔。但我们读过这些文章后，又产生了一些疑问，经过查考，终于弄清了事实真相。一九三三年底，巴金应《文学》杂志邀请，写了《新年试笔》一文。当时《文学》主编傅东华看完稿件后，随手写上了巴金的名字。不料等《文学》第二卷第一号到巴金手中时，《新年试笔》一文的作者却成了“比金”，也许是傅东华笔误或排字时疏忽之故吧。由此可见，上述《中学生》上署名“比金”的三篇文章都是别人写的，仅《新年试笔》一文出自巴金的手笔。

王文慧，是一九三四年四月在《文学》第二卷第四号上作家发表历史小说《罗伯斯庇尔的秘密》时首次启用的笔名。以后在《文学》第三卷第一号上又发表的《一个人的死》（后改题为《马拉的死》），在

《文学》第三卷第二号上发表的《丹东》(后改题为《丹东的悲哀》)，均署名王文慧。作家称这三篇小说为山岳党三大领袖的故事。

马琴，是作家在一九三四年三月出版的《中学生》四十三号上发表散文《广州》一文时用的笔名。

余三、余五、余七都是一九三四年巴金在《文学季刊》上写杂文和补白时常用的笔名。但解放后，笔者又在一九五八年的《解放日报》上发现了几篇署名余三的文章，如《复旦大学中文系在跃进》、《清除古典文学研究中的毒素》等。巴金怎么会写这方面的文章呢？经查考，证明了我们的分析是正确的，原来这些文章系复旦大学中文系一教师所写。

黄树辉，是巴金在一九三四年七月《文学》一周年纪念特辑上发表的散文《我的中年的悲哀》时首次启用的笔名，还以此笔名在一九三四年七月《文学》第三卷第一号上发表过小说《电话》(后改题为《知识阶级》，收在巴金的散文集《点滴》中)。



巴金笔名之多，在中国现代作家中颇为罕见。单从笔名本身来看，似乎也无特殊的含义。象甘、Li Fei-Kan、鸣希、李冷、Ba Kin、金、比金、竟容、余三、余五等笔名仅用过一次，显然作家在选用这些笔名时也是比较随便的。即使“黑浪”这个笔名，也没有特殊的含义，只是在《平等》刊物上用过一段时间。就拿“巴金”这一笔名来说吧，中外研究巴金的学者都对其来历作了种种的猜测和解释。而在“四人帮”横行时期，一伙人望文生义，咬定“巴金”两字就是代表巴枯宁和克鲁泡特金。真是欲加之罪，何患无词！其实巴金早在一九五八年《文艺月报》四月号上发表的《谈〈灭亡〉》一文中，早已把巴金笔名的由来讲清楚了。巴金说，一九二七年一月十五日他离开上海到法国去不久，“我因为身体不好，听从医生的劝告，又得到一位学哲学的安徽朋友的介绍，到玛伦河畔的小城沙多—吉里去休养，顺便到沙城中学念法文。在这个地方我认识了几个中国朋友。有一个姓巴的北方同学（巴恩波）跟我相处不到一个月，就到巴黎去了。第二年听说他在项热投水自杀。我和他不熟但是他自杀的消息使我痛苦。我的笔名中的‘巴’字就是因为他而联想起来的。从他那里我才知道‘百家姓’中有一个‘巴’字。‘金’字是学哲学的安徽朋友替我起的，那个时候我译完克鲁泡特金的《伦理学》前半部不久，这本书的英译本还放在我的书桌上，他听见我说要找个容易记住的字，便半开玩笑地说出了'金'字。"

巴金为什么会用这么多的笔名呢？巴金先生曾经谦虚地说过：想起来就用，用过了也就忘记了。实际上，巴金笔名多的原因，是和他旺盛的创作热情和高超地驾驭各种文体的写作技能分不开的。翻开二十年代巴金发表作品的有关刊物，往往在同一期上就刊登了他的好几篇文章，作家只好署上几个不同的笔名了：

一九二六年十月一日出版的《民众》第十四、十五期合刊上同时发表了作家两篇文章，分别署名为"甘"和"芾"；

一九二七年十月出版的《平等》第四期上，同时刊登了作家四篇文章，于是就用了"芾甘"、"佩竿"和"黑浪"（两篇）三个笔名；

一九二九年一月《自由月刊》第一卷第一期上，发表了作家三篇译作，就分别用了"马拉"、"巴金"、"芾甘"三个笔名；



一九二九年二月二十五日《自由月刊》第一卷第二期上有作家五篇文章，就分别署了"巴金"、"马拉"、"芾甘"、"P·K"四个笔名。

在查考和研究巴金笔名时，笔者发现，巴金之所以用很多笔名，还表现了作家对旧社会、旧势力不屈的反抗和斗争精神。从一九三〇年开始，"巴金"这一笔名在文坛上的地位，随着他的《灭亡》、《激流》（后改题为《家》）、《雾》、《雨》、《新生》等中长篇名著的相继问世而声名大震，"巴金"成了作家经常使用的笔名了。但翻阅一九三四年巴金的作品，却又出现了令人费解的现象，笔名陡增，一年中先后启用了新的笔名竟有十个之多，有比金、余一、余七、竟容、欧阳镜蓉、王文慧、马琴、余五、余三、黄树辉等。为什么会有这个变化？要弄清历史现象的端倪，必须从产生这些现象的历史中去寻找原因。

从一九三三年六月起，巴金处境更其艰难，发表作品的阻力很大。当时他写了一篇《关于生物自然发生之发明》的文章，替达尔文辩护，由于被认为"文笔太锐，致讥刺似不免稍甚，恐易引起误会"（《〈爱情的三部曲〉总序》，《巴金文集》卷三，一九五八年人民文学出版社版。）而不准刊登。后来经巴金的努力，该文在一九三三年七月出版的《中学生》第三十七号上发表了，但"又被《东方杂志》的编辑托人要求把‘文笔太锐’的地方删去了一两处”（同上）。巴金的作品第一次受到“凌迟之刑”。巴金在作品中倾诉了自己的感情，表现了作家对旧社会、旧制度的控诉和对光明的向往，“然而别人却在那里面嗅出了别的气味”（余七:《自白之一》，一九三四年一月一日《文学季刊》一卷一期），于是“留难”接踵而至。巴金不得不巧妙地用频繁地更换笔名等方式进行“周旋”。

一九三三年五月，巴金写完小说《萌芽》，在《大中国周报》第一卷第一期到第二卷第十期上陆续发表。“一九三三年八月在上海现代书局出版，收在施蛰存主编的《现代创作丛刊》内。初版两千册，未售尽，即被禁止发行”（巴金:《〈雪〉序》的注释部分，《巴金文集》卷二，一九五九年人民文学出版社版）。后来巴金替小说中人物改名换姓，并重写了结尾，还把书名由《萌芽》改为《煤》，交给另一出版社（上海开明书店）出版，但因仍然署名巴金，当时的图书审查委员会看到小说的校样后，马上通知开明书店停止印这部书。国民党反动派对巴金的“留难”已公开化。巴金不服，把作品改名为《雪》，准备自费秘密出版发行，以示抗争。一直到一九三六年十一月，《雪》才在上海公开出版。从《雪》的出版过程，不难看出一九三四年前巴金处境之艰难了。巴金愤激之余，也曾想暂时放下自己的笔，但面对黑暗的现实，巴金决定“要继续写下去”。仅一九三四年，巴金就接连采用了十个新的笔名，发表了许多作品，“在剪刀和殊笔所允许的范围内，把他们所憎恨的阴影画出来了。”（《〈沉落集〉序》，商务印书馆一九三六年初版）

“欧阳镜蓉”这一笔名就是被旧社会的黑暗势力“逼”出来的。巴金的《电》写成后寄到《文学》编辑部，国民党图书杂志审查委员会审查第一批清样后，强令禁止发表。巴金就把作品名字由《电》改为《龙眼花开的时候——一九二五年南国的春天》；写作时间和地点也由一九三四年初于北平，改为一九三二年五月于九龙；作品中原有人物的姓名也相应作了改动；更重要的是将署名改为欧阳镜蓉。巴金的这一苦心安排，特别是欧阳镜蓉这一文坛上非常陌生的笔名，终于使《爱情的三部曲》之三的《电》在一九三四年四月一日出版的《文学季刊》第一卷第二—三期上顺利发表了。为了迷惑敌人，巴金还在同一期的《文学季刊》上施放了一枚“烟雾弹”，即用“竟容”的笔名写了《倘使龙眼花再开时》。文中故意告诉读者欧阳镜蓉是闽粤一带的人，《龙眼花开的时候》是用了一年半时间在九龙写成的。

同年为了避免反动派的“留难”，巴金又用了王文慧的笔名写了历史小说，和章靳以在一起用了余三、余五、余七的笔名为《文学季刊》作补白。在这样处境艰难的情况下，巴金于一九三四年底化名黎德瑞前往日本。一九三五年巴金从日本回国后，就和吴朗西、伍禅一起筹办了文化生活出版社。有了自己的出版阵地，作家就继续坚持用“巴金”笔名进行创作。自此以后，巴金就很少启用新的笔名了。一直到一九五六年，才在《解放日报》等报刊上用“余一”的笔名发表了几篇杂文。

另外，据说另有巴比、赤波、甘宁、壬平也是巴金的笔名。署名“巴比”的文章，笔者尚未查到，不敢贸然收录；“壬平”是巴金一个朋友的笔名，此人现在国外；其它两个，还有待于进一步查考。



以上关于巴金笔名所作的考析仅仅是个开始，以期引起重视，进一步推动关于巴金研究工作的开展。

一九八〇年十月八日

原载 1981 年 2 月 22 日《新文学史料》第 1 期

# 《巴金笔名考析》补正两篇

李存光

## 一、对《巴金笔名考析》的补正

张晓云、唐金海同志编写的《巴金笔名考析》，为巴金研究提供了有价值的新材料。作者通过艰苦而又细致的劳动，爬罗史料，剔误钩沉，考订出巴金使用过的二十九个笔名。这是迄今为止对巴金的笔名收录最多、解析最详的一份材料。拜读之后，不胜钦佩和感谢作者的劳绩。为了使材料更准确，兹提出几点初步的补正，以就正于张、唐二位和其他同志。

一、关于“芾甘”。文中说：“一九二九年十月以后，作家相当长时期内不再用芾甘这一笔名。”据我所见，1930 年 7 月上海自由书店出版的《从资本主义到安那其主义》一书仍署芾甘。

二、关于“黑浪”。这个笔名不止在一九二七年到一九二九年间使用，作家一九三三年还用过。我见到两篇文章，均载 1933 年上海新民书店版“插图本克鲁泡特金全集第二卷”《自传》。该书分两部出版，译者署巴金。前部卷首有三篇文章：《全集总序》、《第一卷序》，文末均署“1933 年 5 月黑浪”，《译者代序》（给十四弟）署“巴金一九三〇年一月”。

三、关于“比金”。文中说，这“是在一次偶然的情况下用过的笔名”。又说，文章印出来后，“巴金”成了“比金”，“也许是傅东华笔误或排字时疏忽之故吧”。这个说法不确。关于这个笔名，我曾请教过巴金同志，他回答“是黄源同志取的”。黄源同志在《鲁迅书简追忆》（浙江人民出版社 1980 年 1 月版）一书中正好谈过“比金”的来历，他说：“一九三四年一月实行检查，实际上在一九三三年十二月中就实施了。《文学》的新年号（二卷一期），隔年被检查，被砍杀得不成样子。巴金的长篇小说《雪》，被抽去……巴金的名字竟不准见面，《新年试笔》征文中有一篇巴金的，勒令署名改为‘比金’。以后巴金有一个时期在《文学》上发表小说，只得改用王文慧的笔名。”（见该书第 10 页）黄源同志的记述，清楚地说明“比金”这个笔名，原来是国民党文化专制的图书检查的产物；这个事实，也从一个侧面反映出巴金作为一个进步的作家在当时的影响。

此外，《中学生》上用“比金”之名发表的科技文章，除《考析》指出的三篇外，还有《不用油墨的印刷术》、《蚂蚁的救火工作》（均载 11 号）和《几件新奇的发明》（载 22 号）。《中学生》上署“比金”的六篇文章，发表时间在 1931 年 1 月至 1932 年 5 月，根据黄源同志的记述，这个“比金”不是巴金，而是另一个人，当是无疑的了。



原载 1981 年 2 月 22 日《新文学史料》第 1 期

## 二、《巴金笔名考析》再补正

《巴金笔名考析》在《新文学史料》一九八一年第一期揭载后，又仔细读过一遍，发现文中有一些误植；此外，尚有几处可作些补充，故再作补正如下：

需要更正的有四点。一、用巴金笔名发表的译作《脱落斯基的托尔斯太论》载于 1928 年 10 月 10 月《东方杂志》第二十五卷第十九号，《考析》误为第二十卷第十九号。二、在谈到以黄树辉笔名发表的小说《电话》时，文中注明“后改题为《知识阶级》，收在巴金的散文集《点滴》中”。作者这里把巴金同名异体的作品搞混了。《电话》1934 年 6 月作于北平，改题《知识阶级》收入巴金的第六个短篇小说集《沉默》（一九三四年十月上海生活书店版），现收《巴金文集》第八卷《沉默集》。散文集《点滴》（一九三五年四月开明书店版）中所收的《知识阶级》一文，则是一篇短小的杂感，1934 年 9 月作于上海；现收《巴金文集》第十卷《点滴》。巴金同名异体的作品有三十余篇，有的同一题目甚至有三篇不同的作品（如《狗》、《雨》），这是需要仔细辨别的。三、1922 年 9 月 11 日上海《时事新报》副刊《文学旬刊》发表的署名李芾甘的信，原无标题。此信刊于该刊第四版下方“通讯”栏内。《致〈文学旬刊〉编者信》是《考析》作者拟的题目，应予说明。四、余一是巴金建国后唯一使用过的其它笔名。这个笔名不止出现在 1956 年 8 月。1956 年 7 月至 12 月和 1957 年 8 月至 9 月，巴金写杂文时两度署余一的笔名。首次出现不是 1956 年 8 月，而是 7 月。第一篇文章载于 24 日《人民日报》，题目为《“鸣”起来吧》；28 日又载一文，题为《独立思考》。8 月 1 日所载文题为《说忙》，并非《论忙》。从这年 7 月到年底，巴金都有署名余一的文章在上海《解放日报》、《文汇报》和《文艺月报》上发表，此不赘述。1957 年 8 月至 9 月，巴金又以这个笔名在《解放日报》上发表了三篇副题为“过关谈”的杂文。此后，就再未见过用这个笔名发表的文章了。



还可以为《考析》补充的有四点：

一、用佩竿的笔名发表的散文我发现了一篇，题为《可爱的人》，文末署（1922 年）“9 月 3 日夜”，载于 1922 年 11 月 1 日上海《时事新报》副刊《文学旬刊》第五十四期。文章记述一个阴雨的早晨，“我”因要事乘轿去友人家，在路上与二十岁的轿夫攀谈。轿夫诉说了自己的悲惨家境和苦痛生活后，作者写道：“我心中只是愤怒，只是悲哀，只是忧愁。我觉得他很可爱，虽然他每天的生活只有苦痛但是他的心是很纯洁的；决没有害人利己的思想在他的内心藏着。他比那些戴着假面具的恶魔至少总要好一百倍罢！我对于他只有崇拜。我几乎要发狂了。”“从此这个可爱的人的悲惨的故事，好象印在我心上似的，不知何时才能消灭呢？”这篇叙事散文连同那些用佩竿笔名发表的新诗，是巴金最早的文学作品，也是研究巴金早期思想的重要材料之一。

二、“竟容”这个笔名不止用过一次。除《倘使龙眼花再开时》一文外，1934 年 9 月 20 日《漫画生活》第一期还载有一篇署名竟容的文章，题目是《保护动物》。同一期刊物还载了署名巴金的散文《两个孩子》（后收入《生之忏悔》)。从1934年9月到1935年6月，巴金先后用"余一"和"巴金"的笔名，在《漫画生活》上发表了十篇短文，这些文章后来大都收入《点滴》(署名巴金的《图书馆》、署名余一的《〈雷雨〉在东京》未收集，署名余一的《再说〈雷雨〉》曾收入《短简》)。《保护动物》是用"竟容"的笔名在《漫画生活》上发表的唯一的一篇文章，也未收入过巴金的集子，尽管如此，这篇文章为巴金所作，应该是没有疑问的。

三、署名王文慧的不只限于取材法国大革命的历史小说。1934年7月上海生活书店版《我与文学》(《文学》一周年纪念特辑)一书共收入五十九位作者谈自己创作经历和体会的文章，其中，巴金就写了三篇:《我希望能够不再提笔》(收入《将军集》时题为《序》，收入《生之忏悔》时题为《我与文学》)，署名巴金;《我是个外行人》(《沉默集》序即据此文改写)，署名王文慧;《我的中年的悲哀》署名黄树辉。此外，1934年10月1日《文学》三卷四号刊载的《鲁特米娜》(妃格念尔自传的一章)，亦署名王文慧。



四、两个笔名的辨识。春风和P·K是巴金一九二九年启用的笔名，使用次数并不多。1925年《妇女杂志》(1923年巴金曾以"佩竿"的笔名在这家杂志发表过新诗)第十一卷发表过七篇署名PK的文章和译作，这个"PK"显系另外一位作者，肯定不是巴金。1936年至1938年《宇宙风》半月刊经常发表署名春风的文章，内容多是关于东北沦陷区的情况，这个"春风"应为另一作者的笔名。(1981年12月26日、27日香港《文汇报》副刊《笔汇》载张春风《笔名春风》。文中说:"这一节'辨识，是不错的，在《宇宙风》半月刊上发表文章署名'春风'的，的确另有其人，而非巴金!""三十年代在古城读书时代，为了读书用费、为了生活，那时经常要向报刊投稿，以'春风'的笔名向《宇宙风》半月刊投稿，就在那个时候。""我的'春风'笔名，后来冠了一个'张'字，那是陆丹林的意思。……他劝我加上姓氏，以便识别。"据作者文中说，三十年代和四十年代，他以"春风"和"张春风"的笔名还在《东方杂志》、《学生杂志》、《大风》旬刊、《大众晚报》、《中国晚报》、《新中华》、《逸经》等报刊上发表过文章。——存光补注，1982年2月。)

原载1981年11月22日《新文学史料》第4期

# 略谈巴金早期的新诗

岑 光

一般认为，一九二九年初文学研究会编辑的《小说月报》发表巴金的《灭亡》，标志着他的文学生活的开始。的确，《灭亡》的发表，把巴金引上了文学道路。值得注意的是，早在《灭亡》问世前五六年，巴金就在当时有影响的文学刊物《文学旬刊》以及《妇女杂志》上发表新诗了。这些诗作，是巴金最早写作和发表的文学作品，也是研究巴金的思想和创作的最早的材料之一。然而，它们却几乎从来没有为人道及。这实在是一件憾事。

据我所见，巴金早期的新诗有二十首。❶其中十七首是在成都写的，分别发表在 1922 年 7 月至 11 月上海《时事新报》副刊《文学旬刊》44 期、49 期、56 期；三首发表在 1923 年 10 月《妇女杂志》9 卷 10 期“诗”专栏，当为他在南京求学时所作。这些诗发表时均署名“佩竿”。

“佩竿”是巴金早年使用的一个笔名。在“五四”浪潮的冲击和鼓舞下，从 1921 年起，巴金在家乡成都开始参加社会活动，办刊物，写文章，同封建势力和反动军阀作斗争。这时，他开始用自己的字“芾甘”和其它笔名发表文章。“佩竿”大约就是“芾甘”的谐音异体吧。他用这个名字发表的作品，除上述诗作外，还有散文《可爱的人》（载于 1922 年 11 月 1 日《文学旬刊》54 期）；以后，还发表过杂记《无政

❶ 其中《被虐待者底哭声》一题下含十二首小诗。

府主义党并不同情于国民党的护党运动》和《生者与死者》(均载于1927年8月美国旧金山出版的《平等》月刊2期)等，后一篇文章曾收入《断头台上》一书(上海自由书店1929年1月版，署名芾甘)。

值得一说的是,《文学旬刊》是文学研究会定期刊物之一，巴金发表诗作的这段时间，在该刊创作栏发表新诗的，主要有文学研究会成员俞平伯、西谛(郑振铎)、剑三(王统照)、王任叔、庐隐、赵景深、徐玉诺等，他们都是当时文坛上的知名人物。巴金以一个远在内地四川的无名青年的身份，能够跻身在《文学旬刊》上发表诗(最多一次达三首八十行)和散文，这既说明编者(当时是郑振铎)提携和扶持后进青年的态度，另一方面，也表明巴金在文学观点上，是赞同或倾向于文学研究会同人“为人生而艺术”的现实主义主张的。这里，有必要提到他1922年8月23日写给《文学旬刊》编者的一封短信(载于9月11日《文学旬刊》49期，署名芾甘)。这封信最早透露了巴金对当时文艺界的一些看法。他在信中说：“我很希望《文学旬刊》能够改出周刊，因为现在中国的文学刊物只有《小说月报》、《创造》、《文学旬刊》三种。”又说：“近来《礼拜六》,《半月》,《快活》,《游戏世界》等等杂志很发达，不能算是好现象。但是这也是应该的，因为中国现在的社会黑暗到极点，所以这种东西才受人欢迎。”他认为一些人说《小说月报》等杂志刊登的“新小说”不容易懂，是由于“一些中国人总恨时间多，只是找消遣的事做，只是游玩，闲耍，舍不得用一点心，所以才不喜欢看非消遣的小说。”他主张“现在最好一面做建设的工作，一面做破坏的工作；双方齐进，那末就可得很大的效果；将来中国文学便可立足于世界文学之间，并能大放光明。”《文学旬刊》编者在署名“记者”的复函中说：改周刊的问题“本是很好的办法，只是目前因为编辑与印刷上的困难，一时还不能办到”[1]，并表示：“其余所示，均与同人意见符合。”巴金反对《礼拜六》派的庸俗消遣之作，和文学研究会同人的主张是一致的。巴金的这一观点，反映在他的诗作中，就是抒写熟悉的题材和表现严肃的主题。

在巴金早期诗作中，首先可以看到年轻作者对现实人生的注视和

[1] 十个月以后，即1923年7月30日,《文学旬刊》改为周刊。

关切。“被虐待者底哭声何等凄惨而哀惋呵！但能感动暴虐者底残酷的心丝毫吗？”（《被虐待者底哭声一》面对这样尖锐对立的人世，他所抒写的，都是自己所见的现实生活里的痛苦的现象，和自己对生活的感受、思索。他描画了生活中种种令人痛心的景象：在鞭子抽打下负重慢行的“瘦的牛”（《路上所见》）；用“凄惨而且微弱的叫声”行乞的老丐（《惭愧》）；蓬头垢面，因“许久没有吃过饱饭”而卖身的“丧家的小孩”（《丧家的小孩》）；以及“在灰色的天底下面”，“污泥的地上”横卧昏睡的衣烂体瘦的麻木的人们（《梦》）……作者对这些被挤压在社会最底层的“被虐待者”的境遇，不是冷眼旁观，而是怀着深厚的人道主义的同情。因为没有钱给老丐，“只得无力地看了他一眼，低下头儿走了。可是我底心上便永远留着‘惭愧’的痕迹了。”对那个自插草标卖身的小孩，“街上的人都笑他，厌他；却没有一个可怜他”，作者不禁感叹：“没有母亲保护的，丧家的小孩，在这世界上是任人践踏的。”作者对被虐待者、被压迫者的不幸，怀着深深的悲悯，但又对“在睡梦中的人们”那麻木不仁，含着隐隐的激愤。《梦》就抒写了这种沉痛之感。那个呼唤在泥淖中昏睡的人们“起来呀！起来呀”的人，终因得不到反应而带着微微的叹息倒于污泥中了。

这些诗不仅仅以深切的同情描写社会的苦难和人们的不幸，还表露出对理想的追求。这种追求尽管是朦胧的，但却是急切的。他渴望：“雨啊！落罢，不停地落罢！把这世界洗成一个美丽的罢！”（《被虐待者底哭声》七）他呼唤：“青年人！要想美丽世界底实现，除非你自己创造罢！”（同上，十二）《疯人》比较直接地写出了作者的理想和对现实的认识，他企望富有的人，将自己所有的金钱、货物、租米“散与一切的贫民”，尽管“一般人定说他是疯人”，作者却以为“现在世界中正需要一个这样的疯人呵！”他决意寻出一个这样的“疯人”，但是失败了。“因为我是生长在这聪明人的世界中呵！这世界中已没有一个疯人存在了。”《黑夜行舟》则透露了作者在人生途程中寻求指引的拳拳之心：“天暮了，在这渺渺的河中，我们的小舟究竟归向何处？远远的红灯啊，请挨近一些儿罢！”

巴金早期的诗作带着初期白话诗的特点，格律是解放的，形式是自由的，字数、行数、节数不拘一格，不押韵；许多篇简直是散文的分行。语言是明白晓畅的白话，写法多为直陈所见，直抒胸臆。但也有的小诗写得较为蕴藉，如《一生》、《寂寞》、托物寓意，尚耐寻味。而“风能吹熄的，水能淹灭的，不过是寻常的火罢了；但这是我底心里底火呢!”“战胜者，留心你底失败的敌人底悲哀!”等，则又包含着一种哲理的意味。

当然，巴金早期的诗作数量不多，思想不算深刻，艺术上也不够成熟。但是，它表现的关注社会生活的现实主义态度和同情被压迫者的人道主义精神，却同当时进步的文学创作是一致的。有趣的是，他早期诗作中的一些场景和思想，曾在以后的作品中得到再现。比如，《灭亡》第五章用这样的语言描写同孙女一道推粪车的老人：“他推着这一辆粪车很吃力，恰象一匹老马驼着重载被鞭打着不得不向前走一般。”这同《路上所见》的那头“瘦的牛”何其相似!《灭亡》第九章写的山东汉子用箩筐挑着亲生儿女沿街叫卖的情景，同《丧家的小孩》一样令人心酸。《激流三部曲》里梅、蕙等许多在封建礼教下寂寞死去的女性的遭遇，不能不令人想起《一生》、《寂寞》所感叹的花儿的命运。至于他早期诗中咏唱的燃烧在他心里的那“火一般的悲愤”，和失去母爱的悲哀，在他以后的作品中，更是比比可见。

评析巴金最早的诗作，并探讨它与巴金以后的思想和创作之间的内在联系，不仅有助于进一步了解巴金早期思想，而且对于研究巴金思想和创作的发展，也是颇有意义的。因此，我十分希望这些诗作能引起巴金研究者们的兴趣。

原载1981年6月《中国现代文学研究丛刊》第2辑

〔**附记**〕现在见到的巴金早期的新诗，已有十六题三十首。除上文所述九题二十首外，还有1923年1月、5月发表在成都《草堂》的五题八首（小诗）和1924年5月发表在广州《惊蛰》的二题二首。

存光　1983年5月。

# 论 巴 金

夏一粟

在读了前几期的大公报文艺副刊所发表巴金先生一封《给 eg》底信后，我底眼泪顿时便不觉渗然地流下来了。

于是又使我回想起两年前一位朋友曾向我这样问着过说：

“在目前中国底许许多多底作家中，还有谁比巴金先生更伟大呢？”

当时我却踌躇了，沉默了，因为我实在找不出一个有比巴金先生这样更伟大，更真挚，更激烈，更为正义而苦痛着的作家来。而且这问题摆在我底面前一直到了如今，如今我依然找不出一个适当的解答来。

巴金，在他自己底那一条路上的确是伟大的。他因为看到眼前许许多多不合理的事态，耳朵里听不惯民众底苦痛的呼声，所以，他也要求着革命。而革命必会使一个伟大人物死亡的，所以他底杜大心死亡了（《灭亡》），他底革命的人物毁灭了（《死去的太阳》），以后他又为着正义而需要着《复仇》，为着一个民族底被践踏而作着《海底梦》，为着大众底不平而有着他底《沙丁》和《雾》。总之，他底一切的著作都是感着人间底罪恶而苦恼，为着全世界底人类底不幸的命运而痛哭。而且他底每一篇著作都可以给每一个青年人带来一种伟大的心情，一种向光明走去的心情。自然，他底思想如何，当属另一个问题。但可以保证的是：他绝没有一般所谓普罗作家底臭味，尤其很少“口号”和“标语”，和等等色色的所谓“正义意识”。如象听见别人谈到民族，谈到国家，便斥为是思想落伍，这一类的下流习气，更可以说是绝对没有。

巴金，这么样一个伟大的作家，恐怕是谁也不敢加以否认而敬虔的吧？

但，惟其因为是伟大，一般地，所以总是苦痛着的。但丁是这样，杜斯杜夫斯基是这样，而我们底巴金先生也是这样。

可是，我所说的关于他底苦痛，并不是物质的；在作为物质生活与发展中的巴金，他起先在东南大学附中出去，因以勤工俭学底名义到了法国后，便在一个平民底拉丁区内，嚼着冷硬的面包，忍耐着苦痛，一直过了两三年这样下贱人底生活；就是回国后到了上海，也仍然在开明书店作过极不相干的外国文底校对职务。在这种境地里的巴金，当然为一般大人物们所不屑道及的。但，这样看来在物质方面的巴金似乎也很苦痛的，可是实际上他底最苦痛的还是精神上的，譬如在《复仇》底序里面他说：

“在白天里我忙碌，我奔波，我笑，我忘记了一切地大笑，因为我戴了假面具。

“在黑夜里我卸下了我底假面具，我看见了这世界底面目。我躺下来，我哭，为了我底无助而哭，为了看见人类底受苦而哭，……”

又说：

“……我底灵魂为着世间底不平而哭泣着。”

这就是他底灵魂底自白，也就是他底苦痛的自白。而且由这些看来，我们可以知道这位作家在精神上是怎样的苦痛。

在上海环龙路底一家花园底别墅底小屋里，他整天价地，日也写，夜也写，忘记了饮食，忘记了苦痛，忘记了自由。在青岛底一个朋友家里，他底灵魂也是悲痛着，颤动着；在北平与沈从文同住一个屋子里时，也还是一样。他显然地，没有过着安定的生活，而把他底一切的生活，完全建筑在信仰与理想上面。他说：

“为了信仰，为了理想，我是可以来牺牲我底一切的。”

但他并不是没有享受的机会的，也并不是无享受的可能；然而，到现在为止，他还是在过着他底素朴的平简的生活，而且还不见他有过恋爱的事情。虽然他也赞美女人底爱，而有着他底“初恋”，但人家总不相信他是会爱女人的。所以在《光明》底序里面他说：

“……不仅是一个阶级，差不多全人类都要借我底笔来伸诉他们底苦痛了。他们是有这权利的。在这时候我还能够絮絮地象说教者那样说什么爱人，祝福人底话么？”

啊！你伟大的作家哟！

这伟大的作家永未抛弃过他底指斥罪恶咒诅横暴的笔，他永远用他底苦痛的灵魂来使青年感动，教每个青年去怎样爱人，救人；而且每个青年为了读他底作品真不知流过多少的眼泪，痛哭过多少次，但这是同情的激感的。比方你谈他底《灭亡》，看到《杀头之盛典》，看到张为群底被杀的时候，那种凄凉的惨况，你能不流泪么？

巴金，这个大脑大眼，长脸短脚的作家，现在还在中国生存着，健长着，工作着的。自然，一样地也还是苦痛的。

虽然在《给 eg》信底最后他说：“现在天下太平，文章无用，以后决计搁笔。”然而这却是他底绝望的哭泣。本来一个人不能发展他底信仰，散布他底思想时，这是多么一场最苦痛，最悲哀的事情啊！何况我们底这个伟大的作家——巴金！

巴金，总之在觉悟一民族底灵魂，而使之“向上”“奋斗”这一意义上说，巴金是有着他底不可磨灭的功绩的。

自然，倘若对巴金先生有着兴趣与敬爱的青年人，在读了他底《写给 eg》底信后，至少是会象我一样地关切地悲痛地，毕竟要流下几点酸痛的泪来。

但我们除掉希望我们底巴金先生能够重复继续来执笔写他底伟大的作品，给我们带来一点更多的光明，此外，还有什么可说呢？

啊啊！你伟大的作家哟！奋兴吧！最后的胜利还是会属于你底。我们是如何地在被你感动着啊！

完了，完了，我们就此祝福吧！

原载 1935 年 7 月 16 日天津《大公报》副刊《小公园》第 1736 号

# 巴　金　论

## ——作家批判

吴复原

在一九三〇年巴金就单刀匹马出现于文坛，我记得他的一个短篇——《哑了的三弦琴》是登载在《小说月报》上，那时他虽然没有老气横秋的资格，可是他在艺术上的技巧，是超越一切所谓一般苍老作家。巴金，这名字，在读者发现他的艺术之后，也就昏昏然去赏鉴和注意了。

这五年中间，巴金疯狂似的产生了将近一百万言的创作，这固然因多产而加紧粗制滥造，无论在内容上和形式上都发现了缺憾，在现在一切作品新的估价中，我们是很悼惜他的浪费的！

在他许多作品中，比较能够代表他的思想和艺术的见解，我们严格地选择起来，只有短篇——《复仇》、《沉默》、《将军》，长篇——《灭亡》和《新生》，这些作品，纵然从空想上凑合起来，闭着眼睛在运用他的艺术技巧，但在这又寂寞又喧嚣的中国文坛中，似乎因他有些热闹起来了。然而我们要知道，这热闹，是一种危机，在将来的文学史上是留着一个可笑的痕迹而已。他，委实逃避民族的真实性，我们相信能够抓住民族的真实性的，只有我们在不断地努力去体验民族真实性的人。

巴金，他现在还是在空想，在幻梦，他没有看见人生、社会、民族和国家，他永远不愿意和新人生观和新宇宙观接触，他飘浮在渺茫的太空中，同时他恶狠狠地苦劝一班读者跟他步入太虚妙境，去沉醉、去颓废、去报复，他这种恶劣的倾向，在事实上是不许我们缄默的，我们要很合理的予以批判和指示。

究竟巴金的思想是什么？他站在哪个立场？他为什要恶意地渲染他的艺术的灰色颓调而麻醉读者？现在我们很详细从他的作品上来考察，就可以知道这惊人的谜。

首先我们要知道的，就是巴金在思想上，是个一安那其主义者，所以他作品的内容的含蓄，完全是充满强有力的虚无主义的色调。他不时有意或无意都是企图这个倾向去满足他自己的安慰，同时也那么吃力和轻浮去幻想整个的宇宙是一片荒芜的境界。不仅如此，他竟野心勃勃，具着政治上的偏见，想凭一时的快感，歇斯迭里地伸出一双柔弱的手去毁灭现实世界，这一点，稍有眼光和智力的人，都会知道他是怎样的幼稚、怎样的疯狂！

这幼稚、这疯狂，是一种青年作家的流行病吗？不，这是巴金个人特殊的根性，十足地表现出他生理上的畸形发展，以及他精神上的变态而已。固然他走过欧洲或日本，可是他正象一个瞽目者长途旅行呀！他的见解已被一幅黑糊糊的漫画遮住了，他一味死抱住安那其主义，说可以在中国伸展，可以在世界发光，那真是白日见鬼了啊！他堕在渺茫迷离的梦境中，毋怪巴金的作品，完全具着消极性。他的颓唐、他的悲哀、他的诅咒，与其说他是神经过敏，宁说是他在揭破自己的秘密，绵绵的、唧唧的，在哀叫自己无病呻吟的声音；这说法，决不会有损巴金作品的本质的罢！

显然，巴金是一个无政府主义者，从他的作品上就可肯定。

在现在资本主义的缺憾中，无政府主义者也和马克思的徒子徒孙们眉来眼去，强迫工人罢工，乱放娓娓动人的烂调，用卑污的手段去欺骗工人冻饿，甚至死亡。这些毫无罪过的民众，已被妖言惑语的共产主义和安那其主义牺牲了，这在事实可以证明。意大利、德意志的法西斯蒂的空前胜利，西班牙无政府主义者暴动的惨败，在这澎湃啸吼的法西斯蒂的运动中，那我们还相信不要民族，不要国家的安那其主义的巴金是不会灭亡吗？灭亡！巴金狂喊灭亡，并不是偶然。

在他的《复仇》的序中说：

“每夜每夜我的心疼痛着，在我耳边响着一片哭声，似乎整个的黑暗世界都在我的周围哭了。

“我的心，我为什么要有这样的一颗心哟！

“在白日里我忙碌，我奔波，我笑，我忘掉一切地大笑，因为我戴了假面具。

“在黑夜里我卸下我的假面具，我看见了这世界的真面目。我躺下来，我哭，为了我的无助而哭，为了看见人类的受苦而哭，也为了自己的痛苦而哭。”

这用不着我们的掩饰，巴金是忠实地自白出来了。他是否定一切的。他的眼睛是戴了黑色眼镜，才会透视或感到世界的现象只有黑暗，没有光明，他时时刻刻在埋怨自己、在怜悯自己，他的眼泪是白流了的。他的孤独全把他变成一个极端的个人主义，这是他的志愿吗？在中国民族精神日渐活泼，民族意志日渐坚强的发展中，巴金的伤感是必然的流露，他当然被时代的新潮流冲去了，同胞的唾弃和厌恨，他哪里会不孤独、不灭亡呢？

安那其主义和马克思主义都是空想，空想永远是失败的，是空中楼阁而已，巴金，他是害怕科学的，我们很了解他被这种空想主义牺牲了！

在这场合之下，巴金的主题便完全空想化了，这倾向不特伤害他自己，并且伤害读者，其实在巴金自己是顽固地不承认，在某些读者也随波逐流，眼花撩乱在喝采了，待到他们由昏迷而清醒之后，才感到孤独、感到失望、感到灭亡！

谁也知道中华民族是达到了悲惨的局面，在政治上、经济上、文化上，甚至军事上，都是被帝国主义者所染指，所以，我们现在处这局面之下，只有活泼泼的、雄纠纠的实行阶级协力，以中间层去领导和努力从事民族复兴，那么中国才有希望，新中国才能够产生。巴金，不能理解中国这客观环境的要求，而一味主观的空想，空想当然决定了巴金幻灭的命运。

巴金的思想是混沌的。在他作品的内容的活动上往往浮现着散乱的暗影，这就是说，他对于择举题材，没有一贯的见解，固然他把现实性都恋爱化了，可是他不时从爱与憎的对立，在某中间闯入那么飞跃，从天空掉下来的阶级斗争，任性的幻想，虚构各种人物病态的性格。他极力逃避和抛弃中华民族的真实性，对于民族新精神的表现是怀疑和毒根。这一来，就越形成巴金苦喊着灭亡，灭亡就是人生。

在他的短篇小说：《复仇》、《沉默》、《将军》里面，全是以恋爱为题材的。他报复，他毁灭一切的道德，他否定人生的存在，这些，就是巴金主要题材的要素。从《复仇》、《短刀》到《母亲》，都是他个人意志泄恨的写真，《幽灵》算是巴金由意气泄恨后的遭遇了！在他的一个短篇中（篇名《复仇》）就这样说："复仇——不错，复仇是最大的幸福，我是这样相信的。但这个教训也是从一个经验得来的。"

是的，复仇的观念，就是巴金一贯的人生哲学。

从巴金创作的观察，长篇：《灭亡》和《新生》（姐妹篇），可算是他的代表作，无论在内容或形式上，他已经清算他自己的一切意气冲动，即摆脱民族真实性的要求，他甘愿孤独投入坟墓，甘愿为空想而牺牲，那我们对于巴金觉悟的转变，还有什么希望？究竟他彻底永远灭亡了吗？



《灭亡》的主人翁——杜大心，无疑地是巴金自己的变形，虽然他极力绘着文绉绉的语句去掩饰，但这掩饰，越露出他的秘密。在《灭亡》第七章杜大心的一首诗中，就可窥见巴金思想的全豹：

"对于那最先起来反抗压迫的人，
灭亡是一定会降临到他的一身，
我自己也知道这样的事情，
然而我的命运却是早已注定：
"对于那最先起来反抗压迫的人，
灭亡是一定会降临到他的一身，
我自己也知道这样的事情，
然而我的命运却是早已注定！
告诉我：在什么时候，在什么地方，
没有了牺牲，而自由居然会得胜在战场？
为了我至爱的被压迫的同胞，我甘愿灭亡，
我知道我能够做到而且我也愿意做到这样！"

我们对于巴金个人的灭亡，不特是起了怀疑，而且替他可惜。这极端个人主义者的任意盲动和狂放感情，那未免是中国文坛的不幸，可是他要灭亡，就有他的灭亡的理由了。我们要问，中国的民众被谁压迫呢？或且说被资本家，那巴金是上共产党的当了。我们不是很明白吗？中国的受难，外则有帝国主义的侵略，内则有残余的封建势力以及封建军阀的割据，这一切，就促成整个国民经济的解体，在民族精神上也几乎濒于破产。巴金看不清这样的危机，被了“唯物史观”的勾诱，在“宇宙一切的变化，是因了物质的变化而变化”的上面兜圈子，丧失人类所具备的意志力和超越的精神，这毋怪巴金是灭亡了。我们承认在人类阶级中，并不是靠着为物质而阶级斗争，就可生存，就可进化的，这生存、这进化，是千真万确靠着人类的阶级协力和超越精神而来的，固然在这动力之下，不能漠视人类生活的过程。在中国，只有大贫小贫的经济现象，假使丧心病狂地在贫弱的民族工业中去煽动工人罢工，那无异欺骗他们受冻饿，去自杀。近来中国工厂的倒闭，工人的要求工作和努力生产，共产党阶级斗争的惨败，这是铁的事实的证明。在巴金的《新生》的主人翁——李冷，他空想后的伤感，不是一个最好经验的教训吗？巴金自己打自己的嘴巴，矛盾百出，这是怎样的瞎干：他既然背叛而离开自己中间层的立场，饱受空想、怯弱、伤感的痛苦，那在事实上他是灭亡的。当他快灭亡的时候，也许知道中华民族的新精神的启发罢？

巴金，在他的《新生》最后的结论，就引用所谓《圣经》的《约翰福音》十二章二十四节的话，来象征他的空想的思想。现特抄如下：

> “一粒麦子不落地里死了，仍旧是一粒，若是死了，就结出许多粒米。”

这不过是巴金自慰自解而已，事实上的新生，就是灭亡的化身，难道巴金还不知道吗？

从艺术上来观察，巴金的艺术是成功了，固然这成功是对某些意义而说，但我们在某种艺术的见解，是不能一笔抹煞的。当他的天才和情感是毫无顾虑地在荒野狂奔的时候，他是如何地演着他的悲剧的人生呀！他的艺术的单调在他的思想活动之下，也变成轻烟似的袅散了；这，他是毫不忏悔的！

他的短篇、他的长篇，可惹人注眼的，是他在形式上的洗练、结构严整、笔调谐和、流动的句子、浅显的字汇，甚至把全篇用艺术的手腕，调和与处理为曲线的流动式，是没有发现他艺术机械的地方。这样优美的艺术，在无形中被他空想的思想和伤感的情绪溶化为傍晚的夕霞了。假如巴金创作的内容是具有民族真实性，然后来配置这样的形式，那他不是可以产生许多杰作吗？

我们从他的《哑了的三弦琴》、《父与女》、《爱的摧残》、《狮子》、《春雨》、《五十多个》和《新生》看来，他的人物配置的均衡和适当，语言和动作都各得其所，尤其他的病态心理描写，是一大成功。他往往在结构中引出那些人物，似突然，又自然，然后才慢慢儿活动起来，没有冗漫，也没有停滞。巴金，他所以获得一部分读者的沉醉，就是他艺术手腕的结果。总之，巴金创作优美形式，已经滑滑地随了空虚的内容而葬送了。我们还要赏鉴些什么呢？



我们说，没有坚强的民族真实性的内容，即使有健全优美的形式也是一种多余的浪费。

原载1935年8月31日、9月7日上海《新人》
周刊第2卷第1期、第2期

# 中国现代作家巴金

［法国］奥·布里埃

**本书编者按：**本文作者 O.Brière，S.J.（一译白礼哀）为法国人，天主教士，曾在上海徐家汇汉学研究室从事中国现代文学、哲学等方面的研究工作。

本文的中译曾以《巴金：一位现代中国小说家》为题，载上海《万象》1943 年第 3 期（简正译）。译文有删节，所引巴金的文字亦未与原著核对。这里收录的新译文，参考了简正的译文，脚注是译者加的。原文一些材料有误，译文未作改动。

巴金，李芾甘的文学笔名，一九〇五年出生在成都一个古老的官僚家庭。六岁那年，他随父亲到邻近陕西的一个小县过了两年。除去这一段暂离家乡，他的童年完全是在成都度过的，他和别的孩子一样，欢蹦乱跳，无忧无虑。然而从九岁那年起，他感到痛苦万分。

“……我的确是一个被人爱着的孩子。……我爱着一切的生物，我讨好所有的人。我愿意揩干每张脸上的眼泪；我希望看见幸福的微笑挂在每个人的嘴边。

然而死在我的面前走过了。我的母亲闭着眼睛让人家把她封在棺材里，从此我的生活里就缺少了一件东西。我常常在几间屋子里跑进跑出，唤着‘妈’这个字。死第一次在我的心上投掷了

阴影。我开始含糊地了解恐怖和悲痛的意义了。”❶

这段描写已经让我们察觉到作者的微微颤动的敏感性。这种震撼是深切而又持久的；尽管如此，年轻人的乐观主义最终还是占了上风，于是他又恢复了他过去的欣快。不过这快乐也不完全如愿以偿，因为家庭的冲突开始挫伤了他的心灵。就在这时候，他才十二岁，就失去了父亲（一九一七年）。他完全成了一个孤儿；他尝到了孤儿的痛苦的滋味，事态的发展又渐渐地逼得他反抗长辈。他寄人篱下，委身于叔父们，看来是受到了严酷的待遇。他病态的敏感激起了对他们的憎恨；后来他详细的叙述了这种生活，成为他的杰作《家》的主题，他在那里没有宽恕他的叔父们。



“因为这富裕的大家庭在我的眼前变成了一个专制的王国。仇恨的倾轧和斗争掀开和平的表面而爆发。势力代替了公道。……同时在我的渴望着发展的青年的灵魂上，过去的传统和长辈的威权象一块磐石沉重地压下来，‘憎恨’的苗于是在我的心上发芽生叶了。”❷

随着他的成长以及和人们更多的接触，这种新产生出来的忿恨，在他的作品中比比皆是，而且更加明显了。“我开始觉得这社会组织的不合理了。我常常狂妄地想：我们是不是能够来改造它……但是别人并不了解我。我只有在书本里去找我的朋友。”❸

这位青年人在决定他的生活和他的思想的观念上受到影响，他成熟了。他说：“后来我得到了一本小册子，就是克鲁泡特金的《告少年》。我想不到世界上还有这样的书！这里面全是我想说而没法说得清楚的话。它们是多么明显，多么合理，多么雄辩。而且那种带煽动性的笔调简直要把一个十五岁的孩子的心烧成灰了。每夜……我读了流泪，流过泪又笑。……从这时起，我才明白地意识到正义的感觉。”❹

我们在这里看到了他的一生正处于决定性的转折点上。俄国虚无

❶❷❸❹ 巴金：《我的幼年》。

主义者的著作，在他稚嫩的心灵上，留下了极其深刻的印象。虚无主义的著作指明他毅然投身于革命的活动。他满怀炽烈的热情，立刻开始工作了。他得悉一个秘密社团的存在，就设法加入，并且很快被接受了。这个小组的成员全是和他一样受到革命思想鼓舞的青年。

他告诉我们：

> “这些青年人充满着热情，信仰和牺牲的决心。我把我的胸怀，我的苦痛，我的渴望完全吐露了给他们，作为回答，他们给我友情，给我信赖，给我勇气。……
>
> 这小小的客厅简直成了我的天堂。在那里的两小时的谈话照彻了我的灵魂的黑暗。……我带着幸福的微笑回到家里。……”❶

他经常和这些新朋友接近，在生活上有了一种兴奋剂；他重新找到了生命的魔力。他每个月和同志们聚会几次，或者是开会，或者是出版小团体的宣传的小刊物。工作激起了他的热情，他找到了理想。



他接着说：

> “我被人称为‘安那其主义者’，是从这时候起的。……我们的人不多，但大家都是怀着严肃而紧张的心情赴会的。……我们相对微微一笑，……我感动得几乎不觉到自己的存在了。友情和信仰在这一个阴暗的房间里开放了花朵。
>
> 我们理想的新世界，我们牺牲的精神固然太带孩子气，但这是多么美丽的幻梦啊！
>
> 我就是这样地开始了我的社会生活的。从这时起我就把我的幼年深深地埋葬了。”❷

一九二三年，他十八岁的时候，这段时期结束了；对于了解他的心理的演变和全部的作品，这段时期是重要的。那渗透在他作品的每一页中的忿恨，只有从这一方面去作解释了。

---

❶❷ 巴金：《我的幼年》。

一九二三年，他离开成都，后来就再也没有回去。他在上海南京读了三年书。一九二六年，他离开中国到巴黎求学。在巴黎尽管有几位中国学生和他很要好，但是他仍然感到异乡的寂寞。为了排遣郁悒的心情，他在一九二七年动笔写了他的第一部小说《灭亡》，一九二八年夏季脱稿。

一九二九年年初，他回到上海，在享有盛名的《小说月报》上发表了他的小说，并且获得成功。他在上海度过的后半年里，致力于翻译工作。例如翻译他的喜爱的作家克鲁泡特金的《自传》，就是这时期的工作，他甚至还写了一些社会经济的论文。

从一九三〇年起，他决定致力于文学事业，开始写作有关自己的著述。从那时起他呈现出难以置信的多产。一年不间断地有五部或六部长短篇小说发表。每部作品所得到的赞誉是不同的，这是他才能熟练的酬答。然而每部作品都真实地显示出相同的心理：反对当时社会的、激怒和反抗的灵魂。在此列举出他作品的一组完整目录，看来是要使人厌烦的，我们宁可在本文的末尾排列出一张作品的目录来。



在此期间，他跑遍了整个中国：尤其是上海，广东，南京，青岛，天津，北平，他都相继游访过。他受到他的朋友们的款待，或者为某杂志撰稿。无论如何看来他并没有当过大学教授，因为他在一九三五年以前没有提起过这件事，要不他怎么可能成为一个多产的作家呢？引人注目的事实是他一直没有回到成都去——至少说，他一直到最近的几年里没有回去过，而且，自从战争爆发后，他就失踪了。

为了避免与中央政府发生争执，他于一九三四年被迫旅居国外，因为当时中央政府严密监视着左翼作家；一九三四年，如同许多激进作家一样，他到日本去避难，在那儿他为创作长篇或短篇小说收集了不少素材。

* * *

在他四十多种翻译和长短篇小说集里，有三个《三部曲》是值得注意的，小说前后连贯，一脉相承，选好一个主题，企图予以透彻的探讨；因此，这也就成为他最重要的作品。

## 第一个三部曲：革命三部曲

这个三部曲实际上只有两部小说：我们已经提到的《灭亡》，一九二九年出版；《新生》，一九三二年出版。第三部尚未问世。

我们现在对巴金的心理状况完全弄清楚了，所以对他的第一部小说包含了革命的主题就不会感到奇怪。

《灭亡》是一个叫杜大心的青年的故事。为了革命贡献自己的一切，他愿用行动和写作改善人民的生活条件。他一生的悲剧是因为他爱上了一个叫做李静淑的姑娘，他认为这种行为是与他的革命理想背道而驰的：灵魂的苦楚，眼泪，忧郁！然而，他有一位同志，因为散发杜大心的刊物，而被捕并被枪决了。死者留下一个孩子和一个丧魂落魄的孤孀。杜大心觉得他应当承负这个责任，为了良心、平静，应当把生命献给他的朋友。他把自己的决心告诉了想要阻拦他去这样做的李静淑，他反驳她道："你想一想要是我看见张为群那样惨死，他的妻儿做了孤儿寡妇，而我却苟且偷生地陪伴着你，那么，这样的人还值得你底爱吗？从今后每天早晨起床，睡觉的时候，一个背叛同志的思想便来苦恼我，折磨我。"[1]第二天，大家听说，一个青年人图谋暗杀戒严司令，以身殉难了。

全篇叙述的笔调是十分酸刻，锐利，有时候甚至是过激，充满着浓厚的忧郁，反映出一个二十三岁的青年作者为了聊以解除自己的苦闷而构思这部小说的心境。主人公杜大心是作者所追求的理想的典型革命家；不过他的死亡是一个错误，一个失败，对于事业无济于事；其所以如此者，倒是他作为一个结核病患者的心理。他算不得完美的革命家。

批评界赞誉并欢迎了这部炽热的，动人的，过激的作品；它把"无政府主义者，浪漫的革命家"的称号授予作者，而作者本人对这种称颂心里也是很高兴的。

这部小说的续篇以《新生》的象征性书名在一九三二年问世。

---

[1] 巴金：《灭亡》。

这部新小说的中心人物是杜大心的明友李冷和他的妹妹李静淑，他们由于杜大心的死亡而转变立场，从事于革命事业。作者以日记的形式，让我们看到李冷的缓慢的转变过程。一方面是他的妹妹和他的女友文珠，另一方面是主办一份革命刊物的三位朋友，他们都努力把他们的朋友争取到他们的事业上来。他们成功了。在晴朗的一天，李冷接受了其中之一的建议，毅然丢下了最初就鼓励他作出决定的爱人文珠，离开上海，献身于革命工作中去。他在厂里组织首次大罢工而被投入牢狱。他的死刑许久才判决下来。处决的清晨，李冷在日记上写下这些字："也许今天晚上我底血就会溅在山岩，我的身体就会埋在土里，我底名字就会被人忘记。但是我决不会灭亡。我底死反会给我带来新生。"❶换句话说，李冷的血将培植出一群年轻的革命家，继续他的工作。

第二部小说没有第一部生动：剧情大都是内在的心理的描写；我们看到性格的缓慢的转变。故事情节不多，可是比起杜大心来，李冷的塑造更细腻，更富于人性，因而也就更真实了。他不是一个滚雪球般的坚定不移的勇士。他是一个经过长久艰难的演变而转变信仰的人。所以他的横死，比起杜大心的牺牲，被认为更有价值。这两部小说的主题是，革命家全应当为革命的成功生存奋斗，不是用自杀逃避斗争。不管生活如何险恶，有理想的英雄昂首挺立，无所畏惧，受到坚不可摧的信仰所鼓舞。

这部作品的阴郁气氛并不亚于第一部作品，然而觉得稍为逊色，或许是因为故事情节少，意外事件少的缘故。

### 第二个三部曲：爱情的三部曲

组成这三部曲的三篇小说，相继在一九三一年（《雾》），一九三二年（《雨》）和一九三四年初（《电》）问世。所以这个三部曲是完整的。

《雾》是一个青年学生周如水的故事。他回到祖国，偶然遇见旧日的情人张若兰；他们信誓旦旦，表明他们的爱情是永恒的。可是，周

❶ 巴金：《新生》。

如水在去日本之前，已经和一个他所不喜欢的姑娘结了婚。悲剧就在这里：良心和热恋的冲突。在情人和他敬重的父母之间，他无所适从，经过长久痛苦的考虑，不顾朋友（热烈的革命家陈真）劝告，心去难留，他和张若兰宣告决裂。一年以后，就在他听说她结婚的时候，他死了太太，获得了自由！

作者认为，这部小说的哲理是，周如水缺乏勇气和传统决裂，因而也就必然要受到惩罚。他认为，因为小说的主人公守旧，依恋于愚昧的习俗，所以这人物变得懦弱无能，优柔寡断。(《雾》这个书名正是由此取名的。)优柔寡断是因为他找不到解决的办法；作者认为，他的懦弱，缺乏勇气正是守旧的青年的特征。

最后，它的主题与其他作品一样，也富有戏剧性的，但故事并不沉闷，并不使人消沉，相反它却更敏捷轻快；这是一个描写田园生活的故事，它不太接近巴金惯用的风格。其实，主人公为了作出和情人关系破裂的决定，似乎表现出坚定的德行，可是这种德行却遭到作者的谴责，因为他是反对作出这种决定的。

《雨》恰好是《雾》的续集。主人公吴仁民，他是陈真和周如水的挚友，妻子刚刚去世，他心灰意懒，不知如何是好。有一天，他收到昔日一位女学生的信，她身患严重的肺结核，恳求他去看望她；他去了，于是一部爱情的故事开始了。这个叫做熊智君的姑娘重新有了生活的信心。有一次吃晚饭的时候，她把她的女朋友张太太介绍给她的未婚夫；张太太就是从前的郑玉雯；她用隐语透露给吴仁民，他们的友谊永远在她心里活着。回到家，吴仁民感到自己软弱而又激动，给她写了一封与她决裂的信，责备她不应该欺骗他未婚妻的好意。玉雯试了他几次均不奏效，丈夫把她抛弃了，她感到绝望，自杀了。另一方面，吴仁民明白他的革命同志指责他工作疏忽，把时间消耗在爱情上。起初这些话引起了他的反感，后来他明白了实情，渐渐下定和未婚妻分离的决心。就在这时候，他收到熊智君一封信，告诉他说，她已与已故张太太的丈夫结婚，因为张先生威胁她，他认为吴仁民应当承担他妻子死去的责任，所以她是为了他而献出生命的；她还说她是活不长久的，因为常常在吐血，不再来妨碍他的革命工作了。吴仁民悲痛欲绝：“弄堂里很静。没有虫在叫，只有雨点滴在石板上的声音，非常清楚，就象滴在他的心上一样。”[1]他渐渐地冷静了，如今他自由了，可以为革命工作去了。

这一回，冲突不再是孝与爱，而是爱与革命。主人公不是一个典型的革命家，因为他把时间消耗在男女爱情的享受上，妨碍了他的事业。朋友们劝他唯有在革命工作上寻找安慰，这些忠告因为不断的事变而收到成效。在故事的叙述中，许多次要人物牺牲了：首先是狂热的陈真被一辆汽车辗死，这样的死法比被肺病夺去生命更好一些；其次是懦弱的周如水，因为无法使他所爱的新人对他感兴趣；最后是郑玉雯，他们都以同样的原因一个个自杀了。

感情属于一种极端的狂暴：一方面是爱情的陶醉和兴奋，但是没有猥亵的场面，另一方面是眼泪以及绝望得要自杀的行为。故事十分动人，事态进行得也很自然。情节围绕于一个人展开，小说结构严谨而有趣。



三部曲的最后一个插曲《电》只有一部分是前两部的续篇，我们在这里看到好几个曾在前两部出场的人物，但是主题已经不是和革命的理想相冲突的“爱情”了，推荐给读者去赞赏的仅仅是革命青年们的牺牲精神。

这一次，作品的地点已不象前四部小说一样发生在上海了，而是发生在“E”城。我们的朋友们被转送到一个很平常的“E”城里去从事实际的革命工作。作品不再有中心人物，而每个小团体的成员轮流登台出现。我们看见他们每晚秘密聚在一起开会，作出决定，并编写一个妇女刊物。警方就在近旁监视他们的行动，相继加以逮捕：五个人被捕去判了死刑，两个人在自卫中身亡。其余的人分散到乡间去。最后的一幕是：吴仁民和他的新未婚妻，一个健全的革命家李佩珠，他们抢着去城里担任危险的职务，最后李佩珠夺下了这个工作，她去了。……

这些德行说明了什么？它说明革命的活动要比个人的满足来得重要；这些年轻男女的牺牲精神，他们面临危险态度显得乐观，这就是一个真正革命家的归趋，同时他们的行动“照亮了这黑暗的世界，就

[1] 巴金：《雨》。

象电光划破了乌云的天。”正是这个原因，作者喜爱这部小说的程度超过了他所有的作品，甚至包括销路最广的《家》。但是批评家却有理由选择后者。我们对这部小说的两个主要批评，第一是缺乏有机的统一，小说没有中心人物，如我们前面所说的，是一座画廊；第二是剧情的变化过多，枪毙，捕捉场面太多，使人看不出全书的结局。也许小说的内在哲理是，世上没有无谓的牺牲，为了革命事业，为了“光明未来”的到来甘洒热血是义不容辞的。爱情仅仅被搁在一个非常次要的地位，它和三部曲的总书名是格格不入的。作者本人意识到这一点，要求读者原谅；因为他是受着观念的影响而促使他写下去的，而不是由主题来促使他写下去的。

假如我们想简括总结这三部小说的渐次成功的秘诀，我们不妨说：《雾》是爱与孝和忠贞的冲突；《雨》是爱与在尚未成熟的青年的心灵中的革命的冲突；《电》是牺牲精神和献身事业的精神战胜了那种理所当然地被降于次要地位的爱情。



## 第三个三部曲：激流三部曲

按照年代的编排，这最后的一个三部曲以它的浩瀚的篇幅以及它的声誉和成就被视为最重要的一部三部曲。今天就是在最小的书铺里，大家至少可以找到上架出售的这几部小说。作者的其他几部小说，顶多也只有一百五十页到二百页的篇幅，而这三部书（《家》在一九三一年问世，《春》在一九三八年，《秋》在一九四〇年）各自却都有五百页到七百页的篇幅。实际上，我们已经看出作者完成了一件巨大的工作了。

这三部小说的总的主题是：一个家庭的崩溃，新一代和旧一代的斗争史，家长制度专横暴戾的威权和幼辈独立精神的冲突，年轻中国在家庭观点上的演变。

既然主题相同，我们分析这三部小说中最重要的一部《家》也就足够了。其他两部作品内容与《家》的不同，仅仅在于控诉家庭的崩溃越来越猛烈。

剧情几乎只围绕高公馆而展开；公馆以外的事情，仅仅是写学生和兵士之间的冲突和一次短暂的内战。作品一开始，我们很快就注意到年轻的高觉慧对于家庭旧俗和繁文缛节所产生出来的反感；他想要破坏它；无论是和他两位兄长觉新、觉民的谈话，还是为一家刊物撰稿，他都狂热地宣传他的改革和解放的思想。特别是兄长觉新凡事唯唯诺诺，甘愿当牺牲品，他为之感到忿恨；他憎恨他所蔑视的叔父们，因为他们都是利己的享乐者；他还憎恨他的祖父，因为他是旧家庭制度的象征。哥哥觉新和他弟弟完全相反；他懦弱，屈从，忍受长辈的横暴（他们要他娶一个他不爱的女人，不准他娶他所爱的女人），他忍受一切，毫不反抗。另一个兄弟是觉民，他的年龄和性格正好介于他们两个人之间；尽管他的名气不如他们两个人，可是他和弟弟觉慧的观点却特别接近。

喜庆事虽说常常有，新年，元宵节，寿喜庆筵，可是整个的印象却是阴沉沉的。忧郁，无聊，沉沉地压着三个兄弟，引起种种的反抗。觉新失去了他已经开始爱慕上的太太，同时他也失去了避开他的不幸的情人。觉慧私下爱上了一个叫做鸣凤的丫头，然而有一天，当他读了一本刊物之后，他决定把她从自己的生活中抛开去；一个革命家不应该享受恋爱，应为社会服务。不久，高老太爷决定把鸣凤送给他的一个六十岁的朋友做姨太太，她在绝望之下，喊着“觉慧”的名字跳了湖。他十分痛苦，然而不和别人一样，他不哭，他硬起心肠：“我恨一切的人，我也恨我自己。”[1]两代人的裂缝越来越大。最后，高老太爷不得已训斥他自己的一个儿子，即觉慧的叔父。一场大闹后，他累垮病倒了，临终时他承认他的教育是错误的。……

结尾是：觉慧同使他感到忿恨的叔父们进行了一两次较量后，在兄长们的帮助下，永远离开了家，奔赴上海。第一根树枝脱离了树干！

这就是大致导致觉慧反抗的关键的原因。我们省略了很多和其他人物相关联的细节；简括地说，由长辈操办的而违背小辈的意愿的婚约，它给两代人带来了裂痕，而且这裂痕日趋加深。作者本人认为，这一连串的情节构成了一幅描述十年前的历史的大壁画，尤其是一幅探讨中国大家族的家庭生活的画卷。虽说大部分花园场面的描写上有

---

[1] 巴金：《家》。

些雷同，但兴趣却并不因此减弱，情节互相连贯，悲剧层出不穷，终于合乎情理地导致觉慧的叛离。

全书的情调是悲哀的，和他别的作品比起来，更有起伏，但不激昂。正是由于这个原因，大家才更喜欢读，觉得它更近于现实，人物也更合乎人性。不用说，觉慧的素质是和杜大心，李冷，陈真完全一样，但他的素质要比他们更真实。由于小说的场面很广，所以有些过激的段落描写得也就模模糊糊了；尽管如此，在巴金所擅长于描写的悲壮场面里，年轻的鸣凤陷于绝望而去投水的这一章，便是悲壮、动人的段落。

最后,《家》的大部分场面均是作者的家史。故事发生在他的故乡成都。觉慧，觉民，觉新三兄弟代表巴金和他的两个哥哥；他们全是无父母的孤儿。觉慧是巴金的化身，他和一个秘密社团来往，给一家革命刊物写文章，最后逃往上海，这种经历和作者的一模一样。批评界试图牵强附会，任意寻找一个人物作为巴金的一个朋友或者亲戚，他不得不予以驳斥，抱怨夸大其词，然而总的来讲，他不否认，并且证实觉慧就是他的画像。至于那些受到无情鞭挞贬低的，具有种种罪恶的叔父们，显然巴金是有意报复他们的。但他并不承认，断言自己所憎恨的是制度而不是人。

## 巴金的短篇小说

巴金出版的短篇小说集，至少要和长篇小说一样多。然而作品却很少引人注目。作者的心理是完全一样的；人物的性格描写和长篇小说里的一样，也是围绕着同一个提纲展述的。我们可以在这里看见一个个绝望的陷于痛苦中的人，他们借酒烧愁，呻吟，哭泣，被事态所辗压：这是通常以自杀了却自己的懦弱者，悲观者。而与这些人的态度截然相反的是：始终奔向一个崇高的理想的坚强的乐观的英雄，他们在炽热的信仰鼓舞下，展望未来，超越现今，超越尘世。他们热血沸腾，愿为社会、为人类而去斗争，去牺牲自己的生命，去忍受极大的痛苦。

这些短篇小说的背景并不一定限于中国。场面常常在外国：法国，俄国，波兰等等的革命家在他的作品里面摩肩接踵，时时出现。好些片段是从一七八九年的法国大革命中借来的：他们感情上的浪漫主义正好适合巴金的胃口。他喜欢用他敬爱的大师罗曼·罗兰的一句话："民族太小，人类才是我们的主题！"

* * *

我们对他所最爱的主题和他的宏大的题材知道得已经很多了。现在让我们深深地钻到他的灵魂中去，就他的思想观念和他对人生的重大问题的感情作一探讨吧。

### 难治的忧郁症

读过巴金的作品，我们最深的印象就是他的忧郁感。他的每一部作品都不是温和、平静的：他从未感受到灵魂的宁静；他擅长于写悲剧的体裁，写绝望的体裁，因为这些意境和他的心境颇为相似，"幸福！我一生用心想达到的就是这个……我一心要为人类争取幸福，然而我没有能为自己争到。这就是我一生的矛盾。"甚至，他还炫耀自己是个不幸的人。我们用他笔下的一个人物的一句话来概括他的行动："痛苦就是我们的力量，痛苦就是我们的骄傲。"接着他讲："是的，我如若追寻幸福，是为了大众，我如若追寻苦难，是为了自己。"❶

这些言语同时包含了浪漫主义和神秘的自豪感。巴金是遗落在二十世纪的、喜欢以炫耀禁欲主义的精神来粉饰自己感伤的勒奈和维特。❷

他笔下的主人公，动辄忧心忡忡的倾向，可以从他们那一张张泪流满面的脸上淋漓尽致地暴露出来。他们当中大部份人都爱哭，而且哭个没完；有时候他们因为精神上受到痛苦的打击而自然地放纵一下；也有时候他们想起过去，不免自叹命薄。结果涕泗滂沱使他招来了批评界的攻击，有人把他的作品看做"眼泪文学"。因为他常常是在创作



---

❶ 巴金：《雨》。

❷ "勒奈"是法国十九世纪作家夏朵布里昂的小说《勒奈》的主人公。"维特"是德国十九世纪伟大作家歌德《少年维特之烦恼》的主人公。

或者在校阅的时候便哭了起来。他那十分敏锐的感情，使他认为处处都有苦难。照他的看法，这是宇宙的法则。他说："我是人类苦难的歌手，"他感到这世界上笼罩的总的气氛是苦难，他反复地说：世界只是"漆黑"的，他用这"漆黑"两个字的意思包含了"灾难、不公正、错误"的含义。"一切都死了，只有痛苦没有死。痛苦包围着吴仁民，包围着这个房间，包围着整个世界。"……悲观主义！悲观主义！他好象要厌倦这个世界了。

## 然而有信仰

不，一个真正的革命家是不会感到绝望的。他有信仰，相信未来，相信制度的改进，相信人类的进步，相信美好的未来，一切都可以在人间实现。这是在巴金笔下涌出的第一句话，他的第一部小说的序言就已经用这句话作为导言："我是一个有了信仰的人。"这是他本人或者他的主人公在一些重大的场合上常说的话，它或者鼓励他们忍受痛苦，或者抛开一切失望的引诱。他说："我有信仰；信仰主宰我的理智……不是它，我就活不下去了。"李冷在日记里写道："信仰使我战胜一切。"李佩珠女士喊着："我不怕；我有信仰！"而最大的不幸就是失掉了这个信仰，杜大心就是一个例子，因为这样一来，一个人对绝望和自杀就招架不住了。

甚至在《爱情的三部曲》里面，作者肯定地说："最重要的不是青年男女之间的恋爱，而是他们的信心，无论什么事，全相信能够完成。"这种信仰是他们参加一切活动的动力，是他们对危险，甚至敢于面对死亡的勇气的动力，所以信仰是决不可轻易动摇不定的。有一个人在《电》里讲："明天也许这个世界就会沉沦在黑暗里，然而我的信仰决不会动摇。"你可以从他们的躯体中夺走生命，但是你永远毁不掉他们的信仰。

谈到这些关于信仰的语句，我们真还要用"宗教"两个字来解释一番，而且我们这样做，也许离开真理的追求并不太远。作者已经感到有必要来区别宗教的信仰和他革命的信仰："基督教的处女在罗马斗兽场中，跪在猛兽的面前，仰起头望着天空祈祷，那时候她们对于即来的灭亡，并没有一点恐怖，因为她们看见天堂的门为她们而开了。她们是幸福的，因为她们的信仰是天堂——个人的幸福！我们所追求的幸福却是众人的，甚至要除掉我们自己。我们的信仰在黎明的将来，而这将来我们自己却未必能够看见。……所以在革命者中间我们很少看见过幸福的人。……他们并不后悔……”[1]这就是他对于基督教的诉状：基督教徒自私地追求个人的幸福，而革命家却忽略个人的幸福，他们只为大众谋利！巴金喜欢宣扬这种自苦精神，喜欢这样炫耀：“我有信仰，但信仰只给我勇气和力量。信仰不会给我带来幸福，而且我也不需要幸福。”

## 巴金和基督教：公开的无神论者

通过对宗教的信仰和革命的信仰进行比较，我们对作者在宗教的重要问题上的思想观念有了个明确的认识。在他的作品中，他通常引述福音书和基督的言语，以此给他的题材赋予象征的意义。无庸置疑，基督教和基督本人吸引住他，使他感兴趣。然而，他的知识肤浅得很，他似乎更多地借自他的大师们：托尔斯泰，屠格涅夫，陀思妥也夫斯基等俄国大文豪的知识。他和某些人一样，认为基督教义仅仅具有一种浪漫主义的价值，基督教的慈悲和牺牲的精神不免有所歪扭。耶稣仅仅被描写成是一个温和而浪漫的革命家，因此他塑造的这个形象并不丰满，也不理想。

当他孩提的时候，虔诚的佛教徒母亲要他拜过神，所以他始终相信人间有神。后来他这种相信有另一个世界的信仰逐渐地破灭了。例如在他《神·鬼·人》的序言里面，这样地告诉我们有关他的宗教演变过程：

> “我一个人在漆黑的深夜，圆圆地睁着眼睛，大步走进花园里面去，我说我要去找寻鬼，让它带我去看看鬼的世界。
>
> 花园里只有黑暗和静寂，我听不见一点声响。我看不见一

[1] 巴金：《爱情的三部曲》作者的自白。

个幻象。

甚至在桃树下，在假山后面，那里也只有死沉沉的静寂。一切都死了。鬼也死了。神的公道也死了。

我渐渐地忘了惧怕，忘了尊敬。于是我不再崇拜神，也不再惧怕鬼了。”❶

## 他的宗教：人道主义

一旦他完全挣脱了宗教的信仰后，他继续在他的故事里告诉我们，新的神代替他童年的神。“我开始认识了一个东西，相信着一个东西——我自己：人。……站在这坚实实的土地上面，怀着一颗不惧怕一切的心，我是离开那从空虚里生出来的神和鬼而存在了。我是一个人。我象一个人的样子用坚定的脚步，走向人的新天地去！”❷

若干年后，当他乘船航行去法国求学的时候，他给他的一个朋友写信说：“上帝只有一个，就是人类。为了他，我预备贡献出我的一切。……”❸

这番话使人感到有些装腔作势，给人有华而不实的感觉，但它起码是直截了当的。让我们听听他还在叙述的那奉献给人类的崇拜究竟包含了什么吧：“我记得十五六岁的时候……。我只有一个希望：谦逊地牺牲自己，不要人知道我的姓名，知道我的一切。我心中只抱着朋友们的友情和一个对人类的空泛的爱。”❹所以他的人道主义的最初的德行就是牺牲的精神，就是献身。《新生》里的一个人讲：“我们为了信仰会要牺牲一个妹子，一个爱人，甚至会牺牲自己的生命。”在《雾》里当陈真谈起她的一生的时候，他这样叙述了他的牺牲的精神：“在十六岁离家的时候，我也流过眼泪。不到两年父亲死了，家里接连来了几个电报叫我回去，我也不理。……我这个身体是属于社会的。我没有权利为了家庭就放弃社会的工作。我不怕社会上一般人的非难，我

❶❷ 巴金：《神·鬼·人》序。

❸ 巴金：《写作生活底回顾》。

❹ 巴金：《片断的纪录》。

不要你所说的良心上的安慰。……你的所谓良心，好象一个纸糊的灯笼戳破了是不值一文的。”❶

人道主义道德的第二个德行就是爱人类。其实严格地说，正是这种德行才是最重要的，因为自我牺牲是德行的必然结果。他们以爱人类的立场出发，为他们去献身。有了这样的爱，它的第一个性质才带有普遍性。在《新生》里，李冷的妹妹写信给李冷说：“母亲底爱是不应该被一个人占有着的。这种爱应该普遍地散布出去。母亲底爱正应该象阳光那样地普照，使世间不会有一个被爱遗弃的人。……母亲，我如今决定牺牲一切，要把你底爱放散出去，我拿你底爱去爱人类……。”❷

爱的语言是和根的语言串联在一起的。巴金的主人公有多少次流露出憎恨呵！但是作者声明在先，他所憎恨的不是人，而是制度。他仅仅是和制度观念作战。他说：“自从我知道执笔以来，我就没有停止过对我底敌人的攻击。我的敌人是什么？一切旧的观念传统，一切阻碍社会的进化和人性的发展的人为制度……”❸



## 生活的渴望，主人公的热情

在我们知道了他的基本理想，知道了鼓舞他工作的动机以后，我们现在来了解一下他是怎样努力实现他的理想的。

他不仅崇拜人，为人类寻求幸福而操心，而且他自感到有一把“火在烧他”，逼着他付诸实现。“惨痛的受苦的图画，象一根鞭子那样在后面鞭打我。在任何时候我都只有向前走的一条路。”❹他不吝惜他的健康，夜以继日地写作。我每写完一部书，总要抚摩自己的膀子，但我明知道这部书又吞食了我底一些血和泪，我明知道它会使我更近一步逼近坟墓，但我也没有挽救的办法。”❺他缜密地观察，注意一切可以激起他创作欲望的戏剧性题材。每天晚上，他一旦听到哭声，便立

❶ 巴金：《雾》。

❷ 巴金：《新生》。

❸❹❺ 巴金：《写作生活底回顾》。

刻起床，在灵感的激动下，一气呵成。所以他的人物都具有他的灵魂；很少有作家能象他那样和小说中的人物命运相关，和他们同欢乐，共患难。当他们遇难时，他就哀悼他们的逝世。他喜欢反反复复地诵读他们的一举一动，时哭时笑。“我时常说，我底作品里面混合了我底血和泪，这并不是一句诳话。……我在写作中所走的路径和我的生活中所走的路径是相同的。我底生活里充满了种种的矛盾，我底作品里也是的。……我底生活是一个苦痛的挣扎，我底作品也是的。我底每篇小说都是我底追求光明的呼号。”❶

支配着他生活的狂热，同样也折磨着他故事中的人物。《雾》里的陈真，身患肺病，疾病慢慢地夺走了他去履行革命义务的身体。他不听同志们的劝告，不愿休息。“当热情在我的身体内燃烧起来的时候，我是怎样地过着日子！那时候我只渴望着工作。那时候一切我都不会顾及了。那时候我不再有什么利害得失的考虑了。连生命也不会顾到！那时候只有工作才能够满足我。我这人就象一座雪下的火山，热情一旦燃烧起来融化了雪，那时的爆发，连我自己也害怕！……我甘愿为目前的工作牺牲了未来的数十年的光阴。”❷在另一个场景中，他说：“在我，与其在乡下过一年平静、安稳日子，还不如在都市过一天活动的生活。”❸吴仁民又说：“我需要的是热闹、激动。我不要这闷得死人的沉寂。”❹

## 爱与革命的心理的冲突

由于作者和他的主人公充满了革命的激情，使他们精力衰竭的工作热情面临着一个唯一需要克服的严重障碍：男女之爱。因为小说中的所有人物都是二三十岁的青年，所以他们热切地渴求有一个女性支持他们。我们应该从这一方面去看他小说的主要因素；在巴金的小说里，责任和快欲的斗争构成了男女之爱和革命事业的冲突。典型的主人公意志坚强，毅然地从生活中抛弃了他们倾慕的青年女

---

❶ 巴金：《写作生活底回顾》。

❷❸❹ 巴金：《雾》。

子；相反，意志薄弱的人物只考虑到享受爱情；他们大都受到惩罚，而且结局都是不幸的。最后，在这两种观点大相径庭的人物之间，还有执第三种观点的人物：一方面他们认为对女主人公表示好感并不犯罪，另一方面他们认为，如果主人公耽于热恋之中，那么他们就会忽视自己的责职。

不用说，作者喜爱的人物，正是最后一种。他时而描写他们炽烈的热情，时而描写他们灰心的革命意志。我们看见他们长时期地剖析自己，彼此讨论，以便最终达到这个结论："个人的幸福并不一定就和全体的幸福背道而驰。爱不是一种罪过。关于这一点，我们的观点和别人的没有两样。"男女之爱应该有助于革命事业，而不应该有害于它，男女之爱应该永远居于次要地位：这就是他们的理想！在《电》的结尾处，吴仁民和他的未婚妻李佩珠在山盟海誓之后，彼此同意为了事业而分离。这是理想的男女之爱。



## 革命家和死

男女之爱之所以降到次要的地位，是事业的信仰所致。同样这个信仰，也战胜了死亡！巴金告诉我们："我用信仰来克服死。"我们前面看到，在巴金的作品里，死亡占有一个非常重要的地位。在我们分析的几本小说里，一大群青年牺牲了，他们大都死于非命：自杀、处决，甚至遭逢意外。因为象陈真那样一个革命家，即使他的结核病已到了晚期，死在床上也是不大相宜的。尽管他们在前进的路上犹豫不定，但最终还是毫不畏惧地走向死亡。杜大心衷心祝愿死神的降临："他把死当作自己底义务，想拿死来安息他一生中的长久不息的苦斗，因此他一旦知道死就在目前了，自己快要到了永久的安息地，心里也就很坦然了。他反而觉得快乐，因为他已经找到了一条路可以终止他底一生的苦痛了。"[1]然而这种想法是一个败阵下来的革命家，丧失信仰，屈服于困难的想法。一个完美革命家的正当想法，是李冷在处决之前的宣示："我底心是很平静的。我没有激动，也没有恐惧。我安静

[1] 巴金：《新生》。

地走到了生命底边沿。我没有留恋，我没有悔恨；我不悲痛，我不流泪。我要勇敢地走完那最后的一步。……死是冠。是荆棘的冠。让我来戴上这荆棘的冠冕昂然地走上牺牲底十字架罢。”[1]革命者的死是光荣的，他们的血是永远不会白流的：它给工作带来了成果。一个人倒下去，十个、二十个、一百个继承人站起来，他们赞美着死者的名字；他为争取人类的幸福而流血牺牲，人们将永远把他的名字铭刻在心中。

## 巴金受到的影响

我们在结束本文之前，提出最后一个问题。这些观念是作者自己独创的，还是有相当一部分来自他读书的结果？答案相当简单：巴金承受俄国作家的影响最大。我们已经说过虚无主义者克鲁泡特金对于他的思想有着重大的影响。就纯文学的观点来讲，我们应当补上托尔斯泰，此外还有屠格涅夫，高尔基。首先他赞同他们的是：他们的社会思想，他们对于人类的同情心，他们对于人类痛苦的怜悯，他们的细腻的心理分析（巴金的小说只是一连串的心境描写，他自己就爱自白）；他们对于悲剧体裁的爱好（他的小说毫不例外全是以悲剧的场面结尾的），他们的现实手法（他的主要人物常常借自他所熟识的真人，给他们取上一个个姓名）；最后，他的人物常常引用俄国主人公的那些使他们激动的言语，甚或在他们的工作室里，挂上这些人物的像片。他们想从这些画像原型上得到启发。

关于这一点，巴金遵循的是一般的法则：他同代的作家一致对俄国小说表示好感。俄国小说家和中国小说家，都具有一样的灵魂：偏爱同样的主题，偏爱哀婉动人，回肠荡气的题材；他们具有一颗不安的痛苦的灵魂，现实是无法满足他们的，他们企图逃避现实，因而想出一个乌托邦来安慰自己。

作者除了受到俄国的影响之外，他对法国的小说家也很感兴趣，特别是莫泊桑和左拉；猜测其原因大概也是如此。在一七八九年的革命家里面，他崇拜罗伯斯庇尔，丹东，马拉。卢梭对于他也有吸引力，

[1] 巴金：《新生》。

他们有些地方很相似。

事情稀奇的是，尽管巴金对革命事业，对那些具有革命倾向的主人公和作家们充满了同情，可是他与共产党人却截然分开。他竭尽全力地否认这种称号。他说："我根本不相信辩证法的唯物论。"他对俄国作家倍感同情，而对苏联作家却淡薄如水。他说起一个党，一个阶级的专政时，态度显得蔑视。他没有说出他的理由是什么。也许他的平均主义的人道主义得不到满足。

*　　*　　*

最后，让我们对他的优点和缺点作一小结吧。我们首先应当称赞他那质朴的风格：流畅，自然，生动，富有感情，从来没有矫揉造作的文学手法，热情奔放，有时描写人类的忧患，达到了最沉重的情调。在《家》的序言里，他为了指出生活中的激流，好象特意给它描绘了这样一幅情景："这激流在动荡着，在创造它自己的道路，通过乱山碎石中间。这激流永远动荡着，并不曾有一个时候停止过，而且它也不能够停止；没有什么东西可以阻止它。在它的途中，它也曾发射出种种的水花，这里面有爱，有恨，有欢乐，也有痛苦。"❶在炽烈的情感和表达中，蕴藏着真实的口才，蕴藏着引人入胜的力量。他从不庸俗。他有时会使人感到疲倦，但感情始终激昂，他给人以真挚的感觉。因此我们可以明白，他风靡于中国现代青年的原因。我们大体上可以明确地说，他在活着的作家中，是一个最知名的作家。我们再补充一句，他也是一个最年轻的作家。他的名气或许还会更大，因为他告诉我们，他一生中最重要的作品还在构思之中，这部作品取名为《群》，它是三部曲《家》、《春》、《秋》的续篇。

然而作者的才能太没节制了，毕竟还很稚嫩，他应该把自己的思路理一理，把浅淡与浓艳的色彩调和一下。他的画卷往往太阴沉，充满了辛酸、沮丧；我们希望他多增进些新鲜空气，增进些宁静的场面，舒展一下我们的心灵。他的口气有时大而无当。当他从幼稚的暴烈中挣脱出来的时候，他就写出了杰作：《家》。我们在前面说过，它显然是近十年来最成功的小说。

---

❶ 巴金《激流》总序。

一般地说，他是尊重道德的。虽说有时他也让我们看些猥亵的场面。假若他要危害读者，我们认为，那是他特别喜欢的热情场面和过分黑暗的描绘。他的革命理想相当隐晦，说穿了，是怕检查；我们根本不知道他的纲领或者大体上他想要达到的纲领是什么。后来他被迫于一九三四年去日本避难数月。他有可能在去日本避难之前，曾在上海被囚禁过数日。

我们不妨简括地说：才华横溢，精力充沛，唯独稚嫩，献身于一种暧昧的事业。

王祥译

原载1942年上海《震旦学报》（Bulletin de I'Univer siteél'Aurore）第3类第3卷第3期

# 服务人生的艺术

［法国］明兴礼

## 一　他的著作的中心点



同情那些可怜的人，希望每个人得到幸福，请看！这是巴金从心中射出的一把火箭，穿透了他的全部作品，集中了他的理想，这是他所记述的无数事实和所描写的人物的主题。

他歌颂革命，爱情，和家庭。他的每只歌曲都是唱给那些失掉幸福的人。这些也都是他小时在母亲的膝上学来的音乐，和他的小说中的有声电影的音乐伴奏！

他是一位浪漫的诗人，心的每一次跳动，便是一首美丽的诗：他的唯一目的便是用他所传布的情感的力量来攫取人心，他好比一座火山忽然爆裂，从那里冒出强烈的火焰，为的是要光照这个黑暗的世界，燃烧这个罪恶的社会。他又好似一个激流的瀑布，冲走人间一切的不义行为。

巴金是一位充满恻隐之心的人，他的作品是强有力的，同时又是多情感的，的确，巴金在他的每部作品里都清清楚楚地将自已表现出来，在他最美丽的小说中，或者最动人的叙述里，我们听到他个人的充满正义和解放人类的呼声。用他小说中所选的人物，来表达他个人的理想和热情，痛苦和希望，爱情和憎恨。《灭亡》中的杜大心和张为群，《雾》里面的陈真和吴仁民，《家》中的觉慧，如果他们不能每人都能整个地代表巴金，最低限度，已是部分地代表他了。

巴金是以自己来做他的写作中心。

他既是不很合乎逻辑地将自己幽禁在有数的几个思想中，反复地玩弄，那么不久就会感到疲倦的。因为人的情感若没有高深的人生哲学做基础，是不能够持久的。他的思想在他的作品中显着有一点空泛和薄弱，经不起感情的袭击，这在初读他作品的人，是不容易看到的，但渐渐读得多了以后，便会发见这个小缺点。我曾听见人说，熟读巴金作品的人，渐渐会失去初读时所感到的激动和兴奋。的确，过分的忧郁和重复的言论会减少作品的价值。

巴金的作品变化很少，《灭亡》、《雨》、《电》、《死去的太阳》和《火》的前两部，里边的人物，言论和结构，差不多都是相同的。在《火》中我看到作者由革命家变到爱国者，但是这不过名字的变更而已，实际上事情还是没有多大的变换。

他的大量的小说，接连不断地印出来，可是它们只散布到那些早期的读者们手里，并且有几本书也没有惹起大家的注意，因为他们没有更新的更强烈的光明。

《灭亡》是一本革命的小说；《家》是晚辈和长辈的冲突的纪事；《雪》描述工人们的追求；《火》的第三部，是社会主义的基督教义的写照，或者更好说是包括基督教义的人道主义的写照，这是他整个作品的顶点，在那上面我们看见他树立的得胜旗！但这并不是他的最富有文艺色彩的作品。人家最喜欢的作品，除掉《家》外，另外还喜爱那几本富有诗意的小说：革命之曲《海底梦》，矿工之歌《砂丁》，和家庭之赞《憩园》。

我们引为遗憾的，是不易在这有限的时光里，将他的大量的长篇和中篇小说读完，何况除此以外，再加上他的短篇小说，翻译和游记呢。

## 二　创作和记述

写一部小说是一个创作，创作一个宇宙，一个有生命有变化的宇宙。如果在第一部小说里，这种变化表现的不清楚，那么至少在继续所写的小说里，应该如同一幅大的油画，把人类的复杂性格描画出来。

巴金的宇宙太狭小了。他被“社会的大我”包围了，他希望跳出那个恶劣的环境，使人类达到福地。虽然我这样说，可是他的作品范围也算够宽广的了。他给我们记述了这些年来社会的转变和革命，使我听到大多数中国青年们的呼声。他的歌曲，哭泣，激怒，吼声，愿望和赞扬，都是代表这个时代里一般人的心理。这是他的作品的宝贵处。他把千万个青年心中的追求和理想很具体地描写出来，比方《激流三部曲》，不但是一部好的小说，而同时还是一首长的纪事诗和青年中国所演的悲剧！

他所歌颂的青年中国，正在毅然决然地离开了以往所走的旧路，而向着那将来不可限量的前途迈进。这真是一个惊人的改革，抛弃了自己先人的礼教和权威，而去接受西方的文化，因为在那里映出新的科学，自由和幸福。我在端木蕻良所著的《科尔沁旗草原》里，见到一首更秀丽的纪事诗，在该书中作者描述山东的居民成群结伙地到蒙古去开荒，为着在那边建设一个更大的中国。巴金在小说中所描写的英雄们，都有着坚强的信念，这好似一支二十世纪的十字军，为了解救千千万万的青年脱离那封建制度的毒害，向着这充满罪恶的旧社会发动了神圣的战争。在这些图画里，巴金虽然不象茅盾那样注意历史事实的纪录，但是他另外给我们描绘了新旧二势力间所发生的冲突。

纪事诗而兼悲剧的作品，不易将每个人物的个性都表现出来，而巴金最成功的作品，如同荷马的纪事诗一样，都是因为将小说中的人物的个性告诉给我们了。《家》的确是一部杰作，因为在这里面，作者把觉慧觉民描绘成不为旧势力所屈服的英雄，而觉新对着敌人则俯首投降了。

巴金的作品，是中国文艺复兴和社会革命的动人的传述，它好象我们古代的陶醉人的歌曲，永远要留在我们人间！它是我们新中国的读物，等到这个时代过去后，虽然那时或者也许有比他更大的思想家和文学家出现，可是他的作品如同珍贵的文献一样，永远要被后人保存着。

巴金醉心于俄国的小说，但他并未学得写作的最高的艺术。在他的小说中，人家往往发见不自然的事情的结构；俄国的文学，对于中国当代文艺的影响，固然最大，可是假如再与其他国家的最成功的小说家或最出名的戏剧作家，发生密切接触，那就可以成为中国文艺革新的泉源。

巴金自己承认：他很抱歉把朋友的美丽的故事送给了象《灭亡》里的袁润身那样的人。的确，我们在他的作品里，可以找到与主题无关的描述。总而言之，在他的大部分作品中，使我们感到对于他的英雄们的性格，还没有充分的描绘出来。他把许多题外碎事杂在小说里面，他缺乏选择理想人物的天才，这或者也许是取材太长对话过多的缘故吧。《第四病室》是一连串的医院中的日记，我感到单调乏味，这谈不到是成功的作品。

一位外国译者，想把中国的现代作品介绍给外国，屡次感到很大的困难，因为他觉得巴金茅盾老舍（鲁迅例外）的东西太冗长了，对外国人不一定是很大的兴趣；这莫非纯粹是因为外国人性急的过错吗？



## 三　作者的笔法

巴金的作品，差不多都是匆忙生活中的产物，出版的速度与他写作的速度适成正比，所以他没有充分的时间去修改，就是为了这个缘故，小说的结构有时不很健全，字句有时也不很整齐；好在作者并非企图做一位大文艺家，他只希望做一个人道主义的宣传者，在《生之忏悔》和《短简》中他告诉我们说："我不是个艺术家。……我写文章如同在生活。……人说生命是短促的，艺术是长久的，我却以为还有一个比艺术更长久的东西。那个东西迷住了我。为了它我甘愿舍弃艺术，没有一点顾惜。"

我们再看一看在《爱情的三部曲》的序里，他说了什么话："我毫不费力地写完了《电》。我说毫不费力，因为我写作时差不多就没有停笔沉思过。字句从我的自来水笔下面写出来，就象水从喷泉里冒出来那样地自然，容易。"

他的文笔正好象他的生活，也好似一个激流经过了山石和峭壁的阻碍，而缓缓地流入平地，然而在这平静的当儿，倒能引起人家的厌倦。

他的文笔是自然而流畅的，但是比不上茅盾的雕琢工夫。他不尚修辞和描写。他的小说不是艺术的结晶，而是许多事实的叙述。

每个人有每个人的风格。巴金不喜别人的夸耀；而只希望将人说服。他所崇拜的英雄们，都是他自己的观念的人格化。他在小说中虽然描述了暴躁和热情的人，犹疑甚至否认一切存在的人，然而总嫌他没有把每个人的个性充分地绘画出来。在《雾》里他尽力描写三个少女的容貌和服装，然而对这事，他跟不上老舍的强有力的逼真的描画。多次用同样的话语来表达一个情感，会引起读者的厌烦心理，他的文笔有时太庄严而激动，缺少幽默和想象力，字句虽不象鲁迅的那样有力，逼真和隐晦，然而文词却非常流畅。

富有诗意的描写，在巴金的作品里也找得到，比方《砂丁》，《海底梦》，《春天里的秋天》，《雾》和《家》内几个片段，然而他没有象端木蕻良那样高雅的抒情，也没有象冰心女士那么细腻温雅的描述。我想他的小说中的对话比描写自然的景致更好。我们不要误解：巴金的《雾》、《雨》、《电》、《春》、《秋》等……与曹禺的《雷雨》、《日出》、《原野》不同，因为曹禺将宇宙间大自然的风景与人类所演的悲剧配合起来，而巴金却单描绘人的心灵中的情感而已。

一切批评巴金小说的人，都称赞他文笔的清晰，若把他同现代法国小说家相比，我看他接近罗曼罗兰，而异于莫利亚克和纪德。他写的不错，只是没有风格。

中国将来定会有更大的文艺家出现，但是《家》的作者巴金，仍要继续活在人间，他的短篇小说集和几本写得很好的长篇和中篇小说，在中国现代和将来的文坛上，一定要占一个很重要的位置。那么，为这不求荣誉而只希望服务人生的巴金，已是一个很大的报酬了。

王继文　译

原载《巴金的生活和著作》第七章，上海文风出版社
1950年5月版。第173页至182页

# 关于巴金作品的问题

冯雪峰

巴金在解放前写的作品在当时有什么进步作用？解放后重印出版有什么意义？现在青年阅读它们应当采取怎样的态度？从他的作品中学习什么？

关于本报读者提出的这几个问题，我想可以拿巴金的长篇小说之一的《激流三部曲》(即《家》、《春》、《秋》)来做一点简单的解释。

《激流三部曲》主要的是描写了一个正在没落崩溃中的大地主家庭的生活，同时作者是站在反对封建主义的立场上、抱着痛恨这种家庭的态度来描写的。因此，在当时有暴露封建家庭的丑恶和黑暗以及地主阶级的罪恶的进步作用。这种进步作用，是我们先要肯定的。同时，从这部作品，我们可以知道巴金在解放前基本上是一个现实主义的进步作家。

我们说基本上，是因为他的作品在一定程度上反映了时代和社会的真相，同时在反帝反封建的斗争中所起的主要作用是进步的。

巴金在解放前的思想和世界观，有进步的一面，也有错误的一面，而进步的一面应该说是主要的。在解放前，他在思想上是一个个人主义者，并且有无政府主义的倾向，这是一方面。但他是一个民主主义者，一个热烈的反封建和反帝国主义者；这使他的作品具有反封建主义的热情、渴望光明的积极倾向和爱国主义的情绪，这又是一方面。应该说，后者是主要的。关于这一点，可以简单地分析一下。

如巴金自己所说，他是富于“小资产阶级的正义感”的，这种正义感表现在他所有的作品中，主要的是反对黑暗势力（封建势力和帝国主义的压迫等）。他的立场当然是小资产阶级的、个人主义的；在本质上也就是资产阶级的。他的理想，是希望有一个光明的社会，在那社会里将没有任何束缚人的“人为的制度”，任何个人的“生命力”都能够自由发展。很明白，这种理想是小资产阶级知识分子的一种空想；是唯心主义的，从个人主义出发的，因此也是不可能实现的。要实现自由的、光明的新社会，只有实行无产阶级的社会主义革命（在中国它的第一个阶段是新民主主义革命），而且新社会也是必须有制度的，即必须有社会主义制度和共产主义制度。巴金的这种理想，是受了俄国在十月革命前的无政府主义者的思想的影响而形成的，并且贯串在他在解放前的所有作品中。我们说他有无政府主义倾向，就是指他的这一种倾向，巴金自己也承认。因此，他在解放前的个人主义思想，具有这种空想的、无政府主义思想的特点。但巴金在解放前站在这样的立场上，抱着这样的思想，却并没有成为一个反动的人物，就是因为他坚持反封建和反帝国主义的斗争，同时他自己虽然倾向无政府主义，却不曾从事实际活动来反对无产阶级和共产主义的缘故。他在最初，同中国共产党以及共产党所领导的革命斗争离开得很远；但他也从来没有过反对共产党的行动和言论。事实是，由于人民革命的发展，由于他是一个爱光明的有正义感的作家，由于他的个人解放和无政府主义式的空想与热情主要的是推动他去反对封建主义和帝国主义的黑暗势力，所以他后来能够逐渐地接近共产党。在抗日战争前他开始同鲁迅接近，在抗日战争中和解放前他同共产党人有比较多的接触；在解放后他是人民政权和共产党的热烈忠实的拥护者，同时开始学习马克思列宁主义。

这是巴金在解放前的大概情况。这种情况说明他是一个进步作家。

这部作品以及巴金的其他作品，大都具有这样的进步的一面；解放后国家出版社选择他的主要作品重印出版，就是由于这原因。

但也应该指出，巴金在解放前的世界观有错误的一面，这错误的一面是分明地限制了他的作品的现实主义的深入，并且使他的作品的进步作用也受了一些损害。例如这部长篇小说，我们读后感觉到它对于社会生活的分析和描写还不是最深刻的，作者对于他所憎恶的旧家庭、旧社会的解剖和批判也是不够彻底和尖锐的。我想，巴金的那种要求个人解放的热情和朦胧地渴望光明的理想，对于他对于封建的黑暗势力的认识和揭露是有推动作用的，这是他的世界观对于他的现实主义创作方法也有帮助作用的一方面。但他的世界观是唯心的，非科学的；他的立场和观点都不是无产阶级的，不是彻底地革命的。他只是站在小资产阶级知识分子的个人解放的立场——从个人主义的立场上来反对封建势力的压迫，而不是从无产阶级的观点和人民革命的立场出发来进行彻底推翻地主阶级及其剥削制度的革命斗争。因此，他不能从阶级分析的观点和被剥削的劳动人民的要求来认识和揭露地主阶级的罪恶；他的揭露和批判就不能够很彻底、很尖锐。在他的作品中，大家都可以感觉到，他对于剥削者的地主阶级还保留着一种温情和怜悯；这种温情和怜悯，就妨碍他更深入地去观察、解剖和批判地主阶级及其剥削制度的罪恶。当然，巴金作品中的现实主义的深度还很不够，这是有各方面的原因的；但他的阶级立场和世界观限制了他，使他不能更深入地观察和分析社会生活，不能不是一个很重要的原因。

其次，巴金自己说过，他在他的作品中“不能够明确地指出一条路来”。他这句话，指正确的革命道路来说，是很对的。他的作品在解放前很受一些小资产阶级知识分子青年的欢迎；但他的作品能使这些读者感染到一些反抗旧家庭和朦胧地渴望光明的个人主义的热情，却不能对他们指出真正革命的道路。但巴金其实是对这类青年指出了道路的，那就是象这部长篇小说中的青年觉慧所走的那种道路——不是真正的革命的道路。这个觉慧，还有其他几个类似的青年，是作者所肯定的正面人物，作者给了他们他认为他们应该走的光明的道路。但我们一看就明白，这条所谓光明的道路并不能真正达到光明，因为它不是彻底的革命道路。象书中这些青年，受了五四新思潮的影响而起来反抗封建家庭的压迫，并且表示了对劳动人民的某种程度的同情，这在客观上，我已经说过，是有加速封建制度的崩溃的作用的；但这些青年本人却还不是封建家庭的真正的、彻底的叛逆者。他们的家庭革命以及在社会上的某些活动，也还只是少爷小姐式的革命和活动，因为他们还没有离开他们的少爷小姐的社会地位和个人主义思想。他们所流露的某些“忏悔”和对劳动人民的同情，当然也还是少爷小姐式的“忏悔”和同情。象书中所描写，他们进行了一些宣传无政府主义理想的活动，这是他们所认为的革命行动和光明的工作。这种活动，象书中所描写的限度内，在反封建的意义上是有进步作用的；但这种活动始终跳不出少爷小姐式的范围和他们自己的个人主义的要求，同人民的革命要求不仅有程度上的隔离，而且有本质上的隔离。总之，象书中以觉慧为代表的这几个追求光明的青年的形象，决不是当时真正觉悟和真正革命的青年的典型形象。主要的是觉慧等等，并没有真正离开了以剥削阶级的生活为基础的个人主义的立场，他们的脚还踏在剥削阶级的生活的基础上。在当时，真正叛逆了自己出生阶级的青年，真正跑到劳动人民里面去从事彻底革命的青年，是不可计数的；他们是真的觉悟者，因为他们真正离开了以剥削阶级的生活为基础的个人主义的立场，他们选择的是马克思主义，而不是无政府主义。他们和觉慧等等，是有本质上的不同的。

当然，我在这里并不是指责巴金不写这些真正前进的革命青年。这是不必也不应该指责的。巴金当时赞成的、要写的是觉慧这些青年；他当时的认识、兴趣、能力也都使他这样做。还有，觉慧这些青年在当时也都是实际存在的人物，描写他们也能反映当时的时代。作者有权描写他愿意描写的人物，而且描写了这些人物也是有意义的。我们现在要加以分析的，是作者的世界观、他观察时代的立场和观点以及他的正面人物等等的实质。譬如说，如果作者当时观察时代的立场和观点能够彻底些、正确些、革命些，那末，他一定首先去注意五四后的人民革命的发展形势，看见真正革命的道路；说到小资产阶级知识青年，他也一定首先去肯定那些真正革命的青年。当然，他仍然可以描写觉慧这类青年，而且也不必要把他们描写成为真正革命的青年，但他一定会有批判地去描写他们了。(巴金对觉慧等人也是有某些批判的，但他没有从真正革命的观点去批判。)如果是那样，作者就能够更广阔地反映了时代，他的现实主义就更成功了；作者用不到“说教”，也能够在作品中指出青年们应该走的真正革命的道路。如果是那样，则这部作品在当时所起的进步作用也一定更大些。因为青年读者们将不仅能够更深刻地认识封建势力的丑恶、而且也将得到一些启发去认识觉慧等人的个人主义本质，从而增加了对于真正的革命道路的认识。

我想，以上这些是我们应该指出来的。

最后，说到从这类作品中学习什么的问题。我想，如果我们有时间去读过去的作品，只要能够有批判有分析地去读，那是从每种作品里都能够学到一些东西的。象巴金这部作品，我觉得它对今天读者的意义是在于我们可以从中看到这样的一个大地主家庭的一些生活，看到在五四时期这种家庭的崩溃情况，看到和它相关的那时社会上的一些情形，看到当时地主阶级出身的一部分青年的思想感情等等。这部作品可以增加我们一些知识。同时，通过这一作品，也可以了解现在作家之一巴金思想发展的情况。

原载1955年12月20日《中国青年报》第3版“答读者问”栏

# 巴 金 论

扬 风

到今年，巴金从事文学活动已整整三十年了。在这三十年里，巴金象一位慷慨的朋友，献给了他的读者几十部作品。这些作品丰富了中国现代文学的历史，是现代文学发展中珍贵的收获。在过去一长段历史时期里，巴金的作品在广大青年知识分子中曾起过进步的乃至革命的影响。这影响是广泛的，深刻的。在巴金作品中最杰出的一部分作品，如《激流三部曲》，现在以至将来都将如伟大史诗，放射出它的光彩，保有不衰竭的艺术生命力，吸引着读者，并将长久地保留在读者的记忆中。周扬同志称巴金为现代文学中语言艺术的大师，并把他和郭沫若、茅盾、赵树理等这些杰出的作家并列在一起，这是最正确、最中肯的论定。语言艺术的大师——这个时代的光荣的称号，巴金是当之无愧的。

但是，应当怎样具体地、较深入较正确地理解巴金呢？

## 一 巴金的思想倾向

> 在我的心里藏着一个愿望，这是没有人知道的：我愿每个人都有房住，每个口都有饱饭，每个心都得到温暖。我想揩干每个人的眼泪，不再使任何人落掉别人的一根头发。
>
> ——巴金《点滴》

有这么一种历史性的误解：把无政府主义和曾受过这种思想某些影响的巴金之间画了一个等号。最近几年来出版的几部较负盛名的现代文学史著作中，对巴金的思想、对巴金的文学活动也有与这相同的评述，这几部文学史的作者都一致认为，巴金在思想上是无政府主义者。如叶丁易先生在《中国现代文学史略》中，就指出巴金的《激流三部曲》里“所指出的反抗后之出路却仍是他那虚无主义的上无领导下无群众的革命”。（二七五页）刘绶松先生在《中国新文学史初稿》中谈到《家》时也说，巴金的“非科学的思想信仰（安那其主义）限制住了他”，所以《家》中的反抗是“没有组织领导”的，没有“作为行动目的的革命理想”。（三七二页）

但是，巴金却一再地否认这种说法，这种看法。还在一九三三年，巴金在《将军集》序一（这是给爱玛·高德曼的信）里就说过：人们“不曾读懂我写的东西，他们不曾了解我的思想，他们不曾知道我的生活，他们从主观的想象中构造了一个我”，就把“虚无主义”这一类的“头衔加到我的名字上面”。七年以后，即在一九四一年，巴金又说：“我写过、译过几本‘安那其’的书，但是我写的、译的小说和‘安那其’却是两样的东西。”（见《火》第二部《后记》）

从表面的事实看，巴金在国内和国外都曾参加过带无政府主义色彩的团体的活动，他与一些无政府主义者或有无政府主义思想倾向的人有过亲密的往从，甚至在那否认他的作品是无政府主义的同一篇文章里（即第二部《火》的《后记》），他还说他“信仰”了这种思想，在《忆》中他说他看到了这种思想“美丽的地方”。

怎样理解这个“谜”呢？同一个巴金，一方面否认他的作品中有无政府主义思想，另一方面又说他信仰了这种思想。

当然，文学史中也有这种情形：有些作家的世界观与他在作品中流露的思想倾向存在着矛盾、分歧。《红楼梦》的作者曹雪芹，他的世界观和他作品中表现出的主要思想倾向是并不一致的。恩格斯在他那封给哈克纳斯的著名的信里，说“巴尔扎克在政治上是一个保皇党”，但在他的作品中却“不得不违反他自己的阶级同情和政治偏见”，“以毫不掩饰的赞赏去述说……共和主义英雄们”。也有这种情形：生活本身逼使作家自觉地修改了他个别的政治或社会观点。屠格涅夫说他自己“是一个彻头彻尾的西欧主义者”，但他在《贵族之家》的潘辛这个人物身上，却“写出了西欧派一切可笑的、俗恶的方面”。因为屠格涅夫在生活中看到了这些方面。（见《文学回忆录》，文化生活社版，一二九页）

巴金既不是十八世纪的曹雪芹，也不是十九世纪的巴尔扎克或屠格涅夫，巴金只是巴金。对巴金来说，世界观并不是如一枚可爱的金色苹果那样：需要时，取了出来，就显露出色彩，放散出香味；不需要时，又装进了口袋里，它也就完全失去了它的这些特点。

“谜”之所以产生，是因为文学史家们对巴金的生活、创作和巴金所处的时代都缺乏具体的深入的分析，只是根据抽象的断然性的论断，根据那历史性的误解，来比附巴金的作品，然后再又作出了这同样抽象的断然性的论断。这就正如一句古老的成语说的：缘木求鱼。方法的错误就引带到理解的错误。这些对巴金的误解就形成了一层灰色的雾障，掩盖住了真正的巴金，妨碍了人们正确地理解巴金的作品，正确地理解巴金。

这就不得不走一点“弯路”，先一般地研究一下巴金的思想倾向，揭破这种误解的“谜”底，拨开这一层灰色的雾障；然后再研究巴金的作品，就会少去这些明暗的“礁石”。

巴金曾受过无政府主义的某些思想影响是事实，他曾受过无政府主义者和有无政府主义思想倾向的人的某些精神上的感染也是事实。无政府主义是科学的社会主义的死敌，应该反对这种有害的思想，这半点也用不到怀疑。但是，作为一种思想体系来说，无政府主义与巴金却是两回事，巴金并不是无政府主义者。

当然，问题还不应停留在这一般的论断上。应该沿着巴金独特的生活发展道路具体地分析：在什么历史条件下，在什么生活的“基点”上，巴金接近了无政府主义思想的；无政府主义和无政府主义者在那些方面影响了巴金；这些影响对巴金民主主义思想总倾向的形成，对巴金走向现实主义的文学道路，有过什么正面或反面的作用。

每个作家都有他独特的生活道路，并且是沿着这独特的生活道路逐渐地形成他的思想倾向，从这独特的生活道路的“基点”上接受某种思想的影响，甚或全部接受了这种思想，形成自己的世界观的。

巴金也有他独特的生活道路，并也从这独特的生活道路的“基点”上接近无政府主义思想的。

一九〇四年，巴金出生在成都一个封建的大家庭里。这个“古旧的家庭，有将近二十个长辈，有三十个以上的兄弟姐妹，有四五十个男女仆人。……”（《短简》，三页）但巴金是怎样走上叛逆的道路——反击他出身的阶级，攻击旧制度的呢？

巴金说，他童年时的第一位先生就是他母亲。母亲教他“认识”了“爱”。这“爱”的内容就是：“爱一切人，不管他们贫或富”；要“去帮助那些在贫困中需要扶持的人”；要“同情那些境遇不好的仆婢，不要把自己看得比他们高，动辄将他们打骂”。（《短简》，二三页）这“爱”的思想实质就是朴素的朦胧的人道主义思想。这思想是一枚珍贵的种子，埋进了幼年的巴金心灵的沃土里，而且不久就咬破了这旧的思想的外壳，伸出了那绿色的可喜的新芽来。

巴金的母亲教给了他“爱”；但现实生活中只是人吃人，人压迫人，并没有这“爱”，并不能存在这“爱”。

一九〇九至一九一一年间在广元时，巴金看到被他父亲审问的犯人，在挨了打受了刑后，还不得不违背本意地说：“给大老爷谢恩”。年幼多感的巴金对这生活现象十分怀疑，他“觉得事情不应该是这样”。（《忆》，六四页）

在成都时，巴金在他姐姐的房里看到一本有图画的《烈女传》。年幼的巴金不能理解这些“贞烈”的“美德”，他只看到一幅幅血淋淋的惨苦的画面。他怀疑地问道：“为什么那充满着血腥味的‘烈女传，就应该看作女人的榜样呢？”（《短简》，五八页）

在巴金所生活的这个封建大家庭里，充满了种种的压迫、陷害、倾轧、暗中的仇恨——这无论是主人对于仆人，或主人和主人之间，都是如此。他更亲眼看见在这个“家”里一些青年人被“旧礼教凌迟死了”（《海行》，六页），亲眼看见这个封建大家庭里长辈们的专横、不义和罪恶。巴金的大哥就是这个封建礼教祭坛上的牺牲品。

这些生活现实使巴金认识到这个封建家庭就是“一个专制的王国”，这时“‘憎恨’的苗于是在心里发芽生叶了。接着‘爱’来的就是这个‘恨’字”。（《短简》，七页）

在巴金这初步的民主主义思想里，即已孕育着革命民主主义的因素。巴金幼年时与一般封建大家庭里的“少爷”不同，他喜欢与仆人们在一起。他称轿夫老周是他幼年时的第二个老师。巴金在这些普通劳动者身上看到了他们光洁美丽的品质，正直高尚的心灵。这些对巴金思想的成长和发展都有过重大的影响。巴金在《将军集》的序言里说：“在这一群没有知识，缺乏教养的人中间我得到了我的生活态度，我得到了那近于原始的正义的信仰，我得到了直爽的性格。……那生活态度，那信仰，那性格，成了不能够与我分离的东西。”

巴金热爱这些普通的劳动者，尊敬他们，更深切地同情他们悲苦的遭遇。当巴金看到他们被逼惨死时，他向他出身的那个阶级和旧制度提出愤怒的抗议。巴金说，“当这一切在我眼前发生的时候，我含着眼泪，心里起了火一般的反抗思想”，他愿站在这些普通劳动者一边，去帮助他们，而不愿去做那“少爷”。（见《短简》，七页）这些悲惨的生活现实更加深了巴金对旧制度和他出身的阶级的“憎恨”。



由“爱”到“恨”，这正是出身于封建家庭的民主主义者思想发展合乎规律的过程。这种“憎恨”就是反对旧制度和他出身的阶级的革命激情。正是这种“憎恨”在驱使着巴金“去走那解放的路”。（《忆》，一一五页）

这就是巴金接近无政府主义思想的那独特的生活道路的“基点”。

一九二〇年巴金才开始接触无政府主义思想。在这一年里，他先后读了克鲁泡特金的《告少年书》（克鲁泡特金亡命瑞士时写的），廖抗夫的《夜未央》（后来巴金重译后，改名《前夜》），爱玛·高德曼的文章。这些无政府主义者的著作几乎一下就“俘虏”了巴金。在看了《告少年书》后，他“以为万人享乐的新社会就会与明天的太阳同升起来”（《生之忏悔》）；他在《夜未央》中看到了他“梦境中的英雄”，找到了他的“终身事业”。（见《前夜》序）

这并不奇怪。

在当时，中国社会正是半殖民地半封建的，现代工业不发达，小资产阶级“象一片汪洋大海”。一些具有初步民主主义思想的青年知识分子，当他们没有接近科学的社会主义思想，没接受这种思想影响前，很容易接受无政府主义——这种小资产阶级的“社会主义”的思想影响。二十年代和三十年代间，即中国共产党成立前后的一段短时间里，无政府主义者曾在工人、学生中作过一些活动，发生过一些影响。直到中国共产党成立，党在社会生活中影响和作用扩大后，无政府主义才逐渐地被赶出了社会生活舞台。

问题是：巴金究竟受了无政府主义的那些思想影响？接受了无政府主义政治的、社会的全部思想，以反对科学的马列主义及其政党呢，或仅受了无政府主义某些一般的抽象的思想影响，以反对封建主义和帝国主义。问题的关键就在这里。这是衡量巴金是否无政府主义者最准确的尺度。

在现代作家中，恐怕很少人象巴金在表述自己思想时那样矛盾、杂乱。一九二〇年时，当他读了《告少年书》和《夜未央》后，巴金认为自己“信仰”了无政府主义思想，找到了他的“终身事业”，并且参加了带有无政府主义色彩的秘密团体“均社”的活动。但在六年多以后，即在一九二七年赴法途中写的《海行》里，巴金概括地表述他的思想时写道：“我现在的信条是：忠实地生活，正当地奋斗，爱那需要爱的，恨那摧残爱的。我的上帝只有一个，就是人类。为了他我预备贡献出我的一切……。”（五七页）在这些话语中，那怕只是一点无政府主义的“色彩”也难找出的；巴金所表述的只是一般的民主主义的思想。

有一句古老的格言：听其言而观其行。我们既要从巴金那些矛盾的杂乱的自我思想表述中清理出他思想的实质来，更要从巴金的文学活动中来评断、论述他的思想。只从巴金的一些个别思想表述或早期生活中的一些个别活动是不能对他作出切实的结论来的。

我们知道，不止在一九二〇年左右巴金读过无政府主义者的著作，在思想上受了重大的影响，就是在以后，巴金也曾大量地翻译过无政府主义者克鲁泡特金的著作；❶一九二五年后，巴金在一长段时期里与高德曼通过信，并称她是他“精神上的母亲”；在巴黎时，巴金写过《俄罗斯十女杰》和《俄国社会运动史话》，为一些无政府主义者立过传。

❶ 在《克鲁泡特金全集》中译本第一集的十本著作中，巴金就译了《我的自传》、《俄法狱中记》、《面包与自由》、《田园工厂与手工厂》、《伦理学的起源和发展》等五部著作。

但是，就巴金从克氏等作品中所受到的思想影响实质说，就巴金写的《俄罗斯十女杰》等两部作品的思想实质说，仍没超出那民主主义的思想范围。

例如，在《俄国社会运动史话》中，巴金借用司特普尼克的话说，无政府主义，“一言以蔽之曰，绝对的个人主义而已”。巴金说，无政府主义“以脱离一切的羁绊，获取意志之自由为出发点”，否认“社会，国家，宗教，家庭所强加于个人身上的一切义务之负担”，“不仅反抗政治的专制，而且还极其猛烈地反抗那束缚个人心意自由之道德的专制。”（九七——九八页）

例如，在《我的自传》和《面包与自由》的《前言》中，巴金都表述了“克鲁泡特金的安其那主义的要义”，说克鲁泡特金“惧怕经济的专制，憎恨中央集权，深爱个人与公社的自由”，主张“人对于人的支配应该跟着人对于人的榨取一起消灭，权力的独占应随着财产的独占消失”。到那时，国家没有了，“自由合作与互相了解来替代法律的力量”。



这些表述就其思想实质说，纯粹是小资产阶级对“自由”和未来的美丽但却空虚的幻想。巴金从他那独特的生活道路的“基点”上接近这种思想时，就十分容易被这种思想的美丽色彩所迷惑；无政府主义的这些思想也十分容易使巴金“憧憬”那“自由的社会”，“憎恶”那“不合理的社会制度”，“爱”那“正义”，“恨”那“恶”。（见巴金译的《面包与自由》前记）巴金正是从这些方面一般地抽象地接受了无政府主义思想影响的。

也恰恰在这些地方最容易引起人们的误解：反对一切专制，反对一切束缚，甚至反对国家，要求那“自由社会”。无政府主义者在他们全部思想体系中这么主张过；巴金也一般地表述过这类似的思想，并声称他看见了这种思想“最美丽的地方”，信仰了这种思想。但是，正如俗话说的：差之毫厘，失之千里。战斗的民主主义者巴金与无政府主义在实质上并不相同的。

马列主义也并不一般地反对消灭阶级，消灭国家，也并不一般也反对废除一切专制和束缚。还在一八四七年，马克思和恩格斯在他们合作的《共产党宣言》中，就曾简略地描绘过未来社会的图景，他们指出，未来的社会当“阶级差别归于消灭，而全部生产都已集中于由各个分子结合成的协会手中时，公众的权力就失去其政治的性质。……代替那存在有阶级以及阶级对立状态的资产阶级旧社会而起的，将是一个以各人自由发展为大家自由发展条件的协会。”过了三十七年，恩格斯在一八八四年又更完备地表述了这一思想：“阶级一经消逝，国家就会不可避免地归于消逝。以生产者自由平等联合为基础按新方式来组织生产的社会，将把全部国家机器送到……古物陈列馆去，跟纺纱车和青铜斧一并陈列起来。”（《马、恩文选》，两卷集，第二卷，三二〇页）可以看出，在消灭阶级、消灭国家和对未来社会“自由平等”等这些一般的观点上，马列主义者“与无政府主义者完全没有分歧意见”。马列主义者只是反对无政府主义“使工人拒绝采用武装，拒绝采用有组织的强力，即拒绝那些服务于‘打破资产阶级的反抗’这一目的的国家”。（见列宁《国家与革命》）

无政府主义思想的反动本质，正如马克思和恩格斯在一八四七年所指出的，这种小资产阶级的社会主义“按其积极内容说，若不是想要恢复旧时的生产和交换工具，亦即恢复旧的所有制关系和旧的社会，就是想要把现代的生产和交换工具勉强重新塞进旧的所有制框子里去，即塞进被这些工具打破并且本来不免要被打破的所有制关系里去。他在前后两种场合都是既反动，又空想的。”（见《共产党宣言》）后来，在一八七二年，恩格斯在批判无政府主义的“始祖”和“导师”普鲁东时，也说过：“整个普鲁东主义都渗透着一种反动的特性：厌弃工业革命，时而公开时而隐蔽地表示希望把全部现代工业、蒸汽机、纺车以及其它一切祸害都驱开，而回到旧日的可敬的手工劳动上去。……”（《马、恩文选》，两卷集，第一卷，五四四页）

俄国的无政府主义者，无论是“无政府主义之父”的巴枯宁，或自称共产主义的无政府主义者克鲁泡特金，都与他们的“始祖”或“导师”立足于同一个“基础”上，把农村公社理想化，认为这是未来的共产主义基础，认为俄国农民是“真正的社会主义体现者，天生的共产主义者”。（见恩格斯《论俄国社会关系》）无政府主义者正是站在这个“基点”上，把他们的斗争锋芒指向共产党人，指向马列主义，反对工人阶级有组织的阶级斗争。他们反对这种“专制”，反对这种“束缚”。

我们以马列主义经典作家批判无政府主义的观点来衡量巴金，我们就可以看到，站在我们面前的巴金是战斗的民主主义者，而不是什么无政府主义者。

在巴金的作品里从来就没有把农村、农民理想化，如一切无政府主义者那样。在《电》里，陈真讥刺过周如水的“土还主义”：“……你的土还主义一定说都会的文明怎样的不好，……乡间有怎样美丽的风景，有清洁的空气，有朴实的居民，又说大家应该拿起锄头回到田里去。”陈真说，“在我，与其在乡间过一年平静安稳的日子，还不如在都市里过一天活动的生活。”当然，陈真并不就是巴金；但巴金的思想通过这个人物却表现得十分明显。

巴金从克鲁泡特金处受的影响最大，但巴金却并不是一个克鲁泡特金主义者。巴金说，“过去我曾被视为憎恶人类的人，我曾宣传过憎恨的福音，……为了那恨，我曾侮辱了克鲁泡特金，因为我使人误解了他的学说。”（见《爱情的三部曲》总序）在《俄国社会运动史话》中，巴金虽然为巴枯宁立过传，但巴金只着重在他反对沙皇制度与资本奴役一个方面，而且巴金并不赞成巴枯宁所主张的恐怖主义。在《论恐怖主义答太一书》这篇文章里（收集在早已绝版的《断头台上》这本集子中），巴金就公开地正式地表明了自己“反对恐怖主义”的态度。（可参看《爱情的三部曲》的“附录”）十分显然，巴金与无政府主义思想，无论是那基本的立足点，或其它的政治观点，那差别都是泾渭分明的。巴金所接受的只是无政府主义那些一般的抽象的思想影响，即反对一切束缚，无论是政治的、经济的或道德上的，要求个性解放；即那“万人享乐的新社会”。在半殖民地半封建的中国社会历史条件下，在反对帝国主义封建主义的民族、民主斗争中，这些一般的抽象的思想是有一定的进步意义的。这些思想影响大大地加强了和鼓舞了巴金反对旧制度旧礼教的信心和勇气，帮助了巴金民主主义思想的发展和巩固。所以，巴金把他的全部斗争锋芒指向封建主义和帝国主义，而不是指向中国共产党人；所以，巴金一直是中国共产党人的朋友，而不是敌人。

一九三五年，巴金在《写作生活的回顾》中说："我的敌人是什么？一切旧的传统观念，一切阻碍社会进化和人性发展的人为制度，一切摧残爱的势力，他们都是我的最大的敌人。"毫无疑问，这并不是无政府主义者的表白，而是巴金对他全部民主主义思想总结性的表述。

比起无政府主义的学说来，克鲁泡特金等人反对沙皇制度的斗争生活对巴金有更深更大的影响。这位甘愿"抛弃了亲王的爵号，甘愿去进监狱，去过亡命生活，去喝白开水吃干面包"的无政府主义者，巴金称他为"一个道德地发展的人格之典型"。（见巴金译《我的自传》前言）在《俄罗斯十女杰》和《俄国社会运动史话》这两本著作中，巴金都着重地写了十九世纪七十和八十年代左右一些俄国无政府主义者、民粹党人和左派社会革命党人反对沙皇制度的活动。从封建大家庭中冲杀出来并猛烈地反对封建制度的巴金，十分容易在这些勇敢地反对旧制度的俄国人中找到自己的"朋友"，并受到他们那"牺牲精神"的影响。



一九二〇年以后，巴金在国内和国外都曾与一些有无政府主义思想倾向的人有过亲密的交往。在成都时，巴金参加过带有无政府主义色彩的秘密团体"均社"。这个秘密团体里的一位姓吴的青年曾对巴金有过较深的影响。巴金说，那位姓吴的青年的"牺牲精神"、"勇敢和毅力"都深深地感动了他。（参看《短简》，三二页）在十几年后，巴金仍怀着真诚的友情在《激流三部曲》里艺术地再现了这位可爱的青年的形象。一九二七到一九二八这两年巴黎生活中，巴金与一些无政府主义者有过亲密的友谊。巴金的一位波兰朋友亚利安娜被法国政府驱逐出境，她准备回到被白色恐怖统治着的华沙去。巴金说，这位波兰少女的"献身精神"感动了他，在他"心里"激起了"一种献身的渴望"，他"愿自己有一千个生命为那受苦的人类牺牲"。（《写作生活的回顾》）在《亚利安娜》这篇散文里巴金也说，这位波兰女郎"点燃了"他"心里牺牲的火"。

十分显然，这些无政府主义者或有无政府主义思想倾向的人，他们在精神上的勇敢、不怕牺牲、坚毅等精神特点深深地影响过巴金；这些影响加强和鼓舞了巴金民主主义的战斗热情。

当然，这些思想影响在一定程度上也局限了巴金政治的生活的视野，限制了巴金向更高的思想阶段发展。巴金的一部分最杰出的作品，就其思想性与艺术性来说都已达到现实主义的极高水平，可以说已站在社会主义现实主义的“门槛”前，只要前跨一步，巴金的创作就不会只停留在革命民主主义的阶段，在思想上就不会只停留在革命民主主义的阶段。

现在我们已大致从那曲折的“弯路”上绕了出来，后面就来谈谈巴金的作品吧。

## 二　巴金的创作

> 我的每篇小说都是我的追求光明的呼号。……同时惨痛的图画，象一根鞭子那样在后面抽打我。
>
> 我在写作中所走的路径和我生活中所走的路径是相同的。
>
> ——巴金《写作生活的回顾》



作品是作家心灵的镜子。文学作家总是在他自己的作品中自觉或不自觉地表露出自己的思想倾向，表露出自己的世界观的。

在巴金的一些主要作品里，反映了从“五四”直到抗日战争这几个历史时期的社会生活。巴金正是沿着这条历史的生活道路，逐渐扩大、充实他那战斗的民主主义思想，形成了他那全部民主主义思想体系的。从巴金的一些主要作品里，我们可以看到他那最基本最核心的思想体系，能更深刻地理解巴金——他是怎样理解他生活的时代的？在各个不同的历史时期里，巴金对生活采取了什么态度？

### （一）冲击着旧制度的“激流”

《激流三部曲》虽然不是巴金第一部问世的作品，但要分析巴金，理解巴金，却应从这一组作品开始。因为，就巴金全部思想发展线索说，这一组作品中那主要的思想倾向，正是战斗民主主义者巴金那最基本最核心的思想体系的一个起点。

《激流三部曲》描写了一九二〇年左右即“五四”初期这段历史时

期的社会生活。巴金以鲜明的革命民主主义者的态度，对这时期社会生活的一个极重要方面作了规律性的剖析，反映了这段历史时期社会生活中主要的历史动向。

《激流三部曲》包括《家》、《春》、《秋》。《家》写成于一九三一年，《春》写成于一九三八年，《秋》写成于一九四〇年；这三部作品写成的时间前后几乎相距了十年。贯串在这三部作品中的故事线索是前后衔接的，主题思想是共同的。这三部作品都以高家为中心，写成了被那代表旧制度的“家”折磨致死的一群年青人的血泪史，暴露了封建家庭及它所代表的旧制度的不义与罪恶，揭露了这个“家”必然崩溃的历史命运及其过程；写了新的一代的成长，那勇往直前冲击着旧制度的“激流”的成长。《激流三部曲》是控诉书，巴金控诉了旧制度旧礼教绝灭人性的罪恶，令人齿冷的污秽；《激流三部曲》是宣判书，巴金有力地指出了那个旧制度必然灭亡的历史命运；《激流三部曲》是进军的雄壮的乐曲，巴金为那群具有民主主义思想的勇敢青年，那个“家”的叛逆者，奏出了鼓舞的胜利的前进曲。总之，《激流三部曲》既是旧制度的葬歌，也是那一整代进步青年所梦想着的新社会的催生曲。❶

这三部作品的主题思想虽然是共同的，但贯串在每部作品中的基本情调却并不一样。在《家》里，那基本情调是悲愤的控诉，虽然也写了反抗，虽然那控诉中也有反抗；在《春》里，反抗的声音掩盖了控诉的感情，那惨痛的事实也在于激起人们反抗的激情；《秋》里的忧伤气氛很浓，对那些被那个家折磨致死的青年人的哀悼和伤痛笼罩了“秋”。

《激流三部曲》里描写的那个威严的高家，可以说是“五四”前后半封建的中国社会的一幅缩影。这个封建大家庭生活的主要物质基础

❶ 王瑶、丁易和刘绶松三位先生在他们的现代文学史著作中，对《激流三部曲》主题思想的评价是不够全面的。三位先生都几乎只强调了反封建的一个方面，即暴露封建家庭及其所代表的旧制度的罪恶和不义一方面，忽略了贯串全组作品中的那“激流”——“五四”前后新成长的民主主义的社会力量。巴金在这一组作品中正是从这两个方面表现了“五四”初期社会生活的历史动向的。

就是剥削农民，靠地租为生；在精神上维系这个家庭的，就是那吃人的封建礼教。

巴金在这三部作品里通过一群年青人的被逼惨死，从各个不同的方面深刻地揭露了这个“家”的不义与罪恶，宣布了这个“家”和它所代表的旧制度的“罪状”。

在《家》里写了梅的死，在《春》里写了蕙的死。这两个悲剧性的典型都具有震撼人心的艺术力量。她们都是被那不自由的封建婚姻制度杀害的，“被旧礼教凌迟死”的。

梅和蕙的命运正是那封建家庭中典型的妇女的命运。这命运是由那封建制度里“父母之命”的铁的法则规定的。梅和蕙走过的那条路，就是千百年来无数妇女走过的被血泪浸透了的路。

巴金不止是一般地暴露了这悲惨的事实，一般地同情她们的遭遇，而且愤怒地揭露了控诉了她们不幸惨死的缘由，那就是那个“家”所代表的旧制度——这不自由的婚姻制度正是植根于封建制度的黑色土壤里的。

在《家》里通过瑞珏的死，巴金揭露了这个封建家庭内部的仇隙、倾轧，也揭露了这个家庭中长辈们的愚昧，暴露了那封建礼法的虚伪，血腥的罪恶本质。

瑞珏临产前，因高老太爷死后还未下葬，觉新的长辈们就逼着他把瑞珏送到城外一个荒寂的寺庙里，说是为避什么“血光之灾”。克明等人虽然明知这是迷信、鬼话，但却不愿在亲友间担负那“不孝”的罪名。因为得不到好的照料，瑞珏就难产死了；因了这“血光之灾”，就在瑞珏临死前觉新也不能看他妻子一眼。为了一个死人，却活生生地杀死了一个活人！

在《秋》里写了淑贞的死。淑贞的一生就是悲剧：她的出生是悲剧，她活着是悲剧，她的生命的终结也是悲剧性的。

她的父亲不关心她，不喜欢她，因为她是一个女孩；正因为她是个女孩，不能为她母亲“争一口气”，所以她母亲就恨她，折磨她，她在丈夫那儿受了气后，就将全部怨恨向淑贞发泄。在淑贞面前，那未来的生活就是一堆令人颤栗的黑暗。琴和觉民等人说的那渺茫的未来，不能安慰她；淑贞看不见那未来，也怀疑那未来。春天时，树枝上一枚小小蓓蕾会预告那春来的信息，在淑贞的生活里却连一点未来的可喜征兆也没有。淑贞无助地向着她父母为她准备好的那死亡的深渊走去。最后，这个十五岁的少女就被逼跳井自杀了。

淑贞唯一的“罪状”就因为她不是一个男孩。巴金正是从这个方面揭露了那封建家庭中血淋淋的现实，控诉了那旧制度的不义与罪恶的。

在《春》和《秋》里写了枚阴暗的生和不幸的死。枚在死前也曾胆怯地怀疑过他父亲为他安排的这种生活，怀疑过封建礼法本身。他曾问觉新：“你一定知道人是为什么而生的，就是这句话，就是这件事。我想来想去总想不明白。我不晓得人生有什么意思。”（《秋》，八六页）他向他的堂姐芸说：“就是那部礼记我愈读愈害怕，我真有点不敢做人了。拘束得那么紧，动一动就是错。”“我觉得我有点寂寞，我看那种书，我实在看不进去。”（《秋》，一六八页）在那阴暗的社会生活中，枚的这些话就似临死前无力的惨叫。



枚不敢多怀疑，也不敢往深处怀疑，他怯懦地用“命”来解释这些怀疑，安慰、麻醉自己苦痛的寂寞的生活和心灵。他向觉新说：“我看这多半是命。……爹虽然固执，但总是为我这作儿子的着想。只怪我自己福薄。……”（《秋》，六一页）

在请医生以及请中医或西医这两个问题上，也暴露了枚的父亲周伯涛的专横、愚昧、顽固。但是，枚的病不是医生能医治的。医生只能医治人生理上的病，对那封建制度及其礼教所散播下的“病”，医生却无能为力。

枚这个典型人物的生和死都暴露了封建家长制的专横与暴虐。巴金指出了封建制度的这种生活方式的不合理，并且完全否定了这种生活方式。这种生活方式就如活的坟墓，只能窒息人的生命，只是在制造死亡——首先是精神上的，最后就是生理上的。

《家》里鸣凤的死和《秋》里倩儿的死从另一个方面揭露了这个封建家庭中阶级的歧视与压迫。

鸣凤这个可爱的少女，虽然聪明，美丽，善良，但她是个丫头，这就注定了她那全部悲剧性的命运。她爱觉慧，但在他们中间有一堵不可逾越的高墙，这就是那个封建家庭，觉慧所出身的那个阶级。一个丫头，在高老太爷这类人看来，是不算人的，只是奴隶，顶多不过是可供人玩乐的奴隶罢了。高老太爷就把鸣凤当作礼物送给了年近古稀的冯乐山做姨太太。虽然鸣凤认为这是“命”，但她并未屈从这“命”。她跳湖自杀了。鸣凤的死是被逼，也是反抗。

倩儿是四房克安家的婢女。当她病重垂危时，王氏认为是“小病”，值不得这么“大惊小怪”，更不值得请医生，她甚至向觉新说，“死了也是我花钱卖来的丫头，用不着你来耽心！”（《秋》，四九八页）倩儿死后，王氏只吩咐：“死了一个丫头，也值得这么大惊小怪的？送给慈善堂去掩埋就是了。”（五一八页）在这里，巴金十分深刻地揭露了封建地主阶级那凶残冷酷的阶级本性。

巴金对照地写出了那群被贱视的“下人”的同情和义愤，从这些人身上可以看出那真正“人”的心。翠环和绮霞为倩儿的死掉下了同情和哀悼的泪，热心地为倩儿准备了死后的事；汤嫂气愤地背地骂王氏：“……她哪辈子修得好福气，居然也做起太太来了。……倩儿也是你的丫头，伺候你这几年，从早忙到晚，哪件事情不做？就只差喂你吃饭！……等你二辈子变猪变牛，看老娘来收拾你……”（《秋》，五一七页）

巴金怀着明显的民主主义的激情刻划了这两个典型，为那些受贱视受奴役而被折磨致死的人抗议，伸恨！

以上谈到的这些典型人物，每个人都有他自己独特的生活道路，不同的遭遇，不同的性格特点——他们都是面目各异的雕像。这些人物都有十分强烈的艺术感人力量，震动读者的心弦，激起人们对旧制度的反抗激情。巴金是把这个“家”的不义与罪恶当成旧制度死亡前的征兆与特点来描写的。巴金猛烈地攻击了这个“家”所代表的旧制度，这个“家”所奉行的旧礼教，指出了这个“家”及它所代表的旧制度存在的本身就是不义与罪恶，维持着并制造出不义与罪恶。这就不是一般的暴露。

“凡是日益腐朽的东西，都是不合理的，因而是必遭失败的。”（斯大林语）这是生活中的辩证法则。巴金并没有停留在暴露这个“家”的不义与罪恶上，他写了这个“家”合乎规律的崩溃过程。

在《家》里，这个封建家庭还显得十分威严，气派，维持着表面的和睦，力量。高老太爷是这个家庭专横的统治者，暴君，他的话就是法律，整个家族都须绝对服从。他是旧制度最坚决的维护者，是他所属的阶级中最顽固的代表。但是，就在高老太爷活着时，这个家的内部已显出了空虚，已露出了那崩溃的征兆。这崩溃的趋势高老太爷是无力挽阻的。

高老太爷一死，这个“家”就迅速地不可挽救地从精神和物质两方面向崩溃的路上走去。《春》和《秋》就写了这种急剧的崩溃过程。

维系这个“家”的精神上的纽带是那封建礼教。但是，这条不牢实的绳子捆缚不住那民主主义的新的社会力量的成长和壮大，防止不了新的社会力量的冲击；更何况这个“家”的长一辈人的堕落行为本身，就正在撕裂着这条可怜的精神上的绳索呢。

在《春》和《秋》里，巴金都着重地刻划了克安和克定。这两个典型可以说是那走向溃灭的封建地主阶级里最精粹的代表。高老太爷一死，他们（尤其是克定）胡作非为得更无忌惮了。在高老太爷灵柩尚未下葬时，他们就秘密地、公开或半公开地偷老妈子，按丫头，玩小旦，包私娼，吸鸦片，等等。这些都说明了这个阶级在精神上令人齿冷的可怕的堕落。正如觉民严厉指责的，他们口口声声维护旧礼教，而实际上他们正是那名教的罪人。

“上梁不正下梁歪”，觉英觉群等就在向他们的长辈学习堕落，在公馆里公开地调戏婢女。觉英几乎是得意地向春兰说：“你怎么不去告诉你们五老爷？你们五老爷就专门爱闹丫头。他闹得，我们就闹不得？”（《秋》，一九四页）

关于这个“家”物质上的崩溃虽然描写得不多，但却可看出那趋势来。尤其是克定，他竟为了几十元钱去偷公账上的字画卖；而且为了满足他的荒淫的挥霍，已正在大量地贱价出卖自己的田产。这个家所赖以生活的物质基础正在松动、崩毁中。

所谓“百足之虫，虽死犹僵”，这个“家”虽已到了垂死的时候，但却并未断气，还有一条不牢实的绳索在维系着这个行将崩溃的“家”。这就是克明。他是那个封建家庭里长一辈人中最后一个比较正派但却顽固的代表。他眼看着这个“家”在崩溃，但他却不愿松开自己维护着这个“家”的双手。他维护的不止是这个“家”，而是那个制度。甚至在他临死前垂危时，他也没忘记向新的一代进攻。他要觉新设法，不把商场里的房子租给利群周报社。他想用这种方法逼使那群年青人没法活动，没法宣传反对旧制度的新思想。这只是那个“家”临死前一次可怜的挣扎罢了。克明一死，这个“家”就分散了，崩溃了。

这是巴金的预言，也是宣判：那个“家”所代表的旧制度必然会死亡！

巴金就是这样勇敢地愤怒地全力向封建制度和封建礼教展开了革命的进击！

巴金怀着民主主义的战斗激情，尖锐地批判了“不抵抗主义”、“作揖哲学”，即那向旧制度旧礼教妥协的思想。



巴金告诉他的读者：不勇敢地反抗那代表旧制度的“家”，不反抗旧礼教的束缚和压制，就会阴惨地死去，或终身遭受不幸。在《春》里，巴金把蕙的不幸婚姻与惨死和淑英的反抗过程巧妙地交错在一起，就流露出这层意思；从觉新这个人物身上更说明了这思想。

觉新这个典型比较复杂。他一生中那一连串的不幸遭遇确实能博得人们的同情。巴金通过这个人物也揭露了家长制封建家庭的专横，封建礼教的残暴。

觉新善良，但却懦弱：在善良中有懦弱在，在懦弱的行为里也显出他善良的心灵来。这懦弱正反映了他对旧制度的依恋，反映了他的“改良”思想。

觉新也看过一些新的书籍杂志，受过一些新的思想的熏染。但这些新的思想却象一层薄薄的柿霜，只稀疏地撒在他那旧思想、旧观念的外层。他并不是个新派人物，他并不赞同他两个弟弟觉民和觉慧的激进思想。他认为，觉民和觉慧是没看到这个“家”所代表的旧制度的美好的地方，而他是看到了的。觉新也看不惯克安克定等的胡作非为，他也不赞同他的长辈们对人的压制和专横。但他却认为，这并不是旧制度的不好，只是几个人的不对；只要他的长辈们能多少牺牲一点自己的利益，改变一点行为，那就好了，他曾看到过的那旧制度美丽的地方就会显现出来。

觉新的这种想法是十分软弱无力的、不触动旧制度基本利益的改良办法。虽然如此，觉新仍遭受到极顽固的旧势力的压迫。觉新与他的长辈们之间的矛盾和冲突尽管有各种各样的形式，但总的都表现了这种“改良”的思想与极顽固的封建思想之间的矛盾和冲突。在这些矛盾和冲突中，觉新不得不（也必然会）妥协、退让、委曲求全。觉新生活中那些悲剧性的遭遇，正是由此产生的。

只有勇敢地反抗封建制度，才是生，才能获得自由与幸福，才能通向未来——在这个封建家庭走向灭亡崩溃的同时，巴金写了一群具有民主主义思想的青年的成长。这就是“五四”初期那新的社会力量，就是那贯串全组作品的“激流”。

显然，巴金把他对未来的希望寄托在这些年青人身上。巴金相信，这新的思想，新的社会力量，一定会胜利。这新的社会力量正在冲击着旧制度的墙基，这群青年正是未来新生活的赞助者，是当时生活中的战士。

觉慧第一个冲出了这个“家”。他象一只爆烈的火把，不止发出亮光，而且还发出毕毕剥剥的响声。当他接受了新的思想后，就猛烈地反对旧制度、旧礼教，反对他出身的阶级。觉慧算是第一个“闯将”，在这个“家”的藩篱上撕开了第一道缺口。觉慧的出走不止宣告了这个“家”已失去了在精神上对青年的约束力，并且指出，青年人应该走自己的路，而且已在走自己的路了。

“激流”在《家》里开始奔泻出一线清泉来。

第二个冲出了这个“家”的是淑英。

《春》里主要地写了淑英：她反抗不合理的婚姻制度，逃出了这个“家”。但这个典型的意义不止在反抗封建婚姻制度这一点上。

最初，淑英也与其它封建家庭中的小姐一样，认为女人“命运就是这样”。这“命”就正是封建礼教捆缚在妇女精神上的一条锁链。但是，当淑英接触到新的知识，接受了新的思想后，才“看见另一种生活”，“能够支配自己命运”的“自由”生活。这时她才勇敢地怀疑这

"命"，反抗这"命运"的摆布。

淑英可以说是从那个"家"的"心脏"里挣脱出来的"俘虏"。她的出走就严重地动摇了这个"家"对青年的统治权力，表明了新的思想的胜利，新的社会力量的胜利，它正冲击着这个走向崩溃的"家"。

淑英可说是被那生活的"激流"带走的；她投入了这"激流"中，成了它当中的一滴水。

觉民这个典型在更完全的意义上表现了那"激流"的发展和壮大过程。

最初，觉民是所谓"稳健派"，"温和派"。在《家》里虽然他逃过婚，反抗过，但却只是单纯地为争取自己生活中的权利和幸福。在《春》里觉民才开始参加"利群周报社"的活动。当张还如等组织带有革命色彩的秘密团体均社时，他却迟疑、犹豫了，并且决定只作一个同情者，不参加均社。因为"参加秘密团体，就应当服从严厉的纪律，撇弃家庭，甚至完全撇弃个人的幸福"。但他的长辈们的"不义行为"，使他认清了"在这两代人中间妥协简直是不可能的"。他才决心参加均社，完全地走上了反对他出身的阶级的叛逆的道路。在与王氏、陈姨太以及克安克定等的两次正面的戏剧性冲突中，觉民公开地义正辞严地指斥了这个"家"罪恶的血腥的本质，否定了家长制家庭中长辈的权威，否定了旧制度本身。

均社中那群青年也是这样。他们都是从那"家"中冲出并积极热情地反对旧制度的"猛将"。他们不愿与封建势力妥协，也不能与封建势力妥协，因为，正如觉民所想的，妥协和退让只会带来自身的毁灭。这样，他们就必然会逐渐成为反对旧制度的"过激派"。

这就是"五四"初期社会生活中那支民主主义的"激流"。这"激流"到了《春》里已汇成一条汩汩的溪流，并发出动人的声响；到了"秋"，这"激流"壮大了，成了一支奔腾的"激流"。这"激流"正冲击着那旧制度，并将流入那生活的历史巨流中去。

在《激流三部曲》里，巴金并未正式地提出革命的要求来，并未正式地提革命地改革现实生活、现存的社会制度的思想来。这是因为在"五四"这个革命暴风雨前的启蒙时期里，社会生活中尚未明确地提出革命这个主题。忠实于生活的现实主义作家巴金，不能也不会如某些批评者脱离生活实际所要求所幻想的那样，去表现出“反抗之后的出路”，或表现出既有“革命理想”，又有有“组织”和“领导”的革命行动。（见丁易《中国现代文学史略》和刘绶松《中国新文学史初稿》）巴金不能这么超越他生活过、他所描写的时代生活。反抗封建制度和封建礼教是“五四”时期社会生活中普遍的更带根本性的问题。巴金在《激流三部曲》中就指出了这种反抗，指出了“除了反抗而外，再没有别的方法可以使人类得救。……在这个世界里我们不能忍受，也不应该忍受。”（《海行》，三八页）巴金指出，反抗才是路，才能汇入将要来临的革命暴风雨中。而巴金就以这种民主主义的战斗热情鼓舞了他的读者，燃点起了他们心中反抗的火。所以，许多青年读者把觉慧、觉民当成了他们生活中的朋友和榜样，从这些人物身上得到精神上的鼓舞和支持。

### （二）“激流”流奔的历史方向



翻过“五四”这一页历史，就是大革命前后这一段历史时期。

这是一个革命的暴风雨时期。在这红色的风暴里，正孕育着那黎明的未来，透过这红色的风暴，闪现出中国人民憧憬着、斗争着的那黎明的未来的微光。

这时，在整个社会生活的日历上都写上了两个红色的大字：革命！

巴金在一九二七至一九三三年间写的《灭亡》、《新生》和《爱情的三部曲》这几部作品，直接地反映了这段历史时期的社会生活，表现了这暴风雨时期社会生活中那要求革命的总趋向，要求革命的强烈激情。从这三部作品总的思想倾向看，这正是《激流三部曲》中那“激流”的继续和发展。

随着社会生活的变化，巴金已从他那民主主义思想体系的起点上大大向前发展了。

在《激流三部曲》里巴金批判过向封建制度、封建礼教妥协屈从的思想。生活向前进展了，历史翻开了新的一页，那“激流”也将奔入那革命的洪流中去。这种妥协的思想却像一层厚重的“雾”，挡住了人们展望前景的视线。必须拨开这层“雾”，才能看到“海”，才能通向“海”，才能走向革命。

在一九三一年写的《爱情的三部曲》之一的《雾》里，巴金就更严酷地批判了这种向旧制度妥协屈从的思想。

在爱情的事件中，通过爱情这条线索，巴金刻画了周如水这个典型怯懦、“优柔寡断”的基本性格特点。这性格是他出身的阶级造成的。周如水就是向这个阶级、向旧制度妥协、屈服、投降，结果被生活本身否定了。

周如水爱张若兰，张若兰也爱他。周如水也憧憬过未来的新的生活，他愿与她“共同生活，共同创造一种新的事业”。但周如水却不敢向她“进攻”。在幸福的门前，在新的生活的门前，他犹豫着，怯懦了。因为周如水在老家里有一个“丑陋的而且毫不亲切的妻子”，这是他父母从小为他娶的；他并不爱她。但周如水却觉得对她有“责任”，如果他与张若兰结合的话，“他对父母便成了不孝的儿子，对妻子便成了不义的丈夫，……而且从此他在道德上便会破产，会成为一个被社会唾弃的人。”就是当张若兰主动向他表白了爱情，他也拒绝了，他说：“我应回家去，我的责任是在那里。”

周如水完全匍伏在旧制度和他所出身的阶级的脚前，旧的思想和观念在他思想上组成了一面“义务”和“责任”的网，他只能在这网里憋死，闷死。

巴金十分明确地指出，不能摆脱旧的思想的束缚，就不能走进那新的生活的门，就不能流向那生活的庄严壮丽的海洋；而且会被那生活的“激流”冲向一边，被淹没掉的。就在《电》里，巴金十分冷淡地写了周如水的自杀。

“雾”拨开了，展现在眼前的就是生活中那革命斗争的“海”。

巴金呼喊着革命，追求着革命，也歌赞着革命的斗争。

但巴金对革命的理解，他表现那生活中的革命趋向，是随着对生活的不断深入，才逐渐正确逐渐充实的。

在《灭亡》里就充满了近于绝望的阴郁。

这部作品的历史背景，正是一九二五年左右军阀孙传芳统治南方五省时的上海社会生活。

作品里主要写了杜大心。他到S市后不久，就信仰了所谓“自由的社会主义”。[1]他信仰的理想对未来的社会生活描绘出一幅美丽的图景；但是在旧军阀统治下的浓黑的现实生活中，这理想成了遥远渺茫的几乎是不能达到的东西，那浓黑的现实几乎是阻绝了那通向未来生活的路。杜大心在现实生活中又没有找到那引向未来的真正革命力量。这样，杜大心就必然会跌入绝望的苦痛中。这就是杜大心一切矛盾中最根本的矛盾，是杜大心那偏激的热情、绝望的阴郁的基本性格特点形成的原因。笼罩全书的那阴郁情调也是由这产生的。

其它的矛盾也由这基本矛盾产生，并蒙上了这基本矛盾的阴影。杜大心觉得自己“心里只有黑暗”，“再也滴不出一滴爱泉来”。他虽然爱李静淑，但却拒绝了她的爱，他认为“一个立誓牺牲个人幸福来拯救人类的人，还有资格来爱人！”在张为群被军阀惨杀后，他就“开始觉得这长久不息的苦斗应该停止了”。杜大心认为“死”才能获得“永久的休息”、“心境的和平”和“安静的幸福”。这种绝望的激情产生了冒险主义的思想。杜大心在刺杀戒严司令未成时牺牲了。

在旧军阀统治时期倾向革命的小资产阶级激进派的阶级特点正是这样，他们“希望革命马上胜利，以求根本改变他们今天所处的地位；因而他们对于革命的长期努力缺乏忍耐心”，他们就容易发生“冒险主义的情绪和行动”。（《毛泽东选集》，三卷，一〇一五页）[2]

《灭亡》是巴金走上创作道路的第一部问世的作品。这部作品是一九二七至一九二八年间巴金在法国时写的。正由于巴金远居国外，远离了国内的现实斗争生活，在巴黎的生活又那么“呆板”和“寂寞”；当他看到、感到那生活中阴暗的一面时，就绝望似地感到“这人间真

---

[1] 在《俄国社会运动史话》第八章中，巴金说巴枯宁是“自由社会主义者”。从这个名词和杜大心刺杀戒严司令这件事看，这个典型和巴金本人很容易被人误解为无政府主义者。但是，只从名词、只从人物的个别行为是不能得出正确结论的；我以为，应从这一组作品总的思想倾向来判断这个人物，来理解巴金。

[2] 叶丁易先生在《中国现代文学史略》里论述杜大心这个典型是不正确的。作者引用了《灭亡》扉页上的题诗，就断定说，杜大心这个典型表现了革命也灭亡、不革命也灭亡的这种极端悲观的思想。巴金本人对杜大心这个典型的性格的解释也不确切，他说杜大心“之所以憎恶人类，一是由于环境，二是由于肺病”（见《灭亡》七版题记）。关于环境，这是正确的，但解说得不详尽；至于从生理上去找这个典型的性格形成的原因，就不正确了。

是没有正义”。(见《写作生活的回顾》和小说《电椅》)所以，作品中就充满了那阴郁的色彩。虽然这样，但在全书中那要求革命的呼号，要求改变生活现状的呐喊，却是高昂的。透过这部作品，那呼号，那呐喊，响彻在读者的心中，唤起读者心中要求改革生活现状的革命热情。

巴金是一九二九年初从巴黎回到上海的。这正是大革命失败后，“代表城市买办阶级和乡村豪绅阶级”的“国民党新军阀”的统治，代替了直系皖系等“旧军阀”的统治。这一个历史时期的主要历史特点，一方面是“国民党新军阀……对工农阶级经济的剥削和政治的压迫比从前更加厉害”(见《中国红色政权为什么能够存在》)；另一方面，中国共产党领导的工农革命武装力量在斗争中不断壮大，发展，并在生活中愈益显出它不可战胜的威力来。这是中国人民未来的希望和斗争中的鼓舞力量。巴金回国后，在现实生活中不会不看到或感到这通向未来的历史主流，不会不从这现实斗争生活中吸取希望和力量。在《新生》和《爱情的三部曲》的《雨》与《电》中就充满了这时代的生活的希望和力量。



《爱情的三部曲》之二的《雨》是一九三二年写成的。作品中主要写了吴仁民这个人物。他在大革命失败后变动的现实生活中，充满了矛盾的激情、焦躁、苦闷、彷徨。

一方面，吴仁民苦痛地看到这社会被“黑暗、罪恶与专制统治着”。他憎恨那些统治者。在《雨》第五章中写了吴仁民“梦游地狱”，他“看见许多青年被剖腹挖心，被枪毙杀头，被关在监狱里，被刑讯，被拷问。……他们的父母妻子在呼号，在哭泣。”这些人是犯了所谓“自由思想罪”，才遭到如此惨苦的迫害的。这不是梦，这正是大革命失败后国民党进行残酷的反革命镇压的社会现实。

另一方面，在大革命失败后这个历史的变动时期里，一些不坚定的革命者消沉下去了，转变了方向，或竟蜕化了。《雨》中的李剑虹就认为，多出些刊物阐扬真理，或者出洋研究，或者多读些线装书，然后写出些书来，就可以“造成一股知识的潮流再来感动千千万万的人”。李剑虹称道的张小川，出国回来后就蜕化成了一个洋绅士。吴仁民反对李剑虹这种想法，作法，认为这只能养成些“贩运洋八股”和“唱高调”的人。但吴仁民在这一群朋友中是孤立的。

吴仁民既看到、感到现实生活中“黑暗，罪恶与专制统治着”一切，又反对李剑虹等那软弱无力的妥协办法；而他在现实生活中又没找到那坚实的革命力量，那能领导他去“行动”的革命力量。这样，吴仁民就必然会深深地陷入苦闷、焦灼和徬徨中。

在《雨》里还写了高志元和方亚丹。他们摆脱了李剑虹的影响，决定到 E 地去做坚实的革命工作。通过这两个人物的活动，隐约地写到了那坚实的革命力量，明显地写出了革命的小资产阶级应该也必然会奔赴的历史方向。这些生活现实不会不影响到吴仁民的。他看到高志元等“为信仰忙碌着，并且正被压迫包围着”，而他自己却把精力耗费在爱情上面，他苦痛地自责，感到自己“已经脱离开运动而成为一个普通的人了”，这“和张小川还有什么差别呢”。吴仁民本来希望能在异性的羽翼下逃避（那怕是暂时的）这现实；而现实生活本身却把他从三角式的恋爱“悲喜剧”中惊醒了过来。（这三角式的恋爱“悲喜剧”的发展和结束，正如巴金说的，是不大真实的，缺乏生活的现实基础。）象吴仁民这类型的青年，在这个历史的变动时期里，是不能长久地“荷戟独彷徨”的，现实生活本身逼使着他从那彷徨中走了出来，准备去“追求那黎明的将来”。

在《雨》里虽然写了吴仁民的苦闷、焦灼、彷徨，但却已没有在“灭亡”中那种绝望的阴郁。在整部《雨》中透露出未来生活的光辉，表现了走向未来的革命途程，充满了希望、信心和力量。从这里可以看出，随着对现实生活的深入，巴金的思想感情也发生了巨大的变化。这也是作为现实主义作家的巴金忠实于生活的重要特点之一。

巴金最喜欢《爱情的三部曲》，尤其是《电》。从结构看，《雾》正如它的题名，是一片茫茫的雾，掩盖住了现实斗争生活的实景；在《雨》里，现实斗争生活也只是当作小说的背景显现的；到了《电》，那“电光一闪，‘信仰’就开花了”，现实生活才在生活舞台的正中展现出来。巴金说，《雾》和《雨》都只是“溪流”，而《电》才是“结论”。《电》在思想的意义上说，不止是《雨》的“结论”，也是《灭亡》的“结论”。

小说结构正是作家概括生活、认识生活的艺术表现。从这结构上也可看出《爱情的三部曲》总的思想倾向，看出巴金的思想倾向来。

在《电》里，巴金把国民党“军事专政”——这种新军阀的法西斯统治当作全部作品的生活背景。统治 E 地这个城市的就是一个军阀旅长。就在这生活背景前面，写了一群青年革命者的活动、斗争和牺牲。

在作品中写了明的死，写了志元和雄的被捕和牺牲。巴金写了这群革命青年在反革命残酷镇压下那种勇敢、坚强，他们几乎是含着微笑向死亡走去，没有犹豫，没有怯懦。巴金为这群革命者唱了一只悲壮的赞歌。

《电》作为《雨》和《灭亡》的结论说，那主要的思想意义并不在这里。

在《电》里已清除了批判了《灭亡》中那种阴郁的绝望的激情。这可以从敏这个典型人物的描绘中看出。在这白色恐怖中，敏却“被血蒙住了眼睛”，他不能冷静地正视这残酷的现实，产生了冒险主义的情绪和行动。他就在刺杀统治这 E 地的旅长时牺牲了。虽然巴金写了敏性格中可贵的一面，但却并不赞同他这种冒险主义的思想和行为。这一点，我们可以从小说中其它人物对敏的态度上看出；巴金自己也认为，敏“独断的去做了那一件对大家都没有好处的事情”。（见《爱情的三部曲》总序）在《电》里，透过那威压着人的白色恐怖，从那革命者的血影和牺牲中，能看到那未来的光辉，感到那引向未来的革命力量，感到那革命者前进的坚实步伐。这一点，在《灭亡》中没有，在《雨》也表现得不够有力；在《电》里才把这思想完全表现了出来。



吴仁民这个人物在《电》里虽然还缺乏生活的色彩，缺乏艺术的感人力量，但巴金本人的思想却表现得十分明确——参加到实际的革命斗争中去，个人的力量，个人的生命，才会显得有意义，才会无限的大，无限的充实和丰富。

在《电》里也隐约地写到农村，写到农村与城市的斗争关系和联系。工会被查封前，城市白色恐怖厉害时，克和其它一些革命者曾撤退（不是逃跑）到乡下。不过这些思想表现得十分朦胧。

一九三二年写的《新生》虽然是《灭亡》的姊妹篇，但就“结论”这个意义说，它与《电》一样，充满了革命的激情和信心。

《新生》中的李冷，他在那可怕的寂寞、孤独、空虚和绝望的苦痛中犹豫，惑疑，徬徨。象李冷这样的知识青年，必然会经历那惑疑的十字路口，才能接受新的思想信仰，才能到达新的生活的彼岸。正是现实生活本身逼着李冷转变，逼着他接受新的思想信仰，选择了那革命的道路。

在《新生》中巴金显然表现了这种思想：只有获得了新的思想信仰，去革命，去参加实际的革命工作，与人民尤其是工人结合在一起，才能得到“新生”。李静淑和文珠获得新的“信仰”后，就放弃了自己出身的阶级利益，到工厂里作了女工，在工人中工作，她们得到了“新生”。李冷获得了新的“信仰”后，就摆脱了那绝望的苦痛，到A地参加了工运工作，参加了组织工人的罢工斗争，他也得到了“新生”；当他被捕后临牺牲前，他也感到“信仰”是不会死的，他所从事的革命事业是不会死的。



在《新生》的书末，巴金引用了《新约》《约翰福音》里的一句话：“一粒麦子不落在地里死了，仍旧是一粒；若是死了，就结出许多粒子来。”

新的思想不会死，革命事业不会灭亡；新的思想一定会胜利，革命的事业一定会胜利——在《电》里巴金表现了这思想，在《新生》里巴金也怀着坚定的信心这么告诉他的读者。

《灭亡》、《新生》和《爱情的三部曲》这几部作品那总的思想倾向就是：要革命！要反对旧制度，改变这不合理的生活，只有进行革命斗争！而且这思想在这几部作品里，随着时间的转移，随着作者对生活的深入，表现得愈益明显、强烈、坚实。这些作品中描写的那一群革命青年的思想和性格特点，他们的苦闷，彷徨，他们的思想趋向，正是那一整代革命小资产阶级的思想感情，他们的思想趋向。所以许多青年读者在这些作品中找到了自己的“朋友”，能够与作品中一些典型人物的思想感情发生共鸣。无论是《灭亡》里那绝望的阴郁浓到什么程度，或《雨》里那苦闷彷徨大到什么程度，但这渴望和追求那未来的“光明”，要求革命的总的思想趋向却是十分明确，十分突出的。正是因此，这些作品一出版，就立即在广大青年读者中获得了成功，并在他们当中起过深刻的革命或进步的影响。❶

从《激流三部曲》到《灭亡》、《新生》和《爱情的三部曲》，可以大致看出巴金思想发展的一个基本轮廓，看出巴金那最基本最核心的思想体系的轮廓——猛烈地坚决地反抗旧制度、旧礼教，热情地要求革命，歌赞革命，并对未来充满胜利的信心。

（三）描写工人生活的作品

列宁在论到孙中山的思想时说，战斗的彻底的民主主义者孙中山不会不“热烈地同情劳动者和被剥削者，相信他们的正直与他们的力量。”（见《中国的民主主义与民粹主义》）

战斗的民主主义者巴金，也不会不关注劳动者的生活和斗争。



就在写《新生》和《爱情的三部曲》的同一个时期里，巴金写了几篇以矿工为题材的中短篇小说：一九三一年写了短篇《煤坑》，一九三二年写了中篇《沙丁》，一九三三年写了《萌芽》。（修改后重版时更名《雪》）❷

巴金在《煤坑》和《沙丁》里都着重地揭露了矿工们被剥削被压迫的血泪的悲苦生活。只不过《煤坑》里揭露的是资本主义方式的剥削，资本的奴役；而《沙丁》里却写了锡矿工人奴隶似的劳动和被剥削的悲惨事实。

在《沙丁》里，那群矿工是被那贩卖奴隶似的人口贩子骗来买给矿山的。他们被警棍和枪刺逼着去挖矿，为矿主卖命。他们带着脚镣下窑，带着脚镣睡觉；而且还有武装矿警监视，看守。最后，他们都先后悲惨地死去了——有的在逃跑时被枪杀了；有的被逼自尽；吴洪

❶ 刘绶松先生在《中国文学史初稿》中说，吴仁民那种“感伤忧郁的色彩”“不能不给读者带来一些坏影响”。这论断是不正确的。刘先生没把握住《爱情的三部曲》或吴仁民这个典型总的思想倾向，没了解时代的生活特点，孤立地指出“感伤忧郁”这一点，因而下了这个错误的论断。

❷ 王瑶与叶丁易两位先生在他们的文学史著作中，都错把《萌芽》和《雪》当成了两部不同的作品，说《萌芽》是写窑工生活，《雪》是写矿工生活。

发被毒打后病死了；升义等人则被活埋在塌毁的窑里。从这些悲惨的画面，巴金愤怒地揭露了矿主们的残暴和罪恶：在他们所榨取的每一分钱上，都浸满了工人的鲜血和眼泪。

与《煤坑》一样，巴金也写了矿工们自发的反抗情绪；不过，《沙丁》中的这自发的反抗情绪比《煤坑》明确得多，强烈得多。

巴金突出地写了癞头和尚这个人物，集中地表现了矿工们的自发反抗情绪，自发的反抗意识。这个人物有点象曹禺《原野》中的仇虎，有一种原始的“血仇主义”思想。他曾杀死他的妻子和诱骗他妻子的“有钱人”，之后就逃到了这矿山来。他曾愤怒地向沙丁们说：“什么师爷！什么总爷！有一天都会给我的拳头打掉的！我不高兴做一辈子沙丁。……你怕我不晓得每年几千万亮银元是哪个挣来的吗？那上面都是血！……”

在这两篇作品中巴金仅仅写出了矿工们自发的反抗情绪，而且这情绪近乎绝望的哀鸣惨叫。



巴金并没有停留在这种对工人生活的理解上。

在写了《煤坑》后两年，巴金又重新回到矿工的题材上，写了《雪》。（这是《萌芽》修改后的定本）从题材看，《雪》是《煤坑》的扩大，继续；但从思想意义上看，《雪》却是《沙丁》和《煤坑》的发展。

在《雪》里不止暴露了资本的奴役，不止指出了那“垂死的制度”的“伤痕”，巴金主要地写了作为一个阶级的工人开始走向了自觉的阶级斗争。

《雪》里的小刘原来也和其它工人一样，因为“需要点享乐”，一发工资后就去赌，直到把钱输光为止。后来就产生了自发的反抗情绪：“恨”！张正兴和老汪等惨死了，吴根宝无故被监工开除后也被逼上吊自杀了。这些悲惨的事实都激发起小刘那出自阶级本能的阶级自觉——他向其他矿工说，应组织工会，“大家团结在一起就有力量”。就在工会开成立大会那一天，矿工与武装矿警发生了冲突。以后小刘领导了工人罢工，但却被矿警与军队镇压了下去。

从小刘这个典型所表现的那种自觉的阶级斗争，几乎完全出自本能的阶级自觉。《雪》在思想上比《煤坑》和《沙丁》都深刻得多的地方在这里，那弱点也在这里。巴金并没有明确地表现出革命政党和革命思想在工人走向自觉阶级斗争中的作用。

但是，在这部作品中，巴金所表现的工人阶级思想发展的趋向，斗争发展的趋向，却是十分明确的：工人阶级为争取本身的权利，必须团结一起，进行自觉的有组织的阶级斗争。

这三部作品在思想上是逐渐深入，不断发展，愈益充实的。从这里我们也可以看出战斗的民主主义者巴金在思想上在生活中认真探索的过程。

### （四）抗日战争时期的巴金——从《火》到《寒夜》

一九三七年抗日战争爆发后，巴金即以他的作品参加了这民族的自卫战争。巴金说，他的“血管里有的也是中国人的血”，他要站在“中国人的立场上”写“宣传的书”。《火》和《寒夜》都直接地写了整个抗日战争时期不同阶段的社会生活。



《火》一共三部。第一部《火》写成于一九四〇年的九月。作品里以“八一三”淞沪抗战为背景，写了一群爱国青年的抗日活动。正如它的书名，全书中都是《火》：日本帝国主义者在中国和平的土地上燃起了侵略的战火；但这火烧不毁中国人民仇恨的心和战斗的意志，它只会燃旺中国人民仇恨和战斗的火。刘波就对冯文淑说过，凤凰在火中得到了新生，中国人民在这火的洗礼中只会锻炼得更坚强。在这严峻的时刻、严峻的生活面前，中国人民高举起民族自卫战争的圣火，发出了庄严的吼声：抗战去！

巴金就在这第一部《火》里发出了这愤怒的喊声，表现了这时期生活中那总的趋向。

巴金着重地写了冯文淑、周欣和朱素贞、刘波这几个人物，她们从不同的生活道路走进了抗日斗争的大行列中。

周欣和冯文淑的性格相近，但又不同；她们走进抗日斗争中所经历的生活道路也不一样。周欣走出家庭，参加爱国的抗日活动，没有什么阻碍，她母亲同情她，支持她。冯文淑却须反抗家庭的阻挠。她父亲反对她作护士，反对她参加曾明远的青年救亡团体，总之，反对她参加任何的抗日活动；要她在家里“埋头读书”，“少管闲事”。但冯文淑突破了这些阻碍，勇敢地坚决地和周欣一起参加了曾明远组织的战地服务团，到了前线。

朱素贞则经历了别样的生活道路。她的家“冷冰冰的”，没有“温暖”，没有友爱；她也不爱这个家。在这民族战争的大烽火中，她觉醒了，参加了一个伤兵医院的护理工作。但她感到不满足，她向刘波说：“我需要温暖。我也有一腔热情。……去陕北，去新疆，什么地方都可以。”最后她随着医院撤退到了后方。

刘波这个青年学生，在“八一三”淞沪战争开始后，就积极热情地参加了各种抗日救亡活动。他为了募捐，去街头义卖报纸；他热心地帮助一群朝鲜爱国青年的抗日宣传活动与地下武装活动。当上海大撤退时，他就决心留下来作地下的抗日斗争。

巴金这么处理这几个人物是有意义的。生活本身就似由无数大小不同的溪流汇成的海洋，每个爱国青年就似一条条大小不同的溪流，流着，流着，终究会流入那抗日的巨流中去。抗战初期那生活中的总趋向就是这样。许多青年在这战争的烽火中觉醒了，成长了，自觉地认识到一个中国公民应有的民族责任感，热情地毫不犹豫地参加了这民族的自卫战争。这就是力量，巴金在现实生活中感到、看到这一股力量，也写出了这种力量来。巴金从这群年青人身上看到了那“黎明的中国的希望”；通过这作品，巴金在他的读者心中也燃烧起了这种“希望”。

这第一部的《火》就似熊熊的燎原的火。

《火》的第二部写成于一九四一年。在“八一三”后一年左右，约在一九三八年八月间，曾明远等组织的这个战地服务团已随正规军撤退到大别山区活动。这时正是武汉撤退的前夕。战争的区域扩大了，战争的时间无疑地会拖长下去，战争将会更残酷和艰苦。抗日战争已进入了一个新的阶段，即敌我长期相持的阶段。生活中的新问题严重地摆在人们的面前，要求人们去认识，去回答，去处理——抗战应该怎么“抗”？在这部作品里，巴金真实地反映了、提出了这个问题。

当日军逼近了曾明远这个团体活动的小县城时，这个团体里的人就发生了严重的分歧。杨文木坚决主张这个团体留下来，继续工作。他认为，只要有“牺牲精神”，只要有老百姓做后盾，是能够在敌后、在乡间发动并坚持游击战争的。最后他与李南星、方群文等就离开了这个团体，就在当地留了下来，准备组织群众，发动敌后的游击战争。这是一种抗战的方法，一条坚实的斗争道路。曾明远和这个团体的大多数人都主张随军撤退，仍去做那宣传工作。这是另一种抗日的方法，另一条路。

巴金认为，既然都是为了抗日，这两样工作都有意义，“两条路都该有人走”。但巴金对杨文木等人所选择的道路却怀着更多的尊敬，更多的同情。

在这艰难的抗日斗争生活中，巴金仍然大声地发出他那“大家抗战去”的呐喊声，仍然燃着他那对日本侵略者仇恨和愤怒的火。

抗战愈来愈艰苦。在抗日的统一战线内部，在国内的政治生活中，“暗礁”愈来愈多，问题愈来愈多，裂缝愈来愈大。太平洋战争后，日本侵略者几乎占领了英、法、荷在远东的全部殖民地，中国几乎完全处于日本侵略军的包围中。日本侵略军一方面凶残地向人民的抗日根据地“扫荡”，一方面向蒋介石集团诱降。这种国际环境的阴影投射到国内的政治生活中，就更加染浓了国内政治生活的阴暗色彩。国民党蒋介石集团不断地制造磨擦，削弱抗日力量，破坏抗日团结，愈益露骨地现出它反共反人民、破坏抗战的反动面目来。抗日战争的前途蒙上了这层晦暗的色彩。



这时，摆在中国人民面前的严重任务是：反对分裂，团结抗日。

忠实于生活、与人民共同呼吸的爱国主义者巴金，就在这险恶的抗日斗争生活中，也没有失去他的信心，熄灭他的希望之火。在一九四三年写成的第三部《火》里，巴金虽然没有正面地描写这国内的政治生活，但却怀着一种善良的愿望，从一个基督徒和一个非基督徒“思想感情的交流”，反映了这团结抗日的重大问题。

国内的政治生活不会不影响到国内的社会生活，那阴暗的色彩也不会不染暗这国内的社会生活。巴金通过张翼谋等几个人物描绘出了国民党统治下的所谓“大后方”的阴暗社会生活。巴金严厉地谴责了这种畸形的糜烂的生活现象。

张翼谋在意大利混了几年，回国后就在朱素贞上学的这个大学讲授“哲学”。这是一个十足的法西斯主义思想的奴才，一个准政客。他公开地鼓吹“征服道德”，宣扬“墨索里尼有大政治家的风度”。有些青年学生也被这社会生活压扁了，染黑了，也成了这阴暗的社会生活的一点色素。绰号叫野玫瑰的王文婉就是一个新式的交际花。谢质君在这个大学念书就是混资格；她匆忙地决定与温健结婚，就为找那未来生活的“依靠”。温健索性连资格也不混了，与他的一批发国难财的朋友去香港，想多捞几个钱，“花得痛快”些。从这些人身上，从这社会生活阴暗的一面，确实看不出那“黎明的中国的希望”来的。

巴金把他的希望寄托在另一些人的身上。在作品中巴金着力地刻划了田惠世、冯文淑和朱素贞这几个人物。在这几个人物身上确仍存在着那“黎明的中国的希望”。朱素贞也向田惠世说过：“我们有不少埋头苦干的人，好的青年一定比不好的青年多。”

田惠世是一个正直、善良、爱国的基督徒。他相信福音书上的“爱”。这“爱”的内容就是《旧约》《以赛亚书》中说的：“要止住恶行，学习善行；寻求公平，解救受欺压的：给孤儿伸冤，为寡妇辨屈。”正是为了这“爱”，田惠世“才来拥护抗战，反对那残害生命的侵略者”。在艰困中他坚持主办《北辰》杂志，传播“爱”，宣传抗战，“教人作个正直的人”，“为正义奋斗”。田惠世这个典型在生活里并不是引导人的指路明灯，但在那浓黑的社会生活中却是一朵令人欣喜的火花。从这个虔诚的基督徒身上，人们能看到一个爱国的中国人民正直善良的心。巴金肯定这个人物的正是这点，而不是他信奉的基督教义。

冯文淑和朱素贞可说是无神论者。她们不相信基督教义，并且引用《沙宁》中的话来反驳田惠世：“基督教：和善，谦卑，并且给人许多未来的福，它反对斗争，说着永久幸福的幻影，把人催入甜蜜的睡眠。”但是，这世界观的不同，思想上的分歧，并未妨害他们之间的了解和友谊，并未妨害他们之间在工作上的合作。这原因，除了田惠世是个善良正直的人外，更重要的是他们有一个共同的思想：反抗日本侵略者。他们在抗日这一点上是相同的。田惠世临死前正式邀请冯文淑来《北辰》帮忙工作时说：“基督徒不基督徒都是一样的，只要你相信爱，相信真理，……鼓舞人求生，你同我又有什么区别呢？”

巴金就从这些平常的生活事件中，表现出了当时中国人民要求团结抗日的普遍愿望。

在《火》的第三部里，巴金就已开始注意到了国民党统治地区的阴暗社会生活；在《寒夜》里，巴金就集中地描写了这“大后方”阴暗生活的一面。

《火》反映了抗日战争前半期社会生活的动向。在《火》里是战斗的呼号，燃烧着希望，充满了战斗的热情；即使在第三部《火》里，也没停住那呼号，失掉这希望，冷却这热情。《寒夜》却反映了抗日战争后期国民党统治区的社会生活。正象它的书名：阴森森的寒夜。在《寒夜》里充满了近于绝望的阴郁，苦痛的呻吟。从《火》到《寒夜》这是两种不同的思想感情，也正反映了整个抗日时期国内社会生活的巨大变化。

巴金从一九四四年冬天就开始写《寒夜》，两年以后，即一九四六年尾，才写成这部作品。抗日战争后期，国民党反动集团在经济上加强了掠夺榨取，在政治上更凶恶更残暴地迫害共产党人及其它进步人士。这种经济上的无耻掠夺，政治上的残酷迫害，就形成了“大后方”社会生活的所谓“低气压”。在《寒夜》中那阴郁的情绪，灰暗的色彩，正是这“低气压”的“大后方”社会生活的“折射”。

在《寒夜》中巴金写了一个善良的普通的知识分子的生和死——屈辱的苦痛的生，凄凉的孤寂的死。巴金也揭露了汪文宣“吐尽血痰死去”的社会原因。

汪文宣的母亲和他的妻子曾树生之间充满了不睦、仇视和无休止的争吵。文宣的母亲不满意曾树生，甚至鄙视她，认为她并未与文宣正式结婚，只不过是她儿子的“姘头”。这家庭的不睦，也是汪文宣寂寞苦痛的原因之一，是他“吐尽血痰死去”的原因之一。当然，汪文宣的母亲是一个旧式妇女，受过旧式教育，她用旧的思想尺度来衡量曾树生的一切言行。但是真正的深刻的社会原因却并不在这里。

在抗战以前，汪文宣这个小家庭也有过幸福的日子。汪文宣在病中就说过，以前，他，母亲，妻子和他的儿子并不是这么生活的。那时他和树生也曾幻想过去办“乡村化家庭化的学堂”，把一生精力贡献给教育事业。但是，不合理的社会制度必然会产生不合理的社会生活，而且在战争动荡的年月里，这种不合理的社会生活更畸形的发展，恶性的糜烂。随着这社会生活的变化，人和人的关系和联系乃至人的内心世界也起了不同的变化。这社会生活本身不止打碎了文宣和树生的幻想，而这正是他那个家庭不睦和互相仇视的社会原因。这婆媳间的矛盾和冲突正是那社会生活曲折的反映。所以文宣一直到死都没有能够使她们真正地互相了解。因为那社会生活本身不是汪文宣的眼泪和善良心愿改变得了的。

在那个不合理的社会制度里，在那动荡的畸形的社会生活中，象汪文宣这样"规规矩矩"的"老好人"必然会遭受社会的歧视，排挤，压迫，那失业和灾难性的贫困逼着汪文宣一步步地走向死亡。汪文宣就在那抗战胜利的爆竹声中"吐尽血痰死去"了。

汪文宣活着的时候是苦痛的，寂寞的，卑微的，没有未来的希望；他的死也是苦痛的，寂寞的，卑微的。虽然他不想死，他有权利生，但那社会制度和那不合理的生活却不许他生，活活地把他摧残死了。

汪文宣的遭遇正是那个时期里普通的善良知识分子的可悲命运。巴金说，他写这部作品是为那些"吐尽了血痰死去的人和那些还没有吐尽血痰的人讲话"。巴金正是以民主主义的正义和同情为那些受尽折磨的"规规矩矩"的"老好人"，这些普通的善良的知识分子，对那个社会提出了沉痛的控诉，愤怒的抗议。

从《激流三部曲》到《寒夜》，在巴金的这些主要作品里，我们都可感到不同历史时期主要的社会生活的脉搏的跳动。巴金与中国共产党人一起，与中国人民一起，在民族、民主的艰苦曲折的斗争中，猛烈地反对国外的帝国主义者，猛烈地反对旧制度，旧礼教，同情在苦难中挣扎反抗的劳动者，热情地歌赞革命，要求革命地改革不合理的现实生活。巴金这战斗的民主主义思想体系就似一条色彩鲜明的红线，贯串在巴金的全部作品中。巴金全部作品的现实主义主要特点在这里，他的成就、他的功绩也在这里。从巴金的创作活动看，无疑地，他是勇敢的忠实于生活的现实主义者，他是热情的革命民主主义战士。

## 三　巴金典型化方法的特点

在梅里美的《高龙巴》这篇小说里，女主人公高龙巴将要去为邻居的死者唱挽歌时，回答她哥哥奥索说：

“不，哥哥，这个（按：指挽歌——笔者）我不能预先作的。我得坐在亡人面前，想着他的家属，等我的眼泪冒上来了，我才能把临时的感想唱出来。”（《高龙巴》，平明出版社出版，二二一页）

高龙巴为什么一定要在亡者的灵前，“想着他的家属”，而且要等到“眼泪冒出来了”，才能唱出动人的哀切的挽歌呢？

我们从巴金的文学创作活动中，发现了与这惊人的类似的材料。

一九三三年巴金到南方旅行时，在广州碰见了十年前的旧友 E。这位朋友在十年前也与巴金一样，“看见了现社会制度的罪恶，投身在社会运动中间”。正是这时他们由通信成了相知的好友。但是生活逼着巴金的这位朋友离开了社会运动，生活的重担也消磨了他一切生活的锐气——为了养活一家人，他沉静地在一个旅馆里作三十元月薪的帐房。就是这活鲜鲜的生活事件激动了巴金，他怀着“痛惜”的心情，写了收在《将军集》中的《一个女人》这个短篇。（见《旅途随笔》，八十八页）

《春天里的秋天》写作经过也是这样。一九三二年的春季，巴金在一个“迷人的南国古城里”听到了一个“痴狂的女郎”的故事；他和两个朋友曾去访问过这个女郎，“看见了她十多次秋天的笑”。这生活现象吸引了巴金，深深地激动了他，就写了中篇《春天里的秋天》。（见《春天里的秋天》序）

假如高龙巴在死者的灵前，不“想着他的家属”，即不用生活本身来激动自己的心灵，能不能唱出那么动人的哀切的挽歌呢？回答是否定的：不能。

同样，如果没有那位朋友 E 这生活现象的激动，如果没这“痴狂的女郎”的故事，作者没看见过她脸上那“秋天的笑”，巴金能不能写成《一个女人》和《春天里的秋天》呢？回答是否定的：不能。

这就接触到巴金文学构思的一个起点问题了，接触到巴金创作中典型化过程的起点问题了——创作的冲动或灵感。

当然，我们不能也不应该把创作冲动或灵感象唯心主义者那样，当成作家脱离现实生活的单纯的臆想。创作冲动或灵感是作家直接接触并吸取生活的起点，是作家文学构思的起点，是作家典型化过程的起点，而且是一个十分重要的起点。当现实生活现象作用于作家的感觉时，立即或逐渐地引起了作家的创作冲动或灵感，急切地想把自己在生活中“捕捉”到的东西艺术地再现出来，而且这种冲动有时达到一种“欲罢不能”的境地。

奥维奇金在谈到他的创作活动时，就曾列举过类似例子。在《谈特写》这篇有趣的文章中（载《文艺报》一九五五年七、八号），奥维奇金谈到他写《无祖无宗的人》这篇特写的经过时说，“我住在库班……发现一个很奇怪的现象，常常有些外地的人搬到这里来参加这里的集体农庄”，但是他们只“住一个时期，一到收成下来就走了”。这大量的类似的生活现象引起了奥维奇金的注意，他感到集体农庄制度本身有缺点，人们的思想意识中有缺点，但他并没有确定下他的“特写形式”。后来，一件偶然的生活现象，才帮助奥维奇金把这“特写形式”确定下来。一次，奥维奇金碰到一位“游荡的游民”，“手里拿着一册厚厚的书”，这是农业展览会出版的手册。这个懒惰的“游民”就根据这“手册”，看“哪个集体农庄赚钱多，给的粮食多，他就去哪里”。这十分生动的生活现象激动了作者，就写下下《无祖无宗的人》这篇特写。

创作冲动或灵感的“奥秘”——假如说有什么“奥秘”的话——原来就是这样：现实生活在敲击着作家心灵的门扉，逼使着作家不得不注意、研究并把这生活本身提示给作家的东西表现出来。没有现实生活，没有现实生活对作家感情的激荡，唤起作家心灵中诗意的激情，也就没什么创作冲动或灵感了，也就不会有创作本身了。因为，生活本身还没有“闯进”作家心灵的门。

巴金正是从生活中吸取他的创作灵感的。

现实生活引起作家的创作冲动，激起他的创作灵感，这是各式各样的。

大致是在一九三五年，巴金接到一位在大学念书的青年女读者的信，诉说她的苦闷与对未来的焦灼，“……父母管得我象铁一样，但他们却很有理由——把我当儿子看待——他们并不象旁的父母，并不阻止我进学校，并不要强行替我订婚，但却一方面要我规规矩矩地挣好分数，毕业，得学位，留美国；不许我和一个不羁的友人来往。在学校呢，这环境是个珠香美玉的红楼，我实在看不得这些女同学的样子。我愿找一条路，但是没有！”（见《爱情的三部曲》总序）这生活事件触动了巴金，一九三八年就写了《激流三部曲》之二的《春》。

《春》里的故事情节中没有这位青年女读者的事件，它完全取择于巴金的过去生活。那位女读者在信中诉说的事只激动了巴金对过去生活的联想。

但是《春天里的秋天》却不一样。巴金把在现实生活中接触的事实，即那位“痴狂的女郎”的故事，引用作为全部作品中情节的核心。

当我们谈到创作冲动或灵感时，就产生了一些新的问题：为什么这一类的生活现象或事件那么强烈地引起了巴金的注意，激起了巴金的创作灵感或冲动？为什么那位女读者的信就唤起了巴金这么丰富而又生动的生活联想，唤醒了“沉睡”在巴金记忆中的过去的生活？这难道只是一些偶然性的事吗？难道与巴金的典型化方法全无关联吗？

不。如果是这样，那么这些事实顶多只能算作巴金创作活动中的一些有趣的逸闻，在巴金典型化方法中一点地位也没有的。

当然，这是一些具体问题。但在巴金典型化的方法中，在巴金对生活作艺术概括的起点上，却是一些带规律性的具体问题。

如果偷懒一点，那就可以甘脆用三个字回答：世界观。这无疑是正确的。在全部创作过程中，在典型化的全部过程中，世界观无疑地起着深刻的重要的作用。但是，这笼统的回答却不能解释这些带规律性的具体问题。

在文学历史中常有这样的情形，同一时代的作家，他们的世界观就其本质说是相同的，但是，同样一种生活现象，甲一个作家可能十分注意，并激动了他的创作灵感，把这生活现象引为作品中的主要情节，或作为有十分深刻意义的插曲。但是，乙一个作家对这生活现象竟完全忽略了过去，引不起他任何创作上的激动；或引起了他的注意，但只保留在他材料的“仓库”里，既引不起他类似的生活的联想，也不能据此进行创作；有时，顶多只在作品中作为一个十分不重要的插曲。

这并不奇怪，巴金也与其它作家一样，有他在生活中形成的对社会生活独特的美学兴趣。

一九三一年的夏天，巴金一位刚从日本回国来的朋友和他同住在一起。一次，这位朋友到别处去玩了两天，回来后，“说出了在那里和一位少女交际”的事，而且他就单恋着那位少女，甚至“说出闻到那位姑娘的肉香的故事”。但这位朋友却“怯懦和犹豫”，“被单恋所苦恼”。这生活事件就触动了巴金，他写了《爱情的三部曲》的第一部——《雾》；《雾》中周如水这个典型的原型就是这位刚从日本回国来的朋友。

这位朋友的故事在那一点上特别深刻地触动了巴金呢？是这单恋的故事本身吗？不是。深深地触动了巴金，强烈地引起巴金的美学兴趣的，正就是这位朋友在单恋中的“怯懦和犹豫”这一点；巴金要刻画的正是一个“优柔寡断”的性格。



如果把《雾》、《春天里的秋天》、《春》、《一个女人》等的创作经过排列在一起的话，我们就会看出，这不是一些个别的偶然性的有趣逸闻；巴金对社会生活的美学兴趣有那么明显的倾向性。这带有倾向性的美学兴趣与巴金所经历的独特生活道路有着那么密切的关系和联系。

在《写作生活的回顾》中，巴金说：“我在写作中所走的路径和我在生活中所走的路径是相同的”，“我的作品里混合了我的血和泪”。这是真的，我们在巴金的作品中能找到他过去生活里的一些或明或隐或大或小的生活痕迹的。这并不是说巴金的作品就是他的生活自传。这种错误的理论曾经被人们公正地指责过，批判过。但是，我们把巴金的生活道路与他的创作活动对照研究一下的话，我们就可以寻找出巴金这带倾向性的对社会生活的美学兴趣的原因。

《雾》中周如水这个典型的原型，在“怯懦和犹豫”这一基本性格特点上引起了巴金的美学兴趣。这种带倾向性的美学兴趣在巴金的过去生活中是能找到那原因的。

在自传性的散文集《忆》里，巴金曾谈起他生活中的大哥。他大哥的基本性格特点，他大哥生活上的一些主要不幸遭遇，巴金都曾艺术地再现在《激流三部曲》里觉新这个人物身上。这就是说，巴金在过去的生活中曾经痛心地亲眼看见过这类“怯懦和犹豫”的人悲剧性的遭遇，他们向旧制度、旧礼教屈服妥协结果遭致了自身的灭亡。周如水这个典型的原型“怯懦和犹豫”这一点特别引起了巴金的注意，引起了巴金的美学兴趣。巴金正是从这原型生活事件中“怯懦和犹豫”这一点窥见了更深刻的社会生活内容，窥见了更带本质性的社会生活问题的。

《春天里的秋天》这部作品的创作经过也一样。在《忆》、《短简》和《海行》里，巴金曾一再地说，他用眼泪埋葬了一些亲人，这些青年都是被旧礼教凌迟死了的。巴金亲眼看见这些生活中的悲剧，而又无力救助，这只有更深地激起他对旧制度、旧礼教的憎恨。这些过去的生活与《春天里的秋天》的故事情节有很密切的联系和关系。所以那位“痴狂的少女”的故事那么深深地触动了巴金，那么强烈地引起了巴金的创作冲动。



《春》的思想主线之一是反对旧制度和旧礼教对人的束缚压制。那位青年女读者的信中的诉说的苦闷和焦灼，要求找一条生活的路，这生活事件本身正是在封建似的束缚和压制这一点上引起了巴金的注意，引起了巴金的美学兴趣的。

可以看出，巴金对社会生活带倾向性的美学兴趣与他过去的生活经历有那么深刻和密切的关系和联系。这与在巴金全部创作中表现出的那思想倾向是一致的，与巴金沿着那独特的生活道路形成的思想倾向是一致的。前面我们曾谈过，巴金出生于一个封建大家庭。在这个“专制王国”的家庭中，他亲眼看到封建制度、封建礼教摧残了人的幸福、自由乃至生命，残酷地播弄人的命运；巴金也正是从那旧制度、旧礼教的压制与束缚中挣脱出来，冲击出来，反抗出来，并追求那“解放的路”，反击那制度和他出身的阶级。巴金就沿着这独特的生活道路形成了他的思想倾向，巴金就沿着这独特的生活道路形成了他那带倾向性的美学兴趣的。所以，巴金对某些生活现象感受特别敏锐，这些生活现象的某些方面十分容易引起他对自己过去生活的联想，或与潜伏在他内心里的某些在生活中积累的认识或思想发生共鸣。所以，现实生活中的某些生活现象一下就吸引住了巴金，激起了他不可遏止的创作冲动。

美学兴趣不是什么空幻的观念，也不是什么神秘的魔术。鲁迅先生就说过，木匠的儿子总是先识知斧柄，教书人的儿子总是先识笔墨。一个作家的历史生活总会培养他形成他某些方面的美学兴趣的。巴金所生活的时代，所生活的具体环境，所经历的生活事件，总之，巴金所经历的独特生活道路，就是形成巴金那带倾向性的对社会生活的美学兴趣的原因。可以这么说，巴金那带倾向性的美学兴趣，就是他所经历的生活的“哲学结晶”。

美学兴趣不是什么天生的或永恒的东西——象《旧约》上说的，上帝造了人的肉体，又赐给他一颗跳动的心。文学史上常有这样的情形：作家的生活变化了，思想变化了，对社会生活的美学兴趣也随着变化了。比如丁玲同志，从她前期写的《莎菲女士日记》《韦护》等作品中表现的美学兴趣看，与后来写的《太阳照在桑乾河上》这部作品中的表现的美学兴趣，有十分巨大的差别。

在文学历史当中也有对社会生活的美学兴趣极为广泛的作家。如鲁迅先生，在他创作的小说中，既有以农村生活为题材的作品，也写过知识分子，也有从历史上取材的。从这些作品的题材看，鲁迅先生对社会生活的美学兴趣是十分广泛的。尽管这样，鲁迅先生对社会生活的美学兴趣却不是毫无规律性可寻，不是毫无倾向性的。

很难想象有这样的作家：他对社会生活没有任何方面的、一定的美学兴趣，而现实生活又能激动他的创作灵感或创作冲动，并且写下一部激动人心的作品来。这样的作家是没有的。

我们再进一步研究巴金在文学作品中对社会生活的美学评价问题。

对社会生活的美学评价是贯串在全部典型化过程中的。当作家获得了生活的素材后，总要做一番去粗取精，去伪存真的功夫，把那些具有本质性的特征和细节保留下，抛弃了那些非本质性的特征和细节。可以说，对社会生活的美学评价，是全部文学构思中的“轴心”，是全部典型化过程中的“轴心”。

我们拿《雾》中周如水这个典型和原来的生活事件比较，可以看到这中间出现了多大的差异：不止是结局不同了，就连基本的思想内容，就连问题的基本性质也不同了。

在原来的生活事件里，巴金的这位朋友只是“怯懦和犹豫”于向那位刚认识的少女“进攻”，因而陷入单恋的苦恼中。但是，当巴金塑造周如水这个典型时，却赋予了这“怯懦和犹豫”的性格新的社会内容：周如水之所以“怯懦和犹豫”，是因为他认为，如果爱了张若兰并与她结合，他对父母便成了“不孝”的儿子，他对过去父母为他娶的妻子便成了“不义”的丈夫，而且在社会上“道德”就会破产。周如水完全向封建礼教和他出身的阶级妥协投降了。这新的社会内容是原来生活事件中没有或表现得不明确的。

小说中故事的结局与原型生活事件也不同。巴金的那位刚从日本回国的朋友，后来与另一位少女同居了，已忘记了那单恋的苦恼，而且生活过得还愉快。但在《爱情的三部曲》中，巴金根据周如水这个典型具有深刻社会意义的“怯懦和犹豫”这一性格特征，根据生活的内在规律，在结局的处理上，让周如水跳水自杀了。

在典型化的全部过程中，巴金对原型的生活事件进行了这么深刻的美学评价，赋予了原型生活事件表现得不明确的新的社会内容。经过巴金典型化以后的周如水这个典型，已是有深刻思想意义的社会画图了。

石头不会变成鸡，柳树上长不出桃子来。只有在一定条件下，鸡子才孵化成小鸡，桃树才结出桃子这种果实来。如果巴金的那位朋友在这恋爱事件中没表出“怯懦和犹豫”这一基本性格特点，那么周如水这个典型可能会塑成另一种样子，可能会有另有另一种社会内容；也可能根本引不起巴金的美学兴趣，《雾》就不会与读者见面。这就是说，现实生活本身如果没有“暗示”给作者更广阔的生活的话，就既激不起作家的创作冲动和灵感，也无法对社会生活作文艺学中的美学评价。作家不能臆造（不是虚构）出生活来。巴金的那位朋友的“怯懦”这一性格特点，就隐含着更深刻的社会内容的可能或因素。巴金正是从这一点深入下去，在更广阔的生活基础上去探究这生活的内容，并对这生活现象作了新的美学评价。所以，当《雾》写成时，就已不是巴金那位原来的朋友，而是一个典型了。

但是，现实生活事件或现象的特点、属性和方面是多种多样的，它们与其它生活事件或现象的联系或关系也是极复杂的。同一种生活现象，不同的作家可能各人强调了它不同的特点或方面，作了不同的美学评价。不同作品中描写了近似的题材，但每个作家所强调的特点或方面迥然不同，从作品表现的作家对社会生活的美学评价迥然不同。

苏联 E·多宾同志在《生活素材与艺术情节》这篇有趣而引证渊博的文章中，曾谈到斯汤达的《红与黑》这部作品的创作经过，他说，同样以安杜杨·贝尔特案件为题材的不同作家，“一位企图用出身下层的人竭力想出人头地但结局却很悲惨的事件引起读者的怜悯。另一位决定探究一下这种企图对‘十九世纪青年人’的道德基础所起的有害影响。第三位对于爱和妒的‘心理深度’发生了兴趣。”（见《译文》，一九五六年八月号）

文学的历史也说明了这样的问题：象美学兴趣一样，作家对社会生活的美学评价也有倾向性，各个作家对社会生活的美学评价并不一样的。



巴金的《家》（整个《激流三部曲》也一样）贯串着两条相互纽结着的思想主线：一是揭露封建家庭和旧礼教的不义和罪恶；一是写“五四”初期新生的民主力量的萌芽、壮大、成长、和对旧制度旧礼教不可调和的抗议。但曹禺根据巴金的原作改编的剧本《家》却只强调了封建家庭和旧礼教的罪恶和不义这一方面。曹禺在他创作的全部典型化过程中，对这生活事件，对这同一的题材，作了新的与巴金不一样的美学评价。

曹禺的《家》是创作，虽然是根据巴金的《家》改编的。曹禺的《家》和巴金的《家》虽然题材相同，但却是两部不同的创作，这不仅文学的表现形式不同了——巴金的《家》是小说，曹禺的《家》是剧本，而且这两位作家对这同一的题材作了不同的美学评价。

我们把鲁迅先生的《伤逝》和巴金的《春天里的秋天》作一比较，也可以看出，不同的作家对这近似的题材所作的美学评价有多么大的差异。

可惜的是，我们手边没有也不知道与《伤逝》这篇光辉的作品的创作有关的原型生活材料，不能对《伤逝》的典型化过程作更深的研究。

《伤逝》和《春天里的秋天》题材近似，格局也大致相同。《伤逝》

中写了涓生和子君的相爱，同居，最后，女主人公子君被逼回到父亲家里，死亡了。《春天里的秋天》中写了林和瑢的相爱，瑢被逼回家，她父母强迫她与另一位陌生人结婚，巴金也以瑢的死来结束了故事。

但是，《伤逝》和《春天里的秋天》毕竟是不同的两篇小说。鲁迅和巴金强调了这近似的生活现象不同的方面，不同的特点，他们对这生活现象作了不同的美学评价。

在《伤逝》里，鲁迅先生并没有强调封建的不自由的婚姻制度对青年一代的迫害（虽然也有过一些淡淡的描绘），他只强调了“人必须生活，爱才有所附丽”这一点。鲁迅先生把这一题材从家庭的范围，即从封建的不自由的婚姻制度的范围，提升到、放置在更广大的生活范围里。涓生和子君爱情和同居生活的悲剧性的结局，那原因就在这社会生活一般的逼害上。社会制度不改变，社会生活不起革命性的变化，涓生和子君纵然冲出了家庭的束缚和牢笼，自由相爱了，那结局也会是悲剧性的。从这题材的处理看，鲁迅先生显然是以这一点作为全部典型化过程的“轴心”，正是从这一点对社会生活事件或现象作了美学评价的。



《春天里的秋天》则完全是另一种情况。巴金只着重地强调了题材中封建的不自由的婚姻制度对人的残害这一方面，只着重在抨击“悖谬的婚姻制度，传统观念的束缚，家庭的专制”这一方面。巴金并没把这题材提升到、放置在更广阔的社会生活范围里。巴金正是以反封建婚姻制度这一点作为他全部典型化过程的“轴心”的，巴金正是从这一个方面对这社会生活现象作了与鲁迅先生迥然不同的美学评价的。

这是什么原因呢？作为战斗的民主主义者的鲁迅先生说（指作品——笔者），在《伤逝》中强调了这社会生活现象更广阔的一面，同样，作为战斗的民主主义者的巴金说，却强调了另一面。两位世界观（就其本质说）相同的作家，对这近似的生活现象却作了不同的美学评价。

任何作家在作品中对社会生活作美学评价时，都尖锐地明确地表现了他的世界观。世界观在作家全部典型化过程中，从起点到终点，无疑地起着积极的决定性的作用。不同世界观的作家对同一或近似的生活现象会作出本质上相异的美学评价的。但是，世界观并不是象上帝降给摩西率领的以色列族人的面包，也决不是一个赤身裸体的赤贫的“乞丐”。世界观本身是从人的生活中产生，并且“穿着”生活的彩色衣衫。这很简单，在没有人以前，不会有任何一种世界观，我们也不会在一具僵尸身上去寻找世界观的。我们总是在生活中去研究、发现、了解某种世界观，总是从人们的言语行动中去分清、理解、检验他的世界观，去分清、理解、检验他的思想倾向的。除此以外，世界观便会变成谁也不理解的魔鬼的咒语。

巴金独特的生活道路，他沿着这独特的生活道路逐渐形成的思想倾向，不止形成了他特有的对社会生活的美学兴趣，也是形成他对社会生活的美学评价的原因。巴金对社会生活的美学评价是与他的美学兴趣一致的，与他在全部作品中所表现的思想倾向是一致的。从上面列举的事实中我们可以看到，巴金对社会生活的美学评价是有明显的生活倾向，有明显的独特的生活色彩的。巴金的思想倾向，正象那位隐身人一样，靠了这彩色的生活衣衫才显出它的躯体来的。

马克思说：风格就是人。如果我们把风格这个概念作更广泛的理解的话，我们就可以看到，巴金在作品中表现出的他对社会生活的美学兴趣和美学评价闪动着多么独特的彩色。这是巴金作品里特具的风格之一，是巴金独特的典型化方法重要特点之一。

原载1957年7月8日《人民文学》1957年7月号

# 巴金作品中的民主主义思想

扬　风

## 一



巴金的作品反映了从“五四”到抗日战争这一长段历史时期各个不同阶段的社会生活，比较完整地表现了他那革命民主主义的思想体系。巴金这成体系的革命民主主义思想，在反帝反封建这些方面，基本上与党领导的民主革命趋向是一致的。

在巴金整个革命民主主义思想体系里的一个极重要的方面，便是对旧制度、旧礼教的猛烈攻击，对那些被旧制度与阶级偏见摧残戕害的青年和劳动妇女的真诚同情。

巴金攻击旧制度，不是出于一种单纯狂热，也不止是攻击旧制度某一部分不合理的地方；这种对旧制度的攻击，是出之于巴金清醒的认识，是对整个旧制度一种彻底的否定。

巴金自己说过：“旧家庭是渐渐沉落进灭亡的命运里面了。我看见它一天天往崩溃的路上走。这是必然的趋势，是经济关系和社会环境决定了的。”（《短简》42 页）在《激流三部曲》里，作者通过他的艺术形象，表现了这个相同的思想。觉慧认识到：“这个空虚的大家庭是一天一天地往衰弱的路上走了。这好象是必然的命运，没有什么力量能拉住它。祖父的努力没有用，而且祖父自己也已经走在这条路上了。”在整部《激流三部曲》里，巴金都把那个“家”的存在，旧制度的存在，当作一切罪恶和不义的根源，当作人间一切社会性的不幸和痛苦的根源；要消灭罪恶和不义，消灭那些不幸和痛苦，只有在那旧制度彻底崩溃了以后。在这部作品里，巴金不止一般地暴露了旧制度，旧礼教的罪恶，他诅咒了那个“家”所代表的旧制度，而且预告了那个旧制度必不可免的灭亡崩溃命运。

巴金同情那些被旧制度、旧礼教戕害的青年，同情那些死于阶级偏见和歧视、压迫下的劳动妇女。他不是出于怜悯，而是把这些被残害的青年当作自己的朋友，认为他们都应有人的基本权利，怀着悲愤控诉了那整个旧制度。

还在一九二七年写的《海行》中，巴金就说过：“我用眼泪和叹息埋葬了我的一些亲人，他们都是被旧礼教凌迟死了的。”过了十年，巴金在《忆》里又说过类似的话。在《激流三部曲》里，巴金艺术地再现了这样一群被旧制度、旧礼教摧残迫害的青年:《家》里的瑞珏,《春》里的蕙,《秋》里的淑贞和枚等。巴金也怀着革命民主主义者应有的同情，写了鸣凤和倩儿这两个劳动妇女悲惨的死，为那些被奴役受迫害的劳动者提出沉痛的抗议。

对旧制度的憎恨、反抗，对被压迫者受残害者的同情，这二者在巴金的作品中（如《激流三部曲》）是交织在一起的；由于对被压迫者受残害者深切真诚的同情，所以对旧制度的罪恶认识得更深刻，对旧制度憎恨得更强烈，反抗得更彻底；也由于对旧制度那种强烈的憎恨和彻底的反抗，故对被旧制度残害的青年同情得更深切。因此，巴金把那“一切旧的传统观念，一切阻碍社会进化和人性发展的人为制度，”都当成他“最大的敌人”。也因此，巴金的《激流三部曲》才具有那么强烈的艺术感人力量，煽发起读者心中对旧制度的反抗激情。

## 二

巴金那整个民主主义思想体系不止于上述一个方面。巴金作品中表现出的那倾向革命、要求革命的思想，那要求革命地改革现实生活、现存社会制度的思想，正是他反抗旧制度的思想合乎规律的必然发展。这就是巴金革命民主主义思想另一个极重要的方面。

在《激流三部曲》里，巴金虽未明确地提出革命的要求来，但却流露出了这种思想倾向。觉慧和淑贞都叛离了那个代表旧制度的“家”，去寻求那“做一个人”的生活去了；觉民虽没从那“家”中出走，但后来也成了反抗旧制度的“过激派”，成了他出身的家庭的叛臣逆子。这就是巴金告诉读者的那冲激着旧制度的民主主义“激流”。

在《灭亡》、《新生》和《爱情的三部曲》等作品中，那倾向革命、要求革命的思想就愈益强烈，更加明确。

在那军阀统治下如暗夜般漆黑的社会生活中，杜大心既不愿作旧制度的奴隶猪羊，不愿向旧制度屈服，而对革命又缺乏正确的认识，对革命的未来缺乏信心和耐性，象这类要求革命的小资产阶级急进派，就容易产生偏激和绝望的阴郁情绪，甚至产生冒险主义的行动。但杜大心的这一切，就其积极意义一方面说，正是对那军阀统治下的社会生活、对那旧制度的一种强烈而又绝望的反抗。就这点说，《灭亡》中那反抗旧制度、要求革命的思想倾向却是十分明显的。



在《爱情的三部曲》和《新生》这两部作品中，那要求革命，要求革命地改变旧社会制度的思想感情，比起《灭亡》来更强烈得多，明朗得多，也充实得多。无论是吴仁民或李冷，最后都从那时代的苦闷和焦灼中挣脱了出来，都从那犹豫的十字路口转向革命的道路，参加了革命活动。这样，他们才感到生活充实，有意义：就是在死亡的面前，也不畏缩，不绝望。李冷在临死前想过，“固然我如今会……失掉生命。但是我的憎恨是不会死的，我的信仰也是不会死的。”当然，吴仁民或李冷都不是真正的革命英雄形象，都不是革命青年的榜样；但在这些作品中，巴金呼喊革命，追求革命，要求革命地改革旧制度，这种思想倾向却是十分明显的。在国民党反动统治下那窒息人的社会生活中，巴金作品中那要求革命的呼喊声响彻读者心中，并唤起了进步青年要求革命的热情。就这点说，巴金的作品在客观上，在实际生活中帮助了人民革命斗争。

## 三

巴金以现代工人生活为题材的作品虽然为数不多，但却明显地表现出了他对“劳动者和被压迫者”热烈的同情，“相信他们的正直和他们的力量”。这也是巴金思想体系中一个重要部分。在短篇《煤坑》和中篇《砂丁》与《雪》中，都表现出对在资本家残酷剥削压迫下的人的同情，对剥削者压迫者愤怒的抗议。

在中国的现实条件下，革命民主主义者巴金必然是一个热情的爱国者。还在 1932 年巴金就说过，日本“帝国主义的爆炸弹”“不能够毁灭我的创造的冲动，更不能够毁灭我的精力。”(《新生》自序)。在抗日战争时期，巴金写了三部《火》，以他的作品热情地参加了这民族的自卫战争。虽然这三部《火》在思想上、在艺术表现上都有些弱点，但那对日本法西斯侵略者的憎恨，那对卖国求荣的汉奸的憎恨，都是强烈的；那对爱国青年的抗日活动的赞扬，这感情也深厚。

## 四

从巴金的作品中我们可以看到，他揭露和控诉旧制度、旧礼教的罪恶和不义时，或写那些反抗旧制度的“幼稚而大胆”的青年时，他笔下塑造的那些人物，大都有强烈的艺术感人力量，能激起读者对旧制度反抗的激情。就是描写、解剖那些要求革命的小资产阶级青年的内心矛盾，时代苦闷，向往革命和追求革命未来的焦灼，也能激起人们对现实生活、现存制度的怀疑、不满、反抗，激起人们要求革命的热情。这些都表明了巴金是一位值得人尊敬的革命民主主义者，一位杰出的现实主义作家。但是，我们承认巴金这些重大成就，论述巴金作品中曾起过的这些积极作用，论述巴金思想体系中这些光辉的部分，并不等于抹杀或掩盖巴金作品中的消极方面，并不等于否认巴金思想上实际存在的局限性。作为革命民主主义者的巴金，在他作品中那光辉的一面里，也就隐含着弱的一面，在他那民主主义思想中，就存在着思想的局限性。

反抗旧制度是一回事，怎样反抗旧制度又是一回事。巴金完全站在民主主义者这个基点上反对旧制度，因而他作品中流露出的思想倾向，与党领导的民主革命的要求就并不完全一致。觉慧觉民等人反抗旧家庭所争取的仅仅是资产阶级范畴的“人权”，他们在反抗旧制度时几乎只是孤军奋战，作品中暗示的“激流”所奔向的“海”也朦胧、空幻。所以当一些未接触革命力量的进步青年在反抗旧制度时，把觉慧等人当成自己的朋友和榜样，而当从那“家”中奋战出来，就只有靠其它的社会力量才能走上真正的革命道路。巴金写《激流三部曲》时，受到他所熟知的生活题材的一定限制，历史视野并不宽广；巴金在塑造觉慧等这些典型形象时，也未超越过他描绘的这些人物的思想高度。虽然《激流三部曲》是一部现实主义杰出的作品，但仍可看出民主主义思想对巴金艺术创作的局限性。

巴金作品中表现出倾向革命要求革命的思想，这些作为一个民主主义者的善良愿望说，是未可厚非的。但是巴金描写的革命本身，描写的革命未来，那思想就模糊、空幻了；巴金描写他作品中人物的革命活动、革命斗争就软弱无力了。

如《灭亡》中的杜大心，他猛烈地反抗旧制度，这是对的；就是他宣称的“憎恨”也不全是错误。但是，这类要求革命的小资产阶级青年对革命毕竟没有真正认识，对革命的未来缺乏应有的信心，在现实生活的刺激下，就变得偏激，产生绝望阴郁的情绪，甚至作出对革命无益的冒险行为（如刺杀戒严司令）。因此，我们说，作为革命青年的正确方向，杜大心这个人物是不足为训、不足效法的。

《新生》、《爱情的三部曲》等作品也是这样。这些作品中的人物当谈到革命，谈到革命的未来，或从事实际革命活动时，就空幻模糊，软弱无力。在《电》里那一群革命青年组织上就涣散，更缺乏明确的革命斗争纲领，用以指导实际的革命活动，作为那群青年革命者思想和行动联结的纽带。作品中虽也描写了不少革命青年，但大多缺乏动人的艺术力量。一个作家，“他是用形象思维的”，如果他的思想本身就模糊的话，那末，他作品中的形象就会“缺乏明确性”（普列汉诺夫：《论西欧文学》，10 页）。巴金那整个民主主义思想强的一面和弱点，光辉的一面和局限性，就这样并存在他一切作品中。

## 五

有的评论者把巴金这种思想的局限性仅仅归结为无政府主义的思

想影响，这说法并不全面；如把这种思想影响跟无政府主义等同起来，这就不正确了。

巴金读过、译过一些无政府主义者的著作，与一些有无政府主义思想倾向的青年也有过亲密的往从，曾受过无政府主义的思想影响。这都是事实。但从巴金的生活道路与创作活动看，巴金都只一般地接受了无政府主义的思想影响，即那要求个性解放，即那“万人享乐的新社会”；而并不是接受了无政府主义全部政治、社会观点。在半殖民地半封建的社会条件下，这些思想影响大大鼓舞了巴金攻击旧制度的勇气，帮助了巴金革命民主主义思想的巩固。所以，在解放前巴金二十多年的文学活动，在反帝反封建的民族民主斗争中，巴金一直是中国共产党人和中国人民的朋友，而不是敌人。

俄国农民革命运动和民粹党人反沙皇制度的斗争，对巴金也有过极大的影响。巴金曾介绍过一些俄国民粹党人反沙皇制度的活动，论述过拉吉舍夫、赫尔岑和车尔尼雪夫斯基这些反对沙皇制度的革命民主主义者，巴金极力赞扬过十七世纪俄国农民革命运动领袖拉辛，称他是“俄国第一个革命的领袖”，“是第一个揭竿而起组织一个俄国人民大暴动，反对沙皇暴政的人。”（《俄国社会运动史话》，7 页）。

法国资产阶级大革命及其思想先驱者对巴金的思想影响也极大。巴金在 1931 和 1935 年写的文章中回忆起巴黎生活时，仍怀着虔敬的心情赞美卢骚，他引用托尔斯泰的话称他是十八世纪欧洲的良心。巴金曾研究过法国资产阶级革命历史，写过《法国大革命的故事》。他称颂这革命，认为“我们都是法国大革命的产儿，都是在它的余荫之下生活”的，甚至百多年后想起当时的情景，也“不由得感激之泪狂流”。在《沉默集》里，巴金通过形象的描绘，写了法国大革命时的几个政治活动家马拉、丹东、罗伯斯比尔。

从这里可以看到，十七—十九世纪的俄国革命者与法国民主革命对巴金思想的影响，这些影响都大大丰富了巴金的民主主义思想。当我们谈到巴金思想形成的根源时，应充分估计到这些方面。

外因始终是通过内因起作用的。因为受到“五四”新思潮的洗礼，巴金成了他出身阶级的叛臣逆子，在半封建半殖民地的中国社会条件下，上述那些思想影响就十分容易渗透进巴金思想深处。巴金吸收了这些思想影响，逐渐形成了他那革命民主主义思想体系。

正因为巴金是生活在中国土地上的革命民主主义者，所以当革命胜利后，巴金就热情地歌颂了我们社会主义国家的诞生。在抗美援朝战争中，巴金写了几十篇特写和散文，歌颂了志愿军指战员的高贵品质，描绘了他们的英雄形象。周扬同志曾公正地指出，“巴金的关于朝鲜战场的作品，以作者素有的热情歌颂了我们这个时代真正的英雄。”……巴金自己说过，党给他指示出了“工作的方向与道路”，他认识到文学事业是“党的事业”，“人民的事业”，他认识到“必须把个人的事业与集体的事业、个人的命运与集体的命运连接在一起”。巴金就是在这样的思想基础上自觉地接受党的领导的，这也可说是巴金对他全部民主主义思想初步的批判性总结。在新中国成立后，巴金这一贯的鲜明的政治态度，正是他那整个革命民主主义思想合乎规律的继续和发展。



原载1958年10月《读书》半月刊第19期。

收入本书时，末段有删节。

# 论巴金的小说

王　瑶

## 一

从一九二七年开始，巴金是在我们文坛上不倦地活动了三十年的作家。他给我们写出了许多激动人心的小说，塑造了一连串的引人向往的青年知识分子的形象，激发了青年人的热情和理想，引起了他们对旧制度的憎恨和对未来的憧憬。他不是那种冷静的客观的观察人生的作家，在他的作品里可以明显地感到作家的爱和憎的激情。他自己说："我的生活是一个痛苦的挣扎，我的作品也是的。我的每篇小说都是我的追求光明的呼号。光明，这就是我许多年来在暗夜里所呼叫的目标，它带来一幅美丽的图画在前面引诱我。同时惨痛的受苦的图画，象一根鞭子那样在后面鞭打我。在任何时候我都只有向前走的一条路。"又说："我只是把写作当做我底生活底一部分。我在写作中所走的路径和我在生活中所走的路径是相同的。"[1]对于生活在同样痛苦挣扎中的人们，对于同样有追求光明渴望的读者，特别是那些富于热情和正义感的青年，巴金的作品象一位知心朋友的表白心曲的书信一样，那种激情迅速地感染和吸引了他们，引起了他们精神上的共鸣和对于人生道路的严肃对待的心情。

---

❶《巴金短篇小说集》第一集：《写作生活底回顾》。

是甚么力量推动作者这样不倦地进行创作呢？这由他的许多作品中可以看出，在作者自己的序跋和散文中也有说明。《灭亡》和《新生》的主角之一李冷是在“五四”之后上大学的，“即刻受了那逐渐澎湃起来的新思潮的洗礼。在他和妹妹的通信中，他常常和她讨论社会问题，介绍新书报给她，后来竟把他的思想也传染给她了。”而他的妹妹“李静淑接受了新思想以后，好象得到了生命力。热诚、勇气和希望充满在她的心中，她感到前面有一个不可思议的幸福在等待她，她要努力向它走去。她开始进入梦的世界中了。”其实不只《灭亡》和《新生》，他的《爱情三部曲》和《激流三部曲》，内容都是写青年人接受了“新思潮的洗礼”以后对于幸福的“梦的世界”的热烈追求的。著名作品《家》中的青年一代高氏兄弟就是这样，“五四”以后，觉新“在本城唯一售卖新书的那家店铺里买了一本最近出版的《新青年》，又买了两三份《每周评论》。他读了，里面一个一个的字象火星一般点燃了他们弟兄的热情。那些新奇的议论和热烈的文句带着一种不可抗拒的力量压倒了他们三个，使他们并不经过长期的思索就信服了。”“五四”的浪潮掀起了青年一代的热情和理想，也引起了他们对于旧的制度和生活的强烈的憎恨；《家》中就再三描写了吴又陵的“吃人的礼教”的说法对于觉民等人的成长所起的影响。象“五四”时代一般人的“只问病源，不开药方”一样，如果说他们的幸福的理想还是属于“梦的世界”的范畴，还只是一种热情和信仰的话，那么他们所憎恶和反抗的对象就非常之具体，因为这是他们在实际生活中所痛切地感受到的，而且直接阻碍着他们的前途和发展。作者在《激流》总序中说：“我的周围是无边的黑暗，但我并不孤独，并不绝望。我无论在什么地方总看见那一股生活之激流在动荡，在创造它自己的径路，以通过黑暗的乱山碎石中间。……具着排山之势，向那唯一的海流去。这唯一的海是什么，而且什么时候才可以流到这海里，就没有人能够确定地知道了。”光明的憧憬对作者和读者都是一种鼓舞，引起了他们反抗现实的热情和勇敢，但周围的无边的黑暗却不能不引起人们的沉思和悲愤；这里不只说明了作家从事创作的心情和态度，也说明了他的作品的生活的根源。他曾说：“我在生活里有过爱和恨，悲哀和渴望；我在写作的时候也有我的爱和恨，悲哀和渴望的。倘没有这些我就不会写小说。”❶当《家》里的觉慧看到瑞珏被迫搬到城外、其实是向死亡走去的时候，他没有流一滴眼泪。因为“在他底心里憎恨太多了，比爱还多。一片湖水现在他的眼前，一具棺材横在他的面前，还有……现在……将来。这是他所不能够忘记的。他每一想起这些，他底心就被憎恨绞痛着。”因此作者在《家》的后记中说这部作品是“我来向一个垂死的制度叫出我底‘我控诉’。”其实“我控诉”这句话是可以概括作者对旧制度憎恨的心情和他许多作品中的基本思想的。象“五四”以后很多的进步青年一样，它的真实意义就在于反封建的民主主义精神和同情被压迫者的人道主义精神；而这正是推动作者热情写作的动力。他说：“当热情在我的身体内燃烧起来的时候……许多惨痛的图画包围着我，它们使我的手颤动，他们使我的心颤动，你想我怎能够放下笔，怎么能够爱惜我的精力和健康呢？”❷他是严肃地把创作来当作一种革命活动，自觉地把它当作反封建的武器的；虽然他曾多次说明他并不满意于文学生活和自己在创作上的成就，多次表示要直接追求那个“比艺术更长久的东西”的心愿，但这种心情只能帮助读者更多地理解他们作品中的精神。他说：“我的文章是直接诉于读者的，我愿它们广阔地被人阅读，引起人对光明爱惜，对黑暗憎恨。我不愿我的文章被少数人珍藏鉴赏。”❸这就使他的作品与一切所谓“为艺术而艺术”的作品绝缘，并使它的主要倾向与由“五四”开始的现代文学的主流取得了基本上的一致。他所热情憧憬的“梦的世界”给他的作品增添了乐观的气氛和浪漫主义的色彩，而由于他的大部分作品都有切身生活的感受和体验，这样就使作品的艺术成就有了比较可靠的保证。

当然，上面只是就主要倾向说的，他的作品中并不是没有矛盾的。他说：“爱与憎的冲突，思想与行为的冲突，理智与感情的冲突，理想与现实的冲突……这些织成了一个网，掩盖了我的全部生活，全部作品。”❹这些矛盾其实就是理想与现实的矛盾，或者说是爱与憎的矛盾；这些存在于作家自己的思想与生活中，也同样反映在作品中人物的性格上面。照我们上面的说法，这种矛盾是可以在认识上得到统一的，

---

❶ 《短简》：《关于〈家〉》。

❷❸❹ 《生之忏悔》：《灵魂的呼号》。

作家自己也有这样一种追求，但在各种作品中的表现却仍然是很强烈、而且是颇不一致的。对作品中这种矛盾的不同处理是与作家自己的创作构思以及作品的艺术效果密切联系着的，这就需要我们加以比较详细的论述。

他小说中那些正面的人物所追求的是些甚么呢？用作者的话说：“他们所追求的都是同样的东西——青春，生命，活动，幸福，爱情，不仅为他们自己，而且也为别的人，为他们所知道，所深爱的人们。”❶被压迫人民追求合理生活的愿望是理想，也是爱的出发点；这当然就会在现实社会中看到是甚么力量阻碍着这种追求的实现，就当时的中国说，当然是帝国主义与封建主义。这是现实，也是憎的对象。作者在他的作品中当然也写到这一面，短篇集《神·鬼·人》序中说：“压迫，争斗，倾轧，苦恼，灾祸，眼泪……在我的周围就只有这些东西。我看不见一张笑脸，我就只听见哭声。”这也就是他所说的“一切旧的传统观念，一切阻碍社会的进化和人性的发展的人为制度，一切摧残爱的势力，它们都是我的最大的敌人。”❷理想与现实，爱与憎，这当中自然是有很大距离的；这个距离其实就是一部人民民主革命的历史。但作者所谓“矛盾的网”却往往在人物的心理和性格发展上占着很重要的地位，而且不同的处理往往影响着作品的成就，这当然是和作家自己的思想情绪有联系的。短篇小说《光明》中所写的青年作家张望在创作上的矛盾痛苦的心情，不能不说是作者自己某一时期的心情的反映：“他和他底主人公一样不断地追求光明，追求人间的爱，而结果依旧是黑暗与隔膜。”于是这位作家就慨叹自己不过是“将苦恼种植在人间罢了”。作者自己也曾经说过类似的话：“说把纸笔当作武器来攻击我所恨的，保护我所爱的人；而结果我所恨的依然高踞在那些巍峨的宫殿里，我的笔一点也不能够摇动他们；至于我所爱的，从我这里他们也只得到更多的不幸。这样我完全浪费了我的生命。”❸这就是矛盾，他自己的和他作品中的许多主



❶《巴金短篇小说集》第一集：《复仇集》序。

❷《巴金短篇小说集》第一集：《写作生活底回顾》。

❸《巴金短篇小说集》第二集：跋。

人公的；而且这也是属于那个时代的知识青年中的一种典型的性格。虽然这种想法并不正确，但这种心情却不只是善良的、正直的，而且也是容易理解的。这就使他的作品带有了忧郁性，有时候也流露一点孤独感。作者自己曾说他“自小就带了忧郁性”，又说“我的孤独，我的黑暗，我的恐怖都是我自己去找来的。”❶在《灭亡》序中他说，“我一生中没有得着一个了解我的人！”这种情绪也表现在他许多作品中的人物形象身上，特别是《雨》和一些短篇。《雨》中的吴仁民说：“我永远是孤独的，热情的。”“在热闹的群集中间他常常会感到孤寂。”这种忧郁性和孤独感虽然作者归因于一种性格，但这自然是那些为“五四”浪潮所觉醒而还没有和群众结合的青年知识分子的一种不健康的情绪。不过这种忧郁性在他的作品中并不占主要地位，流露在他作品中的激情主要还是鼓舞人去热爱生活的，而并不是顾影自怜式的抒情。这是因为作者自己也在矛盾中，他随时努力在克服这种情绪；而且他对将来的光明是从不怀疑的，因此在许多地方就给作品带来了乐观主义的色彩。他说：“我个人的痛苦，那是不要紧的。当整个人类底黎明的未来，在我前面闪耀的时候，我底个人的痛苦算得什么？”❷他用对将来的信仰来鼓舞自己，也从友谊或爱情中得到欢乐。他回忆在他十五岁时“立誓献身的一瞬间”，就“并不觉得孤独，并没有忿恨。”❸因此在他的作品中写到了许多人的献身（《灭亡》、《新生》、《爱情三部曲》等），他并且以为这是用信仰来征服了死。在《秋》的序中，他说是友情使他“听见快乐的笑声”，“洗去这小说底阴郁的颜色”。他以为使他有勇气在矛盾和痛苦中挣扎的，就是信仰与友情。在《爱情三部曲作者的自白》中他说：“没有信仰，我不能够生活；没有朋友，我的生活里就没有快乐。”照我们的理解，所谓信仰与友情其实就是思想比较接近的一些青年人的互相鼓舞，和对于将来光明的一种朦胧而坚定的信念；那根源其实还是由于对旧制度的憎恨来的。这并没有从根本上冲破那个“矛盾的网”，因此心情上仍然充满了苦痛；而所谓“献身”

---

❶《爱情三部曲》：序。

❷《巴金短篇小说集》第一集：《写作生活底回顾》。

❸《雾》：《爱情三部曲》作者的自白。

虽然是勇敢的，却不只并不一定是必要的（有时且带来不好的后果，如《电》中敏的死），而且也不是解决矛盾的正当方法，因为解决矛盾正是为了要生活。不过这种思想毕竟使他作品中的阴郁性不占主要地位，而带有了乐观主义的色彩。在作者思想感情中既存有矛盾，自然也会影响到对各种作品中人物形象的不同处理和在写作上的不同的方法。大体上说，当小说的构思主要植根于作者的经历与体验的时候，作品就深厚一些，光彩一些。而当有些作品的构思过多地宣泄了作者的情绪和思想的时候，虽然那也可以感染一些带有类似情绪的读者，但就不能不给作品带来一定的损害了。这种情况是比较复杂的，必须就具体的作品来说明。但总的说来，作者对待创作的态度是非常严肃的，爱憎极其分明，他是努力使文学作为革命的武器的；而且事实上他的作品也在中国人民民主革命的过程中发生了很大的启蒙作用。



## 二

巴金多次表示不满意那些连“安那其”（无政府主义）是甚么都弄不清楚的人来批评他小说中的“安那其”。这种不满是有理由的，倒并不一定在于批评者对于“安那其”的理解的程度。第一，小说是一种文艺创作，它的来源是生活，虽然与作家的思想有很密切的联系，但它绝不可能完全等同于某一种社会政治思想；第二，如巴金自己所说：“我虽然信仰从外国输入的‘安那其’，但我仍还是一个中国人，我的血管里有的也是中国人的血。有时候我不免要站在中国人的立场上看事情，发议论。”[1]我们看问题不能过于简单化。作者信仰“安那其”，对作品自然不可能没有影响，在某些人物性格的塑造上和作品的思想倾向上，这种影响是存在的，虽然在不同的作品中也有不同的表现。但作为一位中国现代作家，如他所说，他有“中国人的立场”，他对生活中的爱憎是受着具体的时代环境的制约的。单纯的对一种社会思想的信仰不可能写成小说，他必须在生活中有所感受。如前所说，他的思想主要表现为对旧制度的憎根和对光明未来的追求，他小说的题材

[1] 《火》第二部：后记。

主要来源于现实生活，那么，在五四以后中国新民主主义革命时期的社会环境下，他作品中主要的思想倾向自然表现为反帝反封建的民主主义精神。这也是他对待生活和对待创作所采取的态度，这与他所宣称的信仰是既有某种联系而又并不一致的。

早在《灭亡》序中，作者就称巴尔托罗美·凡宰地为“先生”，并翻译过他的自传《一个无产者生活的故事》。一九二七年八月，这位“先生”被烧死在波士顿查尔斯顿监狱内的电椅上，这件事给了巴金以很深的影响。在好几处地方他都谈到过这件事，说他自己是在重读着凡宰地写给他的“两封布满了颤抖的字迹的信”以后才把《灭亡》写完的。❶他称赞这位“先生”是“全世界良心的化身”；❷在小说《电椅》里，作者对凡宰地的牺牲更作了充满悲愤情绪的诗意的描述。但即使这样，他仍然宣称：“为了爱我的‘先生’，我反而不得不背弃了他所教给我的爱和宽恕，去宣传憎恨，宣传复仇。”❸这就是说他的思想和行动主要仍然是从现实出发的，他要不倦地追求合理的生活和充实的生命。他认为“那些杀身成仁的志士勇敢地戴上荆棘的王冠将生命当作敝屣，他们并非对于生已感到厌倦，相反的，他们倒是乐生的人。”❹这说明从他的开始创作起，对于劳动人民的解放和享有合理的生活就是他所追求的目标，而在当时的黑暗的中国，他所看到的现象却都引起了他的憎恨，虽然他对前途是抱有坚强信念的人。这样，反对社会黑暗的民主主义精神和同情被压迫者的人道主义精神就自然成为他创作中的主导倾向，因而这些作品也就与我们现代文学的主流保持了基本上的一致。

他对民主主义本来是很醉心的。他曾读过许多关于法国大革命的书，而且以他自己的理想，用富有感情的笔触创作了短篇集《沉默集》中的几篇描写法国大革命的小说。当他在博物馆中看到马拉被刺的故事以后，他说：“一百数十年前的景象激起了我脑海中的波澜，我悲痛地想起当时的巨大损失，我觉得和那些在赛纳河畔啼饥号寒的人民起

❶《巴金短篇小说集》第一集：《写作生活底回顾》。

❷《巴金短篇小说集》第一集：《我底眼泪》。

❸《灭亡》序。

❹《梦与醉》：《生》。

了同感。”于是启发他写出了短篇《马拉的死》。他说写这样的作品“既非‘替古人担忧’，亦非‘借酒浇愁’。一言以蔽之，不敢忘历史的教训而已。”[1]他所谓“历史的教训”简单地说就是“凡为人民所憎恨的党派是必然会败亡的”。[2]他对马拉特别赋予同情，就因为他以为当时“最为有产阶级和反动分子憎恨的就是所谓‘人民之友’的马拉……在当时的革命领袖中深得下层阶级敬爱的，就只有他一个”。他坦白地说他“是一个马拉的崇拜者”，而且对资产阶级的历史家称马拉为“疯子”非常不满，他认为“在巴黎人民的心中，他永远是一个最仁爱的人。”[3]我们并不打算在这里作历史人物的评价，我们只在说明，巴金的所谓“历史的教训”显然是联系到中国民主革命的实际的。他曾说：“我们都是法国大革命的产儿，都是在它的余荫之下生活，要是没有它，恐怕我们至今还会垂着辫子跪在畜牲的面前挨了板子还要称谢呢！”[4]这里他对中国资产阶级领导的辛亥革命结束了帝制一事给予了很高的评价，但这个革命从反封建的历史任务来看其实是失败了的；作者对此感触很深，因此他才要接受“历史的教训”，才以他的作品对旧制度提出那样激动的“控诉”！对于卢骚也是一样，他曾多次地抒发了他在巴黎卢骚铜像面前的崇敬的和要求战斗的感情，认为卢骚永远是他的“鼓舞的泉源”。并且说：“在我的疑惑、不安的日子里，我不知有若干次冒着微雨立在他的面前对他申诉我的苦痛的胸怀。”[5]我们知道作者的疑惑、不安主要是产生于生活中的现实与理想的矛盾，那么他所希望得到的鼓舞正是民主主义的战斗力量。他致力研究法国大革命史，可以说是他“向西方找真理”的一个步骤，目的正是为了给中国的民主革命寻求道路的。他说：“我在许多古旧的书本里同着法俄两国人民经历过那两次大革命的艰苦的斗争。我更以一颗诚实的心去体验了那种种多变化的生活。我给自己建立了一个坚强的信仰。”[6]他的所谓“坚强的信仰”就是前面所说的“安那其”，这种社会思想是发生于西方民主革命之后的，而在中国的现实条件下他就不能不首先向旧制度反抗，



❶《沉默集》序二。

❷❹《巴金短篇小说集》第二集：《法国大革命的故事》。

❸❺《黑土》：《马拉、哥代和亚当·鲁克斯》。

❻《爱情三部曲》：序。

并自然地投身于反帝反封建的民主革命的洪流。当然，这种思想仍然是属于资产阶级范畴的，但在中国的新民主主义革命时代，特别是在作品中通过形象所具体表现出来的思想倾向，就不能不是鼓舞人们去反抗现实，追求合理的生活；因而也就和现代文学的主要特征——反帝反封建的精神取得了基本上的一致。

《雷》(《电》的附录）里面的革命青年德说："影，告诉你，我看见多一个青年反抗家庭，反抗社会，我总是高兴的。"这几句话正表现了巴金小说的主要精神。在《春》里面，引起淑英思想开始变化的是新出的杂志和西洋小说；"在那些书里面她看见另外一种新奇的生活，那里也有象她这样年纪的女子，但她们底行为是多么勇敢，多么自然，而且最使人羡慕的是她们能够支配自己的命运，她们能够自由地生活，自由地爱，和她完全两样。"而琴对她的鼓舞的话是："旧礼教不晓得吃了多少女子。梅姐、大表嫂、鸣凤，都是我们亲眼看见的。还有蕙姐，她走的又是这条路，……不过现在也有不少的中国女子起来反抗命运，反抗旧礼教了。她们至少也要做到外国女子那样。"我们知道琴和淑英都是背叛了封建大家庭而走上新的道路的青年，在这里，不管外国女子的生活实质上究竟是怎样，但它对于琴和淑英她们所发生的实际影响却是鼓舞她们去反抗家庭，反抗旧礼教的。沿着这条道路坚强地走下去，在新民主主义革命时代的中国，她们是完全可以走上一条与那些为她们所景慕的外国女子全不相同的新的道路的；虽然这还须经过不少的曲折与崎岖。对于这些青年人来说，将来的目标和理想是很朦胧的，而且也是并不十分重要的，反正在想象中非常自由与美好就行了。《秋》里面觉民和琴在互相表达了爱以后，作者描写他们"把两颗心合成一颗，为着一个理想的大目标尽力。不过这时那个大目标更被他们美化了，成了更梦幻、更朦胧的东西。"在巴金小说中的那些正面人物，那些富于热情和勇敢的知识青年，大致都有一个美丽的大目标在追求着。但一方面因为小说毕竟是反映生活的，而大目标都属于未来的东西；另一方面在这些人物的心目中，那个大目标也确实是有点朦胧的，包括为大家所最熟悉的人物觉慧在内；而最具体最现实的事情却是直接压在他们头上的旧势力。因此无论是由法国大革命史或西洋小说来的也好，由"安那其"的社会思想来的也好，在作品中最激动人的部分都不是这些道理，而是植根于现实生活中的矛盾与斗争。短篇《奴隶的心》中那个奴隶的儿子申诉道："我们整年整月辛苦地劳动着。我们底祖父吊死在树上，我们底父亲病死在监牢里，我们底母亲姊妹被人奸污，我们底孩子在痛哭，而那般人呀，从你们那般人中间是找不出来一个有良心的。"凡是在作品中表现出了封建制度的残酷性、阶级间的矛盾与对比，以及人们为反抗这些不合理事物而斗争的场景时，由于作者有现实生活的深刻感受以及鲜明的爱憎态度，读来就特别使人激动。这就说明，巴金作品中的主要倾向仍然是反封建的民主主义精神。

对于中国的半殖民地地位，对于帝国主义者所加予中国人民的创伤，作者也同样用创作来表现了他的强烈的憎恨。他的小说《新生》的初稿是在"一二八"战火中被烧掉了的，在《自序》中他说："我要来重新造出那被日本爆炸弹所毁灭了的东西，我要来试验我底精力究竟是否会被那帝国主义的爆炸弹所克服。"他终于胜利了，用作者的话说，这部书的存在也能"证明东方侵略者的暴行"。一九三五年他因病躺在医院里，梦中还在北京参加"一二九"的学生运动，"我真羡慕那梦中的我啊!"在《新生》中，他曾当作背景的多次描写了上海的街景，这些可憎恶的景象作者是把它当作激发人的觉悟和推动人走向革命的环境气氛来写的。



在短篇《发的故事》中，他对朝鲜革命者的奋斗精神，寄予了极大的景慕与同情；在短篇《窗下》中，他借一件凄凉的爱情故事侧面地写出了日本人和汉奸的无耻行径；这些作品都是写得很真实动人的。抗战开始以后，他不只写了抗战三部曲的《火》，而且还写了一些短篇，表现了一个正直的爱国者的应有的感情。在《摩娜·利莎》一篇里，他写了一个愿让她丈夫为抗战贡献生命的法国妇女的形象；而在《还魂草》与《某夫妇》中，则对日本帝国主义者滥炸中国居民的暴行控诉出了庄严的人道的声音。在《某夫妇》的后面写道："要是该小明（被炸死者温的小孩）出来替父亲报仇，那么未免太迟了，至少也还要等十几年，在这广大的中国土地上不是还有着温的许多朋友么？不是还有着无数的象我这样的和温同命运的知识分子么？若说报仇，那应该是我们的事，无论如何不该轮到小明。"在这里，作者对帝国主义的仇恨和爱国主义的热情是与他反封建的战斗精神完全一致的。

这种反帝反封建的民主主义精神在作品中常常是与对于人的尊重和对于被损害者的同情渗透在一起的，而且正是通过具体人物的遭遇和感受才更强烈地激动了读者的心弦。他的最初创作《灭亡》的开头，在两个主要人物登场的时候，就是因为戒严司令部秘书长的汽车撞死一个行人而随便地离开了，这两个彼此不认识的青年由于都富有正义感和人道主义精神，在同样地愤慨不平的反应中遂开始了他们的友谊，而且以后又都走上了革命的道路。《家》中的主要人物觉慧是向来反对坐轿子的，觉新说“他是一个人道主义者”。在他和另外一些青年积极从事社会活动的时候，作者叙述道：“因为这时候那一群新的播种者已经染受了人道主义、社会主义底精神。甚至在这些集会聚谈中，他们那群二十岁左右的青年，就已经夸大地把改良社会，解放人群的责任放在自已肩上了。”另一人物琴在她心中盘旋的问题是：“难道因为几千年来这路上就浸饱了女人底血泪，所以现在和将来的女人还要继续在那里断送她们底青春，流尽她们底眼泪，呕尽她们底心血吗？”这种精神贯彻在他的许多作品里；短篇《一件小事》中的菜贩的悲惨的遭遇，《五十多个》中逃荒农民们的与饥饿的搏斗，《煤坑》中的矿工的非人的生活，都深深地引起了我们对于不合理的社会制度的憎根。作者在《复仇集》序中说：“我虽不能苦人类之所苦，而我却是以人类之悲为自己之悲的。”他说他的眼泪将“会变成其他几篇新的小说”；对于被损害者的关心与同情正是推动他努力写作的巨大动力。短篇集《抹布集》中所叙述的“是两篇被踏践，被侮辱的人的故事”，作者在肮脏的“抹布”上发现了纯洁的光辉。看到了社会上的种种不平和不幸，作家的正直的心不能不为这些受难者提出控诉，并鼓舞人们去变革这个制度。他要用他的活动、他的作品来为改变那个不合理的社会制度尽一把力，他要鼓舞人去革命。因此我们可以说，他作品中所表现的思想倾向是与中国人民民主革命和现代文学的思想主流基本一致的。

## 三

但他对“安那其”的信仰是那样的坚定，对作品也不可能是没有影响的，虽然这种影响在不同的作品中也有不同的情况。他的第一部作品叫做《灭亡》，主角杜大心所作的一首歌可以认为是这部作品的主题歌：

> 对于最先起来反抗压迫的人，
> 灭亡一定会降临到他底一身；
> 我自己本也知道这样的事情，
> 然而我底命运却是早已注定！
>
> 告诉我：在什么时候，在什么地方，
> 没有牺牲，而自由居然会得胜在战场？
> 为了我至爱的被压迫的同胞，我甘愿灭亡，
> 我知道我能够做到，而且也愿意做到这样……



革命者为了理想而不惜贡献出自己的一切以至生命，本来是高尚的和有觉悟的一种表现，是值得我们去歌颂的。虽然牺牲本身并不是目的，因为有时候坚持斗争要比死更其复杂、艰苦得多；并不能简单地认为凡是勇敢地献出自己生命的就是正确的和值得歌颂的。但革命者杜大心的想法却是："他自己底命运是决定的了；监禁和死亡，而且愈快愈好，愈惨愈好。他决定要做一个为同胞复仇的人，如果他不能够达到目的，那么，他当以自己底极悲惨的牺牲去感动后一代，要他们来继续他底工作。"这样，实际上就是简单地把死来当作革命者唯一的手段和目的；而且这也是《新生》、《电》等作品中许多人所追求并实际得到的结果。作者把这当作考验每一个人的重要标志，他说："平常留恋着生的人，一想到死，便不免有畏惧，悲哀等的念头"，而怀着理想立誓献身的人就有了"灵魂的微笑"；这种把牺牲来绝对化的思想，就使革命者不能不只限于不"平常"的少数的人，而这些人的努力也不久就都走上了一条"于心无愧"的献身的方式；这是与中国人民在民主革命道路中的实践脱离了的。杜大心决定去暗刺戒严司令，他也知道这就是去死，但"他把死当作自己的义务，想拿死来安息他一生中的长久不息的苦斗，因此他一旦知道死就在目前了，自己快要到了永久

的安息地，心里也就很坦然了。”他在决心去灭亡的那一天的日记上面写着：“死也是卸掉人生重责的一个妙法。”作者曾多次诅咒那个不合理的制度，而暗杀的最高效果却只能是针对着个人，很难从根本上来动摇制度；更重要的，一个真正的革命者是不应该想到要安息自己的苦斗的，即使是用死这种方式。《秋》里面描写觉民那些青年人的小团体的活动也足以说明这种情形。作者写道：“它（理想和希望）使这般青年人在牺牲里找到满足，在毁灭里找到丰富的生命。他们宝爱这思想，也宝爱有着这同样思想的人。这好象是一个精神上的家庭，他们和各地方的朋友都是同一个家庭里的兄弟姊妹。”这些青年人自由集合的群众性团体当然不能以革命政党的活动原则来要求它，但仅只凭一个朦胧的理想来团结了一些彼此知心的青年友人，不要求组织和纪律，不需要领导和群众，也不计划行动的步骤和效果，而单纯地把牺牲当作唯一的义务和结果；整个活动变成了追求牺牲的过程，最先勇敢地走上献身的人得到了最大的歌颂，这是不能不发生一些消极影响的。《电》里面的敏说：“我只希望早一天得到一个机会把生命牺牲掉。”方亚丹牺牲后，“他全身染了血，但嘴唇上留着微笑。”《雨》里面的高志元说：“反正我们是要死的。如果不能够毁掉罪恶，那么就率性毁掉自己也好。”当然，我们并不会把作品中某些人物的思想简单地当作作家自己的思想，譬如《灭亡》中的杜大心，作者自己就说“他是一个病态的革命家”；[1]也不能说类似这样的人物就不能写，或者不够典型；重要的在于作者如何来写，即作者所显示的态度和倾向。显然，作者对这类人物是充满了同情和颂扬的，而必要的批判却非常之少，即使有也是很无力的。在他承认杜大心是“病态的革命家”的同时，接着就说：“但要说他参加革命的动机不正确，就未免太冤枉他了。”一个愿意为理想献身的人诚然是很难说他的动机不纯正的，但难道因为动机纯正就一切行为和后果都是值得歌颂的吗？《雨》中的吴仁民厌恶冷静，要求活动与暖热，这个动机原也是很正当的，但他的想法却变为：“我一定要去‘打野鸡’。那鲜红嘴唇，那暖热的肉体，那种使人兴奋的气味，那种使人陶醉的拥抱，那才是热，我需要热。那时候我

---

[1] 《灭亡》七版题记。

的血燃烧了。我的心好象要溶化了，我差不多不感觉到自己的存在了。那一定是很痛快的。”而当时正在积极从事革命活动的高志元却对此抱有“同情的眼光”，以为很能够了解这种心情；“不仅了解，而且高志元也多少有着这种渴望——热和力的渴望”。作者一向是把对于热与力的追求当作从事革命的动力的。他在一篇散文中曾说：“我爱都市，我爱机械，我爱所谓物质文明。那是动的，热的，迅速的，有力的。”❶他对于革命生活的描写也是这样：“这真正是一个丰富的生活。好几股电光在那里面闪耀。牺牲，同情，热爱，忠诚，力量……我看见了许多事物，许多人。”❷他最热爱他的《爱情三部曲》，而最后一部的名字叫做《电》，也就是一种热与力的歌颂。这样，这些作品一方面激发了读者的正义与热情，但同时又觉得革命很可怕，要追求牺牲，包括爱情和生命；而同时这种献身又非常美丽，满足了自我的骄傲感和伟大感。他说他的企图在于用信仰来征服死，因此才“把那些朋友（作品中的人物）都送到永恒里去”❸，这里所说的信仰在由作品所得的实际感受上是带有一点神秘性的，多少有点类乎宗教的性质了。他说：“在《电》里面就没有不死的东西，只除了信仰。”❹这样，那种牺牲或献身的重要意义也就主要在于牺牲者本人的虔诚了。这样，就自然从动机上来原谅了人的行为的一切缺点和错误，因为他认为献身本身就是伟大的和值得歌颂的。凡是对这一方面表现得比较突出的作品，例如《灭亡》、《新生》、《电》，那对青年读者所发生的消极影响也就比较大。因为它迎合和刺激了这些青年性格中的不健康的方面，而这些因素对中国人民革命和青年人自己都是会有消极影响的。

当然，以上所说的这种弱点在作品中是得到了一定程度的补救的。第一，《新生》第三篇的题目就叫作《死并不是完结》；但内容只抄了《约翰福音》的一句话：“一粒麦子不落在地里死了，仍旧是一粒；若是死了，就结出许多子粒来。”当作一部小说来看，这样的独立的一“篇”当然是无力的；但他在前面也曾描写过杜大心的死



❶《旅途随笔》：《海珠桥》。

❷《巴金短篇小说集》第二集：《春雨》。

❸❹《雾》：《爱情三部曲》作者的自白。

对于别人所起的影响，譬如李静淑就说："我却因他底死而得到新生，而舍弃了悬崖上的生活。"这样，对于革命者牺牲的积极意义就多少突出了一些。第二，作者也用生活本身，即情节开展的逻辑性来事实上对于那种单纯献身的观点做出了一些批判；《灭亡》中写杜大心谋刺戒严司令的结果是："戒严司令并没有死。他正在庆幸因了杜大心底一颗子弹，他得了五十万现款，他底几个姨太太也添了不少的首饰。然而杜大心底头却逐渐化成臭水，从电杆上的竹笼中滴下来，使得行人掩鼻了。"这样的写法是符合生活本身的逻辑的，因而也就对那种徒逞一时之快的恐怖暗杀方式作出了批判。这正是一个作家忠实于生活的结果。

在作者看来，这个世界里应该灭亡的人很多，除过革命者的自觉的灭亡以外，至少还有两类人应该灭亡，而革命者的灭亡正是为了推动这两类人的灭亡的。杜大心认为他所负的责任在于"使得现世界早日毁灭，吃人的主人和自愿被吃的奴隶们早日灭亡。"对于"吃人的主人"的憎恨自然是可以理解的，他说："凡是把自己底幸福建筑在别人底苦痛上面的人都应该灭亡的"；但所谓"自愿被吃的奴隶"实际上正是这些革命者对于一般人民群众的理解，因为不只事实上"自愿被吃的奴隶"毕竟很少，而且他明白地说："对于那些吃草根，吃树皮，吃土块，吃小孩，以至于吃自己，而终于免不掉死得象蛆一样的人，我是不能爱的"，而这些处于悲惨境遇的人是很难理解为自愿被吃的。《雨》中的吴仁民在电车上看到乘客们拥挤的状态，他"望着那些蠢然的笑脸！他的心突然感到寂寞起来"。他自语着："就忘了这个世界吧。这个卑下的世界！就索性让它毁灭也好！完全毁灭倒也是痛快的事，比较那零碎的，迟缓的改造痛快得多。"这种否定一切，特别是看不起群众的情绪，在他作品中的许多革命者的人物身上都存在着，而且缺乏应有的批判。《灭亡》写的是革命者的灭亡，续篇《新生》写的是继起的革命者的灭亡；既然渺视那些"蠢然的""奴隶"，当然也就很难危及"吃人的主人"，结果灭亡的似乎只有革命者自己。这样的革命方式和道路是会给读者带来一些消极影响的。当然，我们并没有把杜大心或别的人物的语言就简单地当作作者自己的思想，但他并不是用批判而的确是以同情的笔调写出的，那么它所带给读者的也就只能是同情和了解了。而且作者自己也说，他“所追求的乃是痛苦”，“信仰不会给我带来幸福，而且我也不需要幸福。”❶这种把众人的幸福与自己的痛苦都看作追求目标的想法，是一种“我不入地狱，谁入地狱”的普度众生的态度，这与只有解放全人类才能解放自己的无产阶级所领导的与群众相结合的革命路线是完全不同的。这也就是《灭亡》、《新生》这些作品虽然具有激发读者的热情和革命思想的作用，但同时也包含着一些不健康的思想倾向的原因。

文学作品本来是通过形象来激发人的明确的爱憎的，而且由于作者重视对于热情的赞扬，他的作品中特别注意于爱与憎的关系的描写。《灭亡》中杜大心与李静淑的争论，主要是围绕着爱与憎的人生态度而发的。他们都有点把爱憎来抽象化和绝对化了；要爱就爱一切人，否则就憎恶一切。作者对这种关系也似乎有他的统一的观点，那就是“本书里面虽表现着对于人类的深刻的憎根，但作者的憎恨底出发点乃是一个‘爱’字。”❷这样，实际上就是说人类之爱是美丽的，但它是不存在的，只是我们追求的对象，而目前的一切却都是值得憎恶的；如果还有爱，那也只有在志同道合的青年男女之间在牺牲之前的瞬间还可能发生，但这种火花也终必为憎所熄灭。这就是爱与憎的矛盾，或者说是悲剧，它在巴金的作品中常常赢得一些善良而稚嫩的青年们的廉价的眼泪。杜大心说：“至少在这人掠夺人，人压迫人，人吃人，人骑人，人打人，人杀人的时候，我是不能爱谁的，我也不能叫人们彼此相爱的。”让人爱这些人压迫人的现象固然是过于天真和荒谬，但一个立志推翻旧制度的革命者为甚么不可以爱那些被压迫者呢？而被压迫的劳动人民之间又为甚么不可以彼此相爱呢？他的《爱情三部曲》是写恋爱与革命的，但如他自己所说：“它既不写恋爱妨害革命，也不写恋爱帮助革命。它只描写一群青年的性格，活动与死亡。”❸这群青年的恋爱似乎只为了表现他们是热爱人类的，但他们的革命活动却是毁灭现存的一切，而最



---

❶ 《雾》：《爱情三部曲》作者的自白。

❷ 《灭亡》中所写朱乐无作的杜大心遗著《生之忏悔》的序中语。

❸ 《爱情三部曲》：序。

后是只有他们自己走向死亡。这也是《灭亡》、《新生》中所写的内容；由于这些人物有性格，作者对这类狂热的不满现状的青年相当熟悉，而笔下又充满了同情和感染力，因此对于一些青年知识分子有激发他们走向革命的启蒙作用，但作者自己所信仰的“安那其”并不是对作品没有发生任何消极作用的。譬如对于热情的过度的赞扬与歌颂，有时是会给读者带来一些不健康的东西的。热情，是有阶级内容的，把它抽象化而过度地加以同情，就不一定妥当了。《电》里面的敏要炸死旅长，作者写道：“这不是理智在命令他，这是感情，这是经验，这是环境，它们使他明白和平的工作是没有用的，别人不给他们这长的时间。”结果旅长只受了一点微伤，而把革命团体的整个行动计划都给毁了，敏自己也牺牲了。但当作《电》中成熟了的革命者的性格的李佩珠却只悲痛地说：“我知道，我早就知道。但是他已经下定决心了。你想象看，他经历了那么多苦痛生活，眼看着许多人死，他是一个太多感情的人。激动毁了他。他随时都渴望着牺牲。”这些人的革命行动好象是不需要领导和必要的纪律的，虽然动机无可厚非，但他的盲目行动把整个计划都给毁了，而居于主要地位的李佩珠等却仍然对他充满了同情。这样，就必然如作者所说的：“这样的热情也许象一座火山，爆发以后剩下来的就只有死，毁了别的东西，也毁了自己。”❶这对集体，对自己，又会有些甚么好处呢？而且这样泛滥下去，可以发展到吴仁民的“打野鸡”，也可以发展到另一女性慧的“一杯水”式的恋爱至上主义；尽管这些人还仍然随时准备献身，但那些生活是很难不称之为堕落的。作者显然也并不赞成热情的泛滥，他要信仰来指导它。他说：“信仰并不拘束热情，反而加强它，但更重要的是指导它。”❷但实际上那种与理智相对立的热情是很难不向消极方面发展的；敏，更不要说李佩珠，他们并不是没有信仰的人，但这种信仰只鼓励了他们的狂热，而并不是改造了他们的感情。这样，这些地方就不能不给读者带来一些消极的东西了。在作者早期的作品中，例如《灭亡》和《新生》，这种倾向就比较更显著。



---

❶❷《雾》：《爱情三部曲》作者的自白。

## 四

《爱情三部曲》是他最喜爱的作品。为甚么呢？照作者的话讲，这三本书是为他自己写的，写给自己看的。“我可以说在这《爱情三部曲》里面活动的人物全是我的朋友。”而“三部曲”的《电》，又是他在全部作品中“自己最喜欢的一本”。这里面有两层意思：第一，这部作品是最能表现他自己的思想和感情的；第二，作品中的人物形象都是值得同情或歌颂的，都是他的“朋友”。《爱情三部曲》正是通过这些作者所热爱的人物来从事一种作者所歌颂的活动以表现他自己的思想倾向的，特别是《电》。作者说：“它只描写一群青年的性格，活动与死亡。这一群青年有良心，有热情，想做出一点有利于大家的事情，为了这他们就牺牲了他们的个人的一切。他们也许幼稚，也许会常常犯错误，他们的努力也许不会有一点效果。然而他们的牺牲精神，他们的英雄气概，他们的洁白的心却使得每个有良心的人都流下感激的眼泪来。”❶这里就很清楚地说明了作者的写作企图和他为甚么最喜欢这部作品的原因。他是花了很大力量企图描写值得为人感激和仿效的正面人物的活动的，他说：“这里面的人物差不多全是主人公，都占着同样重要的地位”，❷因之他才主要采取了同情或歌颂的态度。但“写给自己看的”书既然出版了，就必然和广大读者发生了联系，作者的思想感情当然也会通过作品感染给读者，这也正是作者自己的写作企图；但企图和结果之间是会有距离的，读者是否也会把作品中的那些人物都看作值得感激的“朋友”呢？就不一定了。每个读者根据他自己的经验、学识、修养等等，都有不同的接受和批判的能力，而那些真正接受了作者的写作企图的人就一定也会感受到作者的思想情绪，如我们在上面所谈的。但事实上这样的情形并不多；因为：第一，这部作品也有它写得很成功的地方，譬如读后可以激发读者的变革现实的热情和正义感，而且大多数读者是可以有这种批判能力的；第二，凡是作者过于热心地宣泄他所热爱的思想的时候，由于这种构思和现实生



---

❶❷《爱情三部曲》：序。

活之间有了距离，因而艺术的真实性也就受到了一定的损害，那么它对于读者的感染力也就相对地减少了。这样，读者虽然也承认《爱情三部曲》是一部比较好的作品，但所热爱的角度和深度就和作者自己的感受有了一定的距离。即在作者自己的全部作品中，大多数人也认为《激流三部曲》的成就是比较更高的。

他在《爱情三部曲》序中说他“所注重的乃是性格的描写”；又说：“我在当时的计划是这样：在《雾》里写一个模糊的、优柔寡断的性格；在《雨》里写一种粗暴的、浮躁的性格，这性格恰恰是前一种的反面，也是对于前一种的反动，但比前一种已经有了进步；在最后一部的《电》里面，就描写一种近乎健全的性格。”写小说当然是应该注重描写人物的性格的，而且这也是作者在创作上获得成就的重要原因。他从来是非常注重人物的个性特征和性格的成长过程的，《新生》第一篇的题目就叫作“一个人格底成长”，内容正是写李冷由孤独冷僻而逐渐走上积极和献身的成长过程的。《灭亡》中的写杜大心、张为群，也都是从他们的具体经历来描写他们的性格的。但作者多少有点把人的性格理解得过于抽象化和固定化的倾向，仿佛性格是一种与生俱来而且很难改变的人的属性；他自己曾说：“我的一生也许就是一个悲剧，但这是由性格上来的（我自小就带了忧郁性），我的性格就毁坏了我一生的幸福，使我在苦痛中得到满足。”[1]在《雨》的自序中又说：“我和别的许多人不同，我生下来就带了阴郁性”。《雨》中写方亚丹与吴仁民之间的争辩，作者写道：“他被吴仁民的话语感动了，然而在他与吴仁民之间究竟隔了一些栅栏，两种差异的性格是不能够达到完全的相互了解，不仅是因了年龄的相差。”《雾》里面陈真自述他的性格道：“我这人就象一座雪下的火山，热情一旦燃烧起来溶化了雪，那时的爆发，连我自己也害怕！其实我也很明白怎样做才好，怎样做才有更大的效果，但是做起事情来我就管不了那许多。我永远给热情蒙蔽了眼睛，我永远看不见未来。所以我甘愿为目前的工作牺牲了未来的数十年的光阴。这就是我的不治之病的起因，这就是我的悲剧的顶点了。”在他的作品中象这种描写性格的地方是很多的，因此他作品中的人物性格一般都

❶《爱情三部曲》：序。

比较鲜明；但因为作者多少有点使人物性格脱离了典型环境的倾向，这样，就使许多性格的表现缺少了孕育他们的必要的时代气氛和社会基础，人物活动的现实根据和性格发展的逻辑性有的地方就不够很充分。象《雾》中的周如水的优柔寡断和《雨》中吴仁民的粗暴浮躁，他们的性格是被多方面地表现出了的，但总使人感到好象一株已被锯倒的大树，虽然看来仍然枝叶扶疏，却好象与植根的土壤割断了联系似的。《电》里面的人物很多，头绪也很多，虽然在叙述上可以看出作者驾驭多种线索的手腕，但因为这些青年实际上都是一种人，作者又没有给他们更多地显示自己活动的情节和机会，因为除少数人外，许多人物的性格面貌是不够清晰的。象作者所应用的写法一样，我们看到的也多是"黄瘦的雄，三角脸的陈清，塌鼻头的云，小脸上戴一付大眼镜的克，眉清目秀的影，面貌丰满的慧，圆脸亮眼睛的敏，小眼睛高颧骨的碧"等等外形上的特征，而性格却是不够十分清晰的。



《雾》的情节比较简单，是通过一个不幸的恋爱故事来写周如水的缺乏勇气的犹豫不决的性格的。作者在序中说："我所描写的是一个性格，这个性格是完全地被写出来了。这描写是相当地真实的。而且这并不是独特的例子，在中国具有着这性格的人是不少的。"的确，类似周如水式的知识分子在那个时代是并不缺少的，作者也对他有所批判，不只对他的"土还主义"和"童心的恢复便是新时代的开始"的改良主义幻想作了嘲笑，而且最后还让这个人物走上了投水自杀的结局。这种批判多半是通过另一个人物陈真或是在与陈真性格的对比中发生作用的，例如陈真说他"没有勇气和现实痛苦的生活对面，所以常常逃避到美丽的梦境里去"等等；但作者对他仍然是带有惋惜和同情的。而且因为小说着重在周如水的内心的描写，别的人物的分量反而显得比较单薄了。陈真是另一个很重要的人物，他的主要活动也在《雾》里，到《雨》里他一出场就被汽车辗死了；虽然别的许多人的活动都受了他的影响。作者对这个人物是充满了热情的，他描写陈真是"一个如此忠实，如此努力，如此热情的同志"；他"抛弃了富裕的家庭，抛弃了安乐的生活，抛弃了学者的前途，在很小的年纪就加入到社会运动里面，生活在窄小的亭子间里，广大的会场里，简陋的茅屋里，陈真并不是一个单在一些外国名词中间绕圈子的人。"这是一个杜大心型的革命青年，在他的生活中完全没有快乐，他把自己的健康消磨在繁重的工作里，得到了许多人的敬佩。一直到他死后，他的事迹仍然是鼓舞人们从事活动的力量。在他的性格的对比下，周如水就更其显得苍白和渺小了。但作者对陈真的活动正面写出的地方较少，他的性格多半是由别人的印象或叙述来完成的；因此这个人物的轮廓虽然画出来了，但作者对他似乎只是作为理想人物来写的，因此形象的完整性就不够很充分。

就小说的动人程度和艺术成就来看，我以为在《爱情三部曲》中以《雨》为最好；不简陋，不枝蔓，虽然充满了一种霪雨式的阴郁凄凉的情调，但读来是会感到真实和动人的。象吴仁民这种类型的知识分子的确写得很真实，他不满意一切，也不满意自己；偏激、粗暴，而又十分脆弱；说得很多，做得极少。作者自负地说："我写活了一个吴仁民。我的描写完全是真实的。我把那个朋友的外表的和内部的生活观察得十分清楚，而且表现得十分忠实。他的长处和短处，他的渴望与挣扎，他的悲哀与欢乐，他的全面目都现在《雨》里面了。"[1]这个性格是通过一连串的爱情波折来表现的，特别是写他在两个女人的爱的包围中演着紧张的悲喜剧的时候，读来是很富于艺术吸引力的。它使人浸沉在那种紧张而又凄凉的氛围中，而这几个人物的性格也就非常逼真了。吴仁民在恋爱中经历了许多痛苦，爱把他的粗暴的心给软化了，痛苦又引起了他的反抗和追求的激情，因此整个作品虽然凄凉，却并不伤感。作品的最后是他决定"以后甘愿牺牲掉一切个人享受去追求那黎明的将来。他不再要求什么爱情的陶醉，把时间白白浪费在爱情的悲喜剧里面了。"郑玉雯起初是一个自愿抛弃学校生活去从事革命工作的女性，后来终于走到一个她所不喜爱的官僚的怀里；她强烈地眷恋着以前的爱人，最后并为爱而自杀了。她的经历和巴金的短篇小说《一个女人》中的那个曾从事过革命活动而随后又陷在沉重繁琐的家务中的女子的精神苦痛是颇类似的，是一个人经不起风浪而走向消极或堕落面的发展。熊智君带着她的瘦弱多病的身躯，她在爱情中所受的播弄和精神上的打击是更为凄楚的，最后为了救吴仁民而

[1] 《爱情三部曲》：序。

自愿随那个官僚走去的结局更增加了故事的悲剧性，也更使她自己和吴仁民的性格得到了充实。其余的人物如方亚丹和高志元，虽然在作品中不占显著的地位，但对整个作品也是有作用的。当作一本爱情小说看（作者自己是不这样看的），《雨》是写得很完整动人的；而且通过那种不幸的爱情故事也暴露了不合理的社会制度的残酷性质。

吴仁民到《电》中已经成为一个成熟的居于指导地位的革命工作者，完全不象《雨》中那样地粗暴了。但因为对他正面的写出很少，而只是把他定型化和理想化了，因此不只失去了性格的光彩，引不起读者的亲切感，而且和他以前的性格也有判若两人的感觉，当中缺乏必要的转变和发展的描写。如果有，那就是《雨》中的爱情波折所给予他的痛苦，而这对于完成人物性格的发展是很不够的。作者说他写《雨》中的吴仁民是有一个朋友作为原型的；他说：后来这个朋友"已经不是《雨》里的吴仁民了。然而他并不曾改变到《电》里面的吴仁民的样子。《电》里面的吴仁民可以是他，而事实上却决不是他。不知道是生活使他变得沉静，还是他的热情有了寄托，总之，我最近从日本归来在这里和他相见时，我确实觉得他可以安安稳稳地做一位大学教授了。"[1]应该说，《电》里面的吴仁民不只事实上不是那个原型，而且也很难说"可以是他"；如果要完成这个"可能"的话，那还得要经过漫长艰苦的一段路程；因为做一个成熟的革命家和做大学教授毕竟是不同的。但作品中却缺少了这方面的必要的描写，他在《电》中一出场就已经很老练了，这就多少减褪了人物性格的光彩。

和吴仁民同样经历了《雾》、《雨》、《电》，而在《电》中成为重要的负指导责任的革命者李佩珠是作者着意写出的一个理想的完美的性格。他希望渴求光明的青年读者"能够从李佩珠那里得到一个答复"。[2]他对这个人物是充满了热爱的。在作品中刚出现的时候，李佩珠还是生活在优裕的环境中的一个天真的年轻姑娘，是被陈真叫做小资产阶级女性的人物。作者在《雨》中描写她读了许多革命书籍，特别是女革命家传记所给予这个女性的精神上的影响。她的父亲李剑虹也是一个有革命思想的学者，他在作品中的作用可以说正是为了给李

[1][2] 《爱情三部曲》：序。

佩珠的发育成长准备条件的。这是一个在温室中顺利成长起来的女性，她为书籍中的理想鼓舞着，决定献身于伟大的事业；“只觉得身体内装满了什么东西，要发泄出来一样”。到了《电》中，她已经成为主角，成为革命活动的指导者了。她在重要关头表现得沉着、勇敢；写得比吴仁民生动。最后她与吴仁民相爱了，她说：“也许我们明天就全会同归于尽，今天你就不许我们过活得更幸福一点吗？这爱情只会增加我的勇气的。”作者是把吴仁民与李佩珠的相爱当作“最自然最理想的结合”来写的，他把《爱情三部曲》分作三个时期，而《电》是顶点；是热情的归结，信仰的开花。他说：“吴仁民和李佩珠，只有这两个人是经历了那三个时期而存在的，而且他们还要继续地活下去。”[1]在《电》里，在李佩珠的周围还有许多青年，作者是通过他所鼓吹的革命行动来写这些人物的；但也许由于作者关于实际活动的生活经验不够，也许是过于把人物性格和行动来理想化了，总之，这些人物的面貌都是不够清晰的。李佩珠的所谓健全的性格也并没有得到十分完满的表现，而且当作经历了三个时期的性格发展说，这条线索也有点过于单纯了。但作为一个走向革命的小资产阶级青年说，李佩珠比较别的人确是更其沉练和勇敢的，而且她的面貌也是比较鲜明的。

《电》是着重描写信仰和行动的，因此作者的思想倾向就得到了更其显明的表现。《电》从工会、妇女协会、学校等各方面综合地描写了一个小城市中的革命活动，而且是把主要力量放在革命团体内部这一方面来写的；写这群青年的性格、活动和死亡。这样，除过这种活动的正义性质以外，人们也不能不从这些人的行动、计划和方式中去看他们失败的原因。那种内部没有严密的组织和纪律，没有坚强的群众基础，而只有一些彼此思想接近的青年，单纯凭着自己的热情和勇敢就想在残暴的反动统治下立刻打开一个局面的企图，不是注定要失败的吗！固然革命者是不应该惧怕牺牲的，但如果对于革命事业不能带来任何好处的单纯的献身，那不正是那些吃人的统治者所迎欢的吗？当然，《电》并没有悲观或感伤的色彩，而且从吴仁民与李佩珠的结合中更暗示了对于黎明的未来的确信；但

---

[1] 《雾》：《爱情三部曲》作者的自白。

作者对于这些青年人的狂热和偏激采取了一种无批判地歌颂的态度，是会给读者带来一些消极影响的。从这里也可以说明，作者自己所最喜爱的作品，即比较充分地表现了他自己的社会思想的作品，在客观上并不一定就是最能够代表作者创作成就的作品；因为衡量一部作品的成就毕竟是有一个客观标准的。

## 五

《激流三部曲》是比较《爱情三部曲》规模更其宏大的作品，它久已为读者所熟悉，特别是其中的《家》，二十多年来一直受到青年人的欢迎，成了鼓舞他们追求光明的力量；它显示了作者对中国现代文学的贡献，可以说事实上是作者的代表作品。这是有许多原因的，除过前面所说的作者的“控诉”式的吐露“积愤”的鲜明的爱憎态度以外，作者对他所写的生活是充分熟悉的，他对于作品中的那些人物的精神面貌（无论正面人物或反面人物）是感受极深的；而且因为要具体通过一个家庭的没落和分化来写出封建宗法制度的崩溃和革命势力的激荡，因此他花了很大力量来描写这个大家庭内部的形形色色，它的主要成员们的虚伪、庸俗和堕落，以及对于青年人的命运和精神的摧残；他是非常忠实于生活的。在《激流三部曲》中，现实主义的创作方法占有了主导的地位。作者在《激流总序》中说他“所要展示给读者的乃是描写过去十多年间的一幅图画”，他“无论在什么地方总看见那一股生活之激流在动荡，在创造它自己的径路，以通过黑暗的乱山碎石中间。”正因为他所展示的是“生活之激流”，他的生活经验和他的要求变革的激情都在作品中得到了积极的发挥，因此作品就特别富于激动人心的力量了。

《家》里面最引起人们热爱的人物是觉慧，作者以很大的激情来塑造了这一形象，使他成为新生的正义力量的代表，给读者带来一种乐观情绪和鼓舞的力量。觉慧坚决反对觉新式的“作揖哲学”和“无抵抗主义”，这正是五四革命精神的发扬；他的信念很单纯，但他“不顾忌，不害怕，不妥协”。他并不想对那个家庭寄托什么希望，他热心于交结新朋友，讨论社会问题，编辑刊物，创办阅报社等等社会活动，最后是怀着叛逆的心情勇敢地离开那个家庭远走了。作者说觉慧做过一些他做过的事情，而且正是“不顾忌，不害怕，不妥协”那九个字帮助他自己得到了初步的解放，帮助觉慧“逃出那个正在崩溃的旧家庭，去找寻自己的新天地。”❶可以想见，象曹雪芹的《红楼梦》一样，《家》虽然并不就是作者的自传，但在作者进行艺术构思时是与他自己的生活经历密切联系着的，这也正是作品之所以能有比较深厚的现实基础的重要原因。他说：“我要写这种家庭怎样必然地走上崩溃的路，逼近它自己亲手掘成的墓穴。我要写包含在那里面的倾轧，斗争和悲剧。我要写一些可爱的年青的生命怎样在那里面受苦、挣扎而终于不免灭亡。我最后还要写一个叛徒，一个幼稚而大胆的叛徒。我要把希望寄托在他的身上，要他给我们带进来一点新鲜空气，在那旧家庭里面我们是闷得透不过气来了。”❷应该说，这种创作意图不只是正当的和符合生活面貌的，而且也是在作品中得到了成功的实现的。以觉慧而论，他的确是“幼稚”的，他感到“这旧家庭里面的一切简直是一个复杂的结，他这直率的热烈的心是无法把它解开的。”但这种“幼稚”也正是对于旧的一切表示怀疑和否定的五四精神的体现；他虽然对周围的一切还不能作出科学的分析，但他知道这般人是“无可挽救的了”，因此他自己无所顾忌地选择了叛徒的道路，“夸大地把改良社会，解放人群的责任放在自己底肩上了。”即使在他与鸣凤热恋时，他在外面活动的时候也“确实忘了鸣凤”，只有回到那和沙漠一样寂寞的家里时，才“不能不因思念她而苦恼”。《激流三部曲》主要是写作者所憎恨的制度的，与《爱情三部曲》的主要是写作者所同情的青年性格的不同；即使象觉慧这样作者所歌颂的叛逆性格，也主要是由于周围的理应引起憎恨的事物所激成的。他亲眼看见一些可爱的青年的生命怎样因了不必要的牺牲而灭亡，“一片湖水现在他底眼前，一具棺材横在他的面前”，这些都是他所不能够忘记的，因此才激发起了他的诅咒和叛逆的感情。作者通过觉慧写出了革命力量在青年中的激荡，写出了包含在旧的势力内部的矛盾和斗争，也通过觉慧来对觉新的“作揖主义”和别人的懦弱性格作了批判。在《春》与《秋》中，更通过淑英，淑华

❶❷《短简》:《关于〈家〉》。

等人的成长过程写出了觉慧的行动对这个家庭所产生的巨大影响。这个性格的确是给我们带来了“新鲜空气”的，他到上海是为了向往那里的“未知的新的活动”，“还有那广大的群众和新文化运动”；在《秋》中觉新读了他在上海所写的激烈的带煽动性的文章，“证实”他已“参加了革命党的工作”。《激流三部曲》中并没有正面地具体描写觉慧离开家庭以后所走的道路，但对封建家庭的叛逆正是走上民主革命的起点，根据觉慧性格的逻辑发展，在中国具体历史的条件下，他是一定会找到中国人民革命的主流和领导力量的。这也正是这部作品所产生的巨大的教育意义，它是为当时的青年人提供了值得学习和仿效的艺术形象的。《家》的时代毕竟不是《红楼梦》的时代了，虽然环境气氛和时代精神在《激流三部曲》中表现得还不够充分，使人不能十分真切地感受到那个家庭与当时各种社会关系的联系，但我们也多少在这里看到了五四革命浪潮的影响，看到了四川军阀混战对人民的骚扰，也看到学生们向督军署请愿和罢课的斗争，以及地主派人下乡收租情况的描述；这一切都表示了这是一个人民革命力量正在艰苦斗争和不断壮大的时代，而这种背景就给觉慧这些青年人的叛逆的勇气和出路提供了现实的根据。

关于青年女性的描写在《激流三部曲》中占有重要的地位，这里显示了封建主义的残酷性和作者的人道主义精神。在《家》中，梅的默默的牺牲，瑞珏的惨痛的命运，鸣凤的投湖的悲剧，都不能不引起人们的强烈的同情和对旧制度旧礼教的憎恨，作者的那种富有感情的笔触很自然地激起了读者的同情和悲愤。另一方面，作者也写了琴和许倩如，这是正面力量的萌芽，虽然许倩如只是一个影子，而琴还正在觉醒的过程中。但女性本来是受有更大的压迫的，作者至少在这里歌颂了青春的生机和希望的火花。而在《春》与《秋》中，就不只琴底性格有了进一步的发展，而且花了很大力量描写了淑英的觉悟和成长，最后终于使她走上了觉慧的道路。当然，这里仍然有蕙、淑贞、倩儿等不同性格和遭遇的青年女性的牺牲的悲剧，但在淑华和芸的身上也又滋生了觉悟的萌芽，而象翠环那样的性格也含孕着少女的正直和美丽。作者一方面痛惜这些少女们的青春和命运受到摧残，一方面又摆在生活的激流中去考验她们；聪明的读者是会从这些人的不同的性格、道路和结局中吸取教训的。

觉新和觉民是始终贯串在《激流三部曲》中的人物，特别是觉新，作者对他所花的笔墨最多，而且可以说是整个作品布局的主干。通过各种事件的考验和残酷的折磨，这个人物的面貌是清晰地呈现出来了。这是一个为旧制度所薰陶而失掉了反抗性格的青年人，但心底里仍然蕴藏着是非和爱憎的界限，因此精神上就更其痛苦。他也理解夺去了他的幸福和前途、夺去了他所最爱的两个女人的是“全个礼教，全个传统，全个迷信”，但他无力挣扎，只能伤心地痛哭。作者通过觉慧，曾多次地批判了他的怯弱；但压力太沉重了，使他很难勇敢站起来。而且以后他又经历了蕙的死、海臣的死等等重大折磨，但他实际上却只扮演了一个为旧礼教帮凶的角色。作者对他是有一些批判的，但同情和原谅却显然太多了；读者只有把他当作一个牺牲者的心情下才可能产生一点惋惜；但这种情绪却往往又为这个人物自己的行动所否定了。因此觉新的进退失据的狼狈心情也同样传染给了读者，使人不知道对他究竟应该采取何种态度——同情还是批判，爱还是憎？人物性格当然是很复杂的，但作者对他的处境的解剖显然过多了，而批判却相对地是无力的，而且还批评了觉民等不能理解他大哥的痛苦。这种态度只能说是一种珍惜青春的善良的愿望；他说：“一个年青人底心犹如一炉旺火，少量的浇水纵使是不断地浇，也很难使它完全熄灭。它还要燃烧，还在挣扎。甚至那最弱的心也憧憬着活跃的生命。”这就是他终于在《秋》中使觉新有机会获得新生的根据；但这个结局在作品中只透露了一点火花，并未具体地写出来。因为这是与这个人物性格的发展线索不十分和谐的。而且正因为作者对觉新的同情太多了，在《激流三部曲》中对他所作的描述的分量很重，内容就难免有点繁冗，有些地方就很难引起读者的兴味。觉民的性格是沉着的，也是比较定型的；作者给他安排了一个比较顺利的遭遇，使他胜利地得到了爱情，跨过了逃婚的斗争。他虽然也有改变和发展，但都是顺着一条路向前的，他自信可以掌握自己的命运。在《春》和《秋》中，他已站在斗争的前缘，他不妥协地和那些长辈们当面争辩，并卫护着淑英、淑华的成长。在给觉慧的信中他说：“我现在是‘过激派’了。在我们家里你是第一个‘过激派’，我便是第二个。我要做许多使他们讨厌的事情，我要制造第三个‘过激派’。”这第三个就是淑英，淑英的成长和出走是贯串在《春》里面的主线，而觉民的活动就为这事件的开展准备了条件。

淑英是《春》里的主角，她从觉慧的出走引起了心灵的波动，从蕙的遭遇和命运里又深切地感到摆在自己前面的危机，于是在觉民、琴等人的鼓舞下，象在温室里的花卉一样，她含苞了，而且渴求着自由与阳光。她的心逐渐坚强了起来，最后终于走上了觉慧的道路，理解了“春天是我们的”的意义。《春》和《秋》中所展开的是比《家》中更加深了的矛盾。《春》里面主要描写在长辈们的虚伪与堕落的衬托下，一些心灵纯洁的小儿女的活动，为淑英性格的成长和觉醒提供了条件。情节的开展比《家》来得迂缓，矛盾冲突虽不象在《家》里那样直接与尖锐，但却更深化了，而精神仍是一贯的。淑华的活动主要在《秋》里，这是个性格单纯开朗的少女，她的爽直快乐的声音常常调剂了某些场面中的忧郁情调，给作品带来了一些明朗的气氛。她最后也逐渐成熟了起来，有了“战斗的欲望”，而且与旧势力进行了面对面的争辩。和她成为对比的是淑贞的命运，正当淑华争取到进学堂的机会的时候，淑贞就跳井自杀了。这是个生活在愚蠢和浅妄的包围中而从来没有快乐过的木然的少女，通过她的遭遇暴露了那些“长辈”们的虚伪和丑恶，说明了封建主义对于人们的精神上和肉体上的严重的摧残。这些少女们的活动，包括绮霞、倩儿、翠环等人，显示了作家的善良的灵魂和人道主义精神。



对于那些虚伪、荒淫和愚昧的上一代的人们，作者并没有把他们漫画化，却仍然无情地投入了深刻的憎恨和诅咒。从高老太爷一直到《秋》里面克明的死，对那些旧制度的卫护者们的那种表面十分严峻而其实极度虚伪和顽固的道学面孔是刻画出了的。《春》里面作者更多地和厌恶地勾画了克安、克定等人的荒淫无耻的堕落活动，他们的盗卖财物、私蓄娼优、玩弄丫头奶妈等的无耻行径是不堪入目的；而在他们的放纵和影响下，觉群、觉世等小一辈的无赖恶劣的品质也已渐成定型，正说明了这种制度和教育的野蛮和残酷。《秋》里面所写的面更扩大了，已不限于高家的范围，周家和郑家也占了很大的比重；通过周伯涛、郑国光、冯乐山、陈克家等等所谓书香缙绅之家的这些不同性格的描写，这个阶层的虚伪、堕落和无耻的面貌是更多方面地揭露出来了。这就不只补充了高家那些“克”字辈人物的精神堕落的面貌，而且说明了这是一个制度的产物，充分地表现了这些形象的社会意义。另外一些庸俗、泼辣和愚蠢的女眷们的活动，例如陈姨太、王氏、沈氏等，更以她们的丑恶的形象引起了人们的深深的厌恶。通过一些善良性格的牺牲，例如蕙的死和葬，枚的死，以及一些不幸的丫环的命运，这些人物的“吃人的”面貌和作者的极端憎恶的情绪是更鲜明地表现出来了。

在《秋》的最后觉民说：“没有一个永久的秋天，秋天或者就要过去了。”作者曾说他“本来给《秋》预定了一个灰色的结局，想用觉新的自杀和觉民的被捕收场”，但在友情的鼓舞下，他决定“洗去这小说底阴郁的颜色”。[1]应该说，那个预定的计划是更接近于他的《爱情三部曲》或者《灭亡》、《新生》的处理的，但在他所勾画的狰狞的“吃人者”面前，在对于光明的追求和愿意给读者以乐观和鼓舞的情绪下，他终于改变了预定的计划，给作品增添了健康的明朗的色彩。这也不仅表现在对于最后结局的处理，整个作品就是会令人感到正面力量的滋长的。作者以很大的热情描写了青年一代的活动，描写他们彼此间没有任何猜忌的坦白的聚会，以及互相的关切和爱护；也着重地叙述和歌颂了青年人的革命组织均社的活动，说他们“要贡献出他们底年青的热诚，和他们底青春的活力，来为他们底唯一的目的服务”。这唯一的目的是“为人类谋幸福，为多数人，为那些陷于困苦的深渊中的人”。作者说“这些青年人的思想里有的是夸张，但是也不缺少诚实”。这种说法是切合实际的；因此尽管那种社会活动的方式仍然不够很健全，但它既不是作品的主要部分，而在作品中所起的作用也只在于增加了一些积极乐观的气氛和色彩。例如商业场失火了，觉新失了业，并直接影响到高家的争执和分裂，但这些青年人办的“利群周报社”也被烧，却连校样都没有损失，不到两星期就甚么都弄好了。因此《春》和《秋》虽然没有《家》里面那样激荡，但这条“生活的激流”还是一直淌漾下来的；到下流虽然迂缓了一些，但那阻力也濒于崩溃了。

[1] 《秋》序。

新的力量和新的道路虽然在这些作品中还很朦胧，但它仍然有很大的鼓舞力，它吸引我们憎恨那种腐朽没落的制度，并为美好的将来而斗争。

## 六

除过长篇以外，巴金还写了许多的中篇、短篇小说；这些作品中不乏成功的佳作，而且也可以帮助我们多方面地了解作者的思想和风格。这些作品中的题材更广泛了，我们看到了比在长篇中更宽阔的社会生活。象收在《将军集》中的《还乡》，是写乡民们反对恶霸乡长的尖锐的群众斗争的，也暴露了乡长和上级政权之间的关系；乡民们说："他有的是钱呀！连县长都是他的好朋友，县长都肯听他的话！"而在它的姊妹篇《月夜》中，更描写了这个恶霸杀死了参加农会的农民的惨象。"在这悲哀的空气的包围中，仿佛整个乡村都哭起来了。"特别是《月夜》，写得是很精炼的。在《五十多个》一篇中，作者描写了农民们挣扎逃荒的遭遇；他们遭了水灾，又遭了大兵们的抢和烧，结果只剩下"两只空手，一条性命"。饥饿和寒冷逼着他们，于是只好漂泊了。但到处都找不到可以立足的地方，这五十多个人中男女老少都有，在漂泊流浪中不断地和饥饿寒冷挣扎，共同的困苦象一根带子似地把他们缚在一起；小孩被卖掉了，老头冻死了，这一群人只是拼命地一块儿在死亡的边缘上挣扎。他们愤怒地想到自己很早就缴过修堤的钱，却不知道被人用在甚么地方去了。这是多么悲惨的景象："孙二嫂坐在雪地上低了头摇着她怀里的死孩子在哭泣，赵寡妇偎着她的儿子在路旁昏睡了。沈老娘抱着她那孙女倒在雪堆里。吴大娘大声哭着那僵卧在她面前的八岁的孩子。"但他们并没有失去求生的勇气，仍然是五十多个向前面的村庄走着。这是用速写式的笔调写的，抒情的气氛很浓，也写出了劳动人民的友爱、互助和坚毅的品质。另外也有一些写工人生活的作品。短篇《煤坑》通过一个初下窑的矿工的感受，描写了煤矿工人的悲惨生活。工作条件非常危险，随时可以送掉命，但不断地还有许多人从农村来，甘愿拿性命去冒险。有的人无力作工了，为了领一点恤金来赡养家属，甚至不惜故意点燃煤气来把自己连同伙伴一块活埋在里边。此外在《砂丁》和《雪》里，作者更进一步地揭露了矿工们的非人生活，也描写了这些工人们的反抗情绪。特别是在《雪》里，作者更描述了矿工们组织工会和罢工的斗争。以上所述的这些取材于工农生活的作品虽然数量不多，但它表现了作家的探索和追求，对劳动人民的被压迫地位和革命要求的热烈的同情；这是非常可贵的，也是推动作家前进的力量。《抹布集》中收了两篇描述被踏践与被侮辱者的故事，作者从这些象抹布一样的微贱人物的灵魂里，发现了放射出来的洁白的光芒。《杨嫂》写一个善良的爱护孩子的老妈子的悲惨的一生；《第二个母亲》写一个变作了女人的男子的一生的遭遇。他是唱戏的旦角，后来就象女人一样地给一个官吏做了姨太太，受人的玩弄和践踏；但他的性格却是非常善良的。

知识分子是作者一向所熟悉的，在这些短篇中，也从各种角度描绘了知识分子的不同面貌；其中有作者所厌恶和批判的人物，也有类似《爱情三部曲》中那种为作者所歌颂的革命者的形象。《知识阶级》和《沉落》都是揭露大学教授的卑劣行径和虚伪的丑态的；在前一篇里，通过学校中校长和院长的派系倾轧，描写了这些教授们利用学生来闹风潮和勾引女学生等卑劣行为，以及毫无原则地只为巩固自己地位而进行各种拉拢的活动。《沉落》是攻击那种标榜“忽抗恶”的虚伪的学者态度的；这里写的是一个很有地位的学者和教授，他认为“一切存在的东西都有它存在的理由，满洲国也是这样”。因此他主张“勿抗恶”，对人宽容；提倡埋头读书，赞美明人小品和他们的生活态度，但实际却连他自己也感到是“愈陷愈深地沉下去了”。作者通过一个青年和他的来往，尖锐地讽刺和批判了这个人物。

另外也有一些是写革命者活动的故事的。《星》写一个小城市中的紧张的武装革命活动，有点类似《电》，但因为是通过一个并未参加活动的作家的感受用侧面写的，革命活动只起了背景说明的作用，因此对于主角秋星和家桢的革命者的品质和精神面貌倒有了比较深刻的描绘；同时对这个旁观者的作家也作了一些善意的批判。短篇《雨》写一个革命者被捕后在她的友人和母亲那里所引起的震动，这位母亲默默地然而坚强地承受了这一打击；最后证明这个革命者已经牺牲，她的友人们在悲愤中却更坚强地活动起来了。《春雨》里写一个知识分子同情而又不满他哥哥的只为了吃饭去教书的态度和所过着的忧郁寂寞的生活，他决定“在唐·吉诃德和韩姆列德中间”选择一个；他勇敢地向前走，成为一个革命者。故事就在这弟兄二人的两种生活和两种性格的对比中展开，最后哥哥为肺病和穷困折磨死了，但嫂嫂却决定跟着弟弟做他所做的那些事情去了。另一篇《父亲买新皮鞋回来的时候》是更令人感动的；它通过一个八岁的小孩的感受写他父亲从事秘密革命活动和最后牺牲的情形。当这个小孩过生日，他父亲答应给他买新皮鞋回来的时候，他从此就永远地失去父亲了。后来这个小孩长大后也成了革命者，而且也有了一个八岁的小孩，但他仍然不能给他的小孩带回所许的一双新皮鞋。“为了公道”好象是一种遗传病，给这个革命者的家庭夺去了好几代的生命。作品的最后说：“孩子，去罢，你长大起来，你去，去把历史改造过。用你曾祖的血，用你祖父的血，用你父亲的血，用你自己的血去改造历史罢！”这是一篇富有抒情气氛的悲壮的故事，它热烈地歌颂了革命者的勇敢地献出一切的精神，读来是很令人激动的。在这些取材于知识分子的篇章里，作者常常选取动人的情节来集中地突出他们性格的某一方面，有的加以尖锐的讽刺和批判，有的则赋予热烈的同情和歌颂，不只爱憎分明，而且有些篇写得的确很成功，是富于艺术感染力的。



很多人都以为巴金的作品富于浪漫主义的色彩，这在他早期所写的短篇小说中尤为显著。他写了好些篇取材于外国，特别是法国社会生活的小说。这里面不缺乏爱情的故事和少年人的情怀，也很富于异域情调，写得也极缠绵婉曲；但即使如此，正如他自己所说，也并不能说这是“美丽的诗的情绪底描写”，而其实是“人类的痛苦底呼吁”。[1]这里面的人民多的是心理上的矛盾和精神的苦闷，好些故事都是些不幸者的凄凉的遭遇，但也包含着激动人向上和追求的因素。他在《复仇集》序中说：“这里有被战争夺去了爱儿的法国的老妇，有为恋爱所苦恼着的意大利的贫乐师，有为自己底爱妻为自己底同胞复仇的犹太青年，有无力升学的法国学生，有意大利的亡命者，有薄命的法国女子，有波兰的女革命党，有监狱中的俄国囚徒，他们是人类的

---

[1] 《巴金短篇小说集》第一集：《复仇集》序。

一份子，他们是同样具有着人性的生物。”这些人物大抵都是在不合理的社会制度下的不幸者或反抗者，譬如《狮子》一篇写一个残暴地打骂学生的法国中学学监，绰号叫“狮子”的莫勒地耶的故事；却原来因为他自己的母亲原是学校中的女厨子，被学监勾引得有孕后又遗弃了，他从小生活在贫困中，无力再升学；现在他的妹妹又作了学校中的女厨子，为了每月一百多法郎不得不象奴隶似地劳动，因此他才对那些有钱读书的人感到憎恨，他的打骂正是为了复仇和出气。现在又有学监看中她的妹妹了，他极瑞憎恨，他也知道学生叫他“狮子”，他说：“当狮子饥饿了的时候它会怒吼起来，我现在是饥饿了。”这里写的正是一种阶级仇恨的自发的和变态的表现，里面是充满了血与泪的。《马赛底夜》描写了隐藏在豪华都市的心脏中的罪恶和荒淫，这里勾画了妓院和下等电影院中的游娼的活动。一个慈祥面貌的妓女在街上拉人，口中喃喃地说：“先生，为了慈善，为了怜悯，为了救活人命……”一个旅馆的下女说，半年前她和六个女伴一同到这城市里来，如今那六个女子都做了娼妓，只剩她一个人还在苦苦地劳动。“马赛底夜”的月色很好，但照着的却是那么多的罪恶与不幸。《亚丽安娜》写一个波兰女革命者亡命在巴黎的故事，通过爱情的纠葛，作者把这个人物的精神面貌是写得相当清晰的。《将军》写一个流落在上海的白俄诺维科夫，他向妻子要钱，每晚喝酒，醉后就自称将军，使自己活在酒和彼得堡的怀念里；但他的妻子安娜却只能靠着美国水兵的蹂躏，供给他生活。最后他终于醉倒在马路上死掉了。这里作者揭露了这个“将军”的精神空虚和堕落，并给予了辛辣的嘲讽。类似上述这些作品，尽管有取材殊异、构思奇巧的地方，但它的社会意义仍然是很丰富的。

除过前面提到过的取材于法国大革命的几篇历史小说以外，《神·鬼·人》中的以日本为背景的几篇小说另是一个新的方面。他在序中说“生活的洪炉”使他“离开了那从空虚里生出来的神和鬼”，而认识了“我是一个人。我象一个人的样子用坚定的脚步，走向人的新天地去!”《神》里写长谷川由一个无神论者而变为终日念经的佛教徒的心理状态；他连报也不看，因为“不知道总比知道了袖手旁观好一点”，他正是由悲愤沦落到逃避的。他念念不忘一个为爱情自杀的女子和一个死在牢里的无神论者，但这种惨痛的回忆在他身上却只成了追求神通力的鼓舞，这里深沉地写出了一个精神空虚者的一生的悲剧。《鬼》中的堀口君是个类似长谷川的人物，他希望能见到他的被拆散了的情人的灵魂，他信仰了宗教；他的道理很简单："要是没有鬼，那么我们在什么地方去找寻公道？这世界里一切因果报应都要在鬼的世界里找到说明。"作者深刻地刻划和批判了这个埋藏在自己造成的命运圈子里的宛转呻吟的人物。《人》里面写的是在日本监牢里的几个囚犯；这里有思想犯，有为了偷三本书而关进来的，也有因为养活父母而改扮女装去做咖啡店侍女被关进来了的青年等等，他们的态度也各不相同。作者在这里批判了软弱的生活态度，而突出地强调了人的尊严，结尾正是那句"我是一个人!"。他是以此来做这几篇小说的结论的，但最后这一篇写得还不够明朗有力。以作品的艺术成就来看，似乎《鬼》中的那个形象写得比较完整和深刻。

《长生塔》中的几篇是以童话的形式来揭露旧制度的基础和秘密的。这里表面上讲的是些荒唐的故事——长生的塔，隐身的珠，能言的树，但它却真实地揭露了社会上阶级对立的关系和歌颂了人民的反抗力量。



除了前面已经提到过的抗战时期所写的《还魂草》一书外，他所写的短篇小说的一些重要方面我们在这里大致都谈到了。在这多量的作品里面，当然并不能说每篇都是写得很成功的；有少数的篇章确实比较平庸，在他的长篇中所存在的某些弱点有时也有类似的表现；但不只多数写得较好，而且其中的总的精神是一致的，爱憎的界限是分明的，也是很容易为读者所理解的。由于短篇小说通常都是摄取一个生活片断或一两个人物的精神面貌来集中写出的，因此不只所反映的生活面较长篇广阔，而且在构思和艺术表现的集中和精练上，也是有他的独特成就的。通过这些作品可以使我们更深入地了解作家的思想倾向和艺术特点。

## 七

抗战期间作者写了长篇小说《火》，共分三部，这其实是可以称作《抗战三部曲》的。这里表现了作者的爱国主义热情和对侵略者的愤慨，他希望以此来鼓舞全国人民的坚持抗战的勇气。作者在第一部《后记》中说："我写这小说，不仅想发散我的热情，宣泄我的悲愤，并且想鼓舞别人的勇气，巩固别人的信仰。我还想使人从一些简单的年青人的活动里看出黎明中国的希望。老实说，我想写一本宣传的东西。"这个创作意图是庄严的，他感到中国人民正处在火一般的斗争中，而且正是从这里可以看出新中国的希望来。第一、二部的主角冯文淑在经历了长期的前方工作后回到昆明，作者描写她作梦时都觉得"四面都是火，她被包围在火中"，作者殷切地希望人们在这"火的包围"中受到锻炼，我们的民族由此得到新生。《火》的第一部是描写抗战开始后上海青年的抗日救亡活动的；作者通过冯文淑、朱素贞、刘波、周欣等人的活动，给抗战初期上海的斗争情况和青年们的爱国精神勾画了一个轮廓。作者描写文淑在参加了伤兵医院看护工作以后的情形说："……全房间的人的心里都响着同样的声音。仿佛每个人都含着眼泪微笑，每个人都亲切地互相看望，阶级的不同，环境的差异和言语的隔膜在这一刻都消灭了。每个人都忘了自己，一个共同的目标把他们的心连结在一起，好象成了一颗心似的。这情景太使文淑感动了。"作者所描写的这种气氛是大体上可以概括全书的，特别是第一、二部，他正是要点燃读者的爱国的热情之火的。这里所写的那些青年虽然各有不同的性格和经历，但他们都动起来了，而且表现了一致的工作热情。在这些人物当中，刘波是比较坚强和成熟的，他的面貌也写得比较清晰。文淑由一个活泼、单纯的姑娘而勇敢地参加了实际工作，表现了一般青年的火炽的爱国热情。但总的说来，《火》第一部只勾画了"八一三"以后上海青年活动的一个轮廓，人物性格是不够鲜明的。第二部写得比较好；上海沦陷后由冯文淑等青年组织的战地服务团深入了战地，做各种抗战宣传和组织民众的工作，《火》第二部就是写这个团体的工作和活动情形的。这里一共有十几个人，除团长曾明远年纪略大外，大家都是青年；共同过着流动的艰苦的生活和一块作着同样的工作，但彼此间的性格还是有差别的；其中如冯文淑、周欣、李南星、王东、张利英、方群文等人，都写得比较清晰。特别是冯文淑，作者用了很大的热情来描写她的成长和变化，是能给人以较深的印象的。这是一个有一对酒涡的美丽的少女，乐观活泼，喜爱幻想，但却非常坚定和勇敢；她在农民身上发现了朴素和真诚，认为“没有想到在外面会过得这样快乐”。到最后撤退时他们一连走了五天，她还穿着草鞋走了一天半路，而且经过了敌机轰炸和同伴牺牲的打击，但她仍然保持着饱满的情绪，跨过了大别山。这虽然是一个还未完全成熟和定型的人物，但她表现了青年人的爱国热情和值得宝贵的性格特点，是能给读者以鼓舞的。当这些人在某地做了许多宣传工作之后，敌人逼近了，他们当中的李南星等几个人就秘密留下来，和当地人民在一起做组织游击队等抗日工作；其余的则随着军队向后撤退了。这部作品相当真实地写出了一个群众抗日团体的工作情形和其中一些成员们的性格特点，内容比较完整，是反映了抗战初期那个时代的一些社会面貌的。《火》第三部又名《田惠世》，写于一九四三年。抗战后期国民党统治区的政治情况给作者带来了低沉阴郁的情绪，这部作品和前两部虽然在故事情节上还有一些联系，但气氛和情调却显然低沉多了。作品写冯文淑由前方回到了后方，住在朱素贞那里（她已经由护士成了一个战时的大学生），她们和一个基督徒田惠世的家庭建立了友谊。作者说：“在这本小书中，我想写一个宗教者的生与死，我还想写一个宗教者和非宗教者间的思想和情感的交流。”[1]田惠世是这部作品的主角；这是一个正直慈祥，笃守教义的爱国的老年基督教徒，他把全部精力都用来帮助人，爱人，尤其是爱穷人。他的一家都为他的人格所感召，都在从事着正直和严肃的工作。他办着一个竭力拥护抗战的《北辰》的刊物，由上海、广州、香港、而至昆明，经过了各种的失败和挫折，但他毫不灰心，一直到他的死。他的虔诚的信念是：“用牺牲代替谦卑、伪善的说教，用爱拯救世界，使慈悲与爱怜不致成为空话，信仰不致成为装饰，要这样做，基督教才能够有将来，才能够战胜人类兽性，才能够把人们引进天国。”由于他的这种人格的感动，竟使在抗日工作中受过锻炼的热情勇敢的冯文淑也与他的一家建立了亲密的友谊，而且最后还参加了《北辰》的工作。作者写那原因是：“基督徒不基督徒都是一样的，只要你相信爱，相信真理，只要你愿意散播生命种子，鼓励人求生”；而且写另一青年朱素贞后来成为勇敢地暗杀大汉奸的



[1] 《火》第三部：后记。

人，也是为了相信爱的缘故。应该说，这部作品是写得不成功的；我们并不反对在作品中写基督徒，或者把基督徒写成值得人崇敬的爱国者；但作为一部文学作品，这部书是缺乏艺术力量的。第一，田惠世这个人物缺少具体的行动，作者着重描写他的心灵世界，但读者最多只能理解这是一个好人，并没有甚么可以引人感动的艺术光彩。第二，文淑和素贞在这部书里的性格都比较模糊，特别是文淑；而如果与前两部联系起来看，则她们性格的发展线索是不够令人信服的。作为《火》的第三部，比之前面所写的青年们为祖国解放所作的勇敢的活动，这一部就未免过于晦暗和缥缈了；从这里是很难看出“黎明中国的希望”的。作者在《后记》中说：“这书中的人物和事实全是虚拟的”，这恐怕是写得不成功的根本原因。大概作者受到当时政治环境的压抑，心境有些低沉，于是就决定“写一个宗教者和一个非宗教者的思想和情感的交流”，鼓励人相信真理、相信将来，不要为一时的逆流所动摇。但因为平日缺乏关于人物形象的生活积累，于是便只好纯由“虚拟”出发，结果就自然难如人意了。

作者的这种低沉的情绪也表现在他一九四四年以后所写的几部作品里。在长篇《憩园》、《第四病室》、《寒夜》和短篇集《小人小事》中所写的一些故事，可以说都是生活在“寒夜”里的一些“小人小事”。作者前期的那种激动的热情收敛或者潜藏起来了，他诅咒不合理的制度和反动政治所给予善良的人们的悲惨与不幸。这些人大都是无辜的和值得同情的，而他们所遭遇的悲惨却又似乎是习见的和不可避免的；作者以人道主义者的悲悯的胸怀，写出了这些不大为人注意的小人物的受损害的故事，目的只在控诉那个不合理的社会。这里表现出了在反动统治高压下的一般社会生活的灰暗的色彩，也反映了作者自己的低沉的心情。他收敛起了他那股鼓吹反抗和变革的激情，而用平淡的笔沉重地诉出了一些善良的人所受的精神的和物质的摧折。虽然作品中带有过多的阴郁灰暗的气氛，但作者对旧社会的极端厌恶的心情仍然是可以感受到的。他坚信光明的未来，因此希望人们在他的作品中能够得到一点慰藉和温暖；他要读者在别人的痛苦和不幸里面发见更多的爱。在《憩园》后记中他说：“活着究竟是一件美丽的事”，他企图以此来鼓舞那些被损害的小人物的生活意志；这说明了作者的坚强的热爱生活的信念，但也说明了作者当时的低沉抑郁的心情。在《寒夜》后记中他说：

> ……我只写了一些耳闻目睹的小事，我只写了一个肺病患者的血痰，我只写了一个渺小的读书人的生与死，但是我并没有撒谎。我亲眼看见那些血痰，它们至今还深印在我的脑际，它们逼着我拿起笔替那些吐尽了血痰死去的人和那些还没有吐尽血痰的人讲话。

他说这些不幸的“被不合理的制度摧毁，被生活拖死的人断气时，已经没有力量呼叫‘黎明’了”，作者的心境是很沉重的，他对不合理的制度感到极端的悲愤与难忍。《第四病室》是用一个人在病院中的日记体写的。在那样一个简陋和不负责任的医院里，却有一个善良热诚的女医生；她自己也有无数的不幸，却随时在努力帮助别人减轻痛苦。这里反映了作者自己写作时的心情，也表明了社会上并非全是黑暗，是存在着光明和希望的。他在《前记》中说：“我一个朋友刚刚害霍乱死去，这里的卫生局长却还负责宣言并未发现霍乱。”作者以抑制不住的心情来诅咒这种不合理现象，因此他要通过一些似乎平淡而实悲痛的故事，来为那些被损害者讲话。《寒夜》的故事更其凄凉，它写了一个善良的知识分子汪文宣的生和死。活着的时候他是苦痛的；家庭的不睦，疾病的折磨，生活的拮据，失业的胁迫，使他的精神和身体都不能再支持了，终于在抗战胜利的爆竹声中吐尽了血痰死去了。而死的时候是更其痛苦和凄凉的；他并不想死，但在漫长的寒夜中终于支撑不下去了。这是当时一般善良的知识分子为生活挣扎的结果，作者向那个社会悲愤地提出了他的控诉和抗议。但这些作品由于取材的范围比较窄狭，没有接触到当时社会生活的重要方面；而且那些人物的遭遇和不幸有些也是由于自己的懦弱才让环境给压扁了的，作者对这些人物本身的弱点缺乏批判；从作品中也很难看到当时人民力量已经壮大的时代背景和所谓“黎明中国的希望”，而更多的是使人感到一种灰色的阴郁气氛；这是很难给读者带来鼓舞和力量的。作者早期的那种鼓吹反抗和变革的激情既已冲淡，则作品中的那种厌恶和憎恨也就相对地缺乏感人的力量了。比之作者抗战以前的那些使人激动的作品，后期这些作品的成就应该说是比较平庸的。

## 八

在《沉落集序》中，作者说他的作品都是在"愤慨的情绪下写成的"，而且自述："态度是一贯，笔调是同样简单。没有含蓄，没有幽默，没有技巧，而且也没有宽容。这也许会被文豪之类视作浅薄，卑俗，但在这里却跳动着一个时代的青年的心。我承认我在积极方面还不曾把这时代的青年的热望完全表现出来，但在消极方面我总算尽了我的力量。在剪刀和朱笔所允许的范围内，把他们所憎根的阴影画出来了。"这段话大体上是可以概括他的作品的特点的。那种对旧制度的强烈的憎恨和热情地鼓吹反抗和变革的态度，是贯串在他全部作品中的主要精神。就是这种鲜明的倾向性，或者说是"一个时代的青年的心"，鼓动了无数青年读者的正义感和不满现实的激情，并引导他们走向反抗和革命的道路。作者的这种态度完全是自觉的，而且正是推动他不断写作的重要动力，他是把创作当作革命的武器来使用的。在《爱情三部曲》的长序中，他抄录了一个不知名的青年读者给他的信；这是一个大学的女生，她有不满周围一切的苦闷与矛盾，想要作者指示她如何脱离家庭和走上追求光明的道路。她对作者是怀有无限敬意的，信中说："先生的文章我真读过不少，那些文章给了我激动，痛苦，和希望，我老以为先生的文章是最合于我们青年人的，是写给我们青年看的，我有时候看到书里的人物活动，就常常梦幻似的想到那个人就是指我！那些人就是指我和我的朋友，我常常读到下泪，因为我太象那些角色，那些角色都英勇的寻找自己的路了，我依然天天在这里受永没完结的苦。我愿意勇敢，我真愿意抛弃一切捆束我的东西啊！"应该说，写这封信的人和信中所表现的情绪，在巴金作品的读者中是有代表性的。正是这些单纯、热情，有苦闷、有理想，喜爱幻想却又缺少生活知识的青年们热爱着巴金的作品，并从它们当中得到启发。作者过去创作力最旺盛的时代是青年时期，他笔下的人物也大致都是青年，而他的作品的读者主要也是青年。在《家》的后记中他说："我始终记住：青春是美丽的东西，而且这一直是我底鼓舞的源泉。”正是通过他的作品，展开了“青年的心”的交流，并互相得到了鼓舞。因此我们可以说，巴金的作品主要是一首青春的赞歌，他歌颂青春的美丽和成长，而诅咒那些与青春为敌的摧残生命的势力。他赞美青年人的一切，甚至同情或原谅了他们的幼稚和弱点（这些小资产阶级的知识青年当然是有弱点的），这就是巴金作品取得成就和带有某些弱点的重要原因。在答复上述的那一位青年读者的要求时，巴金说他将要写一部书，“写一个女子怎样经过自杀，逃亡……种种方法，终于获得知识与自由的权利，而离开了她的在崩颓中的大家庭。这是一个真实的故事。这样的一本书写出来对于一般年青的读者也许有点用处。”这本书大概就是以后写出来的《春》。从这里可以知道，无论是《爱情三部曲》或《激流三部曲》，作者都是自觉地以青年为对象，并为他们提供追求的道路的；而且还常常用了塑造正面形象的方法，使青年感动并自愿以这些人物为榜样，学习和模仿他们的行动。觉民、觉慧、淑英、琴，都是这样的人物，并在青年中起了很大的影响；特别是觉慧，可以说已成为现代文学中少数的最为人所熟悉的典型形象之一。



上述的这种创作态度和他作品中的鲜明的风格特色是有密切联系的。因为是青年人彼此间的热情的鼓舞和心灵的交流，因此它不需要含蓄或幽默，也没有余裕来从事技巧的雕镂；它需要的是单纯、热情、坦白、明朗，这样才能够沟通彼此间的感情，打动对方的心曲。作者在《爱情三部曲》的序中自述他写作时的情形道：

> ……我写作时差不多就没有停笔沉思过。字句从我的自来水笔下面写出来，就象水从喷泉里冒出来那样地自然，容易。但那时候我的激动却是别人想象不到的。我差不多把金个心灵都放在那故事上面了。我所写的人物都在我的脑里活动起来，他们和活人没有两样。他们生活，受苦，恋爱，挣扎，笑乐，哭泣以至于死亡。为了他们我忘了自己的存在。好象不是我在写这文章，却是他们自己借了我的笔在生活。

这可以说是一种青春的激情。作者曾多次地自谦说，他的作品中“缺少冷静的思考和周密的构思”，其实从另一种意义说，这正是作者风格特色的来源。他已经和作品中的那些青年人共命运同呼吸了，他生活在那些青年人当中，象给一位知心的朋友写长信诉衷曲似的，那需要的只是热情和坦白；连“停笔沉思”都很困难，如何还谈得到“冷静的思考和周密的构思”，如何还用得上含蓄或幽默！但在激情中的思考和“象水从喷泉里冒出来那样”的构思是另有它的激动人心的艺术力的，单纯自然和明朗坦白是更符合于青春的特征的，这正是构成巴金作品的艺术成就的重要因素。

在他的作品的各种序跋中，他常常告诉我们那个人物是有模特儿的，另一个又是以某一朋友作原型等等；这不只说明他所塑造的形象的现实根据，同时也说明了作者对待生活和创作的态度。他在生活中对于他所接触的人是有爱憎和评价的，对于某些生活事情是感受敏锐的，而且常常联系到他所进行的创作构思上面。这样，就不只增强了他所塑造的许多人物的现实根据和社会意义，而且也更多地赋予了作者自己的感情。他说：“我深自庆幸我把自己的感情放进了我的小说里面”❶，这的确是增强了作品中的青春的激情和坦白明朗的风格特色的。另外也有一些人物形象并不是根据原型的艺术加工，而是作者综合和集中创造的结果，那上述的情况也是同样存在的。譬如《电》中的李佩珠，作者说：“这个妃格念尔型的女性，完全是我创造出来的。我写她时，我并没有一个模特儿。”❷但最后只要他一想，“眼前就现出了李佩珠的充满着青春的活力的鹅蛋形的脸”，这个形象已在作者的脑中活生生地存在了，她也同样可以引起读者的激情。鲁迅先生曾说：“作家的取人为模特儿，有两法。一是专用一个人……二是杂取种种人，合成一个，……这方法也与中国人的习惯相合，例如画家的画人物，也是静观默察，烂熟于心，然后凝神结想，一挥而就，向来不用一个单独的模特儿的。”❸看来巴金所采用的典型化的方法是两种同时并用的，这样就使构思更易于符合作者的创作意图，而可以比较完满地表达和

❶ 《短简》：《关于〈家〉》。

❷ 《爱情三部曲》：序。

❸ 《且介亭杂文末编》：《“出关”的“关”》。

打动“青年的心”了。

作者自己所谓“没有技巧”只能理解为没有形式主义地单纯追求技巧，而并不是说作者的写作能力还不够圆熟。事实上作者正是熟练地运用了各种手法来完成人物性格的描写的。象《电》中那样电光闪耀的头绪繁多的事件，象《秋》中那种多样的场面和复杂的线索，有时大开大阖，有时错综交织，在处理上都可以看出作者驾驭及叙述的才能和用心。在环境气氛的描写和色彩的渲染上，也同样是有特色的；譬如在描写主人公的悲惨的遭遇和结局时，却并不至给人带来伤感，而很自然地使人感到憎恨和对于未来光明的信心；这在一些短篇中是常常可以见到的。而这一切又都不是孤立的，它从属于人物性格的描写和主题思想的开展。即使描写景物也是如此，譬如《火》第三部中写田惠世一早起来去看冯文淑他们的时候说：



> 我一早起来就到湖上散步，空气好得很，天刚刚亮，还看不见太阳，只有几片粉红的云彩。草上树叶上都还有露水，连蜘蛛网上也挂着露水，就跟一颗一颗的珍珠差不多。后来太阳出来了，路上好象画了一幅画，比画还要好，树叶时时在动……

这当然是为了写田惠世的开朗的心境和性格的。因为是“象喷泉里冒出来的”那种热情的抒发，因此他作品中宁静地描写景物的地方一般很少，而最多的是采用了在叙述中抒发感情的笔调。他的语言流畅，使人很快地就为作品中人物的命运、他们的悲哀和欢乐所吸引了，而且自然地就引起了人们的激动；这应该说是他的作品的重要特点。

因为不只要写出他的人物的遭际，而且要写出他们的追求和憧憬，信仰和理想，因此他很着重于解剖人物的精神世界，描写他们的心理状态；这在他的作品中是常常可以见到的。他经常运用梦景、幻象或独白的写法来突出人物的思想活动，使他们的性格更为清晰，也使读者更易于受到感动。《雨》里面的熊智君说：“在梦里人是很自由的，很大胆的。我们会梦见许多在白日里不敢想到的事情。”因此通过梦景也最容易表现人的理想和憧憬，表现人的精神世界的活动。作者曾写过一篇散文叫《寻梦》，实际上就是写对于理想的追求的。《灭亡》中的杜大心是一个憎恶一切的人，但在梦的世界里他却受到他底幼年时的爱人、他的表妹的爱的抚摩；“她底面貌是如此庄严，如此温柔，如此美丽，如此光辉，他不禁软化了，无力地睡倒在地上。”这是有助于写出杜大心性格的复杂面貌的。《新生》里李冷在就义以前，梦见了他母亲对他的充满了爱怜的说教，醒来后他说：“我知道母亲已经死了。她不会活着来说那一番话。那些话是我对自己说的。我躺在床上，借着梦自己在对自己说教。但这说教究竟是美丽的。”这其实就是在梦的形式下的人物的独白，但它是有助于描写人物的心理状态的。《家》中在鸣凤跳水死后曾写了觉慧所做的一个梦；他梦见鸣凤变成了小姐，但他们的爱情又有了新的阻挠，于是他们乘着小船逃走，在波浪和后追汽艇的枪弹下拼命挣扎，终于鸣凤被人夺走了，自己孤零零地飘在河上，一点力气也没有了，大浪卷来，眼前是无边的黑暗。这个梦境的描写对于觉慧和鸣凤的关系，对于使他们分开的社会意义，都是很重要的。《秋》中写觉新梦见蕙向他求救，是写出了觉新内心的矛盾，也是觉新性格开始有所变化的根据。短篇《龙》是更典型的，它就是通过一个梦来写不顾一切困难和危险，而坚持追求丰富的、充实的生命那种理想的。《火》的第三部开头写的冯文淑梦见日本飞机惨炸和四面起火的情形，不只写出了故事的时代背景，而且也是与这个由前方刚到后方的少女的心理相适应的。

有时候并不必在睡梦中，当一个人为某一事件、爱情或信仰所激动，也会突然在脑际出现一种幻象；它变化很快，但这种幻象或遐想是可以表现出人物的心理活动的。《灭亡》中写杜大心在看见汽车碾死人的第二天，又走到那个地方，“霎时间他看见从土地内爬出来昨天的那个尸体，而且站了起来，相貌恰和刚才看见的推粪车的人一样。呀！不只一个，是两个，四个，八个，十个，千个，万个！街上过往的人都是！同样的衣服，同样的面貌。他感到一种压迫，先是怀疑，后来就是恐怖了。‘呸！这是不可能的事！我不信！’他努力睁大眼睛，果然什么都没有了。一切依旧是幽静而安闲。”这对描写杜大心的爱与恨是很有力量的。“雨”中写吴仁民在孤寂中忽然看见了死去的陈真，而且和他辩论起来，陈真庄严地告诉他说：“我们的努力不会白费的。”显然，这里是在描写吴仁民内心的思想斗争。后来吴仁民经过了爱情的波折和烦恼以后，他在寂寞中让雨打在头上脸上，忽然“一个女人的面孔披开雨丝现出来，接着又是一个，还有第三个。但这些又都消灭了。他的眼前第二次出现了那一条长的鞭子，那是一连串的受苦的面孔做成的，他第一次看见它是在前一个月里他在两个女人的包围中演着爱情的悲喜剧的时候，如今这鞭子却显得比那一次更结实，更有力了。”于是他又注意地望着远处，“他不曾看见黑暗。他只看见一片蓝空。蓝空中渐次涌现了许多脸，许多笑脸，那些脸全是他所不认识的，他们完全没有一点痛苦的痕迹。在那些脸上只有快乐。”这里显然是描写吴仁民在生活中经受波折后的思想变化的；他看见了摧毁旧世界的鞭子似地潜伏的力量，也看到了未来的幸福时代；于是他忏悔过去，大雨把他的苦恼都洗去了。这就是《雨》的结束。为了突出作品中人物形象的精神面貌，他常常采用类似上述的一些描写人物的心理状态的手法。他喜欢用书信体（如短篇《爱底十字架》、《神》、《窗下》、《还魂草》等）或日记体（《新生》和《第四病室》）来写作品，同时还有许多短篇都是用第一人称写的，这些都可以说明他是非常注意于内心世界的描绘的；而且通过自我思想上的矛盾和斗争也更容易推动人物性格的发展。他常常用一种带有抒情意味的表白语气来展开故事的情节，因此他作品中的人物是比较易于引起人的同情的。他不屑于花很多笔墨来描绘那些旧社会的渣滓，在他的作品中属于单纯暴露性质的非常之少，其中总有能引起我们同情的人物。他经常把较多的力量花在描写那些正面的、或善良的与值得同情的人物上面，这也正是他喜爱取材于青年知识分子的原因，他是把这些人当作进步力量的源泉来看待的。巴金可以说是一位热烈地歌颂青春的作家。

三十年来，他写出了大量的作品；他是我们现代文学史上创作量最丰富的作家之一；这充分说明了他对革命文学事业的责任感和创作劳动的辛勤。这些作品的成就当然是有参差的；而且由于生活经验和思想的限制，也不能不给他的作品带来一些弱点，尤其是思想上的弱点。我们不同意把这种弱点过分夸大，来否定这样一位有重要成就的作家的贡献；但我们也不赞成那种无批判地把缺点也加以美化的态度。作者在一九五一年新版《家》的后记中说，他没有能给读者指出一条路来，“事实上我本可以更明确地给年轻的读者指一条路，而且也有责任这样做的。”又说：“我没法掩饰自己二十二年前的缺点。而且我还想用我以后的精力来写新的东西。”在一九五三年新版《春》的前记中说：“现在一个自由、独立、平等、幸福的新中国的建设开始了。看见我的敌人的崩溃、灭亡，我感到极大的喜悦。”又说：“现在抽空把过去二十五年中写的东西翻看一遍，我也只有感到愧悚。”我们觉得他这些话除了谦虚的美德以外，面对着新中国成立后的喜悦的心情，也包括着他对于自己作品的思想与艺术的更高的要求。他殷切希望今后能写出质量更高的新作品，来贡献于新中国的建设；那么当他再翻看过去的作品时，就自然地产生了一种严格地要求自己和严肃地自我批评的精神。这种精神是可贵的和可敬的，而且读者正是从这里产生了对他的更大的期待和更高的希望。那么，在我们说明他的创作的成就、影响和艺术特色的同时，指出他作品中的一些弱点，特别是来源于思想上的限制的弱点，也就不是没有必要的了。我们是应该向这些“五四”以来的有成就的作家学习的，吸取他们的成功的艺术经验，也吸取他们的某些失败的教训；这对我们都是非常有益的。我们对作者三十年来的创作成就怀着很大的敬意，但也希望能很快看到作者贡献于新中国建设的新的成就；我们相信这个期待是不会落空的。

一九五七年九月五日于青岛

原载 1957 年 12 月 12 日《文学研究》第 4 期

# 论巴金创作中的几个问题

北京师范大学中文系巴金创作研究小组



巴金从第一部作品问世以来，就拥有大量的读者，特别在我国广大的青年知识分子中影响很大。直到最近，我们从出版机关了解到，巴金作品的发行数字仍然很大。这样，就给我们提出了问题：为什么巴金作品有这样多的青年知识分子读者群呢？这些作品对他们产生过和产生着什么影响呢？如何来估价巴金的作品呢？

近两年来，有些人评论过巴金的作品；巴金自己也发表了许多创作谈，如《与读者谈谈〈家〉》、《谈〈春〉》、《谈〈秋〉》、《谈〈灭亡〉》。这些，无疑影响了许多读过或还没有读过巴金作品的年轻一代。对于那些还没有足够知识、对中国革命历史了解不够的年轻人，这些评价、分析会产生什么样的影响，是应该引起人们重视的。在我们看来，巴金自己以及某些巴金作品的评价者，对巴金作品的评价是不够恰当的，他们过分地夸大了作品的成就和社会意义，从而就不适当地估计了巴金在新文学史上的地位。扬风的《巴金论》[1]就是一个突出的例子。他说："巴金的一部分最杰出的作品，就其思想性和艺术性来说，都已达到现实主义的极高水平，可以说已站在社会主义现实主义的'门槛'前，只要跨前一步，巴金的创作就不会只停留在批判现实主义阶段，在思想上就不会只停留在革命民主主义阶段"，并且在论述当中将巴金与伟大的民主主义者孙中山和文学大师鲁迅并列。很明显，过分的"捧

[1] 载《人民文学》1957年7月号。

场”对于作者和读者，都只有坏处，没有好处。

批判和整理“五四”以来的新文艺也是一件重要和急迫的工作，这不仅是为了让读者对它们有一个正确的认识，接受和发扬好的东西，使它能为社会主义服务，而且也是为了正确认识现代文学发展的道路。这项工作需要大家的努力。

一切进步的文学，都必须真实地反映生活，描写现实。它们必须揭示社会生活的本质。真实性的深度与广度决定着作品的认识意义和教育意义，也决定着作品本身的价值。对真实性的评价和对本质的肯定或否定，站在不同的立场，必定得出不同的结论。我们今天则应站在社会主义的立场，用革命的批判的观点来探讨二十年代到四十年代巴金作品的真实性。

《灭亡》、《新生》、《爱情的三部曲》是要写一群青年知识分子对黑暗社会的冲击和反抗。作者写这些作品的时候，正是历史现实变化极为剧烈的年代（《灭亡》写于一九二七至一九二八，《新生》写于一九三一至一九三四，《爱情的三部曲》写于一九三一至一九三四），社会矛盾极为尖锐明朗化，而作者企图反映的又是大革命前后的“革命”现实。但令人失望，作品充斥了绝望、忧郁的气氛，一片无边的黑暗，现实是一个“黑暗无垠的大荒原”（《灭亡》），令人恐怖和窒息。就是在《新生》、《爱情的三部曲》里也丝毫看不见胜利的影子，结尾总是令人悲观的死亡，即使是《新约》中的一句话：“一粒麦子不落在地里死了，仍旧是一粒；若是死了，就结出许多粒子来”，也只给人带来无限的渺茫和惆怅。的确，当时的现实并不是光明的，低估了当时黑暗势力都是不合实际和贬低革命斗争的意义的。但这只是一方面。另一方面是当时人民大众在无产阶级领导下的革命斗争。尽管这个斗争有时也要走入低潮，但总的趋向却是在日益壮大。这股强大的革命力量就是冲击反动势力的澎湃巨浪，划破黑暗的火光。作者看不见或很少看见这本质的一面，却告诉人们一切都要“灭亡”：“凡是把自己底幸福建筑在别人底痛苦上面的人都应该灭亡”，“最先起来反抗压迫的人”也一定要“灭亡”。《新生》中继起的革命者要灭亡，《雾》、《雨》、《电》的“革命者”也随着现存的一切一道灭亡。

阶级的压迫和阶级的反抗是当时社会生活最根本的内容。人民大众在经济上、政治上受着极度的压迫，他们更加仇恨压迫者，和压迫者作殊死的斗争，以求最后推翻他们头上的三座大山。但是，巴金的这些作品并没有表现这点。作品中的革命者所感到的黑暗、抑郁并没有深刻的具体的内容。杜大心更多的是不满汽车压死了一个可怜的人；作者并没有写出深刻的现实，虽然在很少的篇幅中也写了褴褛，写了推粪车的老人和他的孙女儿……但没有深刻发掘和揭示其社会意义，更多的是表现出悲天悯人的同情。至于人民大众的反抗更是没有得到表现，人民几乎都是"蠢然的""奴隶"，即使描写了工人，不是写成小资产阶级性的激进者(《灭亡》中的张为群)，便是胆怯的怕死鬼(《新生》中的王炳)。

很显然，作者要写的革命，并不是当时现实中的革命，那只不过是作者脱离实际而作的虚构罢了。

是的，作者写出了对当时黑暗现实的不满和反抗，这都是对的。但是作者并没有指出真正的反抗道路来，即使写了一群"革命者"的形象，而指给人的却仍是错误的道路。

这一群"革命者"几乎有一个共同的特点，那就是"甘愿灭亡"，追求灭亡。他们把"死"当作一种高尚的美妙的理想，以求得"灵魂的微笑"。《电》里面的敏就说："我只希望早一天得到一个机会把生命牺牲掉"。李冷的日记中写着："死是冠，是荆棘的冠。让我戴上这荆棘的冠昂然地走上牺牲的十字架。"杜大心则得出一个十足的虚无主义的结论："使得现世界早日毁灭，吃人的主人和自愿被吃的奴隶们早日灭亡"，而"最先起来反抗压迫的"他自己，自然也要"灭亡"，终于因为暗杀不成而被杀。这些"革命者"只是个人去奋斗，个人去反抗，个人去牺牲。他们根本不去投入已经汹涌澎湃的人民大众的反抗巨流，去和工农一道反击黑暗。他们只是在个人的苦闷中挣扎，在孤独中哀号。杜大心面对着黑暗的现实，只是"象一只被打伤的野狗似的"哭泣，他只能作为"无边的黑暗中的一个灵魂"去"呻吟"。假如在过去，由于感到社会现实的黑暗而不满，而反抗，是有其进步意义的。但到无产阶级领导下的人民大众革命时期，这样的个人的哀号，不但不能令人同情，反而是只能起促退作用的。

这些“革命者”不但甘愿走向灭亡，走向所谓崇高的牺牲，去求得个人的“道德完成”，不去走向群众，反而把自己看作普渡众生的人类的解放者。好象世上所有人都是“蠢然的”，只有他们清醒，李冷的日记中就这样写道：“我用我底血来灌溉人类底幸福，我用我的死来使人类繁荣。”《爱情的三部曲》中的陈真也欣赏着自己为了人类的工作而不怕死亡，“牺牲了未来的数十年的光阴”。他们根本没有想到一个人的力量是何等渺小，人类的幸福，人类的繁荣并不是一个人的血和死（特别是象这些“革命者”）能换来的。只有工农群众的斗争，只有在无产阶级领导下的人民大众的革命才能取得最后的胜利。

巴金小说中的“革命者”的道路是极其错误的。真正的革命者，真正的革命知识分子，他们正确的道路是与人民大众一道，是与工农相结合。只有这样，他们的革命工作才能有所成就，他们自己的才能才可以得到发挥。这就是“五四”以来革命知识分子唯一的正确的道路。但巴金没有看到这条路，没有反映这条现实的路，甚至指出的恰恰与这条路相反。当然，作者可以写杜大心、李冷、吴仁民、陈真等一类的“革命者”，假如是批判他们走的路，批判他们没有走向工农群众，那便是完全正确的。但在这些作品里，作者却是肯定他们的路，对它毫无批判，把这些“革命者”当作当时历史的主人，去歌颂他们，同情他们，这就是错误的。

《激流三部曲》要算巴金比较成功的作品，尤其是《家》。《激流三部曲》暴露了封建社会的黑暗，控诉了封建礼教制度的罪恶，揭示了它的崩溃趋势。作者对被封建势力摧残的青年寄予很大的同情和希望，塑造了象觉慧、觉民、淑华等反抗封建势力、要求解放的年轻一代的形象。这些无疑是正确的，是应该肯定的。然而就是在这部作品中，我们也同样可以清楚地看到不容轻视的局限来。

《激流》是要反映“五四”前后的社会现实的。按作者自己说，《秋》结束在一九二三年的秋天，“尾声”里觉新给觉慧写信是在一九二四年的秋天。这正是中国现代史上重要的年代。这时期，中国半殖民地半封建的社会矛盾日益复杂尖锐。阶级的与民族的矛盾尖锐地存在着。统治阶级内部也互相斗争着，与此同时新思潮新运动日益壮大，社会主义思想早已开始传播。“五四”运动和一九二一年中国共产党的诞生，更使中国革命走上新的时期。但是《激流》却没有充分反映出这个社会面貌，没有充分表现这一时代精神，有的地方甚至与此相反。

要写一部“家庭的历史”，决不可能与这时期的社会孤立开，因为家庭是社会的基本组织单位，更何况作家应当通过家庭的事件反映出“某些社会的本质”。巴金在写《激流》时却是比较孤立地刻划高家的环境。作者虽然也写了四川的学潮，军阀的混战，“外专”的开设，《新青年》等刊物的流入内地。但是作品中并没有深刻发掘它们的社会意义，没有把它们有机地与高公馆联系起来。军阀的混战只给高家带来一场惊慌。读者看不出这个家庭在那样动荡的社会基础上的变化。本来，《家》所处的时代，中国封建社会已经经过半个多世纪资本主义帝国主义的冲击，变成了半封建半殖民地的社会。这样，人与人之间的关系便远比过去复杂。近代公开的、直接的、无耻的、残酷的剥削日益撕碎并代替了一切封建的、家长制的、淳朴的关系。封建的道德观念已经日益失去了维系人的作用。上层社会的人们更加荒淫无耻了，他们之间的倾轧也更厉害，更残酷。四世同堂的“家”也不能不是这样社会的缩影，也不能不具有这种时代的血腥和恐怖；四世同堂的封建大家庭也不能不是在这种形势下崩溃和“飘落”。但作者没有充分反映这时代的特征，没有深刻揭发高家崩溃的社会原因，所以读者不能明确地感到一个社会（从经济基础到上层建筑）的崩溃。



作者没有着力刻划作为一个社会制度的封建势力的罪恶与黑暗，而是极力描绘高家的可怕，追求着脱离这个牢笼，但出去后又如何，作者似乎没有想到。而鲁迅比他更早创作的《伤逝》则极明确地指出家庭的黑暗决定于社会，社会制度不改变，即使逃出家庭也毫无用处。

作者的确企图表现新与旧的斗争，觉醒的力量与封建势力的斗争。写了觉慧、淑英的逃走，写了觉民、淑华的斗争，这些人的反抗最多是出自抽象的“不顾忌，不害怕，不妥协”九个字，他们的斗争同样是个人的，没有与人民大众的斗争衔接起来，这就无怪许多读者得出一个同样的评语：《激流三部曲》和《红楼梦》差不多。二十世纪初年演着与几百年前几乎同样的悲剧，这显然是不真实的。

扬风在《巴金论》里说：“许多青年读者把觉慧、觉民当成了他们生活中的朋友和榜样，从这些人的身上得到精神上的鼓舞与支持。”王瑶也说：觉慧是“新生的正义力量的代表，给读者带来一种乐观情绪和鼓舞力量。”[1]我们不同意这样的看法。的确，觉慧对封建的大家庭不满，强烈地要求自由平等和个性解放，对旧势力一直进行着斗争，这对民主主义革命说来是有着一定的进步性的。在当时的现实里也确有这样一些资产阶级或小资产阶级出身的民主主义者，作者反映他们的激情，并鼓舞了现实中一些青年去憎恶封建礼教，与它们斗争。觉慧这个人物是有他的代表性的，但也应该指出，觉慧这个人物形象，只是一个具有一般民主主义思想、民主主义要求的青年形象，他并不是时代的英雄，他反抗仅仅是不满，奋斗的目标是不明确的，只是模糊地相信着将来总有一天一切都会翻转来。在黑暗的压抑下他感到乏力甚至失望，有时想到死亡，或是想“让自己被埋葬在黑暗里”。他工作，也是为了“在那里他底青年的热血可以找到一个发泄的地方”，他反抗也是个人的反抗，他希望自己的一只手变大起来把旧制度毁灭。最后，他冲出了这个罪恶的牢笼。出去以后怎么办？他却完全茫然，只知道“到上海去，到北京去，到任何地方去，总之要离开我的家”。与他同样逃走的淑英也只不过在外埠念念书，他们并没有走真正的革命的道路，只是对封建势力作一番软弱的冲击，却一直脱离实际斗争，脱离人民，这些青年怎么能是当时青年的代表和榜样？

扬风却为巴金这点极力辩解，他说：这是因为“社会生活尚未提出革命这个主题”，所以巴金不能“去表现出‘反抗之后的出路’，或表现出既有‘革命理想’，又有有‘组织’和‘领导’的革命行动”。这样的说法是站不住脚的，巴金开始写《家》是一九三一年，这时社会主义思想和运动早已开始传播和发展，中国共产党已成立了十年，革命在艰苦的斗争中蓬勃地发展着。作者在写这部作品时不能不考虑这个现实，不能不考虑给当时青年指出什么样的一条路来。至少，我们不是说作者不该写觉慧，也更不是要求作者写出一个无产阶级斗士的觉慧，但我们认为应该对觉慧这类青年知识分子作恰当的描写，作适当的批判，而不是把他们当作唯一的先进的英雄来一味歌颂。然而巴金并没有这样做。二十世纪初年演着与几百年前几乎相同的悲剧，

[1] 王瑶：《论巴金的小说》，载《文学研究》1957年第4期。

这显然是不真实的。

作者在《〈激流〉总序》中有这样一段话："我无论在什么地方总看见那一股生活的激流在动荡，在创造它自己的道路，通过乱山碎石中间。"这"激流"自然是指觉慧等代表的"新生力量"。但作者这样是错了的。他没有看见当时真正的"激流"是日益壮大的无产阶级领导下的新民主主义革命的动力，也没有看见、更没有反映这新生的现实的本质，无怪在革命已经发展了十几年的一九三一年，作者还只有说："这一股激流……向着唯一的海流去。这唯一的海是什么，而且什么时候它可以流到这海里，就没有人能够确定的知道了。"

综上所述，巴金的《家》确实反映了一定的社会现实，具有一定的反封建的意义，在民主革命时期，起过暴露封建黑暗和鼓舞反抗的作用，但就其描写的环境与人物性格来说，都不是典型的或不是充分典型的。这必然影响作品的现实主义高度。



所谓抗战三部曲的《火》，问题就更明显了。《火》的创作年代是一九三八——一九四三，第一部写"八一三"后上海青年的救亡活动；第二部写一群青年知识分子在后方的宣传救亡活动；第三部则是写一个基督徒的一生。第一、二部还写了一些抗战的现实，某种程度地使读者痛恨帝国主义的侵略，激发起抗战的情绪；但第三部几乎都是宣传一些资产阶级的"人性"、"爱"和"殉道式的牺牲精神"，很难有肯定的地方。实在说，抗战三部曲是一部不如一部的。

一九三七年，日本帝国主义挑起了芦沟桥战争，接着八月十三日又进攻上海，中国共产党立即号召"给进攻的日军以坚决的反攻"，很快地就展开了轰轰烈烈的全民抗战。在中国共产党的领导下，全国人民经历了抗战的各个阶段，克服了重重困难，一面粉碎国民党的反攻阴谋，一面打击日本帝国主义，最终取得抗战的胜利。

《火》反映了一些现实，但没有表现出上述的基本情况。《火》的第一部写了一些青年宣传抗日，参加看护工作，组织救亡小团体的活动。这些青年的确在抗战中贡献了一份力量，但我们看不见他们与全国人民一道抗战，更遗憾的是我们看不见人民的抗战，作者最多是轻轻地写了周欣母亲的做军衣和周家女佣捐半月工资，而人民更多的是惊慌、彷徨、"失常的发出各种声音"。事实上，当时人民正在愤怒地、镇定地抗击帝国主义，他们创造了许多可歌可泣的英雄事迹，就是在大上海，也发生了汽车司机把满载火药和敌军的汽车驶进黄浦江的事件。然而作者偏爱的却是小资产阶级狂热的、带着不同程度的浪漫色彩的抗战，而把最主要的东西忽略了。这不能不引起读者公正的指责：巴金没有反映最真实的东西。《火》的第二部，问题就更清楚了。巴金在这部作品中同样没有反映出人民的力量——这始终是抗战的基本力量。相反，把人民写成"笨拙的"、"简单的"、"原始的"。即使要抗战，其立场也只是"自己的利益和原始的正义各占一半"，甚至连突出的几个人物在外形上也是"癞头"、"胖子"、"近视"，其它则都是"厚厚的嘴唇、浓浓的眉、睁大的眼睛"。这个战地工作团确也做了一些工作，取得了一些成绩，但他们是远远的离开群众的，群众喊他们叫"官长"、"先生"，他们也以"启蒙者"自居。他们到群众中去是"做"工作，是为了宣传、为了"启蒙"，他们也站在资产阶级、小资产阶级的立场，带着新奇的心理去"发现"群众的"憨厚"、"朴实"，但他们压根儿没想到与群众打成一片，向群众学习，他们的工作并不切实，没有在群众中扎下根。这个战地工作团，除了一个实际并不起作用的团长曾明远外，看不出有什么坚强的领导，也没有什么纪律，成员可以按自己的心意睡觉起床，去欣赏月亮或田野的风，去吃馆子，去讥讽同志，去打闹。甚至全体成员决定撤退时，有人悄悄地留下，离开了集体，也成了令人怀念、崇敬的事。实在说，这不过是一群狂热的小资产阶级知识分子的活动罢了。是的，作者是企图反映抗战的，是"为了宣传"的，但是，他并没有真实地反映中国人民的抗战，自然更谈不到"反映"或"提出"了"抗战应该怎么抗"的重大问题。

至于《火》的第三部（一名《田惠世》），确如作者承认的，"不是成功的作品"。作者主要是"怀着敬意"写了一个老基督徒田惠世的一生。作品写于一九四三年，这正是抗战艰苦困难的年头，蒋介石统治集团也将他们的矛头指向中国共产党和中国人民。然而这时候作者却去歌颂一个"虔诚"、"善良"、"谦恭"的基督徒，去歌颂他所谓的"伟大人格"和苍白的爱国主义。作者完全没有表现出当时尖锐的社会矛盾，看不出蒋管区深邃的黑暗，看不出人民艰难的生活和坚决的斗争。而受着作者尊敬的田惠世却是怎样的一个人物呢？他宣传"博爱"，"把他的全部时间都用来帮助人，爱人。”他相信爱，认为“爱使生命繁荣，失去了它，生命就要枯萎”。这种看来是无阶级性的“博爱”，实质是资产阶级的，因为“自从人类分化成为阶级以后，就没有过这种统一的爱”；❶把爱作为生命繁荣的泉源也是唯心、反动的。就是什么救世的、惠世的怜悯和爱也都是彻头彻尾的虚伪的，人民根本不能依此获得解放；相反，它只能麻痹人民的觉悟。除了“爱”之外，这个老人的另一信则便是忍耐和“牺牲”。他周围的一些人（妻、子等）也和他一样，相信“唯有忍耐到底，必然得救”。这样的人生哲学实质是奴隶哲学，是指引人逃避斗争的哲学。至于“牺牲”，他认为“牺牲是最大的幸福”，这也是极其虚伪的。这种殉道式的“牺牲”是自私的，因为目的是为了自己精神上的满足，而在复杂的斗争面前，这种“牺牲”实在也是一条最软弱的、最容易的出路。作者写这样一个老人是花了心思的，用了忘我的工作和对痛苦的忍受来表现他的精神世界，并且写了一群田惠世的崇拜者，从各个角度来表现他的“伟大”。但是读者是不能不提出问题的：这究竟与中国人民的抗战精神有多大的联系呢？

在那样一个烟火纷飞、征尘满目的日子里，作者着力描写田惠世“全家的人聚在一处吃饭、喝茶、谈天”，描写“弥漫着和平、甜蜜的爱的空气”，这对于抗战能起什么促进的作用呢？

奇怪的是扬风对《火》第三部的评价，竟认为是作者“怀着一种善良的愿望，从一个基督徒和一个非基督徒‘思想感情的交流’反映了这团结抗日的重大问题”。❷请看，这又是一个多么“重大的问题”！的确，为着打击共同的敌人，在中国共产党的领导下组成了一个统一战线，这自然是一个团结问题。然而这里也有尖锐的斗争。而“一个基督徒和一个非基督徒”究竟代表什么社会力量呢？他们“思想感情交流”的基础是所谓的“爱”，这个“基点”与抗战团结的基点相差是多么远！他们之间空泛的议论和软弱的《北辰》工作，与轰轰烈烈的抗战活动是多么不协调！

---

❶ 《毛泽东选集》第3卷第892页。

❷ 扬风：《巴金论》。

总之，《火》虽然反映了一定的抗战现实，能激起一些人的抗战热情（主要是第一、二部），但对许多大的问题没有牵涉到，甚至有许多错误。这就是我们对《火》的评价。

从以上对巴金主要作品的分析可以看出，巴金创作中的一个大问题便是不够真实，甚至与现实恰恰相反。是的，巴金的作品反映了一定的社会现实（不同作品的程度不同），但真实性更主要的取决于是否反映了社会现象的本质。

巴金的作品反映了封建社会的黑暗，提出了反帝反封建的要求，但他没有反映出无产阶级领导下的人民大众的彻底的反帝反封建。读者只能感到一般性的封建的黑暗，但却感不到新的时代的特点，感不到旧制度灭亡的必然历史规律和汹涌澎湃的人民反抗力量。这力量的主体是占全国人口百分之九十的工人农民。许多出身非无产阶级家庭的革命的知识分子也在实际斗争中与工农紧密结合，对新民主主义革命做出了卓越的贡献。但是，巴金写的一群反抗者——“革命”的知识分子，却是个人奋斗、无政府主义式的反抗，追求灭亡，看不起群众。作者不是去批判他们，反而是美化他们。于是他们成了唯一的反抗压迫的先进人物，一些小资产阶级的狂热、无政府主义、个人主义、自由主义反而得到歌颂赞扬。这样，作者通过形象不是指引青年走向与工农结合的路，而是恰恰相反。毛泽东同志早就告诉我们：“革命的或不革命的或反革命的知识分子的最后的分界，看其是否愿意并且实行和工农民众相结合”。[1]比巴金前一辈的鲁迅却是很早就注意到这一根本问题的，他早期写的《故乡》就竭力去打破“闰土”与“我”的隔阂，在《伤逝》、《孤独者》等小说中也尖锐的批评了知识分子不与人民接近，批评他们软弱、动摇、先满足个人自由民主的幻想。然而巴金却不是这样，这实在是一个根本性的问题。

自然，要明辨并反映现实的本质，并不是一切人、一切作家都能轻而易举地做到的。这与其本人的世界观是密切联系着的。毛主席在《在延安文艺座谈会上的讲话》中曾经这样说过：“有许多同志比较地注重研究小资产阶级知识分子，分析他们的心理，着重地去

---

[1] 《毛泽东选集》第2卷第522页。

表现他们，原谅并辩护他们的缺点，而不是引导他们和自己一道去接近工农兵群众，去参加工农兵群众的实际斗争，……”有些同志“……他们是把自己的作品当作小资产阶级的自我表现来创作的，……他们在许多时候，对于小资产阶级出身的知识分子寄予满腔的同情，连他们的缺点也给以同情甚至鼓吹”。[1]注意什么，表现什么，怎样概括，怎样表现，自然是立场问题，是世界观问题。因此毛主席的这一段话也正好是巴金创作的写照。正由于巴金的资产阶级世界观决定他没有看见、没有表现现实中更主要、更真实的东西，作品也就不真实，不典型。也很明显，当无政府主义思想在巴金创作中起较大作用时，作品就写得更糟，如《灭亡》；当那种思想的作用略略减少时，作品也就好一些，如《家》。

远离社会斗争实践，不到实际中去考查研究社会的本质，也是巴金创作不真实、不典型或不够真实、不够典型的重要原因。比如《家》，由于作者有相当深厚的生活基础，有着深刻的感受，所以人物就真实些。作品的成就也高一些。而当作者企图描写革命人物时，形象就变得灰白、模糊、不真实，缺乏艺术感染力了。他们或者与另一个“革命者”基本相同；或者干脆只是概念化的性格。至于写工人，歪曲就更大了，他们都被描写成穿着工人服装的小资产阶级知识分子，张为群（《灭亡》）如此，升义（《砂丁》）、小刘（《雪》）也如此。

巴金在长期的创作活动中，很少参加过群众斗争，很少深入生活，只埋头写作，关门著述。经常是求助朋友讲述故事，假如作者原有着丰富的生活经验，有了表现这个生活的要求，则采用别人提供的材料是完全可以的。然而当时的巴金由于世界观的局限，对社会现实又没有深入的、本质的理解，所以用外来的材料就不能反映本质的社会现实了。

旧时代作家的世界观和创作往往是复杂矛盾的，有进步的方面，也有落后的甚至反动的方面，而且在不同时期的不同作品中，这两方面所占的比重也会有所不同。进步的思想使作家采取现实主义或革命

[1] 《毛泽东选集》第3卷第878页。

浪漫主义的进步创作方法，真实地反映生活的本质方面，而落后反动的思想倾向则对作家的创作起消极的影响，限制他的现实主义，甚至使他歪曲现实，走上违反现实主义原则的道路。这就要求我们的文学批评对作家的世界观和创作进行全面的具体的历史分析，既不夸大进步面，也不掩盖或缩小落后面。而要能做到这一点，就必须从先进的无产阶级观点出发，文学批评如果离开了无产阶级的党性原则，就不可能有真正的科学性。列宁在评论托尔斯泰复杂矛盾的世界观和创作时，就曾明确指出："对托尔斯泰的正确的评价，只有依据社会民主主义的无产阶级的观点才有可能。"❶显然，这一论断对于评价其他作家来说，也是完全适用的。

但是，有一些人，象扬风、王瑶对巴金的评论就违反了我们文学批评的这一根本原则。他们极力夸大作家世界观与创作中反帝反封建的民主主义的一面。说什么巴金的世界观是与鲁迅的战斗的民主主义相同的，是"与中国人民民主革命和现代文学的思想主流基本一致的"，而对他的反动的无政府主义思想却一笔抹煞，或百般为之辩解，尽量缩小它对创作的消极影响。

我们对巴金世界观与创作中的民主主义思想倾向给予充分的评价，但是反对把它片面地加以夸大。巴金的思想形成于五四以后的新民主主义革命时期，他的创作活动则开始于大革命时期，五四以后蓬勃发展的反帝反封建的民主主义思潮不能不给予年轻的巴金一定的影响。他去法国的途中，曾给朋友写信说："我现在的信条是：忠实地生活，正直地奋斗，爱那需要爱的，恨那摧残爱的。上帝只有一个，就是人类。"❷可是，巴金的理想只是一般抽象的民主和博爱。他在国外"向西方找真理"，但也只是接受了以法国资产阶级革命为代表的资产阶级民主自由、人道主义和个性解放的思想。巴金把中国的革命看作是法国革命的继续，他崇拜资产阶级革命的思想家和革命领袖，认为卢骚永远是他的"鼓舞的泉源"，对马拉也充满了敬意和同情。他说："我们都是法国大革命的产儿，都是在它的余荫之下生活，要是没有它，

❶《马克思、恩格斯、列宁、斯大林论文艺》第96页。

❷《巴金短篇小说集》第1集（开明版）第3页。

恐怕我们至今还会垂着辫子跪在畜牲的面前挨了板子还要称谢呢!”[1]

巴金憎恨封建旧传统、旧礼教，他对中国的黑暗现实是不满的。他宣称：“我的最大的敌人”是“一切旧的传统观念”。他在一些作品中，或多或少地暴露了中国革命的黑暗现实，在一定程度上激起了读者对封建主义的反抗精神。他对帝国主义的压迫和侵略也是憎恨的，他在抗日战争时期所写的一部分作品中，也表现出了爱国主义的精神。他说：“……我的血管里有的也是中国人的血。有时候我不免要站在中国人的立场上看事情，发议论。”

但是，这一切并不足以说明巴金已达到了战斗的民主主义或革命民主主义的高度。列宁曾指出，中国的民主主义是“群众底巨大的精神的和革命的高涨”的反映，而“这种高涨是以对劳动群众状况的恳切同情与对其压迫者和剥削者的激烈憎恨为前提”。[2]鲁迅前期彻底的反帝反封建的民主主义思想，和他伟大的现实主义作品都代表和反映了当时广大劳动人民的利益和革命要求。但是，巴金的民主思想却一直局限在资产阶级一般民主主义的范畴，在他的作品中只反映了一部分小资产阶级知识分子对现实的不满和个人的自发反抗，而看不到广大工农群众的思想情绪和要求。我们怎么能称这样的民主主义是彻底的，战斗的呢?

巴金的民主主义思想之所以不彻底，其更根本的原因在于他所建立的“坚强的信仰”是与中国革命的指导思想背道而驰的“安那其主义”，也就是巴枯宁、克鲁泡特金式的无政府主义。因此，巴金也就一直没有能够找到“正确的革命道路”。但是，象扬风、王瑶却极力掩饰这一点。扬风在他的《巴金论》中，说巴金与无政府主义思想的差别是“泾渭分明的”，说巴金只是受了无政府主义一般的思想影响，并认为这种思想影响还鼓舞了巴金反对旧制度旧礼教的信心和勇气；王瑶虽然指出了无政府主义思想对巴金创作的消极影响，但是同样也肯定了这种思想在中国的现实条件下所具有的积极意义。

在这里，扬风与王瑶不仅抹杀与缩小了巴金的无政府主义思想对

[1] 《巴金短篇小说集》第2集（开明版）第374页。

[2] 《列宁、斯大林论中国》第27页。

他创作所起的作用和影响，而且也混淆了新民主主义革命时期的进步的民主主义思想与反动的无政府主义思想的本质区别。毛主席明确指出："所谓新民主主义的文化，就是人民大众反帝反封建的文化，……这种文化，只能由无产阶级的文化思想即共产主义思想去领导，任何别的阶级的文化思想都是不能领导了的。"[1]这就深刻地阐明了五四以后的民主主义思想，实质上是无产阶级领导的人民大众彻底反帝反封建的革命思想。在这思想影响下的文艺便是以鲁迅的清醒的现实主义为代表的"五四"新文艺。在新民主主义革命时期的中国现实条件下，任何一种政治思潮，如果它与马克思列宁主义相对抗，如果它脱离了人民大众反帝反封建的革命要求，就不可能具有民主主义性质。而在无政府主义思想影响下的文艺，也就不可能与现代文学的主流思想取得基本上的一致。无政府主义正是这样一种反动的政治思想。它所要求的是上无领导下无群众的个人自发的反抗，它的主要基本特征是反对一切强权和束缚，主张绝对自由。这种政治思想与马克思列宁主义的基本原则相对抗，把矛头指向工人阶级的政治斗争、无产阶级专政、无产阶级的组织和纪律，因而具有严重的反动性和破坏性。无政府主义在"五四"前后传到中国，只是在少数知识青年中流传，并没有造成广泛的社会影响。当马克思列宁主义在中国传播、发展，与工人运动相结合而产生了中国共产党，并且在党的领导下掀起了轰轰烈烈的革命运动的时候，无政府主义思想的反动性就更加严重了，根本说不上有什么进步意义。

扬风反复强调衡量巴金与无政府主义思想的关系的"最准确的尺度"是巴金从哪些"基本点"接近了无政府主义思想，是站在无政府主义的"基点"上反对科学的马列主义呢？抑或仅受了无政府主义某些一般的抽象的思想影响，以反对封建主义和帝国主义。好吧！就让我们用这一尺度来衡量一下。什么是无政府主义的"基本点"呢？扬风认为这基本点就是"把农村公社理想化，认为这是未来的共产主义基础"，而"在巴金的作品里从来就没有把农村、农民理想化，如一切无政府主义者那样"，因而巴金自然也就与无政府主义思想"泾渭分明"

[1] 《毛泽东选集》第2卷第670页。

了。这就是扬风的《巴金论》的逻辑。但这是荒谬的逻辑！首先，并不是一切无政府主义者都把农村、农民理想化，无政府工团主义者就是首先把工会、经济罢工加以理想化和绝对化的。对于无政府主义者，最基本的还是把群众的自发斗争理想化，把小生产的个体经济及在这一基础上产生的个人主义、自由散漫的思想作风理想化。在崇拜自发性这一点上，巴金与一切无政府主义者并没有什么两样。其次，把农村公社这类分散的个体经济看作是"共产主义的基础"，并不是衡量无政府主义的基本尺度，而是形形色色小资产阶级空想社会主义的共同点。象俄国六十年代的革命民主主义者和七、八十年代的民粹派，都曾把农村公社看作是社会主义的基础，但是他们却并不是无政府主义者。最后，无政府主义并不是在农村问题、农民问题上，而首先是在国家问题、社会主义革命和无产阶级专政问题上与马克思列宁主义相对抗的，它的反动性与破坏性也正是在这些问题上表现得最为明显。无政府主义的基本点不是别的什么，而正是巴金在《俄国社会运动史话》中所说的"以脱离一切的羁绊，获取意志之自由为出发点"，否认"社会、国家、宗教、家庭所强加于个人身上的一切义务之负担"，"不仅反抗政治的专制，而且极其猛烈地反抗那束缚个人心意自由之道德的专制"。❶无政府主义的"始祖"普鲁东就曾宣称："不要政党，不要权力，一切人和公民绝对自由，这三句话，就是我们的政治的和社会的忠实愿誓。"一切无政府主义者都用抽象的"绝对自由"、"绝对民主"来与马克思列宁主义相对抗，来否定建立无产阶级专政的必要性，而巴金也正是从这一"基本点"来接受无政府主义思想的。

为了弄清楚巴金无政府主义思想的来龙去脉，我们有必要看一下他在《俄国社会运动史话》中，接受了俄国社会运动中的哪些思潮，排斥和歪曲了哪些思潮。他自己曾说："我在许多古旧的书本里同着法俄两国人民经过那两次大革命的艰苦的斗争……我给自己建立了一个坚强的信仰。"❷由此可见，巴金的思想信仰是在法国大革命的资产阶级民主主义思想和俄国以巴枯宁、克鲁泡特金为代表的无政府主义思

❶ 巴金：《俄国社会运动史话》第79—98页。

❷ 巴金：《〈爱情的三部曲〉序》。

想的双重影响下，形成和建立起来的。他在给克鲁泡特金的《我底自传》的中译本所写的代序中，明白地说：只有了解了克鲁泡特金，才能了解他（巴金）的思想。他称克鲁泡特金是“一个最纯洁、最伟大的人”，要别人“拿他做一个例子，做一个模范，去生活，去工作……”[1]

巴金在《俄国社会运动史话》中，歪曲基本的历史事实，把俄国的解放运动说成是虚无主义，也就是无政府主义形成和发展的历史。他把伟大的革命民主主义者赫尔岑、车尔尼雪夫斯基、杜勃罗留波夫歪曲成无政府主义的先驱者，阉割他们学说中革命民主主义的内容，而代之以普鲁东、巴枯宁的无政府主义观点。而我们知道，列宁曾明确指出：六十年代的革命民主主义者是“俄国社会民主党的先驱者”，他们的政治、哲学、经济思想学说是马克思主义以前的最高成就。我们知道，列宁对赫尔岑的评价甚高，认为他在六十年代“无畏地站在革命民主派方面反对自由主义”，而在晚年又“和无政府主义者巴枯宁决裂了”。列宁指出：“和巴枯宁决裂，赫尔岑并没有把他的视线转向自由主义，而是……转向马克思所领导的国际。”[2]但是，巴金却不这样看，他认为从赫尔岑与巴枯宁决裂的信中，“可以了解赫尔岑晚年的悲剧的生活之原因”，而这原因在他看来，是在于“走在前头的巴枯宁在俄国倒得到了不少的追随者，赫尔岑却被人抛到后面去了。”[3]巴金显然对革命民主主义思想不感兴趣，他尽量贬低革命民主主义者，抬高无政府主义者，他甚至说：“赫尔岑、车尔尼雪夫斯基、皮沙烈夫诸人都只是学者，而非革命家……只有在巴枯宁身上，俄国革命青年才寻到了他们底真正导师，才寻到了一个真正的革命家。所以新虚无主义者一出，巴枯宁底影响就遍于全俄了。”[4]

难道这一切还不足以说明巴金不是革命民主主义者，而是无政府主义的笃信者吗？他的无政府主义信仰，显然并没有“帮助他民主主义思想的发展和巩固”[5]，而是造成了他世界观的矛盾与混乱，削弱与

[1] 巴金：《〈我底自传〉代序》。

[2] 列宁：《纪念赫尔岑》。

[3] 巴金：《俄国社会运动史话》第72页。

[4] 同上书，第112页。

[5] 扬风：《巴金论》。

限制了他的民主主义思想倾向。（如果扬风是从客观事实出发的话，他就应该从巴金思想发展的来龙去脉中，得出这样的结论。）

巴金曾说："我底每篇小说都是我底追求光明的呼号。光明，这就是我许多年来在暗夜里所呼叫的目标……"[1]巴金是在大革命时代开始自己的创作活动的。这时，党所领导的反帝反封建的革命运动已轰轰烈烈地展开，马克思列宁主义在革命实践中显示了自己无穷的活力。在世界上第三国际领导下的共产主义运动正在蓬勃发展，苏联已胜利地进行着社会主义建设。但是，巴金并没有从这里看到光明，他反而到早已彻底破产了的无政府主义那里去"追求光明"。巴枯宁还在一八七二年就因在国际工人运动中进行分裂破坏活动，而被开除出第一国际。早在十月革命以前，无政府主义者就成了反对社会主义革命的反革命党派，而与孟什维克、白卫匪帮同流合污了。巴金却在马克思列宁主义已经成为中国革命的指导思想的新民主主义革命时期，把无政府主义奉为至宝，大量翻泽克鲁泡特金的著作，[2]宣传普鲁东、巴枯宁和克鲁泡特金的反动思想，把他们说成是"革命的导师"、"伟大的人格"。这是把青年引导到"追求光明"的道路上还是引导到脱离马克思列宁主义，脱离无产阶级政党的歧路上去呢？巴金在《现代》（一九三二年）杂志上发表的一篇《我的自辩》中，明确地说：他的一些政治主张是与"在一党独裁（或者如他们所说一阶级独裁制）下面卓越地完成了五年计划的苏联的工农阶级"不一致的。中国革命走的是十月革命的道路，巴金既然否定了这条道路，当然就不可能与人民民主革命的主流取得一致了。这也就是他在作品中"呼号光明"、"呼号革命"而在实际生活中又始终与党所领导的革命运动保持着距离，"终于没有能参加实际的革命活动"，同自己作品中的主人公一样，"没有找到正确的革命道路"的根本原因，难怪巴金要说："理想与现实的冲突……组成了一个网，掩盖了我的全部生活，全部作品。"巴金所理想的是无政府主义式的革命，所追求的是巴枯宁式的"破坏的激情"，而现实生

[1] 《巴金短篇小说集》第1集（开明版）第14页。

[2] 在《克鲁泡特金全集》中译本第一集的十本著作中，巴金就译了五本，而且还为别人译的几本写了序言。

活中所进行的却是共产党领导的有组织的革命运动，所建立的是无产阶级专政。这正是巴金的矛盾之所在，也正是他的“忧郁性”的来源。

既然巴金的世界观充满着矛盾，他对无政府主义的信仰又是那样的坚定，这在他的创作中就不可能没有表现，只不过在他不同时期的不同作品中表现的程度不同罢了。他自己也曾说：“我坦白地承认我的作品里总有一点外国‘无政府主义’的影响，但是我写作时常常违反这个‘无政府主义’。”❶当然，作家的创作首先是生活的反映，它并不是某一种社会政治思想的阐释和论证，作品所表现的客观思想意义，也会与作者的主观意图不完全一致。但是这一切并不能否定作家世界观对他创作的指导作用。巴金自己就说：“我创造人物来发泄我的感情，解决我的问题，暴露我的灵魂。”❷这就清楚地表明了他的作品、人物与他的思想的密切联系。

巴金宣称：“我的作品中无论笔调怎样不同，而贯串全篇的基本思想却是一致的”，而这思想据他说来，就是反抗“一切旧的传统观念，一切阻碍社会进化和人性发展的不合理的制度，一切摧残爱的努力”。❸的确，巴金的许多作品是充满着反抗精神的，在一部分以暴露封建社会黑暗现实为主的作品中，还表现出了强烈的民主主义思想。但是，问题的关键在于巴金所歌颂的是怎样一种性质的反抗。巴金及其主人公的座右铭就是他一再引用的“破坏的天才”巴枯宁的“名言”：“破坏的激情就是建设的激情。”❹巴金的许多作品所表现的思想倾向正是对这种“破坏激情”、毁灭一切的自发性个人反抗的肯定和歌颂。

马克思曾经嘲笑巴枯宁，说他相信自发“暴动”会立即打开一条通向“无政府主义……的天堂”的道路。大概这也正是巴金要在自己创作中给青年指出的那条“光明的道路”吧！可是历史已经无情地证明：沿着崇拜自发性的道路只可能滚到机会主义的泥坑中去。

在巴金的一些作品中，描写了革命团体和革命活动。但在他的笔下，革命团体是一种既没有任何行动纲领，又没有任何纪律约束的涣

---

❶❷ 巴金：《谈〈灭亡〉》，《文艺月报》1958年第4期。

❸ 《巴金文集》之《前记》第1卷第4页。

❹ 巴金在《俄国社会运动史话》中译作“破坏之欲望也就是建设之欲望”，见该书第115页。

散的团体，革命活动是一种无领导无组织的盲目行动。在《灭亡》中，工会领导机关被描写成一个四分五裂、勾心斗角的场所。在《春》、《秋》中，“利群周报社”、秘密团体“均社”不是象俱乐部，就是象神秘的帮会。在《雾》、《雨》、《电》里，似乎有一个联系广泛的革命团体在活动，甚至它还有自己的报馆、工会和妇女协会。但是，这个团体的成员却没有共同的思想和行动，他们过着自由散漫的所谓“浪漫生活”，进行着无休止的争论，既不服从任何领导，也不受任何纪律的约束。在《电》里革命青年敏的“热情爆发了”，他要去自我牺牲，炸死旅长，虽然革命团体并没有要求他这样做。作者写道：“他才下了决心。这决心是无可挽回的，在他，一切事情都已经安排好了。这不是理智在命令他，这是感情，这是经验，这是环境。”虽然其他同志事先也知道敏的打算，但是并没有人去阻止这一盲目行动，而只是“痛苦地在心里计算那未来的损失。”结果敏的盲目行动把革命团体的整个计划都给毁了，还造成了其他许多革命者的牺牲。但作者当作健全革命者性格而加以肯定的李佩珠却只悲痛地说：“我知道，我早就知道。但是他已经下了决心了。”“你想想看，他经历了那么多的痛苦，眼看着许多人死，他是一个太多感情的人。激动毁了他。他随时都渴望着牺牲。”[1]原来在巴金式的革命团体里，不是组织支配个人，而是个人左右组织的命运，不是组织决定问题，而是个人在凭“激动”下决心，成员不是服从组织的决议，而是服从自己感情的命令。这当然不是什么真正的革命团体，而只是“无政府主义……的天堂”罢了。巴金倒也不是完全虚构，而是有所本的。中国无政府主义者师复曾经描述了无政府主义党派的基本特征，他说：“各国之无政府党，大抵只有自由聚集之场所，而无全体固定之机关。其性质不过如俱乐部，其作用则传播聚讼而已。其集合亦完全自由，而无一切手续……无政府党员之行事皆自由独立，不受指挥，不俟全体之决议。”[2]原来巴金所描写的正是这样一类的团体！用这样的组织形式，当然不可能进行什么真正的革命活动，不可



[1] 《巴金文集》第 3 卷第 444 页。

[2] 转引自丁伟志作《无政府主义是和社会主义敌对的反动思想》，见《共产主义者丛刊》第 3 集第 80—81 页，中国青年出版社出版。

能达到破坏旧世界建立新世界的目的，于是巴金的英雄们只有消极地等待着自我牺牲的“轮值”，从灭亡走向灭亡了。

巴金笔下的“革命者”都是一些极端孤独的人，他们的反抗只是个人的自发性反抗，得不到群众的理解与支持。在他们的心目中，群众是落后、无知的群氓，是逆来顺受的奴隶，只有自己才是伟大的先知。他们孤芳自赏，老是埋怨群众不理解自己，于是就产生了无法解脱的孤独感和忧郁感。《雨》里的吴仁民就是这样一个典型的“革命者”。巴金写道：“他是这样的一个人，在热闹的人群中间他常常会感到寂寞。……他的痛苦完全和那些人的不相关联。永远没有人了解他。……他无论在什么地方总是一个孤立的人。……自然这个城市是很大的。在这里有三百万的居民，但是这和他有什么关系呢？三百万人都是陌生的人，没有一个人会关心他的命运。”❶巴金虽然极力把自己作品中的革命者渲染成“火山一样”充满着热情的人，但是他们对广大人民群众却极其冷淡无情。杜大心就明白地说：“对于那些吃草根，吃树皮，吃土块，吃小孩，以至于吃自己，而终于免不掉死得象蛆一样的人，我是不能爱的。”❷拆穿一看，巴金笔下的“革命者”原来是最没有感情的人。

巴金的作品中也不乏群众场面，但是劳动群众并没有表现为革命的主力，相反，倒是成了衬托巴金式的革命者底“伟大”的配角。在《灭亡》里，欣赏杀革命党人的“盛典”的群众衬托出杜大心的孤独、悲哀和激情。在《电》里描写了群众大会的场面，但是我们看到的却只是巴金所钟爱的“革命者”：佩珠“口里嚷着、头摇着、那一头的浓发全散开来……好象那是一个狮子头，狮子在抖动它的鬃毛”，仁民“坚定的姿势，热烈的表情……可以使那些听不懂他的话的人感动”等等。

把个人放在群众之上，认为只有先解放个人，才能解放群众——这正是无政府主义思想的特征。

巴金所塑造的“革命者”实际上都是极端的个人主义者。他们的“自我牺牲”往往与自我欣赏、自我解脱联系在一起。杜大心去自我牺

---

❶《巴金文集》第3卷第146页。

❷《巴金文集》第1卷第85页。

牲，是“想拿死来安息他一生中的长久不息的苦斗，”是因为“死也是卸掉人生重责的一个妙法。”陈真虽然抱病做革命工作，但是在内心深处却充满着自我惋惜之情。他想道：“我迟早要离开我们的斗争……我的写过许多篇文章的手会腐烂成了枯骨，我的作过许多次激烈演说的嘴会烂掉下来，从骨头架子里会爬出许多蛆虫。……从此再没有人提起陈真这个名字了，好象我根本就没有存在过一样。”❶这些人都是以群众的拯救者自居的，他们抱着一种普渡众生的态度来革命，他们“所追求的乃是痛苦，”于是“痛苦就是我的力量，痛苦就是我的骄傲”这句话，就成为巴金作品里的主人公反复咀嚼的“心灵之声”了。

从个人主义的人生态度出发，巴金的革命者就往往会走向道德上的虚无主义，享乐至上的个人放纵，甚至轻而易举地脱离革命。既然个人的绝对自由是最高的准则，其他的一切当然都可以弃之如敝履了。吴仁民在“热情爆发”时，放荡不羁地宣布：“我一定要到人多的地方去。就是到大世界也行！就是碰到拉客的‘野鸡’我也不怕！至少那种使人兴奋的气味，那种使人陶醉的拥抱，也会给我一点热，给我一点力量！我的血要燃烧了。我的心要融化了。……那一定是很痛快的。我要去，我要去，不管你们的道德学说，不管你们的经济理论，我要到那里去，我要到那里去。”❷而另一位积极的革命工作者在一旁用“同情的眼光”看吴仁民，很能够了解他这种心情；不仅了解，而且他自己“也有着这种渴望——热和力的渴望”。革命女青年慧宣传一种享乐至上的人生哲学，过着堕落的生活。她说：“人生下来并不是完全为了给与，也该有享受。我们既然有这本能，当然也有这权利。为什么我们就应该牺牲这个权利？人说革命家应该象一株枯树，那是腐儒的话！”❸不论是作者，还是书中的其他主人公对这种腐朽的人生哲学都没有坚决批判，相反，倒是采取了同情和谅解的态度。其实就是为作者在《电》中完全肯定的吴仁民和李佩珠也有类似的论调。他们在报馆被破坏、同志被杀害的紧急关头，躲到一边谈起爱情来了。他们还



❶ 《巴金文集》第3卷第114页。

❷ 《巴金文集》第3卷第159页。

❸ 同上书，第290页。

理直气壮地为自己辩解："不要想那些事情了。明天的太阳一定会照常升起来的。在那个时候以前我们就不可以谈点别的事情，个人的事情吗？"❶

这一切都令人想起俄国颓废主义作家阿尔志跋绥夫在一九〇五年俄国革命失败后所写的，为小资产阶级知识分子反动的个人主义和叛徒宣称："一个人最先应该满足他底天生的欲望。欲望是一切。"因此，他就唾弃革命的义务、道德学说、经济理论，而追求个人享乐起来了。当然，巴金远非颓废主义作家，但是他的无政府主义思想却与颓废主义有着共同的基础，那就是极端的资产阶级个人主义。

列宁在《社会主义与无政府主义》一文中，揭穿了无政府主义与社会主义根本相对立的反动实质。他写道："在社会主义与无政府主义中间横贯着整整的一条鸿沟……无政府主义者底宇宙观只是翻了面的资产阶级宇宙观。他们的个人主义理论，他们的个人主义思想是与社会主义直接对立的。"❷在巴金的许多作品中，正渗透着这种无政府主义的个人主义理想。当然，巴金的作品中所表现的无政府主义思想倾向，并不只来自西方无政府主义理论的影响，而是有着它深刻的社会根源的。经济落后的中国，是小资产阶级极其广大的国家。小私有者受着重重压迫，经常迅速大量地陷于贫困破产的境地，因此，他们对现实不满，有革命的要求。但是，另一方面，他们由于小私有者的地位，具有动摇性，无限眷恋于分散、落后的个体经济，害怕革命的艰苦性和长期性，害怕革命的组织和纪律的约束。无政府主义思想，实质上正是小资产阶级意识的表现。巴金的作品正反映了大革命时代和革命失败后，找不到出路的小资产阶级知识分子的矛盾、苦闷、动摇和妥协。《雨》里吴仁民的一段自白，充分表现了革命失败后脱离了革命主流的那一部分小资产阶级知识分子的心理状态。他说："我梦游过地狱了。我看见许多青年给剖腹挖心，给枪毙杀头……"作者继续写道："一切都死了。爱死了，恨也死了……压迫死了，革命也死了。灰白色的光象一个大的网，掩盖了一切。只有他还活着……他们从前以

❶《巴金文集》，第407页。

❷《列宁文集》第2册第100页。

为自己是代表着世界的正义和真理的唯一力量，是这个黑暗世界中的一线光明，可是如今连他们自己也不能这样相信了。他们有什么力量来震动，来破碎，来毁灭这个罪恶世界呢？"[1]在这种小资产阶级思想情绪的支配下，不是产生右的妥协主义，就是产生"左"的毁灭一切的冒险主义。但这时，无产阶级的先锋队，共产党人和广大工农革命群众"并没有被吓倒，被征服，被杀绝。他们从地下爬起来，揩干净身上的血迹，掩埋好同伴的尸首，他们又继续战斗了。"[2]

巴金在自己的作品中，把小资产阶级的革命性，小资产阶级分子的革命狂热加以理想化了。而这种革命狂热，正如列宁所指出的，"类似无政府主义，或有些地方剽窃无政府主义，它在所有一切主要问题上，都离弃无产阶级的坚忍阶级斗争所必需的条件与要求。"[3]在党中央《关于若干历史问题的决议》中，也深刻分析了小资产阶级革命性对革命事业的严重危害，指出："任何没有无产阶级化的小资产阶级分子的革命性，在本质上和无产阶级革命性不相同，而且这种差别往往可能发展成为对抗状态。"[4]



巴金作品给读者的消极影响，正在于它的思想内容不是引导人们去认识小资产阶级革命性与无产阶级革命性的本质区别，而是把前者理想化，歌颂无政府主义的自发反抗，美化个人主义，美化小资产阶级知识分子的根本弱点，使他们把自己放在工农群众之上，而不是去与工农相结合。巴金给读者所指出的道路不是使小资产阶级革命性无产阶级化，相反，正是使它与无产阶级革命性的差别发展成为对抗状态。巴金的世界观与创作的矛盾正是小资产阶级两重性的反映。

我们知道，作家的创作方法是同他的世界观紧密联系着的。在巴金的世界观中，既然存在着无政府主义消极的一面，这就不能不限制和削弱了他创作的现实主义力量，而在一部分主观色彩浓厚的作品中，甚至使他走上了违反现实主义原则的旧的浪漫主义道路。

---

[1]《巴金文集》第3卷第171—176页。

[2]《毛泽东选集》第3卷第1058页。

[3] 列宁：《共产主义运动中的"左派"幼稚病》第15页。

[4]《毛泽东选集》第3卷第1014页。

我们认为，巴金在民主主义思想的指导下，从自己的生活经验出发，所写的一部分作品是属于批判现实主义的。在反帝反封建的民主革命时期起过一定的进步作用，应给以应有的评价。象《家》就是建基在作者长期的生活基础之上的一部现实主义作品。作者的民主主义思想帮助他认识封建大家庭的腐朽和不义，同情那些在封建黑暗包围中，在旧礼教束缚下挣扎、反抗、寻求出路的年轻一代。它与作者自己的生活经历有着极密切的联系。巴金对于他所写的《家》里的生活是熟悉的，对作品中的那些人物也是熟悉的。用他自己的话说："书中人物都是我所爱过和我所恨过的。许多场面都是我亲眼见过或者亲身经历过的。""我写《家》的时候，我仿佛在跟一些人一同受苦，一同在魔爪下面挣扎。我陪着那些可爱的年轻生命欢笑，也陪着他们哀哭。我一个字一个字地写下去，我好象在挖开我的记忆的坟墓，我又看见了过去使我的心灵激动的一切。"❶以上这些，可以说是巴金《家》的现实主义的奠基石，也因此这部作品的艺术成就得到了可靠的保证。但是《激流三部曲》中其它两部作品《春》和《秋》，就没有家那末充实了。它们虽然是《家》的继续，完成了一个正在崩溃中的封建大家庭的全部悲欢离合的历史，但是已经显露出作家世界观中的矛盾、混乱和现实主义的乏力。《春》主要写蕙和淑英的故事，她们一个做了封建家庭的牺牲品，一个走出了封建家庭。作品的生活面写的很窄，没有迈出家庭一步，究竟淑英走到什么样的社会里去，小说里没有充分的反映。《秋》写的是高家的飘落，然而使这个家飘落的外在力量是什么呢？这个大家庭必然崩溃没落的命运，并没有被充分地揭示出来。《秋》写了很多人的死，阴郁的气氛越来越浓厚了，渺茫的东西也越来越多了。《春》和《秋》不但没有给《家》作了很好的补充，反而造成了《家》的累赘。巴金在他《谈"春"》、《谈"秋"》时说，这两部作品中许多人物、故事是根据自己的生活记忆和一些偶然的见闻拼凑起来的，是虚构的。例如蕙和淑英就是在他自己姐姐妹妹和表姊妹的身上看到过她们的影子，然后"东拼西凑把影子改变成活人。"❷我们并

---

❶《巴金文集》第4卷第479页。

❷ 巴金:《谈〈春〉》载《收获》1958年第2期。

不反对作家在创作人物形象的过程中去虚构，这虚构也就是作家的概括和加工。但是巴金在《春》和《秋》里所虚构出来的人物和故事，却不是在丰富的生活经验中进行的艺术加工，而是把一些影子改变成活人，把零碎的故事串连起来，演绎成书。这距离现实主义创作方法则是很远的。由于巴金世界观的局限和缺乏革命斗争的生活实践，不能把他小说中的人物命运和当时的革命运动很好的、有机的结合起来，所以当他的描写对象一旦超出了男女的悲欢离合，而触及到那个时代革命理想的时候，他所写出来的正面人物就经常以滔滔不绝的说教来表白他们的内心世界，而不是用行动，不是从人物与环境的矛盾冲突来表现他们的性格了。这种陈旧的、抽象的塑造人物的方法，却是巴金最常用的方法。

巴金世界观中的无政府主义思想给他创作上带来的影响是不容忽视的,《灭亡》、《新生》和《爱情的三部曲》，不是现实主义的作品，而是属于旧浪漫主义的作品。在人物塑造上表现得最为明显。巴金不是从生活实践中去发掘他的人物，而是从空想出发，凭空想和热情来捏造他的人物。例如《灭亡》这部作品，作者为了发泄自己的感情，倾吐自己的爱憎，于是就捏造出几个人物，直接借人物的嘴表达了作者的政治倾向。所以杜大心也好，李静淑、李冷也好，都是作者自己的化身和传声筒。这些人物在小说里出现的时候，不是长篇的说教式的辩论，便是梦呓一般的心理自剖。

巴金在《电》的代序里说：“《三部曲》里所写的主要是人，是性格。我想用恋爱来表现一些人的性格。《雾》的主人公是周如水，一个软弱的、优柔寡断的人；《雨》的主人公是吴仁民，一个热情的、有点粗暴、浮躁的人；《电》的主人公有几个，我姑且拿李佩珠做代表吧，她比前面的两个人进步多了。我大胆地说她是一个近乎健全的女性，……”[1]事实上巴金在《三部曲》里写的并不是什么性格，而是一些概念。从《雾》到《雨》，从《雨》到《电》，作者为了实现信仰的伟大力量，于是就提兵调将，使他的人物在一种不可知的命运面前，为自己的命运而烦恼，而踌躇，最后又把他们一个一个送到“永恒”

[1] 《巴金文集》第3卷第7页。

世界去。死毁灭了一切，死也拯生了一切，信仰得到了永生，这就是巴金企图通过作品所要说的："信仰带着热情，舒畅地流入大海。"这个海便是无政府主义的人生最高理想。恩格斯曾告诫作家，不要"为了理想而忘掉现实"。巴金正是为了无政府主义的理想而背弃现实，损害了人物性格的完整性。另外还有一些作品，如《春天里的秋天》，作者通过一个迷离恍惚的故事，把人带到了幻灭神秘的世界里，酒与女人，血和泪，花和梦，混合在一起，构成了灰色的迷网。十九世纪末欧洲资产阶级没落文艺创作中的东西，在巴金的创作中再现了。这样的作品只能引导人逃避现实，坠入到"人生的命运之谜"、爱与死等思想中去。这能如某些批评家所说的是"高度的现实主义"么？

一切文艺作品，总是在精神上影响人民的。巴金的作品特别是在知识青年中有很大影响。我们最近作了一些社会调查，证明巴金的一些作品在某些读者中起了很大的消极作用，它把人们引向悲观厌世的生活途径。在今天社会主义建设万马奔腾的大跃进的时代里，一个初三的学生竟因为看了《家》而意志消沉，遇到困难时打算自杀。后来经过团组织的耐心教育才逐渐转变过来。一个华侨同学说："看了巴金的作品，使人失去生活的信心"，"因为早晚得落个'悲惨的下场'，'斗争'的最终也'还是个死'，找不到'出路'，所以使人'感到空虚'"，"不知道人活着是为了什么"。甚至在看了《钢铁是怎样炼成的》以后，怀疑世界上是否有这样坚强的人。巴金作品中没落、颓废、悲观、伤感……资产阶级思想感情腐蚀着青年的灵魂，阻碍着青年建立革命的人生观。这些坏的影响是不能低估的。工人同志的批评是尖锐的公正的，我们访问了光华木材厂和第三建筑公司的工人同志们，他们说："看巴金的作品不如看《把一切献给党》带劲。我们不喜欢看巴金的作品。"有的同志说："《家》中尽描写山水、吃喝、爱情，这对于生活经验不足、缺乏政治学习的、组织性纪律性不强的青年是会造成坏影响的。"另一个工人同志对《家》作了尖锐的批评："《家》里觉慧是一个脱离群众的知识分子形象，他们只是几个小资产阶级知识分子闹革命，这是无政府主义的作法。觉慧为了脱离开家想另找出路，而这路是什么路呢？很难说。"巴金的作品合于什么样人的口味，这不是很明显吗。

根据马克思主义的文艺观点来研究、分析和评价巴金的作品，是十分必要的。但，可惜的是作者还没有认识到这一客观现实，在《和读者谈〈家〉》中充分地说明了作者二十年前的观点至今丝毫未变。“我始终记住：青春是美丽的东西。而且它一直是我的鼓舞的源泉。”这是一九五七年作者对《家》的总结，它和一九三七年二月《关于〈家〉》（十版代序）的结尾分毫不差：“青春毕竟是美丽的东西。那么就让它作为我的鼓舞的泉源罢。”二十年前写的“青春”，作者是与超阶级的（实是资产阶级的）“爱”并提的，但今天这些观点还没有改变，作者对于地主兼资产阶级、并作了封建势力帮凶的觉新，也依旧寄予怀念和同情。这一些，都是辜负了社会主义时代的要求和读者的期望的。

作者在《谈〈灭亡〉》中也说了“我今天已无法再讳言我的思想的局限性”，承认《灭亡》中“有相当浓的‘忧郁性’”。但是作者认为倘使“找到了正确的道路，参加了火热的实际斗争”，就“不会再有矛盾了”，“也不会再有忧郁了”。然而是什么阻碍了作者去找到正确的道路呢？不正是作者一直未对自己的资产阶级世界观作认真严肃的批判吗？



正确的文艺批评可以帮助读者正确地理解和欣赏作品，也帮助作者的思想改造和文艺创作的提高。但是，过去一些不实际的估价和捧场却阻碍了作者的思想改造。

巴金在解放以后写了一些反映新时代的短篇和散文如《英雄的故事》、《保卫和平的人们》、《大欢乐的日子》等等。虽然这些作品在反映现实斗争方面还不是十分深刻和有力，但这些作品的出现说明作者是在进步，是愿意为社会主义事业贡献力量的。一个作家的世界观在还没有得到彻底改造之前，必不可能更多更深刻地反映伟大的社会主义现实，他在创作的成就上必然会受到很大的限制，因此我们殷切地希望巴金先生按毛主席的指示，认真改造自己的思想，学习马克思列宁主义，建立共产主义人生观，只有这样，才有可能创作出无愧于我们伟大时代的新的作品来。

录自《巴金创作评论》，人民文学出版社
1958 年 12 月版，第 1 页至第 44 页

44

# 巴金研究资料(下)

BAJIN YANJIUZILIAO

李存光 编

中国社会科学院
文学研究所 总纂

中国文学史
资料全编

现代卷

知识产权出版社

**内容提要：**

巴金，原名李尧棠，中国现代著名作家。本书分生平及文学活动事略，巴金自述，著作译作编目，评介和研究文章选辑，介绍、评论、研究资料目录索引等几个部分，全面收集了关于巴金的研究资料。

**责任编辑：**马　岳　　**责任校对：**韩秀天
**装帧设计：**段维东　　**责任出版：**卢运霞

**图书在版编目（CIP）数据**

巴金研究资料/李存光编．—北京：知识产权出版社，2010.1
（中国文学史资料全编·现代卷）
ISBN 978-7-80247-615-8
Ⅰ．①巴…　Ⅱ．①李…　Ⅲ．①巴金（1904～2005）—人物研究　②巴金（1904～2005）—文学研究　Ⅳ．①K825.6　②I206.7

中国版本图书馆CIP数据核字（2010）第012938号

中国文学史资料全编·现代卷

巴金研究资料（下）

李存光　编

出版发行：知识产权出版社

社　址：北京市海淀区马甸南村1号　　邮　编：100088
网　址：http://www.ipph.cn　　邮　箱：bjb@cnipr.com
发行电话：010-82000860转8101/8102　　传　真：010-82005070/82000893
责编电话：010-82000860转8171　　责编邮箱：mayue@cnipr.com
印　刷：北京市凯鑫印刷有限公司　　经　销：新华书店及相关销售网点
开　本：720mm×960mm　1/16　　印　张：97.75
版　次：2010年2月第一版　　印　次：2010年2月第一次印刷
字　数：1491千字　　定　价：215.00元（上、中、下）

ISBN 978-7-80247-615-8/K·061（2739）

# 论巴金的世界观与创作

武汉大学中文系三年级巴金创作研究小组



当第一次国内革命白热化的时候，巴金正在法国巴黎过着他的忧郁的生活。在“卢骚的铜象下”倾注自己全部的激情和悲哀，在《灭亡》的稿纸上安慰他的空虚和寂寞。然而，当他抱着憧憬的心回到中国的时候，大革命已经失败了。他所能看到的只能引起他更大的悲哀。于是，他被这一种新旧交织的悲愤的情绪所燃烧，还没有去仔细观察和分析中国的社会现实，就以一种直观的感触和他所坚奉的“信仰”所支配，写出了他几百万字的作品。

巴金的主要作品就是在这种最黑暗的年代里写出来的：大革命失败了，国民党反动派对革命者是“宁可错杀千人，不可走漏一个”。历史告诉了我们一个极不完全的数字，在一九二八年后的几年中，直接被害的革命者就有百万人以上。正如在巴金的《新生》中反映的，当时是“不用审问，秘密枪毙”。在这腥风血雨的年代，“我们党和敌人进行了极端艰苦、复杂和英勇的斗争”（胡乔木）。在革命队伍和其他人们中，有的吓倒了，嚷着要取消革命；有的退缩了，躲进了书斋；有的叛变了，出卖了革命；而有的却又因反动派的屠杀而产生了一种“冒险主义”的盲动，使革命流了更多的不必要流的血，遭受到更多的不必要的牺牲。但是，真正的革命者，是“并没有被吓倒、被征服、被杀绝。他们从地上爬起来，揩干净身上的血迹，掩埋好同伴的尸首，他们又继续战斗了”（毛主席）。

革命的低潮正酝酿着革命高潮的到来。

那么，巴金的作品是怎样来反映当时的现实呢？巴金又是站在怎样的思想高度来分析和回答现实所提出的问题呢？特别是当革命向前发展的时候，巴金是随着前进呢，抑或是后退？本文试图用历史唯物主义的眼光，对巴金作品的总的倾向和主要作品，作一些分析。

## 一

巴金第一部问世的作品是《灭亡》。打开《灭亡》，第一句话就是："我是一个有了信仰的人，我又是一个孤儿。"这是作者的自白，也是"灭亡"的主人公杜大心的精神面貌的概括。当然，这不意味着巴金就是杜大心，但巴金的"信仰"与杜大心哲学确实具有一致性。



杜大心是一个被称为"诅咒人生的诗人"，是一个"憎恶人类，憎恶自己的人"。很早就失去了父母，失去了爱和温暖，饱受了人世间的酸苦和不平；很早就参加了"社会主义的革命团体"（小资产阶级的），"立誓牺牲个人幸福来拯救人类"。于是，他去宣传他的"社会主义"，办《工人旬刊》，搞"工会"。被作者小资产阶级化了的工人张为群，就相信了杜大心的"社会主义"——在将来的社会里，"不会再有不平等的事，没有了压迫人的事，也没有了厂主和工人这一类的差别"。可是，"革命什么时候到来呢？"张为群不知道，杜大心也答不出来。后来，张为群被枪杀了，他的头"成了刽子手的足球，在广场上你一脚我一脚踢来踢去"。杜大心失去了知觉，他发狂的东跑西窜，他找不到一个喘气的地方，"不仅在城市里，就在全世界，他好象也是一个孤独的人"。"周围的人不但与他无关，而且好象还是他的敌人"。于是，"一个破坏的激情在身体内发生了，他很想把这一切人，一切建筑毁干净"！

杜大心的反抗，是打着"拯救人类"的旗帜的。然而，当他一旦失败的时候，他又把"一切人"都当成"是他的敌人"，那么，杜氏的"拯救人类"不也等于毁灭"一切人"？这也恐怕就是所谓"破坏的激情就是建设的激情"吧！很显然，杜大心的憎恨人生，其出发点的"拯救人类"，与他的"解放个人，就是解放人类"的无政府主义哲学，是分不开的。当他突然跪倒在张为群的妻子面前，"象鬼叫一样"大哭起来，忏悔的说，是他"断送了张为群的性命，是他断送了他的妻子的幸福”时，我们就不难断定，杜大心是把革命当成了他个人的事情，别人是来为他帮忙的。于是，出于一种封建帮会式的义气，他决心“用自己的生命来替他报仇”。最后，他就高唱着“最先起来反抗压迫的人，灭亡一定会降临到他的一身”的灭亡进行曲，走向了灭亡。

巴金不是杜大心，但巴金采取什么态度来评价杜大心呢？在《七版题记》里他说过一句话：“我自己是反对他采取这条路的，但我无法阻止他，我只有为他的死而哭。”

这一句话有三层意思：第一说明巴金不是杜大心，巴金“反对他采取这条路”，巴金也没有把“自己的思想完全放进去”，他“不是杜大心的信徒”；第二说明他忠于客观现实，“我确实在中国见过这一类的人”，所以，“我无法阻止他”；第三说明他同情杜大心，杜大心只不过是一个淘气的孩子，“我是爱他”的。巴金的态度还不鲜明吗？

巴金在他的处女作里，就十分尖锐的暴露出了他世界观中的矛盾：他一方面忠于现实，在作品里也反映了一定生活的真实，尽管他不同意“这条路”，但他不违背生活发展的逻辑，描写了无政府主义者的性格发展及其必然灭亡的结果，并反映了当时社会黑暗和反动统治阶级的残酷和罪恶；但另一方面他又同情和挚爱这样的无政府主义者，歌颂他，美化他，为他唱出一曲悲壮的赞歌。应该指出：只有有着无政府主义思想的人才会与无政府主义者有共同的爱憎。由于作者对于他所反映的一定真实的现实生活和人物作了错误的评价，使得作者笔下的杜大心的形象，受到了影响。



与杜大心同一类型的“革命者”有《电》里的“慧”，所谓“我知道我活着的时间不会多了，我就应该让它活一个痛快”；还有《电》里的“敏”，所谓“死毁坏了一切，死也拯救了一切”。这些人“不见杀人被杀，就是自杀”。他们时时等待“献身”，等待“死的轮值”。他们都是独往独来的个人反抗，结果都是灭亡。这一类型的“革命者”可以说是一些极端的个人主义者，对于革命没有好处，对于读者也没有什么教育作用。然而巴金对他们都是同情的。这显然也是错误的。

巴金说：“没有一个人能够了解我是怎样深切地爱着这些小说里面的那些人物。”这里说的“那些人物”，并不是指杜大心那一类型的，而是指《新生》（1931—1932）里面的李静淑、文珠、李冷，《爱情三部曲》(1931—1933)里面的陈真、吴仁民、李佩珠和方亚丹等。我们认为：这一类型的人物比杜大心那一类型在个别方面是向前进了一步的。

如果说，巴金对杜大心道路是有所反对的话，那么，吴仁民等的道路就是巴金所赞美的"革命的道路"。

巴金在《爱情三部曲》里"写活了吴仁民"。他比较细致的刻画了一个二十年代中国具有革命狂热的小资产阶级的性格。

在《雾》里，吴仁民只是一个尾随陈真出现过一次的极不明朗的影子。到了《雨》，情况就不同了。

陈真的惨死惊醒了吴仁民一下，他提出了这样一个问题：陈真把自己的爱倾注在书里而撒布于人间，"可是如今，他所爱的还在受苦，他所恨的还在作恶，而他自己却已经不存在了。你看见过谁曾受到过他的爱？谁曾蒙到他的恨来？黑暗、专制、罪恶依旧统治这世界。"这是因为什么呢？他回答："书籍根本没有用"，"那些资产阶级子弟是没有多少希望的，我们只该去注意贫苦的青年。"应该说，能"注意到贫苦青年"，有这样一种看法，毕竟比陈真只在小资产阶级圈子里讲革命是前进了一步的。但吴仁民的回答仍是空洞的，他的人生观并没有改变，从"行动做起"，他还是茫然的。于是，随着陈真的死，他又一下跃入了虚无主义的深渊，用酒来麻醉自己，追求那"鲜红的嘴唇"，那"陶醉的拥抱"，"狂热占有着他，燃烧着他"。他歇斯底里的叫喊："把生命孤注一掷，在一刹那间，没有自己，没有世界，没有爱，也没有恨，那境地，那真是值得羡慕的。"

所有大大小小的吴仁民，都何尝不是在绝望的时候，去追求灭亡，追求牺牲从而终止生活呢？

在半夜，他会突然掀开被子，惊惶地叫起来："我还活着吗？"一旦恶梦醒了，他又悲哀的自咒道："我是一个在安乐窝里讲革命的革命家。"他知道这样不对头，但他又不愿意摆脱这样的安乐窝。矛盾仍然交错在他的心上。他一时会象一个疯子一样吼叫："爆发呀，象大地那样爆发吧，毁灭世界，毁灭自己，毁灭这矛盾的生活。"一时他又会悲哀的呻吟："我们这个民族已经太衰弱了。"

一时要死，一时要活；一时狂热，一时绝望；一时要拯救人类，一时又要毁灭一切，这就是这些大大小小吴仁民所共有的变态的心理，病态的内心生活。

他有什么力量来摇动，来破碎，来毁灭这个罪恶的世界呢？没有。那就“做一天和尚撞一天钟”吧。“奋斗的结果依旧不免于灭亡”，“我们生来是要求痛苦的人……痛苦也就是我们的力量，痛苦也就是我们的骄傲。”吴仁民他们也只可能用这样的话来为自己的空虚、消沉和堕落找到借口，好心安理得。这样他也就在绝望中逃避了斗争，整天沉溺在爱情的拥抱里，从这中间去寻求生之门。

所有吴仁民式的“革命者”，也都是一样，把爱情当成革命的动力，似乎爱情可以挽救一切！

吴仁民被情网弄得昏昏沉沉，工会也不去了，团体的活动也不参加了（本来也就没有什么组织约束）。只是当爱情再一次在现实中幻灭之后，他才醒了过来。在《电》里，他就以一个沉着、冷静的“革命者”，出现在“信仰开花”的F地。

很显然，吴仁民这一类型的“革命者”仍然不是真正的无产阶级的革命者。他们都有着虚无主义和无政府主义的色彩。诚如北京师范大学同学所说的，他们都是“以群众的拯救者自居”来“普度人生”的。(《论巴金创作中的几个问题》，见《文学研究》一九五八年第三期。以下凡引北京师范大学同学说，即此文。）李冷就说过，“我用我的血来灌溉人类的幸福，我用我的死来使人类繁荣”，似乎他们就是救苦救难的基督，广大人民群众是“黄泥巴”做的，愚昧的。因此，个人反抗仍然是他们的基调。看不到人民的巨大的力量，把革命寄托在小资产阶级身上，这，也是巴金早期始终如一的思想。也正因为他是把中国革命的领导和力量寄托在这些所谓“革命的”小资产阶级知识分子身上，所以也就极力美化他们，歌颂他们。假若巴金对杜大心他们的赞美是出于对他们“悲壮牺牲”的同情和对其所谓“高尚人格”的敬佩的话，那么，巴金对吴仁民他们的赞美就是出于“志同道合”的内心喜悦的激动。然而，吴仁民他们的道路与真正革命者的道路是不一致的，所以这种“志同道合”的赞美，同样是巴金的阶级局限性和世界观局限性的表现。

但是，吴仁民与杜大心，毕竟还是有些区别的。前者比后者有所进步。遗憾的是，有些同志，如北京师范大学同学就并没针对具体对象作具体分析，而一概斥之为“极端个人主义者”，这显然是不够实事求是的。吴仁民他们同情“悲惨的非人的生活”中的广大人群，并且把爱献给他们。这样一些行为、感情、表现，虽然仍然是基于个人主义的人生观，但笼统地给他们戴上一个“极端个人主义”的帽子，就过分了。

吴仁民这一类型比杜大心一类型“革命者”进步的地方就在于：(一)他们开始厌烦在安乐窝里谈革命，先后都走向了革命斗争比较尖锐比较艰苦的地方，并且比较直接的去靠近群众。李静淑就认为她走进工厂是“新生”，生命也就更充实、更紧张、更有信心。当李冷还在亭子间里怨恨人生时，结果除了空虚、悲哀之外还是空虚、悲哀。直到走了李静淑、文珠的道路之后，他就感到时间不够用了。办工人子弟学校、职工夜校，成立总工会，代表工人去和资本家交涉，最后被司令部秘密枪毙了。在囚牢里他说过：“我并不是孤独的。就在这个囚室里我还觉得我的心是和我所爱的那些人，和那广大的人群共鸣的，我的心是和他们的心共同跳动的。”这句话，我们当然可以打折扣，甚至是对折。但，即使这样，杜大心还是说不出来的。当然李冷也还是以普度苍生的姿态出现的。《新生》二篇，李冷就有所变化。这也是巴金进了一步的地方。其他，象吴仁民、李佩珠、方亚丹等，亦同；(二)这一类型的青年开始朦胧的感觉到采取无政府主义暴力行动是不对的。尽管在这方面他们不比杜大心更高明。如方亚丹，就极力阻止敏的暗杀行动，甚至为了阻止他，反而牺牲了自己。我们应该看到在吴仁民圈里的这种萌芽的因素，而不能仅仅纠缠在慧、陈清身上甚至李佩珠身上从而抹煞了这新的、进步的因素；(三)这一类型的青年，比起疯狂的杜大心、敏他们来，毕竟是冷静一些，工作深入一些。革命的地方已经不是在大学里，教授家里，而是小学、码头、工会。

从杜大心到李冷，从吴仁民到李佩珠，我们可以看出巴金笔下的人物是有所进步的。不管巴金是从什么角度，用什么感情来美化他们，来歌颂他们，巴金还是没有违背生活发展的逻辑，没有把这些个人反抗式的具有革命狂热的知识分子描写成革命的胜利者，没有描写成与他们的阶级特性完全不相符合。正如列宁在《共产主义运动中的‘左派’幼稚病》一书中所指出的，他们都是一些走向“极端的革命狂热，但不能表现出坚忍性、组织性、纪律性”的小有产者。他们也突出的表现了我国人数最多的小资产阶级的特点：一方面被三重压迫摧残得“发狂”，具有“很大的革命性”，另一方面又有“很大的狂热性和片面性”。

然而，北京师范大学同学却不从巴金是反映这样一个阶级的人物出发，不从作品本身出发，而仅仅只是纠缠在作者的错误的歌颂态度上。北京师范大学同学以及其他一些同志不是以历史唯物主义观点，不结合作品具体反映的时代，不从作品中的人物在那个时代下面的历史作用等来分析作品，分析人物，而是以今天我们生活的现实，以我们所理解的革命者的概念来否定他们；而且又不对巴金笔下的人物作具体的分析和区别，便以国际上无政府主义者的特点和其所起的反动作用，来套在巴金作品中出现的二十年代至三十年代初具有强烈反抗要求的小资产阶级青年身上，从而否定他们在中国民主革命中反旧传统的进步性，否定他们攻击旧制度的革命性，这都不是科学分析的方法。特别是李希凡同志在他《谈〈雾、雨、电〉的思想和人物》一文中（见《文学研究》一九五八年第四期），甚至提出保尔、伏契克和方志敏等光辉的无产阶级战士来比较巴金笔下所反映的一些小资产阶级革命者的思想、行动和道路，这是不很恰当的。



正因为他们不是从历史唯物主义出发，所以他们才会得出一些恰恰与事实相反的结论。北京师范大学同学在他们论文中指责巴金那些描写革命的小说，是“充斥了绝望、忧郁的气氛，一片无边的黑暗”，而结尾“也丝毫看不见胜利的影子”。这种指责是无的放矢。试问，难道要巴金描写出这些小资产阶级革命的胜利并从而给中国带来光明么？可以设想，要真的巴金以个人主观愿望，把这些没有党领导，又没有工农群众支持的，具有无政府主义色彩的小资产阶级写成胜利者，那么，巴金就真正歪曲了中国新民主主义革命历史，即否定了中国新民主主义革命没有党领导就不能胜利的革命真理。巴金是现实主义作家，他没有违背生活发展的规律，尽管他歌颂吴仁民，但他没有给吴仁民胜利。这也正是巴金进步的一面。

不仅如此，巴金作为一个具有民主主义思想的作家，他也鼓舞人们起来反抗旧制度，反抗旧传统，反对黑暗的现实。巴金同情杜大心，这是否也是出发点之一呢？这恐怕是不可否认的，当然，巴金所指出的革命道路毫无疑问是错误的。

在巴金这些描写革命的小说里，还有第三种类型的小资产阶级。在我们提到巴金世界观进步的一面时，就不能不把他们也提出来分析一下。

这就是《爱情三部曲》里的周如水，张若兰，秦蕴玉以及《雪》里的曹蕴平等。他们的道路并不是一样的，但本质上却是一回事，那就是他们仍然没有冲出旧传统的圈子，相反，他们都是当时小资产阶级知识分子中一群右倾的懦弱者，统治阶级的谄媚者，最后都差不多走向了反动的道路；或者任旧制度、旧传统的宰割而不反抗。

“规规矩矩做一个大学教授夫人”的张若兰就是后者，而“崇拜西方文明”的秦蕴玉，以及后来发展成“色情狂”并且想阻止李佩珠到革命的F地去，说，“她应该做他的柔顺的体贴的妻子”的周如水，不正是统治阶级所欢迎的吗？尽管巴金的类似周如水的一个真实的朋友并没有死，但按照周如水这种性格的发展，巴金送他进了黄浦江。这也的确给读者吐了一口气。



另外作者在《雪》里还刻画了一个既不同流合污又不敢面对现实的中间小资产阶级知识分子曹蕴平的形象。他基本上也应属于周如水这一类型的。而对周如水这一类型的小布尔乔亚，巴金的态度是否定的，虽然也还有点温情。对这一类型当时的小资产阶级中的右翼的否定，也就能鼓舞知识青年参加到民主革命中去。这，也同样是巴金世界观的进步一面在作品中的体现。

但是，巴金世界观的矛盾性在这些描写“革命者”的作品里，那一方面是主要的呢？我们认为，巴金世界观中落后的一面、局限性在这些作品里是主要的。

我们不同意北京师范大学同学把巴金这一类型小说一概称之为“属于旧浪漫主义的作品”（这个提法本身就很模糊，姑且不谈），我们认为是反映了一定真实的社会生活而又有严重局限性的现实主义作品。但，我们也要指出：在这一类型的小说里，巴金的思想倾向，主要不在于反封建、反专制、反不合理现实；而是在于把自己全部感情都用来歌颂和赞美那些反对不合理制度的小资产阶级的“革命性格”

和他们的“悲壮行为”。正因为巴金倾向是后者而不是前者，所以巴金世界观中的阴暗面也就更为突出。小资产阶级无政府主义支配的个人反抗的道路与马克思列宁主义指导的无产阶级领导大众的革命道路是完全相背而行的，而巴金却声嘶力竭的去歌颂那条正与人民革命相反的道路。这些作品，十分明显地暴露出巴金的错误的立场、观点、思想。

假若说这些作品在当时还起了一点鼓舞青年起来反抗的积极作用的话，那么在今天，消极作用是主要的。在今天，这些作品的现实意义，除了在一定程度内暴露了三十年代中国社会的黑暗和反动派的残酷之外，主要的一点还是，它可以作中国新民主主义革命史的一个活的注脚：假若我们的青年要了解二十年代、三十年代中国小资产阶级某些知识分子当时的思想动态，当时的反抗和他们的时代性的苦闷；要获得中国新民主主义革命中，资产阶级、小资产阶级不是革命的领导阶级，只有无产阶级领导才能胜利的这样一个真理的感性知识的时候，我们可以看《灭亡》、《新生》和《爱情三部曲》。我们可以看到没有无产阶级领导不依靠工农大众而只是小资产阶级的个人反抗，结果只有灭亡。当然，作品的这种客观意义，并不是一个歌颂这种个人反抗的“革命者”的巴金所能预料得到的。



## 二

但是，我们也可清楚地看出：巴金世界观中落后的、反动的一面和它的局限性，一旦在他强烈地抨击封建制度，要求摧毁吃人的封建礼教，大胆揭发封建家族制、封建婚姻制的罪恶，“对一个垂死的制度喊出‘我控诉’”的时候，就显得并不突出了。相反，巴金世界观中的进步性，他的追求光明、民主、自由的民主主义思想，起了主要的作用，因而使他反映这些内容的艺术作品闪耀出灿烂的光辉。在这方面，象《家》、《春》、《秋》、《神·鬼·人》等固然由于写的是巴金自己亲身的经历，有痛切的感受；但世界观中进步的一面的支配作用，也是一个主要的原因。与上一组作品对照起来，我们可以发现：在揭发、暴露、控诉旧社会、旧制度的罪恶的时候，巴金世界观中的进步一面上升为主导地位；而一旦当他接触到“反抗”，采取“行动”这样一个题目时，他的思想就被落后的一面所控制，为他的信仰所支配。往往是这样：巴金在他作品中提出的问题是正确的，而要求解决这个问题时，他的答案往往是错误的，甚至是反动的。

具体的表现在，《激流三部曲》就比《爱情三部曲》的积极作用更大一些，有比较鲜明的反封建的进步性、革命性。当然也不是没有局限的，这，我们在下面还要谈到。

《激流三部曲》的背景是五四运动后一段时期。《家》写于一九三一年，《春》写于一九三八年，《秋》写于一九四〇年。三部作品都是写一个封建大家庭，反映了封建制度由衰落走向崩溃的历史过程，喊出了五四时代的民主呼声，反映出了五四时代的民主“激流”。可以说，《家》是反映这方面生活的代表作。

《家》的更深刻的意义就在于：揭发出了血淋淋的绝灭人性的封建礼教的罪恶，反映出了五四一代进步青年对这罪恶制度的激烈反抗，写出了五四时代的两种势力——封建的和民主的、反动的和进步的短兵相接的冲突。而写出了这两股敌对势力短兵相接的冲突的大型作品，除《家》以外还不曾看见过。因此，就在今天来说，我们仍然抱着十分崇敬的心情来肯定它在中国革命中所起的进步作用和它在文学名著之林里的应有的地位。然而，我们也要指出它的局限性和它在今天所起的消极作用，过去，这一方面是做得很不够的。但我们今天指出这些消极作用，强调这些消极作用的危害性也决不是有意来贬低它的进步性，恰恰相反，我们是在肯定进步性是《家》的主流这一前提下，来分析它的局限性。《家》的主人公之一是觉慧，另一个是觉新。我们打算围绕这两个人物来谈及《家》里的一些主要问题。

觉慧是以《家》里民主势力的先锋，以封建家庭的叛徒姿态出现的。

受着“五四”潮流冲击的青年学生觉慧，和“五四”时代进步的青年一样，清楚地敏锐地看出了封建家庭是在“一天一天地往衰落的路上走了”。他是坚决反对罪恶的吃人的封建礼教的。渴望着民主、自由、人性、博爱的觉慧，深深地感到在沙漠一样的家里的寂寞，他说：“这种生活就跟关在监牢里面的囚犯一样”。“五四”的精神鼓动着他，他帮助觉民抗婚，他反对大哥觉新的“作揖主义”和“不抵抗主义”，他敢去爱一个婢女鸣凤，他敢与长辈进行面对面的斗争，他在外面参加学生运动，办《黎明周报》……。当他所爱的人被他这个家杀害了之后，他与家庭的决裂已是不可挽回了，他说："我一定要去，我偏偏要跟他们作对，让他们知道我是一个什么样的人，我要做一个叛徒。"他冲出了家庭的囚牢。

觉慧就是"幼稚"和"大胆"拯救了他。幼稚正说明他中的毒比他的哥哥少；他就是凭着"不顾忌、不害怕、不妥协"九个字反叛了封建制度，做了封建的"君君臣臣父父子子"的伦理的罪人。

然而，觉慧毕竟还是一个大封建家庭出身的青年，他的反抗也仅仅出于一般的资产阶级民主思想的鼓舞，出于一种人类的爱，人性的感召，因此，他的反抗也就带有无政府主义的色彩，他的反抗、叛逆也就是不彻底的。如在高老太爷死的时候，他对祖父的怜悯和忏悔，特别是在对待鸣凤被迫出嫁的问题上，更表现了阶级的局限性。当然，这个家是他们之间"一堵无形的高墙"，但，当这堵墙阻止他们结合的时候，他又为什么不坚决起来把它推倒呢？

觉慧反封建的不彻底，也正反映了巴金世界观的局限性。"我并不憎恨个人，我所憎恨的只是制度"。巴金的这种观点显然是出自超阶级的所谓人类爱，这当然是错误的。而觉慧所反抗的也就是所谓制度而不是代表这制度的一些具体的统治者，因而对祖父（"家"的最高统治者）死前安慰、怜恤和忏悔，这是从杜大心之流的进行暗杀的个人暴力行动而又走向了另一个极端。而这两极的本质就是巴金的无政府主义信仰。

觉慧反封建的不彻底性，以及我们所能看到的作者对于觉新的同情，和在《激流三部曲》里流露出来的对于封建家庭崩溃的惋惜心情，正是巴金世界观的局限性的表现。

但是，我们也同样能揣测到作者的用心：觉慧与觉新，淑英与蕙，鸣凤与婉儿，都是对比的：逆来顺受就要成为垂死制度的祭品，只有斗争才有生的权利。

鸣凤的死是一种反抗，正是一种强烈的要求过人的起码的生活的正义反抗；觉慧、淑英的出走是一种反抗，这种冲出封建家庭的行动也正是五四时代精神的反映。但北京师范大学同学的文章中却说："社会制度不改变，即使逃出家庭也毫无用处。”我们不明白，难道觉慧、淑英他们，就只有在这个家庭囚牢里等到社会制度改变了再冲出来，那才会有用处吗？这显然在逻辑上也说不过去。巴金把高家描写得阴森森，正是用这具体的家的形象来反映出整个封建制度的罪恶；巴金写觉慧他们冲出囚牢，这本身就动摇了封建制度。应该说，这是最主要的一方面。自然，另一方面，我们也应看到“出走”本身的局限性。因为它毕竟只是这些人前进的第一步。

假若说觉慧是代表反抗者、叛逆者，梅是懦弱者，逆来顺受而使自己成为祭品，那么，觉新就不仅仅是“逆来顺受”的问题。

看来，觉新似乎是游离于两种敌对势力之间，然而，他实质是属于反动势力一边的。这个人物是矛盾的，是两种势力争夺的焦点，所以，他也是痛苦的。我们既不可以说他是垂死的封建制度自觉的维护者，也不可以说他是新生的民主势力的同情者；他一方面为高家的没落无法挽救而悲哀，另一方面又出于他心地善良和骨肉之情而同情这些实质上正是挖高家墙脚的叛逆者；他一方面屈从于封建传统，而使自己也沾有了杀人的血迹，而另一方面他也被这封建传统所杀害，当成最后的祭品。

巴金对待觉新这个人物，思想是混乱的、矛盾的，更多的是错误。

巴金爱他的大哥。一直到一九五七年在《和读者谈谈〈家〉》一文里还说到他大哥是他“一生中爱得最多的人。”他甚至认为如果《家》早一点写出来就可以挽救他的大哥。而《家》里的觉新，实质上也就是他的大哥。巴金说过：“我把大哥作为里面的一个主人公。这是《家》里面唯一的真实的人物。”而这个“真实的人物”也正是被“作揖哲学”和“无抵抗主义”断送了的（见《短简》）。

显然巴金也是处处在批判觉新这种“作揖哲学”的，批判他的懦弱因而害人害己。但巴金同时也是爱他的，同情他的，流着眼泪写他的。用了不少笔墨来渲染来美化他的人道、善良、忠厚，同情“下等人”，写出他的痛苦和不幸，并为他的过错辩护、开脱。

诚然，觉新也是被长房长孙这种家族制度的压迫而牺牲的。因为这个位置使他受了很多气，吃了很多苦。亲戚、朋友，什么事都找他：管钱财、操家事、婚娶、出丧、陪客，不是他管的也找到他来管。然而，这又不正是说明了他愿意乖乖的做一个长房长孙，严格遵守封建正统的秩序么？他说："我不反抗，因为我不愿反抗，我自己愿意做一个牺牲者"。"为了妈，我就是牺牲一切，就是把我的前程完全牺牲，我也甘愿，只要使弟妹们长大，好好地做人，替爹妈争一口气，我一生的志愿也就实现了。"当克安、克定他们要卖田产的时候，他很痛苦，"如果我们再不管，高家就什么都会光了。"他要顾全高家的"名声"，保全高家的"产业"，掩住高家的崩溃，这就是他甘愿做长房长孙而牺牲自己的理由。他的"作揖主义"正是为了顾全高家的大局；他对弟妹的同情，正是为了"争口气"，他甚至劝觉民要"兴家立业"，"努力学习"，"好给我们这一房，给死了的爹妈争一口气"。

觉新，不正是一个封建制度的忠臣孝子么？

《家》的内部统治集团的首领敏锐的看出了这一点，也抓住了这一点。在《秋》里面，克明就对他说："……高家的希望就在你身上……他们是完了……"，"我总尽我的力量好好做去就是了。"觉新忽然自告奋勇地说。好象他愿把一切责任担到他一个人的肩上似的。克明说："我看我们的家运是完结了，你我是挽救不了的，不过，我在一天，我总要支持一天"，"是的，应该支持。"觉新感动地重复念道。

这里，我们可以看到觉新是死心塌地站到封建势力一边的。他在政治上是与觉慧、觉民他们作对的。所以，他阻止觉慧出走；他劝觉民听从高老太爷的摆布和冯家小姐订婚，他甚至哭丧着脸来威胁觉民："自己作主的话，是不好对爷爷说的。"并且用自己可耻的屈从的事例来打动觉民；对于淑英的婚事，他也是一样，"年纪轻，早些出嫁，将来倒可以免掉反抗的一着。"当觉民带淑英姐妹去公园回来后，他又苦苦劝他们向三爹赔罪。而瑞珏和海儿的死，他同样是刽子手中的一个。

无情的打击，惨重的牺牲，都没有动摇过觉新对这个垂死的家的赤诚。而巴金却挖尽心思来描写他被"作揖哲学"牺牲的悲剧，却把他的反动的阶级性抽掉了，巴金又站在什么立场呢？

觉新的悲剧不在于他的"作揖哲学"，觉新的悲剧是在于他想极力挽救家的崩溃，而时代的潮流冲击过来他又抵抗不了。

当然，觉新不等于顽固派克明，不等于荒淫无耻的克安、克定，也不等于专制独裁的高老太爷。觉新是有点改良主义色彩的，这也正是他企图重整家业的手段：他反对胡作非为，他支持弟妹上学，他同情丫头婢女。但即使是改良主义，在中国顽固的封建大家庭也是行不通的，这又是觉新的悲剧的另一个原因。

巴金不仅对于觉新的悲剧认识不清，是非不明，同情他，美化他，而且，就是对待"家"里统治者高老太爷、克明等，作者也同样流露出一种依依不舍的感情，特别是写高老太爷临死时的良心发现，这就削弱了《家》的强烈的反封建的作用。对于克明的死，作者也是描写得很凄惨的。字里行间处处流露出作者对这个所谓"没有做错一件事情，做人也很正直"的叔父的同情。这个人就在他快要死的时候还要想法阻止觉民的反抗行动，而巴金却同情这个人，难道也可以说巴金是爱憎分明的吗？

巴金的这种阶级局限性，反封建思想的不彻底性在另一部小说《憩园》（1944 年出版）里更是表现得十分鲜明。



《憩园》这部作品，是为他五叔写的，他五叔"花光了从祖父那里得到的一切，花光了他的妻子给他带来的一切以后，没有脸再见他的妻儿，就做了一个无家可归的流浪人"，最后，"以一个'小偷'的身份又穷又病地死在监牢里面"。这就是书中的杨老三。如果说"激流三部曲"是有比较强烈的反封建的意义，那么，《憩园》就恰恰相反，在这本书里更多的是表现出作者对过去的留恋和作者对资产阶级人性的宣扬。

他通过一个"黎先生"回故乡，在朋友老姚的家园里（叫憩园）看到"憩园"的旧主人的儿子杨少爷来采茶花，而发出了作者自己的一声感叹："我跟那个小孩一样，我也没有说过要卖房子，我也没有用过一个卖房子的钱。是他们卖掉的，这唯一可以使我记起我幼年的东西给他们全毁掉了。"作者还在那个无耻、堕落、不务正业的破落地主杨老三的身上发现了所谓"人性"、"慈爱"所谓"一个受过高等教育的心灵"。作者把地主家的被奴役的人描写成不忘"杨家大恩"的忠心的甘为驱使的仆人。在作者的笔下，杨老三完全成了牺牲者，是一个聪明能干的人。他每做过一件坏事之后都是要流泪懊悔，好象他做的坏事都是不由自主的，不得已的，是被引诱的。在他"没有脸见人"之后，过着小偷和苦力的生活时，作者也为他流泪，并且责怪他的大儿子太冷酷了。一直到今天，作者还认为他五叔纯然是一个牺牲者。封建家庭戕害了他，他只能做损人利己的事，要是换了一个时代，这个“面目清秀，能诗能文的人，也许会显出他的才华”。巴金是站在超人的云空中说：改变了环境，豺狼虎豹不也是可以尽忠于人类吗？而这，也就只能从巴金的阶级局限性来回答这个问题了。

巴金对自己出身的那个阶级，那个家，还有着很深的感情，对家里的人物还有着依恋。然而，在另一方面，无政府主义的思想，反对阶级斗争，主张调和、折衷的观点，也严重影响他，因而使他在对待觉新、克明、高老太爷、杨老三时，表现得温情脉脉。在生离死别的关头，心肠又软了，可以宽恕过去一切的罪过。他就象一个基督、一个传教士、一个神父，宣传着、祈念着“人类的爱”和“人性”。他宣传的不是阶级斗争，他宣传的、希望的、理想的人，在《家》里，在《憩园》里都表现了出来，那就是姚太太的所谓“牺牲是最大的幸福……帮助人，把自己的东西拿给人家，让哭的发笑，饿的饱足，冷的温暖。那些笑声和喜色不就是最好的酬劳”，这也就是他的解决人类互相倾轧的最好的办法。而这种人类爱的福音宣传在阶级社会里，对他自己来说是一种欺骗，一种空想，对于人们来说是模糊他们的阶级观点。

这就是巴金在《激流三部曲》等书里表现出来的局限性。

## 三

“七七”芦沟桥一声炮响，中国历史便结束了“十年的反动时期”，中国人民卷入了一场神圣的民族自卫战争。巴金，作为一个进步作家，他不可能“隔岸观火”。从1937—1945年的八年抗战中，巴金写出了《火》（三部）《寒夜》和《第四病室》等几部作品。

《火》共三部，写于1940年到1943年。

中国新民主主义革命历史告诉我们：芦沟桥的炮声震撼了全国人民的心。爱国的人民，特别是爱国青年和爱国学生，一致要求发动全民抗战。上海“八一三”抗战爆发之后，更激愤了全国人民，党在这个时候，发布了“抗日救国十大纲领”。在党的号召和进步人士的影响之下，全国各地纷纷组织抗日救亡团体，展开了救亡工作。救亡刊物如雨后春笋。到了1938年，抗战即转入了长期的相持阶段，党又提出了“发动游击战争”的号召，并且动员了大批的平津学生和革命青年到农村去，发动游击战争。

《火》的第一部和第二部，在很大程度上反映了这个历史的真实。

《火》的第一部以上海“八一三”抗战为背景，描写了一群爱国青年知识分子的抗日救亡运动。这一堆“火”烧起来了，我们看到日本强盗的罪行和它带给中国人民的深重灾难；我们看到了国民党反动派不抵抗的卖国嘴脸；我们也看到了人民的爱国激情，特别是在党领导下的青年学生的反侵略怒火。在那血海飘摇、民族苦难的时代，我们的青年为了“维持民族的独立和生存”，而在忘我的工作。文淑、周欣，这两个有着“小孩子脾气”的幼稚单纯的女性，就是被一股爱国的民族自尊心的热情所冲动，夜晚跑到伤病医院去值班看护，而她们白天又在搞救亡的宣传活动。文淑说出了当时爱国青年的共同的心情：“我只想做点事情，我不愿闲着，在这个大时代中每个中国儿女都应该贡献自己的全部力量。”后来文淑又冲出家庭的阻挠，参加了“战地文工团”到前线去。今天读着它，我们仍然会为这些爱国青年的行动而抑制不住一股激动之情。



巴金在这一部《火》里不仅描写了青年的救亡活动，而且还描写了朝鲜青年和中国人民一道抗日的事迹，在今天看来，更是具有深刻的历史意义。

这堆“火”也的确燃烧起了人们的爱国热情，从而激发人们走向抗战的道路。从描写八百孤军守仓库的那些场面，人们在遥岸观看时，那种激动的、痛恨的、同情的和愤怒的心情，错综复杂，都是非常感人的，隐隐约约也表现出了一点全民抗战的气氛。

只有一个具有正义感、爱祖国爱民族的作家，同民族同国家共命运的作家，才能怀着如此激动的心情来表现抗战，来描写反侵略的战争。“我的血管里有的也是中国人的血”。巴金在《给山川均先生的信》里，严正的斥责、愤怒的控诉和充满信心的呼喊：“中国人民是不会屈膝的。没有一种宿命能使中国灭亡。”在1937年巴金就坚定的这样相信，这正是“中国人的血”在沸腾。在《火》的后记里，巴金写道：“我写这小说，不仅想发散我的热情，宣扬我的悲愤，并且想鼓舞别人的勇气，巩固别人的信仰。我还想使人从一些简单的年青人的活动里，看出黎明中国的希望。”很明显，这里的所谓信仰，并不是巴金相信的无政府主义，而是刘波说的：“我们的民族是不会灭亡的，我们的抗战会得到胜利的。”

而巴金就在《火》的第二部里，写出了这些“简单的年青人”在抗战相持阶段深入民间的宣传活动，并且肯定和尊重杨文木等一部分同志走向游击战争的道路，这与党在当时的期望也是相吻合的。应该肯定，巴金在描写这些具有爱国热情的小资产阶级知识分子时，在描写他们的抗日救亡活动时，都是真实的。而北京师范大学同学否定这一点，甚至不顾历史事实，不顾具体环境、具体阶级，对称“官长”、“先生”也都挑剔、不满，我们是不能同意的。

但是，我们也并不满足在《火》里表现出来的这一些进步的东西。因为，巴金世界观的局限性，在这里表现得比在《激流三部曲》里更为严重得多。

《火》揭发国民党的“曲线救国”，表现和反映人民的抗战活动都是不深刻，不全面的，特别是党领导抗日的力量看不出来。

我们知道，在结束“十年反动时期”转入到抗战的时期，我们党在政治上的影响已经日益扩大。抗日的主力是八路军和新四军，是党领导下的全国人民。当时的工人、农民都已经行动起来了，尤其是工人阶级，在党的直接领导下，进行着更英勇的斗争。巴金的第一部《火》写的是上海，而上海日本工厂的工人们就纷纷起来罢工，但在这部《火》里，却只字未提；而在第二部《火》里写的农民更是使人难以置信。人民抗战的情绪，在《火》里没有强烈的表现出来，而强烈的表现了的倒是难民的饥饿时的倾轧、抢夺。这种场面，不是不能写，但用这来概括我国农民在抗日战争中的表现，是错误的。

巴金的眼光不是始终停滞在小资产阶级知识分子一层么？！更令人不能满意的是：在1940年，巴金还把小资产阶级青年知识分子的救亡活动，看成是可以“看出黎明中国的希望”。不错，青年是祖国的未来，但是巴金笔下的这些青年，都是属于小资产阶级的，他们的救亡活动始终没有接触到党，没有接近无产阶级，没有与无产阶级及其他劳动人民打成一片。我们认为，这又涉及巴金对中国革命前途的看法了。对待这个问题，我们必须以阶级的眼光去进行分析。在四十年代的巴金，还在美化小资产阶级，歌颂他们，把革命的希望寄托在他们的身上，这显然又是巴金世界观的局限性了。

假若说巴金在二十年代把革命的希望寄托在觉慧身上；在三十年代把革命希望寄托在吴仁民、李佩珠身上，我们还可以原谅巴金这种阶级的偏见的话（因为当时革命还处于低潮），那么，在四十年代里，巴金这种局限性和偏见我们就没有任何理由来原谅了。因为，巴金在实质上是一次再一次的忽视了无产阶级领导，忽视了党的领导，而这“再一次忽视”，又是在全国人民已经能明确的看到，只有中国共产党领导中国人民才能推翻压在他们头上的“三座大山”的时候，因此，在性质上，也就更为严重。

时代向前发展了，无产阶级领导的新民主主义革命也向前发展了。可是，巴金还停留在原有的立脚点上。



这种局限性特别表现在《火》的第三部。在 1943 年写的《火》，抗战气氛便被削弱了，几乎是消失了。作者在极力地渲染田慧世（第三部《火》的主人公）之类的友爱、和平、宁静、乐观，描写文淑他们的游湖玩月。这就是作者笔下的 1943 年的爱国人民的抗战生活！作者在书里塑造了一个基督徒田慧世的形象。田慧世是一个虔诚的爱国的基督徒，他信仰永生，信仰博爱。他把他的“全部时间都用来助人，爱人，尤其是爱穷人”。他向人宣传“爱使生命繁荣，失去了它，生命就得枯萎”。从爱出发，他拥护抗战，临死还念念不忘他办的爱国刊物《北辰》。但他的爱是建筑在什么样的基础上呢？他说，爱“是上帝赐给我们的”。说穿了，他的“爱”就是所谓人类的，超阶级的爱。在当时民族矛盾极端尖锐的情况下，田慧世大谈特谈他的基督爱，而巴金又再加以美化，这除了削弱人民大众火样的抗敌热情和削弱对敌斗争的意志之外，还能起到什么良好的作用呢？这种“爱”显然是反动的。田慧世是一个幻想式的爱国基督徒。作为一个中国人，他赞成抗战，临死时还相信活着的人们“可以看到抗战胜利”，但另一方面他又是人性主义者，他不忍看到流血，而大肆宣传他的人类爱，而这，又何尝不是强烈地反映了巴金世界观的矛盾呢？《巴金论》的作者扬风却丝毫看不到这个严重的问题，而说什么表现了“当时中国人民要求团结抗日的普遍愿望”。难道能从“人类爱”出发去要求“团结抗日”吗？我们也不能同意北京师范大学同学把第三部《火》全盘否定的态度。我们在指出严重的缺陷和错误的同时，也必须指出《火》第三部在一定程度上是揭发了抗日战争时期国统区的阴暗恐怖的生活；在一定程度上反映了战争给人民生活带来的深沉的灾难，和对和平的破坏，从而，在一定程度上能够激起人们反对侵略、保卫祖国的愿望。我们从素贞的不幸遭遇，从田慧世的儿子被炸死等惨痛事件上，都可以看出作者的悲愤，这是应该肯定的。

巴金在写了《火》以后，一直到全国解放，虽然还写了一些作品，如《寒夜》、《第四病室》等，但从这些作品中，我们还看不到作者思想上的转变。相反地，从这几部小说可以看出，革命势力越是增涨，巴金世界观的落后一面、局限性也就越显著，问题也越严重。这根本原因就在于：时代向前发展了，巴金仍然停留在一般的资产阶级人性、人道主义的民主思想上。



巴金，作为一个中国新民主主义革命时期进步的小资产阶级作家，他的世界观在创作中表现的矛盾，是十分复杂的。

一方面他有强烈的小资产阶级的正义感，有强烈的反帝反封建的要求，反抗不合理的制度和黑暗的现实。他的作品反映出了五四时代“打倒孔家店”的精神主流和大革命时代小资产阶级青年的时代性的苦闷和革命的要求。正因为巴金有进步的民主主义思想，使他的作品就比较符合当时历史的真实，有进步性和现实性；但是，另一方面，巴金由于阶级的局限，他信仰小资产阶级的无政府主义，看不到阶级斗争，看不到革命是要无产阶级领导，看不到光明的未来，他始终是站在怜恤和同情劳动人民的立场，宣扬他的基督式的抽象的爱和模糊人们的阶级观点的正义、人道、仁慈，因而使他的作品的反帝反封建意义显得不彻底，不坚决，不深刻也不广泛。事实上就是在今天，在对待社会主义叛徒美国作家法斯特的问题上，巴金又暴露了他的两重性，乃至犯了严重的错误。巴金世界观的矛盾至今还是存在的。

所以说，在巴金三十多年来的创作活动中，就正如他自己所说，是充满了矛盾：“感情与理智的冲突，思想与行为的冲突，理想与现实的冲突，爱与憎的冲突，这些组成了一个网，把我盖在里面。我的一生也许是个悲剧。”但是，从他这个矛盾的一生来谈他的悲剧的话，巴金悲剧的原因就不只是“性格”和“感情”的问题了，这只是表象。本质的问题还是在于巴金的阶级立场和他的“信仰”。

信仰——“我的全生活，全思想，全作品的基石”(《见爱情的三部曲》总序)。

巴金的信仰就是无政府主义。这个信仰的阶级基础就是小资产阶级。而巴金在无政府主义中所摄取的，除了一般的影响之外，主要的还是摄取了它的“人类爱”。

“人类爱——是我的全性格的根底”(见《我的几个先生》)。而“人类爱”的实质便是取消阶级斗争。毛主席说过：“至于所谓‘人类之爱’，自从人类分化成为阶级以后，就没有过这种统一的爱。”(见《在延安文艺座谈会上的讲话》)

可惜，巴金至今还认识不清这一点。

巴金的一切错误、局限都正是从“人类爱”这一源流出去的。巴金的一切创作，也正是从这个“爱”字出发的。这个“爱”字浸透了他的作品的每一个字。杜大心的憎恨人类，正是他为了爱人类，“创造新的世界”。李静淑去工厂是要用“我们的爱(指小资产阶级的“人类爱”——引者)来感化他们”。李冷则要用“我的血来灌溉人类的幸福”。而田惠世等更是露骨的宣传人类爱。

“我的上帝只有一个，就是人类。”1927年巴金飘洋过海时就对大海这样说过(《海行》)。

巴金的一切反抗、诅咒、愤怒、控诉，也正是从“人类爱”出发的，因为，残酷的现实，罪恶的制度，正是使“人类互相残杀的”。所以巴金说：“我的敌人是什么？一切旧的传统观念，一切阻碍社会进化和人性发展的人为制度，一切摧残爱的势力，他们都是我的最大的敌人”(《写作生活的回顾》，1935年)。

巴金形成“人类爱”的超阶级的思想，无政府主义的影响是主要的。在读到第一部克鲁泡特金的书《告少年》时，巴金就说过：从《告少年》里，我得到了“爱人类爱世界的理想”，这理想，“燃烧起了一个十五岁的追求合理制度的少年的心”。而高德曼又成了他“精神上的母亲”。但这仅仅是形成巴金“人类爱”思想的原因之一。

巴金说过；“我虽然信仰外国输入的‘安那其’，但我仍然还是一个中国人。”（见《火》第二部后记，1942 年）过去，在这个问题上是纠缠不清的。北京师范大学同学就完全抹杀了巴金是中国人这一具体情况，而从俄国和西欧的无政府主义者来套巴金，这是不符合实际情况的。而扬风等同志则又完全否认巴金身上的无政府主义与马克思主义的相敌对，甚至硬说巴金的无政府主义思想在新民主主义革命中起了相当大的积极作用，这更是错误的。因为，根据他们的看法，就无法解释这样的事实：即巴金的民主主义思想，确实给他的作品在三十年代带有一定的反封建反专制的进步意义，北京师范大学同学将怎么解释它呢？同样，巴金的作品确实存在严重的局限，特别是在中国新民主主义革命向前发展的后一阶段，而扬风的所谓巴金的“人类爱”思想，“帮助了巴金民主主义思想的发展和巩固”，试问，这与事实相符吗？



因此，我们说，无政府主义思想只是形成巴金“人类爱”的了一个原因。

第二个原因，是中国小资产阶级的民主主义、人道主义、人性论的影响。

巴金的母亲——他第一个先生，在他还是童年的时代就教给了他，要“爱一切的人，不管他们是贫是富”(《我的几个先生》，见《短简》)。巴金在《家庭的环境》一文中也写道：“当在污秽寒冷的马房里听着那些瘦弱的老轿夫在烟灯旁边叙述他们的痛苦的经历，或者在门房里暗淡的灯光旁边听着仆人发出绝望的叹惜的时候，我眼里含着泪珠，心里起了火一般的反抗的思想。我宣誓要做一个站在他们这一边帮助他们的人。”很显然，巴金最早的朴素的民主主义思想，就包含着“人类爱”的因素，而这，又是由巴金所处的阶级地位所决定的。

从童年时代开始，巴金就追求过人类能“自由的生活”，人们能“自由的爱”。杜大心的上帝就是“人类的幸福”，这不正是巴金这种思想的反映吗？

后来，巴金到了法国，他广泛的接触了法国的、俄国的资产阶级民主主义思想的著作和历史，崇拜马拉，卢骚。西方的资产阶级的个性解放，人性自由的民主思想，就更加充实了和发展了年青的巴金的

“人类爱”的思想，这是第三个原因。

这就是巴金思想的核心——“人类爱”形成的过程。“人类爱”指导巴金反抗罪恶的社会，黑暗的现实，吃人的制度，残酷的屠杀。但这种“人类爱”在实际生活里又不存在，所以，巴金就永远是在“探索中的孤独者”。他的作品也就只有“感伤悲哀的情调，忧郁阴暗的气氛”，只有一片“无涯的黑暗”，一片悲惨的哀号，和一片歇斯底里的叫喊。所以巴金笔下的革命者就只可能是二十世纪中国的“唐·吉诃德”，终归会碰得头破血流，甚至于灭亡。

巴金同志在解放之后，比之以前，他献给人民的作品实在是太少了。这原因又在什么地方呢？不正是他那种长期根植于资产阶级思想上面的“人类爱”妨碍着他吗？那种缺乏阶级观念的“人类爱”，与无产阶级专政，与党的领导都是水火不相容的。我们希望巴金同志能下定决心改变自己的立场，抛弃那超阶级的“人类爱”，努力学习毛泽东思想，坚决与工农群众相结合，深入参加实际锻炼，树立矢志不移的共产主义信仰，从而写出比过去更好、更光辉的作品来。



1959年1月于珞珈山

录自《论巴金的世界观》，湖北人民出版社
1959年9月版，第1页至第30页

# 巴金的现实主义

张毕来

## 一

我想谈这样三个问题：第一，《家》所反映的，是 1920 年和 1921 年某些知识分子的生活和思想感情。作为这些年头的社会生活的反映，真实到怎样的程度呢？第二，巴金是在 1931 年写这部作品的。巴金当时的政治倾向和艺术观点是怎样的呢？第三，巴金的《家》，三十年来一直拥有相当多的读者。《家》对读者究竟起了怎样的思想教育作用呢？这三方面的情况，可以说明同作家创作方法有关的许多问题。

## 二

《家》这部作品有一定程度的真实性。

第一，作者在《家》里，是站在资产阶级民主主义的立场上反对家庭中的封建统治。家庭中的封建统治，在当年是有极大的普遍性的。反对这种统治，是一个严重的社会问题。在当年，封建地主家庭中的统治固然是封建统治，资产阶级家庭中的统治，基本上也是封建统治。或者可以这样说，我国的资产阶级家庭中存在着的，是封建主义和市侩主义的联合统治。至于工农大众的家庭，在剥削阶级的摧残下，本已破碎不堪，工农大众吃不饱，穿不暖，在死亡线上挣扎。可是，说到家庭生活方面，他们也不免于封建主义的毒害。农民尤其如此。巴金的《家》，揭露高家的黑暗，揭露那种家庭生活中的荒淫无耻，抨击封建的家庭统治对人性，对自由、平等的束缚，指出其崩溃的趋势。这样做是有进步意义的，因而这种反映中就有真实性在。

第二，《家》歌颂知识分子的民主主义的觉醒。知识分子的资产阶级民主主义的觉醒，即从封建文化思想的控制下解放出来，在当年也是带有普遍性的。知识分子的觉醒，是“五四”时代的社会生活的特征之一，这是一方面。另一方面，这个时期的文化革命运动，当时还没有可能普及到工农群众中去。知识分子在与工农大众脱离的情况下反抗封建势力，反抗得不坚决，不彻底；他们没有接触马克思主义，没有能够从封建思想的控制下完全解放出来。尽管如此，由于当时欧洲各种思潮被介绍到我国来，知识分子当中，有些人受了欧洲资产阶级上升期间的民主主义、民族主义和科学的影响，向往自由和民主，相信科学，因而反对封建思想，反抗传统，追求新文化，要求变革。这都是进步的。巴金的《家》，反映当时的知识分子的这种觉醒。觉慧出身于封建地主家庭，可是，就其思想而论，基本上是个资产阶级知识分子。他和他的那批朋友，谈人性，谈自由，谈平等，……用诸如此类的资产阶级人道主义和民主主义思想同封建主义斗争。巴金歌颂这种觉醒，是进步的。《家》的这些方面的描述，里边有真实性在。

第三，在描述上，巴金基本上采取了从现实生活出发，忠实地描述社会生活现象，忠实地表现其中关系的态度。他不凭空捏造事实，也不粉饰现实。在一些重要关系上，他基本上尊重客观现实，例如对于在“五四”文化思想影响下的青年知识分子和封建家长之间的冲突，对于封建家庭中的公子哥儿的生活的腐烂性，对于封建控制的日趋于松懈……如此等等。他之所以能够如此，由于在封建势力和资本主义势力的矛盾关系上，他站在资本主义势力这一面。

我们承认这些描述的真实性，丝毫没有无视体现在这些描述中的立场、观点、方法的阶级性。我们明明白白地看出，作者是一位小资产阶级作家，他站在小资产阶级的立场上，用资产阶级民主主义的观点和方法来观察和分析当年的社会生活，指引读者去追求空洞的光明。我们承认这些东西的进步性，是由于当年的资产阶级民主主义思想还有其反封建的进步性，在无产阶级所领导的新民主主义革命过程中所发生的作用，有积极的一面。在反对封建主义的文化斗争中，要解决的矛盾是人民大众的新文化和封建主义的矛盾。这个矛盾里边，包含着封建的专制主义和资产阶级的民主主义的矛盾。表现这种矛盾的各种各样的社会现象中，那些体现资产阶级立场观点的，是进步的，例如反映在《家》里的抨击封建家庭生活中的荒淫无耻，反抗其压迫、束缚而出走……之类。用资产阶级民主主义的观点、方法，来分析和认识生活现象中封建的专制主义和资产阶级民主主义之间的矛盾，还能达到一定程度的真实。可见资产阶级的民主主义思想在新民主主义革命过程中所发生的作用，有积极的一面。因此，它可以成为无产阶级文化思想的一个盟友。我们就是在这样的前提下谈《家》这部作品的政治上的进步性和艺术上的真实性的。

《家》有其一定的真实性，由于它的主导思想是资产阶级的民主主义。也正由于它的主导思想究竟是资产阶级的民主主义，它的真实性很不够。《家》没有很真实地反映当年的社会现实，没有正确地把握当年的历史动向。社会现实里早已经存在着一些前所未有的东西（无产阶级的东西）。这些东西已非资产阶级的思想家所能正确地把握的了。因此，关于《家》的真实性，或者可以这样说，它是资产阶级眼中的真实，不是无产阶级眼中的真实。封建地主阶级腐败、低能、荒淫、无耻，好景不常，前途暗淡……这些，在资产阶级眼里，一般说来，还是比较清楚的。而工人农民的优良品质，伟大力量，光明前途……等等，资产阶级就视而不见，听而不闻了。其所以如此，主要由于阶级本性所限。这个阶级不愿意看见和承认不利于它的新东西。而这些新东西偏偏又是“五四”以来的社会生活中的重要因素。于是，资产阶级的本性就限制了他们对客观现实的认识的真实程度。用资产阶级的观点、方法反映出来的真实就得大打折扣。

《家》所反映的，是1920年到1921年那个时候一部分知识分子的生活和思想感情。如果问：“五四”时期大小封建地主家庭中的公子小姐们，在“五四”新文化的冲击下，一般地说，是怎样地生活和思想的？他们的生活和思想感情中，哪些是具有时代特征的，进步的？他们对当时的革命现实理解到怎样的程度？……如此等等，那末，《家》

这部作品可以告诉我们一些，虽然那真实的程度不够。《家》这部作品是片面地反映了社会生活的一个面。首先这是“社会生活的一个面”，其次《家》对这一个面的反映是“片面的”。如果把社会生活的这一个面（知识分子的生活）当成社会生活的代表，那是错误的。巴金在《关于〈家〉》那篇文章里对他的一位表哥说，“所以我要写一部《家》来作为一代青年的呼吁。”在他的眼里，觉慧他们就是当年的青年的代表人物。扬风在《巴金论》中说，《激流三部曲》“对这时期的社会生活的一个极重要的方面作了规律性的剖析，反映了这段历史时期的社会生活中主要的历史动向。”王瑶在《论巴金的小说》里则说，觉慧这个形象，是“新生的正义力量的代表”，又说，巴金的作品“在中国人民民主革命的过程中发生了很大的启蒙作用”。总的说来，巴金也好，这些评论巴金作品的同志也好，都是把资产阶级当成社会历史的中心。或者用我们在前面说过的那一句话：这是资产阶级眼里的真实。



1920 和 1921 年这些年月，是第一次世界大战和十月革命之后，是“五四”运动逐渐深入的时期，是中国共产党成立和劳工运动正式开始的前夕。这一点必须特别注意。

由于有无产阶级的参加和领导，“五四”运动形成了一个波澜壮阔的大运动，对封建势力的反对，不妥协，彻底。就文化思想领域而论，毛泽东同志说：这时，“中国产生了完全崭新的文化生力军，这就是中国共产党人领导的共产主义的文化思想，即共产主义的宇宙观和社会革命论。”在这种影响下，出现了大批的赞成俄国革命的具有初步共产主义思想的知识分子。这里边，有李大钊那样的一些知识分子，他们组织马克思主义研究小组，研究并宣传马克思主义；有瞿秋白那样的一些知识分子，他们到苏俄去参观和学习；有邓中夏、彭湃那样的一些知识分子，他们到工厂中、农村中去搞工农运动。这些知识分子的无产阶级化及其活动，才是“这段历史时期的社会生活中的主要的历史动向”。如果说什么“很大的启蒙作用”，马克思主义的启蒙作用，才是在文化发展上起决定作用的东西。《家》这部作品，没有反映这一个重要的面。说这样的作品对“五四”时期的社会生活中的极重要的方面作了规律性的剖析，那是不对的。

《家》这部作品，由于在题材上没有接触到当时社会生活中决定历史动向的一面，就没有十分真实地反映现实。

首先，五四文化革命的反封建的不妥协性和彻底性就没有得到恰当的反映。觉慧的思想中，主要部分是浅薄的人道主义和自由、平等之类的概念。从日常的不肯坐轿子到最后的出走，他一系列的理想和追求都在资产阶级个人主义的范畴之内。觉慧的思想感情中，有相当多的成份还是封建的。他那浅薄的民主主义思想当然不能使他同封建思想感情完全断绝关联。例如他在他祖父弥留之时的思想感情言语行动，就与一般的孝子贤孙没有什么两样。

其次，当年知识分子之间的思想分歧和斗争，没有得到正确的表现。当时的思想界呈现出复杂的斗争场面。如果说“五四”文化运动是个启蒙运动，我以为，这里边有两种“启蒙”。一是资本主义思想启封建之蒙，一是马克思主义启封建之蒙，又启资本主义之蒙。当时的思想斗争，有资产阶级的民主主义思想和封建专制主义思想的斗争，还有马克思主义和资产阶级思想的斗争。后面这种斗争更为重要。这是“五四”时期文化思想界的特征。在《家》里我们只看见前一种斗争，看不见后一种斗争。因此，《家》就不能表现当时的知识界的深刻的分化。这种分化，在1920和1921的年头，已经十分明显。它是在“思想”上替后来的历史发展作了准备。

“五四”时期的革命现实中包含着许多新的因素。这些因素进一步发展壮大，就成为1921年党的成立和其后到来的“五卅”运动和北伐战争的基础。把这些新的因素从当年的社会生活中除去，1921年以后的社会发展就不可理解。反映在《家》里面的，就是除去了这些新的因素的“五四”时代的知识分子的生活情况。所以我们说《家》所反映的，不但只是当年社会生活的一个面，而且是片面地反映了这一个面。

巴金是个封建地主家庭出身的知识分子。照他自己的叙述，到他写《家》的时候为止，他所受过的教育，是封建的和资产阶级的教育。他的人生观和社会观，主导部分，看来是资产阶级的个人主义和小资产阶级的无政府主义的混合物。他的艺术观同他的人生观和社会观相适应，他把艺术当作自我表现的手段。他对他在《家》里所反映的那些知识分子的生活和思想感情特别感到兴趣，抱着极其热烈的心情去细致地描述。这是很自然的，因为那样的生活和思想感情正是他自己的生活和思想感情。在实际生活中，他从资产阶级知识分子的生活中去认识社会，在创作中，他通过这些知识分子的生活和思想感情的描述来表达他对社会的认识。他以为他所描述的人物和事件，就是当年社会生活的本质的代表。他以为，那个时期的历史动向就是觉慧似的公子在模模糊糊的思想支配下的出走。

事情很明白，作家的阶级立场和他的观点方法在题材选择上起了很重要的作用。他的作品反映社会现实的真实性的程度，分析到底，同他的立场和观点方法有着不可分的联系。

## 三

作家的创作方法问题实质上也是作家的政治倾向和艺术观点问题。从《家》这部作品中，我们可以看出巴金怎样的政治倾向和艺术观点呢?



从《家》所反映的年头到作家写这部作品的年头的十年间，横贯着这样一些历史事实：中国共产党成立；中国革命在共产党领导下深入，广大的农民阶级卷入革命潮流中来；“五卅”运动和北伐战争发生；第二次国内革命战争开始，革命政权在农村建立；在文化思想界，马克思主义的宣传进一步深入，思想斗争中的阶级分野明显化；在文学方面，无产阶级文学运动蓬勃发展……等等。尤其有直接关系的，是最后这个事实。1928年开始，创造社和太阳社等提出革命文学的主张。1930年，左翼作家联盟成立。左联发表了一个“理论纲领”，其中说：“我们的艺术不能不以无产阶级在这黑暗的阶级社会之‘中世纪’里面所感受的感情为内容”，“我们对现实社会的态度，不能不参加世界无产阶级的解放运动，向国际反无产阶级的反动势力斗争。”作为一个作家，在1931年当年，在创作文学作品的时候，他的作品在当时的革命现实中会产生什么样的作用的问题，他考虑不考虑，如何考虑，这是他的艺术观点问题，也是他的政治态度问题，而且，首先是政治态度问题。

站在1931这个年头上，回过头去观察“五四”当年，所得就因人而异。关键在于这十年间他是怎样过来的。一切从“五四”起就置身于革命行列的知识分子，只要是一个革命的民主主义者，是一个现实主义者，他就会看出“五四”到1931年之间的一件大事，那就是中国无产阶级和它的先锋队在社会生活中起着很重大的作用。他对这件事的认识，无论采取哪一种形式，都会羼入他对“五四”时代的社会生活的剖析中去。巴金这时写《家》，换言之，也就是站在1931这个年头上回过头去剖析“五四”时代的社会生活。然而，巴金的《家》里，并没有包含上面所说的时代影响。

合理的解释之一，就是巴金并未投入这些火热的斗争中。他在巴黎时，是在那里仰慕卢梭；回到中国后，就在亭子间里写他那些表现自我的小说。巴金仍然以“五四”当年的资产阶级知识分子的思想水平来分析“五四”当年的社会生活中的知识分子。就艺术观点论，巴金以为文学创作就是自我表现的手段。从巴金的作品及其作品的前言后记中可以看到：第一，作为一个民主主义者，他反封建、反帝，但是他不愿意站到无产阶级的队伍里来。他坚持自己的理想（也许是无政府主义，也许是别的什么，总之，不是马克思的社会主义），走自己的道路。第二，作为一个知识分子，他在左翼文化运动蓬勃发展的时期，不愿意积极投身其中，而采取独行其是的态度，对马克思主义采取无视的态度。充其量做一个随大流的同路人。第三，作为一个作家，他对当时的无产阶级的文学运动，采取旁观漠视的态度，他要写他自己的东西。总的说来，在民主主义和封建主义之间，他站在革命这一边；在革命阵营中的无产阶级知识分子和非无产阶级知识分子之间，他站在非无产阶级知识分子那一面。这样的政治倾向，表现在创作中，要吗，避开无产阶级的政治理想，例如在《家》里面所表现的；要吗，写自己的政治理想，例如在《新生》、《雾》、《雨》、《电》之类的作品中所表现的。在这里，他是用自己的思想“教育”读者，独树一帜，自外于马克思主义。因此，从新民主主义革命与旧势力的关系上说，巴金是进步的；从无产阶级思想与非无产阶级思想的关系上说，巴金是落后的。

从以上的分析可以看出，表现在《家》中的局限性，其根源不是历史时代，而是作家的阶级立场和思想意识。是他没有投身于革命的狂潮中，并不是历史上没有这个革命或者当年的知识分子不可能参加这个革命；是他对无产阶级的文化思想采取了自外于人的态度，而不是其他。所以，分析到底，这里只有思想意识方面的局限性，只有阶级立场的局限性，而没有历史的局限性。

归结到《家》的内容上来，有许多“可能”都因作者的主观方面的原因而没有成为“现实”。一个革命的民主主义者，一个革命的现实主义作家，在1931年，是可能基本上正确地把握“五四”时期的历史本质及其发展动向的，而巴金不但在《家》里没有做到这一点，没有对革命发展方向给以任何暗示，就是在后来一系列的作品（尤其是那些在内容上同《家》有关联的小说）里，也没有向正确的革命方向把他的《家》中人物和主题思想发展一步。

巴金的现实主义其所以没有达到更高的水平，首先是由于他在政治思想上没有达到一个革命的民主主义者的水平。



## 四

《家》在读者中过去发生过作用，现在还发生作用，这是事实。问题在于究竟发生的是怎样的作用?

“过去发生过作用”这句话，必须加以分析。

所谓“作用”，当然指的对新民主主义革命有利的作用。前面已经说过，《家》这部作品，就其以资产阶级的民主主义思想影响和鼓舞知识分子，使他们与封建势力决裂来说，是有其积极的作用的。因为在当时一些知识分子当中，有的不甘于封建势力的束缚，他们读了《家》这样的作品，得到启发，得到鼓舞，因而去从事反封建和反帝国主义的活动。这些活动，一般说来是很不彻底的，带着很大的妥协性，可是，应该欢迎他们这种进步，应该把他们看作革命阵营中的一员（统一战线中的一员）。在这里，我们是以新民主主义革命的利益为标准论是非好坏，是从“中国民主革命阶段上整个的国民教育和国民文化的方针”着眼看问题。但是，《家》这样的作品所起的作用，不是当时国民教育和国民文化中的重要部分，当时起决定作用的，是社会主义和共产主义思想教育。没有这种思想教育，不但不能引导中国革命到社会主义阶段上来，而且也不能指导当时的民主革命达到胜利。

革命现实里，无产阶级成分是重要的成分。只有站在无产阶级的立场上，用马克思主义的观点方法才能正确地认识这个现实，只有社会主义现实主义，才能达到反映这个现实的高度真实性。只有通过自己创造的形象向读者进行共产主义思想教育，才会在新民主主义革命过程中发生很大的启蒙作用，才算在新民主主义文化教育工作中尽了最大的责任。巴金的创作方法与社会主义现实主义不同。他的《家》在革命中所起的影响，不是社会主义和共产主义思想的影响。我们要拿社会主义教育群众，巴金却拿资产阶级的思想教育群众；我们要批评资产阶级小资产阶级知识分子的缺点，巴金却把这样的知识分子当作完美无缺的英雄来歌颂。就这一点而论，巴金的《家》所起的作用是消极的。——这消极的一面，在特定的意义下，说它是反动的也可以。

如果说，《家》这样的作品，由于它的基本思想是资产阶级的民主主义，在民主主义革命阶段还有些作用，在社会主义革命和社会主义建设阶段完全不可能起作用了，这不对。应该说，凡是在过去起了积极作用的，现在仍然可以起作用。因为，文学作品的作用之一，就是通过形象帮助读者认识社会生活。《家》既然有其一定程度的真实性，这一点真实性在过去帮助了读者认识社会生活，现在也可以起这样的作用。后来的人，正如通过《红楼梦》认识到几百年前的社会生活的某一个面一样，也可以通过《家》认识“五四”时代的社会生活的某一个面（不过，我们不能不指出《家》的真实性的不够之处来）。可是，如果把这个作用看成绝对的，由此推论说，当时有作用，现在它仍然一样地起作用。那就不对了。上面已经说过《家》起的作用，有积极的一面，有消极的一面。积极的一面在现在作用减少了。道理很简单，现在青年知识分子基本上从封建思想的束缚中解放出来了。他们之所以能够从封建思想中解放出来，首先是由于经常得到马克思主义教育。对于现在的知识分子，《家》这样的作品的现实意义减少了。

在当年，《家》这样的作品以小资产阶级的感情影响读者，向读者贯输资产阶级的思想，使读者把觉慧那样的人物当成英雄，引导读者对“五四”时期的社会生活作片面的理解。这种消极作用，在当时也是应该指出来的。现在肯定《家》这样的作品的作用，不能不注意到这一方面。因此，要发挥《家》的积极的一面，必须伴以批评。只有在正确的指导下阅读，吸取其积极的一面，批判其消极的一面，才能使这样的作品发生作用。

但是，还要进一步指出，文学作品帮助读者认识社会生活，首先是通过形象直接对读者起感染作用。读者受到作品的感染，跟着作品中的人物走，在潜移默化之间改变思想感情。忽略这一点是不对的。因此，在社会主义革命和社会主义建设期间，就青年的文艺教育而论，主要是应该拿共产主义的英雄形象去感染他们，影响他们，帮助他们成长。《家》这样的作品，是不能完成这样的任务的。

不应该脱离当前青年读者的思想教育问题来空谈"五四"以来的作品的"进步性""积极作用"等等。所以，我认为，现在的青年同志，首先要多读的，是1942年以来的社会主义现实主义作品，尤其是最近的作品，如《红日》《林海雪原》……等等。过去的作品，可以读而且应该读一些。要注意的是，一定要以批判的眼光去读。



广大的读者无批判地接受巴金的作品，是一个不健康的现象。这个现象不是盲目地全面肯定巴金作品的依据，而恰恰是批判地介绍巴金作品的必要性的依据。

（本文是张毕来同志在一个座谈会上发言的摘要）

原载1959年2月27日《读书》半月刊第4期
"巴金作品讨论"专栏

# 本刊巴金作品讨论概况和我们的几点意见

《文学知识》编辑部

《大家来讨论巴金作品》已连续了六期，由于目前的来稿中新的意见不多，所以我们准备在这期告一段落。

讨论以来，收到的稿件近千件。虽然我们发表的只能是其中极小的一部分，但也基本上反映了全部来稿的总的情况：前一阶段中，意见是比较分歧的，后一阶段则在一些问题上意见渐渐趋向于一致。

总的说来，这次讨论是有不少收获的，讨论中对不少问题的看法都有所深入，有的问题大家的意见趋于一致了；有些分歧的意见，彼此的论点也更清楚明确了。这对进一步研究巴金的作品都是有好处的。

下面概括一下讨论以来的情况，同时表示几点我们的不成熟的看法，供读者参考。

基本上取得一致的意见，大致有这些：

1. 巴金的作品，特别是《激流三部曲》，所取得的成就是不应抹煞的；巴金在新文学史上应有一定的地位。在反帝反封建的年代里，由于巴金思想中的民主主义因素的积极作用，使他的一些作品一定程度地反映了封建大家庭的崩溃，反映了封建统治者、军阀的腐朽，反映了一部分青年知识分子的苦闷和追求光明的感情。这些，显然都是应该肯定的。但同时，由于巴金当时思想的局限和问题，他在反封建上也表现了自己的不彻底，他抨击黑暗号召斗争，却不曾给青年指出正确的出路，在有些作品中，如《灭亡》、《爱情三部曲》等，还或多或少地赞扬了无政府主义的反抗道路，传播了它的思想。

2.《激流三部曲》(特别是《家》)，具有较多的现实意义，它虽然也有局限性，但却是“五四”以来反映封建大家庭生活的作品中较为优秀的一部。这，一方面是因为巴金十分熟悉封建大家庭内部的黑暗，痛恨一切摧残青年、压抑青年的旧东西，他对这一切有亲身的体验；另一方面是因为《激流三部曲》中较多地表现出巴金的民主主义思想。这两者是有机地联系着的。觉慧的出走是应该被肯定的。尽管他的前途不明确，但总比留在家里妥协好，出走了，就会有走向革命道路的可能。

3.《爱情三部曲》有较大的缺点。当巴金的笔触离开“家”的大门，让他的青年走向社会，走向革命的时候，他既无生活体验，而那种朦胧的民主主义思想又无法为他提供“理想”，于是他创造了一群自己十分热爱、同情的，却对革命没有好处的“革命者”，而他们身上又表现了错误的、无政府主义的思想倾向。《爱情三部曲》也正是在这个重大的方面产生了有害的倾向。《爱情三部曲》中的人物是一群个人主义的反抗者，他们决不会成功；他们可能反映了当时一部分青年的真实情况，但这部分青年的思想情绪显然是不健康的，他们的“革命”显然是不正确的。作者对这些都作了不应有的赞美。



4. 正因为巴金作品中具有积极的和消极的两方面的因素，所以在评论它的价值和影响时，也应该谨慎客观，用历史唯物主义的观点。大体说来，在民主主义革命时期，巴金作品在带来一些消极影响的同时，许多方面还是起了积极的作用；但是随着革命性质、社会性质的转变，作品在保持着它原有的知识意义的同时，在教育意义上、在所起影响上，消极作用却比较大了。由于巴金的有些作品写的是革命者，这些革命者又是在工人中进行工作的，并表示要站在劳动人民方面，因而很容易使一些读者把这些作品中的一些消极的因素、个人主义的因素，误认为是正确的，而这些因素，很显然是与今天的社会主义革命利益、集体主义思想、社会前进方向相对立的。不过，文学艺术并不只是赤裸裸的思想的表述，巴金作品是我们五四以来的文学遗产，它们的不同程度的反封建和其他黑暗现象的内容在今天还是有意义的，能帮助我们认识过去的生活，他们的艺术上的一定成就也是不应抹煞的。所以对今天的青年来说，只要认识到它们的思想局限，注意到它们的消极因素，也还是可以读的。

我们觉得上面这些看法是比较客观的。

在这些问题上，也还有一些读者持着很不同的看法，比起上述这样的看法来，他们就显得片面了。例如，对于《爱情三部曲》，有一部分读者认为象陈真、李佩珠等人，是舍己为人的革命者，毫无个人计较；作品指出了《激流三部曲》所未指明的青年人的出路。而有一部分读者则认为陈真等都是极端的个人主义者，个人苦闷、情欲的发泄者，他们的行动和新民主主义革命根本背道而驰。又如，有些读者认为巴金的作品宣扬的完全是无政府主义，具有反动的意义，危害革命；而有的读者则认为，巴金作品中的确存在无政府主义，可是在当时无政府主义和个人主义是新生的事物，因此，作家宣传这些是完全正确的。在谈到巴金作品的影响时，也有这种情况。有读者认为巴金作品和其他古典作品一样，总是教人向真向善向美；也有读者认为巴金作品只能给人消极影响，只能作为反面教材，过去如此，今天更甚。



评价文学作品是一件细致的工作，有些问题需要经过反复的讨论才能得到比较一致的看法，而且即使这样做了，也容许有的人抱持不同的看法。比如这次讨论中提出的两个问题：

1. 巴金作品的真实性问题。读者们对各个作品的真实性及真实的程度估计是不一致的，这里还牵涉到对作品的真实性的看法问题。

2. 虽然大家都同意巴金的作品有积极因素也有消极因素，但在程度的估计上又有所不同，有些读者认为积极因素是主要的，有些读者认为主要的是消极因素。因此，在对巴金作品的影响的估计和评价上，也存在着距离，有些读者认为，从整个说来主要是起了积极的影响，而有些读者的看法则相反。

我们认为，这两个问题都值得大家进一步考虑和研究，不要也不必要求过早的下出结论。

在这次讨论的过程中，我们感到在评价文学作品时有下面一些问题值得注意，提出来，供大家继续研究巴金作品时参考。

1. 看一部作品，应该看总的方面，总的倾向，客观地对待，而不应该抓住一枝一节，近乎索隐地对整部作品作出不恰当的评价。例如这次讨论中有些读者讨论着“觉慧出走后会怎样？”有的肯定他是革命者，有的肯定他是无政府主义者，从而作出肯定或否定《激流三部曲》的评价。事实上，这不但是脱离了作品本身的讨论，而且觉慧的出走也不是我们评价《激流三部曲》最主要的问题。看一个人物，也是这样。有不少读者在批判觉慧的个人主义时，都有这样的论点：觉慧过于相信自己的力量，夸大个人的作用，甚至不自量力地把解放整个人类的重担放在自己肩上；所持的论据都是觉慧曾说过一句话：“如果这只手变大起来，能够把旧制度象这样的毁掉，那是多么痛快的事！”这论点是不妥当的，因为联系作品来看，这句话只是表达了觉慧对旧家庭、旧制度的憎恨、反抗的情绪，以及发泄这情绪的要求，如果断章取义地看这句话，便会得出不恰当的判断。对巴金各个作品中消极因素和积极因素的估计，无政府主义思想倾向所占分量的估计，都应该从大处着眼，抓住作品的主要的方面。



2. 如何用历史唯物主义观点对待过去的文学作品？很多读者在这次讨论中出提出了这一观点，但在具体分析中却出现了两种不同的偏差。一种是强调所谓“今天无产阶级的思想观点”，而在实际的论述上则是简单地以今天的要求去要求过去的作品；另一种虽然强调“从具体情况出发”，但实际上却将自己的批评降低到巴金写作的年代作者自己的思想水平。因此对作品作出了两种不同的但都有偏差的结论，作出了都不合实际的褒贬。大家知道，历史唯物主义是以辩证唯物主义原理去研究、解释社会生活现象；在研究、解释作为一种社会生活现象的文学作品时，它也就是无产阶级的观点方法。因此，我们认为，在评价一个文学作品的思想时，站在无产阶级立场，就要求我们根据历史唯物主义的原理，从作品本身出发，从与它相联系的各种条件出发，诸如它产生当时的社会具体情况（包括生活、文化、思想等情况），它所反映的生活实际，作家当时的思想和生活的实际，它们所受到的客观限制等等，对作品作出马列主义的科学的分析。以今天对作家和作品的要求去要求过去的作家和作品，以为这就是“无产阶级的观点方法”，和只站在作家的思想局限的水平上为这种局限辩护，认为这就是“从具体情况出发”，都是不对的。这样作，既失掉了无产阶级的观点方法也失掉了历史主义，因为这本来是一个东西。所以看待巴金过去的作品就要既不忽视当时马克思主义已在我国传播，无产阶级已有了自己的政党，并且领导着革命，以认识它们的局限性；也要考虑到当时革命的性质是民主革命，同时，作家对他所要反映的生活有无力量象今天这样去写（具体到巴金，他当时并不是共产主义者，甚至还不是左联成员），从而不至于在它们的局限性之外再作过高的要求。例如要求当时的巴金和工农结合，写工农斗争等是否真实的问题，也需要这样结合地从当时的社会生活实际来看。

3. 在评价巴金的创作时，我们还应该注意这样一个情况，巴金的作品数量很多，它们的思想和艺术上的成就也是很不一致的。所以我们要全面地而又有区别地看待；另外，还应该看到巴金创作的发展。



4. 作品讨论中的偏激现象。这在我们这次讨论中还是不算少的。有些读者以今天的个别例子肯定巴金作品只能起消极影响，反对出《巴金文集》；有些读者从作品中的某些缺点得出“模糊了革命方向，散发了思想毒素”的看法；有些读者忽视了觉慧生活中比较复杂的内容，认为他的反抗、斗争“只是为了爱情罢了！”而对于觉新这个基本上站在封建统治者一方面、但对觉慧他们的斗争、对仆妇她们的痛苦又有所同情的、自己也受欺侮的复杂的人，就更是只给予批判了。我们觉得这样都是不妥当的。这里牵涉到对待民主主义革命时期的文学作品和很多文学遗产的评价问题。我们知道，批判和接受，同样都是必要的，对于那些有价值又有缺点的作品，我们对它展开批评，正是为了更好的接受它，以“取其精华、去其糟粕”。对于巴金的瑕瑜并存而以优点为主的那部分作品，我们应该象对待文学遗产一样地珍视它（这里并不存在放弃思想斗争的意思）。因此，一切粗暴的生硬的贬低和抹煞，都是不正确的，也刚好离开了马列主义的批评原则。当然，对于这次讨论中的另一种偏激现象——过分的甚至无原则的肯定，我们也是不能同意的；因为这同样地不是珍视和接受文学作品的正确方法。

上面提到的几个问题，在整个讨论中虽然只是一部分人的意见，但也值得我们大家加以重视，作为我们评价作品的一些经验。

我们十分感谢读者们的热情支持。以后如有有关上面分歧，而意见比较深刻的来稿，我们还是愿意发表的。

原载 1959 年 4 月 8 日《文学知识》第 4 期

# 《巴金和他的著作》序言

〔美国〕奥尔格·朗

几世纪来，也包括紧接着第二次世界大战以后，当中国的命运被决定时，有两个阶级在中国的生活中是极其重要的；这两个阶级就是农民和知识分子。有助于解释他们精神面貌的一切都有助于我们理解今天的中国。研究巴金的生活和创作即服务于了解中国的知识分子这一目的。

这样一种观点正逐渐被接受：文学创作，尤其是现实主义的长、短篇小说，戏剧，对研究社会历史提供了极好的途径。一个作家，一个天才的、赋有非常的观察力和直觉的人，有从他周围的人群中描写本质和典型的能力。没有其它资料能比文学作品提供更好的关于某一特定社会里普通人物和重要人物的描写，包括描写他们对待政治，社会制度和道德规范的态度，他们的生活方式和理想。

欧洲十九世纪的文学最伟大的成就——现实主义小说，其中有一组重要的作品，以每部作品都有一个青年主人公为特点。离开对这些青年人物的行为、感情、动机、愿望的分析则对这一时期欧洲社会历史的研究就不可能是完全的，这些人物是该世纪起决定作用的社会集团中最富有表达力的成员。

同样，一九二〇——九四九年的中国现代文学提供了研究处在这一极其重要年代的中国社会的丰富资料。这是一个灾难深重的时代，是战争和革命的时代，是对旧的道德和政治价值的再评价引起内部不安的时代，也是一个产生丰富思想和巨大热情的创造性时代。

即使早在一九一九年以前，青年已经开始在国家命运方面起着越来愈重要的作用，但这一支配权仍在老一代人手里。而青年力量第一次明确的显示则是在青年学生积极和成功地干预了国家政治的一九一九年。中国青年是最能表达时代要求的先驱者，他们在反对旧的生活方式——包括政治、经济、社会、道德诸方面的斗争中站在最前列。这一新时期其最重要的特点之一是家庭在社会里原有的中心地位的丧失。家庭受到了来自两方面的挑战：一方面个人提出了个人权力的要求；另一方面，忠实于社会的感情，正开始取得对忠诚于家庭的感情的优先地位，而后者恰是旧中国道德典范的重要要求。中国现代作家在他们的长、短篇小说中给青年一代以显著地位，反映了青年一代新的性格特征：这就是他们的个人主义和对国家未来的责任感。

巴金属于这一时期。一九〇四年他出生于帝制的中国，一九一一年他七岁时正值满清统治结束中华民国建立。他的青少年时代跨越了内战和革命时期，他成年的初期，他向文学家发展的时期，正与国民党统治暂时稳定的十年相一致。如同时期的许多中国知识分子一样，他曾在西方度过一段时间(一九二七——一九二八),和西方特别是和俄、法文化的联系深刻地影响了他的政治思想和文学创作。伟大的抗日战争年代，他一直住在中国。他目睹了抗战最初的胜利和日本征服中国之企图的最终失败；他也目睹了共产党人夺取政权并和许多中国知识分子一样决定与共产党人同甘苦共命运。

比其他中国现代作家更为突出的是，巴金在他整个文学生涯中一直是青年的代言人。他写青年，为青年而写，他所写的主要是青年知识分子。巴金的著作描绘了处于过渡时期的中国青年一代的群像，一批和十九世纪欧洲文学中的西方青年极其相似的人物。

在描写他年青的同时代人时，巴金刻划了各种典型，包括那些按传统方式生活的、那些拥护个人主义，对其他同胞的命运漠不关心，只为一己私利而生活的青年的典型。然而，他所集中注意的是这样一类青年，用他的话来说："开始为他们的国家肩负起责任"。几乎他所有长篇小说中的主要人物都是反叛者和革命者。

巴金是极为成功的，他是最著名的长篇小说作家，虽然他也写过短篇小说以及政治、历史、哲学论文。三、四十年代，巴金是大中学校青年学生们最喜爱的作家。他抓住时代重大问题的能力，他热诚的人道主义态度，他对于进步、对于他的理想终将胜利的坚定信念，吸引了广大的青年男女。虽然巴金基本上是一个现实主义者，但他的作品有着浓郁的浪漫主义情调，这深深震动了他的青年读者的心弦，引起他们的共鸣。他们在巴金的人物和作者本人身上认出了他们自己，作者本人实际上是他的许多长、短篇小说中的主要人物之一。他们在巴金的作品中看到了自己生活、苦难、和斗争的反映，同时在巴金的一些英雄人物身上，找到了应为之奋斗的理想和值得效法的榜样。作家给他们灌输了对普通人民的爱和为他们的国家及全人类的美好未来，为作家模糊地、理想化地构思的革命而斗争的愿望。他以甘愿为事业牺牲自己的信念鼓舞了他们。

巴金不属于这一时期任何风行的、重要的政治运动。还是一个十五岁的孩子时，他开始成为安那其主义者，他和一小群中国安那其主义者站在一道直至一个四九年的共产主义革命。他的大多数青年读者没有追随他的政治道路。这些感到自己对社会负有责任的青年，其中有些加入了国民党，但成为共产主义者的也许是多数。无论怎样，巴金确实影响了他们。在三四十年代还是学生的这些青年男女，其中许多人后来在国民党或共产党中起了显著作用。当一九四九年中国知识分子必须做出是否与共产党政府合作这一关系重大的决定时，他们已是完全成熟的人了。研究他们所喜爱的作家的生活与创作，可以帮助我们理解他们的心理状态和动机，可以对二十世纪中国的历史有所阐明。

对生活在共产主义革命前三十年的中国青年的研究按以下两条线索进行：叙述作家本人的经历；这位作家在许多方面是他那一时代的一个典型的青年知识分子，同时又是一个浪漫主义的革命者的化身。与此同时，说明巴金最有代表性的长短篇小说，巴金在其中描写了他的同时代人，他所见过或构思的那一时期的男女青年。

对巴金作品的讨论主要集中在内容而不是在形式或纯粹的艺术价值方面。后者在本书“巴金的艺术技巧”一章中作了简略的探讨。巴金的文学创作在本书中主要是作为研究中国社会和知识分子历史的资料来对待的。这一态度看来正确无误，因为巴金不仅是一个描写社会的作家，而且是一个要求改革社会的革命者。他经常强调这一点。正如他所说："有许多比艺术更重要和更长久的东西"。他也曾声明他完全沉浸在他的长短篇小说的主题中，他无暇注意到它们的形式。同样，和他作品的文学形式相比较，巴金的读者更为其题材和内含的启示所吸引。当然，作为一个天才的作家，巴金叙述他的故事也仍是活泼生动，富有艺术性的。巴金在中国读者、特别是在青年中的成功看来是这样一种现象，是其社会意义和文学意义至少是相等的这样一种现象。

给一个活着的人物写传记，存在着许多困难。许多必需的资料找不到。况且，我从来未见过巴金，而现在我和他还隔着双层的幕幔，它阻止我与他取得联系。然而我遇见过许多其他民族年青、革命的热情人物，这于我的工作极有帮助。虽然其中安那其主义者不多，但我还是从巴金的描写中找到了许多熟悉的人物。在叙述巴金的生活时，我力图观察这个浪漫主义革命者的行为和动机，如同它之为那些从表面上接受它们的青年读者一样。我认为这种方式比做一个孤立的观察者更为合适。



这个关于巴金和他所描写过的青年男女的故事终止于一九四九年，在中国历史上一个新的时期开始时，巴金生活中最重要的阶段结束了。他改变了，不再是一个叛逆者，他顺从了他所生活于其中的社会意识形态和要求。巴金笔下青年知识分子的故事似也进入末尾，他不再描写他们，他也不再写表现他巨大的文学才能并给带来最大成功的长篇小说了。虽然在当代中国，巴金的小说仍被广泛的阅读，但他只是作为"前一代作家"之一而提到。关于巴金一九四九年以后生活和创作的描述——本书的结束章，仅是这位在现代中国历史最重要时期深受喜爱的作家故事的尾声。

必须注意的是，为了读者的方便，本书在提到巴金的著作及其它中国文学著作和文学社团时我使用的是译名。我的做法不应模糊这一事实，即翻译过来的巴金著作实际上只有极少一部分。

艾晓明　译

艾仁宽　校

原载《巴金和他的著作：两次革命中的中国青年》（东亚研究丛书），美国哈佛大学出版社1967年版。译文录自1981年10月华中师范学院《研究生学报》第2期

# 巴金的艺术技巧

〔美国〕奥尔格·朗

巴金对西方文学广泛的涉猎，不仅影响着他的作品的内容，同时也影响着他的文学形式。一种新颖的西方文学样式的借鉴，对于他来说，显然是天经地义、极为自然的事情。在战争期间[1]进行的关于中国文学的民族形式的讨论中，巴金曾表示过："应该保留的倒是民族精神而不是形式。……我们的经济组织、政治组织、生活样式都改变了，思想的表现方法、写作的形式自然也应该改变。……我觉得我们在这时候正应摔掉一切过去的阴影，以一种新的力量向新的路上迈进。……内容和形式不能截然分开。"[2]完全和过去决裂，和其他现代中国作家一样，巴金是难以办到的。事实上是将中国文学传统和对西方文学的借鉴有机地融为一体，建立一种新的文学样式。

巴金多次说过，他很少注意形式，方法和技巧。通过讲叙自己怎样开始写小说，他表明了自己的态度。在巴黎，他是一个二十三岁的学生，感到了极度的悲哀和孤独，有一种要发泄自己感情的热望。那时，他已经阅读过大量的中国、外国的小说，因此，他决定以创作小说来满足自己的愿望。他从熟悉的作家那里，学到了很多东西，但是，"然而我的'学'，并不是说我写小说之前先找出一些优秀作品仔细地研究分析，看它们第一段写什么，第二段写什么，结尾又怎么写。还

[1] 本文中提到的战争均指中国1937—1945年的抗日战争。——译者注

[2] 文中所引巴金的话，尽量根据巴金的原文译出，不另注。——译者注

有写景怎样，写人物怎样，……于是做好笔记，记在心头，然后如法炮制。我并没有这样‘学’过。因为我在写小说之前连做梦也没有想到自己会成为作家。我以前不过是一个爱好文学的青年。……我读小说的时候，从来不管第一段怎样，第二段怎样，或者第一章应当写什么，第二章应当写什么。作为读者，我关心的是人物的命运。我喜欢（或厌恶）一篇作品，主要是喜欢（或厌恶）它的内容，就象我们喜欢（或厌恶）一个人，是喜欢（或厌恶）他本人，他的品质；至于他的高矮、肥瘦，以及他的服装打扮等，那就是次要又次要的事。”

象所有作家一样，巴金在创作时往往感到痛苦。但这种“创作的痛苦”的产生，并不是因为在寻找一种适合表达感情和思想的方法时遇到困难，而是巴金把自己的感情贯注在人物塑造之中。他说：“我不会为了推敲一个字花去整天整夜的功夫”，“我跟书中的人物一同受苦”。



当然，巴金的成功主要归于他的作品的内容。他的读者之所以喜爱他，是因为他们和巴金笔下的主人公同呼吸，共命运，并且发现他的作品解答了与自己息息相关的很多问题。然而，不可置否，假如巴金不是一个优秀的作家，没有在恰当的艺术形式里表现自己的能力，那么，他的作品就不可能如此感人。他的技巧远比他自己承认的要高超、精巧。他知道怎样叙述好一个故事，他从西方学来的新的文学方法，对于和现代世界密切联系的读者来说，更增加了他的作品的价值。他那质朴而强烈的感情、常常是诗一般的语言，同样也促使了他的成功。

象十九世纪俄国作家一样，巴金对人物形象的重视超过了对故事的重视，因而他的长篇小说缺乏一种“令人兴奋的情节”。但是，虽然他的长篇小说的结构往往只有一个情节，甚至非常平淡，但经常是很精采的。假如巴金象他所声明的一样，没有严格地按照事先的计划来写作，他的小说是不能达到这一点的。况且，它们充满富有戏剧性的插曲，并饱含热情地将之描写出来。从西方的观点来看，人物的行动有时显得没有必要，但是家庭生活的画面，青年组织的活动、会议、街景，以及人物之间的争论，则是被生动地表现出来，引起了读者的兴趣。

巴金是一个现实主义者，他所描写的，都是自己耳闻目睹的。他说："广泛地说，我所有的作品都是从'生活'中来的。"并坦率地承认，"按照一个原型来描写他（他的一部长篇小说的一个人物），多少比凭想象创造他要容易一些。"巴金缺少抽象思维的天赋，他的哲学论文是相当差的，他是一个真正的艺术家，在具体生动的形象里思维。"我常常把我憎恨的制度作为一个人的形象来看。"他这样说过。当他开始描写一个人物时，心中常常有一个确定的形象，他的亲戚朋友、不期而遇的人、见过一面就消逝的人，都再现在他的作品之中，并且他还将自己的一些性格也赋予他笔下的人物。青少年的回忆，是他从中获益非浅的一个源泉，这不仅表现在他的自传体的三部曲中，也几乎表现在他的所有作品中。他的人物保留了他们生活原型的很多特征。巴金的一个朋友就曾猜测一个作品中的人物是根据自己塑造的。

然而这些源自生活的印象，并不是简单的临摹，它们被再创为艺术的真实。



当论及中国现代文学中传统的因素时，雅罗斯拉夫·普实克教授（Jaroslav Prüsěk）得出一个结论：现代文学和古代文学作品中"喜爱事实，排除想象"的关系，要比同民间传统的"想象的自由驰骋"的关系密切得多。我认为，巴金应该属于把两种因素结合在一起的作家。他有将原型再创为典型的才能，基于"想象"的事实，或者说，创造性的想象，在他的作品中，具有和对生活的观察同样重要的意义。尽管巴金非常强调运用对生活的观察，但他知道："我是在写小说，我不是在拍纪录片，也不是在写历史。"

同许多作家一样，巴金也经历过"人物自己的活动"——在一些时候，他的人物独立于作家的意图，开始按照自己的生活规律活动。[1]他这样谈到《秋》里的人物："那些人物在我的小说里生活了几年，他们已经能够照他们的脾气，照他们的生活样式行动了。……是他们自己在生活，不是我在写他们。"巴金开始写《秋》时，并没有想到小姑娘淑贞会自杀，"我倒是想让她在十五岁就嫁出去，这倒是更可能办到

---

[1] 这种"人物自己活动"的一个著名例子是托尔斯泰的《安娜·卡列尼娜》里的女主人公形象的发展。见 V.A.茨达拉夫《〈安娜·卡列尼娜〉的创作过程，材料与观察》莫斯科，1957。

的事。但是我越往下写，淑贞的路越窄，写到了第三十九章（新版第四十二章）淑贞朝花园跑去，我才想到了淑贞要投井自杀，好象这是很自然的事情。”巴金不喜欢《憩园》里的一个主要人物——堕落的父亲——的生活原型。然而这个人物在小说里被描写为一个凄惨的、孤独的形象，读者可以看到他的小儿子对他的忠实。巴金说：他开始写《寒夜》时，脑子里并没有一个真实的汪文宣，只是当小说脱稿时，作者才看清了他的面貌。

的确，巴金有时有意识地让他的人物脱离他们的原型，这则是由故事本身决定的。《激流》里高觉民的原型是巴金的二哥，在《家》里，觉民还很象他的原型，而到《春》和《秋》里，巴金使这个青年人比自己的哥哥更有朝气和政治热情。巴金认为这是必要的，“在觉慧走了以后高家不能没有一个充满朝气的年轻人。否则我的小说里就只有一片灰色，或者它的结局就会象托马斯·曼的《布登勃洛克一家》的结局。”这样，巴金就真正坚持了他的艺术真实的观点。一部反映新文化运动时期的长篇小说，描写一个典型的中国知识分子的家庭，必然需要一个叛逆者。



巴金对自己喜爱的文学样式的选择，决定于他所描写的题材。他主要要描写在动乱时代的社会环境中成长起来的、他的同时代年轻人的生活，在所有的文学样式中，小说最适于达到这个目的，所以巴金选择它来实现自己最倾心的宏愿。由于他的小说试图反映新的生活道路，新的思想，巴金也就很自然地采用了新的文学样式。而在中国，巴金的时代，这种新的样式就是十九世纪的那些西方小说。

作为一个青年读者，巴金喜欢用第一人称写的短篇小说，“它们容易懂，容易记住”。青年作家的巴金与青年读者的巴金在这一点上是一致的。用第一人称写作，对一个年轻的、没有经验的作者来说，是比较容易掌握的手段。这可以使他“自己知道的就提，不知道的就避开。”❶当创作最早的反映异域生活的短篇小说时，巴金运用了这种手法。他对这种生活了解甚浅，不敢涉及到他未曾观察了解的生活。后来，当

---

❶ 巴金认为这种方法并不仅仅是作为初学者的拐杖使用，象屠格涅夫、鲁迅那样伟大的作家，尽管有丰富的人生知识，但也写了不少第一人称手法的作品。

他逐步成熟富有经验时，当描写自己祖国的生活时——这是他最熟悉的地方，他就在短篇小说中，越来越多地采用第三人称的叙述方法。然而，在创作长篇小说时，巴金一开始就采用了这种方法，大概因为在长篇小说中，他描写的是他很熟悉的中国青年革命者的生活。他只有五部长篇小说是用第一人称写的，其中三部是日记体。❶当用第一人称写作时，巴金力求坚持依照叙述者自己的观点，并且时常成功，甚至在他所选择的作为叙述者的人与他本人很不相同时也同样如此。

在很多短篇小说和一部长篇小说中，巴金采用了“结构故事”（frame ptory），这是西方文学中常用的手法，但在中国却是新颖的方法。❷巴金从屠格涅夫和莫泊桑那里学到这个技巧。他认为人物在公开场合和私生活的活动中表现自己，在他们的爱情活动中，经常可以发现认识人物个性的关键。他采用倒叙手法讲叙以前发生的故事，并让人物在对话中和偶尔在内心独白时流露出自己的感情。

巴金与鲁迅不同，鲁迅认为他不需要自然景物来作背景，很少描写自然环境。而巴金则写了很多景物和气候，它们交织在人物的情绪、感情的变化之中。例如，在《雨》中，凉凉的连绵不断的雨，随着主人公的失望和痛苦出现，他和一个年轻的女革命者相爱，但这个姑娘却被一位国民党官僚夺去了。雨，灰暗的天空，常常出现在传来友人噩耗的时候，特别是当巴金倾诉自己的悲哀时。《春天里的秋天》里温柔多情的恋人的出现，是在南国的一个花园里，天气温煦晴朗，接着他们又在星光下沿着海边散步。在《激流》里，读者可以看到很多对高家住宅周围景物的精采描写：湖水、果园、竹林、松树丛，以及对荡漾在湖面上的音乐声音的描绘。这些景物画面渲染了这个住宅中的青年人的生活，他们的爱情、欢乐和痛苦，他们青春的忧郁和对生活的希冀。《月夜》里的月色，则为将要发生的杀害年轻农会领导人的事件，笼罩了一层不吉祥的气氛。

巴金常常阻止自己介入作品的叙述，按照十九世纪后期西方小说

---

❶《新生》、《春天里的秋天》、《第四病室》用日记体创作；《海底梦》和《憩园》用第一人称创作。

❷ 主要故事情节展开时，紧随着对场面的描写。在这个场面里，主要故事被告诉给作者，或第三者、或者一群人（譬如一群朋友）。这种描写被称为主要故事的“框架”。

所喜爱的客观的方法描写。尽管如此，他仍然时而夹入自己对人物行为的评价。特别令人不满意的是他采用中国习惯的方法，为他的作品写了很多说明和序跋。在这一点上，他超过了很多同时代的作家。在这些文章中，他解释人物的感情和行动，阐述自己的文学主张，并且说明作品创作的意图。他还写了一些论述自己作品的长文。

托尔斯泰说过："不管一个艺术家怎样描写……我们只能看到和感觉到一个艺术家自己的灵魂。"假如托尔斯泰的话是对的，那么巴金的读者是会感到满足的。这个青年人浪漫的、热情的气质，在作品中反映出来，感染着他们，特别是青年读者。巴金作品中感情的力量吸引着他的读者，同时，他们之所以被吸引，还在于作者那些悲哀、凄惨的故事的基调是乐观的。我所执的这种意见，是和通常流行的一种观点相反的，即巴金是一个感伤的、忧郁的作家，就象人们经常毫不讳言地指责他是悲观主义。然而我认为这种指责是不公正的。❶诚然，巴金描写了很多悲哀事件：毁灭的生命、恐怖的死亡、处刑、自杀。难道能不写这些吗？一个现实主义的作家，他只能反映他周围的世界。转变时期的中国生活是艰难的，甚至是悲惨的，没有丝毫的光明。有着敏感同情心巴金，不能不感到压抑和忧悒。但是，他的悲哀并不是悲观主义。他那"从未失去信仰"的表白是真诚可信的。他向读者们展现了摆脱痛苦的道路，指出人民必须战斗。《激流》三部曲的每一部结尾，都是反抗旧时代黑暗势力的青年人获得了胜利。我们听到这样的声音："秋天总会过去的"，"春天是我们的"，既使巴金笔下的英雄的革命者悲壮的死，也不是徒然无益的，另外的人将继续他们的斗争。❷

显而易见的事实是，在巴金的小说里有许多的叛逆者的英雄形象，



---

❶ 例如，见雅罗拉夫·普实克的《中国现代文学中的主观主义和个人主义》（载 Archiv Orientalni 25：2：266（1957））。同样的意见也表现在中国的一些批评中（《读书》19 期和 20 期，引自《中国消息分析》285：51959 年 7 月 17 日），巴金自己也懊悔他的"悲观主义"，称自己是悲观者，见《我摸索的路》（《中国文学》1962 年 6 月 p.98）；《谈〈新生〉》。

❷ 见《灭亡》和《电》的结尾。巴金作品的翻译者皮托夫（Potrov）也写过一篇论述巴金生活和作品的文章。他不同意中国共产党批评界关于巴金是"悲观主义"的观点。他说："巴金怀着伟大的同情心描绘这些青年革命者，他们为了自由而战斗，又高傲地抬着头为自由而死……他总是强调斗争并不会因他们的死而告结束。"

他们比在现实生活中遇见的更富英雄色彩，这证明了他的乐观主义的基调，他的对人类幸福的期望。这样，他的创作方法便非常接近于被认为是正确的“社会主义现实主义”。如同高尔基曾经论述的：“不仅把人描写成现有的模样，而且描写成将来所应有和必然会有的模样。”从《第四病室》和《寒夜》里，倒是可以得出前面的结论。它们创作于战争后期和停战早期的一段时期，它们确实是悲观的，反映出巴金那时绝望的心情。特别是《寒夜》更是如此，它表明了巴金的艺术性同他的感情一样成熟了。不象他的其它作品，尤其是长篇小说，它没有塑造一直被他描写的同类青年人的形象。但是《寒夜》和《第四病室》并不是使他在青年中享有众望的作品。恰恰是他的青春的活力赢得和保持了青年读者对他的热爱，他们把他视为自己的朋友和导师，把他作为自己的一员。尽管另外还有艺术能力超过巴金的现代作家，但是青年读者觉得没有一个人能象巴金那样怀着如此的热情和真诚来描写青年。

正因为他的热情和真诚，巴金的读者原谅了他的作品中的一些缺陷。他缺乏幽默感，他的讽刺也不成功。爱“是我全性格的根底”，他曾经这样写道，虽然这个特质使他的作品具有魅力，同时也有它的不足。最突出的是他没有描写反面人物的能力。他的作品中的反面人物没有一个是令人信服的，只有《家》中的高老太爷例外，他是巴金自己的祖父的形象。描写他的成功，也许是巴金爱他的缘故，尽管他是粗暴固执的。

经常在极度兴奋的状态下写作，使巴金写得很快，但没能很好地修改。他没有屠格涅夫的简洁特点，不能有节制地运用素材，同屠格涅夫相比，巴金的素材运用太多了。他的长篇小说重复过多，细节累赘，其中一些太长——至少从西方观点来看是这样。当然，这种批评很难适于巴金的短篇小说，这些小说很多故事是简洁的，它们几乎都有一个有趣的主题，探讨了一系列的问题，描写了各种类型的人物。这里巴金没让自己局限于中国知识分子的范围，而是描写了不同国度，不同阶层的人们。

巴金作为艺术家成长的过程并不是静止的。他的第三部小说《家》，艺术性确实超过了他的头两部小说《灭亡》、《死去的太阳》。但后来的一些作品，包括《爱情三部曲》都没有达到《家》的水平，虽然巴金称《爱情三部曲》是他最喜爱的作品。战争期间和战后，是巴金获得新的创作成就的阶段。婉转、悲哀的中篇小说《憩园》同凄惨的《寒夜》一样，是他的最好的作品之一，这些小说标志着一个新的创作时期的开始。

陈思和　李辉译

原载《巴金和他的著作：两次革命中的中国青年》（东亚研究丛书）第11章，美国哈佛大学出版社1967年版

# 同时代人

〔日本〕阿部知二

我在第二次世界大战后期，即一九四三到四五年这一段时间里，大约有一年半，曾经间或地在圣约翰大学讲课，所以也就断断续续地住在上海。那时，老舍和巴金当然早已弃家而去，离开了日军占领区，大致说来是生活在重庆一带。在那前后几年里，我想巴金是在赶写那部《憩园》，老舍当时正在赶写他的大作《四世同堂》。想象其间的生活，会带上一种悲剧性的况味。虽说也不曾有我个人的写作自由，虽说他们的日子同我浪迹他邦、虚度岁月相比，也带有悲剧性，但那是为了抗战运动和文学创作而忙碌，自然是属于建设性的。当然，我当时就已经知道他们的名字和几部作品了，但是却无法知道他们卜居何处和过着怎样一种生活。

想当时，老舍和巴金就在重庆一带了。和他们不同的是，可能还有一些作家们，确乎早已在那里同中国共产党身心相联地继续战斗了。这些作家们的生活纵使再怎么满是艰苦困难，同可以视为悲剧性的巴金和老舍相比，会有一些不同。比如巴金写入《憩园》中的那种愁忧的抒情，想来在这些作家的作品中是难以插进去的。

试想那些在敌占区应日本所谓“文化工作”之请，为日本而“协力”的人们，他们后来悲惨的生与死，虽然可说也是一种悲剧，然而今天的中国人，必定不会容许给如许的人们冠上“悲剧”之类的好听的词藻。此外还有些人拒绝协力，他们静悄悄的，仿佛以一种地下的生活方式过活。在我看来，至少这些人有的是值得称之为悲剧的。我曾有机会见到过为数不多的这种人。其中的一个几乎完全保持沉默了，只是他那深沉而又严肃的表情，给我留下了深刻的印象。还有一位曾前后三次用双手掐着自己的脖子，高叫："我们要砸碎日本的枷锁!"高叫："砸碎英国的枷锁!""砸碎美国的枷锁!""砸碎俄国的枷锁!"他的脸为苦闷而失掉了神色。

其次是另外一些有组织的力量。正象前面提到的，是属于坚决为砸毁悲剧性的生活而战斗的力量。就是说，中国共产党依靠这些力量，砸毁套在中国人民头上的枷锁，完成了人民解放事业，建立了人民自己的国家。出现这样一种结果，即使对于象我这样的人来说，事态也仿佛是意想不到地揭开来。之所以这样说，是因为就在那次解放以后，给了我们一种机会，我们同住在重庆一带的作家们，同那些跟随革命军队共同战斗过的作家们，还有一些可能是在日军占领区从事地下反抗活动的作家们，能够用"解放了"一类相见欢的语言交谈了。对于没有抵制这场战祸的我们这方面说来，诚然没资格援用"解放了"这样的语言来概括自己的心情。然而，不管怎么说，总算捣毁了围墙，中日的作家们终于能够促膝交谈了。自然，我同老舍和巴金在北京、东京以及其他地方曾多次见过。记得一天晚上，在箱根和老舍一同把盏碰杯，他给我留下了深刻的印象。同巴金见面，是由于我们都在出席亚非作家会议。有一个星期，我们是天天聚首的。我感到那次聚首是很荣幸的、也是意义很大的一段往事。



聚首后互相审视一番就清楚了。我确实感到我同他们都是同时代的人。这里暂且让我来比较一下彼此的岁数吧！恕我失礼，如果从我说起，我是一九〇三年出生的，老舍是一八九八年出生的[1]，比我大五岁，是前辈，但是也可说是同时代里的前辈吧！巴金生于一九〇四年，比我小一岁。

顺便再看一下其他一些人的岁数吧！郭沫若生于一八九一年，这不应当说成同时代的人，是远比我们更早的先驱。茅盾生于一八九六年，他虽只比老舍长两岁，可是在他的年岁稍下边一点划分界线，尊

---

❶ 老舍生于 1899 年，此处原文有误。以下所写郭沫若、冰心、丁玲、曹禺等的生年均有误。——译者注

他为前辈，我觉得适当。此外，还可以举出我个人略有所知的一些人的名字：田汉生于一八九八年，夏衍生于一九〇〇年，女作家冰心生于一九〇三年，与我是同年。女作家丁玲年岁稍轻，出生于一九〇七年，我对她个人的身世几乎一无所知。如果再举出一些个人身世全无所知的名字的话，沈从文生于一九〇三年，赵树理生于一九〇六年，肖军生于一九〇七年，曹禺生于一九〇九年。

我并非经过严选只认定以上的人才是中国现代文学的代表来开列的，有关他们各自不同的立场和倾向暂且置之话外，仅仅是想到谁就写谁，在我说来，只把自己曾关心过的人名举了出来。但是我想，这些名字，除我之外，许多人也都熟悉。然而如今再说到其中得以同时代来算的人数之少，实在为之感叹。我认为正如作家辈出已成必然的趋势一样，中国近代史的洪流，也必定发源于这里。更可贵的是，他们是在我们一般人无与伦比的严峻、困难而又危险的条件下，始终一边坚持着困苦的生活，一边苦战。置身子这样的环境中，卒能坚持进行我们无法企及的创作事业，我感到十分钦佩。而且正是在这一方面，也是由于同时代的原因吧，从心情上说，总觉得有些共同的东西，同其中的许多人汇流到一起，因此又怀有一种敬爱的情感。在这样一些值得怀念的人们当中，我想起码要把老舍和巴金两位算进去。

中日作家之所以能够相互交流，大致说来，是一九五五年到一九六五年这十年期间，这是作为中国革命胜利的硕果出现的。顺便说一下，我访问中国是在一九五四年和一九六四年。但是人生的遭际变幻无常，那就是说契合只有一时之盛，旋即离散开来的事太多了。十年之后，我们的许多朋友，是侧身于有往来通言语尤且不能的境遇当中。这类情况，也许会重新好转，但究竟要到什么时候？怎样才能实现？实在难以预料。至于这遭逢成为以后十年的离散，也许还由于历史的必然律在起作用。正和当时的情况几乎谁也无从判断一样，今天的种种切切，明日的是是非非，都是不得而知的。我并不是专说些离奇渺茫的往事，今天，我们虽说从传言中知道老舍自杀了，这果真是事实呢？还是正象我们所切盼着的，定是一种谣传？我们就连这事也无从判断。在这里，我除了只能咀嚼一番刚才为他而忆起的“悲剧性”这个贴切的形容词的苦味之外，毫无办法了。巴金又是怎样一种处境？

我当然也无从知晓。假使他和谢冰心还健在的话，几时是否也有可能再次畅叙，也说不准了。我之所以这样讲，是出于我现在的心情。

在这里，如果让我回顾一下，我每碰到某种具体的场合，便常把老舍和巴金相提并论地写了起来。但这并不一定说这一册书是由他二人的作品构成的。我有时偶尔带有一种错觉："在当时当地，见面后说了起来的，那是老舍还是巴金呢？"有关他二人的事，很容易二而一地重叠。世界上，也许有人跟我的经验相同也说不定。但是由于俩人的风貌决不相似，我之所以常把两人并联地在心目中浮现出来，也还是就他们秉有的精神、资质颇为近似而言的，而且也正是这些地方，可能是使我产生强烈印象的源泉。若是把他们有关的相同点概括一下，我想可以说是由于他二人都流露出一种自由主义派头的缘故。

只是在这里，我必须预先声明一下，我既然是以自由主义的头衔作为他们的"冠冕"，就意味着自由主义是非常可贵的啦，我本人也还是自由主义者啦。决不是这个意思。自由的价值是善还是恶？我个人是自由主义还是非自由主义？这类问题恐怕不应当在这里提出来。可以说明的只是在文学作品中，不论对方的立场如何，真正具有某种启迪心灵、有感染力的东西，只能来自那个作家的纯真的资质，亦即所谓"心底的声音"。至于这个"心底的声音"会给作家致福还是招祸，需要跨过这个问题。这是因为除此而外别无他途。对老舍和巴金，我就是这么想的。就《骆驼祥子》和《憩园》来说，用不着我多说什么，作品本身就充分说明他们是自由主义的，那是他们"心底的声音"。但是就《骆驼祥子》来说，作者在革命胜利后，就原作加以重新改写，把书中结尾"个人主义之末路"的词句删掉，从这种态度上说，可以说他是自由主义的（这一点恐怕无需我先说明）。再拿巴金的《憩园》来说，作者当时生活在抗战时日机不断来袭的大都市里。他自己肯定会日日夜夜经历各种各样的生活实践。在那样的环境中，能够创造出那样抒情的精神世界来，这只能极其明确地告诉人们，作者是具有怎样一种资质的人。

然而过于执着地追求两人的相似之处，将会犯大错。老舍是老舍，巴金毕竟是巴金。第一，两人之间相差六岁。我想他们生长和生活在这样一个动荡不定的中国，精神上已经刻下了某种差别的烙印。第二，有出生乡梓的差别。老舍先生走到哪里也是地道的北京人。巴金是南方的四川人。在幅员广大的中国，象风土上的那种差别是绝对不能轻视的。再说两人境遇上的差别也是很大的。老舍尽管出身于较好的门楣，但他幼年丧父，是生活在北京贫穷的普通市民中间。《骆驼祥子》就是以他极为熟悉的大街小巷的市民为模特儿而创作出来的。与他相比，巴金则是旧官僚的大家庭所培养。假如没有这样的背景，象《憩园》这样的作品也许不会产生。一般说来，他们二人只在面对各自的封建环境进行激烈地反抗，胸中燃起正义的火，以及追求自由等方面，具有相似的精神。

如果再说一种情况的话，不知是由于原有的生活环境，还是由于性格秉赋所使？（多半由于这个原因）老舍比巴金悲剧气味要更浓些。他有一种怎么也摆脱不掉、简直把整个身心都陷了进去似的那种悲剧性。这一方面固然是生活本身的如实反映，而他的作品中的这种反映就比比皆是地凝聚着。还有就是解放后他对《骆驼祥子》进行过三次修改。想来这遭遇本身，就是他所独具的"命中注定的"悲剧性的象征。至于传说中关于他的死，我决不想说什么。现在，我只有想起当时，我同老舍在箱根把杯对酌的情景，他那聪慧练达而又敦厚的脸上，流露出一种难以消掉的、饱经忧患、黯然神伤的神色。

* * *

虽然说起来，我常把老舍和巴金作为同时代的人，但是我的这样一种看法，也包括许多值得注意的东西。就是说，不能把我们与他们，仅就时间上互有相似之处，便简单地、无所芥蒂地随便并列起来。我们和他们的境遇，正象我们所看到的，存在着巨大的差别。我们彼此的社会历史，并不是在同一步伐上前进的。因而我们彼此之间，对于文学的一般认识，也不是在同一条坎坷路上发展的。

由于这是一个很大的主题，在这里，我想只把一两点感想到的事联系起来说明一下。正象前面所说，战争末期，我在圣约翰大学主讲《文学概论》。有一次，我要求二十来个男女学生（多数是资产阶级子女），写出自己喜欢的作家。他们的回答是：莎士比亚，歌德，雨果，狄更斯，屠洛涅夫，托尔斯泰，罗曼·罗兰，再有就是巴金（他的《家》）等人（有一个犹太籍学生还举出了萧伯纳）。

关于这些名人，对学生们的回答，要警惕不该不问情由地泛泛地作总括。但是这些（萧伯纳除外）作家们至少可以说是反映了近代市民社会上升时期的意识；或者可以说反映了旨在打破封建的那种意识。（从罗曼·罗兰出现在历史时间上来衡量的话，现在的地位是已经大大下降了，但是推想在学生们回答所问的当时，是做为刚说的那种意识来领会的。）此外，也有的学生把巴金与屠格涅夫联系起来写自已的感想。我阅读他们的答卷，终于能够感到中国近代文学是站在什么阶段上了。

于是我不能不把我所感到的中国近代文学的情况，同日本近代文学的发展路径作一番比较了。笼统地说来，当时中国的文学意识和日本明治起直至大正初年的情况，大体上可以说是差不多的。这样说时，从北村透谷，德富芦花，岛崎藤村，国木田独步，夏目漱石起，到白桦派初期，这一历史阶段的情况就浮现在我们的眼前了。然而在当时（战争末期），日本在这方面的情况到底是怎样的呢？文学处于战争的局势下，已臻于荒废净尽的境地是不言而喻的。从大正末期到昭和十年这一阶段的日本文学界说来，真是同世界的潮流隔绝了，仿佛直到昨天始知欧洲十九世纪有象征主义、虚无主义、马克思主义、艺术至上主义，以及第一次世界大战以后出现心理主义。也就是说，正如人们所指斥诟病着的，到了这个时候，日本的文学界从某种意义上说，才有机会知道日本文学已经同欧美文学处于同一时流了。（而且日本在上升为帝国主义这方面，也来在了同时的阶段。）总而言之，如果是这样看的话，虽说中日两国的文学界在一九四四和四五这两年都是站在同一的时点上，然而不能不看到文学意识方面的时差还有相当大的距离。如此说来，结合屠格涅夫的作品，从中国学生的眼里看巴金的《家》的话，也许必需把它同岛崎藤村的《家》做一番比较了。

在这里，有必要做两点说明：第一点，事情只要牵涉到艺术，出现这样的时差，就决不能简单地联系作品的优劣来评价。荷马、紫式部和莎士比亚都不落后于时代（这一点说明似乎是多余的）。当前一方面据说中国延安的“无产阶级文学”、“革命文学”意识，已经极其敏锐地向前推进了。自然已经处于远比日本更为激进的地步。毛泽东的《文艺讲话》出现于一九四二年。至于中国在自己的国内，为什么会出现那样的时差，将留在随后叙述这一有关部分时加以论述。

话归原处。我自己知道，即使说我同他们是同一时代，也必须把前面所说的那种“文学上的时差”考虑在内。而且如果更进一步去探讨日中两国近代文学的比较标准，那将是一项“非常细致”的工作。也不能忘记，那将是一桩更加复杂化的事。不用说，这是两国在传统上就有差别的。

这里，我们且拿巴金的《家》来看，这可能是四川某个大城里的一个富有家族的故事。一个巨大的宅第里，住着四代同宗，他们完全沿袭封建制度的风习过活。在这里反复出现了一幕幕凄惨的悲剧。最后，对近代有所觉醒的青年终于出现了，进行了反抗。中国当时的这样一个世道，在日本的大正中期以至昭和年代的阶段中，起码可以说是见不到的（虽说我对有关皇族或战前的大贵族并不了解）。巴金关于决心脱离封建旧套、走入新时代的“前夜”的青年的描写，就是屠格涅夫笔下那样的人物。



但是这不单是历史上的时间问题使然，这一点恐怕也不必多说。那个《家》里所描写的，正是中国式的“大家族”的写照。“大家族”的枷锁不仅残酷，而且非常之大。中国文学的传统，正是在它同这种大家族制度盘根错节般的相互纠葛中产生和发展起来的。也就是说，这种情况必须看成同《红楼梦》的传统是一脉相承的。（甚至赛珍珠这位美国女作家，当她描写中国的时候，也采用了同样的手法。）同巴金的《家》相似的还有老舍的《四世同堂》。贯穿在描绘日军侵略下的北京人的生活这部大小说之中的，固属是一种沉痛而又强烈的抗日情感，但是这里犹复设置了以四代同堂的大家族为主题思想的画卷。虽说巴金的《家》于一九三三年脱稿，老舍的《四世同堂》是一九四五年完成的，但是从中国小说的本源正统上说，直到两作家的作品先后问世为止，并没有任何改变。同日本小说的传统相比，在这一点上是不同的。除了这些缘由以外，我还对前面说到的学生们的感想颇感兴趣，自此以后，便尽可能先睹为快地找到《家》的译本读起来，很有一番感慨。此外还有老舍的《四世同堂》。每当读到有关日本兵的罪恶时，就沉入一种锥心般的痛苦中，感叹不已。《四世同堂》正是以这样的构思描写中国人民反抗封建与奴役的中国式小说的最后一部（至于《红岩》也可以说有这种构思一闪即过的痕迹）。

此后形势为之一变，日本侵略者战败后投降回国了，中国得解放，革命取得了胜利。过去使中国人、包括那些处境与资质各不相同的作家陷入苦难深渊中去的一切万恶势力，都扫地以尽。人民政府肯定了许多作家在抗日运动中所做的贡献。给老舍和巴金以抗日的荣誉，人民政府对于新的文艺作家们，曾委之以重任。作家们肯定是怀着极大的喜悦接受这一委托。如果我没有记错的话，我一九五四年访问北京的时候，在一次宴会上，当我问起老舍，作为一个文学家，您承担这么繁重的行政性工作，是不是个负担呢？老舍挺起鼓鼓的胸膛说，那是非做不可的，正因为做这些工作，才能写出好作品来。他是以那样铿锵的语调，满怀信心地回答。如果问起巴金，恐怕也会有同样的答复。他们就是在这样一条线上，垒起了别后十年的业绩。



然而革命的时轮是飞快的。至少在素质上确乎近似自由主义者的同时代人看来，应当说未免太快了。就事体而论，以人类历史的一般发展做鉴证就十分清楚了。中国的革命，虽说推翻了封建体制，建立了民主主义社会；但是在这样一种革命进程中，并不把资本主义看成社会发展的必要阶段，而是要把它跨越过去，立即动手建设社会主义体制。革命的进程是为这样一种设计而规定着的。这种跨越是将时序上属于“自由主义”阶段的工作搁置下来而急进的一种面对时间的进军。在这里，情况就迥乎不同了。对于“自由、平等、博爱”这种具有根本性质的“近代社会”的精神，要大张旗鼓地进行批判。也就是说，一般地认为，所谓的近代的市民社会的文化，无非是出现在西方世界、由某一个短暂的历史时期里发展而来的。各国在引进的时候，先继承以前的文化遗产，再掺进一些本国现有的文化罢了。

但是拿老舍和巴金以及其他许多同时代的作家来说，正是被视为过时之物的，遭到“文化大革命”所彻底批判、弃却并且加以弹劾的那个“近代性”，过去曾照耀他们前进，因而矢志不移地长期追求着。在《家》这部小说里进行反抗的青年一代，男青年设法买到屠格涅夫的《前夜》，女青年谈论易卜生的《娜拉》(《玩偶之家》)，思考谢野晶子。摆脱黑暗的封建镣铐，确立自我的尊严，扩大自由的范围，是他们誓死必争的希求。正是这些东西才是他们着眼于近代的意义所在，而它的光源则来自西方。但是在中国发生的革命，却认为这样的意识不能容忍。人们要求认识和理解这股潮流。这愿望或者也有可能实现。但是“文化大革命”却更早地来到，比他们为此而努力争得的时速还要早。如果说这场“大革命”不是只批判这些作家的现在，而且还牵涉到过去的作品中的那些思想观点的话，这迹象该如何解说呢？

总之，老舍、巴金以及其他一些人的这类著作，在这样境遇下大都被封禁起来。在历史的长河中，有朝一日也许再以社会的名义，有解封的日子到来。虽然到了那个时候，再也不会见到他们当中的死者。但不知其中至今还活着的几个人，能否还有机缘见到？这种机缘或迟或早总会来的吧！原封不动地等待着解封一日的到来，对于老舍和巴金的这一类小说是正相宜的。

但是到了那个时候，日本和中国的时差，从性质上说又将彻底为之一变。从前面所谈的那种意义上说，那是指在奔赴“近代化”这条线上先后出现的时差，但是现在却不是这么回事了。日本是仍旧沿着这条线走，在既已高度发展的资本主义社会中寻找出路；中国则是跨越资本主义阶段而动的。日本作家带的手表与中国作家所带的全不是一种类型。但是我盼望以社会的名义，互相对照调整一下时间的那一天的到来，可是这一天又必须以极大的耐心来等待。

焦同仁　汪平戈译　焦同仁校

原载《现代中国文学4·老舍　巴金（〈骆驼祥子〉〈憩园〉）》，日本河出书房新社1970年版

# 巴金创作个性的形成

〔苏联〕Л·А·尼科尔斯卡娅

“我想：希望是本无所谓有，无所谓无的。这正如地上的路；其实地上本没有路，走的人多了，也便成了路。”鲁迅《故乡》❶里的这段话可以作为巴金作品的前引。他的整个文学生涯都是在尽其所能地使现实接近于希望。鲁迅曾指出，“巴金是一个有热情的有进步思想的作家，在屈指可数的好作家之列的作家。”❷



巴金那洋溢着真挚炽热的感情，充满对人的最高使命的信念的作品，是直接面对广大读者，以唤起他们对光明的热爱和对黑暗的憎恨的。他说他不愿让他的作品成为少数人的私产。❸为人民而忧虑、为疑惑所苦恼的巴金，把他的全部思想感情都倾注于笔端。他的思想在人们心中激起了反响，求援的信件象不尽的江河一样向他涌来。

“我现在连一个可以信任的人也没有。所有的人都是我的仇敌。可是自从读了你写的书，知道做人是什么一回事，而且知道世间居然有你书中那样的人物，那样的生活方式，我便不能再马虎地生活下去了。要嫁到钱家去，我还不如一死。先生，你说过做人应该奋斗，应该征服环境，现在我也愿意这样做。先生，请你告诉我，我应该怎样做，

---

❶ 《鲁迅文集》（四卷本），莫斯科国家文艺出版社 1954 年出版，第一卷第 130 页。

❷ 《鲁迅全集》（二十卷本），1948 年上海版，第六卷第 542 页。

❸ 《巴金文集》（十四卷本），1959 年北京版，第六卷第 315 页。除个别情况另加说明外，以下巴金原文均引自此版本。

怎样奋斗，怎样征服环境……。”[1]这封普通读者的信很能说明，作家提出的问题对他的同胞来说，是何等尖锐，何等现实。

巴金的作品成了众人的财富，“长期以来都拥有广大的读者，也在读者（特别是青年读者）间起过较广泛的影响；解放后，作品的发行量相当大，而在《家》、《春》、《秋》的上演以及《巴金文集》的编印出版以后，读者的范围就更扩大了。”[2]巴金的作品曾经一版而再版，五十年代报刊上对他的作品也进行了热烈的讨论。不仅国内对他的兴趣越来越大，他的作品还被译成英、德、意、日、波兰等文字，而最多的是俄文。还出版了研究他的作品的英文著作。夏志清的《中国现代小说史》有专章论述巴金，[3]1967 年美国还出版了奥尔格·朗研究巴金的专著，[4]此书很引人注目，不过其论点也并非无可争议。

除了 B·B·彼得罗夫为巴金的一些作品的俄译本（《家》、《爱情三部曲》和《巴金文集》）所撰的序言外，苏联尚无研究巴金的专门著作。本书作者主要以《巴金文集》（1958—1962）为依据，在篇幅允许的情况下，拟对巴金的作品作一个概括的论述，并不敢奢望所有论点都能坚实可靠、无懈可击。



巴金走向真理的道路并不是平坦笔直的。他很长时期一直是个“在暗夜里呼号的人”。巴金属于其世界观是在“五四”运动所产生的文学和思想的直接影响下形成的那一代作家。在当年中国和世界大事的整个过程中酿成的“五四”运动，发展成了一场反对封建思想、文化、道德、习俗、风尚和僵死的文言的斗争。

巴金（李芾甘）1904 年 11 月 25 日出生于四川省会成都一个名门望族家庭。四川物产丰富，不论对北方和南方都有重要的经济意义和政治意义。他家过着地主阶级那种醉生梦死、养尊处优的生活。他从童年起就接受了对封建道德和种种偏见的根深蒂固的信仰。后来他回忆说：“一对蜡烛，一柱香，对着那一碧无际的天空，我跟着母亲深深

---

[1] 《巴金文集》第七卷第 197—198 页。

[2] 《巴金创作评论》，北京师范大学中文系巴金创作研究小组编，1958 年北京版，第 1 页。

[3] 夏志清《中国现代小说史》（1917—1957），纽黑文，1961（原注系英文）。

[4] 奥尔格·朗《巴金及其创作》，坎布里奇，1967（原注系英文）。

地磕下头去。向着那明鉴一切的神明，我虔诚地祷告，我求他给每个人带来幸福，带来和平。……然而神似乎不曾听见我的祷告。神的宝座也许是太高了。……在狂风震撼玻璃窗的夜晚，一个年老的女仆陪伴我，给我叙说鬼的故事。她使我相信，人死了就变为鬼。她使我相信在鬼的世界里正义统治着一切。她使我相信人间的苦乐祸福在'阴间'都有它的因果关系。到黄昏时分，鬼的世界就开始在我的眼前出现了……家里念经，超度母亲，和尚来布置了经堂，悬挂了所谓'十殿'的画像。全是些那么可怕的残酷的图画。站在这些鬼的世界跟前，我痛苦地闭上了眼睛……我的孩子的心渐渐地反抗起来。不知道有若干次，绝望的悲愤压住我，我一个人在漆黑的深夜，圆圆地睁着眼睛，大步走进花园里去。我说我要去找寻鬼，让它带我去看看鬼的世界。花园里只有黑暗和寂静……我渐渐地忘记了害怕，忘记了尊敬。于是我不再崇拜神，也不再害怕鬼了。我认识了一个东西，相信着一个东西——我自己：人。"❶



巴金少年时代就失去了双亲。母亲去世时他才十岁，三年后又死了父亲。祖父担当起了教育这位未来作家的责任。巴金的启蒙课程是由一位家庭教师教的，这也是当时一些官宦之家的习惯。1920 年，他考入四川省立外语专门学校学习英文。祖父本来希望他能在财界出人头地，这种生活虽然枯燥无味，但可无贫困之忧，可是孙子却选择了另一条道路。

1919 年学生运动的浪涛从首都滚到四川省一些最偏僻的角落，在陈旧生活的一潭死水上激起了波澜。十五岁的巴金在新思想的鼓舞下，参加了社会运动，作过几家反封建刊物的记者。他是和年轻的中国一起成长的。他如饥似渴地阅读新文学作品，尤其酷爱本世纪初洪水般涌进中国的外国文学。他那时读过的有十二月党人和赫尔岑、十九世纪六十至八十年代俄国民主革命党人、无政府主义者和民粹派、托尔斯泰学说的信徒以及俄国和其他国家社会政治思想的其他派别的代表人物的著作。❷毫无疑问，正是十九世纪俄国的社会思想促使巴金开始

❶《巴金文集》第八卷第 293—295 页。

❷《巴金文集》第十四卷第 317 页。

去探索社会问题的。

当年中国青年知识分子中最为流行的是无政府主义。直到1925—1927年大革命时，即革命的领导作用转到共产党人身上之前，无政府主义的影响还超过了社会主义。❶无政府主义者诅咒一切压迫和剥削的空谈吸引着怀有各种抱负的人。因为要争取个性自由，青年人便很容易热中于个人主义思想；因为急于消灭封建制度，他们便把过去的一切财富都视为无用的废物，号召迅速破坏一切社会秩序。

巴金酷爱克鲁泡特金。❷他在这位俄国革命家的书里读到了他想说而没法说清楚的话，❸于是他决定马上向他的同胞介绍。他翻译了克鲁泡特金的《伦理学》上卷《伦理学的起源和发展》，不久又译了下卷。这次翻译使他受益不浅。在翻译过程中他钻研了世界文化，读了柏拉图、亚里士多德、斯宾塞、康德的书，还看过《圣经》。❹作家的笔名取自"巴枯宁"和"克鲁泡特金"这一事实也说明了他对无政府主义是何等的热心。巴金十五岁上加入了中国无政府主义组织，直到四十年代中期才退出。



无政府主义是二十世纪初通过两条渠道，在北方是从日本，在南方是从法国，由中国留学生传入中国的。❺这种学说所以能够吸引巴金，是因为它主张的个性自由，符合巴金反对封建礼教践踏个性和人的尊严的那种感情。巴金在寻找对"我"，"我的幸福"，"我对社会的态度"这些问题的答案，有时他也觉得在无政府主义里能找到这些答案。中

---

❶ 这个事实在胡也频的中篇小说《光明在我们的前面》里也有反映。

❷ 克鲁泡特金著作的中文译文1901年刊登在巴黎的《新世纪》杂志上，译者为该杂志编辑李石曾，1919年又载于北京《新生活》杂志（见论文集《П·克鲁泡特金》，莫斯科—彼得格勒1922年版）。"克鲁泡特金的《互助论》在中国流传很广，连李大钊、孙中山这样的进步思想家都受过他的影响。"（A·F·克雷莫夫《1900—1917 年中国的社会思想和意识形态斗争》，莫斯科科学出版社1972年版第287页）。

❸ 《巴金文集》第十卷第120—121页。

❹ 《巴金文集》第七卷第4、6页。

❺ 参看《五四运动》（莫斯科科学出版社1971年版）一书中A·F·叶甫盖尼耶夫《马克思主义在中国传播的开始和中国最早的马克思主义者同无政府主义者的斗争》一文，A·T·克雷莫夫《1900—1917年中国的社会思想和意识形态斗争》一书。

国的无政府主义思想是与民粹主义思想合流的。[1]十九世纪七十年代俄国的民粹主义思想源自英法，因为当年那里有不少俄国侨民。其中颇负盛名的是 C·M·斯捷普尼雅克—克拉夫钦斯基这位“七十年代光辉的革命家”[2]的代表，他的活动“唤醒了新的战士，唤起了愈来愈多的群众去进行斗争”。[3]巴金在谈〈灭亡〉》一文里特别指出了斯捷普尼雅克——克拉夫钦斯基对他的影响。[4]早在二十年代他就翻译了斯捷普尼雅克——克拉夫钦斯基的《地下的俄罗斯》，[5]读过他的《安德列依·科茹霍夫》、《沙皇统治下的俄罗斯》和 B·妃格念尔的《回忆录》，还读过廖·抗夫描写俄国女革命家的剧本《前夜》。[6]

由于接触了社会思想，阅读了民粹派和无政府主义者的著作，巴金熟悉了俄国 19 世纪的作家。据巴金自己说，他们对他的创作发生了决定性的影响。巴金说过：“如果不读俄国经典作家的作品，我便不可能成为一个真正的作家。”[7]俄国经典作家中对巴金影响最大的又是屠格涅夫、列夫·托尔斯泰和契诃夫。这些作家的影响在巴金的作品里都是有迹可寻的。巴金在一封信里写道：“托尔斯泰对文学和生活的态度对我产生了不小的影响。我十九岁时第一次读了他的《战争与和平》、《复活》和几个中篇。现在我看到，作为一个浪漫主义作家，我后来的发展，在很大程度上是和这第一次读托尔斯泰的作品分不开的。那时，我在他的作品里首先看到的是通向真理的道路。我沿着这条道路拿起了笔。”[8]这位未来的作家是以他独特的眼光来看契诃夫笔下的众多人



---

❶ 大家知道，民粹主义“这一社会流派永远不能同右的自由主义和左的无政府主义划清界限。”(《列宁全集》，人民出版社 1963 年版第二十卷第 241 页)。

❷ 《列宁全集》，人民出版社 1963 年版第五卷第 337 页。

❸ 同上，第二十八卷第 149 页。

❹ 《巴金文集》第十四卷第 317 页。

❺ 《巴金文集》第十四卷第 327 页。

❻ 廖·抗夫的剧本《前夜》(中文译作《夜未央》) 1905 年用德文出版。作者不大知名，他生在克拉科夫，先后住在德国、俄国和美国。此剧几乎是他唯一的作品，1907 年在纽约上演，同年从美国传到法国，在法国连续演了几个月，甚为轰动。然后又译成俄文和英文。1908 年由旅居法国的李石曾译为中文。三十年代为巴金重译（见奥尔格·朗的上述著作第 45 页）。

❼ 《巴金文集》(两卷本)，莫斯科国家文学出版社 1959 年版，第一卷第 35 页。

❽ 引自 A·N·石夫曼《列夫·托尔斯泰与东方》(莫斯科科学出版社 1971 年版）第 107—109 页。

物的："我到处都看见契诃夫笔下的人物，他们哭着，叹息着，苦笑着，奴隶似地向人乞怜，侥幸地过着苟安的日子，慢慢地跟着他们四周的一切崩溃下去，不想救出自己，更不想救别人。他们只是闲聊着过去的美好的日子，或者畅谈将来美满的生活。我跟这样的人在同一张饭桌上吃过饭，在同一个戏园里看过戏，在同一家商店里买过东西，在同一个客厅里谈过天。"❶

巴金对俄国文学的爱好一生都不曾减退过。后来，他还搜集过托尔斯泰作品的俄文、中文、英文、法文、德文和日文版本，翻译了普希金、契诃夫的作品，赫尔岑《往事与随想》的一些章节和高尔基的短篇小说。《安娜·卡列尼娜》的中文译本也是他编辑的。关于托尔斯泰和契诃夫，他还有过专论。

不过，巴金翻译得最多的还是屠格涅夫的作品。他尊屠格涅夫和其他一些外国作家以及鲁迅为他的先生。❷巴金翻译的屠格涅夫的作品有《父与子》❸、《处女地》、《木木》、《蒲宁与巴布林》和散文诗。屠格涅夫对他的影响真可谓一目了然。比如，巴金的短篇小说《初恋》（1930）甚至连篇名都是用的屠格涅夫的。这篇小说不论是内容还是形式都和屠格涅夫的《初恋》相象，也是以朋友们的聚会和他们对初恋的回忆开始。这是一个描写中国青年唐君和法国姑娘曼丽一见钟情的恋爱故事。

…………

巴金还追随屠格涅夫为俄罗斯妇女唱过赞歌。他在许多优秀作品里怀着深情和敬意去描绘斯拉夫女性的深沉感情，这并不是偶然的。他高度评价他们的英勇无畏和坚贞不屈的精神。在这种意义上，《在门槛上》（1932）是一篇有代表性的作品，这篇小说也是与屠格涅夫的同名小说相应和的。

…………

❶ 巴金《谈契诃夫》，1955年上海版第47页。

❷ 《巴金文集》第七卷第472页。

❸ 《父与子》一书译自英文。后来巴金根据英文的四种不同译本和德文、日文、世界语译本以及1946年H·C·勃罗茨基编辑的版本和1947、1954年的版本对译文进行了反复校订。该译本系为纪念别林斯基而出版。

在很多作品里，巴金也象屠格涅夫（或鲁迅）一样，是用第一人称来叙事的，这就使他保持了感情色彩和抒情风格。巴金在同萨特的谈话中曾说到过第一人称的问题："他（萨特—尼科尔斯卡娅注）对我赞美了鲁迅先生的短篇，又转到用第一人称写小说的问题。他问我，如果写自己不大熟悉的人和事情，用第一人称写，是不是更方便些，我回答：'是'。我还说，屠格涅夫喜欢用第一人称讲故事，并不是因为他知道得少，而是因为他知道得太多，不过他认为只要讲出重要的几句话就够了。鲁迅先生也是这样，他对中国旧社会知道得多，也知道得深。❶

巴金在青年时代象许多同时代人一样，所受到的世界观和文学方面的影响，并非不留踪迹，而是在他的作品上表现了出来，成为他后期生活的一部分，而其中的一些（如十九世纪俄国古典文学作品）据巴金自己说，还起过决定的作用。



1923 年，在各种新思想的影响下，巴金离开家庭去到了上海。尔后又到了北京，1925 年报考大学，不久又回到南方，先到南京，然后又到了上海。他在中国最大的工业中心住了四年，这里有豪富和赤贫，有无情的剥削，也有光荣的革命传统。巴金目睹了年轻的共产党领导的 1925—1927 年大革命的发起。他本人也参加过集会和学生的游行，为工人说过话。他也亲眼看到大革命被扼杀，反动制度巩固了下来。在这场革命中，巴金成了反对反动制度的坚贞不渝的积极战士。大革命失败后，亲帝国主义的蒋介石集团当了权，中国笼罩着一片白色恐怖。

1927 年 1 月，巴金启程去法国。他本来是想去学经济的，但连他自己也意想不到竟成了作家。后来他以相当浪漫的笔调描写了他生平的这次转折。巴金在巴黎一所夜校补习法文的时候，住在拉丁区一个阴暗的阁楼上，常常感到难堪的孤寂。他怀着忧郁的心情看着那条清静空旷的大街，大街拐角上的咖啡店里传来低沉的小曲。他听着巴黎圣母院的阵阵钟声，不禁想提笔写作。然而清静只是假象，报纸传来了两位意大利工人萨柯和樊塞蒂在美国被处死的可怕

---

❶《巴金文集》第七卷第 471—472 页。

消息。樊塞蒂被关在监狱时，巴金曾和他通过信，还翻译过他的自传《我的生活故事》。多年之后，他还称樊塞蒂是他的一位先生，并写了文章和小说来纪念他。❶

这两个无辜的普通人坐电椅而死的消息深深激动着巴金，使他怀念着祖国，想起遥远的上海不断发生的暴行，想起他的朋友们在那里奋斗，牺牲。仇恨和痛苦，悲愤和希望，使他不倾吐在笔端便不能安宁。于是 1928 年他写下了第一个中篇小说《灭亡》，发表在中国一家进步杂志《小说月报》上。小说发表后，这位刚刚起步的作家便引起了文坛的注目。从此，为创作热情所激励的巴金，便再也无法辍笔。用他自己的话说，他把写作当做了他生活的一部分。❷

《灭亡》表现出它的作者热中无政府主义思想的明显痕迹（特别是在 C·M·斯捷普尼亚克—克拉夫钦斯基的影响下）。小说的中心人物是一个满怀着种种崇高抱负的青年。他完全接受了“一切人的满足就是我们的目的”这个无政府主义的口号，准备为世界美好的未来而奋斗。他这个恐怖主义者也是个“直接行动”论者。为实现自己的理想，杜大心准备付出任何牺牲。他经常出入豪华的私邸，同纺织工会也有联系。为了接近劳动人民，他搬到了上海贫民区杨树浦。他还竭尽全力去帮助他们。杜大心决定杀死戒严司令，因为认为他是祸根。他乔装成新闻记者来到宴会厅，在酒宴正酣时向敌人开了四枪，最后一颗子弹留给了自己。结果只有这最后一颗子弹奏了效。杜大心死了，可他的敌人半月后便痊愈了。几年之后，上海纺织工人举行了罢工，厂方被迫接受了他们的条件。罢工的领导人原来就是杜大心当年的恋人——一个曾经对工人斗争不大关心的姑娘。

作家仿佛要说明，虽然个人的恐怖手段无法决定社会的命运，但鲜血是不会白流的。难怪作者让主人公说了 K·雷列耶夫的长诗《纳里瓦依科》里的这么一句话：“我知道，灭亡等待着第一个起来反抗压制人民的暴君的人。”巴金认为这句话对任何一个革命家都是适用的。❸

---

❶《我的眼泪》、《电椅》等。

❷《巴金文集》第一卷第 3 页。

❸ 见《巴金文集》第十四卷第 319 页。

主人公的形象反映了作者对恐怖分子的看法。他认为，用斯捷普尼雅克—克拉夫钦斯基的话说，他们是“现实生活中的真实的人，也就是说不是食人生番，而是对一切暴力深恶痛绝的精神高尚的仁人”❶，是由于社会原因而被迫实行暴力的人。这些心地纯洁的人的牺牲精神，他们对自己美好理想的追求，强烈地吸引着作家，他对他们的英雄主义精神也不能不给予应有的评价。

为巴金开辟了通往文坛之路的《灭亡》虽非成熟之作，但已经表现出他以后作品所具有的特色；故事的引人入胜，通过心理描写去揭示人物性格的尝试，对个人感情和社会义务——或通称“爱情和革命”——问题的关注，而后者又在巴金后来的作品里占着重要位置。为《灭亡》第一版设计封面的画家是这样来表达小说的思想的：封面上画了一个不大的神秘的人影，头戴一顶草帽，两只手仿佛是两颗炸弹，其中的一颗远远地冒着锥形的烟。无政府主义认为，“革命是通过炸弹爆炸来完成的……或者象苏菲亚·别罗夫斯卡雅那样用炸弹和手枪，或者通过宣传教育。”❷



巴金在法国的生活，他在国外的各种感受，他同法国文化、文学和社会思想的广泛接触，在几年之后才表现出来。巴金在巴黎生活的那个环境加速了他的觉醒。他早在国内时就结识了一些日本和朝鲜的政治流亡者。在巴黎，他就生活在意大利、波兰和西班牙的流亡者中间。巴金回国后（1928 年底）立即着手写第一本短篇小说集《复仇》（1929—1931），写的都是国外生活使他与之结下不解之缘的那些人，这也不足为怪。中国文学作品中第一次出现了作者毫无成见，满怀同情地刻划的普通外国人的形象。书中站立起来的是一些遭受迫害的贫贱不移、威武不屈的人，如鞋匠的不幸的儿子（《不幸的人》）、意大利革命家（《亡命》）、被战争夺去儿子的吃一堑长一智的法国老妇人（《房东太太》）、波兰女革命家（《亚丽安娜》）、俄国囚徒——一个具有诗人气质的刚强的人（《哑了的三角琴》）等。意大利人、犹太人、波兰人、

❶《十九世纪七十年代的革命民粹派》，莫斯科—列宁格勒科学出版社 1965 年版，第二卷第 345 页。

❷ 引自 A·F·克雷莫夫《1900—1917 年中国的社会思想和意识形态斗争》第 280、287 页。

俄国人、法国人和中国人，人类统一整体中的这几个部分在受苦受难。这本小说集在习俗描写和人物刻划上的充沛感情，是伴随着人物性格的揭示而产生的；一个个有思想有苦恼的活生生的人跃然纸上。巴金和他们同悲伤，共忧患。他自己也是这苦难深重的人类中的一员。

巴金远不是立即找到了自己的道路的。一个问题长期苦苦地纠缠着他：怎样去克服理想和现实之间的无穷无尽的矛盾？对于巴金，正如对于三十年代及其以后一个时期的中国知识分子一样，马列主义仍旧是一种"百思不解"的学说。巴金虽然也读过马克思、恩格斯、列宁的著作，但他还没有接受这种思想的准备。当时法国大革命的思想照亮了反动统治的沉沉黑夜。大概巴金那时候已经接受了卢梭的热爱自由的信仰。1935 年他在《复仇》一书的前言里写道："我走到了卢骚的铜像脚下，不自觉地伸出手去抚摩冰冷的石座，就像抚摩一个亲人，然后，我抬起头仰望那个拿了书和草帽站着的巨人，那个被托尔斯泰称为'十八世纪的全世界的良心'的法国思想家。我站了好一会儿，我忘记了我的痛苦，一直到警察的沉重的脚步声使我突然明白自己活在怎样的一个世界里的时候。"❶1939 年，巴金回忆起十二年前那些充满惶惑的日子里，是他在"日内瓦的公民"的像前得到了鼓舞和安慰。❷五十年代末到六十年代初，巴金在一些文章里特别提到卢梭、伏尔泰和法国大革命的一些活动家，称他们为他的先生。收入《沉默集》（1934）里的一组历史小说给艺术家的思想求索投下了一束光辉。

短篇小说《马拉的死》里，马拉这位"人民的朋友"、王权的不共戴天之敌的形象栩栩如生，光采照人。小说的情节相当简单，它是以这位革命家生命最后时刻的一些众所周知的事实为依据的。巴金把马拉的肖像和他被谋杀时的情景描绘得非常逼真，仿佛他在大卫的画上看到了一样。"他倒下去，头垂在澡盆外面，一只手压着木板，一只手垂在澡盆旁边。两只眼睛大大地睁开，望着哥代的脸，仿佛在问：'为什么对我这样做？'他不曾发出一声叫喊，默默地让血从胸膛里流出

---

❶《巴金文集》第七卷第 2 页。

❷ 见《巴金文集》第九卷第 81 页。

来。”[1]这里每一句都充满了对这位志士的赞颂。巴金特别指出，马拉是真正的“人民的朋友”，他最后的观念属于共和国和人民。

在《丹东的悲哀》(1934)里，巴金描写了这位革命家活动的两个时期。[2]起初丹东是个坚强的人，象他周围的人称他的那样，是头“狮子”。这个刚强、威严而又深孚众望的人坚信人民是拥护他的，罗伯斯庇尔不敢动他一根毫毛。他经常出入一个贵族夫人开的赌场，厮混在朋友和年轻女人之间。后来，丹东在斗争中败北并失去了自信。三十五岁上，他已觉得失去了生命，失去了一切——家庭、爱情、朋友、自由和祖国。他失去了人民的信任，人民不再理睬他。丹东被下了狱，然后送上了断头台。通过丹东的蜕变，巴金有力地说明，因为背叛革命，他应受到什么样的惩罚。

小说《罗伯斯庇尔的秘密》(1934)塑造了法国大革命一位领袖的形象。巴金把罗伯斯庇尔描写成一个铁面无私、冷酷无情的统治者。他同时又是十八世纪法国启蒙主义者的门徒，特别是卢梭的门徒。他曾步行到爱尔麦龙微尔去谒见卢梭。这位革命家的每个行动都那么无畏而坚定。“铁面无私”的罗伯斯庇尔压抑着内心对人们的怜悯和同情。他废寝忘食地工作着，想用他个人的权威，用断头台去拯救革命，拯救法兰西。最后，他自己也死在了断头台上。巴金着力描写了罗伯斯庇尔残暴的一面，他主要突出的不是这位伟大的法国革命家的功绩，而是他的缺点，还直言不讳地称他为残忍的暴君。



在创作这些作品的过程中，巴金受到了资产阶级历史学很大的影响，中国国内发生的事件也起了一定的作用。他在潜台词里仿佛在说，甚至连伟人们也无法通过暴政来解决任何问题，不管是民族问题还是社会问题。这组小说是对举世瞩目的事件的一种独特的反应。

在散文《卢梭与罗伯斯庇尔》(1939)里，巴金又一次回顾了这两个伟人的关系。巴金满怀深情地详细描写了卢梭这个人以及罗伯斯庇尔谒见他的情形。他在某种程度上已经改变了对后者的态度，强调了

---

[1] 《巴金文集》第九卷第24—25页。

[2] 巴金翻译A·托尔斯泰的剧本《丹东之死》(《巴金文集》第十四卷第327页)，也说明了他对丹东的浓厚兴趣。

他为实现他先生的理想而作的不懈努力。

法国大革命领袖们的形象多少年后仍深深地激动着巴金，作家被那个英雄辈出的时代所深深打动，他读了许多描写那个时代的书，自由地使用了法国和德国的史料。在1939年的一篇文章《马拉、哥代和鲁克斯》里，巴金说他是马拉的崇拜者，探讨了哥代谋杀“人民的朋友”马拉的原因。他解释说这是代表被推翻阶级的女贵族的宗教狂热病的一种表现。直到1947年，罗伯斯庇尔、特别是马拉的形象还在吸引着巴金。他在《静夜的悲剧》一文里又讲到了马拉荒唐地死于自认为是完成“历史使命”的“没落贵族的女儿”之手。作家写道：“我又在读关于马拉的书。我永远忘不了这个人。每当我无法排遣寂寞，或者闷得快透不过气的时候，我常常求助于一些人的传记。马拉也是我心灵生活中的一个指导和支持。”❶

综上所述可以看出，巴金二十年代所受到的世界观方面和文学方面的影响是多么复杂。所以片面地去解释他的世界观问题是不妥当的。❷巴金走过的是一条曲折的道路，他的作品里也有一些矛盾的倾向交织着，共存着。他在各个不同的方向上去寻找自己，好象在读一堆“破书”，❸但这“破书”里却有自己的逻辑，比如恐怖分子（用斯捷普尼亚克——克拉夫钦斯基的话说，实际上就是“欧洲把他们置于金像之下的那些九三年和八九年的人”❹）使得巴金发现了法兰西。而法兰西之行，即从闭关自守的封建社会（中国当年仍是这种状况）里“逃亡”，使他在国外生活的情况下对外国文化和外国人有了一种新的看法，这又反过来加深了他对本国的人和事的认识。作为天生的语言艺术家，他只能通过文学创作去认识世界，于是作家看到的情况便和他的世界观发生了矛盾。但是，不管外国思想对他的影响多么强烈，巴金还是成了批判现实主义者——首先是他的同胞鲁迅——的文学和美学原则的坚定信徒。巴金一方面对外国文学在他的创作准备中所起的作用给予应有的估价，一方面也承认：“鲁迅先生的短篇集《呐喊》和

---

❶《巴金文集》第九卷第83页。

❷ 见《巴金创作评论》（北京1958年版）和奥尔格·朗的上述著作。

❸《巴金文集》第十四卷第303页。

❹《十九世纪七十年代的革命民粹派》，第2卷第345页。

《彷徨》以及他翻译的短篇都可以说是我的启蒙先生。”[1]巴金对鲁迅的真正了解主要是靠他的作品，他们私人交往的时间并不长。他们是在1933年《文学》杂志编辑部举行的一次宴会上认识的。正是鲁迅那旷世的天才帮助巴金形成了他的创作风格，而且他对鲁迅是时即时离的。我们可以拿鲁迅的《一件小事》和巴金的同名小说作一个比较。

鲁迅的《一件小事》写的是：一个车夫撞倒了一位老太太，亲自扶她去到了巡警分驻所。作家通过这件小事展现了重重的社会矛盾，揭示了社会上层和底层这两极间不可调和的对立。车夫的影子在作者眼里越来越高大，具有一种概括的象征意义，而描写“一件小事”的整个小说则具有一种哲理意义。小说隐藏着深刻的潜台词，包含着坚定的信念，即相信拯救现代社会的力量寓于人民之中。

巴金的《一件小事》写的也是大街上的一个场面：父亲和饥肠辘辘的孩子在人行道上卖枯萎的白菜和蔫了的西红柿，这些菜人们连看都不愿看一眼。终于有一个女主顾来讨价还价了，可是就在这时候，仿佛从地下钻出来一般来了一个警察，把菜全踢翻在地上。老汉苦苦哀求让他做完这笔生意，可那当局的代表却勃然大怒，一边踩菜，一面喊叫，说没有带他们到警察局去课他们不纳税的罚金，已经是开恩了。父子俩收拾起没被踩坏的菜走了。在海边父亲同儿子作了诀别：他打发儿子回家去，自己却永远消灭在波涛滚滚的大海里。

巴金的这篇小说有许多地方很象鲁迅的《一件小事》，其中包括主题——“小”人物和法律的确定及从非阶层的人道主义和民主主义立场出发对主题的处理。但这篇小说有许多地方又有别于鲁迅的作品。鲁迅是远远地望着主人公的，而巴金则同主人公共着忧患。巴金是把未来和成长中的一代紧紧地联系在一起的。这些区别也是巴金创作个性的一种表现。

巴金也象鲁迅一样，他笔下的人民是作为作品中独立行动的人物出现的。两位作家都对他们怀着深深的同情和关心。巴金经常主要通过佣人的形象来表现人民（如《家》、《憩园》）。有时同样的人民却表现为一群游手好闲的人（如《憩园》中饭馆顾客围着看杨梦痴因偷东

[1] 《巴金文集》第七卷第472页。

西而挨打，好象是看一幕情节离奇的戏）。巴金笔下这样的群众性场面很象鲁迅在《药》或《示众》里对麻木不仁的看热闹的人的描写。

鲁迅的《在酒楼上》和巴金的《爱的十字架》写的也是一样的主题：一个精力充沛、态度严肃的人由于社会制度给他带来的不幸而失去了生活的目的和意义。这两篇小说叙事的手法也是一致的：主人公的面貌都是通过对往事的回忆来描绘的。但不同的是，巴金对造成主人公不幸的原因——爱情和爱人的死——作了大量的描写，揭示出了人物的心理活动，鲁迅对这些原因则只用了寥寥数笔的暗示，虽然也是传神之笔。

两位作家都自由地从小说体转向散文诗中的诗体，如巴金的《废园外》和鲁迅的《秋夜》。他们对园庭的描写都含蓄地传达了国内总的气氛和时代的社会内容，同时又作到了对现实存在的园庭的准确描绘。

鲁迅的小说选用的都是习俗中常见的素材，是从普通人日常生活中（不过常常是在关键时刻）"窥探"出的场面，比如小说《明天》里，一个寡妇家的纺车沉寂了，那是连夜里都嗡嗡不息的纺车，是她和儿子靠之糊口的纺车。我们眼前出现了一场惊慌失措的母亲在生病的儿子的床前忙碌的可悲情景。鲁迅不是在描写，而且在表现，表现一个偏僻的小镇的古风：小酒店和它的主顾，"文明"的医生，"粗笨"的女人（对她来说，她那濒死的孩子就是她的全部世界）。直到孩子病死，一切都如往常一样：村庄在宁静中熟睡，只有酒店最后一个顾客酒后的小曲打破了沉寂。

巴金则相反，他常选用一些不寻常的、虽则也是现实的场合，因为在这种场合下人会显得更突出。巴金也象鲁迅一样，爱用第一人称来叙事。在小说《好人》里，他讲到一次遇到了一对奇怪的夫妻：一个漂亮然而耳聋的少妇和一个上年纪的男人。他们的亲昵关系引起了路人的注意。作者对这夫妻的遭遇很感兴趣，他碰到一个机会了解了这对夫妇的故事。年轻时，这男人遇到一个女人，她偷偷地把一个婴儿留给他，自已去跳水自杀了。他把女孩抚育成人。姑娘爱上了一个富家子弟。继父认为那青年和她不相称，因而出来干预他们的婚事。她从家中逃出后，冷僵在雪地里（此处与原小说情节略有出入——译注），她继父把她找回了家。从此她就聋了……后来她和继父结了婚。

巴金并不想在这篇小说里解决什么问题，或对这种结合作出什么评价。他似乎在说，这两个人的遭遇从头至尾你们都了解了，自己去品评吧。

这两位作家又都是刻划人物的高手。鲁迅描绘农民闰土的外貌（《故乡》），为的是使当代人不仅去思考这个人的命运，而且去思考整个农民的苦难。闰土那灰黄的脸、深深的皱纹、周围肿得通红的眼睛、极薄的棉衣、破烂的毡帽、还有那“又粗又笨而且开裂，象是松树皮”一样的手，雄辩地说明了这位劳动者的日子是多么艰难。在鲁迅之前的中国文学作品里，类似这种心理描写的和社会思想非常突出的肖像，我们还没有看见过。但是，如果把这两位作家作一个比较的话，就应当承认，鲁迅对人物的刻划偏重于社会方面，而巴金则偏重于心理方面，如长篇小说《家》里的象一具干尸似的高老太爷、枯瘦如柴的陈姨太和俊俏的鸣凤等。

除人物刻划外，巴金还有许多艺术手法是和鲁迅相同的，如大量运用对比，象电影一样跳跃的小说结构等。



小说的第一句似乎起着给全篇定调的作用。比如，鲁迅的《药》开头是这样写的：“秋天的后半夜，月亮下去了，太阳还没有出，只剩下一片乌蓝的天；除了夜游的东西，什么都睡着。”[1]作家仅用这一句话就给全篇注入了一定的情绪。

我们看到的是这样的情景：油灯点着了，屋子里弥满了青白的光，灯光照出简陋的家具，和为儿子生病而愁眉不展的茶馆主人。从他们简短的不连贯的对话，主要是从他们的手势和动作——妻子在枕头下掏了半天，掏出一包洋钱，交给丈夫，丈夫接了，抖抖地装入衣袋，又在外面按了两下——可以看出，有什么要紧的事使他们拿出了多年的积蓄。作家非常准确地绘出了这整个场面，使我们似乎看见了这两个人物，感到他们对自己的家事和不幸是那样专心，他们的世界是那样闭塞。他们的儿子患了不治之症，按中国的迷信说法，只有用被处决的壮士的血染的馒头可以医治。因此父亲便去买这个血馒头来给儿子吃。

鲁迅富于哲理地、概括地讲述了同旧中国的野蛮现象作斗争的必

---

[1] 鲁迅《呐喊》，北京1954年版，第30页。

要性，由于有一批壮士，即革命者，他们的鲜血不会白流，这旧中国就必然会化为历史的陈迹。

然后，故事没有经过什么过渡就转到了另一个时辰：茶馆里坐着许多人。这个新的场面为我们描绘了一群粗野、麻木、愚昧的人的世界，他们也相信人血馒头可以治病，还说茶馆主人走运，给儿子买到了一个大罪犯的血染的馒头，他儿子吃了也会变得健壮。这些人实在需要吃“药”，需要吃那种药性决定于革命者在上面所流的鲜血的“药”。最后一个场景已经不是秋天，而是初春时节，景物是坟岗和两座坟，一座是茶馆主人的儿子的，另一座是一个革命者的。后一座坟上不知谁放了一个红白的鲜花做的花圈，而四周还是一片枯黄，只有树上刚刚冒出新芽。这个故事具有一种象征的哲理意义：它始于辛苦麻木的茶馆主人的狭窄的小屋里的秋晨，终于春寒料峭的清晨，地点虽是在革命者的坟上，但坟上有一个鲜花做的花圈。这个场景表达了鲁迅对中国振兴的希望。



巴金在短篇小说《雨》里，好象是继承了鲁迅的主题。的确，革命者在流血，但这是疗救社会所必须的。巴金的《雨》的结构也象鲁迅的《药》一样，是台阶式的，一节一节的，各节也都象鲁迅那样同数字标出。《雨》也是从景物描写开始的：“接连地落了几天雨，天空没有丝毫的晴意。”下面几节开头也是这样：“天阴着。空气很冷。”雨，雨，雨，仿佛是叠句，形成了整个故事的伴奏。大自然在哭泣，这绵绵的阴雨本身就是故事人物生活和活动的环境的象征。

故事的中心是一个女革命党，虽然她本人并没有在小说里出场。小说主题是通过这位女革命党的亲人——恋人、表哥和母亲——的忧患来展开的。巴金把我们带到了他们之间，我们同他们一起在沉睡的城市的大街上漫步，同他们一道担心，忧虑。我们和主人公一道去到他习惯去，然而为安全起见又不能去的地方。他头脑里时时出现姑娘那纯洁质朴、光彩照人的形象，与他愁苦悲戚的心境形成了鲜明的对照。苦难是没有尽头的，只有姑娘临刑前在狱中写下的纸条的字里行间里洋溢着的无畏精神才恢复了主人公行动的决心。到这个高潮上小说便嘎然而止。

鲁迅和巴金作品里的主要人物都是知识分子，是社会上特权阶层出身的人，虽然他们对农民题材也感兴趣。然而巴金笔下的主要人物又是青年，也许因此他比鲁迅更关心爱情、婚姻、进步女性的理想等问题。

使得这两位作家相近的不仅是美学原则，而且还有激流勇进的精神，即对于人类和社会进步的信念。他们在批判现存制度的同时还在寻找正面人物。鲁迅笔下的正面人物是能够认清周围可怕的现实的某君（《狂人日记》），虽被杀害，但未被后人遗忘的革命者（《药》），人力车夫（《一件小事》）等等。巴金则把社会变革的希望同革命党联系起来，他经常地大量地描写的也正是这种人。

两位作家的作品都具有鲜明的反封建倾向，都对封建社会制度进行了无情的批判。他们都保持了同中国启蒙运动的继承关系；因为中国启蒙运动的范围异常之广，界限也不甚清楚，所以批判现实主义常常与启蒙运动混为一体。鲁迅很仰慕吴敬梓那讽刺家的天才，比如他的《孔乙己》和吴敬梓的《儒林外史》表现的都是同样的环境。不过吴敬梓塑造的是一个各种人物的画廊，而鲁迅则在一篇短小的作品里仅仅通过一个人物形象就表现了社会的整整一个阶层。为了不使故事因大量的生活琐事描写而显得冗长，他只勾划了鲁镇生活中的几个场面，使我们仿佛亲眼看到了主人公多年来常常去酒馆喝酒的情景。作者突出描写了他讲话的方式、语汇，他的外貌、行为以及酒馆的短衣主顾们对他的反应里的一些典型之处。作者不让人窥探他主人公的心灵，因为他认为更重要的是丰富的情节和事实。孔乙己失踪了，就象随着时光的流逝他那一小笔欠款从粉牌上消失了一样地消失了，而且，欠款比他本人给人留下的记忆还要长久，大家只是看到粉牌上他那笔小小的欠款时才想起他。谁也不去思考他的命运。鲁镇以后的生活也会一切如故。鲁迅扩大了个体的人存在的范围，令人去思索整个社会生活。他通过小事表现出了重要的大事，因为他对笔下人物的了解远远多于他小说中的描写。

巴金的激情促使他在感情领域里去探索，所以他很象曹雪芹。《红楼梦》的影响在《家》里尤为明显。这种继承性还表现在主题上，如以违反理性的旧礼教为基础的旧式封建家庭的悲剧，被孔孟家规断送了的年轻生命的悲剧，对封建制度的抗议（正面人物走向广阔的世界）。

《家》里的一些形象和性格和《红楼梦》里的人物非常相象。

可见，巴金和鲁迅的相近之处，是共同的创作方法（他们作品中的批判现实主义有时发展成为社会主义现实主义），对共同问题的关心和对未来的向往，从国际主义立场出发对事物的评价和对问题的解答，对民族传统的继承和对外国文化特别是俄国文化的借鉴，通过翻译对外国文学的介绍，以及一些共同的艺术手法。巴金在他的作品和回忆录里对于他的师辈，不管他们是谁，都给予了应有的评价。

作为艺术家，巴金的确找到了自己。他的鲜明的独特的风格是在个人的经验、自己的生活感受的基础上形成的，他说："我向那许多老师学到的也就是这点。……因为作家进行'创作'，不能摹仿，更不能抄袭，他必须写自己的作品。"❶

理然译

原载《巴金作品概论》第一章（文中复述故事情节的部分），莫斯科大学出版社1976年版。编者略有删节。



❶《巴金文集》第七卷第473页。

# 《巴金》结论

〔美国〕内森·K·茅

巴金的生活反映了二十世纪中国的变化。

在导致满清王朝崩溃和中华民国建立这一过渡时期出生的巴金，二十世纪一十年代和二十年代的社会动乱——学生运动、新文化的冲击及有关运动，不断增强的外国侵略，以及在民族主义者和共产主义者之间的国内冲突都使他受到影响。他经历了长期中日战争的痛苦生活，迎来了一九四九年共产党人的胜利。他所热爱的国家其四分五裂的状态终于为统一所代之，但具有讽刺性的是，统一在一个否认个人自由的政府之下。而个人自由的权利正是他所最珍爱并在作品中致力倡导的。

他一九四九年以前写的作品，至少和他的艺术信仰是一致的。从最初起，他就由这样一个宗教使命式的观念所鼓舞，即要尽他最大的力量去帮助建立一个更美好的社会，一个更强大的中国，并一再宣布说，他不是一个艺术家，他作出的启示是比艺术更长久的东西。为此，如果需要的话，他可以毫不懊悔地舍弃艺术。他写作仅只为一个目的，那就是在他的读者中唤起对“黑暗”的憎恨和对“光明”与“真理”的热爱。

与这一信仰相一致，他在早期小说中猛烈攻击他所认为的种种社会罪恶：资本主义，外国人对中国劳动者的剥削及其他社会问题。三十年代，是他最多产的时期，这一时期他专注于一个重大主题：旧式家族制度的种种弊端与衰败。《春天里的秋天》前奏曲之后，是他最激动人心的艺术成就所在——《激流》三部曲，这是写于现代中国的一部关于旧式家庭制度的最丰富的描述。三部曲中第一部《家》，受到热烈的欢迎和广泛的称赞。在它的主题和众多人物性格方面常被人们用来和中国的古典小说《红楼梦》相比较。四十年代，他的兴趣再次回到家族制度这一主题上并写出《憩园》和《寒夜》。

中日战争期间，和那一时期许多作家一样，他在一些短篇小说和《火》三部曲中描写了爱国者的活动；在《小人小事》中，他剥下了战争华丽的外表，写了一些“小人物”的本来面目。他对中国的悲观随着长期战争的拖延而增长了，这充分地反映在他的作品《第四病室》，特别是《寒夜》中。

一九四九年共产党取得胜利后，巴金写过几个短篇小说，颂扬在中国和朝鲜的共产党员同志们，除此以外他几乎停笔了。看来他对政府采取了一种谨慎的态度，并修订了许多旧作，删去提到无政府主义的部分，改变了许多作品的结尾。但尽管如此谨慎，仍然不足以保护他不在“百花齐放”时期之后和文化革命期间受到攻击。他青年时代梦想中的中国使他迷惘了。



在他一生中，对于为国家和人民完成主笔使命，他从来未动摇过。他的作品反映了从二十年代、三十年代的乐观主义到四十年代的绝望这一伤感的旅程。毫无疑问，他的主要成就呈现于这二十多年期间他所描绘的中国的广阔画面中。这些作品也是一个艺术家个人的记录，它正确地反映了那些动乱不安的岁月。

作为有理想的作家，巴金所读的一切都于他的写作大有裨益。阅读外国文学作品，其中包括日本、英国、美国和俄国的作家的作品，帮助他形成了他的思想。具有主导性的是无政府主义和民粹主义文学，这些给他提供了他用于早期作品中的那些政治主题。此外，他的阅读还给了他关于情节和性格的某些设想。他的《雪》使人想起左拉的《萌芽》；他的《海的梦》使人想起屠格涅夫的《前夜》；他的《第四病室》使人想起契诃夫的《第六病室》。甚至不难发现他笔下的革命者（如《灭亡》中的杜大心和《电》中的明）与俄国民粹主义者之间的相似之处，或者《新生》中的李冷与屠格涅夫《处女地》中涅日达诺夫之间的肖似。

除了阅读之外，他同样从自己耳闻的一切中吸取知识养料。凡是他所听到的有益的事物都被溶汇进他的主题思想里。例如一九二八年巴金旅居法国沙多—吉里那段时期，他从一个朋友的来信中获得了充分的素材。在《灭亡》第八章，他以这位朋友浪漫的过去描写了一个自私的中国知识分子的苦恼。

很明显，他最感兴趣的是那些受苦受难的故事。他的一位朋友曾在云南某矿住过些时，亲眼看到那儿矿工们受到的非人待遇，认为那个地方是一座"人间地狱"。以后他的朋友来到上海，告诉他自己在矿上的经历。他所说的立即唤起了巴金的同情和愤慨。巴金说，这一切"逼着我拿起笔，替那般现代的奴隶喊冤。我没有实际的生活，甚至连背景也不熟悉，因此我只好凭空造一个'死城'来。"这部作品猛烈攻击了工业制度。



他的写作另一个非常重要的源泉是他所目睹和经历的生活本身。一个现实主义的和富于想象的观察者，凡是他所看到的都转化为他写作的素材。他与亚丽安娜和中国学生吴的交往是他两个短篇小说《亡命》、《亚丽安娜》的素材来源。一九三一年他到一个矿上去参观，产生了《雪》，这是对工业制度的又一份控诉书。一九二五年在"五卅"事件中的见闻鼓舞他写了关于工人罢工的小说《死去的太阳》。一九四一年重返故乡成都产生了《憩园》，一部攻击金钱会造成种种罪恶的小说。一九四四年，他在贵阳一所条件低劣的医院里住院的经历，体现在梦魇式的作品《第四病室》中。这部作品描写了战时医院里严酷无情的现实。中日战争的最后一年他凭借自己在重庆度过这段悲惨岁月的经历写成《寒夜》，严厉抨击了国民党政府。

然而他的最重要的素材来源是他自己的家庭和他的童年。对于它们的回忆为他所充分地利用。他一次又一次地采取了他童年经历的每一个片断，特别是在《激流》三部曲里。如同詹姆斯、乔伊斯、凯瑟琳·曼斯菲尔、及托马斯·渥尔夫一样，巴金也曾是一个"自我流放者"。他象《家》中的主人公觉慧所做的那样，离开他的故乡成都；他试图在法国、上海和中国其他地方找到自我。但也正象其他许多人，他发现如同他被迫出走一样，他又被迫返回。他的作品引导他返回成都，如同乔伊斯必定返回都柏林，凯瑟琳·曼斯菲尔之返回她青年时期失去的小岛，或是托马斯·渥尔夫之返回北卡罗来纳阿尔塔蒙特。成都故乡是他灵感的主要来源，他经常利用来源于那儿的素材，精心结构，提炼充实。他总是对他自己和他感到亲切熟悉的其他人物加以描绘。

他的思想不仅对他写作的选材起了支配作用，同时也深刻地影响了他作品的风格。巴金说他钦佩那些写得简洁的作家，因为他自己做不到。灵感处于“白热”状态使他产生创作冲动时，毫不奇怪，无论何时他拿起笔，这“就象拉开了水龙头”，当他把龙头关上，“水已经流了那么一大滩”。因为他已深深沉浸在他的素材中，他便不能使自己已具有完全客观的意识，他的作品总是充溢着感情，堆积着大量严格的细节；更有甚者，作家经常强使自己教导和指点读者。

他的方法——这使读者想到巴尔扎克、德莱塞和托马斯·渥尔夫——可能并非笨拙，也不象看起来那样无效。如果他的叙述方法是清楚明白的，其原因也同样是没有歧义和模糊不清的。巴金作为评论者，他自己的思维存在在作品中造成非常单纯始终一致的气氛，他的情感仿佛江河汹涌，一泻千里。他很少单独展示什么给读者，读者既受到展示也受到指教。

确实，无论是以第一人称（这是他更喜欢用的）还是以第三人称叙述故事，巴金总是一个主观的、全知的评论者。他力图指导读者的思想。他很少运用这样一些老练圆熟的技巧如含蓄、或旁敲侧击的手法，讽刺或模棱两可的花招，或是以叙述为表掩其真意。除了按年代顺序外他从不以其他方式叙述故事。即使当他广泛地采用和“意识流”密切相关的倒叙手法时，他仍然不能抑制自己不作一个无所不晓的作家。

当他写作第一部小说《灭亡》时，对于情节的概念他所知甚少，只是满腔热情。出自童年生活的回忆，他写下了这部小说的某些片段，包括轿车事件，一伙土匪抢劫穷人，突出强调了主人公的感情本质。他所做的事仅是把这一系列事件贯串起来发展为主人公的牺牲殉道。这类粗糙的情节结构在他的很多作品中都可以找到。尽管如此，读者仍可以把他作品的情节分为“命运情节”，“行动情节”或“思想情节”。事实上，他根本不注意情节结构，而仅仅是重复一个又一个事件或场面去证实或图示预先决定的主题。

他常常证实他自己与他的人物的密切关系。在谈到《家》中的人物时，他写道："书中人物都是我所爱过或所恨过的。许多场面都是我亲眼见过或亲身经历过的。""的确，我在写《家》的时候，我仿佛在跟一些人一同受苦，一同在魔爪下面挣扎。我陪着那些可爱的年轻生命欢笑，也陪着他们哀哭。"因此，他的人物，一般都是他的三方面主要态度的反映：爱、恨、同情。他爱他笔下年青的革命殉道者和爱国的游击战士；他恨腐败堕落的官僚阶级、工厂主、精神空虚的知识分子、专制家长；他同情那些最无自卫能力的弱者，如被剥夺者、亡命者、被遗弃者、穷人、青年人和一般妇女。

他的主题在他的文学形象的画廊里得到反映。这个画廊里包括冲动的革命者，政治压迫者，激进学生，空虚的知识分子，小官僚们，及普通人民。如在表现家庭这一主题的小说中，他创造了处于统治地位的长辈，谦恭顺从的青年，家的叛逆者的形象。所有的人物都是依据他所熟知的人创造的，因而其中许多形象必然是真实可信的，读者可以从生活原型中验证这些人物性格。《灭亡》中的杜大心，《激流》三部曲中的高老太爷、觉新、觉慧、淑英，《寒夜》中的汪文宣，他的母亲和妻子，这些都是以相当技巧与深刻性创造的令人难忘的人物。



这样一些人物既使巴金指出了他们性格中软弱和容易被利用的方面，也还是为巴金的读者们所熟悉和关心的。当杜大心说："我不能爱，我必须恨……我们在贫穷里生，我们在贫穷里死……"，他也是在表达他那一代许多希望对国家有所作为的青年的感情。当高老太爷孤寂地在病榻上默默流泪时，读者的同情也被这个看到一代又一代人消逝的老人所吸引了。当觉慧逃往上海，当淑英宣布"春天是我们的"，他们就用自己的行动对每一个渴望冲破家庭专制的男女显示了一条可行的道路。当《寒夜》中两个女人为汪文宣而彼此争斗，读者也沉浸在第二次世界大战创伤沉重的一个中国家庭即将面临的悲剧之中。巴金使他的读者关心这些人物。

巴金把他的读者带入幕后，深入到人物的私生活，使他们仿佛身临其境地听到或看到人物说什么或做什么，从而关心这些人物的命运。在其同时代人中，唯有他有能力拨动读者的心弦，使时代的感情要求得到满足。

他的人物体现了普遍的价值，然而他们仍然是些个别的人物。他们的失败和弱点得到了读者对作家自己人性其复杂性的谅解和宽恕。是否他的所有人物都是以同等水平的技巧或深度加以塑造的这点并不重要，重要的是他创造了如此众多的令人难忘的人物。甚至即使他只创造了一个觉慧，一个觉新或者一个汪文宣，他的成就也仍是卓越的。

在巴金创作的全盛期，他被看作是青年的顾问。事实上，他写的许多作品其目的都是为了回答青年一代面临的个人问题和社会问题。从那时以来，他所深思的许多问题不再是人们关心的首要问题了。和鲁迅、茅盾、郭沫若和其他作家不同的是：巴金不再被认作导师或社会骚动的创造者。随着时间的流逝，他的作品将被看作是纯粹的艺术——也许从这个变化中它所赢得的比它丧失的更多。它的作品可能已在中国传统文学中占据了一个永久的位置。这个位置高超于人们审美兴趣变化或时代的革命之上，虽然我们不再在他的作品中寻找智慧和指导，但是不可想象会有这样一个时代，对于中国读者，一部《新生》、《家》、《第四病室》或者《寒夜》会不再列入最使他们珍爱的文学享受之中。

艾晓明译

艾仁宽校

原载《巴金》，美国特维恩出版社1978年版。译文录自1981年10月华中师范学院《研究生学报》第2期

# 中国新文学史（节录）

司马长风

## 巴金的《家》

…………

巴金自己偏爱《雾、雨、电》，但最受读者欢迎的则是激流三部曲《家》、《春》、《秋》；尤其是《家》。

关于爱情三部曲，刘西渭在《咀华集》里已有透辟的分析和批评，这里评介一下新文学史上拥有最多读者一部小说——《家》。

我最初读的巴金作品，是爱情三部曲《雾·雨·电》，给我的印象很坏。不但文字谈不上精美，所写的人物也莫名其妙，因为中国从没发生过安那其主义的革命，对那些虚无而疯狂的角色无从理解。因此，巴金自己虽然每读一遍便“泪浪滔滔”，但是在绝大多数读者则味同嚼蜡。《家》则完全不同，所写故事、人物、场景、园林的幽与美，梅花的色与香，缺乏阳光的古屋，连吐在地上的浓痰，读者不但熟悉，并且有好多东西，直到今天还附在父辈和自己的身上。

“激流”这两个字，颇能表达五四运动前后中国社会剧烈和巨大的变革，从家族本位社会向个人和国家本位社会的变革。首先是个人的觉醒，之后是个人从休戚相关、福祸与共的大家族的束缚（在悠久的年月它是中国人的安乐窝，在新时代的风暴里则成了牢笼）挣脱出来，面对国家和社会。《家》给予这一从旧到新的变革提供了典型人物和典型故事。这一大变革到今天已临末期，但是还没有完全过去，因此这部书的火焰还没有熄灭，许多读者还可以从《家》里拾取自己的哀欢。

假如我们单从题材的风土，变革的典型来肯定《家》这部小说，未免太不公道，太轻视它了。其实自新文学诞生以来，大多数的小说，都在描写上述的变革，可是为什么《家》独拥有最多读者，而且历久不衰呢？我们必须化点功夫去探求。这里先概述一下全书的梗概。……

小说一开头写风雪中那“黑洞”似的公馆，结尾写觉慧如鸟脱笼似的离家，搭上往上海的船，望着一江东去的秋水，他写道：

“这水，这可祝福的水啊，它会把他从住了十八年的家带到那未知的城市和未知的人群中间去。”

这一开头一结尾，颇有艺术匠心，在读完全书之后，使人不能立刻离开书中的世界。

《家》虽有不少缺点值得推敲，却不愧是三十年代长篇小说的名著，足以和其他诸大家并耀争辉。

《家》的主要缺点是通篇缺乏艺术锤炼。我手头的这部《家》，是一九五一年的修订本，已改去“用字不妥当的地方”及“删去一些累赘的字句”，可是若干章节读来仍感到难以下咽。总括说来这部小说，描写和叙述参半，“难以下咽”多在叙述的部分。许多对话，太急于表达思想，而失去口语的活气和韵味，读来好象听演讲。

这些缺点与当时巴金的文学观点有关。他无数次的表白：“文学是什么？我不知道，而且我始终就不曾想知道……我不曾读过一本文学的书。”又：“我不是为做作家才来写小说，是过去的生活逼着我拿起笔来。”可知他对文学的粗暴和轻蔑。这当然是一种无知的幼稚。不论你出于什么动机写小说，只要你当做文学作品出版，投进文学的世界，你就要受艺术尺度的衡量。

正因为在写《家》时（当时二十八岁），巴金还对文学这样蒙昧无知，居然写出这样一部不朽的作品，可见他天赋之高。这部小说的魅力在左列几点：

（一）作者抓住了那个变革时代的焦点，抓住在变革中旧和新的人物典型，同时用一连串的典型冲突事件，表达了变革“激流”的澎湃。《家》是激流年代的一首长歌。换个方式说，《家》的角色、情节和主题三者的配搭甚是匀称、和谐。由于整体的结构完整，遂使部分文字的生涩和粗糙显得不重要了。

（二）新文学诞生以来的小说，十部之中有九部，在写作时都怀有一个文学以外的目标，巴金也未能免俗，但是《家》是为纪念他大哥写的，他必须放下自己的“目的”，尽量接近真实。因此成为一部人情味最纯、生活味最浓的小说。

（三）巴金一九五一年在《家》的《后记》的最后一行写道：

> 我始终记住：青春是美丽的东西，而且这一直是鼓舞我的源泉。

在他一切的作品中都满溢着纯洁的青春气息。《家》尤其浓厚。这种气息反映一颗单纯的心灵，读他的小说，你毫不感到是在绞汁写出来的，是唱出来的，呻吟出来的，是自然的天吁。这不是艺术，而是天赋。如他所说：“永生在青春的原野”。



（四）巴金在一九三一年四月写的《激流》总序，短短只有一千字，具有同样意思的话重复了三次：（1）：“这里面有爱，有恨，”（2）“我有我的爱，有我的恨，”（3）“……可以看见那一股由爱与恨，欢乐与受苦……”。他在其它作品中，和作品的序言或后记中，无数次的重复类似的话。读者或许误解他是一个爱恨分明的人，不，他是爱得深，恨得浅，爱得如火烧，恨得如雪融的人。换言之，他爱得认真，恨得软弱。这因为他的恨根源于爱。因此在《家》里，我们觉得可爱的人十分可爱，可恨的人只感到可悯（含有同情的怜悯）。这里使人记起“哀而不伤、怨而不怒”那两句话，《家》具有这两种恰到好处之美。

——第十九章：《中长篇小说七大家》，中卷第 40 页—第 44 页。

## 老舍·巴金

……本书曾说过，巴金对文学的态度颇为幼稚和不逊。在他的散文中也表现出来。他在《长堤之夜》的一篇散文中说：

“让那些咒骂都市、咒骂机器、咒骂物质文明的人，拿精神文明去安慰自己吧！至于我呢，我再说一次：我爱都市、我爱机器、我爱物质文明。”

他另一篇散文题目就是“机器的诗”，赞美机器，认为管理机器的工人，心里的感觉“一定是一首好诗”；又“我每次看见工人建筑房屋，就仿佛读一首好诗。”

我们完全不能想像机器和诗的密切关系，就文学的常识来说，机械和单调是文学的死敌。当然，巴金说这些话的真意，只在表达他那空谈的安那其主义。竟将自己所憧憬的政治教条当做文学和诗，这是对文学的大不敬。

巴金对文学虽有上述的幼稚和不逊，但毕竟与那些以飞掷政治匕首和投枪为本业的杂文家有很大的差距，因为他有时依从自然的文学冲动，写人生和景物，试看下列的散文题目：《海上的日出》、《海上生明月》、《香港之夜》、《鸟的天堂》、《朋友》、《神》、《雨》、《醉》、《生》等等，一望而知都是散文气味很浓的题目，可是没写出一篇好散文。这因为他不了解散文，正象他对文学缺乏了解一样，在收获期他已是成名的大作家，随便写点东西，不愁没有地方发表，因此越写越随便，越写越散！但是这个人有天赋的文学才能，当他的情趣摆进适当的创作轨道，会自然流出够水准的作品，《家》就是自然流出来的，《巴金自传》也是这样。尤其笔锋一触到他的母亲和大哥，深情佳句便泉涌而出。母亲是他最爱的人，可恨九岁母亲去世，性情温柔的大哥则是接替母亲照顾他的人，实是第二个母亲。因此母亲和大哥在巴金心里很难区别。这是研究巴金写作心理的人不可忽略之点。了解这个，才能明白为什么他的处女作《灭亡》为纪念大哥而作，然后又写了《激流三部曲》来纪念他的大哥。而《巴金自传》又是纪念母亲和大哥的，他对此真是“不厌不倦”，实是他的灵感涌流不尽的源泉。

与胡适、沈从文、庐隐三人的自传比较，巴金这部自传并不生色。虽不及《四十自述》那么严实、层次分明，也不及《沈从文自传》那么美妙和谐，但是它有独特的光采。是他在收获期所写最好的散文。文章的体裁很特别，很象老舍的小说《月牙儿》。三句一行，两句一行，每句每行都很精练、有意趣，开头那一段就很有魅力。

“这孩子本来是给你的弟妇的，因为怕她不会好好待她，所以如今送给你”

这是母亲在她的梦里听见的送子娘娘说的话。……

“第二天就把你生下来了”

母亲说着这话时，就抬起她圆圆的脸，用那爱怜横溢的眼光看我，我那时站在她身边。

“却想不到是一个这样淘气的孩子。”

这是很多中国人在童年从母亲听过的梦。这是中国的母亲、中国的母爱，独具的风格。

巴金在自传中总是满怀憧憬的描写九岁离他而去的母亲。



母亲是爱我的。虽然她有时候笑着说我是淘气的孩子，可是她从没有骂过我。她使我在温柔和平的空气里度过了我的幼年时代。

一张温和的圆圆脸，光滑的头发，常常带着微笑的嘴，淡青色湖绉滚边的大袖短袄，没有领。

这是美丽的摇篮曲，也是巴金作品的神髓。

——第二十一章：散文的泥淖与花朵，中卷第 139 页至第 141 页

…………

在老作家中，写作成就最令人鼓舞的，是初期蔑视文学的巴金。唯有他，在颠沛流离的战时生活中，一直不曾停笔，在小说成绩黯淡的抗战前半期，他完成了《秋》和《火》（三册）两部巨著，短篇小说集有《还魂草》，还翻译了屠格涅夫的《父与子》、《处女地》。一九四四年五月他与萧珊女士结了婚。婚后，写出了划阶段的三部小说：《憩园》、《第四病室》和《寒夜》。从这三部作品看出来，他的小说技巧，已臻炉火纯青，对文艺有了庄严和虔诚，同时政治尾巴也甩得干干净净，成为一

点不含糊的独立作家了。从文学史来看，没有比这更令人兴奋了。

…………

## 巴金的“人间三部曲”

巴金可以说是三部曲的专家，他写过“爱情三部曲、《激流三部曲》、《革命三部曲》；而那部巨作《火》，因书分三册，又被称为《抗战三部曲》。现在笔者忍不住杜撰，将他的《憩园》、《第四病室》、《寒夜》合称为《人间三部曲》。我这样做是为了突出三书的类同性和重要性。

本书在第十九章说过，巴金对文学的轻蔑和不逊，他一直将文学当作发泄愁苦、宣扬理念的工具，缺乏创作的虔诚，锤炼的耐心；因此局限了他的文学成就。可是从《憩园》开始，他终于肃穆的踏进了彩耀千秋的艺术之宫，用刘西渭评沈从文的话来说：“他不止是小说家，且进而为艺术家了。”

继《憩园》之后，他写了《第四病室》和《寒夜》。这三部小说都不理会当时文坛的气流，独抒怀抱；写的都是大时代的小人物，而能从小人物以见大时代，从人间的悲欢，映现族国的苦难。抛弃了五四以来一般作家那种浅俗的使命感，功利论，把文艺花草，安植于人间的泥土；同时艺术技巧也超拔群伦，呈现徐徐燃烧的纯青之火。以往我尝悲嗟，像抗战那样的大时代，竟没有留下一部史诗，现在有了巴金的《人间三部曲》，空虚之感已经减少了。要明了《人间三部曲》的鹤立鸡群，须先说战时战后文坛的气流。大概说来，自一九三七到一九四一，在国共维持合作的阶段，官方要求和两党作家的主张，都不外“文章入伍”、“题材必须与抗战有关”那套抗日八股。一九四一以后，国共磨擦日烈，中共号召各党派和知识份子，孤立打击国民党，左派作家把持的文坛则掀起“民主文艺”的浪潮，战后则又有呼应中共武装夺取政权、高喊反迫害、反内战的革命文艺。正如茅盾在回顾“文协”工作时所说：

“……无论抗战初期的抗日宣传工作，后来对国民党反动派的民主斗争，以及国民党反动派发动反人民的内战以后的反内战、反迫害、反伪宪法运动，文协都做了许多工作，一直坚持到最后，这个团体都还是为进步文艺工作者所领导的。”

《人间三部曲》诞生于一九四四年到一九四七年，正是“民主斗争”和“革命斗争”的高潮，巴金敢于视而不见，听而不闻，埋头写人间小人物的平凡小事，遂遭受了左派作家的痛烈攻击，对此巴金在《寒夜》的后记中，断然加以反击，有些话烛照史册，值得咀嚼深思。

“……我从来不是一个伟大的作家，我连做梦也不敢妄想写史诗。诚为一个‘从生活的洞口，的批评家所说，我‘不敢面对鲜血淋漓的现实’，所以我只写了一些耳闻目睹的小事，我只写了一个肺病患者的血痰，我只写了一个渺小的读书人的生与死，但是我并没有撒谎。……我没有在小说的最后照‘批评家’的吩咐加一句‘哎哟哟，黎明！’并不是害怕说了就会被人‘捉来吊死’，唯一的原因是那些被不合理的制度摧毁，被生活拖死的人断气时已经没有力量呼叫黎明了！”



这些话表明，巴金对写作有了反省和澈悟，对艺术有了崭新的认识，他不再写那些浮光掠影的思想和政治，而是抓住具体的生命，深入生活和人性，象深入地下的矿工，辛勤地发掘可燃烧、发光、发热的矿藏。

《憩园》写战时回到故乡——成都一作家，寓居友人的新置馆邸——《憩园》写作。在那里他发现《憩园》主人夫妇有内忧，新婚的女主人，受前妻留下独生子小虎的困扰，前妻娘家是巨富，他们有意无意利用小虎折磨续弦的后母。随后他又发现憩园旧主人的悲剧，他因一桩婚外爱情，被长子和爱妻逐离家庭流落破庙中，可是爱他的小儿子则与他保持神秘的往来，并且常到憩园折花安慰他父亲。

作家所写小说的情节（盲琴师与卖唱女子之恋），憩园主人的内忧，旧主人的悲剧，以及作家对女主人的关怀，这四条趣味线，交织进展，而各得到动人的归结。全书仅十二万字，竟处理得停停当当，天衣无缝。

文学批评家李广田读了《憩园》之后说：“巴金的《憩园》是一本好书，在我所读过的巴金作品中，我以为这是最好的一本。”其实，不但是巴金作品中最好的一部，而且是中国现代小说的典范之作。论谨严可与鲁迅争衡，论优美则可与沈从文竞耀，论生动不让老舍，论缱绻不下郁达夫，但是论艺术的节制和纯粹，情节与角色，趣旨和技巧的均衡和谐，以及整个作品的晶莹浑圆，从各个角度看都恰到好处，则远超过诸人，可以说，卓然独立，出类拔萃。

《第四病室》比《憩园》篇幅略长，约十五万字。题材很别致。萧红的《呼兰河传》，写一座小城；老舍的《四世同堂》写一条胡同；巴金这部小说则写战时一间医院；以一个病人的十八天日记，映现了战时大后方的众生相。谈到黑暗惨苦，俗云："十八层地狱"，而《第四病室》所写的可说是第十九层地狱。住院病人要自己买特效药、胶布、手纸；许多病人买不起特效药，在床上哀号着死去；有些病人付不出小费，工友不清理便器，以致被大小便憋得呼天抢地……可是在漆黑苦难之中，竟有温情和爱的萤火闪闪流光；那浓发大眼、柔情似海的杨木华医生，那为病人义务清理便器的饭馆伙计老许，遂成为枯冬里的春讯，地狱里的天使了。

《寒夜》在三部曲中是压轴之作，篇幅最长约近二十万字。巴金在《寒夜》里，卓绝的刻划了人性。女主人公惑于独身上司的追求，抛弃妒恨她的婆婆，懦弱贫病的丈夫，和酷似丈夫的儿子，离开了家；丈夫哀哀的恳求她，被她拒绝了。寒风吹净枝头的败叶，冬天的风雪就要降临了。可是，当她夜晚在街头上无意中撞到酩酊大醉，狂呕大吐的丈夫，立刻抢上前去，不避秽臭，把丈夫送回家，她敌不住丈夫哀怜的眼睛，又自动回到那阴暗局促、穷风炉火的窝里去了。在这里，阴寒的冬雪突然飞散，崭露了阳春的灿烂喜悦。可是，当那吐血痰的日子拖下去，婆婆的冷蔑和刻妒直透心窝，她终于又离开那个家，随着追求她的上司调到兰州去了。

当男主人公吐尽最后一口血痰死去的一天，巷里传来胜利的"号外"声。寡母笑得流下眼泪，喊道："宣，你不会死！你不会死！胜利了，就不应该再有人死了！"这是何等的大手笔！

脱除了一切俗套和公式，以清新的目光，写具体的生命，写善恶萌孽、爱恨交织、哀欢流转的人性。巴金在《寒夜》中表现了卓绝的才能，和庄严的艺术精神。

若讲抗战时代的史诗，应不限为国流血的英雄，不限于炮火漫天的前线，还有大后方，无数饥饿贫病的生命，无数忍受绝望的心灵，从这一意义来说，《人间三部曲》实也是大时代的史诗。这里没有伟大的英雄人物，也没有出众的佳人，但是却有五亿平民的眼泪和呼声，这不是英雄的史诗，而是平民的史诗，是真正的史诗。有了人间三部曲，中国的文坛，中国的青史河山，才不再那么寂寞了！

——第二十六章，长篇小说竞写潮，下卷第 73 页至第 76 页。

### 巴金的《废园外》

巴金这位作家，虽然成名甚早（一九二七），但是他的作品，则大器晚成。而抗战实是分水岭。自一九三八年以后，他的作品无论是小说和散文，创作态度日益谨严，艺术成色随之提高。战前他出版的散文集，无甚可观，可是战时战后，则写了不少第一流的作品。



战时战后这个大时代，对文学来说，固然期待大河式的长篇小说，以及讴歌国魂的史诗，但是要嗅出那个时代的生活味，更需要直接映写现实的散文。可是考察这个时期的散文，数量意外的少。反之，近乎新闻的报告文学，附庸政治的杂文则充斥文坛。在这种情势下，巴金竟完成了近十部散文作品，真令人可喜。

在这些文集中，印象较深刻的有四部，一是《旅途杂记》，写后方旅行生活的实况，是文学也是历史；二是《怀念》，纪念逝去的友人；三是《龙·虎·狗》是战时后方的生活；四是《静夜的悲剧》，写战后满目疮夷的景象；但笔者最欣赏的还是《龙·虎·狗》，它写出中国人想知道的事，及愿望感受的情。那篇《废园外》尤其佳妙。它写一座花园宅邸，在敌机轰炸后，宅园变废墟，人们在废墟中挖掘尸体，其中还有具少女的尸体。几番风雨，作者走过园外，他写道：

“从墙的缺口望见园内的景物，还是一大片欣欣向荣的绿叶。在一个角落里，一簇深红色的花盛开，旁边是一座毁了的楼房的座架子。屋瓦全震落了，但是楼前一排绿栏杆，还摇摇晃晃地悬在架子上。”接着他想到一星期前有人推开窗户眺望园景，年轻人会渴望的注视红花绿叶。

文章的后半段，特别沉着有力。

“夜色降下来，园子渐渐地隐没在黑暗里。……寂寞的感觉突然侵袭到我身上来。为什么这样静？为什么不出现一个人来听我愤慨地讲述那个少女的故事？难道我是在梦里？

“脸颊上一点冷，一滴湿。我仰头看落雨了。这不是梦。我不能长久立在大雨中。我应该回家了。那是刚刚被震坏的家，屋里到处都漏雨。”

这篇散文仅千余字，没有一句直接的控诉的话，可是从年轻生命的死亡，美丽花园的堕毁，以及绿草红花的寂寞，反映了敌机滥炸的可怖灾祸，留下一幅凄苦哀愁的战时景象。

——第二十七章：散文的圆熟与飘零，下卷第 162 页至第 163 页

原载《中国新文学史》，香港昭明出版社，中卷 1978 年 11 月版，下卷 1978 年 12 月版

# 论巴金早期的世界观

曼　生



研究巴金，总要碰到一个纠缠不清的问题，即究竟如何来评价他早期的世界观。由于巴金早期作品偏重于情感的直接倾诉，作品中的人物形象、故事情节也带有较浓厚的浪漫主义色彩，如果仅凭作品所提供的画面来进行分析，就很可能对作品的思想做出错误的解释，因此在某种程度上可以说，正确把握作家这一时期的世界观就成了正确理解这些作品的钥匙。然而，巴金早期的世界观又比较复杂，因此解放以来学术界虽多次就此问题开展热烈的争论，至今却仍是众说纷纭，得不到一个比较完满的答案。一九五七年前后，由于极左路线的干扰，大多数人的意见倾向于把巴金看成是一个无政府主义者，认为他的作品也是在狂热地鼓吹无政府主义思想，从而一笔勾销了巴金全部创作的贡献和价值。打倒“四人帮”后，人们开始发现巴金的一些代表作品具有顽强的生命力，实践的结果已经无情地粉碎了强加在巴金头上的种种诬蔑不实之词，这就要求理论界必须就此做出相应的解释。这样，巴金早期的世界观问题就又一次地吸引了学者们的注意。为了给巴金摘下无政府主义者的帽子，于是又出现了另一种偏向，即极力缩小甚至完全避讳无政府主义对巴金世界观的影响，认为巴金“基于民主主义的革命要求”，不仅和无政府主义的某些思想不“相苟同”，而且“对马列主义的态度，对共产党的态度”也是好的，经过这一块“区别一个人是革命民主主义者还是无政府主义者的试金石”检验之后，终于得出了巴金是革命民主主义者的结论。然而实际情况又不是这样，巴金早期的论文，不仅多次表现出他“对马列主义的态度，对共产党的态度”的确持有颇深的成见，而且这些文章也充分说明无政府主义对他的影响是异常巨大的，他的信仰、人生观、政治观、艺术观等各方面几乎无一不和克鲁泡特金的学说联系着，以至连巴金本人都自称是“安那其主义者”。那么经这块“试金石”一试之后，结论岂不就完全落空了吗？同时，除了事实不符之外，持有上述意见的同志在推理上也还有些不够周严。如：既然“无政府主义，在理论上，它和马克思主义是根本对立的；而在实践中，它是马克思主义及其政党的死敌”[1]，而巴金又接受了无政府主义的影响，那么他怎么会摇身一变就对马列主义、共产党友好而成为“革命民主主义者”呢？于是，这些有懈可击之处果然又引起了争论。有的同志则试图从另一方面来解决这个问题，他们或求之于巴金世界观的发展，似乎是由于巴金在中国这个具体环境中的生活实践使他逐步“从无政府主义思想影响下解放出来”并使他的作品“超出他的倾向范围”而产生了“本质上与之相矛盾的过剩题材和多余思想”；有的或求之于“无政府主义在中国特定条件下产生了反封建反专制的作用”，而巴金“用无政府主义思想作指导，去探索青年的革命道路”，于是就塑造出“象牛虻、拉赫美托夫等文学典型一样”的众多人物形象。这些同志的探讨当然都说出了部分的真理，用心也是很好的，然而一些根本矛盾仍然无法得到解决。比方说，何以解释巴金早期就在从无政府主义思想“解放出来”之前就写出了象《灭亡》《新生》《家》这样一类具有强烈的反帝反封建思想内容的作品？这些作品的思想倾向根本不是什么“形象大于思想”，因为有些就是直接来自巴金本人的政治说教；又比如，既然“无政府主义，无论在中国还是在外国，就其本质来说都是马克思主义的敌人”，那么为什么用这种“敌人”的思想去刻画人物，反而写出了牛虻、拉赫美托夫式的人，而拉赫美托夫恰恰是被无产阶级领袖所交口称赞的革命民主主义的英雄形象？

为了解决以往争论中“革命民主主义”与“无政府主义”始终调和不起来的矛盾，必须对无政府主义特别是俄国的无政府主义思想家

---

❶ 李多文：《试谈巴金的世界观与早期创作》。

做正面的研究，因为后者给予巴金以极大的影响，并搞清它和革命民主主义之间的关系，只有这样，才能正确解开巴金早期世界观及其作品的“死结”。

一

革命民主主义与无政府主义思想，在十九世纪的俄国逐步形成的过程中，是有着非常密切的内在的渊源关系的。

在我们论述这部分之前，有必要把革命民主主义的一般特征概括一下。列宁在评论车尔尼雪夫斯基时，有这样一段话：“车尔尼雪夫斯基不只是一个空想的社会主义者，他也是一个革命民主主义者。他知道怎样用革命的精神去影响他那个时代的一切政治事件，不顾检查制度的种种阻碍，来鼓吹农民革命的思想，鼓吹用群众斗争推翻一切旧势力的思想。”❶列宁在评论别林斯基时，也提到别林斯基对专制政治及农奴制的斗争有一个重大特点，即是同农民运动，同“最广大的人民群众反抗农奴制度的斗争有不可分割的联系。”❷列宁的话已大致地概括出革命民主主义者的本质特征。在我们把十九世纪俄罗斯的几位著名革命民主主义者的活动进行比较之后，我们可以做出下列的概括，这就是：强烈地憎恨农奴制度及沙皇专制政体；要求民主自由，要求个性解放；主张用革命的手段进行社会变革，并依靠人民——特别是农民的力量；有空想社会主义和民粹主义的色彩。



从它的发展过程来看，革命民主主义大体经历了这样几个阶段：十九世纪三十年代别林斯基成为革命民主主义的先驱，接着由贵族地主革命家的杰出代表“赫尔岑展开了革命鼓动”，“响应、扩大、巩固和加强了这种革命鼓动的，是平民知识分子革命家，自车尔尼雪夫斯基起，到‘民意党’的英雄为止。”❸列宁的这段话已概括了革命民主主义发生、发展的整个过程。它告诉我们，革命民主主义运动其实是

❶ 列宁：《农民“改革”和无产阶级农民革命》。

❷ 列宁：《我们究竟拒绝什么遗产》。

❸ 列宁：《纪念赫尔岑》。

一股汹涌的历史潮流，它从贵族革命时期就初步发轫，一直延续到无产阶级登上历史舞台为止；这个运动也不是整齐划一的，它内部包含着许多团体派别，它们之间也常有深刻的分歧和激烈的争论，甚至在他们的领导人之间也常常发生，就象赫尔岑、奥迦廖夫与车尔尼雪夫斯基、杜勃洛留波夫之间所曾经发生过的那样。但是这一切，并不妨碍它们仍然汇成一个统一的革命民主主义运动。到了七十年代，革命民粹派继续开展反对地主和沙皇制度的斗争，而“民意”运动则把这场政治斗争推向顶峰。

能够把民粹派及民意党人逐出革命民主主义运动吗？结论是否定的。这首先是因为“民粹派的创始人是赫尔岑和车尔尼雪夫斯基。”❶在这些杰出的代表人物的思想里，都有着明显的民粹主义的色彩，因此，民粹主义本身就是革命民主主义思想的有机组成部分。其次，革命民粹派的成员也都自称是六十年代优秀传统的继承人，他们在七十年代到八十年代初也确实对历史起过巨大的推动作用，以至马克思和恩格斯对“民意”派革命家的英雄气概及其为人民忘我牺牲的精神都曾给以崇高的评价，一八八二年，他们在《共产党宣言》俄文版序言中指出：“俄国已是欧洲革命运动的先进部队了。”



那末，俄国无政府主义者和革命民主主义运动有些什么关系呢？应该说，在早期，他们都是这一运动的积极的参加者和组织者。他们和革命民主主义运动的领袖之间虽然也有分歧，但更多的还是共同点。因此他们私人之间往往有密切的友谊，如巴枯宁与别林斯基、克鲁泡特金与赫尔岑都是很好的朋友。他们的思想互相影响、互相渗透。别林斯基就说过：“他（指巴枯宁）翻阅了黑格尔的宗教哲学和法哲学。给我们打开了新的世界……我们是以怎样的感情听到这些话的，这是非笔墨能描写的——这是一种解放。”❷赫尔岑也说过，巴枯宁对于他有一种魔力。同样地，革命民主主义的领袖人物的思想也代表了这些早期无政府主义者的共同思想，就象普列汉诺夫所说：“毫无疑问，别林斯基‘反映了’斯坦凯维奇、波特金、巴枯宁和赫尔岑，也反映了

❶ 列宁：《论民粹主义》。

❷ 别林斯基：《给尼·弗·斯坦凯维奇的信》（1839.9.29）。

他的时代的很多其它先进人物，换句话说，他无疑地反映了他和他的同时代人一起所共有的东西以及他和其中每个人所共有的东西。”❶这就说明了，俄国的无政府主义者在其早期，往往都有着革命民主主义的思想倾向。这一点是不难得到证实的，因为正如恩格斯所说：“在一八六四年……巴枯宁的那一套新的荒谬货色甚至在他自己的头脑里都还不存在”❷，可是早在一八四八年，他却已经参加了斯拉夫人的民族解放运动和布拉格及德累斯兰的武装起义；稍后的克鲁泡特金也是这样，他从青少年时代起，就阅读了大量的革命民主主义者的书籍，一直到一八七二年以后，他才在瑞士的犹拉山谷形成了“安那其主义”的思想。

以后，当民粹运动兴起时，革命民主主义者与无政府主义者又共同领导了这个运动，并成为民粹主义的两个思想来源。巴枯宁被认为是民粹派的“台柱”，克鲁泡特金则成为著名的民粹派小组“柴可夫斯基团”的组织者之一，并起草了该团体的纲领。❸



到底是什么原因使这两种在今天的人们看来是“革命”与“反动”两种性质截然相反的思想如此长时期地紧密联系在一起呢？它们之间除了那基本的共同点之外还有哪些联系呢？这就是，革命民主主义思想中的消极因素往往在无政府主义思想里得到畸形的发展。虽然作为一种思潮，无政府主义从它的“先知”施蒂纳开始几乎是与别林斯基产生于同一时期的，然而在俄国，正如前面所说，情况却有些不同，它的无政府主义思潮却是产生在革命民主主义逐渐形成了强大的历史潮流之后，因此它们不仅相互影响，而且在某些观点上还出现了一个师承的关系。比如，对俄国农民的公社所有制的看法，“这种认识由赫尔岑传给了巴枯宁，又由巴枯宁传给了特卡乔夫先生。”❹

让我们以对巴金影响最大的克鲁泡特金为例，来看一看他的思想和革命民主主义思想中的某些消极因素是怎样联系在一起的。克鲁泡

❶ 普列汉诺夫：《赫尔岑和农奴制》。

❷ 恩格斯：《致弗·阿·佐尔格》。

❸ 参阅Игенберг　B.C：《Движение ревопюционного нароцничества》

❹ 恩格斯：《流亡者文献》。

特金的思想大体是这样的："在他看来，社会主义必须是自由的。人对于人的支配应该跟着人对于人的榨取一起消灭，权力的独占也应该随着财产的独占消失。不是征服国家，而是消灭国家。中央集权的机关应该让位给自治的公社（或共同社会）之自由联合，自由合意与相互了解会代替法律的力量。在自由合作与自由创意上面展开了未来社会的全景。这就是克鲁泡特金的安那其主义的要义。"[1]这个要义的出发点就是，出自于对一切"专制"的愤恨以及对达尔文"生存竞争"说的否定，克鲁泡特金由此也否定了"国家"，因为他认为生物和人类都应"互助"，而"国家"在他的眼里却被认为是人类史上最残忍的生存竞争的形式。假如把这些意思归纳为几个要点的话，即是：一、反对"生存竞争"说，鼓吹"互助论"；二、强烈地要求民主与个性解放，反对一切"专制"的内容及其形式；三、对未来社会主义的设想是自治公社的联合。这几个方面，如果我们稍加认真地追溯一下来源，就可以发现它们皆非克鲁泡特金的独创。



首先，车尔尼雪夫斯基就对达尔文的"生存竞争有益论""采取极其激烈的否定态度"，他是赞成"互助论"的。[2]而"互助论"的创始人却是空想社会主义者欧文的信徒布雷等人。

关于"个性解放"及反对任何"专制"的观点当然首先来自于法国的资产阶级民主主义思想家，但是它们在革命民主主义者那里却变得更加激烈。赫尔岑说过："我们……最多地是宣传对任何暴力，对任何专横的仇恨。"[3]而别林斯基则把"个性解放"的观点发展到近乎极端的程度，他说："人的个性已经成了我害怕会使我发疯的地方。"[4]"个性""高于历史，高于社会，高于人类。"[5]这一类的观点在其它革命民主主义者那里还可以找到很多。

克鲁泡特金否认强制性的纪律，因为他认为凡重大的事情都应该由人们自愿去做才能完成，所以各项事业都不能用军队式的行政命令

---

❶ 鲁多尔夫·洛克尔：《面包与自由·序》。

❷ 普列汉诺夫：《尼·加·车尔尼雪夫斯基》。

❸ 《赫尔岑全集》俄文版第17卷，197页。

❹ 别林斯基：《给瓦·彼·波特金的信》。

❺ 《别林斯基全集》俄文版第6卷694页。

来经营，而必须在大家相互了解的基础上用“公共协力”的办法去完成。这个思想也是车尔尼雪夫斯基的想法。他认为：“只有人的自愿的活动才产生良好的结果，而人由于外来的强制所做的一切则产生很坏的结果。”因此“一切形式的非自愿劳动都是生产效能极低的”，必须“每个人都按自己有益于社会的信念，从事于他所致力的工作。”❶甚至克鲁泡特金对“国家”的那些荒谬的思想，我们在车尔尼雪夫斯基的著作中也都能找到这些观点的萌芽。车尔尼雪夫斯基认为，俄国只要实行农民革命，推翻专制政体，把土地归还人民，巩固和改善农村公社制，就可以寻找到理想的社会制度。一旦到那个时候，“社会上的强制性法律就会消亡，国家就会消亡”。❷应该说明的是，这种对“国家”的否定，已经成了当时俄国的一种思潮，不仅包括了赫尔岑，而且连早期的普列汉诺夫也都持这种想法。

对于未来的社会主义理想，他们之间也几乎是一脉相承的。车尔尼雪夫斯基把社会主义制度想象为协社的形式，在《怎么办》这部小说中他描绘了薇娜·巴芙洛夫娜的梦。在这些梦中，表达了作者的社会主义的理想，作者完全按照傅立叶的方式来描绘公共宿舍的景象。这种思想也同样是克鲁泡特金的想法，他说：“所有这些团体，都用自由协意的方法”，他甚至更为明确地指出：“傅立叶主义则变成安那其主义”。❸

除了上述的主要点上它们存在着相通之处外，在其它的次要点上也颇相近。比如克鲁泡特金的道德观就认为人类所有道德的行为都出于“利己”或求快乐的念头，因此根本不存在“利己”与“利他”的区别，这是因为个人的幸福总是和整个人类联系在一起的。这个观点其实就是车尔尼雪夫斯基在《怎么办》中所宣扬的“合理‘利己’主义”的再现。此外如美学观、哲学观以及对政治“冷漠”的观点、对人民群众的轻视以及对知识分子在革命过程中作用的估价等等几乎无一不相接近，就连克鲁泡特金本人也都明确宣称自己

❶ 普列汉诺夫：《尼·加·车尔尼雪夫斯基》。

❷ 涅奇金娜：《苏联史》第二卷。

❸ 克鲁泡特金：《我的自传》。

的某些观点是受到别林斯基、车尔尼雪夫斯基、杜勃洛留波夫以及皮萨列夫等人的影响。[1]

之所以会出现这种情况，其原因一方面是由于它们都处在落后的俄国现实土壤上并且又基本上同属于小资产阶级；另一方面则是因为它们都受到过黑格尔、费尔巴哈、空想社会主义者及蒲鲁东的强烈影响。也正因为它们在思想、历史条件等各方面有如此互通之处，所以它们才能汇合成为一股声势浩大的民粹主义运动。

我们把它们的某些论点进行对比，并不是想说明革命民主主义与无政府主义就是一回事情，不，我们只是想纠正过去研究中的某些混乱的地方。比如，有些同志并没有认真地搞清楚俄国的无政府主义的内容，而是人云亦云地抓起棍子就打，结果却每每打到革命民主主义者的头上；也有的仅凭一些表面的现象就把它定为无政府主义的固有特征，而实际上它们只不过是费尔巴哈或其它什么人的论点。

革命民主主义与无政府主义的根本区别在于，首先它们是两个不同的思潮。在西欧的无政府主义创始人施蒂纳、蒲鲁东那儿，并没有受到俄国革命民主主义的多少影响，他们有一套庸俗的社会学、经济学的理论，这些也是俄国无政府主义者所继承下来的。其次，俄国革命民主主义思想中那些属于消极的成分仅仅是局部的、非本质的，而在无政府主义那里则成为本质的、主流的东西，如果从认识论的角度来看，在俄国这两种思潮相互影响的过程中，无政府主义往往把革命民主主义的螺旋上升的思维运动的某些“片断”片面地变成“独立的完整的直线”，更何况有些“直线”原先就是革命民主主义者自己变成的，无政府主义在此基础上更往前推进罢了。最先发现这种关系的应该数普列汉诺夫，他说：“初看起来有点奇怪，在已经受过车尔尼雪夫斯基著作的教育和单就这点说应能养成更严密的思维习惯的知识分子中间，何以特卡乔夫的或巴枯宁的纲领还能找到信徒。但是问题——在实质说来——很简单，而且一部分可以由车尔尼雪夫斯基本人的影响来解释。”其原因就是这位俄国青年所热爱的导师的政治观点有“动摇性和含糊不清”的地方，“他们的信徒和崇拜者往往正是接受他们的

[1] 参阅克鲁泡特金：《俄国文学史》。

错误和谬误”。[1]而最为本质的区别还在于，无政府主义认为，应当消除的主要祸害不是资本，不是由于社会发展而产生的资本家和雇佣工人的阶级对立，而是国家，他们鼓吹无政府状态和自治，鼓吹消灭一切权威，并反对无产阶级专政，这就是它的思想精髓。而这一切在革命民主主义中却不曾有过，因此一些革命民主主义的领导人往往在摆脱自己的错误后最终倾向于科学社会主义，而不是象无政府主义者那样最终走到了马克思主义的对立面。

在我们进行了上面的对比和分析后，我们可以得出另一个对理解巴金早期世界观来说是至为重要的结论，这就是，俄国无政府主义思想不是一个严整的思想体系，而是各种思想的大杂烩。正如普列汉诺夫所说：“巴枯宁主义不是一个体系。这是‘拉丁国家’的各种社会主义理论和俄国农民的一些‘理想’、蒲鲁东的国民银行和乡村公社、傅立叶和斯捷潘·拉辛的混合物。”[2]恩格斯也说：“巴枯宁有一种独特的理论——蒲鲁东主义和共产主义的混合物”[3]，正因为是“混合物”，里面当然就包含着进步的、革命的、民主主义甚至是共产主义的思想部分。也正因为如此，无产阶级革命领袖对待无政府主义的代表人物的态度就完全是视其在各个历史阶段中所体现出来的主要思想倾向而定，而绝不是象国内某些政治教材中所笼统地一概斥之为“最凶恶的敌人”。他们这种因人而异、因时而异的具体分析的态度，有助于我们正确评价巴金早期的世界观。

由于明确了俄国的无政府主义思想是一个“混合物”，我们就能正确地解释巴金早年何以在接受了无政府主义思想影响后还会有那样强烈的革命民主主义精神以及何以他的思想常常复杂到自相矛盾的程度的真正原因。它要求我们无需到外部去寻找，就在这无政府主义思想的内部就可找到问题的症结。

由于明确了“混合物”的概念，我们就可以比较准确地把握巴金早期作品的思想倾向。因为巴金接受的无政府主义中是混合了各种各

---

❶ 普列汉诺夫：《尼·加·车尔尼雪夫斯基》。

❷ 普列汉诺夫：《我们的意见分歧》。

❸ 恩格斯：《致泰·库诺》。

样的思想，因此我们在评论时就应该去考察这些思想的本源，而不应该笼统地或仅仅根据某一点而一律称之为“宣扬无政府主义”。这种情况就好象是海水由多种物质混成，我们绝不应该指着其中的“氯化纳”就称它做“海水”一样，否则就是犯了一个严重的概念混乱的错误。

## 二

在《随想录》第一集里，巴金对自己早期世界观曾做过下述说明：在“五四”时期，“我那个时候是一个狂热的爱国主义者。后来我相信了无政府主义。”这段话至少说明了两个问题，一是巴金接受无政府主义的出发点是基于爱国，基于“带着青年人的热情寻找救国救民之道”，❶因此在接受这种外来思想时必然有所侧重；二是巴金承认是整个儿地接受了无政府主义，并不是象有些同志所说的“只一般地接受了无政府主义的思想影响……并不是接受了无政府主义全部政治、社会观点”，❷或是“只接受了无政府主义的政治、社会思想影响，而对它的策略思想并没有接受。”❸事实上我们应该承认，克鲁泡特金的无政府主义思想中的积极因素和消极因素在巴金身上都是同时存在着的；巴金早年对十月革命、对马克思列宁主义以及对共产党的态度也可以说就是克鲁泡特金的态度，这些在他早期的政论文集中表现得最为明显突出。

那末，巴金早期世界观有些什么特点呢？

首先，巴金早期的革命民主主义精神是从接受无政府主义思想影响的过程中形成的，而最先打开少年巴金的心灵大门的恰恰是无政府主义思想中的革命民主主义的那一部分。

人们都熟知，就在“五四”运动波及作家的家乡时，巴金适才十五岁，这时最先给予作家思想以强烈影响的是克鲁泡特金的《告少年》以及廖抗夫的剧本《夜未央》。作家后来曾多次激动地回忆起当时的心

---

❶ 一九七九年十二月二十四日巴金对笔者的谈话。

❷ 杨风：《巴金作品中的民主主义思想》。

❸ 李多文：《试谈巴金的世界观与早期创作》。

情，他说：《告少年》“全是我想说而没法说得清楚的话”，“我才开始明白什么是正义”，而《夜未央》则使“我第一次在另一个国家的青年为人民争自由谋幸福的斗争里找到了我的梦景中的英雄，找到了我的终身的事业。”[1]过去，人们往往不分青红皂白地一概把这两部作品说成是无政府主义的，原因呢，不问自明，只要看看作者的名字就行了。然而《告少年》中通篇未提反对无产阶级专政或是鼓吹消灭国家一类的话，而是充满了对私有制罪恶、对剥削阶级的愤怒控诉以及对不合理的人吃人的社会现象进行深刻的揭露，它对不同类型的青少年发出号召，要他们树立起革命地改造社会的理想，它要青少年们“为人类求真理，求公道，求平等而不断的奋斗。”这里面有什么无政府主义的气味呢？它甚至和我党早期在工人群众中散发的传单上的口号也没有什么不同。唯一涉嫌的大概是文中号召人们“加入社会党的阵线去推翻一切经济的、政治的、社会的奴隶制度”这句话里有个“社会党”。然而“社会党”并不等于“无政府主义党”，它在第二国际以前还一直起着进步的、革命的作用，因此也得到马列主义者的支持。《告少年》只字未提无政府主义的纲领，因此是一篇充满革命民主主义战斗精神的文章。同样，《夜未央》则是以一个俄国女民意党人的事迹做模特儿来描写了一出为人民复仇而进行恐怖活动的惊心动魄的壮剧，人们也由此就把它斥之为“无政府主义”。其实不论是克鲁泡特金还是巴金本人虽然都钦佩恐怖主义者的勇气，但又都不赞成个人恐怖活动，因为“无政府主义者所反对的是制度，而不在个人，制度不消灭，杀了个人，也无用的。”[2]真正赞成恐怖行动的恰恰是民意党人，也正是那些把俄国资产阶级民主革命推向最高峰的那一批“英雄”。对于民意党人的恐怖活动，即使是马列主义者也有分歧的意见：普列汉诺夫是反对的，恩格斯却表示了赞许。恩格斯在《德国反社会党人非常法——俄国的状况》一文中说：“对付这些嗜血的野兽，只要可能，就必须用火药和子弹来自卫。俄国的政治性谋杀就是聪明、勇敢和有自尊心的人们用来自卫和对付前所未闻的专制制度走狗的唯一手段。”当然我们不能以

---

❶ 巴金：《短简·我的幼年》。

❷ 巴金：《断头台上》。

一句话就断定马列主义也赞成恐怖主义，但同样也不能以恐怖主义作为无政府主义的固有特征。因此《夜未央》只是热烈地宣扬了革命民主主义者的不很好的继承者民意党人的思想以及歌颂了为人民英勇献身的精神。这一点，巴金也有过说明，他说：《夜未央》“写出了俄国虚无主义者的 Moeurs”。[1]过去也有人把“虚无主义者”当成“无政府主义者”的代名词，其实这又是两个不同的概念。因为“虚无主义者”最早出自屠格涅夫的《父与子》中的巴札洛夫，一个平民知识分子的典型。历史上，人们都把车尔尼雪夫斯基看做是“虚无主义者”的领袖。因此，《夜未央》也不是专门宣传无政府主义的作品。

对这两部作品做如此的分析是必要的，因为巴金早期作品就是它们的思想的延伸。又因为它们对少年巴金的影响异常强烈，所以从此巴金就沿着克鲁泡特金在《我的自传》里所走过的思想发展道路来吸收思想营养：他也象这位启蒙者一样地研究法国的卢骚、伏尔泰，研究法国大革命；一样地去阅读赫尔岑、车尔尼雪夫斯基的作品，并对这批先驱者崇拜的五体投地；他如饥似渴地阅读了大量的俄国民粹主义者及民意党人的传记，这也是出自克鲁泡特金对这些人的革命品质备加推崇的缘故。只要我们尊重事实，我们就必得承认，正是克鲁泡特金的引导，才使得巴金接触了革命民主主义的思想。

其次，巴金在接受无政府主义思想的过程中，逐渐地形成了自己世界观的侧重点，这就是无政府主义中与民主主义、特别是革命民主主义思想的共同的部分。一个人在吸收外来思想时，根据自己的实践以及客观现实的制约而形成一些侧重点，这本是古今中外极为常见的事。在克鲁泡特金的思想里，当然包含着法国资产阶级民主主义、俄国革命民主主义以及蒲鲁东、巴枯宁的无政府共产主义的成分，这三个部分在巴金的头脑里当然也都存在。但是在实践的过程中，革命民主主义的部分在巴金的头脑里却得到了加强，由此就构成了他的世界观的核心，这就是：强烈的民主精神、强烈地憎恶封建专制制度以及对人类的爱。出现这种状况的原因当然首先要到社会现实中去寻找：中国的无政府主义非常短命，它只在本世纪初时兴了一阵，到了二十



---

[1] 巴金：《夜未央·廖抗夫略传》。

年代末已是气息奄奄了；而中国的封建主义却比之十九世纪俄罗斯皆有过之而无不及，因此革命民主主义者的思想、性格、英雄主义等等必然对于中国的黑暗现实有着更为现实的意义。再加上巴金早年对赫尔岑、车尔尼雪夫斯基等革命民主主义、民粹主义者的作品、传记进行过广泛的阅读与研究，这就使得这个共同的部分得到了加强。这种对革命民主主义思想及其代表人物的热爱最后竟显得如此突出，以至巴金把这种情感一直牢牢保存到解放之后，并一直保存到现在。有下列一些明显的事实可以来证实这一特点：首先是，他对人对事往往从反封建反专制暴政的思想角度出发，而绝不是首先看其是否属于无政府主义的范畴。就以一九二九年他编写的《俄罗斯十女杰》为例，他所为之书写评传的人物绝不是首先看她是不是无政府主义者，而是看她们在反对沙皇俄国专制统治中所起的作用，他所欣赏的“是全俄罗斯几代的革命女青年”，[1]这十人中除了极个别的是无政府主义者外，绝大多数都是革命民粹派或民意党人，而放在十人之首的薇娜·沙苏丽奇就是一个与恩格斯有友谊联系的坚定的布尔什维克。再以巴金于一九三〇年编写的《俄国社会运动史话》为例，作者热情地歌颂了从十七世纪斯捷潘·拉辛开始直至二十世纪初年为止俄国历史上全部为人民解放而英勇献身的革命领导者以及俄国人民的革命斗争。显然，作者当时并没有看出无政府主义思想与民主主义、革命民主主义之间的区别，而是把它看作是俄罗斯全部革命传统的继承。然而，就在这一错误认识中，我们看到作家所珍视的，恰恰就是它们之间的那个共同的东西。这样的原则也同样贯穿在巴金早年的生活实践与创作实践当中。尽管他在以署名“芾甘”的政论文中起劲地批评过十月革命的苏联及共产党，起劲地宣传无政府主义的理论，但是在一九二七年他写的《李大钊确是一个殉道者》的文章中却对李大钊表示了极大的尊敬与钦佩，同时他在以“巴金”署名的小说中却从来没有出现无政府主义这一类的字眼。这难道是偶然发生的吗？不，这说明作家巴金对自己的创作采取了更为严肃的态度，说明他尊重和我党在反帝反封建这一共同思想上的一致。正如国外的巴金研究者奥迦·朗所正确指出



[1] 巴金：《俄罗斯十女杰·绪言》。

的那样：“在他的小说中，关于无政府主义观点他更是加以隐讳，他很少指出他的人物是无政府主义者，宁愿含糊地称之为‘革命者’……这样做说明他不企图在小说中宣传无政府主义。”“他似乎回避问题——渴望与左翼共产主义者保持良好关系的明显的灵活态度。”❶

第三，巴金早期世界观中的革命民主主义带有浓厚的民粹主义的色彩。这当然是因为民粹主义本身就是革命民主主义与无政府主义这两种思想交互作用的结果，巴金在吸取它们的共同点时，也就很自然地把革命民粹派的思想、纲领作为一种具体的思想形式接受下来，并成为他早期世界观的一个显著特色。这一点只要我们稍加认真地分析一下巴金早期的作品，就不难得出这个结论。可惜的是，以往的有些评论并没能注意到这一点，以至对巴金作品的思想倾向做出了错误的解释。比如，多数人都认为，象《灭亡》《新生》《爱情三部曲》这样一些作品，最集中地表现了巴金的无政府主义思想，作品宣扬“把个人放在群众之上，认为只有先解放个人，才能解救群众——这正是无政府主义思想的特征。”❷对《灭亡》的批评更严厉，哈佛大学的夏志清先生就认为：“就无政府主义的狂热来说，《灭亡》胜过了巴金后期的一些小说”。❸持有这种认识的人往往把杜大心的恐怖主义行动以及一些偏激的言论当成是无政府主义，因此作品的思想就不可能被准确地把握。

让我们不妨注意一下巴金在创作《灭亡》和《新生》时的写作意图。在《谈〈新生〉及其它》一文中作者谈到自己阅读了左拉的作品后，产生了写连续性的故事的想法，他准备按《春梦》《一生》《灭亡》《新生》《黎明》的题目写出一个序列性小说。《春梦》和《一生》都是写上一代人生活的作品，大部分已在《激流三部曲》中得到表现；《灭亡》和《新生》是写第二代人，亦即革命者生活的；至于《黎明》，则是准备写一个理想的社会。

在写作《灭亡》时，国内外阶级斗争异常惨烈，作者的内心也经历了一个极为痛苦的过程：在国外，萨柯、樊塞蒂的被残杀强烈地震

❶ Olga Lang：《Pa Chin and his writings》( chinese youth between the two revolutions )。

❷ 《巴金创作评论》，北京师范大学巴金创作研究小组。

❸ 夏志清；《中国现代小说史》。

撼着青年巴金的心；在国内，北伐军逼近上海，孙传芳白色恐怖越来越猖狂。巴金在绝望中，开始摆脱了樊塞蒂的爱的说教，而塑造了一个恨人类的杜大心。应该说，这种“恨”绝不是如过去有些评论所说的是在“宣扬极端个人主义”，而是反映了作家面对着反革命阵营的疯狂反扑所激起的无比愤闷“绝望”的情绪，这种“恨”表明作者在严酷的阶级斗争现实面前有了新的觉醒。作者借杜大心之口说出了自己此时的心情：“至少在这人掠夺人、人压迫人、人吃人、人骑人、人打人、人杀人的时候，我是不能爱谁的，我也不能叫人们彼此相爱的。凡是曾经把自己底幸福建筑在别人底痛苦上面的人都应该灭亡……至少应该在他们灭亡之后，人们才能相爱，才配谈起爱来。在现在是不能够的。”这一番话当然是对克鲁泡特金的教义的背叛，也是对樊塞蒂的背叛，所以巴金在《呈献给“吾师”凡宰特》中说：“我知道在你的那一颗爱字铸成的心中是没有‘憎’和‘报复’存在的。然而我却常常犯了罪了，因为我违背了你的教训去宣传憎，宣传报复。”



因此，杜大心这个形象并不是无政府主义思想的化身。他主张暴力革命，然而克鲁泡特金虽不一般地反对暴力，但却主张“最小限度的内乱，最小限度的受难者，与最小限度的相互痛苦”；❶杜大心选择恐怖主义的道路，去刺杀戒严司令，也不是克鲁泡特金所热中的行为，而是巴金青年时期阅读的俄国民意党人传记故事的再现，巴金正是从这里得到创作灵感的。

作者对杜大心的态度和评价也是两重的：“我反对他采取这条路”，“但是我爱他”。❷爱什么？爱他这种反抗暴政勇于牺牲的精神。在巴金看来，革命每当起始阶段，总需要有少数革命者来以身殉道。因为“对于最先起来反抗压迫的人，灭亡一定会降临到他底一身”，然而他们的死又绝非毫无价值，它毕竟可以唤醒其它的人，在作品里他就唤醒了李静淑。这就是为什么巴金要说“对于‘恐怖主义者’也极佩服”这句话的意思。但是他同样也“反对鼓吹和宣传恐怖主义的举动”，❸因

---

❶ 克鲁泡特金：《我的自传》。

❷ 巴金：《灭亡·七版题记》。

❸ 巴金；《断头台上》。

此，在通篇悲壮格调的作品里，居然出现了含有讽刺意味的“漫画”式结尾：

> 戒严司令并没有死。他正在庆幸杜大心底一颗子弹，使他得到二十万现款，他底几个姨太太也添了不少的首饰。然而杜大心底头却逐渐化成臭水，从电杆上的竹笼中滴下来，使得行人掩鼻了。

在这样一个结尾中，也就把杜大心的这条“革命”道路给彻底否定了。小说题名为《灭亡》，也就隐藏了这一层含义。

和杜大心的道路相对立的是李静淑及张文珠。在《灭亡》里，作者就以杜大心的日记表明了这种对立。日记中说：“她（指李静淑）不赞同用暴力的方法。自然我底偏于憎的主张是她反对的。她说她们兄妹已决心脱离资产阶级生活，准备不久即实行到民间去，宣传爱之福音，救济人民。”其实这一条道路恰恰是十九世纪七十年代俄国革命民粹派的道路，作者认为，只有这一条路才能充分体现出“爱的精神”。



在《新生》里，巴金对这种“人类爱”的思想以及“到民间去”的道路是充分加以肯定的，这可以从下述几方面得到佐证：一是，正是这种“爱的精神”鼓舞，李冷完成了“从个人主义到集体主义”的转变；二是作者有意识地避免让这条道路的首先倡导者李静淑、张文珠得到一个“灭亡”的结局，他只写到她俩在工人中搞教育、宣传、以至被捕最后又获释的经过，为的是让她俩能在以后的《黎明》迎接理想社会的诞生中有所作为；三是对选择了这一条道路但仍不免牺牲的李冷提供了一个“新生”的结尾：同样是死，杜大心和张为群死得异常孤寂，连人民也不同情，而李冷，由于把“自己底生命连系在人类底生命上面”，这样，“在每一个人底生活里面都会反映出你底爱来。这种爱是不会死的。它会产生新的爱。”因此连刽子手都被感动了，于是他就“在人类底向上繁荣中”得到了新生。

经过这一番对比，我们可以明显地看出，《灭亡》与《新生》的主旨就在于探索革命的道路。在巴金看来，李静淑的这条革命民粹派的道路才是正确的。而整个序列性小说的宏伟构思就是：老一辈的腐朽势力应该死亡，年青一代只有经过痛苦的流血牺牲，在苦难中摸索革命道路，才能到达理想的社会。

贯穿《新生》全书的是一个“人类爱”的思想，这虽然明显地表现出克鲁泡特金的无政府主义思想影响，但推其根源，却又要数到车尔尼雪夫斯基并最后追溯到费尔巴哈。

让我们看一下普列汉诺夫的话。

关于“人类爱”的观念，他说：“在《怎么办》这部小说中，一反车尔尼雪夫斯基的惯例，关于拯救人类的爱谈得很多。这一点清楚地表现出费尔巴哈的影响。”“车尔尼雪夫斯基仅仅想说，他的主人公的整个道德本质都完全充满着人类爱。”❶

关于革命的道路，普列汉诺夫又说：“赫尔岑自觉地宁愿选择和平的发展道路，而不愿革命的发展道路，但是他也并不反对产科医生的活动，假如实际上生育的时间到来了的话。”他“很不赞成象后来人们所说的暗杀、恐怖的策略。”❷赫尔岑的革命道路集中地体现在他那著名的口号之中：“到民间去！面向人民”！❸



而首先实行恐怖主义并鼓吹最力的却是民意党人领袖特卡乔夫。他在《警钟》杂志上头一个指出“到民间去”的运动注定要失败，并提出：“我们现在唯一的任务是实行恐怖和瓦解政府的权力。”当然，无政府党人中也有一部分是主张恐怖主义的，代表人物是巴枯宁，但由于巴金否定这条道路，因此我们就不应该说作者在这部作品里借宣扬恐怖主义来“宣扬无政府主义”了。

从上述分析中，我们找到了巴金的思想来源，即表面上看他接受的是克鲁泡特金的无政府主义，而实际上却常常是车尔尼雪夫斯基或赫尔岑的民粹派观点。在这里，革命民主主义与无政府主义共通的那部分又显露出来了。

假如说《灭亡》《新生》表现了作家对革命道路和方式的探索的话，那么《爱情三部曲》则是对理想的革命者的性格及人生观进行探索。

---

❶ 普列汉诺夫：《尼·加·车尔尼雪夫斯基》。

❷ 普列汉诺夫：《赫尔岑和农奴制》。

❸ 《赫尔岑著作和书信全集》。

应该指出，这部作品受车尔尼雪夫斯基的《怎么办？》的影响颇深。在《俄国社会运动史话》中，巴金提到《何为》(即《怎么办？》)时说：车尔尼雪夫斯基“解决了一个妇女问题。他主张自由恋爱。而且创造了新妇女底典型，同时又指示出真正虚无主义者应该走的道路。”假如用这句话来为《爱情三部曲》做注脚的话，那也同样是很恰当的。对待这一部作品，过去的一些评论文章所做的解释也不很令人满意。他们有的根据作品里对革命者及其革命活动的一些夸张的违背实际的描写以及某些“性解放”的举动来断定作品即是以此来宣传无政府主义及极端个人主义，有的则又过于草率地做出相反的结论，认为它“不是‘宣扬无政府主义的反动思想’”，而是想探讨“中国青年知识分子究竟向何处去”，❶比如在写了大多数人投入革命急流后也写了少数人的分化，象李剑虹退缩在书斋，张小川蜕化为洋绅士，郑玉雯抛弃了革命，王能助官捕人等等。其实这些解释并没能真正抓住作品的灵魂。因为首先我们绝不能把那些革命者表现出的儿戏般的幼稚行动作为评论作品思想倾向的唯一依据，原因就在于巴金自己并未参加任何实际革命活动，“这种生活我没有，但故事是有的”，❷除了他的朋友对他诉说外，俄国革命史中的故事当然也成了作家创作的一个来源。一个二十几岁的青年人写自己并未经历过的事情难免掺杂了不少想当然的甚至是颇为浪漫的成分，假如以此来衡量现实的革命运动，并经过衡量发现作品与革命实际相距过远，而就从这里定下宣扬无政府主义的罪名，岂不是大谬！问题在于，人们应该通过这些带有浪漫色彩的情节去发掘作者的真实意图。我们还应注意到，《爱情三部曲》也不是茅盾的《蚀》三部曲，它并不是把各种不同类型的青年人放在大革命的漩涡中让阶级斗争的风浪来筛选人物，以及他们如何去寻找生活道路，而主要是通过写他们的爱情生活来写他们的性格。至于李剑虹等人，有的本不属于青年这一辈，有的则纯粹是情节需要而设置的人物，并不是主题思想所赖以存在的形象。作品真正的意图还是作者在本书“总序”中所提示给我们的：“我要主要地描写出几个典型，而且使这些典



---

❶ 李多文：《试谈巴金的世界观与早期创作》。

❷ 一九七九年十二月二十四日巴金对笔者的谈话。

型普遍化，我就不得不创造一些事实。”“我只描写一群青年的性格，活动与死亡。”作者在完成这个写作意图时，选取了一个特定的角度，即从人们的私生活去揭示这个人物的精神世界。作品里写了这样三种不同类型的人物：周如水不敢大胆冲破封建传统观念的束缚，再加上那柔弱“如水”的性格，使他先后失去了两个爱人。作者指出，象这样的思想性格，即使有革命愿望和理想，也是不可能实现的，他那“土还主义”虽然是民粹派的主张，作者当然也赞赏他的“以为乡村比都市还重要，将来新社会的萌芽就在这里”的理想，然而最终还是纸上谈兵，只能落得个投水自尽的下场。吴仁民和周如水恰好相反，他懂得“在爱情的战场上需要的是勇气”，但他性格“粗暴”，宁愿牺牲革命而去追求爱情，在革命紧张阶段，他居然想在女性的怀抱里去休息。作者认为，他也不是一个理想的革命者性格，一心追求个人幸福而抛开革命的人是得不到幸福的，因此他也同样先后失去两个爱人。只有《电》里的李佩珠，才是作者予以充分肯定的，认为她就是俄国民粹派革命家妃格念尔式的人。在李佩珠身上，作者寄托了自己对“新人”的理想：她读了陈真留下的大量的民粹派的传记和著作，摆脱了“小资产阶级女性”的狭隘局限，从事革命工作，她写宣传文章，并在工会大会上演说。她不仅有诗意的外表，更为重要的是她能用“精细的头脑来衡量一切”。她用“爱”来挽救垂死的明，劝阻敏不要去从事恐怖活动；她懂得分析敌我双方的力量，看出在敌强我弱的形势下要避免流血，“不轻易牺牲”；她积极发展组织，介绍德华加入团体；也批评陈清的盲动是“愚蠢行动”；当然她也懂得爱情，使革命与爱情一致起来；最后在得知父亲被捕时，她毅然不顾个人安危摆脱个人情绪而坚持留下来继续斗争，并指挥大家撤退到农村去。一句话，她能自觉地掌握革命民粹派的理论和策略，反对恐怖主义和盲动主义。在这里，特别要指出的是，过去有些评论文章把这些团体说成是无政府主义的组织是多么地缺少根据。因为在遭到一系列失败后，正是吴仁民首先提出警告，认为“我们没有严密的组织，又不好好准备，那么还会有更大的损失。”接着由李佩珠对这种“散漫”作风又提出批评，并为转移工作进行周密布置，以便保存一部分实力。这些极为重要的描写哪里是在宣扬无政府主义呢？分明是作者在展示了革命者的一系列挫折失败后对读者进行反恐怖活动、反盲动主义以及进一步加强组织纪律的说教了，分明是在宣传民粹派的主张。也许有人要提出敏的未经组织许可的暗杀活动是十足的无政府主义党派的特征，并据此反驳。然而这一类的事情本来是大量地出现在俄国民意派组织之中的，读者不妨看一看克鲁泡特金的《我的自传》，里面就有一段与敏的经历十分相似的民意党人的故事。在这部作品中，职业革命家陈真的性格特点又为我们从另一方面提供了论据：他十四岁即献身革命，背叛了富裕的家庭，他的人生观是尽多地给予而不享受人生的欢乐，因此他能抵挡住女性的诱惑，是一个革命意志力异常坚强的人。过去有些评论对这个形象解释得也不够正确，有的认为陈真“是一个脱离群众，脱离实际，思想空虚的个人主义者，❶也有的国外评论家认为他就是中国无政府主义的领袖刘师复，其实这些结论都偏于武断。我们只要看一看拉赫美托夫的身世、经历、人生观及对爱情的态度并拿他与陈真对照，就可以立刻懂得了陈真。拉赫美托夫不同于那些“新人”，他的特点就是“弃绝个人生活”，❷而“六十年代七十年代我国杰出的社会主义者身上，几乎每一位都有不少拉赫美托夫精神”。❸巴金不仅从阅读民粹派革命家的传记中，也直接从车尔尼雪夫斯基的小说《何为》中熟悉了这个形象，并把他的某些特征赋予陈真，所以陈真也和拉赫美托夫一样，象一个影子笼罩了全书。作者让这个自己心爱的人物在《雨》的一开场就被汽车碾死，绝不是企图否定他的生活道路，或是强加给他一个“灭亡”的命运，而是让他一方面作为一种思想影响继续存在下去，而另一方面又留出较大的舞台空间让吴仁民、李佩珠等一批“新人”来活动。至于作品里流露出对人民、对无产阶级以及对个人在历史中的作用等等一系列不正确的观点当然也都是从车尔尼雪夫斯基、赫尔岑这些杰出的革命民主主义者、革命民粹派的领袖那里得来的，根本谈不到是无政府主义思想所特有的了。

《灭亡》《新生》及《爱情三部曲》就这样地通过对不同革命道路、

❶《巴金创作试论》，武汉大学中文系三年级巴金创作研究小组。

❷《苏联百科辞典·车尔尼雪夫斯基》。

❸《普列汉诺夫文集》俄文版第五卷 184 页。

方式以及不同的革命者的性格对比表现了巴金的革命民粹派的主张，而到了《家》中这种思想就作为封建社会的直接对立物加以理想化了。作者一方面写了高家封建家族的崩溃；另一方面又写了另一个“家”在不断成长，这就是一群热血的青年人所组成的革命的“大家”。巴金赞美地谈到他们的聚会，“简直”是一个友爱的家庭的聚会。但是这个家庭的人并不是用血统关系和家产关系而联系在一起的；结合他们的是同一的好心和同一的理想。在这个环境里他只感到心与心的接触，都是赤诚的心，完全脱离了利害关系的束缚。显然，这样一个大家庭的灵感也是来自于《怎么办？》里薇娜、罗普霍夫、吉尔沙诺夫式的理想家庭以及后来在俄罗斯流行的那种“虚无主义运动”。巴金在早年曾多次用赞赏的语气介绍过俄国青年为了逃离家庭而象征性地成立一个“新家”，在那里，青年人完全摆脱了低级的世俗的观念，而一心一意地从事革命或科学活动。另外，构成全书基本矛盾的“父与子”的冲突以及下一代对宗法制家庭及一切传统礼教的反叛，最后脱离家庭“到民间去”这整个过程，也就是七十年代“旧虚无主义者”所共同走过的道路；以觉慧、觉民和琴为代表的那群年青人所从事的革命活动也完全是革命民粹派所做过的事情。这一切和我国的无政府主义政党的活动完全不能混为一谈。

有必要强调指出的是，尽管巴金早期对救国救民的道路做过热心的探求，尽管他在作品里否定了恐怖主义的道路而鼓吹革命民粹主义运动，然而现实主义的力量使他的作品仍然显示出民粹主义的破产。在《新生》里，李冷痛苦地回忆：“不管我们底行动是怎样地温和，人家并不给我们一个机会。”因此他“到民间去”之后开办工人夜学，组织工会的全部“革命成果”都付诸东流，以至仅仅为领导一次经济斗争就遭枪杀。在《爱情三部曲》里作者写道：“和平的工作是没有用的，别人不给他们长的时间，别人不给他们机会。”哪怕是“和平的”集会也要遭到反动政府残酷的弹压，最后在几天之内全部组织被打垮，重要的领导人被一网打尽，落得个仓惶逃命的下场。而在《激流三部曲》中，觉慧离开家庭之后，就再也没有什么新的作为，因为对巴金来说，往下该怎么办？连他自己也不能回答了。他的无政府主义的政治偏见阻碍了他去认识马克思主义，阻碍了他去熟悉刚刚走上政治舞台的无产阶级及其先锋队中国共产党。另一方面社会现实又明白无误地表明了他所追求的革命理想是注定不能实现的，这就是巴金的“忧郁性”以及他自述的有那么多的“矛盾”的最终根源。从这个意义上说，革命民粹派的矛盾也就是巴金的矛盾，正如普列汉诺夫所说：“这一切完全不能促使俄国的现实接近于民粹派的理想。这就是为什么民粹派不但为数目字而流涕，而且也要自怨自艾的原因，因为他们意识到自己的理想是软弱无力的……因为他们的理想和现实之间没有任何有机的联系”，人人们将“不是嘲弄这种理想的崇高性，而是嘲弄它的软弱无力。”❶

巴金就这样地从接受无政府主义的过程中，得到了带有浓厚民粹主义色彩的革命民主主义思想，以后这一部分又得到加强，形成他早期世界观的主导部分，而“人类爱”以及反专制的民主精神则成了他世界观的灵魂。巴金后来的思想发展说明了他世界观中的主导部分最终突破了无政府主义思想的束缚，他那描写“理想社会”的《黎明》始终没有写成，就是一个明证。



## 三

对待巴金早期的世界观如何评价，这也是一个长期以来颇有争议的问题。由于巴金是中国现代作家中唯一公开声言信仰“安那其主义”的作家，而且他和鲁迅、郭沫若、茅盾等人又不一样，早年并没有一个非常明显的世界观转折期，甚至他早期世界观中的某些基本因素直到晚年也继续在起作用，这一点，作家本人也不讳认，在《随想录》里，他就说过：“在‘四害’横行的时候，我没有出卖灵魂，还是靠着我过去受到的教育”。因此，如何实事求是地给予评价，就不仅仅是一个对他的早期作品如何理解的问题，而且也关系到对他的全部作品以及他的创作风格的理解和评价。

由于巴金早期世界观是把革命民主主义与无政府主义鱼龙混杂地

❶ 普列汉诺夫：《费尔巴哈与德国古典哲学的终结》注释。

裹在了一起，因此过去的评论文章往往在批判无政府主义的同时把"澡盆里的孩子"也倒掉了。典型的论点是这样的："在新民主主义革命时期的中国现实条件下，任何一种思潮，如果它与马克思列宁主义相对抗，如果它脱离了人民大众反帝反封建的革命要求，就不可能具有民主主义的性质。而在无政府主义影响下的文艺，也就不可能与现代文学的主流思想取得基本上的一致。"❶此外如武汉大学过去编写的《巴金创作试论》也颇强调了巴金世界观中落后于时代、与革命相矛盾的一面。诚然，矛盾是存在着的，但那绝不是巴金世界观中的主导部分引起的。列宁在谈到俄国民主革命时期无产阶级政党对待各种小资产阶级的社会主义运动的态度时曾说："这个党彻底支持最坚决的民主主义"，❷因此在我国新民主主义革命时期，只要是表达了"民主主义"要求的作品，都是顺应历史潮流、都是推动历史前进的。

对于他早期世界观的核心"人类爱"以及"反专制的民主情绪"也应该做具体的分析。有的同志认为："巴金在无政府主义中……主要的还是摄取了它的'人类爱'"，而"'人类爱'的实质便是取消阶级斗争"，"巴金的一切错误、局限都正是从'人类爱'这一源流出去的。"❸关于这一点，前文已经提及，"人类爱"是无政府主义与革命民主主义所共有的，它来自费尔巴哈。抽象的"人类爱"在阶级社会中当然不存在，但实际上，不同阶级在运用这句口号时往往都已带有了阶级内容。巴金绝不爱戒严司令，也不会爱冯乐山之流，在他的作品中有着"火山般"的愤怒，难道这不正说明巴金心目中真正爱的是什么吗？长期以来，我们在极左文艺思想的腐蚀下，对"人类爱"以及对它的对立物"伟大的阶级斗争"的理解已经象恩格斯在《费尔巴哈与德国古典哲学的终结》里所批评的那样，颇有点象那些庸俗的德国历史编纂学家，使得对这两种概念的正确理解"成为完全不可能"。我们从来没有想到，马克思和恩格斯只是反对这句口号却并不反对这种爱的情感，问题仅仅是不可能实现罢了。看一看恩格斯的这段话，他对这种事情的破坏



---

❶《巴金创作评论》，北京师范大学巴金创作研究小组。

❷ 列宁：《小资产阶级的社会主义和无产阶级的社会主义》。

❸《巴金创作试论》，武汉大学中文系三年级巴金创作研究小组。

流露出多么惋惜的情绪：

> 在我们不得不生活于其中的、以阶级对立和阶级统治为基础的社会里，同他人交往时表现纯粹人类感情的可能性，今天已经被破坏得差不多了。我们没有理由去把这种感情尊崇为宗教，从而更多地破坏这种可能性。❶（着重号为笔者所加）

列宁在评价恩格斯时也说："这位严峻的战士和严正的思想家，具有一颗深情挚爱的心。"❷无产阶级的领袖尚且做如是想，为什么我们对巴金独独要如此苛刻呢？实践证明，解放以后，我们恰恰是不讲"爱的教育"，才造成人民内部互相采取了令人发指的手段以至竞相残杀的大悲剧。而巴金，却是把"爱"倾注在被压迫、被侮辱、被损害的小人物身上，这本身是无可非议的，即使对象杨老三这样一个初具悔改之心的人有一点同情心又有什么不可以呢？难道命运给杨老三的惩罚还不够吗？难道用恨的办法就能把他改造过来吗？



对巴金的反专制的民主精神，有人也总喜欢把它和极端个人主义联系起来，他们一方面虽然肯定作品的现实意义，另一方面却总希望青年人先"消消毒"，以免吸取"消极因素"。他们完全没有想到，在一个封建制度有着悠久历史的国度里，青年们有一点民主精神是何等的可贵！它和马列主义的基本精神完全是一致的，因为不论是马克思还是恩格斯，"他们两人都是由民主主义者变成社会主义者的，所以他们仇恨政治专横的民主情感非常强烈。"❸由于"落后的或发展速度落后的经济关系，往往使一些拥护工人运动的人只能领会马克思主义的某几个方面，只能领会新世界观的个别部分或个别口号和要求"，❹因此在资本主义远非充分发展的中国，对马列主义的强烈的民主内容是不容易充分领会的，而大搞愚民政策的江青之流也正利用这一点来达到自己称王称帝的目的。

---

❶ 恩格斯：《费尔巴哈与德国古典哲学的终结》。

❷❸ 列宁：《弗里德里希·恩格斯》。

❹ 列宁：《欧洲工人运动的分歧》。

对巴金早期世界观中那真正是属于无政府主义的部分，也应该给予具体分析和实事求是的评价。这一部分的空想和反动的性质，人们通过实践已基本认识清楚了，巴金本人在后期也摒弃了它们。但是，作为科学家及无政府主义思想家的克鲁泡特金是否连一点东西都没有值得肯定的呢？似乎也不尽然。更何况，“凡现在被承认是谬误的东西，也都有真理的方面，因而，它从前才能被认做真理”。[1]例如巴金早年经常重复说明来自克鲁泡特金的一个观点，也就是那种反对任何形式的“专政”的理论根据：他从研究法国大革命的历史教训中得出，所谓阶级的专政，实际上常常是少数人的专政，“历史常常如此，民众把专政权交给别人要他们来压制民众的仇敌，但结果他们后来总是用这权力来压制民众自己。”[2]这样的论断作为否定“无产阶级专政”的根据当然是错误的，我们完全可以理直气壮地进行反驳。然而可惜的是，这种权力的“异化”现象，不论在苏联及东欧，抑或在“四人帮”时的中国，都确实出现了，克鲁泡特金的话被不幸而言中！历史现象如此多次的重复，说明其中必然有规律性的东西。巴金早年信奉的这种思想观点虽不能称之为普遍真理，但至少是历史经验教训的总结。



在对巴金早期世界观的分析中，我们也发现了那属于巴金创作风格所特有的火样热情何以历久而不衰的奥秘。重要原因之一就在于巴金对在我国进行民主革命的历史任务有深刻的理解。虽然他早期世界观中包含有不正确成分，但那革命民主主义的战斗精神却是深深扎根在他的心的深处。由于我国反封建的任务相当艰巨，持续的时间又相当长，这就给他的热情提供了一个广阔的时间和空间，随着历史的发展，他的思想也更加成熟，而一个真正的民主主义者是能够更容易地理解共产主义的。解放前夕，周恩来同志和他进行的一次亲切谈话对他世界观的转变产生了极其重要的影响。正因为他是在一个较好的思想根基上接受马列主义的，所以在十年浩劫中他对以任何“革命”形式出现的封建专制主义的反应都极为敏感，极为强烈。一个作家的热情必须建筑在对自己的所爱所憎的真理性具有确切的把握上。我们不

---

[1] 恩格斯：《费尔巴哈与德国古典哲学的终结》。

[2] 巴金：《丹东之死·译者序》。

能设想，如果巴金早年没有那样深入地研究过法国革命、俄国民粹运动，没有研究过卢骚、赫尔岑，他就能对“四人帮”必然复灭的命运有如此深刻的信念。当然，对巴金早期世界观做如是的评价绝不是要我们把自己的世界观倒退到民主主义阶段上去，而是在我们往前走了一段坎坷不平的“苦难的历程”后，有必要再回过头来审视一下自己的脚印，以此来加深无产阶级对自己历史使命的深刻理解，这也是我们在研究这一课题时的重要目的之一。

一九八〇、九，三于南京大学

原载 1981 年 5 月 15 日《文学评论》第 3 期。

# 论巴金的文艺思想

陈思和　李　辉

## “我走的是另一条路”



每个作家，都有他自己独特的文学道路，巴金也不例外。他的独特之处在于他对自己选择的作家道路，始终没有满意过。他年复一年地在创作生涯中痛苦挣扎，左顾右盼，根本不以著作者而自豪。他甚至不承认自己是“文学家”，并一再重复着类似的话：“我缺乏教育，我没有知识，我不曾登过艺术的宫殿，我也没有入过学府的堂奥。……我根本就是一个不学无术的人。”“文学是什么？我不知道，而且我始终就不曾想知道过。”❶最近，他又一次重复了这样的话，而且告诉读者，他之所以老调重弹，“并非我喜欢炒冷饭，只是要人们知道我走的是另一条路。”❷这不是老作家的故意自谦之词，他的话真诚地反映了他的文艺观和人生观。那么，我们要研究的是，巴金走的是一条什么样的道路呢？是什么机缘使巴金走上了创作道路，为人类精神文明史贡献了一笔又一笔宝贵财富呢？

一九一九年，“五四”运动的暴风雨，叩开了巴金的心灵，他积极投入到社会运动之中。在近十年的岁月中，巴金偶尔也写过一些文艺

❶ 《〈将军〉·序》《将军》，生活书店 1934 年 8 月初版。

❷ 《〈探索集〉·后记》，《探索集》，香港三联书店 1981 年初版。

作品，❶但这的确是他的“业余活动”，他将大量的时间与精力虔诚地贡献给他的“信仰”与“事业”。他写和译了几十万字的作品，探讨、总结俄法两国革命的经验，企图拯救水深火热之中的人民。一九二七年，他到了法国，开始想攻书经济学，考察欧洲的社会运动。可是由于初到异国，人地生疏，陷于寂寞和苦闷之中。当时祖国正发生着一场惊心动魄的事件，蒋介石用屠刀断送了轰轰烈烈的第一次国内大革命，杀害了无数革命群众；当时世界上进步人士也正在为一件血腥事件而愤怒，那就是“萨凡事件”❷。悲愤包围了一颗年轻火热的心，对战斗的渴望又使他加倍体会到身在异域的寂寞。为了排遣内心的寂寞和苦闷，昔日无形之中培养起来的艺术细胞受到刺激，开始活跃起来，这就产生了巴金在后来回忆文章中多次叙说的那个情景：

> 巴黎圣母院的悲哀的钟声又响了，一声一声沉重地打在我的心上。在这种时候，我实在没法安静下来，上床睡觉。我有感情必须发泄，有爱憎必须倾吐，否则我这颗年轻的心就会枯死。每天晚上我感到寂寞时，就摊开练习本，一面听巴黎圣母院的钟声，一面挥笔……我写的不能说是小说，它们只是一些场面或者心理的描写……在一个月中间我写了后来编成《灭亡》头四章的那些文字。

巴金就这样开始了他的文学创作活动。起先他并不是自觉的，他的第一部作品《灭亡》的写作过程也十分奇特。我们从巴金的回忆录里可以知道，他创作这部小说，有点象电影导演拍摄影片，既不是一气呵成，也不是从头开始依次写下去，而是随着作家情绪的几次波动，每次激动时就写下几个互不关联的片断，最后才决定将这些片断连成

❶ 1922、1923 年，巴金曾在《时事新报》、《文学旬刊》和《妇女杂志》上，发表了十余首新诗和几篇小说散文。

❷ “萨凡事件”是美国政府打击工人运动的政治迫害事件。萨珂和凡宰地是美籍意大利人，是意大利侨民工人运动的领袖，无府府主义者。1920 年被当局以捏造的抢劫杀人罪逮捕，组织挑衅性的审判。1927 年判处死刑，引起了世界进步舆论的谴责和抗议。（可参见巴金的短篇小说《我的眼泪》，《电椅》和报道《死囚牢中的六年》、《萨珂与凡宰地之死》）。

一部小说，让杜大心这个人物把它们贯穿起来。[1]从这种创作方式来看，巴金当时并没有意识到自己在从事文学创作，他只是借助纸笔，来发泄自己远离祖国、渴望战斗的激愤之情。因此当小说发表，在文坛上赢得一定声誉时，他也没有为这意外成功沾沾自喜、专心于文学创作，而仍然埋头从事他的《伦理学》等著作的翻译，并且在这期间还写了一本自以为很重要的政治著作《从资本主义到安那其主义》。可见，直到一九三〇年以前，他对自己从事的社会活动还挺有信心，并没有把注意力放在创作上去。

然而一九三〇年是个转折点，这一年的七月，就如罗曼·罗兰在罗马郊外的霞尼古勒丘陵上突然瞥见一道“灵光”，认清了约翰·克利斯朵夫的面貌一样，年轻的巴金也突然意识到自己的创作才能：“就在这年七月的某一夜，我忽然从梦中醒来，在黑暗中我还看见一些悲惨的景象，我的耳边也响着一片哭声，我不能再睡下去，就起来扭开电灯，在清静的夜里一口气写完了那篇题作《洛伯尔先生》的短篇小说。我记得很清楚：我搁笔的时候天已经大亮了，我走到天井里去呼吸新鲜空气，用我的带睡意的眼睛看天空，浅蓝色天空中挂着大片粉红色的云霞，几只麻雀在屋上叫得非常高兴。”[2]清晨、蓝天、红霞，小鸟，本来都习以为常的自然景象，在这一天，在作者神奇的眼光里，突然发现具有那样强烈的诗意。十九年封建家庭的生活阴影，四年多京沪一带的社会活动，一年多法国生活的印象，经过前时期的积累，突然刺激起作家强烈的创作欲望，他在不自觉中认识了自己的才能。从这时起，他开始了正式的创作活动，一口气写下了《复仇集》中的短篇小说。到了第二年，他又连续创作了几篇中篇小说，从而确立了自己在文坛的地位。

梦中醒来的启示也罢，创作时产生的幻觉也罢，无非是现实生活对作家创作欲的刺激，是作家经历了惨痛的现实而又无力改变这种状况时，满腔激愤之情无法在现实生活中得到正常的发泄，于是就假托于幻想，用文艺的形式来进行排遣。所以，当我们考察巴金创作道路的起因时，只有把他的创作动机与当时阶级斗争的特定历史条件联系



---

[1] 巴金：《〈谈灭亡〉》。

[2] 《写作生活底回顾》，《巴金短篇小说集》（第二集），开明书店 1936 年初版。

起来，才能真正地找出答案。

一九二七年大革命失败，使巴金曾积极参加的无政府主义运动陷于激剧的分化之中。行入三十年代后，运动逐渐在政治舞台上消失了。[1]巴金在十年之中为之努力的事业，如同吹起的美丽的气泡一样，在现实考验面前一个个地破灭了。由于思想上的局限，他不愿改变自己的信仰，投入到当时最有希望的实际革命斗争中去。这样，他就成了无根的浮萍，虽然精力充沛、激情满腔，虽有一颗忧国忧民、敢于牺牲的心，却找不到他愿意投身的用武之地。他的感情无法得到正常排遣，只能拿起笔，靠写作来发泄他的感情，倾吐他的爱憎。这就是巴金所走的不同于其他现代作家的文学道路。他既不同于一些资产阶级和小资产阶级作家那样自觉地把文艺作为避风港去逃避现实；也不同于一般革命民主主义作家那样怀着“文艺救国”的目的，企图用文艺来唤醒国民的灵魂，更不同于党领导下的左翼作家以文艺为武器从事革命活动。他走的是另一条路，这条路就是当“信仰”阻挠他直接投身于反帝反封建的实际战斗时，他不得不去借助纸笔来发泄他的战斗激情。这个战斗与他前时期的战斗相比，目标没有变，信仰也没有变，但战斗的情绪与对前途的信心显然有了很大的变化，这就构成了巴金创作的主要基调——内心矛盾的挣扎，痛苦的战斗呐喊和不可克服的忧郁性。

正是以往那些社会活动以及由此产生的痛苦探索，玉成了巴金在文学上的杰出成就。仿佛一只受到砂石侵袭的病蚌，经过一番痛苦的折磨后，这些砂石融化为一颗颗灿烂夺目的珍珠。这种矛盾现象也反映在巴金的文艺思想上。由于他发泄的感情与实际生活中反帝反封建的斗争相一致，因此产生了积极的战斗作用，他自己也深知这一点，自觉地发挥了这种战斗性。“自从我执笔以来，我就没有停止过对我的



---

[1] 关于这一点，可参看曾是无政府主义者的郑佩刚的回忆：“依我的回忆，大革命期间国共合作，北伐战争，国民革命，无政府主义者许多都表示拥护的，认为共产党是要推翻军阀统治，改革社会政治。大革命失败后，对共产党也表同情。在中国的无政府主义者当中，有不少人后来转变为科学的共产主义战士（如陈延年、吴玉章等），有的是很早脱离政治活动，从事职员、教员或参加工农生产，有的还做和尚，当隐士等。有的在白色恐怖下，利用反动派内部矛盾，进行某些无政府主义宣传，有的则堕落腐化，投靠了蒋介石反共反人民。无政府主义活动就这样逐渐消失了。”（引自中共（广东）党史访问资料之二十七。）

敌人的攻击。”这是他的战斗宣言，也是他写作的纲领；可是在另一方面，他又不以这种战斗为然，他不甘心于书斋生活，渴望、羡慕血与火的实际战斗，为自己没有参加这样的工作感到羞愧。因此，他对自己的文学创作生活从来没有满意过。一九三五年，他在《爱情三部曲》总序里说：“我对于自己的作品从来没有满意过。倘使别人一定要我拣出一两本象样的东西，那么我就只得勉强举出一本作为‘社会科学丛书’之一的《从资本主义到×××××》。”❶从这段话就可以看出，巴金即使在文坛上获得相当成功之后，仍没有忘情他原来的事业和战斗。

就象一个不安于平庸生活的人常常迁怒于生活环境一样，巴金对于自己写作生活的鄙视，有时竟夸大到自暴自弃的地步。他抱怨自己的写作，不过是消耗自己年轻的生命，是浪费自己生命的活动。在《巴金短篇小说集》（二）的跋中，他这样不无悲观地总结着自己的写作生活：“说那纸笔当为武器来攻击我所恨的，保护我所爱的人，而结果我所恨的依然高踞在那些巍峨的宫殿里，我的笔一点也不能够动摇他们，至于我所爱的，从我这里他们也只能得到更多的不幸，这样我就完全浪费了我的生命。”



在反对黑暗社会，批判反动统治者的阶级斗争中，批判的武器与武器的批判是不能互相代替的，诚如鲁迅通俗地指出过：“中国现在的社会情状，止有实地的革命战争，一首诗吓不走孙传芳，一炮就把孙传芳轰走了。”❷中国阶级斗争的残酷性和封建势力的顽固性，决不是文艺所能独立战胜的。巴金从个人的经验与阶级斗争的现状中看到这一点，认识到没有武装斗争决不能推翻反动派，没有物质力量的强大也不能够真正地战胜敌人，从而他渴望着革命的实际工作，向往当时的许多革命青年那样过着“充实的生活”，那是无可非议的。但是，我们也不难看出，他在当时，对文艺与政治斗争的关系没有摆正，对文学艺术的作用作了过低的估计，这个缺点，正是由于巴金所信仰的理想事业在中国失去了现实基础而产生的。

---

❶《爱情三部曲》，良友图书公司1936年初版，这里指的那本书即《从资本主义到安那其主义》。

❷《而已集·革命时代的文学》。

在现代中国，人民反帝反封建的斗争也是通过军事与文化两种形式表现出来的。一个以反帝反封建为己任的文学家，他对自己文学活动的作用的估价往往与他从事的同一事业的实际斗争的情况相联系。以鲁迅为例，在辛亥革命前后，他参加了轰轰烈烈的资产阶级革命活动，当时鲁迅是非常强调文学艺术的作用的，他弃医从文，就是为了能唤醒国民沉睡的灵魂。然而在二十年代时，由于旧时的阵营瓦解了，新的战友还没有寻到，鲁迅的思想陷于了彷徨之中。那时他对文艺的作用也未免低估，得出几乎与巴金完全一致的结论："我现在愈加相信说话和弄笔都是不中用的人，无论你说话如何有理，文章如何动人，都是空的。"❶直到鲁迅掌握了马克思主义，自觉地把自己的创作活动与共产党领导下的革命事业联系在一起的时候，他又在文学创作中看到了前途和希望，满怀信心地用笔进行文化战线上的反"围剿"战斗，终于成为文化革命的伟人。我们从鲁迅的经历同他对文艺作用估价的发展变化的关系中，不难找到巴金当时低估文艺作用的原因。由于信仰的阻碍，巴金没有找到共产党的正确领导，没有自觉地将自己的反帝反封建的文学活动同党领导下的革命事业结合在一起，而自己的信仰和从事的"事业"又在现实斗争中云消烟散了，他茕茕孑立，在现实中看不到的力量，在文艺中也看不到。所以只能将"无助的哭泣"化为文字，把创作看作是一种浪费生命的活动。这时候的巴金，无论如何也不可能产生鲁迅"我做一个小兵还胜任的，用笔"这样充满革命乐观主义的精神状态。直到解放以后，对文艺的信心才真正地充塞他的胸间，我们才第一次听到这位老作家满怀信心地说："今天我却感到骄傲了，因为有你们这样的文艺工作者活在新中国的土地上，我才觉得做一个文艺工作者是一桩值得骄傲的事情。"❷

由于巴金在文坛上走了一条与众不同的道路，他的文艺观点也清晰地打上了自己的独特的印记，其最核心的一点，就是他一再重复过的话："我写作如同生活，作品的最高境界是写作同生活的一致。"❸

---

❶《两地书》。

❷《一封未寄的信》，《文汇报》1950年5月5日。

❸《我和文学》，《探索集》，香港三联书店1981年初版。

也就是说，写作本身对他来说，不是一种职业，而是一种生活方式，我们只有抓住巴金的写作与其生活之间的关系，才能真正理解他关于艺术的情感性、艺术形象的塑造以及艺术技巧等一系列的见解，从而较全面地认识他的文艺思想。

## “我有感情必须发泄”

巴金关于“我写作如同生活”的主要内客，就是强调作家在文艺创作中倾注的全部激情，必须同他在生活中的全部感情保持完全一致。巴金非常强调感情性在艺术审美活动中的作用。五十年来，他几乎在每一次谈创作体会中都要强调类似的话：“我有感情必须发泄，有爱憎必须倾吐，否则我这颗年轻的心就会枯死。”在阅读作品时，巴金也同样强调感情的作用：“几年前我流了眼泪读完了托尔斯泰的小说《复活》……”，[1]“《雷雨》是这样地感动着我，《日出》和《原野》也是。现在读《蜕变》我也禁不住泪水浮在眼睑。”[2]对于克鲁泡特金的《告少年》，那更是“把这本小册子放在床头，每夜都拿出来，用一颗颤抖的心读完它，读了流泪，流过泪又笑。”[3]（重点为引者所加）

艺术创作与艺术欣赏都是人类审美活动的形式，都离不开人类的情感活动和情感交流。托尔斯泰在《艺术论》中曾经指出：“在自己心里唤起曾经一度体验过的感情，在唤起这种感情之后，用动作、线条、色彩、声音以及言词所表达的形象来传出这种感情，使别人也能体验到这种同样的感觉——这就是艺术活动。”他甚至认为，区分真伪艺术，确定艺术作品的价值的基本标志就在于艺术的感染力。而艺术感染力则又取决于艺术家感情的真挚性。“艺术家感情的真挚的程度对艺术感染力的大小的影响比什么都大。观众、听众和读者一旦感觉到艺术家自己也被自己的作品以感染，他的写作、歌唱和演奏是为了自己，而不单是为了影响别人，那么艺术家的这种心情也就感染了感受者。”托

---

[1] 《〈激流〉·总序》，《家》，开明书店 1933 年版。

[2] 《曹禺戏剧集〉·后记》，《蜕变》，文化生活出版社 1946 年版。

[3] 《片断的记录》，《忆》，文化生活出版社 1936 年初版。

尔斯泰这一思想对巴金是有影响的。巴金也认为，艺术的使命是普遍地表现人类的感情和思想，“我从人类感到一种普遍的悲哀，我表现这悲哀要使人类普遍地感到这悲哀。感到这悲哀的人，一定会努力消灭这悲哀的来源的。”❶这就是说，巴金非常深刻地抓住了文艺的特征，即人类的感情交流，作家与读者之间的感情交流。他在创作中，真挚、强烈地抒发了自己的全部真情实感，并比较自觉地运用这种感情为中介，使广大读者从他的作品中获得艺术与美的享受，以及战斗的启示。他把自己的感情具体称之为“悲哀”，这就剔除了托尔斯泰对“感情”所作的带有宗教精神的解释，更加富有现实性和战斗性。

从巴金的创作实践来看，他对于情感性在艺术创作中重要作用的认识，完全是有根据的。因为对他来说，个人感情的冲动是激发创作灵感的一个主要动力，理性在他的创作过程中常常被这种情感冲动所左右和淹没，这种激情甚至使巴金陷于一种完全忘我境地：“这时候我自己不复存在了，我的眼前出现了黑影，这黑影逐渐扩大，终于变成了悲惨的图画。我的心好象受了鞭打，很厉害地跳动起来，我的手不能制止地‘迅速’在纸上动，许多人都借我的书来倾诉他们的痛苦。”❷

这种创作过程中非自觉性表现的经验谈，正好揭示了艺术家在创作过程中形象思维的作用。如别林斯基所说的，诗人“唯一忠实可信的向导，首先是他的本能的、朦胧的、不自觉的感情，那是常构成天才本性的全部力量”。❸当艺术家在日常生活中获得的印象唤起了心底的创作激情（也称作创作灵感）时，他的思维活动就再也离不开生活中的具体的形象，它不依靠理性的逻辑，而是运用想象的翅膀，把人物场景从现实世界转移到艺术世界中去。形象思维也有自身发展的逻辑，那就是情感的逻辑。巴金说的他在创作中看见许多悲惨的图画，正是情感逻辑在起着作用。情感逻辑既是以平时作家的理性为基础，又具有理性所不可取代的独立性，在作家创作过程中不但不为理性所控制，甚至有时能纠正理性的种种偏见和谬误。巴金就是这样一个艺

---

❶ 徐懋庸：《巴金在台州》，《社会与教育》，1933年5卷13期。

❷ 《我的自剖》，《巴金文集》第10卷，人民文学出版社。

❸ 《别林斯基选集》第2卷，第420页。

术家，尽管他信仰无政府主义，在许多政论文章中也不断地宣传它，可是一旦他进入了创作活动，他的感情就完全被从现实生活中获得的一系列印象所驾驭。这时候，他再也不是一个主义的信徒，而是一个充满灵性的艺术家。“我并不是事先打定主意要写一种什么主义的作品，我要怎样写就怎样写，而且在我是非怎样写不可的。我写的时候，自己和书中的人物一同生活，他哭我也哭，他笑我也笑。”❶从这里我们即可了解到巴金一再宣称他自己写的小说与“安那其”是两样的东西的真正含义了。

值得注意的是，巴金在强调情感性在创作过程中的作用时，始终强调他的感情同生活的一致性。首先，他从不割断感情与生活的纽带。在他来说，感情始终是具体的。“我有感情必须发泄，有爱憎必须倾吐”，这是他一再重复的两句话。爱憎，本来就属于感情的范围，他之所以强调指出，正是因为“爱憎”是所有人的情感中最主要、也是最带有社会色彩的因素。爱谁憎谁，在阶级社会里不可能作出抽象的解释。“爱那需要爱的，恨那摧残爱的”这一爱的概念，在巴金的语言词典中有着具体的内容。我们从他所有的作品中看到，尽管他的情绪时高时低，但他的爱憎的基本倾向始终没有变。爱人民，爱一切被损害与被侮辱者，爱一切为人民大众的利益自愿牺牲者；恨专制，恨军阀、官僚、资本家，恨一切剥削者与压迫者。如此鲜明强烈的爱憎观，正是他在生活实践中形成的。当他在生活中不能将这种爱憎付诸现实时，便在创作中倾吐出来。他常常诉说自己的创作“是一种痛苦的回忆驱使我写出来的”，“一根鞭子永远在后面鞭打我”。这“回忆”和“鞭子”，无疑是指现实生活对他的感情刺激而言的。

其次，巴金既承认他倾吐的是他自己的感情，但又不认为这些感情只对他个人有意义。他把自己看作是人类的代言人，常常指出他倾诉的是人类的感情。其实他所说的“全人类”，并没有超阶级的含义，如他所说：“我虽不能苦人类之所苦，而我却是以人类之悲为自己之悲的。”❷这句话非常形象地概括了象巴金这样的进步的小资产阶级知识

---

❶《〈灭亡〉作者的自白》，《生之忏悔》，商务印书馆1936年初版。

❷《〈复仇〉·自序》，《复仇》，新中国书局1932年初版。

分子的心理特点。由于出身于富贵之家，他们没有经历过劳动人民在阶级剥削中所承受的苦难。但他们同情人民，自愿背叛自己的出身，与人民一起为挣脱他们的锁链而斗争。“悲人类之所悲”，在这阶级社会中，就不可能不带有阶级与时代的内容。巴金自己也努力使他所倾吐的感情具有时代的特征，成为时代的典型感情。他抓住了现实生活中的“悲哀”:《复仇》等短篇中写了资本主义文明世界中的种种悲哀;《激流》是写封建专制制度下的种种悲哀;《灭亡》等是写白色恐怖下的种种悲哀;《火》和《还魂草》是写侵略者铁蹄下的悲哀;《寒夜》、《第四病室》是写国民党统治下的悲哀。所有这些悲哀，毫无疑问都带有时代的普遍意义。同时，他又抓住了时代的另一特征:反抗。“它还是一个整代的青年的呼吁，我要拿起我的笔做武器，为他们冲锋。向着这垂死的社会发出我的坚决的呼声‘J’accuse（我控诉）’。”❶悲哀和反抗是巴金倾注在作品里的最主要的感情，这些感情特点与当时的时代特点是相符合的。这就是巴金所强调的感情与生活的一致性。❷

形成这种一致性，有客观上的原因，但更主要的还是巴金自己努力寻求的结果。他几乎是有意识地追求这种一致性，自觉地把自己投入到社会生活斗争之中，企图去把握时代的和生活的本质。在“五四”新文学中，强调忠实自己的感情，是一个被谁都能接受的理论。有不少作家逃避现实的斗争，把自己关闭在艺术的象牙塔里，顾影自怜地珍爱自己的感情。他们的感情是真实的，但又是狭小的，与当时整个火热的时代生活格格不入，结果创作路子越走越窄。而巴金不是这样，他的感情来自于生活的教训，他深深珍惜这一点。读着他的作品，我们可以清楚地看到一个认真生活过的人的不断的内心解剖。他的爱，他的憎，都是人民所理解的。正因为如此，巴金文学生活五十年，始终没有失去他的读者对他的爱。



---

❶ 《〈春天里的秋天〉·序》,《春天里的秋天》，开明书店 1932 年初版。

❷ 关于感情与生活的关系，巴金还明确地说过：“要捉住时代，冷静地观察是不行的，必须自己生活于其中，与同时代的人分享甘苦，共同奋斗，才能够体验出他们的苦痛，明白他们的要求。”引自《〈工女马得兰〉之考察》,《生之忏悔》，商务印书馆 1936 年初版。

## “我在跟书中人物一起生活”

关于塑造人物形象方面，巴金强调作家情感在塑造人物形象过程中的作用，认为作家不是客观地描写人物，而是在人物身上掺和着作家充满血泪的真情实感，使作家“与书中人物一起生活”。具体地说，艺术形象的创造，必须具备生活的真实性与作家感情的真挚性的统一。

艺术形象，是以现实生活为源泉而又经过艺术家主观思想评价的产物。巴金在《谈〈秋〉》中曾这样说过：“我只是把自己的感情放在书里，跟书中人物一同受苦，一起受考验，一块儿奋斗。……我在跟书中人物一起生活。”这话虽浅易直露，却说出了构成艺术形象的两个因素。首先，人物形象既是来自生活，就应该有他们独立的生活逻辑：受苦、受考验、奋斗。这都不是作家所能够随便臆造的。巴金深深了解这一点。他尊重生活，尊重人物在作品提供的环境中生活的逻辑。在有人指责他的作品结尾过于阴暗时，他分辩说：“实际上那些真实的故事往往结束得很阴暗，我不能叫已死的朋友活起来，喊着口号前进。”[1]对于《灭亡》中杜大心的死，他也说：“我自己是反对他采取这条路的，但我无法阻止他，我只有为他底死而哭。”[2]显然，巴金不愿用理性去控制影响他的人物，不愿人物违背生活逻辑去图解自己的思想，他要求通过客观的描写，使他的人物与生活达到一致。其次，巴金虽然努力排斥理性对作品中人物的干扰，却毫不忌讳感情对他们的渗透。他不仅为杜大心的死而哭，还把这些人物视作生活中的朋友一样，同他们“一同受苦，一起受考验，一块儿奋斗”。艺术形象是作家的创造物，它必然渗透着作家对人物行为的全部爱憎评价，只有这样，人物才能摆脱自然形态，成为具有美学意义的艺术品。

主客观的统一，生活的真实性与主观感情的真挚性的统一，是巴金塑造人物的特点和标准，也是“他同书中人物一起生活”的具体化。但是这两个因素在巴金塑造人物过程中的比例不是均衡的。我们从巴



---

[1] 《作者的自剖》，《现代》第1卷第6期，1932年10月出版。

[2] 《〈灭亡〉作者的自白》，《生之忏悔》，商务印书馆1936年初版。

金塑造人物的方法来看，他基本上采用三种，一是专取一人为骨干，加以加工描写，如周如水、德、觉新、高老太爷等；二是采取种种人的特点，如鲁迅所说的，“往往嘴在浙江，脸在北京，衣服在山西”，如汪文宣、曾树生、汪母以及《爱情三部曲》中的一些人物；三是一部分来自生活，一部分来自书本或想象，也有全部靠想象出来的人物，如杜大心、李佩珠、李冷以及《海底梦》、《利娜》等中篇的主人公。这三种方式在感情上是同样强烈、真挚的。然而因生活底子的不同，效果明显不同，前两者的成功率往往优于后者。

巴金创作中常常不是精心构思怎样把人物写得更好些，有些甚至只是讲故事而没有写出人物的形象。但他凭借着炽热真诚的感情，自信能够征服读者，使读者受他的感情的感染，跟他一起去爱或憎他笔下的人物。在事实上，巴金在艺术实践上的得失补充了他的理论：只靠感情是无法塑造出成功的艺术形象的。只有当人物来自于生活，再加上作家饱满的创作激情去加工提炼，才能使人物达到典型的高度。巴金后来也认识到这一点：“我的人物都是从熟人身上借来的，常常东拼西凑，生活里的东西多些，拼凑的痕迹就少些，人物也较象活人”。❶反之，当然就很难成功。



在具体塑造人物的过程中，巴金也提出了“典型化”的理论。当然巴金当时运用“典型”这个概念，与我们今天使用的并不完全相同。在巴金的文章中，典型往往是指一般的共性，他取某个原型的性格，然后将这种性格放在一定的社会冲突中加以表现，使之带有一定的普遍性。由于没有掌握马克思主义的理论，巴金当时不可能具备今天所达到的理论高度，但他关于典型化的论述，许多都是经验之谈，值得我们重视。

首先，巴金从自己的创作经验中体会到，比较成功的艺术形象都是来自于生活，他在创作两个“三部曲”时，基本上都取生活中的熟人作为他的人物的原型，“这些都不是我的想象中生出来的，他们是有血有肉的人，他们是我最熟悉，而且是我热爱过的”。❷其次，巴金既

❶ 《关于〈火〉》，香港《文汇报》1980年2月24日。

❷ 《关于两个“三部曲”》，《抗战文艺》第7卷第2、3期。下一段引文出处相同。

承认他的人物是有原型或符合生活真实的，却又反对别人用真人真事来附会他的人物，他多次指责那些只想在小说里“寻找他们自己影子”的人，说他们根本不了解他的作品。他说：“我如果拿熟人做模特儿，我取的只是性格，我不取面貌和事实。我借重自己的想象，给这个人安排了一些事，给那个人安排了另一些事情。”在一次谈到觉新和他的大哥的关系时，他也这样说：“我的小说里面的觉新的遭遇也并不是完全真实的，我主要地采用了我大哥的性格。”[1]可见他从生活中取原型，但又不拘泥于原型，他重视的是原型内在的个性，他对人物爱憎的评价，主要也是对这些人物性格的评价。围绕这些性格的展开，他去想象构思，安排人物活动和故事情节。

巴金非常重视人物的个性塑造，但一个作家对社会生活现象中某些性格的美学评价，总是同他对社会生活现象本身的态度结合在一起的。人物性格总是要放在一定的社会环境下才能表现出来。巴金是一个反帝反封建的战士，他塑造形象，总是把人物性格放在激烈的反封建专制压迫的社会环境中加以表现，使之带有普遍的意义。这种典型化的方式是巴金自觉运用的。在《爱情三部曲》的总序里，巴金这样说：“我可以说在《爱情三部曲》里面活动的人物全是我的朋友。我读他们，就象同许多朋友在一起生活。但是我说朋友，并不是指过去和现在在我周围活动的那些人。……我固然想把几个敬爱的朋友写下来使他们永远活在我的面前。可是我写这三本小说时却另外有我的预定的计划：我要主要地描写出几个典型，而且使这些典型普遍化，我就不得不创造一些事实。……在他们这种性格的人在某一种环境里可能做出来的事情。”这样，巴金塑造出来的人物再也不是生活原型的照搬了。用他自己的话说，已经不再是他“现实生活”的朋友们了。他们是独立的存在，既来自于生活又要比生活原型更具有普遍的意义，这就是巴金创造典型化的理论及其创作特点。

从生活原型到艺术典型，这一变化过程的完成主要是依靠什么呢？巴金也有他的独特的经验。“按照人物的性格去创造一些事实”，这只不过是指平时生活积累对他创作所起的一定作用。巴金是一个重



[1] 《关于〈家〉》，《巴金文集》第4卷。

主观的作家，在塑造人物过程中，他事先不为人物安排什么结局。他创作《寒夜》，写到最后才开始认识了主人公的面貌，也有写到最后改变了作家预定设想的例子。如觉新、高淑贞的结局，都与作家原来的设想相反。可见，指导作家、支配作家完成人物典型化过程的，除了作家按人物在作品中的生活逻辑创造一些事物外，还凭借着他对人物的感情。靠了这一点，他十分准确地将人物一步步提向典型的高度。《雾》中的周如水的塑造就是一个很好的例子。这个人物本来是有生活原型的，巴金说："我爱这个朋友，我开始写《雾》时我怀了满胸的友情。可是我写下去，憎厌就慢慢地升起来。写到后来，我就完全被憎恨压倒了，那样的性格我不能不憎恨。"显然，巴金并不是憎厌他那个朋友，而是憎厌那种怯懦犹豫的性格，尤其是在反封建斗争中出现的这样的性格。当他的感情完全被憎厌所充塞的时候，他的写作实际上已经摆脱了那个原型，而是在揭露一个在反封建斗争中的带有普遍意义的典型人物了。"在中国具有着这种性格的人是不少的，那么我是在创造一种典型，而不是描写我的朋友"。❶因此，我们从巴金塑造人物的典型化过程中可以看到，他依靠的是两条：一是人物在作品所提供的环境下自身发展的性格逻辑，二是作家创作典型时对人物性格作出美学评价的感情逻辑，尤其是凭了后者，作家才真正做到"跟书中人物一起生活"。

### "艺术的最高境界是无技巧"

在艺术上，巴金追求一种朴素、自然的风格，使艺术技巧不作为一个独立的存在外加到艺术作品里去，而是溶化在作品所要表现的生活内容之中，犹如水中之盐，虽有咸味而不见盐形。这个艺术境界的标准，巴金称之为"无技巧"。

"艺术的最高境界是无技巧"，这是巴金最近提出的艺术观点，但它是老作家五十年文学经验的积累与总结，体现了他一贯的文艺思想。巴金早期的创作中，由于比较强调文学的感情性与战斗性，他不尚文

❶ 以上均引自《〈爱情三部曲〉·总序》，《爱情三部曲》，良友图书公司1936年初版。

字技巧，并且对当时文坛上那种单纯讲究技巧而抹杀文艺战斗性的风气抱有极大的反感。他还一再批评当时文坛上“为艺术而艺术”的观点，并且不无偏激地把那般作家统统划到了“在宫庭里当大臣，在贵族爵邸里做会客，在贵妇人的沙龙里做装饰品，给当权者歌功颂德”❶的那一边。他甚至鄙视莎士比亚，有好几处，他讽刺了那些莎士比亚捧为“纯艺术”，借鼓吹莎士比亚来取消艺术战斗性的文人。

当然，批判了纯艺术的观点并不是不讲艺术。巴金文艺思想的核心，就是追求生活真实和情感真挚的一致。为了表现生活的真实面貌，他反对一切华丽浮艳的文风；为了表现作家的真情实感，他反对一切虚假夸张的无病呻吟。他不重技巧，不求雕饰，只是用一颗赤热的心，去感染读者，动人以情，启人以善，育人以美。用他自己的话来总结，就是：“我的写作的最高境界，我的理想，绝不是完美的技巧，而是高尔基《草原故事》中的‘勇士丹柯’——他用手抓开自己的胸膛，拿出自己的心来，高高的举在头上——我不会离开过去的道路，我要掏出自己燃烧的心，要讲心里话。”❷



勇士丹柯是美的，但他的美不是表现在容貌衣着上，而是美在他用手抓开自己的胸膛，把一颗真诚的心献给人们，美在他那颗心是燃烧着的，它用来指引人们走向光明。这是真正的美，它与真与善结合为一体，净化人们的心灵，激起人们对崇高与伟大的向往。这就是巴金的美学观，他把生活中的真善美高度统一起来，作为一个整体在艺术中加以表现。他认为真正的艺术美就是信而达地向读者传播真与善，而不是另作为一个独立的成分外加在作品里。

真善美三位一体倾注在艺术创作中，这就是巴金在艺术上所追求的“最高境界”。他首先强调的是真，这不仅是指感情的真实，还必须是艺术上能够真实地反映出生活与时代的本质。一九二九年，他写了一篇美国电影《党人魂》的影评文章，❸阐述了他对艺术真实的理解。这部影片以俄国王子、公主和一个革命领袖之间的三角恋爱为线索，

❶ 《片断的记录》，《忆》，文化生活出版社 1936 年初版。

❷ 《〈探索集〉·后记》。

❸ 以下引文均引自《〈党人魂〉及〈火榴〉之考察》，《自由月刊》第 3 期，1929 年。

正面表现了苏俄十月革命，当时风靡一时，吸引了很多观众。但巴金看了这个电影后，却尖锐地批判它"不曾做到艺术上的忠实"。他指出："本片的编导想捉住时代，然而时代却从他手中飞去了。"显然，巴金所指的"艺术上的忠实"，就是要把握住时代的特征和时代的本质。他批评《党人魂》里所表现的"十月革命"："支持了几年的欧战之影响一点没有看到；要求'面包与和平'的呼声一点也没有听到；二月的共和革命一点也没有见到；城市无产阶级占领工厂及商店，农民没收土地的事实一点也没有见到。总之，民众的自发的大运动一点也没有见到。"他所强调的时代特征，就是要表现工农，表现民众在这伟大历史时期的作用，而《党人魂》恰恰没有做到这一点。影片中描写了群众打进王府后大吃大喝、穿上贵族的衣服出洋相等细节，巴金认为这样的描写是歪曲了革命，他尖锐地指责说："这是在一九一七年吗？不，也许还要早一百年。"在这里，巴金指出它之所以没有做到艺术的忠实，是因为影片的编者将一百年前的旧式农民的造反，搬到一九一七年的工农革命舞台上了，因此它"虽然是如何替俄国革命党宣传，而事实上的确是在描写革命党人的丑态了"。从这些论述中，我们不难理解巴金关于艺术真实的观点。尽管他的理论并不成熟和完备，但在一九二九年的当时，已经是很不容易的了。我们在他以后的创作实践中看，他在反映革命运动时基本上都突出人民在革命中的主干作用，如《死去的太阳》、《雪》、《火》等，这同他艺术真实的理解也是分不开的。



在艺术上要求真实反映人民是时代的主人，这仅仅是第一步，巴金还强调，他的创作是为大多数人所服务的，是要鼓动人民起来为改变自己的生活方式，争取自身的解放而战斗。这种功利主义则是巴金的"善"，他是以启发人们的战斗觉悟作为写作目的的："我的文章是在诉于读者的，我愿意它们广泛地被人阅读，引起人对光明爱惜，对黑暗憎恨，我不愿意我的文章被少数人珍藏鉴赏。"他把艺术与功利性相对立，认为如果艺术不能为鼓舞人们的战斗服务，那等于是废物。"艺术算得什么？假如它不能够给多数人带来一点光明，假如它不能够对黑暗给一个打击，整个邦迫城（即庞贝城——引者）都会被埋在地下，难道将来不会有一把火烧毁艺术的宝藏巴黎的鲁佛尔宫？假如人们把艺术永远和多数人隔离，象现在遗老遗少们鉴赏古董画那样，谁又能保得住在大愤怒爆发的时候，一切艺术的宝藏还会保存它们的骄傲的地位？”[1]在巴金这些言论中，尽管对艺术的作用理解过于狭隘，很难说没有俄国民粹派轻视艺术的极端言论的影响，但很清楚，巴金的批判不是针对艺术本身的，而是指一切脱离生活，躲在象牙塔里的所谓“纯艺术”。他这里一连用了三个“假如”，都是针对这种现象而发的，如果我们再联系巴金一九三四年批判某些文人提倡明人小品，消磨青年斗志的主张；一九三五年揭露《论语》杂志以所谓笑话，企图“把一个现代人变成一个明朝的人”的实质；抗战前夕批判有人提出要青年“在图书馆里困坐数十年”再来谈思想的言论等一系列实践活动，[2]那对于巴金关于纯艺术的批判，就会有更清楚的认识。

在巴金看来，一部作品能够做到在艺术上真实表现生活和感情，能够起到教育人民、鼓舞人民的作用，那么艺术上的美就在其中了。在艺术作品的内容与形式的关系上，巴金首先关注的是内容。他说，他读文学作品时，从来不管作品的结构形式，“作为读者，我关心的是人物的命运。我喜欢（或者厌恶）一篇作品，主要是喜欢（或者厌恶）它的内容。”[3]尽管巴金在创作中同样也借鉴过不少外国文学遗产的艺术形式，但他并不认为这是重要的，他看重的是作品的内容，觉得形式应该随着内容的改变而改变。抗战期间关于“民族形式”的讨论中，巴金发表过这样的意见：“据我看来，应该保留的倒是民族精神，而不是形式。现在已经不是封建时代了，我们的经济组织、政治组织、生活样式都改变了，思想的表现方法、写作的形式自然也应该改变。”[4]他反对把旧文化的内容和形式区分开来，并一概地排斥章回体、格律体等旧形式，这虽有偏激，但表现了巴金一贯的主张：把艺术形式（包括技巧）看作是与作品内容浑然一体的不可分割的整体。

这就是巴金关于“无技巧”的内容。所谓“无技巧”，并不是不要技巧，而是反对一切矫揉造作、不自然的艺术，使之达到词浅意深，自然



---

[1] 《灵魂的呼号》《大陆杂志》第1卷第5期，1932年。

[2] 关于这方面，可参看巴金的短篇小说《沉落》，杂文《论语一年》、《答朱光潜先生》等文章。

[3] 《谈我的短篇小说》，《巴金文集》第14卷。

[4] 《无题》，文化生活出版社四川分社1941年初版。

天成，归朴返真的境地。巴金在艺术创作上所孜孜不倦追求的，就是这样一种境地。从这一要求出发，他强调艺术形象的自然和真实，反对作家在作品中发过多的议论；在结构上他不赞成另添一段“光明尾巴”以示理想光彩，他觉得作者的理想尽可以溶化在整个故事描写中，不必硬添什么违背生活逻辑的“蛇足”；在人物塑造上，他也不愿意在外形上给人一种褒贬的感觉。[1]所有这些观点都围绕着一点，即要求艺术形象性的完整和自然，反对任何外加的东西破坏这种自然，给人产生虚假的感觉。

有趣的是，在我国文学史上历来存在着两种截然不同的对美的欣赏标准。一种是把美装饰在一系列的艺术标准框框之中，精心雕琢，刻意工求，形成绝对静止的美。而另一种则强调美与自然形态的结合，无论晴光潋滟，还是山雨空濛，俱能表现出不失本色的自然美。这两种对美的理解各有特点，一个趋向于建筑学上的精微美，一个趋向于湖光山色的自然美。自古而今，这两种美在文学上均产生过优秀的艺术作品。我们不妨把茅盾的小说与巴金的小说作一对比，茅盾从理论批评家转为小说家，一向比较重视艺术形式和文字技巧，在小说创作中处处表现出布局精致，刻画细腻的艺术追求。他的小说可以成为供初学写作者逐段分析，寻其艺术章法的典范作品。我们读茅盾的小说，犹如进入一座精心设计的园林，大到楼堂山石，小到曲径幽泉，一草一木，均有匠心独具的美学意境。而巴金的小说则不然，他直抒胸臆，有触即发，一道河水，上下奔流，遇到悬崖，则腾空飞瀑，遇到浅滩，则呜咽徘徊，时而湍急，时而滞止，均自然形成。你偶尔舀起一勺水看，平淡无奇，但汇成一道水流，却颇为壮观。因此巴金的小说一般无法拆析章句，它是一个整体，在浑然一体中体现出动人的美来。

当然，巴金在艺术上也是不断趋向于成熟的。在他早期，对艺术形式确实有所忽略，但由于他在执笔前阅读过大量文学名著，打下了良好的文学基础，因此很快就找到了发泄自己感情的形式，写起来得心应手，左右逢源。尽管如此，他在艺术上的成熟还是经过了一段时间的实践，我们如果把《灭亡》与《寒夜》的艺术成就略作一比，便

---

[1] 以上几种观点可参看《我的自剖》，《〈工女马得兰〉之考察》，均见《生之忏悔》，商务印书馆 1936 年初版。

不难看到他在艺术上探求的进步，所以“无技巧”说实际上是巴金晚年对自己写作经验的一种总结。清人朱庭珍说过：“盖根底深厚，性情真挚，理愈积而愈精，气弥炼而弥粹，火色俱融，酝酿之熟，涵养之纯，痕迹进化，天机漾溢，意趣活泼，诚中形外，有触即发，自然流出，毫不费力。故能兴象玲珑，高浑古淡，妙合自然。”这段话倒很适用来形容巴金在艺术上的造诣。

## 结　语

巴金无意在文艺理论上独树一帜，自为一家。他也没有写过专门的文艺理论批评著作，他的许多文艺观点的论述，都是与他谈创作经验结合在一起的，这就构成了他的文艺思想的一个特点：经验之谈。因此，他的理论与创作是一致的，对他来说，创作不必去实现某种理论主张，倒是理论用来解释创作，其理论上的得失，一般都能从其创作中反映出来。因此要正确评价巴金的文艺思想，首先应该对他的创作作出正确评价。



巴金的创作在中国现代文学史上有着特殊的地位，在三十年代中国读者中的主要成份——城市小资产阶级知识分子中间，他的声誉仅次于鲁迅。对巴金在创作上的成就，一般的研究者都比较重视思想内容，因为巴金在作品里倾注了于黑暗社会的愤怒批判以及对光明的追求，确实吸引大量不满现实而又苦于找不到出路的青年。但事实上，在当时类似的题材并不少见，而为什么巴金的作品能有这样大的魅力呢？这原因还必须在艺术上找。巴金追求生活真实与艺术真实的一致性，他总是在作品中倾注了火一般热烈、水一般纯洁的激情，而这种激情又真实反映了他对现实生活中黑暗势力的不满和反抗，因此他一下子就能感染一大批阅世未深、感情重于理智的青年学生知识分子。巴金说自己的作品“态度是一贯的，笔调是同样简单的，没有含蓄，没有幽默，没有技巧，而且也没有宽容，这也许会被文豪之类视作浅薄、卑俗，但是在这里面却跳动着这个时代的青年的心。”[1]由于他真

---

❶《〈沉落〉·题记》，见《沉落》，商务印书馆1936年初版。

实地向读者捧出了那颗随着时代脉搏跳动的心，所以他不讲究含蓄、幽默和技巧，反倒成为一种优点。直诉胸臆，一泻无余，正好适合青年学生的欣赏水平，使他们感到亲切，贴心，仿佛是一个熟朋友在诉说悲哀。这就是巴金创作的最大魅力，也是他的文艺思想的最重要的核心。他首先把创作视作一种感情的发泄，但又把他的感情牢牢地与时代、与生活、与人人关注的阶级斗争政治斗争联系在一起，形成了自己别具一格的创作风格。他从不标榜自己是现实主义或浪漫主义，但又确实掺和着两家的特点，为现代文学贡献了只属于他自己的独特的成就。

最后应该加以指出的是，巴金在强调感情对创作的作用时，把它夸大到了绝对的地步。在文学构成的诸因素中，他只强调感情的至高无上，并把它与其它诸因素相对立。比如他不认为题材对于作品的价值有什么意义；❶对艺术构思、结构布局，甚至细节刻画都表示过不同程度的轻视。❷其实从创作的一般规律来看，作家不能离开构思、结构和细节来进行创作，问题是在于这些思维活动在创作过程中被强烈的感情冲动所淹没，从而转入一种潜意识的形态，但它们还是存在的，只是作家在激动中不自觉而已。一般来说，文艺创作固然离不开情感性，但感情一旦处于激动的高潮也很难进行正常的创作。毋庸讳言，巴金创作中有时也确实存在放纵了感情而造成一些作品的粗糙、冗长、甚至还损害了艺术的形象性的缺点。

一九八一年十二月于复旦大学

一九八二年七月修改

原载1982年12月《中国现代文学研究丛刊》第4辑



---

❶ 如他曾说过："艺术与题材是没有多大关系的，艺术的使命是普遍地表现人类的感情与思想，伟大的艺术作品，不拘其题材如何，其给予读者的效果是同样的。"（徐懋庸《巴金在台州》）

❷ 如："我并不是一个冷静的作者，我也没法创造精心结构的艺术品。""我事先并没有想好结构，就动笔写小说，让人物自己在那个环境里生活，通过编造的故事，倾吐我的感情。""我写的是感情，不是生活。所以我用不着象绘工笔画那样细致刻画……。"（《谈我的短篇小说》）

# 中国现代文学史简编（节录）

唐弢 主编

## 第六章 巴　金

### 第一节 前期创作

巴金，原名李尧棠，字芾甘，一九〇四年生于四川成都一个官僚地主家庭。从小目睹了封建大家庭内部腐败堕落、勾心斗角的生活方式，封建专制主义压迫摧残年轻一代的暴戾行径。在他父亲的衙门里，还看到过封建统治者对于平民百姓的迫害，从而触发了对于封建秩序的怀疑和反感。另一方面，如他自己所说，“我从小就爱和仆人在一起，我是在仆人中间长大的”，劳动者的善良品质和悲惨命运，激起了他“火一般的反抗的思想”。他勇敢地宣称：“我说我不要做一个少爷，我要做一个站在他们一边，帮助他们的人。”[1]早在那个时候，生活已经在他幼小的心灵上，撒下了作为封建制度、封建家庭的叛逆者的种子。

十五岁时，“五四”新文化运动发生了。反帝反封建的狂飙，广泛传播的各种民主主义、社会主义思潮，使巴金在惊奇和兴奋中，受到从未有过的鼓舞和启示。他密切地注视着运动的发展，《新青年》、《每周评论》等刊物以及一些新出的书籍，成了他的启蒙读物。原先从实

[1] 《短简·我的幼年》。

际生活的感受中滋长起来的怀疑和反感，开始找到了理论上的解释和指引；本来只是个人的思考和摸索，也开始汇入到整个社会的斗争洪流中。巴金的生活和思想因此发生决定性的转折。他说："我常常说我是'五四'的产儿。五四运动象一声春雷把我从睡梦中惊醒了。我睁开了眼睛，开始看到了一个崭新的世界。"[1]正是五四运动，推动他走上坚决反对封建制度、热情追求新的社会理想的战斗道路。一九二三年，他从家庭出走，离开闭塞的四川来到上海、南京求学，一度还想报考新文化运动的发祥地北京大学。一九二七年初，赴法国学习，在更为宽广的天地里，继续如饥似渴地寻找社会解放的真理。

对巴金说来，这并不是一条平坦的道路。在"五四"前后传播的各种思潮中，最吸引他的是无政府主义。克鲁泡特金的政论《告少年》和廖抗夫的剧本《夜未央》等鼓吹这种思潮的读物，都曾给过他很大的激动和启发，由此逐步形成巴金青年时代的人生信仰和政治观点，指引他走上生活的道路。他最早的一篇文章，就是题为《怎样建设真正自由平等的社会》的宣扬无政府主义的政论。[2]从此开始到二十年代末，他一直怀着极大的热诚，翻译编写了不少无政府主义的书籍。"五四"新文化运动带来了科学和民主，也带来了社会主义的思潮。人们那时急迫地吸取一切从外国来的新知识，一时分不清无政府主义和社会主义、个人主义和集体主义的界线。尼采、克鲁泡特金和马克思几乎有同样的吸引力。到后来才认识马克思列宁主义是解放人类的唯一真理和武器。许多寻求革命真理的先进人士，都在不同程度上经历过这样曲折的路途。现代中国作家中，巴金在这方面可能是最有代表性的一个，他的思想跋涉是艰苦的。这种蔑视一切权威和约束的思潮推动巴金走上民主革命的道路，成为他坚决反帝反封建的思想武器；也使他的创作从一开始就具有和旧世界决裂的鲜明的激进的色彩。与此同时，这种思潮又或多或少地妨碍巴金正确理解科学的社会主义理论和无产阶级政党领导的人民革命运动，在一个时期内持有这样那样的疑问或保留，给他的生活和创作带来某些消极的影响。不过，巴金关



---

[1] 《忆·觉醒与活动》。

[2] 载《半月》第17期，1921年4月。

心的是人民群众的解放，是中国人民的实际问题，因此他能根据中国社会的现实决定自己的理想和行动，即使在最热衷于无政府主义的时候，也能提出和坚持自己的看法。这不仅使他当时有别于一般的无政府主义者，❶也使他经过十多年的思考探索，终于和这种思潮分道扬镳。

巴金最早的创作，是发表在一九二二年七月——十一月《文学旬刊》(《时事新报》副刊）和一九二三年十月《妇女杂志》上的一些新诗和散文。它们传达了“被虐待者底哭声”，闪现出“插着草标儿”的“丧家的小孩”、轿夫、乞丐……的面影，指出世上决没有主动将财富送给穷人的富豪，“要想美的世界底实现，除非自己创造”。这些带有习作性质的作品，当时和后来都很少为人提及；但是，从现实生活吸取题材，注意尖锐的社会压迫和阶级矛盾，同情被侮辱与被损害者，呼唤人们起来反抗，将抗争的锋芒直指不合理的社会制度，革命的激情以至于晓畅热烈的文字等，都已显示出巴金以后几十年创作的基本倾向和特色。



他的正式的文学生涯开始于一九二七年旅法期间。在初到异国的孤独单调的日子里，过去许多经历、见闻在回忆里复活过来，“为了安慰我这颗寂寞的年青的心，我便开始把我从生活里得到的一点东西写下来”❷。“四一二”国民党反动派叛变革命，新军阀取代旧军阀，将准备迎接革命胜利的中国人民推入新的苦难的深渊。不久，在世界范围内爆发了拯救无政府主义者、意大利工人、被巴金奉为“先生”的凡宰地免受死刑的抗议运动，而美国政府不顾各国舆论的警告，仍然下令将他处死。这些重大变故，都使巴金感到极度震惊和愤懑。为了寄托和发泄这些激情，他又断断续续地写下了一些篇章。到了一九二八年夏天，经过整理和增删，就是他的第一部中篇小说《灭亡》。

小说写的是北洋军阀统治下的上海。从一开始军阀的汽车辗死行人到末尾革命者的头颅挂在电线杆上示众，中间穿插着封建家庭破坏

---

❶ 巴金在四十年代初解释过：“我虽然信仰从外国输入的‘安那其’，但我还仍是一个中国人，我的血管里有的也是中国人的血。有时候我不免要站在中国人的立场上看事情，发议论。”(《〈火·第二部〉后记》)。到了五十年代末，用更加明确的话表示：“我有我的‘无政府主义’。”(《谈〈灭亡〉》，载《文艺月报》1958 年第 4 期）。

❷《写作生活的回顾》。

青年男女的恋爱，工人因为运送革命传单被杀害等情节，表明这是一个到处都沾满了“腥红的血”的世界。小说以主要的篇幅描写处在这样的环境下，一些受到“五四”新思潮鼓舞、寻求社会解放道路的知识青年的苦闷和抗争。响彻全书的是这样的呼声：“凡是曾经把自己的幸福建筑在别人的痛苦上面的人都应该灭亡。”这其实也就是小说的主题。主人公杜大心怀有“为了我至爱的被压迫的同胞，我甘愿灭亡”的决心。不过，残酷的社会现实、痛苦的个人经历、无政府主义的信仰、还有严重的肺结核病，使他染上很深的厌世情绪，“他把死当作自己底义务，想拿死来安息他一生中长久不息的苦斗”。他的行动因而带有浓厚的悲观色彩和盲动性质。为了给被军阀杀害的战友复仇，他企图暗杀戒严司令。结果对方只受了轻伤，自己却献出了年轻的生命。作家赞美他的献身精神，同时看到并且写出了这种个人恐怖行动并无多大意义。巴金说：“我自己是反对他采取这条路的，但我无法阻止他，我只有为他底死而哭。”并把杜大心称为“病态的革命家”❶。杜大心的形象，很可以表明巴金的前期创作中所体现的无政府主义的影响和他对于这种思想的突破。❷

一九二九年初，《灭亡》在《小说月报》上连载。革命和反革命激烈搏斗的情节固然很有吸引力；杜大心和李冷、李静淑兄妹之间展开的对于人生应该是爱还是憎、是讴歌还是诅咒，对于现实社会应该是逐步改良还是彻底摧毁的争论，全书时而昂奋时而抑郁、骚动不安的基调，以及杜大心自我牺牲的行为等，更在迫切地寻求前途的青年读者中间，激起强烈的反响。正如一位读者所陈述的那样：《灭亡》“把这个残杀着的现实，如实的描写出来，……还把那万重压榨下的苦痛者底反抗力，表现了出来……从反抗压迫的叫号中，我们可以知道：弱者不是永久的弱者，他们有的是热血，一旦热血喷射的时候，哼！他们要报复了。”❸他们不只是深切地体会了作家总的创作意图，而且准确地感受到了作家情绪上的起伏波动，沉浸在同样的痛苦和欢乐、

---

❶ 《〈灭亡〉作者底自白》。

❷ 巴金自己说过：“我坦白地承认我的作品里总有点外国‘无政府主义’的影响，但是我写作时常常违反这个‘无政府主义’。”(《谈〈灭亡〉，载《文艺月报》1958年第4期）。

❸ 孙沫萍：《谈〈灭亡〉》，载1930年《开明》第2卷第24期。

幻灭和期待之中。这是作家和读者之间真正的思想感情的交流融合。所以，虽然《灭亡》艺术上还比较粗糙，思想上也存在着弱点，却立即成为一九二九年最受读者欢迎的作品之一。这个出乎意料的成功，使巴金第一次发现，文学创作可以成为自己同那些和他一起经受生活煎熬的青年们精神联系的手段。他说："《灭亡》的发表……替我选定了一种职业。我的文学生活就从此开始了。"❶

《灭亡》的续篇《新生》，叙述李冷、李静淑兄妹在杜大心牺牲的激发下，先后走向革命的故事。小说采用日记的形式。作品渲染了群众的麻木落后，革命者的孤独寂寞——他们只能靠着"信仰"坚持生活和斗争，因而涂抹了一层阴郁的颜色。不过，李冷在就义前想到的，却是"把个人的生命连在群体的生命上，那么在人类向上繁荣的时候，我们只看见生命的连续广延，哪里还有个人的灭亡。"可见作家胸怀"大心"，关注的是广大人民的命运，瞩目的是经过斗争、牺牲达到的未来。他希望用先驱者的英勇业绩唤起更多的后继者，共同起来推翻罪恶的旧世界。虽然这样的信念失之空泛，在艺术上也没有得到充实的表现，却还是具有一定的鼓舞力量。



在前期创作中，巴金自己最喜爱的是总题为《爱情三部曲》的三个中篇。第一部《雾》篇幅短小，主要描写周若水的爱情生活。他虽是"五四"以后的新青年，却摆脱不了封建道德观念的羁绊，在恋爱中表现出软弱、优柔寡断的性格，因此失去了心爱的人。到了《雨》中，在再一次恋爱失败以后，投江自杀了。第二部《雨》的人物比《雾》多，情节也较为复杂，几个人物的形象比较丰满。小说着重描写的是"热情的，有点粗暴浮躁"的吴仁民与郑玉雯、熊智君的爱情纠葛。但这并不是一个三角恋爱的故事，而是提出了应该如何处理革命与恋爱的关系的严肃课题。作品中两个女子结局都很凄惨，吴仁民却终于摆脱了感情的牵制，完全投身革命的斗争中去。在第三部《电》里，前面两部作品中的一些人物，逐步成熟，显示出作家所说的"一种近乎健全的性格"。有关爱情的描写已经不多，不再以此作为贯串的线索了。作品通过工会、妇女协会、学校等方面的活动，展现了某城一个激进

❶《谈〈灭亡〉》。

团体的反军阀斗争。青年人的真诚友谊、坚定信仰、勇于献身的精神和行为，构成全书的主要内容。就所反映的社会现实而言，这是三部曲中最为宽广的。《电》也是巴金最喜爱的一部。值得注意的是，小说中一再出现的关于是否应该采用个人恐怖手段反抗反动势力的论辩。作家反复说明“我们恨的是制度，不是个人”；因此“痛快地交出生命，那是英雄的事业，我们似乎更需要平凡的人”，“能够忍耐地、沉默地工作的人”。和《灭亡》相比，《电》较为清晰地强调了这一思想。不过小说仍以较多笔墨描写恐怖行动，歌颂牺牲精神，使那些“英雄”比“平凡的人”更有光彩。这些地方，反映出巴金思想感情上深刻的矛盾。

从《灭亡》到《爱情三部曲》，主人公都是一些作为旧世界的叛逆者的知识青年。他们出身剥削阶级，但决心献身于被剥削者的解放事业；他们以人民的代表自诩，却又看不到人民的力量，更没有找到正确的革命道路。在他们的内心深处，还保留着小资产阶级个人主义的灵魂。他们的勇敢和脆弱，信心和空虚，往往矛盾地交织在一起。巴金一再提到他是从自己的朋友身上提取这些人物形象的素材的。他不仅熟悉他们而且热爱他们，总是用饱和着真挚感情的画笔，绘下他们的身影，表达他们的情绪。不容否认这些作品留下了无政府主义的某些消极影响，但它们的确真实地记录了这些知识青年的生活和斗争，真切地刻划出他们复杂的，常常是有些病态的精神风貌。具有类似的矛盾和苦闷的小资产阶级知识青年，在二十年代、三十年代的现实社会中，为数不少。把这种类型的形象带进文学画廊，正是巴金的小说能够激动那么多青年读者的重要原因。

巴金虽然以表现知识青年著称，却从一开始就触及到现代产业工人的斗争。《灭亡》出现过革命工人张爱群的形象，随后又在中篇《死去的太阳》中以更多的篇幅展现了南京工人为了抗议“五卅”暴行掀起的罢工运动。三十年代初，巴金接连写了两部主要描写工人的中篇：《砂丁》写的是锡矿工人的生活，《雪》（原名《萌芽》）写到了煤矿工人的斗争。呈现在读者眼前的是一幅幅阴暗的画面：工人的苦难，不仅在于所创造的剩余价值被贪婪的资本家掠夺去了，还有更多的中世纪式的非人的折磨——从被诱骗到矿山起，一直到被埋进土坑（死了的或者被活埋的），他们完全失去了人身自由，生命毫无保障。矿山对他们说来，无异是座死牢。小说也写到了工人的朦胧的觉醒。从自发的个人反抗到初步组织起来的罢工斗争。作家说："我是把一个垂死的制度摆在人们的面前，指给人们看：'这儿是伤痕，这儿是血，你们看！'"❶作品里的工人形象虽然不很成功；但就真实地反映了半封建半殖民地旧中国的生活——无产阶级所忍受的种种惨无人道的超经济剥削这一社会现实而言，小说还是写得出色的。

从一九二九年起，巴金开始写作短篇小说。到一九三七年抗战爆发，已经写下六十余篇，分别收入《复仇》、《光明》、《将军》、《发的故事》等十一个集子。这些短篇描绘了一个广阔的世界。取材异域生活的篇什，占了很大的比重；许多篇是以法国人为主人公的，此外象俄罗斯人，意大利人、波兰人、奥地利人、犹太人、日本人、朝鲜人，尤其是其中的革命者和具有反抗精神的青年，都常常是巴金短篇的主角。这些作品，少数是根据历史文献、传记提供的素材改编而成，绝大部分都是通过作家与外国友人的交往，有了认识和思想感情的交流以后写下的。在五颜六色的异国风光中，表现的同样是民族压迫阶级对立的严酷生活，同样是反抗不合理制度的英勇斗争。"五四"以后，随着社会、文化各个方面中外交流的增加，从内容到形式都给文学创作带来明显的影响。外国题材较多地进入中国作品，正是其中的一个变化。巴金的短篇就是很好的例子。取材国内生活的短篇，也写到了现实社会的多种矛盾。《煤坑》、《五十多个》、《还乡》、《月夜》、《一件小事》等篇，反映工农群众在天灾人祸、在地主资产阶级沉重摧残下的苦难和抗争。《知识阶级》、《沉落》等篇，鞭挞了上层知识分子的堕落。《父亲买新皮鞋回来的时候》、《春雨》、《雷》、《星》等，则以作家熟悉的革命者或者在苦闷中寻路的知识青年为主人公，透露出较多的理想的闪光。

巴金的短篇喜欢采用第一人称的写法，不少属于书信体或日记体。其中的"我"可能是故事的中心人物，也可能是事态发展次要的参与者或目击者。他后来解释自己常用这类写法，积极的原因是可以直接

❶《〈砂丁〉序》。

“倾吐自己的感情”，消极的原因是便于对“不知道的就避开”不写。❶他的小说大多数较多主观感情的抒发，较少客观生活的刻划。巴金还说过：“我写文章，尤其是写短篇小说的时候，我只感到一种热情要发泄出来，一种悲哀要倾吐出来。我没有时间想到我应该采用什么样的形式。我是为了申诉，为了纪念才拿笔写小说的。”❷他一般地不怎么注意结构故事、剪裁情节、节制文字等方面的推敲；而是感情奔放，一泻千里，读来激动人心，十分流畅。

尽管如此，巴金的短篇仍然是丰富多姿、色彩缤纷的。隐藏在落魄的音乐师难听的歌声里的，原来是一场不幸的恋爱悲剧，通篇笼罩着淡淡的哀怨（《洛泊尔先生》）。从断了弦的三角琴，引出了一个流放西伯利亚的热爱艺术热爱自由的俄罗斯农民的庄严形象，字里行间充满了对于专制制度的控诉(《哑了的三角琴》)。取材法国大革命的几篇，用颜色鲜艳的画笔，很有气势地渲染出时代的狂风暴雨，并在这样的画面上凸现出几位历史巨人的面影（《马拉的死》等三篇）。这些作品，带有比较鲜明的浪漫主义的情调。收入《抹布》集里的两篇：《杨嫂》叙述一个处身社会底层的女佣的悲惨经历，《第二个母亲》描写一个厕身上层社会任人玩弄的女性的痛苦生活，以她们的善良和热爱生活，反衬出社会的冷酷，洋溢着人道主义的义愤。《将军》塑造一个潦倒上海滩、靠着妻子卖淫为生的白俄贵族的形象，从昔日的荣华和今天的破败的强烈对比中，指出他们必然灭亡的命运。《神·鬼·人》的前两篇（《神》、《鬼》），通过一连串平凡琐细的日常生活的描写，刻划出几个日本人苦于现实生活的磨难，移向宗教寻求解脱的空虚苦闷的灵魂。这些作品，有较多的细节描写，人物形象丰满，具有现实主义的特色。另外，在《幽灵》、《狗》等篇中，吸取了一些象征的写法。《长生塔》各篇，都是童话。在严重的白色恐怖下，作家借象征和比喻，表达对于阶级压迫的抗议，宣告不合理制度终将消灭的信息，艺术上别具一格。虽然在巴金的整个创作中，短篇小说的成就、影响，不如长篇和中篇，它们在思想上艺术上仍然具有值得重视的特点，显示出作家多

❶《谈我的短篇小说》。

❷《生的忏悔：我的自剖》。

方面的才能。

他的第一个散文集《海行杂记》是在第一部小说之前写成的，即在一九二七年初去法国的旅途中，用散文写下沿途的见闻。当时的目的是写给他的两个哥哥看的；结集出版，已经是巴金成为著名小说家以后的事了。所以，长期以来人们（包括作家本人自己）一直以《灭亡》，而不是《海行杂记》作为他的文学生涯的起点。

巴金的散文数量不少，在前期就出版了近十个集子。体裁包括游记、随笔、速写、杂文、书信、回忆录……。其中最引人注意的是叙述自己生活、思想和创作的那些篇什（分别收入《忆》、《短简》、《生之忏悔》等）。在中国现代作家中，巴金也许是一位最喜欢跟读者交谈的作家，而且总是谈得那么亲切、那么坦率，从不掩饰自己的爱憎、欢乐和懊丧。他在给一个青年学生的信中说过："我们的心是连在一起的。"[1]这些散文，就特别清楚地表现出这种与读者推心置腹地交流思想感情的特点。它们不仅因为写得生动、热情充沛，受到读者的喜爱；还因为提供了有关作家生平和创作的大量第一手史料，为研究者所重视。在另外一些散文中，巴金善于用速写的形式，勾勒出社会的众生相。如《一九三×年·双十节·上海》摄下帝国主义侮辱中国人民的几个镜头；《鬼棚尾》揭露反动政府纵容娼妓卖淫，从中征收"花捐"的卑鄙勾当；《一千三百圆》写到公开买卖妇女的行为；《赌》画出大小赌场的情景——这是一个必须推翻的旧世界。在《木匠老陈》、《一个车夫》中，刻划了劳动者正直、倔强的性格；《一个女佣》叙述一个农妇愤然复仇，杀死土豪，敢作敢当的事迹；《农民的集会》正面描写了广东农村正在兴起的群众性的政治斗争——突出的是潜藏在人民身上的巨大力量。此外，象《鸟的天堂》描绘南国乡野的景色：茂盛的榕树，欢叫的鸟群，跃动着的自然界蓬勃的生命力，也是为人称道的作品。

巴金的散文，文字清丽流畅，善于将叙事和抒情融合在一起：感情在叙述的情节中回荡，事态随着情绪的湍流展开，虚实相间，挥洒自如。他的散文不追求外在的精雕细作，而能在娓娓道来的朴实的语



---

[1]《短简：给一个中学青年》。

言中，传达出强烈的激情，给人以思想上的启示和艺术上的享受，具有一种内在的魅力和光彩。在现代中国的散文创作中，巴金是形成独特风格、自成一家的突出的一个。

## 第二节 《激流三部曲》:《家》、《春》、《秋》

《灭亡》的发表，使巴金立刻成为引人注目的创作新人，由此开始了他的文学生涯。但巴金集中力量从事文学创作，却始于一九三一年。"从这一年起我才开始'正式地'写起小说来，以前我只是在读书、翻译或旅行的余暇写点类似小说的东西。"❶一九三一年在巴金的整个创作活动中，还有另一个值得重视的意义，正是在这一年开始了他的杰出的代表作《激流三部曲》的写作。

《激流三部曲》总的计划和设想，在创作过程中屡有变更。有些原先的打算未能实现，某些重要人物的情节却是后来想到的。从一九三一年初开始撰写《家》，到一九四〇年春完成《秋》，时写时停，前后跨越了将近十年的时间。但就小说内容而言，比起《灭亡》与《新生》，比起《爱情三部曲》，它的各个部分之间，却具有更为密切的连贯性和更为和谐的统一性。整个作品通过一个大家庭的没落和分化，抒写了封建宗法制度的崩溃和革命潮流在青年一代中的激荡。作家以很大的激情对封建势力进行揭露，歌颂了青年知识分子的觉醒、抗争并与家庭决裂。

作品以"五四"的浪潮波及到了闭塞的内地——四川成都为背景，真实地写出了高家这个很有代表性的封建大家庭腐烂、溃败的历史。用作家自己的话说：他"所要展示给读者的乃是描写过去十多年间的一幅图画"。❷高氏豪门外表上诗礼传家，书香门第，但遮掩在这层帷幕之后的，却是内部的相互倾轧，明争暗斗，腐朽龌龊，荒淫无耻。为了维护这个作为封建制度的支柱而又面临崩溃的家庭，以高老太爷和克明为代表的那些卫道者，竭力奉持着礼教和家训，压制一切新的事物，甚至不惜以牺牲青年为代价。这就又加深了新与旧、当权势力

❶ 《〈爱情的三部曲〉总序》。

❷ 《〈激流〉总序》。

与被压迫者的矛盾，并使年轻人遭受巨大的痛苦。在《家》中，就有梅的悒郁致死，瑞珏的临产丧生，鸣凤的投湖自杀，婉儿的被逼出嫁。——这些青年女性的不幸遭遇，无不是封建制度以及礼教和迷信迫害的结果。作者通过这些描写，表现了深切的同情和悲愤，并向垂死的制度发出了“我控诉”的呼声。

然而这个家里的新旧矛盾，毕竟已发生在“五四”时代。“五四”的浪潮掀起了青年一代的热情和理想，也加深了他们对于旧的制度和生活的憎恨。《家》中的重要人物觉慧，便是这种受到新思潮冲击的新生的民主主义力量的代表。他坚决反对向旧势力作任何退让妥协，反对“作揖哲学”和“无抵抗主义”，他的信念很单纯，对旧势力“不顾忌，不害怕，不妥协”。他的确是“幼稚”的，对周围的一切还不能作出科学的分析，甚至感到“这旧家庭里面的一切简直是一个复杂的结，他这直率的热烈的心是无法把它解开的”。但基于“五四”时代对旧的一切表示怀疑和否定的精神，他知道这个家庭是“无可挽救的了”。他并不想对“家”寄托什么希望，而热心于交结新的朋友、讨论社会问题、编辑刊物、创办阅报社等等社会活动，“夸大地把改良社会、解放人群的责任放在自己的肩上”。即使在他与鸣凤热恋的时期，他在外面也“确实忘了鸣凤”，只有回到那和沙漠一样寂寞的家里时，才“不能不因思念她而苦恼”。最后，觉慧无所顾忌地离开家而远走了。作家通过觉慧写出了革命潮流在青年中的激荡，写出了包含在旧家庭内部的新力量的成长，也通过觉慧来对觉新的“作揖主义”和别人的懦弱性格作了批判。在《春》与《秋》中，从淑英、淑华等人的成长过程，可以看到觉慧的行动对这个家庭所产生的巨大影响。他那热情大胆的性格的确给读者带来了鼓舞、带来了“新鲜空气”。觉慧到上海是为了向往那里的“未知的新的活动”，“还有那广大的群众和新文化运动”；作品并没有正面地具体描写觉慧离开家庭以后所走的道路，但对封建家庭的叛逆，常常是知识分子走上民主革命的起点。根据觉慧性格的逻辑发展，在中国具体历史条件下，他是有可能经过较长时期的摸索而找到人民革命的主流和领导力量的。虽然环境气氛和时代精神在《激流三部曲》中表现得不够充分，使人不能十分真切地感受到那个家庭与当时各种社会关系的联系，但作品写到了“五四”革命浪潮的影响，写到了四川军阀混战对人民的骚扰，也写到学生们向督军署请愿和罢课的斗争，以及地主派人下乡收租等情况。这一切都表示这是一个人民革命力量正在艰苦斗争和不断壮大的时代，而这种背景就给觉慧这些青年人的叛逆性格和出路提供了现实的根据。在巴金塑造的众多的寻求革命道路的知识青年的形象中，觉慧是很有光彩的一个。

觉新和觉民是始终贯串在《激流三部曲》里的人物，特别是觉新，作者对他所花的笔墨最多，而且可以说是整个作品布局的主干。他的性格充满了矛盾，而这些矛盾又都带有新旧社会交替的鲜明的时代特征。他原是旧制度培养出来的，但也受到了新思潮的触动。后者使他心底里存在着是非和爱憎的界限，使他理解夺去了他的幸福和前途、夺去了他所最爱的梅和瑞珏的是“全个礼教，全个传统，全个迷信”。前者却又使他安分守己，逆来顺受，只会伤心地痛哭，忍受着精神上的痛苦。他在封建大家庭里所处的“长房长孙”的特殊地位，使他比别人承担更为沉重的精神负累，受到更为严格的封建拘束，负有更为众多的家庭义务——这一切也就压得他更加无可奈何地沉落下去，成为封建家族制度的殉葬品。他是旧礼教的牺牲者，同时又不自觉地扮演了一个维护者的角色。而在另外一些场合，他又庇护反抗封建秩序的弟妹们，甚至资助他们逃出宛如牢笼的家庭；即使因此势必遭受长辈们的斥责，也在所不惜。作家抱着批判和同情兼而有之的矛盾心情，刻划了觉新的形象。这样性格复杂的人物也理应得到这般的对待。觉新不只是《激流三部曲》中写得最为丰富、最为成功的形象，也是整个中国现代文学史上一个著名的艺术典型。觉民的性格是沉着的，也是比较定型的；作家给他安排了一个比较顺利的遭遇，使他胜利地得到爱情，跨过了逃婚的斗争。他也有改变和发展，但都是顺着一条路向前的，他自信可以掌握自己的命运。在《春》和《秋》中，他已站在斗争的前缘，不妥协地和那些长辈们当面争辩，并卫护着淑英、淑华的成长。在给觉慧的信中，他说：“我现在是‘过激派’了。在我们家里你是第一个‘过激派’，我便是第二个。我要做许多使他们讨厌的事情，我要制造第三个‘过激派’。”这第三个就是淑英，淑英的成长和出走，是贯串在《春》里面的主线，而觉民的活动就为这件事的开展准备了条件。

在青年女性中，除了上面提到的一些牺牲者外，巴金在《家》里还写了琴和许倩如，这是正面力量的萌芽。虽然许倩如只是一个影子，而琴还正在觉醒的过程中。到《春》里，这种正面力量就有了成长，不仅琴的性格得到进一步的发展，而且出现了淑英。她从觉慧的出走引起了心灵的波动，从蕙的遭遇又深切地感到摆在自己面前的危机，于是在觉民、琴等人的鼓舞下，逐渐变得坚强起来，终于走上了觉慧的道路，理解了“春天是我们的”这话的意义。《春》和《秋》中所展开的是比《家》中更加深化的矛盾。在长辈们的虚伪和堕落的衬托下，《春》里面主要描写一些心灵纯洁的少年男女的活动，为淑英性格的成长和觉醒提供了条件。情节的开展比《家》来得迂缓，而精神仍是一贯的。淑华的活动主要在《秋》里。这是一个性格单纯开朗的少女，她的爽直快乐的声音常常调剂了某些场面中的忧郁情调，给作品带来了一些明朗的气氛。她最后也逐渐成长起来，有了“战斗的欲望”，而且与旧势力进行了面对面的争辩。和她成为对比的是淑贞的命运，正当淑华争取到进学堂的机会时，淑贞跳井自杀了。这是个生活在愚蠢和浅妄的包围中而从来没有快乐过的木然的少女，她的遭遇，暴露了那些长辈们的虚伪和丑恶，说明了封建主义对人们精神上和肉体上的严重的摧残。这些少女的活动，包括绮霞、倩儿、翠环等人，是作品的重要构成部分。巴金在描写她们时，常常带有更多的温情，笔调也显得分外柔和。不但写到她们的苦难和欢乐、憧憬和觉醒时如此，即使象淑贞那样很难令人喜爱的性格，也不例外。这从根本上说，自然是由于青年妇女在封建社会总是处于特别不幸、卑贱的地位，更值得人们同情，但也和巴金继承了以《红楼梦》为代表的古典文学的优良传统和接受了十九世纪俄罗斯文学的积极影响有关。



对于那些虚伪、荒淫和愚昧的老一代的人们，作者并没有把他们漫画化，却仍然投予了深刻的憎恨和无情的诅咒。从高老太爷和《秋》里面死去的克明身上，揭露了旧制度的卫护者们那种表面十分严峻而其实极端虚伪和顽固的本质。《春》里面作者更多地勾画了克安、克定等人的荒淫堕落的活动，他们的盗卖财物、私蓄娼优、玩弄丫头奶妈等行径是不堪入目的；而在他们的放纵和影响下，觉群、觉世等小一辈品质的恶劣也已逐渐成型，这正说明了这种制度和教育的腐朽、野蛮和残酷。《秋》里面所写的面更扩大了，已不限于高家的范围，周家和郑家也占了很大的比重；通过周伯涛、郑国光、冯乐山、陈克家等不同人物性格的描写，所谓书香缙绅之家的虚伪、堕落和无耻的面貌是更多方面地揭露出来了。象周伯涛，实际上是夺走女儿和儿子两条年轻生命的罪魁祸首，连他的母亲和妻子都一再责怪他顽固不化，他却以自己所作所为无不符合封建教条，都是为了卫护封建秩序而洋洋自得。在这个人物身上，把封建道德灭绝人性的本质确实是淋漓尽致地表现出来了。这就不只补充了对高家那些“克”字辈人物精神堕落状况的揭露，而且说明了他们都是一个制度的产物，充分地显示了这些形象的社会意义。另外一些庸俗、泼辣和愚蠢的女眷们的活动，例如陈姨太、王氏、沈氏等，更以她们的反面形象引起了人们深深的厌恶。通过一些性格善良的人们的牺牲，例如蕙的死和葬，枚的死，以及一些不幸的丫鬟的命运，封建统治阶级的“吃人的”面貌和作者的极端憎恶的感情就表现得更为鲜明。



在《秋》的最后，觉民说：“没有一个永久的秋天，秋天或者就要过去了。”作者曾说他“本来给《秋》预定了一个灰色的结局，想用觉新的自杀和觉民的被捕收场”，但在友情的鼓舞下，他决定“洗去了这本小说的阴郁的颜色”。[1]这个预定的计划更接近于他在《爱情三部曲》或者《灭亡》、《新生》等作品中一再作过的艺术安排；但在愿意给读者以乐观和鼓舞的情绪支配下，他终于改变了预定的计划，给作品增添了健康和明朗的色彩。早期作品中有所流露的无政府主义的思想影响，在这里已经很难找到了。小说关于新的力量和新的道路虽然都还写得朦胧，但仍然有很大的鼓舞力，能够吸引读者憎恨那种腐朽没落的制度，并为美好的未来而斗争。封建社会在中国经历了特别漫长的历史岁月。到了现代，在狂风暴雨般的人民革命的连续打击下，它的解体仍然是极具缓慢的；而且一面走向死亡，一面继续虐待、摧残、杀害各阶层的人们，包括封建阶级成员自身。所以，以控诉封建家庭、封建制度的罪恶为主旨的《激流三部曲》，具有强烈的战斗意义，它曾激动了几代青年读者的心灵。

---

❶ 《〈秋〉序》。

《激流三部曲》的材料不少来自巴金自己那个封建大家庭。小说中的很多人物，也是从他的家人、亲友中提炼出来的，觉新就是以他的大哥为模特儿的。就创作素材而言，是巴金所有作品中最为深厚丰富的了。这几部长篇小说，虽然同样洋溢着巴金的热烈的感情，但他努力把这熔入社会现象客观细致的描写中。他也不再象在最初的一些中篇里那样，喜欢进行直接的政治说教，或者展开抽象的人生意义的辩论，而是让形象说话。这些变化，使《激流三部曲》具有更多的现实主义的特色。这样的特色，在巴金后来的创作中还有更为明显的发展。

## 第三节　从《火》到《寒夜》

抗日战争爆发，巴金立即投身民族救亡的洪流。他和茅盾一起主编后来改名为《烽火》的《呐喊》(战前的《文学》、《中流》、《文季》、《译文》四份文学期刊的战时联合刊)，并担任上海文艺界救亡协会主办的《救亡日报》的编委。随后，当选了中华全国文艺界抗敌协会理事。战前，巴金已经与左翼作家建立了良好的工作关系，相互支持，推动新文学的发展。他主编的刊物和丛书，刊登收录了许多左翼作家的作品；他先后在左翼作家发起的《中国文艺工作者宣言》和《文艺界同人为团结御侮与言论自由宣言》上签名。这时，他们更紧密地组织、团结在一起了。

战争使巴金辗转各地，在东南、中南、西南一带过着迁徙不定的生活，为民族解放奔走呼号。战争初期，他的作品都是揭露日本侵略军的暴行和歌颂中国人民的正义斗争，富有鼓动性。一九三七年——三八年陆续以书信形式写下的《给山川均先生》、《给日本友人》和《给一个敬爱的友人》等三篇，或者斥责背叛了自己的信仰，充当帝国主义走卒的日本的“社会主义者”，或者期待日本人民醒悟，与中国人民一起为中日两大民族的解放和世界和平共同奋斗；字里行间，充满了义愤和激情，蕴含着冷静睿智的社会理想。

巴金在抗日战争初期和中期的主要作品，是《火》三部曲(也被称为《抗战三部曲》)。第一部反映“八一三”以后上海青年学生的抗日救亡运动。冯文淑、朱素贞、刘波、周欣等人本着“在这个大时代中每个中国人都应该贡献自己的全部力量”的信念，积极参加护理伤兵、宣传鼓动工作。他们大多还很幼稚，缺少生活经验，但都真诚地、忘我地工作着。当上海的战斗行将结束时，有的告别温暖的家庭、热恋中的爱人，奔赴新的前线；有的冒着生命危险，留在上海坚持斗争。朝鲜抗日志士在上海的地下活动，也构成小说的一条线索。第二部集中描写冯文淑、周欣参加的战地工作团在皖西的宣传工作。团体的成员来自各方，出身、经历、志趣、性格各不相同，彼此之间也有意见分歧和冲突；但在紧张热烈的集体生活中，得到了锻炼，逐渐成长起来。和第一部一样，作品突出地渲染了年轻人的勇敢乐观和高昂的抗日热情。关于农民接受抗日宣传后的觉醒的描写虽然比较浅露，关于敌人逼近、工作团撤离时有的团员决心留下发动游击战的情节虽然没有展开，却使小说具有较为广阔的生活内容，暗示了比之宣传更为艰巨的斗争。这两部作品，真实地写下了日本侵略者在中国土地上燃起的罪恶的战火，写出了中国人民奋起抗战的正义的烈火，饱和着作家火一般的热情，“使人从一些简单的年轻人的活动里看出未来中国的希望”。[1]其中那些年轻人，与巴金前期创作中常见的主人公有很多相似之处，如刘波的形象很容易使人联想到那些小说里的革命者。但在《火》里，抗日救亡的热潮把他们从孤独、自我矛盾甚至绝望的小天地中拉到了轰轰烈烈的群众斗争的行列里，使这样的人物形象以至于整个作品具有原先创作中未曾有过的高昂明朗的调子。

《火》第三部，一名《田惠世》，写作时间与前两部间隔较久，故事情节的联结也不很紧密，曾经在伤兵医院担任护士的朱素贞进了大学读书，冯文淑也离开战地工作团，来到了昆明。在她们周围，大多是一些不再关心战争前途，也没有严肃的生活目的的青年。占据作品主要地位的是名叫田惠世的年长的文化人。他是个虔诚的基督徒，宗教信仰成为他坚强地生活和工作的精神支柱。他最喜爱的次子被炸惨死，使他向上帝提出了一系列疑问：“我们犯了什么罪，须得受罚呢？……这是谁的意旨？”“为什么说我们是罪人呢，我们没有罪。”这个沉重的打击，从根本上动摇了他的信仰，也加速了他的死亡的到来。与第一、二部比较起来，田惠世的形象和整个作品，缺少鲜明的

[1] 《〈火〉第一部后记》。

时代精神，调子也变得低沉了。在这里，可以看到战争进入相持阶段以后的沉滞局面、国民党政府的腐败统治、人民群众的深重苦难，在巴金的作品中留下的阴影。

紧接着，巴金写了中篇《憩园》和《第四病室》。前者借一座称为“憩园”的公馆作为线索，写出了杨、姚两个富贵人家的悲欢离合。他们从先辈那里继承了大量财富。这没有给他们带来任何幸福，反而导致家庭成员的堕落，酿成家庭悲剧。杨家的衰败，主要通过倒叙交代，以被妻儿赶出家庭的杨老三病死狱中作为情节的高潮。关于姚家的不幸，却以主妇万昭华朦胧的不安和痛苦，娇生惯养的儿子小虎的突然死亡，以显示前途多舛。作家旨在说明依靠遗产过活的封建家族必然破落，探索着人们应有的合理生活。小说构思精密，把两个互不相关的家庭的故事巧妙地结合在一起，几个主要人物都有鲜明的性格，整个作品抒情意味浓厚，艺术上相当成熟。但对于不堪救药的杨老三给予过多的温情，使小说“带了挽歌的调子”[1]。作家的原意是重在谴责封建宗法制度而不在于个人；在某种意义上说，杨老三本人也是这个制度的受害者。问题在于制度无法与具体的人物分开，杨老三毕竟是他那个家庭悲剧的直接制造者。这个人物的原型是巴金的五叔，相当于《激流三部曲》里的高克定。将《激流三部曲》中对于高克定的无情鞭挞、辛辣讽刺和《憩园》里对于杨老三半是憎恨半是同情作个对比，可以看到作家在形象创造和艺术构思上不同的探索与尝试。

《第四病室》根据巴金自己一九四四年在贵阳中央医院治病的亲身经历写成。他把这称为“真实生活的记录”，指出“小说中的人物和事情百分之九十都是真实的”。[2]作品以一个病人的日记的形式，记下了一间病室在十多天里发生的形形色色的事件。二十多个病人挤在一起，受着各种病痛的折磨，又得不到良好的治疗，死亡威胁着他们，有的被死神夺去了生命。他们得不到一点别人的同情：病人对病人，医院对病人，都表现出惊人的冷漠，因公受伤的病人也由于无人过问，独自悄然死去。作家把这小小的病室作为“当时中国社会的缩影”来刻

[1] 《谈〈憩园〉》。

[2] 《谈〈第四病室〉》。

画[1]，写出了整个社会在反动统治下的呻吟、挣扎和灾难。平凡琐碎的生活细节的真实写照，使作品显示出现实主义的特色，但艺术提炼稍嫌不够，有的描写显得冗长乃至重复。在小说中，作家塑造了一个竭力减轻病人痛苦，给病人带来生活信心的杨木华大夫。这个人物的外形和医术，同样来自作家当时接触到的医生；但她的美好的心灵和情感，却出于作家的想象："这是病人们的希望，至少我躺在病床上受苦的时候，盼望着有这么一个医生来给我一点点安慰和鼓舞。"[2]这个带有理想成份的形象，给阴暗的画面带来了一些亮色。

长篇小说《寒夜》写于抗日战争末期到解放战争初期。巴金说他"是在一个寒冷的冬夜里"开始写作这部作品的。[3]它的开头和结尾，都是寒冷的夜晚，小说也始终笼罩在黯淡阴冷的氛围之中。和在这以前经常出现在巴金作品里的热情勇敢的人物形成强烈对比的，这里写的是一些卑微平凡、无所作为的小人物。汪文宣和曾树生都是受过高等教育的知识分子，也有过作一番事业的抱负。他们当年没有举行结婚仪式就同居了，表现出对习俗的不满与挑战，漫长的战争和艰辛的生活终于改变了一切。汪文宣在一个半官半商的文化机构里担任校对，微薄的薪金难以养活四口之家。他不喜欢自己的工作，却又唯恐失去这份工作，连上司的一句话、一点神色，都要反复琢磨，估量对自己的利害，担心可能出现的打击；在胆战心惊中，过着苟且偷安的生活。得了严重的肺结核以后，日子也就格外困难。曾树生在一家银行充当"花瓶"，挣些钱贴补家用。她同样不满意那种"职业"，然而经不起贫困的磨难，又抵挡不住物质享受的诱惑，想到的是她"不能救别人，至少先得救出自己"，一步一步地滑向深渊。文宣的母亲思想守旧，为人狭窄固执，婆媳之间一再发生争执。她们都爱文宣，希望他能过得愉快健康；文宣无法排解她们的纠纷，只会谴责自己"我对不起每一个人，我应该受罚"。这种冲突也导致树生决心离开家庭，跟着上司调往兰州。文宣的病日趋沉重，在庆祝抗战胜利的爆竹声中离开了人间。



---

[1] 巴金自己为《第四病室》所写的"内容说明"，引自《巴金文集》第13卷《后记》。

[2] 《巴金文集》第13卷《后记》。

[3] 《〈寒夜〉后记》。

当树生因两个月没有接到家信，赶回重庆探望时，死的死，走的走，已经没有一个亲人。通过这个平凡的生活悲剧，小说深刻地反映了在那个寒夜一般的年代里，人们经历了的深重苦难。

作家以极大的愤怒写下这个故事。他说："我进行写作的时候，好象常常听见一个声音在我耳边说：'我要替那些小人物伸冤。'不用说，这是我自己的声音，因为我有不少象汪文宣那样惨死的朋友和亲戚，我对他们有感情。……也因为自己眼看他们走向死亡无法帮助而感到痛苦。"❶小说带有巴金作品中一贯有的强烈的控诉意味，但和他前期作品不同，作家不再直接倾吐自己的感情，而是把它渗透在社会生活的客观描写中，写得含蓄深沉。巴金创造过很多肺病患者的形象，在以前的作品中，只是点染出这种可怕的疾病在人物心灵上投下的暗影；而在《寒夜》中，对于汪文宣的病情作了具体生动的刻画：咳嗽、喘息、发烧、盗汗、吐血等症状，以至于当结核菌蔓延到喉头时，由声音嘶哑到说不出话的细节，都作了细致的描写，写出了这种在当时还难以治愈的疾病如何一口一口地吞噬了他的生命。一些次要人物，如十三岁的儿子小宣瘦弱的身影，木然的神情，唐柏青在酒馆借酒浇愁的形态，钟又安突然死于霍乱的噩耗，其阴冷黯淡都给人留下深刻的印象。小说注意社会环境的渲染，写出周围发生的一切与汪文宣他们的命运的系联：大的如战争的胜败、物价的涨跌，小的如文宣和树生各自的上司对于他们态度的细微变化，都直接牵动着这个家庭的喜怒哀乐。战时重庆大街小巷嚣闹、杂乱的镜头，也给这个悲剧涂抹了五光十色的背景。从创作手段而言，《寒夜》更接近于《激流三部曲》（尤其是其中的《春》和《秋》），但有新的发展。这是巴金创作中富于现实主义特色的一部作品。

巴金这个时期的短篇小说不多，却同样表现出从"火"到"寒夜"的变化。写于战争初起时的《莫娜·丽莎》，通过一个中国飞行员的法国妻子的形象，表达了不怕牺牲、前仆后继的坚强决心。四十年代初期的《还魂草》和《某夫妇》，着重描写战争给人民带来的灾难，情绪已不如原先那样激昂。到了四十年代中期所写的《小人小事》里各篇，作家的视线转向街头巷尾市井细民的日常生活。无论是《猪与鸡》中

---

❶《谈〈寒夜〉》。

邻居们的纠纷，还是《兄与弟》《夫与妻》里亲人间的争吵，都是即将崩溃的社会中普遍存在的现象，显示出小市民的生活的平庸和灵魂的空虚，带有浓厚的悲剧性。至于散文，分别收入《黑土》、《废园外》等近十个集子。作家继续写了《旅途通讯》、《旅途杂记》等叙述自己在各地见闻的通讯；但内容不再是原先那样的勾勒社会众生相的速写，而是集中报道战火中颠沛流离的生活，控诉日本侵略者的血腥罪行。这些文字都洋溢着昂扬的斗志和坚定的信心。《无题》收了一些类似杂文的篇什，激励人们在艰难的环境中坚持斗争。《龙·虎·狗》中有好几篇散文诗，以凝炼的文字，间或采用象征的手法，表述饱含生活哲理的思想。《怀念》所收各篇，都是追忆在战乱中死去的好友和亲人，包括罗淑、陈范予、鲁彦、缪崇群、陆蠡，和他的从事文学翻译工作的哥哥。巴金赞扬他们善良正直的为人，肯定他们对于文学事业文化工作的贡献，同情他们坎坷多难的遭遇，叹息他们的早逝，用他们热爱生活勤奋工作，反衬社会对他们的冷酷。这些散文，真切地反映了那个时代许多知识分子共同的痛苦命运。巴金这个时期的散文，形式更加多样，色彩越发绚丽，舒展从容的叙述和浓烈深厚的感情交织在一起，扣人心弦，也发人深思。

在谈到自己的创作时，巴金说过：“自从我执笔以来，我就没有停止过对我的敌人的攻击。我的敌人是什么？一切旧的传统观念，一切阻碍社会进化和人性发展的不合理的制度，一切摧残爱的努力，它们都是我的最大的敌人。我始终守住我的营垒，没有作过妥协。”[1]在《〈沉落集〉序》中，又谈及他的写作“态度是一贯，笔调是同样简单。没有含蓄，没有幽默，没有技巧，而且也没有宽容。这也许会被文豪之类视作浅薄、卑俗，但是在这里面却跳动着这个时代的青年的心。我承认我在积极方面还不曾把这个时代青年的热望完全表现出来，但是在消极方面我总算尽了我的力量：在剪刀和朱笔所允许的范围内，把他们所憎恨的阴影画出来了。”这些话大体上可以概括他的作品的特色。作家创作力最旺盛的时代是青年时期，他笔下的人物也大致都是青年，而他的作品的读者主要也是青年。在《家》的《后记》中，他

[1] 《写作生活的回顾》。

说:“我始终记住:青春是美丽的东西。而且这一直是我的鼓舞的源泉。”事实上，巴金正是把自己的作品看作青春的赞歌的：他歌颂青春的美丽和成长，而诅咒那些与青春为敌的摧残生命的势力。巴金的这种创作态度，和他作品风格特色也是有密切联系的。因为是青年人彼此间的热情的鼓舞和心灵的交流，所以需要的是单纯、热情、坦白、明朗，这样才能够沟通彼此间的感情，打动对方的心曲。巴金语言流畅，容易使人很快为作品中人物的命运、他们的悲哀和欢乐所吸引，产生强烈的反应和一致的激动。贯串在他作品的那种对旧制度的憎恨和鼓吹反抗变革的精神，鼓动了许多青年读者的正义感和对旧社会生活现实的不满，引导他们走上反抗和革命的道路。“五四”以后的新文学，就整体而言，很长一段时期里都是以学生、青年知识分子为主要读者对象的。但从与青年读者关系之密切、影响之广泛方面说来，巴金的作品却又获得了与众不同的特殊的成就。他一直是深受青年喜爱的作家。



鲁迅曾称赞说：“巴金是一个有热情的有进步思想的作家，在屈指可数的好作家之列的作家。”[1]巴金在旧中国的二十多年的创作生涯中，先后写下四百多万字的作品，一直在读者中广泛流传；一部分作品译成英、俄、日、法等十余种文字，受到外国读者的喜爱。他从世界语、英、法、俄等六种文字，翻译了屠格涅夫、赫尔岑、高尔基、王尔德等人的作品。他编辑过《文学季刊》、《水星》、《文季月刊》、《文丛》等刊物。由他主编的《文学丛刊》是五四文学革命以来规模最大、影响也最大的文学丛书，从一九三五年到一九四九年，共计十集一百六十种，许多是现代文学史上的优秀之作，也有不少青年作家的处女作。此外，他还主持过《文化生活丛刊》、《文学小丛刊》、《现代长篇小说丛书》等编选工作。所有这些，都为中国现代文学的发展作出了杰出的贡献。

巴金在文学上的巨大成就，使他一九八二年作为东方第一位获奖者获得了“但丁国际奖”，一九八三年又被授予法兰西共和国荣誉勋章。他的出色的工作为我们民族的新文学赢得了世界的荣誉。

原载《中国现代文学史简编》，人民文学出版社 1984 年版

---

[1] 《且介亭杂文末编·答徐懋庸并关于抗日统一战线问题》。

# （二）分论一：

# 中篇小说、长篇小说

# 关于《灭亡》*

叶圣陶

《灭亡》，巴金著，这是一位青年作家的处女作；写一个蕴蓄着伟大精神的少年的活动与灭亡。

《〈小说月报〉第二十卷内容预告》（节录），原载 1928 年 12 月 10 日《小说月报》第 19 卷第 12 号

巴金君的长篇创作《灭亡》已于本号刊毕了。曾有好些人来信问巴金君是谁，这连我们也不能知道。他是一位完全不为人认识的作家，从前似也不曾写过小说。然这篇《灭亡》却是很可使我们注意的。其后半部写得尤为紧张。

记者：《最后一页》（节录），原载 1929 年 4 月 10 日《小说月报》第 20 卷第 4 号

我们将本年第十二月的本报编完后，这一卷——第二十卷——已是告结束了。在这一卷中，……长篇创作，则刊出者共有两部。

（一）《灭亡》，巴金著；

（二）《二马》，老舍著；

这两部长著在今年的文坛上很引起读者的注意，也极博得批评者的好感。他们将来当更有受到热烈的评赞的机会的，我们想。……

记者：《最后一页》（节录），原载 1929 年 12 月 10 日《小说月报》第 20 卷第 12 号

* 这个题目是本书编者加的。记者即叶圣陶——编者注

# 《灭亡》

毛一波

从今年的《小说月报》一至四期上，读了巴金君的长篇创作《灭亡》。心中很高兴，所以想为它说几句话。据作者最近的来信说，《灭亡》的单行本，也快由开明书店出版了。

《小说月报》的编者说："曾有好些人来信问巴金是谁，这连我们也不能知道。他是一位完全不为人认识的作家，从前似也不曾写过小说。然这篇《灭亡》却是很可使我们注意的，其后半部写得尤为紧张。"的确，巴金是一位完全不为人认识的作家，因为他这署名生疏得很。不过，他却是努力于文学的研究多年了。七八年前的《妇女杂志》和《文学周报》，常常披露他底诗歌和小说（署名自然不是巴金）。大概是在一九二九年吧？他因为受了朋友的劝告，从事社会经济方面的研究去了，所以这几年来，没有他的文艺作品发表。

《灭亡》是作者巴黎留学时的产品。所以其中的第八章曾描写一个大学生在法国的恋爱故事。至于全书所写的地点，是以上海做背境〔景〕。

作者的文章是平淡的和率直的，但又能委曲传神，刻划出他所要表现的人与物事。只从技术方面而言，他已获得最好的成绩。若就这篇小说的内容说，至少，我承认它的思想是很成熟的。也许，它的价值和伟大就在这一点上面了。

作者是立意要描写一个革命的时代，他以一个革命者杜大心的活动与灭亡为中心，而表现了整个的革命事象。其中，写军阀的横暴，写人间社会的种种不平，写资产阶级生活者的游惰，写改良主义者的盲动，写小有产者的游移，写真正革命者的热诚和实际行动，均写得很紧张，很生动。但《灭亡》给人以刺激的，不是暴露的浮面宣传，而是用一种针刺似的暗示。在这一点，它避免了那“干叫”的毛病，也即是它和流行的所谓标语式口号式的革命文学所不同的地方。

《灭亡》是一部有“思想”的作品，有系统地在解决爱与憎的问题。“为爱而憎，为憎而不忍看见一切不平，所以去反抗一切强权”便是书中主人公杜大心的哲学。“对于那般最先起来反抗压迫的人，灭亡是一定会降到他的一身”便是杜大心之所以从活动到灭亡的命运。

作者似乎受了俄国虚无主张的影响，他所描写的革命人物，很象俄国二十世纪初年的那般革命青年的模型。如杜大心的革命精神，完全是一个殉道者所有的。但杜大心的阴郁性却又很象阿志巴绥夫小说中的人物。

依我的观察，我觉得《灭亡》作者所表现的这种思想，是他崇仰过往革命家精神的结果。也许，他是同时综合的接受了托尔斯泰的人道主义，阿志巴绥夫式的虚无主义，和克鲁泡特金的无政府主义。也许，他从书本上，受过俄国十九世纪到二十世纪初年的革命潮流的影响，又加上他自己在中国从事革命的经验。所以，他写出这部《灭亡》来了。

总而言之，《灭亡》中的主人公，是较近于理想化的，也许，它还是一种主义的人格化呢。不过，以作者那种善于驾御文字的手腕，和畅所欲言的魄力，使它的艺术很为完整，从而把持了它的真实性。

这是我读《灭亡》后的感想了，自然说不上什么批评。听巴金说，他另有几部小说快完稿了，我希望它们能早些出版。像巴金这样的作品在中国不能不说是少见之作吧？

一九二九年七月十一日在东京

原载1929年9月16日《真美善》第4卷第5号
“书报映象”栏《几部小说的介绍与批评》（六）

# 一九二九年中国文坛的回顾（节录）

刚果伦

…………

这一年有产文坛的创作，最主要的有两种，一是叶圣陶的《倪焕之》，二是巴金的《灭亡》，要说到短篇，那我们就不能不举出沈从文了，他在这一年的成绩，是最出色的。

…………

其次就是《灭亡》了。

这部创作的技术，从资产阶级文学的立场看来，是很有成就的；虽然上半部写得非常松懈，但后半部却写得紧张有力。几个主要的人物描写得都很好。可是，《灭亡》究竟是代表着那一些人们在说话呢？巴金虽没有明白的指出，事实上是一〔已〕告诉了我们，这是虚无主义的个人主义者的创作了。主人公是在全书的各个地方发挥了他的虚无主义的精神。这个人物参加革命的动机是不正确的，他是以工作抑止自己的苦闷，以革命来发挥个人的理想；虽说也是为着被压迫的大众，照他自己说。他是一个罗曼谛克的革命家。至于他的死亡，仅止因着一个朋友的被杀去牺牲自己的生命，去报仇，那更是一种不正确的意识形态的表现，不是革命党人应有的态度。依据着这种事实而写成的创作，究竟具有着若干的意义呢？——这是不需要再解释的问题了。

…………

原载1929年12月15日《现代小说》第3卷第3期

# 读《灭亡》

孙沫萍

穷人们底滚滚的热血，汇成了资产者底取乐的池沼。啊！那白胖的老爷、少爷、小姐们蠢蠢然却在那里游泳。他们脂肪过剩的臃肿的脸上，漾着满面狞容；野兽般的炯炯的目光，注视着周遭的通血底池沼的沟道：从这里流到池中来的血是多么的鲜红！而且是这样地这样地络绎不绝！他们得意了，面上浮着笑影。不过笑影里，流露着鲜明的冷酷与凶恶！听！四围的凄惨的叫声，响彻云霄！大气为之阴森，天盖为之暗澹了。这种急促的悲惋的声音，飘进在血泊中流荡的老爷们底耳中……，他们报以一脸魔鬼般的狞笑。

哈！这是现实世界底缩影！显然的，世界已经划成两敌对的壁垒——富与穷！穷者永远是被榨取，被残杀！那狼般凶，猪般蠢的富人，却是站在榨取来的血脂中享乐啊！啊！这个世界里所听见的，只有：——悲痛的呼号，与那恶魔底淫嚣！

《灭亡》就把这个残杀着的现实，如实地描写了出来。不宁唯是，它还把万重压榨下的苦痛者底反抗力，表现了出来（虽然不见十分强烈，似乎还能……）。从反抗压迫的叫号中，我们可以知道；弱者不是永久的弱者，他们有的是热血，一旦热血喷射的时候，哼！他们要报复了。复仇！复仇！以他们内心底燃烧着的热血，去复仇！这个残杀的局面，总不能维持多久的。在最近的将来总须有一个极大的破灭！

*

我们来看一看《灭亡》底主人公底思想：

杜大心果然憎恶世界么？果然厌恨一切么？不，决不；我们与其说他憎恨世界人类，还不如说他可怜人类，热爱世界来得确切些！唯其爱得太厉害了，所以憎得也到极顶了。一腔热血来爱人类，而又以满怀怨诅来憎恶人类，岂非矛盾！别忙！且待我道来：

他经历过他看见过他听到过一段段，一幅幅，一件件，悲哀的遭遇，残杀的写真，流血的事实，他怎能不惊心动魄？他怎能不仇视妒怨！他相信世界是大多数人的，世界不是少数人可以御驾的。但是呀！他看到了大多数的善良的人们却在受着少数者的夷凌，于是他要替大多数人鸣不平了。而且进一步的，作反抗的工作，于是他入了平等主义底党。因为平等党的宗旨是要使一切人平等的。

于此，我们可以知道，杜大心的憎恨，绝底的憎恨，完全是站在爱的基点上的。杜大心，他有 Baudelaire 般的咒诅，他有赫勒斯特（Jack London 著《铁踵》底主人公）般的殉道精神。他的意志很强，情感又是非常热烈的。他是向上的，他是绝不退后的。



*

这里且把重要的人物约略说一说：

李冷——生长在衣温食饱生活优渥的环境里，产生出这样思想的人，是没有什么奇怪的。他也曾放眼瞥到一切的罪恶，他想以博大的爱底福音去感化人。他是非常热情的沉在托尔斯泰式的人道主义底梦中，以后，他虽然把捉着罪恶形式的原动力是什么，但是总不见有十分的勇气！他原是一个 Bourglais 啊！

李静淑——她是一个幽娴的女性，性清的温柔与情绪的热烈，在她的举动里言语中都可看得出的。最难得的是她比李冷头脑来得清醒一点。还有，她虽热情泛泛，可是不流于 Sentimental 渊中。这在《灭亡》的结末可以看得出的：“……五年以后，在 S 市纺织工人大罢工里，工人占据了工厂，使得各厂主不得不屈服了。而这次大罢工运动的主动人物，乃是一个深得工人们底敬爱的青年女郎。据说她就是李静淑。”我可以说一句：她有《铁踵》中女主人公般的优美的环境，而也有那女主人公般的觉醒与努力！

张为群——这可算是愚直的工人们底代表，他底死是多么悲惨！啊啊！“我死，我一个人死不要紧，我决不招出一句话……”多么沉痛！

又是多么慷慨雄壮！当他在戒严司令部时对他同伴说的话！他热望着解放自由到来，到头还做了军阀刀下鬼。能不凄然！

其余的如王秉钧、袁润身都没有多大可述，不过是其中的 Minor Character 而已！

*

“革命什么时候才来呢？……我不能够忍耐了……”象张为群般的浸于苦痛中而望着革命到来的不知有多少！不过张为群总究“为群”而牺牲了，可是其余的无数张为群，却梦着不费力不流血的革命到来。错了！兄弟们姐妹们，“革命的到来，是在你们全数觉悟挺身而起作战的时候，如果，奄奄地无生气，那末即使比死以上的苦痛，也只好忍耐着”，我说。虽然“对于那最先起来反抗压迫的人，灭亡是一定会降临到他底一身。”但是“告诉我：在什么时候，在什么地方，没有了牺牲，而自由居然会得胜在战场？”

*

新近看了 Gerbart Hauptmann 的 Die welur（《织工》），如今又看到这《灭亡》，我都凄然地在心底流着滚滚的热泪。尤其是后者，晶晶的泪水，遮着我的眼珠，全身的筋肉都颤动起来。耳畔依稀听见张为群妻子的哭泣，李静淑的幽咽，还有那一切的惨叫声！眼际朦胧地也看见两个鲜血滴滴的人头，在空中摇动。啊！那是杜大心和张为群的首级！……

“革命什么时候才来呢？”——我这样地自己思维着！

原载 1930 年 8 月 1 日《开明》第 2 卷第 24 期

# 谈《灭亡》*

知 诸

在最近的过去，文坛上是相继的出现了不少新的作家，在新的作家群中，更使我们注意的是巴金君。虽然是在一九二九年方才知道的一个名字。



他是在一九二九年的《小说月报》上面连续的发表他那处女作《灭亡》，这部长篇很能给当时的文坛不小的波动，那时正是普罗文学的最盛时期，但这部作品却在不同的立场下给不同立场的人们以极大的震惊，记得《小说月报》的编者"西谛"在《编辑后记》中说："近来有许多人写信来问巴金是谁，这连我们也不知道，只知道他是一个留法学生。……"由此可见他给与当时的人们的注意了。

《灭亡》的确是一部近几年来不可多见的长篇，在作者的笔下都给他们一个细致的描写，对于每个人物都与之以生命的力，因而便能博得不少的感动，而能打动你的心。

…………

杜大心，可以说是作者理想化了的人物，这种人物在现代的中国社会中是寻不出来的，但照实际上说，这种人物也并非中国所需要的。可是作者将他写得很好，不独使读者随时受他的感动，并且随时使读者要对他加以巨大的同情。

在书中，作者极力描写杜大心的意识出发点是基于"憎"之上，

* 本文系作者《巴金的著译考察》节录。这个题目是本书编者加的。——编者注

但，“杜大心”果然憎恶世界吗？不，决不；我们与其说他憎恨世界人类，还不如说他可怜人类，热爱世界来得确切些。唯其爱得太厉害了，所以憎得也到了顶点。这样，便是杜大心“憎”的解释。

…………

由于上述几个主要人物（指杜大心、李冷、李静淑、张为群。——本书编者）的活动，我们可以想到是一群怎样的人物，他们群中，没有几个是真正的认识“革命”，除了愚直无知，便是半路上的不彻底的变转。这种形态当然是革命期中所不可免的现象，主要的，是在作者的笔下，使读者忘了他们的无知，忘了他们的不彻底，只发生出同情和感动，这样，作者的笔调我们觉得有探讨的必要了。

有人说，“巴金和茅盾有些仿佛”。这话虽有几分理由，但并没有十分的确。虽然巴金和茅盾同样的善于写“少女”和“初恋”。我觉得茅盾君的心理的分析的纤细是巴金君所欠缺的，而巴金君能够抓着重要的几点，用简单的笔将“意识”和“动作”认真的描画出来，使热情充满在字里行间，这又是巴金君特长，此外，便是茅盾氏没有巴金的那种“无政府”的气息。



譬如在李静淑唱杜大心所作的歌的一段描写：

> “……她底眼里和脸上的表情正随着歌中的情节在变更：脸上因激动的缘故，更染了一层薄薄红霞，如云的，丰富的青丝一般的头发盖着鹅蛋儿般的脸，左边眼角下有一块小小的白痣，澄澈的秋水一般的大眼似乎要穿透墙壁上的图画纸。天蓝色旗袍裹着一段婷婷的身躯，胸口微微地起伏着，身子也随着歌声和琴音的节奏而略略动摇。一个不高不低的，白玉一般的鼻子下面便是那个不厚不薄的，充满了血气的嘴唇，就从那个嘴唇里发出如此美丽的歌声来，唱到委婉的地方，她的声音便是异常柔和，象软软的挽不断的丝；唱到悲壮的地方，她的声音又是十分凄厉，象深夜战场上的号角。自然的，不疾不徐地这歌声好似一串明珠从她的口里不断地滚了出来。婉转时，好似一阵微风轻轻地掠过那沉醉在春夜月光下的大草原；激昂时，又如深夜的春潮急急地打着那荒凉的石头城……”（Chap.7）

这是何等醉人的白描呢，不独是在动作描画出她的心理，而笔调的字句间又是这样的富于诗意，……

此外，更加推荐得有杜大心的日记，和第十四章杜大心的病。最有力的还要属之于第二十章《最后的爱》，这无疑的是全书最高的顶点。

在二十章中，是杜大心和李静淑的诀别。读了这一章，是要使你"酸溜溜的"，在其中，他们在作爱与憎的辩争，是理论，但以"爱"作经纬，所以看起来仍然很是有"力"的。虽然理论都是根据作者的那立场的。

在最后是这样的收束着

> "……李静淑猛省地站了起来，理着自己底发鬓向杜大心说：'现在，你去得了，我们底缘分算从此终结了，有了今晚的会面，我也没有什么遗恨了。'她底态度很是安静而且似乎无情的，其实在心里，她正哭着血的泪。
>
> "杜大心知道这个，到也有点留恋了。但略为迟疑一下，他终于站起来凄然的说了一声'淑，我走了！'也不再看她一眼，连忙走下楼去。
>
> "站在栏杆前的她先听着他底沉重的脚步走下楼，又看见他底瘦长的背影走过石路，开了铁栅门，一迳向街中走去了。她还想看他，但楼前的那一株高大的桂树遮住了她底眼。
>
> "不知为什么这时候一个思想忽然来到了她底凄楚的心头：她想砍掉那桂树，但她觉得自己是无力了。"

这几段写得是何等生动啊，在近代的中国青年作家中，写恋爱的种种方面的事实是很多的，但我们很少能发现出这样的作品。这是"伟大的死别"。

……

看了《灭亡》后，不由得使你晶晶泪水，遮着眼珠，全身的筋肉都颤动起来，耳畔依稀听见张为群妻子的哭泣，李静淑的幽咽，还有一切的惨叫声，眼际矇眬地也看见两个鲜血滴滴的人头，在空中颤动。啊，那是杜大心和张为群的首级……！

更进一步，它能使人的意识转变，在俞珍华君的文中，他说，“这部书实在有激厉人心之效？至少，我平日所抱的享乐主义，已被打销，我情愿抛弃安适的生活，而去为大众工作。”由此我们可以证明本书刺激力的强烈，虽然这条路并非是正确的。

但，这书并非十全的“好”，作者写“爱”比写其他都成功（这和茅盾有相似处）。关于这一点，我认为还是作者的认识与经验的关系，虽然，作者是将笔和着热情在努力写的。……

因为这部书是“巴金”君在文坛上得到地位的基础，所以我们便不惜综合各方面的话来详细谈一下，以至于写了这么多。

原载1931年10月20日《现代文学研究》
第2卷第3期、第3卷第1期合刊

# 论《灭亡》*

贺玉波

……

《灭亡》出世后，作者曾得到不少人的批评，他们批评的基点各有不同，因之产生了许多不同的批评文字。有的说他抱有复仇的思想，而对于压榨穷人的阶级主张以革命来报复。有的说他是虚无主义的宣传者；有的说他的作品是安那其主义，人道主义，虚无主义的结晶。还有的呢，说在那本作品里，解释着爱与憎的理论，热血青年因憎恶不合理社会的缘故，才把自己献身于伟大的革命事业。……

……这篇作品包含二十二章，情节是比较地复杂的。为了有条理起见，我们不妨以人物为叙述的标准。从第一章到第五章，是描写主人公杜大心的。……从第六章到第八章，是描写大学生李冷兄妹两人的。……从第九章到第十二章，是描写杜大心，李冷兄妹等人的。……从第十三章到第十七章，是描写张为群的。……从第十八章到第二十二章，是描写杜大心的革命工作。……

我们既然知道了故事的梗概，就来更进一步讨论思想吧。看看我们讨论的结果是否与上面所举的那些人的批评相同。在未开始讨论之前，下面的两首诗是应该要注意的。因为它们足以表示作者在这篇作品里的思想。

---

* 本文系作者《巴金论》第一节节录，这个题目是本书编者加的。——编者注

……

他呻吟着，痛楚地呻吟着，
一幕可怖的惨剧又在他底眼前开演了。

这是一个寒冷的冬夜，
广阔的田地上盖满了皑皑的白雪，
在被暴风震撼着的一所院子中，
来了一群背着枪带着刀的土匪们。
这一家的主人早已逃得干干净净，
只剩下那患病在床被留下看守庄院的一个农人。
人打他，人拉他，人放他在地上，
要他说出那里有金，那里有银。
他本来就一无所知，怎么能够答应，
这一来更激怒了失望的，虎狼似的匪们，
人把院子底墙角和地板都挖尽，掘尽，
他不说什么，人也终于找不出金银。
人打他，人拉他，人放他在地上，
他哀号，他苦叫，他捣着头颤抖地求饶。
虽然是微弱的，但也是痛楚的声音不住地哀叫：
“大爷们，仁善的大爷们，可把我这条狗命——
这条一钱不值的狗命，开恩饶了，
愿天老爷保佑你们，——保佑你们日后能步步升高！”
这样的，一丝一丝的，一条垂死的狗底绝望的哀号，
终不能，终不能使匪徒们放下他们底快刀。
举起来，举起来，高高地举起来。
呀！这无数亮晃晃的利刀！
砍下去，砍下去，狠命地砍下去，
呀！那一块血肉的身体！

刀上涂满了腥红的血，
地上染满了腥红的血，

手上溅满了腥红的血，
哀号，苦叫，在空气中战抖着的挣命的呼号！
在这短短的一瞬间，一条不值一钱的狗命就这样完结了……

（《无边的黑暗中一个灵魂底呻吟》）

上面这首诗是杜大心所作的，足以表现他的憎恶世界的人生观的来源。他认为世界上只充满着不合理的丑恶的现象，弱者被强者压迫屠杀，所以，他对于这个杀人，被杀，自杀的残暴世界表示极端的愤恨。因而肯定他的憎恶的人生观。于是，他决心只有拿鲜红的血，来向压迫的阶级进攻，为被压迫的阶级报复。终竟，他照着他的志愿做了。中间虽曾一度陷入爱情的深渊，他仍能超出而完成他的伟大的使命。他不但自己牺牲于革命的事业，而且他的行动还影响他的爱人李静淑，使她也努力前进。



于是，我们可以断定，上面那些人的批评是不十分适当的。主人公杜大心不仅不是个单纯的复仇主义者，更不是个只为了友人的被杀才从事于革命的。有些人对于他的革命意识怀疑，而认为不正确，这却是我所不承认的。因为他并不是只为了报复友人被杀的仇恨而革命的，而是从幼年时代起，他的革命意识便早已渐渐养成了的。有些人说他是虚无主义者，也是为我所反对的。根本他就不是虚无主义者，而是个热血的急进的革命家。作者自己知道，“杜大心的思想里面含有不少的矛盾，而且这矛盾是永远继续下去的，崔皎君说得好，‘等到这矛盾止了的时候，便是杜大心毁灭的时候’。这是不错的，等到杜大心的思想矛盾止了而实行革命的时候，他便走上了灭亡的道路了。”

与其如作者自己所说他是个罗曼谛克的革命家，倒不如说他是个含着小资产阶级的意识的革命家来得真切。的确，他的革命意识不是起自于他自身所受的压迫和痛苦，而是起自于与他阶级不同的所受的不平的待遇。他是以小资产阶级的意识为主，稍带无产阶级的意识而从事于革命的。所以，在革命的过程中，他发生了许多矛盾与犹疑，几乎为了儿女的情爱，而根本地动摇。这正是小资产阶级的革命者的劣根性。于是，我们敢于断定，作者在这篇作品里所表现的思想，不外是小资产阶级的革命思想，与茅盾的《三部曲》所表现的差不多。

对于那般最先起来反抗压迫的人，
灭亡是一定会降临到他底一身：
我自已本也知道这样的事情，
然而我底命运却是早已注定！

告诉我：在什么时候，在什么地方。
没有了牺牲，而自由居然会得胜在战场？
为了我至爱的被压迫的同胞，我甘愿灭亡，
我知道我能够做到，而且也愿意做到这样……

（P.128—129）

这首诗是拉进答他的情人的话语，是由李静淑的口里唱出来的。"对于那般最先起来反抗压迫的人，灭亡是一定会降临到他底一身"，这句话不错是有几分真理的，不过，无论怎样，总免不了感伤悲哀的气分。革命意识不正确不坚定的人，对于他自身的灭亡，是要感到畏惧和退缩的。如果杜大心不是忍不住因恋爱失败而起的精神上的痛苦，和不可医治的肺病，他决不会抛弃一切生的幸福和爱情的满足，而从事于只有牺牲的革命工作，以至于灭亡。一个健康而生活美满的人，本来是不愿革命的，他若读到上面那首诗时，不但不能鼓舞他的勇气，而且对于革命还要感到畏惧和退缩，因为他不愿灭亡降临着他底一身。它那样地肯定，灭亡一定会随着那般最先起来反抗压迫的人，这会丧失革命者的勇气的。在这里，虚无主义多少有一点表现着。

"哥……"李静淑在深思了一刻之后，又痛苦地说："现在是要临到我们底头上来了。杜先生说的凡是曾把自己底幸福建筑在别人底苦痛上面的人全都灭亡的事，是到底会实现的。那时候爸爸是要灭亡了。我们也是要灭亡了。……多么可怕！在不久，那一天就会来的。……"（P.200）

这也许就是作者解释灭亡的意义吧。凡是曾把自己的幸福建筑在别人的苦痛上面的人全都要灭亡的，凡是最先起来反抗压迫的人也全都要灭亡的；那就是，不革命的和革命的全都要灭亡的。这就是灭亡的中心思想，是多少带有点虚无主义的气氛的。并且也隐约地含有感伤和悲哀的色彩，与茅盾的小资产阶级的思想，正是同出一辙，一个对于革命感到灭亡和虚无，一个对于革命则感到犹疑和悲哀。两者的思想同是站在消极方面的。

在技巧方面，这本作品我们还认为满意。结构还不见怎样松弛，不过前半是有点缺乏力量，因为故事进展得太平板，而且不重要的穿插太多的缘故。一直到第十五章张为群被捕这段情节，才稍稍显出紧张的样子来，中间又隔了几章，犯着同样平板的毛病。一直到第二十章，全篇的最高顶点才表现出来，这才渐渐觉得有点生气。要是没有这章的紧张的描写，那末，全部作品就要失败了。收束还不错，来得很经济，不象别人那样拖泥带水似的，总之，后半部是优于前半部的。

结构上的小毛病就是不重要的枝节太多。现在只举出两处来说，譬如第二章 P.25—35，房东夫妇相打那段情节，是不需要的，虽然作者的用意是在描写杜大心的寓所的环境，但找不出多大的意义来。又如，第八章 P.138—158，那一段恋爱的故事，也是可以删掉的。作者把它穿插在这里，不过是在作杜大心恋爱的对照罢了，浪费这许多笔墨，是不合算的。

作者的描写也还很好，有些地方，无论是描写恋爱或贫穷，都是来得很细腻的。文字也很美丽动人，使我们读了不忍释卷。现在且把我认为最优美的描写摘抄两节在下面看看：

> “她底眼里和脸上的表情正随着歌中情节而变更；脸上因激动的缘故，更染了一层薄薄的红霞。如云的，丰富的青丝一般的头发盖在鹅蛋般的脸，左边眼角下有一块小小的白痣，澄澈的，秋水一般的大眼似乎要穿透墙壁上的图画纸，天蓝色的旗袍裹着一段婷婷的身躯，胸口微微的起伏着，身子也随着歌声和琴音的节奏而略略动摇，一个不高不低的，白玉一般的鼻子下面便是那个不厚不薄的，充满了血气的嘴唇，就从那个嘴唇里发出如此美丽的歌声来。唱到委婉的地方，她底声音便是异常柔和，象软软的挽不断的丝；唱到悲壮的地方，她底声音又是十分凄厉，象深夜

战场上的号角。自然地，不疾不徐地这歌声好似明珠从她的口里不断的滚了出来。婉转时，好似一阵微风轻轻地掠过那沉醉在春夜月光下的大草原；激昂时，又如深夜的春潮急急的打着那荒凉的石头城。”（P.126）

“一阵车轮声逼近了。一辆粪车慢慢儿走过来了。在前面拉着绳子的是一个十多岁的女孩，穿着一件短短的，薄薄的破棉袄，一团团灰黑色的棉絮已经绽出来，悬着在破布底裂缝处。蓬着发，赤着足，她底脸冻得通红，嘴里喷着热气，拖起车来很吃力。后面推车的老汉，从年纪上看来可说是她底祖父，一顶非常破烂的毡帽盖了他底半秃的头顶，眼睛只有一只，脸上的纹路已皱的不堪，枯瘦的唇边点缀了几根灰白的胡须。衣服破烂和他底孙女差不多，也是赤足。他推着一辆粪车很觉吃力，恰象一匹老马驼着重载被鞭打着不得不向前走一般。缓缓地走着，虽然是缓缓地，却也终于走过去了。”（P.86）



还有第二十章全章的描写也是很好的。可惜事实上不能抄录下来，让读者自己去过细玩味吧。不过，在描写上多少还有点小毛病，譬如P.339-342，杜大心对李静淑所说的一段话未免过于冗长，有点一篇文章或演说的样子。这恐怕是作者一时疏忽了吧。

此外，时代性在这篇作品里也表现着。旧军阀统治的崩溃，和革命势力勃发是表现得明显的这一点，与茅盾的《三部曲》和《虹》相象。总之，《灭亡》这部作品虽然是作者底处女作，但也是近来文坛上不可多得的作品，是值得我们一读的。它在描写革命与恋爱一派的小说中是占有重大的位置的。

原载《现代中国作家论》第二卷，上海大光书局 1932 年 10 月版

# 《新生》

王淑明

## 一

《灭亡》的作者最近又出版了它的续编——《新生》——如其书名所指示的，这作品里面的主人公，一定不会再是个幻灭的人物，而能投进于“新”的“生”活里去了。在这里我所要声明的，是自己并没有看过本书的初稿《灭亡》，但由于作者所时常提起的杜大心之死，而又为这书中主人公李冷后来生活转变的关捩，我从而知道李冷是因杜大心之死而受到很深的刺激，几于踏进了灭亡，如果不是他的几个朋友，或者爱人来援救他的话。

然而我在本文里，倒不是想理起这以上所说的许多线索，而是要企图解明这书中的主人公李冷，到底是怎样的由“灭亡”而度进于“新生”呢？这心理过程的发展，可以容许我们来探求吗？又作者所要写出的李冷，所以“新生”的因素，是将它观念地解决了呢？还是归之于客观的社会条件。

由于以上的许多发生底疑问，我想有来说几句话的必要。

## 二

首先说到李冷，他的思想，是十足的没有折扣的虚无主义者的典型，这只要看他自己的自白，就可以知道的。例如他说：

> “在我，人生是一个大悲剧，无论我们怎样挣扎，受苦，而结果依旧免不了灭亡。我们只是在灭亡未曾到临以前生活下去。
>
> “我呢？我只知道我自己。在我底世界中我当然是中心。等到我灭亡的时候，世界也就不复存在了。我是与世界共同灭亡的。”

本来，极端的个人主义底思想，与虚无主义二者就是个搭生的孪生子，常常相结合在一块儿的。象他这样的人，完全忘却了人类爱，又不知道走进人类中间去，把自己狭小底自我去向实际生活中体验，而忽然到了后来，说他有“新生”的可能，这就免不了要成为疑问。

然而事实却不容许你发生怀疑，李冷这个人终于“新生”过来了。作者向我们所极力点明的，是：这个人底转变的关捩，有时候说是由于两性的爱力，有时候又用了不确实的暗示，告诉我们，这是由于周围人物的转变使然。

到底是怎样的因素呢？如由于前者的提示，那是观念论的看法，说是由于后者的解释吧？那末作者却没有给与我们一个明显的指示，只是用很大量的而又十分模糊的写法，来代替显豁有力的说明，这样，却是不够的。

如果要说李冷这个人的“新生”，是由于朱乐无的几度说教，和亦寒、鸣冬他们几个人转变底刺激；依我看来，倒毋宁是由于文珠静淑二人之爱力使然。尤其是文珠，作者在本书里用了很着力的说明，和不少的篇幅，来描写文珠之想以两性的爱力来拯救他。和他自己之因为文珠的施爱，而受了很深的感动，终于下了最后的决心。

这样，在这本书里，我们决不能看出李冷，这个主人公心理发展的进路来，到底是爱力战胜了他的灭亡呢？还是周围人物的转换，直接地使他受了刺激这才度上新生的路呢？前者的解答是唯心的，把两性底爱力，神秘化了，象电影里的特写般，有些把它故意的扩大。至于象后者的解释呢？那到是很客观的说明，可惜作者在本书里的表现能力还不够，只能给与读者一个不确实而又模糊的印象。

单只这样的指摘，是不行的。我们且举出几个例子来。譬如在静淑给李冷的信里，有如下的一节：

“我的爱不曾拯救了杜大心，但这一次我却要用它来拯救你。哥，我和文珠是能够拯救你的。文珠说得不错，她就是门，你要从她进来，才会得救。”

而他的爱人文珠也说过：

“冷，我知道你会有这一天，我知道你迟早会这样做的。”

作者接着就描写着文珠在说了这话以后，李冷是怎样的为了她的爱力所魅惑，而终于不能抱持着他自己原来的见解了。

“她底充满着爱情的声音和注视就点燃了我的热情。我底全身的血都燃烧起来。我忘了一切，我忘了过去，忘了现在，忘了将来，我只记着她底那一对在燃烧的大眼睛。我半立起身子，把两只手伸出去挽了她底颈项，使她的头俯下来，我再把脸承上去。我底嘴唇压紧着她的嘴唇。这长久的热吻把我们结合在一起了。”

这还不足以说明书中主人公被爱力所驱使的经过么？“这长久的热吻，把我们结合在一块了”，可见他的转换，原只是凭于主观的一时的冲动。他所以投进革命的动机，却由于他的爱人是革命的，为了舍不得爱人，也不得不贸然转向了。这还是数年前文坛上所风行的革命与恋爱底关系，那种小说类型的变相，作者没有更进一步地将李冷这个人心里发展的进程，客观的来描写他。

然而我们再来看朱乐无是怎样说服了书中主人公的？

“他说了许多分析现社会状况的话，他又述说青年人在这时代中的任务，他又叙说他这一年来旅行各地所得的经验，最后他说出结论是要我到A地去。

到A地去，这思想从来不曾来到过我底头脑里。可是如今却象一条路显现在我底眼前了。我并没有答应他。我说我还要去和静妹，文珠两个商量。同时我自己也要把全盘事情彻底地想一番。"

他虽然看出了到A地去是一条显现在眼前的出路，但却“还要去和静妹文珠两个商量”。可见他的重心，还是侧重于两性的爱上。而且那所谓“我自己也要把全盘事情彻底地想一番”者，即是要将革命与恋爱二者，比较得孰为轻重？他究竟能否舍得离开他的爱人否？在这里，作者却明白地告诉我们，朱乐无的说教，在李冷的转变关系上，到并不占怎样的重要。虽说在他的心目中，“他的确具着传道者底某一些特质”，但那只不过唤起一回单纯的反应而已。到了紧要的关头，其最后的决定点，还是：“要和静妹文珠两个商量。”他是把恋爱看得重于一切的。因而作者在本书里所欲企图说明的，朱乐无的说教，亦寒、鸣冬这些周围人物的转变，来做李冷的陪衬，并反示出主人公底态度所以转换的客观原因。但不幸的，是这样的企图，竟完全失败了，在作者笔底下所写成的李冷，其“新生”的关捩，倒反而是两性之爱，比之客观的社会条件来得直接而有力，为书中主人公态度所以转换的因子。

## 三

在第二篇里，李冷真的“新生”起来了。他不但态度转变，而且还走进实际行动里去，但在作者笔底下“新生”过的李冷，他是一开始就为了煽动电灯工人的罢工，被捉进牢里去，他在实际行动里是怎样的为了人类未来的幸福而奋斗着，却并没有具体的事实展开给我们看。倒反而是捉进到牢里去的他，为了死亡的恐怖与信仰的坚贞，二者在内心里相互矛盾的搏斗着，而那搏斗的结果，又常常是感伤的气氛，掩过了对于信仰的严肃气氛。

“结果？那有什么可怕？世界上并没有不死的人！”我做出勇敢的样子说。其实我底心也开始在摇荡了。为了要使他安静，才不得不用上面的话来掩饰我底怯懦。"

就这样的，“新生”后的李冷是对于为信仰而牺牲掉的生命，虽然外形说得“那有什么可怕？”但在内心里，却是“不得不用上面的话来掩饰我底怯懦”。而况他在牢里的生活，又常常的想念到自己的爱人，他并不为自己的牺牲，对于革命事业，是一个可怕的损失，而痛心却为了“文珠底热情的清脆的声音，我再要听一次，也是不可能的了”而感伤。这又是多么小资产阶级根性的现形呵！

## 四

末了，我所要说的，是作者在本书里所采用的体裁，为日记体，而且是主观的自白形式。我觉得这样的描写手法，是有些近于避难取巧，以作者那样很有创造天才的人，很可以不必这样的偷懒，比之直接的写法，毋宁是间接的写法，为更要吃力，更能产生出艺术的效果。可是话虽是这样说，作者的文章却是又简洁，又流利，在完整的形式里，包含着圆熟的技巧，就如在本书里，作者写李冷自己的心理冲突，写他在马路上闲逛所见的街景那段描写，都是异常的细致，而且动人，不过在作者的作品里，是不论展开了他的那一部创作，总是包含着不少的罗曼气氛，就如在本书里亦然。作者要想完全的克服它，我想，只有深入群众之中，去体验他们的生活内容，把自己和群众的生活，二者联系起来，这样，拿对生活的认识，来充实他那完美的技巧，总该是再好没有的事吧！

原载 1934 年 4 月 1 日《文学季刊》第 1 卷第 2 期“书报副刊”

# 巴金与其《死去的太阳》及其他

郦崇业

巴金在中国文坛上的确是一个幸运儿；以一个无声无臭的人，一跃而在文坛上占了相当的地位。郭沫若渐渐消沉的没落了，代之而起的乃是巴金，一如郭沫若般，巴金把握着了一时代的一般青年的心。于创作的技巧方面说，巴金是比郭沫若高明得多。无论《塔》《飘流三部曲》以至《三个叛逆的女性》比之于巴金的一切作品都不免失色。

《灭亡》是巴金取得声誉的第一部作品；其第二部乃是《死去的太阳》。在这两部著作中，各有其相同之点与相异之点。此乃著者的个性之所在，在这两部书中，主人公都同样的是具有一点个人主义思想的稍稍缺乏力量的青年。这是为作者所不喜的，因此，作者同样给他们以一些悲惨——至少是不满意的——结局。然而无论如何作者却不能掩着其同情于书中之主人之思想之表现。这一点是《灭亡》与《死去的太阳》中相同之点。而在两书中，作者的态度不同了；他给与杜大心以无力再生存下去的改头换面的自杀：而却给吴养清以新的希望。同样的，张为群与王学礼（作者所喜爱的人）都死了，杜大心只是失望烦恼，而吴养清却希望着将来。于意识方面，作者有了进展；而于技术方面却失败了。程庆芬与吴养清之恋爱太奇突，而程庆芬之死则甚至令人觉得是作者无法再写下去了而马虎完结了似的。《死去的太阳》这书，作者如果让它再酝酿些时而不如此急急的写出来，则将会至少比较地成功是可能的。

巴金的著作，技巧方面是值得称赞的，而在全体的力说，则未免稍微软弱一点。他缺乏了如郭沫若，蒋光慈等那种气魄，看完《灭亡》与《死去的太阳》都不令人激动。

巴金所写的短篇如《狮子》《哑了的三弦琴》等等，无论就其结构，技巧等方面说都是大大的成功了的；而更有其独特的风度。巴金若能专向短篇方面走去，将来是甚为光明的。

《死去的太阳》是一部值得一看的书，看了《灭亡》再看此，你可找出作者思想的线索的过程；虽然你不能如看过《灭亡》那样觉得满意。要满意，你大可以看他的短篇，那会给与你以更其美丽的印象的。

原载1931年8月《中国新书月报》第1卷第9期“新书评介”栏

# 关于《罪与罚》和《海底梦》*

谷　非〔胡风〕

……

《灵魂》（短篇小说，严敦易作。——编者注）是用伤感的心境写的一个“灵魂”纯洁的妓女和一个嫖客间所发生的悲剧，《罪与罚》也是一个悲剧，关于一件杀人案子的关系人物底心理描写。《溺》（短篇小说，靳以作。——编者注）这幕悲剧，写的是一个“懂得爱，知道为爱牺牲，为爱而受苦的”人物底故事。前面两件故事，是现社会里随处都会有的现象，作者们用“诗人”似的心境写了出来，读者是多少能够受到一些感染的。但作者们没有从社会关联来认识他们底人物和故事，没有把他们底人物和故事放在具体的客观情势（背境）里去发展。譬如说，《罪与罚》底作者努力地想证明法律和“人性”的冲突，但我们要指明，这个证明是徒劳的。不是法律和什么抽象的“人性”的冲突，是以一个特定的阶级底要求为基础的法律和别的阶级底要求的冲突。作者所要求的“公道”，不能怪“刑事法庭”不能给，要知道，“刑事法庭”不过是一个大的社会存在底一个局部存在而已。所以，作者们所写的都是一个断片的现象，而且有的还多少受了主观的歪曲（请不要误会这是出于恶意的用语），和动的客观的“唯一的真实”是相隔还远的。……

* 本文节录自作者《粉饰，歪曲，铁一般的事实——用〈现代〉第一卷的创作做例子，评第三种人论争中的中心问题之一》。这个题目是本书编者加的——编者注

最后，我们要比较详细地论到下面

怀乡病（杜衡）
讨渔税（马彦祥）
墙（杜衡）
我们的塾师（沉樱）
海底梦（巴金）
断了条胳膊的人（穆时英）
人与女人（杜衡）

七篇作品了。在这七篇作品里，作者们都表示了想和客观的现实接近的态度，所取的内容都是动的社会事象。在某一意义上说，作者们是多少表现了一点“同路人”（是同路人，不是第三种人）[1]的倾向的，这一点倾向，客观上有多少意义，有给以正确的分析的必要。



…………

《海底梦》写的是“一个民族的大悲剧”。太平洋上有一个利伯洛岛，有几个统治人民的酋长，有一些不事生产的贵族，其余是从早晨劳动到晚的奴隶。还有比这三种人都高而接近贵族的商人。一个商人底女儿因偶然事故遇见了青年杨，因了爱，脱离了家庭和杨同住在奴隶群里。他们信仰了一种“新宗教”，做起为奴隶谋幸福的工作来。但酋长贵族商人对他们压迫起来了，他们底生活非常痛苦。而这时候，高国底军队打来了，奴隶们虽然悲愤，酋长贵族们却好象没有这回事。然而，杨带着奴隶和高国军队大打了一仗，最初虽然大胜，但终于敌不过高国强大的军力，一败涂地，杨自己负伤而死。他临死叫她把他底尸身抛到海里，要求她承继他底工作，说，“倘使将来你不能够替我们报仇，驱逐那些屠杀者，建立我们底自由的国土，实现我们底新宗教，……我自己也会借着海底力量把这奴隶区域全部淹没了的。”她发誓照他底话做，“我要来和全世界的人对敌，我要勇敢地实践我底誓

---

[1] 关于这次第三种人论争的根本问题，笔者底意见是；只有“同路人”的立场，没有第三种人的立场。这意见曾向几位朋友简单表示过。详情将在另一个机会中说到。

言。”但她非常“孤独”，她底“周围的确只有一些奴隶，身心两方面同时屈服的奴隶”。她“忍耐”了两三年，几乎得到了几个“同情者”，但不幸又全数被捉，她自己被逐出了那个岛国，她一连设法回国两次，都失败了。第三次算是成了功。她遇着了一个“孩子”，这“热情”的孩子好象是杨底第二，他们又继续宣传杨底宗教，但不幸同情者之间分成了两派，又被破坏了。这一次她自己被囚了起来。忍住最大的痛苦，她拒绝了他父亲底怀柔。后来虽然被“孩子”救了出来，他告白了她所渴望的对她的爱，但孩子是病死了，她又不能在岛国藏身，遂走出了那岛国。她走了几年，“到处我都看见奴隶，找不着一个勇敢的男子，象杨和那孩子那样。所有的人都死了！”但是，她虽然“永远是一个孤独的人”，可不能“放弃一切去过点安静的生活，象那许多男子一样”，“因为一个女人底誓言是永久的”。她永远望着海，希望她底杨会怒吼起来。抱着“达到那最后的胜利”的坚定的心，她又回到那岛国去。在船上，因为她总是望着海，被一个反抗“坡格隆”屠杀的犹太人夏次巴德底后裔所注意。找了几年她算碰到这个“不是奴隶的人”，就告诉了她底故事。

这故事写得很冗长，没有大的耐心是难得读下去的。象上面简单叙述的那样，作者尽量地把在《罪与罚》里所表示的人道主义安那其主义的观点观念地发挥了。作者所写的利伯洛，和实际上的利伯洛底情形完全不一样，那侵来的高国军队也是凭空掉下来的。不错，作者所写的是寓言，然而，虽然把邻村底故事说成外国底，但“现实性”依然是绝对必要，不能随便想出一个“本事”来痛快地灌进作者自己底人道主义的“热情”。从作者底观点出发，岛国里没有“自为的”大众，所有的尽是照字义直解的“奴隶”，“身心两方同时屈服的奴隶”。在这种奴隶社会里，顶多只能来一次突然的“抵抗”，顶多只能找到几个“同情者”。这是一面。另一面，作者把女主人公写成了一个救苦救难的“基督”，把她底杨写成了一个基督底基督。这位基督底基督临死的时候，要求她实现他底“新宗教”，否则他要借海底力量把奴隶区域淹没。后来她惨败灰心了以后，他又来托梦：

你还应该生活下去，我还得让你再试一次，也许这是最后的一次了。如果你再失败，那么我就要来代替你，我就要使海怒吼起来，淹没那整个的岛国。但你应该再试一次。

当然，我们并不是不了解作者表扬“牺牲”精神的本意，但作者是应该在实践的社会关联里去表现的。象作者所写的，没有从现实生活出发的统一了感性与理智的实践情绪，只有抽象的“对于自由，正义以及一切的合理的东西的渴望”。这样一来，他不得不把他底女主人写成终日“以泪洗面”，使全个故事充满了沉闷的悲观情调。也许有感情无处发泄的未经世故的中学生会读得流泪罢，但作者不能以那为目的。所以，这篇作品，用政治上的术语讲，是错误，用艺术上的术语讲，是失败。借作者自己底话，他“把梦境当作了真实”。

……



原载 1932 年 12 月 15 日《文学月报》第 1 卷 5 月号、6 月号合刊

# 巴金的《海底梦》

清　水

是客岁的初夏吧？我问景深兄的私生活是什么，他回复我说："近来大读巴金的小说……"，这一来使本已读过一些巴金的小说的我，益发因景深兄的"大读"的提引而更感着兴趣去阅读了。这样的，他在开明书店印行的《海行杂记》、《海底梦》，我是一手把它抓着，跑到离寓所很远的图书馆去，坐在装有暖气管的圆圈椅上，在两个不同的日期内，一口气把它读下去了。两书我都很爱读，但是二者之中，我却特别的爱上了这一本《海底梦》。

因为，这短短的记载，可以看出一些我们想着应看的"没有悲哀，没有回忆。我只有快乐，只有希望"的"我等待着，我预备着，我充满了希望，充满了信仰"的"我不需要爱，爱只有使人痛苦"的"宁愿被那爱慕你的思念折磨到死，……不愿违背了信仰写那悔过书来换得自由，换得自由来过以前的那种贵妇的生活"。喊着"我也许还缺乏勇气，但我有肉，有血，有感情。我不能够在万物开始繁荣的季节中让自己腐朽在这里，不做一点事"的为着争自由与解放民族而奋斗的男女英雄们的战绩与灵魂。我们一页页地读下去起了同感的作用，仿佛看一场人吃人的生之搏战的苦斗故事，展现在目前。我流泪，我同情，我欢乐，我高呼的感着作者所说的"这里面有哀诉，有绝望，有眼泪，有矛盾，有挣扎，但结果却给了我一个希望"的话最有道理。把书本看完，瞑目一想，觉着这么满是火药味与血腥弥盖了的天地，假如有那么诚实的强壮的战士肯为"自由""正义"而不断地苦战，牺牲的话，这充满着希望的值得留恋的新世界，是会展现在我们的眼前；不能当他是渺茫的梦景，一定不能够找寻得到的。

我们十分明白，这不寻常的别开生面的抓着了这个不寻常的时代的核心来写成的这一本簇新的有力量有意识的童话，并不是作者凭恃其天才的想像力所虚构而成的。我们知道太平洋上的“利伯洛岛”国是谁。我们也一样的晓得那被称为“高国”的侵略者又是谁。书中写得惊心动魄的大焚杀的备极凄惨的故事（下半部）并不是完全靠着卓越的想像结构出来。作者在结末上（页一三〇）若隐若现的纪述，是值得我们之绝大注意。明白的说罢，这简直可以说是以我们这国难日以垒积的动荡危亡的“老大帝国”做背景而写成的一部新鲜的有内容有力量的童话。这纡曲的，壮烈的故事，把“九·一八”以至“一·二八”的往事都装了进去。这是热情的产物，这是时代的宠儿，没有那不绝地发生的现实的屠杀，大规模的屠杀来作背景，来激起作者沸腾了的心，沸腾了的血，未必能够写得这么的淋漓尽致，血泪交流。未必能够这么容易的“渗进了不少陆地上的血或泪”。未必能够使这薄薄的小书，不寻常的，有“这是血的海，泪的海。血是中国平民的血，泪是中国平民的泪”的孕育。在另一方面说，要是没有那空前的不人道的资本帝国主义者的“一·二八”的上海大屠杀，作者是不容易把他自己的血泪也压榨出来滴在里面。“这是热诚的产物，我写它连思索的时间也没有。是热诚不许我思索，因为它自己要奔放出来。我每晚拿起笔就写，写到觉得可以暂时打住时就放下笔，我写得很快，而且自己也觉得写得痛快”的情景，也就万难窜了上来，在作者的笔尖上，这么的奔腾，飞跃。



这么薄薄的一本书，一点不含糊的就在这么薄薄的一本书里面的描绘与摹刻，虽没有象鲁迅笔尖上那样的辛辣，知堂笔锋下那样的悠闲，资平小说上那样的细腻，可是，却象沫若初期作品的奔放，俨如达夫的小说般的一气呵成，朗朗可口。其实，这么啃住了时代的核心的孕育着血与泪的交流的童话的写作，不比普通的小品文与杂文，事实上也无须过于辛辣的笔锋跟无限度的悠闲与细腻的摹写。这是翻读此书时，不可不知的。至若慷慨悲壮的故事的敷陈，绘述，前篇是写得多么的有声有色，栩栩欲活。后篇，则有凄惨的画图的展布，有奋斗的战绩的表扬，有爱与自由的心之讼战的刻述，这纡回曲折的描写，这旁敲侧击的衬托，这心理变化的细述，更烘托出这个为自由而牺牲一切的女杰——利娜的灵魂，可歌可颂的伟大人格！

今年听说是极端可怕的年头，高人国的情形更是显著的变得儿有些异样。作者几年前写稿时，便精知灼见的骂道我们男子都是屈服的奴隶，虽然有时候不是，但是，等到别人拿着机关枪、大炮来对付，就卑鄙的统统跪下去了。“只知道谋自己底利益。为了这个利益，他们甚至可以卖掉自己底信仰和自己底父母。”现在看起来，我们除掉自讼自责而外，对于这本作者以他的血和泪而写成的《海底梦》，也就益发觉着他的可贵了。“国难文学”，“国防文学”，“民族文艺”的呼声高彻了云霄。看官们！这不是一本以我们中国的“血的海”“泪的海”来写成的，现成的真情的流露的热与力的混成的有思想有内容的十足货色么？我们如是不甘于“平凡”与“屈服”，知道“奴隶们底命运只有靠奴隶自己来决定”，那吗，请大家念着“自由，难道还有比你更美丽的东西吗？……”的话，把自己献给事业，“牺牲了个人底一切幸福，去追求众人的幸福。”在这么“一本充满着衷诉，绝望，眼泪，矛盾，挣扎而最后竟被一个希望全掩盖了”的书本里寻求着了自由与生存的真谛，努力奋斗的翻开生活的新样，反抗侵略者的占据者，以达到总结算的时期到来的最后胜利！

这么的年头需要这么热烈而且有力的一本书。这不独是服兴奋剂，也有不少的维他命在里头。我如有资格推荐适合于这动荡中的大战前夕的文学书本的话，我将毫不迟疑的先举出这一本《海底梦》来。

原载1936年4月16日《申报》副刊《读书俱乐部》

# 尤利·巴基的《秋天里的春天》与巴金的《春天里的秋天》

黎 舟



一九三一年，巴金仅用了一个多星期的时间，就译完了匈牙利现代诗人兼小说家尤利·巴基（Julio Baghy）的中篇小说《秋天里的春天》（Printempoen la aŭtuno）。翌年春天，巴金曾到福建晋江一次，在那里为一个因婚姻不自由而发疯的少女的故事所激动，回到上海后就一口气写成了中篇小说《春天里的秋天》，当年七月，与《秋天里的春天》同时出版。这两部小说的题目，都具有抒情气息和象征意义。从表面上看来，两者的含义正好相反，但实际上它所反映的内容都带有悲剧性质。《秋天里的春天》描写了两个拾得的孩子的遇合及其不得不分离的痛苦，《春天里的秋天》则更是“一个温和地哭泣的故事”，抒写了在封建专制家庭摧残下一对青年男女的爱情悲剧。从作品的思想倾向来看，《春天里的秋天》显然较《秋天里的春天》进步，但在书名的确定和某些艺术手法上，《春天里的秋天》又受《秋天里的春天》的影响。

## 一

《秋天里的春天》的作者尤利·巴基是世界语文坛上一位著名作家。他出身于优伶家庭，自己也当过演员。第一次世界大战时，他在前线作了俄国军队的俘虏，于西伯利亚荒原度过一段寂寞的流放岁月。他写的长篇小说《牺牲者》形象地记录了这一艰辛的生活历程。书中的主角、被俘的匈牙利优伶实际上就是作者自己的写照。尤利·巴基不幸的人生经历及其所受十九世纪俄罗斯进步文学的影响，使他的作品具有浓厚的忧郁风格，但也仍闪耀着希望的光芒。与陀思妥耶夫斯基相类似，他的创作直诉于人们的深心，具有较强的艺术感染力。他所塑造的一些人物形象，尽管社会地位卑下，生活悲惨痛苦，却都有着纯洁的灵魂。《秋天里的春天》的几个主要人物，也具有这种特点。尤利·巴基曾用世界语写了小说、诗歌、戏剧等八部创作集。这些作品流传甚广，已译成十三国文字。被介绍到中国来的，除《秋天里的春天》外，还有长篇小说《牺牲者》（钟宪民译）、《玛丽，跳舞》的节译本《只是一个人》（钟宪民译）、短篇小说《遗产》（索非译）等。

《秋天里的春天》写于一九二九年，它记叙了老卖艺人巴达查尔师带领的杂技队在一个小镇停留时，队里的小女孩夏娃与当地中学生亚当·拉伯采相爱而又不得不分离的故事。夏娃原是一个孤儿，为在大马戏班里扮演丑角的弗利多林从一辆马戏班车子的脚踏上拾得并将她养大的，两人相依为命。后来，弗利多林和夏娃到了巴达查尔师的杂技队里，巴达查尔师也象对待亲人一样对待他们。亚当·拉伯采虽是一个俄国的孤儿，但他的监护人、市镇中学的数学教员巴南约席将他的生活安排得很好。有一天，亚当·拉伯采到巴达查尔师的帐篷里算命，夏娃对这位中学生产生了爱慕之情。第二天，这两个同样是拾得的孩子又在树林里相会，进一步增长了感情。亚当·拉伯采发动班上同学来看杂技队的表演，又请吉普色人到帐篷外面为夏娃奏“夜情曲”，使巴达查尔师和弗利多林深受感动。当杂技队离开市镇时，亚当·拉伯采到车站送行，他诚恳要求巴达查尔师在第二年春天仍旧把夏娃带回来。火车开动后，亚当·拉伯采在回家的路上拆开夏娃临别前交给他的一封信，从中取出一朵作为墓地的花的白菊花和一束金黄色卷发，不禁大声痛哭。这时正好遇上巴南约席先生，他向老师报告“现在是秋天”。好心的巴南约席出于同情，安慰他说，“抬起头！春天还会来的，……还有许多美丽的春天”。亚当·拉伯采却疑惑地摇着头说，“象这么美丽的春天，象这个秋天里的春天这么美丽的，永不会再来了……”。

《秋天里的春天》在一定程度上触及了二十年代末期匈牙利社会底层人民的艰难处境。巴达查尔师的杂技队在颠沛流离中过着贫困的生活，为了赚钱糊口，他们不得不强颜欢笑，以表演逗人喜乐。夏娃与亚当·拉伯采这两个孤儿的偶然相逢，萌发了纯洁的爱情，最后却不得不分离。作品的基调显然是忧郁的。但它也写出了在巴达查尔师的杂技队的黑暗的帐蓬里依然有着“绚烂的春天”，也即温暖的爱。巴达查尔师、弗利多林和夏娃，原来并非亲属，同样悲苦的命运却将他们紧密地连结在一起。他们之间“相濡以沫”，有着亲人般的真挚感情。夏娃被巴达查尔师和弗利多林称为“小太阳儿”，意思是在她身上也散发着光和热，给这两位孤苦伶仃的老人以爱抚和慰藉。市镇上的中学生对巴达查尔师的杂技队满怀同情，他们来看表演时，以银元买票，从经济上给予支持，并把他们的心的暖热分给了两个被命运摧残了的老卖艺人，也生动地说明在那个冷酷的社会里依旧有着热烈的爱和真诚的友谊。亚当·拉伯采见到了夏娃，使他看见了“秋天里的春天”，更加热爱生活。他想在自己住的那所房子里来容留象巴达查尔师和弗利多林那样衰落的卖艺人。而他所以要努力学习数学，为的是黄屋子里的桌子上每天都有面包，更体现了他助人为乐的心愿。作品结尾，亚当·拉伯采与夏娃离别的场面，虽令人黯然神伤，但中学教员巴南约席所说的“春天会来的，还有许多美丽的春天”的话语，却依稀给人以微茫的希望。

三十年代初期，巴金在创作之余翻译尤利·巴基的《秋天里的春天》，显然与这部作品具有一定的社会意义有关。小说所写两个命运不同的相爱着的孩子不得不分离的悲剧，使巴金“也感到了一种反抗的心情”，而它所描绘的在“烦忧的生活”中仍然有着“爱的温暖”的图景，则又使巴金产生了共鸣。当他读着这篇小说的时候，“眼睛竟几次被泪水润湿了。这是感动的眼泪，这正如那个老卖艺人巴达查尔师所说，是灌溉心灵的春天的微雨”。他还从作品结尾所展示的对于未来的希望中受到鼓舞。他相信中学教员巴南约席的确说了真话，“在生活里是充满着春天的。秋天里的春天，冬天里的春天，而且有很多很多的春天”。而“春天是不会灭亡的。在第二年的春天里，巴达查尔师会把

小太阳儿给学生带回来，于是两个拾得的孩子又会遇在一道儿了”。（《〈秋天里的春天〉译者序》）

巴金在翻译《秋天里的春天》时，也意识到这部作品思想内容上存在的严重缺陷。《秋天里的春天》虽怀着满腔同情，描写了两个相爱的孤儿不得不分离的悲剧，但它非但不能深刻地挖掘产生这种悲剧的社会根源，相反，还通过老卖艺人巴达查尔师的口，宣扬了神秘的宿命论思想。巴达查尔师原来是有钱人，受过教育，还会治病，后来才沦落为卖艺人。他饱经生活的磨难和人世的沧桑，把一切都看透了。他将人生当成是一场梦幻，认为人的“灵魂是在两重的路上巡礼着”。他曾对弗利多林说过，“生只是在寓言，梦也只是在寓言。生的路上笼罩着黑云；梦的路上闪耀着蓝空的微笑。生的路上长着恶草；梦的路上开着鲜花。人，一个身体和一个灵魂，在这两重的路上挣扎着向前进，……目的是什么？那就是终结”，而“不管是终结还是新的开场，都是相等的，因为它的名字只有一个：死”。巴达查尔师把“生梦死”看作“都只是外表”。在他看来，世界上所存在的“就是许多外表的定期的运动”，这个运动就产生出时间空间生梦死等等的“幻象”。他相信命运的安排，消极厌世，完全屈从于不合理的社会现实。巴金的一位从事文学创作的朋友曾在一封信里说，他们夫妇俩在阅读巴金所寄赠的《秋天里的春天》时，“每每随声对泣。爱巴达查尔师又怨他”。巴金对巴达查尔师的态度实际上也是如此，爱他有一颗纯挚、善良的心，怨他缺少反抗和斗争性。在《秋天里的春天》里，原是十分天真、单纯的夏娃也受到巴达查尔师的充满空虚和幻灭感的宿命论思想影响。她不相信生活，把她和亚当·拉伯采的爱情也看成是一场美丽的幻梦。她曾对亚当·拉伯采谈起有一次当她拿了积蓄的钱去城里一家商店买好看又能言的小玩偶时，恰恰一个店员将它包起来给一个穿得很阔气的小姑娘，弗利多林便买了一个肿脸的坏玩偶来安慰她。她为此感到十分痛苦。她说，不管怎样奋斗，“到头来总是别一个人把我又好看又能言的小玩偶拿走，而生活另外掷一个肿脸的坏玩偶来满足我”。她认为她的美丽的爱情的幻梦也会象那样地消灭的。巴达查尔师的宿命论思想其实也就是尤利·巴基世界观中消极、落后一面的流露。

当然，文艺作品中某一个人物的思想并不等于作者的思想，但在《秋天里的春天》这部作品里，巴达查尔师的大段“只有外表”的说教并未受到任何人的非议，相反，却被当作为人处世的生活哲理来肯定。弗利多林表示“懂得它们”。中学生亚当·拉伯采在杂技队帐蓬外面偷听了巴达查尔师与弗利多林的谈话后，混乱思想的云雾下降在他的心灵上，他迷失在那里面了，不禁发出疑问：“难道那个驱使着一对对青年男女互相爱恋的渴望也是外表吗？”尤利·巴基从宿命论思想出发，把夏娃与亚当·拉伯采这两个拾得的孩子的遇合成为一件悲惨的事情归之于生活，这是巴金不能同意的。他在《〈秋天里的春天〉译者序》中，虽指出“巴达查尔师这样的人恐怕是有的，生为优伶之儿而且日与卖艺人为伍的巴基很有机会见着这种人”，但他紧接着要读者“万不要相信巴达查尔师的神秘的定命论”，并进一步点明这种宿命论思想“在巴基的小说里没有别的功用，只是一个装饰，用来掩饰，或者取消这作品的反抗色彩，使它不带一点反抗性，而成了一个温和地悒郁的故事”。而“在和平主义者，人道主义者的巴基，他只能够写出这样的作品”。巴金还一针见血地指出，“使得两个拾得的孩子的遇合成为一件值得哭的事情，那只是不合理的社会制度，并不是生活”。他明确表示，“如果叫我来写一篇这种题材的小说，我一定不会象巴基那样写”。巴金对他所翻译的外国文学作品的思想内容，并不全都是肯定和同意的。后来他在翻译十九世纪中叶德国诗人、小说家台奥多尔·斯托姆的带有浓厚的感伤主义情调的《迟开的蔷薇》等小说时，也曾表示“我不会写斯托姆的文章，不过我喜欢他的文笔”。的确，巴金并没有写过与《秋天里的春天》的题材相类似的作品，但我们从他译完《秋天里的春天》后所写的中篇小说《春天里的秋天》里，却完全可以看出他与尤利·巴基在对待社会人生态度上的明显差异，也即世界观上的明显差异。



## 二

巴金的中篇小说《春天里的秋天》这一书名的确定，曾受到尤利·巴基的《秋天里的春天》的启示。他在一九七八年所写的创作回忆录《关于〈春天里的秋天〉》中谈到，当他在一九三二年写完《春天里的秋天》后，一时想不出题目。当时，他翻译的《秋天里的春天》刚好在《中学生》月刊上连载完毕，准备出单行本。他把全书重读一遍，忽然"灵机一动"，就给自己的中篇小说想好一个名字：《春天里的秋天》。它反"秋天里的春天"之意而用之，却丝毫没有《秋天里的春天》所宣扬的那种宿命论的说教，而是相当深刻地挖掘了它所描写的一对青年男女的爱情悲剧的社会根源，愤怒鞭挞了封建传统观念和悖谬的婚姻制度。

《春天里的秋天》中的女主人公郑佩瑢原是C城一所中学的学生，男主人公林是那所中学新来的英文教员。两人在认识后成为情侣，并先后来到厦门鼓浪屿，分别住在自己的朋友家里。郑佩瑢虽挣得了求学的自由，从封建专制家庭中冲了出来，但是还没有挣得独立处理自己婚姻的自由。她已意识到当时的社会是压迫女人的，"做一个女人，命运很悲惨"，甚至还以感叹的口吻说过，"在整个社会的轻视和压迫下面挣扎，受苦，灭亡，这就是我们以爱为生命的女人的命运"。她对她的家庭将阻挠她和林的结合有预感，觉得自己的前途黯淡，常常悲伤流泪，但她在思想和行动上又十分软弱，缺少与家庭抗争的勇气。不久，她为探望母亲的病，并跟父亲商量自己的婚事而回到家里。到家后她为父亲所逼，与另一个她所不爱的男子订婚，并违心地写了与林绝交的信，以免她的父亲将林打死。最后她因忧郁而得病，终于寂寞地死去。她在临终前还写信给林，祈求他的宽恕，表示对林的爱情至死还是忠贞不渝的。《春天里的秋天》运用第一人称的写法，通过男主人公林的感受来写他和郑佩瑢的爱情生活，心理描写细腻，抒情气息浓厚，写景大都用简短的排比句（如"明亮的天，明亮的树，明亮的房屋，明亮的街道"，"白的百合，紫的紫堇，黄的美人蕉"）。整部小说类似一首无韵的散文诗。

在"五四"时期，诉说青年男女婚姻不自由的苦痛的新文学作品是很多的，这些作品大都具有反封建的战斗意义。到了二十年代中期，由于一部分知识青年已经冲出了封建家庭的牢笼，取得了人格上的独立，进入社会，在新文学创作中又出现了如何处理争取婚姻自由与社会改革的关系的作品。三十年代初期，有的新文学作品进一步反映了革命青年如何正确处理爱情与革命的关系。与巴金的《爱情三部曲》

中从事社会活动的青年男女主人公不同，《春天里的秋天》里的两位主角，还处在争取婚姻自由的阶段，他们未把争取个人的幸福与改造整个社会联系起来，生活目标是很狭小的。在这篇作品写作的当时，由于中国社会的性质并未根本改变，在封建势力迫害下的青年男女的爱情悲剧仍然时有发生。正如巴金所说，“不合理的社会制度，不自由的婚姻，传统观念的束缚，家庭的专制，不知道摧残了多少正在开花的年轻的灵魂”。(《〈春天里的秋天〉序》)《春天里的秋天》虽然没有从广阔的社会生活范围里来反映青年男女争取婚姻自由的问题，但它所写的两位主人公在爱情上的不幸遭遇，从一个侧面反映了当时社会生活的某些本质方面，因而仍然具有一定的典型意义和教育意义。

《春天里的秋天》与巴金所写的《家》等作品不同，它没有具体描写封建专制家庭对青年一代的迫害（只是在作品的结尾通过郑佩瑢和她的堂妹郑佩瑜给林的信来侧面交代），也没有从正面展开青年一代对封建专制家庭的激烈冲突。它着重渲染郑佩瑢和林的爱情生活的“春天”中的“秋天”的阴影，而这一“阴影”实际上正是封建专制家庭对郑佩瑢威胁和迫害的投影。同《秋天里的春天》一样，《春天里的秋天》的笔调也是温和的，忧郁的。但由于作者的思想水平的差异，两者又有不同之处。《秋天里的春天》在温和的忧郁中流露着无可奈何的惆怅，作品的结尾虽也展示了对于未来的希望，但由于这种理想缺少现实生活的基础，也只能成为一种空洞的慰安而已。与《秋天里的春天》将两个社会地位不同的相爱的孩子的分离归于命运相反，《春天里的秋天》明确地将郑佩瑢和林的爱情悲剧归之于社会。从作品中可以清楚地看到，促使郑佩瑢的青春的生命夭折的正是她的封建专制家庭，而这样的一个家庭又植根于半封建半殖民地的社会土壤中，只要这种社会存在一天，类似的爱情悲剧还会接连不断地发生。《春天里的秋天》还在后半部分从侧面交代了林的哥哥也因婚姻不自由而自杀，这更说明这类悲剧在当时具有一定程度的普遍性，从而加深了作品的社会意义。巴金的创作有着明确的目的性，他一直把他的笔“当作攻击旧制度、旧社会的武器来使用”，(《谈〈春〉》)在处理爱情题材时也不例外。爱情是一种与历史、社会的实践有联系的精神活动。以爱情为题材的优秀作品总是要反映一定历史时期的社会生活的某些本质方面。巴金不是为写爱情悲剧而写爱情悲剧的，他总是赋予它一定的社会内容，由此来进行反封建的战斗，这正体现了他作为一个革命民主主义作家鲜明的创作特色。

从创作的思想倾向性来看，巴金显然不是像尤利·巴基那样的和平主义者、人道主义者。《春天里的秋天》里的女主人公郑佩瑢虽然缺少对封建专制家庭的反抗性，但透过作品中的形象描写所体现的反封建的斗争精神却是十分明显的。巴金曾经说过，"《春天里的秋天》不止是一个温和地哭泣的故事，它还是整整青年一代的呼吁。我要拿起我的笔做武器，为他们冲锋，向着这垂死的社会发出我的坚决的呼声，'I accuse'（我控诉）"。毫无疑问，巴金也有人道主义思想，或正如他自己所说的"人道主义和爱国主义的混合"。他在《〈春天里的秋天〉序》一文中曾经说过，"我的许多年来的努力，我的用血和泪写成的书，我的生活的目标无一不是在：帮助人，使每个人都得着春天，每颗心都得着光明，每个人的生活都得着幸福，每个人的发展都得着自由"。但巴金的人道主义又不同于尤利·巴基的人道主义。它以对被压迫被侮辱被损害者的爱为主要内容，并且与对帝国主义、封建主义的憎恨紧密联系在一起。这是要从巴金所处的社会历史条件和个人的经历以及所受的思想影响等方面来说明的。巴金曾经谈到他在幼年时是被"爱"养育大的。"父母的爱，骨肉的爱，人间的爱，家庭生活的温暖"。他爱一切的生物，讨好所有的人，愿意揩干每张脸上的眼泪，希望看见幸福的微笑挂在每个人的嘴边。不久，他在封建大家庭里亲眼看到"许多可爱的青年的生命在虚伪的礼教的囚牢里挣扎，受苦，憔悴，呻吟以至灭亡"，同时在他的"渴望着发展的青年的灵魂上，过去的传统和长辈的权威象一块磐石沉重压下来"，"憎恨"的苗于是就在他的心上发芽生叶了，"接着'爱'来的就是这个'恨'字"。他"开始觉得这社会组织的不合理了"，想"是不是能够来改造它，把一切事情安排得更好一点"。（《短简·我的幼年》）后来，他所受的民主主义和无政府主义的思想影响又进一步加深了这种"人类爱"的思想，而为了实现"人类爱"，他又坚持宣传憎恨，批判"勿抗恶"的思想。他曾经说过，"除了反抗而外，再没有别的方法可以使人类得救。在这个世界里我们不能忍受，也不应该忍受"。（《海行》）他在《呈献给"吾师"凡宰特》一文中又说,“我知道在你的那一颗爱字铸成的心中是没有‘憎’和‘报复’存在的。然而我却常常犯了罪了,因为我违背了你的教训去宣传憎,宣传报复”。到了三十年代,他更明确宣告,“一切旧的传统观念,一切阻止社会进化和人性发展的不合理的制度,一切摧残爱的势力,它们都是我的最大的敌人。我始终守住我的营垒,并没有作过妥协。”(《写作生活的回顾》)在巴金的创作里,有着鲜明的爱憎和明确的斗争方向,而这正是尤利·巴基的作品中所缺少的。当然,巴金在民主革命时期写的作品也有局限和缺点,那就是它所表现的对不合理的社会制度的抗争还不是无产阶级领导下的革命斗争,它还不能指出通往光明的具体道路。当时,他也没有能从人道主义再行一步走到马克思主义,并且在他的思想上也并不是没有矛盾,如他常谈起的所谓爱与憎的矛盾等等。

巴金在翻译外国文学作品时,也很注意学习它的表现方法,以提高自己创作的艺术水平。一九二九年二月,在他的第一本小说《灭亡》写成以前,正好第一次阅读十九世纪俄国革命民主主义作家赫尔岑的回忆录《往事与随想》。当时他“心里也有一团火,它也在燃烧”。他“有感情需要发泄,有爱憎需要倾吐”。他“也有血有泪,它们要通过纸笔化成一行、一段的文字”,就“不知不觉间受到了赫尔岑的影响”。以后,他“几次翻译《往事与随想》的一些章节,都有这样一个意图:学习,学习作者怎样把感情化成文字”。(《〈往事与随想〉后记(一)》)一九三二年,他在写《春天里的秋天》时,不仅书名的确定,而且在表现方法上也受到了前一年翻译的《秋天里的春天》的某些影响。如小说中女主人公郑佩瑢以剪下的一缕头发作为送给林的纪念品以表示爱情的忠贞这一细节,就是向《秋天里的春天》借鉴的。《秋天里的春天》的结尾,写到夏娃在临别前交给亚当·拉伯采一封信,里面附了一朵白菊花和一缕金黄色的鬈发。亚当·拉伯采拆开信后,曾大声痛哭,不住地吻着它们,并疑惑地对遇到的巴南约席先生说,“象这么美丽的春天,象这个秋天里的春天这么美丽的,永不会再来了”。《春天里的秋天》的最后一节也写了林从郑佩瑢的堂妹郑佩瑜寄来的信中收到郑佩瑢临终前所剪下的一缕头发,他吻着那一缕头发,“象吻一个美丽的回忆”,并发出了“然而在我这一生里还会有春天这样一个季节么？”的感叹。这一细节将萧杀般的“秋天”的悲剧结尾与已经消逝了的爱情生活中的“春天”联系起来，使人悲愤，发人深省，实际上也是对不合理的社会制度的血泪控诉，在用意上显然较《秋天里的春天》的结尾来得积极。

原载1982年3月《福建师大学报》第1期

# 《萌芽》

王淑明

## 一

在巴金的创作里，实通过了他的所有作品，都在采取着浪漫主义的手法，这手法的好处，是在于能写得生动的话，可以引起读者的真挚的情感，而其弱点，就是太凭主观了，容易失却事件之真实性，不过话虽是这样说，在巴金最近的作品里，例如这里所要说的《萌芽》，就难得是一个例外。

在《萌芽》里，只要每一位读者能够稍微细心一点，都可以窥察出它里面所描述的窑工生活，不是凭着主观臆想出来的。它或许是由于自己亲身的考察，至少是根据着一种有价值的报告材料而复现着的。它不似《海底梦》那样的鼓着玄想之翼纯粹流于冥想，也不似《雨》那样的渲染着虚无主义的色调，里面人物的行动言语，多半概念地创造出来的，而不为现实所实有，在这里作者却能把自己作品在前期里所流露的主要弱点——浪漫主义的手法——相当的克服过来了，虽然也还残余着不少旧有的成分，但这是可以经过作者自己的努力，而渐渐地滤净了的。

以下我就想对于他这部有新生命的作品，来稍稍的加以检讨。

## 二

首先说到它的优点。

写窑工生活，而至于不懂得他的生活内容，这才是再大没有的笑话，可是在过去，有许多作家，却不幸正犯了这样的毛病，坐在亭子间而写作工厂罢工的小说有之，以炭矿夫为题材的短篇作，而至于连矿山的设备，矿工们的术语都不知道，亦应有尽有，可是这样流行的风气，到了最近，总算克服过来了。

在《萌芽》里，写窑工们的下窑，他们怎样的到管理处去领灯？怎样的跟着升降机的动作而排队到窑井里去？矿警的侦察，阎王的凶狠，都写得异常的生动入微，自非皮相的观察所能知道得这样亲切，例如下面这一段：

> 几盏电灯照着潮湿的土地，几根木柱挺直地立在地上，被顶上的石块重重地压着，略略显了一点弯曲的样子。两条小铁轨交叉地在地面上伸出去，合成了一条，伸进了那浓密的黑暗里面，三辆煤车凌乱地躺在铁轨上，二辆空着，其余的一辆里面装了大半车的石块。

看了上面所引的，我们可以觉察到作者对于煤山里的情形，是知道得多么深切，一点也不显得隔膜，荒诞，这比之他过去所有的作品，实在可以说是划了一个更新的阶段，然而这宝贵的收获，也不是轻易得来的，那却由于作者虚心的考察和体验。

除了这，在《萌芽》里，作者却给我们创造了两个人物，使之作了深刻的对照。一个是窑工小张，一个是知识分子的张温平。

小张在一开始，就被作者写成得很粗暴，由于阶级地位的不平等，时常引起他的自发底仇视和憎恨，然而在这时候，他的意识，还没有觉醒，渐渐的由于环境的诱发，行动的磨炼，这才由自然生长性意识，踱进于目的意识，而开始认识了群众的力量。在本书里，作者把小张的这样意识演进的程序，描写得很为深切有力。他并没有象一般流行的作家样，用自己随便制成的一套模式，给他们按上，而叫书中的人物，跟自己的意思来行动。

在一八八页里，文科员和小张的对话。文科员说：

“我说这样下去，是不行的，你们应该设法把它终止，你们应该把那些不公道的情形终止。你们不应该再等待什么了。”那声音变得更沉重了。

“你说得这么容易？他们大家都反对我们，我们有什么办法？”小张烦躁地说，文科员的这些话很使他苦恼。

“哼，他们大家？我问究竟你们人多还是他们人多？”文科员的话语不放松地追逼他。

“他们人多，”小张刚说了这句，便又改口用更大的声音纠正自己说：“不，我们人多。”



可是直到这里，小张的斗争意识，还是模糊的。而就是这仅有的阶级意识的觉醒，也是受了四个窑工的活活底压死，赵根宝的吊死，这许多惨酷事实的启发和刺激，这才慢慢的生长起来的。必须到了最后，又从许多对于生活的认识中，这才会成功为一个领导自己阶级向他人斗争的战士。

和小张的英勇行动，作残酷的比照的是科员张温平。他是一个温情主义者，虽然同情于工人们的非人待遇，却又不主张用暴力，想建议用工人夜校，工人俱乐部，工人子弟学校，这些设备，渐渐的来改良工人的环境，他反对革命，主张“他们不要太激烈应该慢慢来”，自从触了一回霉头之后，他知道自己的改良政策，不会被矿山当局采用了。于是就洁身引退，在工人斗争的胜利当儿，他悄悄的离开了煤山，他还这样的说道：

“我也很关心他们的结局。他们一定会失败的，他们自己倒不怕，我却不能够等着看他们灭亡，我不相信他们这种办法会成功，所以我走了。”

作者在这里，把做一个知识分子的他底游移性质，都毫无顾忌地写出来了，所谓中间阶级这种人，他们不愿意和恶势力妥协，但又不敢面对现实，由于不敢面对，乃从而至于逃避现实，他们只能做一个浅薄的同情的人道主义者，“我也很关心他们的结局”，但却只于关心而已。我“不相信他们这种办法会成功，所以我走了。”

这是知识分子，也是改良主义者的活现形，而张温平却恰恰是被作者这样创造成功的一个典型人物。

## 三

但在《萌芽》里，就没有缺点吗？也不是的。有好几处地方，与其说是缺点，不如说是小疵，还近真些。

比如书中的文科员，他的站在领导斗争的地位，是很重要，然而象这样的一个主要人物，直到一七一页里，才在书中出现，“好，这番话说得很不错，”一个声音在后面响起来。众人吃惊地掉头往后面看。“文科员，”李阿大低声说，“他比较放心了，他知道文科员不是他们的敌人。”可是文科员究竟怎样不是他们的敌人？直在这以前的许多篇幅里都没有给以说明，也没有按下伏线，他的出现，只是突然的跳进来而已。虽说在这以后，由于别人口里附带的说明，他自己行动的指示，使这个人的究竟，在读者的心目中，得着一个大概。但作者的没有交待得清楚，不能说不是他疏略的地方。

又在书中的第八章里煤山上的四个小工，被活埋了以后，全矿山里的工人，都包围在愤怒的氛围中。在矿局十五周年纪念日的前一天，小张一个人走到山坡后面的坟场上去，“他一见这两个木牌，就想起周广和他们的困苦生活和结局，不觉气愤地骂起来。”也就是在这里，碰见了小朱的女人，和她勾搭了起来。

> “小张，我认得你，他们都说你是一个好人，”她忽然做了一个微笑，温和地说，声音里还带了一点抽泣。
>
> “你也这么想？”他带了感动地惊喜地问，听见人称赞他，他自然高兴，何况这话又是从她的嘴里说出来的。

这样写下去，很有好几段，在全书的紧张部分，忽然插入了性的滑稽，很容易减少作品的严肃气氛。我并不是说一个人的意识里，就没有包含着矛盾，小张的斗争意识，也是慢慢觉醒来的。在生长的过程中，不能说没有动摇，而这也正是心理之辩证法的展开过程，我更没有说：在写工人生活的小说里，就不应该有性的色情的描写，这要看作者第一他在处理性问题时的态度；二看这所插入的性底部分，会不会减少书中的严肃气氛，而使异常紧张的情节，因之松懈起来。

如果依上面那样的说法，来回看本书中小张和小朱女人对话的一节，那几节，则那样的生硬的插入，实在成为多余，会使本来的一部严肃作品，流于低级的俗恶趣味中去，而更大的损害，是使书中的严肃气氛减少了，结构变得异常松懈，成为一个不统一的调合。

不过作者的意思，也许是在侧重于小张后来之离开女人出走，仍然归入群众里去，他要藉着这两个相反的对比，来反衬出小张的行动底英勇，与加强他在读者心目中的印象。可是就便这样吧：作者从这上面的所得，也抵偿不了其所受损失之大，这是我在这里可以肯定说的。



## 四

统观全书的各部分，作者这本书，实在是获得很大的成功，不失为一部好的作品，其成就远超出于其过去所有著述之上，而也就是在这里，可以看出作者的作风，渐渐有了转向，这在我们读者看来，象他那样富有创造天才的作家，从浪漫主义的作风，渐渐的走上现实主义的道程上去，这样，不但可以采取着更广大的社会事象而且也更可以发挥他的天才，这不但对于作者自己是有益的事，而且也使我们读者所引为欣喜的。

然而作者的将来，会不会朝这个新的方向发展呢，这却只有待于他自己的努力了。

作此文章，谨对于巴金君创作的前途，致着伟大深沉的企望。

原载 1934 年 7 月 1 日《文学季刊》第 1 卷第 3 期“书评”栏

# 《雪》

宗 鲁

熟习了巴金小说中的人物，环境，以及同一的社会关系下的故事的性格，忽然在这部《雪》的创作里面移换了另一个新的环境，发掘了另一批陌生的人物，讲说社会底层的故事，格外给带来了新清的喜悦。

作者虽然声明过，不是为了《雪》的写作，才到煤山去小住并且曾冒险的走下窑井去体验一下劳工阶层的生活，但是《雪》这部小说创作的胎孕，受着作者生活实践新探试的决定是无疑的。

故事以曹蕴平夫妇坐着小火车到大煤山矿局里做事开始，接着就以对照的表现手法并叙着矿局官吏的荒唐、腐烂和窑工们的绝望、愁暗的生活。为着要掀起罢工斗争的高潮，其间描写了“黑夜接连着黑夜”和地狱一样的窑井，描写了窑工们怎样给过度的工作疲劳磨损得不象人形，描写了葬身于崩毁的煤坑中的死难者，如何野狗不如地被鄙弃着；描写了无理由的开除矿工使生活没有保障。……从压迫，剥削的越是加紧，结果爆发了罢工流血的惨剧。最后仍以主人公曹蕴平厌弃了那种生活环境又坐着火车回到都市中去作结尾。

依照题材来说,《雪》的主人公，应是小刘这一个年青力壮的矿工；但从结构方面看来，作者依旧把曹蕴平和许秋珊这一对“逃避现实”的小布尔乔亚的青年夫妇，担任了主角，因为整个的本事的展开，以及主题所包容的思想、见解，都是通过了曹蕴平的阶层立场、社会观点来叙述着刻画着的。因此本书的主题除了写出煤矿工人在过度的疲劳的损害下，出于生活的永远穷困的绝望和资方的兽性的任意剥削逼害，工人群众的自发的抗议，渐渐达到了自觉的有组织的行动，给予资本家以战栗外，我们还觉察到作者还有意暴露着曹蕴平在革命的实际行动面前完全显示了懦弱、恐惧、和平的改革等小资产阶级的典型性格。作者特地把曹蕴平和赵科员安插一段思想批判的对白的场景，是给本书中一个主要的形象的思想内容，赋予明确的注解，而成为思想表现过程中的一焦点。在结尾，作者把曹蕴平夫妇俩送回了都市，这也使人更加明白曹蕴平这种人物：在平时对生活现状表示不满，有着换一换新环境的企求，或者颇想对社会有所贡献，但临到需要实际行动的紧要关头，目击革命的进军，需要那么大的牺牲和耐性，于是战栗着，畏缩着，后退到自己的温暖之家了。

从故事的发展形势看，那坟场的工人群众大会，接着罢工的决定，一直到流血的斗争，这一连串的情节，是故事中的高潮，也可以说是主角小刘底思想的成长过程中的初热期，也是一个最重要的场面。这一段的描写，作者在表现手法上，使读者感到松弛，例如局长闻讯后来阻止开会这一场景，把工人群众写得太斯文，使会场的情节一点不紧张，尤其是汇成这一高潮的许多支流的动态，也不十分紧凑。我以为形象的具有真实性，作者必须全意志、全心灵抱着和工人的同一命运生活参加进战斗的核心，而且倾注以坚定的信心。

《雪》这部作品，把地狱中的勤劳大众不幸的待遇带到世界上来的这一任务，作者很智慧的遂行着了。我想，如果故事的叙述，不用曹蕴平这一人物来作话主，而拿小刘来当主角，可能使故事的性格硬朗起来，而促使创作另具一种新的风格吧。

原载1946年9月3日上海《大公报》副刊《文艺》第53期

# 《雨》

石　衡

在这动荡不安的时代暴风雨里，青年的烦闷与不安，以及由烦闷不安中作追求光明的挣扎，都是很普遍的现象。意志薄弱的青年之为现实所屈服，固然只有增加前途的暗淡和遭际的痛苦，但是如果仅只是挣扎或争斗，而并没有许多主客观的条件来充实其争斗的实践和内容，则在争斗的进程中，仍然免不了为实际的失败所袭击而陷于极度的苦闷和幻灭之中。

巴金在《雨》这一本十万字的中篇小说里所展开的，正是上述由不够条件的斗争认识和斗争方式而陷于失望的极端——虚无主义的青年的典型。在《雨》里面，作者介绍了许多面目并不陌生的人物给我们：有书生气很重，略带温情主义的领袖李剑虹，有用教育和书本粉饰"革命"大言不断的张小川，有充满了热诚和毅力，奋斗到底的陈真，有各种定型的女人。至于主角吴仁民，作者自然是用了很大的精神来描写，从每一章节字行里，我们都可以看到吴仁民那种充满了热情，苦闷，矛盾，因而否定一切之内心生活的横剖面。对于这一点，作者在技巧上，是很成功的。

故事的主人公吴仁民，在认识和生活方面都是很不健全的，但是关于这一中心关键，我们与其责备作者的描写是不充实，毋宁说象吴仁民这种不健全的人物正是许多有相当觉悟而没有正确的认识和实践的青年的代表。

第一，吴仁民感觉在这大都市里只有陈真一个人是可以多少了解他的，这一方面是他的真挚热情的流露，但同时也就证明吴仁民只是一个在感情的流动中找“知己”的青年，他并不知从争斗的实践中去物色他的战侣。“好寂寞呀，这城市只是一个大沙漠！”“自然这城市是很大的，在这里有几百万的居民，但这和他有什么关系呢？……”“就忘记了这个世界罢。这个卑下的世界！就索性让它毁灭也好！完全毁灭倒也是痛快的事，比较那些零碎的，迟缓的改造要痛快得多。”“是的，我永远是孤独的，热情的，……”“……我和一切人做朋友，我相信他们可以了解我，但结果仍然是这样，我恨不得把这世界一拳打碎。”凡此在书中数见不一的流露，都是充分表现吴仁民的思想和生活：孤独，空虚，由不满一切进而想象着要毁灭一切。构成这种倾向的根本原因，就是不接近群众，不能从群众中去体验生活。在吴仁民的主观错觉中，他所生活着的周遭是一个“大沙漠”（无论那是有多少万人口的大都市）！在沙漠中，他自然不会看到一个“知己”而“永远是孤独的”了！惟其如此，象吴仁民这种人物，也永远不能在革命争斗中有成功的造就（如果他长此毫无转变），无论他所信仰的是那一种主义。吴仁民有时愤然要毁灭一切，这种倾向之更进一步的发展，也许要成为一种类似《灰色马》主角的行为——由暗杀许多统治阶级进而毁灭他自己。然而《雨》里面的吴仁民，还谈不上这一层，他只是在内心生活之极度的苦闷中，偶然发出“恨不得把这世界一拳打碎”的牢骚而已！这种无往而不失望，由诅咒环境以至诅咒世界，诅咒人类的感情份子，我们在自己的周遭里，随时很容易碰到，岂止巴金笔尖下的吴仁民！



第二，吴仁民很锋锐的批评他自己周围的斗士之群，有许多地方是很对的，如在第三十四面，吴仁民对方亚丹说：“……我劝你不要再做这种梦了。我告诉你，这许多年来李剑虹就做着这种梦，他见着一个青年就向一个青年鼓吹……这样跑来跑去，把一个人的青春都跑完了！于是回到中国来，做什么？来唱高调！因为他们还不知道怎样把贩来的洋八股应用到中国社会上去。……升官发财在从前是他们所痛根的，如今却变成了可走的路了。……”这种揭露，一方面可以作为许多学院主义的革命家的当头棒喝，一方面又是许多留学生的活现形！然而吴仁民自己，却仍然陷人错误之中：第一，他只是批评李剑虹那一般书生式的“革命”方式是不对，但他自己并不能从积极方面把应该怎样争斗的内容尤其是行动表现出来，结果，只是说说而已；第二，他的批评，只是一种任性发挥的“清谈”，并不是一种为了争斗，依了组织形式而提出的对同志的纠弹，所以，无怪在陈真看来，要视为是和李剑虹“闹意见”了！

第三，吴仁民很热情的在想着，谈着“革命”，然而这种“革命”，只是由愤激，热情，冲动所交织而成之模糊的概念，这与由理智的认识与实践的行动合流而成的真正革命，其间的距离是很大的。“如果世界不毁灭，人类不灭亡，革命总会到来……”这种认识，显然是陷在“革命天然论”之等待主义的幻想之中。又如在一一九面，吴仁民间接的发挥陈真的“革命观”：“这就是做一日和尚撞一日钟的意义了。即使奋斗的结果依旧不免灭亡，我们也还应该奋斗。……奋斗的生活毕竟是最美丽的生活，虽然这里面也充满了痛苦……我们要宝爱痛苦。痛苦就是我们的力量，痛苦就是我们的骄傲。”这些话语，一方面自然是虚无主义的革命的说教，同时也表现象陈真那一模型的青年，对于革命的认识只不过是很模糊的把奋斗当作是美丽的生活，把痛苦当作是“骄傲”而已。吴仁民虽亦对于这种不管前途的革命说教表示他直觉的反感：“我不能一天一天去敲那迟缓的钟，我要轰轰烈烈地做一番事情”，然而怎样去做？吴仁民只是很笼统地说“即使毁灭掉世界，毁灭掉自己……”这儿我们显然看出，不但在“说教者”陈真所认识的革命，是一种“但求其心安”的撞钟，就是自命为很积极的吴仁民所认识的革命，也是一种只逞口快的毁灭一切。

第四，吴仁民由种种的失望而陷于极度的颓废与苦闷之中，于是拚命的纵酒，狂热的从恋爱中找安慰，“为甚么不应该恋爱呢？生活太单调了，空气太沉闷了，环境太黑暗了。我不可以暂时在女性的温暖的怀里睡一些时候，休养这疲倦的身体来预备新的斗争么？”结果他倒在那多愁善感的熊智君的怀抱里去“休息”，“准备新的斗争”了。在“休息”之中，吴仁民把整个小资产阶级的尾巴完全露了出来，他竟想把高志元的工作费用分一大部分来经营他和熊智君的同居。后来在作者很牵强的创造中，闪出一个前度恋人，恋爱至上主义者的玉雯来，结果一个自杀，一个为了爱护吴仁民，追随他人而去。最后，主人公似乎很豁然的宣称："我现在是完全自由了，爱情本来是有闲阶级玩的把戏，我没有权力来享受它。只怪这些日子我被爱情迷了眼睛，白白给自己招寻了许多苦恼。"他以后将要怎样去"轰轰烈烈地做一番事情"？可惜巴金先生没有把那很有力，很要紧的情节，展开给我们！于是，故事中的主角就在这样一个半边的觉悟中，向读者告了别！

就是这样一个由幻灭，苦闷，否定一切，热恋，失恋种种的矛盾中挣扎了一番，并没结果的吴仁民！由作者的教养，生活，意识，尤其是他那虚无主义的倾向，总和的决定了吴仁民的型态和故事的内容。

在这故事中，作者附带地介绍了三种女性给我们：李佩珠虽然很天真而热情地想深入到斗争的实践中去，然而作者只写到她有这一种热烈的动机而止，这是使作品的力量，很受损害的。象玉雯那种恋爱至上主义者，现在并非没有，不过那样大胆，那样找不着懂得爱她的人就溘然死去，终觉是由作者的想象中创造的结局。熊智君的舍身殉爱，使以后的生活成为一种变相的自杀，这显然是一个理想中的女性。



就全篇的思想而言，现实性太少，虚无主义的倾向太浓，恐怕就是《雨》的主要特征或缺点。

在技巧的熟悉上，作者是很有成就的，然而仅只是靠了技巧，专从冥想的，概念的创造来"硬写"，结果就不免吃力而不讨好，以致吴仁民的革命，是一种幻想冲动多而行动的实践没有，而吴仁民的恋爱对象，简直是超现实的。

深入群众之中去很虚心体验的生活，拿对生活的认识来充实他那不可多得的技巧，这是我对于巴金先生之诚挚的希望。

原载1933年9月《现代》月刊第3卷第5期"书评"栏

# 关于《龙眼花开的时候》*

惕　若〔茅盾〕

郑振铎、章靳以编辑，北平立达书局出版的《文学季刊》，我们看到第二期了。这比创刊号更厚的第二期，创作部分计有小说十二篇、剧本一篇。剧本名《王昭君》，顾青海作，老实说，我们看不出怎样出色的地方。小说部分，都不错，但这里只能就读后有点意见的几篇提出来说一说。

欧阳镜蓉的长篇《龙眼花开的时候》登了一半，虽只一半，我们已经充分看到作者的圆熟的技巧。作者的文章是轻松的，读下去一点也不费力，然而自然而然有感动人的力量；作者笔下没有夸张的字句，没有所谓“惊人”的“卖关子”的地方，然而作者的热情喷发却处处可以被人感到。这两点，我以为就是这位作者的特长。

我们举出一二处的动作描写来示例罢。（注意！作者在这篇里注力的，是人物的描写）页一〇六有这么一小段：

> 仁山拿着火把站在街心，还回头望那发出了脚步声的黑暗，似乎想在黑暗里看出什么东西来。
>
> “走罢，仁山，你难道发痴了？”志成在旁边笑起来。
>
> 仁山不回答他，却埋着头跟他往前面走了。

* 本文节录自作者《〈文学季刊〉第二期内的创作》。这个题目是本书编者加的。——编者注

首先，我们得提明一下，这书写的是一群青年的安那其的活动（这看书中所引的歌句可以知道）；时间，据说是一九二五年，地点，是有“龙眼花开的”南方。好，一九二五年就是一九二五罢，倘说是另一个时代，倒也不关重要。可是既然有一群青年在一个特定的场所活动，那么，这活动的对象，当然是书中主要的描写对象了。我们很希望知道的，自然是这一群青年所在的社会是怎样的一个社会了：这个社会里“诸色人等”的利害关系怎样？他们一般的生活怎样？他们的要求是什么？他们对于这小小一群的热心的青年，抱了怎样的看法？他们对于这小小一群青年的活动，其迎拒接纳感应，又应该分歧到怎样？这一切，为了全书的“现实性”，为了书中人物的“发展”，都是必要。

可是我们的作者在这一方面太少了注意了。他并没有从正面描写那社会。他告诉我们，这地方的最高统治者是一个旅长；然而关于这个统治者，书中没有正面描写，我们只能从青年者一群的生活中透视过去，这才感到那统治者的存在。这且不管。因为旅长云云者，只这么写，也就算得数了；可是此外的广大民众——构成这个特定社会的“诸色人等”，作者也只叫我们从青年者群的生活透视过去看，那就太不够了。作者给我们看“劳苦的群众”，但是他用一个“欢迎会”的场面给我们看，他把他们作为一个“抽象名词”似的提了出来，而且作为“欢迎会”的主角的，依然是青年者一群而不是来赴会的他们。虽然全书还只发表了一部分，也许此后作者将用正面的描写，然而即在此一部分中，我以为也应得绘下一个社会的清晰的面目。在此一部分中，我们从作者所得的关于这个社会的概念，简单得很：一方面是在上的旅长，一方面是在下的劳苦人们，没有中间层！而后者又只是“抽象名词”似的，没有写到他们的意志情绪，他们的要求，他们的痛苦。

于是我们读完后掩卷深思，就会感到不满足；不错，这里有些活生生的青年男女，可是这些活人好象是在纸剪的背景前行动，——在空虚的地方行动。他们是在一个非常单纯化了的社会中，而不是在一个现实的充满了矛盾的复杂的社会中。这是个大到不容忽视的缺点。我们很希望作者能够给我们一个补救才好。

…………

原载1934年7月1日《文学》月刊第3卷第1期

# 读巴金的《电》

老　舍

巴金兄——无论如何，这个“兄”是不能减去的，他确是我的朋友；我希望我的意见不被这个“兄”给左右了——是个可爱的人。他坦直忠诚，脸上如是，心中也如是。我只会过他四五次，可是头一次见面就使我爱他。他的官话，要是叫我给打分数，大概过不去六十分。他匆匆忙忙的说，有时候我听不明白他的话，可是我老明白他话中夹着的笑；他的笑是那么亲热，大概无论谁也能觉到他那没能用话来表现清楚的一些热力，他的笑打入你的心里。

设若我没见过他，而只读了他的作品，我定会想到他是个漂亮的人。不，他的文字的魅力在他的身上是找不到的。他那敦厚的样子与他的文字风格好象中间隔着一层打不通的墙壁。可是，在事实上，他确是写了那些理想的漂亮故事。对了，我捉住他了，理想，他是个理想者。他那对近视眼仿佛向内看着他的心，外面的刺激都在他心内净炼过，而后他不惜用全力顺着他的理想来表现。他的人物——至少是在《电》里——简直全顺着他画好的白道上走，他差不多不用旁衬的笔法，以小动作揭显特性地一直的来，个个人都是透明的。他也少用个人的心理冲突来增高写实的色彩，他的人物即使有心理的冲突，也被理想给胜过，而不准不为理想而牺牲。因此，这篇不甚长的东西——《电》——象水晶一般的明透，而显着太明透了。这里的青年男女太简单了，太可爱了，可是毛病都坏在这个“太”上。这篇作品没有阴影，没有深浅，除了说它是个理想，简直没法子形容它。他的笔不弱，透明到底；可是，我真希望他再让步一些，把雪里搀上点泥！他的一致使我不敢深信他的人物了，虽然我希望真有这么洁白的一群天使。

他说——在序言里——要表现性格。这个，他没作到。他把一个理想放在人物们心里，大家都被这个理想牵系着；已经没有了自己，怎能充分的展示个性呢？他不许他们任意的活动。他们都不怕死，都愿为理想而牺牲；他不是写个人的生活，而是讲大家怎样的一致。他写的是结果，自然用不着多管个性。恋爱，在这群可钦佩的男女心中，是可怕的；怕因恋爱而耽误了更重要的工作。真的，这使此书脱离开才子佳人的旧套；可是在理想上还是完成才子佳人们，不过这是另一种才子佳人罢了。

最重要的角色，佩珠，简直不是个女人，而是个天使；我真希望有这样的女子！可是哪儿去找呢？她有了一切，只剩一死。别的角色虽然比她差着些，可也都好得象理想中人物那么好。他们性格与事业的关系，使他们有了差别，可是此书的趣味不在写这些差别；假如他注意到此点，这本书必会长出两倍，而成了个活的小世界。他没这么办。一气呵成，他把角色们一齐送到理想的目的地去。他显着有点匆忙。

是呀，他并没敢忘了这群男女在工作上遇到困难，可是这些困难适足以完成他们个人的光荣与死。那些困难与阻力完全没有说明，好象只为预备这么点东西，好反衬出他们是多么纯洁。读者对于黑暗方面只看到一个黑影，不能看到黑影里藏着多少东西，和什么东西。我们从这篇东西只得到高尚的希冀，而得不到实际的教训与指导。这个，据我看，是个缺点。可是也许作者明知这是个缺点。而没法不这样办；他不愿再增多书中的黑点。

在文字方面，作者的笔下非常的利飕，清锐可喜。这个风格更使这篇东西透明，象块水晶。他不大段的描写风景，也不大段的描写人物；处处显着匀调，因为他老用敛笔，点到就完，不拖泥带水。这个使巴金兄的充满浪漫气味的作品带着点古典主义的整洁完美。他把大事与小事全那样简洁的叙出，不被大事把他扯了下去；所以他这篇——连附着的那篇《雷》——没有恣肆的地方。他得到了完整，可是同时也失去了不少的感力。

假如上面的话都正确，我似乎更明白了巴金兄一些。他的忠厚的面貌与粗短的身体是那么结实沉重，而在里面有颗极玲珑的浪漫的心。在创造的时节，大概他忘了一切，在心中另开辟了一个热烈的，简单的，有一道电光的世界。这世界不是实在经验与印象的写画，而是经验与印象的放大，在放大的时候极细心的“修版”，希望成为一个有艺术价值的作品。它的不自然，与它的美好，都因为这个。

原载 1935 年 4 月 1 日青岛《刁斗季刊》第 2 卷第 1 期

# 《雾》《雨》与《电》*

## ——巴金的《爱情的三部曲》

刘西渭〔李健吾〕

安诺德 M.Arnold 论翻译荷马，以为译者不该预先规定一种语言，做为自己工作的羁缚。实际不仅译者，便是批评者，同样需要这种劝告。而且不止于语言——表现的符志；我的意思更在类乎成见的标准。语言帮助我们表现，同时妨害我们表现；标准帮助我们完成我们的表现，同时妨害我们完成我们的表现。有一利便有一弊，在性灵的活动上，在艺术的制作上，尤其见出这种遗憾。牛曼 Newman 教授不用拉丁语根的英文翻译荷马，结局自己没有做到，即使做到，也只劳而无功。考伯 W.Cowper 诗人要用米尔顿的诗式翻译荷马，结局他做到了，然而他丢掉荷马自然的流畅。二人见其小，未见其大，见其静，未见其变。所谓大者变者，正是根据荷马人性的存在。荷马当年有自由的心境歌唱，我们今日无广大的心境领受。

批评者和译者原本同是读者，全有初步读书经验的过程。渐渐基于个性的差异，由于目的的区别，因而分道扬镳，一个希望把作品原封不动介绍过来，一个希望把作品原封不动解释出来。这里同样需要尽量忠实。但是临到解释，批评者不由额外放上了些东西——另一个存在，于是看一篇批评，成为看两个人的或离或合的苦乐。批评之所以成功一种独立的艺术，不在自己具有术语水准一类的零碎，而在具

* 《雾》，新中国出版；《雨》与《电》，良友出版。近闻良友拟将三书合成一册，年底印行。

有一个富丽的人性的存在。一件真正的创作，不能因为批评者的另一个存在，勾销自己的存在。批评者不是硬生生的堤，活活拦住水的去向。堤是需要的，甚至于必要的。然而当着杰作面前，一个批评者与其说是指导的，裁判的，倒不如说是鉴赏的，不仅礼貌有加，也是理之当然。这只是另一股水：小，被大水吸没；大，吸没小水；浊，搅浑清水；清，被浊水搀上些渣滓。一个人性钻进另一个人性，不是挺身挡住另一个人性。头头是道，不误人我生机，未尝不是现代人一个聪明而又吃力的用心。

批评者绝不油滑，他有自己做人生现象解释的根据：这是一个复杂或者简单的有机的生存，这里活动的也许只是几个抽象的观念，然而抽象的观念却不就是他批评的标准，限制小而一己想象的活动，大而人性浩翰的起伏，在了解一部作品以前，在从一部作品体会一个作家以前，他先得认识自己。我这样观察这部作品同它的作者，其中我真就没有成见，偏见，或者见不到的地方？换句话，我没有误解我的作家？因为第一，我先天的条件或许和他不同；第二，我后天的环境或许和他不同；第三，这种种交错的影响做成彼此似同而实异的差别。他或许是我思想上的仇敌。我能原谅他，欣赏他吗？我能打开我情感的翳障，接受他情感的存在？我能容纳世俗的见解，抛掉世俗的见解，完全依循自我理性的公道？禁不住几个疑问，批评者越发胆小了，也越发坚定了；他要是错，他整个的存在做为他的靠山。这就是为什么，鲍德莱尔 Baudelaire 不要做批评家，他却真正在鉴赏；布雷地耶 Brunetière 要做批评家，有时不免陷于执误：一个根据学问，一个根据人生。学问是死的，人生是活的；学问属于人生，不是人生属于学问：我们尊敬布雷地耶，我们喜爱鲍德莱尔。便是布雷地耶，即使错误，也有自己整个的存在做为根据。他不是无根的断萍，随风逐水而流。他是他自己。

然而，来在丰富，绮丽，神秘的人生之前，即使是金刚似的布雷地耶，他也要怎样失色，进退维谷，俯仰无凭！一个批评者需要广大的胸襟，但是不怕没有广大的胸襟，更怕缺乏深刻的体味。虽说一首四行小诗，你完全接受吗？虽说一部通俗小说，你担保没有深厚人生的背景？在诗人或小说家表现的个人或社会的角落，如若你没有生活过，你有十足的想象重生一遍吗？如若你的经验和作者的经验参差，是谁更有道理？如若你有道理，你可会把一切基本的区别，例如性情，感觉，官能等等，也打进来计算？没有东西再比人生变化莫测的，也没有东西再比人性深奥难知的。了解一件作品和它的作者，几乎所有的困难全在人与人之间的层层隔膜。我多走进杰作一步，我的心灵多经一次洗炼，我的智慧多经一次启迪：在一个相似而实异的世界旅行，我多长了一番见识。这时唯有愉快。因为另一个人格的伟大，自己渺微的生命不知不觉增加了一点意义。这时又是感谢。而批评者的痛苦，唯其跨不上一水之隔的彼土，也格外显得深澈。

这就是为什么，好些同代的作家和他们的作品，我每每打不进去，唯唯固非，否否亦非，辗转其间，大有生死两难之概。属于同一时代，同一地域，彼此不免现实的沾着，人世的利害。我能看他们和我看古人那样一尘不染，一波不兴吗？对于今人，甚乎对于古人，我的标准阻碍我和他们的认识。用同一的尺度观察废名先生和巴金先生，我必须牺牲其中之一，因为废名先生单自成为一个境界，犹如巴金先生单自成为一种力量。人世应当有废名先生那样的隐士，更应当有巴金先生那样的战士。一个把哲理给我们，一个把青春给我们。二者全在人性之中，一方是物极必反的冷，一方是物极必反的热，然而同样合于人性。临到批评这两位作家的时节，我们首先理应自行缴械，把辞句，文法，艺术，文学等等武装解除，然后赤手空拳，照准他们的态度迎了上去。

通常我们滥用字句，特别是抽象的字句，往往因而失却各自完整的意义。例如“态度”，一个人对于人生的表示，一种内外一致的必然的作用，一种由精神而影响到生活，由生活而影响到精神的一贯的活动，形成我们人世彼此最大的扞格。了解废名先生，我们必须认识他对于人生的态度；了解巴金先生，我们尤其需要认识他对于人生的态度，唯其巴金先生拥有众多的读者，二十岁上下的热情的男女青年。所谓态度，不是对事，更不是对人，而是对全社会或全人生的一种全人格的反映。我说“全”，因为作者采取某种态度，不为应付某桩事或某个人；凡含有自私自利的成分的，无不见摈。例如巴金先生，用他人物的术语，他的爱是为了人类，他的憎是为了制度。明白这一点，我们才可以读他所有的著作，不至于误会他所有的忿激。勿怪乎在禁止销售的《萌芽》的序内，作者申诉道：

> “那些批评者无论是赞美或责备我，他们总走不出一个同样的圈子：他们摘出小说里面的一段事实或者一个人的说话就当作我的思想来解剖批判。他们从不想把我的小说当作一个整块的东西来观察研究。就譬如他们要认识现在的社会，他们忽略了整个的社会事实，单去抓住一两个人，从这一两个人的思想和行动就判定现在社会是一个什么样的东西。这不是很可笑的吗？”

我说他的读者大半是二十岁上下的青年。从天真到世故这段人生的路程，最值得一个人留恋：这里是希望，信仰，热诚，恋爱，寂寞，痛苦，幻灭种种色相可爱的交织。巴金先生是幸福的，因为他的人物属于一群真实的青年，而他的读者也属于一群真实的青年。他的心燃起他们的心。他的感受正是他们悒郁不宣的感受。他们都才从旧家庭的囚笼打出，来到心向往之的都市；他们有憧憬的心，沸腾的血，过剩的力；他们需要工作，不是为工作，不是为自己（实际是为自己），是为一个更高尚的理想，一桩不可企及的事业；（还有比拯救全人类更高尚的理想，比牺牲自己更不可企及的事业？）而酷虐的社会——一个时时刻刻讲求苟安的传统的势力——不容他们有所作为，而社会本身便是重重的罪恶。这些走头无路，彷徨歧途，春情发动的纯洁的青年，比老年人更加需要同情，鼓励，安慰；他们没有老年人的经验，哲学，一种潦倒的自嘲；他们急于看见自己——那怕是自己的影子——战斗，同时最大的安慰，正是看见自己挣扎，感到初入世被牺牲的英勇。于是巴金先生来了，巴金先生和他热情的作品来了。你可以想象那样一群青年男女，怎样抱住他的小说，例如《雨》，和《雨》里的人物一起哭笑。还有比这更需要的！更适宜的！更那么说不出来地说出他们的愿望的。

没有一个作家不锺爱自己的著述，但是没有一个作家象巴金先生那样锺爱他的作品。读一下所有他的序跋，你便可以明白那种母爱的一往情深。他会告诉你，他蔑视文学：

“文学是什么？我不知道，而且我始终就不曾想知道过。大学里有关于文学的种种课程，书店里有种种关于文学的书籍，然而这一切在轿夫仆人中间是不存在的。……我写过一些小说，这是一件不可否认的事实，但这些小说是不会被列入文学之林的，因为我自己就没有读过一本关于文学的书。”(《将军》)❶

你不必睬理他这种类似的愤慨。他是有所为而发；他在挖苦那类为艺术而艺术的苦修士，或者说浅显些，把人生和艺术分开的大学教授。他完全有理——直觉的情感的理。但是，如若艺术是社会的反映，如若文学是人生的写照，如若艺术和人生虽二犹一，则巴金先生的小说，不管他怎样孩子似地执拗，是“要被列入文学之林”，成为后人了解今日激变中若干形态的一种史料。巴金先生翼护他的作品，纯粹因为它们象征社会运动的意义：



“我写文章不过是消费自己的青年的生命，浪费自己的活力，我的文章吸吮我的血液，我自己也知道，然而我却不能够禁止它。社会现象象一根鞭子在驱使我，要我拿起笔。但是我那生活态度，那信仰，那性情使我不能甘心，我要挣扎。”(《将军》)

在另一篇序内，他开门见山就道：

“我是一个有了信仰的人。”(《灭亡》)

记住他是“一个有了信仰的人”，我们更可以了解他的作品，教训，（不是道德的，却是向上的）背景，和他不重视文学而锺爱自己作品的原因：

---

❶ “没有读过一本关于文学的书，”巴金先生真正幸运。创造的根据是人生，不一定是文学，然而正不能因此轻视文学，或者“关于文学的书”。文学或者“关于文学的书”属于知识，知识可以帮忙，如若不能创造。巴金先生这几行文字是真实的自白，然而也是谦抑；谦抑，便含有不少骄傲的成分。

“我从来没有胆量说我的文章写得好，但我对于自己的文章总不免有点偏爱，每次在一本书出版时我总爱写一些自己解释的话。”(《萌芽》)

也正因为这里完全基于他对于人生的态度，他的作品和他的人物充满他的灵魂，而他的灵魂整个化入它们的存在。左拉 E.Zola 对茅盾先生有重大的影响，对巴金先生有相当的影响；但是左拉，受了科学和福楼拜 G.Flaubert 过多的暗示，比较趋重客观的观察，虽说他自己原该成功一个抒情的诗人（特别是《萌芽》Germinal 的左拉）。巴金先生缺乏左拉客观的方法，但是比左拉还要热情。在这一点上，他又近似桑乔治 GeorgeSand。桑乔治把她女性的泛爱放进她的作品；她锺爱她创造的人物；她是抒情的，理想的；她要救世，要人人分到她的心。巴金先生同样把自己放进他的小说：他的情绪，他的爱憎，他的思想，他全部的精神生活。正如他所谓：



“这书里所叙述的并没有一件是我自己底事（虽然有许多事都是我见到过，听说过的），然而横贯全书的悲哀却是我自己底悲哀。”(《灭亡》)

这种“横贯全书的悲哀”，是他自己的悲哀，但是悲哀，乐观的桑乔治却绝不承受。悲哀是现实的，属于伊甸园外的人间。桑乔治仿佛一个富翁，把她的幸福施舍给她的同类；巴金先生仿佛一个穷人，要为同类争来等量的幸福。他写一个英雄，实际要写无数的英雄；他的英雄炸死一个对方，其实是要炸死对方代表的全部制度。人力有限，所以悲哀不可避免；希望无穷，所以奋斗必须继续。悲哀不是绝望。巴金先生有的是悲哀，他的人物有的是悲哀，但是光明亮在他们的眼前，火把燃在他们的心底，他们从不绝望。他们和我们同样是人，然而到了牺牲自己的时节，他们没有一个会是弱者。不是弱者，他们却那样易于感动。感动到了极点，他们忘掉自己，不顾利害，抢先做那视死如归的勇士。这群率真的志士，什么也看到想到，就是不为自己设想。但是他们禁不住生理的要求：他们得活着，活着完成人类的使命；他们得爱着，爱着满足本能的冲动。活要有意义；爱要不妨害正义。此外统是多余，虚伪，世俗，换句话，羁缚。从《雾》到《雨》，从《雨》到《电》，正是由皮而肉，由肉而核，一步一步剥进作者思想的中心。《雾》的对象是迟疑，《雨》的对象是矛盾，《电》的对象是行动。

其实悲哀只是热情的另一面，我曾经用了好几次“热情”的字样，如今我们不妨过细推敲一番。没有东西可以阻止热情，除非作者自己冷了下来，好比急流，除非源头自己干涸。中国克腊西克的理想是“不逾矩”，理智和情感合而为一。这不是一桩容易事，这也不是巴金先生所要的东西。热情使他本能地认识公道，使他本能地知所爱恶，使他本能地永生在青春的原野。他不要驾驭他的热情；聪明绝顶，他顺其势而导之，或者热情因其性而导之，随你怎样说都成。他真正可以说：

“我写文章如同在生活。”（《雨》）



他生活在热情里面。热情做成他叙述的流畅。你可以想象他行文的迅速。有的流畅是几经雕琢的效果，有的是自然而然的气势。在这二者之间，巴金先生的文笔似乎属于后者。他不用风格，热情就是他的风格。好时节，你一口气读下去；坏时节，文章不等上口，便已滑了过去。这里未尝没有毛病，你正要注目，却已经卷进下文。茅盾先生缺乏巴金先生行文的自然；他给字句装了过多的物事，东一件，西一件，疙里疙达地刺眼；这比巴金先生的文笔结实，然而疙里疙达。❶这也就是为什么，我们今日的两大小说家，都不长于描写。茅盾先生拙于措辞，因为他沿路随手检拾；巴金先生却是热情不容他描写，因为描写的工作比较冷静，而热情不容巴金先生冷静。失之东隅，收之桑榆，他用叙事抵补描写的缺陷。在他《爱情的三部曲》里面，《雾》之所以相形见绌，正因为这里需要风景，而作者却轻轻放过。《雾》的

❶ 用一个笨拙的比喻，读茅盾先生的文章，我们象上山，沿路有的是瑰丽的奇景，然而脚底下也有的是绊脚的石子；读巴金先生的文章，我们象泛舟，顺流而下，有时连你收帆停驶的工夫也不给。

海滨和乡村在期待如画的颜色，但是作者缺乏同情和忍耐。陈真，一个殉道的志士，暗示作者的主张道：

“在我，与其在乡间过一年平静安稳的日子，还不如在都市过一天活动的生活。”

热情进而做成主要人物的性格。或者爱，或者憎，其间没有妥协的可能。陈真告诉我们：

“我是有血，有肉，有感情的人，从小孩时代以来我就有爱，就有恨了。……我的恨是和我的爱同样深的。”（《雾》）

抱着这样一颗炙热的心，他们踯躅在十字街口，四周却是鸦雀无闻的静阒。吴仁民自诉道：



“我永远是孤独的，热情的。”（《雨》）

唯其热情，所以加倍孤独；唯其孤独，所以加倍热情。听见朋友夸扬别人，吴仁民不由惨笑上来：“这笑里含着妒和孤寂。”把一切外在的成因撇掉，我们立即可以看出，革命具有这样一个情绪的连锁：热情——寂寞——忿恨——破坏——毁灭——建设。这些青年几乎全象“一座火山，从前没有爆发，所以表面上似乎很平静，现在要爆发了。”《雨》的前五章，用力衬托吴仁民热情的无所栖止，最后结论是“一切都死了，只有痛苦没有死。痛苦包围着他们，包围着这个房间，包围着全世界。”《电》里面一个有力的人物是敏，他要炸死旅长，但是他非常镇定，作者形容他下了决心道：

“这决心是无可挽回的，在他，一切事都已安排好了。这不是理智在命令他，这是感情，这是经验，这是环境，它们使他明白和平的工作是没有用的，别人不给他们这么长的时间。别人不给他们这些机会。”

旅长受了一点微伤，敏却以身殉之。没有人派他行刺；他破坏了全部进行的计划；但是他们得原谅他：

"你想想看，他经历了那么多苦痛生活，眼看着许多人死，他是一个太多感情的人。激动毁了他。他随时都渴望着牺牲。"热情不是力量，但是经过心理的步骤，可以变成绝大的动力。最初这只是一团氤氲，闷在跳荡的心头。吴仁民宝贵他的情感，革命者多半珍惜一己的情感，这最切身，也最真实。陈真死了（《雨》第一章陈真的横死，在我们是意外，在作者是讽谕，实际死者的影响追随全书，始终未曾间歇；我们处处感到他人格的高大。唯其如此，作者不能不开首就叫汽车和辗死一条狗一样地辗死他;《雨》的主角是吴仁民,《电》的主角是李佩珠，所以作者把他化成一种空气，做为二者精神的呼吸），吴仁民疯了一样解答他的悲痛道：

"这不是他的问题，这是我的问题。"



"我的问题!"——情感是他们永生的问题，是青春长绿的根苗。热情不是力量，然而却是一种狂呓，一种不能自制的下意识的要求。吴仁民喝醉了酒，在街上抓回朋友叫嚣道：

"我的心热辣辣的，它跳得这么厉害，我绝不能够闭眼安睡。你不知道一个人怀着这么热烈的一颗心关闭在那坟墓一般的房间里，躺在那棺材一般冷的床上，翻来覆去，听见外面的汽车喇叭，好象地狱里的音乐，那是多么难受！这种折磨，你是不会懂得的。我要的是活动，是暖热，就是死也可以，我怕那冷静。我只是不要那冷静。……我一定要到那地方去。我一定要去'打野鸡'。那鲜红嘴唇，那暖热的肉体，那种使人兴奋的气味，那种使人陶醉的拥抱，那才是热，我需要热。那时候我的血燃烧了。我的心好象要溶化了，我差不多不感觉到自己的存在了。"

这赤裸裸的呓语充满了真情。我们如今明白陈真的日记这样一句话："如果世界不毁灭，人类不灭亡，革命总会到来。"热情不是一种力量，是一把火，烧了自己，烧了别人。它有所诛求，无从满足，使淤成痛苦："我们要宝爱痛苦，痛苦就是我们的力量，痛苦就是我们的骄傲。"《电》里的敏，因为痛苦，不惜破坏全盘计划，求一快于人我俱亡。他从行动寻找解决。但是吴仁民，不仅热情，还多情，还感伤。他有一个强烈的本能的要求：女人。对于他，热情只有热情医治。他从爱情寻找解决。我们不妨再听一次吴仁民的呓语。

> "我的周围永远是黑暗。没有一个关心我，爱我的人。……但是如今你来了。……你从黑暗里出现了。……我请求你允许我，暂时在你温暖的怀抱中睡一些时候，休养我的疲倦的身体，来预备新的斗争罢。"

他以为爱情是不死的，因为情感永生；他们的爱情是不死的，因为爱情是不死的。他沉溺在爱情的海里。表面上他有了大改变。他从女子那里得到勇气，又要用这勇气来救她。"他把拯救一个女人的责任放在自己的肩头上，觉得这要比为人类谋幸福的工作还要踏实得多。"他没有李佩珠聪明，别瞧这是一个不到二十岁的女孩子，她晓得爱情只是一阵陶醉。而且甚于陶醉，爱情是幻灭。人生的形象无时不在变动，爱情无时不在变动。但是，这究竟是一副药；吴仁民有一个强壮的身体和性格；周如水（《雾》的主角）敌不住病，也敌不住药；吴仁民没有自误，也没有自杀，他终于成熟了，他从人生的《雨》跋涉到人生的《电》。

来在《电》的同志中间，吴仁民几乎成为一个长者。他已经走出学徒的时期。他从传统秉承的气质渐渐返回淳朴的境地。从前他是《雨》的主角，然而他不是一个完人，一个英雄。作者绝不因为厚爱而有所文饰。他不象周如水那么完全没有出息，也不象陈真那样完全超凡入圣；他是一个好人又是一个坏人，换句话，一个人情之中的富有可能性者。有时我问自己，《雨》的成功是否由于具有这样一个中心人物。我怕是的。这正是现代类似巴金先生这样小说家的悲剧。现代小说家一个共同的理想是，怎样扔开以个人为中心的传统写法，达到小说最高的效果。他们要小说社会化，群众化，平均化。他们不要英雄，做到了；他们不要中心人物，做不到。关键未尝不在，小说甚于任何其他文学种别，建在特殊的人性之上，读者一个共同的兴趣之上；这里要有某人。也就是在这同样的要求之下，读者的失望决定《电》的命运。《雾》的失败由于窳陋，《电》的失败由于紊乱。然而紊乱究竟强似窳陋。而且，我敢说，作者叙事的本领，在《电》里比在《雨》里还要得心应手。不是我有意俏皮，读者的眼睛实在追不上巴金先生的笔的。

然而，回到我方才的观察。吴仁民在《电》里成为一个长者。他有了经验；经验增进他的同情；绝望作成他的和平。直到如今，我们还听见关于革命与恋爱的可笑的言论。没有比这再可笑的现象了：把一个理想的要求和一个本能的要求混在一起。恋爱含有精神的活动，然而即令雪莱 Shelley 再世，也不能否认恋爱属于本能的需要。如果革命是高贵的，恋爱至少也是自然的。我们应当听其自然。那么，革命者应当恋爱——和别人一样？明临死吐出他一向的疑问道："我们有没有这——权利？"义务的观念磨难着他。吴仁民安慰他而且解释道：

> "为什么你要疑惑呢？个人的幸福不一定是和群体的幸福冲突的。爱并不是一个罪过。在这一点我们和别的人不能够有什么大的差别。"

在理论的发展上，这爱情的三部曲实际在这里得到了它最后的答案。答案的一个例子是恋爱至上主义者的慧，永久唱着她的歌：

> "我知道我活着的时候不会多了，
> 我就应该活它一个痛快。"

另一个更其圆满——更其理想的例子，便是吴仁民与李佩珠的结合。我得请读者多看一眼《电》的第六章，这一章写的那样真实，而又那样自然。这里是两个有同一信仰的男女拢在一起，我几乎要说两位领袖携手前行。恋爱增加他们的勇气，让他们忘记四周的危险。他们有的是希望："明天的太阳一定会照常升起来的。"即使对于他们明天一切全不存在，他们的信仰也不会因而动摇。

“我不怕……我有信仰。”

这不正同作者在另一篇序里说的：“我是一个有了信仰的人，”不谋而合吗？我不晓得他们的信仰是否相同，然而全有信仰，不是吗？幸福的人，幸福的巴金先生。

双十节

原载1935年11月3日天津《大公报》副刊《文艺》

# 《家》

闻国新

这是一部二十余万字的长篇小说，在今年暑假中出版的。在量上很可与茅盾的《子夜》媲美。但我在最近才花了三个晚间把它读毕。



掩了书本，把疲酸了的眼帘合起，书中的人物便模模糊糊的在我的眼前蠕动：人道主义者的觉慧，无抵抗主义者的觉新，恋爱至上主义者的觉民，为阶级和命运所牺牲的婢女鸣凤，……最后浮上我的脑层底，便是整个的《红楼梦》上的人物与事实；于是黛玉、宝钗、宝玉、凤姐的影子便代替了觉慧、觉新……的了。

这两部小说，无论从什么地方看都觉得很相似。如果有一点不同的话，那就是《红楼梦》是整个大家庭的解剖，里面丝毫看不见当时的社会的影子。而在《家》的里面，则有些是在剥露统治社会的丑恶的罢。但作者的笔锋是太浅近了，太笨拙了：他尽力想在一个旧式大家庭的崩溃里刻上社会的影子，却越觉其模糊，而影响到他就是在解剖大家庭的现象这一点上，也没有《红楼梦》的成功，也没有《红楼梦》那样的真挚与自然。"心有余而力不足"，以作者空虚的想象，不从社会演化的历史上加以研究和观察，便想抓住大家庭崩溃的核心，这态度是不正确的。他给大众的力量是薄弱的。

觉新的作揖主义的描写是全书里比较动人的一部分，但这样的弱者是我们所憎恶的，不足以指示人生的出路。而且事实上写他和"梅"的恋爱失败后便娶了瑞珏，生了"海"之后又和"梅"重逢了，以至于"梅"因悲伤摧折了她的生命，这也是一半采用了《红楼梦》黛玉的结果。觉民和琴的爱，"琴"又是史湘云型的女子，活泼大方。觉慧和婢女鸣凤的爱，这能够说不是贾蔷和龄官，贾芸和小红的摹仿吗？在事实的铺叙上，也远不及《红楼梦》的深刻有趣。难道说，大家庭崩溃的主因，就在表兄与表妹，主子和婢女的恋爱上吗？

在结构上，《红楼梦》虽以十倍的量，但因为它只拿宝黛作中心，用伞般的记叙法，所以令读者的心理集中，不致散漫。《家》的主人翁起码有三个。而用来联贯这三者之间的事实又是那么的脆弱勉强。到最后，要想写觉慧的出"家"，而苦于找不到有力的因子，便生吞活剥地处瑞珏于死，这一点尤觉得不自然。而且这又是受了宝玉出家的暗示。

虽然这样讲，但《家》也有它成功的地方，便是觉新与觉慧的对照描写。这一点是《红楼梦》所没有的。作者非常着力地想分清《家》和《红楼梦》所代表的时代不一样，所以抓出觉民觉慧两个叛逆的少年说，"这是《红楼梦》里所没有的呀！"然而我们对于觉民的印象却觉得不清楚，他不能成为实际的主人翁。就是觉慧的出"家"，也不是彻底铲除大家庭制度的办法。因为：

"祖父说再过一个月他不回家，就登报声明把他赶出去，不承认他是高家的人！"（《家》第三十一章）

据我所知，现在事实上有许多青年便因为不能抵抗这种高压而屈服了。所以我认为，觉慧的办法依旧是感情超过理智，将来很有失败的可能。

"……他相信所谓父与子间的斗争是快要结束了，那些为着争爱情与智识底权力的斗争也不会再有悲惨的终局了，'梅'底时代已经快完全灭亡，而要让位给另一个新的时代，这就是'琴'底时代，或者更可以说是许倩如底时代，也就是他和哥哥觉民的时代。这一代青年底力量决不是那虚伪的，脆弱的，甚至包含着种种罪恶的旧家庭所能够抵抗的……（《家》第三十三章）

这一段话当然是对的，然而位置于这两个时代中间的青年应该走那一条路呢？作者在序上这样说：

“我不是一个说教者，所以我不能够明确地指出一条路来，但读者自己可以在里面去寻它。”

这所谓路，就是觉民的逃婚吗？觉慧的出“家”吗？这种消极的抵抗，效力是微乎其微的。我们要冲上前去——至于鸣凤的自杀，觉新的无抵抗，当然是弱者的行为，不值一顾的了。

一九三三年十月二十六日

原载1933年11月7日北平《晨报》副刊《学园》第598期

# 巴金的《春》

荫 墀

《春》是《家》的续篇，是一部极生动，极有力量的好小说。它告诉我们生活的激流怎样在动荡。这里所显示的，真如作者在序中所说的那样："生活的激流永远在动荡着，并不曾有一个时期停止过，而且不能停止的，没有什么东西可以阻止它，在它的途中，它曾发射出种种的水花，这里面有爱，有恨，有欢乐，也有受苦，这造成一股激流，具着排山之势，向那唯一的海流去。……"直贯全书的就是这一股激流。里面充满了爱，恨，欢乐，和痛苦。

巴金在《春》里面的阴郁气氛少了些，不象在《爱情三部曲》那样，在《雨》、《雾》里都似乎有一个巨大的阴影，刺痛了读者的心。《春》里的痛苦的感情的描写，仍然很多，不过比起来，那一股阴沉了的气氛是少得多了。在《春》里，感情的描写比《家》里更细腻些，尤其是关于少女的。

觉慧在《家》里占着很重要的一部分，是一个可爱的勇敢的前进的青年。在《春》里他没有直接的露面，然而他的精神是在横贯全书，淑英的得着拯救，大部分是他的力量。淑英思想的变迁，在书里有很细致透彻的描写和叙述。

觉民在《春》里和《家》里差不多，不过更激进些。琴也和《家》里差不多，但激进些，开展些。

淑华在《家》里给读者的印象并不好，同时关于她的叙述是很少的。在《春》里，她的个性才表现出来，是一个天真活泼爽直，个性强烈的少女，可爱处有似觉慧。不过在《春》里她还没有机会接受新的知识，新的思想。但是我们准备着去读激流之三《秋》时，可以看见这个勇敢的少女活跃的姿态的。

觉新，这个可怜的人的一生，是太痛苦了，读到关于他的叙述时，凡是一个 tender-hearted 的人都要掉泪的。这里可以显示我们，一个思想与行为矛盾，暂时希望躲在苟安里的人，结果是怎样的悲惨。

在巴金的作品中，主观点儿说，我最喜欢读这本《春》同上一册《家》。在这里面可以看到真实的人生，爱与憎，欢乐和愁苦，伟大的热忱和友谊。

《春》是一部极动人，人人应读的好小说。

原载1938年8月1日《宇宙风》半月刊第72期“书评”栏

# 略论巴金的《家》三部曲

巴　人

## 一　巴金的世界

巴金的世界，是单纯的。单纯到绝对化的地步。这单纯是巴金创作的成功的原因，但也是失败的根源。

由于这单纯，巴金激动了万千读者的心。为它哭，为它笑，为它而奋勇前进。在这里，巴金是尽了变革这古老的中国社会底一部分任务。巴金的小说，就如一种进军号，声音是直率而雄壮的。它给人一种感召，一种启示，一种鼓励。那意义是说：

"朋友！奋然向前进吧！"

这是巴金的成功。

然而，前进的路是曲折的。勇敢还须继之以沉着；憧憬还须加之以明辨。单纯的真理，是通过极其复杂的现实底画面而求得的结论——也是指示。艺术作品所需要的，不仅是真理底示唆，而尤其重要的是真实地映现。巴金唤醒了读者一种勇迈向往之情，但缺乏叫读者认识这现实之复杂画面底艺术形象和艺术机能。留给读者的，是一种激情，而不是识力。这显出巴金底软弱了。巴金底现实主义的画面，没有达到托尔斯泰和屠格涅夫底正确（自然屠格涅夫之于托尔斯泰，还是有距离的）。而巴金底浪漫主义的激情，没有达到道斯托以夫斯基底深刻。

然而，在中国，巴金是巍然耸立于荒芜的新文艺园地里，拥有极多数的读者，他是值得被拥护的。

巴金把这世界划分为两个壁垒。这边是旧的，那边是新的。对立着。形而上学的绝对地对立着。巴金告诉每一个读者，毁弃那旧的，迈向那新的。这里没有忧容，没有徘徊，绝不妥协。然而旧和新之间，没有连续，也没有嬗递与关联。他给予人以非常大的勇气，但没有给予人以必要的坚毅。同样，巴金在人物的塑铸上，给予新的一种定型，给予旧的一种定型，给予不新不旧的，又是一种定型。这定型，机械地被描写着，形而上学地给对立着。但也因为这缘故，到两者对抗的最后，巴金就拿出人类爱，给相互宽恕起来，统一了。“就在电椅上，他还是愿意宽恕那烧死他的人。”（《灭亡》：序）于是巴金自己缴了自己的械。这是巴金的精神，也正是巴金用以描写这世界，充实这世界，创造这世界的。



那么我将用什么来证实我们这一种论断——也许是一种武断——呢？我们就以巴金的《家》三部曲来作个考察。

## 二 《家》三部曲的主题和故事

《家》三部曲的事件，是发生在四川成都。那里有一个高公馆，官僚地主的家庭。一共有五房，以长房下三个儿子——觉新，觉民，觉慧，——的生活思想为“经”，以三房以下各房及亲戚的各种人物的生活思想为“纬”，给织绘出一幅大家庭的画面。据作者在《家》十版代序里说：

> “我写觉新，觉民，觉慧三兄弟，代表三种不同的性格，由这不同的性格而得到不同的结局。”

他又说：

> “在女子方面，我也写了梅，琴，鸣凤，也代表三种不同的性格，也有三个不同的结局。”

这可以说是《家》三部曲第一部里作者的企图。作者在这里把故事这样发展着：三兄弟都受了五四文化运动的刺激，有些新的思想，但觉新是——

> “他和我一样也受了新思想的洗礼。我们都贪梦地读着一切新的书报，接受新的思想。然而他的见解却比较地温和得多。他赞成刘半农的‘作揖哲学’，和托尔斯泰的‘无抵抗主义’。他把这理论和我们大家庭的现实环境结合起来。”（巴金:《忆》一三七页）

于是他虽然爱上了表妹梅，却接受了父亲给他讨的妻子珏，居然也很和爱共处，养下了儿子，但他又忘不了出嫁的梅。在出嫁后不久就成新寡的梅表妹回到成都，因了军阀混战而使两人见面时，这三角恋爱的苦痛咬住了他。终至于梅因肺病而死，妻因避丧居城外为生产而死，留给他一个凄苦的结局。同时，觉民和觉慧在家以外干起新文化运动来了（主要是办刊物）。而在家庭生活中慧所心爱的丫头鸣凤，因高老太爷要强迫她嫁给孔教会会长冯乐山，投湖而死。觉民经常教着姑表妹琴的英文，做着恋爱至上主义的甜梦，但在祖父要为他订亲（冯乐山的女儿）的时候，他用“出亡”做反抗。祖父因他的反抗和第五儿子克定在外组织小公馆气愤而死。最后，以觉慧的脱离家乡而作了个结束。

在这里，巴金是以恋爱和婚姻问题作为主题，而描写出新和旧两种势力，两种思想的斗争。作为这斗争的中心桥梁，便是觉新。

从《家》发展到《春》，巴金把觉民的任务提高了。成为反抗旧家庭的中坚人物。同时，巴金又从三房里拉出一个淑英，作为妇女反抗旧家庭而出奔的例子。但她非常软弱，是在觉民和琴教育并帮助之下，才完成这个使命的。而给三部曲中主要人物觉新，又引出一个表妹蕙。她在顽固的父亲周伯涛的强迫出嫁之下，抑郁而死。她是觉新潜藏在心里的一个爱的对象。又同时，作为这高家旧的代表势力的，是固板而正派的三叔克明，是顽固而腐败的四叔克安和五叔克定，是妯娌间的争吵等等。但最后，以淑英的出奔为结束。

又从《春》发展到《秋》，一切家庭生活和《春》里所写的，没有很大的距离。这里只又送出了为旧家庭牺牲的几个活尸。其一是周伯涛儿子枚少爷，其二是五房的女儿淑贞，其三，是四房的丫头，倩儿。最后归到三房的主人，这高家的家长克明，为了玩戏子玩妓女的兄弟所逼，要出卖公馆，感到气愤而死。但另一方面，巴金却还把《秋》作了个喜剧的结局：觉民和琴结了婚，觉新似乎也同意于三叔的赠予——一个丫头翠环。

通过这两部小说的，依然是以恋爱和婚姻问题作为主题，描写出新和旧两种势力两种思想的斗争。但也很显然的，《春》和《秋》较之于《家》，是更多接近于《红楼梦》式的家庭生活的琐屑的描写。在人物的刻画上，《春》和《秋》较之于《家》更来的逼真。但在给予读者的激情上说，则《家》将超过《春》和《秋》。

### 三　中国的家庭是怎样崩落的？

在这里，我们首先要提出一个问题，中国的家庭是怎样崩落的？

我们且按照《家》三部曲所安排的，来划定一个时期：

作为新人群之一的程鑑冰，在第三部曲《秋》将要收结的时候，说过如下的话：

> "不过我们不明白为什么时代进步得这样慢，民国也已成立了十多年了，五四运动也过了几年了，我们这儿还是这样不开通。"

依照这话，和《家》第一部曲开初描写的情形来估定，那时期是在五四运动的直后，五卅运动的前夜。——民国八九年到民国十三四年之间。这一时期，确是中国社会激剧动荡的时期，也正是中国家庭日趋崩溃的时期。

但在这一时期里，作为中国社会变动的特征的，有如下几幅明显的镜头：

一，民国六年文学革命的口号，给胡适之叫出来了，接着是新文化运动的展开。"民主"和"科学"，是两面大旗帜。在这大旗下，最猛烈的冲锋队是反礼教：

“他们教孝，所以教忠，也就是教一般人恭恭顺顺的听他们在上的人的愚弄，不要犯上作乱。把中国弄成一个制造顺民的大工厂。孝字的大作用便是如此……以家族的基础，为国家的基础，人民无独立之自由，终不能脱离宗法社会，进而出于家族圈以外。”（吴虞：《家族制度为专制主义之根据论》）

而最沉着的壕堑战的战士，却已坚固而绵密地布下实践哲学的阵地；这哲学是为后来新兴阶级革命展开先道的大旗：

“宇宙大化，刻刻流转，绝不停留。……刚刚说他是‘今’是‘现在’，他早已风驰电掣的一般，已成‘过去’了。……无限的‘过去’，都以‘现在’为归宿，无限的‘未来’，都以‘现在’为渊源。‘过去’‘未来’的中间，全仗有‘现在’以成其连续，以成其永远。以成其无始无终的大实在……”（李守常：《今》）

“厌‘今’的人也有两派，一派是对于‘现在’一切都不满足，因起一种回顾‘过去’的感想……他们的心力全施于复古运动。一派是对于现在一切现象都不满足，与复古的厌今派全同；但他们不想‘过去’但盼‘将来’。‘盼将来’的结果，往往流于梦想……这两派人都是不能助益进化，并且很足阻滞进化的。”（同上文）

二，到了民国八年，新文化运动已向实际的政治运动推进——从反帝走到反封建军阀。伟大的镜头：是五四北平学生火烧赵家楼，大打曹陆章卖国贼。于是，运动更为深入，从一般的爱国运动，进而为社会改革运动；从小市民的觉醒，进而至工人阶级的觉醒。其间，又在政治舞台上出现几出噱头。新的护法运动，曹锟贿选，国是会议，好政府主张，等等一切。然而，作为中国社会主要特征而开展的，却是——

三，职工运动的生长——自十一年十月唐山矿工与京奉铁路工人大罢工起，到十二年二月三日，京汉铁路大罢工，造成二月七日吴佩孚对工人的大屠杀。中国人民革命势力经过共产党的建立以及十二年国民党的改组，于是造成反帝反封建的统一战线。而在十四年就揭起了五卅的血幕。

巴金的《家》，最早也是结束在这二七惨案之后。

从这一时期的这些社会变动的大镜头里我们可以求出两条主要的发展线索：一条是由于第一次世界大战的结束，帝国主义为要恢复其内部的元气，对半殖民地中国的剥削，一天天地增强；从而反映到中国的内部：是封建军阀内部的斗争和封建军阀对人民的剥削及对革命势力的压迫，也一天厉害一天。另一条是，也由于欧战的结束，世界上出了一个"人类的大希望"（中山语）的国家，和由于在欧战进行之间，中国的海上已经掀起了"争自由的波浪"——一个民主主义的文化思想运动，透过反帝反封建的斗争，而提挈并唤醒了这以汗血膏住中国土地的工农大众的力量；——特别是无产阶级的工人的力量，它——已成为中国社会变革的主导因素而起来了。这两条线索，是在猛烈斗争中发展着。而这种斗争，无疑是在摧毁中国社会基础的家族。由于前者，上海的国际都市，涌来了买空卖空的交易所风潮，地方军阀还发行着各种彩票，增加着各种税捐。这一切都剧烈地摇动着家庭的经济基础。由于后者，青年们一方面，充满单纯的正义感，向革命道上迈进。另一方面，自由恋爱，逃婚，离婚，甚至从"无后主义的招牌"而至于所谓"非孝""公妻"种种新式的花样都起来了。这些一切又剧烈地摇动着家庭的礼教传统。

所以，中国的家庭，第一，它是在礼教传统与新思想的斗争下崩溃的。第二，它是在帝国主义侵略下中国社会经济日趋殖民地化过程中崩溃的。加以五四为起点，则中国家庭的崩落，第一是思想的，其次是经济的。而群众运动和人民革命势力的发展，却和家族的发展，成为相反的比例。

## 四 《家》三部曲的真实性

艺术作品的真实性，不是现象学的。它应该超过现象学的法则，而深入于事物的本质。那就是说，艺术作品，不仅要有详细情节的真实，还应把典型的社会情势（即社会的本质的发展情势）集中地表现于人物的性格里。在此，巴金以中国家族的崩溃来映现中国社会的变动，因而造成一个两重人格——不新不旧，亦新亦旧——的作揖主义和无抵抗主义的典型（三部曲的主人公觉新），这一种把握，是对的。同时，他在作品上，也得到两大成功。其一，由于中国社会的落后，广大的青年，过的全都是家庭生活，缺少社会生活。巴金把他们从其所熟习的生活中拖出来，到更新更阔大的世界去，这在抗战的队伍里，有不少勇敢的青年，是得了巴金小说的启示——特别是《家》——这一事实，便可证明。其二，在这样激动的时代里，巴金首先告诉每一个读者，《家》就是青年的坟墓，青年要不葬身在这坟墓里，就得奋斗。不妥协的奋斗，逃出这个家。否则只有一个个死去，他举出了一个个的实例。这种不妥协的奋斗的激情，贯彻着巴金《家》三部曲的全部。巴金的成功，无疑是把握了如上所引证的吴虞对于中国社会的批评的真理。

但我认为巴金虽然把握了中国家族的崩溃是中国旧社会崩溃的核心，可是他没有更深入的掘发，使这小说的发展，没有可能成为最高真实的反映。

第一，巴金在《家》三部曲里，把中国家庭的崩溃，是仅仅放在礼教传统和新思想的斗争下崩溃的。他没有在那里描出由于国际资本主义的侵入，因而摧毁了中国的封建经济基础，使家族制度崩溃的画面。在《家》三部曲里，特别是在《秋》里，巴金原也隐约表现出这一点，但仅止淡淡描写了几笔，大水，歉收，“棒客”多，……完全是附带提到，并不是主要的。然而实际情形如何呢？我想在这里，可以看一看作为这三部曲主人公觉新的模特儿——巴金的大哥自杀时的信：

“无如我求速之心太切，以为投机事业虽险，却很容易成功。前此我之所以失败，全是因为本钱是借贷来的，要受着时间和大利的影响。现在我们自己的钱存在银行里一样收利，我何不借自己的钱来做，一则利息也轻，二则不受时间影响。用自己的钱来做，果然得了小利。……所以陆续把存放的款子提取出来作贴现之用，每月收一百几十元。做了几月很是顺利，于是我就更放心大胆地去做了。……谁知年底一病，就把我毁了，（因为好几家银行倒闭。）等病好出外一看，才知道我们的养命的根源已经化成了水。既是这样，有什么话说。所以我生日那天，请大家看戏后，就想自杀，但是我又实在舍不得家里的人，多看一天算一天，混一天，现在混不下去了，我也想向别人骗钱来用。算了罢，如果活下去，那才是骗人呢！……”（巴金：《忆》）

这是事实，然而它说出了真实的秘密。这一事实不但说明了自官僚地主转化为官僚资本的中国家庭经济的崩溃过程，而且也说明了象觉新那样一个新旧矛盾的人物之没落的必然性。巴金为想在婚姻和恋爱问题中强调新旧的冲突，他忽略了家庭经济崩溃的一面；又因为《秋》是抗战以后二年写成的，他要在那里加上一些新的希望，所以本来是悲剧性的人物——觉新，却予以喜剧性的结束了，这些都是不真实的。



第二，和家庭生活对置的社会生活，巴金在家里，有演剧，办报，攻击礼教和军阀的混战。但在《春》和《秋》里，也还是演剧，办报，开会——贯彻以无政府主义运动的侧面的展开。这里丝毫没有中国社会中工人运动兴起的影子和人民革命势力扩大的政治活动的写照。也许因为我们不很明白这一时期里中国无政府主义的运动，但艺术家所要从事的，不仅在于为自己所信仰的主义作宣传，而应该是忠实于历史的真实。即使四川不是工业的都市，工人阶级的兴起，无法想象。但无论如何，由于国共合作所开展的政治活动，那一定是抓住了四川青年的心的。而在这一政治活动中，也必然地包含有工人政党的活动。但巴金的新人群的社会活动，却是舍弃了这种可称为中国社会之特征的主要的东西，而仅仅把那次要的非特征的东西，夸张起来，用很多的篇幅，把描写俄国虚无党活动的《夜未央》剧本中的人物故事，予以叙述和评论。这在巴金自己说，是有他的信仰寄托着，但在我们看来，也是同样不真实的。

由于巴金对家庭崩溃底理解的片面性，和对社会情势发展的把握底理想性，因而使巴金仅仅能在《家》三部曲里写出些两个时代的冲突的外形，和新旧人物不同的风貌，却没有典型的情势和典型的性格。

自然，从作品的真实性上说，《家》和《春》、《秋》还应有不同的估价。《家》缺少些详细情节的真实性，故事的发展，没有循着故事自身的规律，而是依着作者主观的需要予以推移的。例如，为要加强觉慧人道主义的性格，于高家大宴之后，使他看到墙角叫化子的可怜情景，作一个对比。为要强调觉新的婚姻的悲剧性，便以军阀战争作契机，使他和他所爱的表妹梅会见，并使梅和他的妻子瑞珏成为很谅解的朋友。然而，即使这些对照和对比的手法，稍嫌不自然，（而且这军阀战争——这社会的乱动——不是作为家庭破落的原因之一来着笔，相反地，是作为恋爱的悲剧性发展过程的一个因素而描写着的。）但它无论如何把五四直后的情势，是相当典型地描写着。觉新觉民虽然没有写得十分成功，而觉慧的性格是相当活跃的，剑云的性格也很突出。在《春》和《秋》里，巴金对于旧家庭的详细情节的真实性是很妥贴地展开了，但失落了可作为中国社会特征的情势。充满那些篇幅的，是《红楼梦》式的家庭“韵事”的繁琐，打牌，游湖，吵嘴。使得这个家离开社会，孤立地存在着。所能受到的外界影响：不过玩戏子和宿土娼。关于这我们不能不指出，那是巴金把社会变革的情势，用无政府主义理想来代替了的缘故。例如，作为巴金理想革命行动之一的，那是张还如兄弟，一个去学裁缝匠，一个去学剃头匠。巴金改革社会的理想，多么简单：每个人只要能自食其力，那就可以去掉这社会的剥削制度。这样，自然只有把现实的历史特征给舍弃了。但也因为巴金在《春》和《秋》中有详细情节的家庭琐事的展开，其间有若干女子的性格，是写得颇为活跃的：淑英和淑华，沈氏和王氏，陈姨太太，都有她们明确的性格的范畴。而淑英由忧郁而渐至解放，沈氏由泼辣而渐归温和，性格的发展也很自然的。

如其让我们说，《家》是更多些浪漫主义的激情，那么《春》和《秋》，则更多些自然主义的琐碎与详细情节之真实性。

## 五　巴金的创作方法

创作方法是插根于作者的世界观的。巴金的世界观，是观念论的。无政府主义者改造世界的方法，常从个人出发，这是大家周知的事实。

我们不反对，而且也重视，在改造世界行程中，个人所起的作用和所加入的因素。然而，个人只有在一定的社会发展中间，把握了它发展的规律，作为一种推进的力来看的。正如有机械，人才能用机械。而人类首先创造机械，也决不是由于若干个人的智慧的偶发，他是在生存斗争的实践过程中，自然界给他具备了这种可利用的物质。个人的力量只有与自然、社会相结合起来——在这结合关系中，才显示出来的。这原理应用之于文艺领域里是怎样呢？那便是人作为社会的存在而活动，人的意欲不能支配社会的动向，相反，只有社会的动向，反映于人的意识中而被把握的时候，人才能创造社会。文艺作品的主要任务是典型人物的创造。巴金对于创造人物的意见怎样呢？他曾经有过一段关于人物的性格描写的自白：

> "……我所注意的乃是性格的描写。我并不是单纯地描着爱情事件的本身；我不过借用恋爱的关系来表现主人翁的性格。在我们现在所处的这种环境里，这也许是一种取巧的写法。但这似乎是无可非难的。而且我还相信把一种典型的特征表现得最为清晰的并不是他们的每日的工作，也不是他的话语，而是他的私人生活，尤其是他的爱情事件。……一个人常常在'公'的地方作伪，而在'私'的方面却往往露出真面目来，所以我们要了解一个人的真面目，从他的爱情事件上面下手，也许更有效果。"

巴金这一意见是否正确呢？我认为不完全正确的。一个人性格，是有可以从小的方面，私生活方面，恋爱事件上来看的，而造成一个人的性格的因素，却决不是仅仅单纯的私生活——恋爱生活。从恋爱事件中来显出人的性格，毕竟还只是一个侧面，不是全面。一个人的性格，是在"公"与"私"交错之间显得更为明白。是在个人的社会生活中显得更为明白。而在恋爱问题上，也是在属于生物学范畴的性生活，和属于社会学范畴的男女社交生活的交织，矛盾，斗争中显得更为明白。更原则一点来说：人的性格，是在社会学的意志和生物学的意志之交织，矛盾，斗争中长生的；而也是在这两者的交织，矛盾，斗争中显得更为明白的。伟大的昂格尔指出典型创造的一个原则："典型的个性化，个性的典型化"，我认为也须作这样的理解。巴金要仅仅从恋爱事件中写出人的性格，反过来，也就不得不以恋爱作为其作品的重要主题了。因而多少遗漏了社会因素，那也不是偶然的。试看鲁迅的小说，恋爱不被重视，很是显然，但人物的性格是如何显露啊！

但这也并不是说，恋爱就不能作为文学的主题。"恋爱"与"死"原也是文学的主要主题。问题是在于如何来处理"恋爱"和"死"的主题。（关于这，高尔基在论及关于诗的主题时说得非常详细。）问题是在于如何把握那结集于主题之中的复杂性。能把握那结集于主题之中的复杂性，然后也才能把握人的性格的复杂性。我们在这里就可进而论列《家》三部曲的人物的性格了。

《家》三部曲在主题的把握上，显出不够有全面性和现实性，这在前一节里我们已经说到。但也因为这缘故，再通过他从观念论出发的现象学的创作方法，使在《家》三部曲里所描写的新旧两方面人物，都非常的单纯化。他曾经自己说，在《家》里要写出三种不同的性格，和三种不同的结局。但《家》里觉民和觉慧是有不同的，可是一到《春》和《秋》里觉民却就如《家》里的觉慧，并没有显出什么不同了。但这也许可以说，是觉民改变了。然而从人物的言谈，思想，行动以及各种癖性风貌等等的综合形象性上来看，则觉慧，觉民，黄存仁，琴，张还如等这一群新人物中有什么特殊的不同呢？冯乐山，高老太爷，周伯涛以及三叔克明等一群旧人物中，又有什么特殊的不同呢？也许有吧，可是都不很显著。他们全都是"类型"人而不是"典型"。或者说，只包含有可成为典型的若干因素，而没有使这典型个性化。不论新旧两方面，有如何不同的面目，但巴金是只把他们代表一种势力，作为一种思想体系而存在着，没有把他们代表一种势力，作为一种思想体系而在各别不同的形象下面活动起来。同时，在旧派人物的存在性方面说，除周伯涛和克明曾部分地用行动言谈来表现，而冯乐山，高老太爷都不过是一种"观念的传递"，即藉他人的嘴说出来的一种可憎恨的象征而已。同时，所谓典型，在其基本上是可作为一种阶层，一个群体之特征来看的；但它在这基本特征上却必然映现着它的多方面性和复杂性。作为顽固派的典型性格，基本上是官僚地主的阶层性。这阶层性表现在父权君权的独特的尊严和对家庭子女的奴役——那非人的待遇上。然而这一种表现的背后，却是利用君权父权，现在则利用国家法令，而逞其个人的纵欲，自利和残酷的屠杀。这是在庄严色相下包含着黑暗腐败和无耻的心。顽固派的这一种两面性，是必须集中而统一地表现在一个整体上——一个形象上。——这里，鲁迅的四铭和高老夫子是一个很好的例子。四铭之表彰孝女，却为的是咯吱咯吱用肥皂给她洗净来是个漂亮女子。但在《家》三部曲里，不论新旧人物，巴金都没有做到那种艺术概括的地步。他用的方法，都是粗线条的勾划，平面的叙述，没有综合的立体的描写。所以他在另一场合上，又把旧派人物分开来写。只显出绝对的不同，没有写出同中有异，异中有同的那典型的各个侧面。例如，克明是代表旧派人物正直一方面的，克安是代表旧派人物糊涂一方面的，而克定则是代表腐烂的一方面。其实糊涂，腐烂而又表面上正直，却正是旧派人物共同具有的特性，是应该凝炼熔铸在一个的形象里的。又如在觉新这一辈里觉慧代表新派人物中的激烈派，觉民则较为温和，而觉新则更软弱。其实，如其是个活的人，则在激进的觉慧心中，未必没有旧意识的残余存在着；而在温和的觉民的心中，有时一样也会感到觉新所有的苦痛。没有一个人能从头到脚唱出一副激越的调子；其间得有顿挫，有曲折。因为人是发展的，环境是变动的。本来，按照巴金的安排，那觉新是可成一个典型人物。然而，这个应该成为一个典型的人物，却在巴金那种表现方法上，又失败了。这里，我们就来看一看巴金作品的风格（表现方法）是怎样的吧。

从作品的风格上说，《家》与《春》与《秋》，其间有显然的不同。按照时间来说：《家》和《春》相隔六年，《春》和《秋》相隔仅二年。是不是时间使这风格有所变换呢？还是有别的原因，我们不知道。在大体上讲，巴金作品的风格，不是现实主义的。读他的作品时，仿佛有一个热情的传教师，站在讲台上，作激越的讲演。那传教师没有理化教师那种冷静，但他搬出一副副标本，用教鞭指着它，一边说明它，一边热情地批评它。以这而吸引了每一个听众。而在《家》三部曲中，

第一部更明白地显出这一种传教师的姿态。它是将家庭的和社会的诸事件，循着作者激越的情感而发展的。在《春》和《秋》里却相反地是将作者的情感循着家庭间琐屑的事实细密地透出于纸面之上。就因为这原故，许多青年，仿佛是更爱《家》，而对于《春》和《秋》，却有较为不同的感想。但不论如何，《家》三部曲中，那种说明多于叙述，叙述多于描写的表现方法，是减少巴金作品之艺术的形象性的。要表现一个“作揖主义”和“无抵抗主义”的觉新，不在于我们作者处处借别人的嘴来赠送他这一头衔，而在表现出他这一种行动是“怎么样”的。艺术的说教力，有时会大过于艺术的暗示力，且也容易叫人接受，但艺术的暗示力被人接受后，便将永远铭感不忘，而被教育着了。巴金的激情似乎在妨害他艺术的形象之创造。

最后，通过巴金的《家》三部曲，还可看到他对人性美的形而上学的赞颂。将一切罪恶，全都归结于制度，而宽恕了个人。这里，觉慧觉民对高老太爷的宽恕，高老太爷对觉慧觉民的临死时的期望，觉新眼中克明的哀吟，瑞珏为要减少梅表妹的苦痛，表示愿意成全觉新与梅的爱，但自己并不表示一种宽大中的痛苦，以及剑云那种卑怯狂的习性里包含着为人牺牲的无我精神。这种人性美的赞颂，在有些场合是合理的，应该有的。例如剑云。因为优美的人性，只有在被压迫者群里才能发现，而在顽固的腐旧的人物里，是不会发生的。他们有的是残忍。是只有带着残忍以俱亡的。葛朗台（见巴尔扎克的小说）临死还要听一听金子的声音，才告断气；而中国的守财奴，也是临死还嘱咐子女将菜油灯灯芯移去一条（见《儒林外史》)，才能闭上眼睛。这虽然给予所谓人性，以不可抹却的污点，而给予艺术的形象则是完整。我们同样不否认，人类的罪恶是社会制度所造成的；但我们还得补充，社会制度正也是人所制定，它的罪恶却藉人而推行。成为社会典型的人物，它是社会制度和个人意欲辩证的统一。它是作为社会存在之一“型”而出现的。鲁迅之死也不饶恕别人的遗嘱，这是中国社会革命者的一种典型性格的表现。但同时，也说明了他所诅咒的人，正是作为社会典型而诅咒的，根本没有饶恕的必要。巴金作品中那种多余的怜悯，怕是在于他把人性不当作阶级性群体性之一表现来看，而把它当作形而上学的东西来看的缘故吧。但这也是和巴金所信仰的无政府主义有关的。

## 六　最后的话

我在以上所说，不过表示一个巴金作品底读者底意见，未必即是公允的批判。但即使我对巴金的《家》三部曲作了如上的指责，而我对巴金的敬仰并不稍减。无论如何，巴金是中国文坛上伟大的存在。早前第三种人争论的时候，有人反对批评家用一定的尺度来衡量别人，仿佛深深叹息中国没有客观的批评。其实任何批评都带有主观性。问题是在于这主观的意见，是否适合于客观的要求。我在上面所说的，也是我主观的意见，至于这主观的意见，是否正确，或是否适合于今天文艺界客观的要求？那又得让读者来指教、批评和斥正了。而且，对于巴金，我相信他还有更大的前途，在《爱情三部曲》里的第三部，巴金曾以非常热情的笔调，写出了革命者的群像。而用王文慧笔名发表在《文学》上的几个短篇，也有艺术的最高的成就。听说巴金继《家》三部曲以后，将来写《群》三部曲。那么，对于《家》三部曲的我的读后感，也许可供巴金写作时一个参考。知道有这样一个读者，对他还存有过大的要求。

可是，没有革命的实践，也就没有革命的理论，而没有创作的实践，也将不会有创作的形象。我们没有权利，来指责别人的信仰。更没有权利，要求别人改变信仰。在上面论及巴金作品时，我们说到巴金的信仰。但这不过为便于说明巴金作品和世界观的关联；并不是批评到他信仰的本身。然而一个作家与其仅仅依赖他的世界观来从事创作，还不如多多依赖他的实践。实践将使艺术家获得真实，真实则是艺术作品的最高生命。巴金有他作为艺术家的真诚，良心与崇高的理想，但似乎缺少些作为艺术家的实践。孤独的生活，将妨害了艺术的开展。但这也许又是不必要的过虑了。

录自《窄门集》，香港海燕书店 1941 年 5 月版第 195 页至第 221 页

# 评巴金的《家》《春》《秋》

徐中玉

## 一



巴金先生近几年来从事着一桩艰巨的工程，他企图展示给读者一幅过去十多年间的图画，他要利用他自己生活过来的熟悉的一角，描写出那一股无论在什么地方都能够看见的“由爱与恨，欢乐与受苦所组织成的生活之激流是如何地在动荡”，如何地在“通过黑暗的乱山碎石”，以“创造它底径路”。他这桩艰巨的工程就是他的大著《激流》。

《激流》，据作者自己的预告是分成四个部分，《家》、《夏》、《秋》、《群》。到现在为止，他已先后完成了《家》、《春》、《秋》三部，都是三十万字左右的巨幅。巴金先生这三部作品在中国少年读者群中已引起了普遍的兴味，因此也可能产生很大的影响。

在《家》的后记里巴金先生自己说已“写完了一个家庭底历史”，他说他“还要用更多的字来写一个社会底历史”。不过他这句话到现在还并未兑现。在《家》的续篇《春》和《秋》里，他描写的仍是那个正在崩溃中的家庭，这原就是家的背景。所以我们可以说，《家》《春》《秋》三部作品在名字上虽有不同，但在同是“一个正在崩坏中的资产阶级的大庭家底全部悲欢离合的历史”这一点上，却并无什么分别。

巴金先生用了他那汹涌的热情写下了这个“正在崩坏中的资产阶级的大家庭底全部悲欢离合的历史”，的确是真实的历史。他给我们展示了一幅五四以后一般青年反抗封建势力，反抗吃人礼教的鲜明动人的图画。这是一幅充满着血与泪，爱与恨，欢乐与受苦，有形的斗争与无形的斗争底图画。在这里，一个旧家庭的命运是渐渐地但是必然地沉落进灭亡的深渊中去了，一个不合理的社会制度被宣告着死刑，但这里也绝叫着这个家庭这个制度的垂死的呼号，垂死的挣扎——它们在崩坏的途中也还捕获了无数的牺牲品，无数年青可爱的生命就这样仍是惨苦地怨屈地结束了他们短短的生涯。在这里，有着无数的人在遭受着它们酷虐的摧残，他们忍受着，哭泣着，不敢愤怒，只以眼泪和叹息作为对于这种不公平的命运的惟一反抗，到头他们一个个都成为不必要的牺牲品惨痛地死了；但这里也终于透进来了新鲜的空气和阳光，也终于在大批将要成为同样的牺牲品里出现了一些叛徒；他们幼稚，然而大胆，他们没有具体的计划，然而血淋淋的现实渐渐教训着他们，使他们终于变成了十分坚决，他们绝不忍受，他们坚决反抗一切不公平的命运。在这里，旧势力在崩溃，在灭亡，然而它还在挣扎，更猛烈地挣扎；新势力在萌芽、在发生，然而它还在受苦，更惨烈地受苦。不过旧势力是一定要灭亡的，而新势力，则正有着最好的前途。



五四前后，是中国市民势力刚刚抬头的时候，他们需要自由的发展和自由的竞争，但却受着双重的压迫，一方面是帝国主义，一方面是封建势力。帝国主义在金融上技术上以及政治地位上都具有优越的势力，它随时可以把新兴的他们打倒。封建势力则束缚了占中国人口绝大多数的农民的消费力量，它阻碍着民族资本的发展，并且还顽固地抵抗新兴的一切意识形态的发展，这两种压迫的力量，又互相勾结，依靠，新起的势力自然不能忍受这种局面，于是就掀起了五四革命运动的怒潮。五四革命运动的意义，一方面是反帝，另一方面便是反封建，而因为几个帝国主义国家这时正把最大的力量倾注在欧战上面，对中国的束缚松懈了一点，因此，五四的革命运动就取了主要是反封建的情势。在文学作品中最初反映了这个情势和思想的便是《狂人日记》，我们在这篇作品中可以明白看出它是充满着对封建势力的痛根，充满着对吃人底礼教和辛辣激烈的思想。

巴金先生的这三部作品：《家》《春》《秋》就是从一个“正在崩

坏中的资产阶级的大家庭”生活的一角来反映了这个情势的。这个正在崩坏中的大家庭带有极浓厚的封建色彩，活跃在书中的几个大胆的叛徒，虽然同是封建制度的子孙，却因为时代环境和性格教养的殊异而使他们终于超过了灭亡的道路，走上了一条全新的反抗与斗争的途径，于是这些本是同根生的同一个大家庭里的分子，在事实上就分成了两边，一边代表旧的，垂死的，还在拚命挣扎的，一边代表新的，幼稚的，正在发生成长的。这两边起来了激烈的斗争，《家》《春》《秋》就是这个斗争的反映。在这里，家庭的斗争事实上也就是一种社会的斗争。

然而爱读着这三部作品的许多读者中，又有多少能完全认识它们的真价的呢？他们大多数是一些比较幸福的少年，在无数烈士的牺牲之后，他们过的是一种比较幸福的生活。时代变了，这些来自都市城镇的少年们已很少曾受过大家庭的苦痛，对于他们，进新式的学校读书，和同辈的男女少年同学，已成为最平凡不过的事了。他们已很难想象或简直想象不到今日许多三十岁以上的人们曾经受了大家庭生活多少苦，吃了它多少亏。今天，象他们这些少年，男孩子已用不着摆动着他们那颗沉重的脑袋和无血色的瘦脸，在黑黑的房子里高声念“君要臣死，不死不忠，父要子亡，不亡不孝”，或“万恶淫为首，百善孝为先”一样的咒语了，女孩子也已用不着再听“喜莫大笑，怒莫高声，坐莫露膝，行莫摇裙”等等的教训了；如果他们也有苦痛，那苦痛的来源一定已不是大家庭，而是在别的什么方面。不错，他们爱读这三部作品，他们在这里看见了自己一部分的童年，他们动心于其中优美的描写，他们甚至也会因为得着了一点模糊的反抗和斗争的概念而感到满足，然而他们有的却也会装着经验丰富的样子把书一推，说：难道斗争就是这样的一回事么？这么容易的斗争谁干不来呢？

的确，对于这些比较幸福的少年，大家庭的暗影已没有罩住他们，而且也不会再有罩住他们的可能了，他们已进到一个较新的时代，他们不是没有苦痛，没有悲哀，只是这些苦痛与悲哀的源泉已不是大家庭了，那是一种更顽固，更巨大的东西。他们将遭遇着一种更艰苦的斗争，确实是不很容易的斗争。对于这种斗争，《家》《春》《秋》的确不能给他们多大帮助。原谅他们的坦直，并且让他们稍稍等待一下吧，巴金先生在“不再是高家底故事”的《群》里或者就可以满足他们的热望。

所以我说巴金先生这三部作品虽然在年轻的一代中获得了许多读者，但它们的重要的影响却不在这里，倒是在那些不为人知的穷乡僻壤里，那些内地的交通不便的小小县城里，或是在一些城市的若干条外貌很庄严、内面却很空虚的静静的巷子里。这是为什么呢？这是因为反抗大家庭的风暴虽然在五四前后一度高举起来而得着了相当的胜利，但整个封建制度却并不会随它这运动的退潮而完全消失了它的势力，这在受新潮流影响较深的大城市里固是如此，在受新潮流影响较浅的内地自然更是如此。经过二十多年来的努力，一直到今天，封建社会的势力虽已减弱了点，但它依然没有消减；依附着它的大家庭的黑暗虽然已洗刷了点，然而它也依然存在，这都是事实。巴金先生的这三部作品以使人惊心惨目的姿势向大家重新提出了这个问题——这并不是一个新的问题，这时把它重新提出却有着新的价值和意义。这不公平的命运曾经摧残过无数可爱的生命，然而做了这命运的牺牲者的，这并不是最后的一批，我们必须继续反抗它才能保全那以后势将牺牲的无数生命，才能够终于获得胜利。这三部作品，事实上是要唤醒着大家起来向那封建势力的最后几个堡垒彻底进攻。只要反帝反封建的任务一天没有完结，这三部作品就始终有它们重要的价值。



高尔基在《儿童时代》一文中说：“记起野蛮的俄国生活里这些铅似的丑恶，我有时候这样问自己：‘值得说起这些事情么’？而重新深信地回答自己：‘值得的！’因为这是活着的卑劣的真实，它到今天还没有断气。这样的真实，必须彻底地知道，为得要把它从自己的记忆里，从人的心灵里，从我们这艰苦的可耻的全部生活里连根拔起。”“还有一个别的，更积极的原因，使得我要描写这些罪恶，虽然他们很讨厌，压迫着我们，压碎着许多非常之好的心灵——而俄国人始终还有健全的年青的心灵，足以克服它们而且一定要克服它们的。”

我们相信巴金先生也是抱着跟这相似的信念才负起了这个描写它的庄严的责任的。我们必须不要忘记：在这三部作品中描绘着的都还是活着的卑劣的真实，它到了今天也许已换了花样，但还并没有完全断气。这需要继续的斗争，而且家庭的斗争也势必要转变为一个社会的斗争。

## 二

在《家》的十版代序里，巴金先生有一段话说到他书中描写的人物：

> “我写觉新、觉民、觉慧三弟兄，代表三种不同的性格，由这不同的性格而得到不同的结局。……在女子方面，我也写了梅，琴，鸣凤，也代表三种不同的性格，也有三个不同的结局。”

现在我们且先来讨论一下生活在这三部书里的几位男性的人物。生活在《家》里的男性人物主要是觉新觉民觉慧三个；觉慧在《家》的结尾处终于冲出牢笼逃到上海去了，一直到《秋》的结尾他还没有重新露面，但没有问题，生活在这三部书里的男性人物，主要只是他们三个。

我们同情觉新——这个绝望了的人物，然而应该承认，正如书中的许多人一样，我们也并不能十分了解他。当他含着眼泪在忍受别人加给他的不义的行为时，我们的愤慨总比他自己多得多，我们希望他反抗一下，就是很少一点反抗也好，然而我们失望了，而且除开在《秋》的结尾处那一次外，每一次都失望了。我们是不是有权这样希望呢？应该是有的。为什么他能够含着眼泪忍受一切不义的行为而不说一句反抗的话？从曾经爱过一个少女而让父亲拿拈阄来决定去和另一个少女结婚这一件事起，中间经过因了别人的鬼话把自己即将生产的爱妻送到城外荒凉的地方而终于牺牲了生命这件大事，一直到他用了最后一切的努力毁了他最后一件宝贵的东西，牺牲了他最后一个亲爱的少女（蕙）这件事为止，他前后受了多少次刺激，流了多少回眼泪，而且曾表示过多少次的痛悔呵！但他为什么一直不曾发出一点实际的反抗行为来呢？在历次愈逼愈紧的切身的灾祸袭来以后，为什么他的行为会一无改变，他的性格会一无变化？我们的希望不大，只要一点点改变、一点点变化也就满意了，然而从《家》到《春》，甚至从《春》到《秋》（结尾处除外），我们竟找不出这种改变和变化的痕迹。这并不是说，历次的灾祸没有使他稍稍觉悟，例如在《家》里面牺牲了爱妻时，他就已明白真正夺去了他妻子的不是别的，而是全个礼教，全个传统和全个迷信；在《春》里面牺牲了所爱着的蕙时，他也能明白这是被他自己所间接害了的，他明白由于自己的帮凶，已经断送了几个人的幸福，这些人都是他认为最亲爱的。然而问题并不在这里，问题是在他既已觉悟既已明白之后，为什么不能挣扎一下，为什么仍是绝不反抗，为什么在明知已无法苟安的时候反变成了更无力，更懦弱，更绝望？这是可能的么？也许是可能的。不过虽然是可能的，却不是必然的。我们不能同意巴金先生为了使他人物的色彩格外鲜明而给觉新安排成了这样一种形状，他差不多是故意取消了觉新在行为上一些可能成长可能积极起来的反抗的要素，只为了使觉新的形状能和书中别的许多人物作一个触目的对照。觉新的反抗对于他自己的命运并不会有多大改善，他在忍受了无数次的不义行为后渐渐促成了的反抗的动作可能仍是微弱无力的——例如《秋》的最后那一次反抗即是如此——这是明白的事实，然而我们却不能不指出，取消了这些在他里面必能发生的要素，却使读者在某程度上失掉了对这人物的同情和感动的基础。《秋》里最后那一次的反抗，已经太晚了。

觉慧这个形象比觉新的要明朗得多。这并不是因为他的"大胆，大胆，永远大胆"，也不是说在他的生活里没有矛盾，而是说我们可能从这里寻出一条他的思想行动发展进步的线索，这使我们能够充分认识他的面目。他不是一个英雄，他很幼稚，但他却是非常天真，非常勇敢，始终在进步，始终在反抗。幼稚无害于他的价值，倒是因为看见了他曾怎样一步一踬地在逐渐摆脱他的幼稚，对他的幼稚，我们反感到珍爱和可喜。他不像觉新那样死死地固守着一种容貌，正相反，他到最后已变成了一个和以前很不相同的人物。他的性格，思想，容貌，都是生长的，变化的：在生活里，他倾踬，跌倒，但他马上又爬起来了，而且走得更沉着，更坚稳；他犹豫，矛盾，但他马上又清明了，而且变得更聪明，更坚定。他走的是一条弯路，他是经历了无数的苦辛和挣扎才达到了目的地的。巴金先生在这里能够注意到表现出他所经历的弯路，表现出他发展成长的全过程，这就造成了觉慧这个形象能够具有典型意义的真实基础。

是的，如果我们知道五四时代一般"叛逆"青年精神之根本的特点是天真和勇敢，那么我们正不妨说，像觉慧这样一个形象，的确可以代表这些特点，的确具有典型的价值。在觉慧身上，我们正可以看出五四时代一般叛逆青年的优点，以及他们的缺点。他们的优点是：热情，勇敢，大胆，不断的追求和反抗；他们的缺点就是：思想不深刻，观察不精细，对于真正应走的道路还很茫然，他们的斗争方法也多是个人主义的，虽然热情，却常常孤独，虽然努力，却常常不能持久。事实证明由于他们的这些缺点，以后曾有多少当时的勇士退回了旧路呵！

从家庭走进了社会以后的觉慧，将成为怎样的人物呢？横在他面前的有退却的路和继续前进的路，他必须拣一条下脚。我们猜测他一定将继续前进，关于这一点，作者巴金先生差不多是已经明言了的。不过问题是在他将如何继续前进。如果他在继续前进的路上不能不发生一点变化，那又将是什么样的变化，如何变化？对于巴金先生，这恐怕是一个颇为重大的担负。



说到觉民，作者在《春》的第十三章里比较他和觉慧的性情，说道：

> “固然他底性情和逃到上海去的三弟觉慧有多少不同，但他也是一个有血有肉的年青人，对于一个打击或一次损失他也会起报复的心的。一件一件的事情把他磨炼得坚强了，他不能够和旧势力随便妥协，坐视着新的大错一个一个地铸成，而自己暗地里悲伤流泪。”

觉民之所以为觉民，就在“他不能够和旧势力随便妥协”。他有许多留恋，这使他不能象觉慧那样不顾一切地反抗，但他受新思想的影响要比觉新深些，结实些，所以他虽常和旧势力妥协，却不能够随便就和它妥协。他要权衡一下，值得不值得？有没有用处？然而就是这一点，也还是“一件一件的事情把他磨炼得坚强”以后的事呢，他在《家》里除掉别人帮助他逃过一次婚外，就并未有什么积极的念头。但在《春》里，最后他却也已有长足的进步了。紧接而来的压迫使他渐渐消失了过去的犹豫和彷徨，他开始知道在两代人中间妥协简直是不可能的。轻微的让步只能引起更多的纠纷，而接连的重大让步更会促成自己的灭亡。现在他对旧的制度，旧的人，已不再抱一点希望，有一点留恋了，对于一切灾难，他喊出了“不要向人报仇，是向制度报仇”的口号。我们高兴他在一次次的惨痛教训下毕竟有了进步，他在《秋》里居然已变成一个不仅能坚定自己，而且也能帮助别人去反抗的人物了。家已经破落，他大概马上就要离开它了吧。

觉民从一个十足的温和派变到成为一个过激派，这是一个重要的转变，巴金先生写这个转变，非常仔细，很自然，和写觉慧有相近的成功。关于这个人物的未来的发展，可能的猜测是将继续进步，不过虽然如此，他也不会跟觉慧走同样长短的道路。

在男性的人物里，除掉这三个最主要的以外，我们还可以提一笔给剑云。这是一个黯然无光的人物。据作者介绍，他是个柔弱怯懦的人，从不反抗，从不抱怨，也从没有想到挣扎。他默默地忍受他所得到的一切，他甚至比觉新还更软弱，更缺乏果断。他可以说是根本就没有计划，没有志愿，他只把对一个女子的爱情看作他生活里的唯一的明灯。然而他连他自己所最宝爱的感情也不敢让那个女子知道，反而很谦逊地看着另一个男子去取得她的爱情。然而巴金先生在这个地方给我们介绍这个人物是否很必要呢？第一，我们不十分能瞭解这个人物，他的姿态，谈吐，他的希望和失望，以及他最后的自告奋勇，都不能使我们十分相信它们的可能，这个人物除了一把眼泪一把鼻涕以外似乎再不能给我们比〔较〕真切的感动。第二，他和书中其他人物的关系都不是必不可少的，教淑英她们的英文，以及最后送她去上海，这些都不必一定由他去做。

如上所述，在这三部作品中的几个男性人物，觉慧和觉民两个是被雕塑得比较成功了，觉新（和剑云）就不免是比较失败。巴金先生对于积极的人物似乎是更具有把握，他对于这种人物的生活也许是特别熟悉些吧。在三兄弟的描写上最后一个共同的意见，便是巴金先生在事实上仅仅画出了三个不同的性格，却并没有清楚地示出是什么东西更基本地决定了他们这三种不同的性格的。他们生活在同一个家庭，同受新思想的影响，但为什么会形成了这三种不同的性格，还造成了三种不同的结局呢？……

## 三

生活在这三部书里的女性的人物，在《家》里有梅，琴，和鸣凤；在《春》里琴继续活跃，梅死了，但又有了蕙，另外又发展出了一个淑英；在《秋》里面女性方面并没有新的重要人物。

《家》里的梅和《春》里的蕙完全是同类的人物，她们正和男性人物中的觉新相仿佛。她们就是那时代许多在陈腐的观念拘束下憔悴地消磨日子的女性的活例子。由于一种无可奈何的命运，她们继续在几千年来浸透了女人的血泪的这路上，断送着她们的青春，流尽着她们的眼泪，呕尽着她们的心血，过着一种日就飘零的生活。她们短短一生的历史就是一页血泪写成的惨痛历史；一生只是被命运播弄着的她们，自已完全不能作一点主；忍受着种种的痛苦而终于年纪青青就牺牲了生命，这就是她们必然的归宿。巴金先生写这些人物，充满着同情，悲愤，与憎恨，使我们感到同样的激动。



如果说梅和蕙在男性人物里相同于觉新，那么女性人物中的觉民不消说就是琴。作者在《家》的十版代序里说：

> “便是琴，也不能算是健全的女性。
>
> 我只愿将来琴不使我们失望。在《家》中我已经看见那希望的火花了。”

的确，在《家》中我们已经看见那希望的火花了，而在《春》和《秋》里，她果然没有使我们失望，虽然我们希望她的是更多。我们必须指出琴这个人物在这三部书里也是做到了是生长底，发展底，跟着生活一起变化底的。她并没有一下子就变成勇敢。她最初不过是这样一种人：她的理智不但无法征服感情，反而理智常被感情所征服。她常是不能照着她所知道应该做的去实行。在她看来，与其为那些她甚至不会见面的将来的姊妹们牺牲，还不如为那个爱她而又为她所爱的母亲牺牲更踏实一点。然而提婚的消息给了她一个大的打击，不仅那个可宝贵的希望（和觉民结合）完全失掉了，同时一个新的恐怖的思想又开始来压迫她，她眼前顿时现了一条很长很长的路，上面躺满了年青女子的尸体。由于这种向自己直逼过来的危险，她终于有了个含糊的决心；可是她还是没有确实的计划。不过她的决心到底是越发坚固了。一件一件的事情教训着她，同时参加的团体工作也给了她许多经验，扩大了她的眼界，渐渐她成为这个大家庭里几个被压迫女子的惟一的安慰者和鼓励者了。最后她知道把一切的不平归咎于不合理的社会制度，并且还以为这种不平是可以改变了。真的，她在《春》和《秋》里除了安慰和鼓励别人以外没有做过更积极的事情，然而我们应该知道，她在这个时候实在已经做了她可能做的一切。性急地对她存着一个更高的要求，这反而是不合理的。她大概将在未来的岁月中使我们对她的希望得到较大的满足。

现在我们应该说到鸣凤了。作者在《家》的十版代序中说：

> "我在小说里写鸣凤因为不愿意到冯家去做姨太太而投湖自尽，我觉得并没有一点夸张。这不是小说作者代鸣凤出主意要她去走那条路，是性格教养环境逼着她（或者说引诱她）在湖水中找到归宿。"



是的，确是性格教养环境的殊异，才逼着鸣凤踏上了和一般丫头不同的路径。她的路只有两条，不成功（和觉慧的爱）即死，事实上既不许她成功，所以她终于在湖水中找到了归宿。虽然我们觉得作者对于她的性格教养和环境的表现还是少了点，但这样的人物对我们倒是容易了解的，因为这样的牺牲者现实里还是时有所闻，时有所见。这样的反抗者可说是一种更孤立更不幸的反抗者了。她们是赤手空拳，一无凭藉，却要抵抗着所有的压迫和暴力。她们连思想上的一点点安慰也没有，有的只是一个单纯的信念，一种悲壮的决心——如果不成功，就死！死就是她们惟一的武器，也就是她们最后的反抗。她们并不是不爱惜生命，就因为她们对生活还有许多留恋，所以她们能够在压迫和暴力之下继续生存，忍受固然是苦的，但为了忍受一下也许还有得救的希望，所以她们才愿意忍受。对于她们，如果压迫和暴力一时还并不直接威胁到她们那最大的信念，那她们还会继续活下去的。

但当压迫和暴力已经直接威胁到她们那最后的信念，要消灭她们那最后的一点自由，一点反抗时，她们的简单的信念便发出了最大的力量，她们宁愿灭亡自己，也不愿再屈辱地生存。用了结自己的生命来做一次最后的反抗，是多么不智，多么软弱的反抗呵！然而在这种时候，对于她们这样的人物，我们还有什么可议论的呢？我们从这里所感到的，是一种无法言说的震动，一种从未经验过的悲壮；我们从这里看到的，正是现代人生中，由于社会制度不良而造成的一出最痛苦的悲剧！谁不能在这出悲剧中觉察一种严肃的意义，他就是愚蠢，顽固，罪恶！

在《春》里的淑英，我以为就是家里的鸣凤，她们有相同的性格，本应有相同的结局，但环境和教养的比较优异，终于把淑英救了出来。淑英是一个有钱人家的女儿，她虽然生在黑暗的大家庭中，她到底比一个从穷苦人家送来当婢女的鸣凤幸福得多。至少，她可能多受到点教育，可能多接触到点新思想；而且，虽然家庭里有许多人对她漠不关心，或横施着压迫，但她到底可能得到一部分人对她公然的热诚的援助。鸣凤却就没有这种幸福。爱她，关切她的，只有觉慧一人，然而就是这样，她也得不到多大好处，因为觉慧始终就没有敢公然援助她，甚至很小的一点援助他也没有给过。淑英并不比鸣凤更勇敢，然而她到底并没有跳入湖水，她到底冲破牢狱的石壁，奔到广阔的人海，广阔的新生活中去了。

正如琴的形象那样，我们所见到的淑英也是一个在发展变化中的人物。她这种发展变化，大体上也没有超过她内面可能发生的程度。她是经过了许多的努力，克服了许多的犹豫，悲伤，绝望，才终于弯弯曲曲走到目的地，把奋斗告了个小小段落的。从发展和变化中来描塑人物，写出她们的全过程，这就是为什么我们对觉慧、觉民、琴、淑英这些人物能特感真切，也就是为什么我们愿意给这种描写以高的评价之故。我们应该认识文学的教育意义，就存在这里。

## 四

我们现在可以进一步来研究这三册书在实际上的成功，和作者自己的打算间是否有点距离，到底有多少距离。巴金先生在《家》的十版代序中说：

"然而单说愤怒和留恋是不够的。我还要提说一个更重要的东西，那就是信念。自然先有认识而后有信念。旧家庭是渐渐沉落灭亡底命运里面了，我看见它一天一天地往崩坏底路上走，这是必然的趋势，是被经济关系和社会环境决定了的。这便是我底信念。……

"我不要单给我们底家族写一部特殊的历史，我所要写的应该是一般的资产阶级家庭底历史。这里面的主人应该是我们在那些家庭里常常见到的。我要写这种家庭怎样必然地走崩溃底路，逼近它自己亲手掘成的墓穴。我要写包含在那里面的倾轧、斗争和悲剧。我要写一些可爱的青年的生命怎样在那里面受苦，挣扎，而终于不免灭亡。我最后还要写一个叛徒，一个幼稚的然而大胆的叛徒，我要把希望寄托在他身上，要他给我们带进来一点新鲜空气。……"



公平地说，巴金先生的打算在他自己这三册书里大部分已达到了目的，就只他还没有能把他的信念更充分地表现出来。决定着这个资产阶级大家庭的崩坏的命运的经济关系和社会环境两个因素，在这三册书里并没有得到过适当的足够的反映。读者们可以看到许多事实，这些事实都足以表出这个大家庭正在走着崩坏的路，可是他们并不能从中看出充分的必然性来。巴金先生还不很熟练于把他所认识到的充分在作品中表现，在他的认识与表现之间，还存在着一些距离，是明白的。这样的距离，多少不免妨害到作品的坚实性和深刻性。

巴金先生好象还不很善于在他的作品里反映经济关系与社会环境的错综复杂的影响和关系，这可以随便举一例来说明。他在《家》里用了五章五十多页的篇幅来描述的一次军阀的混战，象他这样的描写，这件事情对于这个大家庭，有什么必要的关系呢？自然他也说过："在有危难的时候，这个靠旧礼教来维持的旧家庭，便现出了它底内部的空虚，平日在一处生活的人，如今是彼此不相顾及，各人只顾去谋自己底安全了。”可是仅仅指明这一点是多么不够呢！他应该指出军阀们的混战事实上是直接间接去促进封建制的衰亡，去促进这个大家庭的崩坏；他应该表现出这些关系和影响，以及在这些关系和影响之下这大家庭里发生的许多细微的但是很重要的变化。不过巴金先生却把这些地方忽略过去了，这结果，就是使这一大段描写，差不多成了累赘。

说到累赘，我们还不能不指出一件事，那就是作者在《家》的第三十五章上所描写的祖父临死前的忏悔，似乎完全是多余的。记不记得，作者在同书第九章里就已使觉慧知道："这祖孙两代，是永远不能了解的"？这原是一个真理，而那最后的忏悔实在是一种例外。我们不说这个例外没有发生的可能，人性原是复杂的，他有恨也有爱；但我们却不能不指出作者把这种例外写进他的小说，不但没有好处，反是在某种程度上破坏了主题的统一和完整的。

在感情方面，作者本人的感情在书里是奔腾极了。在《家》的十版代序中他说：



> "我不是一个冷静的作者。我在生活里有过爱和恨，悲哀和渴望，我在写作的时候也有我底爱和恨，悲哀和渴望的。倘使没有这些，我就不会写小说。我并非为了要做作家才拿笔的。……我仿佛跟着书中每一个人受苦，跟着每一个人在那魔爪下面挣扎，我陪着那些年青的灵魂流过一些眼泪，我也陪着他们发过几声欢笑。我愿意说我是和我底几个主人公同患难共甘苦的，倘若我因此得着一些严正的批评家底责难，我也只有低头服罪，却不想改过自新。……"

我们同意作者的说法，也同情作者的愤慨，我们自然没有权利一定不许他的热情在作品里倾吐，不过我们也不能不指出，作者在他的书里似乎是太会感些，太多言些。作者在他的书里是比谁（主人公）都说得多。他几乎到处在找寻，在等候说话——倾倒的机会。每次，他都是惟恐以后再没有机会说了一样，尽情地放胆地说着，也不怕引起喧宾夺主的嘲笑，也不怕会露出什么马脚。因为这样，所以在有些地方，他又为他的人物们说了些他们不会说的话，想了些想不到的事。

鸣凤投湖时一段描写，就是一个很好的例子。

此外还有些地方人物的感情是不大适当的。这可以举几个例子。《家》第十五章里梅对觉民兄弟的诉苦是可能的么？对于象她这样一个并不勇敢的女子，她难道能这样大胆？这样直率而毫无顾忌？同书第二十四章梅和瑞珏的大段对话，也觉得是过于坦白，天真，过于夸张了的。我们觉得在那种时代，梅未必可能那样，瑞珏也未必可能表出那样的同情，她们都还不是这种人。第三十三章里老太爷那种失望幻灭黑暗之感，也是未必可能的。

最后我们在语言文字方面也可说几句话。巴金先生的文字没有一般过于欧化的毛病，它清楚，流畅，不别扭。他的许多主人公所说的话，大体也能适合他们的那个时代。缺点是稍嫌平板，少起伏。巴金先生似乎是长于叙述而短于描写。在对话方面，大多数人物的说话都嫌缺少性格，说话大多用的同样高低的声音，同样长短的语调；从声音和语调，我们很难分别这究是谁在说话。倒是淑华和觉英这两个不重要的人物的说话，给了我们相反的印象。尤其淑华，我们用不着看见她的面孔，只要听到了她的说话，她说话的那种神气，我们就可以马上断定这就是她。有些地方，说话的口气和人物的身分不大切合，例如《家》第十章里，鸣凤对觉慧说：

> "你不晓得我看见你我多么快乐。只要有你在旁边，我就安心，我就快乐了。……你不晓得我是多么尊敬你……有时候你真象天上的月亮！……我晓得我底手是模不到的"。

这一段话里，象"我是多么尊敬你"，"你真象天上的月亮"等等，我以为不大象是一个做婢女的人的口里所能说得出来的。还有些地方，话又说得太文雅，不象普通的说话了，如《家》第十五章梅对琴说：

> "这几年好象是一个凄楚的梦，现在算是梦醒了，但什么也没有，依然是一个空虚的心。"

所谓“凄楚的梦”，“空虚的心”，引用在普通的谈话里，我以为这是不能够想象的。这反而是给了人一种不真实的感觉。

另外一个毛病，就是巴金先生好象始终有着一种太简洁的忧虑，害怕读者会不明白他的意思，因此常是使他不能写得简单生动而经济。对于每一件平常未必会发生深邃思想的事件（虽然他们会有这种思想），为了要表明意义，作者常是给它们负起了过多的重担。他是构造了这个故事，由主人公说了许多话，然而又唯恐人家还不明白，便一次两次以至无数次要抢着指明自己的意思，自己的经营与布置。他的叙述和补足，往往不免使人蹙眉，因为那是容易阻碍故事的进行，分散阅读的注意的；他所说的，我们早已知道了，他把一切的话都说尽了，没有多留点空白给读者们自己去填写，去思索，去获得想象的快乐。还有，他对于说话的解释，往往直用“哀求地”，“气愤地”等字样而不用动作神情来表现，也使人有一种单调厌腻的感觉。

不过大体说来，巴金先生的文章还是成功的方面居多。而且他在艺术方面所损失的一部分，终能在读者的数量上得到了大量的补偿。我们不能否认巴金先生之所以获得了许多读者，跟他文章的清楚明白朗畅也有关系。文章的这些美德，对于我们现代的许多作者，差不多是已经失去良久的东西了。

## 五

总括说起来，巴金先生这两部作品，在对于五四以后一般觉悟的小市民的知识青年对封建势力反抗的描写上，在对于当时一般的市民大家庭生活崩坏的描写上，虽然在根柢上还存在着若干缺点，可是大体上却不能不承认是相当成功的。在这里我们必须禁止一切未经深加考虑的判断，我们知道，对于这三册书，轻率的判断几乎是不一而足的。其实如果公道地加以评判，就可知道这些轻率判断大都与题无涉。例如恶意地说它们是《新红楼梦》的人们，他们似乎并不知道这三册书的背景，原就和《红楼梦》的在某种程度上有一点点相近，因此在情调上有一点点类似原是不足怪的。他们把这一点点的类似抹杀了两者间更多的本质上的不同，又把这一点点的类似用来概括全体，以为全体都是这样，这就怪不得他们的意见会变成毫无理由。还有人说这三册书在对于反抗和斗争的表现上太“幼稚”，“无用”，对于这种不适宜的评价，我们亦应加以排斥。这些人似乎以为巴金先生所写的人物是目前几年来的人物，所写的斗争是目前几年来的斗争，这真是文不对题。在什么时候，有什么人物，他们为什么斗争，如何斗争，这完全是一种特定的东西。换一个时候，成了别一样人物，就是同一个人，他的斗争目标一定会改变，他的斗争方法自然也一定有变化。巴金先生在这里所表现出的“幼稚”，是那个时代那些人的“幼稚”，不能断言就是他自己的“幼稚”。他原也不会要把这“幼稚”来劝目前在斗争中的人来照式使用，因此也就无所谓“无用”。至于还有说这三册书的思想，只是表现了小资产阶级的思想，则他们似乎并没有知道它们原是表现小资产阶级思想的书籍了。

我们必须扫清了这些无根的非难，才能来发现巴金先生和他的作品的真价。



巴金先生在这里已经写完了一个家庭的历史，如他自己所说，作为激流之四的《群》不再是高家的故事了，他的主人公已从家庭走进社会去了。不过他将怎样来继续写下一个社会的历史呢？我以为这就是横在巴金先生创作道路上一个极重要的问题。关于这一点，我以为单是存着“生活在这世界上，是为着来征服生活”这样一个信念，是不够的。问题还在如何来征服。因为人类的先哲会指出过许多条征服的道路，然而真正能够征服生活的道路却并不是那么多；路要自己去寻找，然而许许多多人走路的失败或成功的经验是值得注视的。走进了社会的他的人物，他们将继续生活，在生活里受苦，欢笑，斗争；他们遇到的斗争将是一种比较更为复杂，艰苦，广大的斗争了，巴金先生将在对于这种斗争的表现上开始真正显出他的价值。那将是一回严重的试验，我们热烈地希望他能够获得完全的成功。

一九四二年春天在坪石

原载《艺文集刊》第1辑，江西赣县中华正气出版社1942年8月版

# 巴金的《家·春·秋》及其它

王易庵

六月前住在苏州，和当地的文学青年颇多接触的机会，在他们中间最容易感到的一件事，就是对巴金作品的爱好，口有谈，谈巴金，目有视，视巴金的作品，只要两三个青年集合在一起，你就可以听得他们巴金长，巴金短的谈个不歇，甚至还有人疑神见鬼的说巴金业已到了苏州，并且有人曾见他在吴苑深处吃茶，实际上，他们连巴金的面长面短都不知道，而巴金的足迹也根本没有到过苏州。又有一天，我在《吴县日报》上，见到一条广告，是愿出重价征求巴金的全部作品，此人不用说也是个“巴金迷”，在任何书店里都高高陈列着巴金作品的当时的苏州，此人却还恐有所遗漏，愿出重价征集巴金的全部作品。即此可见巴金的作品受人欢迎的一斑了。

鲁迅的《呐喊》，茅盾的《子夜》，固然都是文坛上首屈一指的名著，但要说到普及这一点上，还得让巴金的《激流三部曲》之一的《家》独步文坛。《家》，《春》，《秋》，这三部作品，现在真是家弦户诵，男女老幼，谁人不知，那个不晓，改编成话剧，天天卖满座，改摄成电影，连映七八十天，甚至连专演京剧的共舞台，现在都上演起《家》来，藉以号召观众了。一部作品能拥有如许读者和观众，至少这部作品可说是不朽的了，这在巴金是值得骄傲的，有许多作家生前始终不被人重视，直到死后才有人发现他的作品的价值，比较起他们来，巴金真可说是天之骄子，时代的幸运儿。

为什么文坛的重镇是鲁迅茅盾，而读者所狂热地欢迎着的却是巴金的作品呢？到底巴金的作品有什么特殊的优点？他对读者的吸引力是在什么地方？

要具体地分析巴金的作品，不是这一篇短短的文字所能办到，这里也只能略为推论。我以为，巴金的作品之受人欢迎，同时也就是他成功的地方，是在于他具有丰富热烈的感情，贯穿于他文字中间的是对人间的热爱，他曾在一篇文章中，说到他自己的写作生活，当写到悲哀的地方时，往往不自觉地流下泪来，有时情绪激越，更往往绕室狂行，或者乱抓着自己的头发。他相信他所说的一切都是真的，谁读了《家》中的梅临死的一段，会不为之一洒同情之泪呢？青年人本来是感情较富于理智的，现在巴金的作品直接诉之于他们的感情，而内容又是那样的单纯，如何会不引起他们内心热烈的共鸣，无怪乎巴金的作品之深受青年读者的欢迎了。



有人不满于巴金的思想，说他是个安那其主义者，我以为这倒并无损于巴金作品的价值，何况巴金并不在他的作品中宣传安那其主义，抽象地罗列公式和教条呢，所以用安那其主义者来诋毁巴金的作品是不对的。巴金对整个人间有他的热爱，倘若没有爱，那他尽可不着一字，根本用不着写下这种许多作品。他甚至要人去爱他的仇敌，在他的短篇小说《电椅》就曾写到那死刑犯当坐上电椅的一刹那间，竟宽恕了他的仇敌，这倒颇有些耶稣基督的精神。但巴金也并不是只有爱而没有憎的，他惟其爱那些值得爱的人，才愈加憎恶那些压迫值得爱的人的可憎的人，他曾在他的长篇小说《灭亡》里，借着主人公杜大心的口，大声疾呼的说："那些把幸福建筑在他人身上的人们，灭亡将要首先降临到他身。"由此可见他憎恨那些压迫人的人是如何的热烈了。

说巴金是安那其主义者不对的，但说他的作品和十九世纪的旧写实主义作家的作品有些相象，倒有不少人为之首肯。事实上，巴金的作品很有些旧写实主义的风度，他象一个冷酷的解剖师一样，赤裸裸地把客观社会的光明面和黑暗面剖示给我们看，他自己却站在旁边，毫不参加自己主观的意见，这倒正和旧写实主义的大师巴尔扎克，左拉，佛罗贝尔，莫泊桑等相同。有一个青年曾对我说，他读了巴金的作品，深深的感到这世界的无望，止不住想要自杀。我相信，巴金的读者和这青年有同样感觉的一定不在少数，除非他是一个处境优裕，不识悲哀痛苦为何物的人。

若说茅盾作品的缺点是不为他作品中的主人公指明出路，则巴金的作品的缺点就是暴露黑暗面多过于光明面。读巴金的作品正如看《桃李劫》《新女性》等影片一样，只使人对这世界感觉绝望，他的作品有鼓舞燃烧读者的感情的能力，但却缺少正确而进步的罗曼谛克气分。虽然他也给我们留下希望，如《灭亡》和《新生》中的主人公杜大心和李冷虽然灭亡，但他毕竟给我们留下了个李静淑。又如《激流》三部曲中，觉新虽一再屈服于大家庭之下，觉慧却终于反抗大家庭而出走，且隐然成为一群逐渐具有新思想而尚未脱离大家庭的兄弟姊妹的属望所在，都是很明显的例子。不过就描写的分量上比较起来，光明和希望所占的百分比委实是太少了。这在具有进步意识的读者，当然不难看出巴金的理想和希望寄托的所在，但在初和新文艺接触的学徒店员，以及情感丰富理智缺乏的青年，骤然从巴金的作品中接触到这许多黑暗面的描写，低徊身世，便不免要掩卷欷歔，痛感环境的恶劣，世界的绝望，甚至想到自杀上面去。



所以为巴金计，不论是为了增加他作品的力量，或者是为了不使爱读他作品的一群思想单纯的青年陷于失望，都亟应在他的作品中增加正确而进步的罗曼谛克气分。所谓罗曼谛克，就是浪漫主义，但新写实主义中的浪漫主义是进步的，与旧的退化的浪漫主义不同，旧的退化的浪漫主义，他们的空想，不是逃避到过去，便是引入于自己的内在的世界，藉妄诞的玄想以求得主观的满足，唯美主义者的王尔德便是这一派的代表。进步的浪漫主义则不然，它是从现实出发，通过黑暗而热望着未来的光明，不过这光明，并不只是主观的模糊的热望，而也是真实地存在于社会的本身中的。我们所要求于巴金的，就是在他的作品中，增加后者这一进步的浪漫主义的要素。我们相信，巴金尽可以他深入的感情去燃烧和鼓舞读者的热情，在他作品中增加的罗曼谛克气氛决不会是违背现实的空阔的东西，也不会以他的罗曼谛克气氛掩盖了现实，而且将使读者更清晰地认识现实。

要彻底研究一个作者的作品，必须先明了这作者的身世，因为作品就是作者生活的内容，是作者实生活的记录。过去生活的回忆，现实生活的感想，不论作者有意或无意，都将在他的作品中打下一个很明显的烙印。巴金现在还是一个青年，他的年龄没有超过四十岁，他生于中国社会新旧过渡时代，一方面旧的封建社会日趋没落却还想挟回他垂危的生命，另一方面新的资本主义社会尚未成形便告流产，而他又从小生活在一个大家庭里面，《激流》三部曲中的高家便是他自己家庭生活的写照，《家》中的觉慧有他自己的影子，这一点就是他自己也承认的。《家》，《春》，《秋》之所以深受青年读者的欢迎，一大半原因也就由于中国知识青年大多数是从宗法社会的大家庭里生长起来，和巴金有同样的境遇，他们不满意这大家庭想反抗这大家庭也正与巴金相同，所以巴金的三部曲自会得着他们特殊亲切的好感了。

巴金的性格是矛盾的，我们不能不承认他有相当的缺点，但这并非他生来就如此，而是由他所处的社会环境日渐漫润酝酿成功的，这是社会本身的矛盾和缺点，我们不能以此为巴金病，事实上，我们自身所具备的矛盾和缺点恐怕比巴金更多。有人带着恶意的眼光去看巴金的作品，说他的文章中常常充满了“黑暗笼罩着我”，“我想死去”一类的句子，便认为他的性格是懦弱的，至少他对自己的路是始终怀疑着的，并且对他提出解决的建议，说：“个人的路应该以大众的路为前提，倘若我们只是为自己的路而彷徨，苦闷，这是很错误的，因为个人是社会的一员，社会没有解决，个人也没有解决的办法。”这话是不是对的呢？我应该说：“不！”巴金对于他自己的路并没有怀疑过，他也未尝不知道个人的路应该以大众的路为前提，这在他的一篇短文《路》中有很好的说明。至于说他懦弱，那也是不对的，他固然曾写过“我要死去”一类的句子，甚至在散文《死》里写了种种关于死的话，但在结尾他却坦白地承认：“我还想活！”在他的另一篇散文《梦》里，对于他自己，曾经有过这样一段良好的忠实的独白：

> “这是我的不幸，我是一个充满着矛盾的人，只有这个才是消灭我这矛盾的唯一的方法，然而我偏偏不能够采用它。人的确是一个脆弱的东西，我常常残酷无情地分析我自己，所以我

深知道自己是一个什么样的人。我有时眼光越过了生死的界限，将人世的一切都置之度外，去探求那赤裸的真理，但有时我对生活里的一切都感到留恋，甚至用全部的精力去做一件细小的事情。在《家》(这是巴金的另一篇散文，并非激流三部曲之一的《家》)的结尾我说过："青春毕竟是美丽的东西。"在《死》的最后我嚷着："我还要活。"但是在《梦》里我却说了"倒不如死在绞刑架上痛快"的话。梦中的我已经把生死的问题解决了，故能抱定舍弃一切的决心坦然站在死刑架上，真实的我对于一切却是十分执着，所以终于陷在繁琐和苦恼的泥淖里而不能自拔。到现在为止的我的一生中至少有一半以上的时间和精力是被浪费了的的。"

接着我又说：

"有一个年青朋友读了我的'死'，很奇怪我'为什么会想到这许多关于死的话'。他寄一张海上日出的照片来鼓舞我，安慰我。我看着照片，我想我怎么能够比那太阳。我只是一个在矛盾中挣扎的弱者。我这一生横竖是浪费了的，那么就让我把这一生作为一个试验，看一个弱者怎样在重重的矛盾中苦斗罢。也许有一天我会克服了种种的矛盾，成为一个强者而达到生之完成的。那时梦中的我和真实的我就会完全合而为一人了。"

我们应该佩服巴金的勇气。他并不赞美死，但他却赞美真正视死如归的勇士；他指出死并不可怕，指出人为了怕死甘愿低头去做种种违背良心的事情是错误的。他承认他自己是一个在矛盾中挣扎的弱者，但他却要在重重的矛盾中苦斗，希望他会克服种种矛盾成为一个强者而达到生之完成。对于巴金这种决心和勇气，我想该是无论何人都不能不佩服的罢。

读了上面这些，大家对于巴金的生活，思想，感情，乃至他所处的时代，该已经有相当清楚的轮廓了，现在我们且进一步的来检讨巴金的作品。

巴金的作品很多，在现代的中国作家中，他是写作得最努力的一个。他的短篇小说已经集有两厚册，长篇小说出版了不下十余种，要一一加以检讨将是一桩很繁重的工作。不过他的作品虽然多，其中最受人欢迎的却只有《激流》三部曲的《家》,《春》,《秋》，所以现在对于他作品的检讨，也想暂时限于他的三部曲方面。

为什么巴金写了那样许多作品，却只有他的三部曲才受读者的热烈欢迎呢？自然，我这并不是说巴金除了三部曲以外，其他的作品更无人爱读，不过他的其他作品不象他的三部曲那样拥有更广大的读者群，却是无可否认的事实。一般地说来，巴金以异国情调为背景所写下的许多短篇小说，其风格笔调的优美，在现代中国的创作小说中是罕觏的，这在他的长篇小说方面就比较逊色得多，有人批评巴金的长篇小说用笔很粗糙，这倒也是碻论，《家》,《春》,《秋》，在风格方面虽然比较他的爱情三部曲《雾》,《雨》,《电》要细腻一些，但仍远不如他的短篇小说，就是时代安排在五四前后，也比他的其他长篇小说《灭亡》,《新生》等为远，然则何以反是《家》《春》《秋》之受读者的欢迎呢？



与其说巴金的三部曲因为在量的方面丰富因而成为读者欢迎的要素，毋宁说是他在质的方面能够抓住读者的心弦是他更大的成功的地方。艺术的要素是在于思想与情绪的感染，作者要使他作品中所描写的一切引起读者内心的共鸣，则必须是他作品中的人物环境都是读者所熟稔的。《家》,《春》,《秋》是一部记载大家庭制度的溃灭史，这里面的环境正是现代中国多数人都曾经历过的，这里面所描写的人物更有不少读者可以从他们的身上找到自己的影子，不但是其中年青的一代如觉民，觉慧，琴，淑华等的命运为一般青年所关心，而且因为其中穿插着许多牺牲于宗法社会，封建制度之下的不幸的女性，如鸣凤，梅等等，使得一批太太，奶奶，小姐都为她们一掬同情之泪，于是巴金的三部曲遂成为雅俗共赏，真正大众化的文学作品，而拥有比张恨水的《啼笑姻缘》更多的读者和观众了。

《激流》三部曲中描写了三个时代的人物，第一代就是高老太爷，他已经是过去时代的人物了，他的存在与否对于这世界是无足轻重的；第二代是克字辈，不用说陈姨太等也是属于这一代，他们的前途是没有什么希望的，没落的命运已经必然无可挽回，但他们仍旧拚命追求末日的享乐，甚至想拉着年青的一代和他们一同走上灭亡的途程。第三代就是年青的一代，觉字辈和他们的从堂兄弟中表姊妹了，这一代的人物是比较复杂的，大别之可以分为三类：第一类是急进的，具有新的思想而不肯生活在旧的环境中间，如觉慧是；第二类是比较中和的，虽然具有新的思想，却也勉强可以生活在旧的环境中间，如觉民，琴，淑华等是；第三类是懦弱的，他们不但生活在旧环境中间，而且始终不敢对旧社会表示反抗，永远屈服在旧礼教旧制度的面前，听凭她们凌虐，觉新，梅，蕙，鸣凤，乃至于生着肺病的梅少爷，缠着小脚的淑贞，都是属于这一类，他们除了做牺牲品以外，就更无别的路可走，其中觉新的境遇更为可怜，他周旋于父子两代之间，受着新旧的夹攻，一方面不敢得罪旧的，一方面又爱护着新的，整日价打拱作揖，啼笑皆非，甚至于心里有了悲哀，也不敢形之于外，此中岁月，实在也可说是苦不堪言的了。

在人物的个性描写方面，巴金可说是写得相当成功的，三部曲中的觉新，克明夫妇，陈姨太，鸣凤，都写得很不坏，不过在同型人物方面，个性的刻划就不免稍有模糊，例如觉民，琴，淑华，这三个人，我们就很难分辨出他们各人个性的差别点来。



也许巴金在创作《激流》三部曲时并不曾有意要在他笔下创造出几个典型人物，但由于在他的生活经验中熟习于这些人物的关系，他所写出来的人物几乎个个都是典型，我们一看就知道他们是在我们的生活环境中存在过的，过去曾经存在过，现在也还存在着，他们或者是我们的长辈，或者是我们的兄弟姊妹，或者竟是我们自己，为了对书中人物命运的关切，遂造成了读者对三部曲的热爱，这正是无怪其然的事。

然而利用读者爱读三部曲的心理，故意把《家》拉长下去而成《春》，《秋》，这却未免是巴金的“君子之过”。我们知道，巴金在写《家》的时候，并没有想写成三部曲的计划，他所想在《家》以后续写的是《群》，而不是《春》，《秋》。《群》中也不复以高家为主体，而以出走后的觉慧和他的朋友们为主体，这在《家》的初版中是说得很明白的，事实上，《家》实在是一部结构严谨的完整的艺术品，有了《家》，尽可不必再有《春》和《秋》，可是为了《家》的卖钱，便不惜损害了自己的艺术，画蛇添足，堕入市侩主义的庸俗的圈子，这我们是不能不为巴金惜的。萧军曾批评巴金有一些市侩气，但我却以为这也是社会环境所造成，正和他所具有的矛盾和缺点一样，不足以为巴金病。我们所希望于巴金的，是他能象想克服种种矛盾成为一个强者而达到生之完成那样，克服他的市侩主义，不要不转笔去写《群》而在《秋》以后又拉长出一部《冬》来。

原载 1942 年 9 月 10 日上海《杂志》月刊第 9 卷第 6 期（复刊第 2 号）

# 《憩园》

长　之

我平常有一个感觉，觉得巴金先生的小说“有点”象朵斯退益夫斯基。因为：第一，他们同样有一颗同情而苦痛着的心；第二，他们同样偏重于写人们的心灵，而不太象托尔斯泰那样着力于写人物的外表（假若用米列考夫斯基的话，就是托尔斯泰更偏于感官些）。

以这本新著《憩园》看，上面这观察就更证实了一步。朵斯退益夫斯基喜欢在一个大故事中套一些小故事，那小故事往往是大故事的缩影或衬托，例如《穷人》是描写爱的距离的，中间就又有那个女孩和一位学者的爱的悬殊，《罪与罚》是描写人受良心的责难的，中间就又有一个小书记愿意受妻子的痛打，以舒缓心灵上的创伤。巴金这本《憩园》，在这点上也似之。他写的是住在朋友的家里（地点看来是成都），在写一本关于车夫和瞎女人的故事的小说，朋友家有一个前妻的为外婆家骄纵的儿子虎少爷，因为骄纵，终于任性地在泅水时淹死了，这朋友的家就叫做憩园。同时常到这憩园来的则有一个以前的房主人的儿子杨家小少爷，他每每来折花，为的是给他那被家中驱逐出来的住在庙里的爸爸。这爸爸是杨三老爷，因为自己一度荒唐，受了内心的责罚（多么象朵斯退益夫斯基！），后来又从庙里逃出，只留下一个铅笔字条，让连小少爷也找不着他了。作者在这里说：“人性在我眼前现露了”（页一一四）。此后小少爷始终不知道他这可怜的爸爸的踪迹，却是由作者偶而在挑石头的囚犯中发现了他，然而已经改名，待要设法救出来时，便又很快地病死了。作者心里藏着这个悲惨的结局，没有告诉那小少爷。至于朋友家的虎少爷的淹死，则和这事的结束没有好久。那朋友最后从心里说出的真话是："我也应该负责"；"只求天保佑虎少爷没有事情就好了"。作者是处处要发掘人们的善性的。作者的车夫和瞎女人的故事（这故事也叫憩园，未免和本书书名重复得不必要！）既写完，杨家小少爷的爸爸既已死，朋友姚国栋的虎少爷既终于在失教中作了水鬼，作者也就离开了憩园，这小说结束了。这两重的故事（虎少爷和杨小少爷）的意义似乎在教育。我说"似乎"，因为原书的用意究竟不明确。虎少爷当然是由于失教，可是杨小少爷也并非由于管教才那么好心肠。说不定作者的意思是在：杨家是破产卖房的，反而有好子弟，姚家是同一园庭的新主人，却失掉了对子弟的监护督导，物质上的得失究竟不如精神上的得失之重要吧。我想故事的连系怕即在此。作者在后记里说："漂亮花园的确常更换主人。……保得住的倒是某一些人看来是极渺茫极空虚的东西——理想同信仰。"那用意就更明晰了。可惜的是，故事虽不怎么复杂，而作者所要表现的端绪相当多，而每一端绪又都象浮雕似的，没有刻画或者强调，因此就连这主旨（假若是）在故事中也不能得到它应有的比重了。

我说作者所要表现的端绪相当多，而每一端绪都只象不过作到了浮雕的意味，这是例如：两家的故事似乎（对不起，我又要用似乎）杨家是中心，而姚家不过象这故事的映献的幕似的，然而因为把姚家的事写得相当多，作者常为虎少爷的教育着急，于是那杨家一边的悲惨情况便因而削弱了，此其一。以杨家论，本来好象（！）是重在写三老爷之荒唐、自责、显露了的人性的，可是因写他家中之妻对他还好，最不放松的却是大儿子，便又让读者把注意分散到伊底帕斯情意综（Oeaiaus Complex）里去了，此其二。以姚家论，假若是重在虎少爷的失教，可是恐怕书中费的笔墨最多（却也是最成功）的，乃是姚家的女主人昭华，这是一个可爱的有好心肠的女人，于是虎少爷的问题也就减少了严重性，此其三。再说，书中又象是借姚太太之口，说明文艺的价值在让人扩大自己，从别人的哭笑里发现自我（页一七八），人生的理想在使人减少仇恨与给人温暖，而牺牲是最大的幸福，同时作者似乎更借姚太太的指点，说明自己的作风将有些变革，不该老写些悲惨或叫好人受苦（页七七），于是本书便又把杨家和姚家的事都归于偶尔的见闻，而作者是重在写自己的写作生活及写作态度了，此其四。古人的诗说："世短意怕多"，文章也怕主题太多。——纵使都是美旨胜义，也有彼此抵消或淹没之虞了！

只是在那故事中套故事的写法，越法叫我们觉得象朵斯退益夫斯基。况且，再说吧，朵斯退益夫斯基写的《被侮辱与被损害的》也是写他在著作时所遇见的故事，和这里写作者在朋友家中写作时的见闻，尤有些意外的巧合。

不过我不得不马上声明，我说巴金的小说"有点"象朵斯退益夫斯基，并没一定说他跟着什么人学，或者受什么指实了的影响之类。我觉得他们的相同处，除了技巧和作风外，最显著是人道主义的浓厚色彩。他们的同情心之强，也几乎可以相比并。所不同的却仍然有，这就是朵斯退益夫斯基常常在作品里鞭打主人公的灵魂，而且鞭打得狠毒，这便使人读了毛骨悚然，阴森森地，然而因此他能探发人心灵的深处；巴金的作品，却即虽写悲惨，也仍有些暖意，象微寒的初春。这也许是因为国民性之异所致吧。



单就这本小说论，最可称道的自然是作者那惯有的热情和悲悯；其次是杨家那个故事之次第展开，仿佛剥笋似的，一层一层地揭出，让读者在期待与惊谔中逼近那核心；还有，是他创造了那么一个可爱的人物——姚太太，或者就是给人类一点温暖的象征了。更因为是为同情所灌注，作者那一点自然的谎言，例如对小孩不能告诉他的爸爸仍在城中和已死之类，便越叫人觉得真切。中国现代小说中，在大部分是写实主义底之外，巴金之理想主义底色彩，可说几乎是唯一的人。这都是我们应该予以重视处。

然而令人不满足的是，它的内容犹如它的笔调，太轻易，太流畅，有些滑过的光景。缺的是曲折，是深，是含蓄。它让读者读去，几乎一无停留，一无钻探，一无掩卷而思的崎岖。再则他的小说中自我表现太多，多得使读者厌倦，而达不到本来可能唤起共鸣的程度。作者的心肠之热，我们只有敬爱，可是在写时何妨稍微把自己再遮掩一下，让读者自己去感悟，岂不艺术效果更大些么？

三十三年十一月三日

原载1944年11月15日《时与潮文艺》第4卷第3期"书评副刊"

# 评《憩园》

旭 旦

在《爱情三部曲》的自白中，巴金先生曾这样告诉我们：“你不要以为我只是拿着一管‘万年笔’在纸上写字，事实上，我是一边写一边嚷的。”因为“我并不是一个冷静的作者，我的生活里有过爱和恨，悲哀和渴望，在我写作的时候，也有我底爱和恨，悲哀和渴望的。倘使没有这些，我就不会来写小说了。我并不是为了要做作家才拿笔的。”——《家》十版序——他的写作就在要宣扬他的爱，追求他的渴望，鞭笞他的所憎，想想看，要是千千万万的读者都受他的感染！能够象他那样爱了，象他那样追求，那样憎了，那么，他所追求的万人安乐的社会，不就要实现了吗？他所憎恶的私有制度——这造出无数悲剧的罪恶的渊源，不就要在千千万万人的怒吼下面，震颤了！崩溃了！这是巴金先生写文章的目的，当然他是要一边写一边嚷了，因此，更进一步他要这么说：“我写文章如同生活，但你不知道我的文章还要把别人带进生活里头去。”（见《爱情三部曲》自白）

然而，悲剧就在这里了——这不是巴金先生个人的悲剧，而是无数有心人的悲剧——可是雄伟却也就在这里。他要把别人带进生活里去，但他的生活对于别人却是陌生的，他们虫似的，沉溺在愚蠢的丑恶的现实中，不能自拔，也没法自拔，而且是越陷越深了，他们的生活，和巴金先生的生活距离太远了，怎样把他们向高处拉呢？怎样把他们拉到自己身边来，使他们看到更高的生活方式呢？现实是如此的丑恶！却是这么接近，理想是如此绮丽，却又那么遥远，一个人是不容易给多数人带来幸福的，个人的力量是怎样微弱呀！于是，为了更多人的觉醒，为了集合起庞大的力量！巴金先生就想做一个斗士，象报晓的雄鸡，向无边的黑暗中啼叫了。

这就是他何以不厌其详，要重三复四的来向读者呼喊，说出他所要说的话了。从初期的《灭亡》，一直到最近的《憩园》，巴金先生是一贯地，不肯休止的给我们宣示他的追求与渴念的。

不管《憩园》里是有着怎样的悲剧在发展着，慢慢地啮着读者的心，杨三爷的放荡，不务正业，他花了家产，丢过他爹的脸，卖过他爹留给他的田，给大儿子赶了出来，自己觉得对不起一家人，失悔已来不及！就那么自甘堕落下去，被人家以“惯盗”、“偷窃未遂”的罪状投在黑暗的监狱里，结果是染了重病死了，给丢到东门外的乱坟堆里，让野狗啃他的骨头。杨〔万〕昭华的寂寞与哀愁！赵家对她的仇恨，虎子对她的轻蔑，她丈夫对她的不了解，没有人知道的苦衷，她象一只羽毛丰满的鸟，本该高举翅膀，到处飞翔的，但她给关在美丽舒适的丝笼中，要飞飞不出，却对着蓝天有无穷的想望！不管这两个人交织起怎样一个悲哀的网，但漏过这网络，我们却看到杨〔万〕昭华底象阳光般的照亮着她整个脸光的笑容。

就藉着这女主人公的口，我们接近了一个怎样美丽的灵魂，与一种怎样动人的期望啊！

这是一篇新的福音书，这么崇高，这么美，谁听了不为所动，不感到一种高扬的心情呢！在作者的二百四十五页的篇幅中，我觉得要说的都在这里了。

和昭华同样可爱的，是杨少爷，他们都只为别人，而不想到自己。这里的两段话是二人说的，但我们几乎要说这是从同一个高贵的心灵里发出来的：“黎先生，我想到他一个人受罪，我们却都过得好！我那样有心肠来读书！我找不到他，我不能够救他！就是读好书又有什么用，活下去又有什么意思！”这是杨少爷找不到他父亲时发出来的悲痛的呼声！

而昭华也为自己舒适的生活，感到不安，她说：

“不过，我觉得我自己的生活过得太舒服了！我不能帮助人，就是给诵诗管家也管不好！”

在《憩园》中，使我不易了解的，是杨三爷的“人性”；他有一个受过高等教育的心灵，他虽有过去的堕落，但现在他已深深反悔了！他既有那种毅力来拒绝公馆的出卖，有那种毅力来不用一个卖房子的钱！既然用酸苦的泪水，抱着爱儿的后脑子，痛说自己的过错！又既然他能够忍着那样深沉的病痛，一个人扶着受伤衰弱的身子，悄悄地离开大仙庙，他怎么不能用这一股毅力——这应该是无往不入的——来创造改变他自己呢？为什么他始终要说：“就是他们肯原谅我，也没有用，我改不了我的脾气！”他给儿子写着这么决绝的告别书：“忘记我吧！把我看做死人吧！你们永远找不到我的。让我安静地吃我自己摘的果子，我很满足，再没有可说了。”作者说他从这几句话明白一个慈父的愿望，人性在他眼前显露了。但父亲的愿望是什么呢？他怕再丢家人的脸，不让他孩子的心再受伤痛吗？“长痛不如短痛！”但这样一来，孩子的心是会痛得更厉害的。就是日子久了，淡了，而那一种人世底冷酷悲惨的影子，将永远烙印在孩子纯洁的心板上，任是怎样揩拭也灭不了的。但要是他悔改了！——他有力量悔改的——重新做一个人，这样一来，孩子的伤痕不但是熨平了，而且代之以亲子之间温馨的情感，不是更美更好吗？

《憩园》的结尾是一个突然的变故！虎子给水漂去了！这应该是要给昭华带来幸福吧！因赵家既只会教坏这孩子，而老姚又那样溺爱他！如此下去，十年二十年！这花园不就又要换个主人？第二个杨三爷不可得重新在这人世间演一次悲剧！所以就索性让河水把他漂去了！作者求助于一次偶然！

但还是让我们引一段作者的话作结吧！

> “高大房屋，漂亮花园的确常常更换主人。谁见过保持到百年，几百年的财产！保得住的倒是在某一些人看来是极渺茫极空虚的东西——理想同信仰。”

原载1946年7月9日上海《大公报》副刊《文艺》第37期“书评”栏

# 一部现实主义的杰作

## ——读巴金的《憩园》

吴定宇

《憩园》是巴金在一九四四年所创作的一部中篇小说；在他写的所有作品中，是他最喜欢的三部小说之一。[1]一九七九年初译成法文后，与《家》、《寒夜》的法译本在巴黎各书店出现，很快就被抢购一空，深为法国读者所喜爱。近年来在国内重版后，也是畅销书之一，受到我国广大群众的欢迎。然而，这样一部名闻遐迩的小说竟然在中国现代文学史上遭到冷落，默默无闻。有些研究者甚至认为："在这本书里面更多的是表现出作者对过去的留恋和作者对资产阶级人性的宣扬"，因而"我们从中很难发掘出多少值得肯定的东西。"[2]对这部小说作了根本的否定。这种粗暴的批评，是很不公正的。本文就《憩园》的思想内容及其艺术成就进行一番新的探索，以求教于专家和读者。

### 一、《激流三部曲》的姊妹篇

巴金出身于成都的一个封建大家庭。他幼年目睹了这个家庭中种种荒淫无耻的生活，和一些年青人在封建专制下横遭摧残，备受苦难

---

❶ 1980 年 5 月 28 日，巴金答来访者问时说，他最喜欢的作品是《家》、《憩园》和《寒夜》，见《徐州师范学院学报》80 年 4 期：《巴金、陈残云访问记》

❷ 《巴金创作试论》，湖北人民出版社 1959 年 1 版

的惨剧，对“诗礼传家”的招牌所掩盖着的“吃人”罪恶，有着切身的感受。后来他回忆说：“那个时候我的心由于爱怜而痛苦，但同时它又充满憎恨和诅咒。”[1]若干年后，他正是怀着对封建制度深恶痛绝的感情和封建家庭必然要崩溃灭亡的信念，写出了《激流三部曲》和《憩园》。巴金青年时代在法国读过左拉的《卢贡—马加尔家族》。左拉的这套书包括二十部长篇小说，描述了在法国第二帝国时代，一个家族的两个分支的盛衰兴亡史，反映出这个时代一定的社会面貌。而巴金的《激流三部曲》和《憩园》，则根据自己的亲身经历和体验，写出了本世纪一个封建大家庭全盛，衰落和解体死亡的过程。如果说《卢贡—马加尔家族》中的某些小说揭露了资本主义制度的罪恶，但由于左拉所信奉的遗传学说的影响，使他对当时社会的批判还远不够彻底，那么巴金则通过他所创作的小说，“向这个垂死的制度叫出 J'accuse（我控诉）”，[2]表现出强烈的反封建精神。



巴金小说中的人物，常常是以现实生活中某个或某几个熟识的人物为模特儿，然后再加以典型化处理而成的。同样是以他生活过的封建家庭为题材，他为他的大哥写了一部《家》，为他的五叔写了这部《憩园》。写《家》的念头在他头脑里孕育了三年，而《憩园》，从构思到动笔也差不多酝酿了三年。所以，从创作的准备过程看，《家》和《憩园》都不无相似之处。

巴金回顾自己的创作生活时说：“《春》是《家》的补充，《秋》又是《春》的补充。”[3]作者在《家》里控诉了封建家族制度的罪恶，揭示了它必然崩溃的趋势；在（春）里进一步描写了封建家庭里老剥削者的虚伪和堕落，表现了青年一代的痛苦、觉醒、奋斗、牺牲和新生，展示了比《家》更为深化的矛盾；而在《秋》里，则写了高家“木叶黄落”的衰败景象。巴金写完《秋》后，意犹未尽，准备还写一部《秋》的续篇《冬》，作为《激流三部曲》的尾声。后来，巴金没有去写《冬》，而是把创作《冬》的材料，写进了《憩园》的内容中去。从反映的生

---

[1] 巴金：《和读者淡〈家〉》

[2] 巴金：《关于〈家〉（十版代序）》

[3] 巴金：《谈〈春〉》

活内容看，《憩园》可以说是《激流三部曲》的继续和发展，就其反封建精神而言，它们是一脉相承的。

而且，由于巴金曾经受过无政府主义思想的影响，在他过去写的一些作品，如《灭亡》、《新生》、《爱情三部曲》中，都有这种影响的明显痕迹。就是在《家》中，也多少表现了带有无政府主义色彩的青年团体的活动。而在创作《憩园》时，作者走出了书斋，直接参加了抗日救亡活动；颠沛流离的生活，扩大了他的视野，他更懂得人民的苦难和造成这种苦难的根源；一九四一年春天，他脱离沦陷区，辗转来到重庆，在文艺界抗敌协会的欢迎会上第一次同周总理见面，以后多次听过周总理的报告，演说和谈话；与此同时，他又与党领导的进步力量很接近，受到党的教育和进步思想的感染。这种种因素，使得他的思想发生变化，世界观中无政府主义的成份越来越少，以至他在写《憩园》及后来写《第四病室》、《寒夜》时，几乎再也看不到无政府主义思想的影响了。他在创作这几部小说时，收敛或隐藏了过去那种激动的热情，以平淡的笔调，描述人民所受的苦难。读者从这些不大为社会所注意的小人物悲惨与不幸的故事中，仍然可以感受到作者对黑暗的社会与不合理的制度深沉仇恨感情。这样，巴金对旧社会罪恶的揭露和批判，就显得更有力量。所以《憩园》的创作，也标志着巴金创作风格的转变。

## 二、不可救药的败家子——杨老三

作家总是通过他所塑造的艺术形象，来寄托自己的思想，表达自己的感情的。

巴金在《家》中塑造了一个封建家庭的专制者高老太爷的形象，在《憩园》中创造了一个封建家庭败家子杨老三（杨梦痴）的形象，两个形象同样具有典型意义。高老太爷通过作官和剥削农民，搜刮了一大笔财产，幻想这笔财富能“长宜子孙”，使封建家庭世世代代维持下去。杨老三则是在花天酒地、纵情享乐之中，把承继得来的家产很快地败得个一干二净，沦为小偷、乞丐，最后可耻的死去。在黑暗的旧中国，象高府那样的罪恶之家和憩园那样几易主人的公馆，象高老太爷那样专横独裁的封建家长和杨老三那种毫无谋生本事的社会渣滓，是司空见惯的。

巴金根据他五叔的某些经历，塑造了《家》中的克定，《憩园》中的杨老三，但克定和杨老三又不只是他的五叔，他说："我写出来的杨梦痴跟我脑子思想的那个人并不完全相同"，因为"倘使完全照我五叔的性格写下去，杨梦痴的故事可能缩短一半。"❶作者概括了成都平原上各式各样的封建家庭的特点，综合了各种类型的新旧老爷的经历的遭遇，积累了丰富的创作素材，在经选择、提炼，再加以想象和虚构，创造出如别林斯基所说的"一方面成为特殊世界人们的代表，同时还是一个完整的，个别的人。"❷克定、杨老三是走向灭亡的封建阶级的一种典型代表人物，在他们身上可以看到封建制度造就的败家子的一般性格。但是，由于人物的性格是在他的社会生活基础上形成的，人物性格的典型性又与他的生活环境相关联，克定与杨老三在不同的家庭环境中生活，这又使得他们的个性各具特色。在《激流三部曲》中，巴金虽然描写了封建旧家庭的腐朽与没落，但因这个家庭有至高无上的统治者高老太爷，高老太爷死后又有封建家族的卫道士克明支撑住，所以在克定身上出现的是嫖赌吃喝的下流荒唐举止，和偷骗借吃无所不为的卑劣堕落行为。而在《憩园》中，封建家庭已经破落解体，我们在杨老三身上更多地看到的，则是他在落魄潦倒时，剥削阶级的恶习仍然未改，以及他陷在毁灭境地中不能自拔的复杂心情。

杨老三早先是"靠祖宗吃饭"的纨绔子弟。他每日挖空心思考虑的是，如何能弄到更多的钱，来满足他狂嫖滥赌的生活。他对妻子毫无感情，对儿子也漠不关心，甚至把亲生儿子寒儿带到姘妇"老五"住的小公馆去，无耻地问："觉得'阿姨'怎样。"他的大儿子目睹他的胡作非为，曾当面斥责："爹？做爹的应该有象爹的样子。他什么时候把我当成他的儿子看待过？"在杨老三的思想中也曾有过矛盾的时刻，那就是当他的大哥一死，二哥、四弟和他的大儿子，不顾他的反对，坚持要分家卖公馆。这件事给了他很大的刺激，他开始懂得了父



---

❶ 巴金：《谈〈憩园〉》

❷ 别林斯基：《同时代人》，见《别林法基论文学》

亲说过的话："不留德行，留财产给子孙，是靠不住的"意思，同时发出"这是我自作自受"的自责。他虽然追悔莫及，但身上的恶习癖性已深，所以仍无半点改过自新的表示，公馆卖掉后，他的妻儿另租了房子，而他却仍同"老五"在外面鬼混。甚至"老五"偷了他值钱的东西逃跑了，他还不死心，不惜远追到嘉定去，梦想找到她后，再恢复那小公馆的腐化生活。后来他的大儿子给他找了一个办事员的差使，如果他愿意革心洗面，这仍不失为一个重新做人的机会。但他却放不下当过老爷的那副臭架子，去干这"其实不过是个听差"的工作，他丢掉这份差使后，连一向对他逆来顺受的老婆也很失望地说："我也听够了你的谎话了，我不敢再相信你。你走吧。"他过去不要这个家，现在在这个家里更显得是个多余的废物。他被大儿子赶出家门后，由于没有一种能够谋生的本领，只得隐姓埋名，沦为小偷乞丐。他在窘困之中，尽管也有过反省，但他的失悔却只是他花光了家产，不见谅于妻子和大儿，而不是真对以前糜烂生活有什么醒误或认识。他自己也说："我也改不了我的脾气。"可见他已病入膏肓，积重难返了，最后病死在监狱里。



综观杨老三一生，除了剥削、挥霍、偷窃，叫化以外，没有做一件有益于社会的事情，他的下场，完全是罪有应得。但作者创造这个人物时，不是把他作为一个十恶不赦的南霸天，死有余辜的黄世仁来处理的。小说中的杨老三是一个被金钱所毁灭掉的浪子，作者在批判他堕落行为的同时，还揭示了他的性格中的另一面：他流落到大仙祠后，毕竟对自己从前的所作所为有所负疚，还不是至死不悟的人（尽管这种"悟"是很有限度的）。因此，作者说"换一个时代也许会显示他的才华"，[1]对他的命运不无惋惜之意。那么，作者对杨老三的这种看法是否正确，所流露的感情是否健康？我们应当把这个问题放在当时的社会生活中去考察。首先，在当时的社会中，确实有很多好象南霸天、黄世仁那样带着花岗岩脑袋去见阎王的剥削阶级中的死硬分子。但也有不少剥削者，一旦丧失了生产资料和寄生虫的生活条件，也会"良心发现"，只不过在解放前的旧中国，没有改造他们的条件。而只

[1] 巴金：《谈〈憩园〉》

有在解放后的新社会，才会使他们脱胎换骨，改造成为自食其力的新人。既然现实社会中有这样的人，那作为反映生活的文学作品为什么不可以加以表现呢？其次，在抗战期间，民族矛盾是国内的主要矛盾，阶级矛盾居于次要地位，没收封建财产，消灭地主阶级，则是第三次国内革命战争时期的历史任务。巴金当时是个革命民主主义者，他在写作中一直坚持“所憎恨的并不是个人，而是制度”的态度，他通过塑造杨老三的形象，鞭挞了孳生杨老三这种低能废物的旧制度，这在当时已是一种进步的倾向，我们不能跨越历史去苛求作者。而且，在作者笔下，杨老三是一个否定人物，作者对杨老三过去的生活是批判，而不是留恋。正如茅盾在《腐蚀》中塑造赵惠明、曹禺在《北京人》塑造曾文清的形象一样，作家在他所否定的人物身上，有时也会出现一种复杂的感情，这在创作中是一种很正常的现象，并非巴金所特有。这种现象如同席勒所说：“即使是最坏的人，他们的身上都会或多或少地映现出上帝的影子来的，”因此“如果全然邪恶，就绝对不能够构成艺术的对象，也不能抓住读者的注意力，结果反而会使人避之唯恐不及。”[1]杨老三这个形象之所以刻画得如此鲜明生动，其中一个重要的原因就是巴金从生活实际出发，把他作为一个“人”来描写，把笔触伸进他心灵深处，写出了他复杂的内在情感，没有从某种概念出发，去简单地丑化他。

如果说在《家》里，巴金的反封建精神主要表现在控诉封建礼教、封建家族制度的吃人罪行，猛烈抨击封建社会的上层建筑——封建意识形态上，那么，在《憩园》里通过塑造杨老三的形象，则把斗争的矛头进一步指向封建意识形态中系统严密，腐朽反动的伦理纲常，指向封建阶级赖以生存的经济基础——不劳而获的祖传家业上。《家》里的觉慧虽然十分憎恨那个黑暗的封建大家庭，对祖父的专制进行过反抗，但在祖父临终之前，却流露出一丝温情，觉得祖父“慈祥和亲切”；以至在临离开这个家庭前夕，还信步走进祖父灵堂，拿起铗子要挟掉供在灵位牌前的烛花，表现出思想中封建伦理纲常观念的残余。而在《憩园》中，和儿则冲破“君为臣纲，父为子纲，夫为妻纲”的封建观

---

[1] 席勒：《强盗·第一版序言》

念的束缚，勇敢地把不配作自己父亲的杨老三赶出家门；甚至当流落在外的杨老三写信回来，他也把信拿到油灯上烧掉，不肯回复，表现出不妥协的“大逆不道”的反叛精神。作者还揭开笼罩在封建家庭人与人关系上温情脉脉的面纱，使人们看到这种关系纯粹是金钱的关系。杨老三的二哥和四弟做生意相当赚钱，但对杨老三的穷困潦倒却是撒手不管，有一次他那在省城某大公司当副经理的四弟，乘私包车撞倒了他这个沦为乞丐的亲哥哥，不但不招呼他一声，反而责骂车夫不该停车，同时还顺口把一口痰吐在他身上。作者勾勒出了一幅多么冷酷无情的图画！作者在杨老三的悲剧中，寓予了深刻的道理：金钱固然是各式各样的剥削者和寄生虫享乐腐化的温床，但同时也是他们灭亡的坟场；财富不仅不能“长宜子孙”，恰恰相反，只能把子孙引向堕落毁灭的渊薮。杨老三的死，令人信服地表明，剥削阶级已经腐烂，不可救药，对它作了彻底的否定。由此可见，作者在《憩园》里，表现了比《家》中更为深刻的反封建精神。



## 三、一事无成的新式寄生虫

——姚国栋及其他人物形象

作者选取有“灰砖的高门墙，发亮的黑漆大门”的憩园，来展示这个公馆两个新旧主人的生活画面，是寓意深长的。憩园的主人换成了新式寄生虫姚国栋以后，情况又将怎样呢？

姚国栋属于另一类型的剥削者。他读过大学留过洋，做过三年教授两年官。他也曾有过抱负。“我也要写小说，我却要写些惊天动地的壮剧，英雄烈士的伟绩！”他本来可以运用所学的知识，做一点有益于社会的事情，但金钱戕害了他的生机。他“回到家里，靠他父亲遗下的七八百亩田过安闲日子。”他不象杨老三那样沉溺在狂嫖滥赌之中，在他身上更多地表现出的是新式寄生虫那种夸夸其谈，自命不凡，故作清高，却又疏懒散漫，一事无成的性格。他家居多年最大的作为是：用祖上剥削来的钱从杨家手里买过这座憩园，写过两万字、但始终未能竣稿的小说，译过半本没能出版的法国小说，连他自己也不得不承认：“我这大学文科算是白念了。”他的生活与冈察洛夫笔下的俄国贵族奥勃洛摩夫有惊人的相似之处——古今中外一切不劳而获的寄虫虫，在本质上没有多大的区别。他和奥勃洛摩夫又有些不同，他生活在二十世纪四十年代的中国，家里还有一个能体贴他的妻子。姚国栋虽然很满意续弦的妻子，但也只是把她当作第一个“宝贝”来爱，所以有的事情并不尊重妻子的意见。比如在管教他前妻生的儿子小虎的问题上，他不是把妻子的话当作耳边风，便是大发脾气。在这个问题上，他还固执地几次拒绝了朋友黎先生的劝告。他认为他那种安闲舒适的生活是会天长日久的，因此放任独生子去赌钱看戏胡混，“就害怕他不爱玩，况且家里又不是没有钱。”正是他自以为是，相信金钱万能，才断送了独生子的生命。具有讽刺意味的是明明他自已也是一个无所作为的社会渣滓，却自负要拯救杨老三，并且自鸣得意地说：“什么事都包在我身上。”如果说巴金在《家》中使我们看到以高家为代表的封建家庭面临着分崩离析，彻底瓦解的命运，那么在《憩园》里，作者在塑造姚国栋的形象时，把死亡直接引进封建阶级家庭的内部，金钱也不能维系封建阶级的生命，小虎的死表明封建地主阶级已后继无人。在这里，作者不单是在控诉万恶的封建制度，而是通过鞭挞金钱的罪恶，来动摇封建地主阶级赖以存在的经济基础，宣判它的死刑。



在姚国栋身上，可以明显地看出作者的憎恶感情，而对他的妻子万昭华，作者则倾注了同情。万昭华年纪不过二十三、四岁，但却有着解放前封建家庭的小姐那种几乎是共同的经历，用她的说来说，“两个家，一个学堂，十几条街。”她温柔善良，富有同情心，希望当一个护士，“帮助那些不幸的病人，搀这一把，给那个拿点东西，拿药来减轻第三个人的痛苦，用安慰的话驱散第四个人的寂寞。”但这些仅仅只是她的美好憧憬而已，她没有决心，更没有勇气走出那个金钱魔影笼罩着的憩园，投身到社会中去付诸实践。她好象封建樊笼中的一只柔弱的鸟，结婚前“要飞也飞不起来”，结婚后又被剪去翅膀，“现在更不敢飞了”，反映出理想与现实的矛盾。她是姚国栋的第一个“宝贝”，但“宝贝”只不过是一件玩物而已，丈夫并不了解她，也不真正关心她，再加上“赵家的仇视，小虎的轻蔑”，她的日子也不好过。她一家三个人，虽然有七个“下人”伺候，然而这种富裕的生活却没有使她感到幸福。因此，她常借读小说、看电影来排遣生活的寂寞与无聊，来消除内心的苦闷与空虚。作者虽然对她流露出惋惜的感情，但并没有给她加上一条光明的尾巴，在那黑暗如漆的旧社会，和《激流三部曲》中那些被封建制度摧残了自由和幸福的青年女子一样，她的青春和生命不会焕发出光彩。

在姚国栋的老同学黎先生的身上，无疑有着作者的某些经历。他是个有着浓厚的人道主义思想的小资产阶级作家，身上的书呆子气使人不禁联想起《日出》里的方达生来。他不相信有钱人“就永远有钱，永远看着别人连饭都吃不饱，他们一事不做，年年买田，他们儿子、孙子、外孙、曾孙、重孙都永远有钱，都永远赌钱，看戏、吃饭、睡觉”，十分鄙视那种“吃的是钱，睡的是钱，把钱当作父母，一辈子抱住钱啃”的人。因此，他对姚国栋并无好感。他从对生活的感受中，已经敏锐地意识到姚国栋保不住他的产业和他的儿子，所以，当小虎被水冲走后，他并不焦急和惋惜。他对沦为乞丐的杨老三最初怀着一种好奇心，当他觉得杨老三已有悔意时，便表示要分担杨老三的痛苦，料理杨老三的生活，出钱为杨老三治病。后来杨老三被抓进监狱做苦工，他还试图同姚国栋夫妇去设法搭救。他的这种态度，是建筑在使杨老三走上新路，成为新人的愿望上的，而不是帮助杨老三恢复过去那种糜烂的生活，这充分体现了他的资产阶级博爱思想。然而，他不明白，在万恶的旧中国，根本没有改造杨老三这种人的条件和可能，正如方达生没有救出陈白露一样，他也没能救出杨老三。杨老三死后，他为自己的挽救计划落空，杨老三最终没有获得重新做人的机会而淌下眼泪。甚至还想“去找到他的尸首，买块地改葬一下，给他立个碑也好”，表现出无可奈何的惋惜心情。读者不仅从黎先在的眼中，看到憩园前后两家主人的生活和变化情况，而且还从他的思想活动中，感受到作者强烈的爱憎感情。

寒儿的形象体现着作者的美学观点。作者从这个儿童身上，发现了一副“好心肠”。寒儿在长在畸形的家庭之中，生活已在他思想上打上深深的烙印，小小年纪就已经“晓得钱比什么都有用，我晓得人跟人不能够讲真话，我晓得各人都只顾自己。”他从小受到杨老三的喜爱，因此他对杨老三也怀着深厚的感情。但是他并不是毫无是非之感，一味赞成杨老三的荒唐行径。杨老三在家里的时候，他曾多次规劝：“你不要再跟妈吵嘴，”要求杨老三“不要再到‘阿姨’那儿去”。对杨老三的话也不是盲目听从，他曾当面直率指出：“我不信你的话！”批评父亲“你不应该骗我。”可见他是一个早熟的、有头脑的少年，而不是二十四孝图中的那种孝子，也不会走杨老三的老路。杨老三被赶出家门后，被他在大仙祠找到，以后经常送零用钱、送东西和送花去，苦口婆心地劝杨老三回家跟他们一起过日子。寒儿依恋杨老三，这固然是出自儿子爱父亲的感情，但这种感情也是建筑在希望父亲痛改前非，回心转意的基础上的，他说：“他已经后悔了，我们也应该宽待他。”因此，当杨老三从大仙祠失踪后，他仍然四下苦苦寻找。作者刻划这个形象时，显然是从生活的逻辑出发，而不是从某种概念出发。寒儿毕竟还是破落的地主家庭子弟，而不是一个叛逆者，如果把这个十五岁的中学生写成对他父亲深恶痛绝，势不两立，那这样的人物形象一定是虚假的。同样，硬给寒儿扣上杨老三的孝子的帽子，也背离了生活的真实，是很不恰当的。



至于小说中的李老汉和老文，则是作者按照他们“本来的面目”写成的。他们是憩园的老仆人，从阶级地位看，他们都是受人驱使的被压迫者；从小说的描写看，他们似乎一点不曾仇恨压迫他们的主人，老文还夸“我们老爷心地好，做事待人厚道，就跟老太爷一模一样。”而李老汉念念不忘的是杨家的旧主人，为杨老三的遭遇流泪、叹息和祈祷，对破败了的杨家保持着同情和忠诚。应当怎样理解小说描写的这个社会现象呢？我们要看到李老汉和老文虽然是奴隶，但由于几千年传统的封建等级制度的钳制和封建意识的毒害，他们还没有觉悟，没有认识到他们的主人，正是他们的敌人；没有激发起他们的反抗热情。鲁迅对此曾沉痛地指出，一些奴隶被“一级一级的制驭着，不能动弹，也不想动弹了。”[1]但即使是这样，他们同主人也不是一条心。例如老文对姚国栋放任小虎表示强烈的不满；当小虎被水冲走，姚国栋陷入极度的悲哀之中时，他反而幸灾乐祸地说：“天老爷看得明白，做得公道，真是报应分明呵。”李老汉也对昔日的主人杨老三发出：“他要回头，真是不容易”的批评。而在青年仆人赵青云身上，则表现出

---

[1] 鲁迅：《坟·灯下漫笔》

更多的反抗精神。他敢与憩园的小主人小虎对骂，当小虎要打他时，他“也站起来，把膀子晃了两晃，一面回骂道：‘×妈，你敢动一下，老子不把你打成肉酱不姓赵！’”可见，只要用先进的革命思想加以启发和引导，他们一旦觉悟，也会参加到彻底埋葬封建阶级的斗争中去的。

## 四、别具特色的艺术技巧

在艺术构思方面，作者是独具匠心的。巴金写完《秋》后，曾有过写《冬》的欲望，他说：“我写《冬》的念头并非如夏日的电光一闪即逝，它存在一个较长的时期。”[1]但后来他为什么没有写《冬》，而另起炉灶写了《憩园》呢？作者是颇费了一番心思的。在《激流三部曲》中，他塑造了七十多个有名有姓、有性格的人物，倘若再以高家为创作的对象，那么，这些人物的活动场面便会继续下去，作品的艺术结构，情节安排，人物的刻划，不会离开《激流三部曲》的窠臼。如果照这样写下去，以巴金的生活经历、思想状况和艺术才能，《冬》也可能是一部成功的现实主义作品。但是巴金却改变了主意，不依《激流三部曲》的现存线索，而另辟蹊径，充分体现了他在创作上勇于探索，不断创新的精神。把杨老三的故事从《冬》移到《憩园》来，不仅表达了同样的反封建主题，而且删去了纷繁的枝蔓，不必要的人物和事件，从而使笔墨更经济，脉络更分明，情节更集中，结构更紧凑，人物性格也更突出。

在艺术技巧上，和《家》相比，《憩园》也别具一格；作者更多地继承和运用了我国传统的艺术表现手法，使小说更具有我国民族形式的特色。《家》以高家的生活为主线，所有的人和事都服从高家故事的需要，或出现，或消隐。《憩园》则以杨家和姚家的生活为线索，双线并运，或平行发展，或交错扭结，前后呼应，相互映衬，十分得体。在这两条线索中，对姚家是用明写直叙法，对杨家则采用传统的草蛇灰线法——小说第一节黎先生与姚国栋邂逅后相遇；第三节寒儿进憩

[1] 巴金《谈〈憩园〉》

园折花与仆人们的吵闹；第五节黎先生的问话与姚国栋轻描淡写的回答；第十节李老汉藏头露尾的叙述；第十一节中大仙祠里的“哑巴”乞丐，这些看来是彼此不相关联的孤立的描写，然而细细看去，却有一条隐隐约约的线把它们衔接起来，曲折宛转，引出杨老三的故事来，牵一环而通体皆动。这两条线索又紧紧围绕着金钱能否“长宜子孙”这个问题，展开了矛盾和冲突。作者还圆熟地运用了传统的背面敷粉手法，把杨老三沦为小偷乞丐的生活，与姚国栋安闲舒适的生活加以对照；把寒儿的懂事同小虎的恶习相对照；把万昭华的性格与寒儿母亲的性格加以对照；把杨老三的死和小虎的死相对照；不但突出地表现了憩园两家主人无可挽回的悲剧命运，而且人物的性格也随之清晰、鲜明、生动起来。

小说没有曲折离奇的情节和惊心动魄的场面，一切事件都是在平淡无奇的生活中发生的，但作者善于运用悬念的手法，扣人心弦。例如第三节写寒儿闯入憩园折花，这就使人想到一个问题：他折花干什么？第十一节设下疑问：大仙祠住的那个乞丐是不是杨老三？他为什么住在这里？第二十二节写杨老三留下一张纸条失踪了，这又产生一个悬念：他为什么要躲开寒儿？能找到他吗？他过去的生活究竟是怎样的？第廿九节写黎先生偶然看见被押着作苦役的杨老三，布下这样一个悬念：黎先生能救出他吗？真是一波未平，一波又起，故事情节就在这一个又一个悬念中展开，层层剥笋，逼着人一气读完。临结尾还安排了一个悬念：大家都希望黎先生明年再来憩园，他明年究竟来不来？给人隽永的余味。

在《家》里面，巴金刻划人物形象多采取直接描写的手法；而在《憩园》中，巴金好象绘画一样，运用直接描写和间接描写交叉进行的手法，多方面展现出人物的性格特征。杨老三的形象，就是这样描绘出来的。小说的第五节姚国栋向黎先生简短地介绍了杨老三，好似给这幅人物画抹上底色。接着，李老汉和寒儿的叙述，从侧面勾勒出杨老三的轮廓。然后又通过黎先生的直接观察和接触，绘出了杨老三穷愁潦倒的正面像。再由寒儿的回忆，从另一个角度对这幅画加以补充和润色。最后由姚国栋交待出他的结局，给这幅画添上了最末一笔。这样的人物形象，具有实在的立体感，真是呼之欲出。而对比姚家更有钱的赵家，则运用虚写的手法：尽管赵家的人没有出场，可是他们的阴影却一直笼罩着憩园。多种描写手法运用得如此成功，充分显示了巴金卓越的艺术才能。

作为一个现实主义大师，巴金是很注重细节的真实性的。杨老三虽然沦为乞丐，但在他栖身的破庙的供桌上，插着他喜欢的茶花，他手里还拿着二十年前石印的《唐诗三百首》，这与他曾经是读过书的阔少爷的特点相符合。他翻看着“共看明月应垂泪，一夜乡心五处同”的诗句，真实地流露出他凄凉的心情。又如姚国栋最初与黎先生见面时，说起话来“声音是那么高，好象想叫街上行人都听见他的话似的”，流露出他在舒适环境中养成的旁若无人的优越感；而在后来给黎先生饯行时，却“黑起一张脸，皱起一大堆眉毛，眼圈带着灰黑色，眼光常常茫然地定在一处，他好象在看什么，又象不在看什么”，说起话来也声音沙哑，表现出他因小虎的死而忧伤悲愁的情绪。这些细微而又真实的细节描写，十分贴切地反映出人物的心理活动，生动地表现出人物的性格和环境的特征。



在语言上，如果说《家》的文字是热情、明快、素朴而又直泻无余，那么《憩园》的文字就是沉郁、清婉、恬淡、而又含蓄蕴藉。这种语言风格上的变化，正是巴金不断学习、不断锤炼的结果，使得《憩园》与他以后写的《第四病室》、《寒夜》，更具有民族语言的特色。

综上所述，我们可以得出这样一个结论：《憩园》和《家》一样，都是现实主义的杰作。它的问世，标志着巴金的创作在四十年代开始出现了一个新的高峰，这部作品在中国现代文学史上，应该有自己的地位。

原载1982年6月《中山大学研究生学刊》第2期

# 《寒夜》

康永年

假如我们的良心并未泯灭，理智还有点清醒，就不会用一套空洞渺茫的什么光明春天之类的东西来自欺欺人。现实生活里交织着太多的痛苦和血泪，每一瞬间我们都可以听到绝望的哀号，会看见无数的人在生活的煎熬中倒下去。

难道这世界就没有欢笑么？有的，在高楼大厦里，在豪华的宴会上你可以找到欢笑——无耻的，荒唐的，淫荡的欢笑——，可是，隐匿在欢笑的后面，在欢笑者的脚底下又尽是绝望的哀号和倒下去的人类。

悲剧吗？是的，我们这个国度就只有这些永远演不完的悲剧。

谁不曾有过希望？谁又不曾体验希望幻灭的痛苦？抗战八年，我们希望着胜利！胜利了，我们又得着了什么呢？我们只是在往下沉，往下沉。

今天，谁的心头上都象压了一块沉重的石头，对于将来，谁也觉得是一个猜不透的谜语。

恰好在这样的心情下，我读完了巴金先生的《寒夜》，从第一章到最末一个字，我喘着气读完了它，眼睛里始终濛着一层泪水！我想愤怒的吼叫，我想尽情的痛哭，我想向谁去控诉，为着书中的主角，为我自己，为生存在同时代受着苦难磨折的伙伴。

我们在《寒夜》里碰到的尽是一些平凡的人物：被生活的重担压碎了，连挣扎、希望的勇气也没有了的机关小职员；不甘寂寞、冷静和黑暗，充满了生命活力的少女；头脑虽然陈旧却疼爱自己的儿孙到忘我的境地的老母亲；因为物质条件太差，可怜而早熟的孩子；不学无术，倚势凌人的机关长官；逢迎吹拍的小丑……等等。《寒夜》里写的也是一些极平凡的故事：为了担心饭碗，不顾自己的身体埋头工作，终于死在肺病的痛苦里的善良的青年的生活；为了两代思想感情不融洽，母亲和妻子永远敌对的家庭纠纷；因为生活的艰辛，以致夫妻的感情日趋淡漠疏远，终于妻子决然出走悲惨的事实，……因为人物和事件平凡，所以特别能使人感动。在阅读它的几个钟头里，我在和那些人物共同生活，有时候竟怀疑那个人就是我自己。

两个大学毕业生，因为有共同的理想而恋爱，而结婚了，这不是很理想么？小家庭里有一个慈爱的母亲，不是更理想么？居然又锦上添花生了个孩子，这家庭还缺少什么呢？他们全是善良的人，他们中间无论谁都没有做过对不起人家的事。然而，这些条件似乎还不能把他们永远的联在一道，他们仍然扮演着悲剧。他们中间还缺少了一些别的却更重要的东西。



抗战结束前一年——本书故事开始的时期——内地的物质生活因战争的延长达到当时空前艰难的阶段。一个知识分子，假如不愿同流合污，就只有饥寒失业的一条路，那些幸而有一点小职务的人，也在极低的报酬下出卖自己的生命。现实生活露出了狰狞的面貌，用它魔鬼一样的压力使全部安分守己的人生活走出了轨道。这个七八年前还象个样子的汪文宣的家也就不能例外，过去十四年表面平静下潜伏着的一点一滴的不快，大大小小的矛盾，加速度的爆炸开来，每个人都“脾气大”。普遍的，人性受了摧残，他们在昏乱里看错了反攻的对象，应当加紧互爱互助的人竟互相伤害起来。

有些事简直就不可理解，生活的威胁使他们在职业的范围里忍受着欺负和奚落，不能反抗，不敢反抗，回到亲近的人的身旁，却尽量加以伤害。他们错了吗？错了！他们愿意吗？并不愿意啊！事情一过，良心上的责备比泄愤的痛快（其实何尝痛快呢？）要重千万倍。残酷的现实却告诉我们这只是极平凡的事。

他们缺少了互相的了解！但是这又是谁的错呢？

还是引两段巴金先生的文章吧！

“他到了公司。楼下办公室似乎比平日冷静些。签到簿已经收起了。……二楼办公室里也有几个空位。周主任刚打完电话，不高兴的瞪了他一眼，淡淡的问一句：‘你病好了？’”

“‘好了，谢谢你，’他低声答道。

“‘我看你身体太差，应该长期休养，’周主任冷冷说，他不知道周主任怀着什么心思，却听见旁边吴股长咳了一声嗽。

“他含糊地答应了一个‘是’，连忙到自已位上坐了。

“他刚坐下，工友就送来一叠初校稿样到他面前。‘吴股长说，这个校样很要紧，当天就要的，’工友不客气的说。

“……他哼都不哼一声，只温和的点点头。

“‘吴股长说，当天就要的，’工友站在旁边看着他，象在折磨他似的又说一遍。

“他抬起头，但是他连愤怒的表情也没有，他温和的答了一声‘好’。”（页一七一——一七二）



这就是我们的主角汪文宣在那职业机关里的情形。“为了生活，我只有忍受。”（页九〇）他自已就这么说的。

再看一段：

“‘你的身体比钱要紧。不能为了钱就连病也不医的。’妻劝道。‘等你病好了，我们可以还出这笔钱。’

“‘万一再花你许多钱，仍旧活不了，这笔钱岂不等于白花！实际上有什么好处？’他固执的说。

“‘可是生命究竟比钱重要啊！有的人家连狗啊、猫啊生病都要医治的，你是人啊！’妻痛苦的说。

“‘你应该看明白了，这个年头，人是最不值钱的，尤其是我们读书人，我自已是这里面最不中用的。有时想想，倒不如死了好，’他说着，又咳起嗽来，咳得不太厉害，但很痛苦。

“‘你不要再跟他讲话，你看他咳得这样，心里不难过吗？’母亲忽然抬起头，板起脸责备妻子道。

“妻气红了脸，呆了半晌才答道：‘我这是好意。我难过不难过，跟你不相干！'她把身子掉开，走到右边窗前去了。

"'他咳得这样，还不让他休息。你这是什么居心？'母亲气愤的说，带着憎恶的目光瞪了妻一眼。她的声音不大，可是仍被妻听见了。

"妻从窗前掉过头来冷笑道：'我好另外嫁人——这样你该高兴了！'

"'我早就知道你熬不过的——你这种女人！'母亲高傲地说。……

"'我这种女人也并不比你下贱，'妻仍旧冷笑道。

"'哼！你配比我！你不过是我儿子的姘头。我是拿花轿接来的，'母亲得意地说，她觉得自己用那两个可怕的字伤了对方的心。

"妻变了脸色，她差一点失掉了控制自己的力量。……

"她们究竟为什么老是不停的争吵呢？为什么这么简单的家庭，这么单纯的关系中间都不能有着和谐的合作呢？为什么这两个他所爱而又爱他的女人必须象敌仇似的永远互相攻击呢？……"（页一九四——一九六）

他们就这样互相伤害着。

这就是善良的人缺少互相的了解，加上生活的煎熬所逼成无可救药的悲剧。

在《寒夜》里我们几乎看到了陀思妥益夫斯基的人物，那种病态的，反常的，残忍的，个别的讲却又是善良的灵魂。我说"几乎"，是意味着两者中间还有许多不同的东西在。陀思妥益夫斯基的人物叫你绝望；"寒夜"的人物在被压迫、奚落、摧残的时候，内心充满了愤怒和不平，甚至见诸行动，例如曾树生（文宣的妻）毅然离开这个家庭就是。作者通过了他的小说告诉了我们：在寒夜——黑暗，寂寝，冷静——里挣扎反抗的人们，退却妥协的就会自己毁灭，勇敢坚定的可以生活到明天去。

汪文宣说："横竖做不了事，就让它黑暗吧！"（页二五四）他的妻子赤裸裸的告诉他："……近一两年来，……常常我发脾气，你对我让步，不用恶声回答，你只用哀求的眼光看我。……你为什么这样软弱……我只能怜悯你，我不能爱你。……”（页二九三）他太“老好”了，这世界不是为他这种人造的。你没有力量征服它，它就会吞噬你，如是汪文宣在黑暗里无声的死去！他要活，但必需死去。

曾树生呢？“我爱动，爱热闹，我需要热情的生活。”（页二九七）“我只是想活，想活得痛快。我要自由。”（页二九九）她仍然灿烂的生活在人间。

在汪文宣身上我们体验了失望，曾树生却给人带来一丝温暖和活下去的勇气。为什么这样说，是不是过高的估计了树生？不会。我揣想作者的“尾声”无非是给我们这么点东西。树生追求的不是豪华的物质生活而在精神的幸福，自由；所以她并没有同上司陈经理结婚，到书的最末一个字，这事情也没有决定。无疑的，树生走到了岔路口，从她的个性来看，她会考虑出一条合理的前程来。是的，她仍然在寒夜中慢步的走，但，她不是要走着离开它吗？

这时，我突然起了个奇想：巴金先生的作品写作在一九四五年，而我们的男女主角刚好是三十四岁，是偶合呢？还是作者的意思呢？我们当然不必从这里去钻牛角尖。不过，无论如何作者会感到失望的，今天，生活压迫下许多的人踏上了汪文宣的故道，胜利并没有解救他们，这产生汪文宣的时代并没有随汪文宣的死亡而死亡。

这时代的继续，只是人生的厄运，人性恢复的那天，世界上才有真正的欢笑；那时巴金先生也该换一枝笔了。能讲述一些愉快的故事，让我们幸福的流泪。我们在等着，我相信巴金先生也在等着。

读完了《寒夜》，我得到的太多，有限的篇幅不容许我畅快的说出来，至于作者的写作技巧，早有定评，此地更用不着多浪费篇幅。最后我要向读者们说二句话：

你必需去读读《寒夜》，这本书太好了。

一九四八，三月六日夜完稿

原载1948年5月20日《文艺工作》第1号“文艺批评”栏

# 一曲感人肺腑的哀歌

## ——读巴金的中篇小说《寒夜》

陈则光

据说不少海外的文艺作家和评论家对巴金的中篇小说《寒夜》评价很高，甚至有人说这才是巴金真正的代表作。最近又据报刊报导：法国从一九七八年开始，曾掀起一股“巴金热”，这首先是因为他的小说《寒夜》法译本出版引起了很大的反响。巴金——《寒夜》，《寒夜》——巴金，一时巴黎所有书店都贴满了大张大张的广告招贴，读者争先抢购。一九七九年初，巴金的小说《家》、《憩园》的法译本又相继问世。在短短一年内，一个中国作家，居然在司汤达、巴尔扎克、雨果、大仲马、福楼拜、左拉、莫泊桑、罗曼·罗兰等艺术大师的故乡，一连出版了三部作品，这在欧洲说来，不能不是一个奇迹。

可是在我们国内对巴金作品的评论，大都集中在《家》——这是我们所一致认为的巴金的代表作。其次涉及到的也只是《春》、《秋》、《灭亡》、《新生》、《雾》、《雨》、《电》、《火》等。至于《火》以后的《憩园》、《第四病室》、《寒夜》，既不曾占有中国现代文学史的篇幅，也不见之于各报刊的专论。为什么象《寒夜》这样蜚声异域的作品，在国内却没受到重视，而长期默默无闻呢？这应该引起我们的现代文学史家和文艺评论家应有的注意。

巴金创作《寒夜》，开始于一九四四年冬，因为时写时辍，一九四六年才完成。五十年代中期，香港文艺界曾把它改编为粤语的电影。《寒夜》写的是一个小家庭的悲剧，悲剧的故事发生在抗日战争时期的陪都重庆，时间是在抗战胜利前后的一年间。这个家庭只有四口人，一夫一妻，一个母亲，一个孩子。丈夫汪文宣和妻子曾树生都是上海某大学教育系的毕业生，两人有着为中学教育事业、为创办“乡村化、家庭化的学堂”而献身的共同理想，因而相爱，没有举行正式的结婚仪式就同居了。那时他们满怀希望，憧憬着美好的未来。抗日战争爆发后，他们一家人从上海来到重庆，汪文宣在一家半官半商的图书文具公司总管理处当一个搞校对的小职员，曾树生在一个商业银行任职，名为行员，实则是“花瓶”。母亲在家料理家务，儿子小宣在一所“贵族学校”读书。因为物价飞涨，法币贬值，以文宣微薄的收入，不足以养活四口之家，还得靠树生补助家用和负担儿子的学费。又因为树生与母亲不和，婆媳之间，争吵不休，使得文宣不论在工作、生活和精神方面所受到的压力越来越沉重，以致得了可怕的肺结核病，一度被公司辞退。而树生对这个家也越来越感到灰心、失望。他们的理想，被冷酷现实无情地碾压，变成了不堪回首的泡影。由于战局紧张，树生终于离开了这个家，跟随升迁为银行经理的陈主任调职去兰州。此后他俩虽然还有书信往还，然而感情上的创伤却无法平复了。文宣为了使母亲儿子活下去，仍然带病去上班，挣扎在死亡线上。当街头锣鼓喧天，庆祝抗战胜利的那个晚上，文宣痛苦地停止了呼吸。他母亲跑了两个整天，才弄到一点钱，买了棺材把他埋葬。两个月后，树生从兰州来到重庆，她那所熟悉的旧居却换了新的主人，这时她才知道文宣已经不在人间了，母亲和小宣不知所往。她痛苦的感到明天她所能找到的只是一座坟墓，今后她该怎样办呢？故事就此结束。整个作品，没有惊心动魄、离奇曲折的情节，所发生的事情是那样的平常；然而它使读者的心弦久久不能平静，它启迪人们想到许多问题，为死者的不幸慨叹悲愤不已，为生者所面临的命运而耿耿于怀。这真是一曲感人肺腑的哀歌啊！

男主人翁汪文宣是一个心地善良、忠厚老实，而懦弱无能的知识分子。也就是他母亲和妻子常说的，一个“没出息”、“不中用”，什么气都能忍耐，什么苦都能忍受的“老好人”。过去他并不是这样，湘北战争爆发，长沙沦陷，衡阳苦战，全州失守，都不曾给他添一点苦恼。可是这几年生活的重担，压得他没畅快地吐过一口气，为了挣一碗饭吃，他变了，变得胆小怕事了。在公司里，他规规矩矩，不敢片刻偷懒，不敢说一句话，成天干那单调沉闷的校对工作，机械地移动眼光、移动手、移动笔。同事们瞧不起他，刻薄成性的主任、科长不时地打量他，使他毛骨悚然，似乎在鞭策他走向着死亡。他拚命卖力地拿几个钱，受尽欺负，心里是感到不平的："他们连文章都做不通，我还要怕他们。""完了，我一生的幸福，都给战争，给生活，给那些冠冕堂皇的门面话，还有街上到处贴的告示拿走了。"当他看到一本歌功颂德的校样，作者大言不惭地说中国近年来怎样在进步，在改革，怎样从半殖民地的地位进到成为四强之一的现代国家；人民的生活又怎样在改善，人民的权利又怎样在提高；国民政府又如何顾念到民间的疾苦；人民又如何感激而踊跃地服役、纳税、完粮……，他不禁从内心里发出："谎话！谎话！"这只是无声的抗议。科长要他写一篇吹捧一位候补中委和政界忙人的"名著"的广告辞，他又不能不服从命令。写完后不禁责骂自己："谎话，完全说谎！"为什么"我也会撒谎"呢？因为"吃了他们的饭就没有自由了"。他有改造生活的迫切愿望，却不曾为改造生活而斗争过。

在家庭问题上，他爱母亲，也爱妻子。他希望以自己的劳力来维持一家人的温饱，以免母亲和妻子吃苦。因此病了也不愿请假休息，甚至咯血发烧，还坚持上班，病情更加恶化。他希望一家人和睦相处，愉快地过日子。可是母亲和妻子的成见是那样的深，一见面就争吵，谁都不肯让步，他夹在中间，左右为难，既没有方法把母亲和妻子拉在一起，也没有毅力在两人中间选取一个。他只有两边说好话，结果两边都不讨好。虽然她们都是爱他的，怜惜他的。而他却无法调和她们的矛盾。他不理解"女人为什么不能原谅女人"。于是他把责任归之于自己，"我对不起每一个人，我应该受罚！"这"罚"对他心灵的磨折是极其痛楚的。

他与树生结婚十四年了，现在两人才三十四岁，尽管家庭境遇每况愈下，两人的感情并未破裂，只是彼此的脾气不象从前，有时也会吵架，但经过文宣表示歉疚，很快又和好如初了。树生在银行里凭她的姿色，不象他在公司里那样受气，她看戏、跳舞、打牌、赴宴、交男朋友，他心里有说不出的难受，但想到妻子这几年也够苦的了，应该娱乐，遂采取谅解的态度。他对妻的爱情是诚挚的，从未发生动摇。但是他怕看到树生的丰富的生命力，还未失去的青春和那美丽焕发的脸庞，他跟她中间仿佛隔着一个世界。他几次看到树生和一个穿漂亮大衣、身材魁伟、意态轩昂的年轻男子有说有笑地走在一起，何尝不妒忌，何尝不想伸出手去抓住她，但看了自己单弱的身子和一颠一簸的走路姿势，还有那疲乏的精神，他觉得他俩不象是同一个时代的人。她和那个人倒似乎更接近，距离更短，她站在那个人旁边，倒使看见的人起一种和谐的感觉。他无法抗拒为主任做寿所摊派的份子钱，而却不能为妻子庆祝生日买一块象样的蛋糕，多寒伧啊！他深深感到苦恼，感到自卑。他想："她是天使啊！我不配她。"事实上树生并没有鄙视他，她对他的爱怜和体贴，表明了"她是一个好心的女人"，对他并没有变心。他需要她，不能离开她。可是当树生将调职去兰州，树生还在犹豫不决，而他却认为她应该飞，必须飞，趁着还有翅膀的时候，她应该为她自己找一个新天地，这样才能使她得救。所以树生说他"常常想到别人却忘记了自己"。树生不在身边，他这垂死病人的心似乎飘浮在虚空里。他还一心想树生同母亲和解，要树生写信向母亲道歉，因而激怒了树生，来信提出要与他离婚。这信象鞭子抽打着他，以为他俩的恩情从此断了。他不能眼看母亲儿子挨饿，不顾病情的严重，复职上班。但是当他想到树生为什么还按期写信汇款呢？一种渴望被这种思想引起来了，他控制不住地叫了出来："我要活！我要活！"直到病危，他怕树生难过，不让她知道。死时，不能说话了，迟疑的写了"我愿她幸福"五个字，表明他死后也不会对她忘怀。这种无限真挚的情义，是令人十分感动的。

即使在难以忍受的贫病交加的境况中，汪文宣仍然没有放弃他的理想，他希望时局好转，日本打退，就有办法了。将来还是回到教育界去，不再看病吃药，不靠树生过日子。可是冷酷的现实逼着他一天天陷入绝境，可怕的病魔迫使他一天天走向死亡。树生走了，带走了爱，也带走了他的一切，大学时代的好梦，婚后的甜蜜生活，战前一直想办一个理想中学的教育事业的计划，那花园般的背景，年轻的面孔，自负的语言……全在他脑子里重现。他眼前仿佛出现一群活泼、勇敢、带着希望的青年，对着他感激地笑。这美好的一切，只是象电光般地闪了一下，转瞬间就熄灭了。死时时刻刻在威胁着他，人死了是不是还有灵魂存在，是不是还认识生前的亲人？这个祥林嫂提出过的疑问，他知道是永远得不到肯定的回答的。弥留之际，他还强烈地感觉到对生命的依恋。他想叫想喊：“我做过什么错事呢？我一个安分的老好人，为什么我该受这惩罚……？”他要求“公平”，又到哪里去找“公平”呢？母亲安慰他：胜利了就不致有人死了。而他却是死在人们欢欣鼓舞、庆祝胜利的时刻。

女主人翁曾树生是一个爱动、爱热闹、爱过热情生活，追求幸福与自由的新派女性。她三十四岁了，仍然保持十年前那样旺盛的活力和美好的容颜。她知道女人的时间短得很，她怕黑暗、怕冷静、怕寂寞，感到时间象溪水一样在她身边流，她的血似乎也跟着在流，等到抗战胜利，恐怕她已经老了。前两三年，她还有点理想，还可以拖下去，现在再没有什么理想了，只希望活着的时候，活得痛快一点，过得舒服一点，不再过这单调的日子，不再让岁月蹉跎。她认识到造成他们一家的不幸的是“环境”，而不是“命”。她要冲出这环境，使自己得救，她不象中国旧式妇女那样严守妇道，也不象一班资产阶级妇女过分地放浪形骸。她的内心深处并未丧失好心女人的道德感和责任感；在各种诱惑之下，尚能管住自己。



使树生的心情产生极端矛盾的就是这个不堪设想的家。她到外面常常想到家里，可是回到家里来就觉得冷，觉得寂寞，觉得心里空虚，在精神上、物质上得不到一点满足。这生活就象她家中的灯光，永远亮不起来，她不能在这古庙似的家中枯死。尤其是她与婆母的关系，已发展到“有我没她，有她没我”的地步。她的一切言行，婆母都看不惯，常常用恶毒的语言来咒骂她，刺激她，使她不得安身。但她不象丈夫那样，总是逆来顺受。她受不了这样的气，吵起架来，她作为媳妇，也并不让步。婆母讽刺她：“你不过是我儿子的姘头，我是拿花轿接来的。”她说：“现在是民国三十三年，不是光绪、宣统的时代了，我没有缠过脚，我可以自己找丈夫，用不着媒人。”这里表现了她与婆母的冲突，包含有新旧思想不可调和的因素。有时她看到婆母衰老憔悴，也曾暗暗责备自己：“我为什么不能牺牲自己呢？”五十三岁的老人了，整天当老妈子，备尝贫苦滋味，未免可怜。可是文宣越是对她好，婆母越是恨她，不惜破坏他们夫妇之间的爱情生活和家庭幸福。这是她无论如何不能谅解的，所以积怨在心。

她在大川银行，也不是甘愿充当“花瓶”，她一再向文宣诉说她的苦衷：“说实话，我真不想在大川做下去，可是不做又怎么生活呢？我一个学教育的人到银行里做个小职员，让人家欺负，也够可怜了！”“你以为我高兴在银行里做那种事吗？现在也是没有办法。”她之所以打扮得那样摩登，与比她年轻两岁的陈主任出入于咖啡店、跳舞厅、豪华的酒馆，甚至搭伙做囤积投机生意，想法子挣钱。一半是为了使自己活得痛快一点，过得舒服一点；一半也是为了家庭，分担文宣的养家费用，不使儿子失学。树生的这种人生态度和挣钱方法，说明了资产阶级思想正在腐蚀着她。但是当陈主任向她求爱，对她表现轻薄行为的时候，她仿佛看见丈夫带哭的病脸，他母亲带憎恶的怒容，还有小宣带着严肃表情的苍白的脸，摇头痛苦地说：“不！不！不！”心烦意乱地拒绝了。陈主任要她不要为家庭牺牲，跟他去兰州，她不知是祸是福，毫无把握，左思右想，总是把不定主意。后来她想到这个没有温暖的家，善良而懦弱的患病的丈夫，极端自私而又顽固保守的婆母，争吵和仇视，寂寞和贫穷，在战争中消失了青春……这种局面横顺不能维持长久。她有权利追求幸福，她应该反抗，决定走吧！可是她眼前仍然只有白茫茫的一片雾，看不到任何远景，她是这样满怀疑虑和隐痛，不得已而去兰州的。并不是那银行、那升为经理的陈主任有如磁石一般地吸引着她。

她不满文宣的软弱，太老好，只会哀求，只会叹气，只会哭，没有一点丈夫气。她说过“只怪我当初瞎了眼睛”使文宣伤心的话，这话说过之后，就心软了，请他原谅。她对文宣的依恋也有过动摇：为了免受婆母的气，不如二人分开。“一个垂死的人为什么要守着他？为什么要跟那个女人抢夺他？”“我应该牺牲自己的幸福来陪伴他吗？”这念头一闪之后，就不存在了，被柔情所淹没了。她对文宣始终是一往情深。她曾向他表白：“我没有做过对不起你的事情”。这可以从她对文宣的种种情义得到证实。文宣因想念赌气在外的树生，独自到冷酒馆喝了酒，出来在街上呕吐不已，恰巧被树生遇见，她怕文宣闹出病来，忙上前去搀着他的手送他回家，回家后，她没有离开家了。文宣患病，她断绝了同事的交际，照料他吃药吃饭，要他去医院治疗，好好休息，钱不要管。她看到文宣在公司受气，毅然劝他辞职，说“你不做事我也可以养活的”。文宣被公司辞退，她为文宣给那公司做了两年牛马，病倒了就一脚踢开而感到愤愤不平。她安慰文宣：“我可以托人设法，我不相信这样的事也找不到。”树生去兰州，临行时，紧紧捏住他的手，热烈地吻他。文宣说他有肺病，会传染人。她眼泪满脸地说：“我真愿传染到你那个病，那么我就不会离开你了。”对不幸的丈夫的挚爱和依依难舍的深情，于此可见。到兰州后，她还为文宣寄来了去医院看病的介绍信。由于文宣要她向母亲道歉引发了她的积怨，给文宣写了那封表示决裂的长信。这不过是一时愤激之词，其实她并没有同别人结婚，照样写信汇款回家，照样关心文宣的病体。两个月没接到文宣的信，她便匆忙地赶回家来，那未意料到的变故，留给她的是无限的悔恨和永远的哀愁。

文宣的母亲是一个自命为有德行、有教养、有学问的老一辈的知识妇女。她为了支撑这个穷困的家，终日烧饭、洗衣、扫地、缝缝补补，以致衰老憔悴，头发由灰变白，而无怨言。她爱儿子，也爱孙儿，却不喜欢媳妇。她看不惯树生在外面充当“花瓶”，象鲜花一样，这也不能做，那也不能做，丈夫病了，也不来看一下，不懂做太太的规矩，甚至连自己的儿子也不管，只图自己舒服，一上班就打扮得妖形怪状，忙于交际应酬。她对文宣说：“我十八岁嫁到你汪家来，三十几年了，我当初做媳妇，哪里是这个样子？我就没有见过象她这样的女人。”因为树生与文宣没有办理正式结婚手续，她把树生看成是儿子的姘头。怀疑树生有“外遇”，想“私奔”，是不能长期跟文宣吃苦的，恨不得树生早日离开。她劝文宣不要被树生“迷住”，让她走，将来再娶。在文宣看来，妈的脾气不好，是因为年纪大了，生活又苦。她心窄，老脑筋，有点噜嗦，心还是好的。在树生看来，她极端顽固，保守、自私，思想陈腐。她把媳妇看作是奴使她的主人，所以使她恨入骨髓。树生则不愿当一个任婆母辱骂的奴隶媳妇，来换取甜蜜的家庭生活。而她呢？觉得做人决不可苟且，即使当老妈子，总比做“花瓶”好。她相信命，认为小宣命苦，才投生到他们家来。为文宣治病，她相信中医，而树生是相信西医的，把树生寄来的要文宣去医院看病的介绍信也撕毁了。她面对残酷的现实，也提出过抗议："我们没有偷人、抢人、杀人、害人，为什么我们不该活？"到底怎样才能活呢？她是无能为力的，靠文宣也无济于事，只有靠树生。可是她卖掉了最后一件宝贝——金戒指，宁愿挨饿，宁愿忍受一切痛苦，却不愿树生来养活她，宁肯死，宁肯大家死，也不要树生再见她。文宣病危，不给树生知道，她说文宣太傻，何不让树生受点良心责备呢？文宣死后，她不把这噩耗告诉树生，卖尽一切，带着孙儿离开了这个毁灭了的家。

年仅十三岁的小宣，很象他父亲。在那阔人子弟的学校，处处比不过人家，常常叫苦。他读书用功，有点书呆子气。因营养不良，皮包骨头，声音嘶哑，带着成人的表情，完全丧失了童年的天真。小小年纪，就显得衰老了。回到家里，很少说话，更听不见他的笑声。他虽然与祖母合得来，但没有得到过母爱。文宣惭愧没有对他尽到父亲的责任，想到他将来跟自己一样没有出息，而为母亲究竟有什么依靠感到耽心。作者写小宣的笔墨不多，也给了读者以难忘的印象。



这些人物都是很平凡的。虽然他们的思想性格各有各的弱点和缺点，但是他们都不是坏人。他们生活在抗战时期国统区的大城市里，以自己的劳力，只求勉勉强强的活下去而不可得。他们是一家人，却不能相安无事。到头来生离死别，酿成悲剧。作品真实而生动地描写了这个悲剧的发展过程，成功地塑造了汪文宣、曾树生这两个典型人物。

从汪文宣的形象，会使我们想起果戈理《外套》中的巴什马奇金和契诃夫《一个官员的死》中的切尔维亚科夫。巴什马奇金是沙俄时代一个终日埋头抄写公文的九品文官，只因想找到被抢去的一件心爱的外套，而受到大人物的呵斥，终于一病不起。切尔维亚科夫是沙俄时代一个胆小怕事的庶务员，只因在戏院看戏，打了个喷嚏，把唾沫星子溅到了前排一位将军身上，以致在栗栗畏惧中死去。从汪文宣的形象，更会使我们想起曹禺的剧本《日出》中的黄省三，这是一个每月靠十块二毛五薪金来养活一家子的银行录事，他不顾肺病的煎熬，拚命抄写。被解雇之后，妻子跟人跑了，留下三个孩子等着要吃。眼看生路断绝，竟亲手毒死孩子，自己发了疯。汪文宣的命运，与这些被蹂躏的可怜虫的命运，不无近似之处。但是文宣所承受的沉重的精神负担是来自多方面的。经济的压力，家庭的矛盾，疾病的威胁，集于一身，他的内心世界复杂得多了。他过去并不是这样软弱，有过理想，有过抱负，可是随战火而来的不可抗拒的黑暗的袭来，使他不得不在苦海中沉沦。他说："这个年头，人是最不值钱的，尤其是我们这些良心没有丧尽的读书人。"在当时中国社会的下层知识分子群中，象文宣那样良心没有丧尽的人，他们的悲惨遭遇，是带有普遍性的。文宣的典型形象，所包含的社会历史内容，比起前人所写的那些小人物来，更丰富，更有代表性。

从曾树生的形象，会使我们想起托尔斯泰笔下的安娜·卡列尼娜，福楼拜笔下的包法利夫人和易卜生剧本《玩偶之家》中的娜拉。树生与安娜·卡列尼娜都有充沛的精力和热情，都为自身的幸福而尽力去追寻。但是树生却不象安娜·卡列尼娜当得不到渴望的爱情，感到"一切全完了"，便投身在火车下面。树生与包法利夫人都不能忍受枯燥平淡的家庭生活，沾染了贪图舒适享乐的气习。她们的丈夫都是庸禄无能的人。但是树生却不象包法利夫人那样纵情无度，饱受颠连，以致走投无路，忿而服毒。树生最后给文宣的长信，娜拉最后对海尔茂的谈话，可以说是妇女追求个性解放的宣言，她们都出走了。但是娜拉的出走，是不愿做丈夫的"小鸟儿"、"泥娃娃"，出走之后没有再回来了。而树生的出走是因为不愿受婆母的气，最后还是回来了。不过回来之后，已经物是人非。曾树生这个人物充满了爱与恨的矛盾，她向往幸福和自由，却始终眷顾着那个毫无温暖的家，以期有所救助；怜爱病入膏肓的丈夫，希望他能够康复。曾树生是一个要求个性解放的资产阶级女性，在她的心灵深处，东方妇女的道德观念并没有泯灭。这样一个有特色的妇女形象，在"五四"以来的文学画廊里，可说是仅见的。因此它具有特殊的典型意义。

作者是以极大的同情来谱写汪文宣和曾树生的悲剧命运的，同时也暴露了造成他们悲剧命运的本身的弱点和缺点。至于文宣的母亲，则象是小仲马《茶花女》中那个扼杀儿子阿芒和妓女玛格丽特的爱情，迫使热爱阿芒的玛格丽特不得不拒绝阿芒的婚事的父亲，她不顾儿媳的感情，那样地忌恨树生，文宣为了使心爱的妻子得救不得不让妻子远走高飞。这当然不是一个通情达理的母亲。但是她在极端贫困的境况下，含辛茹苦，勤俭持家，卖尽当绝，而不愿苟且做人，也有值得称道的地方。过去中国的旧家庭由于婆母歧视媳妇而产生可悲的后果，是常见的事。叙说焦仲卿与刘兰芝为不幸婚姻而殉情的长诗《孔雀东南飞》，演述南宋诗人陆游与唐婉相恋而不能成为眷属的《钗头凤》，都是由于母亲的反对导致悲剧的。巴金的《寒夜》选取了与此相类似的故事情节，这仅仅是构成他所写悲剧的一个方面，最主要的方面则是社会的原因和时代的背景。所以这个小家庭的悲剧，实际上是社会的悲剧，时代的悲剧。一切的不幸、贫穷、疾病、失业，婆媳的争吵，夫妇的分离，都是由于不公平的社会和万恶的战争所造成的。

作者通过这个小家庭毁灭的描写，揭露了消极抗战，使战火绵延，给下层人民带来了日益深重的苦难；控诉了那个为金钱和势利所控制的极不公平的社会，使辗转呻吟在生活线上的人们遭受多么悲惨的命运。作品除写了汪文宣的死而外，还写了唐柏青之死和钟又安之死作为陪衬。唐柏青是文宣的同学，是一个有志于著作的文学硕士。他结婚时，文宣和树生还参加过他们的婚礼。曾几何时，他那年轻可爱的女人因难产惨死在乡下，而他因为跟机关的科长合不来，不准他的假，连女人死时也未能赶去见上一面。从此他便成了冷酒馆的常客，以酒为伴侣，最后被碾死在卡车的轮盘之下。钟又安是文宣在公司里唯一的朋友，他同情文宣，关怀文宣的工作。因时疫流行，染上霍乱，送往时疫医院，也得不到及时的治疗，不到两天的时间，就变成一堆黄土，陪伴他的是两个纸扎的花圈。还有那个不管天气怎样冷，常常用凄凉的声音叫卖一整夜“炒米糖开水”的老年人，不久也换为年轻女性的尖叫声了。这真是一个悲剧的社会，悲剧的时代。作者以其生花的妙笔，作了极其深刻的反映。

古今中外的许多悲剧作品所表达的主题无非是但丁所说的：“我们唯一的悲哀是生活于愿望之中而没有希望。”[1]和鲁迅所说的：“人生最苦痛的是梦醒了无路可以走。”[2]《寒夜》所要表达的也正是这样的主题。《寒夜》中的人物，处在前线不断失利的极端艰苦的战争年代和米

---

❶ 但丁《神曲·地狱篇》。

❷ 鲁迅《坟·我们现在怎样做父亲》。

珠薪桂、弱肉强食的国统区，越是奉公守法，循规蹈矩，越没有生存的余地。那班有钱的却有吃有穿，做官做大生意还是照样神气，哪管小职员们的死活。正如汪文宣所意识到的："这个世界没有我们生活的地方。"曾树生也有所察觉地认为"这过错应该由环境负责"。日寇投降了，那"胜利"不过是达官贵人，发国难财的豪商富贾的"胜利"，对于盼望早日复员的那些在倒楣挨饿的小人物说来，却是一场幻梦。汪文宣吐尽血痰死去了。曾树生还活着，她所追求的幸福和自由，更加渺茫了。今后她只能象作者指出的，飞回兰州，去做银行经理夫人，仍然坐在"花瓶"的位子上。❶那个不知去向的年迈的母亲，必然在颠沛流离中很快地结束可悲的一生。小宣呢？他不会比文宣送走树生后所看到的那两个穿着油黑的破棉袄，互相抱着缩成一团睡在大门口的小孩的遭遇更好些。他们都是"生活于愿望之中而没有希望"，都是"梦醒了无路可以走"，而小宣还来不及做梦就成了家庭、社会和时代的牺牲品。这些人物的悲哀和苦痛，给予读者的感受是极其强烈的。也许有人要问，作者为什么不给汪文宣、曾树生指出希望和出路呢？在四十年代的重庆，不愿做可怜虫和"花瓶"而投身到革命行列的知识分子当然是有的。为什么巴金不写这类知识分子，可能是因为不太熟悉吧！不过作家写什么，怎样写，是有他选择的自由的。如果一定要求他只能照这样或那样写，那就违背了作者的创作意图，而不成其为悲剧作品了。



艺术的生命在于真实，"只有真的声音，才能感动中国的人和世界的人"。❷《寒夜》之所以感人肺腑，使人读后心弦久久不能平静，首先在于它真实，是真的声音，真切地反映了旧中国战争年代下层知识分子及其家庭的哀愁。《寒夜》所写的人和事，都是作者耳闻目见非常熟悉的。那故事就在作者当时住处的四周进行，那些人物几乎与作者天天见面，甚至彼此打过交道，做过朋友。❸所以对他们的关系，写得多么真切自然；对他们的心理性格，刻划得多么细腻精微；那带有个

---

❶ 巴金《谈〈寒夜〉》。

❷ 鲁迅《三闲集·无声的中国》。

❸ 参阅巴金《寒夜·后记》和《谈〈寒夜〉》。

性的语言，使读者如见其人，如闻其声，产生不可磨灭的印象。

《寒夜》在艺术构思上，也有独到之处。整个作品紧扣“寒夜”的命题，开始是文宣在寒夜中寻找树生，结尾是树生在寒夜中回到旧居。其中人物的活动，情节的展开，也大都在寒夜。首尾贯串，意境悲凉。以点染烘托的手法，使平淡的故事波澜起伏，引人入胜，富有魅力。将汪文宣的死，安排在庆祝胜利的时刻，这与林黛玉死在贾宝玉和薛宝钗成亲之夜，祥林嫂死在鲁镇人们的祝福声中，同样具有深长的寓意。对故事结局的处理，更是匠心独运。树生从兰州回来，死的死了，走的走了，她应该怎样办呢？作者没有解答这个问题，而是让读者自己去思考。这个结局，加深了读者的悬念，强化了作品的悲剧气氛，从而取得了更大的艺术效果。香港影片的编导把这个结局改变为曾树生找到了汪文宣的坟墓，将一个金戒指放在他的墓前。这时她意外地在这里见到了婆母和儿子小宣，答应跟着他们祖孙二人回到家乡去。这就有点象卓别林编导的影片《巴黎一妇人》中的玛丽终于同反对她和米利特结婚而使米利特自杀的那个母亲到乡下去一起生活那样的结局了。这不但曲解了巴金笔下的曾树生的形象，而且消除了读者的悬念，冲淡了悲剧气氛，削减了艺术效果，作者不赞同这样处理，是有道理的。❶

巴金是一个曾经受过无政府主义思想影响的作家，他早期的作品如《灭亡》、《新生》、《雾》、《雨》、《电》等，或多或少的存在着这种影响，《憩园》、《第四病室》，特别是《寒夜》就根本不存在这种影响了。这部作品所取得的成就，确实应该获得高度的评价而不容低估的。它不仅标志着巴金在创作《家》以后的另一个高峰，同时也是现代中国文学和现代世界文学不可多得的现实主义杰作。

1980年6月10日

原载1981年1月15日《文学评论》第1期

❶ 参阅巴金《谈〈寒夜〉》。

# 《巴金中篇小说选》出版说明

巴金是我国近代著名的文学巨匠之一。他自一九二七年开始创作，半个世纪以来，不仅出版了十四大本近五百万字的文集，而且还翻译了大量外国文学著作。即使在“四人帮”对他进行残酷迫害的十年里，作家也没有退出自己的战斗岗位。作家在创作上的勤奋和在文艺上的劳绩，受到我国人民的普遍尊敬，在世界上也享有声誉。



作家说他经常为自己作品中的主人翁安排一个值得献身的事业。实际上他的每篇作品无不响彻着作者自己对光明的呼号，对自由、幸福、善良和美的赞歌；以及对一切丑恶事物进行了无情的鞭挞。它教育广大青年，帮助他们认识封建制度的残暴、虚伪和资本主义制度赤裸裸的金钱关系，鼓舞他们去创造新的生活。至于在丰富人们的情感，以及给人以美的教育方面，那更是非常显著的。

当前，我国已进入实现“四化”的新的光辉灿烂的历史时期，但是有好多人特别是青年，不了解我们是怎样挣脱旧中国套在我们身上的种种枷锁——封建道德观念的束缚，血腥的阶级压迫，以及帝国主义的欺凌——才迎来了这无限光明的今天，从而更加珍惜这得来不易的大好形势。此外，林彪“四人帮”的十年猖獗，把人们思想弄得如此空泛，精神弄得如此痛苦、贫困和低劣，而这种状况是不可能创造出先进的生产方式的。因此对我国人民进行新旧对比和精神文明的教育，使他们具有高尚的思想情操，更好地为实现“四化”而斗争，是我国文学工作者不可忽视的一项严肃任务。为此我们编选了作家在抗日前后写的五个中篇（《海的梦》、《春天里的秋天》、《憩园》、《第四病室》和《寒夜》)，题为《巴金中篇小说选》，分上下卷出版。

《海的梦》写于1932年。“九一八”事变之后，日本侵略者加紧对我国发动侵略战争，而国民党却奉行“攘外必先安内”的反动政策，使中华民族处于危亡之中。每个爱国的中国人，对此无不义愤填膺，作家就是深切地感受人民这一愿望，用童话形式描述一海岛上的奴隶，响应英雄杨的号召，浴血奋起抵抗入侵者。抵抗虽说失败了，但为自由战斗而壮烈牺牲的美，却鼓舞了每个活着的奴隶。作品这一精神为即将开始的抗日战争，起到了动员人民反抗侵略的作用。

三十年代，各种封建的传统观念，严重地阻碍社会进步。特别是不自由的婚姻，家庭的专制，不知道摧残了多少青年男女的身心。《春天里的秋天》通过一对男女青年爱情悲剧故事的描绘，代表那一整个时代的青年对不合理的社会发出强烈的控诉。

《憩园》《第四病室》和《寒夜》都写于抗日时期。在这一时期中，我国民族矛盾进一步激化，各阶层人物都作了尽情的表演，各种不合理的社会现象都得到充分暴露，真、善、美和假、丑、恶是那样鲜明地在作家心灵里交战着，逼使作家在那样极度困难的条件下，写下一部部至今读来还如此震撼读者心灵的作品。《憩园》通过对杨家不幸命运的描绘，和对姚家也将从鼎盛转向衰落的预示，提出做父母的如果只给子女留下万贯财产，而没有用良好道德去影响他们，那么这不劳而获的金钱，不仅不能给他们带来幸福，而且成了家庭灾难的原因和使子孙堕落的条件，只有崇高的理想和精神的美才是永恒的；《第四病室》是作者以纪实的手法，通过一个简单、朴实的年轻人“我”的眼光，观察住在“第四病室”中的一些形形色色的病人，叙述他们受苦，挣扎、死亡的故事，以及在那种黑暗、痛苦、悲惨生活的一角，却也闪烁着一线人们心灵美好的火花，而“第四病室”种种情形也正是当时黑暗社会的一个缩影；《寒夜》通过一个渺小读书人的生与死，和善良美貌的妻子因敌不过贫困的压迫和势利的诱惑而背叛了家庭的故事，控诉了重庆这个当时所谓大后方的弱肉强食的罪恶社会……

在上述作品中，我们感到作家的情感似乎本能地倾向于被侮辱、被损害的一方，倾向于善良、正直和一切美好事物的一方；而嫉恶如仇地憎恶一切不合理社会中的种种丑恶事物。因此，作品的思想性，也就自然而然地流露在作品人物脉搏跳动中和场面、情节、细节里，而作家的文笔又是那样流畅，故事的叙述又是那样清晰，人物命运的发展又是那样自然，使你分外感到亲切、信服，非一口气读下去不可。

编者　1979.11.

原载《巴金中篇小说选》上卷，四川人民出版社 1980 年 6 月版

## （三）分论二：短篇小说

# 论巴金的短篇小说集《复仇》*

贺玉波

……现在，就来考察考察他的短篇小说吧。近两年来，他写的短篇小说不少，陆续发表在各杂志上。在一九三一年终出版的有《复仇》，是一本精美的小说集子。全书包含，《复仇》，《不幸的人》，《洛伯尔先生》，《房东太太》，《丁香花下》，《墓园》，《父与女》，《狮子》，《亡命》，《老年》，《哑了的三弦琴》，《爱的摧残》，《亚丽安娜》，《初恋》十四篇。

在未分开讨论那些作品之前，我们可以看看它们的特点怎样。第一，富有异国的情调。全书所含十四篇小说，都是描写欧洲的风俗人情的，而小说里的人物十九都是外国人。第二，结构采用故事的叙述体。即是以某一件不关重要的情节开始，然后引出与这情节有关连的故事来，等到这个故事叙述完结的时候，所写的小说便结束了。有时甚至由故事里引出另一个故事，把作品一步一步开展下去，到后来一道结束。第三，完全应用第一人称的写法。因为作品所采用的是故事的叙述体，用第一人称描写是比用第三人称为好。第四，美丽的故事。作者所叙述的故事都是美好而动人的：说到青年男女恋爱的时候，我们读了会感到舒适和快乐；说到孤独者流落异邦的时候，我们读了会感到凄怆和悲哀。那些故事都是很有趣味的并且富有诗意。第五，各篇充满着感伤悲哀的气分。因为那些作品都是由作者所感到的人类的悲哀的结晶，所以我们读了也会对于那种悲哀表示同情。第六，内容



* 本文系节录作者《论巴金》第三节。这个题目是本书编者加的。——编者注

与形式都还不错。作者的思想很相近于贫穷的人们，凡是他们所有的悲哀与痛苦都给他很显然表现出来了。至于结构和描写，也是令我们觉得相当满意的。

现在，我们就来讨论那些作品的本身吧。如果我们勉强把它们加以分类，然后依照这个分类次第地讨论下去，那是比较来得有条理的。（一）描写放逐和流浪的有：《不幸的人》,《亡命》,《亚丽安娜》三篇。（二）充满非战主义的有《房东太太》,《丁香花下》两篇。（三）描写青年男女恋爱的有：《父与女》,《爱的摧残》,《初恋》三篇。（四）属于其他的有：《复仇》,《洛伯尔先生》,《狮子》,《哑了的三弦琴》四篇。

《不幸的人》里面的主人公路易基真是个不幸的人，在幼年时代为了贫穷的缘故不能和他所爱的麦林洛姑娘结婚。后来他被女家的哥哥殴打，他的父亲——可怜的老鞋匠，便气愤而亡了。从此他抱着她赠与他的提琴踏上了茫茫的飘泊之路。下面的两段是写得很感动的，请注意：



“从那时候起笑容就不曾重现在我底脸上了。讨饭的生活并不是愉快的，况且靠了我这拙劣的技艺。但是我底悲哀是太大了，要不这样，便无法获得片刻心境的安宁。我身历到这种环境后，才明白自苦便是消除自己罪孽的唯一方法，我不是为生活而活着，我是为受苦而活着的。”（P.34）

“‘不，谢谢你底好意。……我已经很满足了，这二十几年来从没有人对我这么和善过的’。他紧紧地握着我底手，我看见他底老眼角里已经有两颗大的泪珠，他底声音颤抖得很厉害。我至死也要保着这记忆。这两杯好茶，多么甘美的茶呵！……再会罢！”（P.36）

和《不幸的人》作风相仿佛的有《亡命》一篇。开始借科学家波龙斯基的演说（即四海为一家，人类的将来为大同世界等学说），而引出一个意大利反政府党人的亡命故事，以非难他的学说。这篇虽然也同样写着流浪的痛苦，但与《不幸的人》稍微有点不同。拿某个故事来非难某种学说，是带点问题小说的粗型的。

《亚丽安娜》虽然也是同样写革命者被逐出境的故事，但在中间参合了一段男女的恋爱。因女革命家的被逐，而使她的爱人饱尝离别的痛苦。那种情景是非常有诗意的。作者最善于描写青年男女的恋爱行动，使我们读之不厌。下面的一节是最精彩的：

“她每说一句话，头一动，发也飘动起来，一股异样的香气便送入我底鼻里。我们后来走到一块草地上，便住了脚躺卧下来。我们底身子离得很近，渐渐地她底头往我身上移，终于放在我底胸上，我抚摩着她底细发，我又用嘴去亲它们。我们这时都不说话，因为彼此都觉得有许多思想是不能用言语表示出来的。月亮已经升到天空，草也染上了一层银白颜色，一切都是静寂，远远有些灯光，偶尔还有一两对男女走过，他们在喁喁私语，脚步下得很轻，并不致惊动我们。我觉得好象是在梦里，一切现实的苦恼都去得远了。我忘却她是被法国政府下令驱逐的人，她也忘记了那横在她前面的华沙底危险生活。我们只是一对青年男女正沉醉在青春的好梦里。”（P.199）



《不幸的人》,《亡命》,《亚丽安娜》这三篇同是描写放逐流浪的。在上面我们已经一再声明过了，不过它们的表现方法各有不同。而且所配衬的情节也各有不同。这就是作者技巧的好处。

其次，我们谈谈那两篇非战主义的作品吧。《房东太太》描写欧战时法国民众的痛苦，是很好的。尤其是从P.61-64所述德国兵士的凶恶，对于法国民众的杀害，使我们读了愤愤不已。十余年前的德兵其横暴残酷实相等于现在侵略我国的日本军；他们都是为世界的人类所痛恨的。至于全篇的非战思想，可以从下面的几节对话里看出来：

“我每一次看见姑然夫人便不禁想到莫利士底最后的话：‘妈妈，不要挂念我。上帝保佑，我这一次是要回来的。’我相信上帝是公道的，她底莫利士一定会回来罢。我每个礼拜到教堂里去时，总要替她祈祷，哀求上帝，使她底莫利士安然归来。可是我整整祷告几年了，她底身体一天天地枯瘦下去，老下去，而莫利士底影儿也没有见着。他究竟会回到她底母亲怀中来吗？……上帝保佑！

“战争！……这就是战争。我亲眼看见这个老太婆把她底两个儿子献给祖国，说是为了祖国底光荣牺牲了。可是战争完结后祖国给她一点什么报酬呢？

“我没有儿子，这是我底幸福。如果生了儿子，单为着送到战场上或工厂里去死，那么不如不生的好。至少我不能够生出儿子来让人去残杀……我不能够生出儿子，来造成那些人底光荣。……我没有儿子，这倒是我底幸福，至少我不至于象姑然夫人那样在这样大的年纪还每晚在家门口坐到夜深痴等她底永不会回来的爱儿归来……”（P.70-71）

至于《丁香花下》一篇，作者所表现的情节却来得更加精彩了。女郎伊弗莱有个哥哥为法国在战场上效劳，他不得已竟忍心把她的德国情人刺死了。后来他自己也战死了，在未死之前，他曾经给妹妹写好一封请求恕罪的信，经人代送到她的手里，等到读完信的时候，她已经悲伤得昏倒在地上了。这样的故事是比《房东太太》写得精美些，紧张些。而且所表现的非战思想也比较地有力些。我们只要看看那信中的一小节，便会相信无疑。

“战争！我们以前曾如此热烈地相信而且宣传战争是光荣的，神圣的。我们毫不犹豫地拿起枪上战场去防御祖国，好象赴盛筵一般。然而在战场上我才发见了战争底另一面相。我听见过垂死的人底呻吟呼号，我看见活人被撕裂成碎片，血和脑浆散布遍地，被鸟啄，狗吞，腐烂的死骸到处横卧，把空气变成恶臭。这一切是我从前梦想不到的，而且是那许多书册上也不曾提到的。从小学时代起人们就拿战场上英雄的死来教我，我在自己底想象中也建立了一个崇高的理想，可是一旦身临战场，我所见到的只是脱了毛哀号悲鸣的野狗般的死。”（p.80-81）

再次，我们便要讨论到那几篇专门描写爱情的作品了。一共有三篇，如《父与女》,《爱的摧残》, 和《初恋》。前两篇都是日记体，作者所用的技巧差不多。不过在内容方面，是各不相同的。《父与女》是写父女的爱与情人的爱相冲突的情形。到了结局，还是父亲自己牺牲逃出家庭，以成全女儿的婚事。“难道做女儿的能够终身伴着父亲不嫁吗？这是你底最大的幸福，你不该为父亲而牺牲。去，快去向你底父亲说，他一定会答应你，他一定高兴你找到了自己所爱的人。……”（p.106）这是女儿的情人向她怂恿的话语，其实也是全篇的思想所在。

《爱的摧残》是写一个以爱为生命的女工西蒙尼失爱的情形。她的情人路易同时又爱一个女郎柔曼娜，但又丢不掉她。因此他的恋爱的心理时时在迅速的变化中。这就是作者所注重描写的地方。全篇是描写得很精细曲折的，使我们读了感到非常的畅快。为了节省篇幅起见，恕我不能多抄，只把最好的而又最少的一节摘录在下面：

> 我想站起来，可是西蒙尼抱紧了我底腿不放。她哭道：“不要抛弃我，路易，亲爱的不要抛弃我。”
>
> “路易，现在该你决定了。在我与她之间你究竟要谁？快给我一个明确的答复。”柔曼娜做出坚决的样子对我说，一面褪下她底大衣露出那丰腴雪白的肩膀。她看见我还在迟疑，便对我笑了一笑说：“你既然舍不得这丑女人，那么我只得走了，从此什么都完了。”她掉转身子预备去开门。
>
> “柔曼娜！”我慌忙地叫起来。
>
> “什么？”她掉过头带笑问我。
>
> 我要奔过去，但西蒙尼还抱着我底腿。我急了，一脚踢开了西蒙尼，把她踢倒在地上，终于说出了许久预备说而未说出的那一句话：“去罢。我不要再见你了。”
>
> 我跑到柔曼娜底面前，一把抱着她，她故意吮我底嘴唇，做出大的响声。
>
> 西蒙尼止了眼泪，忽然立起来，大衣也不穿，急急开了门，跑出去了。（p.188-189）

至于《初恋》呢，我们不必再有所讨论了。因为它是从《灭亡》

的第八章“改写”而成的。但我的意见可以说是，它是完全“抄写”而成的，因为我已经费了心血给作者校对一遍，只发现很少很少的文字是改换过了的。象这样的滑头工作，我还是希望他少做为好！

末了，我们只谈谈《复仇》和《哑了的三弦琴》便够了。前篇是描写一个南俄人福尔恭席太因因妻子被人奸死而起的杀人的报复行为。他把仇人麦退陈科和米海诺夫先后杀死之后，便在巴黎自杀了。他是把复仇看做生命的。“五年来我历尽千辛万苦，做过种种工作，每日只吃白面包，喝清水，但我从没有一天失掉过健康和勇气。一个伟大的理想鼓舞着我，——复仇。一想到那个以组织《南俄坡格隆》自任而且是我底仇人的米海诺夫底死，我觉得这真是一个莫大的幸福。为了这未来的幸福，我就忘记了一切的痛苦和琐事。”（p.14）这就是自认为复仇的意义。

至于技巧方面，这篇作品也是很好的。作者全用叙述故事的写法，而所用的是第一人称，并且这三重式的第一人称，即是由作者自己的“我”起，提到医生说故事时所用的“我”，更提到故事里主人公福尔恭席太因的“我”。这种辗转用第一人称描写的小说，在欧美的作品中是很多的。记得法国的莫泊桑也喜欢用这种写法。也许作者是受了那些作品的影响吧。

《哑了的三弦琴》在内容方面，是很感动我们的。作者描写俄国的囚犯生活以及他们被放逐西伯利亚的情形。囚犯拉狄焦夫是含有说不出的隐痛的，只要求能弹弹三弦琴，便很心满意足了。当他被狱卒夺去琴的时候，他是很悲伤的。“他这时候明白抵抗是没用的了，便慢慢地让那琴落在地上，用爱怜横溢的眼光看着它，情形很凄怆，现出无助的样子，他忽然倒在椅上低低地哭起来。这哭声异常凄惨，里面包含着全个凄凉寂寞的生存之悲哀，这一只旧的三弦琴之失去，使他回忆起了他一生中所失掉的一切东西——爱情，自由，音乐，幸福以及万事万物，同时又给他表示出来前途之黑暗，他底哭声显露出来他底无限的悔恨和一个永不能实现的新生的欲望。”（p.163-164）这段描写是很能引起我们的悲伤的。我们看了拉狄焦夫的形状，不由得不使我们想起了托尔斯泰的《复活》里的女主人公加托沙被放逐在西伯利亚的情形，免不得要为他们洒一掬同情之泪的。

总之，巴金的《复仇》是比较他的两部长篇小说写得有力量些。无论在思想与技巧方面，《复仇》是要优胜于《灭亡》和《死去的太阳》的。并且象他那般采用西洋的风土人物以作小说的题材，在我国还是不多见的。不仅此也，他还能够极力采取西洋短篇小说结构的长处而利用之，这是使我们很为佩许的。

不过，有一点是我们认为不满意于他的。那就是他的创作态度。请先注意他在《复仇》的序文里所说的话：

“每夜每夜我底心疼痛着，在我底耳边响着一片哭声。似乎整个的黑暗世界都在我底周围哭了。

我底心，我为什么要有这样的一颗心哟？

在白日里我忙碌，我奔波，我笑，我忘掉了一切地大笑，因为我戴了假面具。

在黑夜里我卸下了我底面具，我看见了这世界底真面目。我躺下来，我哭，为了我底无助而哭，为了看见人类底受苦而哭，也为了自己底痛苦而哭。这许多眼泪就变成了这本集子里所收的几篇小说。”

此后我们可以知道，作者是“为了看见人类底受苦而哭，也为了自己底痛苦而哭”，这样哭出的许多眼泪便变成了他的作品。这，固然，是他的真情的流露，但未免太儿女气了。我们自己所受的痛苦，与我们人类所受的痛苦，决不能以痛哭流泪而能减少免除的。我们的悲伤只是因所受的痛苦而起的单纯的反应，于事实是无多大补助的。我们所需要的，是由此反应而生出的反抗的决心，和实行革命的勇气与力量。只有这样，我们所受的痛苦或许有一日减轻或消灭。

作者的创作态度未免过于悲观而无助了。因了这缘故，他的作品里只充满了感伤悲哀的情调，只布满了阴郁幽暗的气分。除了那因痛苦而流出的悲伤的眼泪之外，我们似乎找不出什么有生气有力量的东西来。他的这种思想虽说不是属于虚无主义，而是近于虚无主义的。这正如他自己解释他的小说英雄杜大心一样，其实，他为自己解释啊！我们是希望他把悲观的成分减少的，他的创作以后应该要带着反抗的决心和革命的力量。那层阴沉的面幕，他最好去掉，他最好去掉！

原载《现代中国作家论》第二卷，上海大光书局 1932 年 10 月版

# 《复仇》

在近年来冷落了的创作界中，巴金先生无疑是供献了极大的努力的一个。旁的不说，只看他生产的多量和迅速，恐怕就是除了几年前的沈从文先生之外，便找不出其他的例子的。现在，我想就他底近刊《复仇》，进一步作质一方面的检讨；而且，这些话是单对于这一部作品而言的，旁的作品当待诸异日。

《复仇》是包含了十四个作品的短篇集。这十四篇作品的取材有一个共同点：就是它们里面的人物差不多全部是欧洲人；虽然最后两篇——《亚丽安娜》和《初恋》——是以中国人的观点而写的，但是背景还是在欧洲。这一种取材上的 Cosmopolitanism 在国内文坛的出现，不用说，还是第一次。（巴金先生的其它作品也有很多是取异国的题材的。）这个，我们当然不能根据任何原则来非议，因为我们根本不是什么国民文学的提倡者。可是，把一种对于国人（读者当然是本国人）是生疏的环境和人物侭尽的放到自己作品里，是否能担保不相当的损失了这作品对读者的效果，却很成点问题。严格地说，《复仇》里外所表现的“人类共有的悲哀”，有许多实际上却偏偏是“中国人所万万不会有的悲哀”。例如《不幸的人》里的贫音乐师，《洛伯尔先生》里的为恋爱的记忆而苦恼的老人，此外，如《坡格隆》，如《亡命》，也是很难为中国人所理解的。巴金先生要写人类的痛苦，却放过了自己（自己国人）切身所感到的痛苦，而只搬演了一些和国人痛痒不相关的故事，其动人的力量自然要蒙着一重阻碍。巴金先生固然是能够苦人类之所苦，而读者却往往要求作者能说出他们自己所能体会到的苦痛来。

显然地，近年来的新文学是多量地吸收到西洋文学的影响的。但是我们所应该吸收的，是西洋文学的技巧，而不是要把它们底内容和情绪都完全照原样的搬到中国来。假如建设新文学的目的只在此，那么翻译就已经足够了。何必要创造？从这一点上说，以中国作家而写外国的题材，和外国作家写中国的题材，也是有不同的意义的——后者是好奇，而前者却只能说是因袭。

巴金先生在《自序》里不肯承认他的作品是“美丽的诗的情绪的描写”（如某一些批评家所说），而要说它们是“人类底痛苦底呼吁”。我们看完《复仇》之后，固然不能尽然同意于所谓“某一些批评家”的话，但另一方面却也不敢完全同意作者自己。的确，《复仇》里包含的十四个作品中，有好多实在只能算是“诗的情绪的描写”，统计之，约可得七篇，即《不幸的人》,《洛伯尔先生》,《墓园》,《老年》,《哑了的三弦琴》,《亚丽安娜》,《初恋》是。当然，这里面也有苦痛，我们不能尽然抹煞，但这些大都崇高的精神上的苦痛，太崇高了，崇高得不是一般大众所能有，崇高得成为诗。在这些“散文的诗”之间，《洛伯尔先生》和《哑了的三弦琴》可说最优秀的作品。前者是本集中最具有严谨的短篇小说的结局的一篇。有进行，有焦点，在巴金先生的作品中是不常见的；而后者却有更深切的感人的力量，纵然是取材于别人的著书。

《复仇》,《狮子》,《亡命》三篇各写出了一个不幸的人物的剪影。故事的本身是很单调的，很固定的；作者只解释性地给它们装上头和尾巴，才算有了相当小说的意味。可是读者所能得到的还不过是那么一个不动的人物，象一幅肖像画。

《房东太太》和《丁香花下》是所谓“非战小说”。这一类作品在欧洲是太多，而且老没有什么变化，尤其是短篇。所以我不想多说。

剩下来的《父与女》和《爱底摧残》却是写了人和人之间的纠纷，取材没有象以前所举各篇（除了《洛伯尔先生》）那样地单纯，描写自然要跟着题材，侧重到心理方面去，因此，这两篇便一致地取了日记的形式。《父与女》写了亲长之爱与男女之爱的冲突，《爱底摧残》写了怜悯与爱之间的距离。但这两篇中所描写的矛盾都是没确切地解决的：前者是以父亲的自己牺牲为结局，对女主人公没有关系；后者里的男主人公最后的觉悟也只是许多上上下下的波浪中的一转折，未必就是终极。至于在心理描写上，似以《爱底摧残》为比较深刻。

最后，我还想将巴金先生的技巧总的说一说。我们很看得出来，巴金先生是一个对西洋文学有较久的素养的作者。他的作品能够每一篇都很稳妥，很纯熟。这是说，每一篇都没有毛病。只就这一点而论，在国内创作界中已经是难能的。加以他的文章又，纵然不奇突，可是已经做到极老练的地步——干净而文法精密。这又可以校正了许多自以为文章做得很奥妙而实际连句子都写不通的晚近所流行的风气。

可是另一方面，巴金先生的作品里又显然看得出许多避难就易的手法。他惯用日记的形式，由主人公自己和旁人来讲述那故事的形式。在《复仇》里的十四篇中，只有《丁香花下》一篇是用了直接的第三人称的写法的。当然，上述的种种主观的叙述法，有时候也很能增加全篇的效果的。但是，差不多每一个有过创作经验的人都明白，间接的写法比直接的写法来得吃力。为什么？这理由很简单，因为间接的写法能够帮助作者逃避了许许多多描写上的难关。譬如说，巴金先生能够借别人的嘴说出西伯利亚监狱中的囚徒的生活来；但是我相信他决不能直接地写出一个西伯利亚的监狱，除非他曾经身历其境过。（我不是说《哑了的三弦琴》这篇作品应该用直接的方法写，我不过借此来说明这两种手法的难易而已。）正由于取材的过于普遍，过于世界性，巴金先生便只能处处采用了省力的办法。然而这始终是"偏锋"，是掩藏自己的不足的"偏锋"。

总括说，巴金先生是一个有很高的创作才能的作者，只是他并没有充分地运用了他的才能。取材似乎太随便，凭书本，凭想象，凭皮毛的见闻，而有时缺乏独到的体验与观察——这是病根。因这关系，便不得不然地生出了手法的取巧——避免直接。

然而巴金先生决不是不能写更深刻的作品的人，假使他能够把对于量的重视转移到质一方面去。在读过了他的近刊《复仇》之后，我们这样诚意地希望我们的作者。

原载1932年9月1日《现代》月刊第1卷第5期"书评"栏

# 谈谈《光明》

华西里

《光明》，是巴金先生第二本短篇小说集。

《光明》的内容的思想方面，我认为同《复仇》相同，总之，巴金先生的人生观，乃是自由的人生观。所以他自序内说："自然诅咒并不是一件愉快的工作，我从祝祷走到诅咒，在这爱与憎的挣扎中是熬尽了心血的，然而我究竟得了什么代价呢？我如今我自己也诅咒起来。"在这一段，我们可晓得巴金先生对人生很悲哀，但他认为他理想中的自由的人生观终有实现之一日。所以在他自序内末后云："将来在人间也许这爱与憎的矛盾全消灭之一日。可是在现今我是要学那一个历史的伟大的人底样子来诅咒人了。"

巴金先生的思想是如此，若论这《光明》在文艺的技术上的价值，则另批评如下：

在这部小说内，共有《苏堤》等十四篇，其中描写得最佳的当首推《奴隶底心》和《爱底的十字架》，《光明》三篇。《奴隶底心》这一篇，不但背景好，——是透露奴隶的忠实，奴隶被资本家压迫的情况，均由于奴隶忠实的心内衬出。并非直接描写资本家压迫奴隶者可比。这篇结构也佳，用我为主体，听见彭的自述，用彭口中写出《奴隶的心》来。是短篇小说最经济的笔法。而其中词句写得奴隶非常可怜，是令人凄凉发出同情心，是令人痛心的可怜，语气惊人脑血，气魄充人心肺。深刻之处，更有令人不可思议的。一篇不到千字小文，将奴隶一切情况写得痛快淋漓，一览无余。所好的地方，他写到奴隶养成了奴隶的习惯，爱护人，对人尽忠之心，直到子孙而不改。这是写到百尺竿头，更进一步的写法。

《爱的十字架》，写得也算好。他用一封信作全篇的结构，这也是写短篇小说最经济的办法之一。他这篇的背景，不及《奴隶底心》的深刻而警醒人。他完全透露出恋爱的血赤之心，去衬出人类唯一的要素是生活问题，而生活问题与人的情欲常常冲突，所以他将“爱”钉在十字架上。他描写的方法，是别开一生面，至于内容的艺术的技能上，也算写得干净而深刻，是全集中的杰作。

《光明》，这一篇小说，在全集中也算是上乘之作品，但次于以上两篇。这篇是写著作家张望当他埋首著作《光明》的时节，他感想有许多人给他的信问他诸多问题，他却解答不上。最后他认为人生的问题，人生的痛苦，均不是从书籍得救出来的。若论这一段事实，好象就是巴金先生亲身经验的，这种思想，的确可给一般青年一个当头棒喝。在巴金先生素信仰无政府主义，自由主义派的作者，这一篇更是他的代表作品。



《苏堤》和《好人》，《我的眼泪》，及《我们》，在全集中算是不佳的作品，说是不佳则可，说是坏则不可。巴金先生的作品的总评，就是也不好，也不坏。没有什么十分惊人的伟大的作品，然而太坏的成为废纸篓内的东西也不多。《苏堤》这篇根本不是小说，是篇游西湖记。若论游记体材这篇写得真不坏，写游记是第一要精细而委婉，这篇算是俱全了。若列在短篇小说内则不伦不类的。我不晓得巴金先生为什么将他列为卷之首。《好人》这篇小说确是小说，结构也不能说算坏，但内容的描写得太苟且，太促紧。弄得犯了不深刻的毛病。《我的眼泪》这篇小说，也成为小说的体裁，可惜犯了太杂乱的毛病，弄得头绪不分明，不能算是佳作。我们这篇小说，也和《苏堤》同样不算为小说，这篇算是一篇杂记则可以，全篇只透出一点日本人的残忍而已。总论以这四篇不算是什么佳作。然而也不失为水平线左右之东西。

在全集之中还有《狗》及《生与死》，《未寄的信》三篇，这三篇也算是比较完整的，比前列《奴隶底心》三篇为次，然比《苏堤》四篇小说为佳。《狗》这篇小说，写得倒有深刻的意义，讽刺人的笔风，也真令人可爱，不过我总认为这样写小说，是失却真实性的。《生与死》，这篇小说，材料也好，结构也好，内容是描写李佩如恋爱玉文，中间插上陈子州劝解，直至后面写佩如之病，因病而死。内容是透露爱的魔力能有这样大。恋爱可以生人，恋爱可以死人。生与死，都操在“爱”字当中。确是一篇佳作。可惜写得太拘促，太紧仄了。

若总论巴金先生的《光明》，那《光明》还同样与《复仇》犯了一类的毛病，结构类同之处甚多，然在一个多产的作家，这种毛病也难免。不过，我总希望巴金先生以后能有所改进，以种种不同的方法，去写短篇小说，俾将来给短篇小说作者开一新纪元。若仍然这样依然画葫芦写下去，虽多产与读者有什么益处！

原载1933年8月21日《文艺战线》第2卷
第22期“每周评论”栏

# 谈文艺作品和理想

## ——读巴金的短篇小说集《电椅》

冰



这是巴金最近出版的短篇小说集。内有八篇。因巴金寄来此书是在春假期中，故立刻一口气便读完了。我读了此书有一点意见，因承长之索稿，所以很想把它写出来。

我不是因为巴金与我有友谊便来捧他，实在，凭良心说，巴金确是一位很有希望的小说家。所以我们每读他一篇小说，虽然不能使人完全满意，（实在，中国学术界就找不出一样完全满意的东西，不仅文艺界如是，巴金如是。）但对他本人，却总存着有很大的希望。他在这《电椅》所包含的八篇小说中，每篇都写着我们在这个人主义思想下的烦恼，以及我们有价值有意义的生活之所在，这些都无非是要我们起来奋斗，忠于理想。这些话都无非是我每日在强权下，在呼叫苦闷的生活下所想说的话。因之，凡是我们怀抱爱人类的同情及持着最高理想的人，总都应觉巴金是在代我们说话，是我们最亲密的朋友。我想若我们能从这一点去了解巴金，则可说巴金之小说与今日流行的一般什么宣传艺术或普罗文学，则又别为一种意义了。

《电椅》八篇中之第一篇是《灵魂的呼号》，这是他一二年来过作家生活的自白。从这一篇中我们可见得他近来过写作生活苦闷。原来我们都知以小说表现我们的情感乃是最愉快的事。但在巴金本人看来却觉“还有一个比艺术更长久的东西”。这东西使他“甘愿舍弃艺术”。从这一点，我们可知巴金又另有一种新的希望。我觉得上海滩头的所谓普罗文学家很少能有如此彻悟。能如此彻悟，也可知如乎艺术来做宣传做口号标语，是很少有成效的了。不过，我们还是要希望巴金努力真的艺术。因真的艺术，究竟是我们人类情感的必需，我们文化之得能堆集，人类感情之得能日日进于更和谐，大部还是依赖于它。诚然流行的什么口号式宣传式的所谓普罗文学不能使我们满意，但莎士比亚，歌德，托尔斯泰的东西却使我们永远不能忘记。我们若是不否认爱人类的感情之扩大乃是我们有价值有意义生活之必要条件，则是我们今后生活中，艺术所占的位置总是很重要的。我希望巴金能勉之。

《电椅》之第二篇是《白鸟之歌》，第三篇是《电椅》，第四篇是《父与子》，第五篇是《罪与罚》，第六篇是《堕落的路》，第七篇是《马赛的夜》，第八篇是《爱》。此七篇中，第三、第五、第七成一组，第二、第四、第六、第八又成一组。前一组是描写政府毁灭正义（如《电椅》），法庭之黑暗无用（《罪与罚》），大都市中之罪恶（《马赛之夜》）。我觉全书中应推这几篇较为不大满意。虽是作者用尽了心力来写出在现社会在强权统治下无有正义，公道，仁爱之可言，但在艺术观点上却是无有多大可观。这点大概由于作者在写小说时先就抱着一大腔激情的诅咒之故。因为情过激，所以无意间对于结构上、文字上便忘过去。我觉这一点是巴金应该注意的一点。这几篇作品，我们也不必分析。我们所要分析的是他第二组作品。

实在，他的第二组小说，在技巧方面，确算很成功了。我最欢喜的是《白鸟之歌》、《父与子》、《爱》三篇。《堕落的路》之结尾，总嫌软弱一点，难得使我们读者跟着作者的感情行走。所以是较次的。

《白鸟之歌》是描写一个仅有父女二人的家庭之故事。这个家庭，因为仅有父女二人，所以女儿总想设法来安慰她的父亲。父亲也因女儿的爱慰，故能够将已死的妻子忘去而努力于学问与事业。后来女儿怂恿他到欧洲，也得实现了。但是后有一不幸的事便是父亲在欧洲恋爱了一年轻的女子，终日沉醉于恋爱生活中，及至回国，对于自己女儿终是淡漠了。女儿看见父亲已老而终日于恋爱，忘去她劝之努力于事业和学问，因此心中表示非常的苦痛。父亲不了解她，以为她到青年，有了性的烦恼，所以总找人劝她与人恋爱。但这位怀抱最大理想的女子，竟至毅然决然的拒绝。她知道她愈苦痛愈被人误解了，她以为人生尚有比恋爱更重要更可安慰人的东西，所以良心迫着她，忽然有一深夜走到她的父亲那里，问他“你就不可以把你底恋爱事情终止吗？”“难道除了女性底爱情外，此间就没有一件东西可以安慰你吗？”“难道我底爱慕也不能够温暖你底心吗？”这些意思，都无非是要劝她的父亲把感情放大一点，个人不能因为个人的恋爱权利而牺牲。然而父亲固执着个人的权利，丝毫不动容。女儿只有气愤地乘着雪夜去想自杀了。但走及河边时，遇着一位曾受她帮助的邻人对她表示感谢，同时表示对于其小孩的关心。她因此恍然大悟自杀也是错误了，她应该顾及别人的幸福。遂于是又返回家来。父亲因为女儿雪夜出外，也急去四处追寻，但看雪地大河，不见女儿踪影，于是凄怆的归来，惭自己比不上自己女儿的见识了。忽然回家来又在室中见着女儿，女儿说了许多询问父亲安好的话来，又再说她将临自杀时遇见邻人之故事，更告父亲说：人间如象她的邻人而需要帮助的人还多多，我们不应该只顾到自己底幸福。这些话可使只知图个人享乐的父亲更感到莫大之羞愧了。最后女儿又更恳切地说：“父亲，你该明白了我底心情罢。我们是生来帮助别人找幸福的，不是来给自己找幸福的。我们这一家里已经有了不少的人把幸福享受得太多了。”这一层意思终于教图私和利的父亲恍悟过来。

我觉得这篇小说在思想上是我们很可爱的，在技巧上，是甚为优美的。我看了这篇东西，有如读了托尔斯泰之小说一样。虽是上面的意思，也许过于超现实一点，也许世间根本就找不出这种女子，只有这荒淫而图个人快乐的父亲，但是我们能懂得“理想”的人，却觉这位女儿虽非实有，但却是我们理想中之存在，我们很了解她，我们都希望世间有这种女子。就是因为我们都了解她，都希望有她，所以当有人向我们描画的时候，我们却异常受这位女子之思想而感动了。这篇《白鸟之歌》是很好的一篇短篇小说。

次《父与子》是写结婚后夫妇爱情。一对由爱而结婚的夫妇，因为有了儿子，夫丈便嫉妒妻子对于儿子的爱护了。因他幻想着恋爱的生活是永久的。结果，丈夫便想以毒辣手段对付儿子，甚至想将孩子弄死以使恢复原来二人的恋爱感情。于是当一个落雨的深夜与妻子因孩子哭而吵闹后便抱着孩子出屋外去了。这是最伤心的一幕。但是，孩子终有最大的感情还给与父亲，使父亲可以猛省。孩子在深夜雨中还了父亲的话："好爹爹，我错，我不哭了，我以后再也不哭了。回去罢，这里冷得很。""好爹爹，快回去罢，妈妈在等我们。外面冷得很。我不哭了不闹了。我以后要听话。"这一点使得父亲惭愧而知自己的感情过于狭隘了。

这一篇小说，艺术手腕，实在也很不坏。如果说前篇《白鸟之歌》太富于理想了，则此篇便是想补此缺的。可说这篇近于写实一点。巴金象这篇的东西似不很多，我很希望多能写出这种作品出来。虽则我也是很喜欢富于理想的东西。

再次，《爱》这一篇，是写一个爱的故事。一个男子爱上一位最美丽的女子。但可巧这位美女又有一位财主爱上了，这财主因为喜欢她的美貌。男子因爱此女，想了许多方法都不能打破难关，于是从爱到妒，从妒到憎。一天约此女到山上玩而故意的装跌将她扑下山去。但是此时憎的感消灭后，莫大的同情与爱激动他起来将女子救好入医院。然而女子却脸上生了疤，脚已断了。财主已不复爱她，于是男子便与这女子在家庭中幸福地过下去。这时女子因不知是被他故意推下山去的，遂无日无时不感激男子对他的殷勤，而男子因为不便告诉出他那日在山上是故意弄她下山的原故，于是愈因为女子对他的感激而心愈不安。良心时时在责备，但不敢以真实情形告与其妻。于是终日均在苦痛中，有日甚至想先杀其妻以免此苦痛了，但他看到妻在梦中的微笑，自己轻轻一吻，吻在脸上的伤疤时，不禁大哭起来。于是这家庭，一个是终日在感激，一个终日良心在责备，把一幕悲剧演下去。直到妻子病死时给予丈夫一句永远不能忘记的话，即是她对他很为抱歉很为感谢。

这篇写良心冲突的东西，实在我看是巴金应该多写的，因为从此中使我们明白了爱憎之方面，明白良心责备之痛苦，比之任何其他痛苦较为深烈。如果文艺是应加入道德要素的话，则是巴金此篇是一很有力的尝试。这篇的技巧，也还好。

我对于巴金的短篇小说不愿多有所评语。因巴金小说之重要者尚在于长篇小说。据他本人说《灭亡》、《新生》乃是他较满意的作品，他的短篇作品多是较为不满意的。我所要想再说的，即是我们读巴金小说时，最好能记起托尔斯泰有两句话，托氏说："艺术是人类生活的机关，能把人类的理性意识移为情感"，"艺术能使现在社会上少数人所有的爱人的情感成为一般的情感，变作人类的天性。"如果托氏的话是没有错误的，我敢说巴金的理想小说所走的路是不很错误的，他的思想是我们前进的人类所应有的思想。不要以为理想的东西便应抛弃，实在，我们生活中如去了理想，还有什么价值与意义可言？又如人类只见丑恶之一方面，而不掉头来见光明的路，则是人生还说得上改进么？"我们对于理想是当忠实的。不但如此，我们还要考定理想本身是不是广大的？如果理想狭隘于私己个人之一方面，只有个人的幸福的理想，则结果只仅有烦恼苦痛罢了。"这不仅是巴金要说的，也是我要想说的。不仅是一二人之经验，也是一般人之经验。

四月六日

再则，中国近来文艺界作品，都是写的作者零片的感想或者某小部社会现象的描写，大多均是不很惊人的东西。我很希望作家们都能对生活多得些实感，再以整个的人生为对象而后写出一部惊人不朽的著作出来。因为我们都知西洋的最伟大不朽的作品，都是此方面的。这是写完巴金《电椅》书后所想起的感想。



原载1933年4月19日《清华周刊》第39卷第5、6期合刊

# 读过《春雨》之后

石玉淦

我满怀着欣悦，展开了这本新买来的《水星》的创刊号。

我轻轻地敬重而小心地展开了第一页。《春雨》二字最先映入了我的眼帘，这是题目，下面署着的作者呢？余一。我很高兴，我的心开始在跳，桌子下面的一双腿开始在震抖着，我想一口气把它读完，吞进肚子里去。余一和巴金两个笔名的作者是一个人，这是李芾甘先生告诉我的。

巴金先生的小说是深刻地反映着坚苦的没有一丝儿感情的铁的人生的。无论在文字或语句方面，作者都是很老练而成熟的用了他的特殊的风格：忧郁的、辛酸的、颓废而又尖刻的，轻妙地表现着，而又毫不放松地紧噬着了读者的心。虽然这里充满了人生的浓厚的灰色成分，但他的意志却是向上的；每篇小说（尤其是长篇小说）里，至少总包含着那么一个向上奋斗着的青年，他们的典型是：铁的理智克服了他们的忧郁的感情，为大众而刻苦耐劳的奋斗着，只有人类，没有自己。这种人中，决没有都市式的狂的男人和妖的女人。虽然，他们却又差不多都是从这些人中蛹化出来的。过度的沉郁，荒唐，使他们感到空虚，迷茫，烦闷，愤怒，悲观，最后的路自然是摒去了一切的情感，坚持了铁的冷的心肠，只有人类，没有个人，工作，工作，工作。

《春雨》终被读完了。由篇首起，我的热血即沸腾着；但是，有几处，我不觉停止了，我不能读下去，因为我按捺不住这自忏的悲哀。

我发现了那由人世间染来的悲哀，黄豆大的泪珠终于流下来了。它那阴郁的冷森森的风格，“在房里飘动着，慢慢地堆积着压下来。空气很沉重，闷得我快透不过气了。”那尖刻的辛酸的笔尖，深深地刺入了我的灵魂的深处，揭破了我这人生的信仰者的迷梦，往日的一切的热烈的感情，兽性的温柔，名利的私欲，兴高采烈时的狂歌大吼，……一切梦，泡影样的都在这冷森森的阴郁中粉碎了，我只抓到满把的空虚，我不禁咒诅这人生，咒诅起我自己来。可怜啊，卑鄙的人生，卑鄙的人生中拥来拥去的生活着的自己。

本来在这新旧社会的过渡期间，青年人是具着莫大的热力与希望的；他们要创造，要奋斗，要发展自己。但他们又不得不在顷刻间失了望了！现社会并没有赐与他们以发展的道路与机会。而他们的热力却是薄弱的，他们吃不消这个打击，他们未曾锻炼下坚苦的耐心；自然的，于是他们只有彷徨，惆怅，迷茫，在街头徘徊，他们没有一丝出路与去向啊！烦恼与苦闷，日久了，自然把他们追向浪漫，狂欢，纵欲，颓唐的路上去。巴金先生的小说，却正是他们的一个疼痛的针砭，当头的一棒。由我自己说，由我向朋友们得来的消息说，他们都在巴金先生的小说里，窥出了青年人的一条路向，证明了他们从前一切的卑鄙与无聊。他们是都被唤醒了。而这也正是巴金小说成功之处，他揭出了这一个时代中青年人的苦痛的病状，又指示给他们一个去路。

当我每读完巴金先生的一篇小说之后，总有这样的声音在耳边叫着：“应该自振啊!”“人生并不是这样地生活着就可满足的!”叫着，叫着，我醒了，是啊，我应该自振，踏着巴金先生小说中的典型人物的道路，摒去了从前的一切旧事，多感的悲伤，忧郁的成分，儿女样的柔情，从此以后没有泪，没有长吁短叹，迷人的人生与我再不发生一点瓜葛：名、利、女人、家庭、五光十色的一切……

我是青年，我应该替人类创造幸福去！我不应该再留恋于这迷人的人生。

为了使读者更深切的了解巴金先生起见，我把巴金先生的小说集《雨》的《自序》里所说的话节录一些在这里：

“我和别的许多人不同，我生下来就带了阴郁性，这阴郁性差不多毁坏了我一生的幸福。但是追求光明的努力，在我是没有一刻停止过的。我的过去的短促的生涯就是一篇挣扎的记录。我的文学生命的开始也是在我的挣扎最绝望的时期。”

“……这阴郁气也并不曾隐蔽了那贯穿我那全作品的光明的希望。”

“把个体的生命连系在群体的生命上，那么人类正在向上繁荣的时候，我们只见着生命的连续广延，决不会有个人的灭亡。

“我的对于人生的爱鼓舞着我，使我有力量和一切挣扎。所以在夜深人静黯淡灯光下鼓舞我写作的并不是那悲苦的心情，而是爱，对于人类的爱。这爱是不会死的。”

**原载1935年5月1日《中学生》杂志51号“读者书评”栏**

# 评《沉落》

张振亚

倘说：靳以底小说能给人以“感”；沈从文底小说能给人以“智”；巴金底小说则是给人以“力”的。“感”底形成是由于丰厚，细腻情感蒙着一层淡淡面罩缓缓流出；“智”底形成是由于对人性底高贵领悟撑着，俏，挚，新，匀格调出现；而“力”底形成却是由于安置在一个伟大念头——这念头底出发点和归宿点都是“全人类的”——上的一颗要沸腾的年青人——时代的年青人——底心，凭藉一点不加文饰，近于粗糙，然充溢着原始的，自然的美和力的呼号几乎近于迫切地呈露。

吾国近三十年来，写文章以思想瑰伟刚健见长的，有蒋光慈（他底贫乏的表现艺术是另一事）。以文字瑰伟刚健见长的，有梁启超（他底近乎狭隘的思想是另一事）。思想和文字俱以瑰伟刚健胜的，有陈独秀，郭沫若，巴金。梁，陈，郭，触及运用的体裁稍杂，且不，或仅附带地写小说；蒋和巴金，在采取体裁上，比较单纯，且以写小说为主要工作。梁，蒋死；陈入狱；郭遁迹国外，在写作方面已稍沉默；巴金是这数位中，甚而在现存作家中，最活跃的一人。

具有独征的巴金精神园地里，又结了一个带着更浓厚特色的果，我说的是短篇小说集《沉落》。

这集子第一篇《沉落》气势雄厚，组织完整；第二篇《长生塔》是富有正确意义的故事（此篇又经作者收入于一个即将出版的名为《长生塔》的童话集里）。第三篇《化雪的日子》在刻写内心斗争上颇显优超；第四篇《利娜》，虽表叙的为异国情状，但我宁说它系一幅握住核心的深刻的当代吾邦现实写照，特别值得推荐的；第五篇《神》于对宗教迷恋的憎恶中流溢着广大同情心，以动作显示心理变化处，尤令人欣喜（这篇曾收入于以《神·鬼·人》作书名的短篇小说集里）。

文艺离不开公义，离不开全人类本位的人生，文艺底一部分德性是自然，有力，质朴，壮美。这是文艺者应行把握住的准则。

试将巴金底注满伟健念头灌足伟健气魄小说，尤其是《沉落》中所包含的，拿到这准则前衡量一下；我们会感到无边欢悦。

这集子里，屹立着一共同趋向，就是：对于有形或无形，显或隐地，妨害全人类美满理想生存——幸福，文化——的个人或集团（这样的个人或集团，受了一种恶毒社会因素与环境力量及一点惰性与愚蠢观念底主使，摧毁屠杀了人类宝贵生命和精神，害了自己，宰了众人。）底丑行的赤裸揭露，激烈攻击和不留情的诅咒（我愿说潜伏在这趋向背后的是至高的爱；骂害己宰人者，源于对被宰者的爱；也源于对害己宰人者的爱，不记得那传统俗语么，责深因爱切。这爱底家乡是前边提及的伟大的念头）。

在我们这社会里，虽一切正必然地要脱出黑暗迈往一个新方向；但时当初期，就理论看，消极的扫清，比积极的推动和理想底宣示，更富意义，现实指给我们的同理论所昭告者也无二致。作为新天堂实现队中有力一员的文艺，是不能违犯这规律的。

于上述观点下，作者底攻恶趋向，建立了不可抹灭的勋绩。

抗恶（同助善一般），是文艺中一种永恒美德，作者底攻恶趋向，使本书得到可能，将它自己搁放在永久价值底范畴里。

另一个滋生在每篇里的特点是：具有“正确意识”（这含义恰当，丰匀，却被人滥用滥骂了的仂语，凭藉其天然特长，战胜我底“避用”底偏见，硬站于此地。）的理想人物底“非英雄型”地姿态出现；在批判上，应加到这特点头上的形容词是：“正确”，是：“合标准的”。

用社会学和心理学观点去处理人物的科学态度，已在本书中透露；这倾向应继续扩大下去。

触到人格分析，灵魂剖解和心理刻绘时，作者能把持住复杂，综错，矛盾的心理活动与精神变迁，用“深入浅出”底手法表出，于写内心底戏剧性场面一点上，特别显示了优越能力；可喜。视野嫌窄隘，方式嫌单调，是藉因受主题及题材底限制；不算病疵。在人物和事态底开展上，贯串着大部的“必然性”与小部的“适当的反必然性”；这也是可称道的。

熔贯在本书中各角各缝里的，是一股烈火般的热情，这烈火把本书锻成一个谐和统一的机构，不容情地烧着人类中的恶事，丑行，热烘烘地照耀，温暖，烤熨着读者底心；这烈火底可爱处和可贵处非人力所能颠扑。

在调度文字上，特质是，如作者自己所说，简单。有原始的简单，有凝炼的简单；前者幼稚，然有生气，后者干练，除去幼稚一点稍有可议之处外，（但，我们明白：在原始简单中，有生气的就连带地幼稚；去幼稚就连带地去了生气。因而，去了原始简单底全体我们，晓得：去幼稚而留生气是一件较困难的事）。生气，干练都是值得称赞的。（不避被讥为捕风气，我引用在建立新社会机构进程中简单笔触对文艺使命能尽更大力量这原则，来为简单辩护；不避被讥为陈腐，我抬出“简单是德性”（Simplicity is virtue）这西方名言，“大智若愚”这我国成语，来为简单说辞。）这简单，在本书中应用到写景方面时，给人的感觉是挺劲有力，别具风味的。

说到艺术表现——我意指：情感意象灌注到富有审美意义的文字里，揉合为一体，意象，情感藉富有美的文字而生动具体化，藉情感，意象而生出引人力，共同有钩起读者底圆满感觉，真醇情感，内心共鸣底可能时，所呈现的传达机能，本书已达到水准以上，虽然隔“登峰造极”尚有距离。

更想提到的一点是：本书底简劲风格特别与本书底严肃题材及崇高观念调和吻谐，我们象看见一套黑衣穿在虔诚的神父身上，多么寻常的奇迹。

基于作者底渊博崇高观念，本书渲染着一种“浪漫”气——说“浪漫”，我着重在对于外在枷铐制约的叛抗和对于至上至高理想的狂热追求这两点上；基于作者底科学态度，本书具有着艺术的“真实”。然而，本书底内涵精神异于辜列律已式的浪漫主义，因为它不是那样虚幻，忧郁；异于左拉式的写实主义，因为它不是那样机械，绝望。如果我们说作者有独创性（originality），理由是在这里。这特异处有可喜处：它能使作者抓牢时代适应时代却又站于时代之上超越时代的。

原载1936年7月20日《国闻周报》第13卷第28期“书评”栏

# 《沉落》

张秀亚

摇着一枝笔，将自己的情感——爱，憎，愤懑以及渴望播散到纸上，唆使读者的心灵离开原来的居留地，朝着一个光明的理想移动的，是巴金先生。



说巴金先生是个描绘现实的作家，不如说他是个批评现实的作家更来得确切。他一边用笔记录着现实，一边更那么显明的，不加掩饰的，用文字表现出他对现实不合理状态的憎恶。他实在是一面在创作而一面在批评。因之，他的作品兼有了两种效能。一是对现实某方面有所揭示，一则是给人心上某种启示，前者使人明白现实的丑。启示则使人心中生彻悟，开始如饥如渴的去寻求真理的影子。使作品具有这两种效能，乃是作者的特殊能力。这能力，《沉落》一本书说明的更清楚。

作者的生活态度，铸成了这本书的灵魂。他不懂得圆〔满〕与忍受的意义，包围在他周边的现社会的缺陷，使他烦恼，愤激。他不肯拖着安闲的步子，欣赏着自己的影子，从容在一堆腐烂东西旁走过去。他对周围种种，抱了剧烈的反感，一心一意要扫除净尽它。生物学上所说的顺应性（Slefadaptablility），巴金先生是不具备的。他不肯曲枉自我，去适合周围。他是生活在准备战斗的情绪中，他的精神缺少平稳与安定。推动他创作的，并不是冷静的判断和思索，而实质乃是潜伏于内部的，强烈，动荡的力。这个形成了这本书的灵魂，以及巴金先生其他作品的特点：反抗一切权威，惯例。排斥因袭的法则。这股创作的原动力，也做成了这本书形式上的特殊：富于波澜，动摇，以及惊心动魄的力量，在篇页上，也就没有了所谓的技巧这种东西，所谓文章这种东西。作者急急的。迫切的，要表现出他心坎上的观察和光景。他无暇去润饰，去弄笔墨花样了。他只听凭读者在篇页上的言语以外，去领略作者有意公开的灵魂上的隐秘。

这本书，正如作者自己所说：缺少幽默，没有宽容，他在这本书里，开始要对一切已存在的，未存在的东西重新估价。在剪刀与朱笔允许的范围内画出时代青年憎恨的阴影。

在这本书的篇章内，巴金先生描写着时代的痼疾。但与描写时代痼疾，却同时表现着厌生观的屠格涅夫，陀斯朵夫斯基的作品并不一样。他放一个理想的光芒，闪烁在篇页上，却不投上灰暗的绝望色彩。对于一个感觉锐利的作家，现实的丑恶，是一个鲜的刺激。福禄贝尔也曾在给乔治桑的信上绝望的叹息过：他愿远离这丑恶的实际生活了。但是巴金先生并不这样。这集子表现的他的态度，乃是他要贴近现实，矫正现实。这原因在他是以充满爱与热的眼睛来观照这世界。眼前一层灰雾，更加重了他对雾散后晴明天空的渴望了。



出现在《沉落》内的，不是一些印象的描绘。作者丰盛的创作力，决不局促于单纯生活描写的范围内，他长着无拘无束的空想的翼，好象雪莱歌中的云雀。到虚构的故事境界中驰骋他的想象。用类似寓言的写法，表现一个概念，一个意义。说明他心上一个诅咒，一声叹息，一个挣扎的姿态。《长生塔》，对于一般看惯了涂遍色彩，堆满物体，如一个颜色盒，如一间储藏室的冗赘小说的人，将是一篇怎样新鲜的作品呢。我们从事创作，原该从形式以及内容上去努力翻新花样。作者在这里已为我们树立了一个榜样了。

出现在《沉落》中的人物，一种是勇猛挣扎的人物，一种便是形成社会群众，而鲜明的显示着没有生的意义的人们。缺少信仰，没有理想，可怜的送走一堆灰色的日子，将一生消磨在某种无聊的事情上。心里知道无意味，却还执着现在的生。对这种人，作者吐出了他的叹息，诉说出他的憎恶。（这一点，是和生的描绘者科布林有着相同的地方。但科布林只说明了他的厌恶，却不曾如作者举起了反抗的旗子。）集子中《沉落》便是这样一篇，作者用其中的人物，代表了社会上腐坏的一个阶层。他含着冷笑，看着那样一个缺少活力，没有灵魂的人，滚到死亡的深渊里去。这篇是一个悲剧。形成这悲剧的，不是古希腊梭夫克利悲剧的命运。乃是莎士比亚制造悲剧时抓住的那个“个人性格上的缺点”。那缺点，铸成了他不配再接受阳光，呼吸空气的命运。作者高站在真理的基石上，肯定自己的说法：心灵腐朽了的人，就要死灭的！

作者并不象梦幻的诗人一样。闭起一只眼睛，自欺的用天上霞霓的颜色来涂饰这世界。他的眼光射发于地上的四处八方。掇拾着一些悲剧的材料。他懂得悲剧的意义，他靠悲剧来宣泄自己的情感。

《长生塔》与《化雪的日子》，同写的是两个悲剧，但二者却形成了一个鲜明的对比。《长生塔》乃是幻想的，譬喻的，《化雪的日子》则是现实的，具体的。《长生塔》中的国王爱自己的生命，不爱群众的生命。终于那大众白骨砌成的塔坍倒了，站在最高层的国王，也难再停留在那高处。《长生塔》，说明的乃是只有狭小的偏私的爱，本身必遭溃灭的厄运。《化雪的日子》，乃写对大众的爱，与对个人的爱的冲突，纠缠。对一人的爱情与对人类社会的热爱，不能同时生存。爱人类，要救人类，根本就不能再徘徊流连在爱情的花园里。一个人，不能同时兼握并持两种爱，篇中人物最后看透了这道理，弃掉了狭小的爱，投身到广大群众的怀抱中去了。这篇故事，实在象徵着作者的精神：跳出了狭小的园林，而与广袤的全世界相接触。

《利娜》一篇，体制乃是散文的，而非小说的。与日本西鹤的小说象是出于一型。写的是一个异域少女在狱中写给她女友的信。活泼委婉的诉说出一个反抗重压而流血的故事。读这篇不能用波特莱尔的诗：“醉心异域芳香”，喜欢挑选不习惯的趣味的话来批评巴金先生。他不将笔局促在眼前的小小境界中。他不单单囿于自我之中，而不注视外界。他将个人的品德，发展成全人类的泛爱。他不只捕捉近处的光色来缀饰篇章，他甚至于翻动异国历史的篇页，去寻求故事的材料。结果，他的手乃撩触到了全人类的情感。他的精神不凝聚于一处，而到各处去旅行了。这个，使他的作品有了丰盛的内容，不陷于单调，虚饰。《利娜》一篇给作者的写作态度，下了肯定的诠释，更说明了他对全世界全人类有着广大的同情。用自己对全人类的爱与热，凝成赤热熔岩一样的作品。

读这本《沉落》，该先排除掉小小的自己。到全地球面上去寻求栽置自己爱憎的地带。这样才会领略了这本书，才会感受到作者安放在纸面上的情感，才会随着作者，走到人生的奋斗场上去。

原载 1936 年 11 月 20 日北平《大众知识》
第 1 卷第 3 期“书评”拦

# 论巴金的短篇小说

## ——兼论近日小说的特性与价值

自　珍



### 一

巴金先生的小说，据全部看起来，以量言，是长篇多于短篇。我所以今日只论他的短篇小说，这原因乃我自己很少读他的长篇，而且我现在也不想对他个人全部作品下批评，所以也没有勇气去搜尽他的长篇来读。再还有巴金先生近来亦似乎对长篇创作没有昔日那么热心，他今日既常在给我们短篇创作读，则我今日只论他的短篇小说，似乎又有一自辩的理由。

巴金先生的短篇小说，除近日未收成集子的外，我读过他的《电椅》、《复仇》、《光明》、《将军》、《沉默》，前三册在上海新中国书局出版，后二册是在上海生活书店出版。我不敢说对他的小说有什么了解（因为了解一个人的创作与了解一个朋友一样，这不是很容易的），但我读过他小说后得到了不少启示，使我有很多猛醒，犹如我新认识了一位敬服的朋友，一个敬仰的老师，这其中的感想，我是敢于写出来的。好象一个会团中忽然增加了一位新的重要会员，我说我对他的观察与了解，想来这是很可以说的。

以上是闲话。我顺次读巴金先生小说时，第一感到的印象便是他的小说中所表现的创作能力，确是天天在进步；小说中的浪漫激情也依次减少。我们初读他先期的作品，那里的人物，几乎使我们疑心即使是理想社会已经实现，我们仍找不出那样纯洁的人来。里面的独白最多，那些独白差不多都全是一个人在激情中的感情。这热烈的感情，在我们善良的天性上本很易了解，但是一篇小说究竟不是一章圣经，我们大多数读者读完后，只象读圣经一样，过后只觉有一种可望而不可即的态度。这原因，自然失在作者的能力，究竟还差一点。不过我所谓“差一点”，并不是说那小说很糟，我是说作者如能更为训练一步，如果真是能表现出一个理想，一颗热烈圣洁的心，使人见之不但敬而服，且望而即，只觉得非如此不可；如是则作者之能力便可谓达到最高造就了。因为这种题材最难处理，稍一不慎便成了劝道式的小说。以大文豪托尔斯泰之天才，尚且多人讥为说教小说家，我们又何怪作者在此不能使我们完全满意？我们所要注意的还是后期作品，即看他是否有变化？所以我们及当见作者果然能朝向此方面进步，我们真欣喜若狂！我们看他后来短篇作品中，如《将军》、《沉默》二集子内以及近来在《文学》上发表的，这种独白式的格式真是很少了，激情成分也减小了，《沉默》一集子中有好几篇是借法国大革命中人物来写的，法国大革命中人物几全是激情人物，然而作者处之竟未曾有若先期作品之激情，这真不能不说是作者感情之进步。因为后来小说中的热情变为更含蓄些。而且独白式调子也没有了，通篇都是从会话中表示出感情来，更很少借风景描写来装饰文字。后期作品中，几无处不表示作者感情来得比前更深厚些。不过，进步虽如此，但不完全处也不是没有的。这一点我在后面当论及。

## 二

巴金先生的小说向我们展开了三种不同的生活之世界。在这三世界中，我们见着了：有的人在那里亟亟抱“今朝有酒今朝醉”的醉生梦死之态度；有的人在那里悲痛呻吟，长叹生活象一条鞭子在后急打；有的人却超然而抱乐观的态度，以生活为手段，以理想为目的。他们享受的虽是黑暗，但见的只是光明。所以临到为了理想马上被人割下头颅，这都是毫不足惜的。因为生活不是目的，只是手段，本来这种分法很寻常，即前者是今日的特权阶级与逸乐阶级（连知识阶级也要包括一大部分在内）；第二者为一般为生活奔苦的一般民众（一小部安分守己的知识分子包括在内）；后者为抱理想而为社会牺牲者（包括一大部分抱有正义的感识的民众及革命家）。近来很不少的文学作品都是这样向我们展开的。然而巴金先生在此却有几个特著之点，便是：他很少描写第一类，直至最近才有几篇揭示一般沉淫逸乐的知识阶级之生活，如收入《沉默》集子内之《知识阶级》，以及《文学》上发表之《沉落》，然而仍是格格不入的。因为作者一副朝向善处想的头脑，所写出来的，虽欲播其丑，然实际其丑却远在所写的之上。故以此看作者那枝笔似乎不宜于写那批该被人诅咒的人物：作者所能写的是那一种有理想的人，有为全人类牺牲的精神的人，以及为生活所压榨而哀苦无门之人；换言之，作者有一副同情的头脑，而无极端憎恨的头脑，他的恨，都为爱与同情而有，所以一临到那般特权逸乐的生活，便无法安置题材了。再有，作者比目下许多小说更不同的，便是作者常将第二类与第三类的生活作比较，这比较是来得很深入的；我们能见到今日有些安分守己的工作人的，他们生活着，但悲叹着生活，那欲望虽然能收缩不致如一般逸乐的知识分子与特权阶级之野马尘埃，但那象鞭子在后打紧之秋千式的生活，使得他们虽欲镇静但也无法镇静。以此种人较之那种不计生活之颠沛流离，不计一生苦乐之打算的人，这又是何等逊色！然而前一种安分守己的人，为生活所驱策而不得不痛苦以生的人，却又多得很！我们用眼一看几乎四周人大半都是如此。连自己也许也在内。这些人都象被猎人追逐下的野兔，到处需求安息，到处需求同情，那善良的天性，时时发现于脑内，然而只是为了生活，为了那一可怕的东西，使得自己一筹莫展，这种人能不为别人具有远大略识的人所可怜么？难得巴金先生来将此与另一种有牺牲精神的生相比较，真使我们从窗外见一大太空！

是的，我们很可怜的，我们没有作过什么坏事，我们也知道正义与同情，我们也知奋斗，然而我们一生中何曾见过快乐呢？虽有过青春，但青春也象流水一样地过去，又象幽谷中的花树，自谢自开，无人过问。我们的心地变成了这样荒漠的情形下，实在需一点甘泉来作我们生命之救济了！

巴金先生的小说，从头至尾都是从这种地方下手的。他把那受生活支配的人与支配生活的人，永看为对立。他那一颗心是要我们善良天性上的伟大同情心扩展，他要我们的是对同胞的爱，不是对那种贪得无厌的逸乐阶级与特权阶级作憎恨；偶尔而对特权万恶的人加以反抗，然而都在万不得已时用之，因为逸乐的特权者也是人，本也有应受人同情之分，但只以受了特权教育或其他影响而受蒙蔽，所以竟成吾们人类欲谋相亲相爱之敌。巴金先生这种远见，不是普通之远见，我们还在其中见有一颗诚挚可敬之心。使我们不得不向往。他告诉我们的，只是，你要生活有意义么？你要你不变成老年而永远年青么？你去学那站在时代之前的人罢，学那种抱着一腔热血而欲随时为社会牺牲的人罢，他们是快乐的，生活着的，那里才真正有我们每日所憧憬的生命。这种生气勃勃的人有苦痛么？没有的！他们象歌德的Egmont中写的人物，永远是要自由，永远是要牺牲的。假使我们竟而抱着一身不肯给牺牲于别人，这生活才算无意义了，我们那灵魂才会变得如象沙漠一样地荒凉了。

这是生活的路。这条生活路上开的花，委实比别条路多。盖我们尝一探其他道路，那是何等不满意！试看主要的罢！一是古希腊的英雄美人主义，这实在太陈旧了，可笑了；中世纪的骑士主义，这是滑稽的，盲目的；近代初开端的人文主义，以莎氏比亚作总结而叫人去认识世界有一个“人”；他的态度，只仅要我们知道有一个“人”，这也是令今人的感情觉得有些不满足的；十九世纪开端来了歌德，所教人的，不仅要吾人知道有“人”，而且知道尚有一“无限”，以人之生活便在努力接近“无限”，“唯努力者乃能得救”，就是唯一的标石。这又是德国人所常夸耀的浮士德精神。然而浮士德精神又几何？我们在此中认识的人生又是何等空虚渺茫！他告诉了我们该努力，但这努力是没有内容的。我们的生命之发扬显然不仅止于努力。我们不愿为空洞之无限或自然所骗，我们不仅是找一个无限为生活之寄托，我们且要同于我们生命的人能共同齐走，我们找求欢快，当在与自己相同的人格生命中。歌德说：“你想走向无限么？你要在有限里面往各方面走！”又说“人生，无论怎样，他是好的！”这显然使我们今日行于生活急潮中畏惧无暇之人，觉得这不是我们急要的话。我们显然目的不是要把自己这一份生命表现出来，我们主要还在欲于此平凡生活找出一有意义生活来。人生是有意义的，只在我们给予他以意义；人生是无意义的，只在我们自己只抱着自己这一个微小的生命。所以近来人直把全人类同情代替了无限，把牺牲代替了努力，今人的话是："你想生命不象腐草一样过去么？你要带着牺牲往各方面去散布！""人生，只有在牺牲时，他是好的！"

这种对人类牺牲精神之感识，充满于巴金先生小说之中；这感情也乃是今世人的。只有今世人才大声标出人生只有在牺牲中方能找着生活的目的。古代人叫我们牺牲过，但那牺牲是为了自己，为了自己要变成一个英雄；中世纪要我们牺牲过，但那是为了教会上帝；近代初要我们牺牲过，但那是为了自己的帝王为了自己的国家；今世人从生活教训中明白牺牲是为了任何人的，不是帝王国家，不是空洞的无限，乃是我们亲爱的人类，那不分家国的人类。只有那曾为过全人类的同情作过努力的人，才配称着真正有过生命。莎氏比亚作品内的人物不是我们理想的人物，歌德的浮士德也不是我们的理想人物，耶稣，也不是。我们的理想人物，在构造中，在努力中。我们今世人的理想完全与过去不同了，我们不满意于过去的人物了。

在这样努力中，我们在外国，认识了俄国三大文豪屠格涅甫，杜思陀也夫思基，托尔斯泰是我们最先的老师，认识罗曼罗兰是我们的朋友；他们唱着同情之歌，这歌声刺激了我们的心魂，点燃了我们心中的烈火，使我们心胸热血沸腾，我们知道我们被一个有理想的人引入一更多生命的世界了。我们知道自己有一颗善良的心，这善良的心是被昔日许多束缚与偏见知识所掩覆不彰的。

我们是何等欢喜啊！平日我们那末自暴自弃的，今日被别人提醒，原来我们每个人心中都藏有一颗圣洁之火。我们因之也觉得我们生命不寂寞了，觉得那灵魂上有一种超然的力量了。这都是我们今世人为未来人类找求理想所安排的路。我们是有无限感谢的。我们在此处处无生气国内，居然也有一位巴金先生给我们领导这条路，他用着那一枝诚恳的笔，不夸张不轻浮而为我们指一条最高理想的路，要我们的生活向着更有意义更广大方面走。他的作品，单是这一点，已经使我们心满意足，觉得这是一位我们最有希望的朋友与老师了。

现在且让我们顺着他指示给我们的生活道路来看一看罢。

## 三

文艺上所表现的生活本是一种理想。然而此种理想在巴金先生作品中却特别深著。在他的作品中，无异把我们日常生活重新加以一番估定过，他另为我们呈献一种生活态度。

这一种生活态度是什么呢？

原来世间生活是什么若干种基型的，在我们短短生涯中所得的教训，只是生活上有真的与虚拟的之别，真的生活只有一种，所能在生活中发出差异的都是那一类虚拟的生活，人性上只有正与不正，没有所谓几种人性。我们在生活消磨得太久了，所需要的拯救是一样，所能用以指导我们的灵魂的只有一种。什么古典，浪漫，什么幽默，严肃，离开此点，便都是糟粕。



然则我们在这几十寒暑之中所赖之以为生命之支柱者是什么呢？我们一举眼看出都是相异的个人，各有其心，各有其志，有什么而竟使吾人与之相演及悲欢离合的剧呢？而我们每见一人，每遇一新朋友，何以我们那止不住感情总力求与之有更深之往来呢？为什么我们任走至一处，对任何人，而我们均有如此要求呢？造物主造人使他们成了单个的人，现今天性上又推动他们作图为一体之结合，企图在此种分而后合之情形下以为吾人生活努力之范围，以此为吾人生活意义之保证，则是其中之究竟为何？

是的，这是爱，这是同情，这是古往今来的天才与哲人所极力宣扬的。我们赖着他使得人间不是荒凉的一片！我们赖有他，使得人的生活更为有勇力。但是也因为有了他，我们居住在世界也现出不满足而求更好之理想来了；我们那点点同情真是“野火烧不尽，春风吹又生”，我们不仅要求他人对我之同情更为广大，而自己对人之同情尤欲其更为扩大；如是在此一切安排有序之世间，便不能不生出扰乱情形了，我们那灵魂便不免要号叫起来了。“为甚么世界如此狭小呢，为什么我们理想同情爱在世间竟不能开展呢？”我们于是不住的带着眼泪而问，带着绝望似的惨叫。

是的，我们的声音，有时送出虚无，我们的话到了很多势利之徒以及逸乐之徒耳中，被说为空想，幻想，我们的文学被有的人拿去消遣他的无聊的时间，被权势赫赫者拿去火焚，但是偶然传到我们几个平着心静着气在作“人”的事的人之手中时，我们的话又被他们视为是福音，是真理，是我们那天性上最可宝贵的，如此又使我们勇气百倍了。在一个正态的人的脑中，我们是被证明为没有发着疯，我们要求更广大的同情乃是人性上最根本的，人性就是要我们来对一切人类都视为自己的。我们的声音虽不为全部人听见，但只要能听得懂我们的话的人都知道的。我们有这一点，所以我们为同情努力，乃不是白白奋斗过了。

然而这究竟是乐观的想法，有许多情形还不能使我们放心。我们能够有真实求真之心，我们拿到了《将军》一小说在手，看见那上面的文字，把俄国人心中的话变成中国话，我们能抛开一切求逸乐之思想，不为权势之念所迷，我们能读得懂上面的感情，那小说上写的那一位流落在中国的俄国人，那般可怜的，生活压榨着他，爱妻每夜去给美国水兵蹂躏，中国人也因他是俄国人之故而不给他丝毫同情，反嘲笑他。我们读完后，固然至少也要和着作者把眼光放过了国界而与作者同声一叹。但是我们用眼一看，那有能力读如此书的而能目睹此真实情形者固甚少，而能呈同情心与作者共进的更少。换言之，我们能明白此种同情之存在的人有几个呢？说一般民众罢，他们本是该最知道得最清楚的，应该比我们读小说的人，在小说中见的也许更为感动，但是只原“他说的全是俄国话，没有人懂得他”。他们的同情遇着“国家”这一个东西作梗，使得俄国人想到俄罗斯平原的黑土便想到回去，还是故国好，如此虽有亦不得展开了。

巴金先生有许多用外国故事来写的小说，全部均可说主意在此。他那构在心中的广大同情之感，不但为此诸篇小说之主意，且贯串他全部短篇小说的都是这一种同情的叫喊，极力使那些能阻我们同情发展之物都在他笔下变为消失。我们且单以《将军》一集子来论，内中《将军》已如上言，其外《短刀》系为同情如何常被金钱收买，但欲收回不是以暴易暴可以的，惟有同情乃可救回同情。这是同情的呼喊。《还乡》写一人住惯了城市再回来看乡间情形是格格不入的。以乡民寓着有为城市中之利害打算的人所臆想不到的反抗的精神。此要我们城市人得知一点对乡民感情的了解。《一个女人》系写吾人以小的同情心来度量大的同情，乃是格格不入的，比如自己全无创造精神而受生活痛苦，以此心理而为革命家提心吊胆，完全是错误，那知别人施放最大同情的人比自己快乐得多呢！这种对照写法，当得使今日革命变节者见后抱无涯之愧煞！《幽灵》系写一个工人丈夫无力救妻而妻子无法竟受诱之事。丈夫与妻子间相互的痛苦，可令今日大多数受此患的人持此文痛哭一场！《玫瑰花的香》是写爱情与结婚不是一事之分别。以上诸篇都是要我们打破一种狭小的爱，短薄的同情。我们看得出作者一种苦心，都是望"同情应该更广大点才对呵！只有更广大的同情才是最紧要的呵！"我们明白了这些之后，则再来看《五十多个》、《父亲买新皮鞋回来的时候》，则我们见着那其中人物为了大众牺牲自己小孩，为大众而把最后一滴血都洒在同伴上，理想的事业上，无怪其毫不叹息，而反有些得意之感，这真是何等又自然，又壮烈！



这是作者笔下表现的东西，这感情燃烧着我们的心，我们不禁随着作者到了第二个世界。

这世界不仅止于同情，其中展开了快乐的世界，他们不是在求同情，乃是在施放同情，从同情之树上开了无数牺牲之花。以前我们还在听到"你为什么如此待我薄情呢？""我们应该施放更广大的同情呵！我们应该找求光明呵！"然而现在我们在这里听不到这些声音，我们所能见的是实行多于谈论，人们都是对一种崇高精神有最大之恋慕。他们为了对一个比自己精神更伟大的人可以追望得至于发狂，他们不仅是求对几位可怜的人叹息几声，他们那般献身于理想，那般忘我，可以说那是一般宗教家所梦想不到的忘我世界。他们争着牺牲，以牺牲为快乐，好象《五十多个》写的一帮奋勇求生的人群中，为了同伴之生活，相率卖子。一位赵寡妇说："他做得，难道我就做不得？都是一样的父母！况且我有两个孩子！"是的，一切均在大家鼓舞之下活动，有群众集合在一起保证了他们广大同情广大牺牲。如此还有什么崇高的精神被阻碍呢？人最怕的是隔离，一隔离则无异失去受人同情之资格；人最好的是连合，群众连在一起便什么都有了，"走啦，我们不能够躺下来等死的，我们还有气力，人数是这么多，五十多个，怕什么？"

“我们有的是气力，便是该死，我们也要走到死的时候。”这是何等的勇敢！这其中那里有什么怛怯畏惧怀疑？若人问人性之最后是什么？难道这还不可叫是我们最高的人性么？有人把Hamlet式之怀疑视为人性，这实在冤枉人性了。原来怀疑只是堕性呵！

有一篇名叫《雷》(《沉默集》内)，写一个革命青年如何努力；一篇《在门槛上》(在《将军》集内)写革命人物之如何追求理想，怀念理想，这实在使我们念到这些人中所传布的感情，乃是最高的感情。今日人类之能生气勃勃，都全凭这些人的创造精神，牺牲精神，奋斗精神。大家试想想，我们除掉了在这些人中见出的人类之最高精神外，我们在何处可以见有这般有意义有价值有生气的生活呢？

同情是伟大的，牺牲更是伟大的。我们向着这种伟大精神五体投地。

四



若要问巴金先生这些小说的真正价值何在？我想答此问题只有找到昔年托尔斯泰写给罗曼罗兰的话。大家都知道昔年罗曼罗兰为崇拜托尔斯泰与悲多汶，后见托氏骂悲多汶音乐为肉欲的音乐，因而引起罗氏的苦痛与直接写信问教于托尔斯泰一事。后来托氏亲答三十八页信纸长信而论艺术使命。使以后罗曼罗兰所写小说均在此方向。那上面有如此的话“无论那一事业的动机应当是为爱人类，不应该当是为爱事业本身。艺术家没有这样的爱他创造的东西，便不会有价值。只有沟通人类的同感，去除人类的隔膜的作品，才是真有价值的作品。只有为了坚定的信仰而牺牲一切的才是真有价值的艺术家。”这话实在是巴金先生全部小说之估价目标。罗曼罗兰所谓的“民族太小了，全人类才是我们的题目”，也是巴金先生躬身实践的。这两个近今为全人类所爱戴的大文豪，可说就是他的先导。今日巴金先生小说之价值，可说就附于二氏之上。如果我们一天那人类同情之感与牺牲之精神不曾消失或反而加增，则是这种传播最高感情之作品，便有其地位，他在艺术上价值之高低，亦看其能给予人类之感动有若干，有多大而为定。我们若非醉生梦死之徒，若不为阶级与特权之观念所昏迷则是对此于怡陶人性情之外竟对吾人生命有不必可少的意义之文艺，当有莫大之推重。至低限度也当视为比较那种以文艺作品为传达许多琐碎不足道的感情，以人之堕落为人性，以人之缺点为不可免，其价值相差有不可以道里计之处。我们找出日常生活之无聊琐事为题材，视那最不可取而在人性上应该淘汰的东西来描写，纵使巧丽过人，然而那也不过给许多无聊逸乐人之消遣，其价值有似装点房屋之画师，欲其被称为艺术，则戛乎其难！

我们也知今日能为未来文艺开辟世界的，其作品要得全体人都满意，这乃是不可能的。今日批评此种小说的人有二大类，一是以为其中之杰作颇少，一是以为这种方法是从外而入，非是自人生之内部涌出。然而此二类批评者都不足以使这今日许多努力者短气，何以故？因第一种批评可谓根本不明近代人之气质，更不知此类小说已经有俄国三大文豪与罗曼罗兰为我们奠下很稳固的基础了；第二种批评，也原不懂得今日人之感情，他们知道了个人有生命，但不知人类集团中也有生命；过去的文学多从个人生命之处下手，近代生活复杂，人类相信自己的生命已变细小，个人唯有附于广大的生命中。所以此问题一变而为非是他们方法自外而入，乃是我们今日间的批评者自己没有集团生命之觉识，更不知团体的生命更较我们个人生命为广大。这类人背诵莎氏比亚、歌德的书大概太熟了，所以发此言。不知以莎氏比亚与歌德之作品为近人之模特儿，完全是错误。即以歌德而论，他的方法也就不是莎氏比亚的方法了。难道我们感情没有变化，只知一味模仿古人么？

是的，我们也承认，今日中国内的文人都是雏形中，我们都不完全满意。但他们的努力保证了我们的希望，我们是无法对之失望的。不但如此，他们之每一进步，反带来了我们读者以莫大欢喜，这欢喜鼓着我们勇气来探究他们作品所以难成功之原因。这原因不外（一）在实际方面，此类事实也不有若何好成绩，多属浮浮泛泛的，还未达到非牺牲不足以言人生的时候。以此，作家所见实例既少，所想象者未必能满人意。（二）此种牺牲精神传播的事实，其本身，在实行者固是视为生命，但在一般人则视为不必是最急切之事，与个人关系似乎颇小，而与社会关系则很大。所以今日能看得懂这类小说的人，多少也要有点反抗与牺牲精神的人，因唯有此种人乃能破此作品与读者间之难关。因一位纤弱小姐看《水浒传》本来就很少趣味的。（三）自然作者也该负一部分责任。这责任即是说作者须对于此种感情有相当之了解。今日有些作者其感情就未必优美，则是写出来，当然不免有些勉强。但金子本是慢慢淘炼出来的，这些不足取的当然是渐次淘汰的。（四）然而最重要的，却还在读者。因为今日很多人就没有那类感情，你叫他们如何能对此种感情与生活得到了解？须知今日许多恋爱小说之所以易于写得好，所以受人欢迎而百看不厌，而许多著名作品亦全自个人之感情而不自群众感情出发，原因即正在上述四项之反面，无上面四点之困难。所以今日小说趋势，多纳入群众生活为主题，这完全是一新开辟，新尝试，我们都当拭目以待！（所谓新，当然是相对的。）

## 五

以上是说今日与巴金先生一类小说之问题。至于巴金先生本人之艺术手腕如何，换言之技巧如何？我觉此问题系于他作品内的内容。今日人很多喜好将内容与技巧分开而论。这实是一取巧的方法，割裂作品的方法。我们常见作者技巧成熟之处，也是他表达其感情到家之处；反之，也是感情有欠缺之处。巴金先生小说在初嫌独白太多，这是作者感情太旺，无法安置之故，所以影响其技巧亦不很当。后来感情渐含蓄，因而此类形式便少。近年来巴金先生短篇小说中又间或犯收尾无力之病，原因便是感情不能持至尾或至尾而不能完。《五十多个》便是如此（这篇发表得较早）。又或犯散漫。这也因感情不收紧或竟不能见出所写事中之真正精神处，如《还乡》是；这些都是内容影响技巧之例。唯统观巴金先生小说，决不能因此伤及其余。他写的作品太多，要找其缺失本甚易，我提此不过示内容与技巧本连在一起之意。至于整个短篇小说的批评，就如上述革命故事小说所以难成功之原因，这些原因当然也支配着巴金先生小说。我们在此唯对巴金先生抱着一种祝更勇进的希望，大体上说来，今日国内我们希望于他的，实在比希望其他人的多！因为他的勇气还是那么健壮！

原载 1936 年 3 月 23 日《国闻周报》第 13 卷第 11 期

# 《神·鬼·人》

## ——巴金先生作

刘西渭〔李健吾〕

巴金先生再三声明他要沉默。我不相信，犹如我不相信湖面结冰鱼全冻死。因为刺激或者忿懑，永久和笔告别，未尝不可能，但是在巴金先生却不那样简单。他的热血容易沸腾上来，他的热情不许他缄默。他去了日本，预备抛弃文学的生涯——然而如何抛弃，假令文学便是表现？因而如何沈默，除非江郎才尽，或者永遭锢禁？他有一个绝对的信仰，这信仰强他为人指出一条理想的坦途。他有一个敏于感受的灵魂，这灵魂洋溢着永生的热情，而他的理性犹如一叶扁舟，浮泛在汹涌的波涛。这中古世纪的武士，好象向妖魔恶战一场，需要暂时的休息，以便开始另一场恶战——一个和世俗又和自我的争斗，而这暂时的休息之所正是“患难见交情”的日本。老天给人安排下各不相同的命运，苦难正是每个创造者的本分，便是休息，他也得观察，思维，好象从汹涌变成粼粼，水依然流了下去。

《神·鬼·人》，便是他最近从日本带回来的不大不小的礼物。不大，因为这只是三个短篇小说；不小，因为企图揭露人性最神秘的一部分，那有生以具的不可言喻的一部分，我是说，宗教。

人类的情感可以分做三个发展的阶段，或者三种精神的趋止，最初该是神的世界，其次鬼的世界，最后人的世界。其始也，人类睁开迷濛的眼睛，惊奇赞叹四周非常的景象。渴了，有水喝；饿了，有东西吃；做了坏事，报应不爽；心想如此，偏偏如彼。什么在主宰这完美而又渺小的存在？看不见，然而若有人焉。无以名之，名之曰神。所有人类最高的努力大都用在怎样和神接近，完成神意，获得长谷川所企望的“神通力”。在人生的十字街头，有若干叉路奔往不同的幸福。对于最初的人类，“神通力”未尝不是达到不朽的法门。不朽便是幸福。于是另一道稀微的晨光，透进人类茫漠的意识。死不见其完全无望。不！朽了的只是身体，那真正主有一切的灵魂去而生息在一个不可知的宇宙——神的世界？介乎神人的世界？神如大公无私，鬼——人们的祖先却切近各自的子孙，由于私的情感的联系，加以特殊的袒护；因为切近，无从触摸，不免带有更多的恐怖的成分。但是，人类从童年渐渐走进成年的理解，终于发见了一个庄严的观念，一种真实的存在，那真正指挥行动，降祸赐福，支配命运的——不是神鬼，而是人自己。

这三个世界，不仅占有人类历史的演进，同样占有常人的生活。这成为三种心理的情态，纠结在一起，左右日常的活动。宗教是人生有力的一部分，无论对象是神是鬼是人，其为信仰则一。有的用人服侍神鬼，有的却要用人服侍人，有的走出人的世界，有的却要从神鬼那边抓回人的独立。有的抛掉权利，换句话，尘世的苦斗；有的却争回生存的权利，因为“我是一个人”。否认个人绝对的自由，正是一切罪恶的泉源。

这里三篇小说正各自针对一个世界，用第一人称做旁观者，从消极的观察推绎出积极的理论，借艺术的形式来表现一个或者一串抽象的观念。唯其如此，有些书必须有序，甚至于长序，犹如萧伯纳诠解他的戏剧，巴金先生需要正文以外的注释。在这一点上，没有人比巴金先生更清楚的，几乎他没有一本书没有一篇序跋。为什么这样做？因为他在小说里面还有话没有说完，而这没有说完的话，正好是那精采的一部分，——那最重要的一部分，他所要暗示的非艺术的效果，换句话，为小说造型的形体所限制，所不得不见外，而为巴金先生所最珍惜的郁结的正义。这就是说，巴金先生不是一个热情的艺术家，而是一个热情的战士；他在艺术本身的效果以外，另求所谓挽狂澜于既倒的人世的效果；他并不一定要教训，但是他忍不住要喊出他认为真理的真理。看着别人痛苦，他痛苦；推求的结果，他发见人生无限的愚妄，不由自主，他出来加以匡正，解救，扶助——用一种艺术的形式。是的，这末一点成全了他在文学上的造就，因为不由自主，他选了一个和性情相近的表现方法，这方法上了他的手，本来是抒情的，也就越发抒情了。然而本来是艺术的，不免就有了相当的要求——要求一种超乎一切的自为生存的一致，因而有所限制。艺术家最高的努力，便是在这种限制之中，争取最和谐的表达的自由。唯其需要和谐，一种表现的恰如其分，我们不得不有所删削——所删削的也多半正是最妨害艺术之为艺术的。

巴金先生未尝不体会到这种艺术的限制，所以他才把自己的话留到序跋里演述。他不见其有意这样区别。不过分自觉，所以他的作品才那样和他一致，成为一种流动而动人的力量。不以艺术家自居，只要艺术供他役使，完成他社会的使命，同时不由自主，满足艺术的要求，他自然而然抓住我们的注意。

这不足以责备巴金先生，因为一切艺术的形式，归拢还不是自我忠实的表现？了解巴金先生的作品，先得看他的序跋，先得了解他自己。我们晓得，一件艺术品——真正的艺术品——本身便该做成一种自足的存在。它不需要外力的撑持，一部杰作必须内涵到了可以自为阐明。莎士比亚没有替他的戏剧另外说话，塞万提斯 Cervantes 没有替他的小说另外说话，他们的作品却丰颖到人人可以说话，漫天漫野地说话。然而谈到现代作家，我们必须记住我们是现代人，有题外说话的方便，权利和必要。一个现代人，具有复杂的生活和意义，不唯把自然给我们鉴赏，还要把自然揭穿了给我们认识。所以，象巴金先生那样的小说家，不幸生在我们这样一个时代，满腔热血，不能从行动上得到自由，转而从文字上图谋精神上的解放。甚至于有时在小说里面，好象一匹不羁之马，他们宁可牺牲艺术的完美，来满足各自人性的动向。这也就是为什么，现下流行的小说，用力于说服读者，所有艺术全在说服；然而现下流行的小说，忘记艺术本身便是绝妙的宣传，更想在艺术以外，用实际的利害说服读者。我们眼前推陈了许多精窳揉杂的作品，尽情于人性胜利的倾泻，而这人性，又建筑在各个作家自我的存在之上。

巴金先生的《神·鬼·人》，正好是这种倾向的最好的例证，在《神》里面，写信的人（即是作者）告诉他朋友道："记得我和你分别时，曾说过想掘发人性的话，那么我不妨先从这长谷川君动手罢。我总得想个法子把这人的心挖出来看一看。”这里从事于“掘发”的，不是一个研究科学的人，而是一个带有成见的人。不是科学者，巴金先生能够带着怜悯掘发他的人物。他不那样无情，然而他的信仰（不要忘记，他是有了信仰的人）同时指明人物的谬误。也许因为不是一个彻头彻尾的科学者，他没有把神写到十足的完满。长谷川是一个渺小的可怜的存在，富有关于人类的兴趣。作者告诉我们：“这人读过的书本真不算少呢。……我真正有点糊涂起来，我禁不住要问那个熟读了这许多书的人和这时在客室里虔诚地念经的长谷川君怎么能够就是一个人呢？我找不着回答……”便是长谷川自己也说：“信了这宗教还是不久的事，以前我还是一个无神论者呢！”但是作者始终没有把剧变的原因告诉我们，如若作者“找不着回答”，读者并不因之多所原谅。同样地叙述悲剧的发展，最后到了“那悲剧的顶点马上就会来的。……结果一定是这样的：他抱了最后的勇气一步跳进深渊里去。这便是那快到来的悲剧的顶点罢。”于是《神》便结束了。巴金先生不能看下去，忍受下去了，他的理智不能克制他的情感，然而读者，不似他那样易于动情，偏要看见“那悲剧的顶点”，因为只有这样一来，故事才叫圆满。



这不能算做《神》的缺陷。任何作品推不开作者的性情。我们所应接受的，是他所已给我们的，不是他所未曾给我们的。我们根据他所给的一切立论。进而推衍他所未曾给的一切。伊卜生的社会问题剧同样不给我们答案，因为答案尽可自由意会，不必强人相就。《神》的真正的缺陷，却在这里只是片面的观察，深而不广，静而少变。这是一个无神论者的观察，在态度上已经是一种扞格；而这无神论者，仿佛一个道婆，唠叨着一个重三叠四的心理现象；而这现象，仿佛一滩死水，没有洄漩曲折——说实话，没有事变（不是没有故事）发生。这里或许受了日本小说的影响。我们东邻的文学创作有的是新奇，有的是小巧，有的是平淡，有的是趣味，有的是体会。然而就是缺乏一切做成伟大文学的更有力的成分。[1]巴金先生的热情和信仰从日本的暗

---

[1] 我承认我的偏颇，“日本通”一定会把我看做愚昧。我的印象完全根据的是翻译，自然不能算做健全。然而，无论如何，这是我的印象。《神》的毛病不在所受日本小说的影响，如若我的印象不算正确。不过这推翻不了《神》的缺陷单调。作者应当多从几方面来观察。

示救出他自己。即使有亏于造型的条件,《神》也拥有一个更深厚的人性在。

所有《神》的遗憾，第二篇《鬼》弥补了起来。这里是一个人的自述，从现时折往回忆，从回忆又折到现时。平静的海水开始，汹涌的海水收尾，二者借来象徵人生内心的挣扎，形成全篇完美的结构。我们知道了堀口的性格，环境，教育，以及一切发展成为他精神存在的条件。他的转变是自然的，他的性格先就决定了他的未来。这是一个良弱，良而且弱，犹如长谷川是一个良弱。堀口不及他的情人，“男的醉在目前的景象里，而女的却放纵般地梦想着将来的幸福”。他不会为情而死，他缺乏理想，以及为理想而奋斗的力量。一个可怜虫，充满了精神上的骚动。他那一线的牺牲禁不住几番风吹雨打的梦魇。我们的世界有的是这类良弱。

但是如若有人问我，“你欢喜三篇那一篇？”我将质直地答曰：《人》。这不象一篇小说；也罢，反正我选了它，我并不失悔。为什么？敢请回身问问各自的日本朋友。犹如作者去年立下的誓，谈到这一篇，我甘愿把自己贬入沉默。

十二月十六日

原载1935年12月27日天津《大公报》副刊《文艺》

# 对社会生活忠实的探索

## ——关于巴金的短篇创作

陈丹晨

从一九二九年开始，到一九四九年全国解放共二十年中，巴金大概写了七十多个短篇小说，分别编在十三个短篇小说集中。[1]它们是：《复仇集》、《光明集》、《电椅集》、《抹布集》、《将军集》、《沉默集》、《沉落集》、《神·鬼·人》、《沉默集》(二)、《发的故事》、《长生塔》、《还魂草》、《小人小事》。其中有少数几篇作品，如《房东太太》《星》《还魂草》等，从其故事所包含的复杂内容或篇幅之长（后两篇分别为三万五千字和四万字）都已接近中篇而不象短篇。这十三个集子中，前十一个集子写作出版于一九二九年到一九三七年期间，后两个集子写作出版于抗战期间，而《小人小事》又非巴金短篇中重要的有影响的代表作。可见巴金的短篇创作活动主要是在抗战前的八年中。这段时间又可按其题材、内容和表现手法、风格的变化差异，大致分为两个阶段：第一阶段是从一九二九年写《房东太太》开始到一九三二年。所写的作品主要分别收入《复仇集》、《光明集》、《电椅集》、《抹布集》等集中。特点是：写外国生活较多，以第一人称叙述故事的方式多，取材于传闻、书籍、史料等间接材料的多，用主观的热情的抒情叙事

---

[1] 这里是按解放前出版的主要短篇集，并经巴金自己在编辑文集时编定的集子计算的。其他少量所收作品重复互见的短篇集，如《幽灵》(1935年，新中国书局)、《某夫妇》(1946年，春风出版社)、《历史小说》(1946年，晨钟社)等就不计在内了。

相结合的多，表现爱情的不幸、战争的灾难、穷苦人民的苦痛的多。至于一般短篇小说要求集中剖析某个生活横断面，表现典型人物性格的特点却不够明显，有的作品思想深度亦嫌不够。第二个阶段是从一九三三年到一九三六年抗战前夕。所写的作品分别收入《将军集》《沉默集》《沉落集》《神·鬼·人》《沉默集》（二）《发的故事》《长生塔》等集中。特点是：写国内社会生活的多，取材于作者自己亲身经历的第一手材料的多（如旅行广东、北平、日本观察体验所得，以及写抗日反蒋题材等），对于现实生活进行冷静的客观的真实细致描写的多，表现知识分子摆脱个人的不幸、要求进步、向往革命的多。作品在保持前期圆熟流畅热情的叙写的风格的同时，比较注意人物性格的描写，并在这方面取得了显著的成绩。这两个阶段的作品经过比较可以看出明显的差异，但是中间并没有一条鸿沟隔断，而是先后贯通的，是一个思想艺术逐步发展成熟的自然过程；同时，三十年代初期，由于日本帝国主义的侵略和国民党的反动腐败从反面教育了作者，使巴金愈来愈蕴蓄了强烈的不满、憎恨和反抗，因此着意对社会生活进行忠实的探索，把这种激情注入到创作中去，使短篇作品保持一种新鲜的现实感，强烈的战斗性，也就很自然的了。第三个阶段是抗战以后的作品，主要收在《还魂草》《小人小事》两个集子中，分量不多。



## 倾诉人民的苦痛

——第一阶段的短篇小说

第一阶段的短篇小说中，描写外国生活的约有二十三篇，占该时期作品的三分之二多。这固然是由于作者曾经在法国生活了两年，对于外国的社会生活、风土人情有所观察和感受之故；同时，也认为外国人民和中国人民“追求的都是同样的东西——青春，活动，自由，幸福，爱情，不仅为他们自己，而且也为别的人，为他们所知道、所深爱的人们。失去了这一切以后的悲哀，乃是人类共有的悲哀。”[1]而这些对于中国读者来说，不仅不会感到陌生和例外，相反却是更需要，

[1]《巴金文集》第七卷第18页。

更强烈，因为“他们失掉青春，生命，活动，爱情的机会只有更多。”❶因此，他要通过这些小说创作倾诉人民群众的不幸和苦痛，他要把对黑暗世界的诅咒深深地植根到人们心中来唤醒他们的憎恨和反抗。这样，这个阶段的作品就成了以暴露批判旧社会为主要内客。

反映反战题材的《房东太太》是巴金根据一个朋友初稿改写的，也是他的第一个短篇小说写作的尝试。尽管作品的主题思想是鲜明的，暴露了战争和资本剥削给人民带来的苦难；但因为缺乏经验，未加精细的剪裁，在一个短篇中却同时容纳了好几个故事：有华工张先生的不幸遭遇，有房东太太讲述的苔尼丝姑娘的悲壮故事，有姑然太太丧子的苦痛等等，拼凑在一起，显得不够集中，缺乏严密完整的结构。虽然，个别细节写得很动人，如姑然太太想念儿子的痴情等，但大多停留在故事叙述的阶段，不注意对人物形象的细致描写。类似这类题材的作品还有《丁香花下》，描写在第一次世界大战之后，一个少女痴心等待从军的哥哥和异国的爱人归来，结果得到的消息竟是哥哥在战场中打死了在敌军中的爱人，而哥哥自己后来也阵亡了。另一篇《墓园》，写在这个小城的墓园躺满了战死的青年，而他们本来都是可以做出更多更大的于社会有益的事业来的，如今却都被战神夺走了他们的生命。这类作品表现了这场罪恶的第一次世界大战“已经在没有丝毫忧郁性的法国民族的精神上刻下一个不可磨灭的痕迹了”❷，因此着重描写了这些不幸人们沉重的悲哀和寂寞。

反映爱情题材的《洛伯尔先生》是作者继《房东太太》以后在一个晚上顺利写成的。显然，作者并不满意《房东太太》，为此还一度丧失了写作的信心；但是《洛伯尔先生》的写成却使作者感到安慰和高兴。后来作者还写了许多类似这种不幸的爱情故事，《洛伯尔先生》可以算是其中一篇代表作。它开始具有短篇小说的特点，无论在结构的绵密，故事的前后呼应，人物的心理描写等方面，都有较好的尝试。故事写一个音乐师早年曾经有过一段恋爱遭遇，直到老年潦倒死去仍然不能忘情；那个母亲对洛伯尔音乐师的关切和感情的变化写得都较

---

❶《巴金文集》第十卷第 143 页。

❷《巴金文集》第七卷第 108 页。

简洁、细腻，而情节的发展也出人意表，作为一个短篇作品还是比较精致的。但同类题材中，如《初恋》《不幸的人》《爱的摧残》《一封信》《爱》《好人》等，内容虽然各异，也有许多动人的描写，但却缺乏深刻的社会意义。比较可注意的是《好人》《爱》这两篇作品。《好人》写一个书店老板穆东曾经帮助抚养一对不幸死去的夫妇留下的一个女孩。到了姑娘长大之后，穆东破坏了她的婚事，使姑娘受伤致残嫁给了他。穆东在破坏过程中，采取了卑劣的但却是合法的手段；而姑娘嫁给了他，却始终没有发现穆东的险恶行为。《爱》写莫华老头原想杀死自己不贞的妻子，但结果只将妻子弄残了腿，从此怀着歉意百般照顾她，而她也不知道莫华有过杀她的意图，两人终于终身和好。这两个故事揭开了和好幸福的生活表皮之下，竟然隐藏着这样卑鄙险恶的内情。不同的是，那个“好人”穆东还洋洋得意自己的成功，莫华老头却长期陷在悔恨之中，感到自己不该为了爱的妒恨去犯罪。作品对于这两个人物的曲折的内心刻画得还是相当生动的。



但是这个阶段最值得重视的应该是那些表现被压迫被侮辱的人民的苦痛生活的作品，如《狗》《杨嫂》《第二的母亲》《奴隶的心》《苏堤》《电椅》等，从不同程度描写了生活在底层的贫困人民、佣工、妓女、奴隶、船夫以及社会主义者的悲惨遭遇，表现了作者深厚的人道主义精神。《狗》是作者比较满意的一篇作品，它带有一点寓言的味道。巴金说，当时为了对付国民党检查老爷，所以用这样曲笔来描写。作品中的主人公“我”，把自己比作一条狗，希望自己变成一条狗，因为贫苦无告的人民过的不过是一种猪狗不如的生活，在侵略者、财主老爷眼里也不过是一条狗而已。这既是一种气愤的沉痛的控诉，也是一种极为悲痛的形象的比喻。在当时的上海，几乎随时都可以看到劳动人民连狗都不如的遭遇。就在作者准备写作这篇小说的当天，在街上还看到外国水手醉后调戏妇女，拿着酒瓶打人，骂别人是“狗”，这就更触发了作者的愤懑感情。所以在写这篇小说时，他就没有更多的去推敲艺术上的构思、形象的描绘，而着意“写出一个普通中国人的感情”。小说描写一个孩子降生以后，就过着饥寒交迫的生活。他感到“我并不是一个人，不过是狗一类的东西”，以至连蜷缩在墙角痛哭都会遭到斥责：“滚开！这里不是你哭的地方！”后来，他终于被关进一个黑暗的洞里，但是他不甘心，他要叫，要咬，要咬断绳子跑回破庙去。狗被关在黑洞，隐喻着人被关进监牢；但是人被逼迫到这般地步，就要起来反抗、斗争。整个小说并不仅仅停留在对黑暗社会的揭露和控诉，而且还反映了被压迫人们不断在探索这种社会不合理的原因在哪里，他们在受尽压迫之余开始觉醒过来，要求反抗。《杨嫂》《第二的母亲》是两篇感情相当真挚深沉的作品，犹如两幅色彩鲜明的肖象画，逼真地写出一个佣工、一个妓女被践踏被侮辱的生活和善良、温顺、美丽的灵魂。她们一生受尽苦难和屈辱，但是永远也得不到人间一点点温暖。《杨嫂》取材于作者幼年时家中一位女佣的真实故事。她辛勤操劳，侍奉别人，但当她病倒时，不仅遭到人们嫌恶，甚至希望她早早死去。作者是这样描写杨嫂死前的景象的：

> “那个黑暗的房间里……杨嫂静悄悄地躺在一张矮矮的床上，一幅薄被盖着她的下半身，被上明显地留着几团深黄色的迹印。蓝布帐子放下半幅，拖到了地上。离床不远有一个矮凳，上面放下了一碗浓黑的药汤，已经没有了热气，碗口有两个苍蝇在爬。”❶

这些细节写出了杨嫂的病势沉重无力照顾自己；也写出了整个公馆上下人们的冷酷无情，谁也不记得曾经受到过她的许多照顾和帮助而把她彻底忘了；但她却依然关心着别人，即使病重得连说话都没有力气，当看到作者兄弟时，仍然那么欢悦，问长问短，惦记他们的生活细节：读书、饮食、室内整洁……等等，过得好不好。一颗善良纯朴的心就这样闪发出金子般的亮光。杨嫂和鲁迅笔下的祥林嫂的命运一样悲惨。她年轻时丈夫就死了，因无力抚养自己的儿子，只好放弃亲子离家给别人喂奶。自己的儿子三岁时就跌在小河里淹死了，但她到死还在想念呼唤着自己的儿子：“我的毛儿呀!”这是多么悲痛的呻唤呀！但是这并不能打动别人，倒是她的死成了一个好消息，使人们感到轻松，好象长时期的重压被一阵风吹散了；连平时善良的主人、作者的母亲

---

❶ 类似这段细节描写，后来在《忆》的“最初的回忆”一节中写到过；在《秋》的倩儿之死中，又借用写到过。

都不由自主地喊出了："谢天谢地。"作者通过这篇小说提出了一个深刻的问题：为什么一个善良勤劳的奴仆就该死得这样悲惨呢？为什么一个于人们无害，更不是人们所憎恨的人，人们却都在盼望她的早死呢？作品无情地揭露了在旧制度的毒害下世俗人们的自私和冷酷。由于《杨嫂》这类作品中的人物、生活、事件都是作者所熟悉而感受极深的，因此写得比较委婉、细致而深刻动人。《五十多个》描写了在水灾、兵乱之后，一群农民无法忍受饥饿和寒冷，只好离开家乡漂泊异地，沿途不断死亡，弃儿鬻女，到最后人们终于省悟：为什么我们就没有饭吃，而有的人却在过着好日子。因而发出了"这是多么不公道呀"的呼声。这种不平的呼喊开始在一些青年农民心里滋长发芽。《电椅》取材于作者旅居法国时所遇到的樊萨蒂与萨柯被美国政府杀害的事件，描写了樊萨蒂坚持自己的高尚信念，为了要"给别的整天沉沦在忧愁和眼泪中的人带来幸福"，他从容不迫地走上刑场。小说猛烈地抨击金圆帝国迫害屠杀正直的社会主义者的卑劣阴谋。对于樊萨蒂的崇高精神作了热情洋溢的描写。这类作品充分表达了作者深厚的人道主义精神，对穷苦无告、屈辱受害的人们的深沉同情，对旧的封建主义、资本主义等一切罪恶制度的极端仇视和无情的攻击。



此外，还有一些描写流亡的爱国者坚持斗争的故事，如《亡命》《亚丽安娜》《在门槛上》等。有的作品还因为描写了异国风土人情、社会生活，因此犹如一幅幅生动的风俗画，给人以新鲜的美的感受。

### 向黑暗统治挑战

——第二阶段的短篇小说

比较起来，第二阶段的短篇小说题材要广泛些：有写革命者遭遇的，有写抗日内容的，有揭露批判资产阶级知识分子勾心斗角的丑恶面貌和在敌人侵略时高唱"勿抗恶"谬论的，有写劳动人民悲惨生活的；形式也较多样：除了一般的写实的以外，还有历史小说，童话故事等；艺术上比前成熟，如《月夜》《父亲买新皮鞋回来的时候》《将军》《化雪的日子》《神》《鬼》《雨》《长生塔》等都是富有艺术特色，为人们称道，形成巴金自己独特风格的优秀短篇代表作；思想内容也要较前深刻得多。这个阶段的写作是在日本帝国主义咄咄逼人，国民党对内镇压愈益严重残酷的阴影下进行的。巴金在这期间，旅行了北平、日本等地，对于这些反动势力有了更深的认识，所以他的笔触更努力向现实生活的深处去发掘当时社会斗争的本质，去表现广大青年知识分子的进步的革命的要求。他曾明确地说，自己“在剪刀和朱笔所允许的范围内，把他们所憎恨的阴影画出来了。”[1]这个阴影就是日本帝国主义、国民党反动派。所以，他还说：“历史不是循环的，是前进的。几千年来没有人做过的事，我们也要着手去做。将一切存在的和存在过的东西重新来估价——这样做，我们决不会跟着那一切的阴影‘沉落’到深渊里去了。”[2]在《神·鬼·人》的序中，他号召人们不信神，不信鬼，摆脱一切过去的阴影，迎接革命的到来，烧毁一切腐朽反动的东西，使人们能够真正挺起腰杆来过人的生活。

这个阶段，在反映青年知识分子革命要求，描写在白色恐怖下革命者的壮烈牺牲等方面的作品，有《一个女人》《玫瑰花的香》《父亲买新皮鞋回来的时候》《春雨》《化雪的日子》《雨》等。《玫瑰花的香》写一个青年女子因为反抗封建婚姻从旧家庭出走之后，在世俗人们包围下感到苦闷和不满，即使爱情也不能解除自己的空虚和寂寞。她看到政治的“毒菌”已经蔓延到整个社会的肌体，“长江一带发生水灾。日本飞机轰炸滦东乡村。上海某工厂失火，焚烧女工数十人”等等。报纸上不时报道的这些消息反映了社会一派动乱、恐怖的情景。最后她离开了爱人，投身到革命中去。作者虽然对于革命道路并未作出什么具体而清晰的描写，但是他写出了进步知识分子的时代苦闷，即使有了爱情也不能解除。《化雪的日子》描写一对留学生夫妇，由于丈夫伯和有了新的信仰，要想回国参加革命而分道扬镳。《春雨》则是描写一个到处作揖、软弱无能的丈夫死去以后，妻子决心跟随丈夫的兄弟去参加革命。作品末尾描写在坟地前，妻子的头、脸全被雨打湿了，雨和泪混在一起分不清了，但她却坚定地在泥水里前进，悲痛的内心同时燃烧着要求参加斗争，渴望新的生活的热情。这个形象是很动人的。与此相反，《一个女人》则是批评一个曾经参加过革命的女子在恋



[1][2] 《巴金文集》第八卷第254页。

爱结婚之后，脱离集体，脱离斗争，沉溺在个人家庭生活中。作品通过一些生动的富有生活气息又有表现力的细节，描写了这个女子芸成了贤妻良母的形象和心理，描写了他们夫妇从革命战场退下来后，并没有找到幸福的出路。他们仍然被逼迫陷入生活的窘境，因此在无限缱绻的爱情中渗透了艰难生活所带来的忧愁和苦恼。作者在这方面写得比较深刻，艺术上也较细腻生动。如果说，以上几篇还仅仅限于描写青年知识分子的时代苦闷、革命的要求，那么《父亲买新皮鞋回来的时候》和《雨》两篇则是描写了革命者在白色恐怖下的英勇牺牲精神。《雨》并没有正面描写那位革命者华的形象和性格，而是从华的被捕牺牲，引起她的母亲、爱人、朋友的关切、耽心、寻找、营救以及悲痛等等方面进行描写的。那种紧张、痛苦、沉重的气氛在小说中渲染得相当感人，华的鲜血唤醒了爱人也要去和黑暗作斗争。《父亲买新皮鞋回来的时候》则是通过一个孩子的眼中所看到的，心中所想的，来写父亲的革命活动和牺牲。那位父亲为了革命白天黑夜忙碌奔走，还要经常摆脱特务的跟踪，孩子不能理解父亲这种活动，但感到他给母亲和全家的生活、感情带来了惶惑、恐惧和不安。但是父亲却温和而坚定地说："为了公道，我把我最宝贵的东西也贡献出来了。我只有一颗心，一条性命。我顾到众人，就顾不得你们了。"作品特别通过孩子的无忧无虑心理，盼望在过八岁的生日时，能够得到一双新皮鞋。父亲答允了，但是生日那天，终于没有等到父亲回来，更没有得到新皮鞋。父亲牺牲了。当孩子长大以后，读到遗书时，又得悉父亲牺牲前要求自己继承革命斗争的遗愿，说："孩子，去罢，你长大起来，你去，去把历史改造过。用你曾祖的血，用你祖父的血，用你父亲的血，用你自己的血去改造历史罢。"这种坚定不移的革命意志、牺牲精神，显然是很鼓舞人，也是深刻的。这与当时国民党的血腥统治、白色恐怖、大肆捕杀革命者的实际情况是紧密相联的。这类作品虽然描写了失败和牺牲，有的还带有伤感情绪，但基调却是昂扬的、积极的，是对国民党的镇压的挑战和抗议。

次之，关于抗日题材的创作。由于国民党的媚外投降政策，对于国内抗日舆论的箝制十分严密，但是巴金还是用曲笔或明或暗地表现了抗日的要求，遣责了那些汉奸意识、汉奸行为，如《发的故事》《窗下》《沉落》《人》等。《发的故事》是巴金根据他的一位朝鲜朋友、流亡在中国的爱国者的实际经历为素材写成的，故事描写一位姓金的朝鲜流亡者与中国姑娘铭结了婚，历尽艰险折磨之后，铭死了；金和朝鲜游击队一起坚持与矮鬼（日寇）进行了顽强的战斗。有一次为了躲避敌人搜捕，他潜藏两天两夜之后，连头发都变白了。作品赞颂了朝鲜革命者坚强的抗日决心，批评了中国安于现状，国民党的不抵抗主义，并借金的口说："我们的感情跟你们的不是一样。你们可以安安静静生活下去。我们不能够。"话虽隐晦曲折了些，但意思是清楚的。后来作者还把金的白发和自己的白发放在一起却再也分不清了，用以隐喻中朝人民的血肉联系。《窗下》揭露抗战前夕，日本侵略势力早已潜入中国；有的汉奸认贼作父，出卖灵魂，还胁迫自己的女儿去侍奉日本侵略者，诬蔑爱国者为"乱党"（共产党）。这个作品所写的人物不多，就是一个日本东家，一个汉奸管家，以及玲子和她的情人小学教员。通过这家住宅的门外窗下这个小小的"舞台"展开故事，写出了当时日本侵略者在上海的暴行，在夜间都能听到兵车声和哭声；揭露了玲子父亲的汉奸嘴脸，把小学教员教学生喊"抗日"口号说成是坏人、乱党、反对"友邦"；诬蔑"中国人打不赢，自然就会胡来，"等等。小说写这个汉奸的外貌也是颇具讽刺意味的，"那个圆脸无须的玲子父亲永远带着谄媚的微笑"的肖像和他说话的腔调多么象蒋介石呀！《沉落》是写一位大学教授为日本侵略中国辩护，认为日本侵占东北，搞伪满洲国都是客观存在，既是存在就有"它存在的理由"，所以主张"勿抗恶"。《人》是以作者在东京被非法拘禁的事件为素材的。这些小说虽然写的只是一个个小小的生活侧面，并无广阔的场景和复杂的情节，但在当时斗争漩涡的上海，没有言论自由，巴金又无更多其他的抗日生活经验，象现在这样直言抨击，描写这些群众所关心的问题，表达人民的心声，也足以表现作家的爱国热忱和抗日勇气了。

第三，在这个阶段，巴金继续创作了一些反映劳动人民苦难的作品，如《还乡》写农村中的政治斗争，反对贿选，揭露假民主，批判地主阶级剥削镇压人民的罪恶。锋芒直指县衙门中的县长和区、乡直接勾结的内幕。《月夜》写一航船久候一个平日准时不误的雇工，如今迟迟不到，后来发现他被地主杀害了。故事并不复杂，且未正面描写地主杀害农民的过程及其具体情节，只是通过船上人们的议论，久等不至引起的焦急纳闷的心情，后来出现的根生嫂寻找丈夫，最后发现根生被杀等等侧面描写，来烘托事件的进展，收到了情节跌宕，气氛紧张，激动人心的艺术效果。这个作品结构严谨完整，构思新颖精到，是巴金的优秀短篇之一。另一篇《一件小事》，写一个贫民叫卖白菜，没人过问，反倒受警察欺侮凌辱，因为无以为生，抛妻弃子，跳海自杀。

在这里，还要提一下那篇《将军》。这是一篇不属于上属任何一类题材的作品。它描写一个流落在中国的白俄军官，靠妻子卖淫为生，妻子安娜原是一个小军官的女儿。这个白俄军官常常回忆当年在俄国时寻欢作乐的生活，如果不发生革命，他大概可以做将军了。然而现在，他不仅逃亡到中国来，而且连自己的妻子都在供人淫乐。他觉得不能忍受，但又不得不照样让妻子去卖淫；他过着穷困潦倒的生活，且又高兴中国茶房称他为“将军”；他反对本国发生的革命，但又无法忍受眼前的流亡生活，因此想要回去。作品刻画这个白俄小军官的复杂、卑微、鄙俗的心理状态细致而曲折。这个白俄军官的悲剧是有它自己的特殊性的，因此作品也就耐人寻味咀嚼。那种冷峻的描写可以看出一点契诃夫的影响来。所以这篇作品刚发表，当时的评论者就称为“是一篇难得的佳作”。❶



另外三篇关于法国大革命的历史小说，作者立意虽然在于歌颂资产阶级革命家，但是巴金对于刺杀马拉的凶手哥代的剖析总是带着一种原谅、解释的态度，甚至或多或少有所美化；对于罗伯斯庇尔镇压反革命所作的不适当的批评，都反映了作者的不正确的历史观点。至于《神·鬼·人》的文字朴素，感情自然，写来如行云流水，其构思严谨，用笔恰到好处等等艺术成就，都是为许多评论家所称道的。❷

从上述这些作品我们可以看到作家所写的生活面较前要开阔得多，思想也要更深沉，反映的生活内容也都是与当时白热化的民族矛盾、阶级矛盾直接有关，现实性、战斗性都要强烈得多。前期那种第

❶ 见《文学》第二卷第二号（1934 年 2 月）中“书报评述栏”,《文学季刊创刊号》，作者惕若，即茅盾。

❷ 《神·鬼·人》《长生塔》等在第六章《丰收的岁月》中已作了介绍，此处略。

一人称讲故事的形式，有关爱情题材的作品在这阶段大大减少了。因为作者掌握的表现手法更加多样，构思更加丰富，就不必依仗于这种单调的讲故事的形式了。至于文字也更趋圆熟精练，作品的结构谨严、布局绵密都是第一阶段所不能相比的，对于人物心理、状貌、性格也都有许多成功的描写。

## 忧郁而悲愤的呻唤

——第三阶段的短篇小说

第三阶段是指抗战时间的短篇小说，数量不大，主要收在《还魂草》《小人小事》两个集子中。《还魂草》长达四万字右右，以作者于一九四一年初住在重庆时的一段生活为素材，以第一人称黎先生为主体来叙述故事和感情。这种形式是巴金自写短篇以来所常用的，但《还魂草》又不完全同于那种第一人称本身站在故事之外客观叙述的方法，因为这位黎先生本身就是作品的主人公之一，采用第一人称更便于他叙事抒情而已。他生活在荒芜寂寞的后方，得到了两个天真纯洁的小女孩利莎、秦家凤的真诚爱护、细心照顾，建立了友谊，使生活有了生气、温暖和情趣。他常常给两个女孩子讲故事，感动了她们幼小善良的心灵。他们还常常一起躲避警报，共过患难。但是在一次敌机的轰炸中，秦家凤和她的母亲不幸遇难。这样的事情，在八年抗战中不知发生过多少回，作者也经历目睹过无数次，但经过作家的艺术概括和精细的表现，仍然深深激起读者对于日本侵略者残暴行为的强烈仇恨和愤怒。作者描写秦家凤遇难的现场是这样的：

> “那里横着一条下坡的路，原先有一棵枝叶繁茂的大树长在路旁，现在树上只剩下几根光秃的空枝，连路旁的青草也被铲去了一大片。就在这棵树下连接地摊开两张草席，一只小小的带泥的腿静静地伸在外面。”

这段描写看来冷峻、平静，但却充满着作者悲伤的感情。作者抓住富有特征的细节，含蓄地描写一个小姑娘的殉难，深沉地表现了自己的苦痛和愤慨，使人们读到这里，不能不为一个美好生命的毁灭而颤栗悲伤。《某夫妇》描写一对知识分子夫妇住在后方，满怀热情想为抗战建国出力尽责，但在国民党腐败统治下，无法有所作为，最后丈夫温因敌机轰炸遇害，连一点痕迹都没有留下来。妻子明方却仍然坚强沉着，决心坚持下去，甚至寄希望于下一代，“一定可以做他父亲未做了的事”。小说写得很沉痛，同《还魂草》一样，控诉了日本帝国主义的兽行，同时也讥刺了国民党政府在敌人面前束手待毙，置人民苦痛死难不顾，使大批知识分子在国难深重的时刻仍然无所作为。这些作品反映了后方人民抑郁的积忿和苦闷。《小人小事》中的文字一般篇幅较短，内客多属描写内地小市民在抗战期间的一种空虚、寂寞、无聊的精神状态，含意也较晦涩。因此后来连作者自己也感到“没有特别的意义”而“不想写下去了。”

## 热情倾泻及其他

——短篇小说的风格

巴金的创作虽然以长篇著称，以《家》等为其代表作，但是他的短篇小说，无论从数量还是从思想艺术的成就方面来考核，在“五四”以来新文学史中都应占有一席重要的地位。他的短篇小说风格自成一家，在艺术表现方面有很多独创。他受屠格涅夫的影响较大，擅于通过细腻的抒情手法、热情清丽的语言来表现人物的形象、思想、感情；包括经常采用第一人称讲述故事的手法也是得力于屠格涅夫的启示。此外，他也注意吸收欧美、旧俄、日本以至鲁迅的短篇创作的艺术表现方法，加以融会贯通，熔于一炉。所以我们有的时候看到一篇作品有点象某个作家的风格，但又不完全象，因为这是巴金自己的。如前面叙述过的《将军》，那个白俄小军官的形象，我们很自然会想到契诃夫笔下的一些可怜虫。然而相象不等于相同，那个白俄小军官又毕竟只能是巴金的创造。那篇《狗》，巴金认为“有点象当时所谓‘被压迫民族’作家写的小说，也只是就情调而言。”正是这样，整篇作品那种充满悲痛的呼喊是巴金的，而不是从哪个作家模仿得来的。

巴金短篇小说的独特风格，主要表现在作者用酣畅、自然、清丽的语言着意抒写人物的感情。这种抒写很多时候不是冷静的、工笔的、精雕细琢的，而是将饱和着作者的强烈爱憎的激情，尽情地淋漓地畅快地倾泻在作品中的人物身上，以至使整个小说犹如汪洋恣肆的感情大海在那里泛滥、咆哮、呼喊、流动，借此来表现人物的思想、性格、命运。他自己就曾说过："我写文章，尤其是写短篇小说的时候，我只感到一种热情要发泄出来，一种悲哀要倾吐出来，我没有时间想到我应该采用什么样的形式。我是为了申诉，为了纪念才拿笔写小说的。"❶

一般说来，巴金早期写作短篇时，由于被过多的忧郁和悲哀所左右，艺术表现方面还不够成熟，所以有些作品中的人物性格没有着意描写，给人印象不深。当然也并非没有成功的优秀作品，如《杨嫂》《狗》等也都是较好的。稍后的作品，作者运用自己纯熟的艺术技巧，往往能使这种感情的抒发宣泄恰到好处，有利于烘染出人物的鲜明的面貌和性格。如《将军》《神》《鬼》《还魂草》等就是这样一类作品。



总的说来，巴金的短篇写作前后不过十余年，但变化发展却是很大的。他的写作题材相当广泛，但重点突出，多数是反映当时社会现实生活中为人们所关心的问题，着意表现黑暗统治下人民的苦难和不幸，愈来愈明显地加重了表现革命要求的分量。这是作家思想认识在现实斗争生活中深化的结果。因此，使作品保持一种新鲜感、现实感和较强的战斗性。有的同志批评巴金把作品写得过于阴暗，没有指出革命道路。这是把对革命家、政治家的要求去要求作家了。须知，作家艺术家的责任并不在于开出治世的具体药方。正如巴金所说："我只是把一个垂死的制度的牺牲者摆在人们的面前，指给他们看：'这儿是伤痕、这儿是血，你们看！'也许有些人会憎厌地跑开，但是聪明的读者就不会从这些伤痕遍体的尸首上看出来一个合理的制度的新生么？"对旧的彻底的揭露和否定，使人们看到黑暗的不合理的社会不可能永世长存，最后必将死亡的结局，从而激起对新生活的渴望和对革命的追求，这是巴金作品中反复描写了的。没有正面、直接描写中国共产党领导的革命斗争，这是三十年代进步作家普遍存在的局限性。当我们考虑到当时白色恐怖下，在复杂的斗争环境中，作家们还普遍

❶《巴金文集》第十卷第142页。

脱离工农斗争实践的历史背景，就会觉得这种历史局限性也是可以理解的。对于一个要求革命的作家巴金来说，还是出色地完成了自己的使命的。

次之，作品所写的人物也很众多，革命青年、工人、农民、普通市民、贫民、流亡者、大学教授、外国音乐师，以及儿童、少年等等，从而使巴金的短篇小说所反映的生活面相当广泛。尽管有些作品写得不够深刻，但也正是在这种广阔的社会生活图画中，表现了各种人物的活动、精神和心理，而不是被那种从一种模子里倒出来一种“典型”、一种人物的理论所限制。

再次之，在表现手法方面也总是力求有独创。同样两篇描写革命者牺牲的故事，都是采用侧面描写的手法，但《雨》和《父亲买新皮鞋回来的时候》却并不雷同。前者通过爱人、母亲、朋友的心情来表达，后者通过孩子的心理来表述；前者痛苦的气氛更浓重些，后者客观的描写更多些；两者都以牺牲唤起后人继续革命，但结局的氛围也都不一样，各自围绕自己的主题思想，主人公的性格特点来展开故事情节的发展。

上述这些巴金短篇小说的题材、人物、表现手法的多样化和与现实生活保持紧密联系等特点，都是形成巴金艺术风格特征的一些重要因素，而巴金这种热情倾泻的风格在现代短篇小说创作中确可以说是独树一帜的。

原载《巴金评传》（中国现代作家评传丛书）第十二章河北人民出版社 1981 年 8 月版，第 235 页至第 251 页

## （四）分论三：散文

# 巴金的《朋友》

圣　陶

作者的文章充满着热情，许多的少年人青年人都欢喜读它。所谓热情源于天性和环境。具有热情的天性，又遇到不受阻遏甚至足以助长的环境，胸中的热情就像火一样炽盛起来了。但热情的人表现在外面的，如态度、说话、作文、等等，未必个个都一样，大概可以分为两派。一派是胸中虽然怀着热情，可是表现在外面的依然很冷静，即使激昂已极的时候，态度还是那么从容，说话还是那么平淡。另一派却不然，表现在外面的同内面一样地热烈，无论一个态度或者一句说话，都毫不隐藏地显示出他胸中所怀的一腔热情。作者近于后一派，表现在外面的他的文章尽让热情奔放，内面感得怎样笔下就怎样抒写，不很顾到节制和含蓄。所以他的文章读下去很是爽利，好象听一个绝无城府的人滔滔汩汩吐露他的心胸。

文章必须从真实生活里产生出来。把真实生活里所不曾经验过的事勉强拉到笔底下来，那是必然失败的勾当。人固然不必为着写文章而留心自己的生活。但做了人就得担负人的责任，就得留心自己的生活。有充实的生活才有好文章。——以上这些话差不多是谈文艺的人的老调，然而中间确含有颠扑不破的道理。如果把这里所选的一篇《朋友》作为例子来看，这个道理将更觉得明白。

《朋友说》、《交友的益处》这一类题目，不是从前以及现在的初学作文的学生常常遇到的吗？他们对于朋友知道得不多，只从“修身”或“公民”的教科书里得到一些概念，于是交换知识哩，帮助工作哩，规劝过失哩，写上纸面的无非这一套，借此练习练习造句和成篇，当然算不得坏事，但决不能说作者写了一篇象样的文章。这里所选的一篇，题目也是《朋友》，然而写来和初学作文的学生全然不同。它教人家深切地感动。不但感动，还能影响到行为，使人家更珍重起朋友所给与的友情来。这为什么呢？因为这篇文章是从作者的真实生活里产生出来的。作者跑到这里，跑到那里，和许多朋友交接，彼此相见以心：好象全是这篇文章的预备工夫。换一句说，没有他的交游就不会有这篇文章。象这种并非勉强拉到笔底下来的材料，里头交织着作者的思想和情绪，写成文章，自然成为出色的一篇，受读者的欣赏了。

这篇文章说了许多的话，其实只是表明一句："他们待我太好了，我简直没有方法可以报答他们。"为要叙述"他们"怎样"待我太好"，所以用"明灯"来比喻"他们"的友情，用"把我从深渊的边沿挽救回来"来形容"他们"的施与。比喻和形容还嫌不够，所以更举出一些"待我太好"的事实来。第一，"朋友给我预备好了一切，使我不会缺乏什么。"第二，甚至以前不曾闻名的朋友"也关心到我的健康"。第三，"这次旅行给我证明出来，即使我不写一个字，朋友也不肯让我冻馁。"这些事实根源于"不能与生存分开的大量"，是"人生之花"开放着的表现。作者给"这么多的人生的花朵"环绕着，自然要感激惭愧，引起"我将怎样报答他们呢？"的心情了。



然而引起这种心情只是作者方面的事。在许多朋友方面，岂有为望报答才作种种施与的道理？这一点作者体贴得很明白，所以随处说着"大量的慷慨"，"慷慨的施与"，"明明知道我不能够给他一点报答"，"我知道他们是不需要报答的"这些语句。

作者说没有方法可以报答，那末就此不想报答了吗？不。作者愿意做一块木柴，"把我从太阳里受到的热放散出来，……给这人间添一些温暖，"这就是他的报答。不过和你来我往的寻常报答不同。报答的对象并不限于"待我太好"的朋友，而是广大得多的"人间"，这种想头，可以说是从受了友情的培养而滋长起来的一种崇高的道德感发生出来的。

就文章说，如果到"但是我知道他们是不需要报答的"为止，不再写下去，也未尝不可以。然而比较现在的样子就觉意味短少得多。对于这一点，读者不妨仔细辨一辨。

原载 1936 年 3 月《新少年》第 1 卷第 5 期"文章展览"栏

# 《黑土》

柳葉长青

这本小书一共有六十四面，去年十月出版，包括了五篇文章：《黑土》，《南国的梦》，《在广州》，《卢骚与罗伯斯比尔》，《马拉、哥代和亚当·吕克斯》。

作者在另外一本书里，说过“我并不是为了写作才来写作的”，这句话说得并不错。在作者的每一篇文章，每一本书里，都是贯穿着一种理想，和一种目的的。多少年来，作者都是在这一种理想和目的之下写作，不管是在沦陷区，在战区，或是在空袭中，在旅途上，都从未离开过他底岗位，也从未休息过。所以，我们要读他底作品，应先了解他那多少年来不稍松弛的写作精神，超出艺术范围之外的那个目的和理想，然后方能再说到其他的问题。

作者写作的目的和理想，具体地研究起来不是这篇短文所能容纳得下，也不是这里所要讨论的，一句话：是要用着文学底力量，给那旧的，不合理的社会制度以无情的打击（如《家》，《春》，《秋》……等）。而为新的，未来的一代做着探路的工作（如《雾》，《雨》，《电》……等）。而于现在这种纷乱苦难的〔时〕代中，努力着光明生活的向往，挖掘着社会疾病底根源。……

《黑土》，便是这样一本值得一读的书。

在这本书第一篇文章——《黑土》——里，作者述说着一个美丽的，快乐的，充满着希望和友爱生活的所在。作者在那文章里说：

“许多事情在这地方都变为平常了。复杂的关系变成简单。人和人全以赤诚的心相见。人了解他（或她）的朋友，好象看见了每个人的心。这里是一个和睦的家庭，我们都是兄弟姊妹。在欧洲小说中常常见到的友情，在这南国的红土上开放了美丽的花朵。”

“我们的目标是‘群’,是‘事业’,;我们的口号是‘坦白’。……”

“在这些时候，我简直忘掉了寂寞，忘掉了一切的阴影。个人融合在群体中间，我自己也在那些大量的友人中间消失了。友爱包围着我，也包围着这里的每一个人。……”

象这种可爱的地方和感人的生活，有谁能不怀恋呢。于今那地方已有了战争，我们也会象作者最后所说：“有一天会响应他们的号召，到那边去”的吧。

在《南国的梦》里，作者记述着一个“会把碎片用金线系在一起，在废墟上建起宝塔”的一个不顾自己健康，努力工作着的友人。那个“友人”底工作精神是值得读者的钦佩和学习的。

在《在广州》里，作者记述着敌机底狂炸，我们底无辜的平民的惨死，在空袭中走上献金台去献金的吃草的乞丐底义举，青年男女的歌声，和作者在空袭中从事工作的经过。

以上这三篇文章，大体上是比较地偏重于生活方面的。前边说过，在作者底每一篇文章里都是有一种理想和目的的，在这三篇文章里我们当然也见到了那理想和目的的影子。作者底写作的艺术，和在每一篇文章里洋溢着的热情的感人的力量，早是读者们早已知道得很清楚的事，用不着这里多饶舌。

比起前三篇来，后两篇《卢骚与罗伯斯比尔》和《马拉、哥代和亚当·吕克斯》是偏重于研究方面的文章。

在《卢骚与罗伯斯比尔》里，作者述说了那位《民约论》作者底学生初次去访问那位“日内瓦的公民”的细腻的，幸福的经过。作者认为“这也许是罗伯斯比尔一生中最快乐的时候”。

但重要的地方除了这种心理的分析之外，作者说明了由于社会底不合理的制度所产生的有产阶级，为了拥护阶级利益而赐给这个“廉洁的人”——罗伯斯比尔——的各种污蔑和陷害。

还有更重要的一点，作者从政治学上的革命政策上，分析了“必须把头颅献给共和国”，“想用断头机来实现他先生的理想”，和“想用权力来维护革命拯救法国”的刻苦工作者——罗伯斯比尔——底失败底原因，是由于：

“当巴黎民众饥饿着要求面包的时候，他却给他们以血和头颅。他杀害了好些真正的革命者，他削弱了巴黎公社的力量。所以他被反动力送上断头机时，他不能得着民众的拯救了。”

象这种历史上的悲剧地革命底经验，是值得后来者的注意和警惕的。

在最后一篇，《马拉、哥代和亚当·吕克斯》里边，作者又拉出一位“生于贫穷，死于贫穷，有过光荣，却拒绝了物质的享受，接连有九个月，只喝清水吃白面包，而且有三年多每天不曾休息过一刻钟”的一代革命的领袖，人民之友，也是那位“日内瓦的公民”的信徒——马拉，和杀害了马拉的另一个美丽的贵族的少女，也是卢骚的崇拜者夏洛蒂·哥代，还有，中了魔似的定要跟着哥代上断头台去的德国青年亚当·吕克斯等一群历史上的人物，摆在我们面前。

作者在这篇文章里，他那挖掘社会症结的锋芒是更为尖锐了。作者用了非常的锐利的眼光，和缜密的分析力，从国家政党上，从社会阶级上，从心理变化上，……说明了各种事件的发生。

作者底思想和正确感在这篇文章里更明显地显示给我们了。他关怀着马拉底身体说：

“他那病弱的身体，他那带着过度兴奋的表情的面容，他居然支持着病体出来散步了。是的，他比任何人都需要这阳光和空气的。他工作得太苦了。甚至患着病坐在浴盆里他还不停地写东西。他是应该休息的。看见马拉休息，这是最令人快活的事。”

然而对于另一阶级的人，作者又是怎样的痛恨呢：

“如N·H·威伯斯托夫人，她比哥代更恨马拉，这位淑女的恶毒的文章，使人疑心他倒是一个喝血的疯人，她的笔不会触到马拉的仁爱的心，只表现了自己阶级的无能。她和通俗小说家阿尔柴男爵夫人一样，想‘把法律握在自己的手里’来拥护阶级的利益，阿尔柴男爵夫人将罗伯斯比尔判处一次死刑，威伯斯脱夫人也再一次的杀了马拉，可是这样并不能挽救自己阶级的没落。……”

但作者对于哥代的那种错误的行动，却给予了一种正义的责备。

“她以为他的匕首挽救了法国。她却不知道这是贵族，皇党，和资产阶级的匕首。……她说自己救了十万人，其实受了害的是全体法国……”

“马拉的墓碑上题着这样的话‘这里安息着人民的朋友马拉，他是被人民的仇敌们谋杀了的’。实际上杀死马拉的正是人民的仇敌们。哥代不过做了一个工具。”



为什么哥代会变成别人底工具？作者随即说明了她从贵族和吉隆特党人的口中，所听到的全是诬蔑中伤的谣言。这伤害了她的心，她把马拉当作一个恶魔，她要去掉他，给多数人带来和平。因此便演出了“仁爱摧残了仁爱，卢骚的弟子杀死了卢骚的弟子”的悲剧。

至于那个跟着哥代上了断头台的德国青年，更是不懂得革命的人，虽然他是为了效忠革命来到巴黎。他底死，只不过由于哥代底错误的行动和美丽，所引起的一种罗曼谛克的激情，迫使他步上夏洛蒂·哥代底后尘。

这是一篇非常有价值的文章，它底价值不但限于历史学的研究上，主要的是从政治学上，社会学上，心理学上，分析了并且说明了那些不合理的不应该发生的事情的根源。

作者痛心着对于这些事情不能有所挽救，然而对于现在和未来的人们却有了很大的贡献。它（这篇文章）将告诉人们怎样去避免这些悲剧的发生，而从事有益的工作。……

在作者底作品中，《黑土》应当也是一本有价值的书。它不但有着动人的故事和美丽的描写，主要的是它告诉人们怎样去生活，而且举出了那么多的生活底榜样来。

原载1940年11月《自由中国》新1卷第1期

# 巴金的散文*

林　非

文学应该是战斗的武器，它必须为一个崇高的目的服务。在现代文学史上起过进步作用的作家，几乎都是怀着这样的理想的。然而究竟怎样去战斗，崇高的目的又究竟是什么？由于生活道路和思想修养的差异，很多作家的答案又是并不相同的，有的找到了共产党领导的工农革命的道路，有的却与此存在着相当的距离。

在现代文学史上发生了很大影响的作家巴金，跟党领导的工农革命运动就有着一定的距离。他对旧制度充满了憎恨，曾用自己的笔进行战斗，控诉和鞭挞了反动派的罪恶，激起过广大读者反抗这个黑暗王国的强烈的愿望。然而由于思想信仰的限制，他的作品并没有给读者指出一条明确的道路。解放以后，他充分认识了自己的作品在这方面的缺陷。他在《谈〈灭亡〉》一文中说，“我的思想中充满着矛盾，自己解决不了的矛盾”，“我缺少一种能够消灭我的矛盾的东西。我不断地追求，却始终没有得到。”

巴金在愤怒地揭露旧世界的时候，常常倾泻出一种燃烧似的感情。他说：“我有感情必须发泄，有爱憎必须倾吐，否则我这颗年轻的心就会枯死。”（《谈（灭亡）》）他又说，“我写小说不论长短，都是在讲自己想说的话，倾吐自己的感情”，“我只是用自己的感情去打动读者的心。”（《谈我的短篇小说》）巴金的小说，正因为充满着浓郁和强烈的

* 本文原题《巴金》，这个题目是本书编者加的。——编者注

感情，因此产生了很大的艺术感染力量。文学艺术不同于其它意识形态的一个特点，就在于它是透过形象的思维，而形象思维区别于抽象思维的地方，又在于它丝毫也不能离开感情的色彩，它善于用感情去打动和征服读者。有些神经衰弱的评论家，不让别人谈论“感情”这个字眼，这是十分荒唐的，因为文学艺术本身就是感情的产物，问题不在于文学艺术中要不要有感情，而在于要有什么样的感情，是用无产阶级的感情，还是用资产阶级的感情去打动和征服读者。如果缺乏了感情，文学作品就很容易变得干涩和枯燥，因而不可能吸引读者的注意，更不可能引起读者的共鸣。这种违背文学艺术规律的做法，毫无疑问是要使创作趋于失败的。

比起小说这种文学样式来，散文创作更需要直接地倾泻作者自己的感情。如果说巴金的小说，是以善于倾诉自己感情取胜的话，他的散文就更是洋溢着激昂和热烈的感情了。梁启超曾声称他自己写的文章，“笔锋常带感情，对于读者，别有一种魔力焉。”（《清代学术概论》）巴金的散文也正是因为做到了“笔锋常带感情”，所以能产生一种打动读者的“魔力”。

巴金是以撰写散文开始他的创作道路的，在写出他自己的第一部小说《灭亡》之前，就于一九二七年完成了自己的散文集《海行杂记》。从这时到解放前夕为止，他先后出版了《生之忏悔》、《旅途随笔》、《忆》、《短简》、《点滴》、《控诉》、《龙·虎·狗》、《怀念》、《静夜的悲剧》等十多个散文集。巴金在自己写的大量的散文中，尽情地抒发了十分热烈的感情。这里有对童年生活的诗一般的回忆，有对封建大家庭的诅咒，有对亡友的悼念，更有对侵略者的仇恨。在他的散文中，有着真挚和温柔的爱，也有着深沉和刻骨的憎。

除了充满着这种感情的色彩之外，巴金的散文也善于描写自然风光和人生世态。他总是用清新纯朴的语言，写得那样的生动和流畅。《鸟的天堂》先是描写南国乡野里的榕树，形象地展现出它的生命力，把环境交代清楚之后，接着就绘声绘影地描写鸟儿的飞翔，和它们的歌唱，层次分明，形象突出，给读者的印象异常清晰，似乎是跟着作者一起目睹了这个场景似的。《机械的诗》则生动地描绘了工业城市的情景，“在这样的背景里显出了管理机械的工人的雄姿”，因而使作者

"感到了一种诗情"，和"一种创造的喜悦"。作者不仅是乡村的歌手，也是城市的诗人。

在篇幅不长的散文中，善于勾勒出人物的性格，这又是作者的特长。《一个女佣》，写一个家住广东农村的女仆，从容镇定地拿起手枪，打死了欺压乡民的土豪，然后毫无恐惧地等待着官厅的捕捉。《一个车夫》，写一个十五岁的黄包车夫，不屈服于生活的折磨，变得骄傲、倔强和坚定。这些都是用白描的手法，把人物写得活灵活现的例子。

把散文写得富有感情，而又善于描写环境，突出性格，将抒情和叙事紧紧地揉和在一起，这是要有相当高超的艺术技巧才能够达到的。为了很好地达到这样的艺术境界，巴金这样清新和纯朴的笔调，是很值得学习的。那种雕琢文字、堆砌词藻的陋习，反而会阻碍作者表达出奔放的感情，影响他勾勒出鲜明的形象。有经验的作者都会知道，通过纯朴和自然的文字，最能够传达出对象的内在的美。和巴金同时代的有些散文作家，他们惨淡经营地堆砌着词藻，用来建造自己艺术的殿堂，然而他们那些雕琢的文字，正好成了自己的累赘，使自己笔下本来就很狭小的天地，显得分外的眼花缭乱，不可捉摸，而并没有弥补作品内容的苍白和空虚。这正是他们的散文，远远逊于巴金的一个重要原因。



录自《现代六十家散文札记》，天津百花文艺出版社 1980 年 3 月版

# 人生旅途的写生

——关于巴金的散文创作

陈丹晨

巴金的散文写作，从他开始从事文学创作起一直没有间断过。由于他有一种良好的勤奋写作的习惯，不论是安静地住在家里，还是匆匆奔波在旅途中，甚至颠沛漂泊在战乱逃亡生活中，只要能够坐下来，不管环境怎么嚣闹杂乱，他都能摊开纸张，执笔写作。即使不能写长篇巨制，至少可以写点滴见闻，即兴感受。他是个好思索、热情奔放的人，对于现实生活观察敏锐，体会真切。生活中一些苦痛不平的现象又触目皆是，经常引起他的强烈激动，不能自已。他尽力想把这些见闻、印象、感受、思索记录下来，抒发出来，因此他的散文创作就成了一股涓涓的细流，源源不断。从一九二七年一直流泻了二十年。他一共写作和出版了十八个散文集，约五十余万字，如果加上其他作品的序跋就更多了。他的散文形式很多，并没有一个精确的分类标准，因此诸如游记、回忆录、感想、杂文、小品文、通讯、序跋、随笔……等等，几乎把凡是小说以外的都编入这些集子中去了。

## 生活、思想和友情

——传记性回忆性的散文

一九三三年，上海第一出版社计划出版一套自传丛书，但是后来正式出版的只有五本[1]，巴金自传是其中一本，出版于一九三四年底。那时巴金刚去日本。他交稿时原说明自己只能写些零碎的回忆，所以书名题为《片断的回忆》。等巴金从日本回来，看到这本自传，很不满意，因为里面错字很多，又被国民党审查官删去了一章。于是他重加整理编定了一本题名为《忆》的回忆性散文集。这是他最早写的传记体的回忆文章。内容包括从他的童年直到青年时代离开成都老家为止，另外还附了三篇写三十年代自己生活思想的杂感文章。此后，他又陆续写了《短简》《生之忏悔》等，记述了自己的青少年时代的思想、生活、受教育以及家庭关系中母亲、大哥及其他人员的情况。《黑土》《无题》《短简》（二）等记述了自己抗战期间在上海、广州、昆明的经历和一些遭遇轰炸的情况。这些散文集严格地说，都还不能算是真正的传记，就如巴金所说的，只是一些片断的回忆，所记述的事迹详略也不尽相同；但是它给我们研究作者的思想、生活和创作，提供了第一手的可贵资料，可以从中了解到作者某段时间、某种环境下的真实活动情况，及其周围的某些重要社会关系。巴金写这些回忆性的文章，往往是用平易自然的不加任何矫饰的笔触直抒胸臆。特别是《忆》中那几章描写作者儿时无忧无虑的生活和在天真洁白的心灵中引起的某些疑问、惶惑的反映，都十分真切地写出了一个娇憨的儿童爱思索的心理和生活，生动地跃然在纸上，使人感到亲切而可捉摸。这些文章不仅是一般的优美的散文，也还是可以启发孩子们良知的优秀儿童文学作品。《生之忏悔》中的《我的心》《我的自剖》《我的呼号》《我的梦》等等，对自己的思想感情不管正确的，错误的，欢乐的，痛苦的，都有很诚恳的剀切的解剖。他毫无保留地把自己要求为人民争取有一个新世界的一颗赤诚的心袒露在读者面前，让人们来裁判他。所以作者曾经自称这“应当是我的忏悔录的一部分”。例如他曾讲到自己并非是为写作而写作，因此他的写作往往不是在事先有了周密的布局之后进行的，而是在一种激情的驱使下，汩汩然地流了出来，使他自己无法控制和抗拒。他说：“我太热情了！”这种热情又是什么呢？



[1] 另四本是《钦文自传》《庐隐自传》《资平自传》《从文自传》。

“我真愿意使自己做一根火柴，燃烧得粉身碎骨，来给你们添一点温暖。”❶

“倘使有一双翅膀，我甘愿做人间的飞蛾。我要飞向火热的日球，让我在眼前一阵光、身内一阵热的当儿，失去知觉，而化作一阵烟，一撮灰。”❷

“有人说热情是一把火，我便说我是一座火山，一座雪下的火山。我贮蓄了那么多的热情，我害怕会有一个大爆发。”❸

作者用诗般的语言，形象的譬喻，寄寓着自己的人生哲理，表述自己的理想和愿望。那种炽烈的热情似乎可以使人炙手，但他并不以泄发自己的热情为止步，而是执着地去追求新世界，战胜旧势力。他懂得在黑暗中行进的困难，要争取成为强健的人的艰辛，所以他在热情洋溢的同时，又说：

“在黑暗中人常常会滑脚，走错一步就会落进无底的深渊。熟习了黑暗的人就知道这只是一个假象，跨过它，便横着光明的前途。我常常在最浓的夜色以后看见了黎明。所以我有这样的确信。……我要使人人有这个信仰。我要使人人有这个希望。”❹

因此，在这些传记性的回忆文章里，给予人们的不仅是作家过去走过的路程纪录，历史的回顾，也还是渗透了作家血和泪的感情的结晶，是了解巴金、理解巴金的重要资料。

与这些传记性的散文有关的是怀念已经亡故的友人的文章，都编入《怀念》集中，有《纪念友人世弥》（罗淑）、《悼范兄》（陈范予）、《怀念》（林憾庐及其他）、《纪念憾翁》（林憾庐）、《写给彦兄》（王鲁彦）、《纪念一个善良的友人》（缪崇群）、《纪念我的哥哥》（李尧林）、《忆施居甫》、《怀陆圣泉》（陆蠡）等。这些友人生前都是巴金极为亲

---

❶《巴金文集》第十卷第93页。

❷❸《巴金文集》第十卷第396页，第102页。

❹《巴金文集》第十卷第95页。

密相知的，他们不幸都死在中国人民神圣的抗日战争期间，除了罗淑死于庸医之手，陆蠡为日伪直接杀害，其他几乎都是在国民党黑暗统治下，因为贫病交迫而染了肺结核而死去的。巴金因为失去这些好友感到伤痛，也为这些优秀的、要求进步的、有才华的知识分子、作家、文化工作者没有来得及充分发挥他们的才智、为人民留下更多的财富就因恶劣的环境过早死去而感到悲愤和惋惜。巴金写这些怀念文章既畅抒了自己真挚的哀痛、对死者敬爱的热忱，又通过当年相处时感受最深、最足以表现亡友的为人的细节描写，绘出一幅幅形象逼真、事迹动人、性情特点活跃在字里行间的人物肖像画。从这里我们看到了贤淑温顺而具有爱国热忱、临危不惧的罗淑，谁又能想到她还是一个才华过人、写作勤奋严谨的女作家。我们认识了善良仁厚的陈范予，他甘受贫困，切实地从事教育工作，最后受了惊人的病痛的折磨默默地死去。还有至死忠实地坚守在文化工作岗位的林憾庐，痛苦地死于寂寞和贫穷里的著名作家王鲁彦，单纯善良的散文作家缪崇群，与作者一起成长共过患难的同胞哥哥李尧林，少年时代一起编过刊物的好朋友施居甫，忠厚老诚、死于民族敌人的毒手的散文家、翻译家陆蠡……这些人的面影清晰地浮现在读者眼前，似乎也成了人们熟悉的朋友，并且对于这些善良正直的知识分子的苦难遭遇表示深切的同情，生出无限的敬意。巴金在这些文章中，既有关于他们事迹的朴素的写真，又有当年来往的平易的记事，苦痛哀伤感情的抒发，还有因为深情的怀念追忆而生化出来的动人的幻觉。试看，他在《纪念憾翁》中写道：

> “门外寂无人声，夜是这么深了。我还坐在方桌前面拿起一支笔，写你的事情。……在灯光的四周聚着一团黑影，仿佛有一对眼睛在向我注视。我忽然听见了一声轻微的咳嗽，声音是这么熟。桌上正放着一杯热气腾腾的浓茶，我说：‘你坐下喝杯茶吧！’我惊喜地抬起头，可是只看见映在墙壁上的热水瓶的影子，没有一个人，我原来在对自己讲话。你是永远不会回来的了。
>
> “门外是一个落着细雨的夜，在那边，润湿的泥土下面一定很冷。但愿叫号似的风不要惊醒你的长眠。我想到伴着你的一片黄

沙、一堆山影和几棵枯树，心隐隐地发痛了。”❶

这种幻觉、这种感情那么真切动人，情深意长，而这样一类描写在这些回忆散文中是经常可以见到的。另外，还有一个共同的特点就是：朴实、真诚、深厚的友情借助于自然、平易、流畅的文笔得到生动的透彻的倾泻，从中又寄寓了作者因事而发的对社会、对人生的感慨和认识。例如，在悼念陈范予的文章中，他说：

“……他（战士）永远追求光明。他并不躺在晴空下面享受阳光，他却在暗夜里燃起火炬给人们照亮道路。对于他，生活便是不停的战斗。他不是取得光明而生存，便是带着满身伤痕而死去。你正是这类战士的一个典型，你从不知道灰心与绝望，你永远没有失去青春的活力。”❷



这里，是对陈范予的评价赞颂，是作者对于人生、社会，对于战士的理解。这样的理解是崇高的、深刻的。这样，就使一篇朴素的回忆散文的思想得到了丰富和深化，也可看出作者对于生活，对于真理的不断的思索和探求。

## 旅途速写

——旅行游记散文

巴金写作的散文中，旅行游记占有很重要的比重，先后共出版了五本这类散文集。其中：《海行杂记》是记述一九二七年赴法途中见闻的；《从南京到上海》是记述上海“一·二八”事变作者滞留南京，后来设法返回上海的情景的；《旅途随笔》主要是记述一九三三年到南京、香港、广州旅行以及回沪途中的见闻的；《旅途通讯》是记述抗战以后，在广州坚持办《烽火》《文丛》，以及辗转去武汉，撤离广州，漂泊柳

❶ 《巴金文集》第十卷第 505 页。

❷ 《巴金文集》第十卷第 488 页。

州、桂林的情况的；《旅途杂记》是记述一九四〇——一九四二年风尘仆仆奔走在成渝黔桂道中的情景的。所以，这五本跨越一九二七——一九四二年达十五年之久的旅行杂记，从某种意义上来说，它具有与上述传记性回忆性散文同样的价值，对于了解巴金的思想、生活和创作都是重要的、宝贵的第一手资料。不同的是，前者是事后的回忆，后者是即时的记述。同时又由于这些旅行杂记重点并不在于记述自己的思想言行而在于记述自己对现实生活的见闻，因此，凡作家所经历所观察所感受体验到的各地风土人情、城乡面貌以及抗战期间在敌人狂轰滥炸的威胁下受难的城市、人民的情景，都一一摄入作者的笔下，其中同样也寓有作者的感慨和见解，也抒发作者的悲哀和欢乐。这样，巴金的旅行杂记，既是有各地景物风尚的速写，自然美的再现，又是社会生活的写生，各种普通的平凡的小人物的命运的侧记，反映了巴金在任何时候记住自己的职责是要申诉人民群众的呼声，而不是在群众疾苦面前闭上眼睛。这些“侧记”“速写”可能只是寥寥几笔，或只是千百字，所写的不过是一个特写镜头、一个侧影、一个场景，但却给人留下了深刻难忘的印象。读了《海行杂记》，人们随着巴金乘着海轮，穿过印度洋、红海、地中海，领略了沿途许多城市的风光，但是那五个黑小孩潜水到海底摸钱的镜头直到旅行结束也不会隐去：



> “一些黑脸浮在绿水上面，口里不住地叫。这是什么？五个黑小孩，他们泅水过来向船上的人要钱。……一个法国人丢了一个铜子下去，他们中间有一个就把头往水里一埋，脚一翘，跌了几个斤斗，钻下水去不见了。忽然水面起了一个大声音，好象一尾大鱼跳起来似的，于是那张黑而紫的脸，短而卷的头发又出现在水上面了。黑小孩用手抹一抹脸，手里拿着那个铜子，朝我们晃了一下，便把钱放在他的口里衔着，然后泅着水走了。
>
> “‘这也是人的生活’，卫侧过头对我说，他的面貌很严肃。
>
> “我不答话。我望着黑小孩跟波浪搏斗的情形，我的心似乎被什么搔着痛，我想这应该是一个残酷的景象罢。”❶

❶《巴金文集》第十一卷第47页。

这个镜头出自作者早期作品《海行杂记》，文字比较质朴，但却非常真实，它给人留下的印象可能延续几十年也难以忘怀。还有那篇《一千三百圆》，已经成了现代散文中的一篇著名的作品，记述了一九三三年六月作者在广州看到当地买妾的情景。在茶馆酒楼，竟然有人公然把女人当商品招揽主顾，当场拍卖，然后据说在付了定钱以后，还得由买主将姑娘全身仔细检验一通。对于这种买卖人口，随意摆布女人的黑暗习俗，周围的观众嘻笑自若，不以为怪，但作者却实在无法抑制自己的愤怒了。

巴金是一位具有深厚的人道主义精神的作家，他从来对青春、生命、人民具有特别挚爱的感情。他常常为一个生物的无辜被虐待而痛恨愤怒；更为了许多年轻可爱的生命牺牲在封建礼教制度的迫害下，写下了一本又一本的著作表示控诉和抨击；如今，在抗日战争的岁月里，他一次又一次地看到成批成批的人民惨死在侵略者的炮火轰炸之下，比他过去所见的死亡更多更残酷千万倍，这怎么不激起他的强烈仇恨，无比的义愤呢？他记述过上海的轰炸和大火，广州的轰炸和大火，桂林的轰炸和大火，昆明的轰炸和大火……国土到处在遭难，到处在燃烧。他苦痛、愤恨，但他是坚强的，在他的笔下所描绘的这些城市和人民也是坚忍不屈的。这是桂林的大火：



“夜色突然覆盖了全个城市。但是蓝空却有一段红的天。红色的火光舐着天幕。火光升起来，落下去，又升起来。这时风势已经减弱了。但是凉风吹过，门楼、屋梁、墙头忽然发出巨响，山崩似地向着新的废墟倒下来。火仍在燃烧，火星差不多要飞到我的棉袍上面。”

但是在这样的灾难中，巴金没有忘记写人的活动：

“我觉得自己被包围在火焰中。一股一股的焦臭迎面扑来，我的眼睛被烟熏得快要流出眼泪。没有落雨，但是马路给浸湿了。……一个女人又焦急又气愤地对两个伸着手的人说：‘人家房子都快烧光了，你们还忙着要钱！’她红着脸把手伸进怀里去掏钱。我在这个女人的脸上见到熟人的面容了。我一定在什么地方见过她。不，我应该说是见过这张面孔，这样的表情，我在我走过的

每一个中国的地方都目击过。这里有悲愤，有痛苦，有焦虑，但是还有一种坚忍的力量……”❶

虽然这只是轰炸后救火情景中的一个小镜头，然而，巴金就是从这样毁灭性的大火中，从这个陌生女人热情主动相助的事迹中，从这样平凡的老百姓的脸容、言谈中，看出了中国人民的力量和精神，表现了希望和信心。他说：“从这个城市你们会想到其他许多中国的城市。它们全在受难。不过它们咬紧牙关在受难，它们是不会屈服的。在那些城市的面貌上我看不见一点阴影。在那些地方我过的并不是悲观绝望的日子。甚至在它们的受难中我还看见中国城市的欢笑。”在抗日烽火连天的日子里，巴金走过许多地方，看到过许多苦难的景象，但是他的爱国的反侵略的斗志始终是很顽强的。这是他的许多旅行杂记中所常常畅快抒发过的。

但是，因为是旅行杂记，因此也还是有许多对各地的风土人情、自然景物的描写；又因为有的是写于一般旅行途中，有的却是写于战乱避难之中，所以作者的情绪、注意的中心就大不一样。写于赴法途中的《海行杂记》，记述了沿途的异国风光，那时的心情是平静的，恬适的，怀着新奇的求知的眼光观察所见所闻，无论是西贡的植物园，印度洋上的愉快航行，红海上的日出，地中海的月夜……作者都描绘了一幅幅色彩幻丽、旖旎动人的画面。作者当时还很年轻，还是初次用文学语言描写生活图画，但却已显露了他的不凡的艺术描写手段。写于战乱期的《旅途通讯》《旅途杂记》中，关于坐上木船撤离广州时那种寂寞惆怅的情景，在泸县看到的太阳余晖照射下的废墟，贵阳洋溢着春的气息的晴天，筑渝道上充满生机的山野和农田……都恰如其分地表露了作者不同时期的心情和意绪。撤离广州时是这样一幅稀落寂寥的画面，透露了作者的感伤苦恼而又无可奈何的心情：

“夜已经降临。暮色覆盖了一切。水面上亮起灯火。水声和桨声寂寞地起落，起落。远远地响起唤人的声音，有女人在高声讲话。在一个地方许多小艇一排几十艘泊在那里，没有灯光，没有

❶《巴金文集》第十一卷第322页。

人声，河面更宽，水上微微发光。一切于我都是陌生，我更疑心真是踏入了梦境。”❶

而一九四二年时，奔走在筑渝道上时，又是别一番情景：

“山全是绿色，树枝上刚长满新叶，盛开的桃李把它们的红白花朵，点缀在另一些长春的绿树中间。一泓溪水，一片水田，黄黄的一大片菜花，和碧绿的一大块麦田。小鸟在枝头高叫，喜鹊从路上飞过。……这一切抓住了我的心。我真想跳下车去扑倒在香味浓郁的菜花中间，……一片土，一棵树，一块田，……它们使我的眼睛舒畅，使我的呼吸畅快，使我的心灵舒展。我爱这春回大地的景象，我爱一切从土里来的东西。因为我是从土里来，也要回到地里去。”❷

那时，抗战已经延续了六年，一切仍然处于困苦的环境而看不到前景，巴金连续描写这些生意盎然的图画，表达了他的乐观的信念。值得注意的是，他习惯用清新、平易、自然的文字描绘出真实的清丽的画面，保持了他的朴素、流畅而富有热情的风格，并不因为写景而去用浓墨渲染。巴金散文的艺术特点，与他在童年时代就经受过比较严格的散文学习、写作的训练密切有关。他认为他熟读过的《古文观止》中的两百多篇古文，“可以说是我真正的启蒙先生”，❸对他后来的散文写作是有很大帮助的。

## 优美·深情·富有哲理

——别具一格的散文诗

屠格涅夫是巴金最敬佩的作家之一，无论是小说、散文的写作和

---

❶《巴金文集》第十一卷第275页。

❷《巴金文集》第十二卷第355页。

❸《巴金文集》第十四卷第471页。

语言风格，他都有意向这位前辈的外国作家学习。从巴金写作的《梦与醉》《龙·虎·狗》《废园外》等散文诗中，我们更可以看到屠格涅夫明显的影响。早在三十年代，巴金旅居日本时就开始翻译屠格涅夫的散文诗，但直到一九四五年才译完。正是出于对屠格涅夫文学语言艺术的崇敬心情，❶虽然巴金这时已经翻译了许多外国文学作品，唯独对这部《散文诗》却仍谦逊地称作“试译”，因为巴金认为“诗的情味恐怕已经被我丢光了”。事实上，巴金不仅译了屠格涅夫的《散文诗》，而且还学习了这种文体，写作了自己的散文诗。一九三七年抗战前夕写的《梦与醉》中，有《死》《梦》《醉》《路》《生》等，顾名思义，作者正是在生死、进步、革命等问题上，用热烈的激动的抒情诗的语言，阐释了自己的人生哲学观点。他认为，把个人的命运和众人的事业相结合，有机会参加社会改革，犹如一种幸福的沉醉，他也曾因此得到力量、鼓舞和希望。他还认为，害怕死是一般人所常有的弱点，“世间不知道有多少人因为怕死甘愿低头去做种种违背良心的事情，真正视死如归的勇士是不多见的。象耶稣被钉在十字架，布鲁诺上火柱，……象这样毫不踌躇地为信仰牺牲生命的古今来能有几人!”至于他自己，“我常常侈说寻求人群的幸福，不能找到从容就义的机会，却在纸笔上消磨我的岁月，那是我的无能。但这并不证明我的路就和大众的路相背驰。我的话不是我自己发明的。那是许多人已走过而且正在走着的啊。我也从没有在这条路以外寻找别的所谓个人的路。”这当然可以说是巴金的基本的人生态度，是真实的；但在实际生活中，他却是充满了矛盾的，所以他说：“梦中的我已经把生死的问题解决了，所以能抱定舍弃一切的决心坦然站在绞刑架上，真实的我对于一切都是十分执着，所以终于陷在繁琐和苦恼的泥淖里而不能自拔。……”对于这一切，他最终还是热烈地歌颂着“生”，歌颂生命、爱情，歌颂为了生而捐躯的死。他说：“‘生’的确是美丽的，乐‘生’是人的本分。前面那些杀身成仁的志士勇敢地戴上荆棘的王冠，将生命视作敝



❶ 巴金翻译屠格涅夫的著作还有《父与子》《处女地》，后来又译过《蒲宁与巴林》。巴金的爱人肖珊的译作主要也是屠格涅夫的作品，有《初恋》《奇怪的故事》《阿细亚》等，解放后，巴金、肖珊还合译过《屠格涅夫短篇小说集》。

屣，他们并非对于生已感到厌倦，相反的，他们倒是乐生的人。……这样深的爱！甚至那躯壳化为泥土，这爱也还笼罩世间，跟着太阳和明星永久闪耀。这是‘生’之美丽之最高的体现。”他的生死观就是这样辩证地解决了。于是他描写生是巨大的力量，总是奔腾不息地在运动着：

> “我常将生比之于水流。这股水流从生命的源头流下来，永远在动荡，在创造它的道路，通过乱山碎石中间，以达到那唯一的生命之海。没有东西可以阻止它。在它的途中它还射出种种水花，这就是我们生活里的爱和恨，欢乐和痛苦，这些都跟着那水流不停地向大海流去……”❶

这几篇散文，内容都是哲理性的议论，但是既经巴金运用这种抒情的诗化的语言予以表达，有时间或穿插一些往事的回忆和外国前人故事的引证，就更加强了散文的感性的、具体的形象化的艺术效果，使人从中受到感染，接受作者的主张，而不是依靠一般议论文的枯燥的概念推理来说服读者。



如果说，《梦与醉》中，作者主要是阐释自己的人生哲理，每篇作品本身还缺少一个完整的艺术形象；那么，一九四一——一九四二年间写的《龙·虎·狗》就显得更接近屠格涅夫的散文诗了。它的每一篇散文描写的对象不是一个观点一个思想，而是一个具体的活的客观事物，一个真实的生活片断，从中寓含着自己的感情。在《寂静的园子》里，他描写了在一次敌机轰炸前后，死一般的寂静，园子里似乎只有几个小生物松鼠、白头小鸟、黄色小蝴蝶……还在那里生存活动，这使作者感到异常的寂寞和空虚。直到最后，他看到“那些负着金色阳光在蓝空里闪耀的灰色大蜻蜓”，才扫除了园子的静寂和作者的苦恼。隐藏很深的对现实生活那种惆怅、寂寞心情，正是通过对静寂的园子的描写透露出来的；只是到了看到中国自己的飞机的出现才使他真正振作和欢乐起来。又如在《雨》这篇短文中，写了自己常常在雨湿的

❶ 《巴金文集》第十卷第 268 页。

街道上行走，让冰凉的雨冲洗自己的烧脸。因为他有一股正在燃烧的火种不能抑制。他还想到年轻时，也曾冒着微雨，伏在卢梭像前吐露自己的痛苦的胸怀。作者说，"我爱雨不是没有原因的。"又如在《龙》中，人与怪物的对白，《撇弃》中人和影子的对话，通过寓言叙事的形式发挥了作者的哲理思想：要想打破上帝规定的秩序，要想打破黑暗争取光明的人将遇到怎样的阻挠和困难。而真正的战士是不会顾及这些的。《伤害》中，作者描写自己两次到泸县看到一个黑脸小乞丐寂寞地立在面食担子前看着别人吃食。这是一个饥饿而孤独的形象。他每次都给小孩送了一张角票，使他能够买碗面食吃，每次都询问他有没有家，有没有亲人？但第二次发问时，孩子"茫然的表情消失了。他圆圆地睁着那对血红的眼睛，泪水象线一样地从两只眼角流下来。他把嘴一动，没有发出声音，就猝然掉转身子，用劲地一跑。"从此作者再也没有见到这个黑脸小孩。这件事使他感到内疚。他意识到用这种多余的问话去折磨这个受尽创伤的孩子，无异又是一次伤害。这里描写的仅仅是一个小小的生活片断，然而却写出了战争期间普通人民的苦难形象，写出了作者因为人道主义精神对自己发出的严肃的责备。《伤害》是一篇简炼而思想深刻、耐人咀嚼的好作品，平易，朴素，并且感人至深。还有一九四一年写于昆明的《废园外》，也是一篇感情很深沉的优秀散文。它描写一次敌机轰炸之后，一座精致的楼房毁成废墟，一个长期幽居在这个园子里度过寂寞的青春的少女也没有能幸免。他对那些太阳旗下的空中武士的暴行充满了愤怒，他又为这个少女曾经被窒息的青春而悲戚，两种旧的黑暗势力，使少女在"这个寂寞的生存中的微弱的希望"也被彻底毁去。她竟是"这样地逃出囚笼"，以至"永远见不到园外的广大世界了"。这是何等深沉的感情啊！对于被损害的人民的无限同情，这是巴金从来具有的思想信仰中的一个重要部分。因此，他描写那个废园，那个惨死的少女，都是那么形象而富有特征，浸透了悲愤哀伤的感情。

上述这些散文作品，所以要称它们为散文诗，就因为它们在一个短短的篇幅里，把哲理思想，炽烈的感情，以及某些生活片断的具体描写有机地结合起来。尽管在不同的篇章中各有所侧重，但一般来说，在这些作品中，这三者总是凝结在一起的。它与一般散文作品有所不同，而是比较耐人咀嚼，思索其中较深的思想含意。次之，在这些作品里，作者又往往借助于诗化的语言创造了一种富有诗意的境界。在作者所描绘的画面上，人们可以感受到丰富的色彩，明光和暗影的精心的对比，带着音响的感情旋律，……通过这些艺术感受，可以看到作者袒露的真实的复杂的精神生活中的秘密。既然，“写诗这种活动比写历史更富于哲学意味，更被严肃的对待”；❶诗，应该是“一切艺术中最崇高、最完美的艺术”，“一切其他的艺术所能告诉我们的，还不及诗所告诉我们的百分之一”，❷那么，巴金散文诗中所展示的这个深刻的精神世界、精炼的形象化的语言艺术，以及奔腾喧豗的感情激流，构成了浑然一体的乐章，我们称之为散文诗也就比较恰当的了。

原载《巴金评传》（中国现代作家评传丛书）第十二章，河北人民出版社 1981 年 8 月版，第 251 页至第 266 页



❶ 亚里士多德：《诗学》第 29 页。

❷ 车尔尼雪夫斯基：《生活与美学》第 74 页。

# 散论巴金的散文创作

顾 炯

## 一、燃烧的心　轻松的笔



巴金有一颗燃烧的心，一枝轻松的笔。无论是读他的小说还是读他的散文，都给人以这种强烈的印象。如果我们把“燃烧的心”理解为是感情的真挚、灼烈、细腻，把“轻松的笔”理解为文笔的朴实、平易、流畅，我觉得可以说是抓住了巴金创作风格的基本特点。正是这两件不可或缺、互为表里的宝贵东西，培育了巴金独特的艺术个性，造就了他蜚声中外文坛的卓越实绩。

这里，我想谈谈散文家巴金。在中国现代文学史上，巴金被公认为是具有领先地位的小说家之一，尤以暴露抨击封建专制制度的腐朽黑暗、反映青年知识分子奋斗和觉醒的中长篇小说著称。与此同时，巴金还是一位勤奋多产、文质并美的散文家，无论就创作的数量和艺术成就而言，他的散文都是仅次于中长篇小说的。

巴金是从散文创作走上文学道路的，《海行杂记》[1]就是他的开手之作。正是这本游记和紧接着写的第一本小说《灭亡》，奠定了他漫长而又曲折的文学道路的根基，也初步形成了自己的艺术风格。尔后，

---

[1] 《海行杂记》，写于1927年1、2月间，1932年新中国书局初版，1935年上海开明书店重版。

在致力于小说创作的同时，巴金始终没有停止运用散文这一轻便犀利的文学形式，抒情言志，叙事状物，怀旧悼亡，抨击时政。巴金在一九二八年底从巴黎回国，他没有如他的家庭所期望的那样，回到成都去"扬名显亲"、"兴家立业"，而是选择了文学作为攻击旧制度的武器。他在上海闸北的"家"在"一·二八"事变中被炸毁，在那民族矛盾和阶级矛盾空前尖锐的日子里，他辗转奔波各地，积极战斗在抗日救亡的文化战线上。他比较广泛地接触了社会实际和各阶层群众，也逐步摆脱了个人家庭生活经验的局限，视野更为开阔，艺术日臻圆熟，写下了篇幅浩繁的散文作品。《忆》和《短简》中的自传体散文，以优美的抒情笔调，回忆了自己的童年生活，洋溢着鲜明的爱憎感情。《旅途随笔》反映了日本侵略者对上海的蹂躏和抗战前夕香港、广州一带的社会风貌。《旅途通讯》、《旅途杂记》、《龙·虎·狗》、《废园外》等则是作者在抗日战争中的见闻，既描绘了"在受难，在受磨炼，在受熬煎"的祖国的土地，也反映了人民坚强的抗争，喊出了"年轻的中国的呼声"。《怀念》是一本追怀亡友的散文集，热情地赞颂了"几个平凡的人"的献身精神，他们那"纯洁的心灵的光"却正是"一般大人物所少有的"。新中国成立以后，巴金热情的火焰燃烧得更旺了，他仿佛走进了"宝山和仙境"，用"写惯苦难的笔来写人们的欢乐"。《大欢乐的日子》、《友谊集》、《新声集》、《赞歌集》、《倾吐不尽的感情》……这些热情洋溢的书名，就能让人听到新生活琴弦的欢乐奏鸣了。可是，琴声突然中止。这位在战争年代"身经百炸"的文坛老将，在十年浩劫中遭到了"身经百斗"的非人遭遇。但他没有屈服，也没有被压垮。在获得"第二次解放"后，他又拿起笔英勇地战斗了，不久就把意深情浓的《随想录》（第一集）呈献在读者的面前。❶从《海行杂记》到《随想录》，在这半个世纪的文学生涯中，巴金共写作了将近三十本、百余万言的散文。这些散文都是在他"思念最深的时刻"写下的"生活的记录"，展现了作家心灵的历程，震响着时代和历史的回声，其中绝大多数篇章堪称是散文园地中的佳果珍品。

在我国现代散文史上，有所谓"叛徒派"和"隐士派"之分，这

❶《随想录》（第一集），先由香港三联书店出版，1980年6月由人民文学出版社出版。

可以说是古代散文中“言志派”和“载道派”的发展和延伸。周作人对此有过通俗的说明:“言志派的文学可以换一名称,叫做即兴的文学,载道派的文学也可以换一名称,叫做赋得的文学。古今来有名的文学作品通是即兴文学。例如诗经上没有题目,庄子有些也无篇名,他们都是先有意思,想到就写下来,写好后再从文章里将题目抽出的。赋得的文学是先有题目,然后再按题作文。自己想出的题目作时还比较容易,考试所出的题目便有很多的限制,自己的意思不能说,必须揣摩题目中的意思,如题目是孔子的话,则须跟着题目发挥些圣贤道理,如题目为阳货的话,则又非跟着题目骂孔子不可。”为防止诗文混杂,他又进一步解释道:“言他人之志即是载道,载自己的道亦是言志”。❶周作人认为“新散文的发达成功有两重的因缘,一是外援,一是内应。外援即是西洋的科学哲学与文学上的新思想之影响,内应即是历史的言志派文艺运动之复兴”。❷从文学发展的角度看,这个分析大致是精当的。可惜的是,随着革命形势的深入发展,周作人自己却走了一条由战士到隐士、又从隐士到汉奸的消沉的道路。



巴金是和我们的祖国一起,从长期的苦难、屈辱和艰苦的奋斗中成长起来的作家。他的散文充满着“叛徒”的沉雄气息,洋溢着“言志”的明丽色彩。毫无疑问,这些作品是属于我国现代散文的健康主流的,以一种强大的感情冲击力量鞭挞旧制度的黑暗,激励人们追求光明的未来。在那充满内忧外患、动乱抗争的年代里,作家无论是对青少年时代生活的回忆,还是对社会人生的抒怀,无论是刻划人物,还是描写风光,都使我们看到一个新文化战士辛勤劳作、深沉思索、执着追求的清晰形象,听到一个封建制度的叛逆者和反抗者激愤的、有时甚至是痛苦的呐喊。巴金的小说曾经鼓舞无数青年冲出封建的牢笼,他的散文也给广大读者以“生活的勇气”和“战斗的力量”。❸符合时代节奏的“灵魂的呼号”,也是可以成为战斗的号角的。解放以后,巴金“觉得满身轻快、心情舒畅”,“十七年中间我的笔底下再没有忧

❶❷ 周作人:《中国新文学大系散文一集·导言》。

❸ 一个“陌生的十几岁的女孩子”在1936年写给巴金的信中说:“你给了我生活的勇气。你给了我战斗的力量。”见《我的故事》,《巴金文集》第11卷。

郁、痛苦的调子了”。[1]他两次深入朝鲜战场，接近工农兵群众，多次出国访问，为“人民的胜利和欢乐”，为世界人民的反帝反殖斗争谱写了一曲曲动人的赞歌。他没有足够的时间去写过去熟悉的人物和生活，直到历史又一次无情地把充满悲愤和痛楚的题材推到作家的面前。值得庆幸的是，巴金不但没有“含恨死去”，而且青春犹在，宝刀未老。他没有把这场空前的民族灾难写成只是一出轻松的闹剧或者令人沮丧的悲剧，而是深入底蕴，体察精微，喊出了动人心魄的“自己的声音”。

巴金的散文内容丰富，题材广泛，形式多样，其中主要的和写得最为出色的是抒情述怀（包括一生自传体的回忆散文）、纪游写景（包括一些描写人物的篇章）和序跋这三类（巴金的每一本作品几乎都有自己写的序言或后记，内中不少是优美的散文）。它们共同的特色是：直吐胸臆，热情如火，明健透彻，真切自然。巴金喜欢以“我”作为抒情主人公，这个“我”正是作者自己。既使在少数内容是虚构的作品里，也总是饱和着作者的真情实感。正象他自己所说的那样，他总是“在文章里面诚恳地、负责地对读者讲话，讲作者自己要说的话”，“我的任何一篇散文里面都有我自己”。[2]人们读巴金的散文，是通过直接认识作者认识社会和了解人生的，不需要转弯抹角地去猜测和揣摩。应该说，无论是内容还是形式，巴金虽然接受了一些外国文学的影响，但主要是师承了我国古代散文和“五四”散文的优秀传统而形成自己的独特风格的。他小时候就背熟了一部《古文观止》，又深受鲁迅和朱自清、叶圣陶、夏丏尊等散文的影响。所以他说：“教我写‘散文’的‘启蒙圣师’是中国的作品。”[3]我国的散文传统主要表现在“修辞”和“达意”两个方面，就是孔子所谓的“辞达而已矣”、“修辞立其诚”。用现代的话来说，就是语言的质朴和感情的真挚。巴金说：“我必须有话要说，有感情要吐露，才能够顺利地下笔。”“我并无才能，但是我有感情，有爱憎。我的文章里毛病多，但是我写得认真，也写得痛快。”[4]这是严肃的苛求，真诚的自白。巴金的散文确实写得热情洋溢，

---

[1] 《一封信》，见《巴金近作》，四川人民出版社 1978 年版。

[2][3] 巴金：《谈我的散文》。

[4] 巴金：《谈我的散文》。

酣畅淋漓，虽然有时候也带来结构比较松散、不够精炼的缺点。但总的来看，“精”虽不够，却贵在“真”；“巧思”尚嫌不足，“情深”足以动人。

正因为巴金胸中有一颗燃烧的心，才练就了他手中一枝轻松的笔。鲁迅在一九三六年就称道“巴金是一个有热情的有进步思想的作家，在屈指可数的好作家之列的作家。”[1]这是一个已经被历史所证实、并被现实所进一步证实了的具有远见卓识的评价。

## 二、人格出风格

巴金有一枝轻松的笔，这是人们所羡慕的。巴金是一个坚强的人，这更值得大家尊敬。轻松的笔抒写的并非轻松的情，坚强的人经历了多舛的命运。巴金的散文奉献给读者的，既不是轻薄的赞美，也不是肤浅的挽歌，而是用血和泪熔铸成的文字，是爱和恨交织在一起的倾吐不尽的深清，是一颗充满着“直率的真实”[2]的火热的、赤诚的、坦白的心！



法国文艺理论家布封有句名言：“风格却就是本人”[3]。一个作家的风格是他的政治、思想、艺术修养和生活经验在创作中的综合体现。如果允许对这句名言作一点通俗的解释，就是作文离不开做人，人格出风格。但在现实生活中，“人”和“文”、“人格”和“风格”却并不总是统一的。有的人甚至甘愿把自己的笔缚在风向计的指针上，忽左忽右，随风而转，这种“文人”的作为是不可取的。这方面，巴金为我们树立了一个良好的榜样。读他的散文时，眼前总不时浮现出他那亲切和蔼、坚强不屈的面影，仿佛能触摸到那一颗滚烫的燃烧的心，有一种人格的力量在迫使你思考人生的奥秘和社会的真谛，使人由衷地产生一种“文如其人”、“人如其文”的强烈感受。是的，好的散文应该具有一种人格的力量。

---

1. 鲁迅：《答徐懋庸并关于抗日统一战线问题》。
2. 契诃夫认为现实主义文学的任务“是无条件的、直率的真实”（《契诃夫论文学》）。
3. 布封：《论风格的演说》，见《译文》1957年9月号。

巴金并非从来就是一个坚强的战士。他曾多次毫不隐讳地讲过，他是“一个充满矛盾的人”。他曾经是封建家庭的“宠儿”，是吃“爱”的奶汁长大的。童稚的心灵总是天真的，然而他生活的那个“有将近二十个的长辈，有三十个以上的兄弟姐妹，有四五十个男女仆人”的大家庭并非真正是“爱”的乐园。他目睹了“许多可爱的年轻的生命在虚伪的礼教的囚牢里挣扎，受苦，憔悴，呻吟以至于死亡”(《我的幼年》)，于是“恨”的种子在心上生根发芽了。爱和恨的矛盾交织成愤怒的火焰，他把那个充满倾轧、内争和悲剧的封建官宦家庭诅咒为“象牙的监牢“和“专制的王国”。在巴金认为对他有启蒙意义的“三个先生”中，一个是他那善良的、具有人道主义和泛爱思想的母亲，一个是身世不幸但坚持“火要空心，人要忠心”这一传统道德的穷苦轿夫，一个是已经认识到“不劳动者不得食”、并且富于自我牺牲精神的“五四”进步青年。(《我的几个先生》)显然，这是几个社会地位不同、生活信念也各不相同的“先生”。他们教给巴金的是属于不同伦理范畴的东西，但巴金吸取了他们思想素质中的积极成分。可以看出，巴金是一个有理想的、不断进取的青年，但这个理想还是朦胧的。应该说，对巴金的成长影响最大的“先生”还是那个狂飙突进的“五四”时代，或者说是“德”(民主)“赛”(科学)二先生。“五四”运动那年，巴金还只是一个不到十五岁的少年。但他毕竟受到了新文化运动的洗礼，阅读过《新青年》、《每周评论》等大量新书报，积极参加社会活动，编辑进步刊物，如饥似渴地吸收涌进古长城的各种资产阶级革命时期的新思潮。他在回忆这一段生活时甚至说：“我觉得那个时候我是没有矛盾的。我或者在大街上散传单，或者在商场楼上跟朋友们一起抬杂志社的铺板，或者做别的事情，那些日子里我觉得十分快活”(《断片的记录》)，充分反映了一个爱国青年的纯真和热清。当十九岁的巴金走出家庭的时候，他是一个“幼稚而大胆”的叛逆者。冲出封建牢笼以后怎么办？中国社会依然夜气如磐，他有点茫然了。现实的复杂性往往超出热情的想象，单纯的信仰还不是医治社会的良药妙方。于是，他在一九二七年初带着一颗痛苦的忧伤的心到法国去了。

巴金热爱生活，但黑暗的现实只能使他产生强烈的憎根。他向往革命，但又一时没有找到正确的道路。他认识到“生活并不是一个悲剧。它是一个‘搏斗’。”(《〈流激〉总序》) 这个“搏斗”一直在他的内心进行着，生活迫着他拿起了笔，他把文学当作是发泄感情的工具，因为“我有感情必须发泄，有爱憎必须倾吐，否则我这颗年轻的心就会枯死。”(《谈〈灭亡〉》) 也许这并不是什么高明的见解，但表现出可贵的艺术家的诚实和勇气。然而，这个“把写作当作我的生活的一部分”的作家，却又曾多次表示要“搁笔”，并且抱定“不做一个文人”的决心(《我的呼号》)。结果呢？他“随时都准备结束写作生活”，同时“又拼命写作”，因为“一根鞭子永远在后面鞭打我，我不能够躺下来休息。这根鞭子就是大多数人的受苦和我的受苦……”(《灵魄的呼号》)

看，巴金就是这样“一个充满矛盾的人”。“爱与憎的冲突，思想和行为的冲突，理智和感情的冲突，理想和表现的冲突，……这些织成了一个网，掩盖了我的全部生活，全部作品”。(《灵魄的呼号》) 现在有不少文章正在重新探讨和评价巴金的早期思想和作品，发表了各种不同的见解。我觉得，其中一个关键的问题是要正确分析巴金的思想矛盾，并抓住其主要矛盾和矛盾的主要方面。我的基本认识是：第一，巴金的思想矛盾是当时尖锐深重的阶级矛盾和民族矛盾的反映，在很大程度上代表了历史转折时期广大青年知识分子的精神面貌，具有深刻的时代特征。这是使他的作品具有积极社会意义的基本条件。他在一篇散文中这样写道：“就个人来说，我对这社会、对这生活、对人不应该有什么不满，什么怨言。然而在这个时代个人的一切算得什么？个人是随时随地都会灭亡的，可是社会却将永远存在下去。”(《沉落》)所以，我们不应该把他的矛盾、苦闷、挣扎看作只是个人的哀怨，也已经不是牢笼中的悲鸣，而是旷野上的呼唤，是改造社会的战叫。同时，又由于生活的局限和思想上因袭的重担，他还没有掌握最先进的思想武器，没有投身到社会革命的实际斗争中去，所以他无法摆脱思想上的矛盾，更不能找到解决社会矛盾的正确途径，于是在一些早期作品中就笼罩着一层忧郁和悲哀的气氛。第二，在错综复杂的矛盾中，巴金主要的思想矛盾是他那“不顾忌，不害怕，不妥协”的反抗性格和坚持“奋斗就是生活，人生只有前进”的生活信念同旧制度、旧思想、旧道德、旧礼教之间的矛盾，这和当时反帝反封建的时代精神是合拍的。他发自内心的呼号和控诉是诚实而又勇猛的，他赤裸裸的“自我”表现是逼真而又痛切的，他进行攻击的目标是正确而又清楚的，所以他的作品能激起广大读者的强烈共鸣。但他往往不能指出“光明的出路”究竟在哪里，这又说明他早期思想的芜杂。但如果我们抓住了巴金思想上的主要矛盾，就可以说，他虽曾受到无政府主义思潮的浓重影响，但并不是一个无政府主义者；他曾宣扬过个人奋斗，但并不是一个个人主义者；他曾赞颂过盲目的牺牲精神，但并不是一个殉道主义者。第三，巴金思想矛盾的主要方面，即占主导地位的方面，突出地表现在他从不屈服于环境的压力，从不向黑暗势力投降妥协，而始终抱着追求理想和光明的炽热情怀。他说：“我大哥因为顺从环境而灭亡了，我反抗环境而活到如今。”（《断片的记录》）“自从我执笔以来，我就没有停止过对我的敌人的攻击。我的敌人是什么？一切旧的传统观念，一切阻碍社会进化和人性发展的不合理的制度，一切摧残爱的势力，它们都是我的最大的敌人。我始终守住我的营垒，并没有作过妥协。”（《写作生活的回顾》）这些自白是被他的生活道路和创作实践证明了的。巴金不愿做一个旧式的“文人”，因为他觉得“还有一个比艺术更长久的东西”，这就是对于“光明的将来”的坚定信仰。他虽然没有直接置身于革命斗争的洪流，却始终站在时代的先进行列之中，为着这个“光明的将来”坚韧不拔地战斗着。

如果这些基本认识可以成立的话，我们就可以拨开“矛盾”的层层雾障，明白这样一个事实：当巴金还不是一个先进的革命战士的时候，他就已经是攻击旧制度的一员大将。用他自己的话说，他“只是一个在暗夜里呼号的人”。的确，他没有为自己选择一条轻便舒适的道路，而是把自己的命运同祖国和人民的命运紧紧地连在一起，“永远尽我在暗夜里呼号的人的职责”，他的每一篇作品都是“追求光明的呼号”（《灵魂的呼号》）。巴金的成长是曲折的，但他的脚步是稳健的。从抗战时期开始，他就以一个自觉的反侵略的英勇战士活跃在文化战线上了。

爱国、进步、热情、正直，是巴金思想中一以贯之的东西，而且始终处在不断发展和完善的过程之中。他不作无病之呻吟，不作空洞的说教，不唱虚伪的赞歌，也不掩饰自己思想的弱点。就是在劫后余生、痛失爱妻之后，他也并没有对个人的不幸遭遇萦萦于怀，而是怀着对党、对社会主义的深沉热爱，努力揭示造成这场人间悲剧的社会和历史原因，充分体现了这位半个世纪以来奋斗不懈的人民作家的铮铮铁骨和耿耿丹心。我想，正是这种人格的力量，使他经受了命运的恶意拨弄和历史的严峻考验，赋予他的作品以不灭的思想光采，也是形成他那爱憎分明、真挚强烈、亲切自然的艺术风格的思想母体。

### 三、情真意自深

读巴金的散文，就象挚友的围炉夜话，亲人的互诉衷曲，仿佛那一个个铅字都变成了活泼的小生命，拨动着读者的心弦，使你情不自禁地和作家一起欢乐和忧伤，一起呼号和控诉！这种艺术感染的“魔力”究竟来自何方呢？

法国艺术家罗丹说过：“艺术就是感情”。[1]刘勰在《文心雕龙·情采篇》中说：“故为情者要约而写真，为文者淫丽而烦滥”，主张“为情而造文”，反对“为文而造情”。这些艺术主张应该说都是卓有见地的。文章不是无情物，散文更是一种以情见长、以情取胜的文体（因为它一般不要求完整的人物形象和故事情节）。一篇散文如果不能“以情动人”、“以情达意”，即使其内容和题材十分有价值，至多也只是一朵枯萎的花，再也无法引起人们的美感了。所以，我们讲到散文的“情”，决不仅仅是一般意义上的感情，而应该是一个熔形象、思想、美感于一炉的美学概念，是意境的核心，思想的精英。一个散文作家在从事创作时，总是首先被外物（亲身经历或所见所闻）所打动，经过冷静的思考，又用情感的热力把理念和形象熔铸在一起，诉诸于读者，引起同感共鸣。著名的奥地利作曲家古斯诺夫·玛勒在谈到自己的音乐创作体会时说：“只有当我深深感动的时候，我才能作曲；同样，只有在我作曲的时候，才被更深地感动。”[2]我想这也是符合文学创作的规律的。从引起创作动机的“感动”到创作时“更深的感动”，包含着一



---

[1] 《罗丹艺术论》，人民美术出版社 1978 年 5 月版。

[2] 古斯塔夫·玛勒（1860—1911），一位具有革新精神的奥地利作曲家，他的代表作是以我国唐诗为歌词的大型交响组歌《大地之歌》。引语译自英国 Richard Rickett 所著《维也纳的音乐和音乐家》(《Music and Musicians in Vienna》)。

个艰苦而又复杂的艺术创造过程，这既是思想深化的过程，也是感情升华的过程。基于这样的认识，用“情真意自深”来概括巴金散文的艺术魅力，也许是一种比较恰切的说法。

人贵诚，情贵真。艺术的生命是真实，“真情”才能打动人心。“情真”还是“情伪”，是散文创作成败的关键。而“情真”正是巴金散文创作最显著的特色。

他在最近的一篇散文中说：“日本朋友要我谈我五十年的文学生活，我的经验很简单，很平常，一句话：不说谎，把心交给读者。”“今天在探索了五十年之后我虽然伤痕遍体，但是我掏出来交给读者的仍然是那一颗燃烧的心，我只能写我自己心里的话，而且是经过反复思考之后讲出来的话。”[1]“情真”，从道义上说，就是“不说谎”、“写心里的话”，对自己所要描写的事物“反复思考”，不虚美，不隐恶，努力揭示生活的本质；从艺术表现上说，就是要做到物、情、理的和谐统一，含蓄而不晦涩，畅达而不空洞，既能给人以美的享受，又能有思想的启迪。



丰富的感情决不是矫揉造作和无病呻吟，而是对生活的敏锐感应和深沉思索。巴金善于把自己的真情实感熔铸于记事、写景和描写人物之中，使通篇闪耀着强烈的感情火花。他在“表情”、“达意”方面的主要表现手法是：

触景生情，寓情于景。在《海行杂记》、《旅途随笔》、《旅途通讯》、《旅途杂记》这四本“旅行的书”中，就有很多写景抒情的佳作。《海行杂记》的写作本意只是想把那次历时三十五天的旅途见闻、海行风光和去国感受告诉自己的两个哥哥，但由于作者倾注了自己的真情，其意义就远远超出了“手足之情”的范围，真实地表露了大革命前夕一个进步青年热情而又苦闷的胸襟。当他离开祖国的时候，看着“岸上高大的建筑物和黄浦江中的外国兵舰”渐渐隐去，不由得百感交集：

> 这里有美丽的山水，肥沃的田畴，同时又有黑暗的监狱和刑场。在这里，坏人得志、好人受苦，正义受到摧残。在这里人们

---

[1] 巴金：《春蚕》，载《钟山》文艺丛刊1980年第3期。

为了争取自由，不得不从事残酷的战斗。在这里，人们在吃他的同类的人。——那许多的惨酷的景象，那许多的悲痛的回忆！

哟！雄伟的黄沙，神秘的扬子江哟！你们的伟大的历史在哪里去了？这样的国土！这样的人民！我的心怎能够离开你们！

再见罢！我不幸的乡土哟，我恨你，我又不得不爱你。

——《"再见罢，我不幸的乡土哟！"》

在艺术家的眼中，"景"不仅是风景画，也是风俗画，生活画。这里，"景"是虚写，"情"是实写，但情由景生，移情入景，组成了一幅社会生活的广阔画面。作者大笔挥写，激昂悲壮，真切地反映了自己的矛盾心情。他爱祖国的土地和人民，但"坏人得志、好人受苦，正义受到摧残"的严酷现实又使他失望。他对"不幸的乡土"既"恨"又"爱"，欲留又去，从灵魂深处迸发出了痛苦的心声。



《海上的日出》、《海上生明月》是描写自然景色的，但能做到"随物赋形"、"神与物游"。前者通过描绘大海日出的壮观，寄托了向往光明、憎恶黑暗的真挚感情。后者表现的是同样的主题，篇幅也很短小（只有七百余字），却写得波澜起伏，情深意切。作者先向我们展现了一幅碧海青天、孤舟明月、晚风习习的生动画面，在这优美清冷的境界里，联想到自己只是一个"暂时的过客"，不能"与晚风、明月为友"，不免引起一缕"不能以海为家"的凄凉情思。至此，还仅止于触景生情，还不足以体现作者的心境。于是突然笔锋一挥，写到"最难忘的"一次望月竟没有"月"，而只是看见"一盏红灯挂在一个石壁上面"。这不有点走题了么？别急。你看，"红灯渐渐地大起来，成了一面圆镜，腰间绕着一根黑带。它不断地向上升，突破了黑云，到了半天。"这时，我们才跟作者一起恍然大悟，原来那"红灯"就是一轮明月，而那"石壁"乃是"层层的黑云"。经过这一悬念（视力的错觉）和跌宕（意境的开拓），感情就大大深化了一步，那冲出云围的月亮也显得格外可爱了。大凡优秀的散文，不仅需要作者有丰富的想象力，而且要给读者留下想象的余地，经得起咀嚼，经得起回味。

借景喻人，以情“点睛”。一九三三年，巴金离开暂时和表面平静的南方，乘坐在三等车中，奔驰在已经烽火弥漫的北国原野上：

> 窗外北方的平原是可爱的，虽然树木少，虽然只有一点光秃的山，但也可以给人引起另一种感觉。沉着，朴实，没有一点夸张，没有一点掩饰，北方的景物就象北方的人，他们沉默地挑起生活的担子，坚忍地跟困难斗争，一直到死不发出一声叫唤。
>
> ——《三等车中》

这是一段很好的“借景喻人”的文字，不由得使人联想起茅盾的散文名篇《白杨礼赞》。两者描写的景物并不相同，巴金看到的只是华北平原的景色，但感情赋予单调的景物以丰富的生命，所以同样使人触摸到了北方人民坚定、顽强、纯朴的英雄性格。这种艺术的“可感触性”是怎么来的呢？我想主要是两位作家抒写的都是“人化了的自然”，是对时代脉搏的深刻把握和敏锐感觉。《废园外》用的则是反衬法，作者望着那被敌机炸成的废墟上依然盛开的“一园花树”，想起一个无辜少女惨遭杀害的情景，感到“花随着风摇头，好象在叹息”。全篇没有正面描写人物，但通过那些在战火中依然“带着旺盛的生命的绿叶红花”以及“花摇头的姿态”，一个可爱的少女的形象活现在读者面前，有力地反衬出对侵略者扼杀如花的青春的深沉愤恨。

诗有“诗眼”，文有“文眼”，于是就有“点睛”的各种手法。散文的“点睛”，可以是一个富于象征意义的画面，可以是一句饱含哲理思索的警句，也可以是一个具有典型特征的动作。只要运用得法，恰到好处，完全可以不拘一格。巴金擅长以情“点睛”，用简洁的笔墨揭示人物的感情世界和抒写自己的内心感受，用情感的力量叩开读者的心扉。试以几篇描写人物的散文为例。《一个女佣》反映的是一个女仆出于阶级义愤，只身回到家乡，英勇地打死一个土豪的故事。文章采用侧面描写的方法，节省了许多篇幅，但也容易流于平淡。作者在构思上扬长避短，在听了这个“完全真实”的故事后，对比了自己对这个女仆前后不同的印象，坦率地承认自己原先观察的“不完备”的“错误”，用自己感情的变化烘托了这个被压迫女性的反抗性格。《伤害》

描写一个衣着褴褛、无家可归的小孩子，顽强地挣扎在死亡线上。"他没有温暖，没有饱足"，"黑瘦的脸上涂着寂寞的颜色"。当"我"又一次遇见他，问他有没有家、有没有亲人时，孩子"茫然的表情消失了"，"他圆圆地睁着那对血红的眼睛，泪水象线一样地从两只眼角流下来"，"他把嘴一动，没有发出声音，就卒然掉转身子"跑开了。显然，那些问话深深触动了孩子内心的痛楚和悲愤。于是，作者感到自己"伤害"了这个不幸者的心灵，激起了一种内疚的感情。这种真实而又深沉的感情，正是对弱小者的无限同情，也是对造成这种病痛的旧社会无比憎恨的感情。

融情入理，情理并生。散文创作以情见长，但务期达意，做到"意在笔先，神余言外"。也就是说，这种"达意"要通过具体可感、鲜明生动的形象体现出来，而不是诉之于抽象的概念。鲁迅说得好："我们需要的，不是作品后面添上去的口号和矫作的尾巴，而是那全部作品中的真实的生活，生龙活虎的战斗，跳动着的脉搏，思想和热情等等。"❶



巴金有不少散文是对社会和人生的直接抒怀，虽然不同时期的作品思想深度有所不同，但一个共同的特点是都能做到融情入理，情理并生，真情实意，感人至深。《生之忏悔》中的《我的心》、《我的呼号》、《我的梦》等，都是作者灵魂的自白，那内心的矛盾、苦闷、挣扎、追求，真实地反映了大革命失败后一个爱国青年在前进的道路上顽强探索的曲折轨迹。正如作者在《前记》中说的，这"决非我一个人'闭门造车'的结果"，而是"可以代表一部分年轻人的思想"。抗日战争爆发，巴金"对于危害正义、危害人道的暴力"，发出了愤怒的呼声："我控诉!"(《控诉·前记》)在燃烧的土地上，他看见"每一块碎砖，每一片断木，每一堵断壁，每一个破洞，都在诉说伤痛，都在叫喊复仇。"(《先死者》)写于一九三七年八月的《生》，从科学的进化谈到人生的意义，又从人生的意义联系到民族的生存，顺理成章，情理交辉。他说："我常将生比之于水流。这股水流从生命的源头流下来，永远在激荡，在创造它的道路，通过乱山碎石中间，以达到那唯一的生命之

❶ 鲁迅：《论现在我们的文学运动》。

海。”而“维持生存的权利是每个生物、每个人、每个民族都有的。这正是顺着生之法则。侵略则是违反了生的法则的。”“所以每个人应该遵守生的法则，把个人的命运联系在民族的命运上，将个人的生存放在群体的生存里。群体绵延不绝，能够继续到永久，则个人亦何尝不可以说是永生。”形象、感情、思想浑融一体，大力千钧，开阖动荡，具有一种强大的逻辑力量。《“重进罗马”的精神》借用圣经故事，针对留在“孤岛”（指当时的上海租界）的青年的苦闷情绪，抒发了自由的精辟见解，充满乐观昂扬的战斗精神。《做一个战士》则是一篇优美的散文诗，把哲理的思索和诗意的描绘揉和在一起，成功地塑造了一个平凡而又伟大的战士形象，寄托了作者的美学理想。

巴金的散文是用生命写成的，是他感情的结晶，思想的火花，既有强烈的真实性，又有鲜明的倾向性，这是难能可贵的。更可贵的是，他在驾驭散文这一文学样式时，能象恩格斯所要求的那样，让作品的思想倾向“从场面和情节中自然而然地流露出来”。[1]的确，你在仔细研读巴金的散文时，可以在个别篇章中指出一些思想上的消极因素，但要找出人工雕琢的痕迹，却很难。



## 四、美在朴素中

在我国新文学众多的散文作家中，巴金可以说是自成一家的。他的文笔不象鲁迅那样深沉泼辣，不象朱自清那样委婉绮丽，也不象冰心那精细缠绵，但确实写得“火一样热情，风一样温柔，水一样清澈”，朴实无华，真挚感人，具有一种突出的朴素美和亲切感。

朴素往往容易被人忽略，但这是弥足珍贵的。高尔基说：“美在朴素中，这是一个原理。”“一切出色的东西都是朴素的，它们之令人倾倒，正是由于自己的富有智慧的朴素。”[2]朴素美，是智慧的结晶，思想的果实，艺术的花朵，也是我国悠久的散文传统中的宝贵精华。

朴素美首先是思想感情真善美的反映。它要求作家“直接利用生

---

[1] 恩格斯：《致敏·考茨基》，《马克思恩格斯选集》第4卷。

[2] 《高尔基文学书简》。

活的提示、形象、画面，利用生活的颤动，它的血和肉”，唱出“人的灵魂之歌”。[1]一个优秀的散文作家，应该具有高度的思想敏感和艺术触觉，善于在对生活进行深入的开掘中捕捉诗意和灵感（当然，“诗意”并不总是甜蜜的，有时也是苦涩的）。巴金的散文写的大多是日常生活中的题材，仿佛随手拈来，信笔挥洒，但他总是写得那么得心应手，如叙家常，能从平常的事物中揭示出生活的本质，以自己燃烧的心去点燃读者的心。

不妨读读《随想录》。这是作者经过那场“史无前例”的灾难后写下的一本小书（只是“第一集”）。这确实是“一本真实的书”，也是“一本悲壮的书”，它的“每一句话都是通过作者自己的心写下来的，都经过自己良心的检查”。[2]我觉得，它既保持了巴金一贯的艺术风格，又有所发展。它写得似乎比过去的散文更朴素些，更精练些，更深沉些。内容虽然只是日常生活中的辛酸和欢乐、信念和展望、随想和偶得，却有那么一股回肠荡气的力量，的确唱出了“人的灵魂之歌”。随便举两个例子，也许有助于认识巴金散文创作的思想功力和艺术造诣，有助于我们进一步理解“朴素美”的真正含义。

《毒草病》从写给曹禺的一封信谈起，联想到“二十年来天天听说‘毒草’，几乎到了谈虎色变的程度”。作者针对流行的“毒草病”，写了这么一段话：

> 我家屋前有一片草地，屋后种了一些花树，二十年来我天天散步，在院子里，在草地上找寻“毒草”。可是我只找到不少“中草药”，一棵毒草也没有！倘使我还不放心，朝担忧，夜焦虑，一定要找出“毒草”，而又找不出来，那就只有把草地锄掉，把院子改为垃圾堆，才可以高枕无忧。

作者写的只是在院子里散步这样平常的身边琐事，反映的却是极左思潮所带来的文化摧残这一严重课题，不由得使人们想到了整个历

---

[1] 《高尔基文学书简》。

[2] 黄裳：《读巴金〈随想录〉的随想》，1980 年 1 月 24 日香港《大公报》。

史的风云和时代的不幸。“我”每天散步时也在找寻“毒草”，可见“毒草病”这一顽症影响之深广，几乎有“不可抗拒”之势。“把草地锄掉，把院子改为垃圾堆”也确曾一度成为一种“光辉成就”。接着，文章又分析了“毒草病”的症状及各种后遗症，好象很有点痼疾难医的样子。但作者毕竟不是“毒草病”患者，对前途充满着信心，他说：“我不是艺术家，也没有专门学过文学。即使因病搁笔也不是值得惋惜的事。”这肝胆照人的文字，只是现身说法，具体实在，读来却多么发人深思，令人感奋！

再看《一棵桃核的喜剧》。在这篇一千多字的短文里，作者说古道今，纵横捭阖，寓庄严于幽默，展开了一幅深广的历史画面，淋漓尽致地暴露了“四人帮”这具从封建专制制度的残骸中脱生出来的政治僵尸，以及封建思想对人们造成的精神戕害。作者在描述了沙皇时代“小城太太们”的愚蠢表现之后，这样剖析了我们现实生活中风靡一时的酷肖情景：



> 在“四害”横行的日子里，这种喜剧是经常上演的。不过“皇位继承人”给换上了“中央首长”，或者是林彪，或者是江青，甚至别人，桃核给换上了别的水果，或者其它的东西如草帽之类。当时的确有许多人把肉麻当有趣，甚至举行仪式表示庆祝和效忠。

作者又从自己每次遭批斗后，总有人来要他“承认批斗我就是挽救我”的亲身经历，进一步开拓思想，联想到封建社会县官审堂时“差役”所扮演的角色，他们每次执行打板子任务后还要把挨打的人拖起来给“大老爷”叩头谢恩。这类“喜剧”场面我们都是或多或少经历过的，有些人甚至感到已经习以为常了。沙俄的“小城太太们”也好，新旧时代的“差役”们也好，并不是作者所要攻击的对象，但通过善意的讽喻，揭出其本相，特别是这种思想的阴魂竟在社会主义的国土上复活，是多么怵目惊心、发人猛省！作者以省俭的笔墨，匠心独运，实实在在地提出了我们社会生活中的一个重大课题：“封建毒素并不是林彪和‘四人帮’带来的，也不曾让他们完全带走。我们绝不能带着封建毒素进入四个现代化的社会。”话说得多么朴素，又是多少语重心长、震聋发聩啊！

由此可见，朴素决不是浅露和鄙俗，更不是平庸和粗糙。金子是闪光的，但闪光的不一定是金子。朴素美是思想美、真实美，是一种很高的艺术境界。它需要对生活的真知灼见，甚至需要有非凡的勇气，也需要有高度的艺术概括和驾驭语言的能力。

我国散文运动的起源正是针对讲究“骈四俪六”的骈文而生的，其显著的特点就是以质朴代浮华，以确切恰当的文句代替那些堆砌藻典的陈言。韩愈说的“文从字顺各识职”[1]，就是一个很好的概括。“文从字顺”就是要质朴，“各识职”就是要切当情理。巴金的散文如行云流水，任其所至，看来只是任凭感情奔涌，不加壅阻，其实是“未尝不用字而未尝见其用字之迹”，所以常能收到“归真返朴”、“平中见奇”之功效。



巴金散文的语言自然、平易、亲切、流畅，具有强烈的感情色彩，而又能切当情理。这种“不修边幅的美”，乃是“自然之极至”，决非垂手可得的。作者并不追求华章丽句、伟词奇语，而惯用日常生活中的普通词汇，以感情的波涛进行加工洗炼，显豁明了，浑然天成。如《海上的日出》写日出时“冲破了云霞”、“从云里射下来”、“透过黑云的重围”，通过选取恰切的动词，作层层深入的描写，从各个侧面突出太阳的顽强生命力，寄托了作者对光明的无限向往之情。《鸟的天堂》这篇意境优美的抒情小品，俨然是一首情深意远的生命的赞歌。请看作者描写南国的榕树和黎明群鸟竞飞的两段文字：

> 这棵榕树好象在把它的全部生命力展览给我们看。那么多的绿叶，一簇堆在另一簇上面，不留一点缝隙。翠绿的颜色明亮地在我们的眼前闪耀，似乎每一片树叶上都有一个新的生命在颤动，这美丽的南国的树！

> 起初四周非常静。后来忽然起了一声鸟叫。朋友陈把手一拍，我们便看见一只大鸟飞起来，接着又看见第二只，第三只。我们

---

[1] 韩愈：《樊绍述墓志铭》。

继续拍掌。很快地这个树林变得很热闹了。到处都是鸟声，到处都是鸟形。大的，小的，花的，黑的，有的站在枝上叫，有的飞起来，有的在扑翅膀。

这是两幅有声有色、活灵活现的生动画面。前者沉静稳健，后者活泼欢愉，都让作者给写活了。写榕树的枝繁叶茂，是“一簇堆在另一簇上面”；而“每一片树叶上都有一个新的生命在颤动”，进一步突出了生机的旺盛。写群鸟，是先闻其声，后见其形，烘托了环境的幽静。接着写一鸟先飞，“又看见第二只，第三只”，写出了由“静”到“闹”的过程。最后，群鸟欢唱飞翔，大小不一，形态各异，有的“站”在枝上叫，有的正在展翅欲飞，有的已在空中“扑翅膀”，栩栩如生，热闹欢腾。把两幅画面迭印在一起，仿佛使人亲临其境，悠然意远，领略到那健康优美的生活情趣。



巴金散文语言的另一个显著特点是注意“叙述”和“描绘”的区别，尽量少用叙述，在形象的描绘中叙事、说理和抒情。我觉得这是散文创作中很值得引起重视的问题，那些冗长而又枯燥的叙述和议论，无非是作者担心读者不了解自己，其实恰恰证明了自己思想和艺术的贫困。这方面，巴金的创作经验是值得借鉴的。比如他在写给青少年读者的一些“短简”中，总是站在平等的地位上，深入浅出、形象生动地告诉他们关于社会和人生的道理。他告诫他们不要凭一时的冲动作无谓的牺牲，而要进行韧性的斗争，“象一只小鸟，永远怀着冲进自由的天空里去的雄心，只等着羽毛丰满的时候的到来”（《给一个孩子》）；他教育他们要立足现实，脚踏实地地努力，“比如说要为将来建造那一座高塔，你就得一级一级地从底层造到上面去”，而丰富的生活经验和正确的知识”，正是“攻击敌人，防卫自己”的“最好的武器”（《答一个“陌生的孩子”》）；他总是帮助青年克服消极悲观情绪，树立正确的生活信念，“我们生在这个世界上，并不是作为一件奢侈品来点缀太平，我们是作为一个劳动者来辛勤地工作，在荆棘中开辟一条平坦的路。正因为有荆棘，才需要我们来开路，表现我们的工作能力。”（《给一个中学青年》）这些写在四十多年前的文字，今天读来依然那么入耳动心，感人至深，我想一方面是因为它们是发自作者心灵深处的对生活的精深见解，而不是对某一时期政治概念的简单图解；另一方面，这也是和作者善于运用“描绘”的语言艺术，给抽象的哲理插上形象和感情这对艺术的翅膀分不开的。

巴金在充满荆棘的文学道路上已经走了整整半个世纪了。一个能被历史和人民所铭记的作家，总是时时面临着时代的考验和生活的鞭策。他永远是一个战斗者，一个探求者，一个劳动者。从巴金的散文中，我们可以真切地看到他那顽强战斗、不屈前进的身影，看到我们已经走过和正在走着的路。他在《怀念萧珊》这篇血泪交迸的散文中庄严宣告：“这就是她的最后，然而绝不是她的结局。她的结局将和我的结局连在一起。”“我绝不悲观。我要争取多活。我要为我们社会主义祖国工作到生命的最后一息。”这美好的心声包含着多么坚定的信念和深厚的感情！这也正是祖国和人民对巴金的殷切希望和期待！

一九八〇年十一月脱稿于维也纳。



原载 1982 年 2 月《文学评论丛刊》第 11 辑

# 介绍、评论、研究资料目录索引

〔**说明**〕本索引所收篇目以发表时间为序，分为五个单元排列；国内、台、港、国外分列。各部分内先列专书、专著，后列单篇文章、论文等；文学史著作及其他书籍中的有关章节和有关文章，按出版时间插列于后一类。

## （一）1922 年—1928 年

《文学旬刊》记者给芾甘的复信
载 1922 年 9 月 11 日《文学旬刊》第 49 期“通讯”栏

致芾甘信（格拉佛）

致芾甘信（君毅）
载 1926 年 6 月《民钟》第 1 卷第 15 期

致芾甘信（太一）
载 1926 年 12 月《民钟》第 1 卷第 16 期

给我的同志黑浪（凡宰地）
载 1927 年 10 月美国旧金山《平等》第 1 卷第 4 期

## （二）1929 年—1949 年

### 一

论巴金的家春秋及其它（林萤聰）
柳州文丛出版社 1943 年 3 月
悼念：关于编者及其他（荣灿）
一、巴金谜与巴金研究（代序）；二、巴金自己生活上的《家》三部曲；三、巴金创作《家》三部曲的前后；五、关于《家》三部曲的人物；六、巴金论路（以上二至六均为巴金自述摘编）；论巴金的《家》三部曲（巴人）；附录：巴金与青年

* * *

《薇娜》（郑迈）
载 1929 年 3 月 10 日《开明》第 1 卷第 9 期

读《断头台上》（梅）
载 1929 年 3 月 25 日上海《自由月刊》第 1 卷第 3 期

《力的文艺》自序附记（钱杏邨）
载泰东书局 1929 年 3 月版《力的文艺》

关于《人生哲学》的中译本（中天）
载 1929 年 4 月 25 日上海《自由月刊》第 1 卷第 4 期

最后一页（记者）
载 1929 年 4 月《小说月报》第 20 卷 4 月号

几部小说的介绍与批评（六）《灭亡》（毛一波）
载 1929 年 9 月 16 日《真美善》第 4 卷第 5 号“书报映象”

中国文学进化史（谭正璧）
上海光明书局 1929 年 9 月 20 日版第 359 页

开明书店一九二九年十月份出版新书·灭亡
载 1929 年 11 月 10 日《开明》第 2 卷第 5 号

最后一页（记者）
载 1929 年 12 月《小说月报》第 20 卷 12 月号

一九二九年中国文坛的回顾（刚果伦）
载 1929 年 12 月 19 日《现代小说》第 3 卷第 3 期

《薇娜》（飒伍）
载 1930 年 2 月《开明》第 2 卷第 20 期

《灭亡》（俞珍华）
载 1930 年 4 月《开明》第 2 卷第 20 期

读《灭亡》（孙沫萍）
载 1930 年 8 月《开明》第 2 卷第 24 期

《为了知识与自由的缘故》（幼葭）
载 1930 年 9 月《开明》第 2 卷第 26 期

编辑后记（赵景深）
载 1930 年 10 月 16 日《现代文学》第 1 卷第 4 期

谈《狮子》（惘然）
载 1931 年 3 月 1 日《开明》第 2 卷第 31 期

论《死去的太阳》（效勾）
载 1931 年 7 月《开明》第 2 卷第 35 期

巴金与其《死去的太阳》及其他（郦崇业）
载 1931 年 8 月《中国新书月报》第 1 卷第 9 期

巴金《死去的太阳》（宋诗）
载 1931 年 10 月 12 日、26 日上海《文艺新闻》周刊第 31 号、第 32 号

巴金的著译考察（知诸）
载 1931 年 10 月 20 日《现代文学评论》第 2 卷第 3 期、第 3 卷第 1 期合刊

读了《狮子》以后随笔（剑予）
载 1931 年 11 月 1 日《开明》第 2 卷第 37 期

读《薇娜》（效勾）
载 1931 年 11 月 1 日《开明》第 2 卷第 37 期

中国新文学研究纲要（朱自清）
第五章小说：二、长篇小说，7. 巴金的作品
载 1982 年 2 月上海《文艺论丛》第 14 辑
按：本篇作于 1929—1932 年。

《复仇》
载 1932 年 9 月《现代》第 1 卷第 5 期

巴金论（贺玉波）

载上海大光书局 1932 年 10 月版《现代中国作家论》第二卷

巴金（顾凤城）

载上海乐华公司1932年11月10日版《中外文学家辞典》第 336 页

粉饰，歪曲，铁一般的事实——用《现代》第一卷的创作做例子，评第三种人论争中的中心问题之一（谷非）

载 1932 年 12 月 15 日《文学月报》第 1 卷第 5 期、第 6 期合刊

巴金到台州（徐懋庸）

载 1933 年 2 月 25 日《社会与教育》周刊第 5 卷第 13 期

巴金的创作（若若）

载 1933 年 4 月 3 日《广州民国日报》

谈文艺作品和理想——读巴金短篇小说集《电椅》（冰）

载 1933 年 4 月 19 日《清华周刊》第 3 卷第 5—6 期

访问巴金（彭成慧）

载 1933 年 4 月 25 日《广州民国日报·黄花》

《春天里的秋天》（沈淳）

载 1933 年 6 月 1 日《中学生》第 36 号“第二十三次文艺竞赛新书提要”

一九三二年中国文坛鸟瞰

载现代书局 1933 年 8 月 10 日版《一九三二年中国文艺年鉴》

谈谈《光明》（华西里）

载 1933 年 8 月 21 日《文艺战线》周刊第 2 卷第 22 期“每周评论”二

《雨》（石衡）

载 1933 年 9 月 1 日《现代》第 3 卷第 5 期

巴金著长篇小说《家》（羡林）

载1933年9月11日天津《大公报·文艺》

中国新文学运动史（王哲甫）

北平杰成印书局 1933 年 9 月

第四章十五年来之中国文坛（第 79 页，第 91 页）；第六章新文学创作第二期（第 225 页至 227 页）；第九章新文学作家传略·巴金传略（第 353 页）

巴金先生《雾》的观察（燕子）

载 1933 年 10 月 23 日《文艺战线》第 2 卷第 30 期、第 31 期合刊

巴金怕失节　决不照相片（之文）

载 1933 年 12 月 4 日天津《庸报》

《家》(闻国新)
载1933年11月7日北平《晨报·学园》

关于巴金（之文）
载1934年1月5日至6日天津《庸报》

事实如此（之文）
载1934年1月30日天津《庸报》

《新生》(王淑明)
载1934年4月1日《文学季刊》第1卷第2期

写实主义文学的发生（韩侍桁）
载现代书局1934年4月10日版《文学评论集》第74页

论巴金先生（夏一粟）
载1934年6月《现代出版界》第25期

《萌芽》(王淑明)
载1934年7月1日《文学季刊》第1卷第3期

作者们，离开感伤的时代！——读三卷五号《文学》底创作（杨观澜）
载1934年12月4日上海《大晚报·火炬》

《文学季刊》第二期内的创作（惕若）
载1934年7月1日《文学》第3卷第1期

家（余哲刚）
载1935年1月1日《中学生》杂志第51号“读者书评”栏

《文学》上的几篇短文·丹东（贝芬）
载1935年1月1日《中学生》杂志第51号“读者书评”栏

读过《春雨》之后（石玉淦）
载1935年1月1日《中学生》杂志第51号“读者书评”栏

《狮子》作者介绍（王梅痕）
载1935年3月中华书局版《注释现代小说选》第一册

读巴金的《电》(老舍)
载1935年4月1日《刁斗》第2卷第1期

《雪》的读后（胡立家）
载1935年4月10日天津南开大学《人生与文学》月刊第1卷第1期

《电》(珍)
载1935年4月15日上海《新小说》月刊第1卷第3期“书架”

在日本的中国文人·巴金（〔日〕冈崎

俊夫）

载 1935 年 5 月 15 日武汉《文艺》月刊第 1 卷第 3 期(熊寿农译),原载 1935 年 4 月东京《中国文学月报》第 2 期

巴金主编文化生活丛书

载 1935 年 7 月 1 日《文学》第 5 卷第 1 号“补白”

论巴金（夏一粟）

载 1935 年 7 月 16 日天津《大公报·大公园》

《家》（董德）

载 1935 年 9 月 1 日《中学生》杂志第 57 号“青年论坛”栏

巴金论——作家批判（吴复原）

载 1935 年 8 月 31 日、9 月 7 日上海《新人》周刊第 2 卷第 1 期、第 2 期

谢冰莹与巴金之文字上的姻缘

载 1935 年 9 月 23 日香港《工商日报》

《雾》《雨》与《电》——巴金的《爱情三部曲》（刘西渭）

载 1935 年 11 月 3 日天津《大公报·文艺》，收文化生活出版社 1936 年 12 月版《咀华集》

《神·鬼·人》（刘西渭）

载 1935 年 12 月 27 日天津《大公报·文艺》，收文化生活出版社 1936 年 12 月版《咀华集》

二十四年我的爱读书（赵景深）

载 1936 年 1 月 1 日《宇宙风》半月刊第 8 期

答巴金先生的自白（刘西渭）

载 1936 年 1 月 5 日天津《大公报·文艺》，收文化生活出版社 1936 年 12 月版《咀华集》

致巴金（1936 年 2 月 4 日）（何其芳）

载四川人民出版社 1979 年 11 月版《何其芳选集》第 3 卷

二十四年我所爱读的书·（1）点滴（大奎）

载 1936 年 2 月 16 日《宇宙风》半月刊第 11 期

《雪》（王文修）

载 1936 年 2 月 24 日《国闻周报》第 13 卷第 7 期“书评”栏

巴金的《朋友》（圣陶）

载 1936 年 3 月 10 日《新少年》新 1 卷第 5 期“文章展览”栏

收开明书店 1937 年 2 月版《文章例话》

论巴金的短篇小说——兼论近日小说的特性（自珍）
载1936年3月23日《国闻周报》第13卷第11期

读《雨》后记（邢国华）
载1936年3月31日上海《中学生文艺季刊》第2卷第1号

巴金
载1936年3月北新书局版《活叶文选作者小传》（杨晋雄、赵景深、蔡振环编）第118页

李芾甘（袁涌进）
载北平中华图书馆协会1936年3月版《现代中国作家笔名录》（"中华图书馆协会丛书"第11种）

《巴金论》的尾声（吴复原）
载1936年4月10日《中央日报·中央公园》

巴金的《海的梦》（清水）
载1936年4月16日《申报·读书俱乐部》

关于《大度与宽容》——一封公开的信（白燕）
载1936年5月15日《作家》第1卷第2号

巴金在我的回忆中（曾今可）
载1936年6月1日《西北风》半月刊第3期

中国文学史纲要（初中学生文库）（赵景深）
中华书局1936年6月
第十章现代文学·小说（第100页）

评《沉落》（张振亚）
载1936年7月20日《国闻周报》第13卷第28期

巴金（赵景深）
载1936年9月北新书局版《文人剪影》第11页至第12页

关于巴金（戴敦复）
载1936年9月12日上海《社会日报》

巴金先生的流弹（灵犀）
载1936年9月20日上海《社会日报》

三论文坛消息（曹聚仁）
载1936年9月22日上海《社会日报》

三谈关于小报（灵犀）
载1936年9月22日、23日上海《社会日报》

关于巴金——我的自白（戴敦复）

载1936年9月23日上海《社会日报》

对于巴金先生的流弹的申辩（戴苍岑）

“诬陷”的真相·人证物证俱在（灵犀）
载1936年9月27日上海《社会日报》

旁观者言（胡涂）
载1936年9月28日上海《社会日报》

正告巴金（灵犀）

吴县日报又说巴金到苏州（戴敦复）
载1936年9月30日上海《社会日报》

《巴金短篇杰作集》序（司马今）
载上海永生书店1936年10月版《巴金杰作集》

巴金先生的悲哀（白雪）

读《正告巴金》后——我对巴金先生的认识（者馥）
载1936年10月5日上海《社会日报》

海底梦（李风）
载1936年11月8日《清华周刊》第45卷第2期

巴金《沉落》（张秀亚）
载1936年11月20日北平《大众知识》第1卷第3期

二十五年我的爱读书·雪（陈蛰国）
载1937年1月1日《宇宙风》第32期

二十五年我的爱读书·巴金译《狱中记》（方令孺）
载1937年1月1日《宇宙风》第32期

眼泪文学（朱光潜）
载1937年1月20日北平《大众知识》第1卷第7期“文艺”栏，1937年7月15日上海《月报》转载

给某作家（沈从文）
载文化生活出版社1937年1月版《废邮存底》

巴金筹办新刊物，由文化生活社发行（白夷）
载1937年2月24日上海《社会日报》

《我的幼年》编者前言
载上海新生书店1937年3月版《我的幼年》

巴金等控张蓝霄侵害著作权
载1937年4月27日《申报》

答复巴金先生的忠告（朱光潜）
载1937年5月北平《大众知识》第1卷第12期，1937年7月15日上海《月报》第1卷第7期转载

读《论骂人文章》（孟实）

载1937年5月11日北平《晨报·风雨谈》，1937年6月5日《中流》半月刊第2卷第6期转载

《读〈论骂人文章〉》编者按

载1937年6月5日《中流》半月刊第2卷第6期

巴金拒爱（杜君谋）

载上海千秋出版社1937年8月版《作家腻事》

巴金的《爱情三部曲》

载1937年11月6日《武汉日报》

巴金靳以将来汉口（莹）

载1938年4月1日《自由中国》创刊号

《春》（安闲）

载1938年5月15日上海《文汇报·世纪风》

关于安闲先生《春》的批评——拟请更正记述的错误（黄莹子）

载1938年5月22日上海《文汇报·世纪风》

巴金的《春》（激流之二）（荫墀）

载1938年8月1日《宇宙风》第72期“书评”栏

一幅大家庭的画图——评巴金的《春》（阿茨）

载1939年4月15日北平辅仁大学《文苑》第1辑“书评”栏

中国小说史（“中国文化史丛书”）下册（郭箴一）

商务印书馆1939年5月版，第八章、民国，第四节、新文学期间的创作小说，二、新文学创作第二期·巴金（第671页至第672页）

巴金在昆明——文协欢迎会速记（赵捷民）

载1940年9月6日香港《大公报·学生界》

《黑土》（柳叶长青）

载1940年11月1日《自由中国》新1卷第1期

略论巴金的《家》三部曲（巴人）

载1941年2月15日上海奔流文艺丛刊社《奔流文艺丛刊》第2辑，署“无咎”，收香港海燕书店1941年5月版《窄门集》

巴金小传

载1941年7月上海新象书店版《巴金杰作选》（巴雷、朱绍之编选）

《巴金代表作》序
载上海三通书局 1941 年 8 月版《巴金代表作》

巴金略传
载奉天盛京书店 1942 年 4 月版《现代中国小说选》（第一集）

评巴金的《家》《春》《秋》（徐中玉）
载中华正气出版社 1942 年 8 月版《艺文集刊》第 1 辑

巴金的《家》《春》《秋》及其它（王易庵）
载 1942 年 9 月 10 日上海《杂志》月刊第 9 卷第 6 期（复刊第 2 号）

论“新文艺”笔法（李默）
载 1943 年 2 月 10 日上海《杂志》月刊第 10 卷第 5 期（复刊第 7 号）

《星》后记（齿轮编译社）
载桂林远方书店 1943 年版《星》

关于巴金（一统）
载上海中华日报社 1943 年 5 月版《文坛史料》

巴金：一位现代中国小说家（〔法〕O.Brière）
载 1943 年 11 月 1 日《万象》第 3 年第 5 期（简正译），原载 1942 年上海《震旦大学学报》第 3 类第 3 卷第 3 期

巴金（文植）
载 1944 年 1 月 9 日《收获》第 14 期“作家画像”栏

在巴金家里（巍岑）
载 1944 年 5 月 15 日上海《春秋》第 1 年第 8 期“桂林通讯”栏

与巴金闲谈（丁西明）
载 1944 年 5 月 30 日《贵州日报》

“研究巴金”？（诸葛灵）
载桂林微微书屋 1944 年 6 月版《文化圈内》甲集

巴金小传
载 1944 年 7 月上海书局版《巴金短篇小说集》

《憩园》（长之）
载 1944 年 11 月 15 日《时与潮文艺》第 4 卷第 3 期“书评副刊”栏

巴金现在病中
载 1945 年 12 月 26 日《新华日报》“文化短波”栏

沉樱来沪！巴金太太也到了（一知）
载 1946 年 5 月 2 日上海《文汇报·文化亍》

巴金抵沪（木）
载1946年5月22日上海《文汇报·文化亍》

评《憩园》（旭旦）
载1946年7月9日上海《大公报·文艺》

《雪》（宗鲁）
载1946年9月3日上海《大公报·文艺》

《憩园》（韦芜）
载1946年9月11日上海《文汇报·笔会》

书话·《过客之花》（唐弢）
载1946年9月17日上海《文汇报·文化亍》
收三联书店1980年9月版《晦庵书话》

巴金——文坛人物记之一（董桑）
载1946年9月26日上海《大公报·大公园》

关于巴金的十封信（赵景深）
载1946年10月北新书局版《海上集》第174页至第212页

书话·克鲁泡特金（晦庵）
载1946年10月22日上海《文汇报·笔会》

《繁星》注释
载1946年11月开明书店版《开明新编国文读本（甲种）》第1册（叶圣陶等编）

致巴金的信（1946年11月22日）（何其芳）
载四川人民出版社1979年11月版《何其芳选集》第三集

论巴金与张恨水（素人）
载1946年11月28日、29日上海《中华时报·华国》

记巴金（天行）
载1946年12月10日上海《幸福》月刊第1卷第5期“作家印象”栏

关于文化生活出版社（叔裕）
载1946年12月14日上海《文汇报·文化、教育、体育》

做戏的虚无党（《从生活的洞口……》2）（耿庸）
载1947年1月20日上海《联合晚刊·夕拾》

巴金先生（顾南）
载1947年2月24日上海《时代日报·文化版》

想起了斫樱桃树的故事（郭沫若）
载1947年3月24日上海《文汇报·新文艺》
收人民文学出版社1961年10月版《沫若文集》第13卷

四川文艺作家小志·李芾甘（勉斋）
载1947年3月30日南京《文艺先锋》第10卷第3期

读《丹东之死》（魏世英）
载1947年8月15日上海《读书与出版》月刊第2年第8期

中国新文学史讲话（李一鸣）
上海世界书局1947年10月
第五章、小说，1.总论（第86页），2.第四派（第121页至第124页）

《巴金选集》编者题记（陈磊）
载上海绿杨书屋版《巴金选集》

巴金为甚么沉默起来？（苏夫）
载1947年11月13日北平《大公报·大公园地》

巴金逃席记（君沛）
载1947年11月30日上海《幸福》月刊第2卷第1期

巴金（任嘉尧）
载1947年12月上海东方书店版《当代中国名人辞典》第4页

《寒夜》（康永年）
载1948年5月20日《文艺工作》第1号

我所见的巴金的影响（白火）
载1948年10月19日吉林《文艺学习》创刊号，1948年12月11日《学习生活》第2卷第4期转载

作家手迹·巴金的心境（魏雨）
载1948年12月29日上海《大公报·大公园》

当代中国小说戏剧一千五百种提要（英文本）
北平辅仁大学出版社1948年（善秉仁、苏雪林、赵燕声合编）
LI FEI-KAN（赵燕声），一个独立的重要作家的塑象（苏雪林），当代小说·巴金作品27种

作家笔名散记·巴金（林海语）
载1949年3月10日上海《春秋》第6年第3期

读巴金的《怀念》（张可）
载1949年《中学生》6月号（总第212期）

《激流》（王侯）
载 1949 年《中学生》7 月号（总第 213 期）

二

中国现代浪漫作家巴金（O·布赫耶赫）
载 1942 年美国《俄火亥大学学报》第 3 卷第 3 期

巴金《家》中的社会环境（让·蒙斯特勒特）
载 1942 年《教务会议委员会卷宗》（Dossiers de la Commission Synodale）第 12 卷第 15 期第 578 页至第 599 页

巴金著作目录（饭塚朗）
载 1943 年 3 月日本《中国文学》终刊号

中国人眼中的日本文学——评巴金（增田涉）
载 1947 年 4 月日本《新中国》第 12 期，收日本谈讲社 1948 年版鲁迅的印象，又收日本岩波书店 1968 年版《中国文学史研究》

巴金（饭塚朗）
载 1947 年 5 月日本《新中国》第 13 期

《第四病室》（饭塚朗）
载 1947 年 9 月日本《随笔中国》第 2 期

巴金的《雾》（让·蒙斯特勒特）
载 1947 年巴黎大学《博士论文补遗》

论巴金先生的战争观——从《房东太太》谈起（大芝孝）
载 1948 年 2 月日本《华文国际》第 1 卷第 5 期

《家》的传奇性（饭塚朗）
载 1948 年 3 月日本华光社《中国文学》第 104 号

憩园（饭塚朗）
载 1948 年 3 月日本《世界文学研究》第 1 期

从《家》到《憩园》（饭塚朗）
载 1948 年 4 月日本《随笔中国》第 3 期

《离婚》和《家》（小川环树）
载 1949 年 10 月日本《东北文学》第 4 卷第 10 期

## （三）1950 年—1965 年

一

巴金的生活和著作（〔法国〕明兴礼著 王继文译）
上海文风出版社 1950 年 5 月
第一章：幼年的巴金，一、黎明：妈妈！二、死亡的袭击，三、解放和交友的时期来到了，四、由对人类之爱到人道主义；第二章：飘泊的生活，一、逃走，二、著作生活，三、巴金所受的影响，四、三兄弟；第三章："家"的创作者，一、被威胁的"家"：《激流》，二、分裂的"家"：《憩园》，三、动摇的"家"：《寒夜》，四、团圆的"家"：《火》；第四章：歌颂母爱和友爱的巴金，一、孺慕之情，二、情欲和革命，三、友爱的歌曲；第五章：革命曲，一、信仰，二、牺牲，三、暴力和憎根；第六章：人类至上，一、人类至上，二、人即上帝；第七章：服务人生的艺术，一、他的著作的中心点，二、创作和记述，三、作者的笔法；第八章：寻求生命和光明，一、生活的意义，二、福和苦，三、寻求光明和生命

〔附录〕巴金的创作与翻译

后记（译者）

巴金创作评论（北京师范大学中文系巴金创作研究小组）

人民文学出版社 1958 年 12 月

出版说明（人民文学出版社编辑部）

论巴金创作中的几个问题；论巴金小说中的革命者形象；谈《家》里的觉慧；我们从《家》里得到了些什么；谈《火》；从《丹东的悲哀》到《法斯特的悲剧》；从《砂丁》和《雪》看巴金小说中的工人形象

〔附录〕读者对巴金作品的反映辑录

后记

巴金创作试论（武汉大学中文系三年级巴金创作研究小组）

湖北人民出版社 1959 年 9 月

论巴金的世界观与创作；论《爱情三部曲》；论巴金的《火》；谈《憩园》

巴金及其《家》（文艺作品选讲）（顾嘉炽　编）

高等教育出版社 1960 年 2 月

一、巴金的生平与创作简介；二、《激流三部曲》之一——《家》；三、谈关于阅读巴金作品的几个问题

巴金研究资料汇编（中国现代作家研究资料丛书第 11 册）（山东师范学院中文系　编）

大众日报印刷厂 1960 年 5 月

编辑说明

家庭对巴金幼年的影响；巴金的几个先生；《告少年》、《夜未央》等作品给巴金的影响；巴金谈自己的信仰；巴金谈自己的憎恨；巴金为无政府主义者作辩解；从三篇作品中所反映出的巴金对法国大革命的看法；巴金的主要创作产生于最黑暗的年代里；巴金的"人类爱"是怎样形成的；批判巴金超阶级的爱——从《丹东的悲哀》到《法斯特的悲剧》；巴金世界观的形

成及其对创作的影响；《文学知识》讨论巴金作品所取得的一致意见；刘国盈等谈巴金作品的真实性；姚文元谈用什么标准来衡量巴金的作品；巴金作品的成就与局限；杨风论巴金作品的民主思想；张毕来谈巴金的现实主义；巴金谈《灭亡》；巴金谈杜大心；姚文元论巴金《灭亡》中的无政府主义思想；巴金在《灭亡》里鼓吹了什么东西；从《灭亡》看巴金世界观的矛盾；巴金谈为什么要写《家》；姚文元论《家》在历史上的积极作用和消极作用——并谈怎样认识觉慧这个人物；巴金《家》里的下层人民的形象是不真实的；巴金对待觉新这一人物的态度；谭洛非论觉新的形象是比较好的；巴金谈《爱情三部曲》；李希凡谈《雾雨电》的思想和人物；论巴金小说中的革命者形象；吴仁民比杜大心进步的地方；《火》的时代背景；《火》没有反映出抗战的真实面貌；《火》中的超阶级的爱和资产阶级人道主义；从《砂丁》和《雪》中看巴金小说中的工人形象；巴金在《憩园》中所流露出的对没落地主的深厚同情；巴金谈他的短篇小说；巴金对自己短篇小说缺点的看法；巴金著译年表（1904—1959·10）

* * *

致巴金同志的信（1950年3月28日）（彭德怀）

载1980年《解放军文艺》1月号

关于《家》（何其芳）

载海燕书店1950年3月版《关于现实主义问题》

介绍《华沙城的节日》（吴倩）

载1951年6月《中国青年》第6期

中国新文学史稿（王瑶）

开明书店1951年9月（上册）

新文艺出版社1953年8月（下册）

新文艺出版社1954年3月重印（上、下册）

上海文艺出版社 1982 年 11 月修订版（上下册）

〔上册〕第二编：左联十年，第八章、多样的小说，三、城市生活的面影（新文艺版第 233 页至第 235 页，上海文艺版三、追求光明，第 262 页至第 267 页），六、历史讽喻小说（新文艺版第 257 页，上海文艺版第 257 页）

〔下册〕第三编：在民族解放的旗帜下，第十三章、战争与小说，一、战时城市生活种种（新文艺版第 90 页至第 91 页，上海文艺版第 435 页至第 436 页），第十八章、新型的小说，五、腐烂与新生（新文艺版第 354 页至第 356 页，上海文艺版第 692 页至第 693 页）

在前进的道路上——关于读文学书的问题（丁玲）

跨到新的时代来——谈知识分子的旧兴趣与工农兵文艺（丁玲）
载人民文学出版社 1951 年 7 月版《跨到新的时代来》第 171 页至第 178 页，第 196 页

致巴金的信（1952 年 1 月 9 日）（何其芳）
载四川人民出版社 1979 年 11 月版《何其芳选集》第三集

《生活在英雄们的中间》（丁亭）
载 1953 年 4 月《文艺报》第 7 期

读《黄文元同志》（吴越）
载 1953 年 11 月《文艺报》第 22 期

读《保卫和平的人们》（黄炎）
载 1954 年《青年读物介绍》第 3 期

巴金和《英雄的故事》（张又君）
载 1954 年 9 月 26 日《光明日报》

怎样理解巴金的《家》的现实意义（韩悦行）
载 1955 年《文艺学习》第 5 期

中国现代文学史略（丁易）
作家出版社 1955 年 11 月
第八章、革命文学作家、进步作家以及没落的资产阶级文学流派，第二节、进步作家，二、老舍、巴金的小说和闻一多的诗歌（第 273 页至第 276 页）

关于巴金作品的问题（冯雪峰）
载 1955 年 12 月 20 日《中国青年报》
收人民文学出版社 1981 年 6 月版冯雪峰《论文集》（下）

巴金、周立波赴柏林参加第四届德国作家代表大会
载 1956 年 1 月 8 日《人民日报》

谈巴金的“激流”三部曲（思基）
载 1956 年辽宁《文学月刊》4 月号
收长江文艺出版社 1958 年版《生活与创作论集》

中国新文学史初稿（刘绶松）
作家出版社 1956 年 4 月版
人民文学出版社 1979 年 11 月版
〔上卷〕第三编：第二次国内革命战争时期的文学，第七章、本时期的小说，二、对于现实的暴露和批判（作家版第 370 页至第 373 页，人文版第 358 页至第 362 页）
〔下卷〕第四编：抗日战争时期的文学，第七章、本时期的小说，三、为民主与胜利而斗争（作家版第 139 页至第 140 页，人文版第 531 页至第 532 页）
第五编：第三次国内革命战争时期的文学，第三章、在反动派压迫下斗争和发展的国统区文艺，二、作家和作品（作家版第 301 页，人文版第 686 页）

巴金的生活和创作（万曼）

《我们会见了彭德怀司令员》分析（万曼）
载湖北人民出版社1956年8月版《现代作品选讲》

谈谈《家》、《春》、《秋》（鲁非）
载1956年8月17日《长江日报》

巴金：勤劳和热情的作家（徐翊）
载1956年12月1日《文汇报》

会见巴金（王潮清　何伦武）
载1956年12月11日《四川日报》

巴金在成都视察图书出版发行工作（新华社电讯）
载1956年12月17日《四川日报》

巴金在家乡谈《家》（殷蓉）
载1956年12月24日《新民晚报》

巴金在重庆（李冰若）
载1956年12月30日《重庆日报》

谈巴金的“激流三部曲”——家、春、秋（谭洛非）
载1957年《草地》1月号

巴金谈作家的生活（冯华征）
载1957年2月26日《解放日报》

访巴金（周明）
载1957年4月14日《陕西日报》，1957年5月4日香港《文汇报》转载

巴金和他的创作（高擎洲）
载1957年《辽宁文艺》5月号

巴金论（扬风）
载1957年《人民文学》7月号

中国现代文学史（上卷）（孙中田等）
吉林人民出版社1957年9月
第一章、“五四”——第二次国内革命战争时期的文学：巴金的创作（第120页至第129页）

巴金
载1957年《读书月报》10月号

巴金的《我们会见了彭德怀司令员》（黄纪曾）
载江西人民出版社1957年11月版《文学作品分析》

论巴金的小说（王瑶）
载1957年12月《文学研究》第4期

《家》的青年形象——兼驳冯雪峰对《家》的贬低（蔡师圣）
载1958年5月《学术论坛》第2期

法斯特是万人唾弃的叛徒——和巴金同志商榷（徐景贤）
载 1958 年 6 月 11 日《文汇报》

巴金同志提了一个错误的口号（余定）
载 1958 年 6 月 14 日《文汇报》

《法斯特的悲剧》一文的错误（谢介龙）
载 1958 年 6 月《文艺报》第 11 期

我们不同意巴金先生的看法（那铁林等）
载 1958 年 6 月《文艺报》第 11 期

多余的希冀（邵栖霞）
载 1958 年 6 月《文艺报》第 11 期

批判巴金对法斯特的错误认识（综述）（黄吟曙）
载 1958 年 8 月《学术月刊》第 8 期

## ·1958—1959 年各报刊关于巴金作品的讨论·

### 《中国青年》

编者按
载 1958 年 10 月 1 日《中国青年》第 19 期

论巴金小说《灭亡》中的无政府主义思想（姚文元）
载 1958 年 10 月《中国青年》第 19 期

论巴金笔下的革命者形象（北京师大巴金创作批判小组）
载 1958 年 10 月《中国青年》第 20 期
收人民文学出版社 1958 年 11 月版《巴金创作评论》

他们到底欣赏巴金作品的一些什么？（常青树）
载 1958 年 11 月《中国青年》第 21 期

论巴金小说《家》在历史上的积极作用和它的消极作用——并谈怎样认识觉慧这个人物（姚文元）
载 1958 年 11 月《中国青年》第 22 期

### 《文学知识》"大家来讨论巴金作品"

过去起过革命作用，现在仍有积极意义（孙国华）
载 1958 年 10 月 8 日《文学知识》第 1 期

对青年只有害处没有好处（杨敌）
载 1958 年 10 月《文学知识》第 1 期

《爱情三部曲》的主要人物具有革命品质（东文）
载 1958 年 11 月《文学知识》第 2 期

觉慧和《爱情三部曲》里的人物都是个人主义者（北京师大中文系二年级一群学生）
载 1958 年 11 月《文学知识》第 2 期

不要摔碎茶壶弄得没有水喝（赵磊）
载 1958 年 11 月《文学知识》第 2 期

巴金作品教人向真向善向美（李蓉）
载 1958 年 11 月《文学知识》第 2 期

体现小资产阶级感情，消极影响大（光华木材厂文学小组）
载 1958 年 11 月《文学知识》第 2 期

两个“三部曲”都符合新民主主义革命要求（王绍猷）
载 1958 年 11 月《文学知识》第 2 期

其他来稿综合报导（《文学知识》编辑部）
载 1958 年 11 月《文学知识》第 2 期

“大家来讨论巴金作品”编者按（《文学知识》编辑部）
载 1958 年 12 月《文学知识》第 3 期

觉慧和《爱情三部曲》的人物都是革命者（蒋幼祥等）
载 1958 年 12 月《文学知识》第 3 期

没有完全健康的形象，充满拖泥带水的感情（路平）
载 1958 年 12 月《文学知识》第 3 期

三个严重的缺陷（程思维等）
载 1958 年 12 月《文学知识》第 3 期

宣扬无政府主义思想，已成了革命的障碍物（倪健）
载 1958 年 12 月《文学知识》第 3 期

与革命背道而驰的“革命者”（廖起蜀）
载 1958 年 12 月《文学知识》第 3 期

和现代文学主流基本一致（谢理泮）
载 1958 年 12 月《文学知识》第 3 期

应该这样理解巴金作品中的个人主义和无政府主义（彭焕阳）
载 1958 年 12 月《文学知识》第 3 期

是民主主义，不是无政府主义（胡文斌）
载 1958 年 12 月《文学知识》第 3 期

谈我们对巴金早期作品的看法（陈传才、陈衍俊）
载 1959 年 1 月《文学知识》第 1 期

怎样来评价觉新（王承浾）
载 1959 年 1 月《文学知识》第 1 期

怎样认识觉慧（闻清）
载 1959 年 2 月《文学知识》第 2 期

关于陈真的形象（韩立群）
载 1959 年 3 月《文学知识》第 3 期

本刊巴金作品讨论概况和我们的几点

意见（《文学知识》编辑部）
载 1959 年 4 月《文学知识》第 4 期

**《读书》杂志“巴金作品讨论”**

“巴金作品讨论”编者按（《读书》编辑部）
载 1958 年 10 月 12 日《读书》第 16 期

读《灭亡》（马健）
载 1958 年 10 月《读书》第 16 期

觉慧的革命精神（王勉之等）
载 1958 年 10 月《读书》第 16 期

但愿成为琴那样的人（晓明）
载 1958 年 10 月《读书》第 16 期

“家”并不因觉慧的出走而解体（李均）
载 1958 年 10 月《读书》第 16 期

欢迎《巴金文集》出版（冯毕）
载 1958 年 10 月《读书》第 16 期

谈谈巴金作品的教育意义（金丁）
载 1958 年 10 月《读书》第 17 期

痛心的教训（兰瑞）
载 1958 年 10 月《读书》第 17 期

巴金作品的消极因素（江景）
载 1958 年 10 月《读书》第 17 期

我不再惋惜“家”的衰败了（章伟）
载 1958 年 10 月《读书》第 17 期

《家》的真实性和社会意义（王光瑜）
载 1958 年 10 月《读书》第 17 期

看《砂丁》我更爱今天（巴若）
载 1958 年 10 月《读书》第 17 期

我也谈《家》（彭立本）
载 1958 年 11 月《读书》第 18 期

觉慧并未妥协（朱束）
载 1958 年 11 月《读书》第 18 期

觉慧不是英雄（碧帆）
载 1958 年 11 月《读书》第 18 期

关于巴金的作品（柔剑）
载 1958 年 11 月《读书》第 18 期

杜大心是革命队伍中的逃兵（李智）
载 1958 年 11 月《读书》第 18 期

巴金作品的民主主义思想（扬风）
载 1958 年 11 月《读书》第 19 期

琴不值得学习（张和国）
载 1958 年 11 月《读书》第 19 期

关于琴——并和晓明商榷（奔流）
载 1958 年 11 月《读书》第 19 期

巴金作品在读者中的影响——读者来稿摘编
载1958年11月《读书》第19期

文学的党性原则不容攻击（北京大学鲁迅文学社第二小组）
载1958年11月《读书》第20期

柔剑的剑刺向哪里（读者来稿摘编）
载1958年11月《读书》第20期

今天的青年应该怎样看巴金作品（王世德）
载1958年11月《读书》第20期

巴金在《灭亡》里鼓吹了什么东西（东耳）
载1958年12月《读书》第21期

巴金作品的真实性和局限性（陈传才 陈衍俊）
载1959年1月《读书》第1期

不真实的形象——评巴金《家》里的下层人民（河北北京师范学院中文系劳动文学社）
载1959年1月《读书》第1期

巴金的民主主义和现实主义（刘正强）
载1959年1月《读书》第2期

分歧的实质在哪里（姚文元）
载1959年1月《读书》第2期

巴金的现实主义（张毕来）
载1959年2月《读书》第2期

**其它各报刊**

读巴金的《灭亡》（小全）
载1958年6月13日《青年报》

谈巴金《家》里的觉慧（小全）
载1958年10月28日《青年报》

不要忘记巴金作品的缺点
载1958年7月《草地》第7期

《文学知识》《中国青年》对巴金作品展开的讨论
载1958年10月13日《大公报·艺文园》

《家》对我的影响（袁永乐）
载1958年10月8日上海《文汇报》

和袁永乐同学谈几个问题（庄俊德）
载1958年10月15日上海《文汇报》

清除巴金作品中的有害毒素（张伯理）
载1958年10月15日上海《文汇报》

我们的看法（鲍民伟等）
载1958年10月15日上海《文汇报》

从《家》谈到《青春之歌》（汤廷诺）
载1958年10月22日上海《文汇报》

我对巴金小说的看法（黎晓扬）
载1958年10月22日上海《文汇报》

应该有区别地看待巴金的小说（王尔龄）
载1958年10月29日上海《文汇报》

《家》在青年读者中的影响（李玉铭）
载1958年10月29日上海《文汇报》

谈《灭亡》里的杜大心（沙芜）
载1958年11月9日《新民晚报》

我们从巴金的《家》里得到了些什么?（北师大中文系巴金创作研究小组）
载1958年10月19日《北京日报》

巴金笔下的下层人民—从《家》中的鸣凤谈起（北京师大中文系巴金创作研究小组）
载1958年10月21日《北京日报》

《家》中的个人主义（徐文）
载1958年10月31日《光明日报》

对觉慧的评价（舒迅）
载1958年11月25日《光明日报》

也来谈觉慧（傅汉清）
载1958年11月25日《光明日报》

评价巴金作品的一个原则问题（金丁）
载1958年12月7日《光明日报》

论巴金创作中的几个问题——兼驳扬风、王瑶对巴金创作的评论（北京师大中文系二年级师生）
载1958年9月《文学评论》第3期
收人民文学出版社1958年11月版《巴金创作评论》

用什么尺度衡量巴金过去的创作（刘国盈　廖仲安）
载1958年12月《文学评论》第4期

谈《雾·雨·电》的思想和人物（李希凡）
载1958年12月《文学评论》第4期

谈巴金的《爱情三部曲》（庄钟庆）
载人民文学出版社1958年11月版《打击侵略者的怒涛》（文学书籍评论丛刊〔二〕）

能说代表一个时代吗？——谈巴金的《激流三部曲》等作品（曙风）
载1959年1月22日广州《羊城晚报》

怎样看待巴金的作品（资料）
载1959年8月26日广州《羊城晚报》

评巴金的《家》（黄修三）
载1959年1月《语言文学》1月号

谈巴金的《激流三部曲》中的几个问题（中文系二年级二班）
载1959年2月《山东师范学院学报》（人文科学）第1期

一部宣扬无政府主义的反现实主义作品（中文系二年级四班）
载1959年2月《山东师范学院学报》（人文科学）第1期

《爱情三部曲》是一部反现实主义的作品（李继昌）
载1959年2月《山东师范学院学报》（人文科学）第1期

论觉新（中文系二年级三班）
载1959年2月《山东师范学院学报》（人文科学）第1期

觉新到底是怎样一个人（余苛）
载1959年2月《山东师范学院学报》（人文科学）第1期

觉民兄弟是革命者形象吗？（康金铭）
载1959年2月《山东师范学院学报》（人文科学）第1期

论巴金小说《家》的反现实主义倾向（中文系二年级一班）
载1959年2月《山东师范学院学报》（人文科学）第1期

论觉慧（中文系二年级一班）
载1959年2月《山东师范学院学报》（人文科学）第1期

评巴金的《激流三部曲》（巴金创作研究小组）
载1959年《北京师范大学学报》（社会科学）第2期

论巴金的世界观与创作（中文系三年级巴金创作研究小组）
载1959年3月《武汉大学人文科学学报》第2期

论“爱情三部曲”（中文系三年级巴金创作研究小组）
载1959年3月《武汉大学人文科学学报》第2期

论巴金的《火》（中文系三年级巴金创作研究小组）
载1959年3月《武汉大学人文科学学报》第2期

谈《憩园》（中文系三年级巴金创作研究小组）
载1959年3月《武汉大学人文科学学

报》第2期

以上四篇均收湖北人民出版社1959年9月版《巴金创作试论》

巴金的思想和创作（韩文敏）

载1959年《吉林大学学报》（人文版）第2期

收吉林人民出版社1959年8月《文学论文集》（第一集）

关于巴金作品的讨论（岳璐）

载1959年《哲学社会科学动态》第3期

谈怎样指导同学阅读巴金作品《家》（刘国盈、廖仲安）

载1959年《文史教学》试刊第1期

谈谈巴金的《家》——兼谈对《家》的一些评论（仲旺）

载1959年5月《文学书籍评论丛刊》第5期

关于巴金作品的评价问题——评扬风的《论巴金》（李希凡）

载作家出版社1959年9月版《管见集》

巴金的世界观与创作（黄平权）

载1960年1月《开封师范学院学报》第7期

略论巴金作品的思想倾向——兼驳扬风的错误观点（李屏锦等）

载1960年1月《劳动与教育》第1期

中国现代文学史（上册）（复旦大学中文系现代文学教研室）

上海文艺出版社1959年7月版

第二编：一九二七年——一九三七年的文学，第六章、重要作家作品（二），第四节，巴金（第426页至第438页）

中国现代文学史（上册）（华南师范学院中文系）

华南师范学院中文系1959年8月

第九章、巴金（第152页至第157页）

共同的志向，共同的理想——关于中苏友谊的几篇散文读后感（徐迟）

载1960年2月《文艺报》第4期

中国现代文学史（第二册）

吉林人民出版社1960年4月，1962年8月二版

第二编：第二次国内革命战争时期及抗日战争前期的文学（1928-1911）第三章、第二次国内革命战争时期的文艺创作，第五节、巴金、老舍（第57页至第68页）

〔1962年版〕第二编，第九章（题均同上），第五节、巴金和他的《家》（第28页至第38页）

巴金

载山东师范学院中文系现代文学教研室 1960 年印《中国现代作家小传》；1978年11月修订重印

作家，理想和人物——读巴金三篇新作有感（晓立）

载1961年《上海文学》第2期

樱花精神（叶圣陶）

载1961年3月《文艺报》第6期

中国现代文学史（上、下册）（中国人民大学语言文学系文学 史教研室现代文学组 编著）

中国人民大学出版社1961年12月一版，1964年4月二版，1979年9月新版 1962年2月一版，1964年6月二版，1980年5月新版

第十二章，左联时期的重要作家（二）第一节、巴金（一、二版列上册，新版列下册）

在国外出版的书（晦庵）

载1962年4月14日《人民日报》

收北京出版社1962年6月版《书话》，1980年9月三联书店版《晦庵书话》

巴金的“家”（瓢庐）

载1962年5月20日上海《新民晚报》

读《作家的勇气和责任心》（尚吟）

载1962年6月21日广州《羊城晚报》

巴金的私话（上官雯）

载1963年2月21日《北京日报》

巴金访问记（陈丹晨）

载1963年《人民中国》日文版第5期，英文版第6期

从巴金的《家》到曹禺的《家》（王正）

载1963年6月《文学评论》第3期

中日两国人民友情的颂歌——读巴金散文集《倾吐不尽的感情》（顾传菁）

载1963年10月15日《大公报·文化园地》

敢于斗争 敢于胜利——读报告文学《手》（庄犁）

载1963年10月25日广州《羊城晚报》

《手》（徐逸）

载1963年《文艺报》第12期

读《手》随想（梁吟）

载1964年2月2日《武汉晚报》

《倾吐不尽的感情》（吴立昌）

载1964年5月《收获》第3期

《倾吐不尽的感情》（林文）

载1964年9月《文学评论》第4期

二

作家巴金（现代作家研究论丛之一）（余思牧）

香港南国出版社1964年1月

一、巴金的童年时代；二、巴金的家庭——从“象牙监牢”到“甜蜜的家”；三、从成都到上海，从上海到法国；四、抗日战争前后的巴金；五、巴金的为人；六、巴金的小说创作；七、巴金的散文创作；八、巴金的文艺思想；后记

* * *

忆作家巴金（贺笛笙）

载1954年7月1日香港《大公报》

巴金（黄锦池）

载香港世界出版社1957年版《中外文学家辞典》

《茅盾文集》和《巴金文集》（阿扬）

载1958年5月10日香港《文汇报·书的世界》

巴金（尚哲）

载香港上海书局1959年版《中外文学家传略辞典》

巴金的帽子（启明）

载1961年1月香港《展望》第25期

百尺高台夜梦巴金（孙陵）

载台北正中书局1961年1月版《浮世小品》

中共如何教育巴金（丁友光）

载1963年12月6日香港《新民报》

三

关于巴金的《家》（德广弥中郎）

载1950年日本《高知中国学会报》第1卷第1期

巴金的抗战报道《旅途通讯》

载1950年1月日本《中国语杂志》第5卷第1期

巴金的《砂丁》（坂井健一）

载1950年10月日本《创作》第37卷第10期

探索光明与生活——中国现代浪漫作家巴金（让·蒙斯特勒特）

载1950年6月法国《教会丛刊》（Mélanges Missionnaires）第8期

巴金——人类之神还是人神（让·蒙斯特勒特）

载1950年《中国教会会刊》（China Missionary Bulletin）第6期

巴金（让·蒙斯特勒特）

载 1952 年 1 月法国《法国—亚洲》

巴金《寒夜》（吉川幸次郎）

载 1953 年 6 月日本《群象》第 8 卷第 6 期

憩园（今村与志雄）

载 1953 年日本《近代文学》第 9 卷第 1 期

憩园（桧山久雄）

载 1953 年 11 月日本《新日本文学》第 7 卷第 11 期

巴金：反抗的歌唱者（让·蒙斯特勒特）

载法国巴黎多马出版社 1953 年版《中国现代文学的顶峰》第 24 页至第 38 页

巴金（让·蒙斯特勒特）

载 1953 年 12 月《亚洲；亚洲文化综合季刊》

巴金和他的导师（让·蒙斯特勒特）

载 1954 年法国《比较文学杂志》第 28 期

巴金《家》中描写的妇女形象（君岛久子）

载 1954 年 10 月日本《北斗》第 1 卷第 1 号

关于巴金

载 1954 年 11 月日本北海道大学《北大中国文学》第 1 卷第 1 期

巴金著《第四病室》（小野田耕三郎）

载 1954 年 12 月日本《北斗》第 1 卷第 2 号

联系人民的作家（冈崎俊夫）

巴金（立间祥介）

载日本东京和光社 1954 年版《现代中国作家》

《寒夜　第四病室》后记（冈崎俊夫）

载日本河出书房 1954 年版《寒夜　第四病室》

巴金年谱（1904—1954）（立间祥介）

载日本河出书房 1954 年版《寒夜　第四病室》

关于作家巴金（一）（小野田耕三郎）

载 1955 年 2 月日本《北斗》第 1 卷第 3 号

与“家”作斗争的五四青年形象——巴金（大芝孝）

载 1955 年 3 月日本《神户文学》第 10 期

《寒夜》合评（共六篇）（木岛廉之等）
载1955年8月日本九州大学《中国文艺座谈会记录》第5期

作品的秩序和现实社会的秩序——从巴金的短篇小说《白鸟之歌》谈起（樋口进等）
载1955年10月日本九州大学《中国文艺座谈会记录》第6期

巴金初期的创作方法——从《雪》谈起（前田苓子）
载1956年3月日本九州大学《中国文艺座谈会记录》第7期

《家》解说（饭塚朗）
载日本岩波书店1956年版《家》

中国文学（H·T·费多连科）
苏联国家文学艺术出版社1956年
第二章：革命文学，第203页至第204页

巴金的创作及其长篇小说《家》（B·彼德洛夫）
载苏联国家文学艺术出版社1956年版《家》

巴金的创作（B·彼德洛夫）
载苏联国家文学艺术出版社1957年版《爱情三部曲》

中共批判巴金（共同社电讯）
载1958年10月28日日本《朝日新闻》

关于“巴金批判”（松井博光）
载1959年1月日本《北斗》第4卷第1号

谈谈《家》——关于巴金小说思想的一个考察（下条一诚）
载1959年10月日本京都大学《中国文学报》第11期

巴金的创作道路（B·彼德洛夫）
载苏联国家文学艺术出版社1959年版《巴金文集》第一卷

巴金和茅盾的作品（那须清）
载1961年3月日本九州大学《文家论辑》第8期

中国现代小说史（夏志清）
第二编：成长十年（1928—1937），第十章巴金
美国耶鲁大学出版社1961年版

致巴金先生（芹泽光治良）
载1961年11月日本新潮社版《爱·知·悲》

巴金
载苏联百科全书出版社1962年版《简明文学百科全书》第1卷第478页

热情人与逃避现实者——旧时代的作家（温森特·Y·C·石）
载纽约弗雷德里克·A·普雷格出版社1963年版《中国共产主义文学》（西里尔·伯奇等编著）第92页至第112页

关于巴金的《寒夜》（常石茂）

巴金年谱（常石茂）
载日本“平凡”社1972年5月版《抗战期文学Ⅱ 中国的革命和文学6》（小野忍编）

现代中国文学的源流（座谈会）
载1964年2月日本《文化评论》第28期

巴金的小说《家》（奥德瑞奇·克罗尔）
载柏林学术出版社1964年版《中国现代文学研究》第98页至第112页

## （四）1966年—1976年

### 一

从《灭亡》看无政府主义（火正熊）
载1967年6月13日上海《解放日报》

评彭德怀和巴金的一次反革命勾结（万重浪）
载1967年8月26日上海《解放日报》

彻底揭露巴金的反革命真面目（胡万春 唐克新）
载1968年2月26日上海《文汇报》

斗倒批臭文学界反动“权威”巴金（通栏标题）
编者按
从《家》的出笼看巴金的反动面目（工亦文）
彻底捣毁剥削阶级的罪恶之“家”（红地 肖凡）
在吹捧《家》“艺术性”的背后（陈小元）
这两“家”决不能调和（刘仁和 官永久）
载1968年6月18日上海《文汇报》

电视斗争大会通知
载1968年6月19日上海《解放日报》二版，《文汇报》四版

清算反共老手巴金的滔天罪行（万重浪）
载1968年6月20日上海《解放日报》

斗倒批臭文学界反动“权威”巴金（通栏标题）
本市文化系统无产阶级革命派昨举行电视斗争大会 撕开反动老手巴金的画皮
反共老手的新表演——彻底清算巴金解放后反党，反人民的反革命罪行（洪彤）

请看巴金卖国求荣的汉奸嘴脸（许懿敏）
载 1968 年 6 月 21 日上海《文汇报》

彻底斗倒批臭无产阶级专政的死敌——巴金（通栏标题）
本市文化系统无产阶级革命派昨举行电视斗争大会　撕开反共老手巴金的画皮
巴金的“家”是喝人血的收租院（张英）
巴金是反动透顶的汉奸文人（许懿敏）
反共老手巴金的爱和憎（田永昌）
从三个反动口号看巴金的反革命嘴脸（韩忻亮）
载 1968 年 6 月 21 日上海《解放日报》

批臭巴金，批臭无政府主义（班革祖）
载 1969 年 8 月 12 日上海《文汇报》

彻底批判大毒草《家》、《春》、《秋》（华文兵）
载 1969 年 8 月 12 日上海《文汇报》

二

巴金
载台北中华民国国际关系研究所 1967 年 8 月版《中共名人录》（方雪纯等编）第 70 页至第 71 页

安那其主义作家巴金（苏雪林）
载台北文星书店 1968 年 8 月版《文坛话旧》

中国现代文学史（李辉英）
香港东亚书局 1970 年 7 月
第八章　第三节、老舍、巴金、张天翼、穆时英、沈从文

大陆名作家巴金的下场（《香港时报》特稿）
载 1971 年 8 月 17 日《香港时报》

也谈巴金（黄俊东）
载香港友联出版社 1972 年 12 月版《现代中国作家剪影》

无产阶级专政的死敌巴金（玄默）
台北中共研究杂志社 1973 年 3 月版《中共文化大革命与大陆知识分子》

从郭淑珍谈到巴金谈到……（丝韦）
载 1973 年 4 月 15 日香港《新晚报·下午茶座》

三十年代文艺论（李牧）
台北黎明文化事业公司 1973 年 6 月
第五章：三十年代主要散文作品的分析，第二节，创作的概况（第 131 页）；第七章：三十年代主要小说作品的分析，第三节、抽样的分析（第 202 页至第 205 页）；附件（一）三十年代主要文艺作家简历表·李芾甘（巴金）（第 309 页）

文坛五十年（续集）（曹聚仁）

香港新文化出版社 1973 年 8 月版，第 34 页、第 40 页至第 41 页

《家》——第一畅销书（司马长风）

载香港昭明出版社 1975 年 8 月版《新文学丛谈》

巴金（赵聪）

载香港中国笔会 1975 年 10 月版《现代中国作家列传》

中国新文学史（司马长风）

香港昭明出版社 1976 年 3 月（中卷）1978 年 12 月（下卷）

〔中卷〕第四编：收获期（1929—1937）第十九章、中长篇小说七大家·巴金的《家》，第二十一章、散文的泥淖与花朵·老舍、巴金〔下卷〕第五编：凋零期（1938—1949）第二十六章、长篇小说竞写潮·巴金的《人间三部曲》，第二十七章、散文的圆熟与飘零·巴金的《废园外》

三

巴金和他的作品——两次革命之间的中国青年（哈佛东亚丛书 28）（奥尔格·朗）

美国哈佛大学出版社 1967 年

前言

一、童年；二、巴金找到他的政治信仰；三、巴金在故乡的最后几年；四，《激流三部曲》——在新文化运动中的中国青年；五、在南京和上海；六、巴金在法国；七、多产年代；八、《爱情三部曲》——在战前国民党时代的青年革命者；九、战争和国民党统治的最后岁月；十、巴金与西方；十一、巴金的艺术技巧；十二、尾声

注释；著作目录；专用语汇；索引

巴金作品概论（Л·A·尼科尔斯卡娅）

苏联莫斯科大学出版社 1976 年

巴金创作个性的形成；巴金三十年代至四十年代的作品（《家》，《爱情三部曲》，《玫瑰花的香》，《电椅》，《月夜》，《神·鬼·人》和《长生塔》，《火》，《寒夜》）；巴金五十年代至六十年代的作品

巴金《家》的词汇注释（科尼利厄斯·C·库布勒）

美国康奈尔大学出版社 1976 年

*　　　*　　　*

中期小说家巴金——《激流三部曲》及《火》的人物分析（贝蒂·王）

载 1967 年美国哥伦比亚大学《硕士论文》

巴金论——一九三五年，六年间他和无政府主义的问题（樋口进）

载 1968 年 3 月日本福冈《筑紫女学园短期大学纪要》第 3 号

现实的秩序和作品的秩序（樋口进）
载1969年3月日本《西南学院大学文理论集》第9卷第2号

巴金
载苏联百科全书出版社1970年版《苏联大百科全书》第3卷第57页

关于巴金（奥平卓）
载日本河出书房新社1970年版《现代中国文学4　老舍　巴金（〈骆驼祥子〉〈憩园〉）》

同时代人（阿部知二）
载日本河出书房新社1970年版《现代中国文学4　老舍　巴金（〈骆驼祥子〉〈憩园〉）》

巴金（饭塚朗）
载日本“平凡”社1972年4月版《世界大百科事典》第24卷第343页

巴金在1936年中国文艺界的立场（樋口进）
载1972年8月日本《野草》第8号

三篇法国小说——巴金及其早期短篇小说（黛安娜·格雷纳特）
载1972年美国奥夕法尼亚大学《硕士论文》

巴金（特瑞萨·里乔斯卡）
载1974年伦敦乔治·艾伦—恩文出版社、纽约基础丛书出版社版《东方文学词典》（加诺斯拉夫·普鲁塞克等著）第135页至第136页

追求新的理想——巴金英雄典型的变态（特瑞萨·里乔斯卡）
载1974年《ArOr》第42期第310页至322页

巴金（奥尔格·朗）
载1975年版纽约弗雷德里克·昂加尔出版公司版《二十世纪世界文学百科全书》第277页至第278页

《第四病室》和《潘多拉的匣子》（饭塚容）
载1975年10月日本藤泽市《季节》第1号

巴金（林曼叔）
载1976年5月巴黎第七大学东亚出版中心版《中国当代作家小传》第46页至第47页

巴金的感情旅程——从希望到失望（内森·茅）
载1976年美国亚利桑拉《中国语言学报》第11卷第2期

## （五）1977年—1982年

一

巴金专集〔1〕(《中国当代文学研究资料》丛书)（贾植芳等编）

江苏人民出版社 1981年7月

序（茅盾）；前言(《中国当代文学研究资料》丛学编委会)

一、巴金的生平和创作

巴金小传（复旦大学中文系《巴金资料编辑组》）忆作家巴金（贺笛笙）；巴金：勤劳和热情的作家（徐翊）；会见巴金（王潮清、何伦武）；巴金谈作家的生活（冯华征）；春回人间——访巴金（立羽）；记巴金（黄裳）；一颗燃烧的心——访作家巴金（郭玲春）；坚强的人——访问巴金（杨苡）；进了友谊的海洋——记巴金重访法国（姚云）；巴金答法国《世界报》问（法国雷米）；访问巴金（董玉）；《随想录》读后杂写（魏绍昌）；“我要奋笔写下去”——从作家巴金去日本的演讲想到的（林绍纲）；憎恨黑暗，热爱光明——三访巴金（唐金海等）

我的幼年（巴金），〔附注〕关于“安那其主义”的一条注文（巴金）；我的几个先生（巴金）；我的路（巴金）；片断的记录(巴金)；我是来学习的(巴金)；一封信（巴金）；望着总理的遗象（巴金）；怀念肖珊（巴金）；把心交给读者（巴金）

《灭亡》序（巴金）；《灭亡》作者底自白（巴金）；《死去的太阳》序（巴金）；激流总序（巴金）；《复仇》自序（巴金）；《雾》付印题记（巴金）；《光明》序（巴金）；呈献给一个人——《家》初版代序（巴金）；《家》初版后记（巴金）；《春天里的秋天》序（巴金）；《海底梦》自序；《新生》自序二（巴金）；作者的自剖（巴金）；《砂丁》序；灵魂的呼号（巴金）；《抹布》序（巴金）；《雨》自序（巴金）；《新生》自序一（巴金）；《萌芽》付印题记（巴金）；《将军》序一（巴金）；新年试笔（巴金）；自白之一（巴金）；《将军》序（巴金）；《雪》序（巴金）；《电》序（巴金）；《沉默》序一（巴金）；《〈沉落〉题记》(巴金）；写作生活底回顾（巴金）；《神·鬼·人》序（巴金）；《爱情的三部曲》作者的自白（巴金）；《海底梦》改版题记（巴金）；《沉默》序二（巴金），〔附注〕关于《沉默》二的一条注文（巴金）；《巴金短篇小说集》第二集跋（巴金）；《巴金短篇小说集》第二集后记（巴金）；《家》五版题记（巴金）；忆（巴金）；《长生塔》序（巴金）；关于《家》十版改订本代序（巴金）；《春》序（巴金）；《雾·雨·电》前记（巴金）；《秋》序（巴金）；《火》第一部后记（巴金）；关于两个“三部曲”（巴金）；《火》第二部后记（巴金）；《还魂草》序（巴金）；《火》第三部后记（巴金）；《憩园》后记（巴金）；《雪》日译本序（巴金）；《寒夜》后记（巴金）；《家》后记（巴金）；和读者谈谈《家》（巴金）；《巴金文集》前记（巴金）；谈《春》（巴金）；谈《灭亡》（巴金）；谈《秋》（巴金）；谈我的短篇小说（巴金）；谈我的“散文”（巴金）；《新声集》序（巴金）；《赞歌集》后记（巴金）；《巴金文集》卷十三后记（巴金）；文学要跑在时代的前头（巴金）；谈《憩园》（巴金）；谈《新生》及其它（巴金）；《巴金文集》后记（巴金）；作家的勇气和责任心（巴金）；谈《寒夜》（巴金）；《家》重印后记（巴金）；迎接社会主义文艺的春天（巴金）；谈《春天里的秋天》（巴金）；更爱我们的时代（巴金）；《家》法译本序（巴金）；《随想录》总序（巴金）；《爝火集》后记（巴金）；一点不成熟的意见（巴金）；迎接“五四”六十周年（巴金）；谈谈《第四病室》（巴金）；《巴金选集》后记（巴金）；关于《海的梦》（巴金）；关于《长生塔》（巴金）；观察人（巴金）；《随想录》第一集后记（巴金）；关于《神·鬼·人》（巴金）；关于《龙·虎·狗》（巴金）；关于《火》（巴金）；关于《还魂草》（巴金）；我和文学（巴金）；《探索集》后记（巴金）

巴金评传（中国现代作家评传丛书）（陈丹晨）

河北人民出版社 1981 年 8 月

小引（罗荪）

第一章：童年（一九〇四——一九一八），一、温馨的童年，二、在“下人”中间长大，三、爱和憎的交织；第二章：觉醒（一九一九——一九二二），一、“五四”的产儿，二、他建立了信仰，三、要做别人不许做的事；第三章：上下而求索（一九二三——一九二八），一、思想发生了危机，二、拉丁区之夜，三、玛伦河畔；第四章：文学生涯的开始，一、第一部文学创作《灭亡》，二、《新生》与《死去的太阳》；第五章：丰收的岁月（一九二九——一九三七）（上），一、龙眼花开的时候，二、日夜不停地写作，三、两部描写矿工生活的小说—《砂丁》和《雪》，四、旅行·友情·《文学季刊》；第六章：丰收的岁月（一九二九——一九三七）（下），一、漂洋过海与《神·鬼·人》，二、编辑生活，三、与一个伟大的人的交往，四、思想和创作的丰收；第七章：众说纷纭的《爱情的三部曲》，一、《雾》，二、《雨》，三、《电》；第八章：新文学运动中的一块丰碑—《激流三部曲》，一、巴金为什么要写《家》，二、黑暗的王国，三、“叛徒”的呼喊，四、“我要做一个人”，五、精心的创造，六、《家》的续篇—《春》和《秋》；第九章：救亡与战乱（一九三七——九四五），一、在救亡活动中大声呐喊，二、颠沛飘泊的生活，三、见到了亲人，四、抗战后期的两部中篇小说；第十章：抗战三部曲—《火》，一、《火》第一部，二、《火》第二部，三、《火》第三部；第十一章：长夜逼近它的终点了（一九四六——九四九），一、《寒夜》，二、黎明前的沉默；第十二章：别具一格的短篇和散文创作，一、对社会生活忠实的探索，二、人生旅途的学生；第十三章：“献出我的心、我的笔和我的全部力量”（一九四九——九六六），一、新生活的歌者，二、生活在英雄们的中间，三、革命的文艺战士，四、勇气和责任心；第十四章：火中凤凰（一九六六——九七九），一、当了“反革命”，二、肖珊之死，三、火中的凤凰；后记
花山文艺出版社 1982 年 10 月新一版，增加《重印后记》



巴金民主革命时期的文学道路（李存光）
宁夏人民出版社 1982 年 8 月
引子；〔前篇〕曲折的探求之路，一、早期：生活和思想的特点（一九〇四——九二六年），（一）对现实生活的怀疑，（二）立志献身改造社会的理想，（三）继续探寻争取解放的路，（四）早期的文学修养和文学创作；二、前期：耕耘和收获（一九二七——九三六年）（一）步入文坛初期（1927—1930），（二）苦难的画卷，光明的呼号（1931—1936）；三、后期：在新的斗争中行进（一九三七——九四九年），（一）控诉和呐喊（1937—1946），（二）黎明之前（1947—1949）；〔后篇〕时代·思想·文学，一、时代生活与文学道路的关系，（一）创作的时代感和内在一贯性，（二）随着时代生活变化的创作面貌；二、作家的思想和文学道路，（一）思想形成过程和主要特点，（二）创作的思想总倾向及其发展；三、文学道路上的艺术探求，（一）追求社会功利作用的明确目标，（二）坚持写真情实感的基本原则，（三）从艺术实践中学习的途径；结束语；〔附录〕一、简论巴金建国后的文学创作；二、巴金研究的回顾；后记

巴金专集〔2〕（《中国当代文学研究资料》丛书）（贾植芳等编）
江苏人民出版社 1982 年 9 月
序（茅盾）；前言（《中国当代文学研究资料》丛书编委会）
二、评论文章选辑
巴金论（贺玉波）；论巴金（夏一粟）；论巴金的短篇小说（自珍）；给某作家（沈从文）；巴金：一位现代中国小说家（法国 O.白礼哀）；关于巴金作品的问题（冯雪峰）；巴金论（扬风）；论

巴金的小说（王瑶）；《巴金创作评论》出版说明（人民文学出版社编辑部）；论巴金创作中的几个问题（北京师大中文系二年级学生与青年教师）；巴金作品中的民主主义思想（扬风）；用什么尺度来衡量巴金过去的创作（刘国盈、廖仲安）；论巴金的世界观与创作（武汉大学中文系三年级巴金创作研究小组）；巴金的现实主义（张毕来）；本刊巴金作品讨论概况和我们的几点意见（《文学知识》编辑部）；巴金的思想与创作（韩文敏）；巴金的世界观与创作（黄平权）；论俄国文学对巴金的影响（美国奥尔格·朗）；试谈巴金的世界观与早期创作（李多文）；怎样认识巴金早期的无政府主义思想（陈思和、李辉）

《灭亡》（毛一波）；谈《灭亡》（刚果伦）；读《灭亡》（孙沫萍）；论巴金小说《灭亡》中的无政府主义思想（姚文元）；《新生》（王淑明）；雨（石衡）；读巴金的《电》（老舍）；《雾》《雨》与《电》（刘西渭）；谈《雾·雨·电》的思想和人物（李希凡）；论《爱情三部曲》（武汉大学中文系三年级巴金创作研究小组）；论巴金的《家》的三曲部（巴人）；读巴金的《激流》三部曲（思基）；论巴金小说《家》在历史上的积极作用和它的消极作用（姚文元）；重读《家》（端木蕻良）；论巴金的《家》及其有关批评（谭兴国）；《激流三部曲》的历史意义和现实意义（陈贤茂）；重读巴金的《家》（曼生）；高老太爷形象初探（廋民）；萌芽（王淑明）；巴金近作《雪》（王文修）；从《砂丁》和《雪》中看巴金小说中的工人形象（北京师大中文系巴金创作研究小组）；谈《火》（北京师大中文系巴金创作研究小组）；论巴金的《火》（武汉大学中文系三年级巴金创作研究小组）；谈《憩园》（武汉大学中文系三年级巴金创作研究小组）；《寒夜》（康永年）；“挖掘人物内心”的现实主义佳作（唐金海）巴金的《我们会见了彭德怀司令员》（黄纪曾）；评巴金的三篇抗美援朝的小说（晓立）；评巴金的《我们永远在一起》（叶圣陶）；《倾吐不尽的感情》（林文）；禁锢不住的怀念（范凡）；爱与憎迸发的火花（路遥）；读巴金《随想录》的随想（黄裳）；试论巴金建国前的文学创作（岑光）

〔附录〕林彪、“四人帮”反革命集团横行时期出现的“巴金批判”文章选辑：彻底揭露巴金的反革命真面目（胡万春、唐克新）；反革命的《激流》三部曲（上海作家协会革命造反兵团、上海工人革命文艺创作队）；评巴金的战争文学（上海作家协会革命造反兵团、上海工人革命文艺创作队）

《巴金专集》第一集补遗：关于《砂丁》——《创作回忆录》之九（巴金）；

关于《激流》——《创作回忆录》之十（巴金）；关于《寒夜》——《创作回忆录》之十一（巴金）；《创作回忆录》后记（巴金）

*　*　*

致巴金的信（1977年6月20日）（何其芳）
载四川人民出版社1979年1月版《何其芳选集》第三集

喜读老作家的新作（陈晓东）
载1977年11月18日上海《文汇报》

禁锢不住的怀念——读巴金的散文《望着总理的遗像》（范尼）
载1978年1月14日《光明日报》

春回人间——访巴金（立羽）
载1978年1月15日《文汇报》

巴金和他的《家》（邵伯周）
载1978年1月上海《语文学习丛刊》第1期

略论巴金的《家》（柯文溥）
载1978年《厦门大学学报》第1期

喜读《〈家〉重印后记》（沙叶新）
载1978年1月《上海文艺》第1期

"在崩溃中的封建大家庭"的历史画卷——读巴金的《家》（黎舟）
载1978年3月《福建文艺》第2期

生活的激流永远向前——重读巴金的《家》（方铭）
载1978年3月《安徽大学学报》第1期

重读《家》（李培澄）
载1978年3月《河北师大学报》第1期

巴金——我又拿起笔
载1978年《山西师范学院学报》第1期

重读《家》（端木蕻良）
载1978年4月6日上海《文汇报》

巴金（作家小辞典）（内蒙古师院中文系汉二作家小传编写组）
载1978年9月内蒙古《语言文学》第3期

怎么也筛不掉——读重印本《家》所想到的（廖秋）
载1978年6月18日《光明日报》

爱与憎迸发的火花——喜读《巴金近作》（路遥）
载1978年6月29日《四川日报》

反封建反礼教的控诉书——重谈巴金的《家》（柳之琪）
载1978年6月《江苏文艺》第6期

巴金（中国现代作家简介）（廖超慧）
载1978年6月武汉《中学语文》第6期

论巴金及其长篇《家》（孙中田）
载1978年7月吉林《社会科学战线》第2期

燃烧的心（冉忆桥）——读巴金解放后的作品
载1978年7月上海《语文学习丛刊》第4期

巴金（《中国现代文学作品选读》编选组）

《家》简介（《中国现代文学作品选读》编选组）
载上海教育出版社1978年7月版《中国现代文学作品选读》上册

为了不能忘却的纪念（曹禺）
载1978年8月6日上海《文汇报》
收1979年1月上海文艺出版社版《家》

谈巴金《寒夜》的法译本（贺长春）
载1978年外文出版局《编译参考》第8期
原载1978年5月22日香港《文汇报》

也谈巴金的《家》（吴金海）
载1978年8月上海《语文学习丛刊》第5期

《巴金近作》第一集出版说明
载四川人民出版社1978年8月《巴金近作》第一集

巴金及其长篇小说《家》（王文超）
载1978年9月7日《辽宁日报》

老作家巴金的工作计划
载1978年9月25日《广西日报》

封建宗法制度的控诉书——谈巴金的《家》（田惠兰）
载1978年9月《华中师范学院学报》第3期

巴金（作家选介）
载1978年《内蒙古教育》第9期

巴金（北京语言学院《中国文学家辞典》编委会）
载北京语言学院印刷厂1978年9月《中国文学家辞典》（现代第一分册·征求意见稿）四川人民出版社1979年12月版《中国文学家辞典》（现代第一分册）

巴金的《寒夜》在法国翻译出版（江小平）
载北京1978年10月《国外社会科学》第5期“简讯”栏

巴金和《家》（李国燦）
载1978年12月2日《云南日报》

巴金的《家》（陈广庸）
载1978年内蒙古《语文函授》第2期

向封建势力讨还血债的檄文——谈巴金的《家》（王兆文）
载1978年12月《广西民族学院学报》第4期

闲话高老太爷（景文）
载1979年1月21日《山西日报》

《海的梦》前言（人民文学出版社编者）
载人民文学出版社1979年1月版《海的梦》

一丛猩红如火的榴花——贺《收获》复刊（胡从经）
载1979年2月11日《文汇报》

中国现代文学史（上册）（吉林师范大学中文系　中国现代文学史教研室）
吉林师范大学印刷厂1979年3月
第四章：第二次国内革命战争时期的文学，第三节、左翼十年的文学创作，巴金和他的长篇小说《家》（第348页至第357页）

巴金在巴黎（高行健）
载1979年3月《当代》第2期

试谈巴金的世界观与早期创作（李多文）
载1978年12月《延边大学学报》第4期
又载1979年4月《文学评论》第2期

一颗燃烧的心——访作家巴金（郭春玲）
载1979年4月25日《人民日报》

巴金率作家代表团到达巴黎（新华社电讯）
载1979年4月27日上海《文汇报》

要加强炼字炼词炼句的训练——从巴金《家》重印本的修改谈起（吴宗泉）
载1979年4月南通师专《教学与研究》第2期

反封建的赞歌——读巴金的《家》（公陶）
载1979年5月6日《内蒙古日报》

把“时间表”排得满满的——读巴金创作计划有感（未钧侃）
载1979年5月18日江苏《新华日报》

进入友谊的海洋——记巴金重访法国（姚云）
载1979年6月3日《人民日报》

巴金（蒋心焕　朱德发）
载山东师范学院1979年6月《中国当代作家小传》

巴金在三十年代(上)——巴金论之一(邢铁华)

载安徽阜阳师院中文系 1979 年 6 月《中国现代小说家论》

法国翻译出版巴金及吴趼人的作品(赵坚)

载 1979 年 6 月《世界文学》第 5 期

从《家》看巴金小说的现实主义特色(韩斌生)

载 1979 年 6 月《宝鸡师院学报》第 2 期、第 3 期合刊

《月夜》说明(姚奠中　尤敏)

载山西人民出版社 1979 年 7 月《中国短篇小说选》(第 482 页至第 483 页)

文学的基本原理(修订本)(以群主编)

上海文艺出版社 1979 年 7 月（上册)，1979 年 12 月（下册）

〔上册〕第二编：第四章、第一节（第 199 页）

〔下册〕第二编：第八章、第二节（第 400 页至第 401 页，第 413 页）

第九章、第一节（第 434 页)，第三编：第十章、第一节（第 464 页）

深切的盼望、热情的赞颂——读巴金的《海上的日出》(陈瑞荣)

载 1979 年 8 月武汉师院《中学语文》第 4 期

坚强的人——访问巴金(杨苡)

载 1979 年 8 月《新文学史料》第 4 辑，修改后载 1980 年香港《开卷》第 2 卷第 9 期；又以《一个征服了命运的人——会见巴金》为题载 1979 年《中国文学》(英文版)8 月号

中国现代文学史(九院校编写组)

江苏人民出版社 1979 年 8 月版《中国现代文学史》

第八章：巴金、老舍、曹禺，第一节巴金（第 280 页至第 292 页）

中国现代文学史(田仲济　孙昌熙主编)

山东人民出版社 1979 年 8 月版《中国现代文学史》

第六章：第二次国内革命战争时期的文学（下)，第二节、第二次国内革命战争时期的文学创作(二)巴金及其长篇小说《家》(第 242 页至第 247 页)，第九章：抗战前期的文学，第三节，文学创作（第 377 页)，第十三章：国统区的文学，第三节、文学创作（第 524 页）

中国，通红的眼睛——巴金会见法国读者随记(石上流)

载 1979 年 8 月北京《编译参考》第 8 期，原载 1979 年香港《南北极》6 月号

巴金（林非）
载1979年8月吉林《文艺学研究论丛》
收百花文艺出版社1980年3月版《现代六十家散文札记》

青年演员在巴金“家”里（纪之）
载1979年9月20日上海《文汇报》

“一刻也不停止我的笔”——访著名老作家巴金（章德良 庄稼）
载1979年9月28日上海《解放日报》

从《激流三部曲》看巴金创作的思想倾向（李瑞山）
载1979年9月《南开大学学报》第4期

访问作家巴金（劳白）
载1979年《中国报道》（世界语）9月号

封建宗法制度的血泪控诉书——谈巴金的《家》（宋贤邦）
载1979年《广西师范学院学报》第3期

法《费加罗》杂志载文欢迎巴金访法（乔良兴）
载1979年10月上海《外国文艺》第5期

《海上的日出》分析（张采毅）
载1979年陕西《中学语文教学参考资料》第2期

重评巴金及其《家》（陈震文 蒋秀英）
载1979年辽宁《语文教学参考》第3期

动人心魄的英雄颂歌——读巴金《英雄的故事》（谭兴国）
载1979年10月14日《四川日报》

中国现代文学史（上册）（中南七院校）
长江文艺出版社1979年10月
第一编，第七章、其他作家作品（下），第一节、巴金和他的《家》（第385页至第396页）

巴金与赫尔岑的后代——记巴金访法（周朴之）
载1979年10月上海《艺术世界》丛刊第2辑

从何其芳著作的英译本谈起——一个小小的回忆（董鼎山）
载1979年10月《读书》第7期

中国现代文学史（唐弢主编）
人民文学出版社1979年11月（二）
人民文学出版社1980年12月（三）
〔二〕第九章：巴金、老舍、曹禺，第一节，巴金和他的《激流三部曲》（第162页至第173页）
〔三〕第十四章：在民族解放旗帜下的文学创作（二），第四节、报告文学、杂文、散文（第161页至第162

页），第二十章：国统区的文学创作，第二节，小说创作（第 441 页至第 443 页）

论巴金的《家》及其有关批评（谭兴国）
载 1979 年 11 月上海《文艺论丛》第 8 辑

巴金的第一部作品不是《家》（蹇先艾）
载 1979 年 11 月《新文学史料》第 5 辑

略论《家》的进步意义（赵凌河）
载 1979 年辽宁《语文教学参考》第 4 期

老树新花——谈新中国成立后冰心和巴金的散文创作（汪文顶）
载 1979 年 11 月《福建师大学报》第 4 期

茅盾的文学道路（邵伯周）
长江文艺出版社 1979 年 11 月
第 58 页至第 59 页（比较茅盾的《虹》和巴金的《家》）

向往光明的心曲——读巴金《海上的日出》（唐森灿）
载 1979 年 12 月《语文战线》第 6 期

《家》分析
载《中国现代文学作品选讲》（七省（区）十六院校中文系编），1979 年铅印本

《激流三部曲》的历史意义和现实意义（陈贤茂）
载 1979 年 12 月《海南师专学报》第 2 期

巴金在巴黎读者中间（王正瞳）
载 1980 年 1 月 1 日上海《书讯》报创刊号

友谊（少年儿童出版社）
载 1980 年 1 月 16 日上海《书讯》报第 2 号

重读巴金的《家》（曼生）
载 1980 年 1 月 16 日《光明日报》

一颗永远燃烧的心——记巴金（罗荪）
载 1980 年 1 月《人民画报》第 1 期
收四川人民出版社 1980 年 5 月版《罗荪近作》

巴金（陈俊涛）
载上海文艺出版社 1980 年 1 月版《中国现代散文》上册

《随想录》读后随想（魏绍昌）
载 1980 年 1 月南京师范学院《文教资料简报》丛书之三:《随想录》第一集

应当承认世界观有一个转变过程——对《试谈巴金的世界观与早期创作》一文的一点意见（王向东）
载1980年1月《文学评论》第1期

巴金同志二三事（周朴之）
载1980年2月上海《书林》第1期

巴金在闽南（王火）
载1980年《福建文艺》2月号

娓娓而谈　扣人心弦——《爝火集》简介（涤尘）
载1980年3月14日《人民日报》

要正确评论巴金的《家》（李多文）
载1980年3月《延边大学学报》第1期

试谈巴金《家》的结构艺术（黄川）
载1980年《新疆大学学报》第1期

试论巴金建国后的文学创作（岑光）
载1980年3月《宁夏大学学报》第1期

巴金和他的《寒夜》（〔日〕立间祥介）
载1980年吉林《函授学习》第1期（靳丛林译）

杰出的现实主义艺术——谈《家》从小说到话剧的创作成就（胡叔和）
载1980年3月《艺谭》第1期

法国的巴金热
载1980年南京师院《文教资料简报》第1期、第2期合刊

巴金来闽南前后（柯文溥）
载1980年《厦门文艺》第3期

叶圣陶、巴金和曹禺的启迪（凯洪）
载1980年南京图书馆《书评》第1期

巴金在泉州（詹振裕）
载1980年3月《刺桐》第1期

巴金同志的“结婚”（田一文）
载1980年3月30日《长江日报》

巴金谈周立波同志（艾苦）
载1980年作协湖南分会《作家通讯》第1期

巴金同志一夕谈（朱述新）
载1980年4月2日《北京晚报》

《海上的日出》的结构和语言（龚异）
载1980年4月上海《语文学习》第4期

读者对《随想录》的反映（杨枪）
载1980年南京师院《文教资料简报》第5期

作家的生命——记巴金在日本（陈喜儒）
载 1980 年 5 月《艺丛》第 3 期

《灭亡》（徐波等）

《新生》（徐波等）

《雾》《雨》《电》（徐波等）

《家》《春》《秋》（徐波等）
载吉林人民出版社 1980 年 5 月版《中外名著简介》

中国文化史要论（人物·图书）增订本（蔡尚思）
湖南人民出版社 1980 年 5 月
二、文学史上的代表人物和主要图书（第 19 页），七、中国文化基础书目（二）近现代（第 87 页）

中国当代文学史（1）（二十二院校编写组）
福建人民出版社 1980 年 5 月
第四章、本时期的散文，第二节、巴金的散文（第 241 页至第 248 页）

绝不能让历史的悲剧重演！（姚北桦）
——读巴金《随想录》有感
载 1980 年 5 月《南京师院学报》第 2 期

怎样认识巴金早期的无政府主义思想（陈思和　李辉）
载 1980 年 5 月《文学评论》第 3 期

《巴金中篇小说选》出版说明
载四川人民出版社 1980 年 6 月版《巴金中篇小说选》（上卷）

巴金小说《家》在罗马尼亚翻译出版（唐德权）
载 1980 年 6 月《世界文学》第 3 期

难忘的友谊——访法散记（罗荪）
载 1980 年 6 月 24 日《人民日报》

中国封建家庭崩溃的历史缩影——论巴金的《家》（张慧珠）
载 1980 年 6 月中国人民大学《文学论集》第 3 辑

当代文学概观（张钟等）
北京大学出版社 1980 年 7 月
第二编：散文创作，十、巴金、冰心的散文（第 163 页至第 166 页）；第四编：短篇小说创作，二、在新生活面前（第 249 页）

中国现代文学史（上、下）（七省（区）十七院校编写组）
内蒙古教育出版社 1980 年 7 月
〔上册〕第二编：第二次国内革命战争时

期的文学（1927—1937），第七章、其他作家作品（二），第一节、巴金（第388页至有402页）
〔下册〕第三编：抗日战争前期的文学（1937—1942），第三章、其他作家作品（一），第三节、茅盾、张天翼等的创作，三、巴金的小说

同巴金先生交谈——不忘社会性的伟大“业余”作家（〔日〕木下顺二）
载1980年7月北京《编译参考》第7期（王大可译）
原载1980年4月12日日本《读卖新闻》

“仿佛又遇到五十年前的事”——记巴金（林绍纲）
载1980年7月21日《人民日报》

不要写自己不熟悉的东西——回忆巴金给我的一封退稿信（田一文）
载1980年《布谷鸟》第7期

喜读《巴金选集》（边）
载1980年8月1日北京《文学书窗》报第6期

一片真情似火烈（余之）
载1980年8月10日上海《文汇报·笔会》

巴金会见瑞典文化界人士（新华社电讯）
载1980年8月13日《人民日报》

巴金处女作《灭亡》的问世——作家与编辑故事之一（吴泰昌）
载1980年8月19日上海《解放日报》
收安徽人民出版社1981年5月版《艺文轶话》

上下而求索——巴金在1923年—1928年的活动（陈丹晨）
载1980年8月《钟山》第3期

“挖掘人物内心”的现实主义佳作——评巴金的《寒夜》（唐金海）
载1980年8月《钟山》第3期

试论巴金的《家》（李多文）
载1980年8月《文学评论丛刊》第6辑

思索（黄裳）
载1980年8月《花城》第6期
收花城出版社1981年5月版《文坛老将》

炼狱中的圣火——记巴金在“牛棚”和农村“劳动营”（王西彦）
载1980年8月《花城》第6期
收花城出版社1981年5月版《文坛老将》，又收人民文学出版社1982年11月版《炼狱中的圣火》

关于巴金的传奇（高行健）
载 1980 年 8 月《花城》第 6 期
收花城出版社 1981 年 5 月版《文坛老将》

巴金的早期创作与无政府主义（李恺玲）
载 1980 年 8 月《武汉师范学院学报》第 3 期

关于《坚强的人——访问巴金》(陈丹晨)
载 1980 年 8 月《新文学史料》第 3 期

了解过去，为了未来——推荐《巴金选集》(边文)
载 1980 年 9 月 8 日《人民日报》

巴金简介（明粉）
载 1980 年南京《书评》第 3 期

巴金访问记（曼生）
载 1980 年南京《书评》第 3 期

巴金著译简目（倪波　邵华强）
载 1980 年南京《书评》第 3 期

龙之变幻（唐弢）
载 1980 年 9 月三联书店版《晦庵书话》

《秋》装（唐弢）
载 1980 年 9 月三联书店版《晦庵书话》

《草原故事》(唐弢)
载 1980 年 9 月三联书店版《晦庵书话》

巴金（自述辑录）
载 1980 年 9 月徐州师范学院《中国现代作家传略》第五辑，又载四川人民出版社 1981 年 5 月版《中国现代作家传略》上集

左联时期文学论文集
南京大学学报编辑部 1980 年 9 月
汪应果：左联时期的中长篇小说（第 151 页，第 173 页至第 176 页）
任天石：左联时期的短篇小说（第 210 页至第 211 页）
裴显生：左联时期的散文（第 337 页至第 338 页）

读巴金《随想录》后的随想（朱正）
载 1980 年 9 月天津日报社《文艺增刊》第 3 期

巴金的名、笔名及著作的辨正（岑光）
载 1980 年 9 月《文学评论》第 5 期

《巴金近作》第二集出版说明
载四川人民出版社 1980 年 9 月版《巴金近作》第二集

读巴金《随想录》的随想（林真）
载 1980 年 9 月四川《集萃》第 3 期
原载 1980 年 3 月香港《开卷》第 2 卷第 8 期

字字如火　句句含情——论巴金解放后的散文（唐金海）

载1980年《朔方》第5期

谈鸣凤之死（张明健）

载1980年10月《山西师范学院学报》第5期

不屈的灯光——小记巴金先生（薛家柱）

载1980年10月《散文》第10期

茅盾·巴金·《烽火》（姜德明）

载1980年10月《广州文艺》第10期

收浙江人民出版社1982年1月版《书边草》

"青春是美丽的"——论巴金的《家》（张慧珠）

载四川人民出版社1980年10月版《三十年代作家作品论集》

高老太爷形象初探（庹民）

载四川人民出版社1980年10月版《三十年代作家作品论集》

巴金研究的回顾（李存光）

载1980年10月《中国现代文学研究丛刊》第3辑

评《爱情的三部曲》（陈丹晨）

载1980年10月《中国现代文学研究丛刊》第3辑

真情、真意、真心话——谈谈巴金近年的散文（钟静）

载1980年《武汉师范学院汉口分部校刊》第4期

赠巴金先生（赵瑞蕻）

载1980年《雨花》11月号

论巴金《激流三部曲》的现实意义（曼生）

载1980年11月《南京大学学报》第4期

巴金小说中的小资产阶级革命党人（韩立群）

载1980年11月《山东师范学院学报》第6期

苍松傲霜叶更茂——访著名老作家巴金（李虹　莫贵阳）

载1980年12月6日《贵州日报》

巴金会见日本女作家山畸明子（祁鸣）

载1980年12月10日上海《书讯》报第23号

巴金、陈残云访问记（孙晨　徐瑞岳）

载1980年《徐州师范学院学报》第4期

巴金的童年、少年时代（陈丹晨）
载1980年12月《春风》文艺丛刊第4期

“献出我的心、我的笔和我的全部力量”——《巴金》书稿第十三章（陈丹晨）
载1980年12月《当代文学研究丛刊》（1）

南斯拉夫作家在中国（王歌）
载1980年12月《文艺报》第12期

略论巴金早期创作的思想（潘克明）
载1980年12月《现代文艺论丛》第1期

论巴金与克鲁泡特金（艾晓明）
载1980年12月华中师范学院《研究生学报》创刊号

试论巴金的创作思想和他的童话（张香还）
载1980年《儿童文学研究》第4期

恨的大纛　爱的丰碑——三访巴金(唐金海等)
载1980年《中国当代文学研究》第1辑

巴金在个旧（李汉柱）
载1981年1月《个旧文艺》第1期

多多耕耘（余时）
载1981年1月8日《人民日报》

一曲感人肺腑的哀歌——读巴金的中篇小说《寒夜》(陈则光)
载1981年1月《文学评论》第1期

《一点不能忘却的记忆》
《廖静秋同志》
载天津人民出版社1981年1月版《现代散文百篇赏析》(鲍霁编)

论高老太爷的临终发善（赵祖武）
载1981年1月《复旦学报》第1期

把心交给读者——读巴金的《随想录》第一集（李曙明）
载1981年1月《文艺报》第1期

《永远不能忘记的事情》评介

《日》评介

《我们会见了彭德怀司令员》评介
载中国少年儿童出版社1981年1月版《六十年散文选介》(祁连休、傅信)

简论《家》的艺术成就（张梃）
载1981年1月山东《东岳论丛》第1期

"家"的访问（陈寿钧）
载1981年1月20日上海《文汇报》

生命的水永不干涸——在巴金家里作客（朱怀新）
载1981年2月3日上海《解放日报》

巴金笔名考析（张晓云　唐金海）
载1981年2月《新文学史料》第1期

对《巴金笔名考析》的补正（李存光）
载1981年2月《新文学史料》第1期

巴金的《寒夜》及其他（〔日〕山口守）
载1981年2月山西《名作欣赏》第1期（胡志昂译）

泰国文坛动态三则·（二）巴金作品评介（顾庆斗）
载1981年2月《文学研究动态》第4期

巴金早期创作思想和《家》的人物得失（曾元生）
载1981年《福建社联通讯》第2期

巴金

《家》题解

《鸟的天堂》题解
载上海外语教育出版社1981年2月版《中国现代文学作品选读》（乔福生等编写）

《巴金和他的作品》介绍（徐杰）
载1981年2月北京《文献》丛刊1980年第4辑

如爝火之不熄——记巴金同志（吴泰昌）
载1981年3月天津日报《文艺增刊》第1期

把心交给读者——读《巴金近作》（第二集）（茹鸣）
载1981年3月15日《四川日报》

《家》·"家"·家（陈寿钧）
载1981年3月《作品》第3期

论"五四"时期巴金的思想与活动（艾晓明）
载1981年3月《社会科学研究》第2期

在巴金家里作客（陈喜儒）
载1981年3月《江城》第3期

巴金动手写长篇（明）
载1981年4月2日上海《文学报》第1期

致巴金（曹禺）
载1981年4月2日《人民日报》

无言的访问——记巴金同志（菡子）
载1981年4月9日《文学报》第2期

回顾是为了前瞻（唐弢）
载1981年4月10日《人民日报》

巴金动手写长篇
载1981年4月14日昆明《春城晚报》
作协主席团扩大会议一致推选巴金为中国作协主席团代主席　新华社电讯
载1981年4月21日《人民日报》

回忆巴金——关于《火》第二部的写作（田一文）
载1981年4月武汉《布谷鸟》第4期

读巴金的《怀念肖珊》（许平辛）
载1981年湖北《中学语文》第4期

中国现代散文史稿（林非）
中国社会科学出版社1981年4月
第四章：小品创作的轮廓（下），一、三十年代小说作家的小品创作（第104页至第106页），四、抗战以后的小品创作（第146页）

一个迫切的倡议（周而复）
载1981年5月7日上海《文学报》第6期

拜访巴金漫记（舒展　顾志成）
载1981年5月7日《中国青年报》

为了文学事业……（丹晨）
——记巴金同志近况
载1981年5月《文艺报》第9期

巴金的《家》在西德“落户”（朱敏信）
载1981年5月8日上海《文汇报》

中国文学作品在泰国（陈忆村）
载1981年5月11日《人民日报》

论巴金早期的世界观（曼生）
载1981年5月《文学评论》第3期

三人名考（艾青·巴金·公刘）（刘益善）
载1981年5月《艺丛》第3期

三次画像——艺术规律探微（胡德培）
载1981年《长春》5月号

性格在矛盾中发展——浅谈《家》中觉新的形象（袁建平）
载1981年5月《固原师专学报》第1期

试评巴金的《寒夜》及其他（翟大炳）
载1981年5月《固原师专学报》第1期

《家》（山石）
载1981年6月4日《北京日报》

作家要有生活据点　青年作家要业余创作——巴金接见本报记者谈作家与生活的关系等问题（张玺）
载1981年6月11日上海《文学报》第11期

还清“心灵上的欠债”——巴金《探索集》简介（季涤尘）
载1981年6月17日北京《文学书窗》报

巴金谈文明（邱沛篁）
载1981年6月四川《文明》丛刊第2期

黄浦江边叙友情——巴金会见意大利作家侧记（邵刚）
载1981年6月《花城译作》第1期

战士的性格——从《熵火集》到《随想录》（陈丹晨）
载1981年《读书》第6期

巴金早期作品思想初探（潘克明）
载1981年6月《中国现代文学研究丛刊》第2辑

略谈巴金早期的新诗（岑光）
附：巴金早期发表的新诗
载1981年6月《中国现代文学研究丛刊》第2辑

《巴金评传》序（罗荪）
载1981年6月《新华文摘》第6期

中国现代文学史（十四院校编写组）
云南人民出版社1981年6月
第二编：第二次国内革命战争时期的文学(一九二七——九三七),第六章、其他作家作品（二），第一节、巴金和他的《家》(第340页至第347页）巴金的家和《家》
载山东人民出版社1981年6月版《中国作家艺术家创作故事》　（李佑华等编著）

巴金的《家》在意大利出版（凝）
载1981年7月16日上海《文学报》第16期

巴金，艾芜等分别捐赠著作和手稿(廖惠雄）
载1981年7月21日《光明日报》

意新境远　别开生面（李孝华）
载江苏人民出版社1981年7月版《散文赏析》

中国当代文学史初稿（下册）(北京师范大学等编）
人民文学出版社1981年7月
第十七章：十七年的散文，第五节、巴金、冰心的散文(第182页至第187页)

伟大的奇观　绚丽的画卷——《海上的日出》赏析（朱振如　程灿）
载1981年7月南通《教学与研究》第4期

搏动着赤子之心的诗篇——读巴金《随想录》一、二集（楼肇明）
载1981年8月《当代》第4期

《巴金和他的作品》简介（思辉）
载1981年8月6日上海《文学报》第19期

法国评论界高度评价茅盾、巴金、丁铃（禾文　姚远）
载1981年8月13日上海《文学报》第20期

巴金简介

《爱尔克的灯光》
载北京师范大学出版社1981年8月版《大学语文》

《往事与随想》(I)（马龙闪）
载1981年8月《读书》第8期

巴金民主革命时期的文学道路（论文提要）（李存光）
载1981年9月《学习与思考》第5期

巴黎诗简·赠巴金同志（杜宣）
载1981年10月4日《人民日报》

巴金在中国笔会中心会员（扩大）大会上说　我国作家将更积极参加国际活动
载1981年10月23日《人民日报》

此度巴黎誉满城——访参加国际笔会归来的作家巴金（莫愁）
载1981年10月29日上海《文学报》第31期

论巴金《家》的杰出历史作用（陈丹晨）
载1981年10月《新文学论丛》第2期

雪下的火山——记巴金（丹晨）
载北京出版社1981年10月版《成功之路》

茅盾和巴金的小说在法国翻译出版（江小平）
载1981年《国外社会科学动态》第11期

《〈巴金笔名考析〉再补正》（李存光）
载1981年11月《新文学史料》第4期

巴金著译六十年目录（李存光）
载1981年11月四川大学学报丛刊第12辑《四川作家研究》

巴金

《狗》说明

《家》说明
载福建教育出版社1981年11月版《中国现代作家作品选》(张炳隅等编)

情感湍流 溢于心海——谈巴金《寒夜》的环境描写(方万勤)
载1981年11月《写作》第3期

试论《家》的思想成就(张挺)
载1981年11月《东岳论丛》第6期

载于《海上的日出》的主题及其他(刘桂山)
载1981年12月《语文教学》第12期

巴金的《长生塔》——左翼十年优秀短篇小说欣赏一得(刘增人)
载1981年《泰安师专学报》第1期

泰国作家撰文谈巴金及其作品(顾庆斗)
载1981年12月15日《文学研究动态》第23期

巴金捐赠外文书刊给北京图书馆(韩宝光等)
载1981年12月24日《光明日报》

《巴金评传》出版(李屏锦)
载1981年12月28日《人民日报》

青春是美丽的——校友巴金先生访问记(许祖云)
载1981年南京师范学院附属中学79周年校庆筹备处编《青春是美丽的》

《我们会见了彭德怀司令员》
〔作者简介〕
〔作品提示〕
载河北人民出版社1981年12月版《中国当代文学作品选》(下)(十八院校当代文学教材编写组)

一部研究性的资料书——介绍《巴金专集》(唐金海)
载1981年12月《书林》第6期

巴金民主革命时期艺术探求的特点(岑光)
载1981年12月《宁夏大学学报》第4期

鲁迅与巴金(宋曰家)
载山东人民出版社1981年12月版《鲁迅研究论文集》

巴金和屠格涅夫(花建)
载1981年12月上海《社会科学》第6期

论长篇小说《家》的艺术特征（邱文治）
载1981年12月《天津师专学校》第4期

秋之巴黎偶拾——诗十二首（朔望）
载1982年1月《文汇月刊》第1期
赠巴老，过巴金一九二七年拉丁区旧宅，后记

我心目中的巴金先生（茹志鹃）
载1982年1月《文汇月刊》第1期

挚友、益友和畏友巴金（萧乾）
载1982年1月《文汇月刊》第1期
又载1982年3月《新华文摘》第3期

访老作家巴金（乔白丁）
载1982年1月24日《新华日报》

茅盾·巴金·《烽火》（姜德明）
载浙江人民出版社1982年1月版《书边草》

巴金的《创作回忆录》（远堤）
载1982年2月3日上海《文汇报》

《家》的法译本（李平）
载1982年2月《新文学史料》第1期

巴金——一九八二年（谷苇）
载1982年2月《雨花》第2期

巴金和俄国文学（陈思和　李辉）
载1982年2月《文学评论丛刊》第11辑

大革命前后巴金的思想探索（艾晓明）
载1982年2月《文学评论丛刊》第11辑

散论巴金的散文创作（顾炯）
载1982年2月《文学评论丛刊》第11辑

巴金的第一篇散文创作（岑光）
载1982年2月《文学评论丛刊》第11辑

一本倾诉悲哀的书——评《灭亡》（陈丹晨）
载1982年2月《文艺论丛》第14辑

《爱尔克的灯光》（易新鼎）
载化学工业出版社1982年2月版《高等教育自学丛书·语文》（现代文学）

读巴金的《寒夜》（李天海）
载1982年《黄冈师专学报》第1期

巴金的一则"启事"（陈梦熊）
载1982年3月4日《人民日报》

《巴金评传》引起关注（未）
载1982年3月4日上海《文学报》第49期

应该怎样评价《寒夜》的女主人公——与陈则光先生商榷（戴翊）
载1982年3月《文学评论》第2期

谈谈巴金的《海上的日出》（谭蔚）
载1982年3月《美育》第2期

意大利驻华大使宣布巴金将获今年《但丁国际奖》（新华社电）
载1982年3月17日《人民日报》

尤利·巴基的《秋天里的春天》与巴金的《春天里的秋天》（黎丹）
载1982年3月《福建师大学报》第1期

寓情于景　生动自然——读巴金的《海上的日出》（达人）
载1982年3月《文学少年》第2期

巴金《寒夜》中的汪文宣形象（陈培爱）
载1982年3月《厦门大学学报》一九八二年增刊《文学专号》

论巴金的典型塑造（李多文）
载1982年3月《延边大学学报》第1期

巴金和意大利（袁华清）
载1982年3月23日《北京晚报》

《随想录》书评随笔（朔北）
载1982年《特区文学》第3期

别有一股魔力焉——读巴金的散文《秋夜》（岳甲）
载1982年《文艺评论》第3期

热烈的祝贺　衷心的祝贺——访荣膺《但丁国际奖》的老作家巴金（庄稼）
载1982年3月25日上海《文学报》第52期

巴金和但丁的《神曲》（汤永宽）
载1982年3月31日上海《新民晚报》

“我不是一个文学家”——巴金的故事（施建伟）
载1982年3月河南《文学知识》第2期

“我绝不放下我的笔”——记巴金同志几件小事（罗迦）
载1982年江西《百花洲》第2期

向巴金同志祝贺、祝愿（于伶）
载1982年4月3日上海《解放日报》

衷心的祝贺——为巴金荣获《但丁国际奖》而作（吴强）
载1982年4月3日上海《新民晚报》

贺巴金获《但丁国际奖》（师陀）
载1982年4月3日上海《新民晚报》

上海文艺界人士向巴金同志致贺
载1982年4月4日广州《羊城晚报》

读《巴金评传》（王树荣）
载1982年4月5日《光明日报》

巴金的苦恼（施琦民）
载1982年4月14日上海《解放日报》

巴金的心境（赵兰英）
载1982年4月18日《北京晚报》

一部创作道路的珍贵资料《创作回忆录》（纪实）
载1982年4月22日上海《文学报》第56期

《探索与回忆》出版说明
载四川人民出版社1982年4月版《探索与回忆》

泰国翻译出版巴金的两部中篇小说（栾文华）
载1982年4月《世界文学》第2期

友谊的纽带——从巴金同志获但丁国际奖想到的（罗荪）
载1982年5月《文艺报》第5期

《寒夜》的环境描写（方万勤）
载1982年5月《郧阳师专学报》第1期

"发掘人心"的艺术珍品——谈巴金《寒夜》的心理刻画（宋曰家）
载1982年山东省文学研究所《文艺评论通讯》第1期

他属于自己生活的时代——论巴金的文学道路与时代生活的关系（李存光）
载1982年5月《中国现代文学研究丛刊》第1辑

《我们会见了彭德怀司令员》（许临星）

《秋夜》（许临星）

《从镰仓带回来的照片》（许临星）
载山东教育出版社1982年5月版《现代散文选读》

谈我对《家》的认识及其它（〔意〕玛尔格丽达·彼雅斯科）
载1982年5月《芒种》第5期

西方重视中国现代文学的研究（艾思）
载1982年5月《国外社会科学动态》第5期

巴金《创作回忆录》出版（杨渡）
载1982年6月15日《人民日报》

"心灵中仍然燃烧着希望之火"（荒煤）
载1982年6月16日《人民日报》

反封建赞青春的热情歌手
载上海学林出版社1982年6月版《文艺小百科》(吴立昌等编著)

试论觉新形象研究中的几个问题——读巴金《激流三部曲》札记(姚健)
载1982年6月《中国现代文学研究丛刊》第2辑

《月夜》简析(刘增人)
载1982年6月山东人民出版社《现代小说选讲》

作家·作品·出版社(纪申)
载1982年6月《书林》第3期

西德翻译出版巴金的《寒夜》(马树德)
载1982年6月《世界文学》第3期

忆巴金写《憩园》(田一文)
载1982年《长江文艺》第6期

我读的是一团火——读巴金《探索集》(阮铭)
载1982年《文汇月刊》第6期

台湾报道巴金获但丁文学奖(小舟)
载1982年7月1日上海《文学报》第66期

系统研究巴金的思想和创作的第一本专著——《巴金评传》(童佶)
载1982年7月《中国社会科学》第4期

巴金对"小鸟天堂"极为关切(胡星原)
载1982年7月10日广州《羊城晚报》

巴金等十几位作家笔谈《红楼梦》(诏)
载1982年7月15日上海《文学报》第68期

"掏出自己的心"(朱述新)
载1982年7月21日上海《文汇报》

西德出版巴金的《寒夜》(卢志刚)
载1982年7月22日上海《文学报》第69期

文化出版社的创建(吴朗西)
载1982年7月《新文学史料》第3期

记文化生活出版社(陈思和 李辉)
载1982年7月《新文学史料》第3期

"把心交给读者"(罗荪)
载1982年《读书》第7期

初识巴金——忆难忘的一九三八年(田一文)
载1982年《艺丛》第4期

巴金《家》研究商榷(冯光廉)
载1982年7月山东《文苑纵横谈》(3)

谈《寒夜》中汪文宣的形象（宋曰家）
载1982年7月山东《文苑纵横谈》(3)

善和美的艺术境界（启华）
载1982年7月27上海《文汇报》

“无技巧”别一解（王石）
载1982年8月10日上海《文汇报》

到巴金花园去（娇健）
载1982年8月《人民文学》第8期

《巴金选集》十卷本在渝开印（肖鸣锵）
载1982年8月22日上海《文汇报》

巴金与法国民主主义（陈思和　李辉）
载1982年9月《文学评论》第5期

眷眷赤子之心——读巴金的《繁星》（邵奔）
载1982年9月19日《河北日报》

致巴金先生（〔日〕井上靖）
载1982年9月20《人民日报》（陈喜儒译）

“一息尚存，就要工作”——访康复中的巴金（谷苇）
载1982年9月24日《春城晚报》

《家》的“局限性”异议——评《中国现代文学作品选讲》对巴金《家》的批评（程景林）
载1982年9月《徽州师专学报》第1期

浅论《寒夜》的人物形象（陈宏遂）
载1982年镇江师专《教学与进修》第7期

《巴金散文集》将出版（湛伟恩）
载1982年10月10日《人民日报》

读巴金的《序跋集》（余时）
载1982年10月24日《光明日报》

有感于巴金的感想（谭功宝）
载1982年10月23日《光明日报》

井上靖与巴金相互致函共祝中日邦交正常化十周年
载1982年10月《文艺报》第10期
又载1982年10月《世界文学》第5期

一部现实主义的杰作——读巴金的《憩园》（吴定宇）
载1982年《中山大学研究生学刊》第2期

访老作家巴金（肖鸣锵）
载1982年10月31日《重庆日报》

一九三四年的文化“围剿”和“反围剿”——回忆录〔十七〕(茅盾)
载 1982 年 11 月《新文学史料》第 4 期(第 5 页，第 24 页)

读巴金《序跋集》有感(纪申)
载 1982 年 11 月 25 日上海《新民晚报》

巴金跌跤骨折做牵引术　党和政府领导人关心老作家健康(查志华)
载 1982 年 11 月 27 日上海《解放日报》

小职员的家庭悲剧　国统区的一个缩影——《寒夜》试析(董善泰)
载 1982 年《青海师专学报》第 2 期

一九二七至一九三〇年巴金的思想发展——巴金是怎样走上文学道路的(艾晓明)
载 1982 年 11 月《文学评论丛刊》第十五辑

别了，旧生活！新生活万岁——评巴金的《憩园》(曼生)
载 1982 年 11 月《文学评论丛刊》第十五辑

《廖静秋同志》分析

《海上的日出》分析
载 1982 年 11 月山西人民出版社《中国现代优秀散文选讲》(郭志刚等)

谈《家》中青年形象的塑造(丁毅信)
载 1982 年 12 月《艺谭》第 4 期

巴金骨折住院　广大读者深切关心
载 1982 年 12 月 2 日上海《文学报》第 88 期

首届“茅盾文学奖”授奖仪式即将举行(巴金在病中关心授奖事宜)
载 1982 年 12 月 12 日上海《文汇报》

新编《巴金选集》出版(新华社)
载 1982 年 12 月 20 日《光明日报》

觉新形象的再探讨(周芳芸)
载 1982 年 12 月《四川师院学报》第 4 期

祝贺《巴金选集》出版
载 1982 年 12 月四川《书友》报第 11 期

巴金与屠格涅夫(黎舟)
载 1982 年 12 月《福建师大》第 4 期

火一般的悲愤——介绍巴金的早期的诗作(郑贺牧)
载 1982 年四川《星星》诗刊第 12 期

论巴金的文艺思想（陈思和　李辉）
载1982年12月《中国现代文学研究丛刊》第4辑

诚实的探讨——巴金新作《探索集》读后（丹晨）
载1982年12月《新文学论丛》第4期

二

中国新文学史（周锦）
台北长歌出版社1977年1月
第四章：中国新文学第二期，七、新文学第二期的小说创作·巴金（第441页至第442页），九、新文学第二期的散文创作·巴金（第479页至第481页）；第五章：中国新文学第三期，八、新文学第三期的小说创作·巴金（第647页至第649页），十一、新文学第三期的散文创作·巴金（第686页）

安那其主义者巴金（龙云灿）
载台北金兰文化出版社1977年5月版《三十年代文坛人物史话》

巴金的一封信（丝韦）
载1977年7月9日香港《新晚报·下午茶座》

巴金（李立明）
载香港波文书局1977年10月版《中国现代六百作家小传》第51页至53页。

巴金的"自由思想"（王集丛）
载1977年10月台湾《国魂》第383期

名小说家巴金（李立明）
载香1977年12月香港《时代批评》月刊第34卷第8期
收香港波文书局1979年4月版《现代中国作家评传》

巴金谈丁玲（法新社电讯）
载1978年2月14日香港《文汇报》

巴金寄语台湾同胞
载1978年2月19日香港《文汇报》

巴金的第二个春天（贺长春）
载1978年香港《镜报》月刊第2期

与巴金等谈文艺问题（岑萍）
载1978年香港《七十年代》第3期

信仰无政府主义的巴金（丁望）
载香港明报月刊社1978年4月版《中国三十年代作家评介》第一辑小说作家

中国新文学大系续编
香港文学研究社出版部1978年5月
〔第一集〕总序（谭诗园）　（第19页至第20页）
〔第三集〕小说二集·导言（黄河）（第2页至第9页）

〔第六集〕散文二集·导言（嵩山）
（第17页至第19页）

人物和作品——访巴金先生（〔日本〕中野谦二）
载1978年7月25日、26日香港《大公报·大公园》（永松译）
原载日本《经济学家》

巴金小传资料索引（李立明）
载香港波文书局1978年7月版《中国现代六百作家小传资料索引》

三次为巴金画像（俞云阶）
载1978年9月3日香港《文汇报·百花周刊》第164期
又载1979年9月福建《榕树文学丛刊》（散文专辑）第1辑

记巴金（黄裳）
载1978年10月5日至22日香港《新晚报·下午茶座》

怀念巴金（唐琼）
载1978年12月7日、8日香港《大公报·大公园》

茅盾与巴金（岘其）
载1979年1月18日香港《文汇报》

巴金四月访法（唐琼）
载1979年3月12日香港《大公报·大公园》

巴金法国有“家”（唐琼）
载1979年4月27日香港《大公报·大公园》

巴金续写《随想录》（唐琼）
载1979年5月24日香港《大公报·大公园》

《家》的法译者谈巴金
载1979年7月20日至22日香港《大公报·大公园》

中国，通红的眼睛——巴金会见法国读者随记（石上流）
载1979年香港《南北极》6月号

巴金访法散记（林曼叔）
载1979年6月香港《新观察》第20期

《巴金近作》读后（蓬草）
载1979年10月3日香港《星岛日报》

巴金家的简讯（静子）
载1979年11月24日香港《大公报》

二三十年代的作家与作品（苏雪林）
台湾广东出版社1979年
第三编　第四十七章、巴金的作品（第392页至第398页）

坚守营垒　爱憎分明——读《巴金近作》（黄尚允）
载1980年1月23日香港《大公报》

读巴金《随想录》的随想（黄裳）
载1980年1月24日香港《大公报·大公园》
收人民日报出版社1981年版《八方集》

《开卷》“巴金专辑”

访问巴金（董玉）

读《随想录》的随想（林真）

关于巴金（克亮）

巴金主编的《文学丛刊》〔文史资料〕（镜堂）

不买书主义·文学的虚无派·巴金先生的遗嘱（古苍梧）

不相称的封面（项直）
载1980年3月香港《开卷》第2卷第8期

《随想录》读后杂写（魏绍昌）
载1980年3月18日至20日香港《大公报》

《家》与我的家（飞白）
载1980年4月23日香港《星岛日报》

巴金和《往事与随想》（陈亦妹）
载1980年4月25日香港《文汇报》

中共文艺的诤言——评巴金的《随想录》（壁华）
载1980年香港《七十年代》4月号

巴金没有变　巴金变了——巴金《随想录》第一集读后（霍汉姬）
载1980年香港《镜报》月刊第5期

文坛之星巴金（彦火）
〔附〕巴金作品一览表（一九二九——一九七八）
载香港昭明出版社1980年5月版《当代中国作家风貌》第27页至第47页

巴金（孙陵）
载台北成文出版社1980年5月版《我熟悉的三十年代作家》（第65页至第81页）

绝不放下笔！（易征）
——初会巴金
载1980年6月15日香港《大公报》

巴金的《随想录》（桑鲁卿）
载1980年香港《明报月刊》7月号

我们对巴金《随想录》的意见（苏彩英等）
载1980年9月香港《开卷》第3卷第4期

巴金的麻烦（赵聪）
载香港友联出版社1980年10月版《大陆文苑记事》

巴金童年时代的两位启蒙老师（英之）
载1980年11月9日香港《文汇报》

研究巴金的可贵一页（尚元）
载1980年11月26日香港《大公报》

宣泄热烈的爱和憎——海外第一本巴金自选集读后（融民）
载1981年3月7日香港《文汇报·文化之窗》

喜读昭明版《巴金选集》（海旸）
载1981年3月16日香港《大公报·读书与出版》

在巴金家里作客（陈喜儒）
载1981年3月28日香港《文汇报·文艺》

对巴金的衷心倾服（吴其敏）
载1981年4月8日香港《大公报·大公园》

巴金与作品（唐琼）
载1981年4月22日香港《大公报·大公园》

巴金的顽强探索
载1981年4月28日香港《大公报·大公园》

春蚕精神——读巴金《探索集》(东瑞)
载1981年5月13日香港《文汇报》

永不歇止地探索人生——巴金《探索集》读后（雁枫）
载1981年5月16日香港《文汇报》

《随想》的随想（白杰明）
载1981年5月20日香港《大公报·大公园》

巴金主编《文学丛刊》选印出版（舒信）
载1981年9月1日香港《大公报·读书与出版》

在国际笔会谈“世界文学”概念　巴金倡导健康进步文学
载1981年9月24日香港《文汇报》

巴金在国际笔会上谈述中外文学交流（新华社电）
载1981年9月24日香港《大公报》

访巴金谈文学、论国事（〔法国〕贝罗贝）
载1981年11月香港《百姓》半月刊第11期

巴金一人居三席（吴其敏）
载1981年11月10日香港《大公报·大公园》

读巴金《创作回忆录》（融民）
载1981年11月16日香港《大公报·读书与出版》

追求生命开花的巴金（李志侠）
载1981年11月香港《百姓》半月刊第12期

巴金谈创作形势
载1981年12月19日香港《大公报》

巴金昨当选作协主席
载1981年12月23日香港《大公报》

周扬祝贺巴金当选
载1981年12月23日香港《大公报》

白桦陈残云等在作协会上·共庆巴金任主席（甄庆如）
载1981年12月23日香港《大公报》

笔名春风（张春风）
载1981年12月26日、27日香港《文汇报·笔汇》

巴金：他的生平和创作（昭明出版社编辑部）
载香港昭明出版社1981年版《巴金选集》

忆巴金在泉州（蒋刚）
载1982年1月18日香港《文汇报》

祝贺与祝福——访巴金（庄稼）
载1982年3月28日香港《文汇报》

漫谈郑定文的小说（魏绍昌）
载1982年4月4日、5日香港《大公报·大公园》

巴金在法国（周玉山）
载1982年4月台北《近代中国》第28期

中国当代文学研究资料《巴金专集》（一）（一闻）
载1982年7月5日香港《大公报·读书与出版》

拜访巴金——实现了四十年的愿望（董鼎山）
载1982年8月4日香港《大公报·大公园》

为巴金忆丽尼补白（白杰朗）
载1982年8月11日香港《大公报·大公园》

《新闻月刊》谈巴金（唐琼）
载1982年9月12日香港《大公报·大公园》

巴金和一封信（唐琼）
载1982年10月28日香港《大公报·大公园》

两本旧画集（黄蒙田）
载1982年11月18日香港《大公报·大公园》



巴金住院之后（唐琼）
载1982年12月10日香港《大公报·大公园》

为了认真地活下去——巴金《真话集》读后（融民）
载1982年12月20日香港《大公报·大公园》

三

巴金（特维恩世界作家丛书）（〔美国〕内森·K·茅）
美国特维恩出版社1978年
关于作者；前言；年表
1. 巴金传略；2. 早期长篇小说；3. 早期短篇小说；4.《激流三部曲》；5. 战争年代的作品；6.《憩园》；7.《寒夜》；8. 结论
注释和参考文献；著作目录选；索引

巴金和无政府主义（樋口进）
日本福冈市西南学院大学学术研究所1978年10月版（纪要第14号）
序章；第一章：幼年时代；第二章：五四运动，第一节、无政府主义的遭遇，第二节、编辑《半月》、《警群》、《平民之声》；第三章：从成都到上海，第一节、上海·南京·上海，第二节、巴金和爱玛·高德曼，三、黄庞死后的第四年；第四章：泉州民团训练所；终章
〔附录〕一、关于巴金的出生年月、本名、笔名；二、巴黎的邵可侣家——引自芹泽光治良著《爱、知、悲》；三、巴金略年谱

* * *

巴金的第二个春天（中野谦二）
载1977年11月28日日本《每日新闻》

巴金（立间祥介）

巴金年谱（鲁迅、巴金合谱）（立间祥介）
载日本集英社1978年4月版《狂人日记　阿Q正传　寒夜》（世界文学全集72）

巴金在巴黎　今年可能获得诺贝尔文学奖金（雷吉斯·贝热龙）
载1978年4月28日法国《费加罗》杂志

巴金的《寒夜》（彼耶尔·让·雷米）
载1978年5月5日法国《世界报》

中国当代文学史稿（林曼叔等）
巴黎第七大学东亚出版中心1978年4月版
第八章：描写战士生活与边疆风貌的小说，第三节（第157页）；第十三章：散文、第一节、魏巍和巴金的散文（第255页至第256页）

巴金著作年表（1921—1964）（池田武雄）
载日本秋山书店1978年版《巴金回忆集》

一本介绍巴金的书（B·K·波塔延科等）
载1978年苏联《远东问题》第4期

《寒夜》法文译本序（勒内·埃蒂昂布尔）
载法国加利玛出版社1978年版《寒夜》

Л·尼科尔斯卡娅《巴金作品概论》（C·H·杜莫夫）
载1979年《苏联社会科学文摘（文学理论类）》第2期

巴金介于托尔斯泰和亨利·詹姆斯之间（彼耶尔·让·雷米）
载1979年4月5日法国《世界报》

关于巴金的留法（野间信幸）
载1979年6月日本《咿哑》第12号

成都·草堂·巴金（阿部幸夫）
载1979年9月日本《New Energy》(新动力）第36号

巴金故居访问记（池田武雄）
载1979年10月日本《野草》第24号

世界语者巴金（嶋田恭子）
载1980年日本《世界语的世界》1月号

与巴金谈文学二小时（木下顺二）
载1980年4月12日日本《读卖新闻》

日中文协主持欢迎中国作家代表团招待会
载1980年5月1日日本《日中文化交流》第286号

《死去的太阳》出版前言
载1980年8月泰国纳帕拉出版社版《死去的太阳》

中国名作家巴金（夏拉楚）
载1980年9月21日泰国《沙炎叻评论周报》

巴金（岗肯）
载1980年9月23日泰国《民意日报》

作为"世界语主义者"的巴金（高杉一郎）
载1980年10月日本《文学》第48卷第10号

巴金年谱（1923年—1945年）（嶋田恭子）
载1980年10月日本《野草》第26号

巴金
载英国《不列颠大百科全书》VII 1980年版第663页

巴金和俄国文学（牟尚）
载1981年美国《中国文学》第3卷第1期

两位伟大的小说家·巴金（阿兰·佩罗布）
载1981年4月24日法国《世界报》

巴金——旧中国社会革命的火种（道良勒迪）
载泰国加杜加出版社 1981 年 4 月版《灭亡》

巴金年谱II（1946年—1960年）（嶋田恭子）
载1981年4月日本《野草》第27号

巴金的南京时代（一九二三—二五）（樋口进）
载1981年5月日本《九州中国学会报》第23卷

怎样把握巴金的作品（一）（山口守）
载1981年5月日本藤泽市《季节》第10号

探索道路的作家巴金（真·哲达纳贪）
载1981年7月5日泰国《民意日报》"星期副刊"第1226期

巴金年谱III（1904年—1923年）（嶋田恭子）
载1981年9月日本《野草》第28号

中国现代小说
美国G·K·霍尔公司1981年《现代中国小说（1917—1949）》第二节、发展时期（第19页至第21页）《文献目录》（第198页至第200页）

论巴金的小说（山口守）
载1982年3月日本《东京都立大学人文学报》第156号

文化大革命期间的巴金（嶋田恭子）
载1982年5月日本《野草》第29号

访问巴金（山口守）

载1982年7月日本藤泽市《季节》第11号

巴金访问记（芬德利）

载1982年9月13日美国《新闻周刊》

作家巴金的思想和活动——“我不是文学家”（嶋田恭子）

载1982年日本大修馆书店《中国语》10月号

巴金和随想录（山本健吉）

载1982年11月1日日本《日中文化交流》第329号

《寒夜》跋（W·顾彬）

载西德苏尔卡姆普出版社1982年版《寒夜》

# 《介绍、评论、研究资料目录索引》补遗



## （二）1929年—1949年

## 一

本报不日起刊载巴金先生新著长篇小说
载1931年4月14日上海《时报》

关于巴金先生（罗旬）
载1931年6月28日上海《草野》周刊第5卷第9号

巴金的《萌芽》（惠子）
载1933年10月1日《时事新报·星期学灯》

读《文学季刊》创刊号（仲方）
载1934年2月1日《申报·自由谈》

巴金与靳以办杂志
载1936年5月15日《红绿》第1卷第5期

巴金的《爱情三部曲》
载1937年11月6日《武汉日报》

巴金由华南到汉　自由中国社同人招待欢迎
载1938年9月12日《新华日报》“简讯”

黑土（夏薇）
载1940年3月7日昆明《中央日报·平明》

对于巴金先生的一些印象和感想（蒋芹）
载1941年1月8日《救亡日报》

关于《家》（非人）　我的感想（柳央）　巴金和《家》的三男角（垠川）
载1941年3月1日上海《联声》半月刊第3卷第7、8期合刊

从经验国学说到《家》（大吕）
载1941年上海《自修》周刊154期

研究巴金（宋云彬）
载1942年9月文献出版社版《骨鲠集》

作者小传（王一平）
载1944年1月上海艺光出版社版《巴金散文集》

田惠世——巴金近著《火》第三部读后（苏叔瑞）
载1946年3月21日重庆《中央日报·中央副刊》

从《家》中觉慧的出走谈起（德远）
载1948年4月15日《学习生活》第1卷第2期

巴金的小说与青年（杨群）
载1948年11月7日香港《大公报》

二

上海的贫民相（井上红梅）
载1934年8月日本《东亚研究讲座》第58辑

巴金《旅途通讯》（武田泰淳）
载1940年11月日本《中国文学》第66号

桂林旅途见闻记（客人（猩眠洞译））
载1943年1月日本《杨子江》第6卷第1号

苦闷的作家——巴金的生平（饭塚朗）
载1943年3月日本《中国文学》第92号

巴金论绪论（饭塚朗）
写于1943年4月，载1981年日本朋友书店版《黄琉璃瓦的碎片》

中国文学界呈现黎明，有力的斗士从重庆归来……（河上彻太郎）
载1943年6月12日日本《朝日新闻》

《巴金短篇小说集——（亚丽安娜）及其它》序
1947年日本大阪外事专门学校大陆语学研究所编

东方文学的世界性和地区性（座谈会）
载1947年10月日本《中国文学》第100号

巴金的深刻性（冈崎俊夫）
载1947年11月日本《中国文学》第101号

## （三）1950年—1965年

一

谈巴金《家》里的觉慧（北京师大巴金创作批判小组）
载1958年10月《中国青年》第20期

敢想敢说的青年——读《中国青年》上两篇批评文章（方仁工）
载1958年11月2日上海《新民晚报》

觉慧为什么吸引着一些人（张恩和）
载1958年11月26日《光明日报》

读报告文学《手》（谢云）
载1963年11月8日《大公报》

读《手》（梁吟）
载1964年2月2日《武汉晚报》

三

巴金文学——破产后的近代的《憩园》（菊地三郎）
载1953年12月日本青木书店版《中国现代文学史——革命和文学运动》第4章

巴金笔下的女性
载1954年日本《现代中国文学全集月报》第8期

谈巴金的序文（立间祥介）
载1954年日本《现代中国文学全集月报》第8期

巴金的信念（I）（樋口进）
载1955年5月日本《中国文艺座谈会记录》第5期

中国新文学运动史（尾坂德司）
1957年11月日本政法大学出版局
第十一章、左翼作家联盟的成立，2.其他作家——憧憬革命：巴金《灭亡》——革命的实况和人道主义

关于巴金批判（白势谦三）
载日本《中国文学研究》第2号

从“家”中出走——巴金的《家》（竹田晃）

小市民的绝望——巴金的《寒夜》（丸山昇）
载1958年5月日本每日新闻社版《现代中国文学》（小野忍编）第五章、第六章

巴金·郑州·冰山——中国之行（竹内实）
载1959年日本《书报》1月号

巴金的事情（下条一诚）
载1960年8月日本《大安》第6卷第8号

中国近代文学史（实藤远）
1960年11月日本淡路书房新社版
第六章第三节“巴金对‘家’的反抗”，第八章第三节“巴金的《憩园》”，第十章第四节“巴金批判和《青春之歌》的论争”

巴金的人品（藤森成吉）
载1963年4月日本《中国现代文学选集月报》第15号

巴金（有田忠弘等）
载1965年日本光生馆版《中国语与中国文化》（中国语学会研究会关西支部编）

## （四）1966年—1976年

### 三

巴金、爱和革命（松田和夫）
载1967年日本大安版《近代中国的思想和文学》（东京大学文学部中国文学研究室编）

日本社会主义者和中国作家巴金的抗议（《中国》编辑部）
载1967年12月日本《中国》第49期

现代中国文学（相浦杲）
1972年10月日本放送出版协会版
第一章、现代文学，2.现代文学的建立和发展：老舍·丁玲·巴金，第二章、文学和反法西斯，2.以抗战文学为中心，（3）巴金·李广田·老舍

## （五）1977年—1982年

### 一

最大限度地发挥作家所长——《茶馆》与《随想录》的启示（晓立）
载1980年上海《文汇增刊》第5期

建个文学馆，好！（臧克家）

一项重要的建议（罗荪）
载1981年3月26日《人民日报》第八版

巴老——我的启蒙老师（俞林）
载1981年9月25日上海《书讯报》

再赠巴金先生——并祝贺他荣获意大利但丁国际奖（赵瑞蕻）
载1982年6月《诗刊》第6期

知识（杨苡）
载1982年6月《诗刊》第6期

巴金（著译书目）（北京图书馆书目编辑组）
载1982年12月书目文献出版社版《中国现代作家著译书目》第30页至第57页

### 三

文革后，巴金打破了十年的沉默
载1977年7月22日日本《朝日ジセーナル》

巴金——追求“家”的作家（立间祥介）
载1978年日本《中国语》7月号

我读巴金（嶋田恭子）
载1978年12月日本《中国文艺研究会会报》第17期

巴金和世界语（嶋田恭子）
载1979年12月日本《中国文艺研究会会报》第17期

关于人的尊严（高杉一郎）
载1980年7月日本《现代和思想》第40号

作为世界语者的巴金（高杉一郎）
载1980年10月日本《文学》第48卷第10号
收入1981年7月田畑书店版《柴门霍夫家族》

决心维护中国文学的成长——巴金消息
载1981年5月25日日本《朝日新闻》（晚刊）

巴金的文脉（芦田考昭）
载1981年12月日本《中国文学研究》第7期

巴金在日本的讲演（野间信幸）
载1981年12月日本《千里山文学论集》第25期

会见巴金（陈舜臣）
载1982年日本《波》2月号

巴金先生和《家》（木下顺二）
载1982年日本《マダム》2月号

巴金慈祥的目光（驹田信二）
载1982年日本《マダム》2月号

《随想录》（书译）
载1982年日本《日本与中国》10月号

# 编 后 记

经过长时间的努力，巴金研究资料终于竣稿了。在这件工作暂告结束的时候，我虽有一种释重负的欣慰，却没有轻松之感。作为本书的编者，对于历史材料应有的严肃感和责任感，使我为书中会有的疏失和错谬深怀不安。

人所共知，巴金作为一位文学巨匠，对于中国现代文学有多方面的杰出贡献。他的文学生涯时间长，方面广，著译内容丰富，数量众多。巴金在中国和世界享有崇高的声誉，有着广泛的影响，五十多年来，人们从不同角度对他作过许多评论和研究。编写巴金研究资料，是一件繁重而艰巨的工程，仅以我个人的绵薄之力，的确难以担当。所幸的是，我的工作不仅得到中国社会科学院研究生院的支持，得到中国社会科学院文学研究所现代文学研究室和图书资料室的帮助，还得到许多前辈、专家和同行们的指导和勉励。北京师范大学张立慧同志协助我查询、核对和复制、抄写部分材料，付出不少劳动。还有一些同志自告奋勇代为誊抄文章、资料。如果没有这一切，我能在现在完成编写工作，将是难以想象的。

应该说，这本研究资料是集思广益的成果。虽然早在六十年代初期，我即开始收集研究有关巴金的资料，但正式着手这项编写工作，则在一九八〇年底。其间，参考和借鉴了不少同志的研究成果。一九八二年五月，我将本资料的框架和选目初稿油印若干份，书面和口头征求各方面的意见。许多相识的和不相识的同志或来函、或面谈，在编选原则、入选篇目、选文内容、编排方式、篇幅规模等方面，及时提出了具体的建设性意见。张立慧同志协助我将各方面的意见和建议分门别类地摘抄出来，我逐项进行了认真的分析研究，并带着新的问题向有关专家请教。在不违背丛书总的编选计划的原则下，在本资料篇幅所允许的范围内，尽可能吸收了各方面的有益意见。几经反复，最后重新确定了全书的体例和选文，使它成为现在这个样子。在此，我满怀感激地列出对本书的编写给予关心、指导和帮助的同志的姓名。

他们是：北京的唐弢、王瑶、孔罗荪、萧乾、樊骏、林非、陈丹晨、张大明、李辉，上海的贾植芳、师陀、徐开垒、邵伯周、唐金海、花建，广州的陈则光、吴定宇，武汉的陆耀东、艾晓明，四川的李昌鹭，山东的韩立群、宋曰家、张挺，河南的黄平权，吉林的李多文，新疆的黄川，安徽的张民权等。此外，香港的李立明先生和日本的嶋田恭子女士或代查资料，或惠赐书刊，也给了我热诚的帮助。

关于本书，除正文各部分已有的说明外，还需要在这里作些必要的交待：

一、关于体例。一本研究资料的体例安排，既要有科学性、客观性，又应便于读者使用。本书上、中、下三卷可分为两大部分：上卷和中卷（第一、二、三辑）为巴金自身的资料，下卷（第四、五辑）为评介、研究资料。每一部分中都包括文选和资料目录两方面的内容。这样，两部分既自成体系，保持相对的完整统一，又相互衔接、补充，读者翻阅起来也较为方便。



考虑到分类益于揣摩文章，编年利于明白时势，本书根据不同内容采取不同的编排方式，并尽量兼顾分类、编年二者之长。第二辑《巴金自述》、第三辑中的《巴金著译书目》和第四辑《评介和研究文章选辑》，均按类排列，各类下又以发表时间为序（仅有个别例外），使之既方便读者查阅，又能在一定范围内体现历史发展的脉胳。第三辑中的《巴金著译系年目录》以写作时间为序（写作时间不详者按发表时间列入），第五辑《介绍、评论、研究资料目录索引》按发表时间为序，仅有的例外是 1958 年至 1959 年国内关于巴金作品的讨论，这部分以开展讨论的报刊为单元，更便于读者检索。

二、关于选文。巴金自述基本选用了最初发表的文字，其中一些文章，《比如〈灭亡〉作者底自白》、《〈激流〉引言》、《〈家〉后记》、《家》（即《〈家〉十版代序》）等，并非一些同类书籍的简单重复。有的文章未录初刊文字（如《关于小说中人物描写的意见》和巴金近几年写的《创作回忆录》中各篇），而录初版文字，一则因为内容并无修改，二则经作者校订了原刊的一些错字。自述部分还选录了几篇非文学作品的著（译）作的序言，这些文章虽未直接谈及作家的文学活动和文学创作，但对全面了解他建国前的思想，却是必要的（尽管只选这几篇还不够）。限于篇幅，巴金关于文学翻译的有关论述未能选入，这算是一个遗憾吧。还有一点需要郑重说明：为了节省篇幅，自述部分有的文章由编者作了一些删节，为备读者稽核，均加注说明了所删部分。

评介、研究文章选辑中，建国前发表的文章，凡有某种价值者尽可能选入。建国后发表的论述巴金具体作品的文章选得不多，这一方面是从书总的编选计划的要求，另一方面，这类论文不仅篇幅大都较长，且有不少歧异对立的看法（有的就是论辩文章），不能取此舍彼，都选又为本书篇幅所限，所以只好割爱了。所可慰藉者，目录索引提供了篇目，而这类文章也不难找到。这一辑的“综论”部分占的比重较大，因为从这些文章中不仅能看到对巴金的思想和作品较系统的评价，而且能从总体上窥见各个时期中巴金研究的不同观点和方法。“分论”部分，有的作品（如《死去的太阳》、《火》以及一些短篇小说集、散文集）未选入专论文章，一个原因是这方面的专论较少，有的在建国前就没有；另一个原因是在“综论”部分的文章中，已有对这些作品的评论。因此，“综论”部分是研究每一部作品时都应参阅的。

三、关于编者编写的四个资料。《巴金生平及文学活动事略》、《巴金著译系年目录》和《巴金著译书目》这三个材料相辅相成。“事略”力求客观记叙巴金的生平经历和文学活动、社会政治活动，使之成为简明的编年体传记。其中，背景材料只列与巴金活动直接有关者，并力求扼要；著译只列书籍和重要的单篇；“系年”力求完备，凡巴金公开发表的各种文学作品、文章和讲话、发言、报告、书信以及各类译作，皆逐篇录入。所据三十个笔名，都经编者考订。别人写的访问记、答问，只收录以问答形式发表的记录稿，凡夹叙夹议者，均收入“评介资料目录”；联名发表的声明、宣言等，非巴金执笔者亦不录，记入“事略”。“书目”分类列出单行出版的各种书籍（包括确系合著、合译的书籍），同一类按初版时间先后为序，每书都在子目后列出重版情况。“书目”中的“选集”一项只列巴金自选集和虽非自选但经巴金审定的，其余各种选集（包括盗版）列入“附录”备查。

《附录》的三个材料可帮助读者了解巴金作品在国内的出版和流传情况，以及巴金编辑工作的主要情况。

《评介、研究资料目录索引》收入有关巴金的专书、专著，介绍、传记、访问记和评论、研究文章及其它书籍中有关巴金的章节、段落。有的文章直接涉及巴金的仅有只言片语，如钱杏邨《一九三一年中国文坛的回顾》、立波《一九三六年的小说创作》、埃德加·斯诺《〈活的中国〉编者序言》等，均不录。评介据巴金作品改编的作品的文章未录。一文多处发表的以首次发表的地区、时间列出。国外文章译成中文在国内刊出的，收入国内部分，并尽可能注明原刊的时间和报刊。

四、本书各项资料的截止时间为一九八二年十二月，个别材料（如同一书的不同版本）为保持条目的完整，延伸到一九八三年。唐弢主编的《中国现代文学史简编》则是例外，该书出版时间虽晚，但“巴金”一章定稿时间为 1982 年。

最后要说的是，本书在体例安排、选文取舍、版本文字等方面，都会有失当乃至错误之处。编者编写的几个材料，特别台湾、香港和国外的评介、研究资料，由于各种条件的限制，肯定遗漏不少，这方面亟盼有识者补正。本书一九八二年前漏阙材料的补充，错谬之处的修正，和一九八三年以后各项材料的续编，只好俟诸异日了。恳切期望本书出版之后，继续得到国内外专家和同行的批评指正。



李存光

一九八三年五月于中国社会科学院研究生院

# 《中国文学史资料全编·现代卷》总目

| | | |
|---|---|---|
| 1 | 冰心研究资料 | 范伯群　编 |
| 2 | 沙汀研究资料 | 黄曼君　马光裕　编 |
| 3 | 王西彦研究资料 | 艾以　等编 |
| 4 | 草明研究资料 | 余仁凯编 |
| 5 | 葛琴研究资料 | 张伟　马莉　邹勤南　编 |
| 6 | 荒煤研究资料 | 严平　编 |
| 7 | 绿原研究资料 | 张如法　编 |
| 8 | 李季研究资料 | 赵明　王文金　李小为　编 |
| 9 | 郑伯奇研究资料 | 王延晞　王利　编 |
| 10 | 张恨水研究资料 | 张占国　魏守忠　编 |
| 11 | 欧阳予倩研究资料 | 苏关鑫　编 |
| 12 | 王统照研究资料 | 冯光廉　刘增人　编 |
| 13 | 宋之的研究资料 | 宋时　编 |
| 14 | 师陀研究资料 | 刘增杰　编 |
| 15 | 徐懋庸研究资料 | 王韦　编 |
| 16 | 唐弢研究资料 | 傅小北　杨幼生　编 |
| 17 | 丁西林研究资料 | 孙庆升　编 |
| 18 | 夏衍研究资料 | 会林　陈坚　绍武　编 |
| 19 | 罗淑研究资料 | 艾以　等编 |
| 20 | 罗洪研究资料 | 艾以　等编 |
| 21 | 舒群研究资料 | 董兴泉　编 |
| 22 | 蒋光慈研究资料 | 方铭　编 |
| 23 | 王鲁彦研究资料 | 曾华鹏　蒋明玳　编 |
| 24 | 路翎研究资料 | 杨　义　等编 |
| 25 | 郁达夫研究资料 | 王自立　陈子善　编 |
| 26 | 刘大白研究资料 | 萧斌如　编 |
| 27 | 李克异研究资料 | 李士非　等编 |

28 林纾研究资料 薛绥之 张俊才 编
29 赵树理研究资料 黄修己 编
30 叶紫研究资料 叶雪芬 编
31 冯文炳研究资料 陈振国 编
32 叶圣陶研究资料 刘增人 冯光廉 编
33 臧克家研究资料 冯光廉 刘增人 编
34 李广田研究资料 李岫 编
35 钱钟书 杨绛研究资料集 田蕙兰 马光裕 陈珂玉 编
36 郭沫若研究资料 王训诏 等编
37 俞平伯研究资料 孙玉蓉 编
38 六十年来鲁迅研究论文选 李宗英 张梦阳 编
39 茅盾研究资料 孙中田 查国华 编
40 王礼锡研究资料 潘颂德 编
41 周立波研究资料 李华盛 胡光凡 编
42 胡适研究资料 陈金淦 编
43 张天翼研究资料 沈承宽 黄侯兴 吴福辉 编
44 巴金研究资料 李存光 编
45 阳翰笙研究资料 潘光武 编
46 "两个口号"论争资料选编 中国社会科学院文学研究所现代文学研究室 编
47 "革命文学"论争资料选编 中国社会科学院文学研究所现代文学研究室 编
48 创造社资料 饶鸿競 等编
49 文学研究会资料 苏兴良 等编
50 鸳鸯蝴蝶派文学资料 芮和师 等编
51 左联回忆录 中国社会科学院文学研究所《左联回忆录》编辑组编
52 中国现代文学总书目·散文卷 俞元桂 等编
53 中国现代文学总书目·诗歌卷 刘福春 徐丽松 编
54 中国现代文学总书目·小说卷 甘振虎 等编
55 中国现代文学总书目·戏剧卷 萧凌 邵华 编

| | | |
|---|---|---|
| 56 | 中国现代文学总书目·翻译文学卷 | 贾植芳　等编 |
| 57 | 中国现代文学期刊目录汇编 | 唐沅　等编 |
| 58 | 抗日战争时期延安及各抗日民主根据地文学运动资料 | 刘增杰　等编 |
| 59 | 老舍研究资料 | 曾广灿　吴怀斌　编 |
| 60 | 文学的“民族形式”讨论资料 | 徐迺翔　编 |
| 61 | 陈大悲研究资料 | 韩日新　编 |
| 62 | 刘半农研究资料 | 鲍晶　编 |
| 63 | 曹禺研究资料 | 田本相　胡叔和　编 |
| 64 | 成仿吾研究资料 | 史若平　编 |
| 65 | 戴平万研究 | 饶芃子　黄仲文　编 |
| 66 | 丁玲研究资料 | 袁良骏　编 |
| 67 | 冯乃超研究资料 | 李伟江　编 |
| 68 | 柯仲平研究资料 | 刘锦满　王琳　编 |
| 69 | 李辉英研究资料 | 马蹄疾　编 |
| 70 | 梁山丁研究资料 | 陈隄　等编 |
| 71 | 马烽 西戎研究资料 | 高捷　等编 |
| 72 | 邵子南研究资料 | 陈厚诚　编 |
| 73 | 沈从文研究资料 | 邵华强　编 |
| 74 | 司马文森研究资料 | 杨益群　司马小莘　陈乃刚　编 |
| 75 | 闻一多研究资料 | 许毓峰　等编 |
| 76 | 萧乾研究资料 | 鲍霁　等编 |
| 77 | 徐志摩研究资料 | 邵华强　编 |
| 78 | 袁水拍研究资料 | 韩丽梅　编 |
| 79 | 周瘦鹃研究资料 | 王智毅　编 |
| 80 | 苏区文艺运动资料 | 汪木兰　邓家琪　编 |
| 81 | 文艺大众化问题讨论资料 | 文振庭　编 |